교주 완월회맹연 6

교주 완월회맹연 6

玩月會盟宴

완월회맹연 번역연구모임

《완월회맹연》 교주본과 현대역본을 내면서

조선시대 최장편 국문소설 《완월회맹연》

완월회맹연(玩月會盟宴, 달구경을 하면서 굳은 약속을 하는 모임 혹은 잔치). 이는 18세기 조선의 장편소설 제목이다. 달밤의 약속이라니, 낭만적이다. 무슨 이야기일까? 《완월회맹연》은 고전문학 연구자들에게는 익숙한 작품일 터인데, 일반 독서 대중들에게는 낯선 소설일 수도 있겠다. 《완월회맹연》의 교주본과 현대역본 출판을 앞두고 쓰는 서문은 각별하다. 궁금한 작품이었고 또 널리 알리고 싶은 작품이었지만 너무나도 방대한 분량에 압도되어 오늘날의 독서물로 번역할 엄두를 내기 어려운 작품이었기 때문이다. 번역을 하기 위해서는 원문 교주본이 필요하다. 제대로 된 번역을 하기 위해서는 원문에 대한 정확한 이해가 확보되어야 하는데, 이 긴 분량을 교감 작업을 하면서 주석하는 일 역시 엄두가 나지 않기는 마찬가지였다. 그런데 지금 그 1차 교주본과 현대역본의 출간을 앞두고 서문을 쓰고 있다. 1976년 창덕궁 낙선재에서 《완월회맹연》이 발견된 이후 첫 번째 교주 및 현대역 작업의 결과물이 이제 첫선을 보이는 것이다.

창덕궁 안에 있는 낙선재에 소장되어 있었던 장서각본《완월회맹연》의 독자는 비빈과 상궁, 궁녀 등 궁중에 거처하는 여성들이었을 것이다. 조선시대에는 소설을 읽기도 했지만 남이 읽어주는 것을 듣는 방식으로 즐기기도 했다. 그렇기 때문에 '독자'라는 단어를 사용하기가 조심스러운 부분이 있는데, 180권이나 되는 작품을 듣는 방식으로 즐긴다는 것은 엄두가 나지 않을 것으로 보이기에 이 같은 국문장편소설의 경우는 독자라는 단어가 적합할 것으로 보인다.

이 최장편 국문장편소설의 작가는 안겸제의 어머니로 알려진 여성이다. 이를 뒷받침하는 것은 조재삼(1808-1866)이 쓴《송남잡지(松南雜識)》의 기록이다.

> 또 완월은 안겸제의 어머니가 지은 바로, 궁궐에 흘려 들여보내 이름과 명예를 넓히고자 했다(又玩月 安兼濟母所著 欲流入宮禁 廣聲譽也).

안겸제의 어머니가《완월》을 지었는데, 궁중에 들여보내 자기 이름이 알려지고 명예가 더해지기를 바라서 이 소설을 지었다는 내용이다. 조선시대 소설은 작가가 밝혀진 경우가 드문데, 이 장편 거질은 작가가 거론되고 창작 이유까지 언급되어 있다. 더구나 작가가 여성이라니 더더욱 눈길이 가지 않을 수 없다.《완월》은《완월회맹연》을 가리키는 것으로 보인다. 조재삼의 기록은 신뢰할 만한 근거가 있다. 조재삼 집안과 안겸제의 모친 전주 이씨는 외가이자 사돈지간으로, 조재삼의 외고조부가 안겸제 모친과 재종지간이며 조재삼의 큰며느리도 전주 이씨이다. 이런 경로로 조재삼은 집안끼리의 왕래를 통해 안겸제 모친에 대한 소식을 들었을 수 있다. 안겸제의 모친 전주 이씨는 1694년에 아버지 이언경과 어머니 정부인 안동 권씨 사이에서 태어나 20세 무렵 안개(1693-1769)와 혼인했으며, 안겸제는 그녀의 셋째 아들이다. 지금도 파주에 가면 전주 이씨가 남편인 안개와 함께 묻힌 묘소가 있다. 무덤 앞의 비석에 새겨진 비문을 보면 전주 이씨는 부덕을 갖췄으며 여사(女史)의 풍모가 있는 여성이었음을 알 수 있다. 이런 자질은《완월회맹연》의 작가로서 잘 어울리는 요소이다. 그뿐만 아니라 안겸제 모친 전주 이씨의 친정 가문 여성들에게 소설을 즐기는 문화가 있었다는 연구 결과도 보고되어 있다. 다만 소설 분량이 너무 방대하고 후반부에 약간 결이 다른 서술들이 발견된다는 점을 염두에 두고 볼 때《완월회맹연》을 지은 작가가 전주 이씨 한 명만이 아닐 가능성은 있다. 중국의 장편소설인 탄사소설《재생연(再生緣)》도 공동 창작 작품으로, 원래 작가였던 진단생이 마무리를 못 하고 죽자 후에 양덕승이라는 여성이 그 뒤를 채워 결말을 맺었다.

《완월회맹연》은 180권으로 이루어진, 단일 작품으로는 가장 긴 서사 분량을 지닌 한글소설이다. 지금 우리가 보기에 180권이나 되는 소설 작품은 돌출적인 작품인 것처럼 보일 수도 있다. 그러나 17세기 중후반부터 조선에서는 이 같은 길이의 국문장편소설을 창작하고 즐기는 여가 문화가 펼쳐졌을 것으로 보인다. 17세기 작품인《소현성록》연작이 그 효시가 되는 작품이며, 소위 삼대록계 국문장편소설로 불리는 다수의 작품이 있고, 이 같은 장편대하소설들은 18, 19세기까지 지속적으로 창작되고 독자들을 확보했다. 세책가라고 불리는 책 대여점에서도 국문장편소설은 중요한 비중을 차지했다. 이런 소설들은 가문

소설이라고 불리기도 하는데, 그 까닭은 이런 소설에서는 대개 두세 가문이 등장하여 혼인 관계로 사건이 얽히고 삼대에 걸쳐 가문의 흥망성쇠를 보여주는 서사가 펼쳐지기 때문이다.

'완월회맹연'이라는 제목처럼 이 작품은 아름다운 달밤에 자식들의 혼인 약속을 정하는 것이 서사의 근간을 이룬다. 그 이야기의 세계는 우아하고 유장하고 섬세하고 구체적이며 때로는 격렬하며 역동적이고 선악의 길항이나 인간 내면의 여러 겹 층위를 다양하게 드러내어 보여주고 있다.《완월회맹연》서사 세계의 정교함과 풍부함 그리고 문제적 징후를 포착해 내는 시선은 중국의《홍루몽》에 비견할 만하다. 또《완월회맹연》서사의 방대함이란 여느 연의소설에 견주어도 못지않은 장강 같은 흐름을 보여준다. 이 작품에는 조선시대의 상층 문화가 상세하게 재현되어 있다. 배경은 중국이지만 이 작품이 다루고 있는 내용은 조선시대 상층 양반들의 이야기이자 그들의 생활문화이다. 180권에 달하는 서사 분량 속에 당대 문화의 규범과 일상의 디테일들이 풍부하고도 섬세하게 담겨 있는 것이다. 그러나 그렇다고 하여 이 작품이 상층의 인물만을 재현하는 것은 아니다.《완월회맹연》은 하층 인물들 또한 구체적으로 실감나게 재현하고 있으며 하층 인물의 경우에도 인물마다 이야기를 만들어주고 있다. 이 교주와 번역 작업을 통해《완월회맹연》의 서사 세계와 그 가치가 드러날 수 있기를 기대한다.

《완월회맹연》 교주 및 현대역 작업 과정

《완월회맹연》 교주 및 번역 작업은 이화여자대학교 고전소설 전공자들이 진행하고 있다. 박사 논문을 쓴 선배부터 석사과정 학생에 이르기까지 이화여대에서 고전소설을 전공하는 이들이 모여 매주 열너덧 명의 인원이 강독 스터디에 참여하고 있으며, 그중 국문장편소설을 번역할 역량을 갖춘 구성원들이 주축이 되어 교주 및 번역 작업을 담당하고 있다. 《완월회맹연》 강독은 2016년 무렵부터 시작하여 그 이후 매주 토요일에 각자 입력하고 주석한 원문과 번역문을 가지고 와서 안 풀리는 부분을 함께 풀어가고 있다. 이 모임에는 이미 삼대록계 국문장편소설을 번역·출판한 경험을 비롯하여 다수의 한문소설을 번역한 경험을 지닌 연구자들 여럿이 함께하고 있는데, 《완월회맹연》 번역은 기존에 했던 어떤 국문장편소설들보다도 난도가 높은 것으로 보인다. 방학 동안에는 조금 더 집중적으로 작업을 해왔으며 코로나 이후로는 토요일마다 계속 줌(zoom)을 통해 같은 작업을 이어가고 있다. 혼자서는 도저히 안 풀리던 구절이 여럿이 함께 의논하면 신기하게도 풀리곤 하는 경험을 반복하고 있다. 여럿의 입이 난공불락의 글자들을 녹여 뜻을 드러내는 듯하다. 이렇듯 노력을 기울이고 있지만 그 과정에서 툭툭 오류들이 발견되고 수정될 때마다 아차 싶고 교차 검토에서도 오류가 바로잡히는 것을 보게 된다. 첫 번 시도하는 《완월회맹연》 교주 및 번역 작업에 만전을 기하고자 노력하지만 여전히 발견하지 못한 부분들이 남아 있을 수도 있다. 이어지는 또 다른 작업에서 오류가 시정되기를 바라면서 《완월회맹연》의 첫 번 교주본과 현대역본을 세상에 내보낸다.

《완월회맹연》은 180권으로 이루어진, 단일 작품으로는 가장 긴 서사 분량을 지닌 한글소설이다. 이 작품은 현재 두 개의 완질본이 있는데, 하나는 한국학중앙연구원 장서각본(180권 180책)이고 다른 하나는 서울대학교 규장각본(180권 93책)이다. 장서각본은 원래 창덕궁 낙선재에 소장되어 있었다. 이 두 이본은 책수가 다르고 필사 과정에서 약간의 차이를 보이는 부분들이 있으나 전체적인 내용과 분량은 서로 유사하다. 이 두 이본 중에는 장서각본이 전체적으로 더 보관 상태가 깨끗하며, 상대적으로 구개음화나 단모음화가 일어나지 않은 표기가 빈번하므로 필사 시기도 앞설 가능성이 높을 것으로 논의되고 있다. 그러므로《완월회맹연》의 교주 작업 역시 장서각본을 대상으로 했으며, 규장각본으로 교감 작업을 병행하여 장서각본의 원문이 불확실한 부분을 보완했다. 이 작업을 마친 후에는 본격적으로 규장각본을 함께 검토하고 교열하면서 교주 및 번역 작업을 해오고 있다.

《완월회맹연》은 한글소설이지만 한자 어휘 및 용사나 전고 등의 한문 교양이 대거 사용되고 있다. 교주본 작업을 하면서 각주를 통해 용사나 전고 등의 전거를 최대한 정확하게 밝히고자 했다. 미진한 경우에는 맥락에 따라 추정을 하고 그 추정 근거를 밝히는 방식으로 작업했다. 각자 교열 및 주석 작업을 한 후에는 수차례에 걸쳐 서로의 교주본 파일을 교차 검토하면서 교주본의 완성도를 높이기 위해 노력했으며 오류가 발견되는 경우 강독 모임을 통해 그 경우의 수들을 공유하면서 각자 수정을 하여 교주 및 번역의 일관성을 유지할 수 있도록 했다.

국문장편소설에는 길이가 긴 문장들이 자주 보이는데《완월회맹연》도 한 문장의 길이가 매우 긴 경우들이 빈번하게 등장하며 그 안에서 초점화자가 바뀌는 경우들이 있기에 주술 관계나 수식 관계를 파악할 때 각별한 주의를 기울였다. 긴 문장 속에서 자칫하면 서술어의 주체를 놓치기 쉽고, 경우에 따라서는 인물들의 호칭도 헷갈릴 수 있기에 조심스럽다. 남성 인물들은 대개 성씨에 관직명을 더해 부르는데 두세 가문의 인물들이 주로 나오므로 같은 성씨가 반복되는 데다가 여러 인물들이 같은 벼슬을 할 수도 있고 같은 인물이라 해도 승진이나 부서 이동에 따른 호칭 변동이 있을 수 있다. 여성 인물의 경우에도 용례는 다르나 비슷한 어려움에 처할 경우가 생긴다. 친정의 맥락에서는 남편 성씨에 따라 부르기도 하기 때문이다. 예를 들어 서씨 성을 가진 여성이 정씨 집안으로 시집을 가면 시집 맥락에서는 계속 서부인으로 불리다가 친정의 맥락에서는 정부인으로 불리는 식이다. 더군다나 친족 관계 호칭도 상황에 따라 변할 수 있기에 인물들 간의 관계를 잘 따져가면서 확인할 필요도 있다.

《완월회맹연》 번역은 특히 이런저런 신경을 늘 쓰고 있어야 맥락이 풀리는 경우가 많다. 매주 하는 강독 모임에서 발견하는 즐거움이 있다면 그것은 이런 문제 해결에서 온다. 혼자서는 맥락이 잘 안 잡히던 부분이 여럿의 공동 고민을 경유하면 툭 하고 풀리는 시원함을 경험한다. 이러니 힘들지만 우리는 서로에게 책임을 느끼며 모이는 데 열심을 낼 수밖에 없다. 《완월회맹연》 교주와 번역은 이화여대 《완월회맹연》 번역팀의 열너덧 명이 한마음으로 진행하고 있다. 이렇게 작업할 수 있음에 감사하고 또 묵묵하게 힘든 작업을 해내는 구성원들 모두에게 존경을 보낸다. 보다 구체적인 번역 원칙은 교주본의 일러두기에 적어놓았다. 《완월회맹연》 작품 자체에 대해서는 이 팀의 공동 저서인 《달밤의 약속, 완월회맹연 읽기》에 미룬다.

우리 팀은 우선 교주와 번역을 시작했는데 막상 이런 장편 거질을, 그것도 원문 입력과 주석까지 더한 학술적 성격의 초역을 출판해 줄

출판사를 만나는 것이 또 하나의 숙제였다. 이처럼 방대한 작업의 출판을 기꺼이 결정해 주신 휴머니스트 출판사에 마음 깊은 곳에서 우러나는 감사를 드린다.

이야기는 인류의 유산이자 자산이다. 지금도 새로운 이야기들이 만들어지고 있다. 《완월회맹연》은 18세기 조선에서 만들어진 유례없는 장편소설이다. 이 작품이 지니는 여러 매력적인 지점들과 의미 있는 부분들로 인해 《완월회맹연》에 대해서는 지속적으로 연구들이 쌓이고 있다. 이런 《완월회맹연》의 첫 교주본을 낼 수 있게 되다니 감개가 무량하다. 《완월회맹연》 교주본과 현대역본 출판은 학문적 연구의 활성화는 물론이며 다양한 문화콘텐츠의 원천으로도 충분히 활용 가능할 것이다.

2021년 투명한 가을 공기 속에서

조혜란 씀

일러두기

- 교주본은 장서각본을 중심으로 규장각본을 대교하며, 교감 내용은 각주로 제시함.
- 띄어쓰기가 되어 있지 않은 원문의 가독성을 높이기 위해 현대어 문법에 따라 띄어쓰기를 하고(단, 호칭과 관직은 붙여 씀), 대화문이나 이야기가 전환되는 장면에서는 줄 바꾸기를 함.
- 장서각본의 면수를 표시하고 새로운 면이 시작되는 글자 위에 ● 표시를 하였음.
- 문장부호의 경우 대화는 큰따옴표(“ ”), 강조는 작은따옴표(‘ ’), 병렬은 가운뎃점(·), 의문형은 물음표(?), 그 외 느낌표, 마침표, 쉼표만 사용함.
- 순한글 고어로 표기되어 있는 원문의 문해성을 높이기 위해 한자어의 경우 한자를 병기함. 원문에 각주 형식으로 전고 및 어휘의 의미를 보충함.
- 동일 한자어의 한자 병기는 원문 1면에 1회를 기준으로 하고, 빈도에 따라 조정함.
- 각주 형식은 ‘표제어: 기본형 혹은 원형. 의미. 출전’ 순으로 제시하고, 표제어는 원문에 병기된 한자를 포함하며, 출전은 필요한 경우에만 제시함.
- 한자와 각주는 고어대사전, 한자어사전, 국어사전, 한국고전번역원DB 등을 참고하여 작성함.
- 원문의 세주는【 】로 표시함.

차례

정잠과 정삼 집안

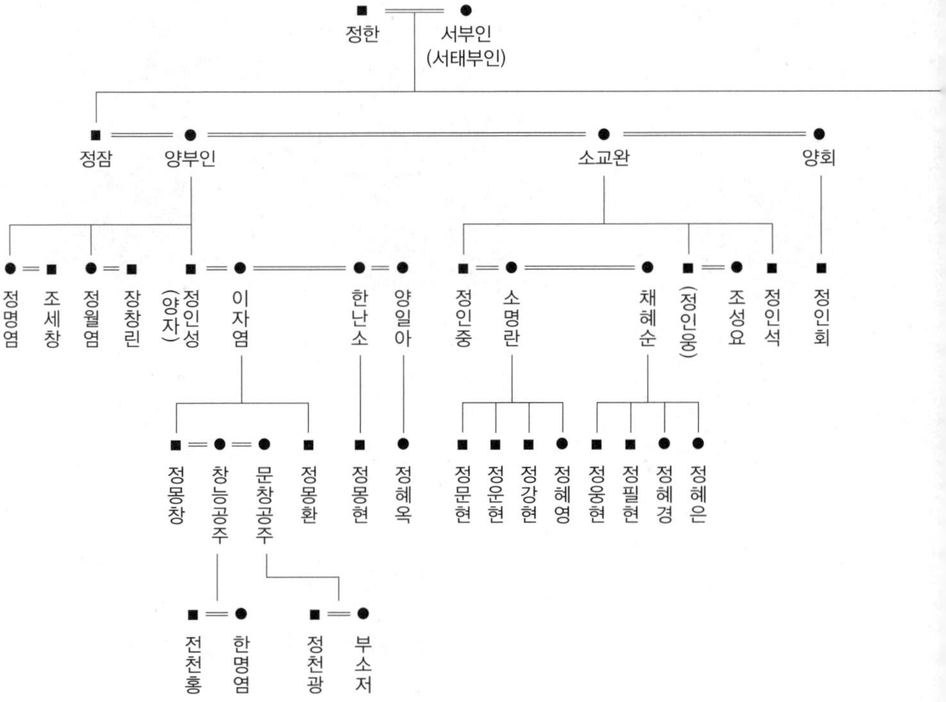
정한
서부인
(서태부인)
정잠
양부인
소교완
양회
정명염
조세창
정월염
장창린
정인성
(양자)
이자염
한난소
양일아
정인중
소명란
채혜순
(정인웅)
조성요
정인석
정인회
정몽창
창능공주
문창공주
정몽환
정몽현
정혜옥
정문현
정운현
정강현
정혜영
정웅현
정필현
정혜경
정혜은
전천홍
한명염
정천광
부소저

인물 관계도

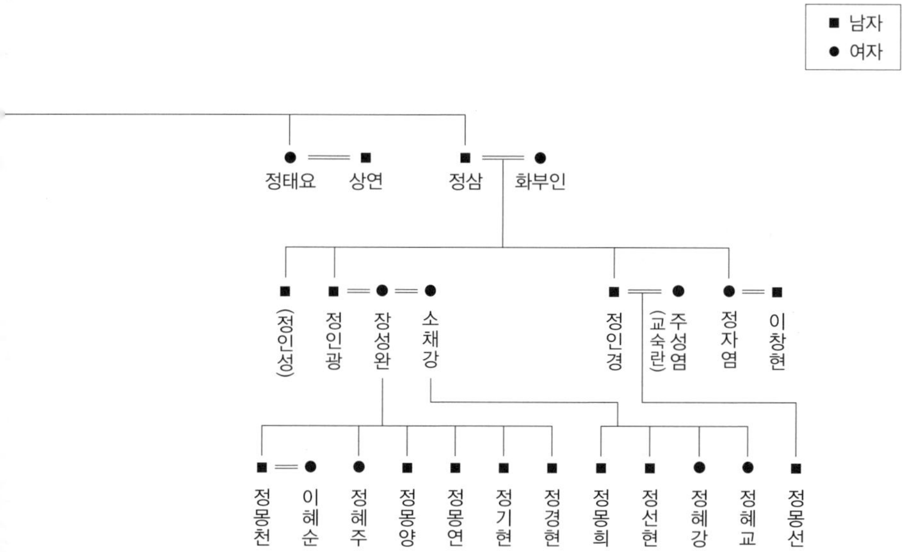

■ 남자
● 여자
정태요
상연
정삼
화부인
(정인성)
정인광
장성완
소채강
정인경
주성염
(교숙란)
정자염
이창현
정몽천
이혜순
정혜주
정몽양
정몽연
정기현
정경현
정몽희
정선현
정혜강
정혜교
정몽선

정흠과 정염 집안

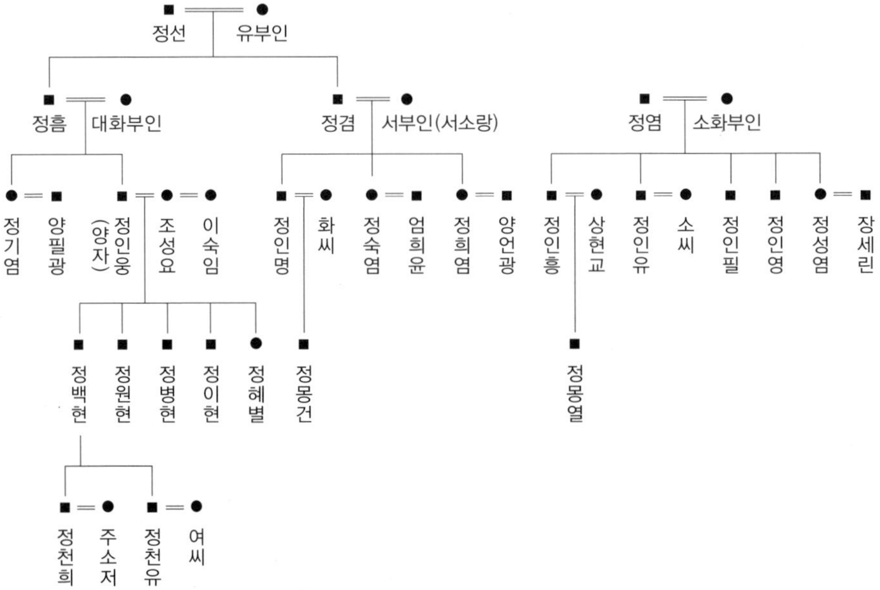

조세창 집안

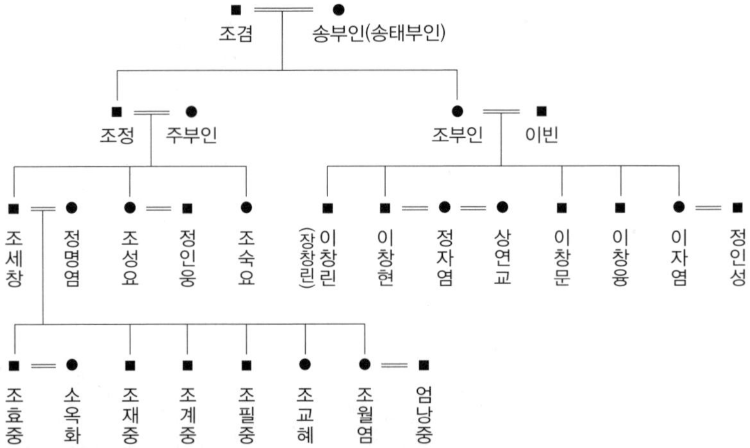

장헌 집안

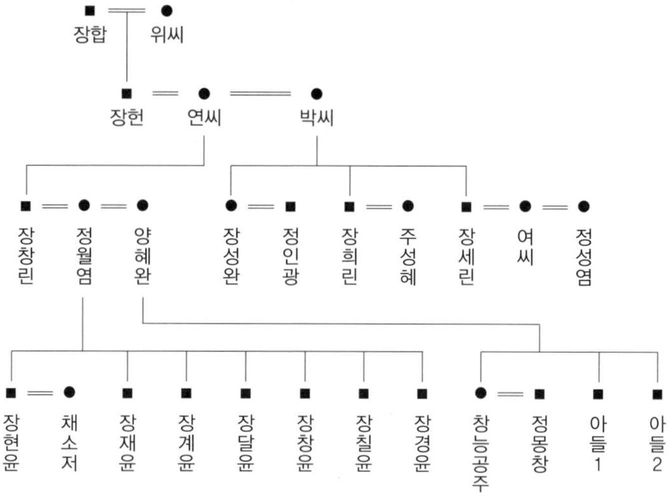
장합
위씨
장헌
연씨
박씨
장창린
정월염
양혜완
장성완
정인광
장희린
주성혜
장세린
여씨
정성염
장현윤
채소저
장재윤
장계윤
장달윤
장창윤
장칠윤
장경윤
창능공주
정몽창
아들1
아들2

소교완 집안

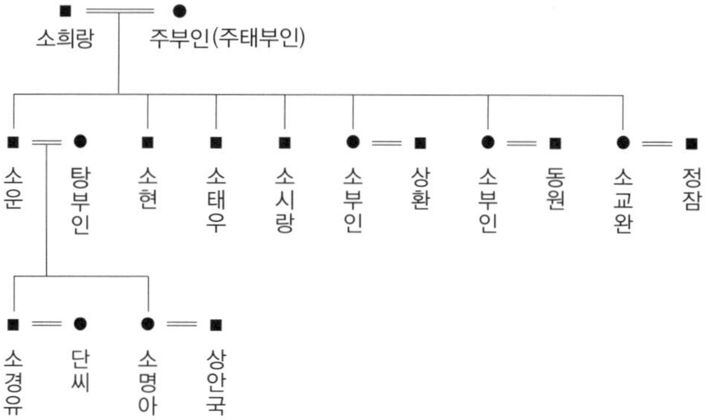
소희랑
주부인(주태부인)
소운
탕부인
소현
소태우
소시랑
소부인
상환
소부인
동원
소교완
정잠
소경유
단씨
소명아
상안국

상연-정태요 집안

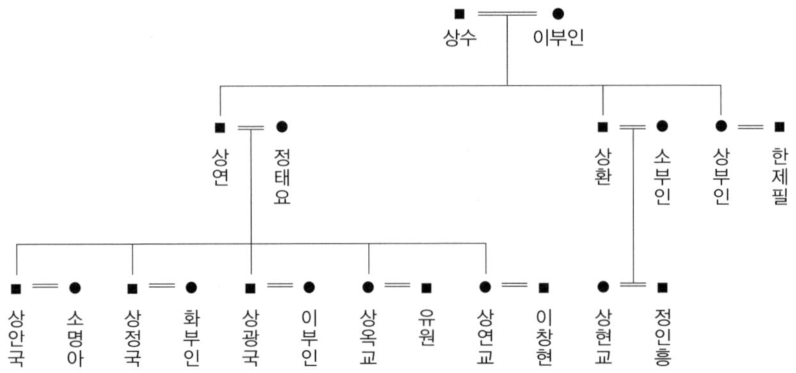

주성염(교숙란) 집안: 정인경 처가

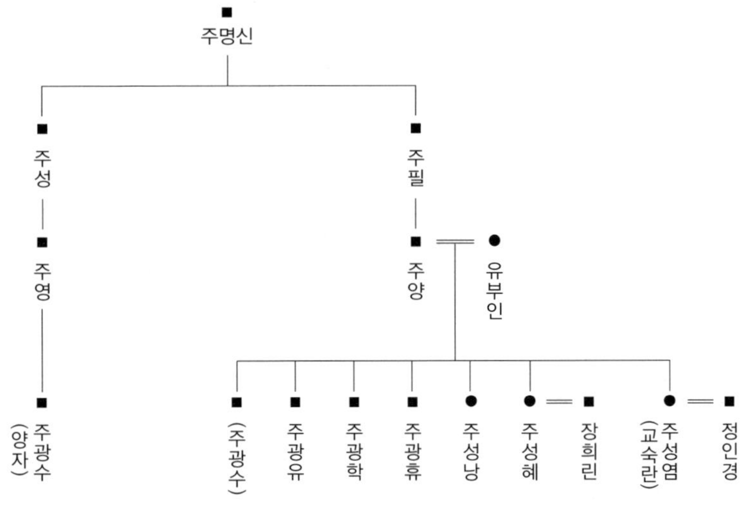

완월회맹연
玩月會盟宴

권디오십일
卷之五十一

1면 익셜. 연부인이 탄왈(嘆曰)

"현뷔(賢婦)[1] 이 말을 젼ᄒᆞ미 딘실노 난연(赧然)ᄒᆞᆯ ᄇᆡ나 현뷔 아니면 능히 이 쇼유ᄅᆞᆯ 고ᄒᆞ리 업ᄉᆞ리니 경경죄[2] 셰ᄋᆞ[3]의 광탕(狂蕩)ᄒᆞ믈 더옥 나디 넉이샤 동상(東床)의 용납디 아니시려니와 일이 발셔 블ᄒᆡᆼ(不幸)ᄒᆞ여 이러틋 괴이(怪異)ᄒᆞ니 ᄎᆞ혼(此婚)을 도모치 아녀ᄂᆞᆫ 셰ᄋᆞᄅᆞᆯ ᄉᆞᆯ오디 못ᄒᆞᆯ디라. 유ᄉᆡᆼ(儒生)의 ᄌᆡ실(再室)이 과ᄒᆞ고 외월(猥越)ᄒᆞᄃᆡ ᄇᆡᆨᄋᆞ(伯兒)[4] ᄀᆞᄐᆞ니ᄂᆞᆫ 닙신젼(立身前)의 셰 번 기러기ᄅᆞᆯ 안으나 위됴(威操)와 듕권(重權)이 ᄌᆞ연 그 사ᄅᆞᆷ을 조ᄎᆞ 온젼이 도라가ᄂᆞᆫ 곳이 잇ᄂᆞᆫ 고로 현뷔 비록 참난(僭亂)과 화얼(禍孼)을 당ᄒᆞ나 ᄒᆞᆫ번 길운(吉運)을 만나ᄆᆡ 간ᄉᆡ(奸邪) ᄆᆞᆯ너지고 요얼(妖孼)이 스러져 부운(浮雲)ᄀᆞᆺ치 모ᄃᆞᆺ던 블인(不仁)이 ᄒᆞᆺ터디고 흉패(凶悖) 복쥬(伏誅)ᄒᆞᄆᆡ 팔좌(八座)[5]의 존(尊)ᄒᆞᆷ과 ᄂᆡᄌᆞ(內子)[6]의 귀(貴)ᄒᆞ미 현부 일신(一身)의 오ᄅᆞᆺᄒᆞ니 셕일(昔日) 화란(禍亂)이 츈몽(春夢)의 비ᄒᆞᆯ 거시로ᄃᆡ 사ᄅᆞᆷ마다 그 ᄀᆞᆺ기ᄅᆞᆯ 바라지 못ᄒᆞ고 녀시의 패악(悖惡)ᄒᆞ미 삼

2면 ᄋᆞ(三兒)의 가ᄉᆞ(家事)ᄅᆞᆯ 산난(散亂)ᄒᆞᆯ 징상(徵相)이어ᄂᆞᆯ 셰린의 위

---

1 현뷔(賢婦): 현부. 여기에서는 장창린의 부인이자 장헌과 연부인의 며느리인 정월염을 가리킴.

2 경경죄: 정경조. 경조 정염.

3 셰ᄋᆞ: 세아. 장헌의 셋째 아들 장세린을 가리킴.

4 ᄇᆡᆨᄋᆞ(伯兒): 백아. 장헌의 첫째 아들 장창린을 가리킴.

5 팔좌(八座): 재신급(宰臣級)의 8명의 고위 관료. 동한(東漢) 때는 육조의 상서(尙書)와 영(令), 복야(僕射)를 가리킴. 여기에서는 높은 관직을 뜻함.

6 ᄂᆡᄌᆞ(內子): 내자. 경(卿)이나 대부(大夫)의 적처(適妻).

인(爲人)이 빅오(伯兒)를 밋디 못ᄒᆞ니 혹ᄌᆞ 임샤(妊姒)[7] 굿ᄐᆞᆫ 숙녀를 만나도 가도(家道)를 온젼이 ᄒᆞ여 관져(關雎)의 즐기믈[8] 엇디 못홀가 근심이 업디 아니니 졍경조와 화부인[9]의 별눈ᄌᆞᄋᆡ(別倫慈愛)로 엇디 쳔금일교(千金一嬌)를 가연이 경박ᄌᆞ(輕薄者)의게 허코ᄌᆞ ᄒᆞ시리오마ᄂᆞᆫ 인명(人命)이 듕대(重大)ᄒᆞ믈 구버솔피신즉 쇼져를 타문(他門)의 도라보닉디 못ᄒᆞ노라."

졍부인[10]이 빅이샤왈(拜而謝曰)

"쇼쳡의 화란(禍亂)을 뎡ᄒᆞ오믄 구고(舅姑) 홍은(鴻恩)과 셩녀(聖慮)를 므릅ᄡᅳ와 당금(當今) 환낙(歡樂)이 묘복(眇福)과 박덕(薄德)의 과의(過矣)라. 두리온 근심이 업ᄉᆞ리오? 삼슉(三叔)의 빅체(配體)를 그룻 만나미 잇시나 녀시의 위인이 스ᄉᆞ로 몸의 히를 닐위고[11] 슉슉(叔叔)의 복녹(福祿)의 히를 더으믄 크디 아니ᄒᆞ오리니 죵슉(從叔)의 부뷔(夫婦) 엇디 쇼망이 아니라 ᄒᆞ여 타문을 싱각ᄒᆞ리잇고? 이런 일의 셩녀를 머므ᄅᆞ디 마ᄅᆞ쇼셔. 슉슉을 보호ᄒᆞ샤 딜휘(疾候) 가복(可復)ᄒᆞ시믈 ᄇᆞ라ᄂᆞ이다."

부인이 다시 말ᄒᆞ고져 ᄒᆞ더니 댱공이 드러오미 졍시 년망(連忙)이[12] 니

---

7 임샤(妊姒): 임사. 태임(太姙)과 태사(太姒). 주나라 문왕의 어머니인 태임과 문왕의 비이자 무왕의 어머니인 태사는 부덕이 뛰어난 인물로 알려짐.

8 관져(關雎)의 즐기믈: 관저지락. 관저는《시경》〈주남(周南)〉편의 첫 번째 시로, 군자와 숙녀가 서로 어울리는 짝으로 등장하는 내용. 여기에서는 어울리는 짝을 만난 즐거움을 가리킴.

9 화부인: 정염의 아내 소화부인.

10 졍부인: 정부인. 정월염. 장창린의 부인이자 장헌의 며느리.

11 닐위고: 닐위다. 이루어지게 하다, 이르게 하다.

12 년망(連忙)이: 연망이. 바삐, 바쁘게.

3면 러 맛고 부인이 ᄯᅩᄒᆞᆫ ᄀᆡ영분좌(起迎分坐)ᄒᆞᄆᆡ 댱공[13]이 셰린의 병셰(病勢) 일분(一分) ᄎᆞ헐(差歇)ᄒᆞᆯ 징상(徵狀)이 이시믈 니ᄅᆞ고 희환(喜歡)ᄒᆞ믈 늬긔디 못ᄒᆞᄃᆡ 부인이 굿ᄐᆞ여 병득ᄎᆞ(病得差)의 연유(緣由)ᄂᆞᆫ 셜파(說破)ᄒᆞ미 업셔 유유히 드롤 ᄯᆞ롬이러니 날호여[14] 댱공이 나가믈 기다려 이랑(二郞)[15]을 블너

"혼셜(婚說)을 정부의 통ᄒᆞ므로뼈 셰린을 들니고 정경죄 비록 블쾌분연(不快忿然)ᄒᆞ나 타쳐(他處)ᄅᆞᆯ 향의(向意)ᄒᆞ믄 업ᄉᆞ믈 닐러 슈히 ᄎᆞ경(差境)케 ᄒᆞ라."

ᄒᆞ니 이랑이 슈명(受命)ᄒᆞ고 병소(病所)의 나와 아울 ᄃᆡᄒᆞ여 됴흔 말노 친ᄉᆞ(親事)ᄅᆞᆯ 일우미 여반장(如反掌)이로ᄃᆡ 아ᄃᆡᆨ 경조공이[16] 분뇌플니디 아냐시니 잠간 셰월(歲月)이 쳔연(遷延)ᄒᆞᆯ ᄇᆡ나 정가 졔인(諸人)의 ᄯᅳᆺ이 ᄯᅩ 타쳐(他處)ᄅᆞᆯ 유의(有意)치 아니ᄒᆞ믄 닐너 병이 슈히 가복(可復)ᄒᆞ믈 당부(當付)ᄒᆞ니 삼공ᄌᆡ 원간 죽을디언경 정쇼져[17]ᄅᆞᆯ ᄉᆞ상(思想)ᄒᆞ민 줄을 ᄎᆞ마 발셜(發說)치 못ᄒᆞ믄 정경조의 강항녈슉(強項烈肅)ᄒᆞ믈 ᄇᆞᆰ히 아ᄂᆞᆫ디라. 그 ᄯᆞᆯ을 공규(空閨)의 폐륜(廢倫)키ᄅᆞᆯ 결단치 아니면 죽여 업시ᄒᆞᆯ디언정 ᄌᆞ긔 집을 년친(連親)[18]의 됴흐믈 ᄆᆡᆺ

4면 고 쳔금일교(千金一嬌)로 비굴(卑屈)ᄒᆞ여 ᄌᆞ긔 ᄌᆡ실(再室)[19]노 도라보

---

13 댱공: 장공. 장헌을 가리킴.

14 날호여: 천천히, 더디게, 뒤이어.

15 이랑(二郞): 장씨 가문의 둘째 공자 장희린을 이름. 규장각본에는 '니랑'으로 되어 있음.

16 경조공이: 규장각본에는 '경조공의'로 되어 있음.

17 정쇼져: 정소저. 정염의 딸 정성염을 가리킴.

18 년친(連親): 연친. 혼인으로 친족이 됨.

19 ᄌᆡ실(再室): 재실. 여기에서는 부실(副室), 즉 첩을 이름.

ᄂᆡ지 아닐가 ᄒᆞ미러니 당금(當今)ᄒᆞ여ᄂᆞᆫ 아ᄅᆞᆷ답디 아닌 혼셜(婚說)을 통ᄒᆞᄃᆡ 경조공이 녀ᄋᆞ(女兒)ᄅᆞᆯ 폐륜(廢倫)ᄒᆞᆯ 의논이 업시 필경(畢竟) 친ᄉᆞ(親事)ᄅᆞᆯ 일우고ᄌᆞ ᄒᆞ믈 드ᄅᆞᄆᆡ 딘실노 뜻ᄒᆞ디 아닌 ᄇᆡ오 ᄇᆞ라지 아닌 ᄇᆡ라. 환텬열디(歡天悅地)ᄒᆞ여 만심(滿心)이 경ᄒᆡ(驚駭)ᄒᆞ니 엇디 길신(吉辰)의 더ᄃᆡ믈 족히 한ᄒᆞ리오? 다만 ᄎᆞᄉᆡᆼ(此生)의 가연(佳緣)을 일워 쳔고(千古) 슉녀현완(淑女賢婉)을 우봉(遇逢)ᄒᆞᆯ 긔약이 이시믈 흔흔과망(欣欣過望)ᄒᆞ여 이 본ᄃᆡ 심녀(心慮)로 비로ᄉᆞᆫ 병이라 날과 밤의 젼뎐우상(輾轉憂想)ᄒᆞ고 괴로이 ᄉᆞ모(思慕)ᄒᆞ여 초창(楚愴)ᄒᆞ고 울억(鬱抑)ᄒᆞ미 간위(肝胃)ᄅᆞᆯ ᄉᆞᆺᄎᆞ미 되엿다가 작일(昨日)의 모형(母兄)의 말ᄉᆞᆷ을 조ᄎᆞ 녜의념치(禮義廉恥)ᄅᆞᆯ 폐상(廢常)ᄒᆞ고 딘심소회(盡心所懷)ᄅᆞᆯ 주(奏)ᄒᆞ여 경부의 혼셜(婚說)을 통ᄒᆞ고 희보(喜報)ᄅᆞᆯ 현망(懸望)ᄒᆞ다가 오날ᄂᆞᆯ 형환ᄒᆞᆫ 소식을 이변(耳邊)의 니ᄅᆞ니 방촌(方寸)[20]이 결확ᄒᆞᆫ ᄉᆞ려(思慮)[21]와 듕니(中裏)의 그윽ᄒᆞᆫ 회포(懷抱)ᄅᆞᆯ 일시(一時)의 쳑탕(滌蕩)ᄒᆞᄆᆡ ᄆᆞᄋᆞᆷ과 긔운이 안온(安穩)ᄒᆞ여 ᄇᆡᆨ증(百症)이 즉ᄎᆞ(卽差)ᄒᆞ고 위질(危疾)이 쾌복(快服)ᄒᆞ여 흉격(胸膈)이 쾌활ᄒᆞ고 두뷔(頭部) 가바야와 ᄉᆞ지(四肢) 경쾌(輕快)ᄒᆞ니 즉ᄀᆡᆨ(卽 5면
刻)의 운건쳥쳥(雲乾淸淸)ᄒᆞᄃᆡ 대개 누월(累月) 침식(寢食)을 폐ᄒᆞ여 원긔(元氣) 허약(虛弱)ᄒᆞ미 실낫ᄀᆞᆺᄐᆞ므로 즉시 긔거(起居)ᄒᆞ믈 엇디 못ᄒᆞ나 인ᄉᆞ(人事)ᄅᆞᆯ ᄎᆞᆯ혀 졍신을 슈습(收拾)ᄒᆞ미 혼혼블셩(昏昏

20 방촌(方寸): 방촌지지(方寸之地). 사방 한 치의 땅이라는 뜻으로, 좁은 땅이나 좁은 마음을 이르는 말.

21 ᄉᆞ려(思慮): 사려. 규장각본에는 'ᄉᆞ례'로 나와 있음.

不省)ᄒᆞ던 ᄶᅴ로 ᄂᆡ도ᄒᆞ고[22] ᄆᆡ음을 슌강(順降)ᄒᆞ며 찬션(饌膳)의 맛ᄉᆞᆯ 아라 스ᄉᆞ로 ᄎᆞᄌᆞ먹고 보원(補元)ᄒᆞᆯ 약을 구호(救護)ᄒᆞ여 딘음(進飮)ᄒᆞ기를 힘뼈 ᄒᆞ니 죽은 사ᄅᆞᆷ이 환혼(還魂)ᄒᆞ고 노군(老君)[23]의 금단(金丹)[24]을 ᄡᅳ미 아니라 완연이 ᄌᆡ싱디인(再生之人)이 되엿ᄂᆞ디라. 부모동긔(父母同氣)의 쳔만환열(千萬歡悅)ᄒᆞ믄 니ᄅᆞ도 말고 친우졔붕(親友儕朋)이 그 병셰 만무일망(萬無一望)ᄒᆞᄆᆞᆯ 참연위쳑(慘然爲慽)ᄒᆞ다가 긔특히 ᄉᆡᆼ도(生道)를 어더 졈졈 가경(佳境)의 이시믈 블승힝심(不勝幸甚)ᄒᆞ여 길ᄉᆞ[25] 등이 날마다 와 보고 혹ᄉᆞ 원뵈[26] 손을 ᄌᆞᆸ아 간ᄆᆡᆨᄒᆞᄆᆡ 의려(疑慮)ᄒᆞᄆᆞᆯ 니긔디 못ᄒᆞ여 이랑(二郎)을 도라보아 ᄀᆞᆯ오ᄃᆡ

"계승[27]은 쳥컨ᄃᆡ 녕뎨(令弟)의 딜ᄎᆞ(疾差)ᄒᆞᆫ 연유(緣由)를 잠간 니ᄅᆞ라. 문승[28]의 병이 풍한셔열(風寒暑熱)의 상ᄒᆞᆫ 바도 아니오 질약긔허(質弱氣虛)ᄒᆞ여 발ᄒᆞᆷ도 아니라. 젼혀 상념(想念)ᄒᆞᄂᆞᆫ 회푀(懷抱) 동(動)ᄒᆞ여 심녀(心慮)로 난 병이러니 이졔 ᄆᆡᆨ을 보건ᄃᆡ 심녀를 더러 ᄉᆡᆼ각ᄂᆞᆫ[29] 회포(懷抱)를 만히 쳑탕(滌蕩)ᄒᆞ미 이시니 무고히 ᄉᆞ심을 플기 어려오니 반ᄃᆞ시 그 ᄠᅳᆺ을 일우고 긋칠 ᄃᆞᆺᄒᆞ거ᄂᆞᆯ 엇디 각별ᄒᆞᆫ 소문이

6면

22 ᄂᆡ도ᄒᆞ고: ᄂᆡ도ᄒᆞ다. 판이하다, 크게 다르다.

23 노군(老君): 노자(老子)의 존칭. 도교에서 노자를 교조(敎祖)로 삼아 그를 높여서 태상노군(太上老君)이라 한 데서 유래함.

24 금단(金丹): 신선이나 도사들이 조제하여 만든 불로불사의 약. 황금액(黃金液)의 단사(丹砂)로 구워 만든 환단(還丹).

25 길ᄉᆞ: 길사. 관직명으로 여기에서는 정인명을 가리킴.

26 원뵈: 원보. 정인경의 자.

27 계승: 장희린의 자.

28 문승: 장세린의 자.

29 ᄉᆡᆼ각ᄂᆞᆫ: 규장각본에는 'ᄉᆡᆼ각ᄒᆞᆫ'으로 되어 있음.

업시 이 병이 ᄎᆞ셩(差省)ᄒᆞ미 니ᄅᆞ럿ᄂᆞ뇨?"
이랑이 잠쇼왈(潛笑曰)
"형이 의치(醫治)의 만히 붉으라[30] ᄒᆞ거니와 금ᄌᆞ(今者) 샤뎨(私弟)의 딜ᄎᆞ(疾差)ᄒᆞ믄 실노 원보의 말과 ᄂᆡ도ᄒᆞ여 위연이 침고위듕(沈痼危重)ᄒᆞ고 ᄌᆞ연이 ᄎᆞ헐가복(差歇可復)ᄒᆞ니 므ᄉᆞᆫ 쇼문이 이셔 병득딜ᄎᆞ(病得疾差)의 남다ᄅᆞ미 이실 거시라[31] 괴이ᄒᆞᆫ 말을 ᄒᆞᄂᆞ뇨? 만일 곡졀(曲折)이 이실딘ᄃᆡ 은휘(隱諱)ᄒᆞ미 업ᄉᆞ리라."
경학ᄉᆡ 완이(莞爾)히 미쇼왈(微笑曰)
"쇼뎨(小弟) 비록 의리(醫理)의 통치 못ᄒᆞ나 녕뎨(令弟)의 병은 등한(等閑)ᄒᆞᆫ 질양(疾恙)으로 다ᄅᆞ믈 아랏고 ᄌᆞ연이 가경(佳境)의 니ᄅᆞ디 못홀 바롤 혜아렷거놀 엇디 연유(緣由)롤 은닉(隱匿)ᄒᆞ여 ᄂᆡ외(內外)ᄒᆞ믈 심히 ᄒᆞᄂᆞ뇨?"
경길ᄉᆞ 닌명이 웃고 골오ᄃᆡ
"문승이 혼혼침침(昏昏沈沈)ᄒᆞ야 인ᄉᆞ롤 ᄇᆞ려실 ᄯᆡᄂᆞᆫ 병의 가감(加減)을 계승의게 믓던 ᄇᆡ나 방금은 문승이 ᄉᆡᆼ도(生道)롤 어더 졍신인ᄉᆡ(精神人事) 뇨연평셕(了然平昔)ᄒᆞ니 딜ᄎᆞ의 연유(緣由)롤 바로 져다려 므롤 거시어놀 엇디 계승을 향ᄒᆞ여 므ᄅᆞ시ᄂᆞ뇨? 당뷔 쳐셰(處世)의 범ᄇᆡᆨᄒᆡᆼ신(凡百行身)이 광풍졔월(光風霽月) ᄀᆞᆺᄐᆞ리니 여ᄎᆞ즉(如此則) 텬디신명(天地神明)과 ᄌᆞ디기신[32]의도 븟그럽디 아닐 거디라[33]. 남 7면

30 붉으라: 규장각본에는 '발으라'로 되어 있음.
31 이실 거시라: 규장각본에는 '일실 거시라'로 되어 있음.
32 ᄌᆞ디기신: 자지기신. '자지기신(自持其身)'으로 추정. 규장각본에는 'ᄌᆞ긔기신'으로 되어 있음.
33 아닐 거디라: 아닐 것이라. 규장각본에는 '아닐지라'로 되어 있음.

지 ᄋᆞ녀ᄌᆞ와 ᄀᆞᆺ디 아니니 혹ᄌᆞ(或者) ᄆᆞ음을 기우리고 졍을 머므러 ᄉᆡᆼ각ᄂᆞᆫ ᄇᆡ 이신들 므ᄉᆞᆷ 슈치ᄉᆡ(羞恥事)라 은휘(隱諱)ᄒᆞ기ᄅᆞᆯ 음ᄒᆡᆼ죄(淫行罪)의 잡힐 ᄃᆞᆺ시 ᄒᆞᄂᆞ뇨?"

ᄃᆡᆨᄉᆞ 닌유 왈

"브ᄃᆡ[34] 은닉(隱匿)고ᄌᆞ 홀딘ᄃᆡ 구ᄐᆞ여 이심(已甚)히 므ᄅᆞᆯ 일이 아니라. 다만 ᄉᆞ질(死疾)을 회두(回頭)ᄒᆞ니 우리 븡당(朋黨)의 ᄒᆡᆼ심(幸心)이 극의(極矣)로다."

댱ᄉᆡᆼ이 귀로 졔경의 말을 드ᄅᆞ며 눈으로 그 긔ᄉᆡᆨ(氣色)을 ᄉᆞᆯ피니 ᄌᆞ긔 젼후병득질ᄎᆞ(前後病得疾差)의 연유ᄅᆞᆯ 듯디 못ᄒᆞᆫ 거동(擧動)이라. 의아ᄒᆞ고 경혹(驚惑)ᄒᆞ야 긔이(奇異)ᄒᆞ믈 니긔디 못ᄒᆞ나 연부인의 단듕(端重)ᄒᆞ미 허언(虛言)으로 ᄌᆞ긔ᄅᆞᆯ 쇽일 ᄇᆡ 아니오 ᄇᆡᆨ슈(伯嫂)긔 간ᄒᆞ여 망단(望斷)ᄒᆞᆫ 친ᄉᆞᄅᆞᆯ 여운(餘韻)이 잇다 홀 ᄇᆡ 아닌 고로 반신반의(半信半疑)ᄒᆞ여 홀연(忽然) 심동여란(心動如亂)ᄒᆞ믈 ᄭᆡ닷디 못ᄒᆞᄃᆡ 졔경의 위인(爲人)이 져마다 홍대(弘大)ᄒᆞ고 웅침(雄沈)ᄒᆞ니 혹ᄌᆞ 알고도 짐즛 이러구ᄂᆞᆫ가 측냥(測量)치 못ᄒᆞ여 희미히 함쇼왈(含笑曰)

"쇼뎨 유병(有病)ᄒᆞᄆᆡ 형등(兄等)이 몬져 ᄉᆞ상지질(思想之疾)이라 디목(指目)ᄒᆞ고 이제 나으ᄆᆡ 또 반ᄃᆞ시 심녀(心慮)ᄅᆞᆯ 쳑탕(滌蕩)ᄒᆞᆫ 곡ᄃᆡᆨ(曲直)이 이시리라 ᄒᆞ여 다못[35] 쇼뎨와 ᄉᆞ죵(四從)이 다 못 ᄒᆞᄂᆞᆫ 바ᄅᆞᆯ 형등은 디목ᄒᆞ믈 잘ᄒᆞ니 그 엇디 발명(發明)ᄒᆞ리오? 다만 형등의 언참(言讖)이 괴이(怪異)ᄒᆞ니 쇼뎨 사ᄅᆞᆷ을 ᄉᆞ상ᄒᆞᆫ다 디목ᄒᆞ니 일홈을

8면

34 브ᄃᆡ: 부디. 규장각본에는 '브히'로 되어 있음.

35 다못: 다만.

면치 못홀가 두리노라."

졔경이 쇼왈(笑曰)

"언참을 블열(不悅)ᄒᆞ니 실ᄉᆞ(實事)롤 니ᄅᆞ디 아니ᄒᆞ거니와 아등(我等)도 밍ᄌᆞ(盲者)와 이벽[36]이 아니라 타일(他日) ᄌᆞ연 보고 드롤 일이 아니 이시랴?"

댱싱이 ᄎᆞ언(此言)의 다ᄃᆞ라ᄂᆞᆫ 뎨졍이 무심히 니ᄅᆞ민 줄 모로고 혹ᄌᆞ(或者) 알오미 잇ᄂᆞᆫ가 일분(一分) 힝심(幸心)ᄒᆞ여 쏘ᄒᆞᆫ 유유브답(唯唯不答)ᄒᆞ딕 타일(他日)의 발각(發覺)ᄒᆞ미 이신들 텬연(天緣)과 긔봉(奇逢)의 비로ᄉᆞ미 므어시 음힝(淫行)의 잡히며 죄루(罪累)의 쳐ᄒᆞ랴? 아니[37] 졔졍이 그 쓰즐 모로고 다만 ᄉᆞ상ᄒᆞ던 회포(懷抱)롤 프러 병이 ᄎᆞ경(差境)의 이시믈 신긔히 넉이고 반ᄃᆞ시 상모(想慕)ᄒᆞ던 바롤 만나미 잇ᄂᆞᆫ가 ᄒᆞ딕 졔 니ᄅᆞ디 아니믈 구ᄐᆞ여 누루히 뭇디 아니ᄒᆞ고 일장한화(一場閑話)의 쥬긱(主客)이 다 희열(喜悅)ᄒᆞ믈 띄엿더니 시ᄌᆡ(侍者) 녀츄밀[38]의 문병ᄒᆞᄂᆞᆫ 술위 문의 니ᄅᆞ러시믈 고ᄒᆞ니 싱이 만분통한(萬分痛恨)ᄒᆞ여 ᄉᆞᄉᆡᆨ(辭色)이 블열미쾌(不悅未快)ᄒᆞ고 졔졍은 져 녀츄밀의 간교(奸巧)ᄒᆞᆫ 쇼인이믈 블쾌(不快)ᄒᆞ여 됴항간(朝巷間)의 셔로 딕ᄒᆞ나 이에셔 굿ᄐᆞ여 져롤 볼 ᄇᆡ 업ᄂᆞᆫ 고로 일시(一時)의 니러 도라갈ᄉᆡ 졍학ᄉᆞ 닌홍이 죵뎨(從弟) 닌경다려 웃고 닐러 ᄀᆞᆯ오딕 9면

"현뎨(賢弟)ᄂᆞᆫ 우리와 달나 녀원홍이 쳐외구(妻外舅)니 이에 머므러

36 이벽: 맥락상 귀〔耳〕와 관련한 장애를 가리키는 것으로 보임.

37 아니: 규장각본도 동일하게 되어 있음. 맥락상 '하니'의 오기로 보임.

38 녀츄밀: 여추밀. 장세린의 장인인 추밀사 여원홍.

알현ᄒᆞ고 진시(趁時) 나아가 ᄇᆡ현(拜見)ᄒᆞ여 인딜(姻姪)이 인슉(姻叔) 공경존ᄃᆡ(恭敬尊待)ᄒᆞᄂᆞᆫ 셜만(褻慢)ᄒᆞᆷ을 샤죄ᄒᆞᆯ디어다."

운보[39] 공ᄌᆡ 함쇼ᄃᆡ왈(含笑對曰)

"안ᄒᆡ 표슉(表叔)을 ᄃᆡᄒᆞ여 알현(謁見)이 느ᄌᆞᆷ을 인ᄉᆞ하고 샤죄(謝罪)ᄒᆞ여 보시ᄂᆞ니ᄂᆞᆫ 우음을 아디 못ᄒᆞ시나 쇼뎨ᄂᆞᆫ 교가[40]로 의졀(義絶)ᄒᆞᆷᄋᆡ 녀가로 인슉인딜(姻叔姻姪)의 졀이 ᄒᆞᆯ노 이실 길히 업고 ᄇᆡᆨ

10면 면셔ᄉᆡᆼ(白面書生)이 당전(當前)ᄒᆞᆫ ᄌᆡ상(宰相)을 무고히 ᄇᆡ견(拜見)ᄒᆞᆷ이 심히 블가(不可)ᄒᆞ니이다."

ᄒᆞ고 병익(竝翼)ᄒᆞ여 협문(夾門)으로 도라가니 삼낭(三郎)이 졍운보의 근심 업ᄉᆞᆷ을 블워ᄒᆞ여 ᄀᆞᆯ오ᄃᆡ

"ᄇᆡ톄(配體)ᄅᆞᆯ 블힝이 만난 ᄌᆞᄉᆞ로 운보ᄀᆞᆺ치 거리ᄶᆡᆷ이 업시 의졀(義絶)ᄒᆞ여 그 유무(有無)ᄅᆞᆯ 아디 못ᄒᆞᆯ딘ᄃᆡ 뉘 실가(室家)의 블합(不合)ᄒᆞᆷ을 족히 시름ᄒᆞ리오? 녀시[41] 흉인(凶人)도 교시의 음악패힝(淫惡悖行)이나 ᄀᆞᆺ초 가져 죄명(罪名)이 그러툿 낫타날진ᄃᆡ 내 ᄯᅩ 슈고로이 박튝(迫逐)ᄒᆞᆷ이 업시 ᄌᆞ연이 의ᄅᆞᆯ ᄭᅳᆺᄎᆞᆷ이 되련마ᄂᆞᆫ 이 블인(不人)은 교가녀의 안ᄉᆡᆨ(顔色)이 업ᄉᆞ니 병든 누ᄌᆞ(陋者)와 나모ᄒᆞ는 츄한(醜漢)이라도 험모흉상(險貌凶相)을 춤 밧타 더러이 넉이리니 엇디 노딘[42]·허관[43]의 무리 징투(爭鬪)ᄒᆞ여 졍을 머므ᄅᆞᆷ이 이시리오? 다만 날

39 운보: 정인경의 자.

40 교가: 교씨 가문. 정인경의 아내 교숙란의 집안.

41 녀시: 여씨. 여원홍의 딸이자 장세린의 아내.

42 노딘: 노진. 역사 인물로 추정.

43 허관: 역사 인물로 추정.

노 더브러 심상치 아닌 원(怨)을 ᄡᆞ흐미라."

ᄒᆞᆫᄃᆡ 이랑(二郎)이 괴이ᄒᆞᆫ 말을 긋치라 ᄒᆞ고 드ᄃᆡ여 나와 녀공을 볼ᄉᆡ 댱공이 임의 대셔헌의셔 마ᄌᆞ 졍히 담화(談話)ᄒᆞ더라. 녀공이 이랑을 향ᄒᆞ여 우환(憂患)이 가경(佳境)의 이시믈 칭하ᄒᆞᄆᆡ 듕심(中心)이 환열(歡悅)ᄒᆞ여 희식(喜色)이 츌어면모(出於面貌)ᄒᆞ니 이랑이 그 11면
인졍(人情)의 ᄌᆞ연(自然)ᄒᆞ믈 ᄊᆡ다라 능히 박멸치 못ᄒᆞᆯ 바의 아의 너모 ᄆᆡ몰ᄒᆞ믈 민망이 넉이더라. 녀공이 댱공으로 이윽이 말ᄒᆞ다가 셔랑(壻郎)을 보아디라 ᄒᆞ니 댱공이 흔연이 공슈(拱手)ᄒᆞ여 이랑을 도라보아 녀공을 뫼셔 병소(病所)로 가라 ᄒᆞ니 이랑이 즉시 녀츄밀을 인도ᄒᆞ여 병소의 니ᄅᆞᄆᆡ 삼낭(三郎)이 괴롭고 증분(憎憤)ᄒᆞ믈 니긔디 못ᄒᆞ나 댱유(長幼)의 톄면을 도라보아 헛튼 머리의 관을 드러 언고 병풍의 걸닌 대포(大布)ᄅᆞᆯ 가져 엇게의 걸치ᄆᆡ 게얼니 니러 츄밀을 마ᄌᆞ 계오 허리ᄅᆞᆯ 굽혀 녜슈(禮數)ᄅᆞᆯ 일우ᄆᆡ 늠연(凜然)이 단좌(端坐)ᄒᆞ여 믁언(默言)이 말이 업ᄉᆞ니 ᄆᆞᆰ은 골격과 빗난 풍용(風容)이 ᄉᆞ병디여(死病之餘)의 더옥 쇄락표일(灑落飄逸)ᄒᆞ여 됴흔 귀밋ᄐᆡ 응디(凝脂)ᄅᆞᆯ 화ᄒᆞ여 화벽(和璧)[44]이 윤ᄐᆡᆨ(潤澤)ᄒᆞ고 ᄇᆡᆨ년(白蓮)이 이ᄉᆞᆯ을 ᄯᅥᆯ친 ᄃᆞᆺᄒᆞᄃᆡ 프ᄅᆞᆫ 머리털이 ᄒᆡ ᄀᆞᆺᄐᆞᆫ 니마ᄅᆞᆯ 침노(侵擄)ᄒᆞ니 거믄 구ᄅᆞᆷ이 층층이 어린 ᄃᆞᆺ 두렷ᄒᆞᆫ 면뫼(面貌) 효월(曉月)이 츄광(秋光)의 빗최여 구ᄅᆞᆷ 속의 ᄂᆡ왓ᄂᆞᆫ ᄃᆞᆺ 발영쥰ᄆᆡ(發英俊邁)ᄒᆞᆫ 듕 유엄(有儼)ᄒᆞᆫ 12면

44 화벽(和璧): 변화의 옥. 초나라 변화(卞和)가 돌 속에 든 옥을 발견했는데 그것은 천하의 옥 가운데 가장 보물이었음.

빗츨 쁴여 괴월훈[45] 거동이 양휴ᄒᆞ여[46] 뫼히 션 ᄃᆞᆺᄒᆞ고 싀싀ᄒᆞ여[47] 츄상(秋霜)이 녈일(烈日)을 붓쳣ᄂᆞᆫ ᄃᆞᆺᄒᆞ니 사롬으로 ᄒᆞ여곰 공경흠모(恭敬欽慕)ᄒᆞ믈 결을치[48] 못홀 ᄇᆡ라. 녀공이 혈심(血心)을 ᄋᆡᄃᆡ(愛待)ᄒᆞ며 딘뎡(眞情)으로 흠션(欽羨)ᄒᆞ믈 마디 아니ᄒᆞ나 도라 녀ᄋᆞ(女兒)의 블인누딜(不人陋質)을 ᄉᆡᆼ각건ᄃᆡ 만만(萬萬) 그 ᄲᅮᆫ이 아니라. ᄆᆡ양 텬디됴쾌(天地造化) 편벽(偏僻)ᄒᆞ믈 탄ᄒᆞ고 셔랑(壻郎)의 ᄆᆡ몰(埋沒)ᄒᆞ믈 모로미 아니로ᄃᆡ 녀ᄋᆞ의 젼졍(前程)을 오히려 도모(圖謀)코ᄌᆞ ᄒᆞ여 그 병독(病毒)훈 ᄶᅵ로브터 디우금일(至于今日)의 ᄌᆞ로 왕ᄂᆡ(往來)ᄒᆞ여 위름(危懍)ᄒᆞ믈 보면 근심ᄒᆞ고 ᄎᆞ헐(差歇)ᄒᆞ믈 당ᄒᆞ면 희열(喜悅)ᄒᆞ미 댱공을 다ᄅᆞ미 업ᄉᆞ문 과연 ᄉᆡᆼ의 긔상(氣象)을 과ᄋᆡ흠션(過愛欽羨)ᄒᆞ미라. 이에 흔연이 말을 펴 그런 위딜(痿疾)이 슈오간(須臾間)의 가복(可復)ᄒᆞ믈 ᄒᆡᆼ심(幸心)ᄒᆞ고 ᄯᅩ 녀ᄋᆞ롤 도라보ᄂᆡ고자 ᄒᆞᄂᆞᆫ ᄯᅳᆺ을 얼프시 빗최여 언에(言語) 구구(區區)ᄒᆞ믈 닛고 셔랑(壻郎)의 관인(寬忍)ᄒᆞ믈 ᄇᆞ라ᄂᆞᆫ디라. ᄉᆡᆼ이 그 간능교활(姦能狡猾)ᄒᆞ믈 더옥 블열통한(不悅痛恨)ᄒᆞ여 계오 ᄌᆞ로 문병(問病)ᄒᆞᄂᆞᆫ 후의(厚意)롤 샤ᄒᆞ고 ᄆᆡᆨ연이 념슬(斂膝)ᄒᆞ여 골오ᄃᆡ

13면 "쇼ᄉᆡᆼ(小生)이 본ᄃᆡ 광망(狂妄)ᄒᆞ고 편항(偏行)ᄒᆞ여 소견(所見)의 딜통(疾痛)이 만흐믈 모로디 아니ᄒᆞᄃᆡ 스ᄉᆞ로 곳치디 못ᄒᆞᄂᆞᆫ디라. 합하(閤下)의 후의(厚意)와 기리 부탁고ᄌᆞ ᄒᆞ시ᄂᆞᆫ 바롤 ᄯᅩ 져바리미 아

45 괴월훈: 괴월하다. 정확한 뜻을 알 수 없음.

46 양휴ᄒᆞ여: 양휴하다. 정확한 뜻을 알 수 없음.

47 싀싀ᄒᆞ여: 싀싀ᄒᆞ다. 엄하다.

48 결을치: 겨를ᄒᆞ다. 틈내다, 틈타다.

니로디 능히 조ᄎᆞ 밧들 길히 업ᄉᆞᆫ 바의 엇디 디심소회(持心所懷)를 달치 아니리잇고? 부부ᄂᆞᆫ 오륜(五倫)의 듕(中)이오 만복(萬福)의 시(始)라 디듕이ᄎᆞ의(至重而且義)하니 ᄒᆞᆫ번 뉵네(六禮)를 구힝(具行)ᄒᆞ여 뉸의(倫意)를 가ᄌᆞᆨ이[49] ᄒᆞ미 경박히 안ᄉᆡᆨ(顏色)을 의논ᄒᆞ여 미박(美薄)을 니ᄅᆞ미 군ᄌᆞ디언(君子之言)이 아니라. 오딕 칠거(七去)[50]의 범ᄒᆞ미 업ᄉᆞᆯ딘ᄃᆡ 엇디 도라보ᄂᆡ믈 박졀(迫切)이 ᄒᆞ리잇고마ᄂᆞᆫ 녕녀(令女) ᄉᆡᆼ의 집 문을 들 날의 ᄉᆡᆼ의 ᄌᆞ당(慈堂)을 욕ᄒᆞ여 블공디셜(不恭之設)이 아니 밋츤 곳이 업ᄉᆞ니 츈츄(春秋)[51]의 대경(大驚)이 삼쳑(三尺)[52]의 대엄(大嚴)ᄒᆞ고 한범(悍犯)의 분(忿)이 대블경(大不敬)[53]의 더으미 이시니 그 흉패무상(凶悖無狀)ᄒᆞ믈 엇디 일시나 머믈고ᄌᆞ ᄒᆞ여 이시리잇고마ᄂᆞᆫ 가엄(家嚴)이 존옹(尊翁)의 안면(顏面)을 구ᄋᆡ(拘礙)ᄒᆞ샤 됴히 머므ᄅᆞ미 음패디셜(淫悖之說)과 블인디힝(不人之行)이 일일익심(日日益心)ᄒᆞ니 삼강(三綱)이 이신즉 쇼ᄉᆡᆼ(小生)이 녕녀(令女)로 부부뉸의(夫婦倫義)를 완젼치 못ᄒᆯ ᄇᆡ오 존공(尊公)이 쇼ᄉᆡᆼ을 ᄃᆡᄒᆞ여 녕녀를 도라보ᄂᆡ믈 의논치 못ᄒᆞ시리니 어이 소리(率爾)[54]히 발 14면

---

49 가ᄌᆞᆨ이: 가작히. 가깝다 혹은 풍부하다.

50 칠거(七去): 칠거지악(七去之惡).

51 츈츄(春秋): 춘추. 나이. 여기에서는 나이가 있는 어르신의 의미로 추정.

52 삼쳑(三尺): 삼척. 삼척법(三尺法). 고대 중국에서 석 자 길이의 죽간(竹簡)에 법률을 적은 데서 유래한 것으로, 명문화된 법률을 이르는 말.

53 대블경(大不敬): 대불경. 《대명률(大明律)》에서 정한 열 가지의 큰 죄(罪) 중 하나. 종묘, 능의 제사에 쓰는 물건 또는 임금의 수레, 옷 등을 훔치거나 어인을 훔치고 위조하는 죄, 임금에게 올리는 약을 잘못 조제하는 일, 임금이 타는 배를 튼튼하게 만들지 않은 죄, 임금에게 공손하지 않은 것 등을 가리킴.

54 소리(率爾)히: 솔이히. 생각이나 행동 따위가 꼼꼼하지 않고 가볍다는 뜻.

언ᄒᆞ시ᄂᆞ니잇고? 쇼ᄉᆡᆼ(小生)이 존부(尊府)의 기러기ᄅᆞᆯ 젼ᄒᆞ고 녕녀ᄅᆞᆯ 친영(親迎)ᄒᆞ미 이시나 심듕(心中)의 결(決)ᄒᆞ여 부부로 아디 아니ᄒᆞᄂᆞ니 임의 녕녀ᄅᆞᆯ 졀의(絶義)ᄒᆞᄆᆡ 존공으로 구ᄉᆡᆼ(舅甥)의 의(義) 잇디 아닌디라. ᄆᆡ양 돈개(豚家) 누쳐(陋處)의 강님(降臨)ᄒᆞ샤 더러온 병을 므ᄅᆞ시니 비록 다감(多感)ᄒᆞ나 블안디심(不安之心)이 ᄌᆡ젼(在前)ᄒᆞᆫ디라. ᄎᆞ후 귀ᄒᆞᆫ 술위 쳔ᄒᆞᆫ 문의 님치 아니시미 쇼ᄉᆡᆼ의 어린 ᄆᆞᄋᆞᆷ을 편케 ᄒᆞ쇼셔."

셜파(說罷)의 침연믁ᄉᆡᆨ(沈然默色)ᄒᆞ여 다시 말ᄉᆞᆷ의 ᄯᅳᆺ이 업ᄉᆞ니 항항녈일(抗抗烈日)ᄒᆞ미 위엄(威嚴)으로ᄡᅧ 져히디 못ᄒᆞᆯ ᄇᆡ오 변셜(辨說)노ᄡᅧ 유셰(誘說)치 못ᄒᆞᆯ ᄇᆡ라. 녀츄밀의 교오방ᄌᆞ(驕傲放恣)ᄒᆞ미 평ᄉᆡᆼ(平生)이 두리고 저허ᄒᆞᄂᆞᆫ 사ᄅᆞᆷ이 업고 다ᄅᆡ고 비ᄂᆞᆫ 곳이 업셔 범ᄉᆞ(凡事)의 호령(號令)으로 구쇽(拘束)ᄒᆞ고 위엄으로 졀졔(節制)ᄒᆞ여 부귀(富貴)로ᄡᅧ 사ᄅᆞᆷ을 압모(狎侮)ᄒᆞ미 심ᄒᆞ더니 금일 댱ᄉᆡᆼ의 능모(凌侮)ᄒᆞ믈 당ᄒᆞᄃᆡ 감히 욕ᄒᆞ디 못ᄒᆞ고 ᄭᅮ딋디 못ᄒᆞ여 듕심(中心)의 분노(憤怒)ᄒᆞ미 업디 아니나 녀ᄋᆞ(女兒)의 흉광블인(凶狂不人)ᄒᆞ
15면 믈 ᄉᆡᆼ각건ᄃᆡ 댱ᄉᆡᆼ의 말을 그ᄅᆞ다 ᄒᆞᆯ 조각이 업ᄉᆞ니 장ᄎᆞᆺ 므어시라 ᄌᆡᆼ단(爭端)ᄒᆞ리오? 오ᄃᆡᆨ 미미ᄒᆞᆫ 션우음으로 답ᄒᆞ여 ᄀᆞᆯ오ᄃᆡ

"군(君)의 ᄆᆡ연 박졀(迫切)ᄒᆞᆫ 말을 드ᄅᆞᄆᆡ 나의 붓그러온 낫치 달호이믈 ᄭᆡ닷디 못ᄒᆞ니 ᄯᆞᆯ 둔 ᄌᆞ의 구구(區區)ᄒᆞ믈 가히 알니로다. 쇼녜(小女) 쳔픔(天稟)이 블민용누(不敏庸陋)ᄒᆞᆫ 듕 어버의 일편(一偏) 교ᄋᆡ(嬌愛)ᄅᆞᆯ 바다 ᄇᆡ호미 젼혀 업시 ᄌᆞ라ᄆᆡ 군의 건즐(巾櫛)을 소임(所任)ᄒᆞ미 블ᄉᆞ(不似)ᄒᆞ믈 모로미 아니로ᄃᆡ 녕대인(令大人)의 심인셩덕(甚仁聖德)과 존문(尊門)의 관ᄌᆞ후풍(寬慈厚風)을 흠앙(欽仰)하여 외람(猥濫)이 봉비(葑菲)의 하톄(下體)[55]로 난초ᄅᆞᆯ 겻ᄒᆞ엿고 와셕(瓦石)의 쳔ᄒᆞ므로 명쥬(明珠)의 빗나믈 ᄧᅡᆨᄒᆞ미러니 쇼녀의 블초(不肖)ᄒᆞ미 셩문(聖門)의 죄ᄅᆞᆯ 엇고 현셔(賢婿)의 녈일(烈日)ᄒᆞ미 ᄋᆞ녀(兒女)의 과실(過失)을 치부(置簿)ᄒᆞ여 너그러이 용납(容納)ᄒᆞ믈 두디 아니니 냥강(兩强)이 상투(相鬪)ᄒᆞ면 그 ᄒᆞ나히 색기ᄂᆞᆫ디라. 녀ᄋᆡ 임의 부가(婦家)의 죄로뼈 도라보ᄂᆡ믈 당ᄒᆞ여시나 나히 ᄎᆞ고 혬이 길면 개과슈졸(改過守拙)ᄒᆞ미 될디라 엇디 영영히 페기(廢棄)ᄒᆞᆯ 의논을 두ᄂᆞ뇨? ᄒᆞ믈며 녕엄(令嚴)이 군의 병이 낫기ᄅᆞᆯ 기다려 다시 보ᄂᆡ라 ᄒᆞ신 말ᄉᆞᆷ이 졍녕(丁寧)ᄒᆞ니 군이 엇디 빙ᄎᆡᄇᆡᆨ냥(聘采百兩)으로 우귀(于歸)ᄒᆞᆫ 젹거ᄇᆡ톄(嫡居配體)ᄅᆞᆯ 경이(輕易)히 졀의폐츌(絶義廢黜)ᄒᆞ여 죵ᄂᆡ(從來)의 샤(赦)ᄒᆞ미 업고ᄌᆞ ᄒᆞᄂᆞ뇨? 심히 밋던 ᄇᆡ 아니로다." 16면

공ᄌᆡ 녀츄밀노 슈작이 졀박히 괴로오나 마디못ᄒᆞ여 쏘 ᄃᆡ왈(對曰)

"녕ᄋᆞ(令兒)의 작인긔상(作人氣像)이 이상망측(異象罔測)ᄒᆞ믄 텬ᄉᆡᆼ(天生)이라 곳치며 변ᄒᆞᆯ ᄇᆡ 아니어니와 부ᄒᆡᆼ(婦行)을 잠간 도라보와 친위(親衛)예 블순패악(不順悖惡)ᄒᆞ믈 뵈디 아니며 녀ᄌᆞ(女子)의 념치ᄅᆞᆯ ᄎᆞᆯ혀 금슈(禽獸)의 무샹(無狀)ᄒᆞ미 업ᄉᆞ면 영기폐츌(永棄廢黜)ᄒᆞ여 가ᄂᆡ(家內)의 용납디 아니믄 잇디 아니리니 존공은 녕녀(令

55 봉비(葑菲)의 하체(下體): 순무나 무의 뿌리라는 뜻으로, 보잘것없는 처지에 있는 부인을 비유함. 《시경》 〈패풍(邶風)〉 '곡풍(谷風)'의 "순무나 무를 캐는 것은 뿌리만을 위한 것이 아니다(采葑采菲 無以下體)."에서 나옴. 순무와 무는 잎과 뿌리 모두 먹을 만한 채소인데, 뿌리는 때에 따라 맛이 없을 수도 있으니 그 채소를 캐는 사람은 꼭 그 뿌리만을 보고 캐서는 안 되듯이 부부 사이에서도 부인과 함께 어렵고 고생하던 시절을 잊어서는 안 된다는 맥락임. 여기에서는 남편보다 못난 여성이라는 의미로만 사용되고 있음.

女)의 힝亽(行事)롤 혜아려 보시고 타일(他日) 도라보니실디니이다. 훈갈궃치 곳치미 업술딘디 군뷔(君父) 명호시고 부월(斧鉞)노 져히나 셰린의 무옴은 두로혀디[56] 못호리니 긴 말솜을 가져 다시 번득호믈[57] 더으디 아니호고 다만 쇼싱(小生)의 우견(愚見)을 달호누니 가엄(家嚴)이 비록 은혜(恩惠)로뼈 다시 블너 닐위시나 셰린은 능히 은의(恩意)로뼈 디졉(待接)호믈 두디 못호리로소이다."

녀공이 싱의 말마다 결연이 의롤 버히는 뜻을 보미 녀우의 젼졍(前程)을 다시 부랄 거시 업순디라. 분연추악(憤然嗟愕)호여 함노믁믁(含怒默默)이러니 즉시 니러 대셔헌으로 나아가니 싱이 언건(偃蹇)[58]이 비숑(拜送)호고 팀상(寢牀)을 비겨 담연이 亽려(思慮)롤 숫기롤 공부호나 졍경조의 뜻이 그 엇더호믈 붉히 아디 못호여 울울호고 친亽(親事)롤 셩젼(成全)호믈 어느 즈음이믈 아디 못호여 그윽이 초챵(悄愴)호나 즈위(慈闈)[59]와 빅슈(伯嫂)[60]롤 미더 즈긔롤 쇽이디 아닐 바롤 크게 바라더라. 추일(此日) 녀츄밀이 댱공을 디호여 셔랑(壻郞)의 미몰박졍(埋沒薄情)호미 녀식(女息)의 평싱(平生)을 고렴(顧念)치 아니믈 일큿라 분노(憤怒)호는 빗치 업디 아니니 댱공이 깁히 블안민박(不安憫迫)호나 우즈(兒子)의 亽질(死疾)이 녀시롤 취호므로뼈 심우(心憂)로 비로亽민가 넉이므로 다시 그 금슬(琴瑟)을 권치 못홀 쁜

17면

56 두로혀디: 두로혀다. 돌이키다.

57 번득호믈: 번득호다. 뚜렷하다.

58 언건(偃蹇)이: 언건하다. 언연하다. 거만하다.

59 즈위(慈闈): 자위. 어머니. 연부인을 가리킴.

60 빅슈(伯嫂): 백수. 형수. 정월염을 가리킴.

아니라 ᄯᅩ ᄲᆞᆯ니 다려와 ᄋᆞᄌᆞ의 병심(病心)을 난(亂)ᄒᆞᆯ가 우려ᄒᆞ여 쾌히 다려올 바ᄅᆞᆯ 니ᄅᆞ디 못ᄒᆞ고 ᄒᆞᆫ갓 은근유공(慇懃有恭)ᄒᆞ여
"져믄 ᄋᆞᄒᆡ 조급ᄒᆞᆫ 셩을 ᄎᆞᆷ디 못ᄒᆞ여 아ᄃᆡᆨ 먼니 ᄉᆡᆼ각디 못ᄒᆞᆫ ᄇᆡ나 타일(他日)은 반ᄃᆞ시 그러치 아닐디라. 초츈녹발(初春綠髮)[61]의 젼졍(前程)이 만니(萬里) ᄀᆞᆺᄐᆞ니 무익(無益)ᄒᆞᆫ 근심을 두미 블가타."
ᄒᆞ여 흔연(欣然) 위면(慰勉)ᄒᆞ니 녀원홍이 비록 오만포려(傲慢暴戾) 18면
ᄒᆞ나 긔엄(氣嚴)을 브릴 터히 업셔 오ᄃᆡᆨ 분만(憤滿)ᄒᆞ믈 씌여 도라가니 댱공이 근심되고 블평(不平)ᄒᆞ믈 니긔디 못ᄒᆞ여 명일(明日) 녀부의 회샤(回謝)ᄒᆞ니 녀츄밀이 흔연이 마ᄌᆞ 죵용히 한화(閑話)ᄒᆞ며 ᄇᆡ반(杯盤)을 나와 빈쥬(賓主) 통음(通飮)ᄒᆞᆯᄉᆡ 말ᄉᆞᆷ과 긔ᄉᆡᆨ(氣色)이 작일(昨日)의 함노분분(含怒忿憤)ᄒᆞᆷ과 달나 십분(十分) 흔연화열(欣然和悅)ᄒᆞ여 댱공의 구숑민연(懼悚憫然)ᄒᆞ던 ᄠᅳᆺ이 잠간 플니여 ᄯᅩᄒᆞᆫ 흔희(欣喜)ᄒᆞ나 쥬인의 흔연(欣然)ᄒᆞ믈 볼ᄉᆞ록 '져 녀ᄌᆞ(女子) 비록 음패블인(淫悖不人)ᄒᆞ고 흉광극악(兇狂極惡)ᄒᆞ나 셰엄(勢嚴)이 당당ᄒᆞ고 부귀 늉늉(隆隆)ᄒᆞ니 엇디 감히 박ᄃᆡ(薄待)ᄒᆞ고 무ᄉᆞᄒᆞ믈 ᄇᆞ라며 폐츌(廢黜)ᄒᆞ고 변을 만나디 아니믈 미드리오?' ᄒᆞ여 듕니(中裏)의 두리고 블안(不安)ᄒᆞ미 ᄆᆡᆺ쳤더니 믄득 ᄂᆡ당(內堂) 시ᄋᆡ(侍兒) 나와 녀시의 쳥알(請謁)ᄒᆞ믈 고ᄒᆞᄂᆞᆫ디라. 댱공이 그 흉상누딜(凶相陋質)을 아니 보믈 츄호(秋毫)도 그리온 의ᄉᆡ 업ᄉᆞᄃᆡ 이에 나와 녀공을 ᄃᆡᄒᆞ엿고 그 부귀에 심신(心神)이 현란(眩亂)ᄒᆞ니 어ᄃᆡ 가 나오디 말나 하

61 초춘녹발(初春綠髮): 초춘녹발. 초춘은 초봄, 녹발은 검푸르고 윤택이 있는 고운 머리털을 아름답게 이르는 말로, 모두 젊은이나 젊은 나이를 가리킴.

19면 기롤 감히 ᄒᆞ리오? 흔연이 유공블급(有恐不及)ᄒᆞ여 반기ᄂᆞᆫ 빗출 디어 즉시 나오라 ᄒᆞ니 녀시 험모흉상(險貌凶相)의 응장셩식(凝粧盛飾)으로 단장을 어릐게[62] ᄒᆞ고 빵빵ᄒᆞᆫ 시ᄋᆞ로 좌우의 호위ᄒᆞ고 광잡(狂雜)ᄒᆞᆫ 힝보롤 ᄀᆞ장 디예ᄒᆞ여[63] 나와 승당비알(昇堂拜謁)ᄒᆞᆯ시 누츄(陋醜)ᄒᆞᆫ 죵쳐(腫處)와 헐헐이ᄂᆞᆫ 쳔식(喘息)이 볼ᄉᆞ록 놀납고 흉참(凶慘)ᄒᆞᆫ 형모(形貌)의 싀험(猜險)ᄒᆞᆫ 거동이 ᄃᆡᄒᆞᆯᄉᆞ록 믜오미 극ᄒᆞᄃᆡ 댱공의 츄셰탐비(追勢貪鄙)ᄒᆞᄂᆞᆫ ᄆᆞ음이 존귀롤 텬신(天神)ᄀᆞᆺ치 넉이고 부귀빈쳔(富貴貧賤)을 쏠와 졉ᄃᆡᄒᆞᄂᆞᆫ디라. 그 졀ᄒᆞ믈 당ᄒᆞ여 흔연이 무양(無恙)턴 바롤 인사ᄒᆞ고 우환(憂患)의 분난(紛亂)ᄒᆞ여 ᄌᆞ로 와 보디 못ᄒᆞ믈 일ᄏᆞᄅᆞ니 녀시 믄득 ᄂᆡᆼ쇼분연(冷笑憤然) 왈

"박부인[64]이 날을 츌(出)ᄒᆞᆯ 졔 니ᄅᆞᄃᆡ '기ᄌᆞ(其子)의 병이 날을 만나므로뼈 심홰(心火) 듕(重)ᄒᆞ여 ᄉᆞ경(死境)의 니ᄅᆞ러시니 만일 ᄉᆞ디 못ᄒᆞᆯ딘ᄃᆡ 쳡의 복장(腹腸)을 헤쳐 간을 ᄂᆡ여 회먹어 원슈롤 갑흐렷노라.' ᄒᆞ더니 이졔 낭군의 병득(病得)ᄒᆞᆫ 연유(緣由)롤 그윽이 듯건ᄃᆡ 쳡으로뼈 인병(人病)[65]이 회우ᄒᆞ미 아니오 고소ᄃᆡ샹(姑蘇臺上)[66]이 머러시

---

62 어릐게: 어리다. 눈이 어지럽다.

63 디예ᄒᆞ여: 지예하다. '지체하다'의 의미로 추정.

64 박부인: 박씨. 장헌의 둘째 부인이자 여씨의 시모.

65 인병(人病): 사람으로 인한 병. 가족이나 주변의 가까운 사람이 애를 먹여서 생기는 마음의 병.

66 고소ᄃᆡ샹(姑蘇臺上): 고소대상. 오왕 부차가 서시의 웃음을 사기 위해 고소산 위에 쌓은 대. 강소성 소주 서쪽에 위치.

67 팔경(八景): 부차가 서시에게 빠져 만든 명승지. 관왜궁(館娃宮), 고소대(枯蘇臺), 백화주(百花洲), 향수계(香水溪), 서시동(西施洞), 완화지(玩花池), 채향경(彩香逕), 벽천정(碧泉井).

ᄃᆡ 팔경(八景)[67]을 ᄃᆡᄒᆞ여 ᄇᆡ 알턴 완ᄉᆞ녜(浣沙女)[68] 다시 살고 마외파하 20면
(馬嵬坡下)[69]의 뉵군(六軍)의 핍박을 바든 태진비ᄌᆡ(太眞妃子) 곳쳐 도라와 디쳑(咫尺) 상망지디(相望之地)의셔 졍을 먹음고 뜻을 기우려 화상(畵相)으로뼈 셔로 신믈(信物)을 삼고 문ᄌᆞ로뼈 ᄆᆞᄋᆞᆷ을 빗최여 쳥산녹슈(靑山綠水)로 견밍(堅盟)을 두고 옥상(玉床) 나요[70]의 향몽(香夢)을 쌍졉ᄒᆞ여 원앙(鴛鴦)이 녹슈(綠水)의 놀고 비취(翡翠) 년니(連理)의 깃드리믈 긔약ᄒᆞᄃᆡ 부형(父兄)이 엄슉ᄒᆞ고 문풍(門風)이 녜듕(禮重)ᄒᆞ므로뼈 ᄉᆞ졍(私情)을 간ᄃᆡ로 통치 못ᄒᆞ고 초ᄃᆡ(楚臺)[71]ᄅᆞᆯ 임의로 말ᄆᆡ암디 못ᄒᆞ여 탕심이 요요(搖搖)하고 음졍(婬情)이 분분(紛紛)ᄒᆞᄆᆡ 몸이 밤의 ᄌᆞ디 못ᄒᆞ고 나ᄌᆡ 먹디 못ᄒᆞ여 셩질위름(成疾危懍)키의 밋쳣더니 졍가녜[72] 글을 깃쳐 젹승가희(赤繩佳喜)ᄅᆞᆯ 도모(圖謀)ᄒᆞᆯ 계교 잇다 ᄒᆞ여 위로ᄒᆞᄆᆡ 당낭의 누월(累月) ᄉᆞ상디질(思想之疾)이

---

68 ᄇᆡ 알턴 완ᄉᆞ녜(浣沙女): 배 앓던 완사녀. 서시. 서시는 오왕 부차의 왕비이자 월(越)나라의 미인. 본래 빨래하는 것을 직업으로 삼았다고 하여 '완사녀'라고도 함. 서시가 평소에 배앓이를 하여 자주 찡그리고 다녔는데 그걸 본 마을 여자들이 찡그리는 것을 따라했다고 함. '효빈(效顰), 빈축(嚬蹙)'이라고도 함.

69 마외파하(馬嵬坡下): 마외의 언덕 아래. 이곳은 태진비(太眞妃)이던 양귀비가 피살된 곳. 당 현종이 안녹산의 난으로 몽진하다가 이곳에 이르렀을 때 호위하던 육군(六軍)이 더 이상 나아가지 않고 나라를 망친 장본인들을 처결했는데, 이때 양귀비가 그 오라비 양국충과 함께 죽임당함. "육군이 나아가지 않으니 어이할 길 없어, 아리따운 가인이 말 앞에서 죽었어라(六軍不發無奈何 宛轉蛾眉馬前死)."라는 말이 백거이의 〈장한가(長恨歌)〉에 나옴.

70 나요: 나요(羅-). '비단 나(羅)'와 침구를 뜻하는 '요'의 복합어.

71 초ᄃᆡ(楚臺): 초대. 초나라의 양대. 운우지정(雲雨之情)을 뜻함. 초의 회왕(懷王)이 고당(高塘)에 노닐다가 꿈속에 신녀(神女)를 만나 동침했는데, 신녀가 떠나면서 "첩은 무산(巫山) 남쪽 높은 봉우리에 사는데, 아침에는 구름이 되고 저녁에는 비가 되어 매일 아침저녁 양대(陽臺) 아래에 있습니다."라고 함.

72 졍가녜: 정가녀. 정씨 집 딸. 정염의 딸 정성염을 이름.

운건쳥쳥(雲乾淸淸)ᄒᆞ여 약슈쳔니(弱水千里)[73]의 쳥됴(靑鳥)의 신(信)이 죵죵 이시니 젹승가연(赤繩佳緣)을 굴디계일(屈指計日)ᄒᆞᆫ다 ᄒᆞ거놀 엇딘 연고로 쳡으로뼈 셩딜(成疾)홀와 디목(指目)ᄒᆞ며 탕ᄌᆞ(蕩子)와 요녜(妖女) 명위상문싱츌(名爲相門生出)노 상풍패쇽(傷風敗俗)ᄒᆞ

21면 여 ᄉᆞ병(死病)의 니ᄅᆞ고 그 부뫼 나의 간을 회먹을 거시 므어시리오?"ᄒᆞ여 흉상누질(凶相陋質)의 머리롤 흔들며 흉ᄒᆞᆫ 눈을 구을니고 츄ᄒᆞᆫ 입의 더러온 춤을 ᄀᆞ로흘니며 거칀 소릐롤 놉히 딜너 폭빅(暴迫)ᄒᆞᄂᆞᆫ 형상(形象)이 능히 ᄇᆞ로 보기 어려온디라. 녀츄밀이 밧비 ᄉᆞ디져 녀ᄋᆞ(女兒)롤 젼후좌우(前後左右)로 씨드러[74] ᄂᆡ당(內堂)을 드려보ᄂᆡᆯ시 녀시 무슈발악(無數發惡)ᄒᆞ여 흉험잡셜(凶險雜說)을 긋치디 아니ᄒᆞᄃᆡ 그 말이 다 묘맥(苗脈)이 잇셔 드ᄅᆞᄆᆡ 경ᄒᆡ(驚駭)ᄒᆞᆫ디라. 댱공이 아모라타[75] 가을잡디[76] 못ᄒᆞ여 ᄒᆞ거늘 츄밀이 녀ᄋᆞ롤 드려보ᄂᆡ고 도로혀 일장(一場)을 한가히 우어 골오ᄃᆡ

"명공(名公)이 블초녀식(不肖女息)의 광망(狂妄)ᄒᆞᆫ 말을 듯고 ᄒᆡ연망측(駭然罔測)홀디언졍 기듕(其中) 곡졀(曲折)이 이시믈 아디 못홀시쇼뎨 비록 다ᄉᆞ(多事)ᄒᆞ나[77] 대강을 셜파(說破)ᄒᆞ여 형으로 ᄒᆞ여곰 문승의 병 득(得)던 연유(緣由)롤 알게 ᄒᆞ고 특별이 졀셰묘염(絶世妙

---

73 약슈쳔니(弱水千里): 약수천리. 약수는 신선이 살았다는 중국 서쪽의 전설적인 강. 길이가 삼천 리나 되며, 부력이 매우 약해 기러기의 털도 가라앉는다고 함.

74 씨드러: '씨다'에 존칭의 의미인 '-드리'가 사용된 것으로 추정. '씨다'는 '옹위하다'라는 뜻.

75 아모라타: 아무렇다.

76 가을잡디: 가을잡다. '걷잡다'로 추정.

77 다ᄉᆞ(多事)ᄒᆞ나: 다사하다. 일이 많다, 바쁘다.

艶)을 쳔거(薦擧)ᄒᆞ여 녕윤(令允)의 영풍쥰골(英風俊骨)을 져바리디 아니ᄒᆞ리라."

인하여 좌를 근(近)ᄒᆞ고 소ᄅᆡ를 낫초와 ᄀᆞᆯ오ᄃᆡ

"형이 경가로 범연(泛然)ᄒᆞᆫ 연친디개(連親之家)[78] 아니오 피ᄎᆞ(彼此) 졍의상득(情誼相得)ᄒᆞ미 골육(骨肉) ᄀᆞᆺᄐᆞ니 아디 못게라. 경조 졍염의 녀ᄌᆞ(女子)를 유시(幼時)의나 보미 잇ᄂᆞ냐?" 22면

댱공이 츄밀의 화평(和平)ᄒᆞᆫ 안ᄉᆡᆨ(顏色)을 인ᄒᆞ여 ᄯᅩᄒᆞᆫ 심신(心身)을 뎡ᄒᆞ여 ᄃᆡ왈(對曰)

"쇼뎨 경가로 졍의블범(情誼不凡)ᄒᆞ믄 ᄉᆡ로이 니를 ᄇᆡ 아니어니와 졍은ᄇᆡᆨ[79]은 날노 더브러 졍의상합(情誼相合)디 못ᄒᆞ여 피ᄎᆞ 셩졍이 다ᄅᆞ므로 교되(交道) 쇼(疏)ᄒᆞᆫ 거시 아니로ᄃᆡ 디극히 의합(意合)ᄒᆞ믄 졍운계[80] 등과 잠간 다ᄅᆞ고 듕도의 그 집이 향니(鄕里)의 나렷던 고로 녀지 이시믈 알오ᄃᆡ 유시(幼時)의도 얼골 보믄 업ᄉᆞ와."

녀공이 쇼왈(笑曰)

"그러ᄒᆞ다. 형은 보디 못ᄒᆞ여도 녕윤(令允)은 니이 보와 셔로 화상(畫像)으로 신(信)을 ᄭᅵ치ᄂᆞᆫ 디경이 되니 이 ᄯᅩᄒᆞᆫ 텬명(天命)이며 긔봉(奇逢)이 아니냐? 문승이 져 즈음 긔 ᄉᆞ딜(死疾)을 닐위믄 졍염의 고집이 과격(過激)ᄒᆞ믈 아ᄂᆞᆫ 고로 인연을 일울 길이 업ᄉᆞ믈 근심ᄒᆞ고 ᄉᆞ렴(思念)ᄒᆞ여 침식(寢食)을 아오로 폐ᄒᆞ고 위둔상셕(危遁床席)ᄒᆞ여 죽기의

---

78 연친디개(連親之家): 연친지가. 연친(連親)은 혼인으로 친족이 되는 것으로, 여기에서는 장헌의 가문과 정씨 가문이 서로 사돈지간인 것을 뜻함.

79 졍은ᄇᆡᆨ: 정은백. 정염. 은백은 정염의 호.

80 졍운계: 정운계. 정삼. 운계는 정삼의 호.

밋츨너니 졍가 녀지 셔찰(書札)노뼈 위로(危路)ᄒᆞ고 젹승가연(赤繩佳宴)이 굿ᄐᆞ여 망난(望斷)홀 빈 아니믈 니ᄅᆞ믜 문승이 져기 ᄆᆞ옴을 두

23면 로혀 ᄎᆞ경(差境)ᄒᆞ나 졍염이 오히려 기녀(其女)의 쇼힝(所行)을 아디 못ᄒᆞ고 문승의 유질연유(有疾緣由)ᄅᆞᆯ 몽니(夢裏)의도 ᄭᆡ닷디 못ᄒᆞᆫ다 ᄒᆞ니 일이 그럴 거시 아니라. ᄌᆞ(子)의 부(父)와 녀(女)의 ᄇᆡ(父) 아디 못ᄒᆞᄂᆞᆫ 친ᄉᆡ(親事) 엇디 셩젼(成全)ᄒᆞ미 만무ᄒᆞ고 혹ᄌᆞ(或者) 졍시녜 타문(他門)의 도라간즉 음쳔(淫賤)ᄒᆞᆫ 허믈이 졍녀의게 잇고 녕윤의 잇디 아니ᄒᆞᄃᆡ 그 심히 졀박ᄒᆞ고 크게 근심되ᄂᆞᆫ 바ᄂᆞᆫ 녕윤이 졍시를 우봉치 못ᄒᆞᆫ즉 쳥츈대딜(青春才質)을 쇽졀업시 ᄇᆞ릴디라. 형(兄)은 상명(喪明)[81]의 셜우미 잇고 뎨(弟)ᄂᆞᆫ 녀식(女息)을 맛ᄎᆞᆫ[82] 통이 ᄌᆞ하디쳑(子夏之慽)[83]으로 엇디 다ᄅᆞ리오? ᄎᆞ혼(此婚)을 쇼뎨와 형이 힘뼈 도모ᄒᆞ여 셩젼토록 ᄒᆞᄂᆞᆫ 거시 ᄋᆞ돌과 ᄉᆞ회ᄅᆞᆯ 살게 ᄒᆞ미라. 말이란 거ᄉᆞᆫ 슌일(純一)ᄒᆞ여 ᄇᆡᆨ딕(白直)ᄒᆞ미 올코 일이란 거ᄉᆞᆫ 신쇽(迅速)ᄒᆞ여 더ᄃᆡ디 아니ᄒᆞ미 귀ᄒᆞ니 졍염이 고집ᄒᆞ고 강확(强確)ᄒᆞ거니와 쏘ᄒᆞᆫ 교연(嬌姸)ᄒᆞᆫ ᄯᆞᆯ을 가져 총쥰(聰俊)ᄒᆞᆫ 셔랑(壻郎)을 마ᄌᆞ미 므어시 욕ᄃᆡ리오? 형의 간졀이 구혼(求婚)ᄒᆞ믈 미미히 거졀ᄒᆞ고 ᄯᆞᆯ을 공연이 폐륜(廢倫)치 아닌 후ᄂᆞᆫ 문승을 맛디 아니ᄒᆞ고 어ᄂᆡ 집의 도라보ᄂᆡ리오? 형이 금

24면 일(今日)이라도 졍의계[84]ᄅᆞᆯ 보고 녕윤의 ᄉᆞ상디질(思想之疾)이 젼혀 졍

81 상명(喪明): 상명지통. 아들이 죽은 슬픔을 비유적으로 이르는 말. 자하가 아들을 잃고 슬피 운 끝에 눈이 멀었다는 데서 유래함.

82 맛ᄎᆞᆫ: 마치다. '끝나다'의 의미로 추정.

83 ᄌᆞ하디쳑(子夏之慽): 자하지척. 자하의 슬픔. 상명지통과 같은 의미.

84 졍의계: 정의계. 정염. 의계는 정염의 자호.

시로 비로스믈 니루고 임의 녀(女)의 화되(畫圖) 즈(子)의 슈듕(手中)의 잇고 즈의 화상(畫像)이 녀의 협스(篋笥)의 이셔 기졍(其情)이 포위(包圍)굿치 얽히고 반셕(盤石)굿치 움즉이디 못흐미 이시니 비록 비쇼망(非所望)이나 문승을 나모라 브리디 말나 흐여 브딕 허혼(許婚)흐믈 어드라. 쇼녜(少女) 무식광망(無息狂妄)흐여 실언(失言)흐미 만흐나 닉 이신 후는 져의 셩도(性度)를 족히 졔어(制御)홀 빅오 문승의 풍치긔딜(風采器質)노 쇼녀의 츄용누딜(醜容陋質)을 빡디으믄 실노 만만블스(萬萬不似)흐니 다만 탁셩댱시(託姓張氏)언졍 엇디 문승으로 흐여곰 쇼녀를 위흐여 다른 쳐쳡을 모호디 말나 흐리오? 존문(尊門)으로 닐너도 졍가로 셰한(世罕)의 교분(交分)으로뻐 겹겹이 인후(姻後)의 둣터오믈 밋고 졀염미부(絶艶美婦)를 닐위여[85] 슬하(膝下) 무궁흔 즈미를 보는 거시 경식라. 엇디 구친(求親)흐믈 더딕리오? 쇼뎨 공심언(公心言)으로 명공을 간졀이 권흐믄 녀식(女息)의 젹인(敵人)을 깃거흐미 아니라 셔랑(壻郞)의 스딜(死疾)을 우려흐고 마춤닉 아녀(兒女)로 더브러는 상당흔 빅위(配偶) 아니니 문승으로뻐 상젹(相的)흔 빅쳬(配體)를 만나고즈 흐미라. 형은 힝혀 괴이히 넉이디 말나." 25면

댱공이 어린 듯시 녀츄밀의 낫출 우러러 그 긴말을 드러오믹 놀나온 둧 깃븐 둧 심신이 요양(擾攘)흐여 능히 가음잡디 못흐더니 날호여[86] 므루딕

"명공이 미돈(迷豚)의 스상디질(思想之質)과 졍시녀의 소힝(所行)을

85 닐위여: 닐위다. 이루어지게 하거나 일어나게 하다.

86 날호여: 천천히, 서서히.

엇디 이리 ᄌᆞ셔히 아ᄅᆞ시ᄂᆞ뇨?"

녀공이 쇼왈(笑曰)

"언비쳔(言飛天)[87] ᄐᆡ운산이 비록 삼십 니ᄅᆞᆯ 격ᄒᆞ여신들 쇼문이 업ᄉᆞᆯ 거시라 ᄌᆞ셔히 아ᄂᆞᆫ 바ᄅᆞᆯ 도로혀 슈상히 넉이시ᄂᆞ뇨? 모로미[88] 구친(求親)ᄒᆞ믈 더ᄃᆡ디 말나."

인ᄒᆞ여 감언미셜(甘言美說)노 졍의계ᄅᆞᆯ 보고 밧비 구친ᄒᆞ믈 닐너 댱공의 어둑ᄒᆞᆫ 심장을 ᄀᆞᆺ초 어로녹이니 댱공의 부귀ᄅᆞᆯ 탐ᄒᆞ고 ᄉᆞ쳬(事體)ᄅᆞᆯ 아디 못ᄒᆞᄂᆞᆫ ᄆᆞᄋᆞᆷ의 도로혀 경황(驚惶)ᄒᆞ고 ᄒᆡᆼ열(幸悅)ᄒᆞ미 극ᄒᆞ여 혜오ᄃᆡ '셰ᄋᆡ 졍시ᄅᆞᆯ ᄉᆞ상(思想)ᄒᆞ미 아니라도 녀시로 동노(同老)튼 못ᄒᆞ리니 이졔 이런 곡졀(曲折)이 잇고 녀공이 딘졍으로 친ᄉᆞ(親事)ᄅᆞᆯ 권ᄒᆞ니 가장 의외라. 만만다ᄒᆡᆼ(萬萬多幸)ᄒᆞ니 ᄂᆡ 엇디 그 가ᄅᆞ치믈 좃디 아니리오? 사ᄅᆞᆷ이 다 녀공을 현명ᄒᆞᆫ ᄌᆡ상(宰相)이 아니라 ᄒᆞ더니 금일(今日) 그 말을 듯건ᄃᆡ ᄆᆞᄋᆞᆷ이 디공무ᄉᆞ(至公無私)ᄒᆞᆫ디라. 내 ᄯᅩ 인우(隣友)ᄅᆞᆯ 그ᄅᆞᆺ 만나디 아녓도다.' ᄒᆞ여 감격ᄒᆞᆫ 의ᄉᆡ(意思) 가득ᄒᆞ니 년망(連忙)이 샤왈(謝曰)

"형의 이ᄀᆞᆺ치 관홍대도(寬弘大道)ᄒᆞ믄 오히려 몰낫던 ᄇᆡ라."

복복칭숑(僕僕稱訟)ᄒᆞ며 아ᄌᆞ(兒子)로ᄡᅧ 졍가의 동상(東床)[89]을 삼을 바ᄅᆞᆯ 그으이 흔희열디(欣喜悅之)ᄒᆞ니 녀공이 구친(求親)ᄒᆞ믈 ᄌᆡ삼당

---

87 언비쳔(言飛天): 언비천리. 발 없는 말이 천 리를 간다는 뜻.

88 모로미: 모름지기.

89 동상(東床): 동쪽 평상이라는 뜻으로, '사위'를 달리 이르는 말. 중국 진(晉)나라의 극감(郄鑒)이 사위를 고르는데, 왕도(王導)의 아들 가운데 동쪽 평상 위에서 배를 드러내고 누워 있는 왕희지를 골랐다는 고사에서 유래함.

부(再三當付)ᄒᆞ니 뎡공이 슌슌응ᄃᆡ(順順應對)ᄒᆞ고 날이 느ᄌᆞ므로 드ᄃᆡ여 도라올ᄉᆡ 바로 졍아로 술위ᄅᆞᆯ 구을녀 졍경조ᄅᆞᆯ 보고 친ᄉᆞ(親事)ᄅᆞᆯ 의논ᄒᆞ려 ᄒᆞ니 아디 못게라. 녀원홍이 화상디ᄉᆞ(畵像之事)ᄅᆞᆯ 엇디 알고 ᄎᆞ혼을 녁권(力勸)ᄒᆞ며 졍경조ᄂᆞᆫ 뎡공의 구친(求親)ᄒᆞᄆᆞᆯ 듯고 ᄯᅳᆺ이 엇더ᄒᆞᆫ고? 하회(下回)ᄅᆞᆯ 분ᄒᆡ(分解)ᄒᆞ라.

화셜(話說). 션시(先時)의 졍부의셔 션ᄉᆡᆼ[90]이 경조로 더브러 션산(先山)의 힝ᄒᆞ미 달이 밧괴이니 태부인[91] 좌와슉소(坐臥宿所)의 창연비울(悵然沸鬱)ᄒᆞᄆᆞᆯ 니긔디 못ᄒᆞ나 오딕 소부인[92]이 그윽이 대계(大計)ᄅᆞᆯ 경영ᄒᆞ니 가듕(家中)이 공허ᄒᆞᄆᆞᆯ 암희(暗喜)ᄒᆞ여 니쇼져 잔학(殘虐)ᄒᆞ믄 날노 더으나 태부인이 비록 위의믁믁(威儀默默)ᄒᆞ여 소부인의 교사암특(巧詐暗慝)ᄒᆞᄆᆞᆯ 모로ᄂᆞᆫ ᄃᆞᆺᄒᆞ나 ᄌᆞ연디듕(自然之中)의 신명(神明)ᄒᆞ미 슬하(膝下)ᄅᆞᆯ 화열(和悅)이 ᄌᆞᄋᆡ(慈愛)ᄒᆞᄂᆞᆫ 듕도 현블초 27면 (賢不肖)ᄅᆞᆯ 모로디 아니ᄒᆞ고 근일(近日)의 니쇼져[93]ᄅᆞᆯ 무휼(撫恤)ᄒᆞ미 젼일(前日)의 더으믄 그 웅비(熊羆)의 길경(吉慶)[94]을 인ᄒᆞ여 잉신(孕娠)ᄒᆞᄆᆞᆯ 알므로 ᄌᆞᄋᆡᄒᆞ고 보호(保護)ᄒᆞ미 심상치 아니ᄒᆞ거ᄂᆞᆯ 화부인이 ᄌᆞ부(子婦)의 감고ᄋᆡ락(甘苦哀樂)을 ᄉᆞᆯ피려 ᄒᆞ미 업고 졍부도 아

---

90 션ᄉᆡᆼ: 선생. 처사 정삼을 가리킴.

91 태부인: 서태부인.

92 소부인: 소교완. 정잠의 아내.

93 니쇼져: 이 소저. 이자염. 정인성의 아내이자 소교완의 며느리.

94 웅비(熊羆)의 길경(吉慶): 아들 낳은 경사스러운 일. 웅비는 아들을 뜻함. 《시경》 〈소아(小雅)〉 '사간(斯干)'에 "점관이 점을 쳐보니 작은 곰과 큰 곰은 아들을 낳을 징조이고, 살모사와 뱀은 딸을 낳을 조짐이다(大人占之 維熊維羆 男子之祥 維虺維蛇 女子之祥)."라는 구절이 나옴.

ᄂᆞᆫ ᄃᆞᆺ시브디 아니ᄒᆞ여 담연이 현군(賢君)을 ᄃᆡ월(對越)[95]ᄒᆞᆷ ᄀᆞᆺᄐᆞ나 블언디듕(不言之中)의 신명예디(神明銳智)ᄒᆞ믈 소부인 명달민혜(明達敏慧)ᄒᆞ므로 엇디 아디 못ᄒᆞ리오? 부인이 ᄯᅩᄒᆞᆫ 위의(威儀) 고듕(高重)ᄒᆞ고 긔ᄉᆡᆨ(氣色)이 단엄(端嚴)ᄒᆞ여 친ᄉᆡᆼᄌᆞ(親生子) 닌웅이라도 간ᄃᆡ로 간범(干犯)ᄒᆞ여 고ᄌᆡᆼ(苦爭)ᄒᆞ디 못ᄒᆞ고 닌듕이라도 모부인(母夫人)이 ᄇᆡᆨ시부부(伯氏夫婦)의게 브ᄌᆞ(不慈)ᄒᆞ믈 알디언졍 감히 블의(不義)롤 동ᄉᆞ(同事)ᄒᆞ믈 빗최디 못ᄒᆞ더니 일일(一日)은 부인이 니쇼졔 태뎐[96]의 시호(侍護)ᄒᆞ고 닌웅공ᄌᆡ 경일누[97]의 이시니 좌우(左右) 고요ᄒᆞᆫ디라. 담연이 단좌(端坐)ᄒᆞ여 무ᄉᆞ무려(無思無慮)ᄒᆞ여 셰간딘념(世間塵念)이 업ᄉᆞᆫ ᄃᆞᆺᄒᆞ고 녹빙 등이 공경시위(恭敬侍衛)ᄒᆞ여 ᄃᆡᆨᄉᆞ(織事)롤 다ᄉᆞ리ᄆᆡ 방듕(房中)의 안일(安逸)ᄒᆞ고 위의(威儀) 쳬쳬ᄒᆞ여[98] 곡반딘신(哭班搢紳)의 집흘 시위(侍衛)ᄒᆞᆫ 거동이니 져 듕의 쳔

28면 흉만악(千凶萬惡)으로 ᄇᆡ포(排鋪)ᄒᆞ여 ᄉᆡᆼ각디 못ᄒᆞᆯ 요샤괴술(妖邪怪術)을 경영(經營)ᄒᆞ믈 알니오? 부인이 침ᄉᆞ냥구(沈思良久)의 침두(枕頭)의 일복(一副) 간찰(簡札)을 더져 왈

"이위(姨闈) 쥬부인[99]이 블안졀(不安節)[100]이 ᄌᆞ즈시다 ᄒᆞ나 내 문후(問

95 ᄃᆡ월(對越): 대월. 대월상제(對越上帝). 상제를 대하듯 임금을 마주한다는 뜻.

96 태뎐: 태전. 태원전. 서태부인의 처소.

97 경일누: 경일루. 대화부인의 처소.

98 쳬쳬ᄒᆞ여: 체체하다. 행동이나 몸가짐이 너절하지 아니하며 깨끗하고 트인 맛이 있다.

99 쥬부인: 주부인. 소교완의 이모 주태부인을 가리킴. 주태부인은 한제선의 양어머니.

100 블안졀(不安節): 불안절. 편안하지 않음이 있다는 의미. "(거처에) 편안하지 않은 바가 있어서 내시가 문왕에게 아뢰면(其有不安節 則內豎以告文王)"이라는 구절이 《예기》 〈문왕세자(文王世子)〉에 나옴.

候)ᄒᆞ는 녜(禮)를 폐(廢)ᄒᆞ여시니 후아를 이 셔장(書狀)을 주어 녕능후[101] 부듕의 단녀오게 ᄒᆞ라."

계월이 셔댱(書狀)을 공경(恭敬)ᄒᆞ여 밧ᄌᆞ와 봉함(封緘)ᄒᆞ여 후아를 주려 퇴ᄒᆞ니 좌위(左右) 오딕 녜ᄉᆞ로이 알 쁜이라. 져 요비(妖婢) 슈미화응(首尾和應)ᄒᆞᄂᆞᆫ 조화를 뉘 알리오? 부인이 계월을 보ᄂᆡ고 침연단좌(沈然端坐)러니 닌듕이 홍화방 표문(表門)의 가 외조부모를 ᄇᆡ현(拜見)ᄒᆞ고 도라와 태뎐의 잠간 단녀 이에 니ᄅᆞ러 모부인(母夫人)을 시좌(侍坐)ᄒᆞ여 외왕모긔 현ᄇᆡ(見拜)ᄒᆞ오ᄆᆡ 긔게(起居) 영슌(寧順)ᄒᆞ시믈 고ᄒᆞ고 좌우(左右)를 ᄉᆞᆯ펴 녹빙 모녀와 숙난만 뫼셧고 다른 비ᄌᆞ(婢子) 등은 각각 직ᄉᆞ(織事)를 맛다 퇴ᄒᆞ고 극히 죵용ᄒᆞᆫ디라. 날호여 안ᄉᆡᆨ(顔色)을 온화히 ᄒᆞ고 소ᄅᆡ를 나ᄌᆞᆨ히 ᄒᆞ여

"슉시(叔氏)[102]의 신취(新娶)ᄒᆞᆫ 쥬파[103]ᄌᆞᄂᆞᆫ 쥬부 ᄌᆡ얼(再孽)[104]이라. 비록 ᄌᆡ얼의 쳔ᄒᆞ미 이시나 ᄌᆞ졍(慈庭)긔ᄂᆞᆫ 표문(表門)으로 쳑분(戚分)이 이시믈 아ᄅᆞ시ᄂᆞ니잇가?"

부인이 명셩(明星) ᄀᆞᆺᄐᆞᆫ 냥안(兩眼)[105]을 드러 ᄋᆞᄌᆞ를 보고 미쇼왈(微笑曰) 29면

"쥬녜 표문여지(表門餘枝)믈 알오ᄃᆡ 표치롭디 아닌 힝치니 념두(念頭)의 두미 업더니 네 엇디 뭇ᄂᆞ뇨?"

---

101 녕능후: 영능후. 직위명. 맥락상 소교완의 친정 가문 인물로 보임.

102 슉시(叔氏): 숙씨. 남의 셋째 형이나 셋째 아우의 존칭. 여기에서는 서자인 숙부 정섬을 이름.

103 쥬파: 주파. 주씨 아주머니. 《완월회맹연》에서 혼인한 여성을 파(婆)라고 이름.

104 ᄌᆡ얼(再孽): 재얼. 얼자(孽子)의 얼자 혹은 얼자(孽子)로 추정.

105 냥안(兩眼): 규장각본에는 '냥셩'으로 되어 있음.

공ᄌᆡ 쇼용(笑容)이 화연(譁然)ᄒᆞ여 ᄃᆡ왈(對曰)

"닌의[106]의 말을 드ᄅᆞ니 잉신(孕身)타 ᄒᆞ오ᄆᆡ 경조 슉부(叔父)의 슉시(叔氏)ᄅᆞᆯ 분노계ᄎᆡᆨ(憤怒戒責)ᄒᆞ시던 일을 ᄉᆡᆼ각고 우으미로소이다."

부인이 쇼왈(笑曰)

"기다리디 아닛ᄂᆞᆫ 쳔ᄒᆞᆫ 곳의ᄂᆞᆫ ᄐᆡ신디경(胎娠之慶)이 엇디 이러ᄐᆞᆺ 쉬오뇨?"

도라 녹빙과 ᄋᆞᄌᆞᄅᆞᆯ 보고 교연낭쇼(皎然朗笑)ᄒᆞ니 그 비록 좌우(左右)의 ᄃᆞᆺᄂᆞ니 업ᄉᆞ나 아모다려뼈 보와도 이 모ᄌᆞ(母子)의 노쥬(奴主)의 언ᄉᆡᆨ(言色)이 정담무사(情談無事)ᄒᆞ니 뉘 알니오마ᄂᆞᆫ 녹빙 요비(妖婢) ᄒᆞᆫ번 드ᄅᆞᄆᆡ 부인모ᄌᆞ(夫人母子)의 ᄠᅳᆺ을 쾌히 ᄉᆞ못ᄎᆞ[107] ᄆᆞᆯ너와 계월노 더브러 합계(合計)ᄒᆞ여 쥬녀ᄅᆞᆯ 농낙ᄒᆞᆯᄉᆡ 원내 쥬녀ᄌᆞᄂᆞᆫ 소부 쥬태부인 셜의[108] 쳡네(妾女)라. ᄌᆡ용(才容)이 뇨라션연(裊娜嬋姸)ᄒᆞ고 심디(心志) 일단 냥션(良善)ᄒᆞ여 츄풍(秋風)의 ᄇᆞᆺ치ᄂᆞᆫ 포ᄉᆞ(蒲絲) ᄀᆞᄐᆞ니 가히 ᄉᆞ오납다 니ᄅᆞ디 못ᄒᆞ고 어지다 ᄎᆡ오디[109] 못ᄒᆞᆯ디라. 경조의 셔뎨 정셤이 호방ᄒᆞ여 쥬파ᄅᆞᆯ 신취(新取)ᄒᆞᄆᆡ 신정(新情)이 환흡(歡
30면 洽)ᄒᆞᄃᆡ 경조공의 엄슉(嚴肅)ᄒᆞᆷ과 가풍(家風)의 녜 다로오믈 두려 감히 발구(發口)치 못ᄒᆞ더니 최후의 경조공이 알고 대로(大怒)ᄒᆞ여 셤을 쟝ᄎᆡᆨ(杖責)ᄒᆞ고 용납디 아니ᄒᆞ니 참정공이 듯고 셤의 남ᄉᆞ(濫事)ᄅᆞᆯ ᄎᆡᆨᄒᆞ나 비록 쳔인이나 일녀함원(一女含怨)의 오월비상(五月飛霜)

106 닌의: 인의. 정겸의 아들 정인의.

107 ᄉᆞ못ᄎᆞ: ᄉᆞ ᄆᆞᆾ다. 사무치다. 꿰뚫다.

108 셜의: 정확한 뜻을 알 수 없음.

109 ᄎᆡ오디: 치다. 간주하다, 받아들이다.

을 싱각ᄒᆞ여 일가디니(一家之內)의 함원디인(含怨之人)이 이시믄 샹셰(祥瑞) 아니믈 권히ᄒᆞ여 쥬녀롤 부닋(府內)의 용납(容納)ᄒᆞ니 셔쇼랑[110]은 어딘 녀ᄌᆞ(女子)라 후휼(厚恤)ᄒᆞ니 의식의 군핍(窘乏)ᄒᆞ미 업ᄉᆞ미 쥬녀 각별(各別) 신셰(身世)의 괴로오미 업ᄉᆞ나 가듕노쇠(家中老少) 져의 유무현블(有無賢不)의 알오미 업ᄉᆞ니 셔쇼랑의 거ᄂᆞ린 비되엿더라. 쥬파 잉티(孕胎)ᄒᆞ미 잇ᄉᆞ니 ᄯᅩᄒᆞᆫ 그 잉신유무(孕身有無)롤 뉘 대소로이 알니오마ᄂᆞᆫ 쥬녜 맛춤 유병(有病)ᄒᆞ니 닌의 학ᄉᆞ의게 약을 어더 갈ᄉᆡ 그 약이 잉부(孕婦)의게 유히무히(有害無害)롤 므롤 젹 닌듕이 듯고 모부인(母夫人)게 고ᄒᆞ니 부인이 임의 모ᄌᆞ(母子)의 심담(心膽)이 상됴(相照)ᄒᆞᄂᆞᆫ 바의 ᄋᆞᄌᆞ(兒子)의 니ᄅᆞᄂᆞᆫ ᄯᅳᆺ을 엇디 아디 못ᄒᆞ리오? 녹빙·계월이 부인의 디교(指教)롤 바다 당일(當日)의 계월이 쥬부인긔 가ᄂᆞᆫ 셔댱(書狀)이라도 바로 졔 방의 와 개탁(開坼)ᄒᆞ미 다ᄅᆞᆫ 말이 업고 오딕 잉부(孕婦)롤 맛초와 삭쉬(朔數) ᄎᆞᆫ 후 디후(待候)ᄒᆞ여 ᄋᆞ히(兒孩) 엇기롤 니ᄅᆞ고 신밀(愼密) 쥬션(周旋)ᄒᆞ기롤 경계(警戒)ᄒᆞ엿더라. 미조ᄎᆞ[111] 녹빙이 나와 쥬파의 잉신(孕身)ᄒᆞ믈 니ᄅᆞ니 계월이 대희(大喜)ᄒᆞ여 쥬파롤 ᄉᆞ괴여 감언밀셜(甘言蜜說)노 농낙(籠絡)ᄒᆞ여 결(結)ᄒᆞ미 ᄉᆞ싱(死生)의 이셔 부인의 고문(顧問)ᄒᆞ고 은휼(恩恤)ᄒᆞ미 흡흡히 우뢰(雨露) 초목(草木)의 져졈 ᄀᆞᆺᄐᆞ니 쥬녜 소부인 노쥬(奴主)롤 위ᄒᆞ여ᄂᆞᆫ 죽기의 샤양치 아닐 ᄯᅳᆺ이 잇더라. 계월이 일녀ᄌᆞ(一女子)롤 어드니 원방(遠方)의셔 뉴우(流寓)ᄒᆞ 31면

110 셔쇼랑: 서소랑. 정겸의 부인. 서태부인의 질녀.

111 미조ᄎᆞ: 미좇다. '이어서'라는 뜻.

여 니룬 녀지라. 명왈(名曰) 년셤이니 그 근본이 본디 원방촌녀(遠方村女)로 소·정 냥부(兩部) 부인 쇼져를 아디 못ᄒᆞ고 솟 가온디 남은 밥을 어더 구복(口腹)을 치올 바를 영힝(榮幸)홀 쓴이니 혹 후리(後來)의 뿔 곳이 이실가 ᄒᆞ여 힝각(行閣)의 머므러 후휼(厚恤)ᄒᆞ더니 년셤이 또 잉부(孕婦)의 거지(擧止) 현현(顯顯)ᄒᆞ니 월이 대희ᄒᆞ여 년셤과 쥬녀의 싱산(生産)이 니쇼져 산긔(産氣)와 흠긔 엇기를 암츅(暗祝)ᄒᆞ더라. ᄎᆞ시(此時) 닌듕이 댱형노 등 요승(妖僧)을 ᄉᆞ괴여 빈빈(頻頻)이 왕ᄂᆡ(往來)ᄒᆞ여 모부인 졍대(正大)ᄒᆞᆫ 교훈(教訓)을 겻ᄎᆞ로

32면 흐ᄅᆞᄂᆞᆫ ᄃᆞ시 승슌(承順)ᄒᆞ고 졈졈 외입(外入)ᄒᆞ미 심ᄒᆞ거놀 쳐ᄉᆞ[112]와 경조공이 부ᄂᆡ(府內)롤 써나고 태우[113]와 학ᄉᆞ[114] 등이 ᄌᆞ로 입번(入番)ᄒᆞ니 긔탄(忌憚)홀 거시 업ᄂᆞᆫ디라. 혹 표문(表門)의 가믈 핑계ᄒᆞ고 댱형노 딘평(陳平)[115]을 ᄎᆞᄌᆞ ᄀᆞ장 심교(心交)롤 만ᄂᆞᆫ ᄃᆞ시 심혈(心血)을 거후ᄅᆞ니[116] 져 댱형노 요승(妖僧)이 음양(陰陽)을 슈(數)ᄒᆞ미 엇디 톄찰(體察)[117]과 니부인을 좀요술노 히치 못홀 쥴 아디 못ᄒᆞ리오마ᄂᆞᆫ 닌듕을 농낙(籠絡)ᄒᆞ여 지믈을 낙고ᄌᆞ ᄒᆞᄂᆞᆫ디라. 젼일(前日) 방슐요법(方述妖法)을 긔록ᄒᆞᆫ 방셔(方書)롤 듀ᄋᆞ롤 주엇던디라. 닌듕이 ᄒᆞᆫ번 방

---

112 쳐ᄉᆞ: 처사. 처사 정삼.

113 태우: 태우 정인광.

114 학ᄉᆞ: 학사. 학사 정인흥.

115 딘평(陳平): 진평. 유방의 책사로 한나라를 건국하는 데 도움이 된 인물임. 여기에서는 술책가를 지칭하는 말로 쓰임.

116 거후ᄅᆞ니: 거후로다. 거우르다. 기울이다.

117 톄찰(體察): 체찰 정인성.

연(龐涓)[118]의 손빈(孫臏)[119] ᄒᆡᄒᆞ던 슈단(手段)을 시험코ᄌᆞ ᄒᆞ나 부듕(府中)의 이목(耳目)이 만흔디라 뜻을 일우디 못ᄒᆞ엿더니 마ᄎᆞᆷ 소뷔[120] 그 표형(表兄)의 쳥ᄒᆞ믈 인ᄒᆞ여 힝ᄒᆞ고 태우와 학ᄉᆡ 슈일(數日)을 입번(入番)ᄒᆞ니 가듕(家中)이 심히 젹막(寂寞)ᄒᆞᆫ디라. 승시(乘時)ᄒᆞ여 태부인긔 고왈(告曰)

"외왕모 환휘(患候) 슈일(數日)ᄌᆡ 더으시다 ᄒᆞ고 표형(表兄) 등이 슈삼일(數三日) ᄒᆞᆫ가지로 시호(侍護)ᄒᆞ믈 닐너시니 쇼손(小孫)은 힝ᄒᆞᄂᆞ이다."

태부인이 빵광(雙眶)을 드러 완시(緩視)ᄒᆞ고 미위(眉宇) 져기 단엄(端嚴)ᄒᆞ여 ᄀᆞᆯ오ᄃᆡ

"소부 쥬부인 슉환(宿患)이 발ᄒᆞ샤 신음(呻吟)ᄒᆞ신ᄌᆞᆨ 여등(汝等)이 ᄌᆞ손(子孫)의 도리로 문후(問候)ᄒᆞ믄 폐치 못ᄒᆞ려니와 소ᄉᆡᆼ 등이 부형슉당(父兄叔堂)이 번셩(繁盛)ᄒᆞ고 군죵(群從)이 만하 고단치 아니ᄒᆞ거ᄂᆞᆯ 너ᄅᆞᆯ 엇디 ᄀᆞᆺᄐᆞ여 여러 날 쳥뉴(請留)ᄒᆞᄂᆞ뇨? 홍·광 냥ᄋᆡ(兩 33면

118 방연(龐涓): 전국시대 위(魏)나라 사람. 손빈과 함께 귀곡자에게 병법을 배웠는데 위나라 장수가 된 방연이 손빈을 시기하여 그를 과형(발꿈치를 베는 형벌)과 묵형(이마에 죄명을 새기는 형벌)에 처함. 제나라로 탈출한 손빈은 수레에 누워 군사를 지휘했는데 아궁이의 숫자를 줄이는 계책(감조책)을 써서 방연을 마릉에서 크게 이김.

119 손빈(孫臏): 전국시대 병가(兵家)의 학자. 손무의 후예. 방연과 함께 귀곡자에게 병법을 배웠는데, 방연이 위나라의 참모가 되자 손빈이 자신보다 뛰어난 것을 시기하여 모함을 해 발을 잘라서 이름이 빈(臏, 형벌 이름)이 됨. 뒷날 제나라의 사신이 몰래 싣고 귀국하자 제위왕(齊威王)이 군사(軍師)로 삼음. 전기(田忌)를 도와 계릉과 마릉에서 계책으로 방연이 이끈 위나라 군대를 대파함.

120 소뷔: 소부. 태자소부 정겸.

兒) 입번ᄒᆞ고 슈ᄇᆡᆨ[121]이 마디못ᄒᆞᆯ 일노 표문(表門)의 ᄒᆡᆼᄒᆞ고 노모(老母)의 좌위(左右) 심히 뇨젹(寥寂)ᄒᆞ니 슈히 도라오고 너ᄂᆞᆫ 동치쇼ᄋᆡ(童穉小兒)라 임타방낭(任他放浪)치 말디어다."

셜파의 블열(不悅)이 노ᄉᆡᆨ(露色)ᄒᆞ여 쥰칙(峻責)ᄒᆞ미 업ᄉᆞ나 ᄌᆞ연ᄒᆞᆫ 위의(威儀) 한상(寒霜) ᄀᆞᆺᄐᆞ니 듕ᄋᆡ 황연ᄌᆞ구(慌然自懼)ᄒᆞ여 년망(連忙)이 피셕ᄃᆡ왈(避席對曰)

"쇼숀(小孫)이 엇디 무고히 방낭(放浪)ᄒᆞ리잇고마ᄂᆞᆫ 아[122]이 독셔여가(讀書餘暇)의 경일누 슉모(叔母)긔 봉시(奉侍)ᄒᆞ믈 ᄌᆞ연(自然) 한헐(閑歇)치 못ᄒᆞ오니 쇼손이 ᄌᆞ모(慈母)의 몸을 ᄃᆡ(代)ᄒᆞ여 표문(表門)의 나아가 왕알(往謁)ᄒᆞ미 ᄌᆞᆺᄉᆞ오나 ᄀᆞᆺᄐᆞ여 밤을 디ᄂᆡ미 업ᄉᆞᆸ더니 표형(表兄)이 환우듕(患憂中) 슈일(數日)을 ᄒᆞᆫ가지로 디ᄂᆡᄌᆞ ᄒᆞ오니 무심히 낙(諾)ᄒᆞ엿ᄉᆞᆸ더니 왕모디괴(王母之敎) 이러ᄐᆞᆺ ᄒᆞ시니 쇼손이 블민ᄒᆞ믈 ᄌᆞ탄(自嘆)ᄒᆞ며 슈히 도라오리이다."

언언이 축쳑(蹴踖)ᄒᆞ고 근심ᄒᆞᄂᆞᆫ 모양이 ᄯᅩᄒᆞᆫ ᄉᆞ랑홉고 아ᄅᆞᆷ다온디

34면 라. 태부인이 근간(近間) 듕ᄋᆡ 년일(連日)ᄒᆞ여 표문의 왕ᄂᆡ(往來)ᄒᆞ여 거지(擧止) 온듕(穩重)치 아니믈 블열(不悅)ᄒᆞ나 유튱쇼ᄋᆞ(幼冲小兒)의 측냥(測量)치 못ᄒᆞᆯ 흉ᄉᆞ(凶事)야 엇디 몽니(夢裏)의나 ᄉᆡᆼ각ᄒᆞ리오? 임의 허(許)ᄒᆞ미 이시니 금야(今夜)만 머므러 도라오라 ᄒᆞ니 원ᄂᆡ 쥬부인 미양(微恙)이 이시ᄆᆡ 소부인이 듕아로ᄲᅧ 왕현(往見)ᄒᆞ고 등후(症候)ᄅᆞᆯ ᄌᆞ시 아라오라 ᄒᆞ여시나 엇디 소ᄌᆞ(小子) 등의 쳥

121 슈ᄇᆡᆨ: 수백. 정겸의 자호.

122 아: 아우. 정인중의 동생 정인웅을 가리킴.

뉴(請留)ᄒᆞ미 이시리오마ᄂᆞᆫ 요악(妖惡)ᄒᆞᆫ ᄋᆞᄒᆡ(兒孩) 이목(耳目)의 괴로온 사ᄅᆞᆷ이 나간 ᄊᆡ 악ᄉᆞ(惡事)ᄅᆞᆯ 힝코ᄌᆞ ᄒᆞ여 짐ᄌᆞᆺ 이러ᄐᆞᆺ 고ᄒᆞ고 표문(表門)의 잠간 단녀 ᄎᆞᆼᄎᆞᆼ이 도라와 후졍(後庭)의 드러가 영션ᄃᆡ의 올나 쵸인(草人)을 ᄆᆡᆫᄃᆞ라 톄찰(體察)과 니쇼져의 ᄉᆡᆼ년일시(生年日時)ᄅᆞᆯ 뻐 복듕(腹中)의 너코 칠등(漆燈)[123]을 버리고 요괴(妖怪)로온 작법(作法)ᄒᆞ기ᄅᆞᆯ ᄒᆞᄆᆡ 밤이 ᄉᆡ믈 ᄊᆡ닷디 못ᄒᆞ고 《칠졍젼후셔(七情前後書)》[124]의 법을 의방(依倣)ᄒᆞ여 다시 댱형노의 요술(妖術)을 가입ᄒᆞ니 흉교(凶狡)치 아니미 업ᄂᆞᆫ디라. 임의 ᄇᆡ포(排鋪)ᄒᆞ기ᄅᆞᆯ 다ᄒᆞᄆᆡ 누문(樓門)을 닷고 후문(後門)으로 나와 완연이 쳥녀(靑驢)ᄅᆞᆯ 모라 부듕으로 드러오니 샤광디ᄎᆞᆼ(師曠之聰)[125]과 니루디명(離婁之明)[126]인들 엇디 알리오? 태뎐의 나아가 문후(問候)ᄒᆞ고 취일뎐[127]의 니ᄅᆞ니 모부인의 작일(昨日)의 도라오디 아니믈 뭇ᄂᆞᆫ디라. 왕모(王母) 환휘(患候) 임의 복ᄎᆞ(復差)ᄒᆞ시고 표형(表兄) 등이 일야(一夜) 한화(閑話)ᄅᆞᆯ 니ᄅᆞᄆᆡ 밤을 디ᄂᆡ고 오믈 고ᄒᆞ니 니언교셜(利言巧說)이 ᄌᆞ못 여류(如流)ᄒᆞ니 부인이 모부인 딜휘(疾候) 득ᄎᆞ(得差)ᄒᆞ시믈 희열(喜悅)ᄒᆞ며 35면

123 칠등(漆燈): 귀인의 무덤 앞에 켜놓는 등. 무덤 앞에 커다란 쇠 동이를 놓고 그 안에 생옻 두어 말을 담고 가운데에 심지를 꽂아 불을 켜놓으면 심지 불이 푸르게 빛나며 꺼지지 않는다고 함. 칠등장명(漆燈長明). 여기에서는 주술을 행할 때 쓰는 등불을 가리키는 것으로 보임.

124 《칠졍젼후셔(七情前後書)》: 칠정전후서. 주술서 중 하나로 추정.

125 샤광디ᄎᆞᆼ(師曠之聰): 사광지총. 사광의 귀 밝음. 사광은 춘추시대 진(晉)나라의 악사(樂師). 음조(音調)를 잘 알아서 한 번 들으면 길흉을 알았다 함. 《맹자》 〈이루상(離婁上)〉에 나옴.

126 니루디명(離婁之明): 이루지명. 이루의 눈 밝음. 이루는 중국 황제 시절에 살았던, 눈이 밝은 것으로 이름난 인물. 백 보 떨어진 곳에서 붓의 털끝을 살필 수 있었다고 함.

127 취일뎐: 취일전. 소교완의 처소.

태모좌위(太母左右) 고젹(孤寂)ᄒᆞ시니 뫼와 위열(慰悅)ᄒᆞ옴과 독셔(讀書)ᄒᆞ믈 게얼니 말기롤 경계(警戒)ᄒᆞ니 공ᄌᆡ 슈명이퇴(受命而退)ᄒᆞ여 셔당(書堂)의 믈너와 닌웅으로 더브러 독셔ᄒᆞ고 태젼의 문후(問候)ᄒᆞ여 죵일(終日) 퇴치 아니터니 혼뎡(昏定)을 퇴ᄒᆞᄆᆡ 닌웅다려 취뎐[128]의 가믈 니고 망망돌돌(茫茫咄咄)이 영션ᄃᆡ의 니ᄅᆞ러 몬져 발 벗고 머리 프러 칼흘 드러 하날을 향ᄒᆞ여 ᄇᆡᆨ시부부(伯氏夫婦)의 달슈영복(達壽榮福)을 거두기롤 암튝(暗祝)ᄒᆞ여 빌기롤 파ᄒᆞᄆᆡ 활을 ᄌᆞᆸ아 명명(明明)ᄒᆞᆫ 칠등(漆燈)을 향ᄒᆞ야 ᄲᅩ아 맛치니 즉시 등잔을 ᄭᅳ고 작법(作法)을 ᄀᆞ장 신밀긔이(神密奇異)히 ᄒᆞ노라 ᄒᆞ니 계셩(鷄聲)을 인ᄒᆞ여 황황(遑遑)이 신셩(晨省) 미쳐 니ᄅᆞ니 희(噫)라. 이 ᄎᆞ마 ᄉᆞᄌᆞ(士者)의 ᄒᆡᆼᄉᆡ(行事)며 일노뼈 ᄎᆞ마 졍태부[129]의 ᄌᆞ(子)라 ᄒᆞ며 문헌공[130] 손

36면 (孫)이라 ᄒᆞ리오? 경믁ᄌᆡ[131] 부부ᄂᆞᆫ 당당ᄒᆞᆫ 졍인군ᄌᆡ(正人君子)며 슉녀현ᄉᆞ(淑女賢士)로 명명ᄒᆞᆫ 슈복(壽福)을 타시니 요사(妖邪)의 긔운(氣運)이 엇디 졍인(正人)을 범ᄒᆞ여 니쇼져긔 므어시 휴손(虧損)ᄒᆞ리오? 요악(妖惡)ᄒᆞᆫ ᄋᆞᄒᆡ(兒孩) 스ᄉᆞ로 젼졍(前程)을 함ᄒᆞ여 명교(名敎)의 죄인이 되니 엇디 통한치 아니리오? 신셩(晨省)을 미쳐 형뎨(兄弟) ᄒᆞᆫ가디로 문침(問寢)ᄒᆞ고 시션(視饍)ᄒᆞᄆᆡ 니쇼제 소부인을 뫼셔 태부인 좌와(坐臥)롤 밧드러 셤기ᄆᆡ 안안(晏晏)[132]ᄒᆞᆫ 동디(動止)와 은은(誾誾)

128 취뎐: 취전. 취일전을 가리킴.

129 졍태부: 정태부. 태부 정잠. 정인중의 아버지.

130 문헌공: 정한을 가리킴. 정인중의 조부(祖父).

131 경믁ᄌᆡ: 정묵재. 묵재 정인성. 묵재는 정인성의 별호.

132 안안(晏晏): 즐겁고 평안한 모양.

ᄒᆞᆫ 긔상(氣像)이 금일(今日) 더옥 넉여 보ᄆᆡ[133] 츌쇽긔이(出俗奇異)ᄒᆞ미 평일(平日)의 ᄇᆡ승(倍勝)커ᄂᆞᆯ 엇디 미호(微毫)나 블평(不平)ᄒᆞ미 이시리오? 탁연(卓然)ᄒᆞᆫ 문광(文光)과 휘휘(輝輝)ᄒᆞᆫ 명ᄉᆡᆨ(明色)이 일일(日日) 층츌긔이(層出奇異)ᄒᆞ니 듕ᄋᆞ의 흉듕(胸中)의 일만(一萬) 녕원(獰猿)이 쒸노라[134] 심듕(心中)의 혜오ᄃᆡ '아ᄃᆡᆨ 쥬등[135]을 범치 아니므로 여ᄎᆞ안연(如此晏然)ᄒᆞ도다.' ᄒᆞ여 져믈기ᄅᆞᆯ 괴로이 기다려 혼뎡(昏定)을 계오 필(畢)ᄒᆞᄆᆡ 힝뵈(行步) 급급(急急)ᄒᆞ여 영션ᄃᆡ의 니ᄅᆞ러 작법(作法)ᄒᆞ고 활을 잡아 좌목(左目)을 뽀고 등잔(燈盞)을 ᄡᅳ더니 홀연(忽然) 인젹(人跡)이 홀홀(忽忽)ᄒᆞ며 초신(草身)을 셔ᄅᆞ져[136] 칠등(漆燈)을 ᄡᅳ며 블을 드러 소화(燒火)ᄒᆞᄂᆞ니 이시니 닌듕이 ᄎᆞ시(此時) 만뇌구젹(萬籟俱寂)ᄒᆞ여 겻ᄐᆡ 신명(神明)이 본 밧긔 알 니 업ᄉᆞ리라 ᄒᆞᆫ 37면
ᄇᆡ 이 거동(擧動)을 보니 놀나오미 쳥텬(晴天)의 급ᄒᆞᆫ 벽녁(霹靂)이 일신(一身)을 분쇄(粉碎)ᄒᆞᄂᆞᆫ 듯 뇌졍(雷霆)의 ᄡᅧ러진 잠룡(潛龍) ᄀᆞᆺᄐᆞ여 미쳐 손을 놀니디 못ᄒᆞ고 졍신을 거두디 못ᄒᆞ여셔 기인(其人)이 겻ᄐᆡ 늑ᄌᆡ 역노(驛奴)ᄅᆞᆯ 명ᄒᆞ여

"등쵹긔용(燈燭器用)을 급히 셔ᄅᆞ져 소화(燒化)ᄒᆞ라."

---

133 넉여 보ᄆᆡ: 넉여 보다. 자세히 보다.

134 흉듕(胸中)의 일만(一萬) 녕원(獰猿)이 쒸노라: 심원(心猿). 마음속에 원숭이가 뛰논다는 말로 초조하고 불안한 마음을 의미함. 심원의마(心猿意馬)와 같은 의미로 "마음속 원숭이와 생각 속 말이 미쳐 날뛰다(心猿意馬罷顚狂)."라는 말에서 나옴. 《돈황변문집(敦煌變文集)》의 〈유마힐경강경문(維摩詰經講經文)〉에 나옴. 녕원(獰猿)은 사나운 원숭이라는 말로 두근두근 뛰는 마음을 비유하는 것으로 봄.

135 쥬등: 주등. 문맥상 주성(主星)으로 추정.

136 셔ᄅᆞ져: 셔롯다. 거두어 치우다, 정리하다.

ᄒᆞ고 형의 냥슈(兩手)ᄅᆞᆯ 모도 븟들고 톄읍힝뉴(涕泣行流)ᄒᆞ니 눈을
뎡히 ᄒᆞ여 ᄌᆞ시 살피ᄆᆡ 기뎨(己弟) 닌웅공ᄌᆡ라. 뉵ᄌᆡ 또ᄒᆞᆫ 황망(慌忙)
ᄒᆞ미 측냥(測量)업더니 삼공ᄌᆡ믈 보ᄆᆡ 져기 방심(放心)ᄒᆞ여 감히 그
명을 위월(違越)치 못ᄒᆞ야 황황(遑遑)이 소화ᄒᆞ니 닌웅공ᄌᆡ ᄎᆞ시(此
時)의 듕형(仲兄)의 거지(擧止) 괴이(怪異)ᄒᆞ여 나ᄌᆡ 글 닑으ᄆᆡ 입으
로 비록 독셔ᄒᆞ나 냥목(兩目)이 글ᄌᆞ의 잇디 아니ᄒᆞ고 원산(遠山)을
쳠망(瞻望)ᄒᆞ여 거동(擧動)이 망망(茫茫)이 가고ᄌᆞ ᄒᆞ고 돌돌이 피ᄒᆞᆯ
ᄃᆞᆺᄒᆞ여 문안(問安)을 파(罷)ᄒᆞ고 나오ᄆᆡ 져두(低頭)ᄒᆞ고 망운텬(望雲
天)ᄒᆞ여 기다리ᄂᆞᆫ ᄃᆞᆺᄒᆞ고 심히 힝휼(幸恤)ᄒᆞᆫ ᄃᆞᆺ 측냥(測量)업ᄉᆞ믈 그
ᄋᆞᆨ이 의괴(疑怪)ᄒᆞ더니 혼뎡(昏定)을 퇴ᄒᆞᄆᆡ 믄득 ᄉᆞ식(辭色)이 흔연
38면 (欣然)ᄒᆞ야 년망(連忙)이 취뎐을 향ᄒᆞ더니 다시 나오미 업고 명일(明
日) 신셩(晨省)의ᄂᆞᆫ 완연이 참예(參詣)ᄒᆞ니 공ᄌᆡ 본ᄃᆡ 텬셩(天性)이
담연무려(淡然無慮)ᄒᆞ여 유의(有意)ᄒᆞᄂᆞᆫ ᄇᆡ 업ᄉᆞᄃᆡ 알고져 ᄒᆞᄆᆡ 블
언이디(不言而知)ᄒᆞᄂᆞᆫ 신셩(神聖)ᄒᆞ믄 부형여습(父兄餘習)이라. 근
일(近日) 모부인 실덕브ᄌᆞ(失德不慈)ᄒᆞ믈 슬허ᄒᆞ고 ᄇᆡᆨ슈(伯嫂)의 고
상[137]을 위ᄒᆞ여 일시(一時)도 방심(放心)치 못ᄒᆞᄆᆡ 젼일(前日)쳐로 경
일누의 온젼이 봉시(奉侍)ᄒᆞ미 업셔 취뎐의 ᄌᆞ로 시좌(侍坐)ᄒᆞ여 화
안이셩(和顔怡聲)으로 모부인(母夫人)을 위열(慰悅)ᄒᆞᄂᆞᆫ 듕 간간이
부인의 실덕(失德)을 간졀(諫切)ᄒᆞ고 여나 동졍(動靜)을 무심히 보ᄂᆞᆫ
ᄇᆡ 업ᄉᆞ니 소부인이 ᄋᆞᄌᆞ(兒子)의 동쵹(洞屬)ᄒᆞᆫ 효셩(孝誠)으로 승안

137 고상: 고생(苦生).

(承顔)ᄒᆞ며 봉슌(奉順)ᄒᆞ믈 보면 ᄌᆞ연(自然)이 귀듕(貴重)ᄒᆞ고 ᄌᆞᄋᆡ(慈愛)ᄒᆞ미 텬셩(天性)의 츌(出)ᄒᆞ니 초칙(誚責)ᄒᆞᆯ 단셰(端緖) 업고 또 ᄎᆞ마 믈너가라 ᄒᆞ디 못ᄒᆞ며 광명뎡대(光明正大)ᄒᆞ믈 긔탄(忌憚)ᄒᆞ여 닌웅공ᄌᆞ 보ᄂᆞᆫᄃᆡ 간ᄃᆡ로 니쇼져ᄅᆞᆯ 보ᄎᆡ지 못ᄒᆞ고 심듕(心中)의 괴롭고 증한(憎恨)ᄒᆞ미 더으나 계월·녹빙 등으로ᄡᅧ 그윽ᄒᆞᆫ 계교(計巧)ᄅᆞᆯ 주어 션ᄉᆡᆼ(先生)이 도라오기 젼 니쇼져의 분만(分娩)ᄒᆞ기만 죄오거ᄂᆞᆯ[138] 듕ᄋᆡ 디혜단쳔(知慧短淺)ᄒᆞ여 방슐요법(方術妖法)이 능히 니쇼져ᄅᆞᆯ 히ᄒᆞᆯ가 넉이나 엇디 닌웅공ᄌᆞ의 명찰(明察)ᄒᆞ믈 버셔나리오? 39면
공ᄌᆡ 듕형의 거동(擧動)을 의심ᄒᆞ여 측냥(測量)치 못ᄒᆞ더니 금일(今日) 또 혼졍(昏定)을 파ᄒᆞᄆᆡ 명광헌[139]의 믈너와 광금장침(廣衿長枕)을 포셜(鋪設)ᄒᆞ고 공ᄌᆡ ᄒᆞᆫ가디로 독셔(讀書)ᄒᆞᆯᄉᆡ 닌듕이 믄득 냥미(兩眉)ᄅᆞᆯ 모화 ᄀᆞᆯ오ᄃᆡ
"복통(腹痛)이 심ᄒᆞ니 셔당(書堂)이 오히려 한ᄂᆡᆼ(寒冷)ᄒᆞ고 ᄌᆞ위(慈闈) 드러와 됴호(調護)ᄒᆞ라 ᄒᆞ여 계시니 나ᄂᆞᆫ 취뎐의 가 ᄌᆞ고 됴리(調理)ᄒᆞ려 ᄒᆞ기 드러가노라."
인ᄒᆞ여 ᄃᆡ답을 기다리디 아니코 니러셔니 닌웅공ᄌᆡ 안셔(安舒)히[140] ᄃᆡ왈(對曰)
"쇼뎨(小弟)ᄂᆞᆫ 경일누 태태(太太) 블안졀이 계신 ᄃᆞᆺᄒᆞ니 비록 대단치 아니시나 방심(放心)치 못ᄒᆞᆯ디라. 드러가 시침(侍寢)ᄒᆞ려 ᄒᆞ니 형댱

---

138 죄오거ᄂᆞᆯ: 죄오다. 조이다. 여기에서는 '마음을 졸이다'의 의미로 추정.
139 명광헌: 정씨 가문 남자들이 함께 모이는 서재.
140 안셔(安舒)히: 안서히. 편안하고 조용하게.

(兄丈)이 ᄯᅩᄒᆞᆫ ᄎᆔ뎐의 시침ᄒᆞ샤 됴호ᄒᆞ쇼셔."

듕ᄋᆡ 흔연이 답ᄒᆞ고 드러가니 길ᄉᆞ 닌ᄋᆔ[141] 냥뎨(兩弟)ᄅᆞᆯ 다려 홀노 머믈ᄉᆡ 심히 훌연(欻然)이 녁이나 대화시[142] 흠딜이 무상히 발작(發作)ᄒᆞ고 삼공ᄌᆡ 시침(侍寢)ᄒᆞ미 ᄌᆞ존 고로 녜ᄉᆞ로이 알 ᄲᅳᆫ이러라. 삼공ᄌᆡ 경일누의 가믈 일ᄏᆞᆺ고 밧긔 나와 침ᄉᆞ(沈思)ᄒᆞᄆᆡ 듕형의 거동(擧動)이 반ᄃᆞ시 ᄎᆔ뎐으로 향ᄒᆞ미 아니라. 기리 탄개(嘆慨)ᄒᆞ고 슬허 ᄉᆡᆼ각ᄒᆞᄃᆡ '동긔(同氣)ᄂᆞᆫ 일쳬(一體)라. 심담(心膽)이 상됴(相照)ᄒᆞᆯ ᄇᆡ어ᄂᆞᆯ 듕형이 홀연이 가졍(家庭)의 효우(孝友)와 ᄇᆡᆨ시(伯氏)의 셩우(聖友)ᄅᆞᆯ 밧드디 아니ᄒᆞ고 금일(今日) 내 ᄯᅩ 듕형의 ᄌᆞ최ᄅᆞᆯ 의심ᄒᆞ여 의ᄉᆡ(意思) 회곡(回曲)ᄒᆞ니 엇디 한심치 아니리오?' ᄒᆞ나 ᄯᅩᄒᆞᆫ 그 간 바ᄅᆞᆯ 아디 못ᄒᆞ여 후원(後苑)으로 향ᄒᆞ며 ᄒᆡ음업시[143] 머리ᄅᆞᆯ 드러 원근(遠近)을 상망(相望)ᄒᆞᄆᆡ 븍극(北極)의 셩ᄃᆔ(星斗) 창창(蒼蒼)ᄒᆞ고 혈뇌 ᄂᆞᆫ확(難穫)ᄒᆞᆫᄃᆡ[144] 동졍상월(洞庭上月)이 운텬(雲天)의 한가(閑暇)ᄒᆞ니 츄텬(秋天)의 ᄆᆞᆰ은 긔운(氣運)을 우러러 고원(高遠)ᄒᆞᆫ 명광(明光)을 ᄃᆡᄒᆞᄆᆡ 부형(父兄)의 풍의긔상(風儀氣像)을 반기ᄂᆞᆫ ᄃᆞᆺᄒᆞ니 원모상감(遠慕想感)ᄒᆞ미 더은디라. 셩신(星辰)을 ᄉᆞᆯ펴 안위ᄅᆞᆯ 졈복(占卜)ᄒᆞᆯᄉᆡ 공ᄌᆡ 셩신민달(聖神敏達)ᄒᆞ며 역후(易候)[145]의 ᄇᆞᆰ으미 쳬찰의 못

40면

141 길ᄉᆞ 닌ᄋᆔ: 길사 정인유. 정염의 둘째 아들이자 소화부인의 소생으로 벼슬은 금문직사.

142 대화시: 대화부인. 정흠의 부인이자 정인웅의 양어머니.

143 ᄒᆡ음업시: '해옴없이'로 추정. '해옴업다'는 '쓸데없다'의 뜻.

144 혈뇌 ᄂᆞᆫ확(難穫)ᄒᆞᆫᄃᆡ: 'ᄂᆞᆫ확'의 원문이 정확하지 않으나 규장각본에는 '혈뇌 난확(難穫)ᄒᆞᆫᄃᆡ'으로 되어 있어 이를 참고함. 혈뇨의 의미 미상.

145 역후(易候): 역(易)을 이용해서 날씨를 점치는 것을 말하는데, 한(漢)나라 금문(今文) 역학가인 경방의 역후가 특히 유명함.

ᄒᆞ디 아니ᄒᆞᆫ디라. ᄉᆡ외(塞外)의 츌샤(出師)ᄒᆞᆫ 부형의 안위ᄅᆞᆯ 셩슈(星數)로뼈 알ᄆᆡ 엇디 목젼(目前)을 아디 못ᄒᆞ리오? 듕형(仲兄)의 쥬셩 41면
(主星)이 살긔(殺氣)ᄅᆞᆯ 띄여 ᄇᆡᆨ시부부(伯氏夫婦) 쥬셩을 침ᄒᆡ(侵害)ᄒᆞᄃᆡ 후원(後園)의 빗최엿ᄂᆞᆫ지라. ᄎᆞ악(嗟愕)ᄒᆞ미 더어 년뵈(蓮步) 셔셔(徐徐)ᄒᆞ여 후원의 니ᄅᆞ니 영션ᄃᆡ의 쵹영(燭影)이 미미(微微)ᄒᆞ믈 본디라. ᄲᆞᆯ니 ᄉᆞ못ᄎᆞ 드러가ᄆᆡ 닌듕이 졍히 활을 드러 초인(草人)의 좌목(左目)을 뽀고 용약(勇躍)ᄒᆞ여 등잔을 쓰ᄂᆞᆫ디라. ᄒᆞᆫ번 보ᄆᆡ 만심(滿心)이 ᄒᆡ연ᄎᆞ악(駭然嗟愕)ᄒᆞ고 골경신ᄒᆡ(骨驚身駭)ᄒᆞ니 급히 쳘등[146]을 것구로치고 블을 드러 초인을 ᄉᆞᆯ오ᄆᆡ 뉵ᄌᆡ 졍하(庭下)의셔 먼니 관광ᄒᆞᄂᆞᆫ디라. ᄲᆞᆯ니 닌듕의 냥슈(兩手)ᄅᆞᆯ 븟들고 뉵ᄌᆡ로뼈 흉예지믈(凶穢之物)을 몰슈히 셔ᄅᆞ져 쇼화(燒化)ᄒᆞᄆᆡ 통읍(慟泣)ᄒᆞ여 ᄀᆞᆯ오ᄃᆡ "형댱(兄丈)아 ᄎᆞ하ᄉᆡ(此何事)며 ᄎᆞ하ᄉᆡ니잇고? 형댱이 ᄎᆞ마 엇디 우리 가졍(家庭)의 셩덕대도(聖德大道)와 ᄇᆡᆨ시(伯氏)의 대효디셩(大孝至誠)을 져바리시미 이에 밋쳣ᄂᆞ니잇고? 젼국(戰國) 무ᄒᆡᆼ(無行)ᄒᆞᆫ 시졀의도 방연(龐涓)의 손빈(孫臏) ᄒᆡᄒᆞ믄[147] 후인(後人)의 탄개(嘆慨)ᄒᆞ미오 군ᄌᆞ(君子)의 뎡시(正視)ᄒᆞᆯ ᄇᆡ 아니라. 져 손ᄌᆞᄂᆞᆫ 뉵국(六國) 녹녹(碌碌)ᄒᆞᆫ ᄌᆡ조(才調)로ᄃᆡ 필경(畢竟)의 그 ᄒᆡᄅᆞᆯ 방연이 안아시니
이 곳 후인의 계감(戒鑑)이라. 그 패망(敗亡)ᄒᆞᆫ 후젹(後適)을 디ᄌᆞ(知 42면

146 철등: 철등. 맥락상 칠등(漆燈)을 가리킴.

147 방연(龐涓)의 손빈(孫臏) ᄒᆡᄒᆞ믄: 손빈이 방연과 함께 귀곡자에게 병법을 배웠는데, 위(魏)나라 장수가 된 방연의 시기를 받아 발이 잘리고 묵형(墨刑)을 당하는 수모를 겪은 뒤 제(齊)나라로 탈출, 치거(輜車)에 누워 군사를 지휘했고, 급기야는 아궁이 숫자를 줄이는 계책을 써서 방연을 마릉에서 대패시킴.

者)ᄂᆞᆫ 닛디 아닐 ᄇᆡ오 여ᄎᆞ디ᄉᆡ 젼국(戰國) 탁난디시(濁亂之時)의셔도 한심ᄒᆞ거ᄂᆞᆯ 이 ᄎᆞ마 엇디 셩문학뎨(聖門學弟)의 유의(有意)ᄒᆞᆯ ᄇᆡ며 더옥 골육동긔(骨肉同氣)니잇가? 우리 졍시 명현후예(名賢候裔)로 학도셩ᄒᆡᆼ(學道聖行)이 누ᄇᆡᆨ셰(累百世)의 젼ᄒᆞ여 우리 션왕부(先王父)와 엄졍(嚴庭)의 학도셩ᄒᆡᆼ을 우리 무리 ᄯᆞᆯ와 닛ᄌᆞᆸ디 못ᄒᆞ나 형댱(兄丈)이 엇디 이에 미쳐 계시니잇고? 쇼뎨 ᄇᆡᆨ시부부(伯氏夫婦)ᄅᆞᆯ 위ᄒᆞ여 근심치 아니ᄒᆞ고 슬허ᄒᆞ미 아녀 모친의 실덕(失德)을 셜워ᄒᆞ고 듕시(仲氏)의 외입(外入)ᄒᆞ시믈 위ᄒᆞ여 슬허ᄒᆞᄋᆞᆸᄂᆞ니 ᄇᆡᆨ시와 ᄇᆡᆨ슈(伯嫂)ᄂᆞᆫ 텬죵디셩(天縱之聖)[148]이라 텬상ᄉᆞ문(天相斯文)[149]인ᄃᆡ 그 ᄒᆡ오미 업ᄉᆞ려니와 미상ᄉᆞ문(未喪斯文)[150]인ᄌᆞᆨ 듕시 쇽졀업시 심녁(心力)을 허비(虛費)ᄒᆞ여 만ᄃᆡ(萬代)의 ᄆᆡ명(罵名)을 취ᄒᆞ고 평ᄉᆡᆼ(平生) 젼졍(前程)을 ᄒᆡᄒᆞ실 ᄡᆞᆫ이오 ᄇᆡᆨ시ᄂᆞᆫ 손ᄒᆡ(損害) 업ᄉᆞ리니 빌건ᄃᆡ ᄒᆡᆼ인ᄒᆡᆼ덕(行仁行德)ᄒᆞ샤 가졍의 열ᄒᆞ시믈 닐위고 종당(宗黨)의 칭예(稱譽)ᄅᆞᆯ 바다 형뎨(兄弟) 화ᄒᆞ며 모ᄌᆞᄌᆞ효(母子慈孝)ᄒᆞ고 형ᄋᆡ뎨경(兄愛弟敬)ᄒᆞ며 역녀(逆旅)[151] ᄀᆞᆺᄐᆞᆫ 셰간(世間)의 무우안낙(無憂安樂)ᄒᆞ미

43면 므어시 ᄒᆡ로오니잇고?"

언흘(言訖)의 블승톄읍(不勝涕泣)ᄒᆞ여 ᄎᆞ악망측(嗟愕罔測)ᄒᆞ믈 니긔

148 텬죵디셩(天縱之聖): 천종지성. 하늘이 내신 성인. 제왕의 성덕을 칭송하거나 공자의 덕화를 칭송할 때 쓰이는 말. 공자 자체를 가리키는 말로도 씀.

149 텬상ᄉᆞ문(天相斯文): 천상사문. '하늘이 사문(유가)을 돕는다.'라는 뜻.

150 미상ᄉᆞ문(未喪斯文): 미상사문. 하늘이 사문(유가)을 없애려 하지 않는 바에야. 공자가 광(匡) 땅에서 곤궁에 처했을 때 "하늘이 사문을 없애려 하지 않으시는 바에야, 광 땅 사람들이 나를 어떻게 하겠는가(天之未喪斯文也 匡人其如予何)?"라고 말함. 《논어》에 나옴.

151 역녀(逆旅): 역려과객(逆旅過客). 세상은 여관과 같고, 인생은 나그네와 같다는 말.

디 못ᄒᆞ니 닌듕이 쳐음 힝혀 타인(他人)의 보미 된가 놀나다가 계오 졍ᄒᆞ여 닌웅이믈 보ᄆᆡ 한독(恨毒)과 분긔(憤氣) 볼연(勃然)이 니러나고 그 간졀(懇切)ᄒᆞ고 졍대(正大)ᄒᆞᆫ 말을 드ᄅᆞᄆᆡ 구연참괴(苟然懼然)ᄒᆞ니 냥안(兩眼)을 독히 ᄯᅳ고 믁믁(默默)ᄒᆞ여 말이 업더니 ᄇᆡᆨ시부부(伯氏夫婦)의 셩덕대효(聖德大孝)ᄅᆞᆯ 니ᄅᆞᄆᆡ 증분(憎憤)ᄒᆞ미 ᄀᆡᆼ가일층(更加一層)ᄒᆞ여 ᄌᆞᆸ은 손을 ᄲᅳ리치고 두 쥬머괴로 어ᄌᆞ러이 공ᄌᆞᄅᆞᆯ 치며 왈

“내 우연이 병법(兵法)과 진셰(陣勢)ᄅᆞᆯ ᄆᆡᆫᄃᆞ라 희롱(戲弄)ᄒᆞ미로ᄃᆡ 가법(家法)이 일ᄌᆞᆨ 이런 일을 ᄇᆡ쳑(排斥)ᄒᆞ고 계뷔(季父) 졀금(絶禁)ᄒᆞ시며 왕뫼(王母) 방낭유희(彷浪遊戲)치 말나 ᄒᆞ시니 고요ᄒᆞᆫ 밤의 잠간 희롱ᄒᆞ미어ᄂᆞᆯ 네 엇디 말을 이러ᄐᆞᆺ 요악(妖惡)히 ᄒᆞ여 날노ᄡᅧ 쳔고대죄인(千古大罪人)을 ᄆᆡᆫᄃᆞᄂᆞ뇨? 너ᄂᆞᆫ 본ᄃᆡ 나의 동포골육(同胞骨肉)으로 모친이 일ᄐᆡ빵ᄉᆡᆼ(一胎雙生)ᄒᆞ시니 그 졍이 ᄌᆞ별(自別)ᄒᆞᆯ 거시어ᄂᆞᆯ 홀연(忽然) ᄇᆡᆨ시(伯氏)긔 투입ᄒᆞ여 효우(孝友)컨 쳬ᄒᆞ고 금일(今日) 요언(妖言)을 디어 뉸긔(倫紀)예 죄인(罪人)을 ᄆᆡᆫᄃᆞ니 이 반ᄃᆞ시 너의 경앙(敬仰)ᄒᆞᄂᆞᆫ ᄇᆡᆨ시 디쥬(指嗾)ᄒᆞ미로다. 내 모ᄌᆞᄌᆞ효(母 44면
慈子孝)치 말나 ᄒᆞ며 형ᄋᆡ뎨경(兄愛弟敬)치 말나 ᄒᆞ더냐? 나ᄂᆞᆫ 본ᄃᆡ 너쳐로 효우인션(孝友仁善)치 못ᄒᆞ니 숑태죵(宋太宗)의 촌영디ᄉᆞ(燭影之事)[152]ᄅᆞᆯ 흠모(欽慕)ᄒᆞ고 당뎨(唐帝)의 건셩(建成)·원길(元吉) 죽이믈[153] 올히 넉이ᄂᆞ니 네 임의 날을 믜워ᄒᆞ미 업시키로 긔약(期約)ᄒᆞ니

152 숑태죵(宋太宗)의 촌영디ᄉᆞ(燭影之事): ‘촌영지사’는 ‘촉영지사(燭影之事)’의 오자로 추정. 송태종이 생전에 형인 송 태조 조광윤을 독살했다는 소문이 있는데 이를 가리키는 것으로 보임.

153 당뎨(唐帝)의 건셩(建成)·원길(元吉) 죽이믈: 현무문의 변. 당 태종 이세민이 자신의 두 형제인 황태자 건성과 삼남 원길을 죽이고 황위를 찬탈한 사건.

내 쏘 밍셰(盟誓)ᄒᆞ여 너의 셩현(聖賢) ᄀᆞᄐᆞᆫ 빅시를 소졔(消除)ᄒᆞ고 너를 샤치 아니리니 빅ᄃᆡ(百代)의 미명(罵名)을 취ᄒᆞ다 유취(遺臭) 만년(萬年)밧긔 더ᄒᆞ랴?"

이리 니ᄅᆞ며 모지리 치기를 긋치지 아니ᄒᆞ니 공ᄌᆡ 듕시(仲氏) 간험포긔(姦險暴氣)ᄒᆞ믈 아란디 오ᄅᆡ나 엇디 이ᄀᆞᆺ치 흉ᄉᆞ간독(凶邪奸毒)ᄒᆞ믈 ᄎᆡ 알니오? 졈졈 브도디셜(不道之說)이 니음ᄎᆞᄆᆡ 미쳐ᄂᆞᆫ 냥이(兩耳)를 ᄀᆞ리와 듯디 아니ᄒᆞ고 셩음(聲音)이 강개격녈(慷慨激烈)ᄒᆞ여 ᄀᆞᆯ오ᄃᆡ

"고인(古人)이 언왈(言曰) 쳔디신지(天知神知)ᄒᆞ고 아디ᄌᆞ디(我知子知)ᄒᆞ니 하위무디(何謂無知)리오?[154] 명명샹텬(明明上天)이 강님(降臨)ᄒᆞ시니 군ᄌᆞ(君子)ᄂᆞᆫ 암실듕(暗室中) 더옥 삼가ᄂᆞ니[155] 그 ᄃᆞᄅᆞ리 업고 보리 업다 ᄒᆞ여 구블가도디셜(口不可道之說)을 여ᄎᆞ(如此) 낭ᄌᆞ히 ᄒᆞ리잇고? 쇼뎨(小弟) 비록 병셔(兵書)를 알오미 업고 뉵도삼냑(六韜三略)을 아디 못ᄒᆞ며 딘법(陣法)을 버리믈 구경치 못ᄒᆞ여시나 금일(今
45면 日) 형댱(兄丈)의 힝ᄒᆞ시ᄂᆞᆫ 비 딘법의 당치 아니ᄒᆞ고 쇼ᄋᆞ(小兒)의 유희방낭(遊戲放浪)의 일이 아닐ᄉᆡ 딘졍(眞情)을 고간(苦諫)ᄒᆞ미러니 형

154 쳔디신지(天知神知)ᄒᆞ고 아디ᄌᆞ디(我知子知)ᄒᆞ니 하위무디(何謂無知)리오: 하늘이 알고 내가 아니 어찌 아는 자가 없다 하는가. 후한(後漢) 때의 학자 양진에게 왕밀이 금(金) 열 근을 바치면서 말하기를 "밤이라 아무도 알 자가 없습니다." 하니 양진이 말하기를 "하늘이 알고 귀신이 알고 내가 알고 자네가 알거늘 어찌 알 자가 없다고 하는가(天知神知我知子知 何謂無知)."라며 물리쳤다 함. 《후한서》에 나옴.

155 군ᄌᆞ(君子)ᄂᆞᆫ 암실듕(暗室中) 더옥 삼가ᄂᆞ니: 군자는 아무도 안 볼 때, 혼자 있을 때 더욱 삼간다. "어두운 방에서 마음을 저버려도 신령은 번개처럼 빠르게 볼 수 있다(暗室虧心 神目如電)."라는 말이 《명심보감》 〈천리(天理)〉 편에 나옴.

당이 쇼뎨의 망언(妄言)ᄒᆞᆫ 죄ᄅᆞᆯ 다ᄉᆞ릴디언정 부도디셜(不道之說)을 솔구(率口)히 발(發)ᄒᆞ시리잇고? 임의 밤이 깁허시니 샐니 도라가샤이다. 쇼뎨 오딕 이목(耳目)의 관쳥(觀聽)이 이시믈 한(恨)ᄒᆞᄂᆞ이다."

닌듕이 더옥 대로(大老)ᄒᆞ여 벌의 독(毒)과 샤갈(蛇蝎)의 셩이 븍밧치믹 능히 참디 못ᄒᆞ여 좌우(左右)ᄅᆞᆯ ᄉᆞᆯ피믹 이 누듕(樓中)의 본딕 다ᄅᆞᆫ 거시 업셔 잇다감 졔싱(諸生)이 한유(閑遊)ᄒᆞᄂᆞᆫ 곳이라 두어 낫 듁침(竹枕)이 잇ᄂᆞᆫ디라. 급히 공ᄌᆞ(公子)ᄅᆞᆯ 두다리니 공지 무심듕(無心中)의 피치 못ᄒᆞ여 두골(頭骨)이 ᄲᆞ려지고 뉴혈(流血)이 돌돌(湥湥)ᄒᆞ니 닌웅공지 크게 황망(慌忙)ᄒᆞ여 몸을 니러 피ᄒᆞ며 셩음(聲音)이 화열(和悅)ᄒᆞ여 ᄀᆞᆯ오딕

"쇼뎨(小弟)의 블경(不敬)ᄒᆞ고 망녕(妄靈)되믈 칙고ᄌᆞ ᄒᆞ신죽 시노(侍奴)로 댱칙(杖責)ᄒᆞ실디니 이러ᄐᆞᆺ ᄒᆞ시미 가(可)ᄒᆞ리잇고?"

닌듕이 엇디 그 말을 귀에 머므러 드ᄅᆞ리오? 그 엇게와 등을 혜디 아니코 울히며 심듕(心中)의 한분(恨憤)이 쳘골(徹骨)ᄒᆞ니 본딕 공ᄌᆞ의 공근(恭謹)ᄒᆞ믈 아ᄂᆞᆫ디라. '분이 플니도록 피나게 두다린들 졔 감히 날을 치지 못ᄒᆞ고 도망치 아니리라.' ᄒᆞ야 '누하(樓下)의 것구로 박아 대골이 상ᄒᆞ게 ᄒᆞ나 졔 스ᄉᆞ로 실족(失足)ᄒᆞ다 ᄒᆞ지 뉘 나의 일을 알니오?' ᄒᆞ여 시형(弑兄)홀 악심(惡心)을 경직(頃刻)의 살뎨(殺弟)ᄒᆞ기의 두로혓더니 공ᄌᆞᄂᆞᆫ 본딕 대도(大道)ᄅᆞᆯ 아ᄂᆞᆫ 군ᄌᆡ라 모형(母兄)의 힝ᄉᆞ(行事)ᄅᆞᆯ 통돌(痛咄)ᄒᆞ여 거상(居常)의 싱취(生聚)의 의ᄉᆡ(意思) 업ᄉᆞ나 엇디 유톄(遺體)ᄅᆞᆯ 공경(恭敬)치 아니며 싱모부인(生母夫人)의 취듕긔딕(就中期待)ᄒᆞ미 ᄌᆞ긔게 이시며 양모부인(養母夫人)의 궁원극통(窮怨極痛)으로ᄡᅧ 문호(門戶)의 듕망(衆望)과 삼종의탁(三 46면

從依託)을 ᄌᆞ긔 일신(一身)의 븟쳐 장셩(長城)과 교악(喬嶽)의 미드미 온젼ᄒᆞ믈 져바려 요악(妖惡)ᄒᆞᆫ 형의 독슈(毒手)의 명(命)을 더디리오? 만일 ᄌᆞ긔 공슌이 그 ᄆᆡ롤 바든즉 ᄉᆞᄉᆡᆼ(死生)을 혜디 아닐 거시오 냥미(兩眉)의 등등ᄒᆞᆫ 살긔(殺氣)와 냥목(兩目)의 경경(耿耿)ᄒᆞᆫ 독긔(毒氣) 금야(今夜)의 죽이고 긋칠디라. 본ᄃᆡ 민쳡(敏捷)ᄒᆞ고 신뉴(新柳)ᄀᆞᆺ치 약ᄒᆞ며 미풍(微風)의도 ᄲᅳᆯ닐 ᄃᆞᆺᄒᆞ나 용녁(勇力)이 업디 아닌디라. 몸을 니러 녑흐로 피ᄒᆞ여 형의 손의 든 듁침을 아ᄉᆞᄆᆡ 닌듕이 비록 효용(驍勇)ᄒᆞ고 쾌릉(快凌)ᄒᆞ나 분용(憤湧)ᄒᆞ여 낣쒸미 미옥(美

47면 玉) ᄀᆞᆺ고 셰류(細柳) ᄀᆞᆺᄐᆞᆫ ᄋᆞ의 안셔(安舒)ᄒᆞ믈 당치 못ᄒᆞ여 술연이[156] 듁침을 아이니 공ᄌᆡ 형을 모도 단단이 안아 방듕(房中)의 드러와 이셩(怡聲)으로 골오ᄃᆡ

"고인(古人)이 '대장즉듀(大杖則走)ᄒᆞ고 쇼장즉슈(小杖則受)ᄒᆞ라.'[157] ᄒᆞ니 듕시(仲氏) 분노롤 다ᄒᆞ시ᄆᆡ 블초뎨(不肖弟) 상(傷)ᄒᆞ믄 족히 관계치 아니ᄒᆞᄃᆡ 듕시긔 ᄆᆡ명(罵名)을 깃치고[158] 존당(尊堂)과 태태(太太)긔 셩녀(聖慮)롤 더을디라. 브득이 고인의 대장즉쥬롤 효측(効則)ᄒᆞᄂᆞ니 무엄블경(無嚴不敬)ᄒᆞ믈 용셔ᄒᆞ쇼셔."

언파(言罷)의 나는 ᄃᆞ시 문을 나 문호(門戶)롤 밧그로 걸고 안셔히 듕

156 술연이: 대번에, 한순간에, 곧바로.

157 대장즉듀(大杖則走)ᄒᆞ고 쇼장즉슈(小杖則受)ᄒᆞ라: 큰 몽둥이로 때리면 도망가고 작은 회초리로 때리면 맞으라. "순임금이 아버지를 모실 때 작은 회초리를 들면 맞고 큰 몽둥이를 들면 도망을 갔으니, 이것은 불효가 아니다(舜之事父 小杖則受 大杖則走 非不孝也)."라는 고사에서 연유한 말. 《후한서》 〈최인열전〉에 나옴.

158 깃치고: 깃치다. 끼치다.

계(中階)ᄅᆞᆯ 나리며 졍셩왈(整聲曰)

"뉵ᄌᆡᄂᆞᆫ 듕시ᄅᆞᆯ 뫼셔 ᄯᅩᆯ니 도라오라."

언필(言畢)의 표연(飄然)이 도라가니 뉵ᄌᆡ 뎡듕(庭中)의셔 먼니 인젹(人跡)을 ᄉᆞᆯ피고 ᄃᆡ샹(臺上)이 놉흐니 아디 못ᄒᆞ더니 공ᄌᆞ의 엄호(嚴呼)ᄒᆞ므로뼈 년망(連忙)이 당샹(堂上)의 오ᄅᆞ니 쵹광(燭光)은 여쥬(如晝)ᄒᆞᆫᄃᆡ 공ᄌᆡ 업ᄂᆞᆫ디라. 의황(疑惶)ᄒᆞ더니 방듕(房中)의셔 문을 열나 ᄒᆞ니 급히 문을 열ᄆᆡ 듕ᄋᆡ 그 아의 뒤흐로 모도 안흐믈 인ᄒᆞ여 방듕(房中)의 졍히 안치고 나가니 년망이 ᄯᅩᆯ와 ᄂᆡ닷고져 ᄒᆞ더니 창호(窓戶)ᄅᆞᆯ 밧그로 걸고 뉵ᄌᆡᄅᆞᆯ 블너 니ᄅᆞ믈 드ᄅᆞᄆᆡ 어린 ᄃᆞ시 셧더니 이에 나오니 공ᄌᆞ의 형영(形影)이 업ᄂᆞᆫ디라. 문을 열고 나올 ᄉᆞ이 도 48면 라가려 ᄒᆞ미오 ᄌᆞ긔 ᄯᅩᆯ오믈 잠간 졔방(除防)ᄒᆞ민 줄 알ᄆᆡ 통한졀치(痛恨切齒)ᄒᆞ나 임의 ᄋᆞ의게 ᄑᆡ루(悖戾)ᄒᆞ니 ᄯᅩ 엇디 두 번 시험ᄒᆞᆯ 길히 이시리오? 샤뎨(私弟)의 졍간(正諫)의 여ᄎᆞ디ᄉᆡ(如此之事) 무익(無益)다 ᄒᆞ믈 영오소민(穎悟所敏)ᄒᆞ믄 모습(母襲)이라. 그윽이 ᄭᆡ다라 닌웅으로 통한(痛恨)에 분ᄒᆞ나 황연(晃然)ᄒᆞᆫ 누듕(樓中)의 홀노 머믈미 무익(無益)ᄒᆞ여 도라와 신셩(晨省)의 드러가ᄆᆡ 닌웅이 참예(參預)치 아녀시니 닌흥이 ᄀᆞᆯ오ᄃᆡ

"상뵈[159] 어졔 경일누 숙모긔 시침(侍寢)ᄒᆞ렷노라 드러가더니 엇디 신셩(晨省)을 블참(不參)ᄒᆞᄂᆞ뇨?"

닌듕이 타연(妥然)이 ᄡᅳ리쳐[160] 왈

---

159 상뵈: 상보. 정인웅의 자(字).

160 ᄡᅳ리쳐: ᄡᅳ리치다. 쓸어버리다.

“미쳐 못 왓ᄂᆞᆫ가 ᄒᆞᄂᆞ이다.”

이윽고 문안(問安)을 파(罷)ᄒᆞ여 명광헌의 호유(豪遊)ᄒᆞᆯᄉᆡ 소셔당의 쵹(燭)이 ᄇᆞᆰ아시니 홍·영 이(二) 공ᄌᆡ 왈

“셔ᄌᆡ(書齋)의 작야(昨夜)ᄂᆞᆫ 아모도 ᄌᆞ니 업더니 엇디 쵹을 혓ᄂᆞ뇨?”

운뵈 왈

“가셔 보면 알니니 엇디 잔말을 ᄒᆞᄂᆞ뇨?”

닌위 웃고 나아가 문을 열ᄆᆡ 닌웅공ᄌᆡ 상샹(床上)의 누엇고 셔동(書童)이 압ᄒᆡ셔 ᄉᆞ후(伺候)ᄒᆞ더라. 졔ᄉᆡᆼ(諸生)이 놀나 일시(一時)의 드러와 닌위 문왈(問曰)

49면 “상뵈 작야(昨夜)의 경일누 슉모긔 시침(侍寢)ᄒᆞ려 가노라 ᄒᆞ더니 엇디 이에 누엇ᄂᆞ뇨?”

닌웅공ᄌᆡ 브득이 형을 방듕(房中)의 너코 문을 밧그로 거러 급히 ᄯᆞᆯ오믈 졔방(制防)ᄒᆞ고 ᄲᆞᆯ니 셔당(書堂)의 도라와 시동(侍童)을 명ᄒᆞ여 쵹(燭)을 ᄇᆞᆰ히고 흐ᄅᆞᄂᆞᆫ 피ᄅᆞᆯ ᄡᅳᆺ고 약을 바ᄅᆞᄆᆡ ᄎᆞ마 신셩(晨省)의 나아가지 못ᄒᆞ고 일신ᄇᆡᆨ쳬(一身百處) 아니 앏흔 곳이 업고 듕심(中心)이 비반통개[161]ᄒᆞ니 침상의 누어 어린 ᄃᆞ시 쵹화(燭火)ᄅᆞᆯ ᄇᆞ라더니 군죵(群從)이 드러와 므ᄅᆞ믈 보고 므어시라 ᄃᆡᄒᆞ리오? 강인(强忍)ᄒᆞ여 니러나 침음ᄃᆡ왈(沈吟對曰)

“쇼뎨(少弟) 작야(昨夜)의 경일누의 드러가다가 ᄂᆡ급(內急)ᄒᆞ여 여측(如厠)고ᄌᆞ ᄒᆞ더니 두골(頭骨)과 면뫼(面貌) 이러ᄐᆞᆺ 상ᄒᆞ여 뉴혈(流

161 비반통개: 비분통개(悲憤痛慨)와 같은 의미로 추정.

血)이 급ᄒᆞ니 경일누로 드러간즉 ᄌᆞ뎐(慈殿)이 경동(驚動)ᄒᆞ실 거시오 명광헌으로 가고ᄌᆞ ᄒᆞ나 형댱(兄丈)과 영뎨(令弟) 놀날 거시오 쇼뎨(少弟) 드러갈 ᄲᅵ 눕고ᄌᆞ ᄒᆞ시던 거시라 셔당(書堂)으로 와 누엇더니이다. 쇼뎨 힝보(行步)를 삼가디 못ᄒᆞ여 악졍ᄌᆞ(樂正子)[162]의 죄인(罪人)이 되니 참괴(慙愧)ᄒᆞ오나 대단치 아니 존당(尊堂)과 냥(兩) ᄌᆞ당(慈堂)긔 혼동치[163] 마ᄅᆞ쇼셔."

닌·경 냥인(兩人)[164]이 크게 놀나 상쳐(傷處)를 보ᄌᆞ ᄒᆞ니 약을 ᄡᆞ미여 50면 시믈 일ᄏᆞ라 뵈기를 즐겨 아니니 졔ᄉᆡᆼ(諸生)이 그러히 넉여 좌우로 둘너안ᄌᆞ 즉시 명광헌으로 와 완호(完護)치 아니믈 칙(責)ᄒᆞ고 놀나며 앗기믈 각각 몸이 알흔 ᄃᆞᆺᄒᆞ여 닌듕이 또 ᄒᆞᆫ가지로 경동(驚動)ᄒᆞ며 근심ᄒᆞ미 도로혀 과ᄒᆞ니 삼공ᄌᆞ 듕시(仲氏)의 교려식비(巧麗飾非)ᄒᆞ믈 ᄌᆞ긔 ᄉᆞᄉᆞ로 븟그리더라. 날이 느즌 후 쇼뷔 도라와 닌웅의 업ᄉᆞ믈 므러 알고 크게 놀나 친히 니ᄅᆞ러 신듕(愼重)치 아니믈 칙ᄒᆞ고 치약(治藥)ᄒᆞ믈 브ᄌᆞ러니 ᄒᆞ니 소·화 이(二) 부인이 경동긍념(驚動矜念)ᄒᆞ나 화부인이 쵹상(觸傷)ᄒᆞ믈 두려 다려 드려오디 못ᄒᆞ고 우려ᄒᆞ미 침슈(寢睡)를 폐ᄒᆞ니 태부인이 탄왈(嘆曰)

"사ᄅᆞᆷ의 ᄋᆡᆨ회(厄會) 듕ᄒᆞᆫ즉 괴이토다. 웅ᄋᆞ의 근신(謹愼)ᄒᆞ므로 어이

---

162 악졍ᄌᆞ(樂正子): 악정자. 춘추시대 노나라 사람. 악정자가 발을 다쳐 몇 달 동안 문밖을 나가지 않고 근심하자 제자가 그 이유를 물었더니 악정자는 "신체를 훼손하지 않고 몸을 욕되게 하지 않는 것이 효를 온전히 하는 것이고 군자는 한두 걸음 옮길 때도 효를 잊지 못해야 하는데 나는 효의 도리를 잊어버렸기에 근심하는 것이다."라고 말함. 이런 내용이 《소학》에 나옴.

163 혼동치: 혼동하다. 맥락상 '심기를 어지럽히다. 불안하게 하다'의 뜻으로 보임.

164 닌·경 냥인(兩人): 정인명과 정인경을 가리키는 것으로 추정.

낙상(落傷)의 념녀(念慮)야 몽미(夢寐)의나 ᄒᆞ여시리오?"

ᄒᆞ나 심듕(心中)의 의아(疑訝)ᄒᆞ믈 픔고 화부인과 니쇼져ᄂᆞᆫ 비록 말ᄉᆞᆷ을 아니ᄒᆞ나 ᄆᆡᆼ낭디언(孟浪之言)이믈 소연(昭然) 디긔(知其)ᄒᆞ고 소부인이 역시 웅ᄋᆞ의 낙상(落傷)타 ᄒᆞ믈 의괴(疑怪)ᄒᆞ여 녹빙·계월 등을 그윽이 명ᄒᆞ여 ᄎᆞᄉᆞ(此事)롤 알ᄆᆡ 통ᄒᆡ(痛駭)ᄒᆞ믈 니긔디 못[165] ᄉᆞ

51면 ᄉᆞ로 ᄐᆡ교(胎敎)의 블인(不仁)ᄒᆞ믈 한ᄎᆞ(恨嗟)ᄒᆞ여 듕심(中心)이 뉵니이열(忸怩以熱)ᄒᆞ니 ᄉᆞᄉᆞ로 블인을 ᄒᆡᆼ(行)홀디언졍 듕ᄋᆞ의 ᄒᆡᆼ악(行惡)을 골돌ᄒᆞ고[166] 웅ᄋᆞ의 어질믈 션ᄋᆡ(善愛)ᄒᆞ니 엇디 긔(己)예 어둡고 홀노 ᄌᆞ식 ᄎᆡᆨ망(責望)의 ᄇᆞᆰ으미 아니리오? ᄂᆡ듕이 낫 문안(問安)의 드러오ᄆᆡ 부인이 안ᄉᆡᆨ(顔色)이 싁싁ᄒᆞ고 셩음(聲音)이 ᄆᆡᆼ녈(猛烈)ᄒᆞ여 문왈(問曰)

"네 작금냥야(昨今兩夜)롤 어믜 겻ᄐᆡ 와 ᄌᆞ다 ᄒᆞ니 이에 오미 업ᄉᆞ니 어ᄃᆡ셔 ᄌᆞ시며 ᄌᆡ작야(再昨夜)의 홍화방의셔 ᄌᆞ디 아녓다 ᄒᆞ니 어나 곳의 가 뉴슉(留宿)ᄒᆞ며 웅ᄋᆞᄂᆞᆫ 내 ᄉᆞᄉᆞ로 나의 ᄐᆡ휵(胎畜)이라 ᄒᆞ믈 외람(猥濫)이 넉이ᄂᆞ니 네 므ᄉᆞ 일노 그러틋 구타(毆打)ᄒᆞ여 상쳐(傷處) 경심(更深)ᄒᆞ게 ᄒᆞ뇨? 너와 나의 블인을 웅ᄋᆡ 개도(開導)ᄒᆞ고 블길을 웅ᄋᆡ 건디리니 네 모로미 삼가라. 내 너의 블초(不肖)ᄒᆞ믈 모로미 아니라. ᄌᆞ모(慈母)의 은ᄋᆡ(恩愛) 과(過)ᄒᆞ고 ᄂᆡ셩의 명운(命運)이 괴이(怪異)ᄒᆞ여 그 ᄒᆡ(害)코ᄌᆞ ᄒᆞ믈 긋치디 못ᄒᆞ나 너롤 긔듕(貴重) ᄒᆞ미 아니오 그 현블초(賢不肖)롤 알오미 어둡디 아니니 네 기리 곳

165 못: '못ᄒᆞ여'인데 'ᄒᆞ여'가 필사 과정에서 빠진 듯함.

166 골돌ᄒᆞ고: 골돌ᄒᆞ다. '골똘하다'의 의미로 추정.

치지 아닌족 졍을 버히고 ᄆᆞ음을 ᄉᆞᆺ쳐 요ᄃᆡ(饒貸)치 아니리라.”

언파(言罷)의 안식(顏色)이 싀싀ᄒᆞ미 동텬한월(冬天寒月) ᄀᆞᆺᄐᆞ여 엄 52면
경싀싀ᄒᆞ니 듕인 대황대구(大惶大懼)ᄒᆞ고 ᄋᆞ[167]을 듕히 넉이미 졔게 더으믈 싀오(猜惡)ᄒᆞ미 깅가일층(更加一層)이나 어ᄃᆡ 가 ᄉᆞ싀(辭色)ᄒᆞ리오? 져의 밋ᄂᆞᆫ 바ᄂᆞᆫ 모친이어놀 모친이 강녈(強烈)ᄒᆞ니 만일 할단(割斷) ᄌᆞ인(慈愛)ᄒᆞᆫ족 히오미[168] 업솔디라. 져기 공겁(恐怯)ᄒᆞ야 공슈샤죄(拱手謝罪)ᄒᆞ여 아의 말솜이 강녈(强烈)ᄒᆞ고 과도(過度)ᄒᆞ믈 인ᄒᆞ여 셩결의[169] 젼후(前後)롤 도라보디 못ᄒᆞ여시나 그 믜워ᄒᆞ미 아니믈 발명(發明)ᄒᆞ니 ᄯᅩ 니셰기연(理勢其然)ᄒᆞᆫ디라. 부인이 뎡식왈(正色曰)

“긋치라. 닌웅은 네게 블경패리(不敬悖理)ᄒᆞ지 아니리니 내 임의 알오미 어둡디 아니ᄒᆞ니 네 괴로이 변ᄇᆡᆨ(辨白)ᄒᆞ여 므솜 ᄒᆞ리오? 사롬의 디혜(智慧) 쳔단(淺短)ᄒᆞ미 여ᄎᆞ(如此)ᄒᆞ고 므솜 일을 일우미 이시리오? 만일 여ᄎᆞ방슐(如此方術)노 닌셩 부부롤 히홀 거시면 내 반ᄃᆞ시 벼개롤 놉히고 목강(穆姜)[170]의 인ᄌᆞ(仁慈)ᄒᆞᆫ 현명(賢名)을 쳔ᄌᆞ

167 ᄋᆞ: 아우. 여기에서는 정인중의 동생 정인웅을 가리킴.

168 히오미: 히오다. ‘헤아리다’의 의미로 추정.

169 셩결의: 홧김에.

170 목강(穆姜): 진(晉) 정문거의 아내 이씨의 자(字). 전처 아들 넷과 친아들 둘을 자애로 대했는데 정문거가 죽자 전처 아들들은 이씨를 계모라고 하여 박대함. 어느 날 전처의 큰아들이 병들었는데 지성으로 간호하자 그때야 이씨의 자애를 깨달은 큰아들이 동생 셋을 데리고 관아에 나아가 자신들의 죄를 스스로 고하고 개과천선했음. 이덕무의 《청장관전서》 〈사소절〉에 나옴.

(擅恣)ᄒᆞ여 아젹[171] ᄒᆞ로ᄉᆞ리[172]쳐로 ᄡᅳ리치리니 므어시 근심되리오?" 언후(言後)의 영이태식(永而太息)ᄒᆞ여 초창(怊悵)ᄒᆞ믈 마디 아니ᄒᆞ고 미듁(糜粥)을 다ᄉᆞ려 셔당(書堂)의 년(連)ᄒᆞ여 보ᄂᆡ더라. 삼공ᄌᆡ(三公子) 오ᄅᆡ 누어시믈 졀박(切迫)ᄒᆞ고 대화부인 의려(疑慮)ᄒᆞ미 과도(過渡)ᄒᆞ니 슈삼일(數三日) 됴호(調護)ᄒᆞ여 ᄂᆡ당(內堂)의 니ᄅᆞ러 조모(祖母)긔 문후(問候)ᄒᆞ고 몸을 삼가디 못ᄒᆞ믈 청죄(請罪)ᄒᆞ니 태부인이 어로만져 그 상쳐ᄅᆞᆯ 놀나고 근심ᄒᆞ며 쇼ᄇᆡ 명ᄒᆞ여 쵹상(觸傷)치 말나 ᄒᆞ니 ᄆᆞᆯ너 경일누의 니ᄅᆞ니 대화부인이 슈일ᄂᆡ(數日內) 신관(新館)이 대탈(大頉)ᄒᆞ여시믈 ᄎᆞ악(嗟愕)ᄒᆞ여 나단니디 못ᄒᆞ게 ᄒᆞ고 보호(保護)ᄒᆞ믈 영ᄋᆞ(嬰兒)ᄀᆞᆺ치 ᄒᆞ니 소부인이 닌웅의 상쳐(傷處)ᄅᆞᆯ 보ᄆᆡ 듕ᄋᆞ 통분(痛忿)ᄒᆞ미 더으고 웅ᄋᆞ ᄋᆡ셕(哀惜)ᄒᆞ미 ᄇᆡᄒᆞ여 년ᄋᆡ(戀愛)ᄒᆞ고 무휼(撫恤)ᄒᆞ나 ᄯᅩ ᄎᆞ마 듕ᄋᆞ의 악ᄉᆞ(惡事)ᄅᆞᆯ 웅ᄋᆞ다려도 아ᄂᆞᆫ ᄉᆞ식(辭色)을 ᄒᆞ지 못ᄒᆞ여 화부인과 ᄒᆞᆫ가디로 보호(保護)ᄒᆞ믈 니ᄅᆞᄃᆡ 닌듕을 ᄉᆞ식을 허치 아냐 ᄉᆡᆨᄉᆡᆨᄂᆡᆼ열ᄒᆞ고 홍화방 왕ᄂᆡ(往來)도 엄금(嚴禁)ᄒᆞ여 ᄌᆞ못 쥰졀(峻節)ᄒᆞ니 닌듕이 공구(恐懼)ᄒᆞ여 운보·ᄋᆡᆨ보[173] 등으로 독셔(讀書)ᄒᆞ믈 브ᄌᆞ러니 ᄒᆞ고 태부인을 뫼셔 학낭쇼어(謔浪笑語)로 위열(慰悅)ᄒᆞ여 극히 삼가니 희(噫)라. 소부인이 일단(一旦) 암곡(暗曲)ᄒᆞ믈 ᄇᆞ려 목강(穆姜)의 인(仁)과 ᄆᆡᆼ시(孟氏)[174]의 의(義)ᄅᆞᆯ 효측(效則)ᄒᆞᆫᄌᆞᆨ 닌듕이 슈악(雖惡)이나 외입(外入)ᄒᆞ미 엇디

53면

171 아젹: 아적. 아침.
172 ᄒᆞ로ᄉᆞ리: 하루살이.
173 ᄋᆡᆨ보: 작중 인물 누구의 호인지 미상.
174 ᄆᆡᆼ시(孟氏): 맹씨. 역사 인물로 추정.

이에 미ᄎᆞ리오? 태우와 학ᄉᆡ 츌번(出番)ᄒᆞ여 닌웅 공ᄌᆞ의 낙상(落傷)ᄒᆞ야 경일누의셔 됴호(調護)ᄒᆞ믈 듯고 ᄀᆞ장 의아(疑訝)ᄒᆞ여 슉모긔 54면
문후(問候)ᄒᆞ고 공ᄌᆞ의 상쳐ᄅᆞᆯ 보ᄆᆡ 태우ᄂᆞᆫ 닌듕의 흉샤(凶邪)ᄒᆞᆫ 악ᄉᆞ(惡事)ᄂᆞᆫ 모로나 공ᄌᆞ(公子)의 강딕(剛直)ᄒᆞ미 모형(母兄)의 ᄠᅳᆺ을 어긔워 간(諫)타가 ᄎᆡᆨ벌(責罰)을 닙은가 ᄒᆞ여 도로혀 우어 왈

“너의 슈ᄒᆡᆼ근신(修行謹愼)ᄒᆞ미 너모 삼가므로 노셩(老成)ᄒᆞ고 돈후(敦厚)ᄒᆞ믈 존당(尊堂)·슉당(叔堂)이 미드샤 ᄇᆡᆨ시(白氏) 버금으로 밀위시고[175] 우리 군죵(群從)이 너ᄅᆞᆯ 밋디 못ᄒᆞ믈 탄ᄒᆞ더니 조믈(造物)이 희롱(戲弄)ᄒᆞ야 아쇼(兒少)의 경망(輕妄)ᄒᆞ믈 낫토왓도다.”

공ᄌᆡ 강쇼왈(强笑曰)

“어린ᄋᆞ이 실족(失足)ᄒᆞ여 상ᄒᆞᄆᆡ 형댱(兄丈)이 신듕(愼重)ᄒᆞ믈 경계ᄒᆞ실 ᄇᆡ어ᄂᆞᆯ 엇디 도로혀 됴쇼(嘲笑)ᄒᆞ시ᄂᆞ니잇고?”

대화부인이 도로혀 우어 왈

“현질(賢姪) 등이 입번(入番)ᄒᆞ고 슉슉(叔叔)이 표문(表門)의 ᄒᆡᆼᄒᆞ신 ᄊᆡ 노뫼(老母) 우연이 셕식(夕食)을 맛고 신긔블평(身氣不平)ᄒᆞ나 대단이 알ᄂᆞᆫ ᄃᆡ 업거ᄂᆞᆯ 다리고 ᄌᆞ려 드러올 길ᄒᆡ 여측(如厠)ᄒᆞ라 갓다가 실족(失足)ᄒᆞ여 이러틋 듕상(重傷)ᄒᆞ니 이 곳 져의 신듕(愼重)치 못ᄒᆞ미 아냐 ᄋᆡᆨ회(厄會) 듕(重)ᄒᆞ미라. 노뫼(老母) 기시(其時)의 현질(賢姪) 등이 이시면 당졔(當劑) 약이나 뼈 슈히 ᄎᆞ복(差復)ᄒᆞᆯ가 괴로 55면
이 기ᄃᆞ리더니 존당(尊堂)과 슉슉(叔叔)이 웅ᄋᆞ로뼈 셩딜[176]의 비겨 ᄌᆡ

175 밀위시고: 밀위다. 밀다, 추대하다, 확대하다.

176 셩딜: 성질. 조카 정인성.

보의셔[177] 승(勝)타 ᄒᆞ시믈 싀이ᄒᆞ엿던가[178]? 엇디 오ᄋᆞ(吾兒)의 상쳐(傷處)롤 념녀(念慮)치 아니코 도로혀 발박(發駁)ᄒᆞᄂᆞ뇨? 너의 츌뉴(出類)ᄒᆞ미 므ᄉᆞ 일 웅아만 못ᄒᆞ리오마ᄂᆞᆫ 궤집(詭執)ᄒᆞ고 태강(太强)ᄒᆞ여 현쳐(賢妻)롤 박히 ᄒᆞ미어놀 도로혀 오ᄋᆞ롤 씌ᄂᆞ냐[179]?"

태위 화연ᄃᆡ왈(譁然對曰)

"우연ᄒᆞᆫ 말숨을 슉모(叔母) ᄀᆞ장 아쳐ᄒᆞ시ᄂᆞ이다마ᄂᆞᆫ[180] 쇼딜(小姪)이 비록 샤빅(舍伯)의 슝학대도(崇學大道)롤 밋줍디 못ᄒᆞ나 슉모의 귀ᄒᆞᆫ ᄌᆞ뎨(子弟) ᄋᆞ소(兒小)ᄒᆞ고 인약(仁弱)홈만 못ᄒᆞ여 져롤 싀긔(猜忌)ᄒᆞ리잇가마ᄂᆞᆫ 슉뫼 너모 이리 바드시고 가듕(家中)이 져롤 과히 칭ᄋᆡ(稱愛)ᄒᆞ기 져리 듕상(重傷)홈도 싀긔(猜忌)로 비로ᄉᆞᆫ 연괴(緣故) 아니믈 엇디 알니잇고?"

학ᄉᆞ 원뵈 또 쇼왈(笑曰)

"너의 상쳬(傷處) 원간 낙상(落傷)ᄒᆞᆫ 곳 ᄀᆞᆺ디 아니터니 죵시(從氏) 말숨이 당신이 밀치신 ᄃᆞᆺᄒᆞ니 만일 입번(入番)ᄒᆞ시미 아닌죽 슉뫼 도로혀 의심ᄒᆞ실낫다."

공지 그윽이 ᄂᆡ괴(內愧)ᄒᆞ나 강인쇼왈(强忍笑曰)

"형댱(兄丈)ᄂᆡ 희롱(戲弄)ᄒᆞ실 말숨이 비록 그러ᄒᆞ신들 ᄌᆞ졍(慈庭)이 셩명(聖明)ᄒᆞ시니 므ᄉᆞ 일 아닐 의심을 ᄒᆞ시리잇고?"

---

177 지보: 재보. 정인광의 자.

178 싀이ᄒᆞ엿던가: 싀이ᄒᆞ다. '시기하다'의 의미로 추정.

179 씌ᄂᆞ냐: 씌다. 꺼리다.

180 아쳐ᄒᆞ시ᄂᆞ이다마ᄂᆞᆫ: 아쳐ᄒᆞ다. 싫어하다.

화부인[181] 왈

"이러나 져러나 오이 인약(仁弱)ᄒᆞ고 현딜(賢姪)의 능녀(淩厲)ᄒᆞ고 쾌상(快爽)ᄒᆞᆫ ᄒᆡᆼᄉᆞ(行事)ᄂᆞᆫ 블워 아니 ᄒᆞᄂᆞ니 어셔 샹쳐나 치료ᄒᆞ여 쥬라." 56면

태우와 학ᄉᆡ 역시 웃고 딘졍(眞情)으로 ᄋᆡ셕(哀惜)ᄒᆞ고 우려(憂慮)ᄒᆞ미 죵뎨(從弟)와 ᄌᆡ죵(再從)이믈 분변치 못ᄒᆞ더라. 공ᄌᆡ(公子) 힘ᄡᅧ 됴리(調理)ᄒᆞ여 일망후(一望後) 쇼셩(蘇醒)ᄒᆞ여 여젼(如前)ᄒᆞ니 소·화 냥(兩) 부인 환희(歡喜)ᄒᆞ믄 니ᄅᆞ도 말고 태부인과 졔 슉뫼 다 ᄒᆡᆼ열(幸悅)ᄒᆞ더라. 소부인이 닌웅이 경일누의셔 됴병(調病)ᄒᆞ니 이목(耳目)의 거리ᄭᅵᆯ 거시 업고 듕ᄋᆞ의게 증분(增憤)ᄒᆞᆫ 거ᄉᆞᆯ 밀위여 탓ᄒᆞ미 '듕ᄋᆡ 비록 블현(不賢)ᄒᆞ나 닌셩 부부 곳 아니면 므ᄉᆞ 일 악ᄉᆞ(惡事)의 범ᄒᆞ며 웅이 엇디 형을 위ᄒᆞ여 젼심초려(煎心焦慮)ᄒᆞ여 이러ᄐᆞᆺ 듕상(重傷)ᄒᆞ리오?' ᄒᆞ미 닌듕 통ᄒᆡ(痛駭)홈과 닌웅의 병을 근심ᄒᆞᄂᆞᆫ 노분(怒憤)이 아오로 니쇼져긔 모도 ᄡᅳ이니 악악(諤諤)ᄒᆞᆫ 초칙(誚責)과 블근인졍(不近人情)의 거조(擧措) 일일(日日) 익심(益甚)ᄒᆞ여 됴셕식반(朝夕食盤)이 능히 ᄡᅵ의 밋디 못ᄒᆞ믄 니ᄅᆞ도 말고 쳔셔만단(天緖萬端)의 고상이 혈육디신(血肉之身)의 견될 ᄇᆡ 아니로ᄃᆡ 니쇼졔 오딕 식이ᄂᆞᆫ 바의 승슌(承順)ᄒᆞ믄 니ᄅᆞ도 말고 동동디효(洞洞之孝)와 쵹쵹디셩(屬屬之誠)이 밋디 못홀 ᄃᆞᆺ 그것치 슌공(順慕)홈만 아니라 그 ᄆᆞ옴의 호리(毫釐)도 포한(抱恨)ᄒᆞ며 질원(疾怨)ᄒᆞ미 업셔 ᄉᆞᄉᆞ 57면

181 화부인: 대화부인을 가리킴.

로 경셩(精誠)이 박(薄)ᄒᆞ미 존고(尊姑)의 ᄯᅳᆺ을 엇디 못ᄒᆞ여 졈졈 브덕(不德)이 창셜(創設)ᄒᆞ믈 슬허ᄒᆞᆯ디언졍 호발(毫髮)이 ᄋᆡ쳬(礙滯)ᄒᆞ미 업ᄉᆞ니 그 비(比)ᄒᆞ미 오딕 민텬(旻天)을 호읍(號泣)ᄒᆞ시나[182] 증증예블격간(烝烝乂不格姦)ᄒᆞ시던 셩회(誠孝)[183]라. 단슉(端肅)ᄒᆞ며 안안유일(晏晏愉逸)ᄒᆞ여 표리병졀(表裏併哲)ᄒᆞ고 ᄂᆡ외징쳥(內外澄淸)ᄒᆞ여 부인의 즐칙(叱責)과 죄명(罪命)이 텬디간(天地間)의 용납(容納)디 못ᄒᆞᆯ 바의 밋ᄎᆞ나 튝쳑긍늠(蹴踖兢懍)ᄒᆞ여 블승기신(不勝起身)ᄒᆞᆯ ᄃᆞᆺᄒᆞ나 아연(雅然)ᄒᆞᆫ 화긔(和氣)와 슌공(順恭)ᄒᆞᆫ 녜뫼(禮貌) ᄒᆞᆫ가디라. 부인이 고디 삼키고져 ᄒᆞ나 ᄯᅩ 능히 ᄆᆞᄋᆞᆷ과 ᄀᆞᆺ디 못ᄒᆞ고 다시 잔히(殘害)ᄒᆞᆯ 의ᄉᆞ(意思)ᄅᆞᆯ 못 ᄒᆞ니 ᄒᆞ나흔 이목(耳目)과 시비(是非)ᄅᆞᆯ 구ᄋᆡ(拘礙)ᄒᆞ고 둘흔 쇼져의 공근비약(恭勤卑弱)ᄒᆞ미 호흡도 마이 쉬디 못ᄒᆞᆯ ᄃᆞᆺᄒᆞᆫ 듕도 ᄌᆞ연(自然)ᄒᆞᆫ 위의(威儀) 능신ᄒᆞ여[184] 아라히[185] 츄텬쇼월(秋天素月) ᄀᆞᄐᆞ믈 ᄌᆞ로 범치 못ᄒᆞ여 오딕 원민초우(怨憫焦憂)ᄒᆞ여 안흐로 쇽이 슬고 밧그로 능히 고상을 니긔디 못ᄒᆞ여 촉슈감년
58면 (促壽減年)ᄒᆞ기ᄅᆞᆯ 죄오거ᄂᆞᆯ 안졍유슌(安靜柔順)ᄒᆞ고 고요나즉ᄒᆞ여

182 민텬(旻天)을 호읍(號泣)ᄒᆞ시나: 하늘을 향해 울부짖었다는 말로 효자인 순임금의 행동을 말함. 자신의 불효를 원망할망정 어버이를 계속 사모하는 모습. 《맹자》 〈만장상(萬章上)〉에 "만장이 묻기를 '순이 밭에서 하늘을 향해 울부짖었다고 하니 어째서 울부짖었습니까?' 하니 맹자께서는 '자신을 원망하고 어버이를 사모한 것이다.'라고 하셨다(萬章問曰 舜往于田 號泣于旻天 何爲其號泣也 孟子曰 怨慕也)."라는 말이 나옴.

183 증증예블격간(烝烝乂不格姦)ᄒᆞ시던 셩회(誠孝): 효자인 순임금의 행동을 이르는 말. 《동몽선습》에 "순이 (부모와 동생을) 효로서 화락하게 해서 점점 선한 길로 이끌어 간악해지지 않게 만들었다(舜克諧以孝 烝烝乂 不格姦 孝子之道 於斯至矣)."라는 말이 나옴.

184 능신ᄒᆞ여: 능신하다. 정확한 뜻을 알 수 없음.

185 아라히: '아스라이'의 뜻으로 추정.

초ᄉᆞ(焦思)ᄒᆞᄂᆞᆫ 슈귀(愁鬼) 되디 아닐 쁜 아니라 흠셩문ᄉᆡ(欽聖文思) 안안(安安)ᄒᆞ여 광피샤표(光被四表)ᄒᆞᆯ 셩덕(聖德)[186]이라. 부인이 딜오(疾惡)ᄒᆞ믄 쇼져(小姐)의 특이(特異)ᄒᆞ미 셩인디격(聖人之格)이믈 더옥 한분(恨憤)ᄒᆞ더니 닌웅공ᄌᆡ 병이 나 태뎐의 문안(問安)ᄒᆞ고 취뎐의 뫼시ᄆᆡ 부인이 아ᄌᆞ(兒子)의 질셰(疾勢) 쾌복(快復)ᄒᆞ여 양츈셰월(陽春歲月) ᄀᆞᆺᄐᆞᆫ 풍광(風光)이 ᄉᆞ로오믈 ᄋᆡ디듕디(愛之重之)ᄒᆞ여 아연(雅然)ᄒᆞᆫ 화긔(和氣)로 슬하(膝下)의 명좌(命坐)ᄒᆞ고 보미(保糜)ᄅᆞᆯ 주어 먹기ᄅᆞᆯ 권ᄒᆞ니 공ᄌᆡ 밧ᄌᆞ와 니쇼져긔 밀고 졀ᄒᆞ여 ᄀᆞᆯ오ᄃᆡ

"쇼뎨(小弟)ᄂᆞᆫ 경일누 태태(太太) 미듁(糜粥)을 ᄀᆞᆺ 먹이시고 태뎐의셔 왕뫼(王母) 또 딘찬(珍饌)을 먹이시니 임의 냥이 ᄎᆞᆺᄂᆞᆫ디라. ᄌᆞ졍(慈庭)의 샤(賜)ᄒᆞ시믈 밧ᄌᆞ와 다시 햐져(下著)ᄒᆞᆯ 길히 업ᄉᆞ오니 감히 만홀(慢忽)ᄒᆞ미 아니라 슈슈(嫂嫂)긔 앙셩(仰盛)이 모부인(母夫人)긔 다ᄅᆞ디 아니ᄒᆞ오므로 ᄌᆞ졍의 샤ᄒᆞ신 딘미(珍味)ᄅᆞᆯ 슈슈긔 드려 쇼뎨의 졍셩(精誠)을 용납(容納)ᄒᆞ시믈 원ᄒᆞᄋᆞᆸᄂᆞ니 힝혀 믈니치지 마ᄅᆞ시믈 바라ᄂᆞ이다."

니쇼졔 공ᄌᆞ의 효우(孝友) 특뉸(特倫)ᄒᆞ믈 심복경ᄋᆡ(心腹敬愛)ᄒᆞ미 ᄆᆞᄋᆞᆷ의 엇디 젹으리오? 그 어린 나ᄒᆡ ᄇᆡᆨ우(百憂)ᄅᆞᆯ 시러 모과(母過) 59면
ᄅᆞᆯ 슬허ᄒᆞ고 형을 위ᄒᆞ여 근심ᄒᆞ믈 그윽이 ᄎᆞ셕(嗟惜)ᄒᆞ더니 금일(今

186 흠셩문ᄉᆡ(欽聖文思) 안안(安安)ᄒᆞ여 광피샤표(光被四表)ᄒᆞᆯ 셩덕(聖德): 요임금의 덕에 대한 말. 《서경》 〈우서(虞書)〉 '요전(堯典)'에 "공경과 총명과 문채와 사려가 자연히 우러나오며, 참으로 공손함과 겸양의 덕을 발휘해 온 누리에 빛나게 은택이 입혀지는 가운데, 그 덕이 하늘과 땅에 이르렀다(欽明文思安安 允恭克讓 光被四表 格于上下)."라는 말이 나옴. 여기에서는 명(明) 대신에 성(聖)으로 쓰이고 있음.

日) 거죄(擧措) 소부인의 질디이심(疾之已甚)ᄒᆞ미 쇼져(小姐)의 시식(時食)을 주디 아니믈 공ᄌᆡ 디긔(知機)ᄒᆞ고 이러ᄐᆞᆺ ᄒᆞ믈 블안(不安)ᄒᆞ여 년망(連忙)이 바다 역ᄇᆡ답샤(亦拜答謝)ᄒᆞ고 유유(唯唯)히 칭샤(稱謝)ᄒᆞᆯ 쓴이니 부인이 낭연쇼왈(琅然笑曰)

"졔 현부(賢婦)ᄅᆞᆯ ᄇᆡᆨ슈(伯嫂)의 존(尊)ᄒᆞ믈 닛고 친ᄋᆡ(親愛)ᄒᆞ미 깁허 져의 슬흔 음식(飮食)을 난호고져 ᄒᆞ니 현뷔(賢婦) 근일(近日)의 식ᄉᆞ(食事)ᄒᆞ믈 바히 못ᄒᆞ니 음식(飮食)이 비록 슬흐나 오ᄌᆞ(吾子)의 졍을 가ᄋᆡ(嘉愛)ᄒᆞ여 강식(强食)ᄒᆞ미 가(可)토다."

쇼졔 존고(尊姑) 말ᄉᆞᆷ이 이러ᄐᆞᆺ 화졍(和靜)ᄒᆞ시ᄆᆡ 미쳐ᄂᆞᆫ 오ᄃᆡᆨ 텬연(天然)이 식(食)ᄒᆞ여 그 냥(量)의 맛게 ᄒᆞᄆᆡ 그ᄅᆞᆺᄉᆞᆯ 믈니니 공ᄌᆡ 희열(喜悅)ᄒᆞ여 이후(以後)ᄂᆞᆫ 취뎐의셔 음식을 보ᄆᆡ 반ᄃᆞ시 니쇼져의 식ᄉᆞ(食事)ᄒᆞ믈 쳥ᄒᆞ여 왈

"슈쉬(嫂嫂) 잉ᄐᆡ만월(孕胎滿月)ᄒᆞ신ᄃᆡ 식치ᄅᆞᆯ 못 ᄒᆞ시므로 ᄌᆞ졍(慈庭)이 우려(憂慮)ᄒᆞ시니 엇디 슈슈의 셩덕도량(聖德度量)으로뼈 이만 쉬온 일의 강인(强忍)치 못ᄒᆞ샤 존당(尊堂)과 ᄌᆞ졍의 졀우(絶優)ᄅᆞᆯ 더으리잇고?"

인ᄒᆞ여 공경(恭敬)ᄒᆞ여 권유(勸諭)ᄒᆞ미 디극ᄒᆞ니 소부인이 우연(偶
60면 然)이 ᄋᆞᄌᆞ(兒子) 듯ᄂᆞᆫᄃᆡ 쇼져의 식ᄉᆞ(食事)ᄒᆞ믈 못 ᄒᆞᆫ다 ᄒᆞ엿더니 ᄋᆞᄌᆡ 일노뼈 큰 우환(憂患)ᄀᆞᆺ치 슌슌 이러ᄒᆞ믈 심하(心下)의 증한(憎恨)ᄒᆞ나 또 ᄆᆡ양(每樣) 화평(和平)이 먹기ᄅᆞᆯ 니ᄅᆞ니 쇼졔 슌슌 그 셩우(聖友)ᄅᆞᆯ 나ᄌᆞᆨ이 칭샤(稱謝)ᄒᆞ고 이러ᄐᆞᆺ ᄒᆞ여 긔아(饑餓)ᄒᆞ믈 면ᄒᆞ미 이시나 쇼졔 태뎐과 봉일누의셔 태부인과 화부인의 샤(賜)ᄒᆞᄂᆞᆫ 화미딘찬(華味珍饌)을 나온ᄌᆞᆨ 소부인의 조ᄅᆞ고 보ᄎᆡ미 ᄇᆡᆨᄇᆡ(百倍)나

ᄒᆞ니 블안ᄒᆞ나 화부인이 디긔(知其)ᄒᆞᄃᆡ 능히 긋치디 못ᄒᆞ믄 그 텬졍ᄌᆞᄋᆡ(天情慈愛)라. 쇼졔 쏘 소부인긔 득죄(得罪)ᄒᆞ믈 힝혀도 낫토디 아니ᄒᆞ여 화연태평(和然太平)이 밧ᄌᆞ와 그 먹과져 ᄒᆞ시ᄂᆞᆫ 바ᄅᆞᆯ 비록 슬흐미 이시나 남기디 아니ᄒᆞ니 소부인이 ᄉᆞᄉᆞ(事事)마다 더옥 견고(譴告)히 넉이고 소져로뼈 긔아(飢餓)ᄒᆞ여 초딘(焦盡)케 ᄒᆞᆯ 길히 업ᄉᆞ니 ᄌᆞ긔 ᄯᅳᆺ은 츄호(秋毫)도 일울 길 업ᄉᆞ믈 골돌 분원(忿怨)ᄒᆞ여 니쇼져 산월(產月)이 되고 션싱의 환가(還家)ᄒᆞᆯ ᄡᅵᄂᆞᆫ 졈졈 갓가오믈 초조ᄒᆞ더니 닌명이 몬져 도라오니 가듕(家中)이 반기미 원별(遠別)을 단취(團聚)ᄒᆞᆫ ᄃᆞᆺ 쇼부와 셔부인이 원노왕환(遠路往還)을 무ᄉᆞ히 ᄒᆞ믈 힝희(幸喜)ᄒᆞ니 길ᄉᆡ 존당(尊堂)·ᄌᆞ당(慈堂)의 긔게(起居) 영슌(榮順)ᄒᆞ시믈 힝열(幸悅)ᄒᆞ며 고왈(告曰) 냥슉부ᄂᆞᆫ 션능(先陵)의 브ᄃᆡ 간ᄉᆞ(幹事)ᄒᆞᆯ 일이 잇셔 일망(一望)을 치디(置遲)ᄒᆞ여 환가(還家)ᄒᆞ실 바ᄅᆞᆯ 고ᄒᆞᄆᆡ 승안화긔(承顔和氣)ᄂᆞᆫ 양츈(陽春) ᄀᆞᆺ고 슉슉(肅肅)ᄒᆞᆫ 녜모(禮貌)ᄂᆞᆫ 빈빈탈쇽(彬彬脫俗)ᄒᆞ니 태부인이 ᄉᆡ로이 희ᄋᆡ귀듕(喜愛貴中)ᄒᆞ미 친손(親孫)의 감치 아니니 쇼부 부부의 일ᄌᆞ(一子)ᄅᆞᆯ ᄋᆡ듕ᄒᆞ믄 ᄌᆡ기듕(在其中)이러라. 태부인은 션싱의 환가(還家)ᄒᆞ미 치디(置遲)ᄒᆞ믈 훌연(欻然)이 넉이나 소부인은 암희(暗喜)ᄒᆞ더니 일이 공교(工巧)ᄒᆞ여 현인(賢人)이 궁익(窮隘)ᄒᆞᄆᆡ 쇼인(小人)의 용ᄉᆞ(用事)ᄒᆞᆯ ᄡᅵᄅᆞᆯ 간간이 빌니ᄂᆞᆫ디라. 엇디 의외지ᄉᆡ(意外之事) 업ᄉᆞ며 텬필죵인원(天必從人願)이라 소시의 디극ᄒᆞᆫ 악심(惡心)을 맛칠 ᄡᅵᄅᆞᆯ 쏘 허치 아니리오? 년셤이 몬져 ᄉᆡᆼ녀(生女)ᄒᆞ니 녹빙·계월 등이 곰초와 구호(救護)ᄒᆞ며 부인긔 넌ᄌᆞ시 고ᄒᆞ니 부인이 졈두왈(點頭曰) 61면

"오ᄃᆡᆨ 깁히 두어 가듕(家中)이 모로게 ᄒᆞ고 쥬파의 ᄉᆡᆼ산을 등ᄃᆡ(等待)

ᄒᆞ라. 니ᄋᆡ 반ᄃᆞ시 금월(今月)의 ᄒᆡ만(解娩)ᄒᆞ미 이시리라.”

냥비(兩婢) 쳥령(聽命)ᄒᆞ여 년셤을 구호ᄒᆞ더니 ᄉᆞ오일 후 쥬녜 ᄉᆡᆼᄌᆞ
62면 (生子)ᄒᆞ니 냥비 규규(叫叫)히 상의ᄒᆞ여 셤의 ᄉᆡᆼ녀(生女)ᄅᆞᆯ 쥬녀의 ᄉᆡᆼᄌᆞ(生子)와 밧고와 가ᄃᆡ ᄒᆡᆼ혀도 쥬파와 셤다려 부인의 디쥬(指嗾)ᄒᆞᆫ 명(命)이믈 ᄇᆡᆺ최디 아니ᄒᆞ고 쥬녀다려ᄂᆞᆫ 져ᄒᆡ 쳬찰긔 ᄌᆞ연 원(怨)이 ᄉᆡᆼ히고 한(恨)이 ᄆᆡᆺ쳣거ᄂᆞᆯ 녹빙은 ᄎᆞ공ᄌᆞ(次公子)의 유ᄋᆞ(乳兒)로 공ᄌᆞ의 무용디믈(無用之物) 되믈 ᄎᆞ마 보디 못ᄒᆞᄂᆞᆫ ᄃᆞ시 ᄒᆞ고 계월의 가부(家夫)ᄅᆞᆯ 쳬찰이 무고히 죽인 ᄇᆡ라 ᄒᆞ여 입시욹을 ᄊᆡ믈고 혀ᄅᆞᆯ 너흐러 보원(報怨)ᄒᆞᆯ 뜻을 뵈니 쥬녀ᄂᆞᆫ 계월이 디아비 죽인 원(怨)을 갑고ᄌᆞ ᄒᆞ여 져의 ᄉᆡᆼᄌᆞ로뼈 니쇼져 ᄉᆡᆼᄋᆞ(生兒)ᄅᆞᆯ 밧고와 쳬찰의 골육(骨肉)을 ᄒᆡᄒᆞ려 ᄒᆞᄂᆞᆫ 줄노 알고 져의 유무(有無)ᄅᆞᆯ 가듕비ᄇᆡ(家中婢輩)도 알 니 업ᄉᆞ니 뉘 시비(是非)나 ᄒᆞ리오? 셔쇼랑의 ᄌᆞ뢰(自賴)ᄒᆞᄂᆞᆫ 의식(衣食)을 우러러 간초(艱楚)ᄅᆞᆯ 면ᄒᆞ더니 녹빙·계월이 부인의 명으로 구급(救給)ᄒᆞ미 풍비(豊備)ᄒᆞ고 냥비(兩婢) ᄉᆞᄉᆞ로이 ᄉᆞ랑ᄒᆞ야 빈빈(頻頻) ᄂᆡ왕(來往)ᄒᆞ여 ᄆᆡᄉᆞ(每事)의 고렴(顧念)ᄒᆞ니 쥬녜 감ᄉᆞᄒᆞ미 ᄇᆡᆨ골난망(白骨難忘)으로 알거든 져의 ᄉᆡᆼ아(生兒)로뼈 니쇼져
63면 귀ᄒᆞᆫ ᄉᆡᆼ츌(生出)과 밧고와 무ᄉᆞ 댱셩(長成)즉 일가(一家)의 위와듬[187]과 종당(宗黨)의 츄존(推尊)ᄒᆞᆯ ᄇᆡ 엇디 못ᄒᆞᆯ 영홰(榮華)라. 타인(他人)은 모로나 져ᄂᆞᆫ 명명(明明)이 디긔(知機)ᄒᆞᄂᆞᆫ디라 엇디 영구봉승(靈柩奉承)치 아니리오? 산졈(産漸)이 이시ᄆᆡ 즉시 계월 등을 알게 ᄒᆞ엿

187 위와듬: 높이 우러러본다는 뜻으로 추정.

더니 계월이 친히 니ᄅᆞ러 야반(夜半)의 구호ᄒᆞ여 셤의 ᄉᆡᆼ녀(生女)와 밧고와 가더니 슈일후(數日後) 져의 ᄉᆡᆼ츌(生出)을 환본(還本)ᄒᆞᄂᆞᆫ 듕 일댱셔간(一場書簡)을 쥬니 대황대구(大遑大懼)ᄒᆞ여 보ᄆᆡ 이 곳 삼공ᄌᆞ(三公子)의 경계(警戒)ᄒᆞᆫ 글이라. 슈항셔(數行書)의 강상(綱常)이 두렷ᄒᆞ고 눈긔(倫紀) 당당ᄒᆞ여 쳔인노예(賤人奴隸)라도 ᄒᆞᆫ번 이 글을 보ᄆᆡ 황연(晃然)이 디감(智鑒)ᄒᆞ려든 ᄒᆞ믈며 쥬녀ᄂᆞᆫ ᄉᆞ부여엽(士夫餘葉)으로 쥬시 일단쳥ᄆᆡᆨ(一端淸脈)이 나려시니 엇디 셩인(聖人)의 교화(敎化)ᄅᆞᆯ 감복(感服)디 아니리오? 쥬시디ᄉᆡᆼ(○氏之生)은 환본기모(還本其母)ᄒᆞ고 쥬패 삼공ᄌᆞ의 경계ᄒᆞᆫ 글을 보고 쳐연습복(凄然慴伏)ᄒᆞ고 황연구송(晃然懼悚)ᄒᆞ여 회과ᄌᆞ칙(悔過自責)ᄒᆞᆫ ᄉᆞ(事)의 하편(下篇)의 샹셰(詳細)ᄒᆞ니 ᄎᆞ례셔ᄎᆞ(次例序次)ᄒᆞᄆᆡ 벽감기말(基末)ᄒᆞᆯ디어다.

소부인이 년셤의 쳔ᄉᆡᆼ(賤生)을 곰초와 쥬파의 ᄉᆡᆼ산(生産)을 등ᄃᆡ(等待)ᄒᆞᆯᄉᆡ 냥비(兩婢) 일일야(一日夜)의 좌우(左右) 고요ᄒᆞ믈 타 고왈 64면
(告曰)

"셤디ᄉᆡᆼ츌(○之生出)노뼈 쥬파디ᄉᆡᆼ(○婆之生)을 환(換)ᄒᆞ믄 어렵디 아니ᄒᆞ오나 만일 쥬파랑(○婆娘)이 몬져 ᄒᆡ만(解娩)ᄒᆞ고 니쇼져 ᄒᆡ만이 달을 츼디(置遲)ᄒᆞᆫ즉 엇디ᄒᆞ리잇고?"

부인이 미쇼왈(微笑曰)

"이ᄂᆞᆫ 근심치 말나. 뇽호디ᄉᆡᆼ(龍虎之生)으로뼈 들쥐 삿기ᄅᆞᆯ 밧고ᄆᆡ 본ᄃᆡ 대쇠(大小) 현격(懸隔)ᄒᆞ니 니ᄋᆡ 금월(今月)의 ᄒᆡ만(解娩)치 아닐 니도 업거니와 그 셕대(碩大)ᄒᆞ며 쇼듕(所重)ᄒᆞ믄 뭇디 아녀 알 ᄇᆡ라. 쥬녀디ᄉᆡᆼ(○女之生)이 일이삭(一二朔)만 더ᄒᆞ여도 니ᄋᆞ의 삼일

ᄒᆡᄌᆞ(三日孩子)라 ᄒᆞ여도 그ᄅᆞ디 아니리니 엇디 이롤 근심ᄒᆞ리오? 다만 존고(尊姑)의 명셩(明聖)ᄒᆞ심과 화시의 신명명찰(神明明察)ᄒᆞ믈 ᄀᆞ리오기 어려올가 우려ᄒᆞ노라.”

ᄒᆞ더니 일이 공교ᄒᆞ여 태부인과 화부인이 부ᄂᆡ(府內)롤 써ᄂᆞ며 쥬녜 ᄉᆡᆼᄌᆞ(生子)ᄒᆞ여 일이 ᄎᆞ례로 셩젼(成全)ᄒᆞ니 이 엇디ᄒᆞᆫ 고로 태부인과 화부인이 부ᄂᆡ롤 써난고? ᄎᆞ례로 셩남(釋覽)ᄒᆞ라.

션시(先時)의 소부인이 운계션ᄉᆡᆼ의 환귀(還歸)ᄒᆞ미 닌셩으로 더브러
65면 슌여(旬餘)롤 ᄎᆡ디홀 바롤 ᄒᆡᆼ심흔열(幸甚欣悅)ᄒᆞ여 그 ᄉᆞ이 니쇼져의 ᄒᆡ만(解娩)ᄒᆞ기롤 죄와 기다리더니 대강 일이 괴이(怪異)ᄒᆞ여 간인(奸人)의 ᄇᆞ라믈 맛치ᄂᆞᆫ디라. 원간 태부인 ᄌᆞᄆᆡ 번셩(繁盛)ᄒᆞ더니 듕도(中道)의 기셰(棄世)ᄒᆞ고 오딕 쳐ᄉᆞ 범창의 부인이 태부인 댱형(長兄)으로 년긔칠슌(年期七旬)의 미쳐시ᄃᆡ 범쳐ᄉᆡ 고집이 극ᄒᆞ여 ᄒᆞᆫ번 향니(鄕里)의 도라가ᄆᆡ ᄉᆞ십 년의 니ᄅᆞ러시나 낙경(洛京)의 왕환(往還)ᄒᆞ미 업고 일ᄌᆞ(一子) 범경협을 경계(警戒)ᄒᆞ여 ᄯᅩᄒᆞᆫ 문달(聞達)을 구치 말나 ᄒᆞ니 범ᄉᆡᆼ이 가졍(家政)을 니어 공명(功名)을 헌 신ᄀᆞᆺ치 넉인ᄇᆡ나 ᄌᆞ손(子孫)의 다다ᄅᆞᄂᆞᆫ 누ᄃᆡ(累代)롤 산님(山林)의 복거(卜居)ᄒᆞᄆᆡ 문회(門戶) 한미(寒微)ᄒᆞᆫ 근심이 업디 아닌 고로 범경협이 삼ᄌᆞ(三子)롤 다 명ᄒᆞ여 장옥(場屋)의 나아가게 ᄒᆞ엿더니 범·ᄒᆡᆼ·셩 삼인이 다 동방(同榜)의 몽영(蒙榮)ᄒᆞ여 텬측(天側)을 시위(侍衛)ᄒᆞ고 옥당의 츌입ᄒᆞ니 임의 방가(邦家)롤 보유(保有)ᄒᆞᄂᆞᆫ 바로 ᄉᆞ환(仕宦)의 ᄆᆡ이ᄆᆡ 쳔여 리 궁향(窮鄕)을 ᄌᆞ로 왕반(往返)치 못ᄒᆞᄂᆞᆫ 바의 범노쳐ᄉᆞ 숑명공이 비록 긔산(箕山)[188] 고의(故意)롤 닐너 ᄌᆞ릉(子陵)[189]의 쳥심(淸心)
66면 이 탁고(卓高)ᄒᆞ나 딘실노 뜻 ᄀᆞᆺ디 못ᄒᆞᆫ 바ᄂᆞᆫ ᄌᆞ이라. 삼ᄌᆞ롤 아득히

원니(遠離)ᄒᆞ여 능히 견ᄃᆡ디 못ᄒᆞᆯ 빈 고로 ᄇᆞ야흐로 고집을 두로혀 셩외벽쳐(城外僻處)의 복가(卜家)를 뎡ᄒᆞ여 일시(一時)의 샹경(上京)ᄒᆞ미 셔노부인[190]이 바로 본아(本衙)의 도라와 믈쉭가형(物色家形)은 완연이 셕일(昔日) 셔뷔로ᄃᆡ 인ᄉᆞ(人事)의 밧괴이믄 ᄉᆞ십여년ᄂᆡ(四十餘年內)의 녯 얼골은 다시 보기 어렵고 시 낫출 분변(分辨)ᄒᆞ여 질녀(姪女)·손ᄋᆡ(孫兒) 아뫼믈 ᄭᆡ닷기 어려오니 쇽졀업시 셕ᄉᆞ(昔事)를 상감(傷感)ᄒᆞ여 부모신위(父母神位)에 녜알(拜謁)키를 당ᄒᆞ여ᄂᆞᆫ 오열엄쇡(嗚咽掩塞)ᄒᆞ믈 ᄭᆡ닷디 못ᄒᆞ니 졔범과 셔공[191] 등이 감열(感悅)ᄒᆞᆫ 가온ᄃᆡ도 부인의 셩톄(聖體) 상(傷)ᄒᆞ시믈 민망ᄒᆞ여 븟드러 간유(懇諭)ᄒᆞ믈 마디 아니ᄃᆡ 부인이 부모상변(父母喪變)의 분곡(焚哭)ᄒᆞ믈 엇디 못ᄒᆞ여 심상(心上)의 깃친 통이 미ᄉᆞ디젼(未死之前)의 플니디 못ᄒᆞᆯ 빈 고로 읍읍비만(悒悒悲懣)ᄒᆞ여 츄원영모(追遠永慕)ᄒᆞ믈 니긔지 못ᄒᆞ니 맑은 눈믈이 흰 귀밋출 젹시ᄂᆞᆫ디라. 노인의 통도상심(痛悼傷心)이 이 ᄀᆞᆺ고 엇디 긔운이 안온(安穩)ᄒᆞ리오? 인ᄒᆞ여 크게 블평(不平)ᄒᆞ여 십분(十分) 엄엄(奄奄)ᄒᆞ니 범쳐ᄉᆡ[192] 초박(焦迫)ᄒᆞ고 범샤인[193] 등이 우황(憂惶)ᄒᆞ나 그 엄엄ᄒᆞ시미 편ᄒᆞᆫ 술위와 너른 화괴(華轎)라도 아딕 움ᄌᆞᆨ이디 못ᄒᆞᆯ 거시므로 아딕 셔부의 머믈ᄉᆡ 범부인이 셔부인[194]을 착급히 67면

---

188 긔산(箕山): 기산. 요(堯)가 천하를 양보하려 하자 소부와 허유가 거절하고 은둔했던 곳.

189 ᄌᆞ릉(子陵): 자릉. 후한(後漢) 때 은둔지사인 엄광(嚴光).

190 셔노부인: 서노부인. 처사 범창의 부인인 범부인을 가리킴.

191 셔공: 서공. 미상.

192 범쳐ᄉᆡ: 범처사. 처사 범경협. 범부인의 아들.

193 범샤인: 범사인. 범씨 가문의 인물이며 사인(舍人)은 관직명.

194 셔부인: 서부인. 서태부인을 가리킴.

ᄉᆞ렴(思念)ᄒᆞ여 ᄌᆞ긔 이에 오ᄂᆞᆫ 날의 졍부인[195]이 미리 와 등ᄃᆡ(等待)ᄒᆞ여 반기디 아니ᄒᆞ믈 심히 답답이 넉이ᄂᆞᆫ디라. 태부인의 져져(姐姐)롤 상모(想慕)홈과 힝거(行車)롤 영ᄃᆡ(令待)ᄒᆞ여 굴디계일(屈指計日)ᄒᆞ야 ᄌᆞᄆᆡ(姉妹) ᄎᆞᄉᆡᆼ(此生)의 상봉(相逢)ᄒᆞ미 일단 낙ᄉᆞ(樂事)로 알오미 엇디 범부인 ᄯᅳᆺ으로 다ᄅᆞ미 이시리오마ᄂᆞᆫ 쳐ᄉᆡ 도라오디 아녓고 가듕(家中)의 참졍[196]이 잇디 아닌 바의 잉신만월(孕身滿月)ᄒᆞᆫ 니시롤 이에 두고 녀부(女婦)로 더브러 져져(姐姐) 힝거(行車)롤 마ᄌᆞ라 셔부로 나가미 방심(放心)치 못홀 ᄇᆡ라 범연(泛然)이 니ᄅᆞ랴 ᄒᆞᄆᆡᄂᆞᆫ 가히 념녀(念慮)로운 밧ᄌᆡ[197] 아니로ᄃᆡ 태부인의 짐ᄌᆞᆺ 슉연(肅然)ᄒᆞᆫ 가온ᄃᆡ 그윽ᄒᆞᆫ ᄒᆞᆫ 우회(憂懷)로 요당(妖黨)의 블녕(不寧)을 디긔(知幾)ᄒᆞᄂᆞᆫ디라. 고로 요요착급(搖搖着急)ᄒᆞ나 범부인을 즉시 상봉치 못ᄒᆞ고 잠간
68면 지졍(遲停)여 쳐ᄉᆞ의 도라오믈 기다리니 소부인의 명달영민(明達英敏)ᄒᆞ미 존고의 ᄯᅳᆺ을 앙탁(仰度)ᄒᆞ고 그윽이 계교로뼈 대계(大計)롤 일우고ᄌᆞ ᄒᆞ여 짐ᄌᆞᆺ 경황(驚惶)ᄒᆞᆫ ᄉᆞᄉᆡᆨ(辭色)과 초조(焦燥)ᄒᆞᆫ 형상을 디어 면젼(面前)의 나아가 ᄌᆞ모(慈母)의 병휘(病候) 졸연 비경(非輕)ᄒᆞ믈 일ᄏᆞ라 잠간 도라가 복ᄎᆞ(復差)ᄒᆞ믈 보고 오믈 쳥ᄒᆞ니 원ᄂᆡ 소부 쥬부인 신양(身恙)이 이시미 오란디라. 태부인의 셩명(聖明)ᄒᆞ므로도 그 심슐(心術)을 ᄉᆞ못디 못ᄒᆞ여 이 ᄯᅩ 인ᄌᆞ(人子)의 당연ᄒᆞᆫ 졍니(情理)라 ᄒᆞ여 도라가 환후(患候)롤 구호(救護)ᄒᆞ여 ᄎᆞ헐(差歇)ᄒᆞ시믈 보

195 졍부인: 정부인. 서태부인을 가리킴. 정한의 부인이므로 정부인이라고 지칭하기도 함.
196 참졍: 참정. 여기에서는 정잠을 가리키는 것으로 보임.
197 밧ᄌᆡ: 밧자. 바〔所〕의 것〔者〕.

온 후 즉시 환귀(還歸)ᄒᆞ라 ᄒᆞᆯ디언졍 이심(異心)을 픔으믄 잇디 아니ᄒᆞ니 소부인이 ᄲᅧᆯ니 하딕(下直)을 고ᄒᆞ고 거교(車轎)ᄅᆞᆯ ᄌᆡ촉ᄒᆞ여 본부(本部)로 향ᄒᆞ니 닌듕이 모친(母親) 거교ᄅᆞᆯ ᄇᆡ후(陪後)ᄒᆞ여 갓다가 도라와 외왕모(外王母) 환휘(患候) 십분침듕(十分沈重)ᄒᆞ시믈 모든 ᄃᆡ 고ᄒᆞ고 시녀비(侍女輩)의 젼언(傳言)이 ᄯᅩᄒᆞᆫ 이러ᄒᆞᆫ디라. 태부인이 소부인의 초황(焦遑)ᄒᆞ믈 닛디 못ᄒᆞ고 인아(姻婭)의 후ᄒᆞᆫ ᄠᅳᆺ으로 쥬부인의 질셰(疾勢) 비경(非輕)ᄒᆞ믈 근심ᄒᆞᆯ ᄲᅳᆫ이오 조곰도 그러치 아닌가 넉이미 업ᄉᆞ니 이ᄂᆞᆫ 대개 소부인의 어질며 슌뎡(順正)ᄒᆞ미 아니로ᄃᆡ 셩교식녀(省矯式勵)ᄒᆞ여 위인(爲人)이 밋분 연괴(緣故)라. 뎡히 화부인으로 ᄒᆞ여곰 니시의 산긔(産氣)ᄅᆞᆯ 술피라 ᄒᆞ고 상부인[198]과 소부 부인[199]을 다려 셔부로 향코ᄌᆞ ᄒᆞ더니 ᄯᅩ 범부인 셔찰(書札)이 니ᄅᆞ러 작일(昨日)의 바로 본부(本部)로 와 문묘(文廟)의 알현(謁見)ᄒᆞ고 이에셔 밤을 디ᄂᆡᄃᆡ ᄆᆡᄆᆡ(妹妹)ᄅᆞᆯ 반기디 못ᄒᆞ미 통울(慟鬱)ᄒᆞᆫ 회포(懷抱)ᄅᆞᆯ 더으믈 일ᄏᆞ라 ᄲᅧᆯ니 오믈 ᄌᆡ촉ᄒᆞ여시니 부인이 드ᄃᆡ여 화부인 고부(姑婦)ᄅᆞᆯ 도라보아 그ᄉᆞ이 무양(無恙)ᄒᆞ라 당부ᄒᆞᆯᄉᆡ 범부인을 ᄇᆡ견(拜見)ᄒᆞ미 시긱(時刻)의 밧브ᄃᆡ 오히려 화부인 고식(姑媳)을 잠간 ᄉᆞ이라도 ᄯᅥ나믈 창연(悵然)ᄒᆞ여 니쇼져의 손을 잡고 ᄀᆞᆯ오ᄃᆡ

"인졍(人情)이 그음업ᄂᆞᆫ디라. 져져(姐姐)ᄅᆞᆯ 밧비 가 뵈올 ᄠᅳᆺ이 딘실노 급ᄒᆞᄃᆡ 현부(賢婦)의 고부(姑婦)ᄅᆞᆯ 다려가디 못ᄒᆞ니 내 ᄆᆞᄋᆞᆷ이 창연(悵然)ᄒᆞ여 원별(遠別)을 딧ᄂᆞᆫ ᄃᆞᆺᄒᆞ니 이러ᄒᆞ야 사ᄅᆞᆷ의 쪽ᄒᆞ미 흠 업

69면

198 상부인: 상연의 아내 정태요. 서태부인의 딸.

199 소부 부인: 태자소부 정겸의 부인 서소랑.

시 흔열(欣悅)ᄒᆞ믈 두디 못ᄒᆞᄂᆞᆫ가 ᄒᆞ노라.”

쇼져ᄂᆞᆫ ᄇᆡ슈(拜手)ᄒᆞ여 긔ᄌᆞ(其慈)ᄅᆞᆯ 감은(感恩)ᄒᆞᆯ ᄯᆞᄅᆞᆷ이오 화부
70면 인은 부ᄌᆞ(父子)[200]의 도라오믈 기다려 존하(尊下)의 나아가 뫼시믈 일
ᄏᆞᄅᆞ니 부인이 ᄀᆞᆯ오ᄃᆡ

“져졔(姐姐) 반ᄃᆞ시 현부(賢婦) 등을 보고져 ᄒᆞ시리니 계ᄋᆡ(季兒) 도라온 후 ᄐᆞᆷ을 타 져져긔 현알(見謁)ᄒᆞ려니와 ᄋᆞ뷔(我婦) 만일 분만(分娩)ᄒᆞ미 이실진ᄃᆡ 현뷔(賢婦) 움즉이디 못ᄒᆞ리니 엇디 노모(老母)ᄅᆞᆯ 조ᄎᆞ와 이시리오? 노뫼 ᄯᅩ 져져로 졍화(情話)ᄅᆞᆯ 여러 ᄉᆞ십 년 별ᄂᆡ(別來)ᄅᆞᆯ 베픈 후 즉시 도라와 상봉(相逢)ᄒᆞ믈 계규(計揆)ᄒᆞ리니 임의 경셩(京城)의 니ᄅᆞ신 후조ᄎᆞ 엇디 셔로 모드믈 근심ᄒᆞ리오?”

화부인이 ᄇᆡ샤(拜謝)ᄒᆞ고 태부인 은(恩)[201]을 밧드러 임의 승교(乘轎)ᄒᆞ미 상부인과 쇼부 부인이 ᄯᅩᄒᆞᆫ 화교(華轎)의 오로고 닌명과 닌경이 거교(車轎)ᄅᆞᆯ ᄇᆡ후(陪後)ᄒᆞ여 셔부로 나아가미 범부인이 벼개ᄅᆞᆯ 믈니치고 니블을 헷쳐 밧비 긔신(起身)ᄒᆞ여 ᄆᆡᄆᆡ(妹妹)의 손을 잡고 므릅흘 년ᄒᆞ여 오열장통(嗚咽長痛)ᄒᆞ니 ᄌᆞᄆᆡ(姊妹)의 봉영디의(奉迎之誼)ᄅᆞᆯ 블필유가디(不必有可知)러라.

(책임교주 박혜인)

---

200 부ᄌᆞ(父子): 부자. 정잠과 정인성 부자를 가리킴.

201 은(恩): 은혜.

완월회맹연 玩月會盟宴

권디오십이 卷之五十二

1면 화셜. 범부인이 밧비 긔신(起身)ᄒᆞ여 ᄆᆡᄆᆡ(妹妹)의 손을 잡고 므릅흘 년(連)ᄒᆞ여 오열댱통(嗚咽長慟)ᄒᆞ니 ᄌᆞᄆᆡ(姊妹)의 봉녕디의(逢迎之義)ᄅᆞᆯ 블필유가(不必有加)니라. 피ᄎᆡ(彼此) 귀밋치 가ᄉᆡ디 아니며 개인이 투ᄉᆡᆨ(渝色)디 아녀 디어(至於) 경부인ᄒᆞ여ᄂᆞᆫ 홍옥초츈(紅玉初春)의 쇼년(少年)이 부셩(富盛)ᄒᆞ던 ᄯᅢ의 져져(姐姐)ᄅᆞᆯ 상니(相離)ᄒᆞ엿더니 오날ᄂᆞᆯ 우봉(又逢)ᄒᆞᄆᆡ 빈하(鬢下)의 츄상(秋霜)이 의의(依依)ᄒᆞ고 면모(面貌)의 쇼광(韶光)[1]이 머므디 아녀 쇠로후ᄇᆡᆨ[2]ᄒᆞ미 범부인으로 다ᄅᆞ디 아닐 쁜 아니라 담당쇼복(淡粧素服)이 미망폐인(未亡廢人)으로 뉴셰ᄌᆡᄉᆡᆼ(留世在生)ᄒᆞᆫ 바ᄅᆞᆯ 슬허ᄒᆞ니 ᄉᆞ십 년 셰월(歲月)이 가히 오ᄅᆡ다 ᄒᆞ려니와 인ᄉᆞ(人事)의 변ᄒᆞ미 ᄯᅩᄒᆞᆫ 극ᄒᆞᆫ디라. 근ᄂᆡ(近來) 슉딜(宿疾)이 의희(依稀)ᄒᆞ여 몽환(夢幻)ᄒᆞ니 범·경 이 부인은 녜일을 늣기고 당금(當今)을 희환(喜歡)ᄒᆞ야 반기ᄂᆞᆫ 경과 감상(感傷)ᄒᆞᄂᆞᆫ 회포(懷抱)ᄅᆞᆯ 니긔디 못ᄒᆞ니 날이 가고 밤이 딘(盡)ᄒᆞ믈 ᄭᆡ닷디 못ᄒᆞᄃᆡ 범부인 신긔(身氣) 블평(不平)ᄒᆞ고 본딜(本質)이 쳥연셤약
2면 (淸軟纖弱)ᄒᆞ미 남다ᄅᆞ므로 년노(年老)ᄒᆞ믈 인ᄒᆞ여 병(病)이 더옥 만코 잠간이나 심ᄉᆞ(心思)ᄅᆞᆯ 동ᄒᆞ야 상비(傷悲)ᄒᆞᄆᆡ 젹취(積聚)ᄒᆞᆫ 질휘(疾候) 일시의 발(發)ᄒᆞᄂᆞᆫ디라. 비록 경신(情神)이 뇨연(了然)ᄒᆞ여 셕ᄉᆞ(昔事)ᄅᆞᆯ 념념쇼명(念念昭明)ᄒᆞ미 쇼ᄋᆞ(小兒)의 망ᄆᆡ(茫昧)ᄒᆞ미 업ᄉᆞ나 긔운인즉 ᄀᆞ장 엄엄(奄奄)ᄒᆞ니 경부인이 더옥 우려(憂慮)ᄒᆞ고

1 쇼광(韶光): 소광. 봄빛.

2 쇠로후ᄇᆡᆨ: '쇠로후백'으로 추정. '쇠로(衰老)'는 노쇠하다는 뜻이고 '후백'은 맥락상 '희어진 것'의 뜻으로 보임.

쳐열(悽咽)ᄒᆞ여 친히 져져(姐姐)의 긔거(起居)를 븟들고 좌와(坐臥)를 편토록 ᄒᆞ며 쥭음(粥飮)의 온닝(溫冷)을 맛초고 약믈(藥物)을 맛보며 우공(友恭)ᄒᆞᄂᆞᆫ 졍셩이 간간(懇懇)ᄒᆞ고 디극(至極)ᄒᆞ여 스ᄉᆞ로 년쇼(年少)ᄒᆞ여 놉흐며 귀홈과 화(和)ᄒᆞ며 너롬과 댱(壯)ᄒᆞ며 열(烈)ᄒᆞ미 득기듕도(得其中道)ᄒᆞ여 딘미(盡美)ᄒᆞ니 쳥계와 운계 ᄀᆞᆺ툰 명현(明賢)을 틱교(胎教)ᄒᆞ며 쳬찰 곤계(昆季) ᄀᆞᆺ툰 긔손(奇孫)을 두미 그 셩덕인화(盛德仁和)를 비로ᄉᆞ미라. 범부인이 ᄆᆡᄆᆡ(妹妹)의 ᄌᆞ인ᄌᆞ셩(慈仁慈誠)으로 븡셩(崩城)의 통(痛)[3]이 이시믈 슬허ᄒᆞ나 그 ᄌᆞ손(子孫)의 비상특이(非常特異)ᄒᆞ민즉 당금(當今)의 무쌍(無雙)ᄒᆞ믈 흔심영희(欣心榮喜)ᄒᆞ여 상부인의 손을 잡고 귀밋출 어로만져 ᄀᆞᆯ오ᄃᆡ

"셕일(昔日) ᄆᆡᄆᆡ(妹妹)로 더브러 분슈(分手)홀 시졀의 태부 현딜(賢姪)이 비로소 츌셰강싱(出世降生)ᄒᆞ여 계오 디각(知覺)이 이셔 어믜 낫출 분변(分辨)홀 ᄯᆞᄅᆞᆷ이오 오히려 거롬을 옴기며 말을 ᄇᆡ호미 날이 멀 ᄃᆺᄒᆞ더니 이졔 도라오ᄆᆡ 임의 늙어 사ᄅᆞᆷ의 한아비 되ᄆᆡ 미쳣고 현딜(賢姪)은 임의 셰샹의 나도 아녓던 ᄇᆡ 년노부인(年老夫人)이 되여 ᄋᆞᄃᆞᆯ을 장가드리고 ᄯᆞᆯ을 혼인ᄒᆞ여 남녀 ᄂᆡ외손(內外孫)이 층층이 각하(閣下)의 넘노니 노모(老母)의 댱슈(長壽)홈과 셰월(歲月)의 오ᄅᆡ믈 알디라. ᄆᆡᄆᆡ의 현심슉힝(賢心淑行)으로 ᄌᆞ녜 션쇼(鮮少)ᄒᆞ고 겸ᄒᆞ여 쥬곡(晝哭)의 슬프미[4] 이시니 내 벼 ᄒᆞᄃᆡ 텬니도상(天理倒常)ᄒᆞ여 어디 니룰 복ᄒᆞ미 업다 ᄒᆞ엿더니 태부 현딜(賢姪)의 덕화위명(德 3면

3 븡셩(崩城)의 통(痛): 붕성지통(崩城之痛). 제(齊)나라 기량(杞梁)이 죽자 그 아내가 성 아래에서 슬피 곡을 하여 열흘 만에 성이 무너졌다는 고사에서 나온 말로, 남편 죽은 슬픔을 가리킴.

化偉名)이 션태부 슉슉(叔叔)을 닛줍고 운계 쳐ᄉᆞ(處士)의 대도고학(大道高學)이 안밍(顔孟)[5]의 겸연(慊然)ᄒᆞ미 업거놀 체찰 곤계(昆季)의 쇼년아망(少年雅望)과 상가 삼ᄋᆞ(三兒)의 ᄉᆡ로 농각(龍閣)을 밧든 영홰(榮華) 졀졀이 깃브디 아니며 아름답디 아니미 업술 쁜 아니라 ᄉᆞ회롤 어드미 개개히 군ᄌᆞ영쥰(君子英俊)이오 며ᄂᆞ리롤 취ᄒᆞ미 손부(孫婦)의 니ᄅᆞ히 임샤(姙姒)의 덕[6]과 녈부(烈婦)의 풍치(風采)롤 겸

4면 ᄒᆞ여 개개히 쇽셰(俗世) 용인(庸人)의 비치 못홀 셩덕긔딜(盛德奇質)이라 ᄒᆞ니 비로소 젹션디가(積善之家)의 필유여경(必有餘慶)이며 복션화음(福善禍淫)의 필유유텬(必有維天)[7]이믈 ᄭᆡ닷ᄂᆞ니 미미(妹妹)의 부귀(富貴)와 영녹(榮祿)을 그윽이 흔하(欣賀)ᄒᆞ노라."

상부인이 미쳐 말을 못 ᄒᆞ여셔 태부인이 고사블감(固辭不堪)ᄒᆞ고 츄연(惆然)이 안식(顔色)을 곳쳐 탄식ᄒᆞ야 골오ᄃᆡ

"져져(姐姐)의 셩히 니ᄅᆞ심과 놉히 칭하ᄒᆞ시믈 범연(泛然)이 드롤딘ᄃᆡ 쇼뎨(小弟) 외람(猥濫)ᄒᆞ나 과도히 고샤(固辭)치 아념 즉ᄒᆞᄃᆡ 쇼뎨 맛춤ᄂᆡ 디극훈 묘믹디인(苗脈之人)[8]이라 븡셩(崩城)의 탄(嘆) 밧

---

4 쥬곡(晝哭)의 슬프미: 춘추시대 때 노(魯)나라 재상 문백(文伯)의 어머니 경강(敬姜)이, 남편이 세상을 떠났을 때는 낮에만 곡을 하고, 나중에 아들 문백이 죽자 밤낮으로 곡을 했는데, 공자가 이를 두고 경강이 예(禮)를 안다고 논평했던 고사에서 나온 표현.

5 안밍(顔孟): 안맹. 안회와 맹자.

6 임샤(姙姒)의 덕: 임사의 덕. 문왕(文王)의 어머니 태임(太妊)과 무왕(武王)의 어머니 태사(太姒)의 덕. 태임과 태사의 부덕(婦德)에 힘입어 문왕 무왕의 정치가 일어났다고 함.

7 필유유텬(必有維天): 필유유천. 유천은 '유천지명(維天之命, 하늘의 이치)'에서 온 것으로 보임.

8 묘믹디인(苗脈之人): 묘맥지인. 묘맥은 먼 후대의 자손이라는 뜻. 그런데 묘(苗)에 뭇 백성이라는 뜻도 있어 여기에서는 맥락을 고려하여 '미미한 사람'으로 봄.

그 우환(憂患)과 시ᄅᆞᆷ이 노힌 날이 업ᄉᆞᆫ디라. 일뉘(一縷) 디연(遲延)ᄒᆞ여 괴로이 셰간(世間)의 머므ᄂᆞᆫ 밧ᄌᆞᄅᆞᆯ 슬허ᄒᆞ더니 이졔 져져(姐姐)ᄅᆞᆯ 상봉(相逢)ᄒᆞ여 ᄉᆞ십 년 원모디회(遠慕之懷) 만일(萬一)이나 베프ᄂᆞ니 그 ᄉᆞ랏던 ᄇᆡ ᄒᆡᆼ(幸)인 ᄃᆞᆺᄒᆞ고 셕년(昔年)의 져졔(姐姐) ᄌᆞ경이 완만ᄒᆞ여 이모디셰(二毛之歲)[9]의 비로소 운관을 어드시니 무후(無後)의 근심을 노흐시고 그 쳥미(淸美)ᄒᆞ미 슈한(壽限)의 ᄒᆡ로올가 념녀ᄒᆞ시더니 이졔 보ᄆᆡ 송형학골(松形鶴骨)이 돌연 고긔(高奇)ᄒᆞ여 ᄒᆞᆫ갓 먼 슈ᄅᆞᆯ 누릴 ᄲᅳᆫ 아니라 긔딜이 온냥화열(溫良和悅)ᄒᆞ여 복 5면
덕(福德)이 무궁(無窮)ᄒᆞ거ᄂᆞᆯ 희경 등 삼ᄋᆞ[10]의 영녹디상(榮祿之相)이 달슈부귀(達壽富貴)ᄒᆞᆷ과 숑홍[11]의 덕 되믈 겸ᄒᆞ여시니 범시 문호(門戶)의 늉경대복(隆慶大福)일 ᄲᅳᆫ 아니라 샤딕(社稷)의 ᄒᆡᆼ(幸)과 명실(明室)의 니ᄒᆞ미 이에 극ᄒᆞᆫ디라. 쇼뎨 그으이 존슉과 져져의 심인후ᄐᆡᆨ(深仁厚澤)이 ᄆᆡ몰(埋沒)치 아니믈 희ᄒᆡᆼ(喜幸)ᄒᆞ고 ᄯᅩ 놉히 블워ᄒᆞ며 밋디 못ᄒᆞ믈 ᄭᆡ닷ᄂᆞ니 져졔 희경을 두시고 쇼뎨의 닌셩 등을 칭찬ᄒᆞ시미 그 엇디 과당(誇張)이 아니리잇고?"

범부인이 쇼왈(笑曰)

"우형(愚兄)이 엇디 조곰이나 과당ᄒᆞ미 이시리오? 희ᄋᆞ 등이 비록 용

9 이모디셰(二毛之歲): 이모지세. 머리카락 색이 두 가지가 되는 나이. 진(晉)나라의 유명한 미남인 반악이 32세에 머리털이 세기 시작한 데서 나온 말.

10 희경 등 삼ᄋᆞ: 희경 등 세 아이는 범창과 범부인(서노부인) 사이에서 낳은 외아들 범경협의 세 아들로, 범태부인에게는 세 명의 손자가 됨.

11 숑홍: 송홍(宋弘). 후한(後漢)의 명신. 광무제 때 대사공(大司公)을 지내고 선평후(宣平侯)에 봉해짐.

녈(庸劣)치 아니나 ᄆᆡᄆᆡ의 졔손(諸孫)의 비길딘ᄃᆡ ᄇᆡᆨ디일급(百之一及)이라. 쳬찰과 태우ᄂᆞᆫ 내 보디 아녓거니와 닌경과 닌웅을 보ᄆᆡ 긔상(氣像)과 덕딜(德質)이 션태부 존슉의 풍의대딜(風儀大質)을 니을 바로 종샤(螽斯)의 승승(繩繩)[12]ᄒᆞᆷ과 갈뉴(葛藟)의 면면(綿綿)[13]ᄒᆞ미 쥬종(周螽)[14]의 창셩ᄒᆞ믈 블워 아닐디라. ᄌᆡ략(才略)과 위명(威名)이 화이(華夷)ᄅᆞᆯ 딘복(震服)ᄒᆞ고 ᄉᆞᄒᆡ(四海)ᄅᆞᆯ 드레미 되여시므로 만니(萬

6면

里) 젼ᄉᆞ(戰事)의 듕임을 당ᄒᆞ여 위봉(危鋒)의 근심이 이시나 관악(關岳)[15]의 ᄌᆡ조와 냥평(良平)[16]의 디모(智謀)로도 손오(孫吳)[17]의 용병(用兵)과 회음(淮陰)[18]의 위엄을 겸ᄒᆞᄆᆡ 져근 도젹을 쪽히 념녀ᄒᆞᆯ ᄇᆡ 아니니 그 므ᄉᆞᆷ 우환으로뻐 시ᄅᆞᆷᄒᆞᄂᆞ뇨? 존귀(尊貴)와 영복(榮福)은 현ᄆᆡ의게 오로리 드믈가 ᄒᆞ노라."

---

12 종샤(螽斯)의 승승(繩繩): 종(螽)은 메뚜기로, 한번에 많은 알을 낳아 자손의 번성함을 비유하는 표현으로 쓰임. 종사(螽斯)는 자손이 번창함을 비유하는 말. 《시경》〈주남(周南)〉의 '종사(螽斯)' 참고.

13 갈뉴(葛藟)의 면면(綿綿): '면면갈류'는 끊임없이 치렁치렁 이어진 칡덩굴이라는 뜻. 이 표현은 《시경》의 "면면갈류 재하지호(綿綿葛藟 在河之滸)"에서 비롯한 표현일 것으로 추정됨. 그런데 이 시에서 무성한 칡덩굴이 강가에 자라난다는 표현은 주나라 왕실의 도가 쇠해 구족(九族)을 버린 평왕(平王)을 풍자하는 내용과 연관되므로 본문의 맥락과는 잘 어울리지 않음. '갈류의 면면'은 '종사의 승승'과 더불어 자손이 끊임없이 번창한다는 뜻으로 사용된 것으로 보임.

14 쥬종(周螽): 주종. 주남의 종사(螽斯).

15 관악(關岳): 유명한 장수인 관우(關羽)와 악비(岳飛).

16 냥평(良平): 양평. 한(漢)고조의 모신(謀臣)인 장량(張良)과 진평(陳平).

17 손오(孫吳): 춘추시대 제(齊)나라 손무(孫武)와 전국시대 위(衛)나라 오기(吳起). 병법가를 대표적으로 일컫는 표현.

18 회음(淮陰): 회음후(淮陰候)였던 한신(韓信)을 가리킴. 한신은 유방의 신하로 전한의 장군이자 제후였던 인물.

경부인이 침음대왈(沈吟對曰)

"닌셩과 닌광은 오히려 닌경의 디나고 닌웅이 ᄯᅩᄒᆞᆫ 빗나고 아ᄅᆞᆷ다오미 닌셩의 ᄂᆞ리미 업ᄂᆞ니이다마ᄂᆞᆫ 쇼뎨의 쇼견(所見)은 져져의 삼손(三孫)만 ᄀᆞᆺ디 못ᄒᆞ게 녁이ᄂᆞ이다. 부귀영복(富貴榮福)이 미망(未亡)인ᄉᆡᆼ의 엇디 쾌활ᄒᆞ미 이시리잇고? ᄌᆞ손의 인효ᄒᆞ미 쇼뎨 일신을 괴롭게 아니 ᄒᆞᄃᆡ 스ᄉᆞ로 족ᄒᆞ믈 아디 못ᄒᆞ여 그러ᄒᆞᆫ가 근심이 노힐 젹이 업고 통부(冢婦) 양시ᄅᆞᆯ 일흐므로 역니(逆理)[19]의 슬프미 여러 셰월의 병이 되고 딜ᄋᆞ 흠을 원앙참결(怨殃慘訣)ᄒᆞᄆᆡ 통운곡졀(痛憪曲切)ᄒᆞ미 엇디 친ᄋᆞ(親兒)의 다ᄅᆞ미 잇ᄉᆞ리잇고? 디난 바 험회(險巇)[20] ᄒᆞ미 극ᄒᆞ니 비환(悲歡)이 상반(相伴)ᄒᆞ여 뉵십 셰간의 괴로오미 심ᄒᆞᆫ다라. 간고비란의 골몰ᄒᆞ미 아니오 궁텬싀비(窮天是非)ᄒᆞ야 슬픈 거시 아니로ᄃᆡ 빅ᄋᆞᄅᆞᆯ 니별이 너모 ᄌᆞᆺ고 가간(家間)의 우괴(憂苦) 년 7면
쳡(連疊)ᄒᆞ니 쇼뎨의 미신(微身)이 편히 위와치미[21] 므어시 편ᄒᆞ리잇고? ᄡᅳᆯᄃᆡ업시 오ᄅᆡ ᄉᆞᆯ미 맛ᄎᆞᆷᄂᆡ 욕되이다."

범부인의 신셩특쳘(神聖特哲)ᄒᆞ미 경부인으로 난형난뎨(難兄難弟)라. 은은슉혜(誾誾夙慧)ᄒᆞ고 겸공비약(謙恭卑弱)ᄒᆞ여 담담이 낫타ᄂᆡ디 아니나 디식(智識)의 통후(通厚)ᄒᆞ미 쳘부(哲婦)의 브족ᄒᆞ미 업ᄉᆞᆫ디라. 경부인 말노조ᄎᆞ 심ᄉᆞ(心事)ᄅᆞᆯ ᄌᆞ못 알고 ᄯᅩ 닌웅의 긔이ᄒᆞ믈 도로혀 낫초와 희경 등만 갓디 못ᄒᆞ다 ᄒᆞ믈 일일히 아라듯고 ᄯᅩᄒᆞᆫ 침

19 역니(逆理): 역리. 도리나 사리에 어그러짐.

20 험회(險巇): 험희. 길이나 산이 험준함.

21 위와치미: 위와티다. 떠받들다.

음ᄒᆞ여 ᄀᆞᆯ오ᄃᆡ

"현뎨(賢弟)의 뜻은 젼혀 공근겸약(恭謹謙弱)ᄒᆞ여 영녹부귀(榮祿富貴)ᄅᆞᆯ 도로혀 두리고 텬하(天下)의 ᄀᆞ득ᄒᆞ믈 망(望) 바드미 사ᄅᆞᆷ의 ᄉᆡ오믈 밧고 큰 일홈을 도로혀 ᄒᆡ로올가 념녀ᄒᆞ거니와 태부 현딜이 임의 노방(虜邦)의 위란(危亂)을 디ᄂᆡ여 더우며 ᄎᆞᄆᆡ 밧고[22] 밧고디 아니코 굽으며 펴ᄆᆡ 다ᄅᆞ미 업셔 듕의녈졀(忠義烈節)이 션각노 존슉의 후ᄅᆞᆯ ᄂᆞᆽ고 ᄋᆞ쇼(兒小)의 니ᄅᆞ히 학문도덕(學問道德)ᄒᆞ여 개개히 명텰예디(明哲叡智)와 덕문여풍(德門餘風)으로 조셩특이(早成特異)ᄒᆞ나
8면 왕연(王衍)[23]의 부경(浮輕)ᄒᆞᆷ과 낙빈(駱賓)[24]의 블길(不吉)ᄒᆞ미 업ᄉᆞ니 후셰 타일을 시ᄅᆞᆷᄒᆞᆯ 거시 업ᄉᆞᆯ ᄲᅳᆫ 아니라 녯사ᄅᆞᆷ이 통달ᄒᆞ여 오날 술을 취ᄒᆞ고 ᄂᆡ일 일을 당ᄒᆞ니 그 가히 법측(法則)ᄒᆞᆯ디라. 엇디 댱슈(長壽)ᄒᆞᄆᆡ 욕될가 근심ᄒᆞ고져 근일을 과히 념녀ᄒᆞ여 심회(心懷) 번난(煩亂)ᄒᆞ미 므ᄉᆞᆷ 유익ᄒᆞ리오? 양딜의 조셰(早世)ᄒᆞᆷ과 졍문계의 화몰(禍沒)ᄒᆞ미 참통ᄋᆡ졀(慘痛哀切)ᄒᆞ나 ᄯᅩᄒᆞᆫ 그 명(命)이라. 현마 엇디 ᄒᆞ리오? ᄒᆞ믈며 두 녀ᄌᆡ 타인의 십ᄌᆞ(十子)의 디나고 쳬찰을 양ᄌᆞ(養子)ᄒᆞ여 후ᄉᆡ 영화롭고 졍상셔의 튱녈가명(忠烈佳名)이 사ᄅᆞᆷ의 구ᄒᆞ여 엇디 못ᄒᆞᆯ ᄇᆡ니 그 무셩무취(無聲無臭)이 오ᄅᆡ ᄉᆞ라 초목(草木)과 ᄒᆞᆫ가디로 늙ᄂᆞᆫ 바의 비ᄒᆞ랴? 한창녀(韓昌黎)[25]의 니ᄅᆞᆫ바 죽어 알오미 이시면 그 언마ᄅᆞᆯ ᄡᅥ나며 알오미 업ᄉᆞ면 그 언마ᄅᆞᆯ 슬프디 아니미

22 밧고: 규장각본에는 없는 부분.

23 왕연(王衍): 서진(西晉)의 재상으로 노장의 학설에 밝았다고 함. 자는 이보(夷甫).

24 낙빈(駱賓): 당나라 시인. 왕발, 양형, 노조린과 함께 '초당사걸(初唐四傑)'이라 일컬어짐. 측천무후 때 불만을 품어 벼슬을 버리고 서경업과 함께 양주에서 반란을 일으켰음.

무궁타[26] ᄒᆞ니 현뎨 셰간의 디리ᄒᆞ믈 한ᄒᆞ나 그 ᄇᆡᆨ년을 향ᄒᆞ여도 발셔 뉵슌의 니ᄅᆞ러시니 반을 넘겻ᄂᆞᆫ디라. ᄒᆞᆫ번 합연(溘然)ᄒᆞ여 긴 잠을 ᄭᆡ디 못ᄒᆞ면 우락길흉(憂樂吉凶)의 ᄉᆞ려(思慮)ᄒᆞᆯ 거시 업ᄉᆞ니 현 9면
뎨의 통달ᄒᆞ므로 슈단(脩短)이 유명(惟命)ᄒᆞ고 화복(禍福)이 ᄌᆡ텬(在天)ᄒᆞ믈 ᄭᆡ닷디 못ᄒᆞᄂᆞ냐?"

경부인이 샤이칭사(謝而稱辭)ᄒᆞ고 이에 머믈 ᄉᆞ이의 상부인이 션구(先舅)의 긔ᄉᆞ(忌祀) 다ᄃᆞᄅᆞ믈 인ᄒᆞ여 상부로 도라가고 소부인은 일양(一樣) ᄌᆞ모(慈母)의 병셰 침듕(沈重)ᄒᆞ믈 일ᄏᆞ라 운산[27]의 도라오미 업ᄉᆞ니 태부인이 이에 다ᄃᆞ라ᄂᆞᆫ 의심치 아니ᄒᆞ고 다만 그 시병(侍病)의 초황(焦遑)ᄒᆞ믈 닛디 못ᄒᆞᄂᆞᆫ 바의 범부인이 소·화 이 딜부(姪婦)와 니·당 등을 즉시 보디 못ᄒᆞ믈 굼거워ᄒᆞ고[28] 범쳐ᄉᆞ 부인 곽시와 범샤인 등의 쳐실(妻室)은 ᄎᆞ례로 니ᄅᆞ러 경부인긔 알현(謁見)ᄒᆞ고 노부인[29]을 시측(侍側)ᄒᆞ여 일인식 돌녀가며 좌우의 ᄯᅥ나지 아니ᄒᆞ니 경부인 두 식부(息婦)와 졔손부(諸孫婦)의 유고(有故)ᄒᆞ믈 일ᄏᆞ라 즉시

25 한창녀(韓昌黎): 한유(韓愈). 당나라의 대표적인 문장가, 정치가, 사상가이며 당송 8대가의 한 사람. 자는 퇴지(退之). 호는 창려(昌黎)이며 시호는 문공(文公).

26 죽어 알오미 ~ 아니미 무궁타: 한유가 조카 성로(成老)의 죽음을 애도하여 지은 제문인 〈제십이랑문(祭十二郎文)〉에서 온 표현. 자신도 머지않아 죽게 될 터이니 살아 슬퍼할 날은 얼마 되지 않을 것이고 슬퍼하지 않을 날은 무궁할 것이라는 뜻임. "체력은 날로 더욱 쇠해지고 정신은 날로 희미해지니 너의 뒤를 따라 죽지 않겠느냐? 죽은 후에 지각이 있다면 우리가 헤어져 있을 시간이 얼마나 되겠으며 죽은 후에 지각이 없다면 슬퍼할 시간은 얼마 되지 않고 슬퍼하지 않을 날은 무궁할 것이다(毛血日益衰 志氣日益微 幾何不從汝而死也 死而有知 其幾何離 其無知 悲不幾時 而不悲者無窮期矣)."《한유집》 권23에 나옴.

27 운산: 태운산. 정씨의 본가가 있는 곳.

28 굼거워ᄒᆞ고: 굼겁다. 궁금하다, 답답하다.

29 노부인: 서노부인. 서태부인의 언니인 범부인을 가리킴.

빈현(拜見)치 못ᄒᆞ미 ᄒᆞᆫ갓 경셩의 박홈과 인ᄉᆞ의 완홀(緩忽)ᄒᆞ미 아닌 바롤 고ᄒᆞ니 범부인이 웃고

"소딜의 모환(母患)과 니·댱의 ᄉᆞ고(事故)ᄂᆞᆫ 다 움ᄌᆞᆨ이디 못홀 빈어니와 화딜은 무고(無故)ᄒᆞ니 엇디 며ᄂᆞ리 산졈(產漸)도 잇디 아닌 바의 그 분산(分産)을 등ᄃᆡ(等待)ᄒᆞ고 잠시롤 ᄯᅥ나디 아니ᄒᆞ미 엇디 괴이치 아니리오? 향니(鄕里)의 이실 ᄢᅴ도 침상(寢牀)을 당ᄒᆞ여 ᄆᆞ옴의 비러 ᄀᆞᆯ오ᄃᆡ '나의 몽혼(夢魂)이 고원(故園)의 도라가 현뎨롤 반기고 졔딜 친쳑을 보아지라.' ᄒᆞᄃᆡ 숢이 넉솔 인ᄒᆞ미 다만 현뎨롤 볼 ᄯᆞᄅᆞᆷ이오 졔딜을 보디 못ᄒᆞ니 내 ᄡᅧ ᄉᆡᆼ각ᄒᆞᄃᆡ '졔딜의 면목(面目)을 내 아디 못ᄒᆞ므로 몽상(夢想)의도 뵈디 아니ᄒᆞ고 비록 뵈미 잇셔도 내 ᄭᆡ닷디 못ᄒᆞᄂᆞᆫ가?' ᄒᆞ더니 이졔 요힝(僥倖) 경도(京都)의 니ᄅᆞᄃᆡ ᄆᆡᄆᆡ의 ᄌᆞ손과 졔부롤 즉시 보디 못ᄒᆞ니 엇디 울결(鬱結)치 아니리오?"

경부인이 져져의 디졍(至情)을 더옥 감오(感悟)ᄒᆞ여 츄연ᄃᆡ왈(惆然對曰)

"쇽어(俗語)의 유하ᄋᆡ이무샹ᄋᆡ(有下愛而無上愛)라 ᄒᆞ믈 ᄭᆡ다ᄅᆞ리로소이다. 쇼뎨 져져롤 원별(遠別)ᄒᆞ므로 상모(相慕)ᄒᆞᄂᆞᆫ 뜻이 범연(泛然)ᄒᆞᆫ 빈 아니로ᄃᆡ 맛ᄎᆞᆷᄂᆡ 셩우(聖佑)[30]롤 밋ᄌᆞᆸᄃᆡ[31] 못ᄒᆞ여 일조 숢 ᄀᆞ온ᄃᆡ ᄌᆞᄆᆡ(姊妹) 단취(團聚)ᄒᆞ믈 원고(願顧)홀디언졍 운방의 부부 부ᄌᆞ 보기롤 간도(懇到)히 비디 아녓더니 엇디 져져의 디극ᄒᆞ신 셩우돈

---

30 셩우(聖佑): 성우. 오늘날 사전적 의미로는 하나님의 특별한 은혜와 사랑이라는 뜻. 여기서는 긍정적 인물을 묘사할 때 극존칭에 해당하는 표현들을 사용하므로 서태부인의 언니인 범부인의 경우도 이에 해당하는 것으로 보아 특별한 은혜와 사랑에 준하는 의미로 봄.

31 밋ᄌᆞᆸ디: 밋다. 미치다.

목(聖佑敦睦)을 바라리잇고? 화식부ᄂᆞᆫ 범연이 니ᄅᆞ려 ᄒᆞ면 죡히 무
고(無故)타 ᄒᆞᆯ 거시로ᄃᆡ 쇼제(小弟) 이리 오고 소식뷔 귀근(歸覲)ᄒᆞ 11면
여 모환(母患)을 시호(侍護)ᄒᆞ니 가듕(家中)의 어룬이 업디 못ᄒᆞᆯ 고
로 아딕 움즉이디 말나 ᄒᆞ엿더니 져져의 굼거이 넉이시미 이 ᄀᆞᆺᄐᆞ니
명일(明日) 잠간 와 현알(見謁)ᄒᆞ고 가라 ᄒᆞ샤이다.”

이에 슈셔(手書)ᄅᆞᆯ 닷가 져져의 ᄠᅳᆺ을 니ᄅᆞ고 명일(明日) ᄂᆡ알(來謁)ᄒᆞ믈 니ᄅᆞ니 화부인이 존고(尊姑)의 셔댱(書狀)을 보고 즉시 회간(回簡)을 밧드러 쇼명(召命)을 니어 명일(明日) 알현(謁見)ᄒᆞ믈 ᄃᆡ(對)ᄒᆞ고 니쇼져ᄅᆞᆯ 도라보와 좌우(左右)의 다ᄅᆞᆫ 사ᄅᆞᆷ이 업ᄉᆞ믈 인ᄒᆞ여 잠간 희허(噫噓)ᄒᆞ여 ᄀᆞᆯ오ᄃᆡ

“고ᄌᆞ(古者)의 쳘뷔(哲婦) 이셔 셩을 ᄃᆡ희니 부인녀ᄌᆞ(婦人女子)의 슬
긔 본ᄃᆡ 남ᄌᆞ(男子)의 디나미 만커니와 맛ᄎᆞᆷᄂᆡ 규듕(閨中)의 덕이 무
비무의(無非無儀)[32]ᄒᆞ야 가ᄒᆞ니 업ᄉᆞ니 오딕 듕궤(中饋)의 쥬ᄒᆞ고 녀공
(女功)을 님ᄒᆞᆯ ᄯᆞᄅᆞᆷ이라. 스ᄉᆞ로 앗가온 총명(聰明)과 문식(文識)이 이
실와 ᄒᆞ여 당치 아닌 바의 다닷디[33] 아닌 일을 알은 양ᄒᆞ여 먼니 근심ᄒᆞ
고 깁히 념녀(念慮)ᄒᆞ미 그 맛당ᄒᆞᆫ ᄇᆡ 아니로ᄃᆡ 근일(近日)의 내 ᄆᆞ음
이 젼일(前日)과 다ᄅᆞᆫ디라. ᄒᆞ믈며 사ᄅᆞᆷ의 화복(禍福)이 됴셕(朝夕)
의 잇고 안여블안(安與不安)이 시긱(時刻)의 다ᄅᆞᆫ디라. 현뷔(賢婦) 임 12면

32 무비무의(無非無儀): 《시경》 〈소아(小雅)〉 '사간(斯干)'의 "못하는 일도 없고 잘한다고 나서는 일도 없게 하며, 오직 술과 밥 같은 것만을 의논하게 하도록 해야 한다(無非無儀 唯酒食是議)."라는 표현에서 온 말.

33 다닷디: 다닫다. 다다르다.

의 잉신만월(孕身滿月)ᄒᆞ여 ᄒᆡ만(解娩)이 조각을 조각을[34] 넘기디 아닐 ᄃᆞᆺᄒᆞᄃᆡ 가듕의 잇디 아니시고 듕ᄋᆡ(仲兒) 국ᄉᆞ의 분망(奔忙)ᄒᆞ여 오ᄅᆡ 집의 도라오디 못ᄒᆞ고 댱번(長番)ᄒᆞ니 만니(萬里)의 죵군(從軍)ᄒᆞᆫ 바ᄂᆞᆫ ᄉᆡ로이 니ᄅᆞ디 말고 무고턴 사ᄅᆞᆷ도 다 유고(有故)ᄒᆞ여 집의 잇디 아니ᄒᆞ니 혹ᄌᆞ 현뷔 분만ᄒᆞ믈 당ᄒᆞ여도 그 약(藥)을 아라 ᄒᆞ리 업ᄂᆞᆫ디라. 엇디 민울(憫鬱)ᄒᆞᆫ 시ᄅᆞᆷ이 아니리오? 존괴 명일 슉모긔 ᄇᆡ알ᄒᆞ믈 명ᄒᆞ시니 가듕을 일시 ᄯᅥ나미 졀박ᄒᆞᆫ 소유(所由)로ᄡᅧ 달홀 바ᄅᆞᆯ 모로디 아니ᄒᆞᄃᆡ 슉모의 셩의(誠意) 디극ᄒᆞ신 바의 엇디 태홀(怠忽)ᄒᆞ리오? 인ᄉᆞ의 블가ᄒᆞᆯ ᄲᅳᆫ 아니라 존괴 ᄯᅩ ᄉᆞ세(事勢)ᄅᆞᆯ ᄉᆡᆼ각ᄒᆞ샤 ᄯᅥ나미 어려오믈 ᄉᆞᆯ피샤ᄃᆡ 슉모의 ᄯᅳᆺ을 바ᄃᆞ시미니 내 엇디 봉명(奉命)ᄒᆞ믈 디란(遲亂)ᄒᆞ리오? ᄒᆡᆼ혀 현뷔 산졈(產漸)이 이실딘ᄃᆡ 쇼졔 친후(親候)ᄅᆞᆯ 시호(侍護)치 못ᄒᆞ나 반ᄃᆞ시 도라오샤 구호ᄒᆞ믈 극딘히 ᄒᆞ실 ᄇᆡ니 다ᄅᆞᆫ 념녜 업ᄉᆞᄃᆡ 녹빙 등이 심히 튱근(忠勤)치 못ᄒᆞ고 ᄯᅩ 간샤ᄒᆞ고 요황(妖慌)ᄒᆞ니 혹ᄌᆞ 쇼져의 셩덕(盛德)을 ᄀᆞ리오고 산부(產婦)와 신ᄉᆡᆼ(新生)이 모다 ᄒᆡ로오믈 깃칠가 두리ᄂᆞ니 현부ᄂᆞᆫ 디셩디명(至性至明)이라. 그림ᄌᆡ 니디[35] 아냐 ᄇᆞᆰ히 디긔(知機)ᄒᆞ여 거의 님시응변을 ᄉᆡᆼ각ᄒᆞ미 이시려니와 오ᄃᆡ 담담이 낫타ᄂᆡ지 아니며 은은이 손슌(遜順)ᄒᆞ믈 위쥬(爲主)ᄒᆞ야 면ᄒᆞ믈 구치 아니ᄒᆞ니 은당(穩當)ᄒᆞ미 디극ᄒᆞ며 도리 합션(合善)ᄒᆞ미 아ᄅᆞᆷ답디 아니미 아니로ᄃᆡ 부ᄌᆞ(父子)의 뉸(倫)

13면

34 조각을 조각을: '조각'은 '작은 부분'이라는 뜻에서 짧은 시간을 가리키는 것으로 봄. 규장각본에는 '조각을'로 되어 있음.

35 니디: '이르다, 도착하다'의 고어인 '니ᄅᆞ다'의 활용 형태인 '니ᄅᆞ지'에서 'ᄅᆞ'가 생략된 것으로 추정.

과 텬셩(天性)의 친(親)을 그릇 어ᄌᆞ러이고 스ᄉᆞ로 톄뷔(體膚) 상훼(傷毁)ᄒᆞ믈 감슈(甘受)ᄒᆞ여 위ᄐᆡᄒᆞᆫ ᄃᆡ 나아가며 함항(陷沆)의 ᄲᅥ러디ᄆᆡ 미쳐 누덕(累德)과 참괴(慙愧)로ᄡᅧ 존ᄒᆞᆫ 바의 깃치고 졀우(切憂)로ᄡᅧ 냥가(兩家) 친위(親闈)예 더으미 그 엇디 블회 되디 아니ᄒᆞ리오?”

쇼졔 옥슈(玉手)를 디극(至極)ᄒᆞ여 공경쳥교(恭敬聽敎)의 튝쳑뉵니(蹴踖忸怩)ᄒᆞ여 감히 ᄃᆡᄒᆞᆯ 바를 아디 못ᄒᆞ니 존고의 셩신특쳘(誠信特哲)ᄒᆞ시므로 소부인 심디(心志)를 아득히 모로리라 ᄒᆞᆯ 거ᄉᆞᆫ 아니로ᄃᆡ 발셔 의심ᄒᆞᄂᆞᆫ 밧ᄌᆡ 이에 미쳐시믈 참니튝황(慙怩蹴慌)ᄒᆞ여 능히 셩(聲)을 평안이 못 ᄒᆞ니 부인이 그 디효(至孝)를 감탄ᄒᆞ고 위인을 칭긔 14면
(稱奇)ᄒᆞ여 ᄉᆞ랑홈과 귀듕ᄒᆞ미 오히려 친ᄋᆞ(親兒)의 더은 ᄃᆞᆺᄒᆞ니 그 위란(危亂)ᄒᆞᆫ 형셰와 황민(惶憫)ᄒᆞᆫ 경ᄉᆞ를 기리 혜아려 앗기고 슬허ᄒᆞ미 간간(懇懇)ᄒᆞ고 졀졀(切切)ᄒᆞ여 츄연이 안ᄉᆡᆨ이 쳐긔(悽氣)ᄒᆞ믈 ᄎᆞᆷ디 못ᄒᆞ여 영탄타루(詠嘆墮淚) 왈

“내 ᄀᆞᆺᄐᆞ여 붉으미 아니나 ᄇᆡᆨᄋᆞ와 현뷔 하원(遐遠)ᄒᆞᆫ 슈를 ᄐᆞ미 듕ᄋᆞ와 댱시만 ᄀᆞᆺ디 못ᄒᆞᆫ ᄃᆞᆺᄒᆞ거놀 초초(悄悄)ᄒᆞᆫ 셰샹의 시름업시 환낙(歡樂)ᄒᆞ믈 엇디 못ᄒᆞ야 남모로ᄂᆞᆫ 우고(憂苦)의 ᄡᅡ혀 그윽이 민텬(旻天)을 호(呼)ᄒᆞ여 울미 업디 아닐 ᄃᆞᆺᄒᆞ니 엇디 슬프디 아니ᄒᆞ리오?”

쇼졔(小姐) 존고의 신명(神明)ᄒᆞ신 디감(知鑑)을 탄복ᄒᆞ며 기리 ᄉᆡᆼ각건ᄃᆡ ᄌᆞ긔 부뷔 열의희ᄉᆞ(悅意喜事)를 닐위디 못ᄒᆞ고 도로혀 이우(怡憂)를 증(增)ᄒᆞ야 긴 셰월의 우샹(憂想)ᄒᆞ며 과려(過慮)ᄒᆞ시미 쵸장(焦腸)ᄒᆞ실 바를 슬허ᄒᆞ고 블효를 탄아(嘆訝)ᄒᆞ나 오딕 화안온ᄉᆡᆨ(和顔溫色)으로 부인의 상도(傷悼)ᄒᆞ시ᄂᆞᆫ 쳑회(慽懷)를 돕디 아닐 ᄯᆞᄅᆞᆷ이라. 부인이 젼일은 침잠(沈潛)ᄒᆞ기를 위쥬(爲主)ᄒᆞ여 ᄌᆞ부를 ᄃᆡᄒᆞ여 15면

녀렴(慮念)ᄒᆞᄂᆞᆫ 빗출 ᄂᆡ지 아니ᄒᆞ더니 향ᄌᆞ(嚮者) 식부의 상쳐ᄅᆞᆯ 본 후로 ᄎᆞ악(嗟愕)ᄒᆞ고 경심(驚心)ᄒᆞ미 통앙(痛怏)ᄒᆞᆫ 우려ᄅᆞᆯ 겸ᄒᆞ여 비록 ᄒᆞᆫ갈ᄀᆞᆺ치 듕인(衆人) 회좌(會坐)의 ᄉᆡᆨ에 업고 태부인과 상부인긔도 회포ᄅᆞᆯ 고(告)ᄒᆞ미 업ᄉᆞ나 ᄯᅩ ᄂᆡ외 강건(剛健)ᄒᆞ고 요당(妖黨)의 흉ᄉᆞᄅᆞᆯ 디긔ᄒᆞᄆᆡ 더옥 담이 ᄎᆞ고 골(骨)이 경(驚)ᄒᆞ여 식부ᄅᆞᆯ ᄃᆡᄒᆞᄆᆡ ᄌᆞ연이 근심ᄒᆞᄂᆞᆫ ᄯᅳᆺ을 곰초디 못ᄒᆞ여 비로소 잠간 토셜(吐說)ᄒᆞ미 이시나 쇼져의 블안구송(不安懼悚)ᄒᆞ미 스ᄉᆞ로 대죄의 님ᄒᆞᆷ ᄀᆞᆺᄐᆞ믈 보ᄆᆡ 그 위ᄒᆞ여 녀렴ᄒᆞ며 슬허ᄒᆞ미 유익ᄒᆞ믄 업고 도로혀 식부의 튝황블안디졀(蹴遑不安之節)을 도으미 잔잉코[36] 어엿븐디라. 능히 누루(累累)히 니ᄅᆞ디 못ᄒᆞ고 인ᄒᆞ여 다ᄅᆞᆫ 말을 시작ᄒᆞ니 이 곳 쇼져의 안심ᄒᆞ믈 위ᄒᆞ미라. 쇼계 ᄯᅩ 존고의 셩의(誠意)ᄅᆞᆯ 앙탁(仰度)ᄒᆞ고 감골(感骨)ᄒᆞ믈
16면 니긔디 못ᄒᆞ더라. 화거ᄎᆡ교(華車彩轎)ᄅᆞᆯ 두로혀 셔아의 다ᄃᆞ라 범부인긔 알현(謁見)ᄒᆞ고 존고ᄅᆞᆯ ᄇᆡ시(陪侍)ᄒᆞ여 슈일 존후(存候)ᄅᆞᆯ 뭇ᄌᆞᆸ고 피셕긔경(避席起敬)ᄒᆞ여 범부인긔 ᄇᆡ현(拜見)ᄒᆞ미 느ᄌᆞ믈 일캇고 범쳐ᄉᆞ 부인과 셔공 등 부인으로 존ᄃᆡ치관(尊待致款)ᄒᆞ니 빗난 안ᄎᆡ(眼彩) 흐ᄅᆞ고 슉연뎡졔(肅然整齊)ᄒᆞ여 단슌(丹脣)이 ᄋᆡ랑ᄒᆞᆫ ᄉᆞ이의 호치ᄀᆡ션(皓齒開宣)ᄒᆞ니 온유ᄒᆞᆫ 소ᄅᆡ 한가ᄒᆞ여 오동신목(梧桐新木)의 쳐음으로 봉황이 우러 만믈이 실호ᄒᆞᄂᆞᆫ ᄃᆞᆺᄒᆞ니 그 법도로온 톄(體)와 유한졍뎡홀 ᄯᆞ롬이 아니라 딘연(塵緣)이 낫 우희 머므디 아니ᄒᆞ고 쇽긔(俗氣) 풍도(風度)의 빗최디 아냐 아연(雅然)이 만니(萬里) 강ᄒᆡ

36 잔잉코: 자닝하다. 애처롭고 불쌍하여 차마 보기 어렵다.

(江河) 텬(天)을 닷가시며 탁연(卓然)이 츄슈(秋水) 션광(鮮光)을 디흔 듯 한업순 풍치의 무궁흔 묽으믈 겸ᄒᆞ여 규귀(規矩) 응연(應然)ᄒᆞ고 덕딜(德質)이 온냥(溫良)ᄒᆞ여 엄연이 셩인의 갓갑고 당연이 슉녀의 합ᄒᆞ니 그 관좀복결(冠簪服闋)이 다 경결ᄒᆞ여 한소(閑素)ᄒᆞ믈 보틔고 탈연(脫然)이 시쇽으로 다ᄅᆞ미 이시니 더옥 놉고 싀싀ᄒᆞ여 셔부 졔인의 빗난 장소(粧梳)와 샤치(奢侈)흔 복식이 도로혀 잡되고 더러온디 17면
라. 범부인이 모든 딜부와 죵손부의 슉미현쳘(淑美賢哲)ᄒᆞ믈 힝심(幸心)ᄒᆞ고 상부인의 특츌ᄒᆞ믈 흠ᄋᆡ(欽愛)ᄒᆞ던 바의 화부인을 ᄃᆡᄒᆞ여 현딜과 풍뫼 상부인의 디나고 셔공 등 부인으로 ᄇᆡᆨ승쳔츌(百勝千出)ᄒᆞ믈 블승ᄋᆡ경흠ᄋᆡ(不勝愛敬欽愛)ᄒᆞ여 년망(連忙)이 손을 줍고 ᄆᆡᄆᆡ의 낫출 향ᄒᆞ여 간간(間間)이 흔하(欣賀)ᄒᆞ고 칙칙칭션(嘖嘖稱善)ᄒᆞ여
"션태부 존슉과 ᄆᆡᄆᆡ의 덕딜풍의(德質風儀)롤 니어시니 우형(愚兄)이 상히 뼈 혜오ᄃᆡ 경존슉의 풍치대도(風采大道)와 현뎨의 션풍인화(仙風仁和)롤 미ᄎᆞ리 업ᄉᆞ리라 ᄒᆞ더니 이제 ᄌᆞ손녀부(子孫女婦)의 다ᄃᆞ라 계계승승(繼繼承承)ᄒᆞ여 이 ᄀᆞᆺ툰 셩녀명염(聖女明艶)을 여ᄇᆡᆨ현딜의 ᄇᆡ항(配行)을 빗ᄂᆡ미 쳬찰의 삼곤계(三昆季) ᄀᆞᆺ툰 긔ᄌᆞ(奇子)롤 두어 문호(門戶)롤 창대(昌大)ᄒᆞ니 경시의 늉복대경(隆福大慶)이 원간 화현부로 비로ᄉᆞ미라."
경부인이 이연ᄉᆞ샤(怡然謝辭)ᄒᆞ고 비록 가듕 ᄂᆡ외의 어룬이 업ᄉᆞ믈 민망ᄒᆞ나[37] 화부인이 좌와(坐臥)의 시위(侍衛)ᄒᆞᄆᆡ ᄆᆞ옴의 흔열코 든든ᄒᆞ

37 민망ᄒᆞ나: 규장각본에는 '민망 불니ᄒᆞ나 마음의 혹ᄌᆞ 그 지극한 덕셩을 간간이 칙칙 칭션ᄒᆞ여 ᄒᆞ믈 마지 아니나'로 되어 있음.

18면 여 이날 즉시 도라보ᄂᆡ믈 어려이 넉일 ᄲᅳᆫ 아니라 범부인이 두어 날 머므러 가믈 닐너 흠탄년ᄋᆡ(欽歎憐愛)ᄒᆞᄂᆞᆫ ᄯᅳᆺ을 니긔디 못ᄒᆞ니 태부인이 박졀(迫切)이 욱여 보ᄂᆡ디 못ᄒᆞ고 슈일을 디류(遲留)ᄒᆞᄂᆞᆫ ᄉᆞ이의 태부인이 홀연 신음(呻吟)으로 회구(回口)ᄒᆞ고 인ᄒᆞ여 톄휘(體候) 미령(靡寧)ᄒᆞ니 비록 듕ᄒᆞᆫ 증셰와 위태ᄒᆞᆫ 환휘 아니나 노인의 신음ᄒᆞ미 엇디 괴롭디 아니ᄒᆞ며 더옥 녀부와 ᄌᆞ손디심(子孫之心)이야 엇디 우황초박(憂惶焦迫)디 아니리오? 태위 츌번(出番)ᄒᆞ여 바로 셔부로 와 범부인을 ᄇᆡ현(拜見)ᄒᆞ고 조모를 시호(侍護)ᄒᆞ여 운산의셔 쇼부[38]와 졔쇼년이 다 셔부의 모다 봉탕시약(奉湯侍藥)ᄒᆞ여 환후(患候)를 구호(救護)ᄒᆞᄆᆡ 근심ᄒᆞ고 민졀(悶絶)ᄒᆞ여 스ᄉᆞ로 ᄃᆡᄒᆞ여 알치 못ᄒᆞ믈 한ᄒᆞ니 쵹쵹(燭燭)ᄒᆞᆫ 셩회(誠孝) 친ᄌᆞ손(親子孫)과 딜ᄌᆞ죵손(姪子從孫)의 다ᄅᆞ미 업ᄉᆞᆫ디라. 개개히 녜뫼(禮貌) 빈빈(彬彬)ᄒᆞ고 효의(孝義) 츌뉴(出類)ᄒᆞ니 ᄌᆞ연 아ᄅᆞᆷ다오미 발어면목(發於面目)ᄒᆞ고 츌어동디(出於動止)ᄒᆞ여 슈샹(手上)과 존댱(尊長)을 밧드러 신신(申申)ᄐᆞᆺ ᄒᆞ며 은은(誾誾)ᄐᆞᆺ ᄒᆞ미 ᄒᆞᆫ갈ᄀᆞᆺᄐᆞ니 그 시호(侍護)의 튝쳑우황(蹴踖憂惶)ᄒᆞ며 그 호흡의 나ᄌᆞᆨ
19면 ᄒᆞ미 공경을 니긔디 못ᄒᆞᆯ ᄃᆞᆺ 고요ᄒᆞ야 잡소ᄅᆡ 업ᄉᆞ며 안일(安逸)ᄒᆞ야 셧돌미 업ᄉᆞ니 논후(論候)ᄒᆞ여 치약(治藥)ᄒᆞᄂᆞᆫ ᄌᆞ음이라도 여러 말이 어ᄌᆞ러이 잇디 아냐 다만 션힝과 덕딜이 ᄒᆞᆫ갈ᄀᆞᆺᄐᆞ여 이를 보면 이에셔 더ᄒᆞ리 업술 ᄃᆞᆺ 창졸(倉卒)의 고하(高下)를 뎡(定)키 어려오ᄃᆡ 닌웅공ᄌᆞ의 셩ᄌᆞ유풍(聖者遺風)은 군죵뉴(郡從類)의 ᄉᆡᆼ혀나고 태우의 걸츌

38 쇼부: 소부. 태자소부 벼슬을 지낸 정겸을 가리킴.

비상(傑出非常)ᄒᆞ믄 쇼년뉴(少年類)의 웃듬이니 범부인이 할연(割然)이 숨 쉬고 ᄆᆡᄆᆡ의 귀복은 당금(當今)의 밋ᄎᆞ리 업ᄉᆞ믈 일ᄏᆞᆺ고 "졔찰의 아ᄅᆞᆷ다오미 태우와 엇더ᄒᆞᆫ고?" ᄒᆞᆫᄃᆡ 졍부인이 ᄃᆡ왈(對曰)

"닌광의 셩힝덕딜(聖行德質)이 졔 형으로 의논컨ᄃᆡ 반블급(半不及)이라. 오딕 져근 손ᄋᆞ(孫兒) 닌웅이 션교(先敎)의 유풍(遺風)을 니어 졔 형으로 심히 방블(髣髴)ᄒᆞᄃᆡ 또 다ᄅᆞ미 잇ᄂᆞ이다."

범부인 왈

"ᄆᆡᄆᆡ 희경으로뼈 닌웅의게 낫게 녁이노라 ᄒᆞ니 그 말이 뜻이 잇ᄂᆞᆫ ᄃᆞᆺᄒᆞ믈 우형이 도로혀 우이 녁여 념녜 깁흔가 ᄒᆞ엿더니 이졔 닌광으로뼈 닌셩의 등하(等下)ᄒᆞ고 닌셩을 논픔(論品)ᄒᆞᄂᆞᆫ 바의 닌웅과 ᄀᆞᆺ다 ᄒᆞ니 일노 볼딘ᄃᆡ 닌셩·닌웅은 ᄇᆡᆨᄃᆡ이젼(百代以前)으로조ᄎᆞ ᄇᆡᆨᄃᆡ 20면
이후(百代以後) ᄒᆞᆫ 사ᄅᆞᆷ인가 ᄒᆞ노라. 우형으로뼈 사ᄅᆞᆷ을 취ᄒᆞ라 ᄒᆞᆯ딘ᄃᆡ 닌광을 웃듬ᄒᆞ리로다."

졍부인이 대쇼왈(大笑曰)

"져져의 철견(哲見)과 명식(明識)으로 그 맛당ᄒᆞ샤믈 알니로소이다마ᄂᆞᆫ 사ᄅᆞᆷ을 취ᄒᆞᄆᆡ 셩니대도(性理大道)로 공ᄆᆡᆼ(孔孟)의 바ᄅᆞᆫ 줄ᄆᆡᆨ니은 바ᄅᆞᆯ 아니 칭긔(稱奇)치 못ᄒᆞᆯ디라. 광ᄋᆡ 진실노 비상ᄒᆞ고 초쥰(超俊)ᄒᆞ야 문딜(文質)이 빈빈(彬彬)의 덕힝(德行)이 찬연(燦然)타 ᄒᆞᆯ 거시로ᄃᆡ 오딕 졔 형을 심히 밋디 못ᄒᆞᄂᆞᆫ디라. 연ᄎᆞ(緣此)로 졔 아비 니ᄅᆞᄃᆡ 술연ᄒᆞ여 셩딜(性質)의 질통(疾痛)이 업ᄉᆞ믄 도로혀 닌경만 못ᄒᆞ다 ᄒᆞᄂᆞ니이다ᄏᆞ니와 ᄀᆞᆺ투여 졔 ᄋᆞ의셔 못ᄒᆞ믄 업셔 딜품(質品)의 승승츌뉴(繩繩出類)ᄒᆞ믄 오히려 승(勝)ᄒᆞ니이다."

범부인이 쇼왈(笑曰)

“사ᄅᆞᆷ의 ᄇᆡᆨ의 ᄒᆞᆫ 흠도 업ᄉᆞᆫ ᄌᆞᄂᆞᆫ 곳 셩인(聖人)이니 졍시 비록 명도(明道) 후손으로 명철예디(明哲睿智) 나ᄂᆞ니마다 셩ᄌᆡ(聖者) 되리오? 대져 비상(非常)ᄒᆞ여 녜로브터 이졔 니ᄅᆞ히 사ᄅᆞᆷ의 용이(庸違)ᄒᆞ 21면 미[39] 업고 ᄂᆡ웅은 현ᄆᆡ 니ᄅᆞᆫ바 셩문(聖門)의 도통(道統)을 니어 공ᄆᆡᆼ의 바ᄅᆞᆫ 줄ᄆᆡᆨ이 일신(一身)의 오ᄅᆞᆺᄒᆞ고 ᄂᆡ광은 셩인의 ᄌᆞ딜(資質)과 영웅의 픔슈(稟受)ᄅᆞᆯ 겸ᄒᆞ여 요슌(堯舜)의 딘션(盡善)ᄒᆞ믈 법밧고 다시 칠국(七國)[40]의 왕양(汪洋)ᄒᆞ기로 댱ᄆᆡᆼ(壯猛)ᄒᆞ미 비상ᄒᆞ니 두 가지ᄅᆞᆯ 아오로 뎡ᄒᆞ기 어려오ᄃᆡ 홀노 완젼ᄒᆞ미 엇디 긔이치 아니리오?”

경부인이 겸샤블감(謙辭不堪)ᄒᆞ더라. 화부인이 ᄂᆡ시ᄅᆞᆯ 위ᄒᆞ여 녀렴(慮念)ᄒᆞ미 시ᄀᆡᆨ(時刻)을 방하(放下)치 못ᄒᆞ나 태부인이 미령(靡寧)ᄒᆞ신 바의 ᄯᅥ나디 못ᄒᆞ고 쇼부와 졔ᄉᆡᆼ이 다 이에 와 시호(侍護)ᄒᆞᄆᆡ 가듕은 젹연(寂然)ᄒᆞ여 이목(耳目)이 소조(蕭篠)ᄒᆞ므로ᄡᅧ 간인(奸人)이 손놀니미 바야흐로 그 ᄊᆡᄅᆞᆯ 어더시믈 의려(疑慮)ᄒᆞᄃᆡ 조곰도 ᄉᆞ식ᄒᆞ미 업ᄉᆞ니 태부인 신명(神明)으로도 ᄊᆡ닷디 못ᄒᆞ고 다만 가듕 ᄂᆡ외 어룬이 다 나오믈 민망ᄒᆞ여 신음ᄒᆞᄂᆞᆫ ᄇᆡ 잠간 ᄎᆞ헐(差歇)ᄒᆞ믈 어든 ᄌᆞᆨ 슈히 도라가려 ᄒᆞ더라. ᄊᆡ의 소부인이 친측(親側)의 와 빵친을 ᄇᆡ알(拜謁)ᄒᆞ고 모친을 시호ᄒᆞᆯᄉᆡ 원ᄂᆡ 쥬부인이 다산ᄌᆞ녀(多産子女)ᄒᆞ여 소상셔 등 ᄉᆞᄌᆞ(四子)와 상·등·졍[41] 삼녀(三女)ᄅᆞᆯ 두어 슬하의 여

39 용이(庸違)ᄒᆞ미: 용위하다. 마음 씀씀이가 바르지 않거나 언행이 일치하지 않은 것을 가리킴.

40 칠국(七國): 중국 한나라 경제(景帝) 때 일곱 제후국 또는 전국시대에 할거하던 일곱 강국을 가리키나 《완월회맹연》의 배경은 명나라이므로 여기에서는 '온 세상'으로 옮겼음.

41 상·등·졍: 상·등·정. 소희량의 세 딸로서 차례대로 상환에게 시집간 맏딸, 등원에게 시집간 둘째 딸, 정잠에게 시집간 셋째 딸 소교완을 가리킴.

러 손증(孫曾)이 번셩ᄒᆞ여 복되미 디극ᄒᆞ나 초년의 다쇼 요쳑(夭慽) 22면
ᄒᆞ여 통도(痛悼)ᄒᆞ며 과ᄋᆡ(過哀)ᄒᆞ여 깁흔 병이 되여 쇠모(衰耗)ᄒᆞ믈 조ᄎᆞ 신양(身恙)이 더옥 ᄌᆞ즌디라. 이ᄣᅵᄂᆞᆫ 만신졀히(滿身節解)를 괴로이 알하 신음ᄒᆞ미 오라ᄃᆡ 쏘 굿투여 ᄉᆞ싱의 위려ᄂᆞᆫ 잇디 아니ᄒᆞ므로 소노공이 녀ᄋᆞ 등을 브ᄅᆞ미 업더니 졍부인[42]이 스ᄉᆞ로 와 시호ᄒᆞ야 졔형으로 더브러 감디(甘旨)를 밧들ᄆᆡ 동동쵹쵹(洞洞屬屬)ᄒᆞ미 잠간도 게어ᄅᆞ미 업술 ᄲᅳᆫ 아니라 그 명명(明明)홈과 민오(敏悟)ᄒᆞ미 ᄇᆡᆨ사(百事)의 특이비상ᄒᆞ야 사ᄅᆞᆷ의 디나미 만흐니 친위(親闈)를 셤기ᄆᆡ 봉승쳑의(奉承戚誼)홈과 감디(甘旨)의 젹구(適口)ᄒᆞ믄 죡히 일ᄏᆞ롬 즉ᄒᆞᆫ ᄇᆡ 아니로ᄃᆡ 원간 셩효경슌(誠孝敬順)ᄒᆞ미 소공 등의 나리디 아니ᄒᆞ니 인졍이 ᄌᆞ연 계ᄋᆞ(季兒)의 ᄉᆞ랑이 ᄌᆞ연(自然)ᄒᆞ고 더옥 원별디여(遠別之餘)의 단회(團會)애 ᄌᆞ별(自別)ᄒᆞ미 덧덧홀 ᄲᅳᆫ 아니라 그 위인의 춍명특영(聰明特怜)ᄒᆞ믈 아ᄅᆞᆷ다이 녁이미 업ᄉᆞ리오마ᄂᆞᆫ 소노공과 쥬부인의 명후(明厚)ᄒᆞ미 쏘 사ᄅᆞᆷ의게 디나고 본ᄃᆡ 사ᄅᆞᆷ을 취ᄒᆞᄆᆡ 남ᄌᆞᄂᆞᆫ 학교도덕(學敎道德)ᄒᆞ고 녀ᄌᆞᄂᆞᆫ 현슌비약(賢順卑弱)ᄒᆞ여 남녜 다 쳔연안상(天然安詳)ᄒᆞ믈 쥬(主)ᄒᆞ고 춍명다ᄌᆡ(聰明多才) 23면
ᄒᆞ야 그ᄅᆞᆺ 부박(浮薄)ᄒᆞᄆᆡ 니ᄅᆞᄂᆞᆫ 뉴(類)와 교활브졍(狡猾不正)ᄒᆞ야 덕ᄒᆡᆼ(德行)을 블관(不關)이 녁이고 ᄌᆡ모(才貌)를 ᄌᆞ랑ᄒᆞᄂᆞᆫ 뉴를 크게 됴히 녁이디 아니ᄒᆞᄂᆞᆫ디라. 고로 소부인이 부모의 보ᄂᆞᆫ 바와 듯ᄂᆞᆫ 바

42 정부인: 정부인. 소교완을 가리킴. 소교완이 정인성에게 시집갔기에 특히 친정 쪽에서 소교완을 가리킬 때는 정부인이라는 호칭을 사용한 것임.

의 츄호디말(秋毫之末)도 긔승냥(嗜升揚)ᄒᆞ며 딜승덕(疾承德)ᄒᆞ믈[43] 낫타ᄂᆡ미 업ᄉᆞᄃᆡ 소공이 계녀(季女)의 강보(襁褓)로브터 그 긔딜(器質)의 탁월ᄒᆞᆷ과 픔슈(稟受)의 비상ᄒᆞ믈 모로디 아니ᄒᆞ나 맛ᄎᆞᆷᄂᆡ 임샤디덕(姙姒之德)과 덕요(德耀)[44]의 현심(賢心)이 갓갑디 아니믈 ᄭᆡ다라 부인을 ᄃᆡᄒᆞ여 ᄀᆞᆯ오ᄃᆡ

"아만(阿瞞)[45]의 영웅과 님보(林甫)[46]의 ᄌᆡ략이 엇디 용상(庸常)ᄒᆞᄆᆡ 비ᄒᆞ리오? 한실(漢室)의 젹과 당가(唐家)의 오국(誤國)ᄒᆞ미 ᄎᆞ뉴(此類)의 디나미 업ᄉᆞ니 사ᄅᆞᆷ이 비상ᄒᆞᆫ 긔딜과 비상ᄒᆞᆫ ᄌᆡ딜을 ᄐᆞ고 홀노 덕을 ᄐᆞ디 못ᄒᆞ면 그 블힝이 극ᄒᆞᄆᆡ 니ᄅᆞᄂᆞᆫ디라. 쇼녀의 ᄉᆡᆨ모긔딜(色貌器質)이 쳔고 ᄌᆡ녀가인(才女佳人)의 겸연(慊然)ᄒᆞ미 업ᄉᆞ나 오ᄃᆡᆨ 복(僕)의 ᄃᆡᆨᄇᆡᆨ(直白)ᄒᆞᆷ과 부인의 현일(賢逸)ᄒᆞ믈 담디 아녀시니 그 어버이ᄅᆞᆯ 담디 아니미 괴이코 ᄯᅩᄒᆞᆫ 동긔(同氣)도 ᄀᆞᆺ디 아니ᄒᆞ야 홀연
24면 (忽然)이 쒸여나미 깃브디 아니ᄒᆞ니 모로미 교훈ᄒᆞ믈 각별이 ᄒᆞ실디니이다."

ᄯᅩ 니ᄅᆞᄃᆡ

"셰ᄎᆞᆫ 댱부의 엄졍(嚴正)ᄒᆞ믈 만나디 아니ᄒᆞ면 빈계(牝鷄)[47]의 외월(猥越)ᄒᆞᄂᆞᆫ 근심이 업디 아니ᄒᆞ리니 비록 져의 ᄉᆞ심이 흔흡(欣洽)디

43 긔승냥(嗜升揚)ᄒᆞ며 딜승덕(疾承德)ᄒᆞ믈: 승양(升揚)은 올라감 혹은 관위(官位)가 올라간다는 뜻이고, 승덕(承德)은 덕화와 은혜를 입는다는 뜻.

44 덕요(德耀): 후한 양홍의 처 맹광(孟光). 어질기로 유명함.

45 아만(阿瞞): 조조의 아명. 조조는 삼국시대 위나라의 시조로, 자는 맹덕(孟德)임.

46 님보(林甫): 임보. 당나라 현종 때의 재상 이임보. 성품이 간사하고 교활하며 권술(權術)이 있어 정사를 마음대로 하고 스스로 방자하여 마침내 '안사의 난'이 일어나는 한 원인이 됨.

47 빈계(牝鷄): 암탉.

못ᄒᆞ나 맛당이 일홈난 군ᄌᆞ의 계실(繼室)노 도라보ᄂᆡ여 두리고 져허 굴복게 ᄒᆞ리이다."

부인이 황연(遑然)이 참식(慙色)을 ᄯᅴ여 스ᄉᆞ로 어디지 못ᄒᆞ여 고인의 ᄐᆡ휵(胎畜)을 효측(效則)디 못ᄒᆞ믈 샤(辭)ᄒᆞ니 공이 탄왈(嘆曰)

"ᄌᆞ식의 션악이 엇디 홀노 ᄌᆞ모(慈母)의게 잇고 그 아븨게 잇디 아니리오? 유ᄋᆞ(幼兒)룰 보고 념녀홀 거시 아니로ᄃᆡ 졔ᄋᆞ(諸兒)의 어딜고 아롬다온 위인으로 다ᄅᆞ미 이 ᄀᆞᄐᆞ여 빗나미 브죡ᄒᆞᆫ ᄇᆡ 아니오 놉흐미 범연(凡然)ᄒᆞ미 아니로ᄃᆡ 우리 부부의 ᄇᆞ라던 바와 ᄀᆞᆺ디 아니ᄒᆞ니 텬뉸(天倫)의 졍으로ᄡᅧ 먼니 타일(他日)을 근심ᄒᆞᄆᆡ 여ᄎᆞᄒᆞ나 부인의 ᄉᆞᄉᆞ로이 허믈을 삼을 ᄇᆡ 아니라."

밋 ᄌᆞ라기의 다ᄃᆞ라 ᄭᅩᆺ다온 셩홰 년인결친가(連姻結親家)로조ᄎᆞ 먼니 젼ᄒᆞ여 댱안 ᄌᆞᄆᆡᆨ(紫陌)[48]의 유ᄌᆞᄌᆞ(有子者)ᄂᆞᆫ 닷토와 구혼(求婚)ᄒᆞᄃᆡ 소공이 엄졍이 믈니쳐 가바야이 허가(許嫁)ᄒᆞ미 업다가 졍가의셔 ᄒᆞᆫ번 구ᄒᆞᄆᆡ 쾌히 허ᄒᆞ야 셩친(成親)ᄒᆞ니 시졀(時節) 사ᄅᆞᆷ이 소공을 아디 못ᄒᆞᄂᆞᆫ ᄌᆞᄂᆞᆫ 의아ᄒᆞ야 졍태부 부ᄌᆞ(父子)의 혁혁(奕奕)ᄒᆞᆫ 존귀(尊貴)룰 인ᄒᆞ여 츄셰(趨勢)ᄒᆞ민가 ᄒᆞ고 아ᄂᆞᆫ ᄌᆞᄂᆞᆫ 쳥계의 학문긔딜과 현풍셰덕(賢風世德)을 취ᄒᆞ민 쥴 뭇디 아냐 디긔(知機)ᄒᆞᄃᆡ 그 위인을 념녀ᄒᆞ여 딤ᄌᆺ 년과삼십(年過三十)ᄒᆞᆫ 녈댱부(烈丈夫)의 ᄌᆡ취(再娶)로 도라보ᄂᆡ믄 ᄊᆡ닷디 못ᄒᆞᄃᆡ 졍태뷔 닌웅의 철견명식(哲見明識)을 디긔ᄒᆞ여 비록 말을 아니 ᄒᆞ나 소공의 위인을 어려이 넉이더 25면

48 ᄌᆞᄆᆡᆨ(紫陌): 자맥. 도성의 큰길.

라. 소공과 쥬부인이 탁셩졍시(託姓程氏)ᄒᆞ여 도라보닌 후 오라디 아냐 셔랑(壻郎)이 대복ᄒᆞ야 인ᄒᆞ야 향니(鄕里)의 하거(下去)ᄒᆞ야 여러 셰월의 평문[49]을 ᄌᆞ로 통치 못ᄒᆞ고 아ᄋᆞ라히 원니(遠離)ᄒᆞ여 ᄉᆞ모ᄒᆞᄂᆞᆫ 회푀 몽혼(夢魂)이 경경(耿耿)ᄒᆞ믈 ᄭᆡ닷디 못ᄒᆞ니 ᄉᆡᆼ니(生離)의 슬프미 ᄉᆞ별(死別)의 감(減)치 아니ᄒᆞ므로 한(恨)ᄒᆞ던 바로 졍공이 환귀고국(還歸故國)ᄒᆞ고 가국(家國)의 대경(大慶)이 딘딘쳡쳡(震震疊疊)ᄒᆞ여 경가 졔인(諸人)이 일시(一時)의 궐솔샹ᄂᆡ(眷率上來)ᄒᆞ니 부ᄌᆞ모녀(父子母女)의 십년분니(十年分離)로ᄡᅧ 단원디합(團圓之合)이 인ᄉᆡᆼ디락(人生之樂)으로 환환(歡歡)ᄒᆞᆫ 깃븜과 늉늉(隆隆)ᄒᆞᆫ 즐기미 이에 디난 밧ᄌᆡ 업ᄉᆞ니 엇디 미쳐 그윽ᄒᆞᆫ 허믈과 블녕(不逞)ᄒᆞᆫ 심디(心志)롤 ᄉᆞ못ᄎᆞ리오? ᄯᅩ 사ᄅᆞᆷ의 젼ᄒᆞᄂᆞᆫ 소ᄅᆡ와 귀예 도라오ᄂᆞᆫ 말이 다 녀ᄋᆞ(女兒)의 셩ᄒᆡᆼ(性行)이 현뎡(賢貞)ᄒᆞ여 효셩존고(孝誠尊姑)와 션봉졔ᄉᆞ(善奉祭事)며 돈목친쳑(敦睦親戚)이 다 부도(婦道)의 온슉(溫淑)ᄒᆞ믈 엇고 구가(舅家)의 칭예(稱譽)ᄒᆞ미 되여시니 그 간험극악(奸險極惡)이 젼츌(前出)을 삼키디 못ᄒᆞ믈 에분딜통(恚憤疾痛)ᄒᆞ야 심홰(心火) 듕(重)ᄒᆞ믈 ᄭᆡ닷디 못ᄒᆞ고 병이 이셔 ᄌᆞ로 신음ᄒᆞ믈 념녀ᄒᆞ미 스ᄉᆞ로 등한(等閑)ᄒᆞᆫ 바의 잇디 아니ᄒᆞ더니 노공이 슌슌(諄諄) ᄆᆡᆨ후(脈候)롤 간딘(看診)ᄒᆞ고 그 병을 ᄉᆞᆯ피ᄆᆡ 탈연이[50] ᄆᆞᄋᆞᆷ을 ᄡᅳ미 과ᄒᆞ여 딜(疾)이 니럿ᄂᆞᆫ디라. 의괴(疑怪)ᄒᆞ믈 니긔디 못ᄒᆞ여 댱녀(長女) 시듕 상환의 부인을 ᄃᆡᄒᆞ야 죵용(從容)이 니ᄅᆞᄃᆡ

26면

49 평문: 맥락상 '안부나 소식' 등을 가리키는 것으로 보임.

50 탈연이: 맥락상 탈진하듯 마음을 쓰는 것으로 보아 '온통'의 뜻으로 추정.

"공ᄌᆞ(孔子)와 ᄇᆡᆨ어(伯魚)와 ᄌᆞᄉᆞ(子思) 다 부인을 츌ᄒᆞ시니[51] 셩현(聖賢)이 그ᄅᆞᆺ 쳐치ᄒᆞ샤미 업ᄉᆞᆯ ᄇᆡ오 ᄯᅩ 셩현의 ᄇᆡ필(配匹)이 되미 어려오미 아니라 반ᄃᆞ시 츌디괘(出之過) 이시므로 머므ᄅᆞ디 아니ᄒᆞ시미라. 녀ᄌᆞ의 ᄉᆞ부(事夫)ᄒᆞᄆᆞᆫ 남ᄌᆞ의 ᄉᆞ군(事君)ᄒᆞᆷ과 ᄯᅩ 다ᄅᆞ니 인신(人臣)은 셤기다가 도로혀 가(可)치 아닌즉 퇴ᄒᆞ거니와 부인 녀ᄌᆞᆫ ᄒᆞᆫ번 사ᄅᆞᆷ의게 허신(許身)ᄒᆞᄆᆡ 엇디 샤(謝)ᄒᆞ고 ᄒᆡ(解)ᄒᆞ미 이시리오? 고로 녀ᄌᆞ의 범ᄇᆡᆨ(凡百) 쳐ᄉᆞ(處事)ᄂᆞᆫ 용녈블미(庸劣不美)ᄒᆞᆯ 바도 아니오 구가의 나아가 온온공공(溫溫恭恭)ᄒᆞ야 ᄆᆞᄋᆞᆷ은 노치 못ᄒᆞᄆᆞᆫ 괴이치 아니커니와 내 ᄉᆡᆼ각ᄒᆞ니 졍운ᄇᆡᆨ[52]의 셩문덕딜(聖文德質)이 안ᄒᆡ 블쵸(不肖)ᄒᆞ여도 족히 인도ᄒᆞᄆᆞᆯ 션(善)히 ᄒᆞ여 뉸긔(倫紀) 녜듕(禮重)ᄒᆞᄆᆞᆯ 도라볼 ᄃᆞᆺᄒᆞ고 졍시 가풍셰덕(家風世德)이 사ᄅᆞᆷ을 어딘 곳의 닐위여 평안(平安)ᄒᆞᆫ 바의 머믈게 ᄒᆞ여 괴롭고 가찰(苛察)ᄒᆞ미 업ᄉᆞᆯ ᄲᅮᆫ 아니라 졍ᄌᆞ 닌셩의 효덕션ᄒᆡᆼ(孝德善行)이 당금(當今)의 둘히 잇디 아니ᄒᆞ니 결단ᄒᆞ야 친ᄌᆞ뫼(親子母) 아니라 ᄒᆞ야 간격(間隔)ᄒᆞ미 업게 ᄒᆞᆯ 거시니 계ᄋᆞ(季兒)의 젼졍(前程)이 영화롭고 신셰(身世)의 ᄇᆡᆨ무일흠(百無一欠)ᄒᆞᄃᆡ 졔 ᄯᅳᆺ이 엇더ᄒᆞ야 심녀(心慮)ᄅᆞᆯ 허비(虛費)ᄒᆞᆫ 병이 잇ᄂᆞᆫ고? 내 아디 못ᄒᆞᄂᆞ니 녀ᄋᆞᄂᆞᆫ 졍닌흥[53]으로 셔랑(壻郎)을 삼 27면

51 공ᄌᆞ(孔子)와 ᄇᆡᆨ어(伯魚)와 ᄌᆞᄉᆞ(子思) 다 부인을 츌ᄒᆞ시니: 《공자가어》 〈후서〉에, 공자의 아버지인 숙량흘이 처를 내쫓았으며 아들인 백어와 손자인 자사도 처를 내쫓았으므로 '공씨삼세(孔氏三世)가 처를 내쫓았다.'라고 한다는 내용이 나옴.

52 졍운ᄇᆡᆨ: 정운백. 운백은 정잠의 자(字).

53 졍닌흥: 정인흥. 상부인의 사위. 소희량의 맏딸 상부인은 자신의 딸 상현교를 정염의 큰아들 정인흥에게 시집 보냈음.

아 손녜(孫女) 졍부의 머므니 그 시졀과 미ᄉᆞ(微辭)라도 ᄌᆞ연 드ᄅᆞ미 될디라. 네 모로미 무심(無心)치 말고 ᄯᆞᆯ을 당부(當付)ᄒᆞ야 졔 아ᄌᆞ믜 범ᄉᆞ(凡事)ᄅᆞᆯ 아라 오라 ᄒᆞᆯ디어다. 계ᄋᆡ 사ᄅᆞᆷ 되오미 ᄀᆞ장 비상ᄒᆞ
28면 ᄃᆡ 긔승냥(嗜升揚)ᄒᆞ고 딜승덕(疾承德)ᄒᆞ야 완슌(婉順)을 흠숑(欽頌)치 아니ᄒᆞ고 ᄌᆡ긔(才氣)ᄅᆞᆯ 즐길 ᄃᆞᆺᄒᆞ니 내 거상(居常)의 념녀ᄒᆞ던 ᄇᆡ로ᄃᆡ 십 년을 누쳔 니 애각(涯角)의 원니(遠離)ᄒᆞ야 비환우락(悲歡憂樂)의 셔로 알오미 업ᄉᆞ니 능히 군ᄌᆞ의 문(門)의 죄ᄅᆞᆯ 딧디 아닌가 내 의아ᄒᆞᄂᆞ니 정개 셜ᄉᆞ 덕가현문(德家賢門)이 아니라도 계ᄋᆡ 입승(入承) 십여 년의 두 ᄋᆞ돌이 ᄌᆞ라시니 하마 신인(新人)을 면ᄒᆞ고 힝디쳐신(行止處身)이 셔의튼 아닐 ᄇᆡ어ᄂᆞᆯ ᄒᆞ믈며 대슌(大舜) ᄀᆞᆺᄐᆞᆫ 효ᄌᆞ와 상비(湘妃)[54] ᄀᆞᆺᄐᆞᆫ 며ᄂᆞ리 봉승(奉承)의 동쵹(洞屬)ᄒᆞ미 졍셩을 갈녁(竭力)ᄒᆞ미냐?"

상부인이 브복쳥교(俯伏聽敎)의 졀ᄒᆞ여 ᄃᆡᄒᆞᄃᆡ

"블초(不肖) 등이 무상(無常)ᄒᆞ와 ᄉᆡᆼ아구로(生我劬勞)의 호텬대은(昊天大恩)[55]이 효부 이친(二親)을 위(爲)치 못ᄒᆞ고 타문(他門)의 도라가 아ᄅᆞᆷ다온 쇼문으로뼈 친당(親堂)의 닐위미 업ᄉᆞ므로 셩의(誠意)예 우려(憂念)ᄒᆞ시미 여긔 미ᄎᆞ시니 엇디 블효ᄅᆞᆯ 용납ᄒᆞᆯ 곳이 이시리잇가?

54 상비(湘妃): 순임금의 부인이었던 아황(蛾皇)과 여영(女英)을 가리킴. 순임금이 죽음을 알게 되자 그녀들도 슬피 울며 상강(湘江)에 빠져 죽었다고 함.

55 ᄉᆡᆼ아구로(生我劬勞)의 호텬대은(昊天大恩): 생아구로의 호천대은. 《시경》 구절 중 일부. 원문은 "아버지 나를 낳으시고 어머니 나를 기르시니, 아아 애달프다 부모님이시어 나를 낳아 기르시느라 애쓰고 수고하셨다. 그 은혜를 갚고자 하나 넓은 하늘처럼 끝이 없어라(父兮生我 母兮鞠我 哀哀父母 生我劬勞 欲報深恩 昊天罔極)."

졍가 셰졀(細切)과 계뎨(季娣)의 쳐ᄉᆞ롤 알고ᄌᆞ ᄒᆞ실딘ᄃᆡ 녀ᄋᆡ 아니라도 딜녜(姪女) 쏘 고모롤 조ᄎᆞ 졍부의 왕ᄂᆡᄒᆞ미 ᄌᆞᄌᆞ니 ᄌᆞ연이 쇼쇼(小小) 미ᄉᆞ(微辭)라도 듯고 보미 이실 ᄃᆞᆺᄒᆞ이다. 졍가 남ᄌᆞ녀인(男子女人)이 다 온침단믁ᄒᆞ야 말 업ᄉᆞ미 남다ᄅᆞ온디라. 계뎨 셜ᄉᆞ 허믈이 잇고 그른 곳을 범ᄒᆞ야도 딜녀와 녀ᄋᆡ 능히 아디 못홀가 ᄒᆞᄂᆞ이다." 29면

공이 기리 탄왈(嘆曰)

"ᄌᆞ식을 그릇 나하 그런가? 나히 만하 심졍이 셜셜(屑屑)ᄒᆞ여 그런가? 녜 업던 잔 념녜 계ᄋᆞ의 다ᄃᆞ라는 노히디 아니ᄒᆞᄂᆞ디라. 이 쏘 ᄯᆞᆯ 둔 ᄌᆞ의 구구(區區)ᄒᆞ미어니와 너롤 상가의 보ᄂᆡ고 ᄎᆞ녀롤 등가의 보ᄂᆡ미 다 과슈십ᄌᆡ(過數十載)로ᄃᆡ 내 굿ᄐᆞ여 근심치 아니홀와 명아[56]【상안국[57]의 부인이니 소노공의 댱ᄌᆞ(長子) 상셔 운의 녜라】는 비록 제 존고(尊姑)[58] 부인을 뫼셔 졍부의 왕환(往還)ᄒᆞ미 ᄌᆞ즈나 명아롤 ᄃᆡᄒᆞ여 계ᄋᆞ의 말을 니ᄅᆞ리오? 교ᄋᆞ[59]는 오히려 졍가의 잇는 밧ᄌᆡ니 문견(聞見)이 잇다감 왕ᄂᆡᄒᆞ는 명아의셔 더 닉을디라. 극션극악(極善極惡)은 셜ᄉᆞ 사름을 곰초고져 ᄒᆞ여도 ᄌᆞ연 낫타나미 쉬오니 알녀 ᄒᆞ여 어렵디 아닐가 ᄒᆞ노라."

쥬부인이 말솜을 니어

---

56 명아: 소명아. 소희량의 큰아들 소운의 딸. 상안국의 부인. 상연의 제수 소씨의 질녀. 소교완의 조카.

57 상안국: 상연과 정태요의 큰아들.

58 졔 존고(尊姑): 제 존고. 저의 존고. 소명아의 시어머니는 정한의 딸 정태요.

59 교ᄋᆞ: 교아. 상환과 소희량의 큰딸 사이에 낳은 딸 상현교. 상현교는 정염의 큰아들 정인흥과 혼인했음.

"교아로 ᄒᆞ여곰 유심히 ᄉᆞᆯ펴 션악 간의 문견을 알게 ᄒᆞ라."

30면 상부인이 나ᄌᆞᆨ이 명(命)을 ᄃᆡᄒᆞ나 그 부모의 이 ᄀᆞᆺᄐᆞ미 그ᄅᆞᆺ ᄉᆡᆼ각ᄒᆞ실 ᄇᆡ 아니믈 ᄭᆡ다라 졍부인의 위인을 ᄯᅩᄒᆞᆫ 근심ᄒᆞ니 원간 상부인이 현졍(顯正)을 밧드러 조곰도 어긔오미 업ᄉᆞᆯ ᄲᅳᆫ 아니라 셩되(性度) 식녜(識禮)ᄒᆞ고 투쳘대의(透徹大義)ᄒᆞ여 부모의 ᄇᆞᆰ은 교훈을 밧드러 셩되 할연(割然)ᄒᆞ고 의긔로와 호호(浩浩)히 ᄉᆞ군ᄌᆞ(士君子)의 틀이 이시ᄃᆡ ᄯᅩ 너모 셰ᄎᆞ미 업셔 브드러오미 츈풍(春風) ᄀᆞᆺ고 어딜미 디극(至極)ᄒᆞ여 간흉(奸凶) 쳠ᄉᆞ(諂事)ᄒᆞ믄 ᄎᆞ마 ᄃᆡ(對)키ᄅᆞᆯ 원치 아니ᄒᆞ니 졍부인으로 의논ᄒᆞᆯ딘ᄃᆡ 그 ᄉᆞ이 ᄂᆡ도ᄒᆞ야 하혜(下惠)[60]와 도쳑(盜跖)[61] ᄀᆞᆺᄐᆞ니 어딜미 비록 상부인이라도 소샹셔 등 ᄉᆞ인과 등부인이 다 슌경ᄌᆞ량(順敬自量)ᄒᆞ고 효우튱신(孝友忠信)ᄒᆞ여 놉흔 군ᄌᆞ(君子)와 너ᄅᆞᆫ 냥부(良婦) 되기ᄅᆞᆯ ᄉᆞ양(辭讓)치 아니ᄒᆞ고 온슉현아(溫淑賢雅)ᄒᆞᆫ 부인되미 겸연(慊然)치 아니커ᄂᆞᆯ 졍부인은 믄득 부모동긔(父母同氣)의 쳥풍덕딜(淸風德質)을 담디 아녀 ᄌᆞ딜(資質)의 빗나믈 습(習)ᄒᆞ고 셩ᄒᆡᆼ(性行)의 블인(不仁)ᄒᆞ믄 ᄂᆡ도ᄒᆞ니 엇디 한홉디 아니리오? 상시듕 부인[62]이 부모의 명ᄒᆞ샤믈 조ᄎᆞ 녀ᄋᆞ의 귀령(歸寧)ᄒᆞ믈 타 ᄀᆞ마니 ᄆᆡᄆᆡ(妹妹)의 범ᄇᆡᆨ(凡百) 쳐ᄉᆞ(處事)ᄅᆞᆯ 아라보라 ᄒᆞ니 졍학ᄉᆞ 부인[63]이 구가

---

60 하혜(下惠): 유하혜. 춘추시대 노(魯)나라의 현인. 본 이름은 전금(展禽). 도척의 형이기도 함.

61 도척(盜跖): 도척. 춘추시대 노나라의 도적. 유하혜의 아우로 9천 명의 졸개를 거느리고 천하를 횡행하면서 다른 사람의 우마와 부녀를 탈취하고 제후에게 횡포를 부렸던 천하의 대도(大盜).

62 상시듕 부인: 상시중 부인. 시중 상환의 부인은 소희량의 큰딸을 가리킴.

63 졍학ᄉᆞ 부인: 정학사 부인. 시강학사를 지냈던 정인흥의 부인 상현교. 상현교는 상부인의 딸임.

(舅家)의 머믈미 돌시 디나고 위인이 인ᄌᆞ현철(仁慈賢哲)ᄒᆞ미 사ᄅᆞᆷ의 31면
칭ᄋᆡ션복(稱愛善服)ᄒᆞ미 되여 구가합족(舅家合族)으로 졍이 닉고 년긔(年期) 상젹(相適)ᄒᆞ며 쇼져 등으로 더옥 의합됴영(意合照映)ᄒᆞ여 동포져ᄆᆡ(同胞姊妹)의 친ᄒᆞ미 이시나 년쇼ᄇᆡ(年少輩) 소부인의 현우(賢愚)ᄅᆞᆯ 감히 시비(是非)치 못ᄒᆞ고 상쇼져ᄅᆞᆯ ᄃᆡᄒᆞ여 더옥 니ᄅᆞᆯ ᄇᆡ 아니라. 져마다 습습[64] 항복(降服)ᄒᆞ여 우러 ᄇᆡ호고져 ᄒᆞ나 화부인 ᄌᆞᄆᆡ로 ᄂᆡ도ᄒᆞ고 쇼부 부인의 온냥ᄌᆞ혜(溫良慈惠)ᄒᆞ미 일가의 칭예(稱譽)ᄒᆞ미 되여시ᄃᆡ 소부인의 온냥ᄌᆞ혜ᄒᆞ고 셩덕인화(盛德仁和)ᄅᆞᆯ 유심명철(有心明哲)ᄒᆞᆫ 뉴ᄂᆞᆫ 일ᄏᆞᄅᆞ미 업ᄉᆞ니 발셔 화·셔 등 졔부인으로 다ᄅᆞᄆᆞᆯ 알 ᄇᆡ어ᄂᆞᆯ 쇼져ᄅᆞᆯ ᄒᆡ코ᄌᆞ ᄒᆞᄆᆞᆯ 그ᄋᆞᆨ이 디긔(知機)ᄒᆞᄂᆞᆫ ᄌᆡ ᄯᅩᄒᆞᆫ ᄒᆞ나 둘히 아니라. 졍학ᄉᆞ 닌흥은 부풍(父風)을 젼습(傳襲)ᄒᆞ여 본ᄃᆡ 질악(嫉惡)을 여슈(如讎)ᄒᆞᄂᆞᆫ디라. 상부인의 슉미현철(淑美賢哲)ᄒᆞᄆᆞᆯ 과ᄃᆞᆼᄒᆞ여 금슬디락이 대아(大雅)[65]의 합ᄒᆞ여 관져(關雎)[66] 규목(樛木)[67] ᄀᆞᆺᄐᆞᄃᆡ 혹 ᄀᆞᆺ디 못ᄒᆞᄆᆞᆯ 보면 믄득 사ᄅᆞᆷ이 업ᄉᆞᆫ 바의 혹 나ᄌᆞᆨ이 니ᄅᆞᄃᆡ
"사ᄅᆞᆷ이 혹 표슉(表叔)을 달므미 괴이치 아니ᄒᆞ거니와 부인이 소노공 32면

64 습습: 마음이나 하는 행동이 활발하고 너그러움.

65 대아(大雅): 《시경》의 편명. 모두 31편으로 된 궁정의 악가로, 연회나 전례 때 사용됨.

66 관져(關雎): 관저. 《시경》 〈주남(周南)〉의 첫머리에 나오는 시의 편명(篇名). 주(周)나라 문왕(文王)과 후비의 훌륭한 덕을 읊은 시로, 임금의 부부 금슬이 좋아 그 교화가 백성에게 미친 것을 찬미한 것임.

67 규목(樛木): 후비(后妃)의 훌륭한 덕을 읊었다고 하는 《시경》 〈주남〉의 편명. 그 시에 "아래로 늘어진 남산의 나뭇가지, 칡덩굴이 의지하고 얽혀 있구나(南有樛木 葛藟纍之)."라고 했는데, 여기에서 나뭇가지는 문왕(文王)의 후비를 가리키고, 칡덩굴은 후궁들을 가리킴. 후비가 투기하지 않고 미천한 후궁들에게 두루 은혜를 베풀자 후궁들이 그 덕에 감복하여 이렇게 노래했다고 함.

의 준정(俊正)ᄒᆞᆷ과 쥬부인의 규측(閨側)을 닛디 못ᄒᆞ고 도로혀 취뎐 슉모ᄅᆞᆯ 달마 닌듕 ᄀᆞᆺᄐᆞᆫ ᄌᆞ식을 나흘가 두리ᄂᆞ니 모로미 삼가고 조심ᄒᆞ야 허믈을 딧디 말나."

ᄒᆞ니 쇼제 임의 유과무과(有過無過)ᄅᆞᆯ 닷ᄐᆞ와 말ᄒᆞ미 업ᄉᆞ니 소부인이 ᄒᆞᆫ갓 ᄌᆞ가의 이모 ᄯᆞᄅᆞᆷ이 아니라 학ᄉᆞ의 일가 존항(尊行)이어ᄂᆞᆯ 가바야이 드노흐믈[68] 블복(不服)ᄒᆞ여 가치 아니ᄒᆞ믈 ᄃᆡ(對)ᄒᆞᄃᆡ 혹ᄉᆡ 잠쇼왈(潛笑曰)

"실노 패덕(悖德)이 이신 후ᄂᆞᆫ 일가 존항(尊行) 아녀 만승(萬乘) 국뫼(國母)라도 사ᄅᆞᆷ의 시비ᄅᆞᆯ 면치 못ᄒᆞᄂᆞ니 소슉뫼 범ᄇᆡᆨ쳐ᄉᆡ(凡百處事) 딘실노 쇽인(俗人)의 만히 디나시ᄃᆡ 두어 가지 의괴(疑怪)ᄒᆞᆯ 일이 잇셔 청계 슉뷔 깁히 치부ᄒᆞ시고 일개(一家) 그 현슉ᄒᆞ신 바ᄅᆞᆯ 혁연(赫然)치 아니ᄒᆞ시니 부인이 이뫼(姨母)라 ᄒᆞ여 암실 ᄀᆞ온ᄃᆡ 그 항복되디 아닌 바ᄅᆞᆯ 니ᄅᆞ디 못ᄒᆞ랴?"

ᄒᆞᄂᆞᆫ디라. 상시 이모의 텬연현연(天然賢然)치 못ᄒᆞ믈 디긔ᄒᆞ여 다시 말ᄒᆞ디 아니ᄒᆞ나 쳬찰 부인 니시 고상이 만단(萬端)이믈 그윽이 살피
33면 ᄆᆡ 위ᄒᆞ여 그 보젼키 어려오믈 념녀ᄒᆞᆯ 쁜 아니라 이모의 과악(過惡)이 졈졈 창져(彰著)ᄒᆞᄆᆡ 미쳐ᄂᆞᆫ 정공이 ᄯᆞᄒᆞᆫ 가ᄂᆡ의 머므ᄅᆞ디 아니ᄒᆞᆯ ᄃᆞᆺᄒᆞ니 여ᄎᆞ디도(如此之度)의 일가의 화긔(和氣) 소삭(蕭索)ᄒᆞᄆᆡ 쳬찰 곤계(昆季)의 민황망극(憫慌罔極)ᄒᆞ믄 니ᄅᆞ도 말고 만일 이뫼 존듕ᄒᆞᆫ 쳬위(體位)로 츌화(黜禍)ᄅᆞᆯ 만나 녹거(鹿車)[69]ᄅᆞᆯ 닛그러 부문(府

68 드노흐믈: 드놓다. 들었다가 놓다, 뒤적이다.

69 녹거(鹿車): 소박하고 작은 수레.

門)을 하딕(下直)ᄒᆞᄂᆞᆫ 거죄(擧措) 이실가 근심키롤 마디 아니ᄒᆞᄃᆡ 이모의 거동(擧動)이 밧그로 션ᄒᆞ믈 낫토와 허믈을 깁히 ᄀᆞ리오고 입의 꿀을 드리오며 ᄇᆡ의 칼흘 감초와시믈[70] 사ᄅᆞᆷ이 아디 못ᄒᆞ게 ᄒᆞ니 일시 순셜(脣舌)노뼈 셩졍(性情)을 곳치게 못 홀 ᄇᆡ오 쳬찰과 니부인의 대효대셩으로 감동치 아니ᄒᆞ미 상모(象母)[71]의 디난 블인이오 닌듕의 무상(無狀)ᄒᆞ미 ᄌᆞ모의 허믈을 더으고 문호롤 쳠욕(添辱)홀 삭시 이시ᄃᆡ 소부인이 절엄(絶嚴)히 금단ᄒᆞ믈 두디 아니ᄒᆞ고 닌웅의 현효(賢孝)ᄒᆞ미 모형(母兄)으로 ᄒᆞ여곰 ᄀᆡ션슈덕(改善修德)디 못홀 바롤 깁히 슬허ᄒᆞ고 근심ᄒᆞ여 ᄒᆡᆼ인ᄒᆡᆼ덕(行仁行德)을 ᄋᆡ걸ᄒᆞ며 부ᄌᆞ(父子)[72] 실덕(失德)을 졍간(正諫)ᄒᆞ미 ᄒᆞᆫ두 번의 긋치디 아녀 간간(懇懇)ᄒᆞ고 졀졀(切切)ᄒᆞ야 심혈을 ᄲᅩ드ᄃᆡ 소부인이 조곰도 회션(回善)ᄒᆞ미 업ᄉᆞ니 그 간악ᄒᆞᆫ 심졍이 견고ᄒᆞ미 쳘옥(鐵獄) ᄀᆞᄐᆞ믈 헤아리ᄆᆡ 서어(鉏鋙)히 말ᄒᆞ여 아론 쳬ᄒᆞ미 슉딜(叔姪)의 졍이 상홀 ᄲᅮᆫ 아니라 유ᄒᆡ무익(有害無益)ᄒᆞ여 어ᄌᆞ러옴만 더으고 기리 함구(緘口)ᄒᆞ여 친부(親府)의 왕ᄂᆡᄒᆞ미 이셔도 문견(聞見)을 모친긔도 젼ᄒᆞ미 업더니 이에 모친이 알고져 ᄒᆞ시믈 보고 ᄀᆞ마니 고ᄒᆞ여 ᄀᆞᆯ오ᄃᆡ

34면

"슉모의 춍오민달(聰悟敏達)ᄒᆞ시미 ᄇᆡᆨ집ᄉᆞ(百執事)의 능당(能當)ᄒᆞ

---

70 입의 꿀을 드리오며 ᄇᆡ의 칼을 감초와시믈: 구밀복검(口蜜腹劍). 입으로는 달콤함을 말하나 배 속에는 칼을 감추고 있다는 말로, 겉으로는 친절하나 마음속은 음흉한 것을 가리킴.

71 상모(象母): 순임금의 이복동생 상(象)의 어머니. 순임금의 아버지 고수는 새장가를 들었는데 후처와 아들 상은 모의하여 전처의 아들 순을 죽이려 했음.

72 부ᄌᆞ(父子): 부자. 문맥상 어머니 소교완과 아들 정인중의 실덕을 다루는 대목이므로 '부모와 자식'으로 옮김.

시니 엇디 범뉴(凡類)의 밋출 ᄇᆡ리잇고마ᄂᆞᆫ 오딕 일공(一空)[73]이 막히샤 뜻 잡기ᄅᆞᆯ 그릇ᄒᆞ시ᄂᆞᆫ ᄃᆞᆺᄒᆞᄃᆡ 존당(尊堂)이 슉묵(肅默)ᄒᆞ시고 가듕(家中)이 본ᄃᆡ 사ᄅᆞᆷ의 흔극(釁隙)을 여러 말 ᄒᆞ디 아니ᄒᆞ니 그 대단이 낫타나디 아니ᄒᆞᄃᆡ 졈졈(漸漸)ᄒᆞ야 모든 의심이 셩긔(盛起)ᄒᆞ고 이 위에 과실(過失)이 듕(重)ᄒᆞᄆᆡ 미쳐ᄂᆞᆫ 블호(不好)ᄒᆞᆫ 경ᄉᆡᆨ(景色)이 업디 아닐가 의심되더이다."

소부인[74]이 대경ᄒᆞ여 변ᄉᆡᆨ왈(變色曰)

"ᄆᆡᄆᆡ ᄌᆞ셩(資性)이 춍오ᄒᆞ고 긔질이 탈이(脫異)ᄒᆞ야 범ᄇᆡᆨ의 사ᄅᆞᆷ의 디나고 일죽 허믈을 ᄇᆞᆺ흐미 업ᄉᆞᆯ가 ᄒᆞ엿더니 ᄎᆞ하인애(此何人耶)며
35면 ᄎᆞ하인애(此何人耶)오?"

ᄯᅩ 희허탄식(噫噓嘆息)ᄒᆞ고 츄연ᄌᆞ상(惆然自傷) 왈

"ᄌᆞ식 알오미 엇디 부모의 디난 밧ᄌᆡ 이시리오? 향ᄂᆡ(向來) 귀령시(歸寧時)의 엄위(嚴闈)와 ᄌᆞ졍(慈庭)이 여ᄎᆞ여ᄎᆞ(如此如此) 니ᄅᆞ시고 기리 우려ᄒᆞ믈 마디 아니ᄒᆞ시니 내 듯ᄌᆞ오ᄆᆡ 뉵연(恧然)ᄒᆞ고 감오(感悟)ᄒᆞᆫ 밧ᄌᆞᄂᆞᆫ 부뫼 아등(我等) 블쵸(不肖)ᄅᆞᆯ 구로ᄉᆡᆼ디(劬勞生之)ᄒᆞ샤 ᄒᆞᆫ 번도 열의(悅意)와 효도로ᄡᅧ 더으디 못ᄒᆞ고 필경(畢竟) 계뎨(髢子)[75]ᄒᆞ여 그 위인을 념녀ᄒᆞ시ᄆᆡ 밋게 ᄒᆞ니 블효의 크미 이에셔 더으미 업ᄉᆞᆯ ᄲᅮᆫ 아니라 ᄌᆞ위(慈闈)예 디극ᄒᆞ샤미 블쵸 등으로 ᄒᆞ여곰 힝혀 어긔지 못ᄒᆞᆯ가[76] 근심ᄒᆞ시고 혹ᄌᆞ 사ᄅᆞᆷ의게 허믈과 죄로ᄡᅧ 박튝

73 일공(一空): 온 하늘. 하늘 전체.

74 소부인: 상환의 부인인 소희량의 첫째 딸.

75 계뎨(髢子): 계자. 쪽 혹은 상투라는 뜻. 여기에서는 쪽을 찌는 것, 즉 시집간다는 뜻으로 옮김.

76 힝혀 어긔지 못ᄒᆞᆯ가: 규장각본 표기도 동일함. 문맥상 '행여 어길까'로 옮김.

(迫逐)ᄒᆞ믈 닙을가 념녀ᄒᆞ시믈 혜건ᄃᆡ 네 어미 나히 ᄉᆞ십의 밋고 상가의 입문(入門)ᄒᆞ미 그 삼십 년은 ᄎᆡ 못 ᄒᆞ나 슈십 ᄌᆡᄂᆞᆫ 디난 ᄃᆡ 오ᄅᆡᄃᆡ 남혼녀가(男婚女嫁)ᄒᆞ여 ᄒᆞ마 녯사ᄅᆞᆷ이 되여시믄 ᄭᆡ닷디 못ᄒᆞ고 늠연(凜然)이 박빙(薄氷)을 님ᄒᆞ며 침상(針上)을 드ᄃᆡᆫ ᄃᆞᆺ 근근겸공(勤謹謙恭)ᄒᆞ여 부가(夫家) 일문(一門)의 그ᄅᆞ믈 엇디 말기ᄅᆞᆯ ᄆᆡᆼ셰ᄒᆞ여 우리 친위(親闈)에 근심을 덜고져 ᄒᆞ더니 ᄆᆡᄆᆡ 그갓ᄐᆞᆫ ᄀᆡ딜과 놉ᄒᆞᆫ 디셩(知性)으로ᄡᅧ 엇디 빵친(雙親)의 우려(憂慮)ᄅᆞᆯ ᄉᆡᆼ각디 아니ᄒᆞ 36면
고 도로혀 우혹암녈(愚惑暗劣)ᄒᆞ여 ᄒᆞᆫ번 허믈을 디으나 뉘웃디 아니ᄒᆞ고 졈졈 실도실덕(失道失德)ᄒᆞᄆᆡ 미쳣ᄂᆞ뇨?”

인ᄒᆞ여 믓기ᄅᆞᆯ 상셰히 ᄒᆞ니 쇼졔 역시 탄식ᄃᆡ왈(嘆息對曰)

“슉모의 ᄎᆞᆼ민(聰敏)ᄒᆞ시므로ᄡᅧ 엇디 왕부모(王父母)의 셩읜(誠意)들 아디 못ᄒᆞ시리잇고마ᄂᆞᆫ 스ᄉᆞ로 곳치디 못ᄒᆞ시고 술연이 과악(過惡)의 ᄲᆞ디믈 ᄉᆡᆼ각디 못ᄒᆞ시니 셩덕(盛德)의 대흠(大欠)이로소이다. 일개(一家) 쳐음은 의심을 아디 못ᄒᆞ더니 졈졈 ᄉᆞ식(辭色)을 ᄉᆞᆺ치ᄆᆡ 경시랑과 니부인을 난안(赧顔)코 위ᄐᆡ로오미 이시리라 ᄒᆞ여 대슌(大舜)의 경계[77]의 비ᄒᆞ니 졍태부ᄂᆞᆫ 완뷔(頑夫)[78] 아니시ᄃᆡ 슉뫼 홀노 은모(嚚母) 되시기ᄅᆞᆯ 면치 못ᄒᆞ리러이다.”

---

77 대순(大舜)의 경계: 순임금의 아버지가 새장가를 든 후 새어머니와 이복동생과 공모하여 순임금을 죽이려 했으나 순임금은 이때마다 효성을 발휘하고 부모 탓을 하지 않아 큰 효에 대해 깨우침을 준 인물로 여겨짐.

78 완뷔(頑夫): 완부. 은모(嚚母)와 짝을 이루어 '완부은모'는 완악하고 간악한 아버지와 어머니를 가리킴. 효자인 순임금을 죽이려 공모했던 순임금의 아버지 고수와 새어머니를 가리킬 때 이 표현을 사용함.

소부인이 ᄎᆞ악블ᄒᆡᆼ(嗟愕不幸)ᄒᆞ여 슈미(秀眉)ᄅᆞᆯ 츅합(縮合)ᄒᆞ고 믁믁(默默)히 안식 괴쳐(愧悽)ᄅᆞᆯ 면치 못ᄒᆞ니 쇼졔 ᄌᆞ안(慈顔)의 블열쳐긔(不悅悽氣)ᄒᆞ믈 보고 도로혀 웃고 위로ᄒᆞ며 아딕 대단이 낫타나디 아닌 바의 브졀업시 아ᄅᆞᆫ 쳬 마ᄅᆞ시믈 쳥ᄒᆞ니 부인이 탄왈(嘆曰)

"동긔 년디(連枝)의 일톄디인(一體之人)이 홀노 셩졍이 갈니이고 션
37면 악이 갓디 아냐 ᄆᆡᄆᆡ의 실도패덕(失道悖德)이 그윽ᄒᆞᆫ 가온ᄃᆡ 상모(象母)의 은(嚚)홈과 민모(閔母)[79]의 브ᄌᆞ(不慈)ᄒᆞ믈 아오라ᄂᆞᆫ가 시브니 엇디 블ᄒᆡᆼᄎᆞ악(不幸嗟愕)디 아니리오? 내 과연 쇼년으로브터 이제 니ᄅᆞ히 암샤ᄒᆞ며 블인(不仁)ᄒᆞᆫ 허믈을 디으미 업시 ᄌᆞ예(自譽)ᄒᆞ미 외람ᄒᆞ고 ᄌᆞ허(自許)ᄒᆞ미 과도ᄒᆞ나 평ᄉᆡᆼ의 ᄒᆡᆼ실이 신인(神人)으로 ᄒᆞᆫ가디로 쇽염 ᄌᆞᆨᄒᆞ미 업ᄉᆞ니 우러러 하날이 븟그럽디 아니ᄒᆞ고 구버 ᄡᅡ히 븟그럽디 아니ᄒᆞ더니 ᄆᆡᄆᆡ의 과악을 드ᄅᆞ미 곳 나의 허믈노 다ᄅᆞ미 업ᄉᆞ니 엇디 스ᄉᆞ로 악이 업ᄉᆞᆯ와 ᄒᆞ야 ᄆᆞ음이 안안(晏晏)ᄒᆞ리오? 우리 엄위(嚴闈)와 ᄌᆞ당(慈堂) 셩덕혜화(盛德惠化)로ᄡᅧ 엇디 ᄆᆡᄆᆡ ᄀᆞᆺᄐᆞᆫ 블초녜(不肖女) 난고 슬허ᄒᆞᄂᆞ니 네 ᄯᅩ 져ᄅᆞᆯ 어미 아니라 ᄒᆞ고 아ᄌᆞ미라 ᄒᆞ야 그 ᄉᆞ오나오미 너의 당ᄒᆞᆫ ᄇᆡ 아니라 ᄒᆞ야 타연(泰然)치[80] 말디어다. 다만 ᄆᆡᄆᆡ 텬ᄉᆡᆼ(天生) 본셩(本性)을 일코 젼츌(前出)을 ᄒᆡ(害)코ᄌᆞ ᄒᆞ미 그 디경(地境)의 미쳐실딘ᄃᆡ 부뫼 경계(警戒)ᄒᆞ시고 형뎨 ᄀᆡ유(開諭)ᄒᆞ여 어딜기ᄅᆞᆯ 권걸(勸乞)ᄒᆞ여도 곳치며 ᄭᆡ닷디

---

79 민모(閔母): 민자건의 어머니. 민자건은 공자의 열 제자 중 한 명으로 효성으로 일컬어지는 인물. 계모가 자신이 낳은 두 아들에게는 따뜻한 솜옷을 입히고 전처 자식인 민자건에게는 홑옷을 입혔는데 이를 안 아버지가 계모를 내쫓으려 하자 민자건이 이를 만류했다는 고사가 있음.

80 타연(泰然)치: 타연하다. 태연하다, 예사롭다.

아니ᄒᆞ리로다.” 38면

쇼졔 ᄀᆞᆯ오ᄃᆡ

“왕부모의 경계와 ᄌᆞ졍(慈庭) 졔구(諸舅)의 디셩(至誠)으로 권면(勸勉)ᄒᆞ시미라도 닌웅의 졍간(正諫)과 ᄋᆡ걸ᄒᆞᄆᆡ 밋디 못ᄒᆞ리이다. 슉뫼 회션(回善)ᄒᆞ샤미 업ᄉᆞ니 엇디 ᄀᆡ션기악(改善其惡)ᄒᆞ미 솔이(率易)ᄒᆞ리잇고? ᄌᆞ졍이 비록 슉모ᄅᆞᆯ 위ᄒᆞ여 골돌ᄒᆞ시고 그 일뎨디인의 과악이 다ᄅᆞ리라 ᄒᆞ시나 ᄌᆞ고(自古)의 동포골육(同胞骨肉)이라도 현우(賢愚)ᄒᆞᆫ ᄌᆡ ᄒᆞ나둘히 아니오 현부모 ᄉᆡᆼ훈(生訓)이라도 ᄌᆞ뎨 블초ᄒᆞ미 ᄯᅩ 각각 이시니 홀노 슉모 과덕(寡德)을 깃거치 아니코 ᄯᅩ 근심ᄒᆞᄂᆞᆫ ᄯᅳᆺ이 이시나 인낙유현부형(人樂有賢父兄)[81]이라. 부모 형뎨 어디ᄅᆞ시니 이거시 쇼녀의 즐거오미라. 이믜 잠간 실덕ᄒᆞ신들 쇼녀의게 므ᄉᆞᆷ 참괴(慙愧)될 거시라 홀홀여실(忽忽如失)ᄒᆞ야 타연치 못ᄒᆞ도록 ᄒᆞ리잇가? 오딕 당당이 밋브고 긔약(期約)ᄒᆞ야 슈덕ᄀᆡ션(修德改善)ᄒᆞ실가 ᄇᆞ라믄 졍시랑과 니부인의 대효대셩(大孝大誠)으로 ᄒᆞᆫ갓 졍셩을 감동ᄒᆞ야 인셰(人世) 과악을 ᄇᆞ리실가 ᄒᆞᄂᆞ이다.”

부인이 영탄블낙(永嘆不樂)ᄒᆞ여 ᄀᆞᆯ오ᄃᆡ

“너ᄂᆞᆫ 이리 니ᄅᆞ나 나ᄂᆞᆫ 만심(滿心)이 블힝ᄒᆞ여 스ᄉᆞ로 허믈 디어 죄ᄅᆞᆯ 당ᄒᆞᆷ ᄀᆞᆺ도다. 다만 말ᄉᆞᆷ을 친위(親闈)예 밧비 고(告)ᄒᆞ야 ᄆᆡᄆᆡᄅᆞᆯ 과도(過度)히 ᄎᆡᆨ훈(責訓)ᄒᆞ샤 텬뉸(天倫)의 졍의(情意)만 상(傷)ᄒᆡ오시 39면

81 인낙유현부형(人樂有賢父兄): 어진 부형을 둔 것을 즐거워한다는 뜻. 《맹자》 〈이루하(離婁下)〉의 “중도를 행하는 사람은 그렇지 못한 사람을 길러주고, 재주 있는 사람은 그렇지 못한 사람을 길러주는 법이다. 그러므로 사람들은 어진 부형을 둔 것을 즐거워하는 것이다(中也養不中 才也養不才 故人樂有賢父兄也).”라는 말에 나오는 구절.

고 ᄆᆡᄆᆡ의 과악(過惡)은 곳칠 길히 업ᄉᆞ니 아ᄃᆡᆨ 발셜(發說)치 말고 ᄉᆞ
셰(事勢)ᄅᆞᆯ 보아 극악흉교(極惡凶巧)ᄅᆞᆯ ᄆᆡ양 곰초디 못ᄒᆞ리니 빵친(雙
親)긔 쥬(奏)ᄒᆞ야 쳐치(處置)ᄒᆞ시믈 보고 내 ᄯᅩ 여튼 슐(術)노 ᄆᆡᄆᆡᄅᆞᆯ
쇽여 비록 블인(不仁)을 힝ᄒᆞ나 죄ᄅᆞᆯ 일우디 못ᄒᆞ게 작희(作戲)ᄒᆞ야 일
ᄌᆞ(一者)ᄂᆞᆫ ᄆᆡᄆᆡ로 ᄒᆞ여곰 큰 죄의나 ᄲᅢ디믈 덜고 이ᄌᆞ(二者)ᄂᆞᆫ 효ᄌᆞᄅᆞᆯ
구ᄒᆞ야 위화(危禍)의 걸니믈 면콰져 ᄒᆞ나 엇디 ᄯᅳᆺ ᄀᆞᆺᄐᆞ믈 ᄇᆞ라리오?”
쇼졔 맛당ᄒᆞ믈 ᄃᆡ(對)ᄒᆞ고 아ᄃᆡᆨ 블미디ᄉᆞ(不美之事)ᄅᆞᆯ 아ᄅᆞᆫ 쳬 마ᄅᆞ
시믈 ᄌᆡ삼(再三) 쳥ᄒᆞ니 부인이 졈두유유(點頭唯唯)ᄒᆞ야 인ᄒᆞ야 ᄆᆡᄆᆡ
의 실덕패도(失德悖道)ᄅᆞᆯ 함구(緘口)ᄒᆞ여 부모긔도 고치 아니ᄒᆞ니 소
공 부뷔 아득히 아디 못ᄒᆞ고 다만 졍부인을 본 젹마다 졍체찰 부부의
효덕션ᄒᆡᆼ(孝德善行)을 칭찬ᄒᆞ고 “기리 ᄌᆞᄋᆡ(慈愛)ᄒᆞ믈 두어 그 셩효
(誠孝)ᄅᆞᆯ 져ᄇᆞ리디 말고 그ᄅᆞᆺ 민모(閔母)의 브ᄌᆞ(不慈)ᄒᆞ믈 취(取)치
40면 말나.” ᄒᆞ며 쥬부인은 더옥 니쇼져ᄅᆞᆯ 두어 번 친견상ᄃᆡ(親見相對)ᄒᆞ
미 잇ᄂᆞᆫ 고로 흠칭갈ᄎᆡ(欽稱喝采)ᄒᆞ여 비록 친ᄉᆡᆼ(親生)이 아니나 졍
닌셩 갓튼 ᄋᆞ돌과 니시 ᄀᆞᆺ튼 며ᄂᆞ리ᄅᆞᆯ 두미 인ᄉᆡᆼ극경(人生極慶)이며
죵신대복(終身大福)이믈 니ᄅᆞ니 소부인이 여ᄎᆞ디교(如此之敎)ᄅᆞᆯ 귀
예 바람 디남ᄀᆞᆺ치 ᄒᆞ고 권면디계(勸勉之戒)ᄅᆞᆯ ᄯᅳᆺ글갓치 ᄒᆞ야 아이(俄
而)의 인션(仁善)ᄒᆞᆫ ᄯᅳᆺ이 ᄒᆞᆫ 터럭도 머므디 아니ᄒᆞᄃᆡ 야야(爺爺)의 강
위(剛威)와 태태(太太)[82]의 슉녈(淑烈)ᄒᆞ믈 두리ᄂᆞᆫ디라. 그ᄅᆞᆺ 블인ᄒᆞ믈
뵈여 쵹쳐(觸處)의 의심을 동ᄒᆞ실가 십분 조심ᄒᆞ야 것ᄎᆞ로 흐ᄅᆞᄂᆞᆫ ᄃᆞᆺ

82 태태(太太): 자당(慈堂). 노부인을 높이는 말. 자당은 남의 어머니를 높이는 말이나 어머니라는 뜻으로도 사용됨.

응슌(應順)ᄒᆞ고 빵친이 닌셩 부부를 칭찬ᄒᆞ시ᄂᆞᆫ 바의 흔흔칭미(欣欣稱美)ᄒᆞ야 고왕금ᄂᆡ(古往今來)의 그 부부 두 사ᄅᆞᆷ의 다시 빡 업ᄉᆞᆷ을 ᄌᆞ랑ᄒᆞ니 부모 동긔 딘실노 의심치 아니ᄒᆞ고 과연 미더ᄒᆞ야 혜오ᄃᆡ '비록 싀험(猜險)ᄒᆞ고 블인ᄒᆞᆫ 셩졍이라도 졍쳬찰의 부부를 아니 ᄉᆞ랑ᄒᆞ며 아니 귀듕ᄒᆞ리 업ᄉᆞ리라.' ᄒᆞ여 그 칭션ᄋᆡ복(稱善愛服)ᄒᆞ미 딘졍(眞正)인가 넉이니 상부인[83] 일인 밧긔 소부인 과악을 알 니 업ᄂᆞᆫ디라. 방금의 믄득 도라와 환후(患候)롤 시호(侍護)ᄒᆞ고 슬하롤 쩌나지 아니ᄒᆞ미 ᄉᆞ오일의 밋ᄎᆞ니 ᄆᆡ양 여러 날 한가히 머믈믈 엇디 못ᄒᆞ여 표홀(飄忽)이 도라가다가 금번은 ᄉᆞ오일 시측(侍側)ᄒᆞ믈 부인이 ᄆᆞ옴의 든든ᄒᆞ고 텬셩디ᄌᆞ(天性之慈)로뼈 엇디 ᄋᆡ듕ᄒᆞᄂᆞᆫ 뜻이 잇디 아니ᄒᆞ리오? 그 옥비셤슈(玉臂纖手)롤 어로만져 희허탄왈(唏噓嘆曰) 41면

"모녀디졍으로뼈 애각쳔니(崖角千里)롤 즈음쳐[84] 십년 원별(遠別)이 유명(幽明)의 격(隔)ᄒᆞ므로 다ᄅᆞ미 업ᄉᆞ니 비록 운ᄋᆞ[85] 등 ᄉᆞ인과 상·등 냥녜(兩女) 이시나 쥬쥬야[86]의 ᄉᆞ상(思想)ᄒᆞ고 녀렴(慮念)ᄒᆞ던 졍을 엇디 니ᄅᆞ리오? 운ᄋᆞ롤 븍디의 보ᄂᆡ여 삼년을 그리고 상뷔 젼니(田里)의 나리ᄆᆡ 상ᄋᆡ 조ᄎᆞ 나가 귀근(歸覲)ᄒᆞᄆᆡ ᄌᆞᄌᆞ니 과도히 ᄉᆞ모ᄒᆞ미 업ᄉᆞᄃᆡ 너ᄂᆞᆫ 다만 태향[87]의 하거(遐去)ᄒᆞᄆᆡ 셩문(聲問)이 ᄭᅳᆺ쳐 일년

83 상부인: 상환의 처 소씨, 소희량의 첫째 딸이자 소교완의 큰언니.

84 즈음쳐: 즈음츠다. 가로막다, 격(隔)하다.

85 운ᄋᆞ: 운아. 소운. 소희량과 주부인의 첫째 아들.

86 쥬쥬야: 주주야. 규장각본에도 '쥬〃야'로 되어 있는데 이는 '주주야야(晝晝夜夜)'의 오기일 것으로 보임.

87 태향: 정씨 가문의 고향으로, 고택과 무덤들이 있음.

통신(通信)이 두 번을 엇디 못ᄒᆞ니 ᄌᆞ모의 졍이 그 엇디 비결(悲結)ᄒᆞ믈 니긜 ᄇᆡ리오? 이졔 요힝(徼倖) 상회(相會)ᄒᆞ여 구별(久別)을 위로ᄒᆞ고 얼골을 보미 드므디 아니ᄒᆞ니 셕ᄉᆡ(夕死)라도 무한(無恨)이로ᄃᆡ 일싱의 근심ᄒᆞ미 업디 아닌디라. 졍태뷔 승젼(勝戰)ᄒᆞ여 도라올 긔약

42면 인ᄌᆞ 아득ᄒᆞ니 나의 구구ᄒᆞᆫ 념녜 슉식(宿食)이 블평ᄒᆞᆫ디라. 도로혀 ᄉᆞ오 년 츈츄롤 뒤이져[88] 상공의 환귀 쉬오믈 바라노라."

소부인이 나ᄌᆞᆨ이 탄식고 셕일 원모디졍(遠慕之情)을 쳐감(悽感)ᄒᆞ미 ᄉᆡ 즐기믈 ᄭᆡ닷디 못ᄒᆞᄃᆡ 다만 모친을 위로ᄒᆞ야 광음이 숙홀(倏忽)ᄒᆞ니 ᄉᆞ오 츈츼 ᄯᅩᄒᆞᆫ ᄇᆡᆨ구디과극(白駒之過隙)[89]ᄒᆞᆫ 바의 니합(離合)이 져근덧 ᄉᆞ이믈 쥬ᄒᆞ야 브졀업시 셩심을 번거로이 마ᄅᆞ시믈 쳥ᄒᆞ더니 이에 머믈미 일슌(一旬)이 못 ᄒᆞ여 태부인 셩휘 미령(靡寧)ᄒᆞ야 화부인이 태운산으로 즉시 도라가디 못ᄒᆞ고 쇼부와 졔쇼년(諸少年)이 다 셔아의 머므러 환후롤 시호ᄒᆞᆫ다 ᄒᆞᄃᆡ 부인이 도라가디 아니ᄒᆞ니 쥬부인이 의아(疑訝)ᄒᆞ여 문디ᄀᆡ유(問之開諭)ᄒᆞᆫᄃᆡ 소시 안졍(安定)히 ᄃᆡ왈(對曰)

"쇼녀의 도라가디 아니미 므ᄉᆞᆫ 곡졀(曲折)이 이시리잇가? 쳐음 이리 오미 ᄌᆞ후(慈候)롤 시호코ᄌᆞ ᄒᆞ미라. 이졔 존괴 ᄯᅩ 미령ᄒᆞ시다 ᄒᆞ니 맛당이 셔아로 나아가 이모 범부인을 ᄇᆡ견(拜見)ᄒᆞ고 존고롤 시측ᄒᆞ올 거시오ᄃᆡ 부듕(府中) ᄂᆡ외예 어룬이 잇디 아니ᄒᆞ고 니시 잉신만월

88 뒤이져: 드위잊다. 뒤집히다.

89 ᄇᆡᆨ구디과극(白駒之過隙): 백구지과극. 흰 망아지가 담장 틈 사이를 지나가는 것. 인생이 너무도 빨리 허무하게 흘러가는 것을 비유한 말. 《장자》 〈지북유(知北游)〉의 "천지간의 인생이란 마치 하얀 망아지가 담장의 틈 사이를 지나가는 것처럼 순간일 따름이다(人生天地之間 若白駒之過隙 忽然而已)."라는 말에서 나온 구절.

(孕身滿月)ᄒᆞ야시니 화부인이 슈히 도라가디 못ᄒᆞ온족 니시 분산(分產)을 보살피리 업ᄉᆞᆫ디라. 마지못ᄒᆞ야 쇼녜 운산으로 바로 가고ᄌᆞ ᄒᆞ오ᄃᆡ ᄌᆞ휘(慈候) 복ᄎᆞ(復差)ᄒᆞ시믈 보디 못ᄒᆞ고 떠나미 하졍(下情)의 결울졀박(結鬱切迫)ᄒᆞ야 잠간 쳔연(遷延)ᄒᆞ미로소이다." 43면

쥬부인이 아미(蛾眉)ᄅᆞᆯ 합ᄒᆞ야 ᄀᆞᆯ오ᄃᆡ

"노모의 딜양(疾恙)은 일시의 차헐(差歇)ᄒᆞᆯ ᄇᆡ 아니어ᄂᆞᆯ 네 엇디 가ᄉᆞ(家事)ᄅᆞᆯ 사(捨)ᄒᆞ고 이에 이셔 부도(婦道)ᄅᆞᆯ 폐ᄒᆞ니 근 십년 원니(遠離)ᄒᆞ야 존문(存問)을 통치 못ᄒᆞᆯ ᄯᅵ의도 능히 ᄎᆞᆷ고 견ᄃᆡ엿거ᄂᆞᆯ 엇디 죡(足)ᄒᆞ믈 모로고 ᄉᆞ졍(私情)을 웃듬ᄒᆞ리오? 모로미 이졔 셔부로 나아가 네 존고(尊姑) 부인을 시측(侍側)ᄒᆞ고 화부인이 몬져 운산으로 나가시게 ᄒᆞᄂᆞᆫ 거시 ᄉᆞᄉᆡ(事事) 편당(便當)ᄒᆞᆫ디라. 네 ᄯᅩ 범부인을 ᄇᆡ현(拜見)치 아니치 못ᄒᆞ리니 인ᄉᆞ와 도리ᄅᆞᆯ 폐치 말고 셔아로 향ᄒᆞ라."

부인이 모친 말ᄉᆞᆷ이 이 ᄀᆞᆺ튼 후ᄂᆞᆫ 능히 우기디 못ᄒᆞᆯ 바ᄅᆞᆯ ᄭᆡ다라 ᄇᆡ샤칭가(拜謝稱駕)ᄒᆞ고 인ᄒᆞ야 빵친 슬하의 하딕을 고ᄒᆞ야 졀ᄒᆞ기ᄅᆞᆯ 맛ᄎᆞᄆᆡ 곤계(昆季) 분슈(分手)ᄒᆞ야 완연(宛然)이 셔부로 향ᄒᆞ믈 쥬ᄒᆞ고 바로 운산으로 향ᄒᆞ여 부듕으로 드러가디 아니ᄒᆞ고 영션ᄃᆡ의 나리ᄃᆡ ᄉᆞᄅᆞᆷ이 ᄭᆡ닷디 못ᄒᆞ야 곡구(谷口)의 잇던 노복(奴僕)은 쥬모(主母)의 ᄒᆡᆼ거(行車) 부듕(府中)으로 든가 넉이고 원군의 무리ᄂᆞᆫ 녀군(女君)이 연고(緣故) 이셔 ᄃᆡ듕(臺中)으로 피우(避寓)ᄒᆞᄂᆞᆫ가 넉이니 본ᄃᆡ 밧 말이 듕문 안희 ᄉᆞ못디 못ᄒᆞ고 안 말이 듕문(中門) 밧긔 들니미 업ᄉᆞ니 소부인의 거교(車轎) 영션ᄃᆡ로 드러가믈 니ᄅᆞ리 업ᄉᆞᆯ ᄲᅮᆫ 아니라 닌듕이 이에 이셔 포딘(鋪陳)을 뎡졔(整齊)ᄒᆞ고 노복을 분부(分付)ᄒᆞ 44면

여 유완(遊玩)ᄒᆞᄂᆞᆫ 잡뉴(雜類)ᄅᆞᆯ 엄금(嚴禁)ᄒᆞ라 ᄒᆞ고 녹빙·계월 등 복심(腹心)의 ᄉᆞ오 ᄀᆡ(個) 비ᄌᆞ(婢子)와 닌듕이 이에 이셔 시립(侍立)ᄒᆞᆯ시 모ᄌᆡ ᄒᆡ음업시 머리ᄅᆞᆯ 맛초와 미미(亹亹)히[90] 블인(不仁)을 도모ᄒᆞᆯ시 닌듕 왈

"일이 졀졀(節節)이 묘묘(妙妙)ᄒᆞ고 계괴(計巧) 착착히 마ᄌᆞ 경일누 숙뫼[91] 또 명일(明日)이 화션공 긔ᄉᆞ(忌祀)라 ᄒᆞ야 낭직의 셩ᄂᆡ로 향ᄒᆞ시ᄆᆡ 아이ᄇᆡ후(俄而拜候)ᄒᆞ야 가 인ᄒᆞ야 참ᄉᆞ(參祀)ᄒᆞ고 명일 바로 셔부로 가 태모(太母)긔 문후ᄒᆞ고 느즌 후 도라오거나 그러치 아니ᄒᆞ

45면 면 숙모ᄅᆞᆯ 뫼셔 쳔쳔이 오리니 엇디 긔힝치 아니리잇고마ᄂᆞᆫ ᄒᆡ일누【쇼화시 당호】 숙뫼 근일의 각별이 니슈ᄅᆞᆯ 보호ᄒᆞ야 딘짓 고뫼 쳬ᄒᆞ고 봉누 숙모[92] ᄃᆡ신이 되여시니 니슈의 위와치믄 갈ᄉᆞ록 더은디라. 장ᄎᆞᆺ 햐슈(下手)ᄒᆞᆯ 계졔(階梯) 쉽디 아니ᄒᆞ이다."

부인이 미쇼왈(微笑曰)

"화금의 언제 죽엇관ᄃᆡ 굿ᄐᆞ여 우리 계교ᄅᆞᆯ 맛치랴? 긔ᄉᆡ(忌事) 명일이며 경일누 상부(孀婦)의 유무ᄅᆞᆯ 거리ᄭᅵᆯ 일이 이시리오? 다만 쇼화시기 져의 부탁을 바다 니시ᄅᆞᆯ 붓들고 이시면 ᄀᆞ장 괴로온디라. 닌흥·닌유[93]ᄂᆞᆫ 입번(入番)ᄒᆞ엿거니와 닌명·닌흥[94]이 잇ᄂᆞ냐?"

---

90 미미(亹亹)히: 힘써 부지런히.

91 경일누 숙뫼: 경일루 숙모. 정씨 부중의 경일루는 대화부인의 처소. 대화부인은 정흠의 부인으로 정잠의 아들 정인웅을 양자로 들임.

92 봉누 숙모: 봉루 숙모. 문맥상 화부인을 가리키는 것으로 보임.

93 닌흥·닌유: 인흥·인유. 정인흥과 정인유는 정염과 소화부인의 큰아들과 둘째 아들.

94 닌명·닌흥: 인명·인흥. 정인명은 정겸과 서부인의 아들. 이 표기는 규장각본에서도 마찬가지인데, 정인흥은 바로 앞에 나왔기에 오기일 가능성이 있음.

닌듕이 ᄃᆡ왈(對曰)

"태모 환후를 뭇ᄌᆞ오랴 셩ᄂᆡ(城內)로 드러가시니 이졔 나오리이다."

소부인이 흔열(欣悅)ᄒᆞ야 ᄲᅡᆼ미(雙眉)의 희ᄉᆡᆨ(喜色)이 아협(雅頰)의 빗난 우음을 ᄯᅴ여 단슌(丹脣)이 ᄉᆞᄀᆡ(似開)의 호치교연(皓齒皎然)ᄒᆞ여 ᄀᆞᆯ오ᄃᆡ

"닌흥이 쥰녀(峻慮)ᄒᆞ고 닌영[95]이 총명ᄒᆞ야 속ᄋᆞ(俗兒)의 나으미 만흐나 닌셩·닌광의게 비ᄒᆞᄆᆡ 들진납이 목욕 감겨 관 ᄡᅳ인 거시라[96]. 졔 졍긔(精氣)와 총쥰(聰俊)이 어ᄃᆡ 가당(可當)ᄒᆞ리오?"

셜파(說罷)의 겻ᄐᆡ 노힌 듁쳡[97]을 들혀고 ᄌᆞ근 잉도만 ᄒᆞᆫ 환약(丸藥) 두 환(丸)을 집어 계월을 주고 비밀이 ᄀᆞᄅᆞ치니 월이 슈명(受命)ᄒᆞ여 46면
즉시 부듕(府中)으로 드러가니 녹빙 등과 닌듕이 좌하(座下)의 이시ᄃᆡ 부인이 다시 말ᄒᆞ미 업더니 닌듕이 ᄀᆞᆯ오ᄃᆡ

"쇼ᄌᆡ 슈일 젼의 ᄒᆞᆫ 명복(名卜)을 만나 ᄇᆡᆨ슈(伯嫂)의 산긔(產期) 어나 ᄊᆡ 될고 므ᄅᆞ니 금월 십오일 ᄌᆞ시(子時)의 대귀(大貴)ᄒᆞᆯ 긔남(奇男)을 ᄉᆡᆼᄒᆞ리라 ᄒᆞ니 명일이 십오일이니 졍히 금야(今夜)의 잇ᄂᆞ이다마ᄂᆞᆫ 미쳐 변통(變通)이 어려오리이다."

부인이 뎡ᄉᆡᆨ왈(正色曰)

---

95 닌영: 인영. 정인영은 정염과 소화부인의 넷째 아들.

96 들진납이 ~ 거시라: 목후이관(沐猴而冠). 원숭이를 씻겨 관을 씌운 것. 겉만 번드레하고 실질이 이에 따르지 않음을 비유한 말. 《사기》 〈항우본기〉에 "유세하는 자가 초나라 사람은 원숭이를 목욕시키고 갓을 씌워놓은 것과 같다고 하더니, 그 말이 사실이로구나(人言楚人沐猴而冠耳 果然)."라는 말이 나옴.

97 듁쳡: 죽첩. 이는 죽협(竹篋), 즉 대나무 상자인 것으로 보임.

"뉘 너다려 음양슈(陰陽數)ᄅᆞᆯ ᄒᆞ라관ᄃᆡ 요복(妖卜)의 허탄(虛誕)ᄒᆞᆫ 말을 옴기ᄂᆞᆫ다? 명일(明日) ᄌᆞ시(子時) 아냐 금일(今日) 금시(今時)라도 ᄒᆡ만(解娩)ᄒᆞ미 이시면 졔 쉬(數)오 졔 명(命)이니 므ᄉᆞ 거ᄉᆞᆯ 변통ᄒᆞᄌᆞ ᄒᆞᄂᆞᆫ다? 나ᄂᆞᆫ 만악(萬惡)이 구비(具備)ᄒᆞ고 ᄇᆡᆨ흉(百凶)이 ᄇᆞᆨ이 업셔도 ᄌᆞ식의 다ᄃᆞ라ᄂᆞᆫ 인션효우(仁善孝友)ᄒᆞ고 튱신녈딕(忠信烈直)ᄒᆞ믈 ᄇᆞ라거ᄂᆞᆯ 너의 거동은 졈졈 한심(寒心)ᄒᆞ니 내 심녁(心力)을 허비ᄒᆞ야 브졀업ᄉᆞᆯ가 슬허ᄒᆞᄂᆞ니 웅ᄋᆞ쳐로 변도이 구디 말딘들 엇디 ᄒᆡᆼ악(行惡)을 그리 즐기ᄂᆞ뇨? ᄒᆞ믈며 교유ᄒᆞᄂᆞᆫ 밧ᄌᆡ 다 부형(父
47면 兄)의 명훈(明訓)이 아니라. 졈졈ᄒᆞ여 패리무도(悖理無道)ᄒᆞᄆᆡ 나아간ᄌᆞᆨ 문호(門戶) 츄락(墜落)과 션조의 죄인이 되믄 니도 말고 나의 ᄐᆡ훈(胎訓)이 무상ᄒᆞ믈 사ᄅᆞᆷ마다 ᄭᅮ짓고 입마다 시비ᄒᆞ믈 바다 엇디 견ᄃᆡ여 드ᄅᆞ리오? 내 죽디 아냐신ᄌᆞᆨ 닌셩과 니시ᄅᆞᆯ 셔ᄅᆞᆺ고 종통(宗統)이 너의게 도라디믈 보고 말니니 너ᄂᆞᆫ 모로미 학ᄒᆡᆼ(學行)을 슈련(修練)ᄒᆞ여 경시 문풍(門風) 도덕(道德)을 빗닐디어다."

닌듕이 슈슈(嫂嫂)의 ᄒᆡ만(解娩)을 복ᄌᆞ(卜者)의게 졈(占)ᄒᆞ미 아니라 당형노의게 므ᄅᆞ미러니 모친이 잡뉴(雜類)ᄅᆞᆯ ᄉᆞ괴믈 디긔(知機)ᄒᆞ고 이러ᄐᆞᆺ 니ᄅᆞ믈 황공ᄒᆞ고 맛ᄎᆞᆷᄂᆡ 닌웅의게 밋디 못ᄒᆞ게 넉이믈 앙앙(怏怏)ᄒᆞ나 한분(恨憤)ᄒᆞᄂᆞᆫ ᄉᆞ쇡(辭色)을 낫ᄐᆞ디 아니ᄒᆞ고 믁연(默然)이 좌(座)ᄅᆞᆯ 일워 아ᄌᆞ(俄者) 닑던 ᄎᆡᆨ댱(冊張)을 뒤젹이나 ᄆᆞ음이 문ᄌᆞ(文字)의 잇디 아냐 심ᄉᆞ(心思)의 ᄉᆡᆼ각ᄒᆞ미 여러 가디로 금회(襟懷) 요요(擾擾)ᄒᆞ여 혹 발발이 착급(着急)ᄒᆞ여 좌우ᄅᆞᆯ 밀치고 ᄂᆡ다ᄅᆞᆯ ᄃᆞᆺᄒᆞ고 혹 ᄉᆈᄒᆞ믈 완이(緩弛)ᄒᆞ고 일 보기ᄅᆞᆯ 더ᄃᆡᄒᆞ여 일ᄀᆡᆨ(一刻)의 니시ᄅᆞᆯ 업시치 못ᄒᆞᆯ가 분분초ᄉᆞ(忿憤焦思)ᄒᆞ여 경ᄀᆡᆨ(頃刻)의 ᄐᆞ고

마ᄅᆞ믈 ᄡᅵ닷디 못ᄒᆞᄃᆡ 안ᄉᆡᆨ이 ᄌᆞ약(自若)ᄒᆞ고 셜뫼 고요ᄒᆞ야 안상(案上)의 셔젹을 잠심(潛心)ᄒᆞᄂᆞᆫ ᄃᆞᆺᄒᆞ니 좌위 호흡을 낫초와 공경ᄒᆞᄂᆞᆫ 녜롤 졉을 ᄯᆞᄅᆞᆷ이러니 셕양(夕陽)의 부인이 ᄋᆞᄌᆞ롤 명ᄒᆞ여 부듕(府中)의 드러가 이시라 ᄒᆞ고 ᄌᆞ긔ᄂᆞᆫ 두어 시긱(時刻)을 이에 더 이셔 ᄉᆞ긔(事機)롤 보와 드러가려 ᄒᆞ더라. 계월이 부인(夫人) 명을 밧드러 두 낫 환약을 픔쇽의 곰초고 져의 협듕(匧中)의 잇ᄂᆞᆫ 바 변용(變容)ᄒᆞᄂᆞᆫ 약을 삼켜 대화부인 시녀 향년의 얼골이 되여 이에 복ᄉᆡᆨ(服色)을 곳치고 나ᄌᆞᆨ이 드러가 쇼화부인긔 대화부인 말ᄉᆞᆷ을 젼ᄒᆞ여 금일 도라가지 못ᄒᆞ미 민망ᄒᆞᄃᆡ 존고(尊姑) 시측(侍側)을 뫼오디 못ᄒᆞ여 브득이 이시믈 일킷고 니쇼져롤 각별 보호ᄒᆞ믈 당부ᄒᆞ니 쇼화부인이 비록 츙신명달(忠信明達)ᄒᆞ나 딘실노 만만무졍디ᄉᆡ(萬萬無情之事)오 사ᄅᆞᆷ의 얼골이 밧괴이믄 더옥 뜻ᄒᆞ지 아닌 ᄇᆡ라. 유심(有心)히 념녀ᄒᆞ미 업셔 다만 향년으로 아라 잠간 우어 ᄀᆞᆯ오ᄃᆡ 48면

"져져(姐姐)의 니시롤 긔렴(紀念)ᄒᆞ시믄 강보(襁褓)롤 무유(撫諭)ᄒᆞᄆᆡ 더은디라. 본셩(本性)이 잔말을 아니시더니 요ᄉᆞ이 잠간 부탁ᄒᆞ시ᄆᆡ 다ᄃᆞ라ᄂᆞᆫ 언에(言語) 순순여ᄎᆞ(諄諄如此)ᄒᆞ시니 ᄌᆞ부(子婦) ᄉᆞ랑도 남다ᄅᆞ시도다." 49면

인ᄒᆞ여 회답(回答)을 니ᄅᆞ고ᄌᆞ ᄒᆞᄆᆡ 가(假) 향년이 날이 발셔 져므러 도라가디 못ᄒᆞ게 ᄒᆞ여시믈 일ᄏᆞ라 ᄉᆡ비 힝ᄒᆞ렷노라 ᄒᆞᄂᆞᆫ디라. 부인이 그러히 넉여 도라가기롤 ᄌᆡ쵹디 아니ᄒᆞ니 향년이 드ᄃᆡ여 입쥬(入廚)ᄒᆞ여 동항(同行)으로 더브러 찬션(饌膳)을 맛보ᄂᆞᆫ 쳬ᄒᆞ여 닌흥·닌영 두 공ᄌᆞ의 셕식(夕食)을 ᄒᆞᆫ 상의 노화시믈 보고 환약을 가져 ᄀᆞ마니 찬션(饌膳)의 화(和)ᄒᆞ여 듕목(衆目)이 보디 못ᄒᆞ게 ᄐᆞ기롤 다

ᄒᆞ여 이공ᄌᆞ(二公子) 식상(食床)을 드러 즉시 ᄂᆡ여보ᄂᆡ니 공ᄌᆞ 형뎨
ᄂᆞᆫ 셔부로셔 갓 도라와 ᄌᆞ젼의 뵈고 ᄇᆞ야흐로 셕반(夕飯)을 기다렷ᄂᆞᆫ
디라. 찬딘(饌珍)의 요약(妖藥)이 셧겨시믈 아디 못ᄒᆞ고 쾌(快)히 딘
(盡)ᄒᆞ여 임의 그ᄅᆞᆺ시 븨ᄆᆡ 상을 믈니고 닌듕으로 더브러 졍헌의 ᄒᆡᆼ
ᄆᆡ(行馬)ᄒᆞᆯᄉᆡ 잔양(殘陽)이 셔원의 그림디며 낙일(落日)이 함디(咸
池)의 ᄡᅥ러디니 뎡히 ᄇᆡᆨ월(白月)이 부명(復明)ᄒᆞ믈 기다리더니 소부
50면 인 ᄒᆡᆼ게(行車) 문의 님ᄒᆞ엿다 ᄒᆞᄂᆞᆫ디라. 닌듕이 쏄니 ᄂᆡ러 회부(回府)
ᄒᆞ여 거교(車轎)ᄅᆞᆯ 맛고 닌흥 등이 ᄯᅩᄒᆞᆫ 밧 문의셔 ᄎᆡ륜(彩輪)을 밧
드러 닌듕과 ᄒᆞᆫ가디로 취루의 니ᄅᆞ니 부인이 교듕(轎中)의셔 통셩(痛
聲)이 미미(微微)ᄒᆞ여 니마의 손을 밧쳐 몸을 교듕(轎中)의 더디고 딤
ᄌᆞᆺ 병세 엄엄(奄奄)ᄒᆞᆫ ᄃᆞᆺᄒᆞ니 닌듕이 거ᄌᆞᆺ 창황(蒼黃)ᄒᆞᆫ ᄉᆞᄉᆡᆨ(辭色)
을 짓고 녹빙 등이 부인의 블평(不平)ᄒᆞ시믈 일ᄏᆞ라 바로 침금(寢衾)
을 포셜(鋪設)ᄒᆞ라 ᄒᆞᄂᆞᆫ디라. 닌흥 등이 ᄯᅩᄒᆞᆫ 놀나 졸연(猝然) 이갓
치 블평ᄒᆞ시믈 경녀(驚慮)ᄒᆞ여 므ᄉᆞᆫ 증훤(徵候)고 뭇ᄌᆞ오며 약 쓰믈
의논ᄒᆞ니 ᄒᆞ믈며 니부인의 민황(憫惶)ᄒᆞ믈 ᄯᅩ 엇디 비ᄒᆞᆯ 곳이 이시리
오? 년망(連忙)이 당하(堂下)의 나려 구ᄉᆞᆯ 발을 들혀고 부인을 븟드
러 실(室)의 입ᄒᆞ여 나ᄌᆞᆨ이 좌하(座下)의 ᄌᆡᄇᆡᄒᆞ고 안셔(安舒)히 ᄉᆞ
러 존후의 블예(不豫)ᄒᆞ시믈 뭇ᄌᆞ와 대단ᄒᆞ시믈 초황(焦惶)ᄒᆞ며 블쵸
(不肖)ᄒᆞ므로뼈 즉시 아디 못ᄒᆞ여 시호(侍護)ᄒᆞᄂᆞᆫ 도리ᄅᆞᆯ 폐ᄒᆞ믈 쳥
죄(請罪)ᄒᆞ니 부인이 즉시 상요의 쓰러져 식부(息婦)의 말을 화연(和
51면 然)이 답ᄒᆞ여 “이러ᄐᆞᆺ 블평ᄒᆞ미 ᄊᆡ 오라디 아녀라.” ᄒᆞ고 홍화방의셔
거교(車轎)의 들 ᄊᆡ의 ᄀᆞᆺᄐᆞ여 통세(痛勢) 업ᄉᆞ므로 셔아로 향코ᄌᆞ ᄒᆞ
다가 믄득 식경(食頃)이 못 ᄒᆞ여 두골(頭骨)이 ᄲᆞᆯ히ᄂᆞᆫ ᄃᆞᆺᄒᆞ고 ᄇᆡᆨ톄(百

體) 어득ᄒᆞ여 신졍(神精)이 홀난(忽亂)ᄒᆞᆫ 고로 능히 긔운을 슈습(收拾)디 못ᄒᆞ여 셔부로 가디 못ᄒᆞ고 도라오믈 니ᄅᆞ며 닌듕을 믈너가라 ᄒᆞ여 니ᄅᆞᄃᆡ

"깁흔 병이 아니오 현뷔 겻ᄐᆡ 이셔 구호(救護)ᄒᆞᄆᆡ 여등(汝等)의 어ᄌᆞ러이 짓궤여 병 구완ᄒᆞᄆᆡ셔 나으니 모로미 나아가 이시라."

닌듕이 ᄀᆞ장 민연(憫然)ᄒᆞ여 ᄒᆞ나 마디못ᄒᆞ여 쳥ᄉᆞ(廳舍)로 나와 닌흥 등으로 더브러 나가고 쇼화부인이 ᄎᆞ부(次婦) 소시[98]와 녀ᄋᆞ(女兒) 셩염으로 더브러 춰루의 니ᄅᆞ러 소부인으로 셔로 볼ᄉᆡ 비록 슈히 도라오믈 흔ᄒᆡᆼ(欣幸)ᄒᆞ나 신긔(身氣) 대단이 블평ᄒᆞ믈 인ᄉᆞᄒᆞ니 소부인이 계오 븟들녀 녜(禮)를 베플고 ᄡᅳ러져 십분(十分) 황미현난(惶迷眩亂)ᄒᆞ여 언어를 잘 일우디 못ᄒᆞᄂᆞᆫ ᄃᆞᆺᄒᆞ고 다만 셔아로 가려 ᄒᆞ다가 현혼증(眩昏症)이 졸발(卒發)ᄒᆞ여 통셰 급ᄒᆞᆫ 고로 이에 도라오믈 ᄃᆡ(對)ᄒᆞ니 쇼화부인이 심니(心裏)의 의아ᄒᆞ여 사름의 딜발(疾發)ᄒᆞ미 혹 졸연 급ᄒᆞ미 업디 아니나 거듕(車中)의셔 이러ᄐᆞᆺ ᄒᆞᄃᆡ 도로 소아로 드러가디 아니코 신고(辛苦)히 이에 도라오미 필유묘맥(必有妙脈)ᄒᆞ믈 디긔ᄒᆞ야 그윽이 념녀ᄒᆞᄃᆡ ᄉᆞ식디 아니코 좌(座)를 일웟더니 시ᄋᆡ(侍兒) 믄득 창황(蒼黃)이 고ᄒᆞᄃᆡ 52면

"이공ᄌᆡ(二公子) 이에 퇴ᄒᆞ여 셔ᄌᆡ(書齋)로 나가다가 공연(空然)이 구토(嘔吐)ᄒᆞ고 인ᄉᆞ(人事)를 모로신다 ᄒᆞ고 쇼낭군이 븟드러 경황(驚惶)ᄒᆞ믈 니긔디 못ᄒᆞ야 부인긔 밧비 고ᄒᆞ라 ᄒᆞ시ᄂᆞ이다."

98 ᄎᆞ부(次婦) 소시: 차부 소씨. 정염과 소화부인의 둘째 아들 정인유의 부인 소씨를 가리킴.

쇼화부인이 경동안식(驚動顔色)ᄒᆞ여 즉시 니러 침누(寢樓)로 도라올ᄉᆡ 니부인이 하당숑디(下堂送之)ᄒᆞ여 존고(尊姑) 환휘(患候) 여ᄎᆞᄒᆞ시므로 침뎐(寢殿)의 조ᄎᆞ 뫼시디 못ᄒᆞᆷ을 일ᄏᆞᄅᆞ니 부인이 창황(蒼黃) 듕이나 밤을 무ᄉᆞ히 디ᄂᆡ라 ᄒᆞ고 침소(寢所)의 도라와 두 공ᄌᆞ의 유모와 시녀 등을 명ᄒᆞ여 냥ᄌᆞ(兩子)ᄅᆞᆯ 편ᄒᆞᆫ 상(床)의 누여 븟드러 오라 ᄒᆞ니 시녀 등이 승명젼도(承命顚倒)ᄒᆞ여 닌의[99]로 더브러 이 공ᄌᆞᄅᆞᆯ 븟드러 ᄒᆡ일누의 니ᄅᆞ니 부인니 밧비 냥ᄌᆞᄅᆞᆯ 더운 곳의 편히 누이고 신ᄉᆡᆨ(神色)을 ᄉᆞᆲ피ᄆᆡ 옥면(玉面)이 한회(寒灰) ᄀᆞᆺ고 슈족(手足)이 어롬 ᄀᆞᆺᄐᆞ여 긔운이 막혓ᄂᆞᆫ디라. 비록 관홍(寬弘)ᄒᆞ고 침듕(沈重)ᄒᆞ
53면 여 경도(驚倒)ᄒᆞ고 조급(早急)ᄒᆞᆫ 셩졍(性情)이 아니로ᄃᆡ 냥ᄌᆡ(兩子) 일시의 혼도(昏倒)ᄒᆞ여 엄엄위위(奄奄萎萎)ᄒᆞ미 목젼(目前)의 일이 날 ᄃᆞᆺᄒᆞᆫ 바의 가듕(家中)의 일 아ᄂᆞᆫ 남졍(男丁)이 잇디 아니니 엇디 창황망극(悵遑罔極)디 아니리오? ᄲᆞᆯ니 쥬부 하관 셜침의게 약을 드리라 ᄒᆞ니 원ᄂᆡ 셜침이 의리(醫理)ᄅᆞᆯ 널니 아ᄂᆞᆫ디라. 이 공ᄌᆡ 일시의 구토ᄒᆞ고 혼도ᄒᆞᆷ을 경악ᄒᆞ여 즉시 여러 가디 단약(丹藥)을 밧드러 올니고 만만코 그럴 니 업ᄉᆞ나 곤계(昆季) 홈긔 긔졀(氣絶)ᄒᆞ미 이상ᄒᆞ고 의심되니 ᄒᆡ독졔(解毒劑)ᄅᆞᆯ ᄡᅧ보시믈 주ᄒᆞ여 ᄯᆞ로 ᄒᆞᆫ 봉을 올니니 부인이 녀부(女婦)ᄅᆞᆯ 도라보아 ᄀᆞᆯ오ᄃᆡ

"셜쥬부의 말이 깁히 ᄉᆡᆼ각ᄒᆞᆫ ᄇᆡ라. ᄒᆡ독약을 ᄡᅳ미 ᄀᆞᆺᄐᆞ여 ᄒᆡ롭디 아니리니 몬져 시험ᄒᆞ여 볼 거시라."

---

99 닌의: 인의. 정인의. 정염의 서제 정섬의 아들.

ᄒᆞ고 즉시 온ᄎᆞ(溫茶)의 화ᄒᆞ여 이ᄌᆞ(二子)의 입의 드리오니 ᄀᆞ장 이윽ᄒᆞᆫ 후 냥공ᄌᆡ 회소(回蘇)ᄒᆞ여 졍신을 거두어 인ᄉᆞ롤 출히나 흉복(胸腹)의 칼히 결니고 후간(喉間)의 블이 니러날 ᄃᆞᆺᄒᆞᄆᆞᆯ 닐너 능히 알프믈 춤디 못ᄒᆞ니 부인이 그 ᄉᆡᆼ되(生道) 이시믈 환ᄒᆡᆼ(歡幸)ᄒᆞ나 통셰 비경(非輕)ᄒᆞᄆᆞᆯ 초려(焦慮)ᄒᆞ여 닌듕·닌의로 ᄒᆞ여곰 셜쥬부롤 보와 증후(症候)롤 니ᄅᆞ고 의약(醫藥)을 의논ᄒᆞ라 ᄒᆞ니 닌듕은 모환(母患)을 의려(疑慮)ᄒᆞᄂᆞᆫ ᄀᆞ온ᄃᆡ 두 공ᄌᆞ의 공연이 혼졀ᄒᆞᄆᆞᆯ 경악블승(驚愕不勝)ᄒᆞ여 초조젼우(焦燥煎憂)ᄒᆞᄂᆞᆫ 모양을 디으니 스ᄉᆞ로 몸을 알ᄂᆞᆫ 바의 더은 ᄃᆞᆺᄒᆞ니 화부인이 그 딘심(眞心)이 아니믈 텬연(天然)치 아니케 넉일디언졍 냥ᄌᆞ(兩子)의 독을 먹으미 져 모ᄌᆞ의 용ᄉᆞᄒᆡᆼ계(用事行計)ᄒᆞᆷ은 오히려 ᄭᆡ닷디 못ᄒᆞ더라. 닌듕이 닌의로 더브러 드러와 약을 드리고 밧비 달혀 ᄡᅳᆷ을 고ᄒᆞᆫᄃᆡ 화부인이 친히 소시와 녀ᄋᆞ(女兒)로 더브러 두 복(袱)을 몬져 달힐ᄉᆡ ᄡᅵ의 상시ᄂᆞᆫ 친당(親黨)의 도라가고 셔쇼랑[100]이 역시 범부인을 빈견(拜見)ᄒᆞ라 셔아의 가시니 ᄐᆡᆨ듕(宅中)이 공허ᄒᆞ여 좁은 집이 황연(荒煙)이 닐너지고 나즌 각듕(閣中)이 돈연(頓然)이 놉하지니 적적(寂寂)ᄒᆞ며 소조(蕭條)ᄒᆞ미 즐겁던 심ᄉᆞ(心思)라도 쳐초(凄楚)ᄒᆞᄆᆞᆯ 니긔디 못ᄒᆞᆯ ᄇᆡ어ᄂᆞᆯ ᄒᆞᄆᆞᆯ며 몽ᄆᆡ(夢寐)의도 ᄉᆡᆼ각디 아닌 우환(憂患)이 ᄡᅡᆼ으로 졀급(切急)ᄒᆞ미리오? ᄌᆞ연 황황망조(遑遑罔措)ᄒᆞ여 니시롤 도라 념녀치 못ᄒᆞᆯ ᄲᅮᆫ 아니라 월난·홍도 등이 뎐ᄒᆞ여 쇼져의 말ᄉᆞᆷ으로 이공ᄌᆞ(二公子)의 병후(病候)롤 므ᄅᆞ니

54면

55면

100 셔쇼랑: 서소랑. 정겸의 부인이자 서태부인의 조카딸.

별단괴란(別段壞亂)이 이시믄 아디 못ᄒᆞ고 순순(恂恂)이 답ᄒᆞᄃᆡ 비록 혼도(昏倒)ᄒᆞᆫ 증세ᄂᆞᆫ 회소(回蘇)ᄒᆞ나 통셴즉 위급ᄒᆞ믈 니ᄅᆞ고 또 ᄒᆞᆫ 소부인 긔운을 므른즉 혼혼블셩(昏昏不成)ᄒᆞ미 ᄒᆞᆫ갈ᄀᆞᆺ다 ᄒᆞ고 또 닌듕이 ᄌᆞ후(慈候)롤 ᄉᆞᆯ피라 쉬각으로 가노라 ᄒᆞ니 반ᄃᆞ시 그런가 넉이고 ᄉᆞ이롤 타 황황초조(遑遑焦燥)ᄒᆞᄂᆞᆫ 즈음의 믄득 음샤간계(陰事奸計)로 셩염쇼져의 빙옥조힝(氷玉操行)을 흐리워 허명(虛名)의 망측(罔測)ᄒᆞ믈 도라보ᄂᆡ고져 ᄒᆞ믈 엇디 뜻ᄒᆞ리오? 져슈방계(咀數方計)로 ᄇᆡᆨ슈(伯嫂)롤 ᄒᆡ코져 ᄒᆞ다가 계괴 니디 못ᄒᆞ여 요ᄉᆞ잡술(妖邪雜術)이 셩덕슉녀(盛德淑女)의 당당(堂堂)ᄒᆞᆫ 졍긔(精氣)롤 범(犯)치 못ᄒᆞᄆᆡ 초분한돌(焦憤恨突)ᄒᆞ여 흉독(凶毒)히 ᄒᆡᄒᆞ믈 도로혀 모부인긔 미더두고 악심(惡心)과 요장(妖腸)을 번뒤쳐[101] 셩염쇼져[102] ᄒᆡᄒᆞ믈 착의(着意)ᄒᆞ여 경조공[103]의 ᄋᆡᄌᆞ롤 쾌복(快復)고져 ᄒᆞᄃᆡ 쏘ᄒᆞᆫ 져의 심ᄉᆞ롤 모친긔 고치 아냐 녹빙과 초아롤 당부ᄒᆞ야 화상(畵像)으로뼈 당싱

56면 쇽이믈 블츌구의(不出口外)ᄒᆞ고 임의 댱공ᄌᆞ의 화상(畫像)을 일우고 또 필쳬(等體)롤 모써 ᄌᆞ획(字劃)이 ᄀᆞᆺ기롤 공부ᄒᆞᄆᆡ ᄌᆡ죄(才調) 졀등(絶等)ᄒᆞᆫ 바의 능치 아니미 업ᄂᆞᆫ디라. 셔너 장(張) 조희롤 흐리오ᄆᆡ 창농(蒼龍)[104] 웅호(熊虎) ᄀᆞᆺᄐᆞᆫ 필획(筆劃)이 완연(宛然)이 댱삼낭[105]의 슈젹(手蹟)이라. 일슈(一首) 시롤 디어 남녀의 화상(畫像)을 밧고와 기

101 번뒤쳐: 번드치다. 물건을 한 번에 뒤집다.

102 셩염쇼져: 성염소저. 정염과 소화부인의 딸, 장세린의 부인.

103 경조공: 소화부인의 남편 정염을 가리킴.

104 창농(蒼龍): 창룡. 사신(四神)의 하나로 동쪽 방위를 지키는 신격.

105 당삼낭: 장삼랑. 장세린. 장헌과 박부인의 셋째 아들.

리 신믈(信物)을 삼ᄂᆞᆫ 뜻을 표ᄒᆞ여 음일광탈(淫佚狂奪)ᄒᆞ믈 시의 결결(切切)이 낫타ᄂᆡ여 사ᄅᆞᆷ으로 ᄒᆞ여곰 ᄒᆞᆫ번 보ᄆᆡ ᄒᆡ분타비(駭忿唾鄙)ᄒᆞ믈 마디 아니케 ᄒᆞ여 화도(畫圖)의 ᄒᆞᆫ가디로 모라 간ᄉᆞ(幹事)ᄒᆞ엿더니 이날 초아ᄅᆞᆯ 블너 그윽ᄒᆞᆫ 곳의셔 ᄀᆡ용단(改容丹)을 먹여 셩염쇼져의 비ᄌᆞ(婢子) 빵난이 되엿ᄂᆞᆫ디라. 닌듕이 손벽쳐 묘(妙)코 묘ᄒᆞ믈 일ᄏᆞ라 화도ᄅᆞᆯ 주어 상운각[106] 듕의 가 여ᄎᆞ여ᄎᆞ하라 ᄒᆞ니 초ᄋᆡ 슈명(受命)ᄒᆞ여 운각의 가니 이ᄯᆡ 빵난은 쇼져ᄅᆞᆯ 뫼셔 뎡당(正堂)의 잇고 쇼져의 유랑(乳娘)은 이공ᄌᆞ(二公子)의 병후ᄅᆞᆯ 보고 황황(遑遑)ᄒᆞ여 운각을 딕희디 못ᄒᆞ고 ᄋᆞ시비(兒侍婢) 슈인(數人)이 이에 이시ᄃᆡ 쇼져의 톄ᄒᆡᆼ(體行)과 녜뫼(禮貌) 슉뎡(肅靜)ᄒᆞᆫ디라. 임의 밤이 깁허시니 57면 도라오디 아닐 바ᄅᆞᆯ 알고 후호(後戶)와 협실(夾室)을 다 봉쇄(封鎖)ᄒᆞ여 요금(褥衾)을 상샹(床上)의 ᄇᆞᆺ흔 ᄌᆡ 두고 댱(帳)을 드리온 후 져희 냥인은 댱외(帳外)의 머리ᄅᆞᆯ 맛초와 몽농(朦朧)이 잠을 일울디언졍 조심ᄒᆞ고 경근(敬謹)ᄒᆞ미 쇼져ᄅᆞᆯ 시위(侍衛)ᄒᆞᆷ ᄀᆞᆺᄐᆞ니 이ᄂᆞᆫ 쇼져의 거쳐ᄒᆞ던 소(所)와 의금즙믈(衣衿什物)이 이시므로쎄라. 쇼확(少獲)과 디우쳔비(至于賤婢)라도 계집의 ᄒᆡᆼ(行)은 반ᄃᆞ시 뎡녈(貞烈)ᄒᆞ고 절ᄒᆡᆼ(節行)을 올히 넉이니 일ᄌᆞᆨ 졍부 시녀양낭(侍女養娘)의 ᄋᆡ츈(愛春)ᄒᆞᄂᆞᆫ 뜻이 업고 두 디아비 셤김도 변괴(變怪)로 알 쁜 아니라 비록 과시(過時)ᄒᆞ미 잇고 어버이 업셔도 ᄌᆞ연이 친쳑과 동항(同行)의 디휘(指揮)ᄅᆞᆯ 듯고 쥬인의 명ᄒᆞ믈 기다려 인눈(人倫)을 졸힐디언졍 스

---

106 상운각: 정성염의 처소.

ᄉᆞ로 사ᄅᆞᆷ을 구ᄒᆞ여 남모로게 음샤비ᄒᆡᆼ(淫事鄙行)이 이신ᄌᆞᆨ 져마다 타비욕ᄆᆡ(唾鄙辱罵)ᄒᆞ여 일셕(一夕)의 잔 마시믈 원치 아니니 이거시 다 주인의 ᄆᆞᆰ은 규법(規法)과 어진 교화로 비로ᄉᆞ미라. 그 군ᄉᆞ(軍士)ᄅᆞᆯ 보ᄆᆡ 댱슈(將帥)ᄅᆞᆯ 알디어ᄂᆞᆯ ᄂᆡ듕 요인(妖人)이 셩염쇼져긔 참누
58면 (慚累)ᄅᆞᆯ 도라보ᄂᆡ고ᄌᆞ 이 갓ᄐᆞᆫ 흉ᄉᆞ(凶事)ᄅᆞᆯ ᄒᆡᆼᄒᆞ니 비록 허무ᄆᆡᆼ낭(虛無孟浪)ᄒᆞ고 됴흐며 ᄆᆞᆰ으미 ᄇᆡᆨ옥(白玉)을 유하(有瑕)ᄒᆞ고 쳥빙(淸氷)을 혼탁(混濁)ᄒᆞ나 일시 허명(虛名)이 엇디 ᄒᆡ연참측(駭然慘測)디 아니리오? 초ᄋᆡ 빵난의 얼골을 비러 방ᄌᆞ(放恣)히 ᄀᆡ호입실(開戶入室)ᄒᆞ니 냥시ᄋᆡ(兩侍兒) 공ᄌᆞ의 환후ᄅᆞᆯ 뭇고 쇼져의 인ᄒᆞ여 나오디 못ᄒᆞᆯ 바ᄅᆞᆯ 뭇ᄂᆞᆫ디라. 초ᄋᆡ 왈

"두 공ᄌᆡ 위름(危懍)ᄒᆞ시미 낫디 아니시므로 쇼졔 부인을 뫼셔 ᄇᆡ야흐로 구호ᄒᆞ시니 엇디 ᄉᆞ침(私寢)의 믈너 오시리오? 날노 ᄒᆞ여곰 협실의 드러가 온의(溫衣)ᄅᆞᆯ 가져오라 ᄒᆞ시거ᄂᆞᆯ 이의 왓더니 엇디 문을 잠갓ᄂᆞ뇨? 모로미 쇠ᄅᆞᆯ ᄂᆡ라."

냥시ᄋᆡ 왈

"후호와 협실을 ᄌᆞᆷ으고 쇠ᄅᆞᆯ 유랑(乳娘)을 주어 쇼져긔 올니라 ᄒᆞ엿더니 쇼졔 온의ᄅᆞᆯ ᄂᆡ여오라 ᄒᆞ시며 쇠ᄅᆞᆯ 주지 아니시더냐?"

초ᄋᆡ ᄒᆡᆼ혀 일이 발가(發覺)ᄒᆞᆯ가 외겁(畏怯)ᄒᆞ여 ᄀᆞᆯ오ᄃᆡ

"공ᄌᆞ의 환후로 하 황황(遑遑)ᄒᆞ니 유랑이 반ᄃᆞ시 쇼져긔 즉시 드리디 못ᄒᆞ엿도다. 그리면 이ᄃᆡ로 가 쥬(奏)ᄒᆞ리라. 쇼졔 또 연갑(硯匣)
59면 의 ᄉᆡᆼ강(生薑)을 너허시니 가져오라 ᄒᆞ시더라."

ᄒᆞ며 쟝ᄂᆡ로 드러가니 냥시ᄋᆞᄂᆞᆫ 무심ᄒᆞ여 ᄉᆞᆯ피지 아니코 빵난이 원간 쇼져의 복심비ᄌᆞ(腹心婢子)로 범ᄉᆞ(凡事)ᄅᆞᆯ 쇼져의 명을 조ᄎᆞ 가

음아ᄂᆞᆫ디라[107] 구ᄐᆞ여 의심치 아니ᄒᆞ니 초의 협실이 잠겻고 좌우로 도라보와 셔안(書案)의《효경》과《녈녀젼》을 ᄲᅮ하실 ᄯᆞ름이오 다른 즙믈(什物)은 보디 못ᄒᆞ니 픔 가온ᄃᆡ 화도(畫圖)롤 허슈히 ᄂᆡ여 더디고 오디 못ᄒᆞ고 공ᄌᆞ 브ᄃᆡ 깁히 간ᄉᆞ(幹事)ᄒᆞ고 오라 ᄒᆞ여시므로 졍히 곰촐 곳을 엇디 못ᄒᆞ여 ᄒᆞ다가 방구셕 ᄒᆞᆫ 모ᄒᆡ 번듯ᄒᆞᆫ 듁협(竹匧)이 노혀시믈 보고 대희(大喜)ᄒᆞ여 거ᄌᆞᆺ ᄉᆡᆼ강을 녓ᄂᆞᆫ ᄃᆞ시 덤벙여 냥시ᄋᆞ의 의심을 업게 ᄒᆞ고 화도롤 가져 협듕(匧中)의 드리치고 ᄶᅩᆺ니 나와 닌듕을 보고 협실이 잠겨시니 ᄯᅩᄒᆞᆫ 홀일업셔 외면회단(外面回丹)을 주어 초아의 본상(本像)을 경ᄀᆡᆨ(頃刻)의 회복ᄒᆞ여 취루로 드려보ᄂᆡ고 ᄀᆞ마니 우어 혜오ᄃᆡ '죵ᄆᆡ(從妹) 상협(床匧)을 들혀다가 반ᄃᆞ시 삼혼(三魂)이 비월(飛越)ᄒᆞ고 칠ᄇᆡᆨ(七魄)이 표탕(飄蕩)ᄒᆞ여 놀나믈 뎡(定)치 못ᄒᆞ려니와 즈레 업시ᄒᆞ여 합죡(合族) 졔인(諸人)의 아디 못ᄒᆞ미 될딘ᄃᆡ 쳥문(聽聞)의 블미(不美)ᄒᆞ미 업ᄉᆞ리니 연즉(然則) 일가(一家)ᄂᆞᆫ 그 누셜(陋說)을 원통(怨痛)이 넉이리로다.' ᄒᆞ고 향ᄌᆞ(嚮者) 듕양일(重陽日)의 댱삼낭이 상운각을 쳠망(瞻望)ᄒᆞ여 혼졀(昏絶)ᄒᆞ믈 타인은 아디 못ᄒᆞ나 닌듕은 임의 져의 손으로 비져 댱공ᄌᆞ로 ᄒᆞ여곰 그 디경(地境)의 니ᄅᆞ게 ᄒᆞ여시므로 셩염쇼져롤 ᄉᆞ상(思想)ᄒᆞ민 줄을 디긔(知機)ᄒᆞ여 그ᄉᆞ이 파경(破鏡)이 분난(紛亂)ᄒᆞ고 탕일(蕩逸)ᄒᆞ여 댱ᄉᆡᆼ은 취광(醉狂)ᄒᆞ며 음황(淫慌)ᄒᆞ여 무식패려(無識悖戾)의 허믈이 듕(重)ᄒᆞ고 쇼져ᄂᆞᆫ 션음(宣淫)ᄒᆞ며 난탕(亂蕩)ᄒᆞ여 왕교랑·가 60면

107 가음아ᄂᆞᆫ디라: 가음알다. 관장하다, 다스리다.

운화(賈雲華)[108]의 더은 누명(陋名)을 깃치고즈 ᄒᆞ니 화도(畫圖)와 작시(作詩)ᄒᆞᆫ 바롤 쇼져 각듕(閣中)의 두미 쏘ᄒᆞᆫ 욕(辱)이 아니라 못 ᄒᆞ려니와 듁쳡인ᄌᆞᆨ 쇼져의 협시(篋笥) 아니라. 맛촘 영유랑의 쓰던 바로 방구셕의 노홧더니 초ᄋᆡ 그릇 쇼져의 협ᄉᆞ로 아라 화도롤 이에 드리치고 가ᄃᆡ 유랑이 아디 못ᄒᆞ고 졔 시ᄋᆡ ᄉᆡ닷디 못ᄒᆞ니 쇼져야 더옥

61면 엇디 이러틋 음샤괴이(陰邪怪異)ᄒᆞᆫ 바의 미쳐 의심ᄒᆞ미 이시리오? 상운각 비쥐(婢主) 다 몽ᄆᆡ(夢寐)의도 의려(疑慮)치 아니ᄒᆞ니 닌듕이 힝계(行計)ᄒᆞ미 묘ᄒᆞ믈 스ᄉᆞ로 암희(暗喜)ᄒᆞ더라. 이날 소부인이 두 낫 독약으로뼈 사롬이 죽디 아니나 ᄒᆞᆫ번 먹으ᄆᆡ 두어 시긱이 넘디 못ᄒᆞ여셔 신졍(神精)이 혼난(混亂)ᄒᆞ고 격간(膈間)이 막딜녀 엄엄(奄奄)이 인ᄉᆞ롤 모로고 위위(萎萎)히 긔운을 슈습디 못ᄒᆞ여 닌흥과 닌영을 빵(雙)으로 위틱(危殆)케 ᄒᆞ믄 쇼화부인으로 ᄒᆞ여곰 경황망극ᄒᆞ여 니시롤 녀렴(慮念)치 못ᄒᆞ며 ᄌᆞ긔 ᄒᆞᄂᆞᆫ 일을 ᄉᆞᆯ피디 못ᄒᆞ게 ᄒᆞ미라. 임의 힝계ᄒᆞᄆᆡ ᄆᆞ음을 조ᄎᆞ 과연 냥공지 혼도(昏倒)ᄒᆞ미 화부인의 초삭우젼(焦削憂煎)ᄒᆞ믈 깃쳐 딘실노 타ᄉᆞ(他事)롤 결을치 못ᄒᆞᆯ 바의 이시니 거즛 현혼(眩魂)ᄒᆞ여 누어 졍신을 되ᄎᆞᆺ디 못ᄒᆞᄂᆞᆫ 둣ᄒᆞ나 심하(心下)의 흔힝(欣幸)ᄒᆞ믈 엇디 비ᄒᆞᆯ 곳이 잇시리오? 이에 야심(夜深)ᄒᆞ믈 기다려 녹빙으로 ᄒᆞ여곰 두어 그릇 미듁(米粥)을 나오라 ᄒᆞ니 빙

62면 이 임의 부인의 디휘(指揮)롤 드럿ᄂᆞᆫ디라. 엇디 잠간(暫間)이나 그릇ᄒᆞ미 이시리오? 온미(溫糜) 두 그릇ᄉᆞᆯ 즉시 나오ᄃᆡ 부인이 발셔 쇼져

108 가운화(賈雲華): 명나라 이정(李禎)의 전기소설인 《전등여화(剪燈餘話)》 〈가운화환혼기(賈雲華還魂記)〉의 여주인공 이름.

의게 드리ᄂᆞᆫ 바ᄂᆞᆫ 뎨일(第一) 독약(毒藥)을 두어 쇼져와 복ᄋᆞ(腹兒)ᄅᆞᆯ
아오로[109] 죽게 ᄒᆞ니 이부치 약을 쓰ᄆᆡ 심상(尋常)ᄒᆞ여 젼일(前日) 시험
(試驗)ᄒᆞ미 ᄒᆞᆫ두 번이 아니로ᄃᆡ 쇼졔 능히 안온평길(安穩平吉)ᄒᆞ니
근일(近日)의 다ᄃᆞ라ᄂᆞᆫ 도로혀 독약을 긋쳣더니 여러 가디로 시험코
져 ᄒᆞ여 몬져 독약을 온미의 화(和)ᄒᆞ여 나올ᄉᆡ 스ᄉᆞ로 온미ᄅᆞᆯ 들고
쇼져ᄅᆞᆯ 화평(和平)이 권(勸)ᄒᆞ여 먹기ᄅᆞᆯ 감히 샤양(辭讓)치 못ᄒᆞ게 ᄒᆞ
니 쇼졔 바야흐로 복통(腹痛)이 동(動)ᄒᆞᄂᆞᆫ 바의 의심된 딘미(珍味)ᄅᆞᆯ
딘(進)ᄒᆞ미 졀박(切迫)ᄒᆞᄃᆡ 부인의 ᄯᅳᆺ을 앙탁(仰度)거니 엇디 샤양ᄒᆞ
여 아니 먹으믈 어드리오? 나ᄌᆞᆨ이 부인의 딘ᄒᆞ시믈 보고 날호여 일긔
(一器) 온미ᄅᆞᆯ 쾌히 마실ᄉᆡ 독긔 코흘 거ᄉᆞ리고 후간(喉間)이 알히ᄂᆞᆫ
ᄃᆞᆺᄒᆞ미 젼일의 더으ᄃᆡ 감히 ᄉᆞ식(辭色)디 못ᄒᆞ고 임의 딘ᄒᆞ믈 다ᄒᆞᄆᆡ
죵용(從容)히 그ᄅᆞᆺᄉᆞᆯ 믈닐ᄉᆡ 부인이 그 독약을 먹으ᄃᆡ ᄆᆡ양 무ᄉᆞ(無
事)ᄒᆞ믈 이상히 넉엿ᄂᆞᆫ 고로 금야(今夜)ᄂᆞᆫ 몸을 잠간 두로치게도 못
ᄒᆞ여 그ᄅᆞᆺᄉᆞᆯ 시ᄋᆞ로 ᄒᆞ여곰 아ᄉᆞ라 ᄒᆞ고 쇼져ᄅᆞᆯ 겻ᄐᆡ 나아오라 ᄒᆞ야 63면
ᄌᆞ긔 두 손을 주어 쥐므ᄅᆞ라 ᄒᆞ니 쇼졔 ᄯᅩ 엇디 그 ᄯᅳᆺ을 모로리오마ᄂᆞᆫ
복통이 급ᄒᆞ고 ᄐᆡ동(胎動)ᄒᆞᄂᆞᆫ 바의 괴이ᄒᆞᆫ 독약을 먹고 ᄒᆡ독약(解
毒藥)을 먹디 아녀ᄂᆞᆫ 위ᄐᆡ(危殆)키ᄅᆞᆯ 면(免)치 못ᄒᆞᆯ가 두려 ᄯᅩᄒᆞᆫ 골
흠 ᄉᆞ이의 ᄒᆡ독약을 ᄂᆡᄆᆡ 부인의 보ᄂᆞᆫ 눈이 거울도곤 ᄇᆞᆰ고 별도곤 ᄆᆞᆰ
아 잠간도 움ᄌᆞᆨ이디 아니ᄒᆞ며 무심히도 다ᄅᆞᆫ 곳을 보디 아니ᄒᆞᄃᆡ 쇼
져의 쳐변(處變)이 신긔(神奇)ᄒᆞ여 부인의 춍오영명(聽悟英明)ᄒᆞ므

109 아오로: 규장각본에는 이 단어가 생략되어 있음.

로도 이에 다ᄃᆞ라ᄂᆞᆫ ᄭᆡ닷디 못ᄒᆞ여 측냥(測量)치 못ᄒᆞᄂᆞᆫ 바의 잇ᄂᆞᆫ디라. 드ᄃᆡ여 ᄒᆡ독약을 삼키고 안셔(安舒)히 부인의 ᄡᅡᆼ슈(雙手)ᄅᆞᆯ 밧드러 쥐므ᄅᆞᆯᄉᆡ 명뫼(明眸) 미미ᄒᆞ고 원산(遠山)이 나ᄌᆞᆨᄒᆞ니 그 젹뇨(寂寥)히 태공(太空)의 머ᄅᆞᆷ ᄀᆞᆺ고 유연(幽然)이 ᄉᆞ시ᄒᆡᆼ언(四時行焉)[110]ᄒᆞᄂᆞᆫ ᄀᆡ상이라. 광염(光艶)이 아ᄅᆞᆫ아ᄅᆞᆫᄒᆞ야 옥안(玉顔)의 흐ᄅᆞ니 상운(祥雲)이 츈소(春宵)의 니러나고 됴일(照日)이 옥창(玉窓)의 휘휘(輝輝)ᄒᆞᆫ ᄃᆞᆺ 공경(恭敬)을 니긔디 못ᄒᆞᆯ ᄃᆞᆺ 근심이 무궁(無窮)ᄒᆞ야 동동
64면 (洞洞)ᄒᆞᆫ 효의(孝義)와 쵹쵹(屬屬)ᄒᆞᆫ 졍셩을 아오ᄅᆞ니 온유(溫柔)히 어엿브며 슌젼졍일(純全精一)ᄒᆞ고 졀셰(絶世)히 묘염(妙艶)ᄒᆞ미 싀랑 ᄀᆞᆺᄐᆞᆫ ᄆᆞ음과 토목(土木) ᄀᆞᆺᄐᆞᆫ 무디(無知)ᄒᆞ미라도 능히 감동ᄒᆞᆯ ᄃᆞᆺᄒᆞᄃᆡ 소시의 간악(奸惡) 심장(心臟)은 어질며 ᄀᆡ특ᄒᆞ믈 볼ᄉᆞ록 착급싀오(捉急猜惡)ᄒᆞ여 시ᄀᆞᆨ의 업시치 못ᄒᆞ믈 각골통한(刻骨痛恨)ᄒᆞ니 ᄌᆞᄀᆡ 십디(十指) 셤싊(纖手) 삭춍(削蔥) ᄀᆞᆺᄐᆞ여 타인의 손으로 다ᄅᆞ미 이시ᄃᆡ 쇼져의 호셔(瓠犀) ᄀᆞᆺᄐᆞᆫ 옥슈의 셤셤(纖纖)ᄒᆞ고 광윤(光潤)ᄒᆞ여 흰 빗치 오ᄉᆡᆨ(五色) 션몌(仙袂)의 됴요(照耀)ᄒᆞᄆᆡ 비ᄒᆞ여ᄂᆞᆫ 오히려 등하(等下)ᄒᆞ여 능히 그 ᄀᆞᆺ기ᄅᆞᆯ ᄇᆞ라디 못ᄒᆞᆯ ᄇᆡ어ᄂᆞᆯ 남젼(藍田)[111] ᄇᆡᆨ벽디환(白璧指環)을 ᄢᅧ시니 각별(各別)ᄒᆞᆫ 명쥬(明珠)ᄅᆞᆯ 가져 쇼져의 ᄀᆡᄀᆡ묘려(奇奇妙麗)ᄒᆞ며 졀이비상(絶異非常)ᄒᆞᆫ 옥슈(玉手)로 비컨ᄃᆡ 그 졔작(制作)이 누연(陋然)이 더럽고 보광(寶光)이 용이(容易)

---

110 ᄉᆞ시ᄒᆡᆼ언(四時行焉): 사시행언. 사계절이 운행한다는 뜻. 《논어》 〈양화〉의 "하늘이 무슨 말을 하는가? 그럼에도 사계절이 운행하고 만물이 생겨나지 않는가?(天何言哉 四時行焉 百物生焉)"에서 온 말.

111 남젼(藍田): 남전. 중국 섬서성 남전현의 동남쪽에 있는 산으로, 옥(玉) 산지로 유명함.

히 소조(塑造)ᄒᆞ여 블ᄉᆞ(不似)ᄒᆞ미 신변(身邊)의 딘염 ᄌᆞ디 아닌디라. 복통(腹痛)의 급(急)ᄒᆞ믈 능히 견ᄃᆡ여 ᄉᆞ쇡의 낫타ᄂᆡ디 아니나 션빈(蟬鬢)의 쥬한(珠汗)이 농농(膿膿)이 ᄠᅥ러져 화왕(花王)이 됴로(朝露)의 져ᄌᆞ며 부게(芙蕖) 취우(驟雨)를 므롭쁜 ᄃᆞᆺᄒᆞ니 부인이 시죵(始終)이 눈을 옴기디 아냐 보기를 마디 아니ᄒᆞ다가 날호여 므ᄅᆞᄃᆡ

"현뷔(賢婦) 녜 업시 쏨을 흘니니 아니 블평ᄒᆞ냐?" 65면

쇼제 브복ᄃᆡ왈(俯伏對曰)

"셩덕디하(聖德之下)의 미신(微身)이 ᄌᆞ못 무양(無恙)ᄒᆞ옵더니 금일 우연(偶然)이 쳔딜(賤疾)이 발ᄒᆞ오니 셩녀(聖慮)를 깃치올가 황공민민(惶恐憫憫)이로소이다."

부인이 쳥파(聽罷)의 번연긔신(幡然起身)ᄒᆞ여 ᄀᆞᆯ오ᄃᆡ

"금삭(今朔)이 현부의 산월(産月)이로ᄃᆡ 디금 산긔(産氣) 업ᄉᆞ믈 괴이히 넉엿더니 금일 블평ᄒᆞ미 반ᄃᆞ시 산졈(産漸)이라. 내 당긱(當刻)의 온미(溫糜)를 딘ᄒᆞ고 인ᄒᆞ여 잠간 나은 ᄃᆞᆺᄒᆞ니 현부로 더브러 운각의 나아가 ᄒᆡ만(解娩)을 등ᄃᆡ(等待)ᄒᆞ리라."

쇼제 황공블안(惶恐不安)ᄒᆞ여 나ᄌᆞᆨ이 이에셔 됴호(調護)ᄒᆞ시믈 쳥(請)ᄒᆞᄃᆡ 부인이 흔연(欣然)ᄒᆞᆫ 안식과 인ᄌᆞᄒᆞᆫ 거동(擧動)이 어딘 고모와 년노(年老)ᄒᆞᆫ 부인의 농손(弄孫)을 착급망ᄃᆡ(捉急望之)홈 ᄀᆞᆺᄐᆞ여 쌜니 니러셔며 쇼져의 손을 닛그러 좌우 시ᄋᆞ로 쇼져를 븟들나 ᄒᆞ여 깃거홈과 귀듕ᄒᆞ미 이에셔 디나미 업ᄉᆞ니 도로혀 그 분만(分娩)을 근심ᄒᆞ고 념녀ᄒᆞ여 스ᄉᆞ로 측냥(測量)치 못ᄒᆞ니 이 모양을 볼딘ᄃᆡ 엇디 츄호(秋毫) 브ᄌᆞ(不慈)ᄒᆞ미 이시리오? 쇼제 감히 존고(尊姑)를 의심ᄒᆞᆯ ᄇᆡ 아니오 또 셩회(誠孝) 특눈(特倫)ᄒᆞ므로뻐 부인의 이러틋 ᄒᆞ 66면

믈 감은(感恩)치 아니미 아니로ᄃᆡ 원ᄂᆡ 디셩디ᄌᆞ(至誠之慈)ᄂᆞᆫ 화복(禍福)을 필션디(必善之)ᄒᆞ여 션의(善意) 션디(善之)ᄒᆞ고 블션의(不善意) 앙디(怏之)ᄒᆞ니[112] 니ᄅᆞᆫ바 쳔니(千里)ᄅᆞᆯ 좌탁(坐度)이라. 비록 온침(穩沈)ᄒᆞ여 평ᄉᆡᆼ 식견(識見)이 사ᄅᆞᆷ의 넘으믈 부모 동긔라도 알게 아니 ᄒᆞ며 디극히 겸공(謙恭)ᄒᆞ여 녀풍(女風)의 상녜(常禮)도 밋쳐 ᄭᆡ닷디 못ᄒᆞ여 ᄇᆡ호디 못ᄒᆞᆫ ᄃᆞᆺᄒᆞ니 단졍녜듕(端正禮重)ᄒᆞ며 개결은슉(介潔溫淑)ᄒᆞ여 ᄇᆡᆨᄒᆡᆼ(百行)이 구비(具備)ᄒᆞ고 만ᄉᆡ(萬事) 딘션(盡善)ᄒᆞ며 텬ᄉᆡᆼ디셩(天生之性) 밧 일죽 셰상ᄉᆞᄅᆞᆯ 알호미 업ᄉᆞᆫ ᄃᆞᆺᄒᆞ나 셩효덕딜(誠孝德質)이 스ᄉᆞ로 탁이비범(卓異非凡)ᄒᆞ니 이 딘짓 요슌디셩(堯舜之聖)이라. ᄒᆞᆫ갓 셩명(性命)을 태산의 긔약(期約)ᄒᆞ여 우고화ᄋᆡᆨ(憂苦禍厄)으로ᄡᅧ 괴롭다 ᄒᆞ여 합연(溘然)이 모로고ᄌᆞ ᄒᆞᄂᆞᆫ 뉴(類)ᄅᆞᆯ 용이(容易)히 넉일 ᄲᅳᆫ 아냐 ᄌᆞ긔 죽으ᄆᆡ 패덕참과(悖德慘過)ᄂᆞᆫ 소부인긔 도라딜 바ᄅᆞᆯ 츄연(惆然)ᄒᆞ여 심니블안(心裏不安)ᄒᆞ고 ᄯᅩ 톄찰의 대효ᄅᆞᆯ 져바려 양모(養母)의 과악(過惡)을 ᄀᆞ리오디 못ᄒᆞ미 디긔ᄌᆞ(知己者)의 ᄎᆞ마 못 ᄒᆞᆯ ᄇᆡ라. 이날 운셤이 표죵(表從) 태부인을 알현(謁見)ᄒᆞ고 도라오다가 소부인 ᄒᆡᆼ게(行車) 바로 영션누로
67면 들믈 먼니셔 ᄀᆞ마니 보고 의괴(疑怪)ᄒᆞ믈 니긔디 못ᄒᆞ니 넌ᄌᆞ시 홍소다려 닐너 니부인긔 고ᄒᆞᆫᄃᆡ 쇼제 임의 혜아린 ᄇᆡ라. 다만 홍소의 다언

112 디셩디ᄌᆞ(至誠之慈)ᄂᆞᆫ ~ 앙디(怏之)ᄒᆞ니: 《명심보감》 〈계선(繼善)〉의 다음 구절에서 나온 말인 듯함. "장자가 말하기를, 나에게 선하게 하는 자에게 나 역시 선하게 하고 나에게 악하게 하는 자에게 나 또한 선하게 할 것이니라. 내가 이미 다른 사람에게 악하게 함이 없으면 다른 사람도 나에게 악하게 할 수 없기 때문이다(莊子曰 於我善者 我亦善之 於我惡者 我亦善之 我旣於人無惡 人能於我無惡哉)."

션셜(多言善說)ᄒᆞ여 닉이 보디 못ᄒᆞᆫ 바의 미샹디ᄉᆞ(未詳之事)롤 망녕되이 젼셜(傳說)ᄒᆞ믜 쇼져ᄂᆞᆫ 소부인 힝게(行車) 영션누의 니ᄅᆞ믈 젼연(全然)이 밋디 아닛ᄂᆞᆫ 톄ᄒᆞ며 여러 말 아니코 오딕 두 봉(封) 글을 가져 홍소·월난을 각각 맛디고 왈

"쪄허 볼 찌롤 피봉(皮封)의 뼈시니 삼가 어그룻디 말고 쏘 어ᄌᆞ러이 말ᄒᆞ디 말나."

냥비(兩婢) 글을 밧드러 각 회듕(懷中)의 ᄀᆞᆷ초고 빅복슈명(拜伏受命)ᄒᆞᆯ ᄯᆞᄅᆞᆷ이러라. 쇼졔 임의 범ᄉᆞ롤 혜아리고 소부인이 현혼증(眩昏症)이 나아 ᄒᆞᆫ가지로 운각의 힝코ᄌᆞ ᄒᆞ니 됴호(調護)ᄒᆞ시믈 간(諫)ᄒᆞ여 엇디 못ᄒᆞ고 일시 ᄌᆞ긔롤 위와다[113] 모든 시ᄋᆞ(侍兒)로 ᄒᆞ여곰 븟들나 ᄒᆞ믈 더옥 황연블안(遑然不安)ᄒᆞ여 스ᄉᆞ로 힝ᄒᆞ미 어렵디 아니믈 일ᄏᆞ라 시ᄋᆞ 등을 믈니치고 오딕 녹빙이 쵹(燭)을 줍아 압흘 인도(引導)ᄒᆞ고 초아·홍소 등이 뒤흘 조ᄎᆞ니 쇼져ᄂᆞᆫ 다만 부인을 뫼셔 침실(寢室)의 도라오믜 부인이 혜월을 ᄌᆡ쵹ᄒᆞ야 쇼져 침셕(枕席)을 바로ᄒᆞ야 몸을 쉬게 ᄒᆞ라 ᄒᆞ고 일변(一邊) 졔시ᄋᆞ(諸侍兒)롤 명ᄒᆞ여 운각 젼후좌우롤 졍(淨)히 쁠고 향안(香案)을 빅셜(排設)ᄒᆞ며 일변(一邊) 닌듕을 블너 약을 구ᄒᆞ니 닌듕이 임의 뎨일 독ᄌᆡ(毒材)롤 모화 두어 쳡디은 거시 잇던디라. 즉시 밧드러 나오고 역시 의ᄃᆡ(衣帶)롤 뎡(正)히 ᄒᆞ고 운각 난함(欄檻)의 국궁(鞠躬) 타디ᄒᆞ여[114] 약을 달히며 일변 합슈튝텬(合手祝天)ᄒᆞ여 존슈(尊嫂)의 무ᄉᆞ(無事)히 ᄒᆡ만(解娩)홈과 경 68면

113 위와다: 위왓다. 떠받들다.

114 타디ᄒᆞ여: 타지ᄒᆞ다. 맥락상 '살펴보다'의 뜻으로 추정.

시룰 창흥(昌興)홀 긔린(麒麟)이 나기룰 원(願)ᄒᆞ야 ᄌᆞ로 긔운을 뭇좁고 동졍(動靜)을 술피니 졍셩(精誠)이 가득ᄒᆞ야 보는 ᄌᆞ의 칭션(稱善)을 닐위ᄂᆞᆫ디라. 오날놀 모ᄌᆞ의 거동(擧動)이 근언극경(謹言極敬)ᄒᆞ야 가히 긔ᄌᆞ(其子)의 고모(顧母)와 효우(孝友)의 동긔(同氣)라. 혜월이 본ᄃᆡ 디식이 잇ᄂᆞᆫ디라 그 엇디 놀나며 의괴치 아니리오마ᄂᆞᆫ 감히 ᄉᆞ쇡디 못ᄒᆞ고 월난은 발셔 곽긔(癨氣)로 주(奏)ᄒᆞ고 하실(下室)의 퇴거(退去)ᄒᆞ엿ᄂᆞᆫ디라. 홍쇄 압히셔 ᄉᆞ후(伺候)ᄒᆞ다가 쏘 곽긔 급ᄒᆞ므로 믈너나니 ᄎᆞ냥인(此兩人)을 일시의 즛덜너[115] 업시치 못ᄒᆞ고 쥬인(主人)을 보호ᄒᆞ미 심상치 아니믈 통히(痛駭)ᄒᆞᄃᆡ 능히 연고(緣故)

69면 업시 즐튝(叱逐)지 못ᄒᆞ더니 각각 병이 급ᄒᆞ야 믈너나믈 그윽이 힝희(幸喜)ᄒᆞ나 냥시ᄋᆡ 일시의 곽긔라 ᄒᆞ믈 크게 의심ᄒᆞ여 골오ᄃᆡ

“홍쇼·월난이 단실노 일신(一身) ᄀᆞᆺ거니와 그러나 장부(丈夫) 톄골(體骨)이 ᄒᆞᆫ가디 아니라. 월난이 곽긔 이신들 홍쇄 쏠와 알하 쥬인의 산졈(産漸) 잇ᄂᆞᆫ ᄯᅢ의 시호(侍護)치 아니코 스ᄉᆞ로 졔 병을 크게 넉이ᄂᆞ뇨? 아니 홍쇼ᄂᆞᆫ 왏흐디 아닌 거술 월난을 구호(救護)코ᄌᆞ 칭병퇴거(稱病退去)ᄒᆞ미냐?”

혜월이 황공ᄃᆡ왈(惶恐對曰)

“엇디 그러ᄒᆞ리잇고마ᄂᆞᆫ 금일이 월난의 쳔ᄒᆞᆫ ᄉᆡᆼ일(生日)이옵더니 운셤이 월난으로ᄡᅧ 홍쇼의 동년동월(同年同月)의 난 ᄇᆡ라 ᄌᆞ별(自別)타 ᄒᆞ여 약간 찬미(讚美)로 셕식(夕食)을 과(過)히 먹이오니 혬 업순

---

115 즛덜너: 즛지르다. 짓지르다. 마구 찌르다.

거시 장위(腸胃) ᄎᆞᄂᆞᆫ 줄 모로고 과히 먹ᄉᆞ와 일시의 곽긔 급ᄒᆞ오니 능히 ᄉᆞ후(伺候)치[116] 못ᄒᆞ옵고 믈너나오니 이 ᄯᅩ 튱근(忠勤)치 못ᄒᆞ미라. ᄇᆞᆰ는 날 엄히 다ᄉᆞ리샤믈 기다리ᄂᆞ이다."

부인이 혜월의 근실(勤實)ᄒᆞ고 교샤(巧詐)치 아니믈 아ᄂᆞᆫ디라 이 말이 헛되디 아니믈 미더 다시 의심치 아니ᄒᆞ고 ᄀᆞ마니 계월을 명ᄒᆞ여 셤미·초아로 변용(變容)ᄒᆞᄂᆞᆫ 약을 먹여 ᄒᆡ월누의 문병(門兵)을 세워 두어 쇼화부인으로 ᄒᆞ여곰 홍쇼·월난으로 알게 ᄒᆞ여 의심을 일위디 말나 ᄒᆞ고 당부(當付)ᄒᆞ니 계월이 향년의 얼골을 비러 쇼화부인으로 ᄒᆞ여곰 술연이 쇽게 ᄒᆞ고 이공ᄌᆞ(二公子)의 찬미(饌米)의 독을 화(和)ᄒᆞ미 거ᄌᆞᆺ ᄒᆡᆼ각(行閣)의 ᄌᆞᄂᆞᆫ 쳬ᄒᆞ고 즉시 나와 외면회단(外面回丹)으로ᄡᅧ 본상(本像)을 회복ᄒᆞ여 부인을 시위ᄒᆞ엿더니 명을 밧드러 셤미ᄅᆞᆯ 디휘(指揮)ᄒᆞ여 ᄒᆡ일누의 ᄌᆞ로 문후(問候)ᄒᆞ라 ᄒᆞ고 졍히 독약이 달흐믈 기다려 닌듕이 친히 ᄣᅡ 계월을 주어 왈 70면

"존싂(尊嫂) 밧비 딘음(盡飮)ᄒᆞ시게 ᄒᆞ라."

ᄒᆞ더라.

(책임교주 조혜란)

116 ᄉᆞ후(伺候)치: 사후하다. 웃어른의 분부를 기다리다.

완월회맹연

玩月會盟宴

권디오십삼

卷之五十三

1면 어시(於是)의 닌듕이 약(藥)을 친(親)히 ᄡᆞ 계월을 주어 왈

"존싊(尊嫂) 밧비 딘음(盡飮)ᄒᆞ시게 ᄒᆞ라."

계월이 ᄯᅩᄒᆞᆫ 밧드러 쇼져의 딘ᄒᆞ시믈 쳥ᄒᆞ니 쇼졔 침금(寢衿) ᄉᆞ이의 두엇던 ᄒᆡ독약(解毒藥)을 ᄂᆡ여 손 가온ᄃᆡ 쥐여시나 복통(腹痛)이 급ᄒᆞ고 ᄐᆡ동(胎動)ᄒᆞ믈 ᄌᆞ로 ᄒᆞᄂᆞᆫ 바의 디흉(至凶)ᄒᆞᆫ 독약(毒藥)을 여러 번 딘음(盡飮)ᄒᆞ미 실노 졀박(切迫)ᄒᆞ나 존괴(尊姑) ᄃᆡ좌(對坐)ᄒᆞ여 브ᄃᆡ 먹이고 말 거시오 슉슉(叔叔)이 친히 보ᄂᆡᆫ 바ᄅᆞᆯ 샤양(辭讓)ᄒᆞ여 면ᄒᆞ리오? 쳔연(天然)이 바다 마시기ᄅᆞᆯ 다ᄒᆞᆫ 후 부인이 구미(口味)ᄅᆞᆯ 뎡(定)ᄒᆞ라 ᄒᆞ고 단 약을 주ᄃᆡ ᄯᅩ 독약(毒藥)이라. 쇼졔 바다 슈듕(手中)의 잇던 ᄒᆡ독약(解毒藥)과 밧고와 먹으니 ᄊᆡ 디나디 못ᄒᆞ야 구토(嘔吐)ᄒᆞ기ᄅᆞᆯ 시작ᄒᆞᄆᆡ ᄒᆞᆫ갓 약믈(藥物)ᄲᅳᆫ 아니라 몬져 먹은 온미(溫靡) 아오로 토ᄒᆞᄂᆞᆫ디라. 독긔(毒氣) 방듕(房中)의 가득ᄒᆞ야 좌인(坐人)의 코흘 거ᄉᆞ리고 토혈(吐血)ᄒᆞ믈 경ᄀᆡᆨ(頃刻)의 슈승(數升)이나 ᄒᆞ니 비록 딜픔(質品)이 범인(凡人)과 ᄂᆡ도ᄒᆞ미 이셔 흉독(凶

2면 毒)ᄒᆞᆫ 약(藥)을 먹으나 ᄯᅩᄒᆞᆫ ᄒᆡ독(解毒)ᄒᆞᆯ 약(藥)을 삼키고 길션복상(吉善卜相)이 간인(奸人)의 손의 맛디[1] 아니랴? 슌슌이 간인(奸人)의 독슈(毒水)ᄅᆞᆯ 먹으ᄃᆡ 명ᄆᆡᆨ(命脈)을 보젼(保全)ᄒᆞ나 ᄯᅩᄒᆞᆫ 혈육디신(血肉之身)이라 덕딜(德質)이 셩인(聖人)의 겸연(慊然)ᄒᆞ미 업고 긔셩(氣性)이 초쥰탁아(峭峻卓雅)ᄒᆞ나 본ᄃᆡ 댱쥬(莊周)의 변과 셕가(釋迦)의 허무ᄒᆞ믈 ᄇᆡ쳑(排斥)ᄒᆞ야 요샤(妖邪) 괴술(怪術)을 ᄇᆡ호디 아

1 맛디: 맛다. 마치다.

냐시니 위틱(危殆)ᄒᆞᄆᆞᆯ 당ᄒᆞ여 변화(變化)로뼈 ᄃᆡ치 못ᄒᆞᄂᆞᆫ 바의 그 상(傷)ᄒᆞ미 괴이(怪異)ᄒᆞ리오? 토혈(吐血)ᄒᆞ미 ᄯᅩᄒᆞᆫ 독약(毒藥)의 ᄒᆡ(害)라. 옥부방신(玉膚芳身)이 디란혜초(芝蘭蕙草)의 연약(軟弱)ᄒᆞᄆᆞᆯ 겸(兼)ᄒᆞ여 안흐로 방위(防圍) 슌편(順便)ᄒᆞᄆᆞᆯ 엇디 못ᄒᆞ고 슉야(夙夜)의 디우황숑(至愚惶悚)ᄒᆞ미 심연(深淵)을 님ᄒᆞ며 박빙(薄氷)을 드딤 ᄀᆞᆺ고 것ᄎᆞ로 속슈촉명(束手促命)ᄒᆞᄂᆞᆫ 도리(道理) ᄇᆡᆨ 가디로 위험(危險)ᄒᆞ니 핑조(彭祖)[2]의 슈격(壽格)을 ᄐᆞ고 쳘셕(鐵石)의 견고(堅固)ᄒᆞ미라도 이 경계(境界)의 밋쳐ᄂᆞᆫ 과연 촉슈감년(促壽減年)ᄒᆞᄆᆞᆯ 면치 못ᄒᆞ리니 심의(甚矣)라. 소부인 모ᄌᆞ(母子)와 계월 노쥬(奴主)의 간포블인(奸暴不仁)이 엇디 이ᄃᆡ도록 혹독(酷毒)ᄒᆞ야 여러 일월(日月)의 긋칠 줄을 모로ᄂᆞ뇨? 쇼졔 토혈(吐血)ᄒᆞ고 인ᄒᆞ여 긔운이 엄엄(奄奄)ᄒᆞ니 소부인이 만심(滿心) 영ᄒᆡᆼ극희(榮幸極喜)ᄒᆞᄂᆞᆫ 바의 혹ᄌᆞ(或者) 이러ᄐᆞᆺ ᄒᆞ다가도 독(毒)을 다 임의 회구(廻口)ᄒᆞ야시니 죽디 아닐가 착급(着急)ᄒᆞᄆᆞᆯ 니긔디 못ᄒᆞ니 도로혀 쇼져의 위름(危懍)ᄒᆞᄆᆞᆯ 초삭(焦爍)ᄒᆞ고 우렴(憂念)ᄒᆞᄂᆞᆫ ᄃᆞᆺ 소ᄅᆡ 밧브고 거동(擧動)이 분분(紛紛)ᄒᆞ야 ᄋᆞᄌᆞ(兒子)ᄅᆞᆯ 블너 ᄀᆞᆯ오ᄃᆡ 3면

"현뷔(賢婦) 약믈(藥物)과 향석(向夕) 먹엇던 미듁(糜粥)을 아오로 회구(廻口)ᄒᆞ고 토혈(吐血)ᄒᆞ미 놀나온디라. 네 모로미 셜쥬부ᄅᆞᆯ 보고 약(藥)을 므러 밧비 ᄡᅳ게 ᄒᆞ라."

닌듕이 응ᄃᆡ(應對)ᄒᆞ고 나ᄂᆞᆫ ᄃᆞ시 나가더니 아이오 셜침을 다려오니

---

2 핑조(彭祖): 팽조. 고양씨(高陽氏)의 현손(玄孫)으로 본명은 전갱(錢鏗). 장수(長壽)로 유명한 인물. 요순시대부터 주나라 초기까지 팔백여 년을 살았다고 함.

ᄯᆡ 텬디(天地) 긔운이 각별(各別) 광화(光華)ᄒᆞ고 명낭(明朗)ᄒᆞ야 하날 빗치 쳥명(淸明)ᄒᆞ고 상셔(祥瑞)의 긔운이 ᄉᆞ긔(四起)ᄒᆞ며 향풍(香風)이 습습(習習)ᄒᆞ야 이향(異香)이 옹비(壅鼻)ᄒᆞ니 닌듕이 의아(疑訝)ᄒᆞ고 황홀(恍惚)ᄒᆞ야 앙관텬샹(仰觀天象)ᄒᆞᄆᆡ 시방(時方) ᄌᆞ초오일(子初五日) 당망일(當望日)이라. 셩뒤(星斗) 바야흐로 빗나고 명월(明月)이 셤궁(蟾宮)[3]의 됴요(照耀)ᄒᆞ야시니 오셩(五星)이 취규(聚奎)ᄒᆞ야 광ᄎᆡ(光彩) 찬난(燦爛)ᄒᆞ고 상운셔뮈(祥雲瑞霧) 애애(靄靄)히 졔운각을 둘너 놉흔 쳥사(廳舍)와 층층(層層)ᄒᆞᆫ 계졍(階庭)이 황연ᄀᆡ명(晃然開明)ᄒᆞ니 월요됴양(月曜朝陽)이 분벽뉴리(粉壁琉
4면 璃)의 바ᄋᆡᄂᆞᆫ ᄃᆞᆺ 호발(毫髮) 셤ᄀᆡ(纖芥) 뇨료기셔(了了奇瑞)ᄒᆞᆫ디라. 이 딘실노 부상동비(扶桑東鄙)의 운건쳥텬(雲騫晴天)ᄒᆞ니 일광(日光)이 ᄉᆞ좌명(四坐明)이라 엇디 심야(深夜) 회명(晦冥)ᄒᆞᆫ 혼월(昏月)이 빗최리오? 닌듕이 의의경혹(疑意驚惑)ᄒᆞ여 반ᄃᆞ시 ᄌᆡ변(災變)인가 일졍(日精) 낙셔(落西)커나 태음(太陰)이 하텬(下天)커나 ᄒᆞᄂᆞᆫ가 넉여 거롬을 모로다가 슈히 나오디 못ᄒᆞ다가 날호여 볼을 옴기ᄆᆡ 졍신이 황홀ᄒᆞᆫ 바의 힝뵈(行步) 녜ᄉᆞ롭디 못ᄒᆞ여 층계(層階)를 헛드ᄃᆡ여 너머디니 피 뽀다디지 아니나 비각(鼻角)이 상ᄒᆞ여 가족이 버셔디고 알프미 극ᄒᆞ니 통한(痛恨)ᄒᆞ고 분연(憤然)ᄒᆞ믈 니긔디 못ᄒᆞᄃᆡ 소ᄅᆡᄒᆞ여 울믄 너모 미거(未擧)ᄒᆞ고 ᄀᆞ마니 늙히믄 도로혀 가쇼로온디라. 쳔만(千萬) 강인(强忍)ᄒᆞ여 썰치고 니러날ᄉᆡ 녹빙 등이 공ᄌᆞ의 낙

3 셤궁(蟾宮): 섬궁. 두꺼비가 산다는 월궁(月宮), 즉 달을 말함.

상(落傷)ᄒᆞ믈 부인긔 고ᄒᆞ며 일시의 븟드러 입실(入室)ᄒᆞᄆᆡ 미쳐 말을 못 ᄒᆞ여셔 니부인이 일개(一介) 편옥(片玉)을 ᄉᆡᆼᄒᆞ니 방어적미(魴魚赬尾)어ᄂᆞᆯ 왕실여훼(王室如燬)ᄒᆞᆫᄃᆡ[4] 이 딘실노 샤딕(社稷)의 대뵈(大寶)오 국가(國家)의 졍상(禎祥)이며 덕문(德門)의 경홰(慶華)오 졍가의 긔린(麒麟)이라. ᄋᆞᄒᆡ(兒孩) 나ᄆᆡ 실듕(室中)이 됴요(照耀)ᄒᆞ여 ᄒᆡ파(海波)의 금가마괴[5] 홀연이 ᄯᅥ러디고 텬샹션홰(天上仙華) 스ᄉᆞ 5면
로 나려시니 월광(月光)이 탈휘(奪暉)ᄒᆞ고 쵹영(燭影)이 쇠잔(衰殘)ᄒᆞᆫ디라. 일쳑(一尺) 신옥(新玉)이 ᄌᆞ무셔운(紫霧瑞雲) 듕의 ᄡᆞ히여 암암(黯黯)ᄒᆞᆫ 빗ᄎᆞᆯ 아라보디 못ᄒᆞ고 다만 이향(異香)이 만실(滿室)ᄒᆞ고 명광(明光)이 쇄쇄(灑灑)ᄒᆞᆯ ᄡᅳᆫ이라. 계월과 제시ᄋᆡ(諸侍兒) 망망황황(忙忙遑遑)ᄒᆞ여 좌우로 젼도(顚倒)ᄒᆞ며 아모리 ᄒᆞᆯ 줄을 모로고 즐거오미 넘찌ᄆᆡ 두리오미 님ᄒᆞ고 깃브미 과ᄒᆞᄆᆡ 근심되미 더으니 향ᄀᆡᆨ(嚮刻)[6] 쇼져의 엄엄위ᄐᆡ(奄奄危殆)턴 거동(擧動)을 츄이(推移)컨ᄃᆡ 분만(分娩)ᄒᆞ믈 인ᄒᆞ여 반ᄃᆞ시 ᄉᆡᆼ되(生道) 업ᄉᆞᆯ가 녁인 거시 도로혀 긔운이 ᄉᆡᆨᄉᆡᆨᄒᆞ고 졍신(精神)이 안한(安閑)ᄒᆞ야 낭ᄀᆡᆨ(曩刻) 토혈(吐血)ᄒᆞ고 위ᄐᆡ(危殆)턴 바로 ᄂᆡ도ᄒᆞ니 엇디 이상(異常)치 아니리오? 소부인이 년ᄒᆞ여 독을 ᄲᅧ 쇼져ᄅᆞᆯ 먹이고 밤의 모ᄌᆞ(母子) 두 사ᄅᆞᆷ

4 방어적미(魴魚赬尾)어ᄂᆞᆯ 왕실여훼(王室如燬)ᄒᆞᆫᄃᆡ: '방어 꼬리는 붉고 왕실은 불타는데'라는 뜻. 《시경》〈주남〉'여분(汝墳)'에 "방어 꼬리 붉어지고 왕실은 불타는 듯(魴魚赬尾 王室如燬)"이라는 표현이 나옴. 그 주(註)에 "방어는 힘이 약하고 비늘이 가늘다. 물고기는 피곤해지면 꼬리가 붉어진다. 방어 꼬리가 원래 흰데 지금 붉어졌다면 힘을 많이 써서 매우 피곤해진 것이다."라고 함. 현대어역에서는 산통을 겪었을 이자염과 연결하여 옮겼음.

5 금가마괴: 금까마귀. 금오(金烏)는 해를 가리킴.

6 향ᄀᆡᆨ(嚮刻): 향각. 잠시 전. 아까.

이 온가지로 독슈(毒手)ᄅᆞᆯ 시험(試驗)ᄒᆞ야 쇼져ᄅᆞᆯ 셔ᄅᆞ져[7] 그 복듕(腹中) ᄋᆞᄒᆡ(兒孩)로 일시(一時) 병멸(竝滅)ᄒᆞ믈 보고ᄌᆞ ᄒᆞᄆᆡ 그 독을 구토(嘔吐)ᄒᆞ믈 블열(不悅)ᄒᆞ여 혹ᄌᆞ(或者) 죽디 아닐가 근심ᄒᆞ나 피ᄅᆞᆯ 토ᄒᆞ고 엄엄위위(奄奄危危)ᄒᆞᆫ 형상(形象)을 보ᄆᆡᄂᆞᆫ 심니(心裏)의 흔

6면 흔쾌락(欣欣快樂)ᄒᆞ여 그ᄋᆞᆨ이 회소(回蘇)치 못ᄒᆞ믈 죄오니 그 갈망초삭(渴望焦爍)ᄒᆞ미 ᄯᅩᄒᆞᆫ 격간(膈肝)의 녈홰(熱火) 니러 착급(着急)히 용심(用心)ᄒᆞ미 쇼져의 위름(危懍)ᄒᆞᄆᆡ셔 오히려 더ᄒᆞ미 잇더니 ᄯᅳᆺᄒᆞ디 아닌 아ᄌᆞ(俄者) 경운(慶雲)이 각듕(閣中)을 둘너 셔뮈(瑞霧) 요요(耀耀)ᄒᆞ고 향풍(香風)이 습습(習習)ᄒᆞᆫᄃᆡ 일개(一介) ᄀᆡ린(麒麟)이 ᄃᆞᆺ 우ᄒᆡ 나며 쇼ᄅᆡ 홍종(弘鍾)을 치ᄂᆞᆫ ᄃᆞᆺ 쳥원(淸遠)ᄒᆞ미 십니(十里)의 동ᄒᆞᄂᆞᆫ ᄃᆞᆺ 곡구(谷口)의 봉황(鳳凰)이 쳐음으로 울고 금난뎐(金鑾殿)[8] 옥뵈(玉寶) 비로소 동ᄒᆞ여 구쇼(九霄)의 ᄉᆞ못ᄂᆞᆫ ᄃᆞᆺᄒᆞ니 이 본ᄃᆡ ᄀᆡᄌᆞ뇽손(麒子龍孫)으로 원ᄒᆞ던 ᄇᆡ 아니오 놀나오미 극ᄒᆞᄆᆡ 믜오미 심어향ᄀᆡᆨ(甚於嚮刻)이라. 더옥 비상(非常)ᄒᆞ고 측냥(測量)치 못ᄒᆞᆯ 바ᄂᆞᆫ 쇼졔 ᄀᆡ운이 낭ᄀᆡᆨ(曩刻)으로 비치 못ᄒᆞ고 이 가온ᄃᆡ 존젼(尊前)을 삼가고 녜모(禮貌)ᄅᆞᆯ 잡아 ᄒᆞᆫ갈ᄀᆞᆺ치 언션을 비동ᄒᆞ여 임의 ᄒᆡ만(解娩)ᄒᆞᄆᆡ 급급히 신싱ᄋᆞ(新生兒)의 작셩(作成)을 살피랴 ᄒᆞ미 아니로ᄃᆡ 츄광(秋光)을 잠간 빗최ᄆᆡ 그 골슈ᄀᆡ상(骨髓氣像)을 ᄇᆞᆰ히 알디라. 부인이 ᄇᆡᆨ장분한(百丈憤恨)과 만쳡통ᄒᆡ(萬疊痛駭)ᄅᆞᆯ 셔리담고 ᄎᆞᆷ디

7 셔ᄅᆞ져: 셔롯다. 없애다, 정리하다.

8 금난뎐(金鑾殿): 금란전. 보통 관각을 가리킴. 당나라 덕종 때 금란파(金鑾坡) 위에 세웠기 때문에 금란전이라고 불림. 문인이나 학사들이 주로 왕래했으며 조선의 경우 예문관이나 홍문관을 가리킴.

못ᄒᆞᆯ 바의 어ᄌᆞ러이 아니믄 임의 계교(計巧)ᄒᆞ미 여러 가디라. 녹빙·계월 등이 동심(同心) 눅녁(戮力)[9]ᄒᆞ여 합오쳠녕(合於諂佞)ᄒᆞ니 님시 7면 응변(臨時應變)이 봉ᄒᆡᆼ쥰교(奉行遵教)ᄒᆞ여 부인 ᄯᅳᆺ을 맛치ᄂᆞᆫ디라. 좌하(座下)의 시위(侍衛)ᄒᆞ여 부인 ᄉᆡᆼ남(生男)을 경환만열(慶歡滿悅)ᄒᆞ미 혜월 등의 더은 ᄃᆞᆺᄒᆞ고 닌듕은 창외(窓外)의셔 희셩화어(喜聲和語)로 져의 낙상(落傷)ᄒᆞ여 앏흔 거ᄉᆞᆯ 닛고 즐기며 깃브믈 닐너 모양(模樣)을 ᄀᆞᆯ희 잡디[10] 못ᄒᆞᄂᆞᆫ ᄃᆞᆺᄒᆞ니 부인이 ᄯᅩᄒᆞᆫ ᄉᆡᆼ셰극경(生世極慶)이 오날ᄂᆞᆯ의 더으미 업ᄉᆞᆫ ᄃᆞᆺᄒᆞ여 쳐음은 경황(驚惶)ᄒᆞᆫ 빗ᄎᆞᆯ 딋더니 이윽고 아험[11]의 가득ᄒᆞᆫ 우음을 ᄯᅴ여 단슌(丹脣)을 ᄉᆞ개(乍開)의 호치(皓齒) 교영(皎影)ᄒᆞ여 희연왈(喜然曰)

"젹션디가(積善之家)의 필유여경(必有餘慶)이니 졍문 셰ᄃᆡ(世代) 튱녈대덕(忠烈大德)과 ᄇᆡᆨ아(伯兒)의 현부(賢婦)의 인효셩ᄒᆡᆼ(仁孝性行)으로 디엽(枝葉)[12]이 션션(詵詵)[13]ᄒᆞ여 종ᄉᆡ(宗社) 승승(承承)ᄒᆞ믄 보디 아냐 긔필(期必)ᄒᆞ려니와 향ᄀᆡᆨ(嚮刻) 토혈(吐血)ᄒᆞ고 엄엄위위(奄奄危危)ᄒᆞ믈 ᄃᆡᄒᆞ여 나의 심혼(心魂)이 경ᄆᆡ(驚昧)ᄒᆞ믈 니긔디 못ᄒᆞ니 황황(遑遑)ᄒᆞ고 우려(憂慮)ᄒᆞ미 도로혀 이 ᄀᆞᆺᄐᆞᆫ 대경(大慶)이 이실 줄 ᄉᆡᆼ각ᄒᆞ여시리오? 아ᄒᆡ(兒孩) 작인(作人)이 졍묘(精妙)ᄒᆞ고 긔격

---

9 눅녁(戮力): 육력. 서로 힘을 모음.

10 잡디: 규장각본에는 '잡아지'로 되어 있는데, 문맥상 '잡디'가 더 타당한 것으로 보임.

11 아험: 맥락상 '어여쁜 뺨'을 뜻하는 '아검(婀臉)'으로 추정.

12 디엽(枝葉): 지엽. 자손을 일컬음.

13 션션(詵詵): 선선. 메뚜기가 의좋게 날아 모여드는 모양. 부부가 화합하여 자손이 많음을 비유하여 이르는 말. 《시경》 〈주남〉 '종사(螽斯)'의 "수많은 베짱이들 화목하게 모여들 듯, 그대의 자손 또한 번성하리라(螽斯羽 詵詵兮 宜爾子孫 振振兮)."에서 옴.

(氣格)이 견고(堅固)ᄒᆞ니 ᄇᆞ란 바의 넘ᄡᅵᄂᆞᆫ디라. 엇디 긔특(奇特)디
아니리오?"
드ᄃᆡ여 강보(襁褓)ᄅᆞᆯ 거두고 혜월 등을 ᄌᆡ쵹ᄒᆞ여 ᄀᆡᆼ반(羹飯)을 나오
8면 라 ᄒᆞ며 닌듕을 블너 셜쥬부의게 다시 약을 ᄆᆞᄅᆞ라 ᄒᆞ야 만분환의(萬
分歡喜)ᄒᆞ니 쇼졔 존고(尊姑)의 은슈(恩數)와 권통(眷寵)으로 ᄉᆞ랑
ᄒᆞ믈 의심(疑心)ᄒᆞ미 아니로ᄃᆡ 신ᄉᆡᆼᄋᆡ(新生兒) 작셩긔격(作成氣格)
이 딘실노 비상(非常)ᄒᆞ고 탁이(卓異)ᄒᆞ야 쇼쇼(炤炤)히 졍묘(精妙)
ᄒᆞ며 용용(溶溶)[14]이 견고(堅固)ᄒᆞ므로 의논(議論)치 못ᄒᆞᆯ ᄇᆡ어ᄂᆞᆯ 부
인이 믄득 이ᄀᆞᆺ치 니ᄅᆞ며 친히 거두어 누이고 ᄌᆞ긔 압ᄒᆡᄂᆞᆫ 두디 아닛
ᄂᆞᆫ 뜻을 엇디 ᄭᆡ닷디 못ᄒᆞ리오마ᄂᆞᆫ 임의 홍쇼·월난을 명ᄒᆞ미 잇고 근
심ᄒᆞ여 미ᄎᆞᆯ 길히 업ᄉᆞ믈 아ᄂᆞᆫ디라. 요요(搖搖)ᄒᆞᆫ 잡념녀(雜念慮)로
안일(安逸)ᄒᆞᆫ 심ᄉᆞ(心思)ᄅᆞᆯ 분난(紛亂)ᄒᆞ미 브졀업고 원ᄂᆡ 길흉화복
(吉凶禍福)과 비환ᄋᆡ락(悲歡哀樂)의 동심(動心)ᄒᆞ미 업ᄂᆞᆫ디라. 졍뎡
빙심(貞靜氷心)이 태악(泰嶽)ᄀᆞᆺ치 놉고 반셕(盤石)ᄀᆞᆺ치 구드ᄆᆡ 표표
(飄飄)ᄒᆞ여 우화(羽化)ᄒᆞ고 긔긔(奇奇)ᄒᆞ여 등션(登仙)ᄒᆞᆯ ᄃᆞᆺ 연약(軟
弱)ᄒᆞ여 완미(完美)치 못ᄒᆞ고 졍졔(整齊)ᄒᆞ여 딘ᄐᆡ(塵態)롭디 못ᄒᆞᆫᄃᆡ
도로혀 댱셩(長城)의 밋브믈 가져시니 소부인이 더옥 믜워ᄒᆞᄂᆞᆫ ᄇᆡ라.
슬프다. 소부인이 이러ᄐᆞᆺ 암착(暗窄)ᄒᆞᆫ 듕 사ᄅᆞᆷ 보ᄂᆞᆫ 식안(識眼)이 업
9면 ᄉᆞ면 이 ᄒᆞᆫ갓 ᄌᆞ긔 친ᄉᆡᆼ(親生) 아니믈 ᄆᆡᆸ고 분ᄒᆞᆯ디언졍 이ᄃᆡ도록 착
급(着急)히 업시코ᄌᆞ ᄒᆞ리오마ᄂᆞᆫ 쳬찰과 쇼져의 긔질픔격(氣質品格)

14 용용(溶溶): 마음이 넓고 침착한 것을 이름.

이 ᄇᆡᆨ셰(百世)를 소감(昭鑑)ᄒᆞ며 쳔ᄃᆡ(千代)를 예탁(豫度)ᄒᆞ고 요샤(妖邪)를 믈니치며 쳠녕(諂佞)을 ᄇᆡ쳑(排斥)ᄒᆞ여 탕탕(蕩蕩)ᄒᆞᆫ 의리(義理)와 졍졍(正正)ᄒᆞᆫ 도덕(道德)을 가져시므로 이를 싀오(猜惡)ᄒᆞ여 죽이려 ᄒᆞ미라. 텬되(天道) 어디니를 ᄒᆡ치 못ᄒᆞ믈 ᄯᅩᄒᆞᆫ 모로디 아니ᄒᆞᄃᆡ 인듕승텬(人衆勝天)을 미드미러라. 닌듕이 ᄯᅩᄒᆞᆫ 약을 드려 왈 "셜쥬뷔 토혈(吐血)ᄒᆞ시믈 듯고 이 약을 주며 니ᄅᆞᄃᆡ '반깅(飯羹) 젼(前) 이 약을 딘ᄒᆞ신즉 토혈(吐血)ᄲᅮᆫ 긋치디 아냐 산후(産後) 다른 딜환(疾患)이 업ᄉᆞ리라.' ᄒᆞᄂᆞ이다."

부인이 흔흔(欣欣)이 바다 친히 향다(香茶)의 화ᄒᆞ여 쇼져를 주어 왈 "이 약이 토혈(吐血)이 긋칠 ᄲᅮᆫ 아니라 다른 별증(別症)도 업ᄉᆞ리라 ᄒᆞ니 현부(賢婦)ᄂᆞᆫ 모로미 들니디 말고 먹을디어다."

쇼계 산후(産後) 반깅(飯羹)도 딘치 못ᄒᆞ고 허약(虛弱)ᄒᆞᆫ 긔운의 디흉디독(至凶至毒)ᄒᆞᆫ 약(藥)을 먹은즉 미쳐 ᄒᆡ독약(解毒藥)을 삼키디 못ᄒᆞ여 위틱ᄒᆞᆯ디라. 대슌(大舜)이 우믈의 겻굼글 두고 집 우ᄒᆡ 블을 피ᄒᆞ시믈[15] 효측ᄒᆞ여 온공(溫恭)이 밧ᄌᆞ와 졍히 마시려더니 비위(脾胃) 10면
거ᄉᆞ려 토홈ᄀᆞᆺ치 ᄒᆞ고 무심히 약 그릇ᄉᆞᆯ 노화바려 다 업치미 된디라.

부인이 쇼져의 담연무ᄉᆞ(淡然無邪)ᄒᆞᆫ 심졍과 쳔연유일(天然愉逸)ᄒᆞᆫ 셩심(性心)을 아ᄂᆞᆫ디라. 반ᄃᆞ시 비위(脾胃) 거ᄉᆞ려 그러ᄒᆞ미오 스ᄉᆞ

15 대슌(大舜)이 우믈의 겻굼글 두고 집 우ᄒᆡ 블을 피ᄒᆞ시믈: 순이 자신을 죽이려는 계모의 흉계를 피했던 일로 《사기》 〈오제본기(五帝本紀)〉에 나옴. 순의 계모가 순을 죽이려 하여 우물을 파게 하고 돌로 우물 위를 막자 순이 옆으로 굴을 파서 무사히 집으로 돌아갔고 또 계모가 순에게 식량 창고를 지으라고 하고 창고에 불을 지르자 순이 지붕에서 뛰어내려 불을 피했다고 함.

로 아니 먹으려 ᄒᆞ미 아니믈 아나 이러ᄐᆞᆺ 죽이디 못ᄒᆞᆯ 바ᄅᆞᆯ 통한(痛恨)ᄒᆞ여 모딘 의ᄉᆡ(意思) 더옥 소ᄉᆞ나ᄆᆡ 능히 억제치 못ᄒᆞ니 ᄌᆞ연(自然) 화안희ᄉᆡᆨ(和顔喜色)이 변ᄒᆞ여 단슌옥협(丹脣玉頰)이 ᄂᆡᆼᄂᆡᆼ(冷冷)ᄒᆞ고 삭연(索然)이 화긔(和氣)ᄅᆞᆯ 주리치고 불연(勃然)이 노ᄉᆡᆨ(怒色)을 ᄯᅴ여시니 셜듕한텬(雪中寒天)의 녈일(烈日)이 최외(崔嵬)ᄒᆞ고 븍풍월야(北風月夜)의 빙상(氷霜)이 엄엄(嚴嚴)ᄒᆞᆫ ᄃᆞᆺ 좌우(左右) 시ᄋᆡ(侍兒) 쳠망일견(瞻望一見)의 당목심경(張目心驚)ᄒᆞ여 호흡(呼吸)을 통치 못ᄒᆞ더니 녹빙이 쇼져 ᄉᆡᆼ남(生男)ᄒᆞ믈 환열(歡悅)ᄒᆞ여 밧그로 ᄂᆡ다라 가듕(家中)의 고ᄒᆞᄂᆞᆫ 쳬ᄒᆞ고 회듕(懷中)의 일개(一介) 신ᄉᆡᆼ강보(新生襁褓)ᄅᆞᆯ 감초와시니 부인이 임의 맛츤 ᄇᆡ라. 삭풍녈일(朔風烈日)을 두로혀 온풍화일(溫風和日)이 되여 츄파(秋波)의 우음을 먹음고 옥면(玉面)의 화긔(和氣)ᄅᆞᆯ ᄯᅴ여 ᄡᅡᆼ메(雙袂)ᄅᆞᆯ 분분(紛紛)이 놀녀 업친 약(藥)을 ᄡᅵᄉᆞ며 반ᄀᆡᆼ(飯羹)이 더ᄃᆡ믈 ᄌᆡ촉ᄒᆞ고 일변(一邊) ᄂᆡ즁 11면 을 명ᄒᆞ야 다시 약을 구ᄒᆞ라 ᄒᆞ고 금병(錦屛)을 욱이 치며 나요ᄅᆞᆯ 다시곰 뎡졔(整齊)ᄒᆞ며 셔안(書案) 즙믈(什物)을 믈니치ᄂᆞᆫ ᄃᆞᆺ 나오ᄂᆞᆫ ᄃᆞᆺ 십분(十分) 다ᄉᆞ(多事)히 셔도라 덤ᄌᆞᆺ 쵹(燭)을 다 딜너 ᄭᅢ바리고 녹빙·계월 등이 ᄒᆞᆫ가지로 덤벙여 쵹(燭)을 다시 혀ᄂᆞᆫ 쳬 므엇도 ᄎᆞᆺᄂᆞᆫ 쳬 어두운 ᄃᆡ 낣쒸여 현황(眩慌)케 ᄒᆞ고 녹빙의 픔 ᄀᆞ온ᄃᆡ ᄋᆞ희ᄅᆞᆯ ᄂᆡ여 방듕(房中)의 두고 쇼져의 ᄉᆡᆼᄋᆞ(生兒)ᄅᆞᆯ 거두쳐 계월이 픔쇽의 너허 밧비 ᄂᆡ다ᄅᆞ니 ᄂᆡ듕이 거즛 셜침의게 약(藥) 므ᄅᆞ라 나가ᄂᆞᆫ 쳬ᄒᆞ고 ᄒᆞᆫ가디로 나가ᄂᆞᆫ디라. 졔시ᄋᆞ(諸侍兒) 등이 비로소 쵹(燭)을 ᄇᆞᆰ히고 혜월이 ᄀᆡᆼ반(羹飯)을 나오니 부인이 ᄀᆡᆼ반의 독(毒)을 미쳐 화치 못ᄒᆞ여 쇼졔 복듕(服中)이 공허ᄒᆞᆫ ᄯᅢ 먹이디 못ᄒᆞ믈 한ᄒᆞ나 임의 강보(襁褓)

ᄅᆞᆯ 밧고와 ᄒᆞᆫ낫 언졍(蝘蜓)을 두고 신긔(神奇)ᄒᆞᆫ 농종(龍種)을 아ᄉᆞ 업시ᄒᆞ니 쳬찰과 니시의 종샤(宗嗣)ᄅᆞᆯ 멸졀(滅絶)ᄒᆞ고 조초 블희ᄅᆞᆯ ᄏᆡ여 다시 ᄉᆡᆼᄉᆡᆼ(生生)의 길히 막연이 끗쳐져 그 부부(夫婦) 두 사ᄅᆞᆷ으로 ᄒᆞ여곰 일ᄀᆡ(一介) 샤쇽(嗣續)을 두디 못ᄒᆞ고 쇽졀업시 환혼(還魂)의 요졀(夭折)ᄒᆞ여 쳔츄(千秋)의 빵혼(雙魂)이 동녁ᄒᆞᆫ 것ᄎᆞᆫ 두던의 님 12면
ᄌᆞ 업시 ᄇᆞ리여 무밀(茂密)ᄒᆞᆫ 송소(松巢)와 울울(鬱鬱)ᄒᆞᆫ 송ᄇᆡᆨ(松柏)의 ᄉᆞ졀됴양(四節朝陽) 초ᄃᆡ(楚臺)의 ᄌᆞ최 믁으며 유명ᄉᆡᆼᄉᆞ(幽明生死)의 ᄲᆞᆨ이 업셔지기ᄅᆞᆯ 보고져 ᄒᆞ니 흔연(欣然)ᄒᆞᆫ 안ᄉᆡᆨ(顔色)으로 밥을 권ᄒᆞ미 구ᄐᆞ여 대계(大計)ᄅᆞᆯ 도모(圖謀)ᄒᆞᆯ 쁜 아니라 촉(燭)을 쇼져의 압ᄒᆡ 나오고 짐ᄌᆞᆺ 강보(襁褓)ᄅᆞᆯ 안아 알연(戞然)이 웃고 왈

"현뷔(賢婦) 이 ᄀᆞᆺᄐᆞᆫ 긔보(奇寶)ᄅᆞᆯ ᄉᆡᆼ(生)ᄒᆞᄆᆡ 먹디 아냐도 허핍(虛乏)ᄒᆞ믈 아디 못ᄒᆞ여 반ᄃᆞ시 댱셩(長城)을 압ᄒᆡ 두고 긔화(奇貨)ᄅᆞᆯ 어듬 ᄀᆞᆺᄐᆞ려니와 향ᄀᆡᆨ(嚮刻) 토혈(吐血)ᄒᆞ고 긔운 븟들 거ᄉᆞᆯ 먹디 못ᄒᆞ여시니 밧비 ᄀᆡᆼ반(羹飯)을 나와 착실이 먹을디어다."

쇼제 명을 ᄀᆡᆼ반(羹飯)을 딘ᄒᆞ며 신ᄉᆡᆼ(新生)을 잠간 보ᄆᆡ 임의 ᄌᆞ긔 ᄉᆡᆼ(生)ᄒᆞᆫ ᄇᆡ 아니오 졍쳬찰의 ᄌᆡ(子) 아니라. 당당ᄒᆞᆫ 농ᄌᆞ봉츄(龍子鳳雛)로 용용(庸庸)ᄒᆞᆫ 쇽ᄌᆞ범츄(俗子凡雛)ᄅᆞᆯ 밧고와시니 반ᄃᆞᆺᄒᆞᆫ 낫치 분칠(粉漆)ᄒᆞᆫ ᄃᆞᆺ 교교(姣姣)ᄒᆞᆫ 쥬슌(朱脣)이며 가ᄂᆞᆫ 눈이 상광(祥光)을 우럴고져 ᄒᆞ고 단촉(短趗)ᄒᆞᆫ 긔딜(氣質)이 외람(猥濫)이 영ᄌᆞ(令子)의 일홈을 엇고ᄌᆞ ᄒᆞ니 대개 교염(嬌艶)이 어엿브고 묘묘(妙妙)히 ᄉᆞ랑ᄒᆞᆯ 만ᄒᆞᄃᆡ 향ᄀᆡᆨ(嚮刻) ᄌᆞ긔 ᄉᆡᆼ(生)ᄒᆞᆫ 바의 비ᄒᆞ면 농호(龍虎)의
탕탕(蕩蕩)ᄒᆞ미 홀연(忽然) 어린 쥐삿기ᄅᆞᆯ 믈의 잠기미오 봉(鳳)의 13면
질(峌)ᄒᆞ미 졸연이 언졍(蝘蜓)의 누(陋)ᄒᆞ미 되여시니 봉황(鳳凰)을

취(取)ᄒᆞ야 ᄇᆞ리고 오됴(烏鳥)를 픔으미오 긔린(麒麟)을 구ᄒᆞ야 더디고 우마(牛馬)를 겻티 둠 ᄀᆞᆺᄐᆞ니 이 딘짓 태산디어구딜(泰山至於丘垤)과 하히디어힝뇨(河海至於行潦)며 긔린디어쥬슈(麒麟至於走獸)와 봉황디어비됴(鳳凰至於飛鳥)니[16] 쳔블근ᄉᆞ(千不近似)ᄒᆞ고 만블승당(萬不承當)이라. 그 염미(艶美)ᄒᆞ며 교요(嬌妖)ᄒᆞ미 낫분 거시 아니로ᄃᆡ 경시 누ᄃᆡ(累代) 쳥힝대덕(淸行大德)과 규법가훈(規法家訓)의 종통(宗統)을 밧들 ᄇᆡ 번연(幡然)이[17] 낫갑고[18] 탄연(坦然)이[19] 블ᄉᆞ(不似)ᄒᆞ니 욕되고 더러오미 이에셔 디나디 못ᄒᆞᆯ디라. 발셔 요변잡술(妖變雜術)이 이 ᄀᆞᆺᄐᆞᆫ 바를 디긔(知機)ᄒᆞ미 명명현현(明明顯顯)ᄒᆞ여 모로디 아닌 ᄇᆡ라. 경긱(頃刻)의 신싱강뵈(新生襁褓) 밧괴여 형모골상(形貌骨相)이 텬디현격(天地懸隔)ᄒᆞ믈 보미 ᄎᆞ악히연망측(嗟愕駭然罔測)ᄒᆞ고 그 텬뉸(天倫)은 다믓 귀쳔(貴賤)이 업ᄉᆞᆫ 바의 멸뉸패상(滅倫敗常)이 이 ᄀᆞᆺᄐᆞ믈 ᄉᆡᆼ각ᄒᆞᄆᆡ 심골(心骨)이 셔늘ᄒᆞ고 심장(心腸)이 썰니ᄂᆞᆫ디라. 깅반(羹飯)을 ᄃᆡᄒᆞ야 이ᄀᆞᆺ치 ᄉᆡᆼ각ᄒᆞᄆᆡ 쳬찰의 부ᄌᆞ(父子) 텬셩(天性)을 난상괴륜(亂常壞倫)치 말과져 ᄒᆞ던 바와 화부인

14면

16 태산디어구딜(泰山至於丘垤)과 ~ 봉황디어비됴(鳳凰至於飛鳥)니: 《맹자》 〈공손추 상(公孫丑上)〉에 나오는 구절. "유약이 이르기를 '단지 사람만 그러하겠는가? 달리는 짐승 중에 기린, 나는 새 중에 봉황, 언덕 중에 태산, 도랑 중에 하해와 같은 종류이고 백성 중에 성인의 위치도 이와 같다. 같은 종류 중에서 빼어나고 같은 무리 중에서 빼어났으나 사람이 있은 이래로 공자보다 더 훌륭한 분은 계시지 않다(有若曰 豈惟民哉 麒麟之於走獸 鳳凰之於飛鳥 泰山之於丘垤 河海之於行潦 類也 聖人之於民 亦類也 出於其類 拔乎其萃 自生民以來 未有盛於孔子也)."

17 번연(幡然)이: 번연히. 갑작스럽게.

18 낫갑고: ᄂᆞᆺ갑다. 낮다.

19 탄연(坦然)이: 탄연히. 아무 걱정 없이 평탄하게. 아무 걱정 없는 정도로 완전한 상태이므로 맥락에 맞춰 '전혀'로 옮겼음.

념녀(念慮)ᄒᆞ시던 ᄇᆡ 이 말을 응ᄒᆞ엿ᄂᆞᆫ디라. 그윽이 쳘견명식(哲見明識)을 션복(先卜)ᄒᆞ야 회푀(懷抱) ᄌᆞ연(自然) 쳐상(凄傷)ᄒᆞ믈 ᄭᆡ닷디 못ᄒᆞᄃᆡ 존고(尊姑)의 의심(疑心)을 닐위미 블가(不可)ᄒᆞ야 오딕 낫빗ᄎᆞᆯ 밧고디 아니ᄒᆞ고 다시 샤일(射日)을 두로혀디[20] 아냐 담담이 셰ᄉᆞ(世事)를 ᄆᆞ옴의 머므ᄅᆞ디 아닛ᄂᆞᆫ ᄃᆞᆺᄒᆞ야 깅반(羹飯)을 딘ᄒᆞ고 존젼(尊前)을 조심ᄒᆞ야 감히 눕디 못ᄒᆞ고 단뎡(端整)이 손을 ᄭᅩᆽ 유유(悠悠)히 승안(承顔)ᄒᆞᄂᆞᆫ 화긔(和氣)를 일치 아냐 안여평셕(安如平席)ᄒᆞ니 소부인이 일마다 통한(痛恨)ᄒᆞ고 본 젹마다 긔이(奇異)ᄒᆞ미 ᄉᆡ로오니 믜온 ᄯᅳᆺ이 칼흘 드러 디ᄅᆞ고 시브나 이목(耳目)을 괴로이 넉여 악ᄉᆞ(惡事)를 ᄆᆞ옴ᄃᆡ로 못 ᄒᆞ고 도로혀 쇼져를 흔연(欣然)이 권ᄒᆞ야 침금(寢衿)의 됴호(調護)ᄒᆞ믈 니ᄅᆞᆯᄉᆡ 친히 니블을 다ᄅᆡ여 쇼져 몸의 두로며 벼개를 나와 눕기를 니ᄅᆞ며 왈

“듀ᄋᆡ 셜듀부의게 약(藥)을 가져오거든 현부(賢婦)의 먹으믈 보고 도라가 내 ᄯᅩ 쉬고ᄌᆞ ᄒᆞ니 현부(賢婦)ᄂᆞᆫ 모로미 됴호(調護)ᄒᆞ믈 범연(泛然)이 말나.” 15면

쇼제 거ᄉᆞ디 못ᄒᆞ여 잠간 쉬고져 ᄒᆞ나 황공(惶恐)ᄒᆞ니 부인이 ᄌᆡ삼(再三) 안휴(安休)ᄒᆞ라 ᄒᆞ더라. 졍공ᄌᆞ 닌듀이 텬ᄉᆡᆼ아ᄌᆡ(天生雅材)와 금옥디ᄌᆡ(金玉之材)로 반악(潘岳)[21]의 용모(容貌)오 하랑(何郎)[22]의 풍

---

20 두로혀디: 두로혀다. 돌이키다, 돌리다.

21 반악(潘岳): 중국 서진(西晋)의 문인. 자는 안인(安仁). 어렸을 때부터 문학적 재능이 있었으며 미남으로도 유명함.

22 하랑(何郎): 하안(何晏). 자는 평숙(平叔). 후한의 대장군 하진(何進)의 손자로, 미남으로도 유명했음.

신(風身)이니 겸ᄒᆞ여 두여(杜預)[23]의 문댱(文章)이라. ᄒᆞ믈며 덕문(德門)의 ᄉᆡᆼ댱(生長)ᄒᆞ야 부형슉댱(父兄叔長)의 슝고(崇高)ᄒᆞᆫ 덕ᄒᆡᆼ(德行)과 현예(賢譽)ᄅᆞᆯ 눈의 ᄂᆡᆨ이 보고 일신(一身)의 ᄆᆞ드러시ᄃᆡ 엇디ᄒᆞ여 모시(母氏)의 블션(不善)을 편젹(偏積)ᄒᆞ여 ᄒᆡᆼ검(行檢)은 안셕(安石)[24]의 죄인(罪人)이오 식비(飾非)ᄒᆞᄆᆞᆫ 왕망(王莽)[25]의 하등(下等)이라. 일념(一念)을 그ᄅᆞᆺᄒᆞ야 ᄇᆡᆨ악(百惡)이 창져(彰著)ᄒᆞ니 가졍(家庭)의 실의(失義)ᄒᆞ고 족당(族黨)이 근심ᄒᆞ고 앗기ᄂᆞᆫ 듕이나 위인(爲人)이 무가ᄂᆡ하(無可奈何)라. 어딘 ᄋᆞ이 셜워ᄒᆞ고 착ᄒᆞᆫ 형이 우ᄋᆡ최득(友愛最得)ᄒᆞ니 혈셩(血誠)으로 ᄉᆞ랑ᄒᆞ고 권면(勸勉)ᄒᆞ여 회딘뎡도(迴進正道)ᄒᆞ기ᄅᆞᆯ 긔약(期約)ᄒᆞ여 미블용극(未不用極)ᄒᆞᄃᆡ 일호(一毫)도 감동(感動)ᄒᆞ미 업셔 일일 최급(最急)히 형을 죽여 업시ᄒᆞ고 당당ᄒᆞᆫ 종통(宗統)을 제 몸의 옴긴 후의 착ᄒᆞᆫ 아을 ᄎᆞ례로 ᄡᅳ리쳐 업시

16면 ᄒᆞ려 쥬의(注意)ᄒᆞ여 일거월져(日居月諸)의 쳠망(瞻望) 원시(遠視)ᄒᆞ며 비록 셔칙(書冊)을 ᄃᆡᄒᆞ나 ᄆᆞ음이 ᄂᆡ도ᄒᆞᆫ ᄃᆡ 도라가니 손톱을 어로만져 형을 도모(圖謀)ᄒᆞ고 ᄋᆞ의 명(命)을 슷ᄎᆞ려 경영(經營)ᄒᆞᄆᆡ

23 두여(杜預): 두예. 자는 원개(元凱). 서진(西晉)의 명장이자 학문을 좋아하는 것으로도 평판이 있었고,《춘추좌씨전》의 주석서인《춘추좌전집해》를 저술했음.

24 안셕(安石): 안석. 왕안석(王安石). 송나라의 재상이자 당송팔대가의 한 사람. 신법을 시행하여 개혁을 단행했으나 실패했음. 그는 지나치게 자신만만하여 다른 사람들의 의견을 경청하지 않았는데 외골수 같은 그의 성격을 실패 요인으로 평가하기도 하며 조선에서 왕안석에 대한 평가 역시 긍정적이지는 않음. 일례로 소설 〈범문정공충절언행록〉에서도 왕안석은 본받을 만한 인물로 묘사되지 않음.

25 왕망(王莽): 중국 전한 말기의 관료이자 신나라의 황제. 역성혁명에 성공했으나 정치를 잘못하여 백성들은 다시 도탄에 빠지고 농민 반란이 일어나 혼란 중에 살해당했음.

타ᄉᆞ(他事)의 결을치 못ᄒᆞ니 졍태부의 셩덕대도(盛德大道)로 이 ᄋᆞ돌을 두미 ᄯᅩᄒᆞᆫ 텬의(天意)오 졍시랑이 이 동긔(同氣) 이시미 ᄯᅩᄒᆞᆫ 명운(命運)의 험조(險阻)ᄒᆞ미니 ᄎᆞ회(嗟乎)라. 일가(一家)의 화근(禍根)일 ᄲᅮᆫ 아니라 군ᄌᆞ슉녀(君子淑女)의게 엇디 블상(不祥)ᄒᆞᆫ 되 아니리오? 어시(於是)의 니쇼져의 ᄒᆡ만(解娩)을 위ᄒᆞ여 모ᄌᆡ(母子) 졔운각의 함취(咸聚)ᄒᆞ여시니 이 ᄀᆞ온ᄃᆡ 만악(萬惡)이 구비(具備)ᄒᆞ여 이곳이 초한(楚漢)의 녕딘(營陳)이 아니로ᄃᆡ 젹국(敵國)의 싀애(撕捱)[26]ᄒᆞ미 넘은디라. 그 살신도명(殺身圖命)이 황황급급(遑遑急急)ᄒᆞ니 죽으미 힝혀 더딜가 망망돌돌(茫茫咄咄)ᄒᆞ여 텬하(天下)의 뎨일독초(第一毒草)를 합졔(合劑)ᄒᆞ야 경ᄀᆡᆨ(頃刻)의 장위(腸胃) 녹고 스러디ᄂᆞᆫ 약뉴(藥類)를 초혼(初昏)으로브터 경야(經夜)ᄒᆞ야 년ᄒᆞ여 딘ᄒᆞᄃᆡ 니시ᄂᆞᆫ ᄇᆡᆨ신(百神)이 호위(護衛)ᄒᆞ고 신명(神明)이 보호(保護)ᄒᆞ니 악부찰녀(惡婦刹女)와 교한완동(驕漢頑童)이 졔 아모리 ᄒᆡᄒᆞ여도 일호(一毫) ᄒᆡ(害) 업ᄉᆞ니 도로혀 이상ᄒᆞ고 괴이ᄒᆞ여 ᄎᆞᆨ냥치 못ᄒᆞᄂᆞᆫ 듕 금일(今日) 문챵셩(文昌星)[27]이 강셰(降世)ᄒᆞ야 텬뎨(天帝) 명으로 군ᄌᆞ 17면
슉녀(君子淑女)의 덕셩(德性)과 ᄒᆡᆼ실(行實)을 보우(補佑)ᄒᆞ니 이 엇디 요슐간계(妖術奸計)의 몰몰(沒沒)ᄒᆞ리오? ᄊᆡ의 이랑(二郎)이 쳥ᄉᆞ(廳舍)의셔 간졀(懇切)이 기다리더니 계월이 춍망(悤忙)이 밧문을 ᄂᆡ다라 밧그로 향ᄒᆞᄂᆞᆫ디라. 닌듕이 만심환열(滿心歡悅)ᄒᆞ야 계월을

26 싀애(撕捱): 시애. '서로 자기주장만을 고집하여 문제를 끌면서 결정짓지 못함'이라는 뜻인데, 서로 다른 두 대상이 화합하지 못하고 대립하는 상황을 일컫는 말.

27 문챵셩(文昌星): 문창성. 북두칠성 중 여섯 번째 별로 학문을 관장함.

ᄯᆞ라갈ᄉᆡ 후산(後山) 졀학봉의 올나가 월이 픔쇽으로 일쳑(一尺) ᄇᆡᆨ옥(白玉)을 ᄂᆡ여 ᄯᅡᄒᆡ 노흐니 ᄡᅵ의 동방(東方)이 미쳐 ᄉᆡ디 못ᄒᆞ여시니 흑애(黑夜) 침침(沈沈)ᄒᆞ여 ᄉᆞ방(四方)을 분변(分辨)치 못ᄒᆞᄃᆡ ᄋᆞᄒᆡ(兒孩)ᄅᆞᆯ 강보(襁褓)의 ᄡᆞ디 아니코 ᄯᆞᄒᆡ 노화시나 ᄉᆞ면(四面)이 명화(明華)ᄒᆞ여 셔긔방광(瑞氣放光)ᄒᆞ니 닌듕이 심하(心下)의 이상ᄒᆞ고 ᄯᅩ 싀긔(猜忌)ᄒᆞ여 월다려 므러 ᄀᆞᆯ오ᄃᆡ

"이ᄅᆞᆯ 장ᄎᆞᆺ 엇디 쳐치ᄒᆞ라 ᄒᆞ시더뇨?"

월이 ᄃᆡᄒᆞᄃᆡ

"칼과 노(弩)[28]히 다ᄅᆞ미 업고 명ᄆᆡᆨ(命脈)을 목젼(目前)의 ᄭᅳᆺ쳐 업시ᄒᆞ여 젹원(積怨)을 일호(一毫)나 플니라 ᄒᆞ시더이다."

닌듕이 용약(踊躍)ᄒᆞ여 장ᄎᆞᆺ 죽이려 ᄒᆞᆯᄉᆡ 졀학듕봉(絶壑中峰)의 대ᄐᆡᆨ(大澤)이 이셔 슈셰(水勢) 흉용(洶湧)ᄒᆞ여 프ᄅᆞᆫ 믈결과 거믄 믈빗
18면 치 보기의 흉ᄒᆞᆫ디라. 닌듕이 시험(試驗)ᄒᆞ여 ᄒᆡᄌᆞ(孩子)ᄅᆞᆯ 집어 그 못가온ᄃᆡ 드리치ᄆᆡ 뇌딘(雷震)이 은은(殷殷)ᄒᆞ고 믈결이 더옥 흉용ᄒᆞ더니 경ᄀᆡᆨ(頃刻)의 그 믈이 다 마ᄅᆞ고 ᄒᆡᄌᆡ(孩子) 완연(完然)이 마ᄅᆞᆫ 못쇽의 누엇ᄂᆞᆫ디라. 닌듕이 대경(大驚)ᄒᆞ여 ᄀᆞᆯ오ᄃᆡ

"이ᄂᆞᆫ 하ᄂᆞᆯ이라. 엇디 이리 요악(妖惡)ᄒᆞ뇨? 인듕승텬(人衆勝天)이라. 일쳑강보(一尺襁褓)ᄅᆞᆯ 내 현마 니긔디 못ᄒᆞ리오?"

ᄒᆞ고 장ᄎᆞᆺ 칼흘 ᄲᆡ혀 강보(襁褓)ᄅᆞᆯ 디ᄅᆞ려 ᄒᆞ니 아ᄒᆡ(兒孩) 홀연 말ᄒᆞ여 ᄀᆞᆯ오ᄃᆡ

28 노(弩): 여러 개의 화살을 연달아 쏘는 장치가 되어 있는 활.

"심의(甚矣)라! 여ᄎᆞ 잔젹디인(殘賊之人)이여! 상뎨(上帝) 날노 ᄒᆞ여곰 군ᄌᆞ슉녀(君子淑女)의 덕을 도으라 ᄒᆞ시니 네 엇디 날을 간ᄃᆡ로[29] 잔학(殘虐)ᄒᆞ리오? 텬디신디(天知神知)ᄒᆞ니 네 몸의 앙홰(殃禍) 두렵디 아니랴?"

언ᄎᆞ(言此)의 다시 말ᄒᆞ지 아니니 월의 요장악담(妖腸惡膽)이라도 ᄎᆞ경(此境)을 당ᄒᆞ여ᄂᆞᆫ ᄒᆡ음업시 실ᄉᆡᆨ(失色)ᄒᆞ야 업더디고 닌듕이 혼ᄇᆡᆨ(魂魄)이 비월(飛越)ᄒᆞ여 머리털이 숫그러 ᄒᆞ니 비록 텬디간(天地間) 별믈악종(別物惡種)이나 졍혼(精魂)이 아득ᄒᆞ니 양양(揚揚)ᄒᆞ던 긔셰(氣勢) 져기 주려져 칼노 햐슈(下手)홀 뜻이 업셔 심하(心下)의 ᄉᆡᆼ각ᄒᆞᄃᆡ

'이 ᄒᆡᄌᆞ(孩子)롤 이 놉흔 졀학봉의셔 나리치면 만 길 강심(江心)의 나려디리니 제 엇디 쇄골표풍(碎骨漂風)치 아니리오? 상녜(常例)롭디 아냐 시방 갓난 거시 홀연 말ᄒᆞ여 방인(傍人)을 놀ᄂᆡ던 요악(妖惡)을 셜(雪)ᄒᆞ리라.' 19면

드드여 발노 ᄎᆞᄆᆡ ᄋᆞᄒᆡ(兒孩) 츄풍낙엽(秋風落葉)ᄀᆞᆺ치 날니여 봉만(峰巒) 아리로 나려가니 쇄골(碎骨)ᄒᆞ기ᄂᆞᆫ 뭇디 아냐 알디라. 이에 월노 더브러 총총(悤悤)이 나려오니 심두(心頭)의 쾌활(快闊)ᄒᆞ여 즉시 졔운각 난함(欄檻)의 공ᄌᆞ(公子)ᄂᆞᆫ 천연(天然)이 ᄃᆡ후(待候)ᄒᆞ고 월은 방ᄂᆡ(房內)로 ᄉᆞ후(伺候)ᄒᆞ더라.

션시(先時)의 졍삼낭 닌옹이 모부인을 뫼셔 표문(表門) 긔ᄉᆞ(忌祀)의

29 간ᄃᆡ로: 간대로. 그리 쉽사리.

나아갈ᄉᆡ 긔ᄉᆞ(忌祀)를 파ᄒᆞᆫ 후 공ᄌᆡ(公子) 셔부로 바로 가 태부인긔 문후(問候)ᄒᆞ고 운산으로 도라가려 ᄒᆞᄃᆡ ᄌᆞ개(自家) 각듕(閣中)이 공허ᄒᆞ고 니쇼져 산삭(産朔)이라. 깁흔 념녜(念慮) 오ᄂᆡ(五內)를 솔오니 가듕(家中)을 써나 디톄(遲滯)ᄒᆞᆯ ᄆᆞ음이 나디 아니ᄒᆞ야 ᄌᆞ연(自然) 심ᄉᆡ(心思) 요요(搖搖)ᄒᆞ니 말숨의 뜻이 업ᄉᆞᄃᆡ 강인(强忍)ᄒᆞ여 표문(表門) 졔랑(諸郞)으로 말숨ᄒᆞ더니 ᄯᆡ의 졔ᄉᆞ(祭祀)를 파ᄒᆞ고 셔ᄌᆡ(書齋)의 믈너와 조오롬이 오디 아니ᄒᆞ니 쳥ᄉᆞ(廳舍)의 ᄒᆡᆼᄆᆡ(行馬)ᄒᆞ더니 홀연 의ᄉᆡ(意思) 홀홀(忽忽)ᄒᆞ고 몸이 표표(飄飄)ᄒᆞ여 ᄒᆞᆫ곳의 니ᄅᆞ니 먼

20면 졀의 경ᄌᆞ(磬子) 소ᄅᆡ 황혼의 ᄯᅥ러지고 구롬 언덕의 ᄌᆡᆫ납의 파람은 프른 뫼히 져므럿고 층암(層巖)의 막ᄃᆡ를 더디고 셕경(夕景) 돌빗츨 ᄯᅴ여 강산승경(江山勝景)이 안져(眼底)의 뵈ᄂᆞᆫ디라. 놉흔 뫼흔 귀신(鬼神)의 도치 흔젹이 머므럿고 어ᄌᆞ러온 시ᄂᆡᆫ 교룡(蛟龍)의 닌갑(鱗甲)이 셔렷ᄂᆞᆫ디라. 슈플을 ᄯᅮᆯ고 구롬을 블와 망혜완보(芒鞋緩步)ᄒᆞ더니 믄득 드ᄅᆞ니 동남간(東南間)으로조ᄎᆞ 일딘쳥풍(一陣淸風)이 니러나 은은(隱隱)ᄒᆞᆫ 공음(跫音) 소ᄅᆡ 공듕(空中)으로브터 나붓기니 ᄉᆡᆼ이 경아(驚訝)ᄒᆞ야 거롬을 머추고 머리를 드러 냥구(良久)히 ᄉᆞᆯ피ᄆᆡ 갓가이 이향(異響)이 들니ᄂᆞᆫ디라. 공ᄌᆡ(公子) 심듕(心中)의 니ᄅᆞᄃᆡ

‘쳔산(千山)의 비되(飛鳥) 숫쳣고 만경(萬頃)의 인영(人影)이 드믈거ᄂᆞᆯ 어나곳 한가ᄒᆞᆫ 은ᄌᆡ(隱者) 월하옥젹(月下玉笛)으로 유취(幽趣)를 희롱ᄒᆞ여 강산의 ᄀᆡᆨ슈(客愁)를 닛그러 딘셰고락(塵世苦樂)을 ᄭᆡ닷게 ᄒᆞᄂᆞᆫ고?’

말이 맛디 못ᄒᆞ여셔 일개 도동(道童)이 알ᄑᆡ 나아오니 이목(耳目)이 쳥슈(淸秀)ᄒᆞ고 졍신이 상낭(爽朗)ᄒᆞ여 표연(飄然)이 딘쇽(塵俗)의

쒸여나더라. 기리 읍ᄒᆞ여 ᄀᆞᆯ오ᄃᆡ

"우리 ᄉᆞ뷔(師傳) 기다리션 디 오라니 쳥컨ᄃᆡ ᄲᆞᆯ니 가샤이다." 21면

ᄉᆡᆼ이 의아ᄒᆞ야 므러 ᄀᆞᆯ오ᄃᆡ

"도동(道童)이 어나 곳으로조ᄎᆞ 와시며 ᄉᆞ부(師傅)ᄂᆞᆫ 엇던 사ᄅᆞᆷ고? 본ᄃᆡ 셔로 알오미 업ᄉᆞ니 기다리미 오라믄 엇디오?"

도동(道童)이 웃고 ᄀᆞᆯ오ᄃᆡ

"일죽 송하(松下)의 므ᄅᆞ시미 업셔 몬져 쳥ᄒᆞ시믈 괴이히 넉이디 마ᄅᆞ쇼셔. ᄉᆞ부(師傅)ᄅᆞᆯ 만나시면 ᄌᆞ연이 아ᄅᆞ시리이다."

ᄉᆡᆼ이 다시 뭇디 아니ᄒᆞ고 도동(道童)을 ᄯᆞ라 ᄒᆞᆫ곳의 니ᄅᆞ니 믈이 ᄆᆞᆰ고 뫼히 ᄲᅡ혀나 옥으로 ᄶᅡᆨ근 바회와 구슬을 흣튼 모ᄅᆡ오. 일구(一坵) 풍연(風煙)이 열녓ᄂᆞᆫᄃᆡ 그 가운ᄃᆡ 초려삼간(草廬三間)의 화듁(花竹)이 둘너시니 녀와(女媧)의 오ᄉᆡᆨ돌[30]노 기동을 괴와시며 ᄌᆡᆨ녀(織女)의 ᄌᆞ하가로 디게ᄅᆞᆯ ᄒᆞ엿고[31] 무심ᄇᆡᆨ운(無心白雲)은 쳠하(檐下)의 어ᄅᆡ엿고 유졍난학(有情鸞鶴)은 송음(松陰)의 깃드려시니 만일 낭원(閬苑)[32]과 텬태(天台)[33] 아니면 완연이 봉ᄂᆡ(蓬萊)[34] 창쥐(滄州)[35]러라. ᄉᆡᆼ을 인

30 녀와(女媧)의 오ᄉᆡᆨ돌: 여와의 오색돌. 여와는 중국의 여신으로 태곳적에 하늘 기둥이 무너지자 여와씨가 오색 빛깔의 돌로 메워서 복원했다는 이야기가 전함.

31 ᄌᆡᆨ녀(織女)의 ᄌᆞ하가로 디게ᄅᆞᆯ ᄒᆞ엿고: 직녀는 중국 신화에 나오는 천상의 직금(織錦) 혹은 베 짜는 여성으로, 7년마다 한 번 만나는 견우와 직녀의 설화로 잘 알려진 인물. 맥락상 '직녀의 보랏빛 천으로 지게문을 삼았고'로 봄.

32 낭원(閬苑): 곤륜산 꼭대기에 있는 신선이 산다는 곳.

33 텬태(天台): 천태. 중국 천태산. 신선인 마고할미가 사는 곳.

34 봉ᄂᆡ(蓬萊): 봉래. 중국 전설에 나타나는 세 영산(靈山) 중 하나인 봉래산.

35 창쥐(滄州): 창주. 위(魏)나라 완적의 시에서 유래한 표현으로, 경치 좋은 은사의 거처를 의미함.

도ᄒᆞ여 계하(階下)의 니ᄅᆞ니 일위(一位) 노옹(老翁)이 구름관의 안개 오ᄉᆞᆯ 닙고 손의 ᄇᆡᆨ옥딘미롤 드러시니 창안학발(蒼顔鶴髮)[36]이오 션풍도골(仙風道骨)이라. 노ᄌᆞ(老子)[37]의 현미(玄微)ᄒᆞᆫ 도덕(道德)과 댱쥬(莊周)[38]의 쳥허(淸虛)ᄒᆞᆫ 긔상(氣象)을 겸ᄒᆞ엿더라. 이에 ᄉᆡᆼ을 마ᄌᆞ 셕

22면

단(石壇) 우희 안치고 빈쥬(賓主)의 녜(禮)롤 파ᄒᆞᄆᆡ 찬연(燦然)이 ᄒᆞᆫ번 웃고 ᄭᅩᆺ촐 ᄒᆞᆫ번 동풍(東風)의 ᄯᅥᆯ쳐 셰간(世間) 일을 므러 ᄀᆞᆯ오ᄃᆡ

"암혈(岩穴)의 깃드린 죵젹(蹤迹)과 운슈(雲水)의 븟치인 신셰 다만 뫼히 ᄑᆞᄅᆞᄆᆡ 봄이 오믈 알고 ᄒᆡ 밧괴이ᄆᆡ 학이 셔믈 몰낫더니 오날놀다ᄒᆡᆼ이 인셰(人世) 아름다운 손을 만나 산인(山人)의 젹뇨(寂寥)ᄒᆞᆫ 회포(懷抱)롤 위로ᄒᆞ괘라."

ᄉᆡᆼ이 샤례(謝禮)ᄒᆞ여 ᄀᆞᆯ오ᄃᆡ

"ᄉᆡᆼ은 이 연화셰계(蓮花世界)[39]의 미(微)ᄒᆞᆫ 션ᄇᆡ라. 금일(今日) 션경(仙境)을 볼아 존안(尊顔)을 쳠망(瞻望)ᄒᆞ니 평ᄉᆡᆼ(平生)이 헛되디 아니믈 알과이다. 존ᄉᆞ(尊師)의 놉흔 도호(道號)롤 드러 뼈 쇽긱(俗客)의 취ᄒᆞᆫ ᄭᅮᆷ을 ᄭᆡ닷게 ᄒᆞ쇼셔."

노옹(老翁)이 희미히 우어 왈

"ᄎᆞ희(嗟噫)라! 연화(煙火)의 골몰(汨沒)ᄒᆞ야 일빵안총(一雙眼聰)이 고우(故友)롤 니졋도다. 옥경(玉京) 션반(先般)[40]의 션옹(仙翁)을 긔록

---

36 창안학발(蒼顔鶴髮): 늙은이의 얼굴과 흰 머리카락. 규장각본에는 '창안빅발'로 되어 있음.

37 노ᄌᆞ(老子): 노자. 중국 제자백가 중 도가(道家)의 창시자.

38 댱쥬(莊周): 장주. 춘추전국시대 송나라의 사상가로 도가사상을 이어 발전시킨 인물.

39 연화셰계(蓮花世界): 연화세계. 불교 용어로 아미타불이 사는 정토(淨土)를 가리킴.

40 션반(先般): 선반. 말하는 때 이전의 지나간 시간이나 때.

디 못ᄒᆞᆯ소냐?"

인ᄒᆞ야 동ᄌᆞ(童子)ᄅᆞᆯ 명ᄒᆞ야 다과(茶菓)ᄅᆞᆯ 나오니 금단(禁斷) 벽도(碧桃)[41]요 슈졍반(水晶盤)의 옥ᄋᆡᆨ경장(玉液瓊漿)은 뉴리종(琉璃鍾)의 ᄇᆞᄋᆡ니 ᄒᆞᆫ번 마시ᄆᆡ 졍신(情神)이 상냥(爽涼)ᄒᆞ고 긔운이 경쾌(輕快)ᄒᆞ야 표연(飄然)이 우화(羽化)ᄒᆞᆯ ᄃᆞᆺᄒᆞ더라. 노인(老人)이 니ᄅᆞᄃᆡ "금일(今日) 그ᄃᆡᄅᆞᆯ 특별이 쳥ᄒᆞ믄 다ᄅᆞ미 아니라. 그ᄃᆡ 집 가란(家亂)이 일일층츌(日日層出)ᄒᆞ야 그ᄃᆡ로 ᄒᆞ여곰 묘이블슈(苗而不秀)[42]ᄅᆞᆯ 감심(甘心)ᄒᆞᆯ디라. 금일(今日) 문창셩(文昌星)이 상뎨(上帝) 칙디(勅旨)ᄅᆞᆯ 밧ᄌᆞ와 군ᄌᆞ슉녀(君子淑女)의 복덕(福德)을 유창ᄒᆞ실ᄉᆡ 젼셰과보(前世果報)로 요인(妖人)의 간포극악(殘暴極惡)[43]이 ᄒᆡᄌᆞ(孩子)ᄅᆞᆯ 졀학봉의 쇄골(碎骨)ᄒᆞ며 ᄒᆡ심(海深)의 더져 죽이려 ᄒᆞ니 상뎨(上帝) 명ᄒᆞ신 바로 엇디 힘힘히[44] 간인(奸人)의 독ᄒᆡ(毒害)ᄅᆞᆯ 바다 그만ᄒᆞ리오? ᄇᆡᆨ신(百神)이 호위(護衛)ᄒᆞ거니 졀ᄒᆡ셔 아ᄒᆡ(兒孩)ᄅᆞᆯ 바다 무ᄉᆞ(無事)ᄒᆞ고 ᄒᆡ심(海心)의셔 텬귀(天軀) 바다믈의 잠기디 아니ᄒᆞ여시니 인뉸(人倫)을 실산(失散)ᄒᆞ여 놓이 쥐ᄅᆞᆯ 밧고미 이시니 ᄲᅧᆯ 23면

---

41 벽도(碧桃): 전설 속의 천도(天桃) 복숭아. 득도한 신선이 되어야 먹을 수 있다고 하여 '선도(仙桃)'라고도 하며 '반도(蟠桃)'라고도 함. 또 잘 익어도 한쪽이 푸른빛을 띤다고 해서 '벽도(碧桃)'라고도 부름.

42 묘이블슈(苗而不秀): 묘이불수. 《논어》〈자한(子罕)〉에 나오는 공자의 말 중 일부를 가져온 것. "싹이 나고는 꽃 피지 못하는 경우도 있고, 꽃은 피었건만 열매를 맺지 못하는 경우도 있다(苗而不秀者 有矣夫 秀而不實者 有矣夫)." 이에 대해 황간은 안회가 대성하지 못하고서 일찍 죽은 것을 비유한 것이라고 하는데, 본문의 맥락은 이와는 다름.

43 간포극악(殘暴極惡): 규장각본에는 '잔포극악'으로 되어 있음.

44 힘힘히: 힘힘ᄒᆞ다. 부질없다.

니 가보아 셔로 구활(救活)ᄒᆞᆯ디어다. 녕딜ᄋᆞ(佘姪兒)ᄂᆞᆫ 상뎨(上帝) 명ᄒᆞ샤 명실(明室)의 졍샹(禎祥)이오 경시의 대보(大寶)라. 요악간녕(妖惡奸佞)이 너모 이러ᄐᆞᆺ ᄒᆞ야 텬뉸(天倫)을 도상(倒傷)ᄒᆞᄂᆞᆫ 변(變)을 디으니 엇디 텬벌(天罰)이 업ᄉᆞ리오? 삼가 부인은 덕을 경복(敬服)ᄒᆞ여 복덕(福德)이 텬디(天地)의 가득ᄒᆞ거ᄂᆞᆯ 감히 햐슈(下手)ᄒᆞ야 ᄇᆡᆨ 가지로 포학지형(暴虐之刑)을 못ᄒᆞᆫ 바 업시ᄒᆞ여 명ᄆᆡᆨ(命脈)을 씃

24면 쳐 죽이ᄂᆞᆫ 형벌(刑罰)이 방장(方張)ᄒᆞ리니 ᄊᆡ 더ᄃᆡ면 부인의 혼ᄇᆡᆨ(魂魄)이 옥쳥궁(玉淸宮)[45]의 됴회(朝會)ᄒᆞ야 원소(冤訴)ᄒᆞ리니 그ᄃᆡ 모형(母兄)이 아모리 승텬입디(昇天入地)ᄒᆞᄂᆞᆫ 환슐(幻術)이 잇셔도 두우궁(斗牛宮)[46] 원긔(怨氣)ᄅᆞᆯ 후도 쳔ᄇᆡᆨ셰의 니ᄅᆞ히 디옥고초(地獄苦楚)ᄅᆞᆯ 엇디 면ᄒᆞ리오? 그ᄃᆡ로 더브러 ᄇᆡᆨ옥경(白玉京)[47] 니(裡)의 됴회ᄒᆞ던 반녈(班列)이라. 그 졍(情)을 닛디 못ᄒᆞ여 곤륜(崑崙)[48]의 도라가ᄂᆞᆫ 멍에ᄅᆞᆯ 잠간 늣추어 셔로 고ᄒᆞᄂᆞ니 총총(悤悤)이 도라가 효ᄌᆞ현부(孝子賢婦)로 ᄒᆞ여곰 디통(至痛)을 깃치디 말며 문창셩(文昌星)의 인뉸(人倫)을 밧고와 실소(失消)ᄒᆞᄂᆞᆫ 탄(嘆)이 업게 ᄒᆞ라. 문창(文昌)을 ᄃᆡ신ᄒᆞᆫ ᄋᆞᄒᆡ(兒孩)ᄂᆞᆫ 이 곳 쥬파의 ᄉᆡᆼ애(生兒)라. 그ᄃᆡ 식안(識眼)이 명달(明達)ᄒᆞ니 비록 블언디듕(不言之中)이나 ᄇᆞᆰ히 아라보미 이시려

45 옥청궁(玉淸宮): 옥청궁. 상제가 사는 곳. 도교에서 말하는 천상세계의 세 궁전 중 하나.

46 두우궁(斗牛宮): 두우궁. 장건이 은하수를 타고 두우궁에 들어가게 되었는데 그곳에서 직녀가 비단을 짜고 있었다고 함.

47 빅옥경(白玉京): 백옥경. 천제(天帝)가 산다는 하늘 위의 궁궐.

48 곤륜(崑崙): 곤륜산. 중국 신화에 등장하는 서쪽에 있는 성스러운 산. 천계와 속계의 경계에 위치하여 사자(死者)가 승선하는 장소로 여겨짐.

니와 귀쳔(貴賤)을 니ᄅᆞ디 말고 닌뉸(人倫)을 난(亂)치 말나."

언흘(言訖)의 공ᄌᆞ(公子)ᄅᆞᆯ 니별(離別)ᄒᆞ고 동ᄌᆞ(童子)ᄅᆞᆯ 명(命)ᄒᆞ여 계샹(階上)의 홍종(弘鍾)을 마치로 ᄒᆞᆫ번 치ᄆᆡ 소ᄅᆡ 뇨량(嘹喨)ᄒᆞ야 심동경각(心動警覺)ᄒᆞ니 궤안(几案)의 비겨 잠가ᄆᆡ(暫假寐)ᄒᆞ야 ᄉᆞ몽비몽(似夢非夢)이라. 공ᄌᆡ(公子) ᄎᆞ악경ᄒᆡ(嗟愕驚駭)ᄒᆞ여 심여언왈(心慮言曰)

"본부(本府)의셔 슈시(嫂氏) 분명 ᄒᆡ만(解娩)ᄒᆞᄆᆡ 모형(母兄)의 극악잔포(極惡殘暴)ᄒᆞ미 인뉸(人倫)을 산난(散亂)ᄒᆞ야 ᄒᆡᄋᆞ(孩兒)로 ᄒᆞ야곰 텬뉸(天倫)을 산실(散失)ᄒᆞ고 슈시(嫂氏)ᄅᆞᆯ 악형(惡刑)ᄒᆞ여 죽 25면
이ᄂᆞᆫ 형상(形狀)이 명약관하(明若觀火)ᄒᆞ니 이ᄅᆞᆯ 혜건ᄃᆡ 졍혼(精魂)이 산비(散飛)ᄒᆞ야 밧비 ᄌᆞ당(慈堂)의 뵈오믈 쳥ᄒᆞ야 술연이 고(告)[49] ᄌᆞ위(慈闈)ᄅᆞᆯ 뫼셔 ᄒᆞᆫ가디로 도라가고져 ᄒᆞ더니 졸급(猝急)ᄒᆞᆫ ᄉᆞ괴(事故) 이시니 쇼ᄌᆞ(小子)ᄂᆞᆫ 이제 밧비 도라가 ᄌᆞ위(慈闈) 운산으로 오실 ᄲᆡ 오리이다."

건녀(健驢)ᄅᆞᆯ 칙쳐 망망(忙忙)이 운산을 향ᄒᆞ야 오더니 길히 졀학봉 아ᄅᆡ로 말ᄆᆡ암ᄂᆞᆫ디라. 심ᄂᆡ(心內) 요요황황(遙遙遑遑)ᄒᆞ야 ᄉᆞᆯ피미 업더니 홀연 눈 앏ᄒᆡ 뵈ᄂᆞᆫ ᄇᆡ 잇거ᄂᆞᆯ 비로소 눈을 드러보니 홍쇠 암셕(巖石) ᄉᆞ이의 안ᄌᆞᆺ다가 총총이 산협(山峽) ᄉᆞ이로 몸을 곰초거ᄂᆞᆯ 공ᄌᆡ 크게 의심ᄒᆞ여 이에 나아가 홍소ᄅᆞᆯ 브ᄅᆞᆫᄃᆡ 쇠 마디못ᄒᆞ야 앏ᄒᆡ 나와 고두복디(叩頭伏地)ᄒᆞ니 공ᄌᆡ(公子) 므러 왈

49 고: 본디 '고왈(告曰)'인데 '왈' 자가 빠진 것으로 보임.

"부인이 산긔(産氣) 계시냐? 너ᄂᆞᆫ 엇디 황산(荒山) 무인쳐(無人處)의 몸을 암셕의 감초ᄂᆞᆫ다? 부듕(府中)의 연괴(緣故) 이시리니 실딘무은(悉陳無隱)ᄒᆞ야 날노 ᄒᆞ여곰 의심을 플게 ᄒᆞ라."

쇠 이에 다른 말 아니코 픔쇽의 젹근 조희ᄅᆞᆯ ᄂᆡ여 밧드러 드리니 ᄉᆞ의(辭意) 하회(下回)ᄅᆞᆯ 분셕ᄒᆞ라.

ᄎᆞ셜(且說). 작일(昨日)의 월난 홍쇼 냥비ᄌᆡ(兩婢子) 부인의 부탁을
26면 바다 봉셔(封書)ᄅᆞᆯ 보건ᄃᆡ 금일(今日) 초혼(初昏)의 쪄혀보라 ᄒᆞ여시니 냥녀(兩女) ᄒᆞᆫ가디로 봉셔(封書)ᄅᆞᆯ 보니 다른 ᄉᆞ의(辭意) 업고 '십오일(十五日) ᄌᆞ시(子時)의 강보ᄒᆡᄌᆞ(襁褓孩子)의 명ᄆᆡᆨ(命脈)이 위ᄐᆡ(危殆)ᄒᆞ고 인뉸(人倫)을 난(亂)ᄒᆞ여 실소(失消)ᄒᆞ믈 만나리니 월난이 졀학봉 아ᄅᆡ ᄃᆡ후(待候)ᄒᆞ여 기다리면 ᄋᆞᄒᆡ(兒孩) 봉만(峰巒) 아ᄅᆡ 나려디리니 네 맛당이 강보(襁褓)ᄅᆞᆯ ᄎᆞᄌᆞ 보명(保命)ᄒᆞ믈 엇거든 딘시(辰時)[50]의 ᄋᆞᄒᆡ(兒孩)ᄅᆞᆯ ᄀᆞᆷ초와 도라오ᄃᆡ 비밀(秘密)ᄒᆞ여 사ᄅᆞᆷ을 알게 말나.' ᄒᆞ엿더라. 홍쇼의게 맛딘 바 봉셔(封書)ᄂᆞᆫ '금야(今夜)의 ᄒᆡᄌᆞ(孩子)의 명(命)이 위ᄐᆡ(危殆)ᄒᆞ니 네 졔운각 밧게 머므러 ᄋᆞᄒᆡ(兒孩)ᄅᆞᆯ 구ᄒᆞ여 졍시의 종샤(宗嗣)ᄅᆞᆯ 븟들고 ᄒᆡᄌᆞ(孩子)로 ᄒᆞ여곰 인뉸(人倫)을 완젼ᄒᆞ고 쥬파의 ᄋᆞᄒᆡ(兒孩)ᄅᆞᆯ 도라보ᄂᆡ여 귀쳔(貴賤)을 니ᄅᆞ디 말고 각각 뉸긔(倫紀)ᄅᆞᆯ 어ᄌᆞ러이게 말나.' ᄒᆞᆫ ᄉᆞ의(辭意)라. 홍쇠 가마니 몸을 ᄀᆞᆷ초와 가듕 동졍을 규시하야 졔운각 창외의 잇더니 과연 계월이 ᄒᆡᄌᆞᄅᆞᆯ 가져 총총이 나가ᄆᆡ ᄂᆡᆫ즁이 ᄯᆞ라가ᄂᆞᆫ디

50 딘시(辰時): 진시. 오전 7시에서 9시 사이.

라. 쇠 ᄎᆞ경을 당ᄒᆞ여 가마니 가ᄉᆞᆷ을 두다리고 울며 몸을 곰초와 먼니
ᄯᆞ라가 보ᄆᆡ 과연 졀학봉의 올나가 ᄋᆞᄒᆡᄅᆞᆯ ᄒᆡ심(海心)의 잠으ᄃᆡ 죽디 27면
아니코 흉용(洶湧)ᄒᆞᆫ ᄆᆞᆯ이 잠간 ᄉᆞ이 말나 ᄋᆞᄒᆡ 마ᄅᆞᆫ ᄯᅡᄒᆡ 누어시니
이 못ᄉᆞᆫ 텬디초판(天地初判)의 삼긴 ᄆᆞᆯ이라. 만군(萬軍)을 드려 ᄆᆞᆯ을
업시ᄒᆞ려 ᄒᆞ여도 대ᄐᆡᆨ(大澤)이라 무가ᄂᆡ하(無可奈何)오 상시(常時)
우레 딘동(震動)ᄒᆞ야 감히 사ᄅᆞᆷ이 가디 못ᄒᆞᄂᆞᆫ 곳이라. ᄒᆡᄌᆞ(孩子)ᄅᆞᆯ
이곳의 잠으ᄆᆡ ᄉᆞ라날 니 업ᄉᆞᄃᆡ 여ᄎᆞᄒᆞ야 손익(損益)이 업ᄉᆞ니 닌듕
이 분완(憤惋)ᄒᆞ여 칼노 죽이려 ᄒᆞ다가 ᄋᆞᄒᆡ 홀연 말ᄒᆞᄂᆞᆫ 형상을 보
고 이상ᄒᆞ믈 니긔디 못ᄒᆞ야 ᄀᆞ마니 호읍ᄒᆞ더니 닌듕이 ᄒᆞᆫ번 박ᄎᆞ 졀
학(絶壑)의 나리칠 ᄯᆡ 월난이 믄득 ᄡᅡᆼ슈(雙手)로 ᄋᆞᄒᆡᄅᆞᆯ 바다 ᄒᆡᄌᆞ의
몸이 위ᄐᆡ키ᄅᆞᆯ 계오 면ᄒᆞ야 쾌히 보명(保命)ᄒᆞ믈 어든디라. 암셕 ᄉᆞ
이의 몸을 곰초고 ᄒᆡᄌᆞᄅᆞᆯ 월난의 가ᄉᆞᆷ의 ᄑᆞᆷ어 보호ᄒᆞ고 진시(辰時)의
도라오라 ᄒᆞᄆᆡ ᄯᆡᄅᆞᆯ 기다리더니 홀연 공듕(空中)의셔 ᄒᆞᆫ 조각 조희의
글 ᄡᅳᆫ 거ᄉᆞᆯ 홍쇼ᄅᆞᆯ ᄇᆞᆯ너 주며 닐러 ᄀᆞᆯ오ᄃᆡ

"이 압흐로 너ᄅᆞᆯ 알 사ᄅᆞᆷ이 디나리니 잠간 암셕 밧그로 나가라."

ᄒᆞᄂᆞᆫ디라. 쇠 의괴당황(疑怪唐惶)ᄒᆞ여 방황(彷徨)ᄒᆞ다가 공ᄌᆞ(公子)
ᄅᆞᆯ 만난디라. ᄆᆞᄅᆞ믈 인ᄒᆞ야 글 ᄡᅳᆫ 조희ᄅᆞᆯ 드리ᄆᆡ 공ᄌᆡ 보건ᄃᆡ 금일 28면
(今日) 졍시의 긔린(麒麟)이 인뉸(人倫)을 실산(失散)ᄒᆞ고 명(命)이
위ᄐᆡᄒᆞ믈 버서나 텬뉸(天倫)을 완젼(完全)ᄒᆞ여 도라가리로ᄃᆡ 니쇼졔
고학(苦虐)을 바다 보명(保命)키 어렵도다 ᄒᆞ엿더라. 조희ᄅᆞᆯ 소ᄅᆞᆯ 도
로 주고 춍망(悤忙)이 ᄐᆡᆨ상(宅上)의 도라가 바로 졔운각으로 가ᄆᆡ 이
ᄯᆡ 졔운각상이 초한(楚漢)의 녕진(營鎭)이 되엿ᄂᆞᆫ디라. 공ᄌᆡ(公子)
밋쳐 부문(府門)의 드지 못ᄒᆞ여셔 경혼(驚魂)이 비월(飛越)ᄒᆞ더라. 아

ᄌᆞ(俄者)의 소부인이 이랑(二郎)[51]의 약(藥) 가져오기ᄅᆞᆯ 기다리더니 아이(俄爾)[52]오 두 낫 환약(丸藥)을 드리며 ᄀᆞᆯ오ᄃᆡ

"이 약은 산모의 허약ᄒᆞᆫ 긔운이 튱만(充滿)ᄒᆞ고 ᄒᆞᆫ번 먹으ᄆᆡ 긔운이 소쾌(消衰)[53]ᄒᆞᆫ다 ᄒᆞᄂᆞ이다."

부인이 희연(喜然)ᄒᆞᆫ 안ᄉᆡᆨ(顏色)으로 바다 온슈(溫水)의 화(和)ᄒᆞ야 쇼져ᄅᆞᆯ 주어 ᄀᆞᆯ오ᄃᆡ

"이 약(藥)이나 토ᄒᆞ지 말고 ᄌᆞᆯ 먹으라. 산모의 허약ᄒᆞᆫ 긔운의 유익ᄒᆞ리라 ᄒᆞ니 조심ᄒᆞ야 들니디 말고 잘 먹으라."

일변(一邊) 니ᄅᆞ며 친히 쇼져의 입의 다혀 먹으라 ᄒᆞᄂᆞᆫ디라. 니쇼졔 산후(産後) 긔운이 허약ᄒᆞᆫᄃᆡ 달야(達夜)토록 독약(毒藥)을 년(連)ᄒᆞ
29면 야 먹으며 코ᄒᆡ 뽀히니 긔운이 엄엄(奄奄)ᄒᆞ야 졍혼(精魂)이 어득ᄒᆞᆫ디라. 이번은 약(藥)이 더옥 흉독(凶毒)ᄒᆞ야 후간(喉間)을 넘기ᄆᆡ 명ᄆᆡᆨ(命脈)이 보젼(保全)ᄒᆞᆯ 길히 업ᄂᆞᆫ디라. ᄒᆞᆫ 먹음의 미쳐 삼키디 못ᄒᆞ야 비위(脾胃) 거ᄉᆞ리고 븍밧쳐 토ᄒᆞ니 약이 ᄊᆞᄒᆡ 뽀다디며 프ᄅᆞᆫ 블ᄭᅩᆺ치 니러나 연염(煙焰)이 방듕(房中)의 가득ᄒᆞ니 부인이 죵야(終夜)토록 노심초ᄉᆞ(勞心焦思)ᄒᆞ야 아모조록 약을 먹여 죽기ᄅᆞᆯ 영ᄃᆡ(迎待)ᄒᆞ야 분만(分娩)ᄒᆞ고 허ᄒᆞᆫ 쇽의 뎨일독약(第一毒藥)을 먹여 죽거든 죄ᄂᆞᆫ 셜침의게 밀위려 ᄒᆞ고 날이 ᄎᆡ ᄇᆞᆰ디 아냐셔 니시의 죽ᄂᆞᆫ 양(樣)을 보려 ᄒᆞ다가 ᄯᅩ 약을 토ᄒᆞ야 아니 먹을 ᄲᅮᆫ 아냐 방듕(房中)이

---

51 이랑(二郎): 정인중.

52 아이(俄爾): 갑자기, 급히.

53 소쾌: 규장각본에는 '소쇄'로 되어 있음.

화염산(火焰山)이 되여시니 젼후젹취(前後積聚)ᄒᆞ엿던 노긔(怒氣)
대발(大發)ᄒᆞ니 이에 대ᄆᆡ왈(大罵曰)
"요악(妖惡)ᄒᆞᆫ 년이 졔 몸을 위ᄒᆞ야 내 달야노고(達夜勞苦)ᄒᆞᆫ 거ᄉᆞᆯ
약을 슌슌 토ᄒᆞᄂᆞᆫ 쳬ᄒᆞ야 먹디 아니니 이ᄂᆞᆫ 날을 의심ᄒᆞᄂᆞᆫ 연괴(緣
故)라. 내 너ᄅᆞᆯ 죽이려 ᄒᆞᄂᆞᆫ 줄 아ᄂᆞᆫ다? 분명이 그리 알면 오날ᄂᆞᆯ 당
당이 너ᄅᆞᆯ 죽여 셜한(雪恨)ᄒᆞ리라."
언파(言罷)의 쇼져의 운발(雲髮)을 쓰어 브드잇고 쳘여의(鐵如意)ᄅᆞᆯ
드러 치기ᄅᆞᆯ 한업시 ᄒᆞ야 머리브터 나리 즛두다려 일신ᄇᆡᆨ톄(一身百 30면
體)의 남은 ᄃᆡ 업시 두다리니 두골(頭骨)이 쇄삭(碎削)ᄒᆞ고 옥면(玉
面)이 남은 ᄃᆡ 업시 읏쳐지고 뉴혈(流血)이 방듕(房中)의 가득ᄒᆞ야시
니 소견(所見)이 경악(驚愕)ᄒᆞᄃᆡ 닌듕이 창외(窓外)의셔 ᄉᆞᄆᆡᄅᆞᆯ 쏫고
셔셔 방듕경ᄉᆡᆨ(房中景色)을 규규히 관찰(觀察)ᄒᆞ야 ᄉᆞᆯ피믈 마디 아
닐 ᄲᅳᆫ이오 일언(一言)을 아니ᄒᆞ더라. 쇼져의 응디(凝脂) ᄀᆞᄐᆞᆫ 긔부(肌
膚)와 옥 ᄀᆞᄐᆞᆫ ᄲᅧ 쳘여의(鐵如意)예 다 바아다 ᄒᆞᆫ번 여의(如意)가 다
니ᄅᆞᄂᆞᆫ 바의 쇄삭(碎削)ᄒᆞ고 뉴혈(流血)이 줄디어 흐ᄅᆞᄃᆡ 조곰도 측
은(惻隱)ᄒᆞ미 업셔 금일(今日)은 쇼져의 명(命)을 씃쳐 젹년(積年) ᄡᆞ
흔 분원(忿怨)을 셜(雪)ᄒᆞ려 ᄒᆞᄂᆞᆫ디라. ᄉᆞ갈(蛇蠍) ᄀᆞᄐᆞᆫ 포학(暴虐)ᄒᆞᆫ
셩으로 쇼져ᄅᆞᆯ 한업시 두다리나 무한(無限) 쾌(快)치 아냐 오히려 ᄉᆞ
라날가 념녀ᄒᆞ니 교아절치(咬牙切齒) 왈
"요괴(妖怪)로온 년이 져와 내 젼셰(前世) 므ᄉᆞᆷ 업원(業怨)으로 이 원
슈(怨讐)ᄅᆞᆯ ᄡᆞ핫ᄂᆞ뇨? 내 목젼(目前)의 요녀(妖女)의 명(命)을 씃쳐
죽ᄂᆞᆫ 양(樣)을 보디 못ᄒᆞ면 ᄎᆞᆯ하리 내 죽어 보디 아니미 나흐리로다."
ᄊᆡ의 쇼제 구롬 ᄀᆞᄐᆞᆫ 운발(雲髮)이 신샹(身上)의 가ᄌᆞᆨᄒᆞ고 아ᄅᆞᆷ다온 31면

향ᄐᆡᆨ(香澤)이 미묘(美妙)ᄒᆞ니 죽도록 치ᄃᆡ 브족(不足)ᄒᆞ야 ᄇᆞᆯ노 ᄎᆞ며
브ᄃᆡ이져 사ᄅᆞᆷ이 ᄎᆞ마 못 ᄒᆞᆯ ᄇᆡ러라. 쇼졔 시운(時運)이 건비(蹇否)ᄒᆞ
고 운ᄋᆡᆨ(運厄)이 태험(太險)ᄒᆞᆫ ᄣᆡᄅᆞᆯ 만나 여ᄎᆞ 변난(變亂)을 당ᄒᆞ니
ᄎᆞᄎᆞ비의(嗟嗟悲矣)로다. ᄣᆡ의 쇼졔 혼도(昏倒)ᄒᆞ연 디 오란디라 일
변(一邊) 두다리며 ᄭᅮ디져 왈
"요악별믈(妖惡別物)이 거즛 죽은 쳬ᄒᆞ거니와 즉시 도로 ᄭᆡ여 반셕
(盤石) ᄀᆞᆺᄐᆞᆯ 거시니 약을 먹여 맛ᄎᆞᆷᄂᆡ 죽이리라."
이랑(二郞)을 명ᄒᆞ야 약을 드리라 ᄒᆞ니 닌듕이 분연(忿然)ᄒᆞ여 뎨일
독약(第一毒藥)을 ᄂᆡ여가라 드리려 ᄒᆞᆯ ᄎᆞ[54] 공ᄌᆞ(公子) 창황(蒼黃)이
드러와 난함(欄檻)의셔 형(兄)을 보고 방듕(房中)의셔 모친의 소ᄅᆡ로
슈죄(數罪)ᄒᆞ야 쇼져ᄅᆞᆯ 두다리ᄂᆞᆫ 광경이라. 이ᄣᆡᄅᆞᆯ 당ᄒᆞ야 모친의 실
덕(失德)ᄒᆞ시미 망극ᄒᆞ니 녜졀(禮節)을 ᄎᆞᆯ히디 못ᄒᆞ여 총망(悤忙)이
개호입실(開戶入室)ᄒᆞ니 모친이 아미역도(蛾眉逆倒)ᄒᆞ여 ᄉᆞ갈(蛇蝎)
의 독(毒)과 싀호(豺虎)의 모진 셩(性)으로 교아(咬牙)ᄒᆞ야 슈죄(數
罪)ᄒᆞ며 쇼져의 머리털흘 손의 감아 브드잇고 치ᄂᆞᆫᄃᆡ 쇼져ᄂᆞᆫ 죽언 지
32면 오ᄅᆡ고 젹혈(赤血)이 방듕(房中)의 가득ᄒᆞ엿ᄂᆞᆫᄃᆡ 닌듕이 독약을 드리
니 부인이 쇼져의 가ᄉᆞᆷ 우ᄒᆡ 올나 안ᄌᆞ 홍슌(紅脣)을 어긔오고 약을
브으려 ᄒᆞᄂᆞᆫ디라. 부인 손을 붓들고 허리ᄅᆞᆯ 안아 울며 ᄋᆡ고왈(哀告曰)
"태태(太太) 이 엇딘 거조(擧措)시며 이 엇진 실덕(失德)이시니잇가?
슈시(嫂氏) 허믈이 계시면 경계절칙(警戒切責)ᄒᆞ실 거시오 ᄒᆞ믈며

54 ᄒᆞᆯ ᄎᆞ: 규장각본에는 'ᄒᆞᆯᄉᆡ'로 되어 있음.

우리 슈시(嫂氏)ᄂᆞᆫ 셩녜(聖女)시라 죄단(罪端)이 업ᄉᆞ시리니 므ᄉᆞᆫ 연고(緣故)로 이 디경(地境)의 미ᄎᆞ니잇고? 이 도시(都是) 쇼ᄌᆞ(小子) 등의 죄악이니 약은 므ᄉᆞᆫ 약이완ᄃᆡ 슈시(嫂氏) ᄒᆡ만(解娩) 후 고학(苦虐)을 바다 긔ᄉᆡᆨ(氣塞)ᄒᆞ신 ᄀᆞ온ᄃᆡ 약을 ᄡᅳ려시ᄂᆞ니잇가?"

일변(一邊) ᄋᆡ고(哀告)ᄒᆞ며 약 그ᄅᆞᆺᄉᆞᆯ 노치 아니ᄒᆞ니 부인이 쳔장(千丈) 노긔(怒氣) 업화(業火)ᄅᆞᆯ 달호여 오날ᄂᆞᆯ 맛ᄎᆞᆷᄂᆡ 니시ᄅᆞᆯ 죽이려 ᄒᆞ더니 쳔만의외(千萬意外) ᄋᆞᄌᆡ(兒子) 니ᄅᆞ러 아ᄅᆞᆷ다온 용화(容華)의 옥뉘(玉淚) 산산(潸潸)ᄒᆞ고 경황즐급(驚惶猝急)ᄒᆞᆫ 가온ᄃᆡ도 효슌(孝順)ᄒᆞᆫ 디양(志養)[55]으로 부인을 안아 움ᄌᆞᆨ이디 못ᄒᆞ게 ᄒᆞ고 약 그ᄅᆞᆺᄉᆞᆯ 아ᄉᆞ니 부인이 대로(大怒)ᄒᆞ야 약 그ᄅᆞᆺᄉᆞᆯ 아니 줄 ᄲᅳᆫ 아니라 공ᄌᆞ(公子)의 그ᄅᆞᆺ 잡은 손을 므러ᄣᅳ더 피육(皮肉)이 ᄧᅥ러져 피 나ᄃᆡ 공ᄌᆡ 그ᄅᆞᆺ 잡은 손을 노치 아니ᄒᆞ고 부인의 ᄂᆞᆺᄎᆞᆯ 우러러 비러 왈

"엇디 이리 ᄒᆞ시ᄂᆞ니잇가? 모친 실덕(失德)을 ᄉᆡᆼ각ᄒᆞ쇼셔. 도시(都是) 쇼ᄌᆞ(小子) 등의 죄로소이다. 모친으로 ᄒᆞ야곰 이 거조(擧措)의 니ᄅᆞ시게 ᄒᆞ미 블쵸(不肖)의 죄악(罪惡)이니 셰간(世間)의 ᄉᆞᆯ ᄆᆞ음이 업ᄂᆞ이다."

드ᄃᆡ여 "약 그ᄅᆞᆺᄉᆞᆯ 주쇼셔." ᄒᆞ야 구디 븟들고 부인은 쇼져의 가ᄉᆞᆷ의 올나 안ᄌᆞ 약(藥)을 입의 브으려 힐난(詰難)ᄒᆞ다가 그ᄅᆞᆺ시 업쳐지니 코흘 거ᄉᆞ리며 프ᄅᆞᆫ 블ᄭᅩᆺ치 방듕(房中)의 가득ᄒᆞ니 부인의 요장악담(妖腸惡膽)으로도 마디못ᄒᆞ여 믈너 안고 공ᄌᆡ(公子) 대경(大慶)ᄒᆞ여

33면

55 디양(志養): 지양. 어버이의 뜻을 제대로 알고서 그대로 따르는 양지(養志)의 효도를 행한다는 것으로, 의식(衣食)을 풍족하게 하는 등 부모의 육신을 위하는 봉양(奉養)과 상대되는 말.

ᄌᆞ가(自家)의 옷ᄌᆞ락을 ᄢᅧ혀 약을 ᄢᅵ셔 블ᄭᅩᆺ출 딘뎡(鎭定)ᄒᆞ고 도라 보니 슈시(嫂氏) 만신(滿身)의 피ᄅᆞᆯ 흘니고 구름 ᄀᆞᆺᄐᆞᆫ 녹발(綠髮)이 산산(散散)ᄒᆞ야 무산(巫山)의 ᄑᆞ른 구름이 셔렷ᄂᆞᆫᄃᆡ 쥬슌(朱脣)이 탈홍(脫紅)ᄒᆞ고 셩안(星眼)을 ᄀᆞᆷ아시니 면부(面膚)와 두골(頭骨)이 ᄒᆞᆫ 곳 셩ᄒᆞᆫ ᄃᆡ 업고 피 ᄆᆡᆺ쳐 엉긔여시며 일신(一身)의 닙은 옷시 쳘여의(鐵如意)예 다 질녀 다 ᄯᅴ여지고 옥골셜뷔(玉骨雪膚) ᄒᆞᆫ 곳 셩ᄒᆞᆫ ᄃᆡ

34면 업더라. 그 명(命)이 ᄭᅳᆺ쳔 디 오ᄅᆡ니 회소(回蘇)ᄒᆞ기ᄅᆞᆯ 엇디 ᄇᆞ라리오? 공ᄌᆡ 가디록 망극원혹(罔極寃酷)ᄒᆞ니 한업ᄉᆞᆫ 우ᄅᆞᆷ과 눈믈ᄲᅮᆫ이오 슈시(嫂氏) 인ᄒᆞ여 ᄉᆞ디 못ᄒᆞ면 엄졍(嚴正)이 환됴(還朝)[56]ᄒᆞ샤ᄃᆡ 쳐분(處分)을 니ᄅᆞ혀시고 ᄌᆞ가(自家) 등의 디통(至痛)을 ᄉᆡᆼ각ᄂᆞᆫ 곳마다 간담(肝膽)이 촌촌(寸寸)이 ᄭᅳᆺ쳐져 원혼이 텬디(天地)의 ᄉᆞ못ᄎᆞᆯ디라. 공ᄌᆡ(公子) 다시 부인긔 간(諫)ᄒᆞᄃᆡ

"슈시(嫂氏) 금일(今日) ᄒᆡ만(解娩)ᄒᆞ시고 병셰(病勢) 여ᄎᆞᄒᆞ샤 회소ᄒᆞ실 가망이 업ᄉᆞ시니 존당(尊堂)과 졔형(諸兄)의 고ᄒᆞ고 의ᄌᆞ(醫者)ᄅᆞᆯ 브ᄅᆞ고 나으실 도리나 ᄒᆞ야 볼 거시니 ᄌᆞ위(慈闈)ᄂᆞᆫ 뎡당(正堂)의 드러가샤 안휴(安休)ᄒᆞ쇼셔."

부인이 그 약을 쇼져의 입의 븟디 못ᄒᆞ고 한분(恨憤)이 가ᄉᆞᆷ의 ᄇᆡᆨ히니 니시ᄅᆞᆯ ᄆᆞᄋᆞᆷ것 두다려 죽여시ᄃᆡ 힝혀 도로 ᄭᆡ여날가 노분(怒憤)이 츙댱(充壯)ᄒᆞ야 플니디 못ᄒᆞᆫᄃᆡ 공ᄌᆞᄅᆞᆯ 간(諫)ᄒᆞᄂᆞᆫ 언ᄉᆞ(言辭)와 ᄌᆞ가(自家)ᄅᆞᆯ 븟드러 움즉이게 못 ᄒᆞᄂᆞᆫ디라 익익대로(益益大怒)ᄒᆞ야 대

56 환됴(還朝): 환조. 원조(元祖), 즉 첫 대의 조상에게 돌아간다는 뜻.

ᄆᆡ왈(大罵曰)

"날노 더브러 젼셰슈가(前世讐家)오 금ᄉᆡᆼ(今生)의 원업(怨業)이라 오날놀 죽이려 ᄒᆞ더니 어ᄃᆡ로셔 네 ᄂᆡ다라 에분(恚憤)ᄒᆞ야 죽게 ᄒᆞᄂᆞ뇨? 너 ᄀᆞᆺᄐᆞᆫ ᄌᆞ식(子息)은 죽어도 내 ᄆᆞ음의 두지 아닐 거시니 ᄉᆞᆯ 뜻 35면 업노라고 날을 협졔(脅制)ᄒᆞ나 네 ᄉᆞᄉᆡᆼ(死生)을 임의(任意)로 ᄒᆞᆯ 거시오 날 ᄀᆞᆺᄐᆞᆫ 블인(不人)은 어미로 아디 말나. ᄂᆡ 잔포블인(殘暴不仁)ᄒᆞ야 오날놀 요종(妖種)을 죽이려 쥬의(注意)러니 별믈악종(別物惡種)이라 죽은 쳬ᄒᆞ여도 즉시 회소ᄒᆞᆯ 거시오 나의 심녁(心力)만 허비(虛費)ᄒᆞ여 취명(醜名)을 깃칠 ᄯᆞ름이라. 요종을 만단(萬斷)의 ᄂᆡ디 못ᄒᆞ믈 통한(痛恨)ᄒᆞ노라."

언파(言罷)의 독ᄒᆞᆫ 셩을 니긔디 못ᄒᆞ여 교아(咬牙)ᄒᆞᄂᆞᆫ 소ᄅᆡ 방(房) 밧긔 들니고 공ᄌᆡ(公子) 드롤ᄉᆞ록 각골비원(刻骨悲怨)ᄒᆞ여 안슈(眼水)롤 거두디 못ᄒᆞ고 부인긔 침당(寢堂)으로 도라가시믈 비ᄂᆞᆫ디라. 부인이 증한(憎恨)ᄒᆞ믈 니긔디 못ᄒᆞ여 쇼져의 신톄(身體)롤 불노 박ᄎᆞ ᄉᆞ벽(四壁)의 브ᄃᆡᄌᆞ니 공ᄌᆡ 망극ᄒᆞ야 부인 허리롤 안고 손을 밧드러 이셩(怡聲)으로 비러 왈

"마ᄅᆞ쇼셔. ᄌᆞ졍(慈庭)의 념녀(念慮)ᄒᆞ실디니 범간(凡間) 녀ᄌᆡ(女子) ᄒᆡ만(解娩) 후 치료ᄒᆞ믈 심상(尋常)치 아니케 ᄒᆞ거놀 슈시(嫂氏)ᄂᆞᆫ 져러ᄐᆞᆺ 고략(拷掠)을 바드며 명ᄆᆡᆨ(命脈)이 ᄭᅳᆺ쳐져시니 쇼ᄌᆞ(小子)의 간담(肝膽)이 바아디ᄂᆞ이다."

부인이 ᄉᆞ갈(蛇蝎)의 셩(性)으로 니시롤 오날놀 폭살(爆殺)ᄒᆞ려더니 36면 목젼(目前) 슈통(愁痛)ᄒᆞᆫ 경ᄉᆡᆨ(景色)과 ᄋᆞᄌᆞ(兒子)의 망극 각골통원(刻骨痛寃)이 궁양(穹壤)의 ᄉᆞ못ᄎᆞ니 졍간(正諫)이 극딘(極盡)ᄒᆞ여

효ᄌᆞ(孝子)의 쳬로 일치 아냣ᄂᆞᆫ디라. 감동(感動)ᄒᆞ미 업디 아냐 이에 침음(沈吟)ᄒᆞ기를 냥구(良久)의 혜월을 명ᄒᆞ여

“침구(寢具)로 쇼져의 몸을 덥흐라.”

ᄒᆞ고

“쇼져를 구호ᄒᆞ라.”

ᄒᆞ니 삼낭(三郎)이 낭즁(囊中)으로셔 회ᄉᆡᆼ단(回生丹)을 ᄂᆡ여 친히 온슈(溫水)의 화(和)ᄒᆞ여 혜월노 ᄒᆞ여곰 쇼져의 입의 ᄡᅥ 너흐니 쳐음은 약믈(藥物)이 드러가지 아니터니 졈졈 여러 슌ᄌᆡᄂᆞᆫ 후간(喉間)을 넘으니 공ᄌᆞ(公子)의 죄오고 ᄇᆞ라ᄂᆞᆫ ᄆᆞᄋᆞᆷ이 텬디(天地)의 암튝(暗祝)ᄒᆞ여 요ᄒᆡᆼ 회소(回蘇)ᄒᆞ기를 죄오더니 이ᄋᆞᆨᄒᆞᆫ 후 쇼졔 면부(面膚)의 혈긔(血氣) 도ᄂᆞᆫ ᄃᆞᆺᄒᆞ더니 아이오 회소ᄒᆞ니 공ᄌᆞ(公子)의 긔ᄒᆡᆼ 쳔만ᄒᆞ믄 셰간(世間)의 비홀 ᄃᆡ 업ᄉᆞ니 이에 나아가 쇼져긔

“무ᄉᆞ히 분만(分娩)ᄒᆞ시미 텬ᄒᆡᆼ(天幸)이로ᄃᆡ 환휘(患候) 여ᄎᆞᄒᆞ시니 도시(都是) 쇼뎨(小弟)의 죄악이로소이다.”

ᄃᆡ답을 기다리디 아니코 장외(帳外)로 퇴(退)ᄒᆞ니 아ᄌᆞ(俄者)ᄂᆞᆫ 황황망조(遑遑罔措)ᄒᆞ여 미쳐 녜(禮)를 ᄎᆞᆯ히디 못ᄒᆞᆯ디라 혼잡(混雜)ᄒᆞ여

37면 시ᄃᆡ 당ᄎᆞ(當此)의 쇼졔 회운(回運)ᄒᆞ여시며 부인의 ᄉᆞ긔(邪氣) 아ᄌᆞ(俄者)의 비겨 잠간 눅은 ᄃᆞᆺᄒᆞ여시니 이에 녜(禮)를 졉으미라.

부인이 ᄋᆞᄌᆞ(兒子)의 긔특(奇特)ᄒᆞᆫ 녜모동작(禮貌動作)을 보아 효슌(孝順)ᄒᆞ고 착ᄒᆞ니 ᄆᆞᄋᆞᆷ ᄒᆞᆫ구셕의 긔특(奇特)고 두굿기고 귀듕(貴重)ᄒᆞ니 ᄌᆞ연(自然) 포한(抱恨)ᄒᆞᆫ 노긔(怒氣) 잠간 플니ᄂᆞᆫ디라. ᄒᆡ졔(孩提)를 친히 안아 쟝외(帳外)예 츌(出)ᄒᆞ여 ᄋᆞᄌᆞ(兒子)를 뵈며 문변(文辯)을 장포(張布)ᄒᆞ여 ᄀᆞᆯ오ᄃᆡ

"이 국가(國家)의 졍상(禎祥)이오 졍시의 동냥(棟梁)이라. 닌셩의 ᄋᆞᄃᆞᆯ이오 현부(賢婦)의 ᄐᆡ교(胎敎)니 ᄋᆞᄒᆡ(兒孩) 엇디 범상ᄒᆞ리오?"

공ᄌᆡ(公子) 임의 아ᄂᆞᆫ 일이니 ᄋᆞᄒᆡ(兒孩)ᄅᆞᆯ 열안(閱眼)ᄒᆞ기 슬흐ᄃᆡ 모친이 이러ᄐᆞᆺ 과댱(誇張)ᄒᆞ니 톄면(體面)의 ᄆᆡᄆᆡ(浼浼)치 못ᄒᆞᆯ디라. 봉안(鳳眼)을 이졍(移定)ᄒᆞᄆᆡ 바히 용용(庸庸)ᄒᆞ여 젼혀 쥬가의 젼형(專形)이라. 공ᄌᆡ(公子) 부인긔 고ᄒᆞ여 왈

"죵야(終夜) 일한(日寒)의 노고(勞苦)ᄒᆞ시며 침슈(寢睡)ᄅᆞᆯ 폐ᄒᆞ여 계시고 당시(當時)의 슈쉬(嫂嫂) 회소ᄒᆞ시미 계시니 ᄌᆞ위(慈闈)ᄂᆞᆫ 뎡당(正堂)의 도라가샤 안휴ᄒᆞ시믈 ᄇᆞ라ᄂᆞ이다."

부인이 심녁(心力)을 갈딘(渴盡)ᄒᆞ여 계오 ᄒᆡᄌᆞ(孩子)ᄅᆞᆯ 업시ᄒᆞᆯ ᄲᅳᆫ이오 니시ᄂᆞᆫ 죽이디 못ᄒᆞ고 필경(畢竟) 회양(回陽)ᄒᆞ니 졀치분완(切齒憤惋)ᄒᆞᄃᆡ ᄋᆞᄌᆞ(兒子)의 고간(苦諫)ᄒᆞ믈 당ᄒᆞ야 현효(賢孝)ᄒᆞᆫ ᄋᆞᄃᆞᆯ이 통 38면
원(痛寃)이 골슈(骨髓)의 ᄉᆞ못ᄎᆞ 죽게 되니 남의 ᄌᆞ식(子息)을 죽이려 ᄒᆞ다가 나의 태악댱셩(泰嶽長城) ᄀᆞᄐᆞᆫ 효ᄌᆞ(孝子)ᄅᆞᆯ 일케 되여시니 ᄉᆞ긔(邪氣)ᄅᆞᆯ 늣추어 잠간 졔 ᄯᅳᆺ을 위로ᄒᆞ리라 ᄒᆞ여 가연(可然)이 쇼져ᄅᆞᆯ 약음(藥飮)을 나와 구호ᄒᆞ라 니ᄅᆞ고 뎡당(正堂)의 도라올ᄉᆡ 공ᄌᆡ(公子) 뫼셔 도라와 부인긔 모구(毛具)ᄅᆞᆯ 더으고 금노(金爐)의 향(香)을 더너 온긔(溫氣)ᄅᆞᆯ 취ᄒᆞ여 편히 쉬시믈 쳥ᄒᆞᆯᄉᆡ 이윽ᄒᆞ여 공ᄌᆡ(公子) 부인 ᄂᆞᆺ출 우러러 쳐연(悽然)이 슬픈 빗치 미협(眉頰)의 드러나 ᄀᆞᆯ오ᄃᆡ

"모ᄌᆞ(母子)ᄂᆞᆫ 디친(至親)이라. 셔로 긔휘(忌諱)[57]ᄒᆞ미 업ᄂᆞ니 ᄎᆞ

57 긔휘(忌諱): 규장각본에는 '긔후'로 되어 있는데, 문맥상 '긔휘'가 맞는 표기로 보임.

ᄋᆞ(此兒)ᄂᆞᆫ 쥬파의 쇼ᄉᆡᆼ(所生)이니 텬뉸(天倫)을 난(亂)ᄒᆞᆯ 거시 아니오 ᄒᆞ믈며 아형(我兄)과 아슈(我嫂)ᄂᆞᆫ 이 ᄋᆞᄃᆞᆯ을 ᄉᆡᆼ(生)치 아니리니 텬뉸(天倫)이 막듕(莫重)ᄒᆞᆫ 바의 엇디 ᄉᆡᆼ각디 못ᄒᆞ시ᄂᆞ니잇고? 여ᄎᆞ즉(如此則) 텬필염디(天必厭之)ᄒᆞ시리니 셰 번 ᄉᆡᆼ각ᄒᆞ쇼셔. 금애 쇼ᄌᆡ(小子) 소회(所懷)ᄅᆞᆯ 딘달(進達)ᄒᆞ오니 죄당만ᄉᆡ(罪當萬死)로소이다."

부인이 ᄋᆞᄌᆞ(兒子)의 명달(明達)ᄒᆞᆫ 혜식(慧識)을 모로디 아니나 협뉴ᄒᆞ야[58] 밀우려 문변을 장포ᄒᆞ야 말솜을 빗나게 ᄒᆞ엿더니 ᄃᆡ답이 여ᄎᆞ
39면 ᄒᆞ니 도로혀 어히 업셔 격녈열셰(激烈熱勢)의 심녁(心力)을 허비ᄒᆞ야 ᄒᆡᄌᆞ(孩子)ᄂᆞᆫ 죽여시나 ᄎᆞᄋᆞ(此兒)의 근본을 닌웅이 ᄇᆞᆰ히 디긔(知機)ᄒᆞ니 ᄌᆞ긔(自己) 심녁을 갈딘(渴盡)ᄒᆞᆫ 거시 그림의 썩이라. 뎡ᄉᆡᆨ(正色)고 ᄀᆞᆯ오ᄃᆡ

"이 ᄋᆞᄒᆡ 미치미 잇ᄂᆞ냐? 상셩(喪性)치 아냐시면 여ᄎᆞ괴셜(如此怪說)의 허황ᄆᆡᆼ낭(虛荒孟浪)ᄒᆞ미 어이 이시리오? 내 비록 블인(不仁)ᄒᆞ나 ᄌᆞ식이 되여 어미ᄅᆞᆯ 엇디 이ᄃᆡ록 심히 의심ᄒᆞ리오? ᄒᆡᄌᆡ(孩子) 니시의 ᄉᆡᆼᄋᆡ(生兒) 아니오 닌셩의 ᄌᆡ(子) 아니라 ᄒᆞ믄 므ᄉᆞᆫ 쯧이뇨? 뉘 너다려 ᄎᆞᄋᆡ(次兒) 쥬파의 ᄉᆡᆼ(生)이라 니ᄅᆞ더뇨? 네 샤광(師曠)의 춍(聰)과 니루(離婁)의 명(明)이라도 ᄌᆞ각(自覺)든 못 ᄒᆞ여시리니 이 디쥬(指嗾)ᄒᆞᆫ 사ᄅᆞᆷ이 뉘뇨? 과연 모ᄌᆞ(母子)ᄂᆞᆫ 디친(至親)이라 ᄀᆞ리이며 ᄉᆞ이ᄒᆞ미 업ᄂᆞ니 ᄎᆞᄉᆞ(此事)ᄅᆞᆯ 발각(發覺)ᄒᆞ여 날노 ᄒᆞ야곰 극악

---

58 협뉴ᄒᆞ야: 미상. 규장각본에도 동일하게 '협뉴ᄒᆞ야'로 표기됨.

대죄(極惡大罪)를 면(免)케 ᄒᆞ라."

언파(言罷)의 노ᄒᆞᆫ 눈이 샤갈(蛇蝎)의 독(毒)과 싀랑(豺狼)의 포(暴)ᄒᆞ미라도 이에 더으지 못ᄒᆞ리러라. 공ᄌᆞ(公子) 셔안(書案)의 머리를 두다려 왈

"강보(襁褓)를 ᄒᆡ심(海心)의 잠으며 졀학(絶壑)의 쇄골(碎骨)ᄒᆞᆫ들 쇼ᄌᆞ(小子) 모로리잇고? ᄌᆞ위(慈闈) 엇디 쇼ᄌᆞ(小子)를 이러ᄐᆞᆺ 긔휘(忌諱)ᄒᆞ샤 심곡(心曲)을 니ᄅᆞ디 아니ᄒᆞ시ᄂᆞ니잇가? 쇼ᄌᆞ(小子) 텬셩(天性)이 강광(强狂)ᄒᆞ고 우딕(愚直)ᄒᆞ여 ᄎᆞ마 디친(至親)을 니ᄅᆞ디 40면 말고 ᄒᆡᆼ노(行路)의 니ᄅᆞ히 긔간(欺奸)ᄒᆞ고 긔휘(忌諱)치 못ᄒᆞᄋᆞᆸᄂᆞ니 ᄒᆞ믈며 텬셩디친(天性至親)이리잇가? ᄌᆞ졍(慈庭)이 이를 ᄒᆞ시고 장ᄎᆞᆺ 엇디ᄒᆞ려 ᄒᆞ시ᄂᆞ니잇고? 쥬파의 ᄉᆡᆼᄋᆞ(生兒)ᄂᆞᆫ 도라보ᄂᆡ시려니와 딘짓 ᄒᆡᄋᆞ(孩兒)ᄂᆞᆫ 거쳐(去處) 업ᄉᆞ니 가듕졔인(家中諸人)이 ᄌᆞ연(自然) 젼셜(傳說)ᄒᆞ여 알니니 ᄇᆡᆨ시(伯氏)와 슈시(嫂氏)ᄂᆞᆫ 셩ᄌᆞ대회(聖子大孝)라 한(恨)치 아니려니와 대인(大人)이 환귀(還歸)ᄒᆞ시믜 대쳐분(大處分)을 니ᄅᆞ혀시리니 당시(當時)의 ᄌᆞ당(慈堂)과 듕시(仲氏) 엇더ᄒᆞ시리잇고? 이를 혜건ᄃᆡ 쇼ᄌᆞ(小子) ᄎᆞ마 셰간(世間)의 ᄉᆞᆯ ᄠᅳᆺ이 업ᄉᆞ니 이 통원(痛寃)을 엇디ᄒᆞ야 업시ᄒᆞ리잇가?"

언파(言罷)의 머리를 두다려 뉴혈(流血)이 돌디(突之)ᄒᆞ니 부인이 이ᄋᆞ돌을 딘실노 댱셩(長城)과 태악(太嶽)의 밋브미 잇ᄂᆞᆫ 바의 실족 이리ᄒᆞ고 ᄌᆞ가(自家)의 일이 만만낭계(萬萬浪計)니 다시 ᄉᆡᆼ각건ᄃᆡ ᄌᆞ개(自家) 톄위(體位) 존듕(尊重)ᄒᆞᆫ 바의 일가(一家)와 졔인(諸人)의 츄앙존숭(推仰尊崇)이 일신(一身)의 아오로 겸ᄒᆞ여 효ᄌᆞ현부(孝子賢婦)의 셩효(誠孝)ᄂᆞᆫ 셰간(世間)의 다시 보디 못ᄒᆞᆫ 바의 므어ᄉᆞᆯ 브족

(不足)ᄒᆞ여 포악(暴惡)은 은모(嚚母)[59]의 더으며 블인잔학(不仁殘虐)은 밋디 못ᄒᆞᆯ 곳이 업셔 금옥(金玉) ᄀᆞᆺ튼 나의 ᄋᆞᄃᆞᆯ노 ᄒᆞ여곰 댱셩(長
41면 城)의 간장(肝腸)을 ᄉᆞᆯ와 후간(喉間)의 연염(煙焰)이 니러나 죽기의 니ᄅᆞᆯ디니 일이 극히 무의(無義)ᄒᆞ고 ᄌᆞ신(自身)의 니(利)ᄒᆞᆯ ᄇᆡ 업ᄂᆞᆫ디라. ᄋᆞᄌᆞ(兒子)의 말이 그ᄅᆞᆫ 거시 아니로ᄃᆡ 일단 괴벽ᄒᆞᆫ 악장은 도로혈 길이 업ᄉᆞ니 닌셩 부부의 대효현덕(大孝賢德)으로 목젼(目前)의 부월(斧越)의 업ᄃᆡ믈 보고ᄌᆞ ᄆᆞᄋᆞᆷ은 골(骨)이 협ᄒᆞ엿ᄂᆞᆫ디라 도로혈 길 업거니와 ᄋᆞᄌᆞ(兒子)의 거동은 이 과연 긔특ᄒᆞ니 크게 감동ᄒᆞ야 일변(一邊) 두굿기며 아ᄅᆞᆷ다와 ᄌᆞ긍심하(自矜心下) 왈

'효우ᄇᆡᆨᄒᆡᆼ(孝友百行)이 내 아ᄒᆡ ᄀᆞᆺᄐᆞ니야 ᄯᅩ 엇디 이시리오? 내 편협(偏狹)ᄒᆞ야 닌셩 부부의 현효(賢孝)ᄒᆞ고 비상(非常)ᄒᆞ믈 모로디 아니ᄒᆞᄃᆡ 내게 디셩디효(至誠至孝)ᄅᆞᆯ 본 젹마다 아쳐롭고[60] 깃브디 아니ᄒᆞ여 목젼(目前)의 죽여 업시코ᄌᆞ 시브고 내 ᄋᆞᄃᆞᆯ은 픔슈(稟受)ᄅᆞᆯ 의논컨ᄃᆡ 닌셩의 하등(下等)이 아니로ᄃᆡ 효우ᄒᆡᆼ검(孝友行檢)이 볼 젹이면 두굿겁고 긔특ᄒᆞ여 화연(和然)이 심ᄉᆡ(心思) 플니여 포악(暴惡)이 잠간 눅어디니 이 엇디 나의 편ᄉᆡᆨ(偏塞)ᄒᆞᆫ 병통이 아니리오? 닌셩이 져도 날을 위ᄒᆞ여 디극(至極)히 효슌(孝順)ᄒᆞ고 착ᄒᆞᆫ ᄒᆡᆼᄉᆡ(行事)
42면 날을 위ᄒᆞ여 죽어도 한(恨)치 아니 디셩디효(至誠至孝)ᄅᆞᆯ 명명ᄇᆡᆨᄇᆡᆨ히 알오ᄃᆡ 내 ᄆᆞᄋᆞᆷ이 호리(毫釐) 감동치 아니ᄒᆞ여 그 살신도명(殺身

59 은모(嚚母): 간악한 어머니. 이는 전처의 자식인 순임금을 죽이려 했던 새어머니를 가리킬 때 주로 사용되는 표현.

60 아쳐롭고: 아쳐롭다. 밉다, 싫다.

圖命)을 일일최급(日日最急)ᄒᆞ니 졔 엇디 셜워 아니리오마ᄂᆞᆫ 조곰도 셜워ᄒᆞᄂᆞᆫ 빗과 원망ᄒᆞᄂᆞᆫ 긔미 낫타나지 아니ᄒᆞ니 이 과연 텬셩대효(天性大孝)오 당당ᄒᆞᆫ 셩ᄌᆞ현인(聖子賢人)이라. 내 일념(一念)을 그릇ᄒᆞ여 부모동긔(父母同氣)의 시름ᄒᆞ여 이우(貽憂)ᄒᆞ고 아ᄅᆡ로 효ᄌᆞ현부(孝子賢婦)ᄅᆞᆯ 디통(至痛)을 픔게 ᄒᆞ니 내게 엇디 텬앙(天殃)이 업ᄉᆞ리오?'

이쳐로 ᄉᆞ량(思量)ᄒᆞ여 믁믁침음(默默沈吟)ᄒᆞ야 말ᄉᆞᆷᄒᆞ디 아니터니 삼공ᄌᆡ(三公子) 슈시(嫂氏)의게 샤명(赦命)을 나리와 안심됴호(安心調護)ᄒᆞ믈 명ᄒᆞ쇼셔 간졀이 비ᄂᆞᆫ디라. 부인이 드ᄃᆡ여 후아[61]ᄅᆞᆯ 명ᄒᆞ여 쇼져의게 젼어왈(傳語曰)

"신양(身恙)이 잇ᄂᆞᆫ 바의 일한(日寒)이 엄ᄂᆡᆼ(嚴冷)ᄒᆞ니 산후(產後) 허약ᄒᆞᆫ 긔운이 실셥(失攝)ᄒᆞ미 쉬오리니 안심됴호(安心調護)ᄒᆞ여 낫게 ᄒᆞ라 젼ᄒᆞ라."

후ᄋᆡ 승명(承命)ᄒᆞ여 운각으로 향ᄒᆞ더라. 어시(於時)의 묘말진최(卯末辰初)[62]라. 월난이 ᄒᆡᄌᆞ(孩子)ᄅᆞᆯ 픔어 운각의 도라오니 부인이 도라가고 각듕(閣中)이 ᄌᆞᆼ용ᄒᆞ더라. 당듕(堂中)의 드러와 ᄒᆡᄋᆞ(孩兒)ᄅᆞᆯ 강보의 ᄡᆞ 누이ᄆᆡ 홍쇄 쥬파의 ᄌᆞ(子)ᄅᆞᆯ 가ᄉᆞᆷ의 픔어 파의 당듕(堂中) 43면 의 가 문을 열고 드러가니 ᄊᆡ 졍히 평명(平明)이로ᄃᆡ 패 슈안(睡眼)이 침침ᄒᆞ야 사ᄅᆞᆷ의 왕ᄂᆡ(往來)ᄒᆞ믈 젼연(全然)이 모로거ᄂᆞᆯ 쇄 ᄒᆡᄋᆞ(孩

61 후아: '후아'는 52권까지 '초아'로 불렸던 소교완의 시비일 것으로 보임.

62 묘말진최(卯末辰初): 묘말진초. 묘시(卯時)는 오전 5시에서 7시 사이이고, 진시(辰時)는 오전 7시부터 9시까지이므로, 묘말진초는 오전 7시쯤.

兒)ᄅᆞᆯ 가져 파의 겻ᄐᆡ 강보의 누이고 표연(飄然)이 도라오니 아모도 알 니 업더라. 어시(於時)의 쇼졔 작혼(昨昏)으로브터 달야(達夜) 독약(毒藥)의 달호이고 고략(拷掠)을 바다 임의 명ᄆᆡᆨ(命脈)이 ᄭᅳᆺ쳐 혼ᄇᆡᆨ(魂魄)이 표표(飄飄)ᄒᆞ여 ᄒᆞᆫ곳의 니ᄅᆞ니 일위션낭(一位仙娘)이 운관(雲冠) 무의(霧衣)와 현상(玄裳) 예ᄃᆡ로 경환(瓊環)과 옥패(玉佩)ᄅᆞᆯ 울녀시니 붉은 달이 아미봉(蛾眉峰)을 둘너시니 일졀 아황(蛾黃)이 두렷ᄒᆞ고 ᄎᆞᆫ 눈이 연디산(臙脂山)의 ᄲᅳ려시니 ᄇᆡᆨ미용광(白眉容光)이 ᄂᆡᆼ담ᄒᆞ여 ᄆᆡ신(梅神)이 나부텬의 도라오며[63] 계ᄇᆡᆨ(桂魄)[64]이 광한뎐(廣寒殿)[65]의 올나시니 늠늠ᄒᆞᆫ 졍신(精神)과 녈녈(烈烈)ᄒᆞᆫ ᄀᆡ운이니 이ᄂᆞᆫ 븍악(北岳) 현모낭낭(賢母娘娘)이라. 이에 구름 ᄉᆞᄆᆡᄅᆞᆯ 드러 읍ᄒᆞ여 ᄀᆞᆯ오ᄃᆡ

"고우(故友)ᄅᆞᆯ 니젓ᄂᆞᆫ다? 셔로 고(顧)ᄒᆞ여 녯졍을 니ᄅᆞᄂᆞ니 그ᄃᆡ 명운(命運)이 험조(險阻)ᄒᆞ고 젼셰업원(前世業冤)이 셔로 듕(重)ᄒᆞ야 고략(拷掠)을 바드며 독약을 시험(試驗)ᄒᆞ여 밋디 아닌 곳이 업ᄉᆞ나 이 도시(都是) 그ᄃᆡ 시운(時運)과 명되(命途)라 현마 엇디ᄒᆞ리오? 이
44면 ᄂᆞᆫ 부운뉴쉬(浮雲流水)라 오라디 아냐 운이 형통(亨通)ᄒᆞ야 슈미(愁眉)ᄅᆞᆯ ᄯᅥᆯ치며 효ᄉᆞ(爻辭)ᄅᆞᆯ 낫타ᄂᆡ여 셰간의 거리ᄭᅵᆯ ᄇᆡ 업시 신셰(身

---

63 ᄆᆡ신(梅神)이 나부텬의 도라오며: 수(隋)나라 개황(開皇) 연간에 조사웅이 나부산에 갔다가 어느 날 매화 정령인 소복을 입은 여인과 환담하고 술을 마시며 하룻밤을 보냈다는 이야기. 이는 유종원의 〈용성록(龍城錄)〉에 전함. 고사에는 '나부산(羅浮山)'인데 원문에는 '나부텬'으로 되어 있음.

64 계ᄇᆡᆨ(桂魄): 계백. 달을 가리키는 다른 표현.

65 광한뎐(廣寒殿): 광한전. 달 속에 있다고 전하는 항아(姮娥)가 사는 전각(殿閣).

世) 쾌활ᄒᆞ고 영복(永福)이 졔미(濟美)ᄒᆞ여 ᄇᆡᆨᄉᆞ(白事) 미딘(未盡)ᄒᆞ미 업ᄉᆞ리니 한(恨)치 말며 원(怨)치 마라. 효ᄌᆞ(孝子)로 ᄒᆞ야곰 도덕(道德)을 힝ᄒᆞ야 휴이(攜貳)ᄒᆞ미 업게 ᄒᆞ라.”

언ᄎᆞ(言此)의 일환금단(一丸金丹)을 ᄉᆞᄆᆡ 가온ᄃᆡ로 ᄂᆡ여 쇼져긔 젼ᄒᆞ여 왈

“이ᄂᆞᆫ 호왈(號曰) 금션단이니 이ᄅᆞᆯ ᄒᆞᆫ번 삼킨즉 무강(無彊)ᄒᆞᆯ 쁜 아니라 독약이 비록 침신(浸身)ᄒᆞ야 장부(腸腑)의 드러도 이 약이 후간(喉間)을 넘은 후ᄂᆞᆫ 감히 독긔(毒氣) 드디 못ᄒᆞ리니 이후 독약을 당ᄒᆞ여도 굿ᄐᆞ여 ᄒᆡ독을 먹음디 말고 슌슈(順受)ᄒᆞᆯ디어다. 그ᄃᆡ 몸의 쇼손(小損)이 업ᄉᆞ리라.”

쇼졔 신긔(神奇)ᄒᆞ야 약을 바다 삼키ᄆᆡ 쳥상(淸爽)ᄒᆞᆫ 향긔(香氣) 편시(片時)의 가득ᄒᆞ야 심신(心身)이 상낭(爽朗)ᄒᆞᆫ디라. 쇼졔 이에 칭샤왈(稱謝曰)

“쇼쳡(小妾)은 홍진(紅塵)의 더러온 ᄌᆞ최라. 션낭(仙娘)의 나디 쳥ᄒᆞ샤 위로ᄒᆞ고 권면ᄒᆞ며 ᄉᆞ랑ᄒᆞ시미 여ᄎᆞᄒᆞ시니 이 감은(感恩)ᄒᆞ믈 엇디 다 고ᄒᆞ리잇가? 더옥 신션(神仙)의 약을 주시니 감은ᄒᆞ믈 다 엇디 ᄒᆞ리오마ᄂᆞᆫ 다만 ᄉᆞ당결초(死當結草)ᄒᆞ리로소이다.”

션낭(仙娘)이 쇼져의 일신용안(一身容顔)의 상쳐ᄅᆞᆯ 어로만져 45면

“이 반다시 병(病)이 되여 어려오려니와 슈히 가복(可復)ᄒᆞ리라.”

언흘(言訖)의 ᄉᆞᄆᆡᄅᆞᆯ ᄒᆞᆫ번 ᄯᅥᆯ쳐 번신(翻身)ᄒᆞᄆᆡ 몽혼(夢魂)이라. 션단(仙丹)의 긔이ᄒᆞᆫ 향취(香臭) 오히려 입 쇽의 머므럿고 쳥상(淸爽)ᄒᆞᆫ 긔운이 장부(腸腑)의 어ᄅᆡ여 신양(身恙)이 운건쳥신(雲騫淸新)ᄒᆞᆫ디라. 심하(心下)의 이상(異常)이 넉이믈 마디 아니ᄒᆞᄃᆡ 아ᄌᆞ(俄

者) 부인긔 슈죄(受罪)ᄒᆞ고 샤명(赦命)을 미쳐 엇디 못ᄒᆞ여시니 ᄉᆞ죄
(死罪)를 시른 ᄃᆞᆺ 초황(焦遑)ᄒᆞ더니 망외(望外)의 후아의 젼어(傳語)
로 녀렴(慮念)ᄒᆞ시ᄂᆞᆫ 은명(恩命)을 밧ᄌᆞ오니 황공블승(惶恐不勝)ᄒᆞ
ᄃᆡ 히ᄌᆞ(孩子)의 ᄉᆞᄉᆡᆼ(死生)을 미각(未覺)ᄒᆞ여 초려(焦慮)ᄒᆞ미 심혼
(心魂)이 요양(擾攘)ᄒᆞ여 경ᄀᆡᆨ(頃刻)의 십경 영ᄃᆡ(靈臺)를 흔드러 뎡
치 못ᄒᆞ더니 월이 히ᄌᆞ(孩子)를 ᄉᆞ듕구ᄉᆡᆼ(死中救生)ᄒᆞ야 도라오니
쳔만요ᄒᆡᆼ(千萬僥倖)ᄒᆞ며 감덕ᄒᆞ니 아연(俄然)이 슈미(愁眉)를 ᄯᅥᆯ쳐
월의게 공뇌(功勞)를 치관(致款)ᄒᆞᄆᆡ 두어 됴(條) 말ᄉᆞᆷ이로ᄃᆡ 간곡
쳐완(懇曲悽惋)ᄒᆞ니 월이 황공감격(惶恐感激)ᄒᆞ여 강보(襁褓)를 다
시음 보며 즐거오믈 형상(形象)치 못ᄒᆞ더라. 쇼졔 이에 히ᄌᆞ(孩子)를
어로만져 과연 ᄌᆞ긔(自己) ᄐᆡ교(胎敎)ᄒᆞᆫ ᄋᆞ히(兒孩)라. 텬뉸(天倫)의
듕(重)ᄒᆞ미 만금(萬金)의 소탁(所託)이며 타별(他別)ᄒᆞᆫ 텬셩ᄌᆞᄋᆡ(天
46면 性慈愛)로 유유(幽幽)ᄒᆞᆫ 졍(情)이 비길 ᄃᆡ 업ᄂᆞᆫ 듕 믄득 신셰(身世)
의 슬프믈 금치 못ᄒᆞ니 옥뉘(玉淚) 년험(連臉)의 ᄌᆞ연(自然)ᄒᆞ믈 금
치 못ᄒᆞ더라. 쥬패 잠을 ᄭᆡ여 보ᄆᆡ 졍태부의 귀ᄒᆞᆫ 종손(宗孫)이오 톄
찰의 만금쇼듕(萬金所重)이라. 인뉸(人倫)의 막듕(莫重)ᄒᆞ믈 ᄉᆡᆼ각디
아니코 술연이 보ᄂᆡ엿던 ᄋᆞ히(兒孩) 브디하쳐(不知何處)로 완연여귀
(完然如歸)ᄒᆞ니 이상ᄒᆞ고 괴이ᄒᆞ믈 측냥치 못ᄒᆞ고 사ᄅᆞᆷ다려 누고 왓
던가 므ᄅᆞ니 아모도 아니 왓더라 ᄒᆞᄂᆞᆫ디라. 의괴막측(疑怪莫測)ᄒᆞ믈
니긔디 못ᄒᆞ야 밧비 계월을 쳥ᄒᆞ여 문왈(問曰)
"이 엇던 일인고? 슈상(殊常)ᄒᆞ고 괴이ᄒᆞ니 요슐(妖術)인가 환슐(幻
術)인가? 내 방듕(房中)을 ᄯᅥ난 적 업시 ᄒᆞᆫ낫 신ᄉᆡᆼ(新生) 밧 업더니 명
효(明曉)의 두 ᄋᆞ히 이시니 텬하의 이런 요변(妖變)이 어ᄃᆡ 이시리오?"

월이 대경(大驚)ᄒᆞ야 ᄒᆡᄋᆞ(孩兒)ᄅᆞᆯ 보니 분명 작야(昨夜)의 졔 픔어
운각의 다려갓던 ᄋᆞᄒᆡ 완연이 누어 ᄌᆞᄂᆞᆫ디라. 용안작픔(容顔作品)이
호리(毫釐) 다ᄅᆞ디 아닌지라. 하 측냥치 못ᄒᆞ여 보보(步步) 젼도(顚
倒)히 부인긔 드러가니 ᄇᆞ야흐로 삼공ᄌᆡ(三公子) 부인의 블션(不善)
을 간(諫)ᄒᆞ노라 각듕(閣中)의 잠 브약이 니러시니 말을 못 ᄒᆞ고 후함
(後檻)의 나셧더니 공ᄌᆡ(公子) 퇴ᄒᆞᆫ 후 계월이 부인긔 ᄎᆞᄉᆞ(此事)ᄅᆞᆯ 47면
고ᄒᆞ고 이상괴이(異常怪異)ᄒᆞ믈 측냥치 못ᄒᆞ니 부인이 역경실ᄉᆡᆨ(亦
驚失色)ᄒᆞ여 월노 ᄒᆞ여곰 운각의 가 동졍(動靜)을 보라 ᄒᆞ니 월이 ᄲᆞᆯ
니 나아가 관찰ᄒᆞᆯᄉᆡ 각듕(閣中)의 ᄋᆞᄒᆡ 우룸소ᄅᆡ 쾌창(快暢)ᄒᆞ니 비
컨ᄃᆡ 학명셩(鶴鳴聲)이 아아(峨峨)ᄒᆞ여 ᄆᆞᆰ아 구텬(九天)의 등양(登
揚)ᄒᆞ니 비록 각듕(閣中)은 보디 못ᄒᆞ여시나 ᄒᆡᄌᆞ(孩子)의 음셩(音
聲)이 명원(明遠)ᄒᆞ고 완곡ᄒᆞ여 듯디 못ᄒᆞ던 ᄇᆡ라. 보디 아냐 그 작셩
(作成)의 비상ᄒᆞ믈 알디라. 이에 당듕(堂中)의 드러가 쇼져 긔운을 문
후(問候)ᄒᆞ고 아기ᄅᆞᆯ 귀경ᄒᆞᆯᄉᆡ 이 과연 농호(龍虎)의 긔상(氣像)이
라. 셕대(碩大)ᄒᆞ미 삼셰ᄒᆡᄌᆞ(三歲孩子)의 다ᄅᆞ디 아니니 월이 실셩
긔찬(失性奇讚)ᄒᆞ여 쇼져긔 치하왈(致賀曰)

"아기 어ᄂᆞ ᄉᆞ이 이ᄃᆡ도록 슉셩긔이(熟成奇異)ᄒᆞ니 쇼비(小婢) 등의
니ᄅᆞ히 복되믈 하날긔 튝샤(祝辭)ᄒᆞᄂᆞ이다."

인ᄒᆞ여 어로만져 귀히 넉이미 혈심(血心)으로 나ᄂᆞᆫ ᄃᆞᆺᄒᆞ야 이윽ᄒᆞᆫ
후 도라가니 요비(妖婢) 졔 손으로 ᄒᆡ자(孩子)ᄅᆞᆯ 잡아 닌듕으로 ᄒᆞ여
곰 ᄒᆡᄒᆞ미 쳔방ᄇᆡᆨ계(千方百計)로ᄃᆡ 아ᄒᆡ 완연ᄉᆡᆼ귀(完然生歸)ᄒᆞ니 ᄎᆞ
(此)ᄂᆞᆫ 텬(天)의 도으시미라. 요비(妖婢) 교언녕ᄉᆡᆨ(巧言令色)은 반ᄃᆞ
시 하날이 주(誅)ᄒᆞ시고 반복(反覆)ᄒᆞᄂᆞᆫ 요셜(妖舌)은 엇디 혀ᄅᆞᆯ 버 48면

히지 아니리오? 투셔긔긔(投鼠忌器)[66]라 각듕시비양낭(閣中侍婢養娘)이 모로ᄂᆞᆫ 듯ᄒᆞ여 흔연관졉(欣然款接)ᄒᆞ더라.

어시(於是)의 계월이 도라가 부인긔 히ᄌᆞ(孩子)의 완연평안(完然平安)ᄒᆞ던 거동을 옴기미 부인이 쳥미(聽未)의 의괴당황(疑怪唐惶)ᄒᆞ야 좌ᄉᆞ우상(左思右想)ᄒᆞ나 졀학(絶壑)의 나리친 히지(孩子) 엇디 보명(保命)홀 니 이시며 엇디ᄒᆞ야 다시 도라와 졔운각의 이시며 쥬파의 싱ᄋᆞ(生兒)ᄂᆞᆫ ᄯᅩ 엇디 졔 집의 도라갓ᄂᆞᆫ고? 뉘 이셔 은ᄉᆞ밀어(隱辭密語)롤 듯고 보아 ᄯᅡ라가며 희디어[67] 이러틋 일을 파라 산산ᄒᆞ리오? 듕ᄋᆞ롤 명소(命召)ᄒᆞ여 ᄎᆞᄉᆞ(此事)롤 니ᄅᆞ고

"일을 쥬밀(周密)이 못ᄒᆞ여 졀학(絶壑)의 ᄇᆞ린 ᄋᆞ히 ᄉᆞ라나시니 칼노 ᄊᆞ쳐시면 졔 엇디 싱환(生還)ᄒᆞ미 이시리오?"

닌듕이 노분(怒憤)이 튱댱(充壯)ᄒᆞ여 분분개탄(忿憤慨歎) 왈

"ᄌᆞ위(慈闈)와 쇼지(小子) 탕갈심녁(蕩渴心力)ᄒᆞ여 일운 비 쇽졀업시 헛곳의 도라가니 이ᄂᆞᆫ 하날과 귀신이 겻트로 마희(魔戲)ᄒᆞ미라. ᄋᆞ히롤 대쳔(大川)의 ᄌᆞᆷ으미 믈이 마ᄅᆞ고 죽디 아니니 이ᄂᆞᆫ 신명(神明)이 음보(陰補)ᄒᆞᄂᆞᆫ 비 이시미라. 비록 칼노 ᄊᆞᄎᆞ려 ᄒᆞᆫ들 ᄆᆞ옴ᄃᆡ로 ᄊᆞ디
49면 못홀디라. 만장졀학(萬丈絶壑)의 나리치미 층암졀벽(層巖絶壁)의 험ᄒᆞᆫ 바회와 암셕의 깁 ᄀᆞᆺᄐᆞᆫ 가쥭과 믈 ᄀᆞᆺᄐᆞᆫ 히ᄋᆡ 엇디 ᄉᆞᆯ며 그 아ᄅᆡᄂᆞᆫ 만경창ᄑᆡ(萬頃蒼波)니 파되(波濤) 흉용(洶湧)ᄒᆞᆫ디라. 댱확(壯獲)이라

66 투셔긔긔(投鼠忌器): 투서기기. 돌을 던져서 쥐를 잡고 싶어도 곁에 있는 그릇을 깰까 걱정됨을 가리킴.

67 희디어: 희짓다. 남의 일에 방해가 되게 하다.

도 녁신들 남을 니 이시리잇가? ᄉᆞ라 도라왓다 말이 아마도 니(理)의 근니(近理)치 아니ᄒᆞ니이다. 쥬파의 ᄋᆞ히도 알 니 업거놀 쏘 엇디ᄒᆞ여 환귀(還歸)ᄒᆞᆫ고? 아모커나 이상ᄒᆞ고 요악(妖惡)ᄒᆞ니 측냥치 못ᄒᆞ리로소이다."

모ᄌᆞ비쥐(母子婢主) 셔로 ᄃᆡᄒᆞ여 괴이ᄒᆞ믈 닐너 걱졍 빗치러라. ᄯᅵ의 삼공ᄌᆡ(三公子) 졔운각 난함(欄檻)의 ᄃᆡ후(待候)ᄒᆞ여 약을 친히 달히며 동촉(洞屬)ᄒᆞᆫ 졍셩(精誠)이 밋디 못ᄒᆞᆯ 곳이 업ᄂᆞᆫ 듕 히ᄌᆞ(孩子)의 ᄌᆞ최를 ᄉᆡᆼ각ᄒᆞ미 오ᄂᆡ(五內) 촌촌(寸寸)이 ᄉᆞᆺ쳐디며 분홈과 ᄋᆡ돌오믈 겸ᄒᆞ여 녕원(獰猿)이 쒸노라 머리롤 숙여 만단비원(萬端悲願)을 겸ᄒᆞ여 흐ᄅᆞᄂᆞᆫ 누싊(淚水) 피롤 화(和)ᄒᆞ더니 방듕히ᄌᆞ(房中孩子)의 우롬소ᄅᆡ 홍종(弘鐘)을 두다리며 히학(海鶴)이 구텬(九天)의셔 울고 봉셩(鳳聲)이 기산(岐山)의셔 나ᄂᆞᆫ디라.[68] 뉼녀(律呂)[69]롤 맛초와 음셩이 격되(格調) 귀듕(貴重)ᄒᆞ고 쳥월(淸越)ᄒᆞ여 이상ᄒᆞ고 긔이ᄒᆞ니 공ᄌᆡ(公子) 이 소ᄅᆡ롤 드ᄅᆞᄆᆡ 분명 쥬파의 ᄌᆡ(子) 아니로다 ᄒᆞ여 만만심동(萬萬心動)ᄒᆞ여 귀롤 기우려 아히 소ᄅᆡ롤 드롤 ᄯᅵ 계월이 교언녕식(巧言令色)으로 쳠아(諂訝)ᄒᆞᄂᆞᆫ 말ᄉᆞᆷ과 히ᄌᆞ(孩子)롤 홀연이 과장(誇張)ᄒᆞᄂᆞᆫ 말ᄉᆞᆷ과 니언(邇言)이 귀가의 들니더니 이윽고 문을 열고 나가ᄂᆞᆫᄃᆡ 거디(擧止)와 안ᄉᆡᆨ(顔色)이 ᄀᆞ장 당황경괴(唐惶驚怪)ᄒᆞ여 므ᄉᆞᆷ 일을 만나고 별단ᄉᆞ고(別段事故)롤 당ᄒᆞᆫ 형상이라. 봉안(鳳眼)을 50면

68 봉셩(鳳聲)이 기산(岐山)의셔 나ᄂᆞᆫ디라: 주나라 문왕이 덕이 있으므로 봉황이 그 도읍의 기산에서 울었다는 고사에서 나온 표현.

69 뉼녀(律呂): 율려. 동양의 12음률 중 율(律)은 양의 소리, 려(呂)는 음의 소리를 가리킴.

규정(糾正)ᄒᆞ여 요비(妖婢)의 정ᄐᆡ(情態)ᄅᆞᆯ 졀ᄒᆡ통완(切駭痛惋)ᄒᆞᄃᆡ 그러나 의심이 홀연 대동(帶同)ᄒᆞ여 혜월을 블너 쇼져 긔운을 뭇고 ᄒᆡᄋᆞ(孩兒)ᄅᆞᆯ 잠간 장외(場外)로 다려오라 ᄒᆞ니 월이 ᄃᆡ(對)ᄒᆞᄃᆡ

"쇼져 긔운은 더 못ᄒᆞ신 줄 모로ᄃᆡ ᄇᆡᆨ톄(百體)의 장흔(杖痕)이 ᄲᆞ시고 알혀 아ᄌᆞ(俄者)의 더ᄒᆞᄆᆞᆯ 알외고 ᄀᆡᆼ반(羹飯)을 딘치 못ᄒᆞ여 계오 미음(米飮)을 딘ᄒᆞ시ᄂᆞ이다."

ᄒᆞ며 ᄒᆡᄌᆞ(孩子)ᄅᆞᆯ 다려 장외(場外)로 츌(出)ᄒᆞ니 공ᄌᆡ(公子) 눈을 드러 아ᄒᆡᄅᆞᆯ 보ᄆᆡ ᄋᆞ자 모친의 과장(誇張)ᄒᆞ여 뵈던 아ᄒᆡ 아니라. 원대(遠大)ᄒᆞᆫ 톄격(體格)이 강산의 정긔(精氣)ᄅᆞᆯ 픔슈(稟受)ᄒᆞ고 텬디(天地)의 조화(造化)ᄅᆞᆯ 아오라 ᄉᆞᄒᆡ(四海)의 무궁ᄒᆞᆫ 격되(格調)라. 이 과연 톄찰의 ᄋᆞ돌이오 니시의 ᄐᆡ괴(胎敎)라. 안슈(眼水)ᄅᆞᆯ ᄂᆞ리왓던 두

51면 눈이 환연(歡然)이 열니여 ᄒᆡ음업시[70] ᄒᆡᄋᆞ(孩兒)ᄅᆞᆯ 바다 므ᄅᆞᆸ 우ᄒᆡ 안아 니마ᄅᆞᆯ 어로만져 ᄀᆞᆯ오ᄃᆡ

"이야 딘짓 오가(吾家)의 쳔니귀(千里駒)[71]라. 일노 말ᄆᆡ암아 문호(門戶)ᄅᆞᆯ 챵대(昌大)ᄒᆞ고 가란(家亂)을 딘뎡(鎭靜)ᄒᆞ여 ᄇᆡᆨ복(百福)이 구챵(俱昌)ᄒᆞ며 영녹(榮祿)이 제미(濟美)[72]ᄒᆞᄆᆞᆯ 긔필(期必)ᄒᆞ리로다. 이 ᄋᆞᄒᆡ(兒孩) 어ᄃᆡ로 도라온고? 졀학(絶壑)의 쇄골(碎骨)ᄒᆞᆯ시 젹실(的實)ᄒᆞᄃᆡ 엇디ᄒᆞ여 이 신긔ᄒᆞᆫ 일이 잇ᄂᆞᆫ고? 셰ᄉᆞ(世事)ᄅᆞᆯ 측냥치 못ᄒᆞᆯ노다. 슈시(嫂氏) 셩명(聖明)ᄒᆞ시니 이 신긔ᄒᆞᆫ 일을 ᄒᆞ시도다. 근ᄂᆡ

70 ᄒᆡ음업시: 해음없이. 끝없이, 하염없이.

71 쳔니귀(千里駒): 천리구. 하루에 천 리를 달릴 수 있는 정도의 좋은 말이라는 뜻으로, 뛰어나게 잘난 자손을 가리키는 표현이기도 함.

72 제미(濟美): 제미. 후손이 전대의 업적을 계승하여 더욱 빛나게 함.

(近來) 셰간만ᄉᆞ(世間萬事)의 흥취(興趣) 더옥 업ᄉᆞ니 ᄉᆞᆯ미 죽음만 ᄀᆞᆺ디 못ᄒᆞ다 ᄒᆞ더니 ᄎᆞᄋᆞ(此兒)ᄅᆞᆯ 보ᄆᆡ 과연 ᄉᆞ라시미 ᄒᆡᆼ(幸)이오 죽으미 블회 막대ᄒᆞᆯ 쁜이오 올치 아니토다. 하날이 도으시며 신기(神祇) 보호ᄒᆞ여 ᄎᆞᄋᆡ(此兒) 도라오도다.”

호흥(豪興)이 환연(歡然)ᄒᆞ니 미위(眉宇) 흔흔(欣欣)ᄒᆞ여 이에 월다려 술연이 므ᄅᆞᄃᆡ

“ᄒᆡᄋᆡ(孩兒) 어나 ᄊᆡ 도라오뇨?”

월이 ᄃᆡ왈(對曰)

“앗ᄎᆞᆷ의 도라왓ᄂᆞ이다.”

공ᄌᆡ(公子) 드ᄅᆞᆯᄉᆞ록 환약텬디무궁(歡若天地無窮)이니 아ᄅᆞᆷ다온 용화(容華)의 미위(眉宇) 늉흡(隆洽)ᄒᆞ여 화연(華然)ᄒᆞᆫ 쇼용(笑容)을 가극(可極)이라. 금일(今日)의 슈우(愁憂)ᄅᆞᆯ 쳑탕(滌蕩)ᄒᆞ여 만념(萬念)이 등한(等閑)ᄒᆞ니 즐거오믈 니긔디 못ᄒᆞᄂᆞᆫ 듕 모형(母兄)의 과악(過 52면
惡)을 ᄉᆡᆼ각건ᄃᆡ 져 강보(襁褓)로 ᄒᆞ여곰 ᄎᆞ마 ᄀᆞᆺ초 시험ᄒᆞ야 죽이려 ᄒᆞᄃᆡ ᄇᆡᆨ신(百神)이 호위ᄒᆞ여 도라온 줄 심히 잔인ᄎᆞᆷ도(殘忍慘悼)ᄒᆞ니 ᄋᆞ히ᄅᆞᆯ 냥구히 어로만져 무궁ᄒᆞᆫ 졍(情)과 귀듕ᄒᆞᆫ ᄉᆞ랑이 텬니쇼소(天理昭昭)ᄒᆞᄃᆡ ᄒᆡ뎨(孩提)ᄅᆞᆯ ᄃᆡᄒᆞ야 븟그럽고 슬픈디라 져두챵도(低頭悵悼)ᄒᆞ믈 금치 못ᄒᆞ더라. 이에 ᄋᆞ히ᄅᆞᆯ 장ᄂᆡ(場內)로 드려보ᄂᆡ고 난함(欄檻)의 나와 하날을 우러러 믁튝(默祝)ᄒᆞ야 샤례(謝禮)ᄒᆞ더라.

션시(先時)의 소부인이 니쇼져의 잉신(姙娠)ᄒᆞ믈 알고 그윽ᄒᆞᆫ 간모비계(奸謀祕計)로 함ᄒᆡ(陷害)ᄒᆞᆯ 뜻이 더옥 급ᄒᆞ야 잔학(殘虐)ᄒᆞ미 익일(翌日) 층츌(層出)ᄒᆞᆫ 바의 태부인이 셔아의 머므시고 쳐ᄉᆞ 부뷔 가듕(家中)의 잇디 아니니 ᄊᆡ 졍히 묘ᄒᆞ고 긔회(機會) 죡ᄒᆞᆫ디라. 닌옹

가디 다 업거ᄂᆞᆯ 니시 산졈(產漸)을 인ᄒᆞ야 년셤[73]·쥬네 다 일시의 분산(分散)ᄒᆞ여 졀졀이 계교(計巧)의 합ᄒᆞ니 쥬녀디ᄉᆡᆼ으로ᄡᅧ 니쇼져
53면 의 ᄉᆡᆼ(生)ᄋᆡ라 ᄒᆞ미 언졍(蝘蜓)으로ᄡᅧ 뇽죵(龍種)을 밧고고 구쳬(狗彘)로ᄡᅧ 범의 삿기라 ᄒᆞ미로ᄃᆡ 그 보니 업고 알 니 업ᄉᆞ니 쳐ᄉᆞ와 졔ᄉᆡᆼ(諸生)이 신ᄉᆡᆼ(新生)을 보고 의심ᄒᆞ나 므어ᄉᆞᆯ 디목(指目)ᄒᆞ여 뎨찰과 니시의 ᄉᆡᆼ(生)이 아니라 ᄒᆞ리오? 그 비록 ᄌᆡ얼(災孼)의 미쳔(微賤)ᄒᆞ미 이시나 졍시 여ᄆᆡᆨ(餘脈)이라. 디미디쳔(至微至賤)ᄒᆞ미 년셤디츌이 쥬시 쇼ᄉᆡᆼ(所生)으로 밧고니 져 쥬녀의 암용(暗庸)ᄒᆞ믄 져의 ᄉᆡᆼᄒᆞᆫ ᄇᆡ 뎨찰 부부의 소ᄉᆡᆼ이라 ᄒᆞᄂᆞᆫ 귀ᄒᆞᆫ 일홈을 비러 져희 비록 양휵(養畜)디 못ᄒᆞ나 일가디ᄂᆡ(一家之內)의 존영(尊榮)ᄒᆞᆯ가 넉이니 엇디 우읍디 아니리오? 부인이 쥬녀디ᄉᆡᆼ을 교양(敎養)ᄒᆞ고 니시ᄅᆞᆯ 아딕 빌녀 셰ᄎᆞᄅᆞᆯ 보와가며 모딘 손ᄡᅵ[74]로 강보(襁褓)ᄅᆞᆯ 죽여 왕황후(王皇后)의게 ᄡᅳᄂᆞᆫ 슈단[75]을 ᄡᅳ고ᄌᆞ ᄒᆞ미라. 쳐ᄉᆞ 부부로ᄡᅧ 니쇼져의 위인을 모로리라 ᄒᆞ미 아니로ᄃᆡ 모ᄌᆞ(母子) 두 ᄉᆞᄅᆞᆷ을 일야디간(一夜之間)의 셔ᄅᆞᆺ고 간비(奸婢)로ᄡᅧ ᄃᆡ(代)ᄒᆞ여 니쇼져의 얼골을 빌녀 죄ᄅᆞᆯ 강상(綱常)의 짓고 허믈을 뉸긔(倫紀)의 닐위며 쳐ᄉᆞ 부부로ᄡᅧ 위ᄒᆞ
54면 여 긍민원통(矜悶怨痛)ᄒᆞ나 능히 인녁(人力)으로 신셜(伸雪)ᄒᆞᆯ 길히

---

73 년셤: 연섬. 계월의 수양딸.

74 손ᄡᅵ: 솜씨.

75 모딘 손ᄡᅵ로 ~ ᄡᅳᄂᆞᆫ 슈단: 모진 솜씨로 강보를 죽여 왕황우에게 쓰는 수단. 당나라 때 훗날 측천무후가 된 무조가 고종의 부인이자 자신의 적인 왕황후를 제거하기 위해 자신이 낳은 딸을 스스로 죽이고 왕황후가 죽였다고 누명을 씌우니 고종은 왕황후가 감히 자신의 딸을 죽였다고 노하여 왕황후를 폐위했음.

업고 합문 친권(親眷)이 니시ᄅᆞᆯ 위ᄒᆞ여 앗기고 슬허ᄒᆞ나 뼈곰 측냥치 못ᄒᆞᄂᆞᆫ 바의 잇셔 오ᄃᆡ 의괴ᄎᆞ탄(疑怪嗟嘆)ᄒᆞᆯ ᄯᆞᄅᆞᆷ이언졍 ᄉᆞ광지총(師曠之聰)과 니루디명(離婁之明)이라도 ᄌᆞ긔ᄅᆞᆯ 디목(指目)ᄒᆞ여 의심치 못ᄒᆞ게 쳐변(處變)ᄒᆞ여 타일(他日) 태뷔 도라오나 ᄌᆞ긔 모ᄌᆞ(母子)의 흉잔(凶殘)ᄒᆞᆷ과 극악이 낫타나디 아니ᄆᆡ 비록 죡히 넉이디 아니ᄒᆞ나 뉸긔(倫紀)ᄅᆞᆯ 상ᄒᆡ오디 아니ᄒᆞ고 ᄯᅩ ᄉᆞ오납다 못ᄒᆞ야 듕궤(中饋)ᄅᆞᆯ 칙(責)ᄒᆞ고 실가(室家)로 ᄃᆡᄒᆞ믈 ᄒᆞᆫ갈ᄀᆞᆺ치 ᄒᆞᆯ딘ᄃᆡ 니시ᄅᆞᆯ 업시ᄒᆞ고 뎨찰을 니어 죽이면 남녀간 일졈골육(一點骨肉)을 깃치미 업ᄂᆞᆫ디라. 태뷔 귀듕과ᄋᆡ(貴重過愛)ᄒᆞ미 텬뉸(天倫) 밧긔 ᄌᆞ별(自別)ᄒᆞ나 부뷔 쳥년요졀(靑年夭折)ᄒᆞ고 다시 죄얼(罪孼)노 더으ᄆᆡ 일이 맛ᄎᆞᆷᄂᆡ 뎨찰의 계후(繼後)ᄅᆞᆯ 구ᄒᆞ여 종당을 녕(領)치 못ᄒᆞᆯ 형셰ᄌᆞᆨ 비록 깃거 아니 ᄒᆞ고 즐겨 아니 ᄒᆞ나 ᄯᅩᄒᆞᆫ 마디못ᄒᆞ야 닌듕으로 종통(宗統)을 녕ᄒᆞᆯ디라. 이 마ᄃᆡᄅᆞᆯ ᄉᆡᆼ각ᄒᆞᄆᆡ 환흥(歡興)이 발발(勃勃)ᄒᆞ고 희긔(喜氣) 젼도(顚倒)ᄒᆞ여 스ᄉᆞ로 잔젹(殘賊)과 독부(毒婦)의 ᄒᆡᆼ(行)을 두려ᄒᆞ미 업더니 뜻ᄒᆞ지 아닌 어딘 ᄋᆞ돌의 ᄇᆞᆰ은 혜아리미 모형(母兄) 55면
의 과악(過惡)을 깁히 근심ᄒᆞ여 ᄲᆞᆯ니 달녀 니ᄅᆞ러 슈슈(嫂嫂)의 참독(慘毒)ᄒᆞᆫ 화ᄋᆡᆨ(禍厄)을 보고 ᄒᆞᆫ갓 놀나며 슬허ᄒᆞᆯ ᄲᅳᆫ 아니라 가란(家亂)을 망극ᄒᆞ고 모형(母兄)의 ᄒᆡᆼ악(行惡)을 통돌(痛咄)ᄒᆞ야 스ᄉᆞ로 합연(溘然)ᄒᆞ야 모로고ᄌᆞ ᄒᆞ며 잠연(潛然)ᄒᆞ여 초조젼급(焦燥煎急)ᄒᆞ며 황황망조(遑遑罔措)ᄒᆞ미 경ᄀᆞᆨ(頃刻)의 간위(肝胃) ᄭᅳᆺ쳐디고 흉ᄒᆡ(胸海) 회ᄉᆡᆨ(晦塞)ᄒᆞ야 슈혼(愁魂)이 표요(漂搖)ᄒᆞ고 우례(憂慮) 만단(萬端)ᄒᆞ여 초삭(焦爍)ᄒᆞ고 우젼(憂煎)ᄒᆞ미 ᄒᆞᆫᄊᆡ도 견ᄃᆡ여 ᄉᆞᆯ ᄇᆡ 아니러라. 부인이 쳐음은 그 이 ᄀᆞᆺᄐᆞ믈 더옥 한(恨)ᄒᆞ고 노(怒)ᄒᆞ여

니시의 죽은 몸을 ᄎᆞ 더디고 그 졍간(正諫)ᄒᆞᄂᆞᆫ 말을 발(發)치 못ᄒᆞ게 ᄒᆞ미러니 공ᄌᆡ(公子) 갈ᄉᆞ록 쇄두혈간(碎頭血諫)ᄒᆞ여 긋치 아니믈 보ᄆᆡ 홀일업셔 쳣 뜻을 잠간 긋쳐 ᄋᆞᄌᆞ로 ᄒᆞ여곰 안심(安心)콰져 ᄒᆞ여 약을 다ᄉᆞ리믈 명ᄒᆞ고 침뎐(寢殿)의 도라와 닌즁이 강보(襁褓)룰 고학의 나리쳐 슈심(水心)의 더디다 ᄒᆞ믈 만만(萬萬) 낭계로 아라 블힝ᄒᆞ믈 니긔디 못ᄒᆞ나 임의 일이 뜻 ᄀᆞᆺ디 못ᄒᆞ고 계괴(計巧) 글너시

56면 니 심녀(心慮)룰 허비(虛費)ᄒᆞ미 무익ᄒᆞ여 도로혀 쾌활(快闊)이 말숨 ᄒᆞ야 ᄋᆞᄌᆞ(吾子)룰 위로ᄒᆞᄃᆡ 웅ᄋᆡ 발셔 강보(襁褓)로뼈 니시의 나흔 ᄇᆡ 아니믈 디긔(知機)ᄒᆞ니 쳐ᄉᆞ 부부와 일가졔인(一家諸人)의 명견달식(明見達識)이 ᄯᅩ 이 ᄀᆞᆺ톨가? ᄉᆞᄉᆞ(事事)의 통한블쾌(痛恨不快) ᄒᆞ믈 형상(形狀)치 못ᄒᆞᄂᆞᆫ 바의 삼공ᄌᆡ 니쇼져의 회운(回運)ᄒᆞ믈 알외고 위유(慰諭)ᄒᆞ믈 권간(勸諫)ᄒᆞ니 마디못ᄒᆞ여 후아룰 보ᄂᆡ여 샤명(赦命)을 젼ᄒᆞᄆᆡ 후ᄋᆡ 도라와 쇼져의 위름(危懍)ᄒᆞ믈 주(奏)ᄒᆞ고 통열읍읍(痛咽泣泣)ᄒᆞ미 분명이 니시룰 위ᄒᆞ여 슬허ᄒᆞᄂᆞᆫ 뜻이믈 보ᄆᆡ 통한(痛恨)ᄒᆞ여 ᄉᆞ디져 믈니치고 ᄆᆡᆨᄆᆡᆨ(脈脈)히 단좌(端坐)ᄒᆞ야 심히 즐기디 아니ᄒᆞ더니 쇼화부인 젼에 니ᄅᆞ러 니부인 ᄉᆡᆼ남(生男)을 하례(賀禮)ᄒᆞ나 부인이 흔연(欣然) 회답(回答)ᄒᆞ고 니어 쇼뷔 도라와 듕쳥(中廳)의셔 소부인으로 상녜필(相禮畢)의 희환(喜歡)ᄒᆞᆫ 빗치 면모(面貌)의 넘뼈 종샤(宗社)의 대경(大慶)과 일가(一家)의 만ᄒᆡᆼ(萬幸)을 칭열(稱悅)ᄒᆞᄆᆡ 닌명[76]이 ᄉᆡᆼᄌᆞ(生子)ᄒᆞ나 이에 더으디 못홀디라. 소

76 닌명: 인명. 정겸과 서씨 사이에서 낳은 아들이자 정몽건의 아버지.

부인이 심하(心下)의 더옥 싀오(猜惡)ᄒᆞ고 분한(憤恨)ᄒᆞ여 사ᄅᆞᆷ이 다 닌셩 부부ᄅᆞᆯ 위ᄒᆞ여 이 ᄀᆞᆺᄐᆞ믈 깃거 아니나 본ᄃᆡ 은인(隱忍)ᄒᆞ고 작위(作爲)ᄒᆞ믈 잘ᄒᆞᄂᆞᆫ디라. 앗가 ᄉᆞ식(辭色)을 ᄇᆞ리고 아ᄅᆞᆷ다온 용화 57면 (容華)의 빗난 우음을 ᄯᅴ이고 ᄲᆞ혀난 눈섭의 화연(和然)ᄒᆞᆫ 희긔(喜氣)ᄅᆞᆯ 동ᄒᆞ야 빵셩(雙星)을 낫초고 무빈(霧鬢)[77]을 숙여 념임경쳥(斂衽傾聽)의 단슌(丹脣)을 ᄉᆞ개(乍開)ᄒᆞ고 패쥬(貝珠)ᄅᆞᆯ 현영(現影)ᄒᆞ여 식부(息婦)의 ᄉᆡᆼ남(生男)이 종샤(宗社)의 경(慶)이오 문호(門戶)의 ᄒᆡᆼ(幸)이나 산후병셰(産後病勢) 비경(非輕)ᄒᆞ믈 ᄃᆡᄒᆞ여 근심이 이 ᄀᆞ온ᄃᆡ도 업디 아니믈 일ᄏᆞ라ᄆᆡ 도리(道理) 합션(合善)ᄒᆞ고 인정(人情)이 흡ᄉᆞ(恰似)ᄒᆞ여 사ᄅᆞᆷ이 그 구밀복검(口密腹劍)을 알 길히 업ᄂᆞᆫ디라. 쇼뷔 니시의 병이 이시믈 역시 근심ᄒᆞ여 증셰(症勢)ᄅᆞᆯ 뭇ᄌᆞ오니 부인이 가히 ᄃᆡ답이 난연(赧然)ᄒᆞᆯ 거시로ᄃᆡ 조곰도 구간(口間)의 두로 다히미 업셔 유연안졍(悠然安定)이 ᄃᆡᄒᆞ여 분만(分娩)키ᄅᆞᆯ 당ᄒᆞ여 딜통(疾痛)ᄒᆞ믈 니긔디 못ᄒᆞ여 도로혀 몸을 상ᄒᆡ오ᄆᆡ ᄇᆡᆨ증(百症)이 다 비경(非輕)ᄒᆞ믈 ᄃᆡᄒᆞᄃᆡ 오딕 경환(慶歡)ᄒᆞᆫ 가온ᄃᆡ도 우려(憂慮)ᄒᆞ믈 둘 ᄯᆞᄅᆞᆷ이오 다ᄅᆞᆫ ᄯᅳᆺ이 업ᄂᆞᆫ디라. 쇼부의 표일돈후(飄逸敦厚)ᄒᆞ미져 부인의 잔학잔포(殘虐殘暴)ᄒᆞ믈 엇디 알니오? 다만 가듕(家中)의 우환(憂患)이 ᄯᅩ 층쳡(層疊)ᄒᆞ여 닌흥 등의 병이 괴ᄒᆞ믈 시ᄅᆞᆷᄒᆞ다가 홍·영 냥딜(兩姪)을 보고 날호여 운각의 니ᄅᆞ러 닌웅을 셔ᄌᆡ(書齋)로 58면 보ᄂᆡ여 쉬게 ᄒᆞ믈 듯고 소부인이 깃거 ᄒᆞᆫ 그ᄅᆞᆺ 미시[78]ᄅᆞᆯ 타 노유랑(老

77 무빈(霧鬢): 검고 아름다운 머리털.

78 미시: 미숫가루.

乳娘) 늑단을 쥬어 ᄀᆞᆯ오ᄃᆡ

"웅ᄋᆡ 화아의셔 므어ᄉᆞᆯ 뇨긔(療飢)ᄒᆞ고 왓던디 모로거니와 이에 와 발셔 날이 기우러 셕반(夕飯)이 님ᄒᆞ여시ᄃᆡ 믈도 마신 일 업ᄉᆞ니 반ᄃᆞ시 허핍(虛乏)ᄒᆞᆯ ᄇᆡ로ᄃᆡ 괴이ᄒᆞᆫ ᄌᆞ식이 당치 아닌 심녀(心慮)ᄅᆞᆯ 과히 뼈 허핍ᄒᆞ믈 모로고 후간(喉間)이 초고(焦苦)ᄒᆞᆫ 거동이로ᄃᆡ ᄎᆞ도(差度) 나으미 업ᄉᆞ니 상ᄒᆞ미 심ᄒᆞᆯ디라. 됴반을 권ᄒᆞ여 먹일 줄 모로디 아니ᄒᆞ나 제 뜻이 아ᄌᆞ미ᄅᆞᆯ 구ᄉᆞ(救死)ᄒᆞ기의 창념(着念)ᄒᆞ고 밥 먹으믈 원치 아니니 블너 ᄋᆞᆲᄒᆡ 니ᄅᆞᄆᆡ 어딘 거동과 권션(勸善)ᄒᆞᄂᆞᆫ 말이 싀틋ᄒᆞ여[79] 역시 바려두엇더니 슉슉(叔叔)이 셔헌(書軒)으로 보ᄂᆡ시다 ᄒᆞ니 ᄯᅩᄒᆞᆫ 견ᄃᆡ디 못ᄒᆞ여 와휴(臥休)ᄒᆞᆯ디라. 그ᄃᆡ 모로미 이ᄅᆞᆯ 주어 갈ᄒᆞᆫ 목을 젹시게 ᄒᆞ라."

늑단이 즉시 밧드러 명광헌의 니ᄅᆞᄆᆡ 좌우 창호(窓戶)ᄅᆞᆯ 구디 닷고 59면 방듕(房中)의셔 사ᄅᆞᆷ을 듕히 치ᄂᆞᆫ디라. 블승의혹(不勝疑惑)ᄒᆞ여 후함(後檻)을 비도라 뒤 창틈으로 여어 보니 삼공ᄌᆡ 의ᄃᆡ(衣帶)ᄅᆞᆯ 그ᄅᆞ고 손의 ᄆᆡᄅᆞᆯ ᄌᆞᆸ아 스ᄉᆞ로 몸의 피 흐ᄅᆞᄃᆡ 긋치디 아니코 슈죄(受罪)ᄒᆞᄂᆞᆫ 즈음의 톄뤼(涕淚) 횡타(橫沱)ᄒᆞ여 오열(嗚咽) 블능셩(不能聲)ᄒᆞ며 그 모형(母兄)의 과악(過惡)을 븟그리고 슬허ᄒᆞ여 스ᄉᆞ로 죄ᄅᆞᆯ 삼아 만일 회션(回善)ᄒᆞ미 업ᄉᆞᆯ딘ᄃᆡ 비우초려(悲憂焦慮)ᄒᆞ여 ᄒᆞᆫ갓 침블안식블감(寢不安食不甘) ᄯᆞᄅᆞᆷ이 아니라. 간격(肝膈)을 ᄉᆞᆺ고 심담(心膽)을 ᄉᆞᆯ와 쵹슈감년(促壽減年)ᄒᆞ미 디ᄌᆞ(智者)ᄅᆞᆯ 기다리디 아냐

79 싀틋ᄒᆞ여: 시틋하다. 마음이 내키지 않아 시들하다.

알디라. 뉵난이 대경ᄎᆞ악(大驚且愕)ᄒᆞ여 감히 공ᄌᆞ(公子)ᄅᆞᆯ 블너 미시ᄅᆞᆯ 나오디 못ᄒᆞ고 도로 드러가 부인긔 이 소유ᄅᆞᆯ 고ᄒᆞᆯᄉᆡ 공ᄌᆞ의 옥부응디(玉膚凝脂)의 뉴혈(流血)이 만뉴(萬流)ᄒᆞᆷ과 스ᄉᆞ로 슈죄(受罪)ᄒᆞ여 호읍통열(號泣痛咽)ᄒᆞᆷ과 긔운이 ᄉᆞᆺᄎᆞᆯ ᄃᆞᆺᄒᆞ던 바의 다ᄃᆞ라ᄂᆞᆫ 유랑(乳娘)이 ᄯᅩᄒᆞᆫ 톄읍(涕泣)ᄒᆞ믈 마디 아니니 부인이 슈학ᄎᆞ도ᄒᆞ나 ᄌᆞᄋᆡ(慈愛)ᄂᆞᆫ 타인(他人)의셔 더으고 스ᄉᆞ로 부명의 밋ᄂᆞᆫ 밧ᄌᆡ 업셔 다만 이 ᄋᆞᄃᆞᆯ노 만니댱셩(萬里長城)을 삼ᄂᆞᆫ ᄇᆡ어ᄂᆞᆯ 그 효위(孝友) 츌뉴(出類)ᄒᆞ미 도로혀 몸을 상ᄒᆡ오고 심녀(心慮)ᄅᆞᆯ 쓰미 간격(肝膈)을 초갈(焦渴)ᄒᆞ여 쵹슈감년(促壽減年)ᄒᆞᆯ 징됴(徵兆)ᄅᆞᆯ 디으니 뉵난 60면 의 토목심장(土木心腸)으로도 오히려 그 거동을 옴기ᄆᆡ 목이 메고 눈믈이 흐ᄅᆞ믈 금치 못ᄒᆞ거ᄂᆞᆯ ᄒᆞ믈며 부인디심(夫人之心)이리오? 크게 감동ᄒᆞ고 ᄯᅩ 위ᄒᆞ여 앗겨 흉금(胸襟)을 통도(痛悼)ᄒᆞ며 일변(一邊) 두ᄀᆞᆺ기며 아름다와 ᄌᆞ긍심하(自矜心下) 왈

"셰간의 효우ᄇᆡᆨᄒᆡᆼ(孝友百行)이 독실(篤實)ᄒᆞᆫ ᄌᆡ 왕왕(往往)이 업디 아니나 나히 져고 혬이 기디 아냐셔 내 ᄋᆞ히ᄀᆞᆺ치 긔이ᄒᆞ미야 ᄯᅩ 엇디 이시리오? 일노뼈 보건ᄃᆡ 내 ᄉᆡᆼᄋᆞ(生兒)ᄅᆞᆯ 화시의 밋디 못ᄒᆞᆯ ᄇᆡ 업ᄉᆞ니 과연 대효디셩(大孝至聖)은 여ᄎᆞᄋᆡ(如此兒)라. 내 냥협(量狹)ᄒᆞ여 닌셩의 긔특ᄒᆞ믈 ᄉᆡ오ᄒᆞᄃᆞᆺ다?"

이에 유랑(乳娘)으로 삼공ᄌᆞᄅᆞᆯ 브ᄅᆞ라 ᄒᆞ여 경계왈(警戒曰)

"닌셩은 아모리 화고(禍苦)ᄅᆞᆯ 당ᄒᆞᆫ ᄇᆡ라도 오히려 ᄣᆡᄅᆞᆯ 당ᄒᆞ여 먹고 밤을 당ᄒᆞ여 ᄌᆞ거ᄂᆞᆯ 당금(當今)의 너ᄂᆞᆫ ᄌᆞ디 아니ᄒᆞ고 먹디며[80] ᄯᅩ 몸을 형벌(刑罰)ᄒᆞ여 피나기의 밋ᄎᆞᄃᆡ 긋치지 아니ᄒᆞ고 스ᄉᆞ로 죽기의 밋ᄎᆞ나 죽을 ᄆᆞ음이 살 ᄀᆞᆺ고 살믈 부운(浮雲)ᄀᆞᆺ치 넉이니 네 니ᄅᆞ디 아

61면 니나 내 엇디 모로리오? 이ᄂᆞᆫ 네 ᄆᆞ음의뼈 ᄒᆞᄃᆡ '어미와 형의 잔젹디
힝(殘賊之行)과 독부디명(毒婦之名)을 면치 못ᄒᆞᆯ 바의 내 ᄉᆞ라 므ᄉᆞᆷ
ᄒᆞ리오?' ᄒᆞ미니 아심비쳘(我心非鐵)이오 아심비셕(我心非石)이라.
어린 ᄌᆞ식이 쇽으로 간(肝)을 ᄉᆞᆯ오고 것ᄎᆞ로 셩ᄒᆞᆫ 몸을 스ᄉᆞ로 ᄒᆡ여ᄇᆞ
려[81] 어믜 허믈노 졔 몸을 스ᄉᆞ로 다ᄉᆞ리며 상ᄒᆡ오니 내 엇디 붓그리고
뉘웃디 아니며 슬프고 앗기디 아니랴? 이졔 너ᄅᆞᆯ 브ᄅᆞᆫ 밧ᄌᆞᄂᆞᆫ 내 ᄯᅳ즐
니ᄅᆞ고 과도히 초려(焦慮)ᄒᆞ믈 덜과져 ᄒᆞ미로ᄃᆡ 네 심히 내 말을 밋디
아니코 오딕 형(兄)과 슈(嫂)ᄅᆞᆯ 위ᄒᆞ여 근심이 죽어 모로고ᄌᆞ ᄒᆞ니 내
그 의리(義理)의 회ᄉᆡᆨ(晦塞)ᄒᆞ믈 더옥 취치 아닛노라. 여모(汝母)의 블
인포악(不仁暴惡)ᄒᆞ미 딘실노 잔젹(殘賊)의 범ᄒᆞ미 이실디라도 너의
도린(道理)ᄌᆞᆨ 깁히 간(諫)ᄒᆞ여 블쳥(不聽)ᄌᆞᆨ ᄎᆞᆯ하리 글을 머믈워 하ᄃᆡᆨ
(下直)ᄒᆞ고 형(兄)과 슈(嫂)로 더브러 디혜(智慧)로 화ᄅᆞᆯ 면ᄒᆞ리니 당
당ᄒᆞᆫ 군ᄌᆡ(君子) 엇디 일신디ᄎᆡᆨ(一身之策)을 션히 못 ᄒᆞ여 죽어 친위
(親闈)예 역니(逆理)로뼈 블효(不孝)ᄅᆞᆯ 깃치고 ᄯᅩ 동긔(同氣)의 우환
62면 (憂患)도 더디 못ᄒᆞ여 힘히[82] 요명박복(夭命薄福)ᄒᆞᆫ 귀신이 되리오? 연
(然)이나 네 어미 박통고ᄉᆞ(博通故事)ᄒᆞ야 일단 문ᄉᆡᆨ(文飾)이 삼강(三
綱)을 최듕(最重)ᄒᆞ고 뉸의(倫義)ᄅᆞᆯ 크게 녁이ᄂᆞ니 그ᄅᆞᆺ 상모(象母)
의 은(嚚)ᄒᆞᆷ과 민모(閔母)의 브ᄌᆞ(不慈)ᄒᆞ믄 혹 이실가 모로거니와 상
신의 잔학(殘虐)[83]과 무울(繆鬱)의 하날을 범ᄒᆞ믄 힝치 아닐 ᄇᆡ오 너의

80 먹디며: 이 부분의 표기는 규장각본도 동일한데, 맥락상 '먹디 아니ᄒᆞ며'의 오기로 보임.

81 ᄒᆡ여ᄇᆞ려: ᄒᆡ여ᄇᆞ리다. 헐어버리다.

82 힘히: 이 부분의 표기는 규장각본도 동일한데, 맥락상 '힘힘히'의 오기로 보임.

83 상신의 잔학(殘虐): '상신(傷娠)의 잔학함'으로 추정.

엄군(嚴君)이 고슈(瞽叟)의 완(頑)ᄒᆞ미[84] 업고 민옹(閔翁)의 찰(察)ᄒᆞ미[85] 디나시거ᄂᆞᆯ 닌셩의 셩회(誠孝) 대슌(大舜)[86] 후 ᄒᆞᆫ 사ᄅᆞᆷ이라. 가란(家亂)이 곳ᄐᆞ여 크디 아니코 필경(畢竟)이 화열무우(和悅無憂)ᄒᆞᆯ ᄇᆡ어ᄂᆞᆯ 너의 초창비우(悄愴悲憂)ᄒᆞ미 어미ᄅᆞᆯ 아디 못ᄒᆞ미라. 네 니ᄅᆞᄃᆡ '모ᄌᆞ텬셩(母子天性)이 ᄀᆞ리며 소(疎)ᄒᆞ미 엇디 이시리오.' ᄒᆞᄃᆡ ᄌᆞ식이 어미ᄅᆞᆯ 모로고 어미 ᄯᅩ ᄌᆞ식을 모로미 그 아니 소(疎)ᄒᆞ며 그 아니 ᄀᆞ리음가? 너의 몸을 도로혀 죄ᄅᆞᆯ 바드믈 드ᄅᆞ미 과연 날 곳ᄐᆞᆫ 어미 너ᄅᆞᆯ 나흔 줄 ᄭᆡ닷디 못ᄒᆞᄃᆡ 그 조급(躁急)ᄒᆞ믈 블복(不服)ᄒᆞ노라."

셜파(說罷)의 슉슉(肅肅)히 념졍(斂整)ᄒᆞᆫ 옷 압흘 헤쳐 그 상ᄒᆞᆫ 몸을 두로 어로만디며 딘딘이 늣기고 다시 우러 왈

"비삼ᄋᆞ지죄야(非三兒之罪也)오 유오디죄야(惟吾之罪也)오 유오디죄악(惟吾之罪惡)이어ᄂᆞᆯ 엇디 죄 디은 어미ᄂᆞᆫ 무ᄉᆞ안연(無事晏然)ᄒᆞ고 죄 업ᄉᆞᆫ ᄌᆞ식은 톄부(體膚)ᄅᆞᆯ 이러틋 상훼(傷毁)ᄒᆞ여 어믜 죄ᄅᆞᆯ ᄃᆡ(代)ᄒᆞ엿ᄂᆞ뇨?" 63면

공ᄌᆡ(公子) 모친의 상도(傷悼)ᄒᆞ시믈 우러러 통돌비만[87]ᄒᆞ미 더으고 디ᄌᆞ(至慈)ᄅᆞᆯ 감격ᄒᆞ여 므룹 아ᄅᆡ 업ᄃᆡ여 역시 비톄힝뉴(悲涕行流)

---

84 고슈(瞽叟)의 완(頑)ᄒᆞ미: 순임금의 아버지가 새부인과 함께 전처 자식인 순임금을 죽이려 했던 고사에서 비롯함.

85 민옹(閔翁)의 찰(察)ᄒᆞ미: 민자건의 아버지가 민자건과 새부인이 낳은 두 아들을 데리고 길을 떠났는데 민자건이 유난히 추워하자 살펴보고 부인이 민자건의 옷에만 갈대잎을 넣은 옷을 준 것을 알아차렸다는 데서 비롯한 표현.

86 대슌(大舜): 대순. 순임금은 큰 효성으로 인해 대순으로 불림.

87 통돌비만: '통돌비만(痛咄痞滿)'으로 추정. 통돌(痛咄)은 매우 고통스러운 모양, 비만(痞滿)은 기(氣)가 순조롭게 소통되지 못하는 것.

홀 ᄲᅳᆫ이오 말을 못 ᄒᆞ더니 냥구후(良久後) 니러 졀ᄒᆞ고 다시 업ᄃᆡ여 희허(欷歔)ᄒᆞ여 ᄀᆞᆯ오ᄃᆡ

“ᄋᆞᄒᆡ 금일 변(變)을 보온 후 신혼(神魂)이 경니(驚離)ᄒᆞ고 촌심(寸
心)이 무젼(無全)ᄒᆞ와 오히려 놀난 바ᄅᆞᆯ 뎡치 못ᄒᆞ오니 ᄌᆞ위(慈闈) 비
도(悲悼)ᄒᆞ시ᄂᆞᆫ 셩의(聖意)ᄅᆞᆯ 우러와 혜아리디 못ᄒᆞ고 스ᄉᆞ로 죄ᄅᆞᆯ
결을치 못ᄒᆞ와 젹은 벌노뼈 그 만의 일을 쇽(贖)고ᄌᆞ ᄒᆞ엿ᄉᆞᆸ더니 이
런 미셰디ᄉᆞ(微細之事)의 셩녀(聖慮)ᄅᆞᆯ 동ᄒᆞ샤 상비(傷悲)ᄒᆞ시미 이
에 밋ᄎᆞ시니 블초의 무상블효(無狀不孝)ᄒᆞᆫ 죄ᄅᆞᆯ 니긔여 혜디 못ᄒᆞ리
로소이다. 원간 텬디긔량(天地氣量)이 무궁블측(無窮不測)ᄒᆞ여 ᄉᆞ시
(四時)로 ᄒᆡᆼ도(行道)ᄒᆞ고 만믈(萬物)이 ᄉᆡᆼ화(生化)ᄒᆞᄃᆡ 오딕 셔븍(西
北)은 ᄎᆞᆨ디 못ᄒᆞ고 동남(東南)은 ᄎᆞᆨᄒᆞ니 태태(太太)의 셩명문식(聖明
文識)으로 일편도이 현혹(眩惑)ᄒᆞ신디라. 블쵸(不肖) 여긔 다ᄃᆞ라 더
64면 옥 통골(痛骨)ᄒᆞ여 셜워ᄒᆞ고 ᄲᅢᄅᆞᆯ ᄇᆞ아 ᄋᆡ돌나 ᄒᆞᄒᆞᄂᆞ이다. 니ᄅᆞ신
바 삼강(三綱)을 최듕(最重)ᄒᆞ고 뉸의(倫義)ᄅᆞᆯ 크게 넉여 하날을 범치
아니ᄒᆞ고 잔학(殘虐)ᄒᆞᄆᆡ 밋디 아닛노라 ᄒᆞ시니 디극(至極)고 디극ᄒᆞ
시ᄃᆡ 또 ᄉᆡᆼ각디 못ᄒᆞ미 계시이다. 셩인(聖人)이 작교(作敎)ᄒᆞ시니 강
(綱)이 셰히오 뉸(倫)이 다ᄉᆞ시라. 하날의 법측(法測)ᄒᆞᄆᆡ ᄇᆡᆨ셩(百姓)
의 병이(秉彝)ᄒᆞᆫ ᄇᆡ라. 강(綱)이 엇디 니ᄅᆞᆫ 강(綱)이며 뉸(倫)이 므어
ᄉᆞᆯ 웃듬ᄒᆞ미니잇고? ᄌᆞ식이 되여 아비ᄅᆞᆯ 강(綱)을 삼고 녀ᄌᆡ(女子) 되
여 디아비ᄅᆞᆯ 강(綱) 삼고 부ᄌᆞ(父子)의 친(親)ᄒᆞᆷ과 부부(夫婦)의 별
(別)ᄒᆞ미 그 ᄌᆞ식이 되여 부(父)ᄅᆞᆯ 강(綱)치 아니코 안ᄒᆡ 되여 쇼텬(所
天)을 강(綱)치 아니며 아비로뼈 ᄌᆞ(子)ᄅᆞᆯ 친(親)치 아니코 부(夫)로뼈
부(婦)ᄅᆞᆯ 별(別)치 아니면 강상(綱常)이 모도 패ᄒᆞ니 장ᄎᆞᆺ 두립디 아

니리잇가? ᄯᅩ 박통고ᄉᆞ(博通故事)ᄒᆞ여 범인(凡人)의 투미ᄒᆞᆷ과 다ᄅᆞ
시믈 니ᄅᆞ시니 ᄌᆞ졍(慈庭)의 과연 문총ᄒᆞ신디라. 블초ᄋᆡ(不肖兒) 블
민(不敏)ᄒᆞ나 ᄯᅩ 엇디 아디 못ᄒᆞ리잇가마ᄂᆞᆫ 범(凡) 녜학(禮學)은 ᄒᆞᆫ갓
힝실(行實)을 가다듬을 ᄲᅳᆫ 아니라 인의겸젼(仁義兼全)ᄒᆞ미니 태태(太
太) 모로디 아니ᄒᆞ시ᄃᆡ 굿ᄐᆞ여 인의(仁義)ᄅᆞᆯ ᄡᅳ려 아니시니 이ᄂᆞᆫ 대
인(大人)의 ᄂᆡ상(內相)이 되샤 부(夫)ᄅᆞᆯ 강(綱)치 아니시며 눈(倫)을 65면
크게 넉이시미 아니라. 션왕(先王)이 졔례작악(制禮作樂)ᄒᆞ시니 녜
(禮)ᄂᆞᆫ 부부의 의(義)오 악(樂)은 부부의 은(恩)이라. 부부의 은(恩)이
업ᄉᆞᄆᆡ 므어ᄉᆞᆯ 빙(聘)ᄒᆞ리잇고? 고로 ᄌᆞ고(自古) 녈녀현뷔(烈女賢婦)
라도 그 실은(失恩)ᄒᆞ며 그 실의(失義)ᄒᆞᄆᆡ 슬허ᄒᆞ니 댱강(莊姜)이 ᄇᆡᆨ
쥬(柏舟)ᄅᆞᆯ 시(詩)ᄒᆞ고 〈일월(日月)〉을 작(作)ᄒᆞ여 그 은ᄋᆡ(恩愛) 일
흐믈 경경(耿耿)히 시ᄅᆞᆷᄒᆞ여 능히 니긔디 못ᄒᆞ미오[88] 그 녀셔 의앙(依
仰)ᄒᆞᆯ ᄇᆡ오 오ᄃᆡᆨ 뷔(夫)오. 부왈쇼텬(夫曰所天)이니 블용ᄌᆞᆨ(不容則)
어ᄃᆡ로 가리오? 도라갈 곳이 업ᄉᆞᆫᄌᆞᆨ 근심ᄒᆞ고 그 도로혀 믈구(勿拘)
ᄒᆞ여 인ᄒᆞᆫ 바의 다시 잇고ᄌᆞ ᄒᆞ므로 긔약(期約)을 녁슈(歷數)ᄒᆞ미라.
그러나 아교(阿嬌)[89]ᄂᆞᆫ 실덕(失德)ᄒᆞᆫ 후비(后妃)니 졍녀(貞女)의 법(法)

88 댱강(莊姜)이 ᄇᆡᆨ쥬(柏舟)ᄅᆞᆯ ~ 니긔디 못ᄒᆞ미오: 장강은 위장공(衛莊公)의 부인이었는데 위장공이 첩에게 미혹되어 장강은 불행했음. 《시경》 〈패풍〉 '백주(柏舟)'에 "뜬 저 잣나무배여 둥둥 물에 떠 있기만 하네. 말갓말갓 잠들지 못하여 숨은 근심 있는 것만 같네(汎彼柏舟 亦泛其流 耿耿不寐 如有隱憂)."라는 내용이 나옴. 〈일월(日月)〉은 장강이 위장공의 애첩이 낳은 아들 주우(州吁)의 난을 당하여 자신이 위장공에게 답례를 받지 못해 곤궁함에 이른 것을 슬퍼하는 내용임.

89 아교(阿嬌): 한무제의 황후인 진아교(陳阿嬌). 한무제가 위자부를 총애하자 투기를 하여 저주를 했고 이로 인해 폐위당했음.

홀 ㅂ| 아니오 위군[90]은 무도(無道)훈 혼군(昏君)이니 우리 엄졍(嚴情)과 ᄌ위(慈闈)예 비겨 인증(引證)치 못홀디라. ᄌ위(慈闈) 엄위(嚴闈)롤 강(綱)치 아니시미 것ᄎ로 녜(禮)롤 일치 아니시나 안흐로 덕화(德化)롤 흠복(欽服)디 아니시고 도로혀 됴희(嘲戲)ᄒ며 비쇼(誹笑)ᄒ샤 ᄡ흐로뼈 하날을 거ᄉ려 디요(地妖)의 변(變)을 싱각디 못ᄒ시고 양(陽)이 음(陰)을 니긔디 못ᄒ미 언식(偃息)의 녀(餘)롤 ᄭ|닷디 못ᄒ시니 텬디블화(天地不和)의 우뢰(雨露) 다 블쳬(不逮)ᄒ니 만믈(萬物)이 실소[91]ᄒ여 우우(憂虞)히 긔국(飢局) 밋ᄂ디라. 이 곳 호텬(昊天)이 블용(不容)ᄒ시고 샹뎨(上帝) 블샹(不祥)이니 여ᄎ연후(如此然後)의 평안(平安)훈 나라와 보젼(保全)훈 집을 일즉 듯디 못ᄒ엿ᄂ이다. 블쵸(不肖) 말솜이 블경셜만(不敬褻慢)ᄒ나 엇디 모ᄌ(母子)의 친(親)으로뼈 심담(心膽)을 ᄀ리오리잇고? ᄌ위(慈闈) 엄졍(嚴情)을 외공이닉블경(外恭而內不敬)ᄒ샤 강(綱)치 아니시니 그 곳 하날을 범ᄒ시미오 어딘 며나리롤 친히 구타(毆打)ᄒ샤 참벌(慘罰)과 혹화(酷禍)로 더어 그 병(病) 되기롤 요망(要望)ᄒ시니 이ᄂ 상신(傷娠)의 잔학(殘虐)의 나리사미 아닌디라. 블쵸(不肖) 엇디 훈갓 형(兄)과 슈(嫂)롤 위ᄒ여 근심ᄒ고 슬허홀 ᄯ롬이리잇고? ᄌ위(慈闈)와 듕시(仲氏)의 실덕패도(失德悖道)롤 망극통골(罔極痛骨)치 아니리잇가? ᄒ믈며 히제(孩提)로 ᄒ여곰 우믈의 너흐니 원슈(怨讐)라도 춤디 못ᄒ여 손으로 건디믈 면치 못ᄒ거놀 ᄒ믈며 신싱강뵈(新生襁褓) ᄆ솜 죄(罪)와 ᄆ솜 악(惡)

66면

---

90 위군: 미상.

91 실소: 맥락상 '실조(失調)'로 봄.

을 ᄡᆞ하 낭괄[92](囊括)의 참독(慘毒)ᄒᆞᆷ과 쇄골표풍(碎骨漂風)의 악착(齷
齪)ᄒᆞ믈 당ᄒᆞ리잇고? 하늘 ᄯᅳᆺ이 맛ᄎᆞᆷᄂᆡ 우리 졍시의 박(薄)디 아니시 67면
고 샤ᄇᆡᆨ(舍伯)과 슈시(嫂氏)의 셩효덕ᄒᆡᆼ(誠孝德行)이 신명(神明)의 감
동(感動)ᄒᆞ미 되여 모로ᄂᆞᆫ 가온ᄃᆡ 도으미 업디 아니므로 신ᄉᆡᆼᄋᆡ(新生
兒) ᄀᆡ특이 알흘 가져 돌히 브ᄃᆡ잇ᄂᆞᆫ 위ᄐᆡᄒᆞ믈 당ᄒᆞᄃᆡ 능히 상치 아니
코 죽디 아니ᄒᆞ여 슈슈(嫂嫂)의 겻ᄐᆡ 완연(完然)이 누어시ᄆᆡ 사ᄅᆞᆷ이
오히려 다 아디 못ᄒᆞ미 되엿거니와 져 쥬파ᄌᆞ(○婆子)ᄂᆞᆫ ᄌᆡ얼(再孼)의
쳔ᄒᆞᆷ과 ᄯᅩ 위인(爲人)의 쳔비(賤卑)ᄒᆞ므로ᄡᅧ 작인(作人)이 슌편(順便)
치 못ᄒᆞᆫ가 시브거ᄂᆞᆯ ᄌᆞ졍(慈庭)이 녹빙·계월 등 간비(奸婢)로ᄡᅧ 져ᄅᆞᆯ
사괴여 폐부(肺腑)ᄅᆞᆯ ᄆᆡᆺ고 무식(無識)ᄒᆞᆫ 쳔녀(賤女)ᄅᆞᆯ 타일부귀(他日
富貴)로ᄡᅧ 유셰(誘說)ᄒᆞ여 사ᄅᆞᆷ의 부ᄌᆞ텬뉸(父子天倫)을 난상(亂常)
ᄒᆞᄂᆞᆫ 변괴(變怪)ᄂᆞᆫ 니ᄅᆞ도 말고 져 ᄌᆡ얼쳔ᄉᆡᆼ(再孼賤生)으로 형댱(兄
丈)과 슈슈(嫂嫂)의 나흔 ᄇᆡ라 ᄒᆞ여 이목(耳目)을 ᄀᆞ리오고ᄌᆞ ᄒᆞ신들
쇼ᄌᆞ(小子)의 쇼암(疏暗)ᄒᆞ므로도 일안(一眼)의 쾌히 아라보거ᄂᆞᆯ ᄒᆞ
믈며 왕모(王母)와 계부(季父)의 디인명감(知人明鑑)이시니잇가? 더
옥 욕되ᄂᆞᆫ 밧ᄌᆞ와 경ᄒᆡ(驚駭)ᄒᆞᆫ 밧ᄌᆞᄂᆞᆫ 쳔인(賤人)의 더러오므로 종샤
(宗嗣)의 경(慶)을 니ᄅᆞ며 가군(家君)의 댱손(長孫)이라 ᄒᆞ야 일가(一
家)의 은은(殷殷)ᄒᆞᆫ 시비(是非)ᄅᆞᆯ ᄉᆡᆼ각디 아니시고 스ᄉᆞ로 신명(身命)
을 맛ᄎᆞ샤 부군(夫君)긔 죄(罪)ᄅᆞᆯ 어드시고 션조(先朝)긔 죄(罪)ᄅᆞᆯ 디 68면
으시ᄃᆡ 념연(恬然)이 거리ᄭᅵ디 아니시고 현혹(眩惑)ᄒᆞ여 ᄭᆡ닷디 못ᄒᆞ

92 낭괄(囊括): 자루에 넣고 자루목을 꽁꽁 동여맴.

시니 이 실노 일월디명(日月之明)을 부운(浮雲)의 옹폐(擁蔽)ᄒᆞ시미 라. ᄋᆞ히 이 마ᄃᆡ의 다ᄃᆞ라 더옥 각골(刻骨)이 ᄋᆡᄃᆞᆲ고 슬허ᄒᆞᄂᆞ이다. 원간 고ᄉᆞ(故事)ᄅᆞᆯ 녁상(歷想)ᄒᆞ나 당금(當今)을 비겨 혜건ᄃᆡ 셩뎨명 왕(聖帝明王)과 웅녈디ᄉᆞ(雄烈之士)의 쳘셕간장(鐵石肝腸)이라도 낫 빗ᄎᆞᆯ 아당ᄒᆞᄂᆞᆫ 간녕(奸佞)과 쥬현(奏絃) 딘공ᄒᆞᄂᆞᆫ 교특(巧慝)의 쇽디 아니며 그ᄅᆞᆺ되디 아니리 업ᄉᆞᆸᄂᆞ니 태태(太太)의 셩명(聖明)ᄒᆞ샤므로 녹빙·계월 등의 흉교간활(凶狡奸猾)ᄒᆞ믈 ᄭᆡ닷디 못ᄒᆞ시고 도로혀 심 복(心腹)으로 크게 브리시니 져 비ᄌᆞ(婢子) 근신ᄒᆞ여 셩덕(聖德)을 돕 ᄉᆞᆸ디 못ᄒᆞ나 오딕 분의(分義)ᄅᆞᆯ 딕희여 져의 소임(所任)이나 ᄎᆞᆯ히미 올커ᄂᆞᆯ 암샤교악(暗邪巧惡)ᄒᆞ고 교힐간능(狡黠幹能)ᄒᆞ여 그윽이 존 의(尊意)ᄅᆞᆯ ᄉᆞᆺ치고 ᄀᆞ마니 ᄶᅬᄅᆞᆯ 그어 패ᄉᆞ비ᄒᆡᆼ(悖事非行)으로ᄡᅧ ᄒᆞᆫ갓 덕화(德化)의 젼누[93]ᄒᆞ시믈 더을 쓴 아니라 모ᄌᆞ디친(母子至親)과 고 부대의(姑婦大義)ᄅᆞᆯ 틈ᄂᆡ고져 ᄒᆞ며 요요(嶢嶢)히 변(變)을 딧고 규규 (糾糾)히 일을 도모ᄒᆞ니 그 갈심딘츙(渴心盡忠)ᄒᆞᄂᆞᆫ ᄇᆡ 딘실노 튱(忠)
69면 이 아니라 블의(不義) 블의흉심(不義凶心)이니[94] 비ᄒᆞᄆᆡ 님보(林甫)의 부ᄌᆡ힝간(不才行奸)ᄒᆞ고 교인오국(驕人傲國)ᄒᆞᄂᆞᆫ 심ᄉᆞᆯ(心術)이 크게 니ᄅᆞ려 ᄒᆞᄆᆡ 사ᄅᆞᆷ을 돕ᄂᆞᆫ 도리(道理) 한(漢) 적 오왕비(吳王濞)[95]의 블

93 젼누: 문맥상 '천루(賤陋)'로 봄.

94 블의(不義) 블의흉심(不義凶心)이니: 규장각본에는 '블의흉심'으로 되어 있음.

95 오왕비(吳王濞): 오왕유비(吳王劉濞). 전한(前漢) 경제 때 전한의 제후국 오나라의 왕 유비가 주축이 되어 여섯 나라를 규합하여 전한 중앙정부에 반란을 일으킴. 태위 주아부의 진압으로 결국 오왕은 살해당하고 난은 3개월 만에 평정되었음. 이 난을 '오초칠국(吳楚七國)의 난(亂)'이라고 부름.

궤(不軌)[96]로 텬됴(天朝)를 반ᄒᆞ다가 나라흘 망홈 ᄀᆞᆺᄐᆞᄃᆡ 힝혀 ᄌᆞ졍(慈庭)이 일월(日月)의 영휘(靈輝)로ᄡᅧ 양츈(陽春)의 계샤므로 져 비ᄌᆞ(婢子)의 흉한(凶悍)이 간ᄃᆡ로 발뵈디 못ᄒᆞ나 본ᄃᆡ 신임통ᄒᆡᆼ(信任寵幸)ᄒᆞ시ᄂᆞᆫ 바의 셩의(聖意)ᄅᆞᆯ 엿보아 공교로온 의ᄉᆞ(意思)로 열은 부리ᄅᆞᆯ 나븟기고 날닌 혀ᄅᆞᆯ 놀니ᄆᆡ 졈졈 현혹(眩惑)ᄒᆞ샤 엄히 믈니치믈 두디 아니시거니와 ᄎᆞ등(此等) 간비(奸婢) 셤특(憸慝)ᄒᆞ고 흉휼(凶譎)ᄒᆞ여 듕시(仲氏)긔 일편(一片)된 튱셩(忠誠)이 잇노라 ᄒᆞ미 듕시(仲氏)ᄅᆞᆯ 함ᄒᆞ여 젼졍(前程)을 맛ᄂᆞᆫ 마ᄃᆡ라. 그 미셰(微細)ᄒᆞ여 작얼(作孽)이 크지 아닐 ᄃᆞᆺᄒᆞ고 귀ᄆᆡ(鬼魅)의 유ᄒᆡ(有害) ᄇᆡᆨ일디하(白日之下)의 현영(現影)치 못ᄒᆞᆯ ᄃᆞᆺᄒᆞᄃᆡ 듕시(仲氏)ᄂᆞᆫ 일노 인ᄒᆞ여 젼졍(前程)을 맛ᄎᆞᆯ디라. ᄒᆞᆫ번 허믈을 딧고 두 번 그ᄅᆞ믈 범ᄒᆞ여 멸뉸패도(滅倫悖道)와 잔인흉독(殘忍凶毒)ᄒᆞ미라도 힝ᄒᆞ고 ᄌᆞ위(慈闈) 년ᄌᆞ(憐慈)ᄒᆞ시미 밋브다 ᄒᆞ여 믄득 ᄇᆡ텬디심(背天之心)이 간악(奸惡)을 위임(委任)ᄒᆞ고 션ᄒᆡᆼ(善行)을 블관(不關)ᄒᆞ여 본셩(本性)을 일코 ᄌᆞ슐(自述)ᄒᆞ믈 ᄆᆡᆼ덕(孟德)[97]의 능(能)과 졔환(齊桓)의 패(覇)로ᄡᅧ 흠모ᄒᆞ여 가풍셰덕(家風世德)을 바리고 스ᄉᆞ로 ᄉᆡᆼ각ᄒᆞᄃᆡ '졔환이 규(糾)ᄅᆞᆯ 죽이고[98] 당뎨(唐帝) 건셩(建成)을 버히ᄃᆡ[99] 뎨ᄌᆞ(帝者)와 영쥬(英主) 되고 ᄆᆡᆼ덕이 70면

---

96 블궤(不軌): 불궤. 반역.

97 ᄆᆡᆼ덕(孟德): 맹덕. 맹덕은 조조의 자(字).

98 졔환(齊桓)의 패(覇)로ᄡᅧ ~ 규(糾)ᄅᆞᆯ 죽이고: 제환은 제환공(齊桓公)으로 이름은 강소백이며 제양공(齊襄公)의 아우. 규(糾) 역시 제양공의 아우였는데 제환공은 자신이 왕이 되기 위해 규의 목을 요구했음. 제환공은 칭패(稱覇), 패도로 일컬어짐.

99 당뎨(唐帝) 건셩(建成)을 버히ᄃᆡ: 당 태종 이세민은 황제가 되기 위해 형인 세자 건성(建成)과 동생 원길(元吉)과의 권력 다툼에서 이들을 죽이고 권력을 잡았음.

하날을 쇽이고 님군을 찬(簒)ᄒᆞ되 ᄉᆞ마온공(司馬溫公)[100]이 죽ᄌᆞ치통감(作資治通鑑)ᄒᆞ믹 믄득 젹(賊)이 아니라 ᄒᆞ여 뎡통(正統)을 허(許)ᄒᆞ미 이시니 ᄌᆡ조(才調)와 디혜(知慧)롤 탄 후 엇디 뎨ᄌᆡ 되디 못ᄒᆞ며 뎨ᄌᆡ 되려 ᄒᆞ믹 엇디 셜셜(屑屑)[101]ᄒᆞᆫ 뜻을 두리오?' 골육(骨肉)을 잔히(殘害)ᄒᆞ믈 ᄎᆞ등(次等)ᄀᆞᆺ치 넉이니 슬프다 이 엇딘 연괴(緣故)니잇고? 녹빙·계월이 잇디 아니면 쥬파의 신ᄉᆡᆼ(新生)을 운각의 드려오미 업ᄉᆞᆯ 거시오 슈슈(嫂嫂)의 ᄉᆡᆼ(生)ᄒᆞ신 강보(襁褓)롤 밧긔 ᄂᆡ여가미 업ᄉᆞ리니 여ᄎᆞ즉(如此則) 형댱(兄丈)이 친히 강보롤 밧고든 못홀디라. 엇디 골육(骨肉)을 가져 스ᄉᆞ로 낭괄(囊括)과 쇄골표풍(碎骨漂風)의 혹독(酷毒)ᄒᆞ믈 ᄒᆡᆼ(行)ᄒᆞ리잇고?"

ᄒᆞ더라.

(책임교주 조혜란)

---

100 ᄉᆞ마온공(司馬溫公): 사마온공. 사마광(1019-1086). 중국 북송의 유학자이자 정치가. 온국공(溫國公)의 작위를 하사받아 사마온공이라 불리며 역사서《자치통감》을 씀.

101 셜셜(屑屑): 설설. 번다하고 침착하지 못한 모양.

완월회맹연 玩月會盟宴

권디오십ᄉ 卷之五十四

1면 익화(益話)[1]. 닌웅공지 왈

"형댱(兄丈)이 친히 강보(襁褓)롤 밧고든 못홀디라. 엇디 골육(骨肉)을 가져 스스로 낭괄(浪颳)[2]과 쇄골표풍(碎骨飄風)의 혹독(酷毒)ᄒᆞ믈 힝ᄒᆞ리잇고? 이거시 다 젹은 일노뼈 크기의 밋쳐 비ᄇᆡ(婢輩)의 작얼(作孼)이 도로혀 쥬인을 함신(陷身)홀 ᄒᆡ(害) 되고 일시의 싀긔(猜忌)로뼈 가란(家亂)이 망극(罔極)ᄒᆞ미 니ᄅᆞ니 업ᄃᆡ여 빌건ᄃᆡ 힝인힝샹(行仁行常)ᄒᆞ샤 념ᄌᆞᄌᆡᄌᆞ(念慈再慈)ᄒᆞ시고 쏘 니 ᄒᆡ(害)롤 보실ᄉᆞ록 듕시(仲氏)의 젼졍(前程)을 가ᄋᆡ(可愛)ᄒᆞ샤 망나(網羅)의 긔괴(奇怪)ᄒᆞ미 되게 마ᄅᆞ쇼셔. 졔환(齊桓)[3]과 당뎨(唐帝)[4]라도 규(糾)[5]와 건셩(建成)[6]이 우리 ᄇᆡᆨ시(伯氏)의 대현대셩(大賢大聖)일딘ᄃᆡ 감히 ᄒᆡᄒᆞ믈 싱각디 못홀 ᄇᆡ오 쏘 혈긔디인(血氣之人)이면 쳠망일견(瞻望一見)[7]의 쳐연습복(悽然慴服)[8]ᄒᆞ여 셩덕(盛德)을 감복(感服)ᄒᆞ야 화(化)치 아니리 업ᄉᆞ리이다. 블쵸(不肖) 비록 힝신(行身)의 학(學)디 못ᄒᆞ나 시

---

1 익화(益話): 앞서 진술한 내용에 이어 덧보태어 말함.

2 낭괄(浪颳): 물결치는 모진 바람.

3 졔환(齊桓): 제환. 제환공. 제나라의 15대 임금. 본명은 소백(小白). 13대 제희공의 서자이며 제양공의 이복동생. 제양공이 시해된 후 정적(政敵)인 공자 규(糾)를 제치고 즉위하여 43년 동안 재위. 관중·포숙아·영척(寧戚) 등 충신들의 보필을 받아 나라를 안팎으로 진흥시켰고 춘추오패(春秋五霸)의 선봉이 됨.

4 당뎨(唐帝): 당제. 당태종(唐太宗). 당나라 2대 황제. 이름은 이세민. 당나라를 세우고 중국을 통일함. 공정한 정치에 힘썼고 이를 인정받아 후대 제왕의 모범이 됨.

5 규(糾): 제나라 13대 희공의 둘째 아들. 권력 다툼으로 동생 소백에게 죽임을 당함.

6 건셩(建成): 건성. 당고조 이연의 첫째 아들 이건성. 권력 다툼으로 동생 이세민에 의해 피살당함.

7 쳠망일견(瞻望一見): 첨망일견. 우러러 한 번 봄.

8 쳐연습복(悽然慴服): 처연습복. 애달픈 모습으로 두려워서 복종함.

친시하(侍親侍下)의 ᄌᆞ젼(自全)ᄒᆞ미 업ᄉᆞ니 가엄(家嚴)이 즐타디셩(叱咤之聲)이 미급견마(未及犬馬)ᄒᆞ니 셩현(聖賢)의 ᄒᆡᆼᄒᆞ신 바ᄅᆞᆯ 우러러 ᄇᆡ호디 못ᄒᆞ나 거의 ᄯᆞ라 바다 가졍의 훈(訓)을 ᄡᅥ러ᄇᆞ리디 말 2면
고ᄌᆞ ᄒᆞ옵ᄂᆞ니 ᄌᆞ졍(慈庭)의 계월 등 통신(寵信)ᄒᆞ시믈 엇디 브ᄃᆡ 거ᄉᆞ려 이심(已甚)히 가ᄂᆡ(家內)의 두디 말믈 쳥ᄒᆞ리잇고? 아모리 요얼(妖孼)이 우흐로 ᄌᆞ졍과 듕시의 참과(慙過)ᄅᆞᆯ 더으고 아ᄅᆡ로 못쁠 바ᄅᆞᆯ 길너 흉도(凶道)ᄅᆞᆯ ᄀᆞᄅᆞ치ᄆᆡ 귀로 듯고 입으로 응(應)ᄒᆞᄂᆞᆫ 바 블인(不仁)으로 존젼(尊前)을 시위(侍衛)ᄒᆞ여 그 화(禍) 되미 무궁(無窮)ᄒᆞᄃᆡ ᄌᆞ졍이 흔연블각(欣然不覺)ᄒᆞ샤 이 곳 녁ᄃᆡ군왕(歷代君王)의 졍ᄉᆡ(政事) 난(亂)ᄒᆞᆯ ᄯᆡ 간녕(奸佞)이 만졍(滿庭)ᄒᆞ여 튱냥(忠良)을 원소(遠疎)ᄒᆞ고 쇼인(小人)을 친신(親信)ᄒᆞ여 그 하날의 노(怒)ᄒᆞ믈 ᄭᆡ닷디 못ᄒᆞ므로 방블(彷彿)ᄒᆞᆫ디라. 원ᄒᆞ여 비ᄂᆞ니 계월 등 간비(奸婢)ᄅᆞᆯ 먼니 ᄶᅩᆺᄎᆞ 부ᄂᆡ(府內)의 다시 신임(信任)ᄒᆞ믈 두디 마ᄅᆞ시고 션덕(善德)을 양연(良緣)ᄒᆞ샤 일단 현혹(眩惑)ᄒᆞ믈 두로혀시면 타일(他日) 엄졍이 환됴(還朝)ᄒᆞ시나 말이 빗치 잇고 즐거오미 더옥 므ᄅᆞ녹아 블초(不肖)의 형뎨 각각 은우(隱憂)[9]ᄅᆞᆯ 픔으미 업ᄉᆞᆯ 쁜 아니라 ᄌᆞ위(慈闈)[10]예 신셰위ᄐᆡ(身世危殆)ᄒᆞ믈 두로혀 안길(安吉)ᄒᆞ시리니 그 엇디 ᄉᆞ못디 못ᄒᆞ시ᄂᆞ니잇고? 엄위(嚴闈)[11]예 셩(盛)ᄒᆞᆫ 녜(禮)로 다시
태모(太母)ᄅᆞᆯ 봉시(奉侍)ᄒᆞ시ᄆᆡ 열의(悅意)ᄅᆞᆯ 위듀(爲主)ᄒᆞ시고 경슌 3면

9 은우(隱憂): 깊은 근심이나 시름.

10 ᄌᆞ위(慈闈): 자위. 어머니의 존칭.

11 엄위(嚴闈): 부친.

(敬順)ᄒᆞ샤믈 웃듬ᄒᆞ샤 실가(室家)의 블화(不和)ᄒᆞ믈 두디 아니시고 뉸긔일듕(倫紀一重)ᄒᆞ믈 가뷔야이 박멸(薄蔑)ᄒᆞᄂᆞᆫ 말솜을 발(發)치 아니시나 그윽이 앙탁(仰度)건ᄃᆡ 은위(恩威) 화ᄒᆞ샤미 아니니 일노뼈 더옥 ᄎᆞ비ᄎᆞ통(且悲且痛)[12]ᄒᆞ야 ᄋᆡ돌오미 무궁ᄒᆞ나 눌을 향ᄒᆞ여 이런 회포(懷抱)를 니ᄅᆞ리잇고? 우리 엄경이 셩덕관대(盛德寬大)ᄒᆞ샤 인졍(人情)이 디극(至極)ᄒᆞ시니 ᄌᆞ위 만일 ᄌᆞ인슉덕(慈仁淑德)이 ᄒᆞᆫ갈ᄀᆞᆺᄐᆞ샤 은위병힝(恩威竝行)ᄒᆞ고 ᄂᆡ외징쳥(內外澄淸)ᄒᆞ실딘ᄃᆡ 엄위(嚴闈) 엇디 의(疑) 이실가 ᄒᆞ여 화락ᄎᆞ담(和樂且湛)[13]ᄒᆞ시미 업ᄉᆞ리잇고마ᄂᆞᆫ 군ᄌᆡ(君子) 활 그림ᄌᆞ롤 보고 살흘 몬져 뽀아 버히미 가(可)치 아닌 고로 오ᄃᆡ 뉸긔(倫紀)를 솟디 아니샤 듕궤(中饋)[14]로 ᄎᆡᆨ(責)ᄒᆞ시고 실가(室家)로 ᄃᆡ(待)ᄒᆞ신디라. 시(詩)예 ᄀᆞᆯ오ᄃᆡ '습습국풍(習習谷風)이 이음이우(以陰以雨)ᄒᆞᄂᆞ니 민면듕심(黽勉中心)이언졍 블의유디(不宜有志)라.[15]' ᄒᆞ니 우리 대인(大人)의 ᄌᆞ위로 더브러 의(義)롤

---

12 ᄎᆞ비ᄎᆞ통(且悲且痛): 차비차통. 한편으로 슬퍼하고 한편으로 아파함.

13 화락ᄎᆞ담(和樂且湛): 화락차담. "처자가 화합하여 거문고를 뜯네. 형제간에 우애 있어 더욱 즐겁구나(妻子好合 如鼓瑟琴 兄弟旣翕 和樂且湛)." 《시경》 〈소아(小雅)〉 '녹명지습(鹿鳴之什) – 상체(常棣)'에 나오는 구절.

14 듕궤(中饋): 중궤. "집안에서 음식을 장만하면 곧아서 길하리라(在中饋 貞吉)." 《주역》 〈가인괘(家人卦) 육이(六二)〉에 나오는 구절. 여기서는 아내가 주방에서 술이나 음식을 장만하는 일, 즉 부인으로서 맡은 직분을 뜻함.

15 습습국풍(習習谷風)이 ~ 블의유디(不宜有志)라: "산골바람 산들산들 불어오더니 구름이 끼고 비가 내리네. 어려울 때는 마음을 합쳐 힘써왔는데 이제 와 화를 내는 것이 마땅치 않구나. 순무를 캐고 무를 뽑을 때는 뿌리를 탓하지 않으니 덕음을 어기지 말고 그대와 더불어 죽을 때까지 함께 하리(習習谷風 以陰以雨 黽勉同心 不宜有怒 采葑采菲 無以下體 德音莫違 及爾同死)." 《시경》 〈패풍(邶風)〉 제10편 '곡풍(谷風)'에 나오는 구절로, 여기서는 부부의 변치 않는 사랑을 뜻함.

두시미 젼혀 이음이우(以陰以雨)로 민면(黽勉)ᄒᆞ여 동ᄉᆞ(同死)ᄒᆞ시
미라. ᄌᆞ위 비록 탈연(脫然)[16]ᄒᆞ샤 셰쇽(世俗)의 버ᄉᆞ시나 신셰의 밋븐
바 업ᄉᆞ믈 ᄉᆡᆼ각디 못ᄒᆞ시리잇가? 엄위ᄂᆞᆫ 평ᄉᆡᆼ 말ᄉᆞᆷ과 ᄆᆞᄋᆞᆷ이 다ᄅᆞ미 4면
업ᄉᆞ샤 슌일(純一)ᄒᆞ믈 좁고 궤비(詭秘)ᄒᆞ믈 믈니치시거ᄂᆞᆯ ᄌᆞ위ᄂᆞᆫ 셩
심(誠心)과 말ᄉᆞᆷ이 ᄀᆞᆺ디 아니샤 낭ᄌᆞ(曩者)[17]의 신ᄉᆡᆼ강보(新生襁褓)ᄅᆞᆯ
블최(不肖) 의심ᄒᆞᄆᆡ 여ᄎᆞ 니ᄅᆞ시더니 맛ᄎᆞᆷᄂᆡ 블초의 의심이 그ᄅᆞ디
아냐 쥬파의 쳔ᄉᆡᆼ(賤生)이라. 이러ᄐᆞᆺ 블최 ᄌᆞ교(慈敎)ᄅᆞᆯ 밋ᄌᆞᆸ디 아니
ᄒᆞᄂᆞᆫ 역심(逆心)이 이시미 아니라 모ᄌᆞ간(母子間) 신(信)을 일흐시고
쇽이믈 ᄌᆞ위 몬져 ᄒᆞ시고 도로혀 블최 뼈 텬셩디친(天性之親)[18]이 ᄀᆞ리
오며 ᄉᆞ(詐)ᄒᆞ미 잇다 ᄒᆞ시니 이ᄂᆞᆫ 가치 아니ᄒᆞ고 그 맛당ᄒᆞ미 아니니
이다. 쳔 번 빌고 만 번 원ᄒᆞ여 다시 ᄇᆞ라ᄋᆞᆸᄂᆞ니 ᄌᆞ위ᄂᆞᆫ 기리 ᄉᆡᆼ각ᄒᆞ
시고 먼니 혜아리샤 곳치믈 뉘웃디 마ᄅᆞ시고 용납ᄒᆞ믈 너그러이 ᄒᆞ샤
규목(樛木)[19]과 갈담(葛覃)[20]을 벗ᄒᆞ여 겸약(謙約)[21]ᄒᆞ샤 부덕(婦德)의 친
슌(親順)ᄒᆞ시고 인ᄌᆞ(仁慈)ᄒᆞ믈 힘쓰샤 강(綱)의 븟그리미 업ᄉᆞ신족
블이과(不貳過)ᄂᆞᆫ 아셩(亞聖)[22]의 덕(德)이오 슈덕개션(修德改善)은

---

16 탈연(脫然): 자유를 구속받지 않음.

17 낭ᄌᆞ(曩者): 낭자. 지난번.

18 텬셩디친(天性之親): 천성지친. 부자·형제.

19 규목(樛木): 《시경》 〈주남(周南)〉의 편명으로 주(周)나라 문왕의 후비(后妃) 태사가 은덕을 베풀며 여러 첩들과 친하게 지냈으므로 규문의 예의가 성한 모양을 말함.

20 갈담(葛覃): 《시경》 〈주남〉의 편명으로 후비가 여자로서 지켜야 할 도리를 다한 것을 칭송함.

21 겸약(謙約): 겸손하고 절약함.

22 아셩(亞聖): 아성. 성인인 공자에 버금간다는 뜻으로 맹자 또는 안회를 가리키는 말인데, 여기서는 안회를 뜻함. 《논어》 〈옹야(雍也)〉에, "안회는 배움을 좋아하여 노여움을 남에게 옮기지 않으며 같은 잘못을 두 번 다시 범하지 않았다(顔回者好學 不遷怒不貳過)."라는 말이 나옴.

5면 태갑(太甲)[23]의 현(賢)이라. 우리 대인의 함홍관대(含弘寬大)ᄒᆞ신 셩덕(盛德)으로뼈 엇디 감(感)ᄒᆞ여 화(化)치 아니시며 우리 문풍(門風)의 온냥슌후(溫良淳厚)ᄒᆞ시므로 쏘 엇디 흠(欽)ᄒᆞ여 복(服)ᄒᆞ디 아니리잇고? ᄌᆞ위(慈闈) 회션(回善)ᄒᆞ시ᄂᆞᆫ 덕힝(德行)이 여ᄎᆞ(如此)면 화이필복(和而必福)이리니 그 가히 취(取)치 아념 족ᄒᆞ니잇가?”

인언(因言)의 통열(痛烈)ᄒᆞ미 더어 슬프고 ᄋᆡ돌오믈 니긔디 못ᄒᆞᆯ ᄲᅮᆫ 아니라 황황(遑遑)[24]ᄒᆞ여 몸둘 바ᄅᆞᆯ 아디 못ᄒᆞ고 민민(憫憫)[25]ᄒᆞ여 구확(溝壑)의 ᄶᅥ러딘 ᄃᆞᆺ 스ᄉᆞ로 합연(溘然)[26]ᄒᆞ여 모로고ᄌᆞ ᄒᆞ고 ᄌᆞᆷ연(潛然)[27]ᄒᆞ여 닛고ᄌᆞ ᄒᆞ니 그 정셩의 간도(懇到)[28]ᄒᆞᆷ과 효우(孝友)의 디극(至極)ᄒᆞ미 ᄉᆡ랑의 무디(無知)ᄒᆞ미라도 환연(歡然)이 감동ᄒᆞ믈 둘 ᄇᆡ니 부인디심(婦人之心)이 비록 잔포혹독(殘暴酷毒)ᄒᆞ나 인정은 션악(善惡)의 ᄒᆞᆫ가디라 엇디 ᄋᆞᄌᆞ(兒子)의 셩언현어(聖言賢語)의 절절(節節)이 뎡대(正大)ᄒᆞᆷ과 간간(間間)이 디극ᄒᆞ믈 돈연셕감(頓然釋感)ᄒᆞ야 환연뉵니(歡然忸怩)치 아니며 그 심녀(心慮)ᄅᆞᆯ 허비(虛費)ᄒᆞ여 몸을 상ᄒᆡ오미 ᄌᆞ긔 회션기악(回善棄惡)ᄒᆞ미 업ᄉᆞᆯ딘ᄃᆡ 비록 스ᄉᆞ로 죽

---

23 태갑(太甲): 상(商)나라 제3대 임금인 태종의 이름. 성탕(成湯)의 손자이자 태정(太丁)의 아들. 중임(仲壬)에 이어 즉위한 뒤 법을 어기고 방탕 포악하여 이윤에 의해 쫓겨남. 3년 뒤 자신의 잘못을 반성하자 이윤이 맞아 복위시켰음. 이후 정치에 힘써 제후들이 상나라로 귀의했고 백성들도 안정을 되찾았다 함.

24 황황(遑遑): 마음이 몹시 급하여 허둥대는 모양.

25 민민(憫憫): 매우 딱하게 근심하는 모양.

26 합연(溘然): 갑자기 세상을 뜨는 것. 죽음.

27 좀연(潛然): 잠연. 아무 소리도 없이 조용함.

28 간도(懇到): 매우 정성을 다하여 빈틈이 없이 마음을 씀.

으려 ᄒᆞ미 아니라도 능히 살기 어려오믈 혜아리ᄆᆡ 그윽이 젼츌(前出)을 ᄒᆡ(害)코져 ᄒᆞᄂᆞᆫ 독싊(毒手) 친ᄉᆡᆼ긔ᄌᆞ(親生其子)의 밋쳐 십일셰 튱년(沖年)의 무궁(無窮)ᄒᆞᆫ 근심을 픔고 듕쳡(重疊)ᄒᆞᆫ 시룸을 ᄯᅴ여 긴 셰월의 간위(肝胃)ᄅᆞᆯ 슬우고 심장(心臟)을 ᄉᆞᆺ쳐 우젼(憂煎)ᄒᆞ고 6면
초삭(焦鑠)[29] ᄒᆞ여 긔려대딜(奇麗大質)을을[30] 헛되이 바리미 부인의 ᄋᆡ박디졀(愛縛之切)[31] ᄒᆞᆫ 통(痛)이 엇디 ᄒᆞᆫ갓 역니(逆理)의 슬프믈 니ᄅᆞ리오? ᄲᅧᄅᆞᆯ 갈고 살흘 디ᄅᆞ나 능히 쇽(贖)디 못ᄒᆞᆯ 한(恨)이라. 념녜(念慮) 이에 밋ᄎᆞᄆᆡ 잔포(殘暴)ᄒᆞ믈 긋쳐 슌냥(淳良)코ᄌᆞ ᄒᆞ고 간험(奸險)ᄒᆞ믈 긋쳐ᄇᆞ려 인화(仁化)코ᄌᆞ ᄒᆞᄃᆡ 톄찰 부부 ᄒᆡᄒᆞᆯ ᄯᅳᆺ이 발셔 심골(心骨)의 박히고 폐간(肺肝)의 잠긴 병(病)이 되여 쳔인(千人)이 니ᄅᆞ고 ᄇᆡᆨ인(百人)이 ᄉᆞ디ᄌᆞ나 교모간계(巧謨奸計)ᄅᆞᆯ 긋칠 길히 업고 머리의 부월(斧鉞)이 님(臨)ᄒᆞ고 몸이 정확(鼎鑊)[32]의 다ᄃᆞᄅᆞ나 톄찰과 니시ᄅᆞᆯ 숌키고져 ᄒᆞᄂᆞᆫ 흉심(凶心)은 감(減)ᄒᆞᆯ 길히 업ᄉᆞᆫ 바의 놀납고 측냥치 못ᄒᆞ여 통한(痛恨)ᄒᆞ고 이상ᄒᆞᄆᆞᆫ 져 쥰봉고학(峻峯高壑)의 쇄골표풍(碎骨飄風)ᄒᆞᆫ 신ᄉᆡᆼ강뵈(新生襁褓) 완연ᄉᆡᆼ득(完然生得)ᄒᆞ고 듀녀의 유ᄌᆞ(幼子)ᄅᆞᆯ 어나 ᄉᆞ이의 환본기모(還本其母)ᄒᆞ여 난상(亂常)ᄒᆞᆫ 텬뉸(天倫)이 완젼ᄒᆞ고 실ᄒᆡᄒᆞᆫ 골육(骨肉)이 단경(團慶)ᄒᆞ여 디극히 위틔(危殆)ᄒᆞ므로 기리 평안ᄒᆞ믈 밧고며 요요(搖搖)히 어ᄌᆞ러

29 초삭(焦鑠): 애타게 근심함.

30 긔려대딜(奇麗大質)을을: 조사 '을'이 중복되어 쓰여 있는데, 규장각본에는 '긔려ᄃᆡ질을'로 되어 있음.

31 ᄋᆡ박디졀(愛縛之切): 애박지절. 애욕이나 집착에 의한 번뇌의 절박함.

32 정확(鼎鑊): 정확. 극형 중 하나로 죄인을 삶던 솥.

7면 오므로 텬연이 젼일(全一)ᄒᆞ믈 화ᄒᆞ여 ᄌᆞ연ᄒᆞᆫ ᄀᆞ온ᄃᆡ 늉셩(隆盛)ᄒᆞᆫ 복덕(福德)은 톄찰과 니시의게 도라지고 블인(不仁)ᄒᆞᆫ ᄆᆡ명(罵名)은 ᄌᆞ긔 모ᄌᆞ의게 무거이 실녀 의(義)ᄅᆞᆯ 권(勸)ᄒᆞ고 인(仁)을 쟝(奬)ᄒᆞᄆᆡ 스ᄉᆞ로 잔젹(殘賊)과 독부(毒婦)의 ᄒᆡᆼ(行)을 효측(效則)ᄒᆞ여 능히 덥허 ᄀᆞ리오디 못ᄒᆞᆯ 바의 밋ᄎᆞ니 분ᄒᆞᆫ 간담(肝膽)이 쒸노라 일만 진납이 오장(五藏)을 즛붊아 십경(十頃)을 흔드니 쇽으로 이러코 것ᄎᆞ로 엇디 안연(安然)ᄒᆞ리오? 그 긴 말ᄉᆞᆷ을 드러오ᄆᆡ 아연(啞然)이 안ᄉᆡᆨ디참(顔色之慙)을 ᄊᆡ닷디 못ᄒᆞ니 뼈곰 니언간셜(利言諫說)이 삭막ᄒᆞ여 져두무어(低頭無語)러니 냥구(良久)의 강인쇼왈(强忍笑曰)

"너의 허다ᄒᆞᆫ 말ᄉᆞᆷ을 듯건ᄃᆡ 듕ᄋᆞ와 나의 간험포악(奸險暴惡)은 상신(商臣)[33]의 일뉘라 그 가히 텬디 ᄉᆞ이의 용납ᄒᆞ미 어렵도다. 다만 신ᄉᆡᆼᄋᆞ(新生兒)ᄅᆞᆯ 가져 낭괄(浪颳)의 혹독(酷毒)ᄒᆞᆷ과 쇄골표풍(碎骨飄風)의 악착(齷齪)ᄒᆞ믈 더으ᄃᆡ 죽디 아니코 상(傷)치 아냐 완연평길(完然平吉)타 ᄒᆞ믄 사ᄅᆞᆷ이 드ᄅᆞᄆᆡ 부언(浮言)[34]이 아니면 환슐(幻術)ᄒᆞᄂᆞᆫ 요종(妖種)이라 다시 니ᄅᆞ디 마ᄅᆞᆷ ᄌᆞᆨᄒᆞ니 네 ᄆᆡ양 니ᄅᆞᄃᆡ 셰간범ᄇᆡᆨ(世間凡百)이 니밧긔 쒸여나미 업ᄉᆞ니 ᄉᆞ이(辭意)의 신긔타 ᄒᆞᄂᆞᆫ 바와

8면 이상타 ᄒᆞᄂᆞᆫ 일은 탄망(誕妄)ᄒᆞ고 부허(浮虛)ᄒᆞ니 일ᄌᆞᆨ 듯고져 아닛노라 ᄒᆞ던 ᄇᆡ라. 닌셩 부부의 다ᄃᆞ라ᄂᆞᆫ 네 임의 어미와 듕형을 의심ᄒᆞ미 쏘ᄒᆞᆫ 병이 되엿ᄂᆞᆫ디라. 신ᄉᆡᆼᄋᆞᄅᆞᆯ 그러틋 참혹히 ᄒᆡᄒᆞ미 모형(母兄)

33 상신(商臣): 초나라 성왕(成王)의 큰아들. 부친이 아우 직(職)을 태자로 세우려 하자 자기 스승인 반숭(潘崇)과 함께 모의해 부친과 아우를 없앤 후 목왕(穆王)으로 즉위함. 잔인하고 포악한 성격을 지녔다고 함. 《춘추좌씨전》 '문공원년(文公元年)'에 나옴.

34 부언(浮言): 근거 없이 떠도는 말.

의 소술(所術)이로디 져 강뵈(襁褓) 과연 신긔롭고 이상ᄒᆞ여 죽디 아니ᄒᆞ믈 알오미 되여시니 모ᄌᆞ형뎨(母子兄弟)의 디졍디친(至情至親)이 도로혀 슈숙(嫂叔)의 범범이 의로옴만 ᄀᆞᆺ디 못ᄒᆞᆫ 바의 한셜(閑說)이 무익(無益)ᄒᆞ디 네 긴 말노뼈 나의 과단을 긋치고져 ᄒᆞ니 내 ᄯᅩ 잠간 회포롤 여러 초삭(焦鑠)ᄒᆞᄂᆞᆫ ᄠᅳᆺ을 위로ᄒᆞ리라. 네 어미 셕지(昔者)[35] 졍묘(丁卯)의 탁셩졍시(託姓程氏)ᄒᆞ여 이에 도라오믜 비록 사롬의 디난 덕딜(德質)이 업ᄉᆞ나 부모의 명훈(明訓)[36]을 밧드러 부힝(婦行)의 허믈되미 업ᄉᆞ니 ᄌᆞ허(自許)ᄒᆞ여 쳘부슉인(哲婦淑人)이로라 못ᄒᆞ나 오디 낫타난 과악(過惡)이 업ᄉᆞᆫ디라. 만일 휴휴(儦儦)[37]ᄒᆞᆫ 댱부와 호활(浩闊)ᄒᆞᆫ 픔딜일진ᄃᆡ 굿ᄐᆡ여 사롬의 업ᄉᆞᆫ 허믈과 다ᄃᆞᆺ디 아닌 블인을 의심ᄒᆞ리오마ᄂᆞᆫ 너의 대인이 날을 우봉(遇逢)ᄒᆞ므로브터 그윽이 블힝ᄒᆞ고 깁히 의심ᄒᆞ여 닌셩 남ᄆᆡ롤 위ᄒᆞ여 힝혀 블평ᄒᆞᆫ ᄉᆞ단(事端)이 이실가 념녀ᄒᆞ미 무궁ᄒᆞ니 내 비록 블민(不敏)ᄒᆞ나 엇디 긔식(氣色)을 모로리오? ᄆᆞ옴의 ᄯᅩ 감격디 아냐 분한(忿恨)ᄒᆞᆫ 역졍(逆情)도 업디 아냐 빅 가디 덕과 쳔 가지 어딜미 이셔도 군후의 셴히 넉이믈 엇디 못ᄒᆞᆯ 거시니 그 의심을 맛쳐 소ᄋᆡᄌᆞ(所愛者)롤 괴롭게 ᄒᆞᆯ 거시라 ᄒᆞᆫ번 ᄠᅳᆺ을 뎡ᄒᆞ믜 과연 회식(悔色)[38]ᄒᆞ여 긋치디 못ᄒᆞ고 닌셩의 긔특ᄒᆞ미 딘실노 듕ᄋᆞ의 비ᄒᆞᆯ 빅 아니나 듕이 ᄯᅩᄒᆞᆫ 군후의 ᄌᆡ(子)어ᄂᆞᆯ 텬눈디ᄋᆡ(天倫之愛) 막연박졀(漠然迫切)ᄒᆞ여 신ᄉᆡᆼ강보(新生襁褓)로 이졔 니 9면

---

35 셕지(昔者): 석자. 지난 지 오래된 예전의 때.

36 명훈(明訓): 올바른 교훈.

37 휴휴(儦儦): 당당하고 헌걸참.

38 회식(悔色): 회색. 잘못을 뉘우치는 기색.

ᄅᆞ히 그 이시미 업ᄉᆞᆷ만 ᄀᆞᆺ디 못ᄒᆞ게 넉이고 일편ᄌᆞᄋᆡ(一偏慈愛) 닌셩 부부의게 도라디믈 보ᄆᆡ 한(恨)이 길고 ᄋᆡ돌오미 극ᄒᆞ여 닌셩과 니시 ᄅᆞᆯ 브ᄃᆡ 안길(安吉)콰져 아니 ᄒᆞ나 역경은 잠간이오 션셩(善性)과 본 ᄉᆡᆨ(本色)을 발ᄒᆞ야 셩ᄋᆞ 부부의 인효(仁孝)ᄒᆞ믈 깁히 아ᄅᆞᆷ다이 넉이 ᄂᆞ니 엇디 잔젹(殘賊)의 범(犯)ᄒᆞ여 독부(毒婦)의 명을 취ᄒᆞ리오? 공 ᄌᆡ(孔子) ᄀᆞᆯ오샤ᄃᆡ '사ᄅᆞᆷ이 올흔 일을 ᄒᆞᆯ 거시라' ᄒᆞ시고 ᄆᆡᆼᄌᆡ(孟子)
10면 ᄀᆞᆯ오샤ᄃᆡ '사ᄅᆞᆷ이 어디다' ᄒᆞ시니 네 날을 ᄃᆡᄒᆞ여 슈덕개션(修德改善)을 니ᄅᆞ디 아니나 내 인션(仁善)ᄒᆞ믈 올히 넉이고 잔포(殘暴)ᄒᆞ믈 즐겨 아니 ᄒᆞᄂᆞ니 듕ᄋᆞ로뼈 엇디 멸뉸패리(滅倫悖理)ᄒᆞᄆᆡ 나아가고 ᄌᆞ ᄒᆞ리오마ᄂᆞᆫ ᄒᆡᆼ(幸)치 못ᄒᆞ여 너와 픔격(品格)이 다ᄅᆞ고 나의 바ᄅᆞᆷ 과 ᄀᆞᆺ디 아니니 그윽이 탄아(嘆訝)ᄒᆞ고 슬허ᄒᆞᄃᆡ 또 ᄎᆞ마 향인(向人) ᄒᆞ여 ᄌᆞ식의 허믈을 타연이 니ᄅᆞ디 못ᄒᆞ여 기리 함호(含糊)ᄒᆞ거니와 졈졈ᄒᆞ여 크게 외입(外入)ᄒᆞ미 이실딘ᄃᆡ 내 엇디 ᄉᆞ랑을 버히디 못ᄒᆞ 여 금단(禁斷)ᄒᆞ믈 범연(泛然)이 ᄒᆞ리오? 모로미 과도(過度)히 근심 치 말나. 또 듕ᄋᆡ 본셩이 비쇽탁월(非俗卓越)ᄒᆞ니 맛ᄎᆞᆷᄂᆡ 도쳑(盜跖)[39] 의 뉴(類)ᄂᆞᆫ 되디 아니리라. 네 이제 녹빙·계월 등을 먼니 쩨쳐 면젼 (面前)의 업시ᄒᆞ믈 ᄇᆡ야거니와[40] 날을 감히 하날이라도 위(違)치 못ᄒᆞ 고 군뷔(君父)라도 탈(奪)치 못ᄒᆞ시리니 동작(動作)과 시죵(始終)을 내 임의로 ᄒᆞᆯ디라. 녹빙·계월 등 유무(有無)의 달니디 아니리니 모로 미 호란(胡亂)ᄒᆞᆫ 잡셜(雜說)을 더으디 말나. 만일 내 ᄯᅳᆺ을 거ᄉᆞ리고 내

39 도쳑(盜跖): 도척. 춘추시대 노(魯)나라에서 이름난 도둑.

40 ᄇᆡ야거니와: ᄇᆡ야다. 재촉하다.

분을 더어 나의 좌우(左右)를 업시ᄒᆞ여 뼈곰 우익(羽翼)을 덜ᄆᆡ 낭패(狼狽)ᄒᆞ고 황뉴(荒謬)ᄒᆞ여 다시 블인을 계교(計巧)치 못ᄒᆞ리라 ᄒᆞ엿던ᄃᆡ 내 ᄆᆡᆼ셰(盟誓)ᄒᆞ여 닌셩 부부와 신ᄉᆡᆼ강보(新生襁褓) 아오로 죽이믈 쾌니 ᄒᆞ고 내 쏘 ᄌᆞ경(自剄)ᄒᆞ여 내 ᄠᅳᆺ을 쾌히 ᄒᆞ리니 엇디 녹히 분(忿)을 셔리담고[41] 노(怒)를 셔려 감히 발언치 못ᄒᆞ미 이시리오?" 11면

셜파(說罷)의 침음위좌(沈吟危坐)[42]ᄒᆞ니 ᄉᆞ긔(辭氣)[43] 십분 한목(悍目)[44]ᄒᆞᆫ디라. 공ᄌᆡ 모친의 텬픔(天稟)이 ᄒᆞᆫ갓 일홈을 요구ᄒᆞ고 본셩(本性)을 긔간ᄒᆞ여 ᄒᆡᆼᄒᆞ니 능히 ᄒᆡ혹(解惑)ᄒᆞᆯ 길히 업ᄉᆞᆯ ᄲᅳᆫ 아니라 녹빙·계월 등을 업시 ᄒᆞ나 맛ᄎᆞᆷᄂᆡ 교모비계(巧謀秘計)[45]를 긋치디 아니ᄒᆞ고 졈졈 블인을 더으렷노라 ᄒᆞ믈 드ᄅᆞᄆᆡ 근심이 층가(層加)ᄒᆞ고 쳐회무궁(悽懷無窮)ᄒᆞ여 기리 삼탄슈셩(三嘆愁聲)ᄒᆞ여 긋치ᄆᆡ 다시 간(諫)ᄒᆞ여 ᄀᆞᆯ오ᄃᆡ

"사ᄅᆞᆷ이 아득ᄒᆞ여 모ᄅᆞᆯ디언졍 춍명(聰明)ᄒᆞ여 알고 도로혀디 아니시믈 ᄌᆞ위(慈闈)긔 쳐음 보이다. 젹국 상격간(相隔間)의도 냥국(兩國)이 셔로 알오미 당당ᄒᆞᆫ 군ᄌᆡ라 ᄒᆞ여 쳔츄(千秋)의 미ᄉᆡ(美事)니 태태(太太)[46] 임의 ᄇᆡᆨ시(伯氏)와 슈슈(嫂嫂)를 믜워ᄒᆞ시ᄂᆞᆫ ᄀᆞ온ᄃᆡ 그 셩효덕ᄒᆡᆼ(誠孝德行)을 ᄉᆞ못 아ᄅᆞ시며 감동치 아니시니 그 엇디ᄒᆞ미니잇고?

41 셔리담고: 서리담다. 무언가를 마음속에 깊이 간직하다.

42 침음위좌(沈吟危坐): 속으로 깊이 생각하며 몸을 바르게 하고 앉음.

43 ᄉᆞ긔(辭氣): 사기. 말과 얼굴빛. 사색(辭色).

44 한목(悍目): 사납게 눈을 부릅뜸.

45 교모비계(巧謀秘計): 교묘하고 비밀스러운 계책.

46 태태(太太): 어머니를 높여 부르는 말.

12면 듕시(仲氏)의 멸눈디힝(滅倫之行)이 ᄒᆞᆫ갓 외입(外入)으로 니ᄅᆞ디 못ᄒᆞᆯ ᄇᆡ어놀 ᄌᆞ위 오히려 그 대단ᄒᆞ미 아닌가 ᄒᆞ샤 억졔ᄒᆞ믈 두디 아니시니 블인무도(不仁無道)의 함닉(陷溺)ᄒᆞ미 될디라. 블초(不肖)의 어린 뜻은 뼈 ᄒᆞᄃᆡ 이졔 그 삭시 크지 아냐 엄을 버히고 톱이 굿디 아냐 날닌 칼흘 시험ᄒᆞ여 호표(虎豹)ᄅᆞᆯ 우리의 너허 교활(狡猾)ᄒᆞᆫ 거ᄉᆞᆯ 제어(制御)ᄒᆞ야 긔운이 츅(縮)ᄒᆞ여 거의 딜슌(質淳)ᄒᆞ게 ᄒᆞᆫ즉 스ᄉᆞ로 쳑툑(躑躅)ᄒᆞ미 ᄒᆞ나히오 귀ᄆᆡ(鬼魅)[47] 슈플이 업ᄉᆞᆫ즉 의디(依支) 업셔 용납디 못ᄒᆞ고 고기 믈이 업ᄉᆞᆫ즉 혈을 일허 용납디 못ᄒᆞᄂᆞ니 그 복심(腹心)을 삼ᄂᆞᆫ 바와 조아(爪牙)[48]ᄅᆞᆯ 두ᄂᆞᆫ 거ᄉᆞᆯ 다 업시ᄒᆞᆫ즉 조걸위학(助傑爲虐)[49]이 업ᄉᆞ니 감심ᄒᆞ미 ᄒᆞ나히오 그 ᄇᆞ라ᄂᆞᆫ 거ᄉᆞᆯ ᄭᅳᆺ고 ᄆᆡᆺᄂᆞᆫ 거ᄉᆞᆯ 업시ᄒᆞᆫ즉 곤ᄒᆞ며 슌ᄒᆞ미 ᄒᆞ나히니 이 셰 가디로 시험ᄒᆞ신즉 듕시 본ᄃᆡ 텬픔(天稟)이 혼용(昏庸)ᄒᆞ미 아니니 엇디 맛ᄎᆞᆷᄂᆡ 블인ᄒᆞ리잇고? 족히 일편고집(一偏固執)을 ᄇᆞ리디 못ᄒᆞ샤 혼텬블각(昏天不覺)ᄒᆞ시니 듕시의 슈힝개션(修行改善)ᄒᆞ믄 그날이 더옥 먼디라. 쇼ᄌᆡ 엇디 근심이 젹은 곳의 이시리잇고?”

13면 언파(言罷)의 ᄆᆞᆰ은 눈믈이 ᄌᆞ로[50] ᄯᅥ러디믈 ᄭᆡ닷디 못ᄒᆞ니 부인이 창연(愴然)이 동각(同覺)ᄒᆞ지 아닛ᄂᆞᆫ ᄇᆡ 아니로ᄃᆡ 맛ᄎᆞᆷᄂᆡ 회션슈덕(回

47 귀ᄆᆡ(鬼魅): 귀매. 도깨비.

48 조아(爪牙): 짐승의 발톱이나 어금니처럼 꼭 필요한 물건이나 사람을 가리키는 말.

49 조걸위학(助傑爲虐): 걸왕 같은 폭군을 도와 백성을 못살게 군다는 뜻. 같은 패가 되어 악한 행동을 저지름을 비유적으로 이르는 말.

50 ᄌᆞ로: 자로. 자주.

善修德)홀 뜻은 힝혀도 잇디 아닌디라. 오딕 ᄋᆞᄌᆞ(兒子)를 다릐여[51] 그 초우비황(焦憂悲惶)ᄒᆞᆫ 바를 잠간 위로코져 ᄒᆞ나 졀졀뎡대(節節正大)[52] ᄒᆞ여 슉연초딕(肅然峭直)[53]ᄒᆞ미 ᄒᆞᆫ갓 항항(抗抗)ᄒᆞ고 쥰위(峻威)홀 ᄲᅮᆫ 아니라 춍(聰)ᄒᆞ미 ᄉᆞ광(師曠) ᄀᆞᆺ고 명(明)ᄒᆞ미 니루(離婁) ᄀᆞᆺᄐᆞ여 사ᄅᆞᆷ의 심폐(心肺)를 ᄉᆞ못ᄂᆞᆫ 신명(神明)ᄒᆞ미 이시니 외면(外面)의 다릐믈 그러히 넉일 길히 업ᄉᆞ믈 통한(痛恨)ᄒᆞ고 분연(奮然)ᄒᆞ여 블연노긔(勃然怒氣) 왈

"내 녕원(獰猿)이 통텰(洞徹)ᄒᆞ여 할연(豁然)ᄒᆞ미 이시니 다시 브ᄌᆞ(不慈)ᄒᆞ미 잇디 아닐 바를 니ᄅᆞ딕 네 억슈쳔녀(億愁千慮)를 시러 읍읍통열(泣泣痛咽)[54]ᄒᆞ여 장ᄎᆞᆺ 초ᄉᆞ슈귀(焦思首鬼) 되고져 ᄒᆞ니 엇딘 일이오? 네 거동(擧動)을 딕ᄒᆞ여 내 뜻이 심히 챵연(愴然)ᄒᆞ니 양디위열(養志慰悅)[55]ᄒᆞ여 이셩화식(怡聲和色)[56]으로 어버이를 딕치 못ᄒᆞᆫ 들 엇디 이 ᄀᆞᆺᄐᆞ미 올흐리오?"

공지 복슈문교(伏首聞敎)의 피셕쳥죄(避席請罪)ᄒᆞ여 블초ᄒᆞ믈 일ᄏᆞᆺ고 다시 힝인셩덕(行仁成德)ᄒᆞ시믈 원ᄒᆞ미 부인의 귀가의 싀틋ᄒᆞᆫ디라.[57]

---

51 다릐여: 다릐다. '달래다, 꾀다, 유혹하다'의 뜻.

52 졀졀뎡대(節節正大): 절절정대. 하는 말마다 정당하고 사사로움이 없음.

53 슉연초딕(肅然峭直): 숙연초직. 엄하고 강직함.

54 읍읍통열(泣泣痛咽): 하염없이 눈물을 흘리며 목메어 욺.

55 양디위열(養志慰悅): 양지위열. 양지(養志)는 《맹자》 〈이루(離婁)〉에 나오는 구절로 증자가 부모의 뜻을 받드는 것을 말하며, 위열(慰悅)은 부모님을 위로하며 기쁘게 하는 것을 뜻함.

56 이셩화식(怡聲和色): 이성화색. 부드러운 말과 온화한 얼굴색.

57 싀틋ᄒᆞᆫ디라: 싀틋ᄒᆞ다. 시틋하다. '어떤 일에 물리거나 지루해져서 조금 싫증이 난 기색이 있다.'라는 뜻.

14면 옥슈(玉手)로 휘디(揮之)ᄒᆞ여 ᄀᆞᆯ오ᄃᆡ

"네 날을 ᄉᆞᆯ고져 ᄒᆞ거든 이 말을 그만ᄒᆞ여 니ᄅᆞ디 말나."

ᄒᆞ고 이에 미시롤 주어 먹으라 ᄒᆞ나 공ᄌᆡ 비회만단(悲懷萬端)ᄒᆞ여 음식도 먹을 ᄯᅳᆺ이 업ᄉᆞ나 일노 인ᄒᆞ여 스ᄉᆞ로 초삭슈통(焦鑠愁痛)ᄒᆞ야 죽으면 회(孝) 아니오 위(友) 아니라 갈심딘셩(竭心盡誠)ᄒᆞ여 모형(母兄)의 블인(不仁)을 개도(開導)ᄒᆞ고 ᄌᆞ긔 초초ᄒᆞᆫ 셰상이나 모ᄌᆞ형데(母子兄弟) 화평돈목(和平敦睦)ᄒᆞ여 무우환낙(無憂歡樂)기롤 원ᄒᆞᄂᆞᆫ 바로 즈레 합연(溘然)ᄒᆞ여 ᄌᆞ로 명(命)을 더옥 쵹(促)ᄒᆞᄆᆞᆫ 본ᄃᆡ 병되이 피(避)코져 ᄒᆞ므로 ᄯᅩᄒᆞᆫ 죵일 폐식(廢食)ᄒᆞᆫ 바롤 ᄭᆡ다라 나ᄌᆡ이 그릇ᄉᆞᆯ 밧ᄌᆞ와 즉시 진(盡)ᄒᆞ고 잠간 시측(侍側)이러니 믄득 태우의 환연(歡然)ᄒᆞᆫ 희셩(喜聲)이 상보[58]롤 브ᄅᆞᄂᆞᆫ디라. 공ᄌᆡ 밧비 츌문(出門)ᄒᆞ여 하당응ᄃᆡ(下堂應對)ᄒᆞ고 ᄇᆡ알(拜謁)ᄒᆞ니 태위 희위(喜憂) 늉늉(隆隆)ᄒᆞ고 화안(和顔)이 우희염 즉ᄒᆞ여 ᄀᆞᆯ오ᄃᆡ

"금일(今日)은 태모환휘(太母患候) 만히 가헐(可歇)ᄒᆞ시ᄃᆡ 일시 시측(侍側)을 븨오디 못ᄒᆞ여 셩보[59]로 더브러 머므더니 현데(賢弟)의 고ᄒᆞᆫ 바 희보(喜報)롤 인ᄒᆞ여 왕모(王母)와 ᄌᆞ졍(慈庭)이 경환쾌열(慶歡快悅)ᄒᆞ시믈 니긔디 못ᄒᆞ시ᄃᆡ 그 ᄉᆞ이 슈쉬(嫂嫂) 산후(産後) 블예(不

15면 豫)ᄒᆞ시믈 념녀(念慮)ᄒᆞ샤 우형(愚兄)을 ᄌᆡ쵹ᄒᆞ여 이에 보ᄂᆡ샤 널노 더브러 약(藥)을 의논ᄒᆞ여 ᄡᅳ라 ᄒᆞ시니 밧비 나아오괘라."

인ᄒᆞ여 입ᄂᆡ왈(入內曰)

58 상보: 정인웅의 자(字).

59 셩보: 성보. 정인명의 자(字). 정겸의 아들.

"빅뫼(伯母) 이에 계시니잇가?"

소부인이 심하(心下)의 괴로이 넉이미 더ᄒᆞ고 조곰도 반기디 아니ᄃᆡ 거ᄌᆞᆺ 셩모아용(星眸雅容)의 흔연(欣然)ᄒᆞᆫ 우음을 먹음고 이연동신(怡然動身)ᄒᆞ여 친히 ᄉᆞ창(紗窗)을 밀치고 태우를 보아 ᄀᆞᆯ오ᄃᆡ

"오ᄅᆡ 댱번(長番)ᄒᆞ여 날이 만흐ᄃᆡ 도라오디 못ᄒᆞ니 결울ᄒᆞ던 바의 계오 츌번(出番)[60]ᄒᆞ여 존고(尊姑) 환후(患候)로 표문(表門)의 머므니 뎡히 상념(想念)ᄒᆞ여 긴 니별의 괴로오므로 감치 아니터니 금일 존고 환휘 가복(可復)ᄒᆞ시고 현부(賢婦)의 웅비(熊羆)의 길경(吉慶)을 당ᄒᆞ여 네 도라오니 부듕(府中)이 공연이 젹뇨(寂廖)ᄒᆞ던 바로 번화(繁華)ᄒᆞ고 ᄉᆡᆼ각던 졍(情)을 위로ᄒᆞ리로다. 식뷔(息婦) 산후병셰(産後病勢) 비경(非輕)ᄒᆞ나 신ᄉᆡᆼᄋᆞ(新生兒)의 긔이홈과 겸ᄒᆞ여 남ᄌᆡ니 ᄀᆞᆺ초 긔이희환(奇異稀罕)ᄒᆞᆫ 가온ᄃᆡ 우환(憂患)의 시롬되미 업디 아니ᄒᆞ도다."

태위 녜알(禮謁)ᄒᆞ고 환연(歡然)이 깃븐 빗출 ᄯᅴ여 근일(近日) 존휘(尊候) 녕안(寧安)ᄒᆞ시믈 앙회(仰懷)ᄒᆞ고 슈슈(嫂嫂)의 ᄉᆡᆼ남디경(生男之慶)을 흔하(欣賀)ᄒᆞ여 다ᄒᆡᆼ쾌열(多幸快悅)ᄒᆞᆫ 가온ᄃᆡ 산후병후(産後病候)ᄅᆞᆯ 우려(憂慮)ᄒᆞ야 증졍(症情)을 뭇ᄌᆞ오니 부인이 쳔연(遷延)[61]이 증셰(症勢)ᄅᆞᆯ 니ᄅᆞᄃᆡ 호분(毫分)도 괴연(愧然)ᄒᆞᆫ 빗치 업셔 ᄌᆞ긔 손으로 죽게 ᄒᆞ믄 ᄒᆡᆼ혀도 나토디 아니니 기간(其間) 허다(許多) 잔포악ᄉᆡ(殘暴惡事) 이시믈 발셜(發說)ᄒᆞ리오마ᄂᆞᆫ 태우의 셩신민달(誠信敏達)ᄒᆞ미 그림ᄌᆞᄅᆞᆯ ᄎᆡ 보디 아냐셔 실형(實形)을 ᄉᆞ못ᄂᆞᆫ디라. 슈 16면

60 츌번(出番): 출번. 당직 근무를 마치고 나옴.

61 쳔연(遷延)이: 천연이. 느릿하게, 천천히.

슈(嫂嫂)의 ᄇᆡᆨᄒᆡᆼ만ᄉᆡ(百行萬事) 딘미(眞美)ᄒᆞ여 요슌(堯舜)의 딘션(盡善)ᄒᆞᆷ과 듕니(仲尼)의 온냥(溫良)ᄒᆞ므로 님산디시(臨産之時)의 딜통(疾痛)ᄒᆞ믈 니긔디 못ᄒᆞ여 도로혀 몸을 상(傷)ᄒᆞᄆᆡ 니ᄅᆞ디 아닐 바ᄅᆞᆯ 소연명각(昭然明覺)[62]ᄒᆞᄆᆡ 반ᄃᆞ시 일장변괴(一場變故) 이실 바ᄅᆞᆯ 디긔(知機)ᄒᆞ고 심하(心下)의 블승ᄎᆞ악(不勝嗟愕)ᄒᆞ나 ᄉᆞ식(辭色)디 아니코 닌웅을 도라보아 약 쁜 바ᄅᆞᆯ 므러 명약(命藥)을 듯고 침음왈(沈吟曰)

"쇼견(所見)이 다ᄅᆞ려니와 이ᄂᆞᆫ ᄒᆞᆫ갓 산후(産後)의 바ᄅᆞᆫ ᄌᆡ뤼(材類)[63] 아니라 몸을 듕상(重傷)ᄒᆞ고 겸ᄒᆞ여 위름긔ᄉᆡᆨ(危懍氣塞)ᄒᆞ여 ᄉᆞᄉᆡᆼ츌몰(死生出沒)ᄒᆞᄂᆞᆫ 증후(症候)의 쁠 약이니 아디 못게라 이ᄃᆡ도록 별증(別症)의 위듕(危重)ᄒᆞ미 계시더냐?"

17면 공ᄌᆡ 미쳐 ᄃᆡ치 못ᄒᆞ여셔 부인이 거야ᄉᆞ(去夜事)ᄅᆞᆯ 일일히 ᄉᆞ며 답ᄒᆞ여 ᄌᆞ긔 본아(本衙)로조ᄎᆞ 셔부로 향ᄒᆞ다가 현혼증(眩昏症)[64]이 괴이(怪異)ᄒᆞ여 이에 도라 도라옴과 닌흥 등의 병이 졸발위악(猝發危惡)[65]ᄒᆞᄆᆡ 합개(闔家) 황황(遑遑)ᄒᆞ여 타ᄉᆞ(他事)의 념이 밋디 못ᄒᆞ니 식뷔(息婦) 복듕(腹中)이 동(動)ᄒᆞᄃᆡ 즉시 아디 못ᄒᆞ니 믈너가디 못ᄒᆞ엿더니 현난(眩亂)ᄒᆞ믈 뎡(靜)ᄒᆞ여 신졍(神精)을 슈습(收拾)ᄒᆞᆫ 후 비로소 산졈(産漸)이 이시믈 알고 운각의 믈너가라 ᄒᆞ고 내 또 조ᄎᆞ 니ᄅᆞᄆᆡ 니시 능히 ᄒᆡᆼ보(行步)ᄅᆞᆯ 일우디 못ᄒᆞ여 난함(欄檻)의 실족(失

---

62 소연명각(昭然明覺): 밝히 보듯 분명히 깨달음.

63 ᄌᆡ뤼(材類): 재류. 약재의 종류.

64 현혼증(眩昏症): 어지러운 증세.

65 졸발위악(猝發危惡): 병이나 사고 등이 갑작스레 일어나 증세가 매우 위태롭고 악화됨.

足)ᄒᆞ여 듕상(重傷)ᄒᆞ니 시ᄋᆞ 등과 ᄌᆞ긔 븟드러 입실ᄒᆞ여 분만(分娩)
ᄒᆞᆫ 바ᄅᆞᆯ 니ᄅᆞᆯᄉᆡ 단슌(丹脣)이 ᄉᆞ개(乍開)의 호치(皓齒) 찬연(燦然)이
빗최ᄂᆞᆫ 곳의 밀셜(密說)이 여류(如流)ᄒᆞ여 ᄌᆞᆨ히 그ᄅᆞᆫ 거ᄉᆞᆯ 가져 올흔
바의 밋게 ᄒᆞ니 긔운(氣運)이 도도(滔滔)ᄒᆞ여 궁양(穹壤)[66]을 업누ᄅᆞᆯ
ᄃᆞᆺ 졍신이 호호(浩浩)ᄒᆞ여 만믈을 아ᄉᆞ니 ᄆᆡᆼ덕(孟德)의 간웅(奸雄)[67]
과 님보(林甫)의 구밀복검(口蜜腹劍)[68]이 일두(一頭)ᄅᆞᆯ ᄉᆞ양(辭讓)ᄒᆞᆯ
디라. 공ᄌᆞᄂᆞᆫ 어린 ᄃᆞ시 모친(母親)의 낫ᄎᆞᆯ 우러러 입을 여디 아니나
그 은악양션(隱惡佯善)ᄒᆞᆷ과 언ᄌᆞᆨ이식비(言足以飾非)[69]의 낫디 아니미
업ᄉᆞ믈 깁히 한심통돌(寒心痛咄)ᄒᆞ고 태우ᄂᆞᆫ 오ᄃᆡᆨ 공경ᄒᆞ여 드ᄅᆞᆯ ᄲᅳᆫ 18면
이언졍 그윽이 경ᄒᆡ(驚駭)ᄒᆞ고 의려(疑慮)ᄒᆞ여 다시 닌웅을 향ᄒᆞ여
ᄀᆞᆯ오ᄃᆡ

"현뎨(賢弟) 존슈(尊嫂)의 ᄉᆡᆼᄒᆞ신 바 강보히ᄌᆞ(襁褓孩子)ᄅᆞᆯ 보미 잇
ᄂᆞ냐?"

ᄃᆡ왈(對曰)

"삼일(三日)이 디나디 아닌 신ᄉᆡᆼ(新生)을 즉시 보미 가치 아니ᄒᆞ고 쇼
뎨 산실(産室)의 입(入)ᄒᆞ미 쏘 맛당ᄒᆞ미 아니로ᄃᆡ ᄆᆞ옴의 착급(着

---

66 궁양(穹壤): 천지. 하늘과 땅.

67 ᄆᆡᆼ덕(孟德)의 간웅(奸雄): 맹덕은 삼국시대 위나라의 시조인 조조의 자(字). 후한을 멸망시킨 난세의 간웅이자 역신이라는 평가를 받음.

68 님보(林甫)의 구밀복검(口蜜腹劍): 임보는 당나라 현종 때 간신 이임보를 말함. 그는 이부상서를 맡으면서 환관, 궁녀들과 결탁해 황제의 비위를 맞추며 국정을 농단했음. 당시 선비들은 이임보를 가리켜 '입에는 꿀, 뱃속에는 칼(口蜜腹劍)'이라고 평했다 함.

69 언ᄌᆞᆨ이식비(言足以飾非): 언족이식비. 《사기》에 나오는 구절로 "말재주는 잘못을 감추고도 남았고 지혜는 간언을 물리치기에 충분했다(言足以飾非 智足以拒諫)."에서 가져온 말.

急)ᄒᆞ믈 춤디 못ᄒᆞ여 잠간 디게 압히 셔셔 시ᄋᆞ(侍兒)로 강보(襁褓)ᄅᆞᆯ 밧들나 ᄒᆞ여 ᄒᆞᆫ번 보ᄆᆡ 조션(祖先) 젹덕여음(積德餘蔭)과 형댱(兄丈)과 존슈(尊嫂)의 셩덕(盛德)으로 복션(福善)의 여음(餘蔭)[70]이 소연(昭然)ᄒᆞ믈 알 거시오 ᄒᆞᆫ갓 문호(門戶)의 경화(慶華)ᄲᅳᆫ 아니라 댱셩(長成)ᄒᆞᄆᆡ 밋쳐ᄂᆞᆫ 방가(邦家)의 대뵈(大寶) 되리니 딘짓 ᄇᆡᆨ시(伯氏)의 나흐신 ᄇᆡ오 존슈(尊嫂)의 태교(胎敎)러이다."

태위 쳥파(聽罷)의 ᄒᆡ연경심(駭然驚心)ᄒᆞ던 바로 잠간 슈미(愁眉)[71]의 희긔뉴동(喜氣遊動)ᄒᆞ여 골오ᄃᆡ

"그러ᄐᆞᆺ 존톄(尊體)ᄅᆞᆯ 낙상(落傷)ᄒᆞ신 바로 긔특이 복듕ᄐᆡ(腹中胎)상(傷)키ᄅᆞᆯ 면(免)ᄒᆞ여 무ᄉᆞ히 ᄒᆡ만(解娩)ᄒᆞ시니 이 엇디 젹은 경ᄉᆡ(慶事)리오? 신ᄉᆡᆼ강보(新生襁褓)의 작셩(作性)과 긔딜(氣質)이 오형(吾兄)과 슈슈디ᄌᆞ(嫂嫂之子)로 그러치 아니면 ᄯᅩ 니밧긔 ᄲᅱ여난 일이 되리니 그 비범ᄒᆞ믈 족히 일ᄏᆞᆯ ᄇᆡ 아니니라."

19면 소부인이 낭쇼왈(朗笑曰)

"ᄇᆡᆨᄋᆞ(伯兒)와 현부(賢婦)ᄂᆞᆫ 딘실노 픔슈(稟受)ᄒᆞᆫ 바 셩인(聖人)의 셩딜(性質)이 잇거니와 요슌(堯舜)의 셩(性)으로도 단쥬(丹朱)[72]와 상균(商均)[73]의 능히 니어 ᄀᆞᆺ디 못ᄒᆞ니 종샤(宗嗣)의 대경(大慶)과 문호

70 여음(餘蔭): 조상이 쌓은 공덕으로 자손이 받는 복.

71 슈미(愁眉): 수미. 근심에 잠긴 찌푸린 눈썹, 걱정스러운 얼굴이나 기색.

72 단쥬(丹朱): 단주. 요(堯)의 아들. 머리는 비상했으나 그 재주를 좋지 않은 데 사용하여 좋지 않은 평가를 받았고 결국 왕위는 순(舜)이 잇게 됨.

73 상균(商均): 순(舜)의 아들. 어질지 못하고 불초했던 까닭에 부친의 왕위를 이어받지 못하고 우(禹)에게 왕위를 빼앗김.

(門戶)의 늉복(隆福)이 아니면 뵉ᄋ(伯兒)와 현부(賢婦)의 ᄉᆡᆼ(生)ᄒᆞᆫ 빈들 범범(凡凡)ᄒᆞ미 엇디 괴이ᄒᆞᆯ 거시라 그 비상(非常)ᄒᆞ믈 족히 일ᄏᆞ롤 ᄇᆡ 아니라 ᄒᆞᄂᆞ뇨?”

태위 ᄃᆡ왈(對曰)

“요슌디셩(堯舜之性)도 비록 현ᄌᆞ(賢者)샤ᄃᆡ 오뵉(吾伯)과 오슈(吾嫂)ᄂᆞᆫ 요슌지셩의 더으신 ᄇᆡ 아니로ᄃᆡ ᄌᆞ연ᄒᆞᆫ 부덕(婦德)이 쥬종(主從)의 챵셩(昌盛)ᄒᆞ믈 긔필(期必)ᄒᆞ리니 디엽(枝葉)이 션션(嬋嬋)ᄒᆞ고 종ᄉᆞ(宗嗣) 승승(承承)ᄒᆞᆯ 바의 신ᄉᆡᆼ강뵈(新生襁褓) 엇디 범범쇽미(凡凡俗微)ᄒᆞᆯ 거시라 그 긔이(奇異)ᄒᆞ믈 도로혀 놀나미 이시리잇가?”

부인이 미쇼(微笑)ᄒᆞ고 다시 말을 아니 ᄒᆞ나 태우의 말이 이 곳ᄐᆞ믈 더옥 깃거 아니 하더라. 태위 즉시 몸을 니러 운각 쳥ᄉᆞ(廳事)[74]로 향ᄒᆞ미 공지 ᄃᆡ후죵디(待候從之)ᄒᆞ여 월난을 블너 그 ᄉᆞ이 슈슈(嫂嫂)의 긔운을 뭇고 태위 닌흥과 닌웅으로 더브러 약(藥)을 다ᄉᆞ리더니 황혼(黃昏)의 미쳐 션ᄉᆡᆼ과 경죄 태쥬로브터 도라오ᄂᆞᆫ 션셩(先聲)[75]이 업시 힝게(行車) 발셔 문의 다ᄃᆞ랏ᄂᆞᆫ디라. 태우 곤계(昆季) 밧비 문 밧긔 20면
영졉(迎接)ᄒᆞᆯᄉᆡ 그 ᄡᅥ나미 비록 오ᄅᆡ지 아니나 ᄯᅩᄒᆞᆫ 삼월을 즈음쳐 날이 만흐니 ᄌᆞᄋᆡ(慈愛)ᄒᆞᄂᆞᆫ 친디지졍(親知之情)이 유회챵연(幽懷愴然)ᄒᆞ여 초초권권(稍稍眷眷)ᄒᆞ고 인효(仁孝)ᄒᆞᆫ ᄌᆞ딜디심(子姪之心)

74 쳥ᄉᆞ(廳事): 청사. 전통가옥에서 방과 방 사이 또는 방 앞을 지면으로부터 높이 떨어지게 하여 널빤지로 길고 평평하게 깐 공간. 마루.

75 션셩(先聲): 선성. 일이 발생하기 전에 미리 들리는 소식. 선문(先聞).

이 망운쳑피(望雲陟彼)[76]ᄒᆞ여 경경앙셩(耿耿仰誠)을 니긔디 못ᄒᆞ던 바로 금일 단취(團聚)[77]ᄒᆞ미 상하냥졍(上下兩情)의 환희젼도(歡喜顚倒)홈과 희희늉흡(嬉嬉隆洽)ᄒᆞ믈 유가디(猶可知)라. 태위 졔뎨(諸弟)로 더브러 계슈녜알(稽首禮謁)의 썔니 원졍구치(遠程驅馳)를 뭇좁고 션싱이 밧비 ᄌᆞ후(慈候)[78]를 므러 임의 셔아의 머므ᄅᆞ샤 셩휘(聖候) 블예(不豫)ᄒᆞ시던 바룰 듯고 비록 방금의 복ᄎᆞ(復差)ᄒᆞ시고 원간 대단이 블평(不平)ᄒᆞ시던 빈 아니믈 붉히 알오듸 이에 계시디 아냐 즉시 현알(見謁)치 못ᄒᆞ믈 울울(鬱鬱)ᄒᆞ고 그 블평ᄒᆞ신 ᄢᅴ의 뫼셔 구호(救護)치 못ᄒᆞ믈 블초(不肖)ᄒᆞᆫ 죄롤 삼아 놀나고 근심ᄒᆞ미 디난 일이믈 ᄭᅴ닷디 못ᄒᆞ니 다시옴 므러 침슈식치디졀(寢睡食治之節)이 평셕(平昔)[79] ᄀᆞᆺᄐᆞ시믈 알고 날호여 ᄀᆞᆯ오듸

"현뷔(賢婦) 능히 무ᄉᆞ히만(無事解娩)ᄒᆞ냐?"

21면 태우와 공ᄌᆞ 등이 일시의 응듸의 길셩(吉星)이 종샤(宗祠)의 대경(大慶)이오 문호(門戶)의 유챵(有昌)ᄒᆞ믈 졈득(占得)ᄒᆞ니 문호(門戶)의 ᄒᆡᆼ(幸)이 이의 더으미 업ᄉᆞ므로뼈 듸ᄒᆞ고 금일 ᄌᆞ시(子時)의 무ᄉᆞ히 히만(解娩)ᄒᆞ고 신싱강뵈(新生襁褓) 비상ᄒᆞ미 딘짓 형디ᄌᆞ(兄之子)오 슈슈(嫂嫂)의 틔교(胎教)믈 쥬(奏)ᄒᆞ니 션싱이 임의 디긔(知機)ᄒᆞᆫ

---

76 망운쳑피(望雲陟彼): 망운척피. 망운(望雲)은 타지에서 고향에 계신 부모님을 그리워하는 것. 척피(陟彼)는 《시경》 〈척호(陟岵)〉에 나오는 구절로 "저 민둥산에 올라 아버지 계신 곳을 바라보노라. 저 민둥산에 올라 어머니 계신 곳 바라보노라(陟彼岵兮 瞻望父兮 陟彼屺兮 瞻望母兮)."에서 비롯한 말. 즉 부모님을 그리워하는 것을 뜻함.

77 단취(團聚): 단취. 집안 식구나 친한 사람들끼리 화목하게 모임.

78 ᄌᆞ후(慈候): 자후. 어머니의 안부.

79 평셕(平昔): 평석. 모든 시간에 걸쳐 계속하여 달라짐이 없이.

비라. 입문승당(入門升堂)의 딕입문묘(直入文廟)홀식 쇼뷔 쏘훈 나와 이공을 빅견(拜見)ᄒᆞ여 원정구치(遠程驅馳)롤 무ᄉᆞ히 ᄒᆞ믈 일ᄏᆞ라 반기고 깃브미 넘삐ᄂᆞᆫ ᄀᆞ온딕 니시의 싱남(生男)을 하례(賀禮)ᄒᆞ여 긔힝ᄎᆞ열(奇幸且悅)ᄒᆞ믈 마디 아니니 션싱이 이에 다ᄃᆞ라 하어(賀語)롤 사양(辭讓)치 아니코 거롬을 두로혀 운각을 향홀식 경죄 조ᄎᆞ힝ᄒᆞ여 비로소 므러 골오딕

"흥유·홍영 등을 어이 보디 못홀소뇨?"

닌듕이 딕왈(對曰)

"학ᄉᆞ와 댱형(長兄)은 입번(入番)ᄒᆞ고 흥형과 영뎨ᄂᆞᆫ 작셕(昨夕)의 여ᄎᆞ(如此) 혼도(昏倒)ᄒᆞ니 거개(擧家) 황황블이(遑遑不已)러니 계오 회쇼(回蘇)ᄒᆞ여 위틱(危殆)ᄒᆞ믈 면(免)ᄒᆞ나 남은 증셰(症勢) 비경(非輕)ᄒᆞ므로 능히 긔동(起動)치 못ᄒᆞ미니이다."

경죄 침음블예(沈吟不豫)ᄒᆞ여 다시 뭇디 아니ᄒᆞ더라. 션싱이 운누의 니ᄅᆞ러 홍쇼 등을 블너 ᄋᆞ부(我婦)의 산후(産後) 깅반(羹飯) 나은 슈와 각별 딜통(疾痛)ᄒᆞ미 업ᄂᆞᆫ가 므론딕 홍영 등이 부인의 상쳐와 ᄉᆞ경(死境)을 디닌 바롤 감히 바로 고치 못ᄒᆞ나 병휘(病候) 듕(重)훈 바의 녕안(寧安)ᄒᆞ므로뼈 딕치 못ᄒᆞ고 쏘 긔운이 깅반(羹飯)을 딘치 못홀 빈 고로 죵일 딘훈 빅 블과 두어 죵 미음쁜이라. 이에 소부인 말솜으로 어긋나미 업게 ᄒᆞ여 쇼졔(小姐) 힉만(解娩) 듕 낙상(落傷)을 듕히 ᄒᆞ고 무한신고(無限辛苦)ᄒᆞ여 분만(分娩)ᄒᆞ미 병셰(病勢) 비경(非輕)ᄒᆞ고 긔운이 위름(危懍)ᄒᆞ믈 쥬ᄒᆞ니 션싱이 광미(廣眉)롤 축합(縮合)ᄒᆞ고 태우롤 도라보아 골오딕

"ᄋᆞ뷔(我婦) 디란(芝蘭) ᄀᆞᆺ튼 약딜(弱質)이 분만(分娩)ᄒᆞ기롤 님(臨)

22면

ᄒᆞ여 위경(危境)을 디ᄂᆡᄃᆡ 우리 부ᄌᆡ(父子) 잇디 아니코 웅ᄋᆡ ᄯᅩᄒᆞᆫ 나간 ᄶᆡ라 ᄒᆞ니 반ᄃᆞ시 약(藥)을 아라 쓰디 못ᄒᆞ여실디니 그 상흠과 병셰 가ᄇᆡ얍디 아닌 바롤 보디 아냐 알니로다. 내 이졔 드러가 보고ᄌᆞ ᄒᆞ나 현부(賢婦)의 ᄯᅳ시 심히 블안ᄒᆞ리니 연즉 병심(病心)을 동(動)ᄒᆞ여 도로혀 유ᄒᆡ(有害)케 ᄒᆞ미오 ᄯᅩ ᄌᆞ위(慈闈)긔 현알(見謁)ᄒᆞ미 밧븐디

23면 라 ᄲᆞᆯ니 달녀 셩문(城門)을 닷디 아닌 젼의 들니니 여등(汝等)이 모로미 약을 잘 다ᄉᆞ리라. 웅ᄋᆡ 그ᄉᆞ이 쳑소(瘠消)ᄒᆞ고 니븨(羸膚)ᄒᆞ여 우환(憂患)의 초려(焦慮)ᄒᆞ던 바 ᄀᆞᆺᄐᆞ니 병이 발(發)ᄒᆞ미 이실가 근심된디라. 침식(寢食)을 편히 ᄒᆞ고 몸을 닛비[80] 말나 ᄒᆞ고 닌듕으로 ᄒᆞ야곰 소부인긔 말ᄉᆞᆷ을 젼ᄒᆞ여 날이 져므러 셩문(城門)을 들미 밧브므로 현ᄇᆡ(見拜)치 못ᄒᆞ니 명일(明日) 도라와 알현(謁見)ᄒᆞᆯ 바롤 고ᄒᆞ라.”

ᄒᆞ고 건녀(蹇驢)[81]롤 ᄌᆡ촉ᄒᆞ여 셩ᄂᆡ(城內)로 향ᄒᆞ니 태위 결울(結鬱)ᄒᆞ믈 니긔디 못ᄒᆞ나 슈슈(嫂嫂)의 병으로ᄡᅧ 약을 다ᄉᆞ리므로 뫼셔 ᄒᆡᆼ치 못ᄒᆞ고 닌경이 조ᄎᆞ 나아가니 경죄 ᄇᆞᆰᄂᆞᆫ 날 셔아의 나아가 태부인긔 알현ᄒᆞᆯ 바롤 일ᄏᆞᆺ고 ᄒᆡ일누의 나아가 부인으로 상녜필(相禮畢)의 녀ᄋᆞ와 ᄎᆞ부 소시의 뵈ᄂᆞᆫ 녜롤 밧고 실(室)의 입(入)ᄒᆞ야 이ᄌᆞ(二子)롤 보ᄆᆡ 냥공ᄌᆡ 이ᄶᆡᄂᆞᆫ 오히려 인ᄉᆞ롤 ᄎᆞᆯ히ᄂᆞᆫ디라. 야야(爺爺)의 무ᄉᆞ환귀(無事還歸)ᄒᆞ시믈 경ᄒᆡᆼ만희(慶幸滿喜)ᄒᆞ나 능히 긔영녜슈(起迎禮數)[82]ᄒᆞᆯ 근녁(筋力)이 업ᄉᆞ므로 오ᄃᆡᆨ 동신국궁(動身鞠躬)ᄒᆞ여 늠

80 닛비: 잇비. 고단히, 수고롭게.

81 건녀(蹇驢): 건려. 다리 저는 나귀. 검소한 행차를 비유한 표현.

82 긔영녜슈(起迎禮數): 기영예수. 일어나 맞이하여 서로 인사를 나누는 일.

늠튝황(懍懍蹴惶)ᄒᆞ믈 니긔디 못ᄒᆞ니 공이 말 업시 좌(坐)ᄒᆞ여 이ᄌᆞ(二子)의 좌우슈(左右手)를 간ᄆᆡᆨ(看脈)ᄒᆞ고 날호여 태우롤 브ᄅᆞ니 태위 즉시 승명딘알(承命進謁)홀ᄉᆡ 몸을 두로혀 이모디젼(姨母之前)의 ᄌᆡᄇᆡ(再拜)ᄒᆞ여 ᄀᆞᆯ오ᄃᆡ 24면

"슈슈(嫂嫂)의 ᄉᆡᆼ남(生男)ᄒᆞᆫ 희보(喜報)를 듯ᄌᆞᆸ고 이에 도라오ᄆᆡ ᄡᅵ디낫ᄉᆞ오나 슈싀 산후병셰(産後病勢) 비상(非常)ᄒᆞ시므로 의약(醫藥)을 ᄉᆞᆯ피고 엄위(嚴闈)와 슉부(叔父)의 환귀(還歸)ᄒᆞ시믈 인ᄒᆞ여 ᄐᆞᆷ을 타디 못ᄒᆞ여 즉시 알현(謁見)치 못ᄒᆞ니 만홀(慢忽)ᄒᆞ믈 쳥죄(請罪)ᄒᆞᄂᆞ이다."

부인이 니시의 ᄉᆡᆼ남을 치하(致賀)ᄒᆞ고 이ᄌᆞ의 병이 졸발위듕(猝發危重)ᄒᆞ므로 구호(救護)의 골몰ᄒᆞ여 친히 산실(産室)의 니ᄅᆞ믈 결을치 못ᄒᆞ여 니딜의 병을 뭇디 못ᄒᆞ고 신ᄉᆡᆼ강보(新生襁褓)를 보디 못ᄒᆞ미 굼거오믈 니ᄅᆞ고 태부인 환휘(患候) 가복(可復)ᄒᆞ심과 쳐ᄉᆞ의 무ᄉᆞ환귀(無事還歸)ᄒᆞ시미 ᄀᆞᆺ초 깃브믈 일ᄏᆞᄅᆞ니 태위 흔연(欣然)이 깃브믈 쥬(奏)ᄒᆞ고 부인이 쳐ᄉᆞ의 무ᄉᆞ환귀홈만 일ᄏᆞᄅᆞᄆᆡ 다ᄃᆞ라ᄂᆞᆫ 슈랑(秀朗)ᄒᆞᆫ 안화(顔華)의 우음을 먹음어 ᄀᆞᆯ오ᄃᆡ

"슉부의 무ᄉᆞ환귀ᄒᆞ시믄 깃브며 반갑디 아니시리잇가?" 25면

부인이 화연잠쇼(和然潛笑) 왈

"친딜(親姪)과 ᄉᆡᆼ딜(甥姪)이 ᄒᆞ나둘히 아니로ᄃᆡ 우슉(愚叔)을 오히려 아ᄌᆞ미[83]라 ᄒᆞ야 피잔(疲殘)ᄒᆞ믈 업슈히넉이디 아니ᄒᆞ고 일즉 보ᄎᆡ믈

83 아ᄌᆞ미: 아자미. 아주머니, 형수.

듯디 못ᄒᆞ여시ᄃᆡ 네 홀노 날 곳 만나면 긔롱(譏弄)ᄒᆞ여 웃고져 ᄒᆞ니 그 엇던 일이뇨? 날을 침노(侵擄)[84]치 말고 져져ᄅᆞᆯ 보치라."

태위 금단이 농위ᄒᆞᆫ 쥬슌(朱脣)의 호셔(瓠犀) ᄀᆞᆺᄐᆞᆫ 옥치(玉齒)ᄅᆞᆯ 빗최고 년화(蓮花) ᄀᆞᆺᄐᆞᆫ 냥빈(兩鬢)이 가연이[85] 열녀 장궤복디(長跪伏地) 샤왈(謝曰)

"쇼딜이 무례ᄒᆞ와 이위ᄅᆞᆯ 핍ᄒᆡ(逼害)ᄒᆞ와 ᄌᆞ로 침범(侵犯)ᄒᆞ오니 기죄(其罪) 블용쥬(不容誅)로소이다. 슈연(雖然)이나 쇼딜의 본셩이 우직(愚直)ᄒᆞ믈 ᄇᆞ리디 못ᄒᆞᄋᆞᆸᄂᆞ니 이위 슉부(叔父)의 무ᄉᆞ히 환귀(還歸)ᄒᆞ시믄 깃거치 아니시고 가군(家君)의 도라오심만 힝열(幸悅)ᄒᆞ실딘ᄃᆡ 이 곳 인졍의 어긔ᄉᆞ미오 과연 이 깃그시고 딘실노 반기샤ᄃᆡ 언두(言頭)[86]의 니ᄅᆞ디 아니시고 범ᄉᆞ(凡事)ᄒᆞᆫ 인ᄉᆞᄅᆞᆯ 몬져 ᄒᆞ시믄 졍의 가작(假作)이라 딕ᄇᆡᆨ(直白)ᄒᆞ시미 아니니 그윽이 의아ᄒᆞ여 감히 믓ᄌᆞ오미오 긔롱코져 ᄒᆞ미 아니니이다."

부인이 쇼왈(笑曰)

26면 "우슉(愚叔)이 본ᄃᆡ 미암(迷暗)ᄒᆞ고 용녈(庸劣)ᄒᆞ여 내 ᄌᆞ식의 허믈도 규졍(規正)치 못ᄒᆞ거ᄂᆞᆯ ᄒᆞ믈며 딜ᄇᆡ(姪輩)냐? 부군의 무ᄉᆞ왕반(無事往返)ᄒᆞ시믄 네 날을 ᄃᆡᄒᆞ여 일ᄏᆞᄅᆞᆷ 족ᄒᆞ고 슉슉(叔叔)의 회환(回還)ᄒᆞ샤믄 내 너ᄅᆞᆯ ᄃᆡᄒᆞ여 닐념 족ᄒᆞᆯ시 우연ᄒᆞᆫ 인ᄉᆞ의 말이어ᄂᆞᆯ 네 짐ᄌᆞᆺ 긔쇼(譏笑)코ᄌᆞ 이러ᄐᆞᆺ ᄒᆞ니 노혼(老昏)ᄒᆞᆫ 아ᄌᆞ미 엇디 족하의

---

84 침노(侵擄): 성가시게 달라붙어 손해를 끼치거나 해치는 일.

85 가연이: 문맥에 따라 '개연(慨然)히' 또는 '흔쾌히'의 뜻으로 쓰이고 있음. 여기서는 '억울하다'는 의미로 쓰였기에 '개연(慨然)히'로 봄.

86 언두(言頭): 이야기를 시작할 때 말의 첫마디.

긔ᄇᆡᆨ(氣魄)을 당ᄒᆞ리오?”

경ᄌᆡ 역(亦) 쇼디(笑之)ᄒᆞ고 ᄀᆞᆯ오ᄃᆡ

“슉딜(叔姪)이 말 닷토기란 날회고 홍·영 이ᄋᆞ(二兒)의 병(病)이 괴이(怪異)ᄒᆞ니 ᄌᆡ뵈 모로미 간ᄆᆡᆨ(看脈)ᄒᆞ고 쇼견(所見)을 니ᄅᆞ라. 네 내 뜻과 ᄀᆞᆺᄐᆞᆫ가 보아 약을 의논코져 ᄒᆞ노라.”

태위 함쇼승명(含笑承命)ᄒᆞ여 냥공ᄌᆞ의 ᄆᆡᆨ(脈)을 딘(診)ᄒᆞ고 퇴좌(退座)[87] 분분ᄒᆞ여 날ᄂᆡ 말ᄒᆞ디 못ᄒᆞ니 경ᄌᆡ ᄌᆡ촉ᄒᆞ여 쇼견을 므ᄅᆞ니 날호여 ᄃᆡ왈(對曰)

“쇼딜(小姪)이 ᄆᆡᆨ법(脈法)을 통(通)치 못ᄒᆞ오니 엇디 ᄇᆞᆰ히 알니잇고마ᄂᆞᆫ 병셰(病勢) 깁흔 념녀(念慮)ᄂᆞᆫ 업ᄉᆞ오나 일시 경악(驚愕)ᄒᆞ믄 극딘(極盡)ᄒᆞ오니 쳐음의 ᄒᆞᆫ 환(丸) ᄒᆡ독졔(解毒劑)만 아라 쓰더면 즉시 나을 거ᄉᆞᆯ 당졔(當劑)[88]ᄅᆞᆯ 닐위디 못ᄒᆞ와 요란(擾亂)ᄒᆞ믈 더으고 날로 미류(彌留)[89]ᄒᆞᆯ 듯ᄒᆞ이다.”

• 경ᄌᆡ 광미(廣眉)ᄅᆞᆯ 영빈(盈嚬)ᄒᆞ여 탄왈(嘆曰) 27면

“우슉(愚叔)이 비록 덕(德)이 업ᄉᆞ나 이ᄋᆞ(二兒)ᄅᆞᆯ 일시의 독살(毒殺)코ᄌᆞ ᄒᆞ리 업ᄉᆞ니 이ᄂᆞᆫ 초국(楚國)의 망원(亡猿)ᄒᆞᄂᆞᆫ 무리 화(禍)ᄅᆞᆯ 님목(林木)의 밋ᄎᆞ미라.[90] 가듕(家中)이 공허(空虛)ᄒᆞᆫ ᄣᆡ 화시 일인(一人)의 눈을 ᄯᅩᄒᆞᆫ 괴로이 넉이ᄆᆡ 홍·영 이ᄋᆞ(二兒)ᄅᆞᆯ 죽이고ᄌᆞ ᄒᆞ미 아니로ᄃᆡ 플흘 쳐 ᄇᆡ얌을 놀ᄂᆡᄂᆞᆫ 규구(規矩)로 닌흥 등을 위ᄐᆡ(危殆)

---

87 퇴좌(退座): 자리에서 물러남. 퇴석.

88 당졔(當劑): 당제. 그 병에 알맞은 약.

89 미류(彌留): 병이 오랫동안 낫지 않음.

케 ᄒᆞ여 거샤(擧事)의 사ᄅᆞᆷ이 황황(遑遑)ᄒᆞ여 측냥치 못ᄒᆞᆯ 즈음의 공교ᄒᆞᆫ 꾀로 블인(不仁)을 힝ᄒᆞᄂᆞᆫ가 ᄒᆞᄂᆞ니 내 실노 홍·영 이ᄋᆞ(二兒)의 일시 위ᄐᆡ(危殆)턴 바ᄅᆞᆯ 놀나미 아니라 일노 드ᄃᆡ여 간당(奸黨)의 블인을 도도고 일가(一家)의 화긔(和氣)ᄅᆞᆯ 상ᄒᆡ(傷害)오미 이실가 근심이 깁고 념녀 무거온 ᄃᆞᆺ 심회챵연(心懷愴然)ᄒᆞ여 더옥 즐겁디 아닌디라. 션ᄃᆡ(先代)로브터 가풍(家風)의 슉연돈목(肅然敦睦)ᄒᆞ시미 구족(九族)을 고로로[91] 은혜로 치시며 샹하(上下)의 먹음은 회푀(懷抱) 잇디 아니고 ᄠᅳᆺ의 블협(不協)ᄒᆞ미 잇디 아냐 웃사ᄅᆞᆷ은 온공손슌(溫恭遜順)ᄒᆞ여 노유쇼댱(老幼少長)의 일ᄌᆞ은 노ᄒᆞᄂᆞᆫ 빗과 변ᄉᆡᆨ(變色)ᄒᆞ
28면 ᄂᆞᆫ 소ᄅᆡᄅᆞᆯ 두미 업더니 방금 ᄎᆞ시ᄒᆞ야 블초 등의 미쳐ᄂᆞᆫ 가풍셰덕(家風世德)을 츄락(墜落)ᄒᆞ미 만코 ᄯᅩ 흉샤디단(凶事之端)을 발어(發語)치 못ᄒᆞᆯ 바의 이시니 엇디 블힝(不幸)코 통돌(痛咄)치 아니리오?"

셜파(說罷)의 츄연챵회(惆然悵懷)ᄒᆞ여 심히 즐기디 아니니 태위 고요히 듯ᄌᆞ올 ᄲᅮᆫ이오 말ᄒᆞ미 업ᄉᆞ니 듕니(仲尼)의 사ᄅᆞᆷ되미 가ᄌᆞᆨᄒᆞᆷ과 일가(一家)의 변괴(變故) 층츌(層出)ᄒᆞ믈 블힝ᄒᆞ미 ᄯᅩᄒᆞᆫ 공의 ᄠᅳᆺ으로 다ᄅᆞ디 아닌디라. 날호여 디필(紙筆)을 나와 약녹(藥錄)을 ᄡᅧ 공긔 드려 왈

"셜쥬부다려 이ᄃᆡ로 디어드리라 ᄒᆞ샤 각각 두어 복을 시험ᄒᆞ여 ᄡᅳ시

---

90 초국(楚國)의 망원(亡猿)ᄒᆞᄂᆞᆫ 무리 화(禍)ᄅᆞᆯ 님목(林木)의 밋ᄎᆞ미라: 중국 남북조 시대의 북제(北齊) 두필(490-559)의 〈격량문(檄梁文)〉에 다음과 같은 구절이 보임. "초나라가 원숭이를 잃자 화가 숲과 나무에 이르렀다(楚國亡猿 禍延林木)." 즉 자신과는 아무 상관도 없는 일로 인해 뜻하지 않은 재액을 당하는 것을 비유한 말.

91 고로로: 고루, 고르게.

면 일분디회(一分之效) 업디 아닐 ᄃᆞᆺᄒᆞ이다."

인ᄒᆞ여 슈슈(嫂嫂)의 딘ᄒᆞᆯ 바 약을 다ᄉᆞ리므로ᄡᅧ 이에 오ᄅᆡ 뫼셧디 못ᄒᆞ믈 일ᄏᆞᆺ고 퇴(退)ᄒᆞ여 다시 운각 쳥샤(廳事)의 니ᄅᆞ러 닌옹을 셔실(書室)의 가 안휴(安休)ᄒᆞ라 ᄌᆡ삼 권ᄒᆞ여 ᄂᆡ여보ᄂᆡ고 스ᄉᆞ로 약을 다ᄉᆞ려 밤을 잠간도 쉬디 아니코 ᄆᆞ음과 약믈(藥物)을 년쇽ᄒᆞ여 ᄡᅳᆯᄉᆡ 디극ᄒᆞᆫ 셩우(誠憂)와 늠늠(凜凜)ᄒᆞᆫ 공경(恭敬)이 ᄌᆞ당(慈堂)을 밧드ᄂᆞᆫ 버금이라. 닌둥이 겻흐로조ᄎᆞ ᄌᆞ디 아니코 쉬디 아냐 태우의 슈고ᄅᆞᆯ 난호고 슈슈(嫂嫂)의 딜휘(疾候) 슈히 ᄎᆞ복(差復)ᄒᆞ믈 튝원(祝願)ᄒᆞ여 우공(友恭)ᄒᆞᄂᆞᆫ 졍셩이 겻ᄎᆞ로 보ᄆᆡᄂᆞᆫ 닌옹의 디나고 태우의 더은 ᄃᆞᆺᄒᆞᆫ디라. 시ᄋᆞ(侍兒) 등이 감히 이러타 니ᄅᆞ디 못ᄒᆞ나 그윽이 흉교블측(凶狡不測)히 넉이고 태위 ᄯᅩᄒᆞᆫ 그 표리교간(表裏巧奸)ᄒᆞ야 ᄂᆡ외(內外) 가ᄌᆞᆨ디 아니믈 ᄎᆞ셕(嗟惜)ᄒᆞ나 오히려 신ᄉᆡᆼ강보(新生襁褓)ᄅᆞᆯ 참독(慘毒)히 ᄒᆡ(害)ᄒᆞᆫ 바와 슈슈(嫂嫂)ᄅᆞᆯ ᄉᆞ경(死境)의 니ᄅᆞ게 ᄒᆞᆫ 바ᄂᆞᆫ 아디 못ᄒᆞᄃᆡ 대져 슈슈(嫂嫂)의 낙상(落傷)타 ᄒᆞ미 허언(虛言)이믈 ᄭᆡ닷고 홍·영 냥인(兩人)의 일시의 요괴로온 약을 먹고 혼도(昏倒)ᄒᆞ미 발셔 간인(奸人)의 소ᄉᆞᆯ(所術)이믈 ᄭᆡ다라 거야(去夜)의 별단(別段) ᄀᆡ관(奇觀)이 잇던 바ᄅᆞᆯ 디긔(知機)ᄒᆞ나 닌옹이 신ᄉᆡᆼ강보(新生襁褓)ᄅᆞᆯ 즉시 본 바ᄅᆞᆯ 니ᄅᆞ고 ᄀᆡ특ᄒᆞ믈 일ᄏᆞᄅᆞ니 됴작(鳥雀)[92]의 쳔(賤)ᄒᆞ므로ᄡᅧ 난봉(鸞鳳)[93]의 귀(貴)ᄒᆞ믈 화(化)ᄒᆞ여 흉샤요ᄉᆞᆯ(凶邪妖術)이 ᄀᆡᄀᆡ괴괴(奇奇怪怪)ᄒᆞᆫ 바ᄅᆞᆯ 슈쉬(嫂嫂) 스ᄉᆞ로 딘뎡(鎭靜)ᄒᆞ 29면

92 됴작(鳥雀): 조작. 참새 같은 작은 새를 통틀어 이르는 말.

93 난봉(鸞鳳): 난새와 봉황을 아울러 이르는 말로, 뛰어난 인물을 비유적으로 표현할 때 쓰임.

여 비록 후화(後禍)ᄅᆞᆯ 일시의 방어(防禦)치 못ᄒᆞ나 목젼(目前)의 참독(慘毒)ᄒᆞᆷ과 텬뉸(天倫)의 난상(亂常)ᄒᆞᆫ 바ᄅᆞᆯ 그으ᄒᆞᆫ 가온ᄃᆡ 셔셔히
30면 뎡(正)ᄒᆞᄆᆡ 현현이 유무ᄒᆞ여 만소쳔규의 시죵여일(始終如一)이 졸유무언(猝猶無言)이나 ᄉᆞ시ᄒᆡᆼ언(四時行焉)ᄒᆞ여 ᄇᆡᆨ믈(百物)이 ᄉᆡᆼ언(生焉)[94]ᄒᆞᄂᆞᆫ 됴화(造化)로 방블(髣髴)ᄒᆞᆷ과 ᄂᆡ웅이 슈슈(嫂嫂)의 ᄉᆞ화(死禍)ᄅᆞᆯ 구ᄒᆞ여 계오 회소(回蘇)ᄒᆞ믈 쾌히 ᄭᆡ닷디 못ᄒᆞ더라. ᄎᆞ시(此時) 션ᄉᆡᆼ이 건녀(蹇驢)ᄅᆞᆯ 밧비 모라 셩ᄂᆡ(城內)로 향ᄒᆞᆯᄉᆡ ᄂᆡ경이 쳥운쥰구(靑雲駿駒)ᄅᆞᆯ ᄎᆡ 쳐 ᄲᆞᆯ니 도셩(都城)의 니ᄅᆞ러 셔부의 다ᄃᆞᄅᆞ니 임의 밤 들기의 밋쳐 문호(門戶)ᄅᆞᆯ 쇄약(鎖鑰)ᄒᆞ엿ᄂᆞᆫ디라. 시ᄌᆞ(侍者)로 문니(門吏)ᄅᆞᆯ 블너 열기ᄅᆞᆯ ᄌᆡ촉ᄒᆞ여 즉시 입문(入門)ᄒᆞᄆᆡ ᄂᆡ명이 표죵(表從) 등으로 더브러 년망(連忙)이[95] 하당영디(下堂迎之)ᄒᆞ고 셔후 등이 반기ᄂᆞᆫ 빗ᄎᆞᆯ 여러 ᄯᅩᄒᆞᆫ 마ᄌᆞᆯᄉᆡ 범쳐ᄉᆞ 셩협이 ᄯᅩᄒᆞᆫ 이에 왓던디라. 비로소 얼골을 셔로 보아 반기고 깃브믈 마디 아니ᄒᆞ더라. 쳐ᄉᆡ 밧비 셔공 등을 향ᄒᆞ여 ᄌᆞ후(慈候)ᄅᆞᆯ 뭇ᄌᆞ오ᄆᆡ 잠간 미령(靡寧)ᄒᆞ시던 ᄇᆡ ᄎᆞ복(差復)ᄒᆞ여 평안ᄒᆞ시믈 ᄃᆡᄒᆞᄂᆞᆫ디라. ᄂᆡ명을 도라보아 왈
"이위(姨闈)와 ᄌᆞ졍(慈庭)이 취침치 아냐 계시냐? ᄒᆡᆼ혀 침휴(寢休)ᄒᆞ실딘ᄃᆡ 감히 들네디[96] 못ᄒᆞ리니 널노 더브러 ᄌᆞ졍의 머므시ᄂᆞᆫ 창외(窓
31면 外)의 가 몬져 침슈(寢睡)ᄒᆞ시며 아니시믈 알고ᄌᆞ ᄒᆞ노라."

---

94 ᄉᆞ시ᄒᆡᆼ언(四時行焉)ᄒᆞ여 ᄇᆡᆨ믈(百物)이 ᄉᆡᆼ언(生焉): 《논어》〈양화(陽貨)〉에 보이는 "사계절이 바뀌어가고 만물이 생장하건만 하늘이 무슨 말을 하던가(四時行焉 百物生焉 天何言哉)?"라는 구절에서 가져온 말.

95 년망(連忙)이: 연망이. 황급히.

96 들네디: 들레다. 큰 소리로 떠들다, 시끄럽게 하다.

길시 디왈(對曰)
"쇼딜(小姪)이 대모(大母)롤 뫼셧다가 시방 나오ᄂᆞᆫ 거롬이라. 아딕 취침치 아니시고 범대모와 말숨ᄒᆞ시더이다."
쳐시 왈
"연죽 바로 드러가 뵈오리니 네 몬져 압셔 드러가 나의 와시믈 알외라."
길시 슈명(受命)ᄒᆞ여 ᄂᆡ루의 드러가 쳐ᄉᆞ의 환귀(還歸)ᄒᆞ믈 쥬(奏)ᄒᆞ니 태부인이 니시의 ᄉᆡᆼ남디경(生男之慶)을 인ᄒᆞ여 희환블승(喜歡不勝)ᄒᆞ여 ᄌᆞ긔 댱슈(長壽)ᄒᆞ미 증손(曾孫)을 보ᄂᆞᆫ 바롤 회감(懷感)ᄒᆞ여 셕ᄉᆞ(昔事)롤 슬허ᄒᆞ고 양부인의 보디 못ᄒᆞ믈 통탄(痛嘆)ᄒᆞ여 비회교츌(悲懷交出)ᄒᆞᆫ 가온ᄃᆡ 부ᄂᆡ(府內)의 사롬이 젹으믈 념녀(念慮)ᄒᆞ여 명일(明日) 도라가고져 ᄒᆞᄆᆡ ᄎᆞ후(此後) 상봉(相逢)이 드므디 아닐 ᄇᆡ나 오히려 ᄉᆞ십 년 원니디회(遠離之懷)롤 다 펴디 못ᄒᆞᄂᆞᆫ ᄃᆞᆺ 심히 훌연(欻然)ᄒᆞ여 바야흐로 두 부인이 상요롤 가죽이 ᄒᆞ고 침금(寢衾)의 비겨 말숨ᄒᆞᄆᆡ 취침(就寢)ᄒᆞ믈 니ᄌᆞ니 범학ᄉᆞ 부인과 셔공 등 부인이 화부인으로 더브러 족하의 뫼셧더니 길시 드러오ᄆᆡ 범학ᄉᆞ 부인이 협실(夾室)의 드러 문을 여러 디방을 격ᄒᆞ고 ᄯᅩ 쳐ᄉᆞ의 드러오믈 쥬(奏)ᄒᆞ고 셔공 등과 범쳐시 드러오ᄆᆡ 오딕 경쇼부 부인이 두 슉모 좌하(座下)의 잇고 화부인과 셔후 등의 부인이 ᄯᅩᄒᆞᆫ 협실(夾室)노 드더라. 태부인이 쳐ᄉᆞ의 도라오믈 반기고 두굿기미 십년원별(十年遠別)이나 단취(團聚)ᄒᆞᆫ ᄃᆞᆺ 솔니 드러오믈 니ᄅᆞ니 쳐시 명(命)을 니어 츄이승당(趨而升堂)의 개호입실(開戶入室)ᄒᆞ여 ᄌᆞ졍(慈庭)과 이위(姨闈)에 녜알(禮謁)ᄒᆞ고 몸을 두로혀 셔공 등 부인으로 상녜 32면

필(相禮畢)의 ᄌᆞ안(慈顔)을 우러러 하긔이셩(和氣怡聲)ᄒᆞ여 공슈문후(拱手問候)ᄒᆞ니 부인이 흔연(欣然)이 명좌(命坐)ᄒᆞ여 향ᄌᆞ(向者)[97] 잠간 블평턴 ᄇᆡ 방금은 쾌복(快復)ᄒᆞ므로 ᄃᆡᄒᆞ고 ᄌᆞᄆᆡ(姉妹) 일당(一堂)의 ᄃᆡᄒᆞ여 회감(懷感) 감ᄒᆞ고[98] 비열(悲咽)ᄒᆞ미 더음과 ᄂᆡ시의 ᄉᆡᆼ남(生男)이 종샤(宗嗣)의 대복(大福)이오 문호(門戶)의 늉경(隆慶)이나 박덕(薄德)ᄒᆞᆫ 노뫼(老母) 홀노 댱슈(長壽)ᄒᆞ여 증손(曾孫)이 나믈 보미 니(理)의 어긔믈 늣기니 쳐ᄉᆡ 국공문교(鞠恭聞教)의 이셩낙식(怡聲樂色)으로 무익디비(無益之悲)ᄅᆞᆯ 위로ᄒᆞ고 향일(向日) 미령(靡寧)ᄒᆞ신 바의 뫼셔 구호치 못ᄒᆞ믈 샤죄(謝罪)ᄒᆞ며 이위ᄅᆞᆯ 오날ᄂᆞᆯ

33면 쳐음으로 알현ᄒᆞ미 졍셩의 박활(薄闊)ᄒᆞ믈 일ᄏᆞ라 인효경슌(仁孝敬順)ᄒᆞ미 듕듕(衆中)의 츌텬독보(出天獨步)ᄒᆞᆯ ᄲᅳᆫ 아니라 외외최최(巍巍崔崔)ᄒᆞ여 박노츄텬(薄露秋天)의 광풍제월(光風霽月)은 념제(炎帝)[99]의 놉흔 덕(德)을 ᄭᆡ닷고 븍ᄒᆡ남명(北海南溟)이 왕왕블측(汪汪不測)ᄒᆞ여 요디블탁(搖之不濁)ᄒᆞ고 취디유일(吹之猶一)이 황슉도(黃叔度)[100]의 아름다오믈 알디라. 범쳐ᄉᆞ의 학도셩ᄒᆡᆼ(學道性行)이 딘실노 고명특이(高明特異)ᄒᆞᄃᆡ 운계의 구텬을 ᄡᅳ리칠[101] ᄃᆡᄀᆡ(志概)ᄅᆞᆯ ᄃᆡ

97 향ᄌᆞ(向者): 향자. 지난번, 접때. 향일(向日).

98 회감(懷感) 감ᄒᆞ고: 규장각본에는 '회감ᄒᆞ고'로 되어 있음.

99 념제(炎帝): 염제. 중국 고대 전설에 나오는 불의 신. 화덕(火德)으로 나라를 세웠다고 전해짐.

100 황슉도(黃叔度): 황숙도. 후한(後漢)의 은사(隱士)인 황헌을 가리킴. 숙도(叔度)는 그의 자(字). 그는 타고난 품성이 맑고 빼어나며 어질어 후대 사람들은 그를 안자(顔子)에 비유하여 "숙도의 그릇은 천경(千頃)의 물처럼 넓고 깊어서 사람들이 맑게 할 수도 없고 흔들어도 흐려지게 할 수도 없으니 도저히 측량할 수가 없다."라고 칭송했다고 함.

101 ᄡᅳ리칠: ᄡᅳ리치다. 쓸어버리다.

ᄒᆞ믹 돈연(頓然)이 치경(致敬)ᄒᆞ고 슉연(肅然)이 굴강(屈降)ᄒᆞ여 스ᄉᆞ로 빅디일급(百之一及)이믈 ᄭᆡ다ᄅᆞ니 셔공 등이 비록 옥당(玉堂)의 됴흔 손(孫)이오 봉각(鳳閣)[102]의 아ᄅᆞᆷ다온 학ᄉᆞ로 만하지미(潘何之美)[103]와 두여디풍(杜預之風)[104]이 이시니 엇디 경쳐ᄉᆞ의 갈포야딕(葛布野帶) 가온딕 신명뇨됴(神明窈窕)[105]ᄒᆞ여 근학슉목(勤學肅穆)[106]ᄒᆞ미 음양(陰陽)의 신화(神化)ᄅᆞᆯ ᄉᆞ못고 강산(江山)의 슈긔(秀氣)ᄅᆞᆯ 탈위ᄒᆞ믹 우러러 그 만일의 ᄇᆞ라리오? 범부인이 실혼벽식(失魂碧色)의 흠연션탄(歆然羡嘆)ᄒᆞ야 믹믹(妹妹)의 태훈(胎訓)이 태임(太妊)의 겸연(慊然)ᄒᆞ미 업고 경시의 디엽(枝葉)이 승승(繩繩)ᄒᆞ미 쥬종(周宗)의 챵셩(昌盛)ᄒᆞ믹 나리디[107] 아니ᄒᆞ믈 흔연ᄒᆞ여 슉딜이 비로소 낫ᄎᆞ로뼈 셔로 알미 도뢰(道路) 졀원(絶遠)홈과 피ᄎᆞ(彼此)의 ᄉᆞ괴(事故) 34면 년쳡(連疊)ᄒᆞᆫ 탓시믈 일ᄏᆞ라 디난 바 비환(悲歡)과 당금(當今)의 연연(戀戀)ᄒᆞ믈 닐너 혹비혹희(或悲或喜)ᄒᆞ며 혹힝혹탄(或幸或嘆)ᄒᆞ여 창열(愴咽)홈과 경환(慶歡)ᄒᆞ믈 니긔디 못ᄒᆞ여 두 부인이 ᄒᆞᆫ가디로 침슈(寢睡)의 ᄯᅳᆺ이 업셔 밤이 깁ᄂᆞᆫ 줄을 ᄭᆡ닷디 못ᄒᆞᄂᆞᆫ디라. 범·

---

102 봉각(鳳閣): 당나라 측천무후 때 중서성의 별칭으로 조정의 내각을 가리킴. 《신당서》 〈유의지열전(劉禕之列傳)〉에 나옴.

103 만하지미(潘何之美): 반하지미. 반악과 하랑의 아름다움. 반악과 하랑은 모두 미남자로 유명했던 인물.

104 두여디풍(杜預之風): 두예지풍. 두예의 풍채. 두예의 자는 원개(元凱). 서진(西晉)의 명장이자 학문을 좋아하는 것으로도 평판이 있었고, 《춘추좌씨전》의 주석서인 《춘추좌전집해》를 저술했음.

105 신명뇨됴(神明窈窕): 신명요조. 신령스럽고 이치에 밝으며 점잖음.

106 근학슉목(勤學肅穆): 근학숙목. 부지런히 학문에 힘쓰며 엄숙하고 공손함.

107 나리디: 나리다. 떨어지다, 못하다.

졍 이쳐ᄉᆡ(二處士) 야심(夜深)ᄒᆞ믈 일ᄏᆞ라 안휴(安休)ᄒᆞ시믈 쳥(請)ᄒᆞ고 셔공 등이 ᄯᅩᄒᆞᆫ 침슈ᄅᆞᆯ 폐(廢)ᄒᆞ시미 긔력(氣力)의 유ᄒᆡ(有害)ᄒᆞ믈 고(告)ᄒᆞ여 상요[108]의 취침(就寢)ᄒᆞ시믈 일ᄏᆞᄅᆞ니 이태부인 왈

"인무브디족(人無不知足)이라. ᄌᆞᄆᆡ(姉妹) 애각만니(崖角萬里)의 ᄉᆞ십 년을 분톄(分體)ᄒᆞ여 상념(想念)ᄒᆞᄂᆞᆫ 졍(情)을 니긔디 못ᄒᆞᄂᆞᆫ ᄢᆡᄂᆞᆫ ᄉᆞᆱ이 넉ᄉᆞᆯ 인ᄒᆞ여 잠간 단회(團會)ᄒᆞ믈 엇고져 ᄒᆞ더니 이졔 단취(團聚)ᄒᆞ여 슌여(旬餘)ᄅᆞᆯ 일실(一室)의 디ᄂᆡ고 후회(後會) 머디 아니ᄒᆞᆫ 바의 명됴(明朝)의 셔로 손을 난ᄒᆞᆯ 바ᄅᆞᆯ ᄉᆡᆼ각ᄒᆞᄆᆡ 결울(結鬱)ᄒᆞ믈 ᄎᆞᆷ디 못ᄒᆞ니 인졍(人情)이 그음이 업ᄉᆞ믈 알니로다. 가기ᄅᆞᆯ 더ᄃᆡ디 못ᄒᆞᄂᆞᆫ 바ᄂᆞᆫ 각각 ᄌᆞ손(子孫)을 권권(眷眷)ᄒᆞ여 집을 ᄉᆡᆼ각ᄒᆞ미 간졀
35면 ᄒᆞ니 회푀(懷抱) 만흐ᄆᆡ 잠이 오디 아니ᄒᆞᄂᆞᆫ디라. 녀ᄌᆞ(女子) 션회(善懷)[109] 일양(一樣)이믈 ᄭᆡ닷노라."

범·졍 이쳐ᄉᆞ와 졔(諸) 셔공이 온ᄉᆡᆨ유셩(溫色柔聲)으로 근심치 아니실 바ᄅᆞᆯ 일ᄏᆞᄅᆞ니 범부인이 손을 닌경을 ᄀᆞᄅᆞ치고 쳐ᄉᆞᄅᆞᆯ 도라보와 왈

"현딜(賢姪)이 져 ᄀᆞᄐᆞᆫ 긔ᄌᆞ(奇子)ᄅᆞᆯ 두고 어ᄃᆡ 가 ᄒᆞᆫ낫 슉뇨(淑窈)ᄒᆞᆫ 현부(賢婦)ᄅᆞᆯ 엇디 못ᄒᆞᆯ 거시라 교가로 결혼ᄒᆞ여 사ᄅᆞᆷ의 괴이히 넉이믈 취ᄒᆞ고 교녀의 음누비ᄒᆡᆼ(淫陋卑行)이 ᄒᆞᆫ갓 만셩(萬姓)의 훼ᄌᆞ(膾炙)ᄒᆞᆯ ᄲᅳᆫ 아니라 흉음파측(凶淫叵測)ᄒᆞ미 당고(當古)의 듯디 못ᄒᆞᆫ ᄇᆡ니 닌경이 비록 다시 슉녀(淑女)ᄅᆞᆯ 구ᄒᆞ미 어렵디 아니ᄒᆞ나 그 블ᄒᆡᆼ

---

108 상요: '침상에 펼쳐놓은 요'라는 의미로 잠자리를 일컬음.

109 션회(善懷): 선회. 여자가 생각에 잠기기를 잘함. 《시경》〈용풍(鄘風)〉 '재치(載馳)'에 나오는 표현.

(不幸)홈과 통한(痛恨)ᄒᆞ미 아이의 취(取)치 아님만 ᄀᆞᆺ디 못홀가 ᄒᆞ노라."

시(時)의 졍운계 강외(江外)의셔 상안국 등 삼인(三人)의 소분(掃墳)ᄒᆞ고 도라오ᄂᆞᆫ 힝거(行車)룰 만나 경ᄉᆞ(京師) 소식을 드ᄅᆞ미 교시의 참누흉언(慘陋凶言)이 듯ᄂᆞᆫ ᄌᆞ로뼈 귀룰 ᄀᆞ리오믈 면(免)치 못홀디라. 경조ᄂᆞᆫ 분연타비(憤然唾啡)ᄒᆞ여 발연노미(勃然怒罵)ᄒᆞ믈 마디 아니ᄒᆞᄃᆡ 션싱은 임의 혜아린 ᄇᆡ라. ᄉᆡ로이 ᄎᆞ악경심(嗟愕驚心)ᄒᆞ미 잇디 아니ᄃᆡ 비록 허명(虛名)이나 너모 흉참(凶慘)ᄒᆞ여 디어텬문(至於天門)의 ᄉᆞ못ᄎᆞᆷ믈 블힝ᄒᆞ고 이럴ᄉᆞ록 교시의 명도(命途)룰 츄연(惆然) 36면 ᄒᆞ여 맛춤ᄂᆡ ᄒᆞᆫ 말을 ᄭᅮ디ᄌᆞ미 업술 ᄲᅳᆫ 아니라 희허영탄(噫歔永嘆) 왈 "셰ᄉᆞ(世事)룰 난측(難測)의 요얼(妖孽)이 셩힝(盛行)ᄒᆞ니 경홰(精華) 폐(廢)ᄒᆞ고 부운(浮雲)이 폐광(蔽光)ᄒᆞ미 일월(日月)이 무광(無光)ᄒᆞ니 션악(善惡)을 골희줍디 못ᄒᆞ고 졍ᄉᆞ(正邪)룰 분변(分辨)치 못ᄒᆞ여 도로혀 유취(遺臭)[110]의 참얼(慘孼)이 원억(冤抑)ᄒᆞᆫ 바의 잇도다."

ᄒᆞ니 안국 등이 의아(疑訝)ᄒᆞ고 경죄 쳐ᄉᆞ의 교시룰 위ᄒᆞ여 음악(淫惡)ᄒᆞ믈 벗기고ᄌᆞ 도로혀 병(病) 되믈 니ᄅᆞᄃᆡ 쳐ᄉᆡ 호분(毫分)도 교시룰 의심ᄒᆞ미 업더니 이위(姨闈)의 말숨을 듯줍고 몸을 굽혀 ᄃᆡ왈(對曰) "쇼딜(小姪)이 유소(幼少)ᄒᆞ고 몽완(蒙頑)ᄒᆞ미 본ᄃᆡ ᄌᆞ시 아디 못ᄒᆞ오나 일단 ᄌᆞ식 위ᄒᆞᆫ 졍(情)은 타인의 디나미 잇숩ᄂᆞᆫ디라. 각각 ᄇᆡ톄(配體)룰 구(求)ᄒᆞ미 져의셔 중(重)ᄒᆞ믈 ᄇᆞ라고 믉은 가문(家門)의 어

110 유취(遺臭): 유취. 오명을 남김.

딘 슉녀(淑女)를 구ᄒᆞ엿삽더니 텬연(天緣)의 듕ᄒᆞᆫ 바를 도망치 못ᄒᆞ여 경이 교시를 취ᄒᆞ오ᄆᆡ 인웅이 위고권듕(位高權重)ᄒᆞ여 쇼딜의 포의한박(布衣寒薄)홈과 ᄀᆞᆺ디 아니ᄒᆞ오니 가히 외람(猥濫)타 ᄒᆞ올 ᄇᆡ오 ᄯᅳᆺᄒᆞ지 아닌 변괴(變故) 층츌(層出)ᄒᆞ와 교시의 참누흉얼(慙累凶孽)이 우흐로 텬문(天門)[111]과 아ᄅᆡ로 만셩(萬姓)의 훼ᄌᆞ(膾炙)ᄒᆞ여 삼쳑쇼동(三尺小童)이라도 욕ᄆᆡ(辱罵)ᄒᆞ고 삼쳑쇼녜(三尺少女)라도 타비(唾鄙)ᄒᆞ여 허실딘가(虛實眞假)를 ᄀᆞ희잡디 못ᄒᆞ고 심히 요란ᄒᆞ니 더옥 블힝ᄒᆞ오나 현마 엇디ᄒᆞ리잇고? 범연이 니ᄅᆞ오ᄆᆡ 경ᄋᆞ의 만나미 참혹ᄒᆞ고 쇼딜의 ᄐᆡᆨ부(擇婦)ᄒᆞ미 긔괴(奇怪)타 ᄒᆞ오려니와 쇼딜은 ᄲᅧᄒᆞᄃᆡ 대현(大賢)이 대악(大惡)이 아니면 그 일홈나기 어려온디라. 부인 녀ᄌᆞ의 일홈이 규방의 곰초이디 못ᄒᆞ미 그 시운(時運)의 참극(慘劇)ᄒᆞᆫ 연괴(緣故)옵거니와 쳔고이ᄅᆡ(千古以來)로 십여 셰 쇼녜(少女) 이 ᄀᆞᆺᄐᆞᆫ 죄과(罪過)를 범ᄒᆞ미 업ᄉᆞ리니 그 ᄀᆞ온ᄃᆡ 요싀(妖邪) 셩힝(盛行)ᄒᆞ여 동모(同謀)ᄒᆞ미 공교(工巧)ᄒᆞᄆᆡ 분변(分辨)ᄒᆞ미 어렵고 함ᄒᆡ(陷害)ᄒᆞ미 흉독(凶毒)ᄒᆞᄆᆡ 버셔나미 난쳐(難處)ᄒᆞ여 허명(虛名)이 망측ᄒᆞᄆᆡ 미쳣ᄂᆞᆫ가 ᄒᆞᄂᆞ이다.”

범부인이 쇼왈(笑曰)

“현딜(賢姪)이 보도 못ᄒᆞ고 의졀(義絶)ᄒᆞᆫ 며ᄂᆞ리를 위ᄒᆞ여 셜워 신ᄇᆡᆨ(伸白)[112]ᄒᆞ미 디극ᄒᆞ도다. 다만 셰샹이 현딜쳐로 알 ᄌᆡ(者) 업고 져마다 ᄭᅮ디ᄌᆞ며 입마다 타비(唾鄙)ᄒᆞ니 교시 졍녈(貞烈)ᄒᆞᆫ 녀질(女子)딘

111 텬문(天門): 천문. 대궐문의 경칭.

112 신ᄇᆡᆨ(伸白): 신백. 억울함을 말하여 밝힘.

ᄃᆡ 엇디 망극ᄒᆞ믈 당ᄒᆞ여 ᄉᆞᆯ니오마ᄂᆞᆫ 죽엇다 쇼문(所聞)이 업ᄉᆞ니 그 취명(臭名)[113]을 드ᄅᆞᄆᆡ 긋ᄐᆞ여 원억(冤抑)디 아닌가 ᄒᆞ노라.”

쳐ᄉᆡ 국공부슬(鞠恭俯膝)ᄒᆞ여 ᄃᆡ왈(對曰)

“이위(姨闈) 교시 죽디 아니므로ᄡᅧ 졍녈(貞烈)치 못ᄒᆞᆫ가 의심ᄒᆞ시니 일편되이 니ᄅᆞ려 ᄒᆞᄆᆡ 그러ᄒᆞ이다마ᄂᆞᆫ ᄯᅩ 혜건ᄃᆡ 사ᄅᆞᆷ이 죽으ᄆᆡ 당당이 그 ᄯᅵ 잇고 니(理)의 당(當)ᄒᆞᆯ디니 겁(怯)ᄒᆞ여 죽으ᄆᆡ 혜아리디 못ᄒᆞ고 죽으믄 하쳔장확(下賤壯獲)의 일이라. 교시 딘실노 원굴(冤屈)ᄒᆞ미 이실딘ᄃᆡ 목숨을 태산(泰山)의 븟쳐 스ᄉᆞ로 홍모(鴻毛)의 바리디 아니미 필경 신셜(伸雪) 조각이오 일시 참분딜통(慙憤疾痛)을 견ᄃᆡ디 못ᄒᆞ여 즈레 초ᄉᆞ(焦死)ᄒᆞᆫ즉 원억(冤抑)을 버ᄉᆞᆯ 길히 업ᄉᆞ리니 쳘부셩ᄉᆞ(哲婦聖士)의 홍원디뫼(弘遠之謀) 아니니이다.”

범부인이 쾌히 우어 왈

“인인(人人)이 음악발부(淫惡悖婦)로 밀위ᄂᆞᆫ 교시를 놉히 일홈ᄒᆞ여 쳘부셩ᄉᆞ라 ᄒᆞ니 녀빅의 말이 마ᄌᆞ미 되여 교시의 원억ᄒᆞ미 낫타날딘ᄃᆡ 쳘부셩ᄉᆡ 욕(辱)되디 아니려니와 블연(不然)ᄌᆞᆨ 고ᄌᆞ 쳘부(哲婦)와 셩ᄉᆡ(聖士) 만히 욕먹으리로다.” 39면

셔공 등이 각각 대쇼(大笑)ᄒᆞ여 졍쳐ᄉᆞ 명견달식(明見達識)이 교시의 미쳐 암연혼우(黯然昏愚)ᄒᆞ믈 니ᄅᆞ니 쳐ᄉᆡ 함쇼왈(含笑曰)

“표형(表兄) 등이 이러틋 니ᄅᆞ시나 쇼뎨 ᄌᆞ허(自許)ᄒᆞ여 디식(智識)이 암연혼우(黯然昏愚)ᄒᆞ미 업ᄂᆞᆫ디라. 타일(他日) 교가 녀ᄌᆡ 셜원(雪

113 취명(臭名): 취명. 추잡하고 좋지 못한 소문. 나쁜 평판. 악명(惡名). 추문(醜聞).

冤)ᄒᆞ믈 보시면 ᄉᆡ다ᄅᆞ미 계시리이다.”

셔공 등이 념ᄒᆞ여 우어 쳐ᄉᆞ의 디식(智識)이 그ᄅᆞ다 ᄒᆞ나 본ᄃᆡ 셩명통달(聖明通達)ᄒᆞ미 범인(凡人)과 ᄀᆞᆺ디 아니믈 아ᄂᆞᆫ디라. 교시ᄅᆞᆯ 이러틋 원억(冤抑)다 ᄒᆞ니 교시 누ᄒᆡᆼ(陋行)이 딘짓 ᄒᆡᆼ이 아니오 사ᄅᆞᆷ의 함ᄒᆡ(陷害)ᄒᆞ민가 ᄒᆞ더라. 범·졍 이쳐ᄉᆡ 다시 ᄌᆞ졍(慈庭)의 편휴(便休)ᄒᆞ시믈 쳥ᄒᆞᆫᄃᆡ 이부인이 운계의 원졍구치(遠程驅馳)ᄒᆞᆫ 바로뼈 편히 쉬디 못ᄒᆞ믈 민망ᄒᆞ여 비로소 취침코져 ᄒᆞ믈 닐너 믈너가믈 명ᄒᆞ니 운계·셔공 등 부인이 협실의 잇ᄂᆞᆫ 바의 오ᄅᆡ 안ᄌᆞ시미 쏘ᄒᆞᆫ 민망ᄒᆞ여 ᄌᆞ위(慈闈)ᄅᆞᆯ 밧드러 상요의 와휴(臥休)ᄒᆞ시게 ᄒᆞ고 쇼부 부인을 도라보아 왈

“현ᄆᆡ(賢妹) 모로미 시침(侍寢)ᄒᆞ여 ᄌᆞ후(慈候)ᄅᆞᆯ ᄌᆞ로 ᄉᆞᆯ피라.”

셔부인이 쇼이ᄃᆡ왈(笑而對曰)

40면 “쇼ᄆᆡ 이에 이시믄 뫼셔 ᄌᆞ고져 ᄒᆞ미어니와 화졔 시침ᄒᆞ시니 존후(尊候)ᄅᆞᆯ ᄉᆞᆯ피오미 얼현ᄒᆞᆯ 거시라 쇼ᄆᆡ의게 당부ᄒᆞ시리잇가?”

쳐ᄉᆡ 미쇼왈(微笑曰)

“열 사ᄅᆞᆷ이 뫼셔도 다 각각 졍셩이니 현ᄆᆡ(賢妹)ᄂᆞᆫ 엇디 잉편(仍便)ᄒᆞ믈 구ᄒᆞ여 ᄐᆡ홀(怠忽)ᄒᆞ미 쇼시(少時)의 아니턴 말을 ᄒᆞᄂᆞ뇨?”

셔부인이 함쇼왈(含笑曰)

“댱ᄌᆞ(長者)의 면측(面側)의 블칭노(不稱老)라 ᄒᆞ나 쇼ᄆᆡ 두 슉모(叔母) 압ᄒᆡ셔 늙으롸 ᄒᆞ미 가(可)치 아니ᄒᆞ이다커니와 쳔ᄒᆞᆫ 나히 이모(二毛)[114]ᄅᆞᆯ 디나 블혹(不惑)이 갓가오니 권우근(勸尤謹)ᄒᆞ민들 괴이ᄒᆞ

114 이모(二毛): ‘이모지년(二毛之年)’의 준말. 흰 머리털이 나기 시작하는 나이라는 뜻으로, 32세를 이르는 말.

리잇가?"

쳐ᄉᆡ 쇼왈(笑曰)

"년미블혹(年未不惑)의 권우근(勸尤謹)ᄒᆞ여 틔홀(怠忽)ᄒᆞ미 심ᄒᆞᆫ 부인은 녀힝(女行)의 어귄디라 귀히 넉이디 아니ᄒᆞ노라."

셜파(說罷)의 셔공 등과 범쳐ᄉᆞ로 더브러 나갈ᄉᆡ ᄌᆞ위롤 우러러 다시음 안침(安寢)ᄒᆞ시믈 쳥ᄒᆞ고 브득이 거롬을 두로혀 나가니 셔공 등의 부인과 화부인 범학ᄉᆞ 쳐로 더브러 협실(夾室)노조ᄎᆞ 나와 셔후 등의 부인은 냥(兩) 노부인(老夫人) 취침ᄒᆞ시믈 인ᄒᆞ여 각소(各所)로 도라가고 화부인이 쇼부 부인과 범학ᄉᆞ 부인으로 더브러 뫼셔 밤을 디ᄂᆡ미 신됴(晨朝)[115]의 범·졍 이쳐ᄉᆞ와 셔공 등이 드러와 문후이알(問候而謁)ᄒᆞ고 인ᄒᆞ여 됴션(朝饍)을 파(罷)ᄒᆞ미 냥(兩) 노부인이 이날 각각 부듕(府中)으로 도라가랴 ᄒᆞᄂᆞᆫ디라. 챵연(愴然)이 후회(後會)롤 일ᄏᆞ라 손을 난호미 졔(諸) 딜부(姪婦)롤 면면(面面)이 도라보아 다시 보기롤 니ᄅᆞ고 술위예 오ᄅᆞ미 각각 ᄌᆞ손이 ᄇᆡ후(陪後)[116]ᄒᆞ여 도라갈ᄉᆡ 범부인 화교(花轎) 뒤히 쇼범학ᄉᆞ 부인 ᄎᆡ교(彩轎)와 범쳐ᄉᆞ 부인 교ᄌᆡ(轎子) ᄯᆞ로고 졍부인 거교(車轎) 뒤히ᄂᆞᆫ 화부인 화교(花轎)와 쇼랑 실ᄂᆡ(室內)[117] ᄯᆞ로고 졍쳐ᄉᆞ 부ᄌᆡ(父子) ᄇᆡ후(陪後)ᄒᆞ니 일동일졍(一動一靜)의 효ᄌᆞ현부(孝子賢婦)의 양디위열(養志慰悅)[118]ᄒᆞᄂᆞᆫ 졍셩 41면

---

115 신됴(晨朝): 신조. 오전 시간을 세 등분할 때 묘시(卯時)와 사시(巳時) 사이. 즉 오전 6시에서 10시 사이를 말함.

116 ᄇᆡ후(陪後): 배후. 모시며 뒤따름.

117 실ᄂᆡ(室內): 실내. 남의 아내를 일컬음.

118 양디위열(養志慰悅): 양지위열. 부모님의 뜻을 받들어 위로하며 기쁘게 하는 것.

(精誠)이 디극(至極)ᄒᆞ니 두 부인의 복녹(福祿)이 사ᄅᆞᆷ의 흠앙(欽仰)ᄒᆞᆯ ᄇᆡ로ᄃᆡ 범부인 가군(家君)과 이ᄌᆡ(二子) 너모 고고결결(高高潔潔)ᄒᆞ여 공명부귀(功名富貴)를 헌신ᄀᆞᆺ치 ᄒᆞ미 도로혀 흠ᄉᆡ(欠事)오 졍부인은 쥬곡(晝哭)[119]의 미망(未亡)ᄒᆞᆫ 슬프믈 두미 우락길흉(憂樂吉凶)의 다 각상톄희(覺傷涕晞)ᄒᆞ믈 금(禁)치 못ᄒᆞ니 그 영녹(榮祿)이 무흠(無欠)ᄒᆞ고 ᄇᆡᆨ복(百福)이 완젼ᄒᆞᆫ ᄌᆡ(者) 희한(稀罕)ᄒᆞ믈 알니러라. 운계 태부인 ᄒᆡᆼ거(行車)롤 ᄇᆡ후(陪後)ᄒᆞ여 남문(南門)을 나ᄆᆡ 경조공이 태부인긔 알현ᄒᆞ믈 위ᄒᆞ여 셩ᄂᆡ(城內)로 향코ᄌᆞ ᄒᆞ다가 태부인 도라오시ᄂᆞᆫ 술위롤 보고 즉시 하거(下車)ᄒᆞ여 거젼(車前)의 나아가 녜알(禮謁)ᄒᆞ고 그 ᄉᆞ이 존후(尊候)롤 뭇ᄌᆞ와 샹하냥졍의 반기미 극(極)ᄒᆞᆫ디라. 드ᄃᆡ여 쳐ᄉᆞ와 ᄒᆞᆫ가지로 태부인 ᄒᆡᆼ거(行車)롤 ᄇᆡ후(陪後)ᄒᆞ여 부듕(府中)의 다ᄃᆞᄅᆞᄆᆡ 태우와 닌명 등이 쇼부롤 뫼셔 동구(洞口)의 나 맛고 소·화 이부인이 듕문(中門)의셔 태부인을 마ᄌᆞ 우러러 반기ᄂᆞᆫ 빗과 깃븐 ᄉᆞ식(辭色)이 면젼(面前)의 넘ᄢᅵ더라. 이에 ᄇᆡ시(陪侍)ᄒᆞ여 승당입실(升堂入室)[120]의 태부인이 좌(座)롤 뎡(定)ᄒᆞᄆᆡ 비로소 슈슉제ᄉᆡ(嫂叔娣姒)[121] 상녜ᄇᆡ필(相禮拜畢)의 남좌여우(男左女右)로 시측(侍側)ᄒᆞᆯᄉᆡ 쳐ᄉᆡ 소부인과 쇼화부인을 향ᄒᆞ여 별ᄂᆡ(別來)롤 인ᄉᆞ(人事)ᄒᆞ고 경죄 소·셔 이부인과 쳐ᄉᆞ 부인을 향ᄒᆞ야 ᄯᅩ

42면

---

119 쥬곡(晝哭): 주곡. 대낮에 곡을 한다는 뜻으로 남편의 죽음을 슬퍼하는 것을 말함. 춘추시대 경강(敬姜)은 남편이 죽자 낮에만 곡을 했다고 함.

120 승당입실(升堂入室): 마루에 올라 방으로 들어온다는 말로, 학문이 점차 깊어짐을 비유적으로 일컫는 말.

121 슈슉제ᄉᆡ(嫂叔娣姒): 수숙제사. 형제의 아내와 남편의 형제 및 손아랫동서와 손윗동서.

ᄒᆞᆫ 그 ᄉᆞ이 평안(平安)ᄒᆞᆷ과 니시의 농장(弄璋)[122]이 문호(門戶)의 대경(大慶)이오 종샤(宗嗣)의 늉경(隆慶)이믈 하례(賀禮)ᄒᆞ야 깃븐 말을 맛디 못ᄒᆞ야셔 표동ᄌᆡ(表從子) 니ᄅᆞ러시믈 고(告)ᄒᆞ니 태부인이 상·됴 냥셔(兩婿)ᄅᆞᆯ 다 쳥ᄒᆞ여 ᄂᆡ루(內樓)의셔 볼ᄉᆡ 모든 말이 종샤(宗
43면
嗣)의 늉복(隆福)을 치하(致賀)ᄒᆞ야 웅비(熊羆)의 길경(吉慶)을 흔ᄒᆡᆼ(欣幸)ᄒᆞ니 태부인이 셕ᄉᆞ(昔事)ᄅᆞᆯ 감상(感想)ᄒᆞ여 듕심(中心)의 경환(慶歡)ᄒᆞ믈 니긔 못ᄒᆞ니 좌슈우답(左酬右答)[123]의 흔연이열(欣然怡悅)ᄒᆞ고 쳐ᄉᆞ 부부의 ᄒᆡᆼ심(幸甚)ᄒᆞ미 ᄯᅩ 엇디 비ᄒᆞᆯ 거시 이시리오마ᄂᆞᆫ 소부인의 년미희안(軟美喜顔)의 쾌흔경ᄒᆡᆼ(快欣慶幸)ᄒᆞᆷ만 ᄀᆞᆺ디 못ᄒᆞᆯ ᄃᆞᆺᄒᆞᆫ디라. 태부인이 졔인(諸人)의 하어(賀語)ᄅᆞᆯ 인ᄒᆞ여 니시 산후유딜(産後有疾)ᄒᆞ믄 셰셰(細細)ᄒᆞ여 뭇디 못ᄒᆞ엿더니 날호여 소부인을 도라보아 병(病)의 경듕(輕重)과 증졍(症情) 고하(高下)ᄅᆞᆯ 므ᄅᆞ니 부인이 피셕브복(避席俯伏)ᄒᆞ여 ᄌᆡ작ᄉᆞ(再昨事)ᄅᆞᆯ ᄒᆞᄅᆞᄂᆞᆫ ᄃᆞ시 주(奏)ᄒᆞ여 조곰도 구간(苟艱)ᄒᆞ미 업ᄉᆞ며 난안(赧顔)ᄒᆞ미 업ᄉᆞ니 ᄌᆞ연 ᄭᆞ미ᄂᆞᆫ 말ᄉᆞᆷ이 공교롭고 디당(至當)ᄒᆞ여 사ᄅᆞᆷ으로 ᄒᆞ야곰 고디 드ᄅᆞᆯ ᄇᆡ로ᄃᆡ 태부인이 니시의 낙상(落傷)타 ᄒᆞ믈 ᄀᆞ장 무거히 넉여 눈셥을 합ᄒᆞ여 ᄀᆞᆯ오ᄃᆡ

“향ᄌᆞ(向者) ᄂᆡ웅의 낙상(落傷)ᄒᆞ믈 괴이히 넉엿더니 니시 ᄯᅩ ᄒᆡᆼ보(行步)ᄅᆞᆯ 조심치 못ᄒᆞ여 난함(欄檻)의 ᄲᅥ러져 상(傷)ᄒᆞ미 되다 ᄒᆞ니 사ᄅᆞᆷ이 ᄉᆡᆼ각디 못ᄒᆞᆯ 일이 만흔디라. 근간(近間)의 낙상(落傷)이 그리

122 농장(弄璋): 아들을 낳는 일.

123 좌슈우답(左酬右答): 좌수우답. 좌우에서 묻는 말에 대답함.

흔ᄒᆞ뇨?"

44면 셜파(說罷)의 십분블열(十分不悅)ᄒᆞ여 위의믁믁(威儀默默)ᄒᆞ니 소부인 모ᄌᆡ(母子) 간심대담(奸心大膽)이나 간간(間間) 허믈을 ᄡᆞ하 악(惡)을 디으미 등한(等閑)치 아니므로 일단(一旦) 만츅ᄒᆞᆫ 의ᄉᆡ(意思)이셔 호흡(呼吸)을 낫초와시나 타인이 보ᄆᆡᄂᆞᆫ ᄯᅩᄒᆞᆫ 경황(驚惶)ᄒᆞᆫ 빗치 잇고 오딕 경근(敬勤)ᄒᆞᄂᆞᆫ 네(禮)ᄅᆞᆯ ᄌᆞᆸ아실 ᄯᆞᄅᆞᆷ이라. 닌웅공ᄌᆡ 좌하(座下)의 이셔 왕모(王母)의 블연(怫然)이 셩의ᄒᆞ시믈 그윽이 요쳠ᄒᆞ여 툭쳑블안(蹴踖不安)ᄒᆞ미 ᄇᆡ한(背汗)이 쳠의(沾衣)ᄒᆞ믈 ᄭᆡ닷디 못ᄒᆞ니 션싱이 비록 눈 드러 긔ᄉᆡᆨ(氣色)을 ᄉᆞᆯ피려 ᄒᆞ미 업ᄉᆞ나 엇디 모르리오? 날호여 ᄀᆞᆯ오ᄃᆡ

"웅ᄋᆞ와 ᄇᆡᆨᄋᆞ부나 일시 실죡(失足)ᄒᆞ여 상(傷)ᄒᆞ믄 창슈긔왕(唱隨既往)이니 탄(嘆)ᄒᆞ여 미출 ᄇᆡ 업ᄉᆞᆸᄂᆞᆫ디라. 오딕 약을 다ᄉᆞ려 슈히 ᄎᆞ복(差復)ᄒᆞ믈 어드미 ᄒᆡᆼ(幸)이로ᄃᆡ 현부(賢婦)의 상쳬(傷處) ᄀᆞ장 경(輕)치 아닌가 시브고 겸ᄒᆞ여 분산(分産)의 신고(辛苦)ᄒᆞ미 병(病)을 디으니 엇디 념녀(念慮)롭디 아니 ᄒᆞ리잇가? 친히 드러가 보고져 시브ᄃᆡ ᄋᆞ부(我婦)의 블안ᄒᆞ믈 더으디 못ᄒᆞ여 신손(新孫) 보기ᄅᆞᆯ 디지(遲遲)ᄒᆞ니 더옥 울울(鬱鬱)토소이다."

45면 경죄 ᄎᆞᆷ디 못ᄒᆞ여 왈

"니시로뼈 아모 창황(蒼黃) 급ᄒᆞᆫ ᄯᆡ라도 몸가디믈 그ᄅᆞᆺᄒᆞ여 낙상(落傷)타 ᄒᆞ믄 범연이 듯ᄂᆞᆫ 진ᄌᆞᆨ 만만(萬萬) 고디 듯디 아니리로소이다마ᄂᆞᆫ 존ᄉᆔ(尊嫂) 친히 보신 바로 젼(傳)ᄒᆞ시니 가히 의심되디 아닌디라. 이 ᄯᅩᄒᆞᆫ 니시의 ᄋᆡᆨ회비경(厄會非輕)ᄒᆞᆫ 연괴(緣故)로소이다."

언미파(言未罷)의 니상셔 곤계(昆季) 니ᄅᆞ러시믈 주(奏)ᄒᆞ고 부듕(府

中)의 웅비디경(熊羆之慶)[124]을 인ᄒᆞ여 종샤(宗嗣)의 늉복(隆福)을 하
례(賀禮)ᄒᆞᄂᆞᆫ 손이 구ᄅᆞᆷ 못ᄃᆞᆺ ᄒᆞ니 쳐ᄉᆡ 경조와 쇼부로 더브러 나가
고 화부인이 비로소 운각의 니ᄅᆞ러 ᄋᆞ부(我婦)와 신손(新孫)을 볼ᄉᆡ
니쇼제 슉슉(叔叔) 등의 셩우(誠佑)ᄅᆞᆯ 힘닙고 약효(藥效)의 신긔ᄒᆞ믈
인ᄒᆞ여 계오 회소(回蘇)ᄒᆞ여 미음을 ᄌᆞ로 나오고 약믈(藥物)을 나오
ᄆᆡ 신경(神精)을 거두고 인ᄉᆞ(人事)ᄅᆞᆯ ᄎᆞᆯ혀 존고(尊姑)의 샤(赦)ᄒᆞᄂᆞᆫ
은명(恩命)을 어드므로브터 잠간 초황(焦遑)ᄒᆞ고 구숑(懼悚)ᄒᆞ믈 더
나 엄구(嚴舅)의 환귀(還歸)ᄒᆞ심과 태부인의 도라오시믈 드ᄅᆞᄆᆡ ᄌᆞ긔
상쳐(傷處)ᄅᆞᆯ ᄎᆞ마 낫 드러 뵐 뜻이 업ᄂᆞᆫ디라. 스ᄉᆞ로 ᄎᆡ금(彩衿)으로
상쳐ᄅᆞᆯ ᄀᆞ리오고 거ᄉᆞ리ᄂᆞᆫ 음식을 됴흔 ᄃᆞ시 먹음어 신고(辛苦)ᄒᆞ여
삼킬디언졍 비와타 괴로오믈 낫토디 아니ᄒᆞ고 몸을 가져 움ᄌᆞᆨ이믈 공 46면
부(工夫)코져 ᄒᆞ여 월난 등의게 븟들녀 니러날 ᄃᆞᆺᄒᆞ다가 ᄯᅩ 능히 근
녁(筋力)이 밋디 못ᄒᆞ여 벼개의 머리ᄅᆞᆯ 박고 누어시나 태부인과 존구
(尊舅)의 명철(明哲)ᄒᆞ시미 ᄒᆞᆫ번 보아 디긔(知機)ᄒᆞ미 이실가 블승민
황(不勝憫惶)ᄒᆞᄃᆡ ᄯᅩ ᄉᆞ식(辭色)ᄒᆞ미 업고 월난 등을 누누히 당부(當
付)ᄒᆞ미 업셔 ᄒᆞᆫ번 니ᄅᆞᄃᆡ

“여등(汝等)이 신ᄉᆡᆼ강보(新生襁褓)ᄅᆞᆯ 구ᄒᆞ며 쥬파의 ᄌᆞ(子)ᄅᆞᆯ 도라보
ᄂᆡ므로뻐 공(功)을 삼아 어ᄌᆞ러이 누셜(漏泄)ᄒᆞ미 될딘ᄃᆡ 날노뻐 ᄀᆡᆼ
참(坑塹)의 함닉(陷溺)ᄒᆞ여 셰간(世間)의 잇디 아닌 블효죄인(不孝罪
人)을 삼ᄂᆞᆫ 마ᄃᆡ라. 그 쥬인을 위ᄒᆞᆫ 졍(情)이 이실딘ᄃᆡ 기리 함호(含

124 웅비디경(熊羆之慶): 웅비지경. 아들 낳는 경사. “작은 곰과 큰 곰 꿈은 아들을 낳을 징조(維熊維羆 男子之祥)”라는 구절이《시경》〈소아(小雅)〉‘사간(斯干)’에 나옴.

糊)ᄒᆞ여 호란(胡亂)ᄒᆞ믈 더으디 말미 올흐니라."

ᄒᆞᆫᄃᆡ 홍쇼와 월난 등이 브복쳥교(俯伏聽敎)의 무익ᄒᆞᆫ 난언(亂言)으로 쥬인의 대효(大孝)를 상ᄒᆡ오디 아닐 바를 ᄃᆡᄒᆞ여 동항(同行) 일톄디인(一切之人)을 ᄃᆡᄒᆞ나 신ᄉᆡᆼ공ᄌᆞ(新生公子)의 참난(慘難)을 니ᄅᆞ디 아니ᄒᆞ니 혜월 등은 쇼져의 유뫼(乳母)오 월난의 어미로ᄃᆡ 아디 47면 못ᄒᆞ고 운셤이 ᄯᅩᄒᆞᆫ 쳬찰의 유뫼(乳母)오 홍쇼의 ᄌᆞᄆᆡ(姉妹)로ᄃᆡ ᄡᅵ의 밧긔 이셔 쇼져를 시위(侍衛)ᄒᆞ미 업ᄉᆞᆫ 고로 더옥 아디 못ᄒᆞ더라.

졔(諸) 시ᄋᆡ(侍兒) 화부인의 친님(親臨)ᄒᆞ시믈 고(告)ᄒᆞ니 쇼졔 평ᄉᆡᆼ긔운(平生氣運)을 다ᄒᆞ여 벼개를 빌고 동신국궁(動身鞠躬)ᄒᆞ여 존고(尊姑)를 마ᄌᆞ나 능히 긔영녜슈(起迎禮數)를 베프디 못ᄒᆞᄂᆞᆫ디라. 부인이 ᄲᆞᆯ니 나안ᄌᆞ ᄋᆞ부(我婦)를 븟드러 벼개의 누이ᄃᆡ 쇼졔 능히 좌와(坐臥)치 못ᄒᆞ여 츅쳑국공(踧蹜鞠恭)ᄒᆞ니 부인이 ᄌᆡ삼 안와(安臥)ᄒᆞ믈 명ᄒᆞ여 권ᄋᆡ(眷愛)ᄒᆞ미 친ᄉᆡᆼ녀ᄋᆞ(親生女兒) ᄀᆞᄐᆞᆫ 가온ᄃᆡ ᄒᆞᆫ번 봉경(鳳睛)[125]을 흘니ᄆᆡ 실식대경(失色大驚)ᄒᆞ여 ᄎᆞ악변ᄉᆡᆨ(嗟愕變色)ᄒᆞ믈 ᄭᆡ닷디 못ᄒᆞ니 스ᄉᆞ로 흉격(胸膈)을 통도(痛悼)ᄒᆞ고 골졀(骨節)이 져리믈 ᄭᆡ닷디 못ᄒᆞ여 팔ᄎᆡ(八彩)의 슈긔(愁氣) 함집(咸集)ᄒᆞ고 ᄡᅣᆼ셩(雙星)의 쥬뤼(珠淚) 동(動)ᄒᆞ여 옥빈(玉鬢)의 홍광(紅光)이 취디(聚之)ᄒᆞ여 참연상도(慘然傷悼) 왈

"현부(賢婦)의 ᄒᆡ만(解娩)ᄒᆞᆯ ᄯᆡ를 인ᄒᆞ여 가듕(家中)의 사ᄅᆞᆷ이 잇디 아니ᄒᆞ니 반ᄃᆞ시 위경(危境)을 당ᄒᆞ리라 ᄒᆞ여시ᄃᆡ 오히려 이ᄃᆡ도록

125 봉경(鳳睛): 봉정. 봉황의 눈처럼 가늘고 길며 눈초리가 위로 째지고 붉은 기운이 있는 눈. 장차 귀한 사람이 될 얼굴 생김새를 일컬음.

홀 바로 싱각디 아녓더니 심지(甚哉)라 나의 현부(賢婦)로 ᄒᆞ여곰 ᄉᆞ경(死境)의 니ᄅᆞ게 ᄒᆞᄃᆡ 져 하날 ᄯᅳᆺ이 일편되이 ᄋᆞ부(我婦)의게 박(薄)디 아니신디라. 긔특이 회소(回蘇)ᄒᆞ믈 어덧거니와 상쳐(傷處)의 듕(重)홈과 남은 병셰(病勢)의 위티ᄒᆞ믈 뭇디 아냐 알니로다." 48면

셜파(說罷)의 옥슈(玉手)롤 가ᄇᆡ야이 드러 그 옷깃ᄉᆡ ᄡᆞ민 거술 들혀고 상쳐롤 보ᄆᆡ 낫과 머리 ᄡᅵ여져 뉴혈(流血)의 ᄌᆞ최롤 업시ᄒᆞ여시나 그 상(傷)ᄒᆞᆫ 흔젹(痕迹)은 엇디 일시의 업시ᄒᆞ리오? 앗기고 슬프며 참혹분원(慘酷忿怨)ᄒᆞ미 좌우(左右)로 병츌(倂出)ᄒᆞ니 도로혀 ᄎᆡ금(彩衿)을 츄그어 상쳐롤 ᄀᆞ리오고 통앙(痛怏)ᄒᆞᆫ 눈믈이 빵빵이 ᄯᅥ러져 나싂(羅袖) 져ᄌᆞ믈 ᄭᅵ닷디 못ᄒᆞ니 쇼졔 존고(尊姑)의 상도(傷悼)ᄒᆞ시믈 당ᄒᆞ여 블효(不孝)롤 슬허ᄒᆞ고 그 명셩(明聖)ᄒᆞ시미 소부인 작악(作惡)을 혜아려 이러ᄐᆞᆺ 비분통앙(悲憤痛怏)ᄒᆞ시믈 더옥 튝황블승(踧惶不勝)ᄒᆞ여 뉵니우듕(忸怩尤重)[126]ᄒᆞ미 치신무디(置身無地)ᄒᆞ니 스ᄉᆞ로 허믈을 ᄡᆞ흐미 뫼ᄀᆞᆺ치 무겁고 바다ᄀᆞᆺ치 깁흔 ᄃᆞᆺ 날ᄂᆡ 말솜을 ᄒᆞ디 못ᄒᆞ더니 날호여 존구(尊舅)의 환귀(還歸)ᄒᆞ심과 태모(太母)의 미령디휘(靡寧之候) 쾌복(快復)ᄒᆞ시믈 앙희(仰喜)ᄒᆞ고 여러 날 니측(離側)의 하졍(遐程)[127]이 결울(結鬱)턴 바와 쳔질(賤疾)을 인ᄒᆞ와 영졉(迎接)ᄒᆞᄂᆞᆫ 도(道)롤 폐(廢)ᄒᆞ고 미신(微身)을 됴심(操心)치 못ᄒᆞ여 그릇 실족(失足)ᄒᆞ여 상(傷)ᄒᆞᆫ 연고(緣故)로 존당합문(尊堂闔門)의 셩녀(聖慮)롤 깃치오믈 쳥죄(請罪)ᄒᆞ니 말솜으로조ᄎᆞ 옥셩(玉聲) 49면

126 뉵니우듕(忸怩尤重): 육니우중. 부끄러움이 더욱 심함.

127 하졍(遐程): 하정. 먼 길.

이 유연(柔軟)ᄒᆞ니 나ᄌᆞᆨ이 ᄲᅳᆷᄂᆞᆫ ᄉᆞ이의 온ᄌᆞ(溫慈)ᄒᆞᆫ 음뉼(音律)이 ᄆᆞᆰ은 달의 거믄고ᄅᆞᆯ 다ᄉᆞ리고 뇨뇨(寥寥)히 거두ᄂᆞᆫ ᄀᆞ온ᄃᆡ 완젼ᄒᆞ고 쳥음(淸音)이 ᄆᆞᆰ은 바ᄅᆞᆷ의 옥져(玉笛)ᄅᆞᆯ 맛초니 오오(嗷嗷)히 하셩(賀聲)을 단(斷)ᄒᆞᄂᆞᆫ 가온ᄃᆡ 셩회(誠孝) 완젼(完全)ᄒᆞ고 유화(柔和)ᄒᆞ여 그윽ᄒᆞᆫ 시ᄅᆞᆷ이 업ᄉᆞ미 아니로ᄃᆡ 비만(悲懣)[128]ᄒᆞ며 쳐초(凄楚)ᄒᆞ믈 낫타니디 아니ᄒᆞ고 호호열열(好好悅悅)[129]ᄒᆞ여 즐기미 아니로ᄃᆡ 유연(柔軟)ᄒᆞᆫ 화긔(和氣) 봄 하날의 반졈 틧글이 니디 아닛ᄂᆞᆫᄃᆡ 셔일(瑞日)이 됴요(照耀)ᄒᆞ여 광ᄎᆡ(光彩)ᄅᆞᆯ 비왓ᄂᆞᆫ ᄃᆞᆺ 사ᄅᆞᆷ으로 ᄒᆞ여곰 그 얼골을 ᄃᆡᄒᆞ고 소ᄅᆡᄅᆞᆯ 드러 어둑ᄒᆞᆫ 심폐ᄒᆞ여 격탁(擊柝) 딘뎡(鎭定)홀 ᄲᅳᆫ 아니라 텬디긔운(天地氣運)이 일시의 ᄀᆡ랑(開朗)ᄒᆞ고 만믈(萬物)의 화긔(和氣) 바야흐로 발ᄒᆞᄂᆞᆫ ᄃᆞᆺ ᄇᆡᆨ우(百憂)ᄅᆞᆯ ᄉᆞᆯ와 ᄇᆞ리고 만영(萬榮)을 인도(引導)ᄒᆞ니 부인의 통울(痛鬱)ᄒᆞᆫ 방촌(方寸)과 비분(悲憤)ᄒᆞᆫ 금간(襟肝)이 환연이열(歡然怡悅)ᄒᆞ믈 밧고와 비로소 안슈(眼水)ᄅᆞᆯ 거두고 기리 탄식왈(嘆息曰)

50면

"아심(我心)이 비셕비쳘(非石非鐵)이라. 현부(賢婦)의 대효대셩(大孝大誠)을 엇디 감동치 아니ᄒᆞ고 무익디어(無益之語)ᄅᆞᆯ 만히 ᄒᆞ여 ᄋᆞ부(我婦)의 ᄆᆞ옴을 블안블편(不安不便)케 ᄒᆞ리오? 원간 이러틋 듕상(重傷)ᄒᆞ여 약딜(弱質)의 위름(危懍)ᄒᆞ미 극(極)ᄒᆞᄃᆡ 능히 신졍(神精)을 거두어 사ᄅᆞᆷ ᄂᆡ왕(來往)을 알오미 괴이토다."

이에 고개ᄅᆞᆯ 두로혀 강보(襁褓)ᄅᆞᆯ 헤쳐 신손(新孫)을 보ᄆᆡ 임의 ᄋᆞᄌᆞ

128 비만(悲懣): 가슴이 아프고 답답하고 괴로움.

129 호호열열(好好悅悅): 몹시 좋아 매우 기뻐하는 모양.

(兒子)와 니시의 ᄉᆡᆼᄒᆞᆫ ᄇᆡ 범범쇽미(凡凡俗微)ᄒᆞᆷ과 ᄂᆡ도ᄒᆞ믈 보디 아냐 긔약(期約)ᄒᆞ여 반ᄃᆞ시 비상(非常)ᄒᆞ고 탈이(脫異)ᄒᆞᆯ 바ᄅᆞᆯ 혜아려시나 ᄯᅳᆺ이 이ᄃᆡ도록 신긔(神奇)ᄒᆞ고 발양(發揚)ᄒᆞ여 어졔날 비로소 난 ᄋᆞᄒᆡ(兒孩) 긔골(氣骨)의 ᄆᆡ왕(邁旺)ᄒᆞᆷ과 쇄딜(灑質)의 영위(英偉)ᄒᆞ미 오히려 그 아븨 신ᄉᆡᆼ디시(新生之時)의 더은 ᄃᆞᆺ 두렷ᄒᆞᆫ 니마와 모난 턱이 등원슈의 텬원디방(天圓地方)[130]을 향ᄒᆞ고 건곤(乾坤)의 ᄆᆞᆰ은 영ᄎᆡ(英彩) 강산의 졍긔(精氣)ᄅᆞᆯ ᄲᆡ혓고[131] 흰 귀밋과 ᄇᆞᆰ은 입이 ᄌᆞ모(慈母)의 텬ᄉᆡᆼ염ᄐᆡ(天生艶態)ᄅᆞᆯ 얼프시 가(加)ᄒᆞ여 부풍모습(父風母襲)이 쇄쇄졀츌(灑灑絶出)ᄒᆞ믄 니ᄅᆞ디 말고 탄도(坦途)ᄒᆞᆫ 긔상(氣像)이 왕왕블측(汪汪不測)ᄒᆞ여 요디블탁(搖之不濁)이오 취디여일(吹之如一)이라. 디요변ᄋᆡᆨ(至妖變厄)이 아모 곳의 미쳣셔도 ᄉᆡᆼᄌᆞ 51면
(生子)ᄅᆞᆯ 여ᄎᆞ인즉 쥬종(周宗)의 챵셩(昌盛)을 니어 ᄇᆡᆨ복(百福)의 무량(無量)ᄒᆞᆷ과 영녹(榮祿)의 졔미(濟美)ᄒᆞ믈 보디 아냐 긔필(期必)ᄒᆞᆯ디라. 부인이 평거(平居)의 텬연(天然)이 유일(唯逸)ᄒᆞ여 고침단슉ᄒᆞᆯ ᄲᅳᆫ 아니라 유안유일(唯安唯逸)ᄒᆞ여 혜초(蕙草)의 약(弱)ᄒᆞ믈 완듕ᄒᆞ고 신곡ᄒᆞ미 구졍(九鼎)의 요동(搖動)치 아니미 이시니 우희비락(憂喜悲樂)의 가ᄇᆡ야이 ᄉᆞ식(辭色)ᄒᆞ미 업ᄉᆞ나 ᄌᆞ부(子婦)의 험ᄒᆞᆫ 고상(苦狀)의 미쳐ᄂᆞᆫ ᄒᆞᆫ갓 통돌참졀(痛咄慘絶)ᄒᆞᆯ ᄯᆞᄅᆞᆷ이 아니라 그 셩효덕ᄒᆡᆼ(誠孝德行)이 앙소텬도(仰昭天道)ᄒᆞ고 하간디로(下看地路)ᄒᆞ

130 텬원디방(天圓地方): 천원지방. 본래 '하늘은 둥글고 땅은 모나다'는 뜻이나 여기서는 인물을 묘사하면서 이마는 둥글고 턱이 네모나다는 의미로 쓰임.

131 ᄲᆡ혓고: ᄲᆡ히다. 뽑다.

여 텬디신명(天地神明)을 감화(感化)치 못ᄒᆞ여 사ᄅᆞᆷ의 ᄎᆞᆷ디 못ᄒᆞᆯ 경계(境界)ᄅᆞᆯ 당ᄒᆞᄆᆞᆯ 한돌분원(恨咄憤怨)ᄒᆞ여 이날의 식부(息婦)ᄅᆞᆯ ᄃᆡᄒᆞ여 우려(憂慮)ᄒᆞᄂᆞᆫ 말과 챵도(愴悼)ᄒᆞᄂᆞᆫ ᄉᆞ식(辭色)을 두미 이시나 본심(本心)인즉 디인디현(至仁至賢)ᄒᆞᆫ 가온ᄃᆡ나 ᄇᆡᆨᄉᆞ(百事)의 가ᄇᆡ얍디 아니ᄒᆞ고 안견(眼見)이 고산태악(高山泰嶽)의 놉흐미 이시니 엇디 쇼쇼영ᄌᆡ(小小英才)ᄌᆞᆨ 눈을 기우리고 ᄆᆞ옴을 뽀다 쳔활만열(天闊滿悅)ᄒᆞᆯ 심(心)이리오마ᄂᆞᆫ 딘실노 본 바 쳐음인 ᄃᆞᆺᄒᆞ고 ᄇᆞ라ᄆᆡ 넘ᄢᅵ니 환연(歡然)이 쾌활(快活)ᄒᆞᄆᆞᆯ 니긔디 못ᄒᆞ고 희연(喜然)이 긔ᄒᆡᆼ(奇幸)ᄒᆞᄆᆞᆯ 결을치 못ᄒᆞ니 아ᄌᆞ(俄者)[132]의 한분탄식(恨憤嘆息)ᄒᆞ던 슈미(愁眉)ᄅᆞᆯ 쳑탕(滌蕩)ᄒᆞ고 젹뇨(寂寥)ᄒᆞ던 빵험(雙頰)이 환연(歡然)이 열니니 옥치(玉齒) 찬연(燦然)이 빗최여 ᄀᆞᆯ오ᄃᆡ

"오ᄋᆞ(吾兒)와 현부(賢婦)의 ᄉᆡᆼ(生)ᄒᆞᆫ ᄇᆡ 용이(容易)치 아닐 바ᄅᆞᆯ 발셔 긔약ᄒᆞ여 헤아린 ᄇᆡ나 이러ᄐᆞᆺ 특별이 비상(非常)ᄒᆞᄆᆞᆫ 오히려 긔필(期必)치 아닌 ᄇᆡ러니 딘실노 덕문(德門)의 영홰(榮華)오 경시의 쳔니귀(千里駒)라. 일노조ᄎᆞ 오ᄋᆞ(吾兒)와 현부(賢婦)의 늉경대복(隆慶大福)을 알니로다."

ᄌᆡ삼 어로만져 무한(無限)이 귀듕(貴重)ᄒᆞ여 희환블승(喜歡不勝)ᄒᆞᄆᆡ 또 쳑연(慽然)이 슈영(垂影)ᄒᆞ여 빗난 안화(顔華)의 슬픈 빗치 모도여 ᄀᆞᆯ오ᄃᆡ

"션져져(先姐姐) 양부인이 ᄂᆡ셩의 신ᄉᆡᆼ강보(新生襁褓)로브터 어로만

52면

132 아ᄌᆞ(俄者): 아자. 조금 전, 아까.

져 귀듕(貴重)ᄒᆞ시고 ᄡᅳ다ᄃᆞᆷ아 ᄉᆞ랑ᄒᆞ시미 딘실노 친ᄉᆡᆼᄌᆞ모(親生子母)의 더으미 잇ᄂᆞᆫ디라. ᄉᆞᄉᆞ로 ᄉᆡᆼ남(生男)ᄒᆞ믈 ᄀᆞᆺᄐᆞ여 원(願)치 아니시고 ᄋᆞ히(兒孩) ᄂᆞᆨ셰의 명녕(螟蛉)[133]을 뎡ᄒᆞ미 별뉸ᄌᆞᄋᆡ(別倫慈愛)[134] 오히려 딜녀(姪女) 등의 더으미 잇더니 미급반년(未及半年)의 연셰(捐世)ᄒᆞ샤 아리로 ᄌᆞ녀의 ᄂᆞᆨ아디통(蓼莪之痛)[135]이 죵텬영모(終天永慕)의 잔인(殘忍)ᄒᆞ믈 더으고 우흐로 존당(尊堂)의 역니(逆理)ᄒᆞᄂᆞᆫ 블효ᄅᆞᆯ 깃치샤 텬ᄉᆡᆼ효우(天生孝友)의 타별(他別)ᄒᆞ시미 도로혀 텬뉸(天倫) 두 곳의 막연박졀(漠然迫切)ᄒᆞ시고 이졔 ᄋᆞ히(兒孩) 츌방(出榜)[136]ᄒᆞ여 셩명(姓名)이 거셰(擧世)의 알오미 되고 가유실인(家有室人)ᄒᆞ여 현부(賢婦)의 긔특(奇特)홈과 신손(新孫)의 비샹(非常)ᄒᆞ미 다 소원(所願)의 과의(過矣)로ᄃᆡ 션져(先姐)ᄂᆞᆫ 호분(毫分)의 알오미 잇디 아니시니 쳔고명박(千古命薄)ᄒᆞᆫ 가온ᄃᆡ 두ᄀᆞᆺ기ᄂᆞᆫ 우음을 ᄯᅴ이시ᄂᆞᆫ가 아디 못ᄒᆞᆯ ᄇᆡ로ᄃᆡ ᄉᆡᆼᄌᆞ(生者)의 쳬통비만(滯痛痞滿)ᄒᆞ미 셰월이 오랄ᄉᆞ록 층츌익심(層出益甚)ᄒᆞᆫ디라. 엇디 범연(泛然)이 동긔디의(同氣之義)ᄅᆞᆯ ᄆᆡᄌᆞᆫ 바 ᄀᆞᆺᄐᆞ리오? 내 ᄋᆞ히 먼니 ᄉᆡ외(塞外)의셔 ᄉᆡᆼ남(生男)ᄒᆞᆫ 희보(喜報)ᄅᆞᆯ 드ᄅᆞ면 반ᄃᆞ시 구원(九原) 션모(先母)의 보디 못ᄒᆞ시믈 늣겨 통회(痛悔) 더으리로다."

53면

---

133 명녕(螟蛉): 명령. 나비나 나방의 애벌레. 나나니벌이 명령을 업어다가 자기의 새끼로 기른다는 뜻인데, 여기서 비롯되어 흔히 양자(養子)를 일컫는 말로 쓰임.

134 별뉸ᄌᆞᄋᆡ(別倫慈愛): 별륜자애. 일반적으로 부모가 자식을 생각하는 인륜의 정을 넘어 특별히 더욱 사랑함을 뜻함.

135 ᄂᆞᆨ아디통(蓼莪之痛): 육아지통. 자식이 부모님 살아 계실 때 제대로 봉양하지 못한 것을 후회하는 아픔을 일컬음.

136 츌방(出榜): 출방. 과거에 급제한 사람을 발표함.

언파(言罷)의 비희교츌(悲喜交出)ᄒᆞ여 스ᄉᆞ로 니긔디 못ᄒᆞ더니 ᄯᅩ 화부인과 셔부인이 니ᄅᆞ고 됴통ᄌᆡ 부인이 니부인의 ᄉᆡᆼ남디경(生男之慶)을 희환(喜歡)ᄒᆞ여 구고(舅姑)와 상셔긔 귀령(歸寧)을 쳥ᄒᆞ여 ᄲᅧᆯ니 본부의 도라와 왕모(王母)와 소부인긔 밧비 알현(謁見)ᄒᆞ고 거롬을 두로혀 산실(産室)의 니ᄅᆞ러 신ᄉᆡᆼ강보(新生襁褓)를 보고 쇼져 병을 므ᄅᆞᆯᄉᆡ

"ᄒᆡᄌᆞ(孩子)의 작셩(作性)이 부풍모습(父風母襲)ᄒᆞ여 딘실노 본 바
54면 쳐음이라. 쥰격(俊格)ᄒᆞ고 ᄆᆡ왕(邁旺)ᄒᆞ미 ᄇᆞ야흐로 삼셰동(三歲童)이나 다ᄅᆞ디 아니니 작일(昨日) 신ᄉᆡᆼ(新生) ᄀᆞᆺᄐᆞ리오?"

삼부인이 경환쾌열(慶歡快悅)ᄒᆞᆫ ᄀᆞ온ᄃᆡ 니시의 병이 비경(非輕)ᄒᆞ믈 근심ᄒᆞ고 셕ᄉᆞ(昔事)를 감상ᄒᆞ여 됴부인이 ᄌᆞ긔 유ᄌᆞ(幼子)와 신ᄉᆡᆼᄋᆞ딜(新生兒姪)을 어로만져 톄루비열(涕淚悲咽)ᄒᆞ믈 ᄭᆡ닷디 못ᄒᆞ니 ᄣᆡ예 됴부인 ᄋᆞᄌᆞ(兒子)ᄂᆞᆫ 거롬을 옴기며 말을 젼ᄒᆞ미 분명ᄒᆞᆯ ᄲᅮᆫ 아니라 조셩탁월(早成卓越)ᄒᆞ미 셰쇽범ᄋᆞ(世俗凡兒)의 ᄇᆡᆨ층쳔츌(百層千出)ᄒᆞᆫ디라. 모친의 오읍비상(嗚泣悲傷)ᄒᆞ믈 보고 심히 즐겨 아냐 ᄎᆡ슈(彩袖)를 드러 모친의 안슈(眼水)를 거두고 제 낫출 다혀 모친의 화협(華頰)을 졉(接)ᄒᆞ며 챵연(愴然)이 소ᄅᆡᄒᆞ여 울 ᄃᆞᆺᄒᆞ니 됴부인은 더옥 늣겨 제 슉모를 우러러 쳥누(淸淚)를 ᄲᅳ려 왈

"텬뉸디졍(天倫之情)과 모ᄌᆞ의 친(親)이 엇더ᄒᆞ관ᄃᆡ 이 ᄀᆞᄐᆞᆫ 강보ᄒᆡᄌᆞ(襁褓孩子)도 그 귀ᄒᆞ며 ᄉᆞ랑ᄒᆞ믈 알거든 쇼딜(小姪)의 ᄌᆞᄆᆡ(姊妹)ᄂᆞᆫ 텬디(天地)의 죄를 어드미 특듕(特重)ᄒᆞ여 ᄌᆞ위(慈闈)를 여희와 ᄉᆞ친디의(事親之宜)를 일코 뉵아(蓼莪)의 셜우믈 픔어 오됴(烏鳥)의
55면 치ᄂᆞᆫ 거ᄉᆞᆯ 늣기고 우락비희(憂樂悲喜)의 회포(懷抱)를 고ᄒᆞᆯ 곳이 업

ᄉᆞ믈 슬허ᄒᆞᄋᆞᆸᄂᆞ니 오날놀 종샤대경(宗嗣大慶)과 문호늉복(門戶隆福)을 당ᄒᆞ여 쳑희비상(慽唏悲傷)ᄒᆞ미 가치 아니 ᄒᆞ오ᄃᆡ 이 ᄀᆞᆺ튼 경화(慶華)ᄅᆞᆯ 막연(漠然)이 아디 못ᄒᆞ샤믈 ᄉᆡᆼ각건ᄃᆡ 심담(心膽)이 븡쇄(崩碎)ᄒᆞ믈 ᄭᆡ닷디 못ᄒᆞ리로소이다."

대화부인은 빵셩(雙星)의 징패(澄波) ᄌᆞ로 ᄯᅥ러져 기리 탄식ᄒᆞᆯ ᄯᆞᄅᆞᆷ이오 쇼화부인과 셔부인은 츄연 위쳑이러니 날호여 위로왈(慰勞曰)

"션져(先姐) 부인의 셩덕혜화(盛德惠和)로 이모디셰(二毛之歲)[137]ᄅᆞᆯ 넘디 못ᄒᆞ시고 슈연귀텬(隨緣歸天)ᄒᆞ시미 그 니(理)의 어긔고 일가(一家)의 다 ᄒᆞᆫ가디로 통심비도(痛心悲悼)ᄒᆞᄂᆞᆫ 밧ᄌᆡ니 현딜(賢姪)의 남ᄆᆡ 디통(至痛)을 엇디 니ᄅᆞᆯ ᄇᆡ 이시리오마ᄂᆞᆫ 공ᄌᆞ(孔子) ᄇᆡᆨ셰(百歲)ᄅᆞᆯ 누리디 못ᄒᆞ시고 안회(顔回) 됴요(早夭)ᄒᆞ니 ᄌᆞ고(自古) 현셩군ᄌᆞ(賢聖君子)라도 원복(遠福)을 하향(遐享)치 못ᄒᆞ고 ᄯᅩ 박명요졀(薄命夭折)ᄒᆞ미 ᄒᆞ나둘노 혜디 못ᄒᆞ리니 현마 엇디ᄒᆞ리오? 비록 녀ᄌᆡ나 현딜과 뎡딜 ᄀᆞᆺ튼 긔녀ᄅᆞᆯ 두시고 현보 ᄀᆞᆺ튼 명녕(螟蛉)을 두샤 니시 ᄀᆞᆺ튼 현부(賢婦)ᄅᆞᆯ 어더 웅비(熊羆)의 길셩이 종샤(宗嗣)의 유창ᄒᆞ믈 졈득(點得)ᄒᆞ니 향ᄉᆡ(享祀) 쳔년(千年)의 빗나고 녕ᄇᆡᆨ(靈魄)이 명막디듕(冥漠之中)의 즐기시리니 영녹존귀(榮祿尊貴)야 엇디 ᄉᆡᆼ젼ᄉᆞ후(生前死後)의 족(足)디 못ᄒᆞ미 이시리오? 이 가히 현딜(賢姪) 등의 위로ᄒᆞᆯ 곳이라." 56면

됴부인이 참통쳬루(慘痛涕淚) 믁믁(默默)이러니 ᄀᆞ장 오란 후 스ᄉᆞ

137 이모디셰(二毛之歲): 이모지세. '이모지년(二毛之年)'과 같은 뜻.

로 활히관인(濶解寬忍)ᄒᆞ고 니시의 상쳐롤 그윽이 ᄉᆞᆯ펴 한심경히(寒心驚駭)ᄒᆞ믈 니긔디 못ᄒᆞᄃᆡ 그 낙상ᄒᆞ미 아니라 ᄒᆞ미 말이 간셥ᄒᆞᆫ 고로 ᄒᆞᆫ갓 근심이 깁고 념녀(念慮) 무거올디언졍 이러타 말ᄒᆞ미 업더니 쇼화부인이 ᄌᆡ작일(再昨日)의 일시디간(一時之間)의 혼도(昏倒)ᄒᆞ여 위틔ᄒᆞ미 심(甚)헌 바롤 니ᄅᆞ며 혀 ᄎᆞ 골오ᄃᆡ

"쇼뎨 암ᄆᆡ(暗昧)ᄒᆞ여 알기 쉬온 일의 방비치 못ᄒᆞᆫ 탓ᄉᆞ로 홍·영 이ᄋᆞ롤 요샤ᄒᆞᆫ 독약(毒藥)의 맛촐 번ᄒᆞ니 엇디 심골(心骨)이 경한치 아니리오? 긔관(奇觀)을 보고 스ᄉᆞ로 혜아리ᄆᆡ 작얼(作孼)의 빌미믈 거의 알니러이다. ᄌᆡ작의 향년이 홀연 니ᄅᆞ러 져져 말ᄉᆞᆷ으로 니딜을 보호ᄒᆞ믈 당부ᄒᆞ거놀 쇼뎨 과연 져져의 브리신 바로 아라 의심치 아니코 다만 져져의 며ᄂᆞ리 못 니져 ᄒᆞ시미 너모 병 되믈 우엇더니이다.

57면 인ᄒᆞ여 향년이 입쥬ᄒᆞ여 졔 시ᄋᆞ(侍兒)와 ᄒᆞᆫ가디로 셕반(夕飯)을 ᄉᆞᆯ피고 도라갈 ᄶᅴ롤 므ᄅᆞᄆᆡ 날이 발셔 져므러시니 효신(曉晨)의 회답젼어(回答傳語)롤 드러가렷노라 ᄒᆞ더니 이ᄋᆡ(二兒) 혼졀ᄒᆞ고 가듕이 분분ᄒᆞ여 ᄋᆞ확쇼비(兒獲少婢)라도 아니 모르미 업ᄉᆞᄃᆡ 다시 향년ᄌᆞ롤 보디 못ᄒᆞ고 효신을 당ᄒᆞ야 하딕(下直)홈도 업고 젼어롤 드러디라 홈도 업셔 ᄌᆞ연이 ᄌᆞ최 스러디고 그 밤의 홍소·월난이 니음다라 니딜의 말노 이ᄋᆞ의 병을 므ᄅᆞ니 그ᄶᅴ 의심치 아냣더니 니딜의 히만(解娩)ᄒᆞ믈 듯고 ᄯᅩ 낙상(落傷)ᄒᆞ다 ᄒᆞ믈 인ᄒᆞ여 혜아리니 니딜이 그러툿 상ᄒᆞ여 인ᄉᆞ롤 슈습디 못홀 바의 홀노 이ᄋᆞ의 병을 ᄌᆞ로 뭇디 못홀 듯ᄒᆞ고 홍쇼·월난으로 닐너도 졔 쥬인의 듕상(重傷)ᄒᆞ믄 구호치 아니ᄒᆞ고 다만 이ᄋᆞ의 병만 므ᄅᆞ려 ᄒᆞ디 아닐 거시오 그 가온ᄃᆡ 쇼뎨 현딜의 산졈(産漸)을 므ᄅᆞ니 ᄒᆞᆫ갈ᄀᆞ치 산긔(産氣) 업고 쇼져ᄂᆞᆫ 평안ᄒᆞᄃᆡ

뎡당 부인이 현혼증(眩昏症)으로 초민(焦憫)ᄒᆞᆫ다 ᄒᆞ던 거시니 그 엇디 말이 어긋나디 아니ᄒᆞ며 일이 의심되디 아니ᄒᆞ리잇고? 아디 못거이다. 져졔 향년을 ᄇᆞ리시미 잇더니잇가?" 58면

화부인이 침음왈(沈吟曰)

"현ᄆᆡ(賢妹) 궁극ᄒᆞᆫ 의심되디 아님도 괴이치 아니ᄒᆞ고 속음도 변되디 아니ᄒᆞᄃᆡ 대강 혼암(昏暗)ᄒᆞ고 블찰(不察)ᄒᆞᆫ 연괴(緣故)라. 우형(愚兄)이 표문(表門)으로 가던 날의 향년이 좃고 오날ᄂᆞᆯ의 ᄯᆞ라 니ᄅᆞ러시니 그 ᄉᆞ이 엇디 이에 ᄇᆞ린 ᄇᆡ 이시리오? 빗나디 아닌 말을 듯고 ᄌᆞ시 보디 아니ᄒᆞ니 다시 니ᄅᆞ디 말나."

쇼화부인이 잠쇼왈(潛笑曰)

"ᄀᆞᆺ쳐 니ᄅᆞ라 ᄒᆞ여도 하 요황(妖慌)ᄒᆞ고 교특(巧慝)ᄒᆞ니 다시 말ᄒᆞ기 슬흐이다ᄏᆞ니와 플흘 쳐 ᄇᆡ얌을 놀ᄂᆡᄂᆞᆫ 규구(規矩)로 독쉬(毒手) 이ᄋᆞ의게 밋ᄎᆞ미니 위경(危境)을 면(免)ᄒᆞ고 ᄌᆡ보의 명약(命藥)ᄒᆞᆫ 바롤 시험ᄒᆞᄆᆡ 약회 신긔ᄒᆞ여 비로소 복ᄎᆞ(復差)ᄒᆞ미 목젼(目前)의 이시니 ᄎᆞ악던 ᄆᆞᄋᆞᆷ을 뎡ᄒᆞᄆᆡ 간당(奸黨)이 획모(劃謀)ᄒᆞ미 비록 교밀(巧密)ᄒᆞ고 암특(暗慝)ᄒᆞ나 쇼인의 단쳔(短淺)ᄒᆞᆫ 디뫼(智謀) 군ᄌᆞ의 원하(遠遐)ᄒᆞᆫ 도량(度量)을 밋디 못ᄒᆞ고 명달(明達)ᄒᆞᆫ 식견(識見)을 버셔나디 못ᄒᆞᄂᆞ니 엇디 의심된 바롤 ᄉᆞ못 ᄭᆡ닷디 못ᄒᆞ리잇고?"

화부인은 다시 말이 업고 셔부인이 슈미(首尾)롤 드러오ᄆᆡ 그윽이 경ᄒᆡ블측(驚駭不測)ᄒᆞ나 또 의심턴 바롤 펴바리디 아니터라. 니부의셔 59면
상셔공이 ᄌᆞ딜(子姪) 졔쇼년(諸少年)으로 더브러 운계롤 보고 딜녀(姪女)의 무ᄉᆞ히 ᄒᆡ만(解娩)ᄒᆞᆷ과 웅비(熊羆)의 길경(吉慶)을 치하ᄒᆞᆯ디언정 삼일 젼 이ᄋᆞ 산실(産室)의 이시므로 ᄀᆞᆺᄐᆞ여 쇼져와 신싱강보(新生

襁褓)롤 보믈 졍치 아니ᄒᆞ고 도라가나 쥬태부인으로브터 일가(一家)의 두굿기고 긔힝ᄒᆞ미 엇디 챵현의 싱ᄌᆞ(生子)의 감(減)ᄒᆞ미 이시리오? 됴부인이 신양(身恙)이 잇더니 녀ᄋᆞ의 싱남(生男)ᄒᆞᆫ 희보(喜報)로 조ᄎᆞ 경환쾌열(慶歡快悅)ᄒᆞ미 병을 믈니고 합문(闔門)이 흔흔열열ᄒᆞᆫ 밧ᄌᆡ 졍부로 다ᄅᆞ미 업ᄂᆞᆫ디라. 니샤인 부인이 존고(尊姑)의 미양(微恙)이 복ᄎᆞ(復差)ᄒᆞ믈 인ᄒᆞ여 신싱ᄋᆞ달의 삼일(三日) 미쳐 귀령(歸寧)ᄒᆞ믈 쳥ᄒᆞ여 운산으로 도라오고 상부인이 ᄌᆞ부(子婦) 녀ᄋᆞ롤 거ᄂᆞ려 니ᄅᆞ러 종샤(宗嗣)의 늉경(隆慶)을 치하홀ᄉᆡ 닌웅공ᄌᆡ 또ᄒᆞᆫ 양모(養母)롤 뫼셔 도라오ᄆᆡ 양부인 긔염이 좃고 엄학ᄉᆞ 부인 슉염이 그 슉모 딘댱군 부인이 댱군이 츌졍(出征)ᄒᆞ믈 인ᄒᆞ여 딘부의 나아가 슈슌(數旬)을 머믈워 이날 도라오고 닌명 쳐 화시 닌흥 쳐 상시 등이 또ᄒᆞᆫ 친부로 조ᄎᆞ 구가(舅家)[138]의 니ᄅᆞᄆᆡ 학ᄉᆞ 닌흥과 딕ᄉᆞ 닌유ᄂᆞᆫ 가군(家君)이 태쥬로 환귀(還歸)ᄒᆞ믈 듯고 츌번(出番)ᄒᆞᄂᆞᆫ 날이 슈일이 ᄎᆞ디 못ᄒᆞᄃᆡ 번을 동관의게 빌고 왓니 와 부친을 시측(侍側)ᄒᆞ니 굿ᄐᆞ여 손을 쳥ᄒᆞ미 업시 좁은 각듕이 더옥 협익(狹隘)ᄒᆞᄃᆡ 문졍은 가디록 영요(榮耀)ᄒᆞ니 쳐시 셩만(盛滿)ᄒᆞ믈 깃거 아니 ᄒᆞᄃᆡ 더으며 ᄎᆞᄆᆡ 다ᄅᆞ미 업고 굽으며 곳으미 업ᄂᆞᆫ디라. 또ᄒᆞᆫ 화복의 동ᄒᆞ미 잇디 아냐 긔로이 시름ᄒᆞ미 업고 ᄉᆞᄉᆞ로 복을 길우려 홈도 업ᄉᆞᄃᆡ 셩덕문딜(盛德文質)이 빈빈슉슉ᄒᆞ여 대유(大儒)의 ᄌᆞ최롤 블아 공문 승당입실(升堂入室)의 겸연(慊然)ᄒᆞ미 업ᄉᆞ니 쥬종의탁이 져머실 ᄣᅵ로브터 늙기의 니ᄅᆞ히 태산

---

138 구가(舅家): 시부모님이 살고 계신 집. 시댁.

교악(泰山喬嶽)의 미드미 잇ᄂᆞᆫ디라. 학(學)을 구ᄒᆞ고 도(道)ᄅᆞᆯ ᄇᆞ랄 ᄌᆡ
져마다 ᄎᆡᆨ을 쎄고 학을 ᄇᆡ호고ᄌᆞ ᄒᆞ리 슈ᄅᆞᆯ 헤디 못ᄒᆞᆯ ᄇᆡ오 딘실노 슈
응(隨應)이 번난ᄒᆞᄃᆡ 그 작인이 슈미(秀美)ᄒᆞ미 버셔나고 션악대도(善
惡大道)ᄅᆞᆯ 여토디 못ᄒᆞ여 그ᄅᆞᆺ 탁셰(濁世)의 호호브박(浩浩浮薄)ᄒᆞ미
무들믈 앗겨 교졔ᄒᆞ믈 두ᄆᆡ 문인(門人)이 여류 십인이라. 쳐음브터 ᄇᆡᆨ
힝이 고로미 ᄀᆞ장 희한(稀罕)ᄒᆞ여 등안 ᄀᆞᆺᄐᆞ니 블과 슈삼인이로ᄃᆡ 다 61면
션싱의 교졔ᄒᆞ믈 인ᄒᆞ여 개개히 군ᄌᆡ러라. ᄎᆞ일(此日)의 셔태부인이
ᄌᆞ녀 졔딜과 졔손으로 더브러 운각의 니ᄅᆞ러 니시ᄅᆞᆯ 무ᄋᆡ(撫愛)ᄒᆞ며
신싱을 ᄉᆞᆯ피ᄆᆡ 과연 닌ᄋᆞ봉취(麟兒鳳鄒)라. 희허태식(欷歔太息) 왈
"양현뷔 ᄌᆡ시(在時)의 닌셩을 강보(襁褓)의 거두어 봉각의 도라오디
아니 ᄒᆞ고 ᄆᆡ양 니ᄅᆞᄃᆡ 화뎨ᄂᆞᆫ 일ᄐᆡ(一胎)의 빵싱(雙生)ᄒᆞ여 임의 닌
광 ᄀᆞᆺᄐᆞᆫ 긔ᄌᆞᄅᆞᆯ 두어 긔특ᄒᆞ미 닌셩의 아ᄅᆡ 잇디 아니ᄒᆞ니 셩ᄋᆞᄂᆞᆫ 나
의 나흔 바로 알나ᄒᆞ며 운셤으로 유모ᄅᆞᆯ 뎡ᄒᆞ여 영각의 두고【양부인
ᄌᆡ시의 머므던 영일뉘니라】ᄋᆡ디듕디(愛之重之)ᄒᆞ여 친싱(親生)의
더으던 ᄇᆡ 작셕(昨夕) ᄀᆞᆺᄐᆞᄃᆡ 그 ᄉᆞ이 셰월이 오라며 인ᄉᆡ(人事) 대
변(大變)ᄒᆞ여 닌셩의 싱ᄌᆞᄅᆞᆯ 션군(先君)이 두ᄀᆞᆺ기디 못ᄒᆞ시고 양현
뷔 보디 못ᄒᆞᄂᆞᆫ 바의 덕 업ᄉᆞᆫ 노뫼 디리히 ᄉᆞ라 비환우락(悲歡憂樂)
을 ᄀᆞᆺ초 당ᄒᆞ니 어이 감쳑ᄒᆞ믈 ᄎᆞᆷ을 ᄇᆡ리오? 셩ᄋᆞ와 니현부의 싱ᄒᆞᆫ
ᄇᆡ 용상(庸常)치 아니믄 디긔(知機)ᄒᆞ미어니와 이러ᄐᆞᆺ 긔이ᄒᆞ여 호발
(毫髮)도 졔 부모의 나리미 업ᄉᆞ며 오히려 승(承)ᄒᆞᆫ 듯ᄒᆞ믄 션군과 ᄇᆡᆨ
ᄋᆞ의 튱녈여음(忠烈餘陰)과 너의 부부 셩덕여경(盛德餘慶)의 셩ᄋᆞ와 62면
니시의 셩효덕힝(誠孝德行)을 샹텬(上天)이 복우(福遇)ᄒᆞ샤 이런 긔
ᄌᆞᄅᆞᆯ 두어 복션의 명웅이 소연(昭然)ᄒᆞ믈 알게 ᄒᆞ시니 이 엇디 노모

의 블인(不仁)ᄒᆞ믈 힘닙으미리오?”

쳐ᄉᆡ 신ᄉᆡᆼ을 보ᄆᆡ 회감(懷感)ᄒᆞ미 더으ᄃᆡ ᄌᆞ위의 쳑상(慽傷)ᄒᆞ시믈 민망ᄒᆞ여 이셩화긔(怡聲和氣)로 위로ᄒᆞ며 경조와 쇼뷔 일시의 흔하경환(欣賀慶歡)ᄒᆞ여 오히려 쳬찰의셔 더으다 ᄒᆞ고 듕좌(衆坐) 년셩치하(連聲致賀)ᄒᆞ여 딘실노 긔이ᄒᆞ며 아ᄅᆞᆷ다오믈 결을치 못ᄒᆞ며 쳬찰과 니신들 엇디 신ᄉᆡᆼ디시의 이ᄃᆡ도록 비상특이(非常特異)ᄒᆞ여시리오 ᄒᆞ여 하셩이 ᄌᆞ못 요란ᄒᆞ니 샹부인이 도로혀 쇼왈(笑曰)

“댱ᄌᆡ ᄉᆡᆼ남ᄒᆞᄆᆡ 종샤(宗嗣)의 ᄒᆡᆼ이 아모 집이라도 범연홀 ᄇᆡ 아니로ᄃᆡ 셰간의 남가녀혼(男嫁女婚)ᄒᆞ여 유복ᄒᆞᄆᆡ ᄉᆡᆼ산의 길흘 여러 디엽이 션션ᄒᆞ미 ᄒᆞᆫ두 사ᄅᆞᆷ이 아니라. ᄎᆞ좌듕(此坐中)의 뉘 ᄋᆞᄃᆞᆯ을 쳐음으로 아니 나하시리오마ᄂᆞᆫ 이ᄃᆡ도록 신긔ᄒᆞ며 비상ᄒᆞᆫ 일노 밀위여 하긱이 요요운집(擾擾雲集)ᄒᆞ여 칭셩이 분분년쇽(紛紛連續)ᄒᆞ믄 보고 63면 듯기 드믄디라. 날ᄀᆞᆺ치 졍신이 묘묘(杳杳)ᄒᆞ여 긔운이 브족ᄒᆞᆫ ᄌᆞᄂᆞᆫ 분난ᄒᆞ믈 뎡치 못ᄒᆞ리로소이다.”

경조와 쇼뷔 대쇼왈(大笑曰)

“져제 원간 범ᄉᆞ의 복통(腹痛)ᄒᆞ믈 심히 ᄒᆞ시더니 오날ᄂᆞᆯ 딜부의 신ᄉᆡᆼ긔ᄌᆞᄅᆞᆯ 귀경ᄒᆞ시ᄆᆡ 복통이 넘뼈 두통(頭痛)이 되시도소이다. 원간 벽디와 유란은 희귀ᄒᆞ여 범믈이 셩치 아냐 비로소 샹셰 되ᄂᆞ니 ᄒᆞ믈며 황ᄒᆡ쳔년(黃海千年)의 일쳥(一淸)ᄒᆞ고 셩인이 오ᄇᆡᆨ년의 일ᄉᆡᆼ(一生)ᄒᆞ니 범인(凡人)의 쇽미(俗微)ᄒᆞᆫ 지엽(枝葉)이야 열흘 포집은들[139]

139 포집은들: 포집다. 거듭 집다. 포개어 놓다.

므어시 귀ᄒᆞ며 일ᄏᆞ롬죽 ᄒᆞ리잇가? 다만 현보와 니시 ᄀᆞᆺᄐᆞᆫ 대현슉녀(大賢淑女) 이 ᄀᆞᆺᄐᆞᆫ 긔ᄌᆞᄅᆞᆯ ᄉᆡᆼᄒᆞ믈 칭도(稱道)ᄒᆞ미니이다."

쳐ᄉᆡ 역시 우으며 신손(新孫)의 긔이ᄒᆞ믈 인ᄒᆞ여 져져의 복통이 더으믈 닐너 남ᄆᆡ 군죵(群從)[140]이 희ᄉᆈ(喜笑) 요요(擾擾)ᄒᆞ여 희학(戲謔)이 방디(旁支)ᄒᆞ니 태부인이 ᄯᅩᄒᆞᆫ 쳑상ᄒᆞ믈 덜고 희연이 슈미(秀眉)ᄅᆞᆯ 동ᄒᆞ여 경환(慶歡)ᄒᆞ믈 ᄠᅴ여시니 쳐ᄉᆡ ᄌᆞ안(慈顔)의 희열(喜悅)ᄒᆞ시믈 더옥 ᄒᆡᆼ열ᄒᆞ더라.

ᄎᆞ셜(且說). 졍시 부듕(府中)의 졔쇼년이 존당을 봉시ᄒᆞ여 신ᄉᆡᆼᄒᆡ
ᄋᆞ(新生孩兒)의 긔이ᄒᆞ믈 ᄒᆞᆫ가디로 완경(玩景)을 삼아 희환블승(喜 64면
歡不勝)ᄒᆞ니 어린 ᄃᆞ시 ᄆᆞ음을 뽓고 긔운을 일허 할연이 길게 슘 ᄉᆔ믈 ᄭᆡ닷디 못ᄒᆞ니 각각 부인의 유신(有娠)ᄒᆞ믈 아ᄂᆞᆫ ᄌᆡ라도 ᄉᆡᆼᄌᆞᄅᆞᆯ 이ᄀᆞᆺ치 ᄒᆞ믈 능히 ᄇᆞ라디 못ᄒᆞ고 오ᄃᆡᆨ 유풍셰덕(遺風世德)을 니어 범범 쇽미(俗微)치 아니키나 그윽이 원ᄒᆞ니 ᄡᆡ의 학ᄉᆞ 닌흥의 부인 상시ᄂᆞᆫ 잉신(孕娠) 구월이오 길ᄉᆞ 닌명의 부인 화시ᄂᆞᆫ 유신(有娠) 오삭(五朔)이오 엄부인 슉염은 잉ᄐᆡ 뉵삭(六朔)이오 양부인 긔염은 복경팔삭(八朔)이오 니부인 ᄌᆞ염은 ᄯᅩᄒᆞᆫ 삭ᄉᆔ ᄎᆞ시ᄃᆡ 산긔(産氣) 업ᄉᆞᆯ ᄲᅳᆫ 아니라 구가(舅家)와 친부(親父) 졔인이 그 유신ᄒᆞ믈 알 니 업셔 오ᄃᆡᆨ 쳐ᄉᆞ부뷔 디긔(知機)ᄒᆞ며 니공이 강좌(江左)의 이셔 졔읍(諸邑)을 딘무(鎭撫) 슌슈(巡狩)[141]ᄒᆞᄆᆡ 념녜 ᄉᆞᄉᆞ의 잇디 아닛ᄂᆞᆫ 가온ᄃᆡ도 식부(息婦)의 유신(有娠)ᄒᆞ믈 혜아리고 됴부인이 잠간 ᄉᆞᆺ쳐 알오ᄃᆡ 오히려

140 군죵(群從): 군종. 아들이나 조카뻘 되는 사람을 총칭.

141 슌슈(巡狩): 순수. 왕이 나라 안을 두루 살피며 돌아다니던 일.

만삭(滿朔)ᄒᆞ믄 아디 못ᄒᆞ므로 이에 보ᄂᆡ엿ᄂᆞᆫ디라. 상부인이 쳐ᄉᆞ와
65면 경조며 쇼부로 더브러 희학(戱謔)이 방디(旁支)러니 날호여 태우를
보고 혀 ᄎᆞ 골오ᄃᆡ
"졔딜의 남ᄆᆡ부뷔(男妹夫婦) 빵뉴(雙遊)ᄒᆞᄂᆞᆫ ᄌᆞᄂᆞᆫ 다 웅비(熊羆)ᄅᆞᆯ
ᄭᅮᆷᄭᅮ어 태경(胎慶)을 졈득ᄒᆞᄆᆡ 져마다 금월(今月)의 나치 아니면 ᄂᆡ
월(來月)이 산월(産月)이오 혹 ᄂᆡ월이 아니면 명츈은 유ᄌᆞᄉᆡᆼ녀(幼子
生女)ᄅᆞᆯ 긔약(期約)ᄒᆞ여 종샤(宗嗣)의 션션(詵詵)[142]ᄒᆞ믈 구ᄒᆞ거ᄂᆞᆯ ᄌᆡ
보ᄂᆞᆫ 가문의 업ᄉᆞᆫ 거조로 두 실가(室家)ᄅᆞᆯ 취ᄒᆞᄃᆡ ᄒᆞᆫ 사ᄅᆞᆷ도 금슬(琴
瑟)의 낙(樂)이 곡됴(曲調)의 고ᄅᆞᆷ을 엇디 못ᄒᆞ여 ᄒᆞ나흔 무죄히 츌화
(黜禍)ᄅᆞᆯ 당ᄒᆞ고 ᄒᆞ나흔 ᄒᆡ음업시 ᄌᆞ퇴(自退)ᄒᆞ여 쳐쳡간(妻妾間)의
건즐(巾櫛)을 님ᄒᆞᆯ ᄌᆡ 업ᄉᆞ니 ᄉᆡᆼ산(生産)의 길흘 여러 ᄋᆞ돌을 희롱ᄒᆞ
며 ᄯᆞᆯ을 교ᄋᆡ(嬌愛)ᄒᆞ믄 아이의 의논도 못 ᄒᆞ고 환부(鰥夫)의 우슈(憂
愁)ᄒᆞᆫ 톄ᄐᆡ(體態) 이셔 공실(空室)의 외로이 쳐ᄒᆞᄆᆡ 한상요금(寒床褥
衿)의 경경(耿耿)이 ᄌᆞᆷ을 일우디 못ᄒᆞ며 츄우오동의 울울(鬱鬱)히 회
포(懷抱)ᄅᆞᆯ 동ᄒᆞ여 극ᄒᆞᆫ 궁상(窮狀)을 감심(甘心)ᄒᆞ믄 어인 일이뇨?"
태위 쳥빈쇼모(淸貧笑貌)의 미미ᄒᆞᆫ 우음을 ᄯᅴ여 신ᄉᆡᆼ딜ᄋᆞ(新生姪兒)
66면 의 츌범탁이(出凡卓異)ᄒᆞ믈 흔희환심ᄒᆞᆯ디언졍 담연ᄒᆞ여 다ᄅᆞᆫ ᄯᅳᆺ이
업ᄂᆞᆫ ᄃᆞᆺᄒᆞᆫ디라. 경죄 니어 쇼왈(笑曰)
"갓득의 시름 만코 그리 아녀도 남 블워ᄒᆞᄂᆞᆫᄃᆡ 져져ᄂᆞᆫ 엇디 위어(慰
語)란 두디 아니시고 슈회(愁懷)ᄅᆞᆯ 더으게 ᄒᆞ시ᄂᆞ니잇가?"

142 션션(詵詵): 선선. 자식이 많음.

됴통ᄌᆡ 부인이 ᄯᅩᄒᆞᆫ 우음을 ᄯᅴ여 ᄀᆞᆯ오ᄃᆡ

"텬작얼(天作孼)은 유가위(猶可違)어니와 ᄌᆞ작얼(自作孼)은 블가활(不可活)[143]이라 ᄒᆞ니 셩녀현쳐(聖女賢妻)의 뇨됴슉완(窈窕淑婉)ᄒᆞ미 과분(過分)ᄒᆞ믈 모로고 심히 구박ᄒᆞ여 죄 아닌 바의 년좌(緣坐)ᄒᆞ미 각박(刻薄)ᄒᆞ니 존현녜ᄃᆡ(尊賢禮待)ᄒᆞ믄 아이의 의논도 말고 공연이 슉녀ᄅᆞᆯ 죄의 밀위니 엇디 당공의 무도ᄒᆞ므로 다ᄅᆞ미 이시리오? 연ᄎᆞ로 제 ᄯᅩ 실우니비(失偶離配)ᄒᆞ여 금슬(琴瑟)이 단현(斷絃)ᄒᆞ며 종괴(鐘鼓) 결영(絶影)ᄒᆞ여 풍뉴의 즐기믈 엇디 못ᄒᆞ고 소시ᄂᆞᆫ 쳐디(處地) 난연얼울(赧然齇鬱)ᄒᆞ여 ᄌᆞ퇴ᄒᆞᄆᆡ 다시 닐위미 어려오니 환부(鰥夫)의 우슈(憂愁)ᄒᆞᆫ 회푀 ᄒᆞᆫ갓 츄우오동의 더을 ᄲᅳᆫ 아니라 셰월을 포집어 문졍(門庭)의 버들이 프ᄅᆞ며 화원의 ᄭᅩᆺ치 븕어도 당시의 도라오디 못ᄒᆞ미 비록 왕손의 귀블귀(歸不歸)ᄂᆞᆫ 아니나 ᄌᆡ보의 듕궤(中饋)ᄅᆞᆯ 님치 못ᄒᆞ믄 약슈(弱水)ᄅᆞᆯ 앏ᄒᆡ 두고 오작교(烏鵲橋)의 신(信)을 젼치 못ᄒᆞᄆᆡ 더으리니 츈거츄ᄅᆡ(春去秋來)의 어ᄂᆞ 날 그 심회쾌활(心懷快活)ᄒᆞ리잇고? ᄒᆞ믈며 뉴광(流光)이 슉홀(倏忽)ᄒᆞ여 ᄇᆡᆨ구디과극(白駒之過隙)이라. 인ᄉᆡᆼᄇᆡᆨ셰(人生百歲)라도 그 늣거오미 일장츈몽(一場春夢)이어ᄂᆞᆯ ᄯᅩ 엇디 ᄇᆡᆨ년을 누리미 쉬오리오? 쇽졀업시 금년을 보ᄂᆡ고 명년을 마ᄌᆞᄆᆡ 삼츈당일(三春長日)이 도로혀 구츄상일(九秋霜日)이 되니 귀밋ᄐᆡ 프ᄅᆞᆫ 구ᄅᆞᆷ이 언마ᄒᆞ여 가을 셔리ᄅᆞᆯ 밧고리오?

67면

143 텬작얼(天作孼)은 유가위(猶可違)어니와 ᄌᆞ작얼(自作孼)은 블가활(不可活): 《서경》〈태갑중(太甲中)〉에 나오는 구절로 "하늘이 내린 재앙은 오히려 피할 수 있으나 스스로 초래한 재앙은 피할 수 없다(天作孼猶可違 自作孼不可逭)."라는 뜻.

여ᄎᆞ지시(如此之時)의 ᄀᆞ온ᄃᆡ로 실가를 의ᄒᆞ미 업ᄉᆞ며 아ᄅᆡ로 ᄌᆞ녀
를 속ᄒᆞ미 업ᄉᆞ니 거안졔미(擧案齊眉)의 공경과 양디션침(養志仙寢)
의 봉효(奉孝)ᄂᆞᆫ ᄎᆞᄉᆡᆼ의 난득(難得)이오 다만 존당친위(尊堂親闈)를
우러러 스ᄉᆞ로 무ᄎᆡ디낙(舞彩之樂)과 딜츄디희(疾趨之戲)를 두나 훤
경(萱情)을 믈너나면 일신을 도라보아 여상여실(如喪如失)ᄒᆞ고 훌훌
쳐긔(凄氣)ᄒᆞ여 요요히 디탁(支託)이 업ᄉᆞᆫ 바의 동졍츄엽(洞庭秋葉)
ᄀᆞᆺᄐᆞ며 금풍취ᄉᆞ(金風醉死) ᄀᆞᆺᄐᆞ여 영웅이 쇠잔(衰殘)ᄒᆞ고 댱뷔 구
68면 구ᄒᆞ여 십쳑 신의 회포를 두미 삼쳑 ᄋᆞ녀의 좁은 심장과 연ᄒᆞᆫ 간담(肝
膽)을 ᄉᆞᆯ오ᄆᆡ 더으리니 쳥신ᄇᆡᆨ두(淸晨白頭)를 기리 읇흐며 댱문의 녯
건앙을 ᄉᆡᆼ각ᄒᆞ믈 나토디 아니ᄒᆞ나 ᄒᆡ음업시 상회(傷懷) ᄌᆞ칙(自責)
ᄒᆞ여 츄회막급(追悔莫及)이 되리니 모로미 궤고집미(詭固執微)ᄒᆞ믈
ᄀᆞᆺ쳐 현필(賢匹)의 졀조녈ᄒᆡᆼ(節操烈行)을 감복슬위ᄒᆞ여 싀험(猜險)
ᄒᆞᆫ 위풍(威風)을 덜디어다."

셜파(說罷)의 일좨(一座) 병쇼(倂笑)ᄒᆞ야 태우의 신셰를 그린 ᄃᆞ시
니ᄅᆞᆫ다 ᄒᆞ며 됴부인의 온침단목ᄒᆞ미 일즉 존당을 위열(慰悅)코ᄌᆞ ᄒᆞ
미라도 만흔 말을 더으미 업더니 금일 홀연이 태우를 긔롱(譏弄)ᄒᆞᄆᆡ
쳥음이 뇨료(窈寥)ᄒᆞ여 쇼에(笑語) 활낭(活朗)ᄒᆞ고 평일의 계오 ᄯᅳᆺ을
통홀 만ᄒᆞᆫ 후 ᄀᆞᆺ치던 말노 다ᄅᆞᆫ디라. 태부인이 크게 두굿기며 희귀(喜
貴)ᄒᆞ여 그 옥비셤슈(玉臂纖手)를 어로만져 ᄀᆞᆯ오ᄃᆡ

"인ᄉᆡᆼ이 댱슈ᄒᆞᄆᆡ 딘실노 귀ᄒᆞᆫ 일을 보리로다. 아녀의 온침홈과 단듕
ᄒᆞ미 엇디 오날놀 오라비를 보ᄎᆡᄆᆡᄂᆞᆫ 슌우곤의 긔담(奇談)과 동방삭
69면 (東方朔)의 희히(戲諧)로 방블ᄒᆞ냐? 연이나 광ᄋᆞ의 신셰의 악담(惡
談)을 만히 ᄒᆞ니 맛누의 말이라 ᄃᆡ답의 블공(不恭)ᄒᆞ믈 두디 못ᄒᆞᆫ들

졔 아니 ᄉᆞ외로이 넉이ᄂᆞ냐?"

됴부인이 션연아용(嬋然雅容)의 화연개쇼(和然開笑)ᄒᆞ며 하셕ᄇᆡ샤(下席拜謝) 왈

"블초ᄋᆡ 당뎨의 셩효ᄌᆡ릉(誠孝才能)홈과 니·양·엄 등 졔죵(諸從)[144]의 인효셩ᄉᆞᄅᆞᆯ 밋ᄌᆞᆸ디 못ᄒᆞᄋᆞᆸᄂᆞᆫ 고로 일즉 태모(太母)의 요훌(寥欻)ᄒᆞ시믈 위열(慰悅)치 못ᄒᆞᄋᆞᆸ더니 금일의 다ᄃᆞ라 광뎨의 억울ᄒᆞ믈 보ᄋᆞᆸ건ᄃᆡ 그 궤집블통(詭執不通)을 곳치디 아냐도 비록 남ᄌᆞ의 쾌활(快活)ᄒᆞ미나 신셰의 우슈(憂愁)ᄒᆞ미 업디 아닌 고로 우연이 닐넛ᄉᆞᆸ더니 태모의 희귀히 넉이시믈 엇ᄉᆞ오ᄆᆡ 황공블감(惶恐不堪)ᄒᆞ오며 ᄯᅩ 악담(惡談)이라 ᄒᆞ시믈 듯ᄌᆞ오니 쇼녜 사ᄅᆞᆷ의 화복(禍福)을 쥬댱(主掌)ᄒᆞᄂᆞᆫ 셩신 졔블(帝佛)이 아니라 굿ᄐᆞ여 ᄒᆞᆫ번 말ᄉᆞᆷ의 ᄌᆡ보의 신셰 그리될 거시 아니오니 당뎨와 소시ᄅᆞᆯ 다시 오게 ᄒᆞ쇼셔. ᄌᆡ뵈 초의 모딘 위풍(威風)을 디어 당시ᄅᆞᆯ 도라보ᄂᆡ믄 쉬오나 다시 마ᄌᆞ오믄 ᄋᆞᄒᆡ 우ᄅᆞᆷ 다ᄅᆡ기 ᄀᆞᆺᄐᆞᆯ디라. 왕모(王母)와 계부뫼(繼父母) 그 심회ᄅᆞᆯ ᄉᆞᆯ피디 70면
아니신즉 냥소의 단합(團合)이 어려올가 ᄒᆞᄂᆞ이다."

태부인이 쇼이졈두(笑而點頭) 왈

"노뫼 비록 디ᄌᆞ(知子)치 못ᄒᆞ나 엇디 ᄌᆞ손의 부뷔 단취(團聚)ᄒᆞ믈 깃거 아니리오? 너의 니ᄅᆞᆫ ᄃᆡ로 당시ᄅᆞᆯ 슈히 마ᄌᆞ 오게 ᄒᆞ려니와 광ᄋᆞ의 ᄯᅳᆺ이 네 말과 ᄀᆞᆺ디 아닐가 근심ᄒᆞ노라."

경조와 쇼뷔 우으며 ᄌᆡ보의 회푀(懷抱) 됴딜의 말과 다ᄅᆞ미 업ᄉᆞᆯ 바

---

144 졔죵(諸從): 제종. 사촌 형제.

롤 주(奏)ᄒᆞ고 상부인이 긔쇼(譏笑)ᄒᆞ믈 마디 아니ᄒᆞᄃᆡ 태우ᄂᆞᆫ 부젼(父前)일 ᄲᅳᆫ 아니라 말이 굿ᄐᆞ여 당시의게 ᄌᆞ로 밋고ᄌᆞ 아닛ᄂᆞᆫ 고로 오딕 이이(怡怡)ᄒᆞᆫ 화긔(和氣)로 승안위열(承顔慰悅)ᄒᆞ믈 일치 아닐 ᄲᅳᆫ이로ᄃᆡ 희어(戲語)롤 두디 아니ᄒᆞ고 ᄯᅩ 소시의 도라가믈 심하(心下)의 미온(微慍)ᄒᆞᄃᆡ ᄉᆞ식(辭色)ᄒᆞ믄 업ᄂᆞᆫ디라. 쳐ᄉᆡ ᄯᅩᄒᆞᆫ 희연이 우어 태부인의 흔열(欣悅)ᄒᆞ시믈 만심경ᄒᆡᆼ(滿心慶幸)ᄒᆞ여 ᄌᆞ안(慈顔)을 우러러 신싱ᄋᆞ의 몬져 명ᄌᆞ(名字) 주시믈 쳥ᄒᆞ더라.

(책임교주 한정미)

완월회맹연 玩月會盟宴

권디오십오 卷之五十五

1면 화셜(話說). 쳐ᄉᆡ(處士) 만심경ᄒᆡᆼ(滿心慶幸)ᄒᆞ며 ᄌᆞ안(慈顔)을 우러러 신ᄉᆡᆼᄋᆞ(新生兒)의[1] 몬져 명ᄌᆞ(名字) 주시믈 쳥ᄒᆞᄃᆡ 태부인이 쇼왈(笑曰)

“ᄇᆡᆨᄋᆞ(伯兒)[2]와 닌셩이 만니(萬里)의 이셔 신ᄉᆡᆼ강보(新生襁褓)를 즉시 보디 못ᄒᆞ니 네 맛당이 신손(新孫)의 일홈을 줄디라. 어이 노혼(老昏)ᄒᆞᆫ 나의게 쳥(請)ᄒᆞᄂᆞ뇨?”

쳐ᄉᆡ(處士) ᄇᆡ슈왈(拜受曰)

“신손(新孫)의 관(冠)ᄒᆞ기를 밋쳐 일홈을 쥬고 ᄌᆞ(字)를 디으믄 형댱(兄丈)이 ᄒᆞ시리니 쇼ᄌᆞ(小子)ᄂᆞᆫ 아딕 형댱을 ᄃᆡᄒᆞ여 그 ᄋᆞ명(兒名)을 주샤이다.”

인ᄒᆞ여 일홈을 몽뇽(夢龍)이라 ᄒᆞ니 가듕(家中)이 드ᄃᆡ여 몽뇽이라 브ᄅᆞ더니 참졍이 도라온 후 그 관명(冠名)과 ᄌᆞ(字)를 주니라. 경쇠 신ᄉᆡᆼᄋᆞ의 일홈을 듯고 므러 왈

“형댱이 므ᄉᆞᆷ 긔몽(奇夢)을 인ᄒᆞ여 아희 일홈을 몽뇽을 ᄒᆞ시ᄂᆞ니잇가?”

쳐ᄉᆡ 쇼왈(笑曰)

“우연이 디으미오 굿ᄐᆞ여 몽ᄉᆡ(夢事) 잇디 아니ᄒᆞ거니와 졔 부모ᄂᆞᆫ 반ᄃᆞ시 웅비(熊羆)를 쑴ᄉᆞ미 이실 ᄃᆞᆺᄒᆞ니라.”

상부인[3]이 쇼왈(笑曰)

1 신ᄉᆡᆼᄋᆞ(新生兒)의: 규장각본에는 ‘신생아를’로 되어 있음.
2 ᄇᆡᆨᄋᆞ(伯兒): 백아. 정잠을 말함. 서태부인의 첫째 아들.
3 상부인: 정태요.

“웅비ᄅᆞᆯ ᄭᅮᆷ순동 훼ᄉᆞ(虺蛇)[4]ᄅᆞᆯ ᄭᅮᆷ순동 언졍(蝘蜓)[5]을 ᄭᅮᆷ순동 엇디 아라 ᄭᅮᆷ을 응ᄒᆞ여 ᄋᆞᄒᆡ(兒孩) 일홈을 디으리오?” 2면

쳐ᄉᆡ(處士) 쇼이ᄃᆡ왈(笑而對曰)

“신ᄉᆡᆼᄋᆡ(新生兒) ᄯᆞᆯ이 아니어니 훼ᄉᆞ(虺蛇)ᄅᆞᆯ ᄭᅮᆷᄭᅮ디 아냐실 거시오 언졍(蝘蜓)을 ᄭᅮᆷᄭᅮ어도 ᄀᆞ장 비샹ᄒᆞᆫ 언졍을 보아실ᄉᆡ ᄉᆡᆼᄌᆞ(生子)ᄅᆞᆯ 이ᄀᆞᆺ치 ᄒᆞ엿ᄉᆞᆸᄂᆞ니 엇디 웅비(熊羆)ᄅᆞᆯ ᄭᅮᆷᄭᅮ미 아니리잇고?”

이러ᄐᆞᆺ 환연ᄒᆞᆫ 말ᄉᆞᆷ이 파치 못ᄒᆞ여셔 외졍(外庭)의 빈ᄀᆡᆨ(賓客)이 운집ᄒᆞ니 쳐ᄉᆡ(處士) 이공(二公)[6]과 ᄌᆞ딜(子姪)노 더브러 나가고 태부인이 신손(新孫)을 어로만져 볼ᄉᆞ록 긔이(奇異)ᄒᆞ믈 니긔디 못ᄒᆞᄃᆡ 니시의 병(病)이 깁흐믈 조심ᄒᆞ며 화부인이 ᄌᆞ로 님ᄒᆞ여 구호(救護)ᄒᆞ미 친모(親母)의 감(減)치 아니ᄒᆞ고 됴통ᄌᆡ[7] 부인과 니샤인[8] 부인의 우ᄋᆡ(友愛)ᄒᆞᄂᆞᆫ 디셩(至誠)이 동포골육(同袍骨肉)의 디나미 이시니 그 상쳐(傷處)ᄅᆞᆯ ᄎᆡ 보디 아니나 변고(變故)ᄅᆞᆯ ᄉᆞᆺ치고 목금(目今)을 경ᄒᆡ(驚駭)ᄒᆞ며 타일을 우려(憂慮)ᄒᆞ여 그 괴롭고 슬프믈 난호디 못ᄒᆞ

---

4 훼ᄉᆞ(虺蛇): 훼사. 훼사입몽(虺蛇入夢). 딸을 낳을 징조. 살무사나 이무기가 등장하는 꿈을 꾸면 여자아이를 낳을 징후라고 하는데, 이무기와 뱀이 모두 음성(陰性)이기 때문에 하는 말. 《시경》 〈소아(小雅)〉 ‘사간(斯干)’에 “길몽은 무엇인가? 곰과 큰곰과 살무사와 긴 뱀이다. 태인이 꿈을 점치니, 곰과 큰곰 꿈은 남자를 낳을 징조요, 살무사와 긴 뱀 꿈은 여자를 낳을 징조로다(吉夢維何 維熊維羆 維虺維蛇 大人占之 維熊維羆 男子之祥 維虺維蛇 女子之祥).”라는 말이 나옴.

5 언졍(蝘蜓): 언정. 도마뱀. 한나라 양웅의 〈해조(解嘲)〉에 “지금 그대는 올빼미를 가지고 봉황을 비웃고, 도마뱀을 가지고 귀룡을 비웃는구나(今子乃以鴟梟而笑鳳凰 執蝘蜓而嘲龜龍).”라는 말이 나옴.

6 이공(二公): 정염과 정겸.

7 됴통ᄌᆡ: 조총재. 조겸과 주부인 사이의 아들 조세창. 정명염의 남편. ‘총재(冢宰)’는 관직명.

8 니샤인: 이사인. 이빈의 아들 이창현. 정자염의 남편. ‘사인(舍人)’은 관직명.

믈 ᄀᆞ마니 탄아(嘆訝)[9]ᄒᆞᄃᆡ 쏘 ᄉᆡᆨ어(色語)의 빗최미 업ᄉᆞ니 니쇼제 ᄌᆞ
염쇼져의 다ᄃᆞ라ᄂᆞᆫ 겹〃 동긔(同氣)의 ᄌᆞ별(自別)ᄒᆞ믄 니ᄅᆞ디 말고
의합슈젹(意合手適)ᄒᆞ여 ᄉᆞ랑ᄒᆞ미 일신(一身) ᄀᆞᆺᄐᆞ며 디심(知心)ᄒᆞ
3면 미 거울 ᄀᆞᆺᄐᆞᄃᆡ ᄌᆞ긔(自己) 괴로온 회포(懷抱)와 위란(危亂)ᄒᆞᆫ 경계
(境界)의 미쳐ᄂᆞᆫ 모ᄌᆞ(母子) 텬셩디친(天性之親)이라도 함구블언(緘
口不言)ᄒᆞ므로 쇼고(小姑) 등의 총명(聰明)ᄒᆞ미 말ᄒᆞ미 업ᄉᆞ나 ᄉᆞ못
아ᄂᆞᆫ 바ᄅᆞᆯ 그윽이 괴연(愧然)ᄒᆞ여 스ᄉᆞ로 허믈이 듕ᄒᆞᆷ ᄀᆞᆺ고 힝혀 져
사ᄅᆞᆷ들이 ᄉᆡᆨ어(色語)의 현영(現影)ᄒᆞᆯ가 두려ᄒᆞ니 니샤인 부인의 통연
(洞然)ᄒᆞᆫ 혜식(惠識)이 엇디 니시의 뜻을 모로리오? 연ᄎᆞ(緣此)로 위
ᄒᆞ여 근심ᄒᆞ고 슬허ᄒᆞ나 념녀(念慮)ᄒᆞ믈 낫토미 무익(無益)ᄒᆞ여 모로
ᄂᆞᆫ ᄃᆞᆺᄒᆞ며 됴부인은 더옥 모친의 과단(科斷)이라 비록 ᄌᆞ긔(自己)ᄅᆞᆯ
나치 아냐시나 계모(繼母)와 의ᄌᆞ(義子)의 소(疎)ᄒᆞ미라 ᄒᆞ여 그 블
인참덕(不仁慙德)을 타연이 말ᄒᆞ고 념연(恬然)이 효(孝)의 예(禮) 문
허디믈 도라보디 아닛ᄂᆞᆫ 블초무식(不肖無識)ᄒᆞ미 이시리오? ᄒᆞ믈며
인효디셩(仁孝之性)은 텬셩(天性)의 타나미오 녜의법규(禮義法規)
ᄂᆞᆫ 현부형(賢父兄) 명훈(明訓)이라. ᄌᆞ긔(自己) 셩인취가(成人娶嫁)
의 ᄉᆞ뫼(嗣母) 입승(入承)ᄒᆞ니 년광(年光)이 ᄂᆡ도치 아니 쏘 포휼(抱
恤)ᄒᆞ며 ᄌᆞᄋᆡ(慈愛)ᄒᆞᄂᆞᆫ 은혜(恩惠)ᄅᆞᆯ 닙디 아녀시ᄃᆡ 오ᄃᆡᆨ 모녀디명
(母女之名)이 이셔 당당ᄒᆞᆫ 의례(儀禮)ᄅᆞᆯ 잡으ᄆᆡ 그 엇디 텬셩(天性)
4면 의 친으로 다ᄅᆞ미 이ᄉᆞ리오? 그윽이 모친의 실덕(失德)을 근심ᄒᆞ여

9 탄아(嘆訝): 탄식하고 의아해함.

비록 ᄌᆞ긔(自己) ᄒᆞᆫ 말의 회션슈덕(回善修德)디 아닐 바ᄅᆞᆯ 모로디 아니ᄒᆞ나 의리로 고간(苦諫)ᄒᆞ여 모녀(母女)의 친(親)으로ᄡᅧ ᄆᆞᄋᆞᆷ을 긔휘(忌諱)ᄒᆞ미 잇고 회포ᄅᆞᆯ 은닉ᄒᆞ미 업고ᄌᆞ ᄒᆞᄃᆡ 소부인이 ᄌᆞ긔 보ᄂᆞᆫ 바의 ᄒᆞᆫ 터럭 브ᄌᆞ(不慈)ᄒᆞ미 업ᄉᆞ며 ᄒᆞᆫ 조각 블인(不仁)ᄒᆞ미 업ᄉᆞ니 보디 아닌 바와 듯디 아닌 바ᄅᆞᆯ 감히 므어시라 디목(指目)ᄒᆞ여 발셜(發說)ᄒᆞ리오? 삼ᄉᆞ일을 뉴(留)ᄒᆞᆯ ᄉᆞ이의 사ᄅᆞᆷ이 업ᄂᆞᆫ ᄯᅢ와 고요ᄒᆞᆫ 밤을 당ᄒᆞ여 졍셩(精誠)으로 고간코져 ᄒᆞ다가 맛ᄎᆞᆷᄂᆡ 협뉴(脅勒)ᄒᆞᄆᆡ 갓가올가 두려ᄒᆞ며 소부인이 쇼져의 병(病)을 근심ᄒᆞᆷ과 농장(弄璋)[10]을 경환(罄歡)ᄒᆞ미 디졍의 극진ᄒᆞ여 친ᄉᆡᆼ긔츌(親生己出)이라도 이의 더으든 못ᄒᆞᆯ 바의 므어시라 브ᄌᆞ(不慈)ᄒᆞ믈 일ᄏᆞ라 ᄒᆡᆼ인셩덕(行仁成德)을 간ᄒᆞ리오? 유유(儒儒)히 소회(所懷)ᄅᆞᆯ 고(告)치 못ᄒᆞ고 구가(舅家)의 왕존ᄡᅡᆼ노(王尊雙老)와 구고냥위(舅姑兩闈)의 감디(甘旨)[11]ᄅᆞᆯ 밧들 니 업ᄉᆞ므로 오ᄅᆡ 머므디 못ᄒᆞ여 훌훌히 태모(太母)와 군ᄌᆞᆼ졔뎨(群宗諸弟)로 분슈(分手)ᄒᆞᆫ 후 도라갈ᄉᆡ 니시의 병셰(病勢) 쾌쇼(快蘇)ᄒᆞ믈 보디 못ᄒᆞ고 ᄯᅥ나ᄂᆞᆫ 졍이 더옥 창연비결(愴然悲訣)ᄒᆞ여 5면
님별(臨別)의 쇼져의 손을 ᄌᆞᆸ으며 신ᄉᆡᆼ강보(新生襁褓)ᄅᆞᆯ 어로만져 쳑연함누(戚然含淚) 왈

---

10 농장(弄璋): 아들을 낳음. 《시경》 〈소아〉 '사간(斯干)'에 "만약 남자아이를 낳으면 침상에 눕혀 재우고 색동옷을 입히고 손에 구슬을 쥐여 주겠다(乃生男子 載寢之牀 載衣之裳 載弄之璋)."라는 말이 나옴.

11 감디(甘旨): 감지. 달고 맛있는 음식이라는 뜻으로 특히 부모님이 좋아하는 음식을 말함. 《예기》 〈내칙(內則)〉의 "새벽에 어버이에게 아침 문안을 하고 좋아하는 음식을 올리며, 해가 뜨면 물러 나와 각자 일에 종사하다가, 해가 지면 저녁 문안을 하고 좋아하는 음식을 올린다(昧爽而朝 慈以旨甘 日出而退 各從其事 日入而夕 慈以旨甘)."라는 말에서 유래.

"디쳑상망(咫尺相望)의 피ᄎᆞ(彼此) 만나미 드므디 아니나 ᄆᆡ양(每樣) ᄯᅥ나미 총홀(悤欻)ᄒᆞ고 모드미 날이 만치 아닌디라. 그윽이 결울(結鬱)ᄒᆞᆫ 졍(情)을 니긔디 못ᄒᆞ리러니 금번(今番)의 밋쳐ᄂᆞᆫ 웅비(熊羆)의 길경(吉慶)이 희환경ᄒᆡᆼ(喜歡慶幸)이라. 현뎨(賢弟)의 병(病)이 비경(非輕)ᄒᆞ믈 보고 복ᄎᆞ(復差)ᄒᆞ믈 보디 못ᄒᆞ여셔 가니 ᄯᅳᆺ이 안안(晏晏)ᄒᆞ리오? ᄇᆞ라건ᄃᆡ 힘ᄡᅧ 됴호(調護)ᄒᆞ여 냥가친위(兩家親闈)예[12] 졀우(切憂)ᄅᆞᆯ 덜며 슉모(叔母) 부인이 귀령(歸寧)[13]ᄒᆞ시믈 타 현뎨(賢弟) ᄯᅩᄒᆞᆫ 신ᄉᆡᆼ긔린(新生麒麟)을 셔 빗ᄂᆡ 니ᄅᆞ러 냥위왕존(兩闈王尊)의 두굿기시믈[14] 돕ᄉᆞ오ᄆᆡ 가히 열이디회(悅怡之孝) 되디 아니랴?"

쇼제 나ᄌᆞᆨ이 ᄃᆡ왈(對曰)

"쳔딜(賤疾)[15]이 비록 여러 날 미류(彌留)ᄒᆞ오나 ᄉᆞᄉᆡᆼ(死生)의 우례(憂慮) 잇디 아닌 바의 셩의(聖意) 거리셸 ᄇᆡ 아니오 모친(母親) 귀령(歸寧)ᄒᆞ시ᄂᆞᆫ ᄊᆡᄅᆞᆯ 타 존당(尊堂) 구(舅)의 명(命)을 어드면 표문(表門)의 ᄂᆡ알(來謁)ᄒᆞ여 셩우(聖遇)ᄅᆞᆯ 밧들니이다."

됴부인이 기리 년년(戀戀)ᄒᆞ여 다시곰 됴호ᄒᆞ믈 니ᄅᆞ고 도라가니 소
6면 부인의 명신총오(明神聰悟)ᄒᆞ므로 엇디 됴부인의 ᄯᅳᆺ을 모로리오마ᄂᆞᆫ 딤ᄌᆞᆺ ᄉᆞ식(辭色)을 엄슉(嚴肅)히 ᄒᆞ며 ᄒᆡᆼᄉᆞ(行事)ᄅᆞᆯ 법다히[16] ᄒᆞ고 은

---

12 냥가친위(兩家親闈)예: 규장각본에는 '냥가친위(兩家親闈)의'로 되어 있음.

13 귀령(歸寧): 귀녕. 시집간 딸이 친정에 가서 부모를 뵙는 것.

14 두굿기시믈: 두굿기다. 기뻐하다.

15 쳔딜(賤疾): 천질. 겸손하게 자신의 병을 낮춰서 칭하는 말.

16 법다히: 법대로.

ᄋᆡ(恩愛)와 덕되(德道)[17] 구젼(俱全)ᄒᆞ여 사ᄅᆞᆷ으로 ᄒᆞ여곰 허믈을 니
ᄅᆞᆯ 단체(短處) 업게 ᄒᆞ니 니ᄅᆞᆫ바 디족이거간(智足以拒諫)ᄒᆞ고 언족이
식비(言足以飾非)라.[18] 닌웅공ᄌᆡ(公子) 가듕(家中)의 사ᄅᆞᆷ이 모힌 후로
ᄂᆞᆫ 슈슈(嫂嫂)ᄅᆞᆯ 위ᄒᆞᆫ 근심을[19] 잠간 노흐나 모친의 거동이 맛ᄎᆞᆷᄂᆡ 본셩
(本性)을 회복ᄒᆞ믄 만니(萬里)의 머ᄅᆞᆷ ᄀᆞᆺᄐᆞ며 교혜절변(巧慧絶辯)으
로 허믈을 ᄀᆞ리오고 패덕(悖德)을 ᄀᆞᆷ초와 능히 어딘 곳의 밋ᄎᆞᆯ ᄃᆞᆺᄒᆞ나
그 딘짓 ᄆᆞ음이 아니믈 왕모(王母)와 계부뫼(季父母) ᄇᆞᆰ히 디긔(知機)
ᄒᆞ여 일가제인(一家諸人)이 졈졈ᄒᆞ여 의심ᄒᆞ미 이시믈 어이 ᄭᆡ닷디
못ᄒᆞ리오? 통돌(痛咄)ᄒᆞ고 비만(悲滿)ᄒᆞ여 각골(刻骨)ᄒᆞᆫ 근심과 초박
(焦迫)ᄒᆞᆫ 념네(念慮) 참안(慘顔)ᄒᆞ며 괴황(愧惶)ᄒᆞ믈 더어 텬일(天日)
을 니고 사ᄅᆞᆷ을 ᄃᆡᄒᆞ믈 븟그리니 비록 통쾌(痛快)ᄒᆞ며 화활(和闊)ᄒᆞ여
조급(躁急)ᄒᆞ고[20] 편ᄋᆡᆨ(偏隘)ᄒᆞ므로 ᄂᆡ도ᄒᆞ나 신졍(神精)이 통골(通骨)
ᄒᆞ며 각도(刻刀)ᄒᆞ여 밥 먹으ᄆᆡ 몌고 가ᄉᆞᆷ의 ᄇᆞ혀 슌강(順降)ᄒᆞ믈 엇
디 못ᄒᆞ며 ᄌᆞᆷᄌᆞᄆᆡ 심혼(心魂)이 경월(驚越)ᄒᆞ고 ᄇᆡᆨ념(百念)이 초우(焦 7면
憂)ᄒᆞ여 억슈쳔녀(億愁千慮)ᄅᆞᆯ 능히 믈니치지 못ᄒᆞ니 ᄯᅩ 엇디 안심ᄒᆞ
믈 어드리오? 듕회(中懷) 슈울(愁鬱)ᄒᆞ믈 인ᄒᆞ여 폐간(肺肝)의 병(病)
이 ᄌᆞᆷ겨시ᄃᆡ 힝혀 픔딜(稟質)이 비구(非苟)ᄒᆞ며 긔위(氣宇) 탁아(卓

17 덕되(德道): 규장각본에는 '덕이'로 되어 있음.

18 디족이거간(智足以拒諫)ᄒᆞ고 언족이식비(言足以飾非)라: 《사기》 〈은본기(殷本紀)〉에 은나라 주왕(紂王)에 대해 "지혜가 많아 신하의 간언을 반박하였고, 언변이 좋아 잘못한 것을 꾸밀 수 있었다(智足以拒諫 言足以飾非)."라는 말이 나옴.

19 근심을: 규장각본에는 '근심이'로 되어 있음.

20 화활(和闊)ᄒᆞ여 조급(躁急)ᄒᆞ고: 규장각본에는 '화활ᄒᆞ여도 급하고'로 되어 있음.

雅)ᄒᆞ므로 침녜셩딜(沈慮成疾)[21]ᄒᆞ믈 사ᄅᆞᆷ이 아디 못ᄒᆞ여 것ᄎᆞ로 언건호상(偃蹇豪爽)ᄒᆞ미 댱ᄌᆞ(壯者)의 댱셩(長成)ᄒᆞ므로 의희(依稀)ᄒᆞ니 그 쇽으로 병(病)이 깁흠과 니쳑(羸瘠)ᄒᆞ고 초븨(憔憊)ᄒᆞ믈 ᄭᆡ닷디 못ᄒᆞᄃᆡ 쳐ᄉᆡ(處士) 그윽이 디긔(知機)ᄒᆞ여 츄연민ᄋᆡ(惆然憫愛)ᄒᆞ믈 마디 아니ᄒᆞ니 됴셕시션(朝夕視膳)을 당ᄒᆞ여 반ᄃᆞ시 블너 먹이며 침상(寢床)을 님ᄒᆞ여 금니(襟裡)의 아회ᄒᆞᄆᆡ[22] 편히 ᄌᆞ과ᄌᆞ[23] ᄒᆞ미 강보히ᄌᆞ(襁褓孩子)를 ᄌᆞ뫼(慈母) 포휼무애(包恤撫愛)홈 ᄀᆞᄐᆞᆫ디라. 소부인이 슉슉(叔叔)의 웅ᄋᆞ[24]를 각별 ᄋᆡ련민디(哀憐憫之)ᄒᆞᄂᆞᆫ 깁흔 ᄠᅳᆺ은 ᄉᆞ못디 못ᄒᆞ나 그 무ᄋᆡ(撫愛)ᄒᆞ미 졔ᄌᆞ딜(諸子姪) ᄀᆞ온ᄃᆡ 특별ᄒᆞ믈 엇디 모로리오? ᄌᆞ긔(自己) 블인과악(不仁過惡)을 인ᄒᆞ여 ᄋᆞᄌᆞ(兒子)의 비우초려(悲憂焦慮)ᄒᆞ미 침식(寢食)을 편히 못ᄒᆞ여 딜(疾)이 닐기의 밋ᄎᆞᄆᆡ 쳐ᄉᆡ(處士) 비록 낫타ᄂᆡ디 아니나 념녀(念慮)ᄒᆞ고 민ᄋᆡᄒᆞ여 슉
8면 딜(叔姪)의 졍(情)이 부ᄌᆞ(父子)의 텬눈(天倫)을 다ᄒᆞ며 다시 ᄌᆞ모(慈母)의 죵요로이 보호ᄒᆞ믈 겸ᄒᆞ여 셩덕ᄌᆞᄋᆡ(盛德慈愛) 극딘(極盡)ᄒᆞ고 간졀(懇切)ᄒᆞ믈 슷치ᄆᆡ[25] 블인디심(不仁之心)과 간포디량(奸暴之量)으로도 일단 뉵니구연(忸怩懼然)ᄒᆞ미 이셔 ᄀᆞ마니 탄아(嘆訝)ᄒᆞᄃᆡ
'나ᄂᆞᆫ 져의 ᄌᆞ(子)와 부(婦)를 ᄇᆡᆨ계(百計)로 모ᄒᆡ(謀害)ᄒᆞ여 질디이심

---

21 침녜셩딜(沈慮成疾): 침려성질. 침려(沈慮)는 생각을 깊게 한다는 뜻으로, 침려성질은 생각을 깊게 하다가 병이 되었다는 뜻.

22 아회ᄒᆞᄆᆡ: 아회하다. 원뜻은 '조심스럽게 안아주다'로 추정.

23 ᄌᆞ과ᄌᆞ: 규장각본에는 'ᄌᆞ와ᄌᆞ'로 되어 있음.

24 웅ᄋᆞ: 웅아. 정잠의 쌍둥이 아들 중 둘째인 정인웅.

25 슷치ᄆᆡ: 슷치다. 스치다, 거치다. 대략 알다, 눈치채다.

(疾之已甚)히 업시ᄒᆞ믈 위쥬(爲主)ᄒᆞ거ᄂᆞᆯ 져ᄂᆞᆫ 나의 ᄉᆞ랑ᄒᆞᄂᆞᆫ ᄋᆞᄒᆡ 유병(有病)ᄒᆞ믈 민녀(憫慮)ᄒᆞ여 무유(撫諭)ᄒᆞᆷ과 보호ᄒᆞ미 영ᄋᆞ(嬰兒) ᄀᆞᆺᄐᆞ니 그 션악(善惡)을 의논컨ᄃᆡ 엇디 즁니(仲尼)[26]와 도쳑(盜跖)[27]ᄀᆞᆺ디 아니리오?’

ᄒᆞ여 두리며 감복(感服)ᄒᆞᄂᆞᆫ 의ᄉᆡ(意思) 잇더니 홀연 ᄉᆡᆼ각을 두로혀 왈 ‘사ᄅᆞᆷ의 텬셩(天性)이 본ᄃᆡ 두 가디 아니니 내 엇디 나의 소ᄒᆡᆼ(所行)이 션심(善心)과 인덕(仁德)의 멀믈 아디 못ᄒᆞ리오마ᄂᆞᆫ 졍시의 입쇽(入續)ᄒᆞ여 닌셩을 보던 날의 ᄯᅳᆺ을 결ᄒᆞ여 업시ᄒᆞ믈 ᄆᆡᆼ셰ᄒᆞ고 월염 등을 아오로 죽이고져 ᄒᆞ엿더니 별요종(別妖種)이 위화(危禍)와 ᄉᆞ변(死變)의 능히 보명ᄉᆡᆼ득(保命生得)ᄒᆞ여 도로혀 영길안향(榮吉安享)ᄒᆞ여 ᄇᆡᆨ복(百福)이 완젼(完全)ᄒᆞ믈 긔필(期必)ᄒᆞ리니 쳐음 ᄯᅳᆺ과 다ᄅᆞ미 어이 통한(痛恨)치 아니리오마ᄂᆞᆫ 오히려 댱가의 사ᄅᆞᆷ으로 그 유뮈(有無) 9면
졍문의 관긴(關緊)치 아니니 닌셩 부부ᄅᆞᆯ 업시ᄒᆞᆫ 후 여력(餘力)이 능히 됴·댱 이녀[28]ᄅᆞᆯ ᄒᆡ홀 만ᄒᆞ면 계교ᄅᆞᆯ ᄡᅳ려니와 아ᄃᆡᆨ 닌셩과 니시ᄅᆞᆯ 도모치 못ᄒᆞ고 됴·댱 이녀ᄅᆞᆯ 몬져 업시ᄒᆞ믄 디혜단쳔(知慧短淺)ᄒᆞ미라. 내 임의 어진 일홈을 득(得)디 못ᄒᆞᆯ ᄇᆡ니 환온(桓溫)[29]【셔진(西晉) ᄊᆡ 사ᄅᆞᆷ이라】의 니ᄅᆞᆫ바 유명ᄇᆡᆨ셰(遺明百歲)ᄅᆞᆯ 못ᄒᆞᆯ딘ᄃᆡ 유취만년(遺

---

26 즁니(仲尼): 중니. 중국 고대의 사상가인 공자의 자(字).

27 도쳑(盜跖): 도척. 춘추시대의 큰 도적. 공자의 친구인 유하혜의 동생으로 공자가 도척에게 도적질을 멈추라고 설득하러 갔다가 실패했다는 이야기가《장자》〈도척〉에 나옴.

28 됴·댱 이녀: 조세창과 결혼한 정명염, 장창린과 결혼한 정월염을 말함.

29 환온(桓溫): 동진(東晉)의 대장군이며 명제(明帝)의 맏딸인 남강공주와 결혼하여 부마도위가 됨. 역모를 꿈꾸었으나 이루지 못하고 병으로 죽음.

臭萬年)을 ᄒᆞ라[30] ᄒᆞ미 사ᄅᆞᆷ이 초목곤튱(草木昆蟲)과 ᄀᆞᆺ디 못ᄒᆞ거ᄂᆞᆯ 그 힘힘히[31] 일홈 업ᄉᆞ미 녹녹(碌碌)ᄒᆞ므로ᄡᅧ 극션(極善)이 못 되거든 대악(大樂)이 되여 셩명(姓名)이 후셰(後世)의 들니고ᄌᆞ ᄒᆞ미라. 내 이졔 운계공의 어딜믈 보고 힘힘히 대계(大計)ᄅᆞᆯ ᄀᆞᆺ쳐 졍시 죵통(宗統)을 닌셩으로 ᄒᆞ여곰 온젼이 밧들게 ᄒᆞ미 엇디 우읍디 아니리오?’

쳔셔만단(千緖萬端)으로 보ᄎᆡ여 일ᄀᆡᆨ(一刻)도 안심화열(安心和悅)ᄒᆞ믈 엇디 못ᄒᆞ게 ᄒᆞᄃᆡ 니시 갈ᄉᆞ록 공슌(恭順)ᄒᆞ며 인효(仁孝)ᄒᆞ며 죄과(罪過)의 원민(怨憫)ᄒᆞ믈 먹음디 아니ᄒᆞ여 오딕 가득이 조심ᄒᆞ며 늠늠(懍懍)이 두려ᄒᆞ여 몸을 도라보아 ᄉᆞᄉᆞ로 허믈을 디은가[32] 념녀(念慮)ᄒᆞ고 ᄒᆡᆼᄉᆞ(行事)ᄅᆞᆯ 졈검(點檢)ᄒᆞ여 블효(不孝)의 범ᄒᆞᆯ가 슬허
10면 ᄒᆞᆯ디언졍 포회(抱懷)ᄒᆞᄂᆞᆫ 말이 입의 나디 아니ᄒᆞ며 구구(區區)ᄒᆞᆫ 빗치 낫ᄎᆡ 잇디 아니ᄒᆞ여 ᄉᆞ긔안상(辭氣安常)ᄒᆞ고 동디안일(動止安逸)ᄒᆞ여 유묘톄원(有妙體圓)ᄒᆞ미 하날의 말이 업ᄉᆞᆫ 거동(擧動)이라. 대슌(大舜)이 민텬(旻天)의 호읍(號泣)ᄒᆞ실디언졍[33] 우믈의 겻 굼글 두시

30 유명빅셰(遺明百歲)ᄅᆞᆯ 못ᄒᆞᆯ딘ᄃᆡ 유취만년(遺臭萬年)을 ᄒᆞ라: 유방백세(流芳百世) 유취만년(遺臭萬年). 유방백세는 훌륭한 이름을 후대까지 남기는 것, 유취만년은 더러운 이름을 후대까지 남기는 것. 《진서》 〈열전〉 ‘환온전(桓溫傳)’에 따르면 진(晉)나라 부마도위 환온이 일찍이 역심을 품고 말하기를 “기왕 후세에 훌륭한 이름을 남기지 못한다면, 만세 뒤에까지 더러운 이름이라도 남기지 못하겠느냐(旣不能流芳後世 亦不足復遺臭萬載耶).”라고 함.

31 힘힘히: 부질없이.

32 허믈을 디은가: 규장각본에는 ‘허믈을 지은’으로 되어 있음.

33 대슌(大舜)이 민텬(旻天)의 호읍(號泣)ᄒᆞ실디언졍: 《맹자》 〈만장상(萬章上)〉에 따르면 만장이 “순임금이 밭에 가서 하늘을 부르짖으며 우셨는데, 어째서 하늘을 부르짖으며 우신 것입니까(舜往于田 號泣于旻天 何爲其號泣也)?”라고 묻자, 맹자가 “원망하고 사모하심이다(怨慕也).”라고 답했다고 함. 이는 부모님께 미움을 받아도 더욱 노력해서 부모님을 원망하지 말아야 한다는 내용을 담고 있음.

며 집 우ᄒᆡ 블을 피ᄒᆞ시미[34] 그 슌치 아니시미 아니오 회 크디 아니ᄉᆞ미 아니라. 니쇼졔 임의 ᄉᆡᆼ셩(生性)이 녀듕요슌(女中堯舜)이니 엇디 신ᄉᆡᆼ(申生)의 슌ᄒᆞ여 죽으믈[35] ᄯᆞᆯ오고 대슌의 슈화(水火)ᄅᆞᆯ 피ᄒᆞ야 ᄉᆞᄅᆞ시ᄂᆞᆫ 큰 효(孝)ᄅᆞᆯ ᄇᆡ호디 아니리오? 날노 튝쳑구숑(蹴踖懼悚)ᄒᆞ여 황황젼뉼(遑遑戰慄)ᄒᆞ믈 마디 아니ᄒᆞ나 효ᄅᆞᆯ 다ᄒᆞ여 졍슌(貞順)ᄒᆞ미 디극ᄒᆞ고 디극(至極)ᄒᆞᆫ 바의 목숨을 태산(泰山)의 붓쳐 조ᄇᆞ야이[36] 초ᄉᆞ우젼(焦思憂煎)ᄒᆞ여 쵹슈감년(觸壽感年)ᄒᆞ믈 구치 아니ᄒᆞ니 그 원하(遠遐)ᄒᆞᆫ 도량(度量)과 홍대(弘大)ᄒᆞᆫ 심장(心腸)을 헤아려 도모ᄒᆞ미 어려오믈 더옥 분한(憤恨)ᄒᆞ여 믜오미 시시(時時)로 층가(層加)ᄒᆞ니 쇼져의 위란(危亂)ᄒᆞᆫ 졍셰(情勢)와 초민(焦悶)ᄒᆞᆫ 심회(心懷)ᄅᆞᆯ 엇디 비ᄒᆞᆯ 곳이 이시리오마ᄂᆞᆫ ᄒᆞᆫ갈ᄀᆞᆽ치 슬픔과 괴로오믈 ᄉᆡᆨ어(色語)의 두디 아니ᄒᆞ니 그 좌우(左右)의 복시(服侍)ᄒᆞᄂᆞᆫ 바 ᄎᆞ두쇼ᄋᆡ(叉頭小兒) 다 녀군(女君)의 ᄯᅳᆺ을 밧들며 대효(大孝)ᄅᆞᆯ 감탄(感歎)ᄒᆞ여 쥬인(主人)의 험흔고상(險釁苦狀)을 ᄀᆞ마니 슬허ᄒᆞᆯ디언졍 감히 소부인을 원망(怨望)치 못ᄒᆞ고 니부 쥬태부인과 됴부인긔[37] 쇼져의 위란(危亂) 11면

---

34 우믈의 겻 굼글 두시며 집 우ᄒᆡ 블을 피ᄒᆞ시미: 순(舜)의 아버지 고수가 순에게 창고 지붕을 고치게 하고서는 사다리를 치우고 불을 질렀고, 또 우물을 파게 하고 위에서 묻어버렸는데, 순은 꾀를 써서 삿갓으로 가리고서 지붕에서 뛰어내렸으며, 우물 속에 미리 숨을 구멍을 뚫어 놓고 피해서 살아온 일이 있음.

35 신ᄉᆡᆼ(申生)의 슌ᄒᆞ여 죽으믈: 신생은 춘추시대 진(晉)나라 헌공(獻公)의 태자인데, 헌공의 총첩 여희가 아들 해제를 태자로 세우려고 참소하자 도망치라는 주변의 권유를 거절하고 자살함.

36 조ᄇᆞ야이: 조ᄇᆞᆸ다. 좁다.

37 됴부인긔: 규장각본에는 '됴부인게'로 되어 있음.

ᄒᆞᆫ 졍ᄉᆞ(情事)를 고치 못ᄒᆞ미 되여시니 니부의셔 ᄯᅩᄒᆞᆫ 쇼져의 슬프며 괴로오믈 셰셰히 아디 못ᄒᆞᄃᆡ 작년 연회를 인ᄒᆞ여 소부인이 니아[38]의 니ᄅᆞ고 됴부인이 졍부의 참연(參宴)ᄒᆞ엿던디라. 슈삼ᄎᆞ(數三次) 친견상ᄃᆡ(親見相對)의 녜로조ᄎᆞ 소부인 딜픔(質稟)의 특이ᄒᆞᆷ과 ᄌᆡ모(才貌)의 탁월ᄒᆞ믈 션탄(羨嘆)ᄒᆞ며 ᄯᅩ 그ᄋᆞ이 텬셩(天性)을 교폐(巧蔽)ᄒᆞ고 니학(異學)을 갈구ᄒᆞᄂᆞᆫ 비믈 헤아려 녀ᄋᆞ(女兒)의 블평난안(不平難安)ᄒᆞ믈 듯디 아냐 ᄉᆡ다ᄅᆞᄆᆡ 텬뉸(天倫)의 긔ᄌᆞ(奇子)와 모녀(母女)의 디졍(至情)으로 엇디 범연ᄒᆞ여 니져바리미 이시리오? 쥬쥬야야(晝晝夜夜)의 위ᄒᆞ여 념녀(念慮)ᄒᆞ며 그ᄋᆞ이 은우(隱憂)를 두ᄃᆡ 언두(言頭)의 아른 양ᄒᆞ여 유익ᄒᆞ미 업고 도로혀 인아(姻婭)[39]의 됴흐믈 상ᄒᆡ오며 녀ᄋᆞ(女兒)의 효의(孝義)를 헐우미 되ᄂᆞᆫ 고로 기리 함믁

12면 (含默)ᄒᆞ여 믓디 아니코 알녀 아니 ᄒᆞ더라. 시셰(時世)[40] 십월디망(十月之望)은 셕태부 긔ᄉᆡ(忌祀)라. 남녀ᄂᆡ외ᄌᆞ손(男女內外子孫)과 문인군쳑(門人群戚)이 함쥐(咸聚)ᄒᆞ여 향ᄉᆞ(享祀)를 디닐ᄉᆡ 쳐ᄉᆞᄂᆡ외남ᄆᆡ(處士內外男妹)의 ᄋᆡ모승졀(哀慕勝絶)ᄒᆞᆷ과 합가ᄌᆞ손(闔家子孫)의 츄원영모(追遠永慕)ᄒᆞ미 셰월(歲月)이 오랄ᄉᆞ록 ᄉᆡ로오믄 니ᄅᆞ디 말고 문ᄉᆡᆼ고리(門生故吏)[41] 져마다 함통비비(咸慟悲悲)ᄒᆞ여 ᄌᆞ딜(子姪)의 다ᄅᆞ미 업ᄉᆞᆫ디라. 졔ᄉᆞ(祭祀)를 미쳐 파치 못ᄒᆞ여 셕태부인

38 니아: 이아. 이씨 부중. 이자염의 친정.

39 인아(姻婭): 사위집 쪽 사돈이나 동서집 쪽 사돈을 모두 이르는 말. 사위의 아버지는 인(姻), 동서 사이인 남자들끼리는 아(婭)라고 함.

40 시셰(時世): 규장각본에는 '사셰'로 되어 있음.

41 문ᄉᆡᆼ고리(門生故吏): 문생고리. 문하생과 그 지역의 오래된 친분 있는 관리.

이 소ᄅᆡ ᄭᅳᆺ쳐디며 긔운이 진ᄒᆞ여 엄엄홀홀(奄奄忽忽)ᄒᆞ믈 면치 못ᄒᆞ니 소·상·화 삼부인(三夫人)이 창황(蒼黃)이 븟드러 약믈(藥物)을 드리오고 쳐ᄉᆡ(處士) 황황망망(遑遑茫茫)이 드러와 ᄌᆞ졍(慈庭)의 회소(回蘇)ᄒᆞ시믈 인ᄒᆞ여 ᄌᆡ삼(再三) 관위(寬慰)ᄒᆞ며 ᄊᆞᆯ니 나와 ᄋᆡ도규셩(哀悼叫聲)ᄒᆞ여 통훼익졀(痛毁益絶)ᄒᆞ나 향ᄉᆞ(享祀)롤 파ᄒᆞ미 규례(規例) 잇ᄂᆞᆫ 고로 그음업ᄉᆞᆫ 슬프믈 다ᄒᆞ디 못ᄒᆞ여 이에 ᄉᆞ필(祀畢)ᄒᆞᄆᆡ 졔션(祭饌)을 믈니고 문묘(門廟)의 다시 ᄇᆡ례(拜禮)롤 파ᄒᆞᆫ 후 경조ᄂᆞᆫ 뎡국공과 군쳑문인(群戚門人)으로 더브러 셔헌(書軒)으로 도라오고 쳐ᄉᆞᄂᆞᆫ 쇼부(少傅)와 ᄌᆞ딜(子姪)을 거ᄂᆞ려 태뎐(太閣)의 드러와 ᄌᆞ후(慈候)롤 ᄉᆞᆯ펴 쳑통과졀(慽痛過節)ᄒᆞ시믈 위로관비(慰勞寬悲)ᄒᆞ여 온ᄉᆡᆨ유셩(溫色柔聲)으로 태부인 통회(痛悔)롤 덜며 ᄆᆡᆨ도(脈度) 13면
롤 간진(看診)ᄒᆞ여 평안치 못ᄒᆞ시믈 민황(憫惶)ᄒᆞ고 약음(藥飮)을 진ᄒᆞ시믈 쳥ᄒᆞ며 온미(溫糜)롤 밧드러 두어 번 딘ᄒᆞ시믈 본 후 쇼부(少傅)와 졔ᄉᆡᆼ(諸生)은 츌외(外出)ᄒᆞᄃᆡ 쳐ᄉᆞ와 태우 등은 태부인을 봉시(奉侍)ᄒᆞ엿더니 다시 약음을 나오고 이윽ᄒᆞᆫ 후 태부인이 상요의 안휴(安休)ᄒᆞᄆᆡ 쳐ᄉᆡ(處士) 상하(寢下)의 ᄭᅮ러 침쉬(寢睡) 안온(安穩)ᄒᆞ시믈 본 후 비로소 니러나 상부인을 향ᄒᆞ여 왈

“셔ᄌᆡ(書齋)의 문인졔족(門人諸族)이 이시니 쇼뎨(小弟) 죰간 나가 졉ᄃᆡ(接待)ᄒᆞ여 도라보ᄂᆡᆫ 후 다시 드러오리니 져져(姐姐)ᄂᆞᆫ 존슈(尊嫂)와 화시로 더브러 이에 시호(侍護)ᄒᆞ쇼셔.”

상부인이 졈두ᄒᆞ고 왈

“쇼딜뷔(姪婦) 작셕(昨夕)의 도라와시ᄃᆡ 분요(紛擾)ᄒᆞ믈 인ᄒᆞ여 현뎨(賢弟) 아디 못ᄒᆞ엿ᄂᆞᆫ가 ᄒᆞᄂᆞ니 이에 블너보미 가ᄒᆞ도다.”

쳐ᄉᆡ(處士) ᄃᆡ왈(對曰)

"그리 ᄒᆞ리이다ᄏᆞ니와 소ᄋᆡ 병(病)이 잇다 ᄒᆞ더니 디금은 나앗더니잇가?"

원ᄂᆡ(原來) 소쇼졔 본아(本衙)로 도라간 후 ᄌᆞ연(自然) 날이 오랄ᄉᆡ
14면 졍문의 존귀(尊舅) 원노(遠路)의 구치(駒馳)ᄒᆞ며 태부인의 미령디휘(靡寧之候) 가복(可復)ᄒᆞ시고 니쇼져의 ᄉᆡᆼ남디경(生男之慶)이 이시나 ᄌᆞ긔(自己) 몬져 구가(舅家)의 나아가미 블가(不可)ᄒᆞ여 일ᄌᆞᆨ 글을 올녀 ᄌᆞ긔(自己) 유병블긔(有病不起)ᄒᆞ므로 칭탁(稱託)ᄒᆞ여 샤죄(謝罪)ᄒᆞ미 잇던디라. 상부인 왈

"ᄎᆞ경(差境)ᄒᆞ믈 어더시므로 이에 와 향ᄉᆞ(享祀)ᄅᆞᆯ ᄒᆞᆫ가디로 ᄎᆞᆷ예(參詣)ᄒᆞ니라."

쳐ᄉᆡ(處士) 희ᄉᆡᆨ(喜色)을 띄여 쳥ᄉᆞ의 나와 소시ᄅᆞᆯ 브ᄅᆞ니 소시 승명츄진(承命趨進)ᄒᆞ여 듕계(中階)의 ᄇᆡ알(拜謁)ᄒᆞᆯᄉᆡ 쳔ᄒᆞᆫ 병(病)을 인ᄒᆞ여 오ᄅᆡ 신혼(晨昏)의 녜(禮)ᄅᆞᆯ 폐ᄒᆞ믈 쳥죄(請罪)ᄒᆞ니 쳐ᄉᆡ 흔연이 승당(昇堂)ᄒᆞ믈 명ᄒᆞ여 갓가이 좌(座)ᄅᆞᆯ 쥬고 각별이 은우(恩遇)ᄅᆞᆯ 두어 반기며 ᄉᆞ랑ᄒᆞ미 ᄉᆡ로온디라. 오ᄃᆡᆨ 그 병(病)이 나하 도라오믈 깃거ᄒᆞ고 풍일(風日)이 한ᄂᆡᆼ(寒冷)ᄒᆞ믈 닐너 실셥(失攝)디 말나ᄒᆞ니 소시 원간 작셕(昨夕)의도 오고ᄌᆞ ᄒᆞ여 도라온 ᄇᆡ 아니라 화부인이 ᄋᆞᄌᆞ(兒子)의 은우(隱憂)ᄅᆞᆯ 혜아리고 소시의 오ᄅᆡ 도라오디 아니미 그 온당(穩當)ᄒᆞ미 아닌 고로 글을 깃쳐 딜ᄎᆞ(叱嗟)ᄒᆞ미 잇거든
15면 이에 와 향ᄉᆞ(享祀)ᄅᆞᆯ 참예(參預)ᄒᆞ라 ᄒᆞ미 잇ᄂᆞᆫ 고로 존고(尊姑)의 명을 거역디 못ᄒᆞ여 브득이 도라오나 원군(原君)[42]의 회귀디쇽(回歸遲速)을 아디 못ᄒᆞ니 창연(悵然)이 결울(結鬱)ᄒᆞ믈 니긔디 못ᄒᆞᄂᆞᆫ 밧긔

민연(憫然)이 블안(不安)ᄒᆞ여 진퇴(進退)의 흔희(欣喜)ᄒᆞ미 업거놀 엄구(嚴舅)ᄂᆞᆫ 그 병(病)이 이시라 ᄒᆞᆷ을 신디(信之)ᄒᆞ여 올흔 말노 아라 탁ᄉᆡ(託辭)믈 ᄊᆡ닷디 못ᄒᆞᄂᆞᆫ ᄃᆞᆺ 조셥(調攝)ᄒᆞᆷ을 당부ᄒᆞ니 엇디 블안튝황(不安蹴惶)ᄒᆞᆷ을 면ᄒᆞ리오? ᄒᆞᆫ갓 ᄇᆡ슈ᄉᆞ은(拜受謝恩)ᄒᆞᆯ ᄯᆞᄅᆞᆷ이러니 쇄려(灑麗)ᄒᆞᆫ 풍ᄎᆡ(風采)와 녕농(玲瓏)ᄒᆞᆫ 미틔(美態) 명월(明月)이 계슈(桂樹)의 걸니고 부용(芙蓉)이 쳥슈(清水)의 ᄂᆡ왓ᄂᆞᆫ ᄃᆞᆺ 졀츌(絶出)ᄒᆞ며 긔이(奇異)ᄒᆞᆫ 작인(作人)이 당쇼져 아릭 ᄒᆞᆫ 사ᄅᆞᆷ이라. 쳐ᄉᆡ(處士) 년디무유(憐之撫諭)ᄒᆞ여 츈풍(春風) ᄀᆞᆺ튼 화긔(和氣)와 혜일(惠日) ᄀᆞᆺ튼 ᄌᆞᄋᆡ(慈愛) 더으미 사ᄅᆞᆷ으로ᄡᅧ 감격ᄎᆞ골(感激次骨)ᄒᆞᆷ을 니긔디 못ᄒᆞᆯ ᄇᆡ로ᄃᆡ 태우ᄂᆞᆫ 야야(爺爺)ᄅᆞᆯ ᄇᆡ시(拜侍)ᄒᆞ여 승안(承顔)ᄒᆞᄂᆞᆫ 화긔(和氣)ᄅᆞᆯ 일치 아냐 관을 슉이고 눈을 낫초와시나 소시ᄅᆞᆯ 미온(未穩)ᄒᆞ미 안의 잇ᄉᆞᄆᆡ 밧기 더옥 뎡엄(整嚴)ᄒᆞ여 ᄉᆞ긔(辭氣) 쥰슉(峻肅)ᄒᆞ니 제슉뫼(諸叔母) 그윽이 ᄉᆞ식(辭色)을 탐관(探觀)ᄒᆞ며 심하(心下)의 함쇼(含笑)ᄒᆞ더라. 쳐ᄉᆡ 즉시 외헌(外軒)의 나와 16면
문인제족(門人諸族)으로 더브러 말ᄉᆞᆷᄒᆞ여 간간이 셕ᄉᆞ(昔事)의 미쳐ᄂᆞᆫ 창도비만(愴悼悲滿)ᄒᆞᆷ을 니긔디 못ᄒᆞ더니 이윽고 졔긱(諸客)이 도라가ᄆᆡ 쳐ᄉᆡ(處士) 다시 ᄂᆡ루(內樓)의 드러와 태부인 침슈(寢睡)ᄅᆞᆯ ᄉᆞᆯ피고 숨을 나즉이 ᄒᆞ여 상하(牀下)의 뫼셧더니 날호여 태부인이 침긔(寢起)ᄒᆞ여 쳐ᄉᆞ(處士) 부부(夫婦)의 믈너 쉬믈 명ᄒᆞ니 쳐ᄉᆡ(處士) 블평(不平)ᄒᆞ미 잇디 아닌 바의 믈너가 쉴 일이 업ᄉᆞᆷ을 ᄃᆡᄒᆞ며 다시

42 원군(原君): 첫째 부인. 여기서는 장성완.

좌ᄅᆞᆯ 곳쳐 뫼셧더니 태우ᄅᆞᆯ 이윽이 보다가 닌경을 도라보아 왈

"여형(汝兄)이 어ᄃᆡᄅᆞᆯ 딜통(疾痛)ᄒᆞᄂᆞ냐? 엇디 긔ᄉᆡᆨ(氣色)의 블평ᄒᆞ미 낫ᄐᆞ나ᄂᆞ뇨?"

공ᄌᆡ(公子) 공슈ᄃᆡ왈(拱手對曰)

"듕형(中兄)이 본ᄃᆡ 풍한(風寒)의 상ᄒᆞ미 비경(非輕)ᄒᆞᆫ 고로 일한(日寒)을 당ᄒᆞ면 ᄌᆞ연(自然) 녯증이 복발(復發)ᄒᆞ여 ᄊᆡᄊᆡ 신음ᄒᆞ믈 면치 못ᄒᆞ옵던디라 거야(去夜)의 심히 한ᄂᆡᆼ(寒冷)ᄒᆞ믈 니긔디 못ᄒᆞ여 향ᄉᆞ(享祀)ᄅᆞᆯ 참예(參預)ᄒᆞ고 인ᄒᆞ여 온실(溫室)의 쉬디 못ᄒᆞᄆᆡ 실셥(失攝)ᄒᆞ여 블평ᄒᆞ미 잇ᄂᆞᆫ가 ᄒᆞᄂᆞ이다."

쳐ᄉᆡ 청파(聽罷)의 태우ᄅᆞᆯ 명ᄒᆞ야 믈너가 조셥(調攝)ᄒᆞ믈 니ᄅᆞ며 다시 ᄀᆞᆯ오ᄃᆡ

17면 "한일(寒日)의 ᄀᆞᆺᄐᆞ여 실셥(失攝)하여 대단ᄒᆞᆫ 병(病)이 될 거시 아니로ᄃᆡ 너ᄂᆞᆫ 젹상(積傷)ᄒᆞᆫ 증(症)이 잇ᄂᆞᆫ디라. 어이 조심치 아닛ᄂᆞ뇨?"

태위 하셕ᄇᆡ슈(下席拜手)ᄒᆞ여 딜통(疾痛)ᄒᆞ미 업ᄉᆞᄃᆡ 잠간 한튝(寒縮)ᄒᆞ오나 ᄀᆞᆺᄐᆞ여 병(病)이 되디 아닐 바의 셩녀(聖慮)ᄅᆞᆯ 더으디 마ᄅᆞ시믈 청ᄒᆞ고 드ᄃᆡ여 믈너 나오니 닌웅공ᄌᆡ(公子) 뒤흘 조ᄎᆞ 니ᄅᆞ거ᄂᆞᆯ 태위 명광헌 난두(檻頭)의 미쳐ᄂᆞᆫ 알픈 거ᄉᆞᆯ 니긔디 못ᄒᆞ여 닌웅공ᄌᆞ의게 븟들녀 계오 입실(入室)ᄒᆞᄆᆡ 밧비 침금(寢衾)을 취ᄒᆞ여 ᄯᅴᄅᆞᆯ 그ᄅᆞ며 웃옷ᄉᆞᆯ 버셔 더디ᄆᆡ ᄒᆡ음업시[43] 쓰러져 크게 한젼(寒顫)[44]ᄒᆞ니 공ᄌᆡ 황민(惶悶)ᄒᆞ여 금금(錦衾)을 포집어 덥고 몸으로ᄡᅧ 눌너 그 대단

43 ᄒᆡ음업시: 여기서는 '해옴없이'로 추정. '해옴없다'는 '쓸데없다'는 뜻.

44 한젼(寒顫): 한전. 심한 오한 때문에 몸이 매우 떨린다는 뜻.

이 쪨니ᄂᆞᆫ 바로 딘졍(鎭靜)코ᄌᆞ ᄒᆞ나 태위 능히 한젼을 긋치디 못ᄒᆞ며 일신ᄇᆡᆨᄒᆡ(一身百骸)로 통ᄒᆞ여 경ᄀᆡᆨ(頃刻)의 병셰비경(病勢非輕)ᄒᆞᆫ디라. 공ᄌᆡ 블승우민(不勝憂悶)ᄒᆞ여 좌우슈(左右手)로 븟드러 ᄆᆡᆨ도(脈度)로 ᄉᆞᆯ피고 슈미(愁眉)로 ᄞᅵᆼ긔여 왈

“원간 형댱(兄丈)이 치약(治藥)ᄒᆞ믈 블관(不關)이 넉이시므로 젹상(積傷)ᄒᆞᆫ 증후(症候)를 일ᄌᆞᆨ 다ᄉᆞ리디 아니시며 블평(不平)ᄒᆞ신 바의 강질(强疾)ᄒᆞ믈 위쥬(爲主)ᄒᆞ샤 병(病)을 미리 ᄉᆞᆯ피디 아니시므로 ᄆᆡᆨ되(脈度) 십분침듕(十分沈重)ᄒᆞ고 젹상(積傷)ᄒᆞᆫ ᄇᆡ 비경(非輕)ᄒᆞ여 졸연이 곳치기 어려오니 년년(年年)의 셜풍한일(雪風寒日)을 당ᄒᆞ여 ᄒᆞᆫ번 딜통(疾痛)ᄒᆞ시미 슉딜(宿疾)이 되리로소이다.” 18면

태위 미쇼왈(微笑曰)

“내 평ᄉᆡᆼ(平生)의 업ᄂᆞᆫ 병(病)을 미리 방어(防禦)ᄒᆞ여 괴로운 약을 굿ᄐᆞ여 먹ᄂᆞᆫ 뉴로[45] 괴이(怪異)히 넉이ᄂᆞ니 내 명이 뎡ᄒᆞᆫ 밧긔 초목(草木)이 엇디 사ᄅᆞᆷ의 ᄉᆡᆼᄉᆞ(生死)를 쥬장(主張)ᄒᆞ리오? 시친시하(侍親侍下)[46]의 병(病)이 이시미 이우(貽憂)ᄒᆞ시ᄂᆞᆫ디라 그윽이 민박(憫迫)ᄒᆞᄃᆡ 내 병을 내 모로지 아닛ᄂᆞ니 쳔방ᄇᆡᆨ계(千方百計)로 치약(治藥)ᄒᆞ믈 브ᄌᆞ러니 ᄒᆞ여도 졸연이 거근(去根)치 못ᄒᆞ여 일한풍셜(日寒風雪)을 당ᄒᆞ면 잠간 신음ᄒᆞ미 아니시나 긔 므ᄉᆞᆷ 대ᄉᆞ(大事)리오마ᄂᆞᆫ 존당친위(尊堂親闈)예 셩녀(聖慮)로 더을가 두리노라.”

45 뉴로: 규장각본에는 ‘류ᄂᆞᆫ’으로 되어 있음.

46 시친시하(侍親侍下): 시하(侍下)는 ‘할아버지·할머니, 아버지·어머니를 모시는 사람이나 그 분들이 살아 계신 사람’이라는 뜻.

ᄒᆞ더라. 시시(是時)의 경부 졔소년(諸少年)이 태우의 블평ᄒᆞ믈 우려ᄒᆞ여 명광헌의 모다 한젼딜통(寒顫疾痛)ᄒᆞ믈 보고 안ᄉᆡᆨ(顔色)의 누우(累憂)ᄒᆞᆫ 시ᄅᆞᆷ을 ᄯᅴ여 구호(救護)ᄒᆞᆯᄉᆡ 학ᄉᆞ 닌흥이 옥호(玉壺)ᄅᆞᆯ 기우려 두어 잔 향온(香醞)을 온미(溫糜)의 화(和)ᄒᆞ여 나와 ᄀᆞᆯ오ᄃᆡ

19면 “형댱(兄丈)이 작일(昨日)브터 블평ᄒᆞ시므로뼈 제ᄉᆞ(祭祀)ᄒᆞ시고 참졔(參祭)ᄅᆞᆯ 인ᄒᆞ여 ᄯᅩ 침슈(寢睡)ᄅᆞᆯ 폐ᄒᆞ시ᄆᆡ 한츅(寒縮)ᄒᆞ미 엇디 더으디 아니리잇고? 딜통(疾痛)ᄒᆞ시ᄂᆞᆫ 바의 과음(過飮)ᄒᆞ면 ᄒᆡ로오려니와 슈ᄇᆡ(數杯)로뼈 온미(溫糜)의 화(和)ᄒᆞ여시니 딘ᄒᆞ신즉 쥬력(酒力)이 긔부(肌膚)의 편ᄒᆡᆼ(遍行)ᄒᆞ여 한츅(寒縮)ᄒᆞ미 나으실가 ᄒᆞᄂᆞ이다.”

태위 바다 거후ᄅᆞᆫ 후 쇼왈(笑曰)

“경듕고헐간(輕重苦歇間)의 병듕(病中)의 술이 엇디 됴흘 니 이시리오마ᄂᆞᆫ 원뵈 호ᄉᆡᆨ호쥬(好色好酒)의 과ᄒᆞ므로뼈 술을 일시나 못 먹으면 병(病)이 되여 ᄒᆞᄂᆞᆫ디라. 사ᄅᆞᆷ마다 너 ᄀᆞᆺᄐᆞᆯ가 ᄒᆞ여 브ᄃᆡ 술을 권ᄒᆞᄂᆞ냐?”

학ᄉᆡ 대쇼왈(大笑曰)

“그럴진ᄃᆡ 딘치 마ᄅᆞ실 것 아니니잇가? 호ᄉᆡᆨ과음(好色過飮)을 쇼뎨(小弟)다려 니ᄅᆞ시거니와 유쥬무량(有酒無量)[47]은 형댱(兄丈)이러이 다마ᄂᆞᆫ 졀음(節飮)을 공부(工夫)ᄒᆞ샤 즐기디 아닛ᄂᆞᆫ ᄃᆞᆺᄒᆞ시미니 엇디 본졍(本情)이시리잇가?”

47 유쥬무량(有酒無量): 유주무량. 《논어》 〈향당(鄕黨)〉에 공자가 “술을 마시는데 정해진 양이 없었다(有酒無量).”라고 함.

태위 답쇼왈(答笑曰)

"진실노 그러ᄒᆞ다. 내 본ᄃᆡ 술을 고염(苦念)ᄒᆞ미 아니로ᄃᆡ 졀엄(絶嚴)ᄒᆞ믈 심히 ᄒᆞᄆᆡ 만히 먹으믈 구치 아닛노라."

길ᄉᆞ(吉士) 닌명이 쇼왈(笑曰)

"ᄒᆞᆫ갓 호쥬(好酒)ᄲᅳᆫ이리잇가? 우리 군죵듕(群宗中)의 형댱(兄丈)이 읏듬이시니 ᄯᅩᄒᆞᆫ 호ᄉᆡᆨ(好色)ᄒᆞ시ᄂᆞᆫ ᄇᆡ로ᄃᆡ 만히 경칙(警飭)ᄒᆞ여 스ᄉᆞ로 졔어(制御)ᄒᆞ시ᄆᆡ 탕일(蕩逸)ᄒᆞ기의 밋디 아니시나 본졍(本情) 20면
인즉 태왕(太王)[48]의 호ᄉᆡᆨ(好色)ᄒᆞ시므로 다ᄅᆞ미 업ᄂᆞ이다."

태위 쳥필(聽畢)의 화연(和然)이 우으며 다시 말이 업ᄉᆞ니 졔ᄉᆡᆼ(諸生)이 태우의 병셰비경(病勢非輕)ᄒᆞ믈 근심ᄒᆞ여 약(藥)을 의논ᄒᆞ여 딋더니 이윽고 태위 한젼(寒顫)을 져기 긋치나 두뷔(頭部) 무겁고 ᄇᆡᆨ톄(百體)ᄅᆞᆯ 고통(苦痛)ᄒᆞ니 ᄒᆞᆨᄉᆡ 함쇼왈(含笑曰)

"형댱(兄丈)이 쇼뎨(小弟)로ᄡᅧ 과음호ᄉᆡᆨ(過飮好色)을 니ᄅᆞ시더니 셩보[49]의 딕언(直言)을 인ᄒᆞ여 과연 호쥬호ᄉᆡᆨ(好酒好色)을 ᄡᅵ다ᄅᆞ시니 병휘(病後) 여ᄎᆞ(如此)ᄒᆞ시미 공실(空室)의 너모 환거(鰥居)ᄒᆞ미 오ᄅᆡ시므로 ᄉᆞ렴(思念)ᄒᆞ시ᄂᆞᆫ 회푀(懷抱) 깁흐신 연괴(緣故)니이다."

태우 요슈휘몌(搖手揮袂) 왈

"셩보의 말은 내 귀ᄅᆞᆯ ᄡᅵᆺ고ᄌᆞ ᄒᆞᄂᆞ니 당당ᄒᆞᆫ 댱뷔 엇디 ᄒᆡᆼ신쳐ᄉᆞ(行身處事)의 암밀음누(暗密淫陋)ᄒᆞ믈 두어 ᄆᆞ음이 향규(香閨)의 도라

48 태왕(太王): 주문왕(周文王)의 할아버지인 고공단보. 《맹자》 권2에 "옛날에 태왕은 여자를 좋아하여 그 비를 사랑했다(昔者 大王好色 愛厥妃)."라는 말이 나옴.

49 셩보: 성보. 정인명으로 추정됨.

져 병(病) 나기의 미ᄎᆞ리오? 십년(十年)을 공방(空房)의 쳐ᄒᆞ여도 내 뜻이 녀관(女官)을 상념(想念)ᄒᆞ여 병(病) 나디 아니리니 음비디셜(淫鄙之說)을 긋치라.”

학ᄉᆡ 쇼이샤죄(笑而謝罪) 왈

21면 “쇼뎨 형댱(兄丈)의 쳥고댱결(淸高莊潔)ᄒᆞ시믈 모로디 아닛ᄂᆞᆫ 바로 그릇 침범(侵犯)ᄒᆞ여 음누디셜(淫淚之說)을 닐위오니 무례(無禮)ᄒᆞ믈 샤죄(謝罪)ᄒᆞ쇼셔. 연이나 근일(近日)의 향규(香閨)ᄅᆞᆯ ᄉᆞ렴ᄒᆞ여 병(病)든 ᄌᆡ 업디 아니ᄒᆞ오니 쇼뎨 ᄯᅩᄒᆞᆫ 괴이(怪異)히 넉이ᄂᆞ이다. 향ᄌᆞ(向者) 듕양일(重陽日)의 군죵(群宗)이 완월ᄃᆡ 술을 두고 츄경졀구(秋景絶句)ᄅᆞᆯ 창화(唱和)ᄒᆞᆯᄉᆡ 댱계승 곤계(昆季)ᄅᆞᆯ 쳥ᄒᆞ야 ᄒᆞᆫ가디로 즐기더니 문승의 시의 여ᄎᆞ여ᄎᆞ(如此如此)ᄒᆞ며 ᄯᅩ 어ᄃᆡᄅᆞᆯ 창망(悵望)ᄒᆞ다가 홀연 구러져 엄홀(奄忽)ᄒᆞ니 쇼뎨(所梯) 등이 경악(驚愕)ᄒᆞ여 약믈(藥物)노 구호ᄒᆞ고 ᄆᆡᆨ도(脈度)ᄅᆞᆯ ᄉᆞᆯ피ᄆᆡ ᄀᆞ장 아ᄅᆞᆷ답디 아닐 ᄲᅮᆫ 아니라 요괴로온 독ᄒᆞᆫ 약의 만히 상ᄒᆞ여시니 그 작픔(作稟)을 앗기며 ᄌᆡ화(才華)ᄅᆞᆯ 져ᄇᆞ리믈 탄ᄒᆞ여 각각 소견(所見)으로ᄡᅧ 약 ᄡᅳ믈 계승다려 닐넛더니 요힝(僥倖) ᄎᆞ도(差度)의 이시나 ᄯᅩ 침딜(沈疾)ᄒᆞ여 날이 오ᄅᆡ디 아냐 ᄀᆞ장 위름(危懍)ᄒᆞ고 ᄆᆡᆨ(脈)을 보니 ᄉᆞ상(思相)ᄒᆞᄂᆞᆫ 회푀(懷抱) 듕(重)ᄒᆞ믈 알니러이다마ᄂᆞᆫ 동긔디간(同氣之間)의도 함구(緘口)ᄒᆞᆫ다 ᄒᆞ니 그 눌을 말ᄆᆡ암으민 줄 아디 못ᄒᆞᆯ너이다.”

태위 빈미왈(顰眉曰)

22면 “ᄇᆡᆨ승이 오ᄅᆡ 나간 연고로 기뎨(其弟) 외입(外入)[50]ᄒᆞ니 어이 ᄒᆡ연(駭然)치 아니리오? 셰린이 힝혀 작인(作人)이 용누(庸陋)치 아니ᄒᆞᆫ들 그 부모(父母)의 ᄉᆡᆼ휵(生慉)이라. 엇디 ᄉᆞ류(士類)의 명식(明識)으로 학ᄒᆡᆼ셩문(學行聖門)의 슈업(修業)ᄒᆞᄂᆞᆫ 뎨ᄌᆡ(弟子) 되리오? ᄀᆞ장 슈신학ᄒᆡᆼ(修身學行)으로 셥신ᄒᆡᆼ도(攝身行道)ᄌᆞ 개셰영걸(蓋世英傑)과 일ᄃᆡ긔댱부(一代奇丈夫)ᄅᆞᆯ ᄌᆞ임(自任)ᄒᆞ나 외람(猥濫)치 아닐너니 그 ᄇᆡᆨ형(伯兄)이 나가고 그 가졍(家庭)과 ᄌᆞ모(慈母)의 슈심견ᄒᆡᆼ(獸心犬行)을 항상 보고 드러 그ᄅᆞᆺ되미 남은 터히 업도다."

ᄃᆡᆨᄉᆞ 닌워 태우의 말ᄉᆞᆷ을 니어 쇼왈(笑曰)

"형댱(兄丈)이 댱공으로 구ᄉᆡᆼ디간(舅甥之間)이 극진(極盡)치 못ᄒᆞ시나 언언간간(言言間間)이 엇디 욕ᄆᆡ(辱罵)ᄒᆞ믈 긋치디 아니시ᄂᆞ니잇가? 댱공의 ᄒᆡᆼᄉᆡ(行事) 과연 항복(降服)된 바ᄂᆞᆫ 업ᄉᆞᄃᆡ 션대부(先大父) 문ᄉᆡᆼ(門生)으로 부슉(父叔)의 동치고귀(同齒故舊)시니 아등(我等)의 다ᄃᆞ라ᄂᆞᆫ 간ᄃᆡ로 능모(凌侮)치 못ᄒᆞᆯ 거시어ᄂᆞᆯ ᄇᆡᆨ승은 ᄇᆡᆨ슉부(百叔父)의 동상(東床)이오 존슈(尊嫂)ᄂᆞᆫ 형댱의 부인(夫人)이시니 그 ᄌᆞ녀(子女)ᄅᆞᆯ 보오ᄆᆡ 그 부모ᄅᆞᆯ 아니 공경치 못ᄒᆞ오리니 형댱의 욕ᄆᆡᄒᆞ시미 온당치 못ᄒᆞ시니이다."

학ᄉᆡ 기리 탄(嘆)ᄒᆞ여 왈

"존슈ᄅᆞᆯ 보옵고 댱형을 ᄃᆡᄒᆞ여ᄂᆞᆫ 댱공의 츄셰비린(趨勢鄙吝)의 무신 23면
블의(無信不義)ᄅᆞᆯ 니ᄌᆞ미 되여 셩녀현ᄌᆞ(聖女賢子)ᄅᆞᆯ ᄀᆞᆺ초 두믈 복복흠경(服服欽敬)ᄒᆞ다가도 형댱(兄丈)의 젹상(積傷)ᄒᆞᆫ 증휘(症候) 일한(日寒)을 당ᄒᆞ여 발(發)ᄒᆞ시믈 보옵건ᄃᆡ 이 젼혀 댱공의 형댱을 ᄒᆡ(害)ᄒᆞᆫ 타시라. 심두(心頭)의 통한(痛恨)ᄒᆞ미 업디 아니ᄒᆞ니 언어의

---

50 외입(外入): 남자가 부인이 아닌 여자와 성적인 관계를 맺는 일. 오입(誤入).

공경ᄒᆞ믈 두디 못ᄒᆞ미 괴이치 아니ᄒᆞ거늘 어이 욕ᄆᆡ(辱罵)토록 ᄒᆞ시ᄆᆡ 미치리잇가?”

태위 미쇼왈(微笑曰)

“익보[51]의 져롤 공경ᄒᆞ라 ᄒᆞ미 인ᄉᆞ(人事)의 올흔 ᄃᆞᆺᄒᆞᄃᆡ 그 실은 ᄉᆡᆼ각ᄒᆞᄆᆡ 공경홉디 아니ᄒᆞ니 므어시라 욕ᄆᆡ치 못ᄒᆞ며 나의 젹상(積傷)ᄒᆞᆫ 병(病)을 인ᄒᆞ여 원보의 져롤 한ᄒᆞ노라 ᄒᆞ미 쏘ᄒᆞᆫ 녹녹(碌碌)ᄒᆞ도다. 내 임의 댱튝(張畜)으로ᄡᅧ 사ᄅᆞᆷ으로 알오미 업ᄉᆞᆯ ᄲᅳᆫ 아니라 젹은 일도 운슈(運數)의 뎡ᄒᆞᆫ 바롤 도망치 못ᄒᆞ니 팔셰(八世)의 쳡봉화란(疊逢禍亂)ᄒᆞ여 실산뉴리(失散遊離)의 동셔(東西)로 표박(漂迫)ᄒᆞ니 허다 풍상(風霜)이 혈육디신(血肉之身)의 보젼(保全)홀 ᄇᆡ 아니로ᄃᆡ 조션(祖先) 젹덕여음(積德餘陰)과 부모의 누인디덕(累仁之德)을 므롭ᄡᅧ 일뉘(一縷)[52] 니으믈 어드니 댱츅(張畜)이 아닌들 나의 긔흔조험(奇釁阻險)ᄒᆞ미 그러치 아니며 요도(妖徒)의 셕옥슈계(石屋囚繫)의 상ᄒᆞ미 업ᄉᆞ랴? 화상디ᄉᆞ(畫像之事)와 광망(狂妄)ᄒᆞᆫ 녀ᄌᆞ(女子)의 흉언패셜(凶言悖說)이 친위(親闈)예 미ᄎᆞ미 아니면 제 날을 쳔방ᄇᆡᆨ계(千方百計)로 죽이고ᄌᆞ ᄒᆞ여셔도 내 죽디 아녀시니 호발(毫髮)도 관애(款愛)ᄒᆞ믈 두디 아니ᄒᆞ고 사ᄅᆞᆷ이 용녈(庸劣)타 우ᄉᆞ믈 바드나 반ᄌᆞ(半子)[53]의 도(道)롤 폐치 아닐너니 제 무상(無狀)ᄒᆞ여 우리 부슉(父叔)의 화상(畫像)을 일워 ᄒᆡ(害)코ᄌᆞ ᄒᆞ믈 보ᄆᆡ 비록 교시【댱공의

24면

51 익보: 정인유.

52 일뉘(一縷): 일루. 한 가닥 목숨.

53 반ᄌᆞ(半子): 반자. 사위. 반쯤은 자식과 같다는 뜻. 《당서》 〈회골전(回鶻傳)〉에 나옴.

유모(乳母)라】의 간ᄒᆞᆷ을 조ᄎᆞ 즉시 소화(燒火)ᄒᆞ며 뜻을 곳치믈 아나 내 ᄆᆞ옴이 ᄎᆞ고 분뇌(忿怒) 쳘골(徹骨)ᄒᆞ여 ᄆᆡᆼ셰코 블인(不人)의 삐를 취치 아니려 ᄒᆞᆫ 거시 인연(因緣)이 긔구ᄒᆞ여 원치 아닛ᄂᆞᆫ 친ᄉᆡ(親事) 아득히 모로ᄂᆞᆫ 바의 셩젼(成全)ᄒᆞ여 다시 참욕난셜(慘辱亂說)노 친위(親闈)예 미ᄎᆞ니 ᄉᆡᆼ각ᄒᆞᄆᆡ 원쉬(怨讐) 심ᄒᆞ고 그 ᄯᆞᆯ을 관형(官刑)으로ᄡᅧ 죽여 슈욕(受辱)을 복셜(復雪)치 못ᄒᆞ미 나의 블효무상(不孝無常)ᄒᆞ미로ᄃᆡ ᄯᅩ 엄명(嚴命)의 근근(勤勤)ᄒᆞ심과 셩덕(盛德)의 관유(寬宥)ᄒᆞ시믈 ᄎᆞ마 져ᄇᆞ리디 못ᄒᆞ여 됴히 도라보ᄂᆡ여시니 사ᄅᆞᆷ이[54] 날노 ᄒᆞ여곰 타비즐ᄆᆡ(唾誹叱罵)ᄒᆞ여 ᄋᆡ쳐ᄌᆞ(愛妻子) 모호ᄉᆡᆨ(慕好色)ᄒᆞ며 경이부뫼(輕以父母)라 ᄒᆞ리 업디 아닌가 ᄒᆞᄂᆞ니 내 명(命)이 긔구ᄒᆞ고 싂(壽) 험흔(險釁)ᄒᆞ여 져 이젹디ᄌᆞ(夷狄之子)로 결가(結嫁)ᄒᆞ미 되니 엇디 ᄎᆞ흡(嗟洽)디 아니리오? 내 다만 두 가디 일노ᄡᅧ 블인(不仁)의 부부ᄅᆞᆯ 원슈로 알디언졍 내 몸의[55] ᄒᆡ롭게 ᄒᆞᆫ 바ᄂᆞᆫ 뜻의 머므ᄅᆞ디 아니ᄒᆞ노라." 25면

졔ᄉᆡᆼ이 쇼왈(笑曰)

"연즉(然則) 최언션·손최인·위졍 등을 은인(恩人)이라 ᄒᆞ시고 소위 공을 감격(感激)ᄒᆞ시미 허언(虛言)이로소이다."

태위 쇼왈(笑曰)

---

54 사ᄅᆞᆷ이: 규장각본에는 '사ᄅᆞᆷ의'로 되어 있음.

55 몸의: 규장각본에는 '몸이'로 되어 있음.

"엇디[56] 그럴 니 이시리오? 우형(愚兄)의 ᄯᅳᆺ이 애ᄌᆞ(睚眥)[57]ᄅᆞᆯ 갑흐미 업ᄉᆞ나 일반(一般)을 상(想)코ᄌᆞ ᄒᆞᄂᆞᆫ 바의 몬져 엄쳐ᄉᆞ의 은혜ᄅᆞᆯ 닙으며 후의 최언션의 대공대덕(大功大德)으로 ᄉᆞ라나믈 엇고 다시 위경의 공이 잇ᄉᆞ며 최인의 어짐과 소위공의 큰 의긔(義氣)ᄅᆞᆯ 힘닙어 쳐쳐과과(處處過過)의 ᄉᆡᆼ도(生道)ᄅᆞᆯ 어드니 ᄉᆞ라셔 감골(感骨)ᄒᆞ믄 니ᄅᆞ디 말고 죽어셔 능히 함호결초(含糊結草)[58]ᄒᆞ믈 면치 못ᄒᆞᆯ ᄇᆡ니라."

ᄃᆡᆨᄉᆡ 쇼왈(笑曰)

"형댱(兄丈)이 위경을 유공(有功)타 ᄒᆞ실딘ᄃᆡ 향ᄌᆞ(向者)의 경운당 졔시녀(諸侍女)ᄅᆞᆯ ᄐᆡ벌(笞罰)ᄒᆞ실 ᄣᆡ의 각각 죄 아닌 바로 듕치(重治)ᄒᆞ시니 츈홍 등이 맛ᄎᆞᆷ 댱슈(長壽)ᄒᆞᆯᄉᆡ ᄉᆞ라나믈 어덧거니와 그
26면 엄형디하(嚴刑之下)의 사ᄅᆞᆷ이 엇디 보명(保命)ᄒᆞᆯ ᄇᆡ리잇고? 만일 츈홍이 죽던들 위경의 은혜(恩惠)ᄅᆞᆯ 원슈로ᄡᅧ 갑흐미 아니니잇가?"

태위 블열왈(不悅曰)

"그ᄣᆡ 일은 다시 니ᄅᆞ디 말나. 광한(狂悍)ᄒᆞᆫ 녀ᄌᆞ(女子)의 흉언패셜(凶言悖說)이 ᄉᆡᆼ각ᄒᆞᄆᆡ 심담(心膽)이 어리고 신졍(新情)이 놀나와 분뇌(忿怒) ᄎᆞ골(次骨)ᄒᆞ니 그 ᄯᆞᆯ을 됴히 도라보ᄂᆡ미 나의 인약(仁弱)[59]ᄒᆞᆫ 연괴(緣故)라. 그 디ᄎᆞ시ᄋᆞ(之次侍兒)ᄅᆞᆯ 죡히 니ᄅᆞ랴? 위경이 이

56 엇디: 규장각본에는 '엇'으로 되어 있음.

57 애ᄌᆞ(睚眥): 애자. 눈 흘김. 애자필보(睚眦必報)는 도량이 지극히 좁은 것을 비유하는 말로, 《사기》 〈범저채택열전〉에는 범수(范雎)가 어려운 시절 받은 밥 한 그릇의 은혜도 반드시 갚고, 눈을 흘기는 정도의 조그만 원한도 반드시 갚았다는 이야기가 있음.

58 함호결초(含糊結草): 결초보은(結草報恩)과 같은 의미. 죽어서도 은혜를 갚음.

59 인약(仁弱): 어질고 약함. 너무 순함.

시나 샤치 못홀 빅어든 츈홍 등을 쪽히 니롤 빅냐?"

학식 쇼왈(笑曰)

"연죽 형댱(兄丈)이 존슈(尊嫂)롤 마즈올 뜻이 업ᄂ니잇가?"

태위 광미(廣眉)롤 찡긔여 왈

"내 실노 져의 무죄(無罪)ᄒ믈 모로디 아니ᄒ되 원슈(怨讐)의 삐와 이젹디ᄌ(夷狄之子)믈 싱각건ᄃ 엇디 싱젼(生前)의 브합(附合)ᄒ여 화복안위(禍福安危)롤 일쳬(一體)로 홀 의시(意思) 이시리오마는 친위존당(親闈尊堂)을 효측(效則)ᄒ샤 슬하(膝下)의 샤(赦)치 아니려 ᄒ시니 여ᄎ연후(如此然後)의 내 뜻을 엇디 셰오리오[60]? 조만(早晩)의 우귀(于歸)ᄒ려니와 므어시 쾌ᄒ며 깃브미 이시리오? ᄎ고(此故)로 내 초(初)의 져롤 우봉(遇奉)ᄒ미 부명(賦命)의 긔구흔 타신가 ᄌ탄(自嘆)ᄒ노라."

졔싱(諸生)이 태우의 딘졍셜화(眞正說話)롤 드러오미 디극(至極)흔 효의(孝義)롤 감복ᄒ나 댱부인의 젼졍(前程)을 ᄎ셕(嗟惜)ᄒ여 호언(好言)으로 위유왈(慰諭曰) 27면

"상히 형댱(兄丈)이 눈강(倫綱)도 듕히 넉이시고 효위(孝友) 졀눈(絶倫)ᄒ시므로 슈시(嫂氏)의 셩심힝덕(誠心行德)을 모로디 아니시되 미연박졀(埋然迫切)이 도라보ᄂ시며 다시 마ᄌ오시나 환연쾌락(歡然快樂)ᄒ미 업ᄉ실 ᄃᆺᄒ니 존슈(尊嫂)의 셩덕졀조(盛德節操)롤 쏘흔 져ᄇ리미 되실디라. 쇼뎨(小弟) 등이 슈슈(嫂嫂)의 평싱(平生)이

60 셰오리오: 규장각본에는 '혜오리오'로 되어 있음.

흔흡(欣洽)디 못ᄒᆞ실 바롤 위ᄒᆞ여 ᄎᆞ탄(嗟歎)ᄒᆞ여 댱공과 박부인의 녀ᄋᆡ(女兒) 되시미 하죄(何罪)리오 혜아리ᄆᆡ 형댱이 맛ᄎᆞᆷᄂᆡ ᄇᆡ톄(配體)의 대륜(大倫)을 박히 ᄒᆞ실가 ᄒᆞᄂᆞ이다."

태위 홀연 탄식왈(嘆息曰)

"부부ᄂᆞᆫ 오륜(五倫)의 듕(重)ᄒᆞ미오 만복(萬福)의 근원이라. 디듕ᄎᆞ대(至重且大)ᄒᆞ니 내 비록 져와 결발(結髮)ᄒᆞ미 오ᄅᆡ디 아니ᄒᆞ나 녀힝(女行)의 편ᄉᆞ(偏私)ᄒᆞ미 업ᄉᆞ믈 어이 모로리오마ᄂᆞᆫ 블힝ᄒᆞ여 져의 부뫼(父母) 날노 더브러 원슈(怨讐)롤 디으미 쳡쳡(疊疊)ᄒᆞ니 임의 의(意)롤 결(絶)ᄒᆞ여 도라보ᄂᆡᄆᆡ 삼강(三綱)이 이신즉 현뎨(賢弟) 등이라도 날을 ᄃᆡᄒᆞ여 이 말을 아념 즉ᄒᆞ니 엇디 져의 젼졍(前程)의 낙블낙(樂不樂)을 의논ᄒᆞ리오? 연이나 친위존당(親闈尊堂)이[61] 져롤 블너 닐위시ᄆᆡ 미쳐ᄂᆞᆫ 내 또 곡풍(谷風)[62]의 무신(無信)ᄒᆞ미 업ᄉᆞ려니와 제 엇디 환낙(歡樂)디 못ᄒᆞ리오? 내 맛ᄎᆞᆷᄂᆡ 져롤 관형(官刑)의 죽이디 못ᄒᆞ여 부모롤 슈욕(授辱)ᄒᆞᆫ 한(恨)을 셜(雪)치 못ᄒᆞ니 통울(痛鬱)ᄒᆞᆫ 분원(忿怨)이 죵신(終身)의 플니디 아닐 ᄇᆡ오 완포광망(頑暴狂妄)ᄒᆞᆫ 녀ᄌᆞ(女子)ᄂᆞᆫ 일노 드ᄃᆡ여 양양흔희(揚揚欣喜)ᄒᆞ여 그 ᄯᆞᆯ의 젼졍(前程)도 근심ᄒᆞ미 업시 내 오딕 참욕패셜(慘辱悖說)을 감심(甘心)ᄒᆞ고 원슈(怨讐)로ᄡᅧ 은혜롤 화ᄒᆞ믈 ᄌᆞ득(自得)ᄒᆞ리니 그 더옥 통한(痛恨)ᄒᆞᆫ디라. 존당부뫼(尊堂父母) 나의 심폐(心肺)롤 ᄉᆞᆯ피실진ᄃᆡ 십

28면

61 친위존당(親闈尊堂)이: 규장각본에는 '친위존이'로 되어 있음.

62 곡풍(谷風): 《시전(詩傳)》 〈곡풍장(谷風章)〉. 《시전》은 《시경》을 쉽게 풀이한 책으로, '곡풍'은 '맹장(氓章)'과 함께 버림받은 부인에 대한 내용을 담음.

년(十年)을 그음ᄒᆞ여 져ᄅᆞᆯ 브ᄅᆞ디 아니시면 내 ᄯᅳᆺ이 잠간 편ᄒᆞᆯ 거시로ᄃᆡ 이젹디ᄌᆞ(夷狄之子)ᄅᆞᆯ 셩덕(盛德)으로ᄡᅧ 년무(戀憮)ᄒᆞᄉᆞ 은ᄋᆡ(恩愛) 특별ᄒᆞ시니 엇디 블초(不肖)의 구구(區區)ᄒᆞᆫ ᄉᆞ심(私心)을 용납ᄒᆞ시리오? 미구(未久)의 도라와 부모의 무ᄋᆡ(撫愛)ᄒᆞ심과 년ᄌᆞ(戀慈)ᄒᆞ시믈 밧ᄌᆞ오ᄆᆡ 내 ᄉᆞ심(私心)의 분완(憤惋)ᄒᆞᆷ과 통ᄒᆡᄒᆞ믈 프디 못ᄒᆞᆯ ᄇᆡ 어이 한(恨) 되디 아니리오?"

학ᄉᆡ 일쳥(一聽)의 우쇼왈(又笑曰) 29면

"형댱(兄丈)은 댱가의 분(憤)을 프디 못ᄒᆞ믈 통한(痛恨)ᄒᆞ여 ᄒᆞ시나 ᄉᆡᆼ각건ᄃᆡ 슈쉬(嫂嫂) 형댱(兄丈)의 참욕(慘辱)을 능히 복셜(復雪)치 못ᄒᆞ시고 기리 함한(含恨)ᄒᆞ실가 두리ᄂᆞ이다."

태위 역쇼왈(亦笑曰)

"졔 ᄯᅩ 인ᄌᆡ(人子)라. 날을 감격히 넉이미야 어이 이시리오마ᄂᆞᆫ 션실기도(先失其道)의 허다 무상블인(無狀不仁)ᄒᆞ믄 그 부(父)와 모(母)의게 이시니 날을 감히 원(怨)치 못ᄒᆞᆯ ᄇᆡ로ᄃᆡ 그 부모디녜(父母之女)라 념치상진(廉恥喪盡)ᄒᆞ여 도로혀 날을 한ᄒᆞᆯ 동긔(動機)야 엇디 알니오? 내 평ᄉᆡᆼ의 동긔디친(同氣之親)을 소원(疏遠)ᄒᆞ여 ᄀᆞ리오며 ᄀᆞᆷ초믈 아쳐ᄒᆞᄂᆞ니 엇디 은일ᄒᆞᆫ 소유(所由)라 ᄒᆞ여 ᄀᆞᆷ초리오? 현뎨(賢弟) 등이 날노ᄡᅧ 댱시ᄅᆞᆯ 향ᄒᆞᆫ ᄯᅳᆺ이 ᄆᆡ몰타 ᄒᆞ여 말을 ᄎᆡ 듯고ᄌᆞ ᄒᆞ니 내 어이 숨겨 니ᄅᆞ디 아니리오? 내 임의 져의 졀ᄒᆡᆼ(節行)을 다감(多感)ᄒᆞ고 위인(爲人)을 가션(嘉善)ᄒᆞᄂᆞ니 내 ᄀᆞᆺᄐᆞ여 ᄆᆡ몰ᄒᆞᆷ도 업ᄉᆞ며 박졍(薄情)ᄒᆞᆷ도 업셔 기부디녜(其父之女)믈 블쾌(不快)ᄒᆞ나 엄훈(嚴訓)을 밧ᄌᆞ와 실가(室家)로 의(宜)ᄒᆞ고 듕궤(中饋)로 ᄎᆡᆨ(責)ᄒᆞᄆᆡ 은듕(恩重)의 합(合)ᄒᆞ미 타인(他人)의 뉸긔(倫紀)로 다ᄅᆞᆫ디라. 이 과연 셩보의 말ᄀᆞᆺ치 ᄋᆡ호

30면 ᄉᆡᆨ(愛好色) 호쳐ᄌᆞ(好妻子)ᄌᆞᆨ 녀ᄉᆡᆨ(女色)의 ᄀᆡ호(皆好)ᄒᆞ민가 ᄒᆞᄂᆞ니 내 엇디 져ᄅᆞᆯ 박히 ᄒᆞᆯ 니 이시리오? 광한(狂悍)ᄒᆞᆫ 녀ᄌᆞ(女子)의 흉언난셜(凶言亂說)이 업던들 내 굿ᄐᆞ여 은의(恩義) 변ᄒᆞ미 업ᄉᆞᆯ너니라."

학ᄉᆡ 우왈(又曰)

"니ᄅᆞ시ᄂᆞᆫ ᄇᆡ 디극ᄒᆞᆫ 딘졍(眞情)이시ᄃᆡ 맛ᄎᆞᆷᄂᆡ 슈슈(嫂嫂)의 졀효덕ᄒᆡᆼ(節孝德行)을 져바리ᄆᆡ 갓가오시니 그 박졍(薄情)ᄒᆞ미나 다ᄅᆞ리잇가[63]? 디어(至於) 소슈ᄒᆞ여ᄂᆞᆫ 그 부형(父兄)이 형댱(兄丈)의 은인(恩人)이시니 더옥 무흠(無欠)이 환흡(歡洽)ᄒᆞ시리로소이다."

태위 쇼왈(笑曰)

"사ᄅᆞᆷ이 부형ᄌᆞ뎨(父兄子弟)ᄅᆞᆯ 니ᄅᆞᄂᆞ니 소시 과연 덕가디츌(德家之出)이오. 냥인디녜(良人之女)라[64]. 그 허믈이 칠거(七去)의 범ᄒᆞ미 업ᄉᆞ면 내 ᄯᅩ 박(薄)히ᄒᆞᆯ 의 업거니와[65] 디위(地位)[66] 쇼셩(小星)의 잇ᄉᆞ니 그 유뮈(有無) 므슴 관듕(關重)ᄒᆞ며 셜ᄉᆞ(設使) 졀노 더브러 무흠이 환낙(歡樂)ᄒᆞᆫ들 ᄯᅩ 므슴 쾌ᄒᆞ미 이시리오?"

셜파(說罷)의 완이(莞爾)히 함쇼(含笑)ᄒᆞ며 손으로 니마ᄅᆞᆯ 집고 알픈 곳이 괴로이 만흐믈 닐너 다시 말ᄉᆞᆷ의 ᄯᅳᆺ이 업ᄉᆞ니 제ᄉᆡᆼ(諸生)이 ᄯᅩ ᄒᆞᆫ 말을 긋치고 닌경이 약을 달혀 나오ᄆᆡ 태위 빈미왈(顰眉曰)

"이 약을 아니 먹어도 ᄉᆞ오일 후ᄂᆞᆫ ᄌᆞ연 나을 ᄃᆞᆺᄒᆞ고 이ᄅᆞᆯ 먹으므로
31면 즉시 효험이 잇디 아니렷마ᄂᆞᆫ ᄀᆡ이(旣已) 달힌 거시니 ᄇᆞ리디 못ᄒᆞ여

---

63 박경(薄情)ᄒᆞ미나 다ᄅᆞ리잇가: 규장각본에는 '박경ᄒᆞ미다 〃 라리잇가'로 되어 있음.

64 냥인디녜(良人之女)라: 규장각본에는 '댱인지녜라'로 되어 있음.

65 의 업거니와: 규장각본에는 '의ᄉᆞ 업거니와'로 되어 있음.

66 디위(地位): 규장각본에는 없음.

먹으려니와 다시 달히디 말나."

닌웅공ᄌᆡ(公子) 진왈(進曰)

"그러도 ᄒᆞ거니와 병(病)의 약이 바히 업디 못ᄒᆞᆯ 거시니 비록 신효(神效)ᄒᆞ미 업ᄉᆞ나 쳠증쳠가(添增添加)ᄒᆞᄂᆞᆫ 증셰(症勢)ᄂᆞᆫ 잇디 아니리니 잠간 딘ᄒᆞ시미 ᄒᆡ롭디 아니ᄒᆞ고 명일(明日) 또 딘ᄒᆞ시믈 고염(苦厭)치 마ᄅᆞ쇼셔."

태위 마디못ᄒᆞ여 바다 마시고 왈

"내 일죽 약 먹으미 드믄디라. 병(病)의 잠간 니(利)ᄒᆞ량으로도 입의 괴로오미 병을 더으ᄂᆞᆫ ᄃᆞᆺᄒᆞ도다."

닌웅공ᄌᆡ(公子) 구미(口味) 뎡ᄒᆞᆫ 단약(丹藥)을 가져 태우긔 나으며 군죵형뎨(群宗兄弟) 이에셔 한담(閑談)ᄒᆞ더니 셕양(夕陽)의 태위 ᄀᆞᆯ오ᄃᆡ

"우형(愚兄)이 브ᄃᆡ 강질(强疾)ᄒᆞ여 니러나려 ᄒᆞᄆᆡ 긔거(起居)치 못ᄒᆞ도록 ᄒᆞ리오마ᄂᆞᆫ 실셥(失攝)ᄒᆞ여 병이 더으면 존당(尊堂)의 졀우(切憂)ᄅᆞᆯ 깃치오리니 조셥(調攝)ᄒᆞ믈 위ᄒᆞ여 대단치 아니ᄃᆡ 져녁 문안의 블참ᄒᆞᄂᆞᆫ 소유(所由)ᄅᆞᆯ 알외고 혼뎡(昏定) 후 이에 와 밤을 디ᄂᆡ리라."

학ᄉᆞ 등이 응ᄃᆡ(應對)ᄒᆞ고 즉시 태뎐의 드러가니 쳐ᄉᆞ와 이공이 태부
인을 뫼셧더라. 태부인이 닌경을 도라보와 태우의 통셰(痛勢)ᄅᆞᆯ 므ᄅᆞ
니 학ᄉᆞ 등이 대단치 아니므로뼈 알외며 조셥ᄒᆞ믈 위ᄒᆞ여 니러 단니 32면
아니믈 주ᄒᆞ니 태부인이 화부인ᄃᆞ려 왈

"광ᄋᆡ 조흔위화(遭釁危禍)의 젹상(積傷)ᄒᆞ미 극(極)ᄒᆞᆫ디라. 텬한동일(天寒冬日)을 당ᄒᆞ여 ᄒᆞᆫ번 알키ᄅᆞᆯ 면치 못ᄒᆞ니 엇디 근심되디 아니리오? 필연 식반(食盤)을 상시(常時)와 ᄀᆞᆺ디 못ᄒᆞ리니 미듁(糜粥)을 ᄂᆡ여 보ᄂᆡ여 먹게 ᄒᆞ라."

부인이 공슈슈명(拱手受命)이어ᄂᆞᆯ 쳐ᄉᆡ(處士) ᄌᆞ뎐(慈殿)의 고왈(告曰)

"광ᄋᆡ 본ᄃᆡ 강장견고(强壯堅固)[67]ᄒᆞᆫ디라. 좀병의 ᄀᆞᆺᄐᆞ여 념네(念慮) 잇디 아니ᄒᆞ오니 그 조셥ᄒᆞ고ᄌᆞ ᄒᆞᄂᆞᆫ 바의 과히 우려치 마ᄅᆞ쇼셔."

태부인이 졈두왈(點頭曰)

"노뫼(老母) ᄯᅩᄒᆞᆫ 광아의 견항강댱(堅抗强壯)ᄒᆞ믈 밋ᄂᆞᆫ ᄇᆡ나 져의 젹상ᄒᆞ미 등한(等閑)치 아니ᄒᆞ니 몸의 치부(置簿)ᄒᆞᆫ 병이 깁흔가 두리노라."

쳐ᄉᆡ(處士) 아ᄌᆞ(兒子)의 젹상ᄒᆞ믈 우려치 아니미 아니로ᄃᆡ 태부인 셩녀(聖慮)ᄅᆞᆯ 더을가 져허 ᄌᆡ삼(再三) 대단치 아니믈 일ᄏᆞ라 믈우(勿憂)ᄒᆞ시믈 쳥ᄒᆞ니 태부인이 ᄯᅩᄒᆞᆫ 과려(過慮)ᄒᆞ미 업디 아니ᄒᆞᄃᆡ 참정과 톄찰이 만니(萬里)의 츌뎡(出征)ᄒᆞ나 태위 면젼(面前)의 잇셔 열의(悅
33면 意)ᄅᆞᆯ 구ᄒᆞᄆᆡ 군죵제뎨(群宗諸弟)로 더브러 희ᄒᆡ(戲諧)ᄅᆞᆯ 방셜(放說)ᄒᆞ여 능변활논(能辯活論)이 근심ᄒᆞ고 슬허ᄒᆞ던 ᄌᆞ로 ᄒᆞ야곰 즐거오며 깃부고믈 닐위고 텬디(天地)의 화긔(和氣)로 만믈(萬物)을 부휵(扶畜)ᄒᆞᄂᆞᆫ 됴화(造化)로 풍늉발화(丰茸發花)ᄒᆞ며 쥰영특달(俊英特達)ᄒᆞ여 긔이(奇異)ᄒᆞᆫ 풍모(風貌)의 호활(豪活)ᄒᆞᆫ 담쇠(談笑) ᄒᆞᆫ갓 번화(繁華)ᄒᆞ고 쾌상(快爽)ᄒᆞᆯ ᄲᅳᆫ 아니라 만고(萬古)ᄅᆞᆯ 눈압ᄒᆡ ᄉᆞᆺ쳐 흉금(胸襟)이 개활(開豁)ᄒᆞ며 심회활연(心懷豁然)ᄒᆞ여 격탁딘쳥(激濁進淸)[68]ᄒᆞ니 ᄒᆡ

67 강장견고(强壯堅固): 몸이 건강하고 혈기가 왕성하며 굳고 단단함.

68 격탁딘쳥(激濁進淸): 격탁진청. 탁한 것을 물리치고 맑은 것으로 나아간다는 뜻. 격탁양청(激濁揚淸)과 유사한 표현으로 추정.

음업시 쇽ᄐᆡ(俗態)와 딘욕(塵慾)을 썰치ᄂᆞᆫ ᄃᆞᆺ 어린 ᄃᆞ시 그 낫ᄎᆞᆯ 우럴고 그 말을 드러 ᄇᆡᆨ우(百憂)ᄅᆞᆯ ᄉᆞᆯ와ᄇᆞ리며 극녀(極慮)ᄅᆞᆯ 니져 환연희열(歡然喜悅)ᄒᆞ던 바로 그 입번(入番)ᄒᆞ믈 당ᄒᆞ면 훌연(欻然)이 일흔 거시 잇ᄂᆞᆫ ᄃᆞᆺ 잠시ᄅᆞᆯ ᄯᅥ나미 잇셔도 심회디탁(心懷支託)ᄒᆞᆯ ᄇᆡ 업ᄉᆞᆫ ᄃᆞᆺᄒᆞᆫ디라. 이날도 졔쇼년(諸少年)이 좌우(左右)의 가득ᄒᆞ나 태위 잇디 아니믈 태부인이 그윽이 즐기디 아니ᄒᆞ니 쳐ᄉᆡ(處士) ᄌᆞ의(慈意)ᄅᆞᆯ ᄉᆞᆺ치고 ᄋᆞᄌᆞ(兒子)의 유딜(有疾)ᄒᆞ믈 민망(憫惘)이 넉이ᄃᆡ 강딜(强疾)ᄒᆞ여 니러 단닌즉 필경(畢竟) 쳠가(添加)ᄒᆞ여 날이 오릴가 념녀(念慮)ᄒᆞ여 아딕 조셥ᄒᆞ고 드러오디 말나 ᄒᆞ여 쾌소(快蘇)ᄒᆞ믈 기다리며 쥬야(晝夜) 34면
로 ᄌᆞ위(慈闈)ᄅᆞᆯ 뫼셔 져져(姐姐)와 환쇼(歡笑)ᄒᆞ고 이공으로 희학(戲謔)ᄒᆞ여 날을 보닐 ᄉᆡ 태위 존당태모(尊堂胎母)와 이친(二親)의 셩녀(聖慮)ᄅᆞᆯ 민우절박(悶憂切迫)ᄒᆞ여 고염(苦念)ᄒᆞ던 바 약(藥)을 ᄌᆞ로 나오며 식보(食補)ᄒᆞ믈 마디 아니ᄒᆞᄃᆡ 슈히 나으믈 엇디 못ᄒᆞ여 상요의 누언 디 삼ᄉᆞ일의 미쳐 신혼셩졍(晨昏省定)을 폐ᄒᆞ미 되엿ᄂᆞᆫ디라. 태부인이 가장 민녀(憫慮)ᄒᆞ고 슉모(叔母) 상부인이 이모 경조부인으로 더브러 친히 나와 통셰비경(痛勢非輕)ᄒᆞ믈 념녀(念慮)ᄒᆞ며 ᄌᆡ삼(再三) 조심ᄒᆞ여 됴리(條理)ᄒᆞ믈 당부ᄒᆞ고 드러와 상부인이 쳐ᄉᆞᄅᆞᆯ 향ᄒᆞ여 왈 "광딜(姪)의 병(病)이 비록 위듕(危重)치 아니ᄒᆞ나 젹상(積傷)ᄒᆞᆫ 근위비경(根委非輕)ᄒᆞ니 엇디 념녀(念慮) 업ᄉᆞ리오? 졔 ᄯᅩ 존당(尊堂)의 이우(貽憂)ᄅᆞᆯ 졀민(絶憫)ᄒᆞ여 슈히 낫기ᄅᆞᆯ ᄇᆞ야미[69] 치약(治藥)ᄒᆞᆷ과 식보

69 ᄇᆞ야미: ᄇᆞ야다. '재촉하다'라는 뜻.

(食補)ᄒᆞ믈 힘쓰ᄂᆞᆫ디라. 시녀(侍女) 등이 듁음(粥飮)과 찬미(饌味)롤 ᄀᆞᆺ초와 ᄂᆡ여가나 셔동ᄇᆡ(書童輩)롤 맛져두고[70] ᄂᆡᆫ웅 등이 온ᄂᆡᆼ(溫冷)을 맛초니 그 엇디 입의 맛가ᄌᆞ미[71] 되리오? 내 ᄉᆡᆼ각건ᄃᆡ 명광헌이 바로 외
35면 당(外堂)이 아니오 근간의 제딜(諸姪)이 거쳐ᄒᆞ나 빈ᄀᆡᆨ(賓客)이 왕ᄂᆡ(往來)치 아니ᄒᆞᄂᆞᆫ 곳으로 십분유벽(十分幽僻)ᄒᆞ며 겸ᄒᆞ여 희운당으로 ᄉᆞ이 블원(不遠)ᄒᆞ니 제딜(諸姪)을 믈니치고 셔동(書童)을 먼니 칙은 후 소시의 노쥬(奴主)롤 그곳의 두어 병을 구호ᄒᆞ미 됴흘가 ᄒᆞ노라." 태부인이 ᄯᅩᄒᆞᆫ 맛당ᄒᆞ믈 니ᄅᆞᄃᆡ 쳐ᄉᆡ(處士) 응낙ᄒᆞ고 이날 셕반(夕飯)을 믈닌 후 제ᄉᆡᆼ(諸生)을 명ᄒᆞ여 듁셔루로 퇴(退)ᄒᆞ라 ᄒᆞ며 태부인이 소시롤 블너 태우의 딜셰비경(疾勢非輕)ᄒᆞ믈[72] 니ᄅᆞ고 명광헌이 본ᄃᆡ 셔당(書堂)이 아니니 셔동(書童)을 믈니며 제ᄉᆡᆼ을 다 츼워시ᄆᆡ 잠간 머믈미 피연치 아니ᄒᆞ니 시녀(侍女) 등을 디휘(指揮)ᄒᆞ여 듁음(粥飮)과 찬션(饌膳)을 병구(病口)의 맛갓게[73] ᄒᆞ여 보호ᄒᆞ믈 명ᄒᆞᆫᄃᆡ 쇼제(小姐) 그윽이 블쾌ᄒᆞ나 순셜(脣舌)노뼈 면치 못ᄒᆞᆯ 바의 여러 말숨이 무익ᄒᆞ여 오ᄃᆡᆨ ᄇᆡ이슈명(拜而受命)ᄒᆞ니 상부인이 소시롤 다리고 시ᄋᆞ(侍兒)로 쵹(燭)을 잡혀 명광헌의 다ᄃᆞᄅᆞ니 ᄊᆡ의 태위 제뎨(諸弟) 일시의 침구롤 옴겨 듁누로 나아가며 시ᄋᆡ(侍兒) 나와 셔동(書童)을 믈니치고 방듕(房中)의 ᄉᆡ ᄌᆞ리롤 포딘(鋪陳)ᄒᆞ믈 보ᄆᆡ 반ᄃᆞ시 소시
36면 의 나오미믈 디긔(知機)ᄒᆞᄃᆡ 뭇디 아니ᄒᆞ고 다만 ᄂᆡᆫ경을 블너 니ᄅᆞᄃᆡ

70 맛져두고: 맛지다. 맡기다.

71 맛가ᄌᆞ미: 맛ᄀᆞᆽ다. 맞다, 알맞다.

72 딜셰비경(疾勢非輕)ᄒᆞ믈: 규장각본에는 '질셰비경ᄒᆞ므로'로 되어 있음.

73 맛갓게: '맛갖다'의 옛말, 입맛이나 마음에 딱 맞다는 뜻.

"우형(愚兄)이 일시 딜통(疾痛)ᄒᆞ나 ᄃᆡ단ᄒᆞ미 아니오 ᄯᅩ 너의로ᄡᅧ 밤의 잠을 편히 못 ᄒᆞ미 업거ᄂᆞᆯ 엇디 모다 피하여 나가ᄂᆞ뇨?"

졔ᄉᆡᆼ(諸生)이 ᄃᆡ왈(對曰)

"쇼뎨(小弟) 등이 엇디 형댱(兄丈)을 피ᄒᆞ여 침구ᄅᆞᆯ 옴기리잇가마ᄂᆞᆫ 소ᄉᆔ 나오신다 ᄒᆞ여 존명(尊命)이 계시니 브득이 듁누로 올므니이다."

태위 블열왈(不悅曰)

"군죵형뎨(群宗兄弟) ᄒᆞᆫ가디로 잇ᄉᆞ미 젹막(寂寞)디 아니ᄒᆞ거ᄂᆞᆯ 져ᄅᆞᆯ 므엇ᄒᆞ라 ᄂᆡ여 보ᄂᆡ신고? 실노 아디 못ᄒᆞ리로다. 네 어이 내 병(病)이 위존상셕(危存床席)ᄒᆞ여 미듁(麋粥)과 약음(藥飮)을 년쇽(連續)ᄒᆞ미 아니오 밤을 당ᄒᆞ여 녜ᄉᆞ(例事)로이 ᄌᆞ고 낫을 인ᄒᆞ여 먹기ᄅᆞᆯ 못ᄒᆞ디 아니ᄒᆞ니 굿ᄐᆞ여 대ᄉᆞ(大事)로이 구호ᄒᆞᆯ ᄇᆡ 아니오 딘실노 위듕(危重)ᄒᆞ미라도 소시의 혼ᄌᆞ 구호ᄒᆞ미 군죵졔뎨 구호홈만 ᄀᆞᆺ디 못ᄒᆞᆯ ᄇᆡ믈 고치 아니ᄒᆞ뇨?"

닌경공ᄌᆡ(公子) 쇼왈(笑曰)

"쇼뎨 엇디 그리 알외고ᄌᆞ 아니리잇고마ᄂᆞᆫ 엄의(嚴意)ᄅᆞᆯ 엇디 위월(違越)ᄒᆞ리잇고?"

졍언간(正言間)의 창외(窓外)의셔 시ᄋᆡ(侍兒) 상부인의 나오시믈 고ᄒᆞ며 부인이 미조ᄎᆞ 입ᄒᆞᄆᆡ 태위 긔이영디(起而迎之)ᄒᆞ여 관겨치 아니믈 고ᄒᆞ니 부인이 빈미왈(顰眉曰) 37면

"네 어이 이러톳 슌슌(順順)이 긔동(起動)ᄒᆞᄂᆞᆫ다? 모로미 편히 누어 조심ᄒᆞ여 됴리(調理)ᄒᆞ고 실셥(失攝)ᄒᆞ여 날이 오ᄅᆡ게 말디어다."

태위 샤왈(辭曰)

"일시 미양(微恙)을 대ᄉᆞ로이 됴셥(調攝)ᄒᆞᆯ ᄇᆡ 아니오ᄃᆡ 젹상(積傷)ᄒᆞᆫ

증(症)이 잇다 ᄒᆞ샤 엄명(嚴命)이 됴호(調護)ᄒᆞ믈 니ᄅᆞ시니 만일 실셥ᄒᆞ온ᄌᆞᆨ 이우(貽憂)ᄅᆞᆯ 더을디라. 스ᄉᆞ로 조심ᄒᆞ와 됴호ᄒᆞ오나 괴로이 질통(疾痛)ᄒᆞᄂᆞᆫ ᄇᆡ 아니옵고 ᄯᅩ 인ᄉᆞ(人事)ᄅᆞᆯ ᄇᆞ리미 아니옵거ᄂᆞᆯ 슉모(叔母)의 친님(親臨)ᄒᆞ시믈 엇디 누어 뵈올 녜되(禮度) 잇ᄉᆞ리잇고? 낭ᄌᆞ(娘子)의 나오심도 ᄉᆡᆼ각디 아니ᄒᆞ온 ᄇᆡ러니 ᄯᅩ 친님(親臨)ᄒᆞ샤 존위(尊位)ᄅᆞᆯ 닛비ᄒᆞ시니 블승죄숑(不勝罪悚)이로소이다.”

부인이 쇼왈(笑曰)

“노뫼(老母) 년쇼방셩(年少方盛)ᄒᆞᆫ 근녁(筋力)이 아닌 줄은 아나 이에 나오미 ᄆᆞ어시 닛브리라[74] ᄒᆞ고 브졀업ᄉᆞᆫ 인ᄉᆞᄅᆞᆯ ᄒᆞᄂᆞ뇨? 네 병이 비록 위극(危極)디 아니ᄒᆞ나 젹상(積傷)ᄒᆞᆫ 근위(根委) 듕(重)ᄒᆞ니 엇디 념녜(念慮) 업ᄉᆞ리오? 존당(尊堂)[75]이 너의 침딜(沈疾)ᄒᆞ믈 당ᄒᆞ여
38면 구호의 ᄌᆞᆼ요로오미 쳐실(妻室) ᄀᆞᆺᄐᆞ니 업다 ᄒᆞ샤 졔딜(諸姪) 등을 ᄃᆞ누로 보ᄂᆡ시고 소시ᄅᆞᆯ 이에 보ᄂᆡ샤 듁음(粥飮) 알게 ᄒᆞ시니 이곳의[76] 머믈미 비편(非便)치 아닌디라. 모로미 혐의(嫌疑)로이 넉이디 말나.”

태위 ᄃᆡ왈(對曰)

“쇼딜(小姪)이 됴병(調病)ᄒᆞᄂᆞᆫ 밧긔 쳠감(添減)ᄒᆞ여 슉딜(宿疾)이 발ᄒᆞᆯ가 념녀(念慮)ᄒᆞᆯ디언정 침식디절(寢食之節)이 상시(常時)의셔 못ᄒᆞᆫ 일이 업ᄉᆞ오니 ᄒᆞ로 ᄒᆞᆫ번 약 먹을 ᄡᅳᆫ이라. 각별 구호ᄒᆞᆯ 거시 업ᄉᆞᆸ거ᄂᆞᆯ 존당(尊堂)이 그ᄅᆞᆺ 아ᄅᆞ샤 군ᄌᆞᆼ졔뎨(群宗諸弟)ᄅᆞᆯ 다 ᄎᆡ오시고

74 닛브리라: 잇브다. 고단하다, 힘들다.
75 존당(尊堂): 원래는 남의 어머니. 여기에서는 할머니인 서태부인.
76 이곳의: 규장각본에는 '이곳'으로 되어 있음.

소시롤 닉여보닉시믈 잘못ᄒᆞ여 계시니이다. 이곳이 바로 셔실(書室)이라도 소시 스ᄉᆞ로 비편(非便)ᄒᆞ며 혐의로이 알가 모로옵거니와 쇼뎔이 혐의(嫌疑)로이 넉이미야 어이 잇시리잇고?"

부인이 웃고 잠간 좌(坐)ᄒᆞ여 한담(閑談)ᄒᆞ다가 드러갈ᄉᆡ 태위 뫼셔 디게[77] 알피[78] 다ᄃᆞᄅᆞ니 부인이 풍셜(風雪)이 엄닝(嚴冷)ᄒᆞ믈 닐너 등을 미러 가라 ᄒᆞ니 태위 당(堂)의 나리디 못ᄒᆞ여 도로 드러가고 소시ᄂᆞᆫ 계졍(階庭)의 나려 부인을 ᄇᆡ숑(陪送)ᄒᆞᆫ 후 다시 쳥샤(廳事)[79]의 오ᄅᆞ미 ᄯᅵ의 텬ᄉᆡᆨ(天色)이 음음(陰陰)ᄒᆞ며 븍풍(北風)이 불발(勃發)ᄒᆞ여[80] 구즌 비 몽몽(濛濛)ᄒᆞ고 나ᄂᆞᆫ 눈이 셕하(釋下)ᄒᆞ니 사ᄅᆞᆷ이 잠간 나셔ᄆᆡ 한쳔(寒喘)[81] 골닝(骨冷)ᄒᆞ여 니롤 두다리믈 면치 못ᄒᆞᆯ디라. 졔시ᄋᆡ(諸侍兒) 쇼져의 밧비 입실(入室)ᄒᆞ여 어한(禦寒)ᄒᆞ믈 쳥ᄒᆞᄃᆡ 소시 침음유예(沈吟猶豫)ᄒᆞ여 믁믁디지(默默遲遲)ᄒᆞ더니 날호여 금년(金蓮)[82]을 두로혀 후함(後檻)[83]의 좌(座)롤 뎡ᄒᆞ고 온미(溫糜)와 삼다(蔘茶)롤 ᄃᆡ후(待候)ᄒᆞ며 야긔한풍(夜氣寒風)을 므릅ᄡᅧ 좌(座)롤 옴겨 실(室)의 들 ᄯᅳᆺ이 업ᄉᆞ니 졔시ᄋᆡ(諸侍兒) 다시 쳥치 못ᄒᆞ고 조ᄎᆞ 뫼실 ᄯᆞᄅᆞᆷ이러라. ᄯᅵ의 태위 슉모의 드러가시믈 본 후 다시 상요의 나아가 39면

77 디게: 지게. 지게문. 마루와 방 사이의 문.

78 알피: 규장각본에는 '압히'로 되어 있음.

79 청샤(廳事): 청사. 전통가옥에서 방과 방 사이에 마루처럼 깔아놓은 공간.

80 븍풍(北風)이 불발(勃發)ᄒᆞ여: 규장각본에는 '북풍 발〃 ᄒᆞ여'로 되어 있음.

81 한쳔(寒喘): 규장각본에는 '한쳔이'로 되어 있음.

82 금년(金蓮): 금련. 예쁜 걸음걸이. 중국 남조(南朝) 때 반비(潘妃)가 금으로 만든 연꽃 위에서 걸었다는 데서 전함.

83 후함(後檻): 문맥상 건물에 딸린 뒷마루, 뒷방을 뜻하는 것으로 추정.

질통(疾痛)ᄒᆞᆫ ᄀᆞ온ᄃᆡ 소시ᄅᆞᆯ 미온(未穩)ᄒᆞ미 플니디 아냐 혜오ᄃᆡ ‘내 평ᄉᆡᆼ 녀ᄌᆞ(女子)의 교우ᄌᆞ듕(驕傲自重)ᄒᆞᆷ과 ᄌᆞᄒᆡᆼᄌᆞ디(自行自止)ᄒᆞ믈 통한(痛恨)ᄒᆞ거ᄂᆞᆯ 이 녀ᄌᆞ 만ᄂᆡ필아(晩來畢兒)로 교ᄋᆡ(嬌愛)의 ᄉᆡᆼ댱(生長)ᄒᆞᆯ ᄲᅳᆫ 아니라 부형(父兄)의 강항초딕(強項峭直)ᄒᆞ믈 픔슈(稟受)ᄒᆞ여 브ᄃᆡ ᄆᆞᄋᆞᆷ을 딕히며 ᄯᅳᆺ을 셰워 부인녀ᄌᆞ(婦人女子)의 덕(德)이 무비무의(無非無儀)[84]예 더으디 아니믈 아디 못ᄒᆞ므로 져즈음긔 도라가ᄆᆡ 부명(父命)이 계신 ᄇᆡ라. 져ᄅᆞᆯ 족히 ᄎᆡᆨᄒᆞᆯ ᄇᆡ 아니어니와 날이 오란 후 즉시 도라오미 올커ᄂᆞᆯ 짐즛 그ᄅᆞ믈 범ᄒᆞ여 디연(遲延)
40면 이 믈너 이시며 대인(大人)이 태쥬로 환귀(還歸)ᄒᆞ실 ᄊᆡ의도 영졉(迎接)디 아냐 유유히 일월(日月)을 보ᄂᆡ다가 션왕대인 긔ᄉᆞ(忌祀)ᄅᆞᆯ 미쳐 비로소 도라오니 이 ᄯᅩ 그 ᄯᅳᆺ이 아니라. 내 아디 못ᄒᆞᆫ ᄀᆞ온ᄃᆡ ᄌᆞ위(慈闈) 블너 계시거나 왕뫼(王母) 초ᄅᆡ(召來)ᄒᆞ여 계시거나 곡졀(曲折)이 이셔 오미오 무단(無斷)이 온 ᄇᆡ 아니라. 그 딘졍(眞情)이 당시의 파쳔(播遷)[85]ᄒᆞ믈 슬허ᄒᆞ고 박시의 패란지ᄉᆡ(悖亂之事) 근본인ᄌᆞᆨ ᄌᆞ긔로 비로ᄉᆞ믈 블안(不安)ᄒᆞ미어니와 녀ᄌᆞ의 화복안위(禍福安危) 디아비게 이시믈 아디 못ᄒᆞ여 실의(失義)ᄒᆞ며 실은(失恩)ᄒᆞ믈 근심치 아니ᄒᆞ니 이ᄂᆞᆫ 날을 가ᄇᆡ야이 넉이미라. 가히 징계(懲戒) 업ᄉᆞ리오마ᄂᆞᆫ 슉뫼(叔母) 친히 더브러 이에 두시고 왕뫼 명ᄒᆞ여 보ᄂᆡ신 바ᄅᆞᆯ 조

84 무비무의(無非無儀): 《시경》 〈소아〉 ‘사간(斯干)’에 딸을 기를 때는 “일을 잘못하는 것도 없고 일을 잘한다고 나서는 것도 없게 하고, 오직 술과 밥을 의논하게 한다(無非無儀 唯酒食是議).”라는 말이 나옴.

85 파쳔(播遷): 파천. 임금이 본궁(本宮)을 떠나 다른 곳으로 옮겨 난(亂)을 피함. 여기서는 장성완이 친정으로 간 것을 말함.

급히 슈죄즐칙(數罪叱責)ᄒᆞ여 믈니치미 존의(尊意) 열(悅)치 아니실 빅니 내 비록 위열친의(慰悅親意)ᄂᆞᆫ 못ᄒᆞᆫ들 엇디 블관(不關)ᄒᆞᆫ 일의 셩의(聖意)롤 블예(不豫)ᄒᆞ시게 ᄒᆞ리오? 다만 져의 좌우(左右)롤 징벌(懲罰)ᄒᆞ고 져롤 슈죄(數罪)ᄒᆞ여 내 뜻을 알게 ᄒᆞ며 다시 이에 머믈워 존명(尊命)을 슌슈(順受)ᄒᆞ미 맛당타.'

ᄒᆞ여 쥬의(主義)롤 뎡ᄒᆞ고 믁연(默然)이 언와(偃臥)ᄒᆞ여 또 싱각ᄒᆞᄃᆡ 41면

'졔 발셔 나의 은의(隱意)롤 ᄉᆞ치고 언연(偃然)이 입실치 못ᄒᆞ여 쳥ᄉᆞ(廳事)의셔 내 명을 기다리며 짐즛 칙ᄒᆞ믈 엇고ᄌᆞ ᄒᆞ여 죵시 ᄆᆞ음이 항항(抗抗)[86]ᄒᆞ니 내 어이 그 뜻을 쌕디ᄅᆞ디[87] 못ᄒᆞ리오?'

ᄒᆞ고 이에 소ᄅᆡᄒᆞ여 삼다(蔘茶)롤 나오라 ᄒᆞ니 쇼져의 유모 취영이 응명(應命)ᄒᆞ고 ᄎᆞ(茶)롤 가져 알ᄑᆡ[88] 나아가ᄆᆡ 태위 바다 마시며 문왈(問曰)

"너의 쥬인(主人)이 존명(尊命)을 밧ᄌᆞ와 이에 왓다 ᄒᆞᄃᆡ 엇디 뵈디 아니ᄒᆞᄂᆞ뇨?"

취영이 숑연ᄃᆡ왈(悚然對曰)

"쥬뫼 존당(尊堂) 명을 밧ᄌᆞ와시ᄃᆡ 쥬군의 명이 밋쳐 업ᄉᆞ므로 후함(後檻)의 머믈고 감히 입실치 못ᄒᆞᄂᆞ이다."

태위 발연(勃然) 노즐왈(怒叱曰)

"여쥐(汝主) 임의 존명을 바다 구병(救病)ᄒᆞ라 이에 와시면 감히 교오

86 항항(抗抗): 굽히지 않음.

87 쌕디ᄅᆞ디: 규장각본에는 '쌔지ᄅᆞ디'로 되어 있음.

88 알ᄑᆡ: 규장각본에는 '압ᄒᆡ'로 되어 있음.

ᄌᆞ존(驕傲自尊)ᄒᆞ여 ᄎᆞᄅᆞᆯ 쳔비(賤婢)로 ᄃᆡ신(代身)ᄒᆞ리오?”

셜파(說罷)의 졔녀(諸女)ᄅᆞᆯ 호령ᄒᆞ여 소시ᄅᆞᆯ 계하(階下)의 나리와 교
오ᄌᆞᄒᆡᆼ(驕傲自行)ᄒᆞ믈 슈죄(數罪)ᄒᆞ고 셔동(書童)을 블너 취영과 졔
시녀(諸侍女)ᄅᆞᆯ 잡아 나리와 쥬인(主人) ᄃᆡ신(代身)으로 십여 장(杖)
식 ᄆᆡᆼ타(猛打)ᄒᆞ니 쇼졔 어히업셔 계하(階下)의 나려 슈죄ᄅᆞᆯ 드ᄅᆞᆯᄉᆡ
42면 태위 유랑시아(乳娘侍兒) 등을 듕타(重打)ᄒᆞ여 믈니치니 쇼졔 셔연
(徐然)이 후함(後檻)의 올나와 ᄌᆞ긔 탓ᄉᆞ로 유모의 듕장(重杖) 닙으믈
통도(痛悼)ᄒᆞ여 됴리(調理)ᄒᆞ믈 니ᄅᆞᆫᄃᆡ 유랑(乳娘)이 ᄀᆞ마니 우러 왈

“쇼져의 디란약딜(芝蘭弱質)과 쳔금귀톄(千金貴體)로뼈 계하(階下)
의 굴욕(屈辱)ᄒᆞ여 우셜(雨雪)을 므릅쓰며 야긔한풍(夜氣寒風)을 당
ᄒᆞ여 필연 듕상(重傷)ᄒᆞ실 ᄇᆡ로ᄃᆡ 언 옷ᄉᆞᆯ 녹이디 못ᄒᆞ고 져ᄌᆞᆫ 거ᄉᆞᆯ
가디 아니샤 오히려 후함을 ᄯᅥ나디 아니시거ᄂᆞᆯ 쇼비(小婢)의 무용쳔
신(無用賤身)이 ᄆᆡ 아ᄅᆡ 죽고 셜한(雪寒)의 상ᄒᆞ미 므어시 앗가와 셩
녀(聖慮)ᄅᆞᆯ 머므ᄅᆞ시ᄂᆞ니잇고?”

쇼졔 날호여 ᄀᆞᆯ오ᄃᆡ

“어미 이에 이시미 유익디 아니ᄒᆞ고 됴호(調護)치 아냐 ᄉᆞᄉᆡᆼ(死生)이
가려(可慮)의 미쳐ᄂᆞᆫ 날노뼈 시름이 되미니 운당으로 가 됴호ᄒᆞ라.”

ᄉᆞ시ᄋᆡ(私侍兒) ᄯᅩᄒᆞᆫ 권ᄒᆞ며 좌우(左右)로 홍노(烘爐)ᄅᆞᆯ 헤쳐 쇼져
의 옷ᄉᆞᆯ 마ᄅᆞ게 ᄒᆞ더니 태위 믄득 온미(溫糜)ᄅᆞᆯ ᄎᆞᄌᆞ니 쇼졔 과연 밧
드러 나올 의ᄉᆡ 업ᄉᆞ나 존명(尊命)을 봉ᄒᆡᆼ(奉行)ᄒᆞ라 ᄒᆞᄂᆞᆫ ᄯᅳᆺ이 발셔
ᄌᆞ긔(自己)의 강항고결(強項高潔)ᄒᆞ믈 ᄉᆡᆨ딜너 면측(面側)의 신음ᄒᆞ
ᄂᆞᆫ 쇼ᄎᆞ두(小叉頭)ᄅᆞᆯ 숨고ᄌᆞ ᄒᆞ믈 디긔(知機)ᄒᆞᄆᆡ 더옥 신셰(身世)ᄅᆞᆯ
43면 ᄌᆞᄎᆞ(自嗟)ᄒᆞ고 명도(命途)ᄅᆞᆯ 한ᄒᆞ나 이에 ᄯᅧᆯ쳐 면코ᄌᆞ ᄒᆞᄆᆡ 져의 호

승과격(好勝過激)ᄒᆞ미 반ᄃᆞ시 향긱(嚮刻)의셔 더은 거조(擧措)로 크게 요란홀디라. 졈졈 욕되미 잇솔 고로 브득이 온미(溫糜)롤 가져 입실홀ᄉᆡ 태위 쾌히 소시롤 슈죄(數罪)ᄒᆞ며 졔시ᄋᆞ(諸侍兒)롤 장벌(杖罰)홀 젹 후창(後窓)을 다 통개(通開)ᄒᆞ여 야긔셜풍(夜氣雪風)의 촉상(觸傷)ᄒᆞ여 다시 크게 한젼(寒戰)ᄒᆞ믈 시작ᄒᆞ니 스ᄉᆞ로 민망ᄒᆞ여 온미롤 마셔 딘졍(鎭靜)코ᄌᆞ ᄒᆞ여 ᄎᆞᄌᆞᄆᆡ 쇼졔 밧드러 알ᄑᆡ 다ᄃᆞᄅᆞ니 졍졍(靜貞)ᄒᆞᆫ ᄐᆡ되(態度) 가디록 졀셰(絶世)ᄒᆞᆫ디라. 태위 잠간 움ᄌᆞ겨 온미롤 딘ᄒᆞᄆᆡ 그ᄅᆞ시 ᄇᆡ기의 미ᄎᆞᄃᆡ 한츅(寒縮)ᄒᆞ믈 뎡치 못ᄒᆞ고 통셰(痛勢) 더으니 스ᄉᆞ로 조심치 못ᄒᆞ믈 후회ᄒᆞ나 밋디 못홀디라. 셔안(書案)의 ᄒᆞᆫ 쳡 약을 더디며[89] 슈히 달혀 오라 ᄒᆞ니 쇼졔 비록 한뇌(恨怒) 가득ᄒᆞ나 그 통셰비경(痛勢非輕)ᄒᆞ믈 보ᄆᆡ 엇디 우려ᄒᆞ미 업ᄉᆞ리오? 약을 가져 나와 친히 달힐ᄉᆡ 유모롤 ᄌᆡ삼(再三) 권ᄒᆞ여 희운당으로 보ᄂᆡ고 ᄉᆞ개 시ᄋᆞ(侍兒)로 더브러 약을 ᄧᆞ며 온닝(溫冷)을 맛초와 태우긔 나오니 태위 즉시 진음(進飮)ᄒᆞ고 고요히 좨(坐)러니 약(藥)이 나리ᄆᆡ 다시 누우나 일신만톄(一身萬體)롤 괴로이 딜통(疾痛)ᄒᆞ여 밤이 다ᄒᆞᄃᆡ 졉목(接目)디 못ᄒᆞ니 쇼졔 ᄯᅩᄒᆞᆫ 안ᄌᆞᆫ 거솔 곳치디 아냐 계셩(鷄聲)을 드ᄅᆞᄆᆡ 뎡히 니러나 운당의 가 옷솔 곳치고 신셩(晨省)의 드러가고ᄌᆞ ᄒᆞ더니 홀연 뎡당(正堂) 시ᄋᆡ(侍兒) 니ᄅᆞ러 태부인 말숨으로 태우의 병을 므ᄅᆞ며 우셜디일(雨雪之日)의 히롭다 ᄒᆞ여 쇼져롤 드러오디 말나 ᄒᆞ니 감히 역명(逆命)치 못ᄒᆞ고 태우의 통셰 44면

89 약을 더디며: 규장각본에는 '약이 풀더지며'로 되어 있음.

(痛勢) 대단치 아니믈 회보(回報)ᄒᆞ여 쳠가(添加)ᄒᆞ믈 ᄉᆞ식(辭色)디 아니ᄒᆞ여 날이 오리ᄆᆡ 존당부모(尊堂父母)의 셩녀(聖慮)룰 더을가 민망ᄒᆞ여 평싱 치약(治藥)을 블관(不關)이 넉이던 ᄇᆡ로ᄃᆡ 금번은 십분 조심ᄒᆞ여 의약을 브ᄌᆞ러니 ᄒᆞᄃᆡ 슈히 낫디 못ᄒᆞ니 쳐ᄉᆡ(處士) 친히 니ᄅᆞ러 딘ᄆᆡᆨ(診脈)ᄒᆞ며 그 젹상(積傷)ᄒᆞᆫ 근위(根委) 세월(歲月)노조ᄎᆞ 더으믈 시롬ᄒᆞ여 젼후(前後) 약 먹은 슈(手)룰 뭇고 친히 두 쳡 약을 디어 소시롤 주어 일ᄌᆡ용(日再用)ᄒᆞ라 ᄒᆞᆫ 후 태우롤 향ᄒᆞ여 왈

45면 "소쇼뷔 잇ᄉᆞᄆᆡ 졔ᄋᆡ(諸兒) ᄆᆞ옴ᄃᆡ로 왕ᄂᆡ(往來)치 못ᄒᆞ니 필연 울젹(鬱寂)ᄒᆞ려니와 병은 고요ᄒᆞᆫ 가온ᄃᆡ 조셥ᄒᆞᄂᆞ니 ᄆᆞ옴을 안한(安閑)이 ᄒᆞ고 범ᄉᆞ(凡事)의 긔운을 뻐 각곡히[90] 셔들며 분망(奔忙)이 굴기롤 말디어다."

태위 궤복(跪伏)ᄒᆞ여 부교(父敎)롤 듯ᄌᆞ오ᄆᆡ ᄌᆞ긔(自己) 소시롤 칙계(責戒)ᄒᆞ여 그 졍벌좌우(杖罰左右)ᄒᆞᆫ 줄 야애(爺爺) 아디 못ᄒᆞ시ᄃᆡ ᄌᆞ긔 ᄆᆡᆨ도(脈度)롤 조ᄎᆞ 긔운을 쓰고 ᄆᆞ옴을 번조(煩燥)히 ᄒᆞ미 잇ᄉᆞ믈 디긔(知機)ᄒᆞ샤 이굿치 ᄒᆞ시믈 튝연황공(蹴然惶恐)ᄒᆞ며 ᄌᆞ긔롤 ᄆᆡ양 탄솔분망(坦率奔忙)타 ᄒᆞ샤 ᄒᆞᆫ 미친 ᄋᆞᄒᆡ로 아ᄅᆞ시ᄃᆡ 텬뉸ᄌᆞᄋᆡ(天倫慈愛)로 부ᄌᆞ(夫者)ᄂᆞᆫ 죵용ᄒᆞ미 웃듬이라 ᄒᆞ샤믈 극히 참괴(慙愧)ᄒᆞ여 ᄃᆡ홀 바롤 아디 못ᄒᆞ고 븕은 빗치 ᄇᆡᆨ셜긔부(白雪肌膚)와 쵹슈골격(觸鬚骨格)을 침노ᄒᆞ니 쳐ᄉᆡ(處士) 별뉸ᄌᆞᄋᆡ(別倫慈愛)[91]로 이

---

90 각곡히: 규장각본에는 '각골히'로 되어 있음.

91 별뉸ᄌᆞ이(別倫慈愛): 별륜자애. 보통의 부모가 자식을 생각하는 인륜의 정을 넘어 특별히 사랑함.

련(愛憐)ᄒᆞ며 그 긔ᄉᆡᆨ(氣色)을 ᄉᆞᆯ피ᄆᆡ 심하(心下)의 우으나 다시 말이 업다가 날호여 나올ᄉᆡ[92] 태위 뫼셔 힝코ᄌᆞ ᄒᆞ거ᄂᆞᆯ 쳐ᄉᆡ(處士) 됴셥(調攝)ᄒᆞ믈 닐너 드려보ᄂᆡ고 태뎐(太殿)의 드러와 태부인긔 뵈온 후 광ᄋᆞ의 병이 그다디 념녀(念慮)롭디 아니믈 고ᄒᆞ여 ᄒᆞᆫ ᄎᆞ례 ᄉᆞ딜(死疾)을 면치 못ᄒᆞᆯ 바ᄅᆞᆯ ᄉᆞᄉᆡᆨ(辭色)디 아니ᄒᆞ니 태부인이 ᄯᅩ 과려(過慮)ᄅᆞᆯ 두디 아니코 다만 쇼왈(笑曰) 46면

"소아로ᄡᅧ 졔 병을 구호ᄒᆞ니 ᄆᆞᄋᆞᆷ의 엇디 넉이ᄂᆞᆫ고? 긔ᄉᆡᆨ(氣色)과 동졍(動靜)을 알 길히 업도다."

상부인이 쇼이ᄃᆡ왈(笑而對曰)

"광ᄋᆡ 소시ᄅᆞᆯ 미온(未穩)ᄒᆞᄂᆞᆫ 빗치 이시니 그 셩졍(性情)이 슈하(手下)의 다ᄃᆞ라 블여의(不如意)ᄒᆞᆫ 바ᄅᆞᆯ 슌편(順便)히 프러바리고 ᄌᆞᆼ요로이 계칙(戒責)ᄒᆞ디 아닐가 ᄒᆞ여 소시ᄅᆞᆯ ᄂᆡ여가나 념녀(念慮) 업디 아니ᄒᆞ며 만일 싀험(猜險)ᄒᆞᆫ 거죄(擧措) 잇ᄉᆞᆯ딘ᄃᆡ[93] 쇼녜(小女) 소시ᄅᆞᆯ 괴롭게 ᄒᆞ미라. 소시 비록 원망(怨望)치 아녀도 쇼녜(小女) ᄆᆞᄋᆞᆷ의 무류(無聊)ᄒᆞᆯ가 ᄒᆞ엿ᄉᆞᆸ더니 소시 져곳의 간 디 슈일(數日)의 각별 블호(不好)ᄒᆞᆫ 긔ᄉᆡᆨ(氣色)과 요란ᄒᆞᆫ ᄉᆞ단(事端)이 업ᄉᆞ오니 ᄀᆞ장 의혹(疑惑)ᄒᆞᄂᆞ이다."

엄부인 슉염이 함쇼왈(含笑曰)

"슉모의 명찰(明察)ᄒᆞ샤므로도 오히려 소형의 졔시ᄋᆞ(諸侍兒) 등을 ᄉᆞᆯ피디 못ᄒᆞ시니잇가? 쇼딜(小姪)이 작일의 얼프시 보오니 소형의 졔

92 나올ᄉᆡ: 규장각본에는 '나으ᄉᆡ'로 되어 있음.

93 잇ᄉᆞᆯ딘ᄃᆡ: 규장각본에는 '잇ᄉᆞᆸ건대'로 되어 있음.

시ᄋᆡ 슈쳑환탈(瘦瘠換奪)ᄒᆞ고 ᄒᆡᆼ보(行步)ᄅᆞᆯ 바로 못 ᄒᆞ여 ᄎᆞ마 니긔 디 못ᄒᆞᄂᆞᆫ[94] 거동이어ᄂᆞᆯ 의아ᄒᆞ여 유랑(乳娘)다려 므ᄅᆞ라 ᄒᆞ오니 ᄃᆡᄒᆞ ᄃᆡ 져의 다 일신(一身)의 칠창(漆瘡)을 올녀 두로 셩농(成膿)ᄒᆞᄆᆡ 능

47면 히 거롬이 편치 못ᄒᆞ다 ᄒᆞ오니 이ᄂᆞᆫ 블문가디(不問可知)라. 칠창(漆瘡)이 엇디 몸의만 셩농(成濃)ᄒᆞ며 셜ᄉᆞ(設使) ᄒᆞ나히 올녀신들 모든 시ᄋᆡ(侍兒) ᄒᆞᆫ갈ᄀᆞᆺ틀 ᄂᆡ 이시리잇고? 태우 거거의 강ᄆᆡᆼ(强猛)ᄒᆞ미 소형의 오ᄅᆡ 믈너 잇ᄉᆞ믈 미온(未穩)ᄒᆞ여 그 좌우의 년좌(緣坐)ᄒᆞ미 되엿ᄂᆞᆫ가 ᄒᆞᄂᆞ이다.”

상부인이 셕연왈(釋然曰)

“젼혀 ᄉᆡᆼ각디 아녓더니 반ᄃᆞ시 그러토다. 다만 금됴(今朝)의 가보니 소시ᄂᆞᆫ 병외(屛外)의셔 찬미(饌味)ᄅᆞᆯ 다ᄉᆞ리ᄃᆡ 다ᄅᆞᆫ ᄉᆞᄉᆡᆨ(辭色)이 업고 광딜(姪)은 약을 마신 후 구미(口味) 뎡ᄒᆞᆯ 과실을 달나 ᄒᆞᄃᆡ 화평ᄒᆞ여 미온블예(未穩不豫)ᄒᆞ미 아니어ᄂᆞᆯ 깃비 넉엿더니 능녀블측(凌慮不測)ᄒᆞᆫ ᄋᆞᄒᆡ 어ᄂᆡ ᄶᅴ의 시ᄋᆞ(侍兒) 등을 징벌ᄒᆞᆫ고? 아라 ᄲᅳᆯᄃᆡᄂᆞᆫ 업ᄉᆞᄃᆡ 엇디ᄒᆞ던고 알고 시브도다.”

셔부인이 ᄃᆡ왈(對曰)

“미협은 소시 명광언으로 나아가던 날의 희운당을 딕희여 잇ᄉᆞ니 소시의 일동일졍(一動一靜)을 ᄌᆞ시 알니니 블너 므ᄅᆞ쇼셔.”

상부인이 미협을 블너 거야ᄉᆞ(去夜事)ᄅᆞᆯ 므ᄅᆞᄃᆡ 미협이 본ᄃᆡ 침믁(沈默)ᄒᆞ여 단일은슉(端一隱肅)ᄒᆞᆫ 듕의도 말ᄉᆞᆷ이[95] 빗ᄂᆞᆫ디라. 태우의 슈

94 못ᄒᆞᄂᆞᆫ: 규장각본에는 ‘못ᄒᆞ여ᄂᆞᆫ’으로 되어 있음.

95 말ᄉᆞᆷ이: 규장각본에는 ‘말ᄉᆞᆷ’으로 되어 있음.

죄즐칙(數罪叱責)ᄒᆞ던 바와 소시의 쳔연ᄌᆞ약(天然自若)히 계졍(階庭)의 나려 타연안상(泰然安詳)이 쳥죄칭과(請罪稱過)ᄒᆞ며 친부(親府)로 도라보ᄂᆡ믈 비던 바롤 보ᄂᆞᆫ ᄃᆞ시 옴기ᄆᆡ 그 부부의 거동이 면젼(面前)의 버럿ᄂᆞᆫ ᄃᆞᆺᄒᆞᆫ디라. 태부인이 쳥파(聽罷)의 소시롤 위ᄒᆞ여 아쳐ᄒᆞ고 블열왈(不悅曰) 48면

"이ᄂᆞᆫ ᄒᆡᆼ실(行實)이 쳔ᄒᆞᆫ 희쳡(姬妾)을 치죄(治罪)ᄒᆞᄂᆞᆫ 도리니 엇디 소시의게 ᄒᆞᆯ ᄇᆡ리오? 과연 무셔온 인믈이로다. 소ᄋᆞ롤 ᄃᆡᄒᆞ여 반ᄃᆞ시 슌편(順便)튼 아닐가 넉여시나 그ᄃᆡ도록 심ᄒᆞᆯ 줄은 모로고 ᄂᆡ여보ᄂᆡ엿더니 디란약딜(芝蘭弱質)을 우셜디야(雨雪之夜)의 그리 오ᄅᆡ 셰워두며 보칙여 상ᄒᆞ믈 ᄉᆡᆼ각디 아니ᄒᆞ고 졔 또 쵹풍쳠상(觸風添傷)ᄒᆞ여 병(病)의 유히(有害)ᄒᆞ믈 �닷디 아니ᄒᆞ니 어ᄃᆡ셔 난 ᄌᆞ식(子息)이 누롤 달마 그다지 괴집쥰고(乖執峻固)ᄒᆞ여 심슐(心術)이 블냥(不良)ᄒᆞᆫ고? 소시롤 보닌 줄이 ᄂᆔ웃브도다."

경죄 함쇼쥬왈(含笑奏曰)

"일시 싀험(猜險)을 브려시나 믜워ᄒᆞ미 아니오니 현마 엇디ᄒᆞ리잇고? 원간[96] 소시의 상활녈딕(爽濶烈直)ᄒᆞᆷ과 쥰졍(峻整)싁싁ᄒᆞ미 광ᄋᆞ의 ᄧᅡᆨ이로소이다. 쇼딜(小姪)이 녀ᄌᆞ(女子)라도 가뷔(家父) ᄌᆡ보ᄋᆞᆺᄉᆞ오면 실노 거워 말ᄒᆞ기 슬흘 ᄃᆞᆺᄒᆞᄃᆡ 소시ᄂᆞᆫ 능히 구겁(懼怯)디 아니헌가 시브니 긔빅(氣魄)과 풍녁(風力)이 부존여풍(夫尊餘風)이로소이다." 49면

96 원간: 워낙. 원래.

상부인 왈

"긔뵉풍녁(氣魄風力)이 업고 아모리 쇠잔ᄒᆞᆫ 사ᄅᆞᆷ인들 공연이 하계(下階)의 굴욕ᄒᆞ여 슈죄(受罪)ᄒᆞᆯ 제 그 말도 아니 ᄒᆞ랴? ᄯᅩ 녜(禮)ᄅᆞᆯ 좁으며 순공(順恭)ᄒᆞ미 흐ᄅᆞᄂᆞᆫ ᄃᆞᆺᄒᆞ여 노분(怒忿)ᄒᆞᆷ을 낫타ᄂᆡ디 아니ᄒᆞ니 쇽인(俗人)의 ᄇᆞ라디 못ᄒᆞᆯ 국냥(局量)이라. 가히 녀ᄌᆞ(女子) 되미 앗갑디 아니랴? ᄒᆞᆷ을며 그 고벌화족(古閥華族)과 쵸츌(超出)ᄒᆞᆫ ᄌᆞ질(資質)노 사ᄅᆞᆷ의 젹거비쳬(嫡居配體)[97] 되디 못ᄒᆞ여 원통(寃痛)이 위굴(位屈)ᄒᆞ여 녀ᄌᆡ(女子) 화복(禍福)이 ᄌᆡᄎᆞ일인(在此一人)이어ᄂᆞᆯ 쇼텬(所天)의 싀험강학(猜險强虐)ᄒᆞ미 져 ᄀᆞᆺᄐᆞ여 신셰(身世) 안한(安閒)ᄒᆞᆷ을 엇디 못ᄒᆞ니 가히 측은민ᄋᆡ(惻隱憫哀)ᄒᆞᆷ을 춤을 것가?"

경죄 쇼이ᄃᆡ왈(笑而對曰)

"시쇽(時俗)의 취광경박ᄌᆞ(醉狂輕薄者)ᄂᆞᆫ 젹거비쳬라도 즐타(叱咤)ᄒᆞ미 이시니 져져(姐姐)ᄂᆞᆫ 뉴·연 이ᄌᆡ(二者)【상부인의 두 사회ᄅᆞᆯ 니ᄅᆞ미라】ᄯᆞᆯ을 괴롭게 ᄒᆞᆯ딘ᄃᆡ 박시의 참욕(慘辱)ᄒᆞᄂᆞᆫ 거죄(擧措) 이실소이다."

상부인이 우어 ᄀᆞᆯ오ᄃᆡ

"아셔(我婿) 냥인(兩人)은 셩문학뎨(聖門學弟)로 녜힝군ᄌᆞ(禮行君子)라. 안ᄒᆡ[98] 과실(過失)이 이시면 법다히 계칙(戒責)ᄒᆞᆯ 바ᄂᆞᆫ 잇거니와 므ᄉᆞ 일 즐타욕ᄆᆡ(叱咤辱罵)ᄒᆞ미 잇ᄉᆞ며 셜혹 그러ᄒᆞ나 내 실셩(失性)치 아냐시니 어이 박시 ᄀᆞᆺᄐᆞ리오? 대져 ᄉᆞ회 닌광ᄀᆞᆺ치 거만(倨

50면

97 젹거비쳬(嫡居配體): 규장각본에는 '젹니비쳬'로 되어 있음.

98 안ᄒᆡ: 규장각본에는 '안ᄒᆡ와'로 되어 있음.

慢)ᄒᆞ고 궤집(乖執)ᄒᆞ여 ᄯᆞᆯ을 괴롭게 홀딘ᄃᆡ 통한(痛恨)ᄒᆞ여 ᄉᆞ랑ᄒᆞ믄 업ᄉᆞᆯ가 시브도다.”

쇼뷔 쇼왈(笑曰)

“져져(姐姐)의 냥녀(兩女) 당·소ᄅᆞᆯ 밋디 못ᄒᆞᄂᆞᆫ 바의 통한분만(痛恨憤懣)치 아니ᄒᆞ고 굿ᄐᆞ여 듯고ᄌᆞ ᄒᆞ신들 ᄌᆡ보 ᄀᆞᆺᄐᆞᆫ 셔랑(壻郎)을 어이 ᄇᆞ라리잇고?”

상부인이 홀연 탄식왈(嘆息曰)

“냥녀(兩女)ᄂᆞᆫ 당·쇼ᄅᆞᆯ 밋디 못ᄒᆞ려니와 필아(畢兒)[99]ᄂᆞᆫ 거의 당시ᄅᆞᆯ 우러러 십분(十分)의 뉵칠(六七)을 ᄯᆞᆯ을 ᄃᆞᆺᄒᆞ며 소시의 디남도 이시련마ᄂᆞᆫ 젼졍(前程)의 쾌ᄒᆞ믈 ᄇᆞ라디 못ᄒᆞ니 녀ᄌᆞ(女子) 되오미 가히 두립디 아니랴?”

쳐ᄉᆡ(處士) 모든 말ᄉᆞᆷ의 참예(參預)ᄒᆞ미 업더니 비로소 함쇼왈(含笑曰)

“져제(姐姐) 니창현 ᄀᆞᆺᄐᆞᆫ 긔군ᄌᆞ(奇君子)ᄅᆞᆯ 오히려 미쾌(未快)히 넉이시고 녀교의 위굴(委屈)ᄒᆞ믈 아쳐ᄒᆞ샤 인뉸대ᄉᆞ(人倫大事)ᄅᆞᆯ 유유디지(悠悠遲遲)[100]ᄒᆞ여 셰월을 쳔연(遷延)ᄒᆞ시니 그 가(可)치 아닌 일이라. 명년(明年)은 ᄠᅳᆺ을 결ᄒᆞ여 니셕보[101]의 도라오믈 기다려 녜(禮)ᄅᆞᆯ 일우게 ᄒᆞ쇼셔.”

상부인이 심히 즐겨 아냐 왈

“니ᄌᆞᄂᆞᆫ 닌광의 쥰고(峻固)ᄒᆞ미 업ᄂᆞᆫ가 모로거니와 소시의 위굴(委 51면

99 필ᄋᆞ(畢兒): 필아. 막내딸 상여교를 말함.

100 유유디지(悠悠遲遲): 유유지지. 아득히 멀고도 더딤.

101 니셕보: 이빈과 조씨 사이의 아들인 이창현. 상여교의 남편이 되는 인물.

屈)ᄒᆞ믈 보건ᄃᆡ 출ᄒᆞ리 폐륜(廢倫)ᄒᆞ미 쾌치 아니랴?"

쳐ᄉᆡ(處士) 녀교의 친ᄉᆞ(親事) 일관의 져져(姐姐)의 고집ᄒᆞ믈 일ᄏᆞ라 위굴강등(委屈降等)ᄒᆞ믈 거리ᄶᅵ디 말고 슈히 셩녜(成禮)ᄒᆞ믈 권ᄒᆞ며 ᄋᆞᄌᆞ(兒子)와 소시의 일은 흑ᄇᆡᆨ(黑白)을 말ᄒᆞ미 업더니 시야(時夜)의 태부인 안침(安寢)ᄒᆞ시믈 뵈온 후 믈너 봉일누의 니ᄅᆞ니 부인이 닌경을 알픠[102] 누이고 말ᄉᆞᆷᄒᆞ다가 공ᄌᆞ(公子)ᄂᆞᆫ 쎨니 하당영디(下堂迎之)ᄒᆞ며 부인은 공경(恭敬)ᄒᆞ여 마ᄌᆞ 촉하(燭下)의 좌ᄅᆞᆯ 뎡ᄒᆞ엿더니 공ᄌᆡ 야심(夜深)ᄒᆞ믈 쥬ᄒᆞ여 침구ᄅᆞᆯ 포셜(鋪設)ᄒᆞ니 쳐ᄉᆡ 또ᄒᆞᆫ ᄋᆞᄌᆞᄅᆞᆯ 명ᄒᆞ여 믈너가 쉬라 ᄒᆞ고 인ᄒᆞ여 상요의 나아갈ᄉᆡ 부인을 향ᄒᆞ여 문왈(問曰)

"복(僕)이 태쥬로조ᄎᆞ 환귀(還歸)ᄒᆞᆫ 후 빙셜과 홍ᄆᆡ·취월 등 삼비ᄌᆞ(三婢子)ᄅᆞᆯ 보디 못ᄒᆞ니 아디 못게이다. 어ᄃᆡᄅᆞᆯ 보ᄂᆡ시니잇가?"

부인이 교시의게 보ᄂᆡ다 ᄒᆞ믄 블가(不可)ᄒᆞ고 바로 고(告)코ᄌᆞ ᄒᆞᆫ즉 녀ᄌᆞ(女子)의 디능통달(知能通達)ᄒᆞ믈 블관(不寬)이 넉이ᄂᆞᆫ ᄇᆡ니 혹ᄌᆞ(或者) 넘나다[103] 홀가 두려 ᄃᆡ왈(對曰)

"빙셜이 삼ᄋᆞ(三兒)ᄅᆞᆯ 유양(乳養)ᄒᆞᆫ 바로 경셩(精誠)이 타별(他別)ᄒᆞ며 홍ᄆᆡ·취월이 교시의 블미(不美)ᄒᆞᆫ 소문(所聞)이 창져(彰著)ᄒᆞ여 히연참측(駭然慘惻)ᄒᆞ미 미쳐ᄂᆞᆫ 빙셜이 홍·취 냥녀ᄅᆞᆯ 다리고 하딕(下直)을 고ᄒᆞ며 교시 누셜(陋說)의 허실딘가(虛實眞假)ᄅᆞᆯ 아라 과연 원억(冤抑)ᄒᆞ미 잇거든 그 좌우의 조ᄎᆞ 보호ᄒᆞ고 슈히 도라오디 아니련노라 ᄒᆞ더니 ᄒᆞᆫ번 간 후 긔쳑이 업ᄂᆞ이다."

52면

102 알픠: 규장각본에는 '압히'로 되어 있음.

103 넘나다: 본분을 넘어가다.

쳐ᄉᆞ(處士) 부인의 보닌 바롤 디긔(知機)ᄒᆞ여[104] 흔연왈(欣然曰)

"비ᄇᆡ(婢輩)의 튱셩(忠誠)이 우연치 아니토소이다."

인ᄒᆞ여 잠쇼왈(潛笑曰)

"사ᄅᆞᆷ이 작셩긔딜(作成氣質)이 광ᄋᆞ ᄀᆞᆺ치 긔특ᄒᆞ미 도로혀 유익(有益)ᄒᆞ미 업더이다."

드ᄃᆡ여 향ᄀᆡᆨ(嚮刻) 진ᄆᆡᆨ(診脈)ᄒᆞ고 됴셥(調攝)ᄒᆞ믈 니ᄅᆞᄆᆡ 공연(空然)이 슈치(羞恥)ᄒᆞ여 안ᄉᆡᆨ(顏色)을 변ᄒᆞ며 ᄃᆡ치 못ᄒᆞ던 바롤 젼ᄒᆞ여 다시 우음을 ᄯᅴ여시니 부인이 ᄃᆡ왈(對曰)

"ᄋᆞ히(兒孩) 심히 광망조급(狂妄躁急)ᄒᆞ여 허믈이 이시ᄆᆡ ᄆᆡ양 츅연(蹴然)이 괴황(愧惶)ᄒᆞᆫ ᄠᅳᆺ이 잇ᄂᆞᆫ 연괴(緣故)로소이다."

인ᄒᆞ여 댱시의 무죄(無罪)ᄒᆞ믈 츄연(惆然)ᄒᆞ며 향ᄌᆞ(向者) 핍살(逼殺)코ᄌᆞ ᄒᆞ던 바롤 한심(寒心)ᄒᆞ여 뉘웃던 말을 대강 젼ᄒᆞ니 쳐ᄉᆞ(處士) 쳥파(聽罷)의 흔연쇼하(欣然笑賀) 왈

"ᄎᆞ이(次兒) 비로쇼 뎡도(正道)의 도라왓ᄂᆞ이다."

부인이 나즉이 ᄃᆡ왈(對曰) 53면

"닌광의 허믈을 아ᄅᆞ시고 댱쳐(長處)롤 모로실ᄉᆡ 근일(近日)의 밋쳐ᄂᆞᆫ 그ᄃᆡ도록 미렬(迷劣)치 아니믈 베프러 긍ᄌᆞ(矜自)ᄒᆞ다 ᄒᆞ시니 ᄌᆞ식(子息)의 현블최(賢不肖) 홀노 낙블낙(樂不樂)이 아니라. 엇디 쳡이 긍과(矜誇)ᄒᆞ리잇고?"

쳐ᄉᆞ(處士) 쇼왈(笑曰)

---

104 디긔(知機)ᄒᆞ여: 규장각본에는 '지긔ᄒᆞ고'로 되어 있음.

“ᄌᆞ식을 혼ᄌᆞ 두미 아니로ᄃᆡ 블초ᄒᆞ면 혼ᄌᆞ 잘못 나흔 죄오 어딜면 ᄉᆞᄉᆞ로이 힝심(幸心)ᄒᆞᆯ ᄃᆞᆺᄒᆞ믈 타인유심(他人有心)을 여촌탁디(如寸度之)라[105] 니ᄅᆞ미니이다. 부인이 광ᄋᆞ로ᄡᅧ 미련치 아니타 ᄒᆞ거니와 제 비록 십년을 슈덕(修德)ᄒᆞ나 제 형만 못ᄒᆞ리니 부인이 ᄃᆡ져(大抵) ᄇᆡᆨᄋᆞ(伯兒)ᄅᆞᆯ ᄋᆞᆺ듬으로 ᄐᆡ교(胎教)ᄒᆞ시고 녀ᄋᆞ(女兒)ᄅᆞᆯ 션교(善教)ᄒᆞ여 계시니이다.”

부인이 손샤(遜辭)ᄒᆞ니 쳐ᄉᆡ 쏘 함쇼왈(含笑曰)

“광ᄋᆡ ᄊᆡᄊᆡ로 못ᄲᅳᆯ 심슐(心術)이 발ᄒᆞᄂᆞᆫ가 쏘 소쇼부ᄅᆞᆯ 일장(一場) 보ᄎᆡ여 괴롭게 ᄒᆞ니 ᄉᆡᄃᆞᄅᆞ미 일ᄌᆞᆨ 미련치 아니타 ᄒᆞᄃᆡ 죵시(終是) 실가ᄃᆡ졉(室家待接)을 슌히 ᄒᆞᆯ 위인(爲人)이 아니러이다.”[106]

부인이 칭샤(稱謝)ᄒᆞ며 다시 말ᄒᆞ디 아니ᄒᆞᄃᆡ 태우의 회과ᄌᆞ칙(悔過 54면 自責)ᄒᆞ믈 부뷔(夫婦) 셔로 깃거ᄒᆞ고 두굿겨 소시ᄅᆞᆯ 칙계(責戒)ᄒᆞ여 그 좌우ᄅᆞᆯ ᄐᆡ벌(笞罰)ᄒᆞ믈 굿ᄐᆞ여 뭇디 아니ᄒᆞ더라. ᄊᆡ의 태위 침질상셕(沈疾牀席)ᄒᆞ여 엄과일슌(奄過一旬)ᄒᆞ니 ᄒᆞᆫ갓 질통(疾痛)의 괴로올 ᄲᅮᆫ 아니라 존당친위(尊堂親闈)예 이우(貽憂)ᄅᆞᆯ 민박(憫迫)ᄒᆞ여 듁음(粥飮)과 약믈(藥物)을 힘ᄡᅧ 나와 비로소 병셰(病勢) ᄎᆞ헐(差歇)ᄒᆞᄆᆡ 쾌경(快境)의 니ᄅᆞᆫ디라. 소쇼제 이에셔 태우의 병을 구호ᄒᆞ미 팔구일의 쥬야로 블탈의ᄃᆡ(不脫衣帶)ᄒᆞ여 슌공녜뎡(順恭禮定)ᄒᆞ미 쳔연여일(天然如一)ᄒᆞ여 날이 가고 밤이 다ᄒᆞᄃᆡ ᄌᆞᆷ시도 게어ᄅᆞ미 업ᄉᆞ며 반

---

105 타인유심(他人有心)을 여촌탁디(如寸度之)라: 《시경》 〈소아〉 ‘소민지십(小旻之什) 교언(巧言)’에서 “다른 사람이 품은 마음을, 내가 미루어 생각해 보아서 안다(他人有心 予忖度之).” 라고 함.

106 아니러이다: 규장각본에는 ‘아니러니이다’로 되어 있음.

ᄀᆞᆨ(半刻)도 조을미 업셔 범ᄇᆡᆨ(凡百)의 신긔ᄒᆞᆷ과 감탕(甘湯)의 젹구(適口)ᄒᆞ미 이상ᄒᆞ고 영달(英達)ᄒᆞ여 쇽뉴(俗類)의 ᄇᆡᆨ승쳔츌(百勝千出)ᄒᆞᄃᆡ 대져(大抵) 위인(爲人)이 춍오민달(聰悟敏達)ᄒᆞ며 슈연초ᄆᆡ(秀然超邁)ᄒᆞ여 강항딕ᄇᆡᆨ(強項直白)ᄒᆞ고 은은비약(誾誾卑弱)ᄒᆞ미 낫븐 ᄃᆞᆺᄒᆞᄃᆡ 의리(義理) 관ᄃᆡ(寬大)ᄒᆞ며 녜뫼(禮貌) 슉딘(肅眞)ᄒᆞ여 춍명화활(聰明和活)ᄒᆞ미 합션ᄌᆞ인(合善自引)ᄒᆞᄆᆡ 미딘(未盡)ᄒᆞ미 업ᄉᆞᆯ ᄲᅮᆫ 아니라 구가풍쇽(舅家風俗)이 부인녀ᄌᆞ(婦人女子)ᄂᆞᆫ 이슌위졍(以順爲正)[107]ᄋᆞ로ᄡᅧ 덕을 삼아 오딕 무비무의(無非無儀)ᄒᆞᆯ ᄉᆞᄅᆞᆷ이오 ᄒᆡᆼᄉᆡ(行事) 탁츌(卓出)ᄒᆞ고 셩딜(性質)이 항직(抗直)ᄒᆞ믈 블관(不寬)이 녁이며 태우의 셩졍(性情)이 ᄐᆡ강쥰고(太强峻高)ᄒᆞ여 ᄎᆡᆨ인(責人)의 미과(微過)ᄅᆞᆯ 용샤(容赦)[108]치 아니ᄒᆞ고 긔예ᄐᆡ슝(技藝太崇)ᄒᆞ여 ᄉᆞᄅᆞᆷ으로 더브러 아이의 상힐(相詰)치 아닐디언졍 결우기ᄅᆞᆯ 당ᄒᆞ여ᄂᆞᆫ 항녀초쥰(抗厲峭峻)ᄒᆞ미 금고(今古)의 무빵(無雙)ᄒᆞ니 브ᄃᆡ 이심(已甚)히 징단(爭端)ᄒᆞ여 색딜너 니긔고 긋치ᄂᆞᆫ디라. ᄌᆞ긔(自己) 당쇼져의 파쳔귀가(播遷歸家)ᄒᆞ믈 인ᄒᆞ여 슬허ᄒᆞ며 블ᄒᆡᆼ민박(不幸憫迫)ᄒᆞ여 그윽이 블안(不安)ᄒᆞ고 딘졍(眞正)으로 쳐황슈울(悽惶愁鬱)ᄒᆞ나 능히 댱쇼져 젼졍(前程)의 영화로오믈 슈히 도모치 못ᄒᆞ며 ᄌᆞ로 친부(親府)의 믈너가ᄆᆡ 비록 말노ᄡᅧ 허믈 되믈 니ᄅᆞ디 아니ᄒᆞ나 태우의 ᄎᆡᆨᄆᆡ(責罵)ᄒᆞ미 졀졀(節節)이 신상(身上)의 욕되믈 더을 ᄲᅮᆫ 아니라 ᄆᆞ옴을 맛 55면

107 이슌위졍(以順爲正): 이순위정. 《맹자》〈등문공하(滕文公下)〉에서 맹자가 "순종하는 것을 바른 도로 삼는 것은 첩부의 도리이다(以順爲正者 妾婦之道也)."라고 함.

108 용샤(容赦): 용사. 용서하여 놓아줌.

쳐 도라보ᄂᆡᆯ 의ᄉᆡ 잇디 아니ᄒᆞ니 셕연(釋然)이 ᄌᆞ긔 일이 무의이유쳐(無意而有處)ᄒᆞ믈 ᄭᆡ다라 노련[109](魯連)의 강항(強項)ᄒᆞ미 변ᄒᆞ여 안연(顏淵)[110]의 화열(和悅)ᄒᆞ믈 디으니 56면 ᄇᆡᆨ집ᄉᆞ(百執事)의 무블하ᄌᆡ(無不瑕疵)로ᄃᆡ 오ᄃᆡᆨ 경강(敬姜)[111]의 녜듕(禮重)ᄒᆞᆷ과 ᄇᆡᆨ희(伯姬)[112]의 고집(固執)ᄒᆞ믈 겸ᄒᆞ며 반비(班妃)[113]의 쳥졍(淸淨)ᄒᆞ믈 본바드니 쇼텬(所天)이 한셩(漢成)의 실도(失道)[114]ᄒᆞ미 아ᄂᆡᆫ 고로 댱신(長信)의 고단ᄒᆞ믈 구치 아니ᄒᆞ나 원군(原君)의 환영(歡迎)ᄒᆞ믈 엇디 못ᄒᆞ면 결ᄒᆞ여 여고금슬(如鼓琴瑟)[115]의 남의녀졍(男意女情)이 환합(歡合)ᄒᆞ믈 원치 아니ᄒᆞ니

---

109 노련(魯連): 노중련. 노중련이 조(趙)나라에 있을 때 진(秦)나라의 군대가 조나라의 수도를 포위하고 위(魏)나라가 장군을 보내 진나라를 황제로 섬기라고 회유함. 노중련은 진나라가 멋대로 천자를 자칭한다면 자신은 동해를 밟고 물에 빠져 죽겠다고 했고 이 말을 들은 진나라 장군이 군사를 후퇴시켰다는 이야기가 《사기》 〈노중련열전〉에 나옴.

110 안연(顏淵): 공자가 제자 중 가장 아낀 인물. 공자는 《논어》에서 안연에 대해 "학문을 좋아하고 분노를 다른 곳으로 옮기지 않으며 같은 실수를 두 번 하지 않았다(好學 不遷怒 不貳過)."라고 평가함.

111 경강(敬姜): 춘추시대 노나라 목백의 아내이자 공보문백의 어머니. 남편의 상에는 낮에 울고 아들의 상에는 밤낮으로 곡을 하여 공자로부터 예를 안다는 평가를 들음.

112 ᄇᆡᆨ희(伯姬): 백희. 춘추시대 노(魯)나라 선공(宣公)의 딸. 남편인 송나라 공공(恭公)이 죽은 후 궁궐에 불이 났을 때 관리가 피하라고 했으나 부인은 한밤에 보모 없이 집을 나설 수 없다고 하며 불 속에서 죽었다고 함.

113 반비(班妃): 반첩여(班婕妤). 한(漢)나라 성제(成帝)가 놀이에 나가면서 자신을 수레에 함께 태우려고 하자 굳이 사양한 것으로 유명함. 시를 잘 지어 한(漢)나라 성제(成帝)의 총애를 받았지만 조비연이 참소하여 장신궁에 머물며 부(賦)를 지어 마음을 노래함.

114 한셩(漢成)의 실도(失道): 한나라 성제가 마음이 변해 반첩여를 총애하지 않아서 반첩여가 외롭게 장신궁에 머물렀던 고사를 말하는 것으로 추정.

115 여고금슬(如鼓琴瑟): 부인과 자식과 잘 지내는 것을 악기 연주에 비유한 말. 《시경》에 "처자와 잘 화합하는 것이 비파와 거문고를 타는 것과 같고, 형제 사이에 화합하고 나서야 화락하고 즐겁다(妻子好合 如鼓琴瑟 兄弟旣翕 和樂且湛)."라는 말이 나옴.

만ᄉᆞ(萬事)의 슌응(順應)ᄒᆞ고 졀졀(節節)이 겸공(謙恭)ᄒᆞ나 이에 뎡ᄒᆞᆫ 바 일단 고집(固執)인즉 하날 위엄이 딘쳡(震疊)ᄒᆞ며 부월(斧鉞)[116]이 삼녈(森列)ᄒᆞ여 져히미라도[117] 능히 곳치디 못ᄒᆞ고 변치 못ᄒᆞᆯ 바로 한노(恨怒)ᄒᆞᄂᆞᆫ 빗치 업ᄉᆞ며 ᄌᆞᄎᆞ(自嗟)ᄒᆞᄂᆞᆫ 거동이 업ᄉᆞ나 태우의 강항거만(強項倨慢)ᄒᆞ미 슈죄췩과디시(數罪責過之時)의 ᄒᆞᆫ낫 비쳔(卑賤)ᄒᆞᆫ 쇼셩(小星)으로 달니 알오미 업ᄉᆞ니 ᄌᆞ긔 일신(一身)으로뼈 문호(門戶)의 쳠욕(添辱)되믈 더옥 탄아(嘆訝)ᄒᆞ여 명도(命途)ᄅᆞᆯ 늣기니 어ᄃᆡ로조ᄎᆞ 쇼텬의 관흡(寬洽)ᄒᆞᆫ[118] 은의(恩誼)ᄅᆞᆯ 요망(要望)ᄒᆞ미 잇ᄉᆞ리오? 오딕 대의(大義)ᄅᆞᆯ ᄌᆞᆸ고 뉸강(倫綱)을 조ᄎᆞ 괴려(乖戾)ᄒᆞᆫ ᄆᆞᄋᆞᆷ과 블통(不通)ᄒᆞᆫ 의ᄉᆞ(意思)ᄅᆞᆯ 두디 아니ᄒᆞ며 부인(婦人)은 복어인(伏於人)이라.[119] 이블가(理不可)의 ᄌᆞ존(自尊)ᄒᆞᆷ과 당돌(唐突)ᄒᆞ미 업ᄉᆞ리 57면
라 ᄒᆞ여 흐ᄅᆞᄂᆞᆫ ᄃᆞᆺ 경슌(敬順)ᄒᆞ여 다시 어그ᄅᆞ미 업ᄉᆞ나 기심(其心)이 탄연(坦然)ᄒᆞ여 셰쇽(世俗)의 쒸여나고 그 ᄯᅳᆺ이 초연(超然)ᄒᆞ여 비린(鄙吝)을 ᄯᅥᆯ쳐시니 담담(淡淡)이 쳥졍(淸淨)ᄒᆞ여 ᄉᆞ욕(私慾)을 긋쳐시니 호호(皓皓)히 쳥빙(淸氷)이 쇄쇄(洒洒)ᄒᆞ며 고운(高雲)이 의의(猗猗)ᄒᆞᆯ 쁜 아니라 왕왕(汪汪)이 블측(不測)ᄒᆞ여 흐리워 더럽디 아니ᄒᆞ고 취ᄒᆞ여 ᄒᆞᆫ갈ᄀᆞᆺᄐᆞ미 흡흡(洽洽)히 개셰군ᄌᆞ(蓋世君子)의 풍이 이

---

116 부월(斧鉞): 작은 도끼와 큰 도끼. '중형, 형벌, 형륙'을 뜻함.

117 져히미라도: 저히다. 위협하다.

118 관흡(寬洽)ᄒᆞᆫ: 규장각본에는 '관흡ᄒᆞ은'으로 되어 있음.

119 부인(婦人)은 복어인(伏於人)이라: 《소학》〈내편(內篇)〉 '명륜(明倫)'에서 "부인은 남에게 복종하는 사람이다. 그러므로 자신의 뜻대로 하는 것이 없다. 삼종지도가 있어 집에 있을 때는 아버지, 결혼하면 남편, 남편이 죽으면 아들을 따르고 감히 스스로를 따르지 않는다(婦人伏於人也 是故無專制之義 有三從之道 在家從父 適人從夫 夫死從子 無所敢自遂也)."라고 함.

시니 태위 향일(向日)의 온의(慍意)ᄅᆞᆯ 프러 ᄎᆡᆨ계(責戒)ᄒᆞ믈 엄히 ᄒᆞ며 그 좌우(左右)ᄅᆞᆯ 징벌ᄒᆞᄆᆡ 다시 온ᄉᆡᆨ(慍色)과 ᄎᆡᆨ어(責語)ᄅᆞᆯ 두디 아니ᄒᆞ나 ᄯᅩ 흔연(欣然)이 샤ᄒᆞ여 화연(和然)이 말ᄒᆞᆷ도 업고 침엄믁ᄉᆡᆨ(沈嚴默塞)ᄒᆞᆷ도 업셔 듁음(粥飮)과 찬미(饌味)ᄅᆞᆯ ᄃᆡ후(待候)ᄒᆞᆷ 곳 이시면 이에 나오라 ᄒᆞ여 ᄃᆡᆫᄒᆞ며 간간이 향온(香醞)을 ᄌᆞᄌᆞ 슈ᄇᆡ(數盃)식 거후ᄅᆞᄆᆡ 이시나 그 쥬량(酒量)으로ᄡᅧ 맛갓디 아니ᄒᆞᄆᆡ 창ᄒᆡ(滄海)의 모속(毛束)이라 그 취치 아니ᄆᆡ 괴이(怪異)치 아닌 ᄇᆡ로ᄃᆡ 쇼년남ᄋᆞ(少年男兒)의 호일(豪逸)ᄒᆞᆫ 풍졍(風情)이 쥬긔(酒氣)로조ᄎᆞ 익등(益登)ᄒᆞᆯ ᄇᆡ나 ᄒᆞᆫ갈ᄀᆞᆺ치 침완쥰위(沈菀俊偉)ᄒᆞ여 힝혀도 브박(浮薄)ᄒᆞᆫ 언쇼
58면 (言笑)와 탕일(蕩逸)ᄒᆞᆫ 거죄(擧措) 잇디 아니ᄒᆞ니 도로혀 ᄆᆡᆨ〃[120] ᄒᆞ여 은의(恩誼) 박ᄒᆞ고 싀싀ᄒᆞ여 금슬의 소(疎)ᄒᆞᆫ ᄃᆞᆺ 셰쇽(世俗)의 치치(蚩蚩)ᄒᆞᆷ과 범뉴(凡類)의 경뎡(情情)ᄒᆞ므로 의아ᄒᆞ믈 면치 못ᄒᆞᆯ ᄇᆡ라. 소시 병외(屛外)의 잇ᄉᆞ나 굿ᄐᆞ여 드러오라 아니 ᄒᆞ며 약(藥)과 듁(粥)을 가져 장ᄂᆡ(場內)의 드러오미라도 굿ᄐᆞ여 믈너가라 아니 ᄒᆞ여 진퇴(進退)ᄅᆞᆯ 타연무심(泰然無心)ᄒᆞ고 긔거(起居)ᄅᆞᆯ 젼연블찰(全然不察)ᄒᆞ여 것ᄎᆞ로 보ᄆᆡᄂᆞᆫ 그 유무(有無)ᄅᆞᆯ 거리ᄭᅵ디 아닛ᄂᆞᆫ ᄃᆞᆺ 안위(安危)ᄅᆞᆯ 념(念)치 아닛ᄂᆞᆫ ᄃᆞᆺᄒᆞ여 쇼졔(小姐) 디란(芝蘭)과 혜초(蕙草)의 약ᄒᆞ므로ᄡᅧ 부귀일신(富貴一身)ᄒᆞ여 계젼(階前)의 거롬을 옴기ᄆᆡ 미풍(微風)을 근심ᄒᆞ며 옥계(玉階)의 몸을 동(動)ᄒᆞᄆᆡ 셤진(纖塵)을 아쳐ᄒᆞ던 바로 향ᄌᆞ(向者) 일한초동(日寒初冬)의 우셜(雨雪)을 므릅ᄡᅳ고

120 ᄆᆡᆨ〃 : 맥맥. 기운이 막히고 답답한 상태.

야긔북풍(夜氣北風)을 당ᄒᆞ여 쳔금옥딜(千金玉質)이 상ᄒᆞ미 반ᄃᆞᆺ홀 거시오. 그 인ᄒᆞ여 팔구일을 ᄒᆞᆫ쯰도 쉬디 못ᄒᆞ여 잠간도 졉목(接目)디 못ᄒᆞᆷ믈 뭇디 아녀 알 ᄇᆡ로ᄃᆡ 무심히도 일한(日寒)의 쵹상(觸傷)ᄒᆞ리라 근심치 아니ᄒᆞ고 우연(偶然)이도 침휴(寢休)ᄒᆞᆷ믈 권치 아냐 좌와(坐臥)의 아른 톄ᄒᆞ미 업고 먹으며 아니 먹으믈 ᄉᆞᆯ피디 아냐 무려무심(無慮無心)ᄒᆞ여 ᄆᆡ몰박졍(埋沒薄情)ᄒᆞ미 완연(完然)이 쳥문(聽聞)이 블상급(不相及)ᄒᆞᄂᆞᆫ 타문녀ᄌᆞ(他門女子)로 방블ᄒᆞ며 오딕 명ᄒᆞ여 식이ᄂᆞᆫ 빈 즉 빙희(嬪姬)의 쇼임이니 이 곳 쇼져의 격상(格上)ᄒᆞᆫ 고의(高意)를 ᄉᆡᆨ디ᄅᆞ미로ᄃᆡ 맛ᄎᆞᆷᄂᆡ 침졍쥰일(沈靜俊逸)ᄒᆞ여 너모 ᄆᆡ몰ᄒᆞ고 소원(疏遠)홀디언졍 말ᄉᆞᆷ과 거디(擧止)의 셔로 압(狎)ᄒᆞ여 친슉(親熟)을 두디 아니ᄒᆞ믄 이곳이 ᄂᆡ당(內堂)이 아니오 쇼져의 놉흔 위인(爲人)을 낫초디[121] 못ᄒᆞ미니 그 광명졍대(光明正大)ᄒᆞ미 이러ᄐᆞᆺ ᄒᆞ여 암실(暗室)의 ᄇᆡᆨ쥬(白晝)를 빙(聘)ᄒᆞ니 진실노 대군ᄌᆞ(大君子)의 쳐ᄒᆡᆼ(處行)이로ᄃᆡ 강위ᄐᆡ고(强威太高)ᄒᆞ여 호승(好勝)과 항녀(抗厲)ᄒᆞ믈 아오로ᄆᆡ ᄇᆡᆨ시(伯氏)의 홍대(弘大)ᄒᆞ믈 잠간 밋디 못ᄒᆞ미러라. 임의 병셰가경(病勢可境)의 니ᄅᆞᄆᆡ 쇼져를 드려보ᄂᆡ고 의관(衣冠)을 슈렴(收斂)ᄒᆞᆫ 후 존당의 드러가 왕모(王母)와 친위슉당(親闈叔堂)의 ᄌᆡᄇᆡ문후(再拜問候)ᄒᆞ며 누일침병(累日沈病)ᄒᆞ여 셩녀(聖慮)를 깃치옵고 신혼녜알(晨昏禮謁)을 구월(久闕)ᄒᆞ여시믈 쳥죄(請罪)홀ᄉᆡ 은은(隱隱)ᄒᆞᆫ 화긔(和氣)와 슌슌(順順)ᄒᆞᆫ 녜모(禮貌)로 동동쵹쵹(洞洞屬屬)[122]ᄒᆞ

59면

121 낫초디: 규장각본에는 '낫초아지'로 되어 있음.

122 동동쵹쵹(洞洞屬屬): 동동촉촉. 공경하고 삼가며 매우 조심스러움.

미 신약블승의(身若不勝意)ᄒᆞ며 어그럽고 화슌(和順)ᄒᆞ여 병(病) 되
60면 이 어그럽고 화슌(和順)ᄒᆞ여[123] 어딜며 너모 약ᄒᆞᆫ ᄃᆞᆺᄒᆞ거ᄂᆞᆯ 동탕(動蕩)
ᄒᆞᆫ 영위(英威)와 굉걸(宏傑)ᄒᆞᆫ 긔상(氣像)이 누일딜통(累日疾痛)의 슈
ᄑᆡ(瘦敗)ᄒᆞᆷ ᄀᆞᆺ디 아닌디라. 헌앙(軒昂)ᄒᆞᆫ 풍뉴(風流)ᄂᆞᆫ 가디록 탁츌
(卓出)ᄒᆞ고 슈무(殊懋)ᄒᆞᆫ 안화(顔華)ᄂᆞᆫ 볼ᄉᆞ록 쇄락(灑落)ᄒᆞ여 츄공상
텬(秋空霜天)의 편운(片雲)이 업ᄉᆞᆫ 곳의 일뉸호월(一輪皓月)이 만니
댱공(萬里長空)의 흐ᄅᆞ며 창ᄒᆡ조격(滄海阻隔)의 부운(浮雲)이 니러ᄂᆞ
니 홍뉸(紅輪)이 창일(漲溢)을 브러 묘곡(妙谷)의 ᄊᆡᆯ니 흐ᄅᆞᄂᆞᆫ ᄃᆞᆺ 동
군(東君)[124]이 화란(和煖)ᄒᆞᆫᄃᆡ 혜풍(惠風)이 한가(閑暇)ᄒᆞ여 만홰(萬花)
방창(方暢)ᄒᆞ고 ᄇᆡᆨ향(百香)이 분비(紛霏)ᄒᆞᆫ ᄃᆞᆺ 긴 눈섭과 ᄆᆞᆰ은 눈ᄡᅵ[125]
강산의 졍긔(精氣)ᄅᆞᆯ ᄲᆡ혀시며[126] 흰 귀밋과 븕은 입이 나부(羅敷)[127]의 단
장(丹粧)을 업슈히 넉이니 왕모(王母) 태부인과 슉당(叔堂)이 ᄉᆡ로이
눈 주어 옥면가풍(玉面佳風)을 흠염과듕(歆艶過重)ᄒᆞ여 흐믓ᄒᆞ믈 니
긔디 못ᄒᆞ고 쳐ᄉᆞ부뷔(處士夫婦) ᄯᅩᄒᆞᆫ 그 병이 슈히 쇼셩(蘇醒)ᄒᆞ믈
희ᄒᆡᆼ(喜幸)ᄒᆞ니 일좌(一坐)의 깃분 빗치 늉늉(隆隆)이 므ᄅᆞ녹아 이연
(怡然)이 슌협(脣頰)이 열니믈 ᄭᆡ닷디 못ᄒᆞ며 태부인이 나호여 그 손
을 ᄌᆞᆸ고 귀밋ᄎᆞᆯ 어로만져 왈

123 어그럽고 화슌(和順)ᄒᆞ여: 앞에 나온 구절이 반복됨.

124 동군(東君): 태양. 봄의 신.

125 눈ᄡᅵ: 눈매, 눈맵시.

126 ᄲᆡ혀시며: ᄲᆡ히다. 빼다, 빼앗다.

127 나부(羅敷): 한단 사람 진씨(秦氏)의 딸로, 말단 관리 왕인의 처. 왕인의 상관인 조왕이 뽕잎을 따던 나부의 미모에 반하여 유혹하려 했으나 나부는 쟁(箏)을 연주하며 "사군께서는 부인이 있고, 나부도 부군이 있습니다."라고 하며 단호히 거절하여 정절을 지킴.

“너의 유질(有疾)ᄒᆞ미 슌여(旬餘)의 밋ᄎᆞ니 병셰(病勢) 비록 위듕(危 61면
重)디 아니믈 드러시나 젹상(積傷)ᄒᆞ미 듕ᄒᆞ며 증셰(症勢) 괴이ᄒᆞᆫ 고
로 우례(憂慮) 깁더니 금일(今日)의 쾌소(快蘇)ᄒᆞ여 니러나시믈 보니
깃브믈 니긔디 못ᄒᆞ리로다.”

태위 ᄇᆡ샤(拜謝)ᄒᆞ고 인ᄒᆞ여 시측(侍側)이러니 쳐ᄉᆡ(處士) 댱삼낭의
병을 뭇고ᄌᆞ 댱부로 나아가ᄆᆡ 닌경이 뫼셔 조ᄎᆞᄃᆡ 태우ᄂᆞᆫ 당의 나려
부친(父親)의 가시믈 본 후 다시 태뎐(太殿)의 입시ᄒᆞᆯᄉᆡ ᄡᆡ의 학ᄉᆞ 닌
흥의 부인 상시 친부(親府)의 도라가 무ᄉᆞ분산(無事分産)ᄒᆞ고 일개영
ᄌᆞ(一介英子)ᄅᆞᆯ ᄉᆡᆼᄒᆞᄆᆡ 희보(喜報)ᄅᆞᆯ ᄲᆞᆯ니 졍부의 고ᄒᆞ엿거ᄂᆞᆯ 경조
부부의 경환만희(罄歡滿喜)ᄒᆞ믄 니ᄅᆞ도 말고 합족친권(闔族親眷)이
다 ᄒᆞᆫ가디로 흔힝블승(欣幸不勝)ᄒᆞ여 칭셩과하(稱聲過賀)[128]에 분분(紛
紛)ᄒᆞ니 경조공이 희블ᄌᆞ승(喜不自勝)ᄒᆞ여 좌슈우응(左隨右應)의 샤
양(辭讓)ᄒᆞ미 업ᄉᆞ며 학ᄉᆡ 듕심(中心)의 희환(喜歡)ᄒᆞ여 빗난 안화(顏
華)의 녕농(玲瓏)ᄒᆞᆫ 희긔(喜氣)ᄅᆞᆯ 씌엿더니 경죄 명ᄒᆞ여 ᄲᆞᆯ니 달녀가
ᄋᆞ뷔(兒婦) 산후무병(産後無病)ᄒᆞᆫ가 알고 오라 ᄒᆞᆫᄃᆡ 학ᄉᆡ 슈명(受命)
ᄒᆞ고 장ᄎᆞ(將次) 상아로 향코ᄌᆞ ᄒᆞ더니 태위 화연이쇼(和然而笑) 왈

“슉뷔(叔父) 엄위(嚴威)ᄒᆞ샤 ᄌᆞ딜(子姪)의 쇼쇼ᄉᆞ심(小小私心)은 통 62면
쵹(洞燭)디 아니시ᄂᆞᆫ가 ᄒᆞ엿더니 원보[129]의 착급ᄒᆞᆫ 뜻을 ᄉᆞᆯ피샤 슈시
(嫂氏)ᄅᆞᆯ 가보고 오라 ᄒᆞ시니 텬눈디ᄌᆞ(天倫之慈) 밧긔 ᄯᅩ 됴흔 일을
ᄒᆞ미로소이다.”

---

128 칭셩과하(稱聲過賀)에: 규장각본에는 ‘칭셩과하의’로 되어 있음.

129 원보: 정인흥.

학ᄉᆞ 쇼왈(笑曰)

"마ᄅᆞ쇼셔. 쇼뎨(小弟)ᄂᆞᆫ 본ᄃᆡ 경도(傾倒)ᄒᆞ여 웅침(雄沈)ᄒᆞ디 못ᄒᆞ오니 ᄂᆡ외(內外)ᄅᆞᆯ 달니ᄒᆞ디 못ᄒᆞ여 우락비환(憂樂悲歡)의 낫타ᄂᆡ믈 면치 못ᄒᆞ거니와 므어시 착급ᄒᆞ미 쇼뎨ᄅᆞᆯ 니ᄅᆞ시민 줄 아디 못ᄒᆞ리로소이다."

태위 우으며 다시 ᄃᆡ답고ᄌᆞ ᄒᆞ더니 경죄 학ᄉᆞᄅᆞᆯ ᄌᆡ촉ᄒᆞ여 보ᄂᆡ고 우어 왈

"ᄌᆡ보ᄂᆞᆫ 날노뼈 인ᄌᆞ(仁慈)치 못ᄒᆞ다 별명을 디어도 날 ᄀᆞᆺ치 ᄌᆞ상ᄒᆞ며 명달(明達)ᄒᆞ여 남의 됴흔 일 ᄒᆞᄂᆞᆫ ᄌᆡ 업ᄉᆞᄃᆡ 은혜ᄅᆞᆯ 닙ᄂᆞᆫ 뉴(類)들이 나의 덕을 아디 못ᄒᆞ니 실노 이달와 ᄒᆞ노라."

태위 그 언의(言意)ᄅᆞᆯ 쾌히 아라듯고 우으며 샤죄왈(謝罪曰)

"쇼딜(小姪)이 비록 무식무례(無識無禮)ᄒᆞ온들 슉부ᄅᆞᆯ 인ᄌᆞᄒᆞ시디 못ᄒᆞ다 별명을 짓ᄉᆞᆸᄂᆞᆫ[130] 무상히괴(無狀駭怪)ᄒᆞ미 잇ᄉᆞ오리잇고? 원간 ᄇᆡᆨ일디명(白日之明)은 노예(奴隸)라도 ᄇᆞᆰ은 줄을 아ᄋᆞᆸ고 황혼흑야(黃昏黑夜)ᄂᆞᆫ 금슈(禽獸)라 그 어두오믈 아ᄋᆞᆸᄂᆞ니[131] 쇼딜(小姪)이 비록 민(敏)치 못ᄒᆞ오며 통(通)치 못ᄒᆞ오나 슉뷔 과연 젹션(積善)을 널니 ᄒᆞ실진ᄃᆡ 슈은(受恩)ᄒᆞᆫ ᄌᆡ 무상(無狀)ᄒᆞ와 은혜ᄅᆞᆯ 아디 못ᄒᆞ은들 쇼딜이 슉부의 ᄒᆡᆼ인젹덕(行仁積德)을 아디 못ᄒᆞ리잇고마ᄂᆞᆫ 므ᄉᆞᆷ 일을 그ᄃᆡ도록 젹션ᄒᆞ신고 일ᄐᆡᆨ디하(一宅之下)의 이시ᄃᆡ 쇼문(所聞)도

63면

130 짓ᄉᆞᆸᄂᆞᆫ: 규장각본에는 '짓줍고'로 되어 있음.

131 금슈(禽獸)라 그 어두오믈 아ᄋᆞᆸᄂᆞ니: 규장각본에는 '금슈라도 어두오믈 아숩나니'로 되어 있음.

업ᄉᆞ오니 니ᄅᆞᆫ바 낭듕(囊中)의 쥐(錐)[132]【송곳치라】 츌(出)치 못ᄒᆞ고 기말(其末)이 ᄯᅩᄒᆞᆫ 곰초여 닙현(入見)[133]치 못ᄒᆞ미로소이다."

경죄 쳥파(聽罷)의 대쇼(大笑)ᄒᆞ며 ᄯᅩ 믄득 희허탄식(噫嘘歎息)이라가 다시 상부인을 도라보아 고왈(告曰)

"셰원인망(世遠人亡)[134]ᄒᆞ여 시쇽(時俗)이 치치(蚩蚩)ᄒᆞ니 망은비덕(忘恩背德)ᄒᆞ미 ᄯᅩᄒᆞᆫ 풍쇽(風俗)이 되엿ᄂᆞ디라. 어이 한심치 아니리오?"

태우의 낫출 닉이 보며 ᄯᅩ 거ᄌᆺ 탄식ᄒᆞ여 ᄀᆞᆯ오ᄃᆡ

"네야 진짓 댱헌의 동상(東床)으로 댱가 손이 되고 댱헌이 너의 악댱(岳丈)으로 득인(得人)이 되염 즉ᄒᆞ거ᄂᆞᆯ 만나기롤 긔특(奇特)이 ᄒᆞᆫ 바의 네 어이 댱가롤 ᄇᆡ쳑(排斥)ᄒᆞ더뇨? 은혜롤 모로며 덕을 ᄉᆡ닷디 못ᄒᆞ니 닐너 ᄲᅳᆯᄃᆡ 업거니와 너롤 엇디 ᄂᆡ외ᄒᆞ여 ᄒᆞᆫ번 니ᄅᆞ디 아니리오? 부부의 난음(亂淫)ᄒᆞ미 그 와젼(訛傳)ᄒᆞ여 나려오미 되엿거니와 부부ᄂᆞᆫ 텬디(天地)와 ᄀᆞᆺᄐᆞᆫ디라. 건곤(乾坤)이 블친(不親)애 음양(陰陽)이 블화(不和)ᄒᆞ니 만믈(萬物)이 시ᄉᆡᆼ(始生)ᄒᆞ여 사시ᄒᆡᆼ도(四時行道)ᄒᆞ믈 니ᄅᆞ디 못ᄒᆞᄆᆡ 훼페(毁敗)ᄒᆞ믈 능히 비ᄒᆞᆯ 곳이 이시리오마ᄂᆞᆫ 내 능히 텬디(天地)롤 ᄌᆡ작(製作)ᄒᆞ여 우슌풍됴(雨順風調)[135]ᄒᆞᄂᆞᆫ 슈단으로 너와 소시의 회합(會合)이 ᄀᆞ장 쉽디 아니ᄒᆞᆫ 바롤 내 힘ᄡᅧ 64면

132 낭듕(囊中)의 쥐(錐): 낭중지추. '주머니 속의 송곳'이라는 뜻. 재능이 있는 사람이 그 재능을 억지로 드러내려고 하지 않아도 자연스럽게 드러나는 것을 비유하는 말.

133 닙현(入見): 입현. 조정 신료가 되어 임금님을 뵙는 것.

134 셰원인망(世遠人亡): 세원인망. 주자가 〈소학제사〉에서 "세대는 멀어지고 사람은 죽고 없어지며 경전은 무너지고 도는 해이해진다."라고 한 데서 나온 말.

135 우슌풍됴(雨順風調): 우순풍조. 비 오고 바람 부는 것이 그 시기와 양이 적당하다는 뜻.

구ᄒᆞ여 슉모와 형댱긔 고ᄒᆞ며 져져(姐姐)와 의논ᄒᆞ야 소시로ᄡᅧ 너의 병을 구호케 ᄒᆞ니 너의 ᄉᆞ심(私心)의 흔힝(欣幸)ᄒᆞ믈 그 엇디 니ᄅᆞᆯ ᄇᆡ리오마ᄂᆞᆫ 져져와 나의 은덕이믈 아디 못ᄒᆞ니 가히 ᄇᆡ은망덕ᄒᆞ미 아니랴? ᄒᆞ믈며 네 오ᄅᆡ 공실(空室)의 쳐ᄒᆞ여 창창(蒼蒼)ᄒᆞᆫ 뜻을 니긔디 못ᄒᆞ고 ᄉᆞ모(思慕)ᄒᆞᄂᆞᆫ 졍이 울분(鬱憤)ᄒᆞ여 화광(火光)ᄒᆞ기의 미쳐 소시 명광헌의 나가던 날의 네 거의 분광(憤狂)ᄒᆞ여 ᄂᆡ다ᄅᆞᆯ ᄃᆞᆺᄒᆞ더라 ᄒᆞ니 이 ᄯᅩ 반가오미 흐믓ᄒᆞᄆᆡ 병심(病心)을 요동ᄒᆞᆫ 연괴(緣故)라. ᄎᆞ셰(此世)의 편작(扁鵲)[136]의 신긔와 화ᄐᆡ(華陀)[137]의 녕슐(靈術)이 업ᄉᆞ니
65면 네 인ᄒᆞ여 화광질쥬(火光疾走)ᄒᆞᄆᆡ 슈히 곳치기 어렵거ᄂᆞᆯ 소시 헌원(軒轅)[138]의 신긔(神技)와 기ᄇᆡᆨ(岐伯)[139]의 됴화(調和)ᄅᆞᆯ ᄇᆡ호디 아냐시ᄃᆡ 오관십부(五官十腑)[140]ᄅᆞᆯ 통졍(通情)ᄒᆞᆯ 녁냥(力量)이 잇셔 ᄌᆡ보의 화광(火光)ᄒᆞᆫ 병을 곳치ᄆᆡ 오장(五臟)이 졍졍(整整)ᄒᆞ며 뉵뷔(六腑) 졔졔(齊齊)ᄒᆞ여 텬군(天君)[141]이 이뎡(理正)ᄒᆞᄆᆡ 간튱녕ᄃᆡ(肝衷靈臺)ᄅᆞᆯ 두려시 괴와 ᄉᆞ방(四方)이 일쳥(一淸)ᄒᆞ고 광화(光華)ᄒᆞᆫ 일월(日月)이

---

136 편작(扁鵲): 중국 전국시대의 의사로 명의(名醫)를 상징함.

137 화ᄐᆡ(華陀): 화타. 중국 한나라 말기의 의사로 명의(名醫)를 상징함.

138 헌원(軒轅): 삼황오제 중 한 명으로 기백과 함께 의학의 시조로 인식되는 인물.

139 기ᄇᆡᆨ(岐伯): 기백. 황제(黃帝)의 신하. 황제와 함께 의약을 만들었다고 전해짐.

140 오관십부(五官十腑): 오관은 이(耳)·목(目)·구(口)·비(鼻)·설(舌). 십부는 열 개의 내장기관을 뜻하는 것으로 추정.

141 텬군(天君): 천군. 사람의 마음을 뜻함. 《순자》 〈천론(天論)〉에서 "이목구비는 각자 접하는 것이 있지만 서로 겸하지는 못하는데 이를 천관이라 한다. 마음은 가슴속 빈 곳에 있으면서 오관을 다스리는데 이를 천군이라 한다. 성인은 천군을 맑게 해서 그 천관을 바로 한다(耳目口鼻能各有接而不相能也 夫是之謂天官 心居中虛 以治五官 夫是之謂天君 聖人淸其天君 正其天官)."라고 함.

ᄌᆞ옥ᄒᆞᆫ 풍슈(風水)ᄅᆞᆯ 니ᄅᆞ혀ᄃᆞᆺ ᄒᆞ니 어ᄃᆡ로조ᄎᆞ 오관(五官) 안ᄒᆡ 다시 광풍(狂風)이 들네며 십이경ᄃᆡ의 어ᄌᆞ러온 형극(荊棘)이 이시리오? 딘실노 ᄒᆞᆫ갓 쳐실(妻室)이 아니라 은인(恩人)이오[142] 은인이 홀연 니ᄅᆞ러미 미친 병을 거근(去根)ᄒᆞ여 슈히 낫게 ᄒᆞ믄 상져[143]와 나의 디휘(指揮)ᄒᆞᆫ 덕이로ᄃᆡ 네 오히려 일공(一空)이 ᄎᆡ 붉디 못ᄒᆞ여 은덕을 모로고 소시 ᄯᅩ 너의 병을 다ᄉᆞ리미 션단(仙丹)과 녕약(靈藥)을 시험ᄒᆞ엿던가? 네 너모 담슈(淡隨)ᄒᆞ며 청정(淸淨)ᄒᆞ여 장ᄎᆞ 포단(蒲團)우희 슈도(修道)ᄒᆞ여 진념셰졍(塵念世情)을 씃고ᄌᆞ ᄒᆞᆫ다 ᄒᆞ니 엇디 사ᄅᆞᆷ이 젼후(前後)의 그리 다ᄅᆞᆯ 거시 이시리오?”

태위 거믄 관을 숙이고 무빈(霧鬢)을 굽혀 은은(隱隱)ᄒᆞᆫ 우음을 ᄯᅴ엿더니 임의 듯기ᄅᆞᆯ 다ᄒᆞᄆᆡ 다시 좌(座)ᄅᆞᆯ 곳치며 몸을 굽혀 ᄃᆡ왈(對曰) 66면
“쇼딜(小姪)이 맛ᄎᆞᆷᄂᆡ 혼암(昏暗)ᄒᆞ고 블민(不敏)ᄒᆞ와 슉부의 은덕을 니ᄅᆞ샤 붉히시믈 듯ᄌᆞ오ᄃᆡ 굿ᄐᆞ여 은혜와 덕튁인 바ᄅᆞᆯ 아디 못ᄒᆞ여 일장실쇼(一場失笑)ᄒᆞ믈 ᄭᆡ닷디 못ᄒᆞᆯ ᄇᆡ오ᄃᆡ 슉부와 슉뫼 년쇼치ᄇᆡ(年少稚輩)로 희ᄒᆡ(戲誨)ᄅᆞᆯ 창셩(昌盛)ᄒᆞ시니 이곳시 하낙ᄉᆡ(何樂事)라. 희학(戲謔)으로 챵ᄒᆞ시믈 ᄯᅩ 학낭(謔浪)으로 ᄃᆡᄒᆞ리이다. 공ᄌᆡ왈(孔子曰) ‘호학(好學)을 호ᄉᆡᆨ(好色)ᄀᆞᆺ치 ᄒᆞᄂᆞ니ᄅᆞᆯ 보디 못ᄒᆞ롸[144]’ ᄒᆞ시니 셩현(聖賢)도 이 ᄀᆞᆺᄐᆞ샤 녀ᄉᆡᆨ(女色)의 면치 못ᄒᆞ신즉 쇼딜이 엇

142 은인(恩人)이오: 규장각본에는 ‘은아이오’로 되어 있음.

143 상져: 원문의 글자는 확실하지 않으나 ‘상져’로 보임. 상저. 정태요를 뜻하는 것으로 추정.

144 호학(好學)을 호ᄉᆡᆨ(好色)ᄀᆞᆺ치 ᄒᆞᄂᆞ니ᄅᆞᆯ 보디 못ᄒᆞ롸: 《논어》 〈자한(子罕)〉에서 공자는 “나는 덕을 좋아하는 것을 여자를 좋아하는 것처럼 하는 사람을 못 보았다(吾未見好德如好色者).”라고 함. 이 문장에서 덕을 학으로 바꾼 것으로 추정.

디 이 ᄆᆞ음이 업ᄉᆞ리잇고마ᄂᆞᆫ 잠간 녯글을 보아 음황(淫荒)[145]ᄒᆞ믈 피ᄒᆞ옵ᄂᆞ니 엇디 고인(古人)의 가취디년(嫁娶之年)이 밋디 못ᄒᆞ여셔 몬져 음일(淫逸)ᄒᆞᆫ ᄉᆞ의(私意)를 두어 오륙 삭(朔) 공실(空室)의 쳐ᄒᆞ믈 졀박(切迫)히 넉이미 이시리잇고? 슉뷔 쇼딜노뼈 그리ᄒᆞ리라 ᄒᆞ시믜 명달(明達)ᄒᆞ롸 ᄒᆞ시ᄃᆡ 실노 붉디 못ᄒᆞ시미오. 소시로뼈 명광헌의 ᄂᆡ여보ᄂᆡ시미 쏘 ᄌᆞ상(仔詳)ᄒᆞ롸 ᄒᆞ시ᄃᆡ 실은 소활(疏闊)ᄒᆞ시미라.

67면 슉부ᄂᆞᆫ 뼈 니ᄅᆞ시ᄃᆡ 소시로뼈 구호ᄒᆞᄆᆡ 쇼딜(小姪)의 병이 슈히 나으리라 ᄒᆞ시거니와 소시 아니런들 슌여(旬餘)를 신고(辛苦)ᄒᆞ믄 업술너니 블긴(不緊)ᄒᆞᆫ ᄌᆞ최 면져(面前)[146]의 어른기ᄆᆡ 화증(火症)이 ᄇᆡᆨ분(百分)이나 니러나 여러 날 ᄎᆞ헐(差歇)ᄒᆞ믈 엇디 못ᄒᆞ온디라. 엇디 즉시 뽓ᄎᆞ 드려보ᄂᆡ믈 모로리잇가마ᄂᆞᆫ 존명(尊命)을 경슈(敬受)ᄒᆞ며 슉당(叔堂)의 셩의(誠意)를 밧드와 됴흔 ᄃᆞ시 머므러 두엇더니이다."

경죄 대쇼(大笑)ᄒᆞ고 다시 칙(責)ᄒᆞ여 왈

"네 비록 은혜와 덕을 아디 못ᄒᆞᆫ들 날을 ᄃᆡᄒᆞ여 블명소활(不明疎闊)타 ᄒᆞ미 딜ᄇᆡ(姪輩)의 존항(尊行)[147]을 밧드ᄂᆞᆫ 도리리오? 가히 블경디죄(不敬之罪)를 면치 못ᄒᆞ리로다. 네 반년(半年)을 공실(空室)의 쳐ᄒᆞ여 쯧이 향규(香閨)의 도라가디 아니믈 니ᄅᆞ거니와 소시를 보ᄆᆡ 화증이 ᄇᆡᆨ분 니러나 병이 더으다 ᄒᆞ믄 므ᄉᆞᆷ 일노 빌ᄆᆡᄒᆞ미뇨? 스ᄉᆞ로 풍졍(風情)이 발어언두(發於言頭)ᄒᆞ믈 ᄭᆡ닷디 못ᄒᆞᄂᆞ냐?"

---

145 음황(淫荒): 술과 색욕에 미쳐서 정신을 차리지 못함.

146 면져(面前): 규장각본에는 '면젼'으로 되어 있음.

147 존항(尊行): 부모와 같거나 그보다 높은 항렬.

태위 쇼이샤왈(笑而辭曰)[148]

"쇼딜이 녜의(禮義)를 아디 못ᄒᆞ와 슉당(叔堂)을 블경(不敬)ᄒᆞ므로벼칙ᄒᆞ시믈 밧ᄌᆞ오니 황공샤죄(惶恐謝罪)로소이다. 슈연(雖然)이나 사 68면 ᄅᆞᆷ의 셩(性)이 강딕(剛直)ᄒᆞ오ᄆᆡ 언의 왈 '딕ᄌᆡ(直者) 션언(先言)애[149] 무소군부디젼(無所君父之前)이라' ᄒᆞ니 이졔 슉부의 그릇 아ᄅᆞ시ᄂᆞᆫ 바와 잘못 ᄉᆞᆯ피시믈 쇼딜이 ᄒᆞᆫ갓 존항이시라 ᄒᆞ여 공경ᄒᆞ믈 드ᄃᆡ여 ᄂᆡ외(內外)를 달니ᄒᆞ여 간(諫)치 아니ᄒᆞ믄 무ᄋᆡ(撫愛)ᄒᆞ시ᄂᆞᆫ 은의(恩意)와 의앙ᄒᆞ옵ᄂᆞᆫ 하졍(下情)의 쇼(蘇)ᄒᆞ미 되옵ᄂᆞ니 쇼딜이 소시를 보오ᄆᆡ 증분(憎憤)ᄒᆞ미 이시믄 녀ᄌᆞ(女子)의 ᄒᆡᆼᄉᆡ(行事) 온당치 못ᄒᆞ여 거취(去就)를 ᄌᆞ젼(自專)ᄒᆞ며 우흐로 존당이 계심과 디아비 이시믈 아디 못ᄒᆞ오미 통한(痛恨)ᄒᆞ올ᄉᆡ 잠간 경칙(警責)고ᄌᆞ ᄒᆞ오ᄆᆡ 우람(愚濫)ᄒᆞᆫ 녀ᄌᆞ(女子)의게ᄂᆞᆫ 무ᄒᆡ(無害)ᄒᆞ고 쇼딜의게ᄂᆞᆫ 유ᄒᆡ(有害)ᄒᆞ미 되여 쵹풍실셥(觸風失攝)ᄒᆞ와 여러 날의 신음ᄒᆞ미 되오니 이곳 소시를 ᄂᆡ여보ᄂᆡ신 ᄒᆡ(害)라. 쇼딜이 감히 원망치 못ᄒᆞ오나 감격ᄒᆞ여 아니ᄒᆞ옵거ᄂᆞᆯ 도로혀 은혜로 니ᄅᆞ시니 ᄎᆞ역(此亦) 쇼딜의 미졍(微情)을 ᄉᆞᆯ피디 못ᄒᆞ시미로소이다. 셕가(釋迦)의 괴도(怪道)ᄂᆞᆫ 쇼딜이 심히 ᄇᆡ쳑(排斥)ᄒᆞ믈 병(病)져이 ᄒᆞ며 동빈(洞賓)[150]의 쳥허(淸虛)ᄒᆞ믈 취치 아니ᄒᆞᄂᆞ니 비록 니쳥년(李青蓮)[151]【니ᄐᆡᄇᆡᆨ(李太白)을 니ᄅᆞ미

---

148 쇼이샤왈(笑而辭曰): 규장각본에는 '쇼이ᄃᆡ왈'로 되어 있음.

149 딕ᄌᆡ(直者) 션언(先言)애: 규장각본에는 '딕ᄉᆡ 션언의'로 되어 있음.

150 동빈(洞賓): 도교의 이른바 팔선(八仙) 중의 하나인 여동빈.

151 니쳥년(李青蓮): 이청련. 이태백. 중국 당나라의 시선(詩仙)으로, 성명은 이백(李白), 자는 태백(太白)이고 호는 청련(靑蓮), 취선옹(醉仙翁). 두보와 함께 시의 양대 산맥을 이룬 인물.

69면 라[152]】과 두ᄌᆞ미(杜子美)[153]의 풍ᄎᆡ(風采) 업ᄉᆞ오나 ᄒᆞᆫ번 장화(墻花)ᄅᆞᆯ 디나ᄆᆡ 초운셰미(楚雲細眉)의 아릿ᄯᅡ온 눈ᄢᅵ로 졍(情)을 보ᄂᆡ고 가ᄂᆞᆫ 손가락으로 ᄯᅳᆺ을 젼ᄒᆞ여 잠간 도라보기ᄅᆞᆯ ᄲᅧ곰 만고풍뉴(萬古風流)ᄅᆞᆯ 삼으니 ᄉᆞ츈(思春)ᄒᆞᄂᆞᆫ ᄆᆞᄋᆞᆷ이 장화ᄃᆡ(墻花臺)쁜 아니라 쇼뎔을 보ᄂᆞᆫ ᄌᆡ(者) 넉시 무산(巫山)의 긋쳐디고 한(恨)이 댱문의 ᄆᆡᆺ치이니 빈혀ᄅᆞᆯ 픔어 초녀(楚女)ᄅᆞᆯ 빙ᄌᆞ(憑藉)ᄒᆞ며 치마ᄅᆞᆯ 잡고 진슈(溱水)ᄅᆞᆯ 건널 ᄌᆡ(者)[154] 업디 아니ᄒᆞ오리니 어ᄃᆡ 가 일위유한(一位幽閑)ᄒᆞᆫ 부인과 일개묘염(一介妙艷)ᄒᆞᆫ 쇼셩(小星)을 못 어들 거시라 구구히 폐거(廢去)ᄒᆞᆫ 녀ᄌᆞ와 방ᄌᆞ(放恣)ᄒᆞᆫ 빙희(聘姬)ᄅᆞᆯ ᄉᆞ렴(思念)ᄒᆞ며 권권(眷眷)[155]ᄒᆞ여 음누비아(淫陋鄙訝)ᄒᆞᄆᆡ 미ᄎᆞ리잇가? 스ᄉᆞ로 ᄯᅳᆺ을 좁고 엄훈(嚴訓)을 경슈(敬受)ᄒᆞ와 탕일(蕩逸)ᄒᆞ기의 니ᄅᆞ디 아닐디언졍 녀알(女謁)의 셩(盛)ᄒᆞ믈 삼가ᄂᆞ니 양비(楊妃)[156]의 풍염(豐艷)ᄒᆞᆷ과 됴후(趙后)[157]의 경신(輕身)ᄒᆞ미 ᄒᆞ나둘노 모흐리잇가? ᄌᆞᆨ히 열ᄒᆞᆯ 포집어 취ᄒᆞ리니[158] 하고(何故)로 포단(蒲團) 우희 도(道)ᄅᆞᆯ 닥ᄂᆞᆫ 궁상(窮狀)과

---

152 니ᄅᆞ미라: 규장각본에는 '닐오미라'로 되어 있음.

153 두ᄌᆞ미(杜子美): 두보. 중국 성당시대(盛唐時代)의 시인이자 중국 대표 시인. 자미는 자(字)이고 호는 소릉(少陵).

154 치마ᄅᆞᆯ 잡고 진슈(溱水)ᄅᆞᆯ 건널 ᄌᆡ(者): 자신의 지조를 버리고 남을 따른다는 뜻. 《시경》〈정풍(鄭風)〉 '건상(褰裳)'에 "그대가 나를 정말로 그리워한다면 내가 치마를 걷고 진수를 건너가겠지만 그대가 나를 그리워하지 않는다면 어찌 다른 사람이 없겠는가(子惠思我 褰裳涉溱 子不我思 豈無他人)?"라고 함.

155 권권(眷眷): 가엾게 여겨 돌보는 모양.

156 양비(楊妃): 양귀비. 당나라 현종의 귀비. 중국의 대표 미인.

157 됴후(趙后): 조후. 한나라 성제(成帝)의 두 번째 황후 조비연. 황제의 손 위에서 춤을 출 정도로 몸이 가벼웠다는 이야기가 전해짐.

158 ᄌᆞᆨ히 열ᄒᆞᆯ 포집어 취ᄒᆞ리니: 규장각본에는 표기되지 않음.

괴려(乖戾)ᄒᆞ믈 딕희리잇고?"

셜파(說罷)의 환연잠쇼(歡然潛笑)ᄒᆞ여 ᄡᅥ혀ᄂᆞᆫ 눈셥이 졔졔(齊齊)ᄒᆞ며 츄파빵광(秋波雙眶)이 미미(微微)히 동(動)ᄒᆞ니 흰 낫치 됴흔 골쉬(骨髓) 뭆아[159] 반졈딘애(半點塵埃)의 무드디 아니터라. 70면

(책임교주 박혜성)

159 골쉬(骨髓) 뭆아: 규장각본에는 '골휘 말아'로 표기되어 있음.

완월회맹연

玩月會盟宴

권디오십뉵

卷之五十六

1면 ᄌᆡ셜(再說). 태위 셜파(說罷)의 환연잠쇼(歡然潛笑)[1]ᄒᆞ여 ᄲᆞ혀난 눈셥이 졔졔(濟濟)[2]ᄒᆞ며 츄파빵광(秋波雙眶)이 미미히 동(動)ᄒᆞ니 흰 낫ᄎᆡ 됴흔 골쉬(骨髓) ᄆᆞᆰ고 ᄆᆞᆰ아 반졈(半點) 딘애(塵埃)의 므드디 아녓거ᄂᆞᆯ 방츈(芳春)이 졍셩(鼎盛)[3]ᄒᆞ니 보광(寶光)[4]이 더옥 활대(闊大)ᄒᆞ여[5] 윤튁발화(潤澤發花)ᄒᆞ미 졈졈 더으니 ᄇᆡᆨ년(白蓮)이 살ᄲᆡ며 화벽(和璧)[6]이 온유(溫柔)ᄒᆞᆫᄃᆡ 방누ᄅᆞᆯ ᄉᆞ개(乍開)ᄒᆞ고 호치(皓齒)ᄅᆞᆯ 빗최여시니 니ᄅᆞᆫ바 구여함쥬(口如含珠)오 치여호셔(齒如瓠犀)[7]라 엇디 ᄒᆞᆫ갓 ᄌᆞ도의 고음과 위가의 ᄆᆞᆰ을[8] 짜ᄅᆞᆷ이리오? 호화(豪華)ᄒᆞᆫ 풍뉴(風流) 영위(英偉)ᄒᆞ며 굉걸(宏傑)ᄒᆞᆫᄃᆡ 다시 진평(陳平)의 부귀ᄒᆞᆷ[9]과 숑홍(宋弘)의 덕되믈[10] 아오라시니 이 풍ᄎᆡ(風采) 이 긔딜(氣質)노뼈 녀

1 환연잠쇼(歡然潛笑): 환연잠소. 기쁘고 즐거운 마음으로 가만히 웃음.

2 졔졔(濟濟): 제제. 많고 성한 모양.

3 졍셩(鼎盛): 정성. 한창 나이라서 혈기가 매우 왕성함.

4 보광(寶光): 보배에서 반사되는 찬란한 빛.

5 활대(闊大)ᄒᆞ여: 규장각본에는 '발ᄃᆡᄒᆞ여'로 되어 있음.

6 화벽(和璧): 춘추시대 초나라 변화(卞和)가 발견한 옥. '화씨벽, 화씨지벽'이라고도 부름.

7 치여호셔(齒如瓠犀): 치여호서. '치아는 박씨와 같이 가지런함'을 뜻하는 말. 《시경》 〈위풍(衛風)〉 '석인(碩人)'에 나옴.

8 ᄆᆞᆰ을: 규장각본에는 '말글'로 되어 있음.

9 진평(陳平)의 부귀ᄒᆞᆷ: 진평은 전한(前漢)의 개국공신. 젊은 시절 고향인 호유(戶牖)에서 가난하게 지냈는데, 호유의 부자 장부(張負)는 그가 범상치 않은 인물임을 알고는 손녀를 그에게 시집보냈다 함.

10 숑홍(宋弘)의 덕되믈: 송홍은 후한(後漢) 때 이름난 신하. 광무제가 과부가 된 누이 호양공주의 배필로 그를 염두에 두고는 "귀하게 되면 친구도 바꿀 수 있고, 부유해지면 아내도 바꿀 수 있다(貴易交 富易妻)."라고 하면서 그 의중을 떠보았는데, 이에 송홍은 "빈천할 때 사귄 친구는 잊어서는 안 되고, 어려움을 함께한 아내는 버려서는 안 된다(貧賤之交不可忘 糟糠之妻不下堂)."라고 답하여 그 유덕함을 드러냈다 함.

ᄉᆡᆨ(女色)을 관영(貫盈)[11]ᄒᆞᆯ딘ᄃᆡ 심규옥난(深閨玉蘭)과 쳥누쥬ᄉᆞ(青樓酒肆)의 원ᄒᆞ여 침변(寢邊)의 뫼시고ᄌᆞ ᄒᆞᄂᆞᆫ ᄌᆡ(者) 그 엇디 슈(數)ᄅᆞᆯ 혜리오마ᄂᆞᆫ 문풍(門風)을 니을 셩딜녜힝(性質禮行)이 공시(孔氏)의 학뎨(學弟) 되야 셩문(聖門)의 승당입실(升堂入室)ᄒᆞᄆᆞᆯ 공부ᄒᆞ고 허랑탕일(虛浪蕩逸)ᄒᆞᄆᆞᆯ 구치 아니ᄒᆞ니 본ᄃᆡ 가을 하날이 외외(巍巍)[12]ᄒᆞ며 녀ᄅᆞᆷ날이 음예(陰翳)ᄒᆞᆫ 긔상(氣像)이라. 친위존당(親闈尊堂)의 2면 열의(悅意)ᄅᆞᆯ 구ᄒᆞᄆᆡ 딜츄(跌墜) ᄋᆞ희와 ᄎᆡ무(彩舞)의 노ᄅᆞᆷ[13]으로 온ᄉᆡᆨ(溫色)[14] 유셩(柔聲)을 디으나 슈하(手下)의 다ᄃᆞ라ᄂᆞᆫ 본습(本習)을 ᄇᆞ리디 못ᄒᆞ니 거샹ᄌᆡ(居上者) 도로혀 숑연(悚然)ᄒᆞ고 ᄌᆡ하ᄌᆡ(在下者) 튝쳑(蹴踖)ᄒᆞ여 향ᄒᆞᆯ 바ᄅᆞᆯ 아디 못ᄒᆞ며 닙됴(入朝)ᄒᆞᄆᆡ 만되(滿朝) 날연(苶然) 져상(沮喪)ᄒᆞ여 샹관(上官)이 튝연(蹴然) 공호(恐護)ᄒᆞ고 하관(下官)이 늠연 ᄌᆞ숑(自悚)ᄒᆞ여 블감앙시(不敢仰視)ᄒᆞᆯ ᄲᅳᆫ 아니라 면졀졍징(面折廷爭)[15]ᄒᆞᄆᆡ 긔위(氣宇) 슉상(肅霜)이 둘너시며 댱홍(長虹)을 토ᄒᆞᄂᆞᆫ ᄃᆞᆺ 급댱유(汲長孺)[16]의 풍녁(風力)[17]과 위현셩(魏玄

---

11 관영(貫盈): 모두 가득 참. 이르지 않은 곳이 없음.

12 외외(巍巍): 뛰어나게 높고 우뚝 솟은 모양.

13 딜츄(跌墜) ᄋᆞ희와 ᄎᆡ무(彩舞)의 노ᄅᆞᆷ: 노래자의 효행을 의미함. 노래자는 춘추시대 초(楚)나라 사람인데, 늙으신 부모님을 즐겁게 해드리려고 일흔이라는 나이에도 어린아이가 입는 색동옷을 즐겨 입고 재롱을 부리며 걷다가 일부러 넘어져[跌墜] 울기도 했다고 함.

14 온ᄉᆡᆨ(溫色): 온색. 온화한 얼굴빛.

15 면졀졍징(面折廷爭): 면절정쟁. 임금의 면전에서 허물을 기탄없이 직간하고 쟁론함. 또는 때와 장소를 가리지 않고 다툼.

16 급댱유(汲長孺): 급장유. 전한(前漢) 무제(武帝) 때 이름난 신하 급암. 장유(長孺)는 그의 자(字). 구경(九卿)으로 있으면서 거침없이 직간했기에 무제는 그를 사직지신(社稷之臣)이라고 일컬으면서도 한편으로는 꺼렸다고 함.

17 풍녁(風力): 풍력. 사람의 위력. 사람을 변화시키는 힘.

[18] 成)의 딕긔(直氣)로 다ᄅᆞ미 업ᄉᆞ니 텬심이 ᄯᅩᄒᆞᆫ 공경우ᄃᆡ(恭敬優待)ᄒᆞ샤 가ᄇᆡ야이 넉이디 못ᄒᆞ시ᄂᆞᆫ디라. 쥰위(峻威)홈과 엄뎡(嚴正)ᄒᆞ미 일홈나므로 ᄒᆡᆼ게(行車) 댱화ᄃᆡ(墻花臺)ᄅᆞᆯ 디나ᄆᆡ 제창(諸娼)이 그 풍뉴신광(風流身光)을 우러러 죽으믈 닛고 나아오다가도 다시 슉녈한믁(肅烈寒默)ᄒᆞ믈 ᄇᆞ라보ᄆᆡ 참연(慘然)이 눈믈을 흘니며 소혼실빅(消魂失魄)ᄒᆞ여 손으로 ᄀᆞ로 씻고 입으로 블너 긔특ᄒᆞ믈 일ᄏᆞᄅᆞ며 비상ᄒᆞ믈 니ᄅᆞᆯ ᄲᅮᆫ이러라.

경죄 태우의 말을 드ᄅᆞᄆᆡ 화연이 크게 우어 왈

3면 "내 태쥬로브터 도라와 졔ᄋᆞ의 너ᄅᆞᆯ 긔쇼(譏笑)ᄒᆞ믈 드ᄅᆞ니 닌경이 널노ᄡᅧ 디목(指目)ᄒᆞ여 안히ᄅᆞᆯ ᄂᆡ치고 쳡의게 소박 마ᄌᆞ 회푀(懷抱) 울울(鬱鬱)ᄒᆞ며 침톄(寢處) 무류(無聊)타 ᄒᆞ믈 내 ᄯᅩᄒᆞᆫ 우엇더니 금일 너의 울분(鬱憤)ᄒᆞ믈조ᄎᆞ 풍ᄎᆡ(風采)ᄅᆞᆯ 만히 ᄌᆞ랑ᄒᆞ고 호화(豪華)ᄅᆞᆯ 널니 구코ᄌᆞ ᄒᆞ믈 드ᄅᆞ니 과연 소시의게 어려온 박튝(迫逐)을 당ᄒᆞ엿도다. 너의 이 말은 우슉을 들니미 아니라 소시ᄅᆞᆯ 블너 너ᄅᆞᆯ 샤ᄒᆞ여 박ᄃᆡᄒᆞ믈 덜ᄒᆞ라 뎡히 베퍼 닐너 임의 됴흔 일을 위업(爲業)ᄒᆞᄂᆞᆫ 바의 ᄎᆡ 젹션(積善)을 ᄒᆞ리라."

쇼부와 상부인이 일장(一場)을 개쇼(皆笑)ᄒᆞ며 소시ᄅᆞᆯ 블너 개유(開論)ᄒᆞ여 화친(和親)을 구ᄒᆞ리라 ᄒᆞ니 태부인이 날호여 함쇼왈(含笑曰)

"광ᄋᆞᆫ 아ᄌᆞ비와 아ᄌᆞ미 희롱(戱弄)ᄒᆞ믈 븟그리디 아니ᄒᆞᆫ들 소시 엇디 어려이 넉이미 업ᄉᆞ리오? 너의 모로미 괴이ᄒᆞᆫ 부창(不暢)된 말을

---

18 위현셩(魏玄成): 위현성. 당나라 태종 때 이름난 신하 위징. 현성(玄成)은 그의 자(字). 거침없는 직간으로 유명했음.

굿치라."

ᄒᆞ고 도라 태우롤 어로만져 왈

"작셩긔딜(作性氣質)이 조곰도 ᄉᆞ오나온 곳이 업ᄉᆞᆫ 바로 엇디 쳐실(妻室)의게ᄂᆞᆫ 그리 험피(險詖)히 구ᄂᆞ뇨? 이러므로 여뷔(汝父) 상히 니ᄅᆞᄃᆡ '댱·소 이부ᄂᆞᆫ 디아비롤 그롯 만나미 각별이 년측(憐惻)다' ᄒᆞ여 심히 은우(隱憂)[19]롤 두ᄂᆞᆫ디라. 일문디ᄂᆡ(一門之內)의 여러 ᄋᆞ히 다 유실(有室)ᄒᆞ미 금슬(琴瑟)이 화ᄒᆞ고 종괴(鍾鼓) 합ᄒᆞ여[20] 죵요로이 화락(和樂)ᄒᆞ미 각별ᄒᆞᆫ ᄉᆞ단(事端)이 업ᄉᆞ며 부부간 은밀ᄒᆞ믈 부모친족(父母親族)이 다 아디 못ᄒᆞ니 굿ᄐᆞ여 시비 업ᄉᆞᄃᆡ 네게 다ᄃᆞ라ᄂᆞᆫ 셩되(性度) 태강(太剛)ᄒᆞ고 궤집(詭執)ᄒᆞ여 사롬을 심히 괴롭고 블안케 ᄒᆞ니 부화쳐슌(夫和妻順)의 되(道) 굿쳐져 죵풍ᄎᆞ포(終風且暴)[21]의 거죄 잇게 ᄒᆞ며 당시 ᄀᆞᄐᆞᆫ 슉녀셩ᄉᆞ(淑女聖姒)[22]로 ᄒᆞ여곰 공연이 파츌(罷黜)ᄒᆞ미 가실(家室)을 뎡치 못ᄒᆞ여 ᄒᆡᆼᄉᆡ(行事) 엇디 그리 ᄋᆡ돌오뇨? 므롯 부인과 쇼인(小人)이 친(親)키 어렵다 ᄒᆞ나 위의(威儀) 뎡

4면

19 은우(隱憂): 남에게 알리지 못하고 속으로만 지니는 근심.

20 금슬(琴瑟)이 화ᄒᆞ고 종괴(鍾鼓) 합ᄒᆞ여: 금슬우지(琴瑟友之) 종고낙지(鍾鼓樂之). 거문고와 비파로 친애하고 종과 북으로 즐겁게 한다는 뜻. 부부의 금슬이 좋음을 비유적으로 나타낸 말로, 《시경》 〈주남(周南)〉 '관저(關雎)'에 "들쭉날쭉한 마름나물을 좌우로 취하여 가리도다. 요조한 숙녀를 거문고와 비파로 친히 하도다. 들쭉날쭉한 마름나물을 좌우로 삶아 올리도다. 요조한 숙녀를 종과 북으로 즐겁게 하도다(參差荇菜 左右采之 窈窕淑女 琴瑟友之 參差荇菜 左右芼之 窈窕淑女 鍾鼓樂之)."라는 말이 나옴.

21 죵풍ᄎᆞ포(終風且暴): 종풍차포. 《시경》 〈패풍(邶風)〉 '종풍(終風)'의 "하루 종일 바람 불고 날이 거칠었네."라는 표현에서 비롯함. 여기서는 부부 사이에 하루 종일 바람 잘 날 없다는 의미로 쓰임.

22 슉녀셩ᄉᆞ(淑女聖姒): 숙녀성사. 현숙한 여자. 여기서 성사(聖姒)는 중국 주(周)나라 문왕(文王)의 후비(后妃)인 태사(太姒)를 일컫는데, 일반적으로 왕후(王后)를 가리키는 말로 쓰임.

ᄒᆞ고 덕이 두터오ᄆᆡ 그 감격ᄒᆞ고 두리오며 공경ᄒᆞ여 어그릇디 아니ᄒᆞ고 인ᄒᆞ여 ᄇᆡ화 므들ᄆᆡ 비록 패려(悖戾)ᄒᆞ며 무례ᄒᆞᆯ디라도 ᄌᆞ연이 감복ᄒᆞᆯ ᄇᆡ어ᄂᆞᆯ ᄒᆞ믈며 당시의 셩덕긔딜(盛德氣質)과 소시의 탁쇽셩딜(濯俗性質)이나 문왕(文王)을 만나면 갈담(葛覃)의 온유(溫柔)ᄒᆞᆷ과 규목(規目)의 너ᄅᆞ믈 효측(效則)ᄒᆞᆯ 거시오 비록 댱공을 만나도 죵

5면 운ᄎᆞ례ᄒᆞ여 슉신기신(肅愼其身)ᄒᆞ니 엇디 위무(威武)ᄅᆞᆯ 낭ᄌᆞ(狼藉)히 ᄒᆞ고 치칙(治責)을 가찰(苛察)[23]이 ᄒᆞᆫ 연후의야 비로소 규구(規矩)와 녜의예 셔리오? 도로혀 네 몸의 실톄ᄅᆞᆯ 닐위여 녀ᄌᆞᄅᆞᆯ 항복 밧디 못ᄒᆞᄂᆞ니 네 곳 쥬람(周南)【글 일홈이라】을 낡디 못ᄒᆞ엿ᄂᆞᆫ다? 의 이실가 ᄒᆞ미 엇디 그럴 거시리오? 소ᄋᆡ 도라가 인ᄒᆞ야 병이 이셔 즉시 죄 아니어ᄂᆞᆯ 어ᄌᆞ러이 징칙(懲責)ᄒᆞ야 싀포(猜暴)히 셔도라 몸의 병을 더으고 사ᄅᆞᆷ은 비록 원치 아니ᄒᆞ나 일단의 한ᄒᆞ미 잇게 ᄒᆞ니 너그러이 교회(教誨)ᄒᆞ여 황연이 굴복ᄒᆞ며 늠연이 구용(懼悚)케 ᄒᆞ미 너의 도량(度量)이 회홍(恢弘)ᄒᆞᆫ ᄇᆡ 브족(不足)ᄒᆞ미 아니로ᄃᆡ 긔예(氣銳) ᄐᆡ승(太勝)[24]ᄒᆞ여 너그러오믈 낫타ᄂᆡ디 못ᄒᆞ고 교인(教人)ᄒᆞᄆᆡ 온화(溫和)ᄒᆞ미 브족(不足)ᄒᆞ여 일 밧들미 각고(刻苦)ᄒᆞᆫ 연괴(緣故)라. 엇디 관대(寬待)ᄒᆞ며 홍활(弘闊)ᄒᆞ믈 힘쓰디 아닛ᄂᆞ뇨?”

태위 공경문교(恭敬聞教)의 셕연황늠(釋然惶懍)ᄒᆞ야 다시 니러 졀ᄒᆞ고 ᄇᆡ슈브복(拜受俯伏)ᄒᆞ여 블민패광(不敏悖狂)ᄒᆞ믈 청죄(請罪)ᄒᆞ며 ᄉᆞ러 고왈(告曰)

23 가찰(苛察): 까다롭게 따져 살핌.

24 ᄐᆡ승(太勝): 태승. 기운이나 기세가 너무 뚜렷하거나 두드러짐.

“태모의 셩괴(聖教) 디극 온당(穩當)ᄒᆞ시니 쇼손이 블초망ᄑᆡ(不肖妄悖)ᄒᆞ오믈 ᄊᆡ닷ᄉᆞᆸ거니와 그러ᄒᆞ오나 소시 ᄀᆞ장 교죵(巧從)ᄒᆞ온디라. 왕모ᄂᆞᆫ 그 온션(溫善)ᄒᆞ므로 아디 마ᄅᆞ쇼셔.” 6면

태부인이 쇼왈(笑曰)

“소ᄋᆡ 텬셩이 격상녈일(激上烈日)ᄒᆞ나 녜의고듕(禮義高重)ᄒᆞ고 도리 합션ᄒᆞ여 부덕(婦德)을 숭상ᄒᆞᄂᆞ니 어이 교죵(巧從)ᄒᆞ미 이시리오? 괴이ᄒᆞᆫ 억견(臆見)으로 사ᄅᆞᆷ을 궤고(詭固)히 칙망치 말나.”

태위 ᄇᆡ샤(拜謝)ᄒᆞ고 다시 말이 업더라.

쳐ᄉᆡ 댱아로조ᄎᆞ 도라오니 태위 황망이 계(階)의 나려 마ᄌᆞ며 이공과 졔부인이 공경ᄒᆞ여 마ᄌᆞ 좌뎡ᄒᆞᆯᄉᆡ 쳐ᄉᆡ 태부인을 우러러 긔운을 뭇ᄌᆞᆸ고 다시 경조ᄅᆞᆯ 도라보아 상시 ᄉᆡᆼᄌᆞ(生子)ᄒᆞ믈 치하ᄒᆞ니 경죄 ᄯᅩᄒᆞᆫ 모든 셩덕(盛德)을 힘닙은 ᄇᆡ믈 일ᄏᆞ라 흔열ᄒᆞ믈 마디 아니ᄒᆞ니 일가(一家)의 ᄒᆡᆼ심ᄒᆞ미 니쇼져 ᄉᆡᆼ남디경(生男之景)의 버금이러라. 태위 질ᄎᆞ(疾差)ᄒᆞᆫ 후로 야야(爺爺)와 이슉(二叔)을 시침(侍寢)ᄒᆞ여 문윤각 계취경의셔 년일(連日) 밤을 디ᄂᆡ고 ᄉᆞᄎᆞ의 믈너가미 업ᄉᆞ니 쳐ᄉᆡ 그 젹 7면
상ᄒᆞᆫ 병을 거근(去根)치 못ᄒᆞᆫ 바의 쥬야로 시측ᄒᆞ여 몸을 너모 닛비ᄒᆞᄂᆞᆫ가 념녀ᄒᆞ여 명광헌으로 믈너가라 니ᄅᆞ고ᄌᆞ ᄒᆞ엿더니 태부인이 상부인과 경조의 말을 조ᄎᆞ 희운당[25]으로 보ᄂᆡ고ᄌᆞ ᄒᆞ시ᄂᆞᆫ디라. 쳐ᄉᆡ ᄌᆞ의(慈意)ᄅᆞᆯ 밧드러 시일야(是日夜)의 태우ᄅᆞᆯ 명ᄒᆞ여 희운당으로 믈너가 쉬라 ᄒᆞ니 태위 슈명(受命)ᄒᆞ고 믈너 운당의 니ᄅᆞ니 ᄡᅵ의 밤이 깁허

25 희운당: 정인광의 첩 소채강의 처소.

시며 소시 향ᄌᆞ(向者)의 셜한풍우(雪寒風雨)[26]롤 므릅뼈 쵹상(觸傷)[27]ᄒᆞᆫ 바로 팔구일을 쉬디 못ᄒᆞ고 약딜(弱質)이 상(傷)ᄒᆞᆫ 바로 병이 실녀시ᄃᆡ ᄉᆞ실(私室)의 도라온 후 됴호ᄒᆞ믈 엇디 못ᄒᆞ여 계명(鷄鳴)을 좃ᄎᆞ 신셩(晨省)ᄒᆞ며 존고와 니쇼져롤 뫼셔 존당(尊堂)의 감디(甘旨)롤 밧드러 ᄢᅵ로 좌하의 시립(侍立)ᄒᆞᄆᆡ 무고(無故)히 퇴(退)치 못ᄒᆞ므로 혼뎡(昏定)을 파(罷)ᄒᆞ여 도라온ᄌᆞᆨ 침금(寢衾)의 ᄡᅳ러져 혼혼이 졍신을 거두디 못ᄒᆞ다가 계셩(鷄聲)을 응ᄒᆞ여 ᄭᆡ니 니러나면 알픈 거ᄉᆞᆯ 강인(强忍)ᄒᆞ여 문후디녜(問候之禮)롤 일우ᄂᆞᆫ디라. 이날도 태뎐의 혼뎡을
8면 파ᄒᆞᆫ 후 봉누의 존고(尊姑)롤 밧드러 니ᄅᆞᄆᆡ 태우와 삼공ᄌᆡ 침구롤 포셜(鋪設)ᄒᆞᄂᆞᆫ디라. 드ᄃᆡ여 믈너 ᄉᆞ실(私室)의 니ᄅᆞ니 시ᄋᆞ(侍兒) 등이 침구롤 포셜ᄒᆞ여시므로 관잠(冠簪)을 ᄲᅢ히고 장복(章服)을 탈ᄒᆞᆫ 후 봉침(鳳枕)의 ᄡᅳ러질ᄉᆡ 취영은 장쳬(杖處) 대단ᄒᆞ여 디금의 움ᄌᆞᆨ이디 못ᄒᆞ므로 하실(下室)의 두어 구호ᄒᆞ며 ᄉᆞ개 시ᄋᆞᄂᆞᆫ 비록 눕디 아니ᄒᆞ나 쇼졔 상셕(上席)의 누으믈 보고 믈너 장외의 시슉(侍宿)ᄒᆞᆫᄌᆞᆨ ᄯᅩᄒᆞᆫ 인ᄉᆞ롤 모로며 간간이 통셩(痛聲)이 의의(依依)[28]ᄒᆞᆯ ᄲᅳᆫ이라. 태위 다ᄃᆞ라 보ᄆᆡ 창외(窓外)의 쵹영(燭影)이 명미(明微)ᄒᆞᆫᄃᆡ 실듕(室中)의 시ᄋᆡ(侍兒) 어ᄌᆞ러이 깁흔 ᄌᆞᆷ이 언식(偃息)이 실 드리온 ᄃᆞᆺᄒᆞ고 소시 ᄯᅩᄒᆞᆫ 쳔식(喘息)이 블평ᄒᆞ여 ᄌᆞᆷ 가온ᄃᆡ 희미ᄒᆞᆫ 통셩(痛聲)을 겸ᄒᆞᄂᆞᆫ디라. 비록 야심젹막(夜深寂寞)ᄒᆞ여 이ᄣᅵ의 ᄌᆞ디 아니리 업ᄉᆞᆯ ᄇᆡ나 졔 갓 믈

26 셜한풍우(雪寒風雨): 설한풍우. 눈과 함께 휘몰아치는 차고 매서운 비바람.

27 쵹상(觸傷): 촉상. 찬 기운이 몸에 닿아서 병이 일어남.

28 의의(依依): 부드럽고 약함.

너온 바로 어ᄂᆞ ᄉᆞ이 좀이 이ᄀᆞᆺ치 깁허시믈 우이 넉이며 그 쳔식이 블
안홈과 통셩(痛聲)이 미미(微微)ᄒᆞ믈 드ᄅᆞᄆᆡ 일한(日寒)의 쵹상(觸傷)
ᄒᆞ미 이시믈 ᄭᆡ다라 그 깁흔 좀을 ᄭᆡ오고 알ᄂᆞᆫ 바ᄅᆞᆯ 놀ᄂᆡ여 니ᄅᆞ혀고
져 아니ᄒᆞ나 군ᄌᆡ ᄂᆡ왕(來往)을 경긔(輕起)히 ᄒᆞᆯ ᄇᆡ 아니라. 드ᄃᆡ여 ᄒᆞᆫ 9면
번 기ᄎᆞᆷᄒᆞ며 난두(欄頭)ᄅᆞᆯ 비겨 건슈(乾宿)ᄅᆞᆯ 쳠망(瞻望)ᄒᆞ다가 날호
여 입실ᄒᆞ니 쇼져와 졔시ᄋᆡ(諸侍兒) 태우의 소ᄅᆡᄅᆞᆯ 듯고 놀나 즉시 니
러날ᄉᆡ 쇼져ᄂᆞᆫ 금구(衾具)[29]ᄅᆞᆯ 거두며 관잠(冠簪)을 삽(揷)ᄒᆞ여 다시 니
러 마ᄌᆞ니 태위 굿ᄐᆞ여 말이 업시 ᄉᆞᄆᆡ로조ᄎᆞ ᄎᆡᆨ을 ᄂᆡ여 셔안(書案)의
펴고 상셔(尙書) 홍범(洪範)을 닑을ᄉᆡ ᄉᆞᄉᆡᆨ(辭色)이 유연ᄒᆞ여 거지(擧
止) 정졍ᄒᆞᆯ ᄲᅳᆫ이러니 날호여 눈을 들ᄆᆡ 쇼졔 손을 ᄭᆞᄌᆞ 공경(恭敬)ᄒᆞ
여 셔시ᄃᆡ ᄆᆡ얌의 귀밋치 헛트러 구ᄅᆞᆷ 빈발(鬢髮)이 침노ᄒᆞ며 부용관
잠(芙蓉冠簪)은 긔운으로조ᄎᆞ 잠간 기울ᄆᆡ 탈의ᄒᆡᄃᆡ(脫衣解帶)ᄒᆞᆫ 거
동(擧動)이 더옥 헌앙(軒昂)ᄒᆞ고 표일(飄逸)ᄒᆞ여 ᄇᆡᆨᄋᆡ(白鵝)[30] 운니(雲
裡)의 ᄯᅥ러디며 ᄒᆡ학(海鶴)이 ᄉᆞ구(砂丘)의 나렷ᄂᆞᆫ디라. 이에 ᄀᆞᆯ오ᄃᆡ

“밤이 깁헛거ᄂᆞᆯ 엇디 침구ᄅᆞᆯ 베프디 아니ᄒᆞᄂᆞ뇨?”

쇼졔 옥면(玉面)을 낫초와 유유디지(悠悠遲遲)[31]ᄒᆞ더니 날호여 금년
(金蓮)[32]을 두로혀 협실의 일 벌 침구ᄅᆞᆯ ᄂᆡ여 포셜ᄒᆞ기ᄅᆞᆯ 다 ᄒᆞᄆᆡ 믈너
좌ᄅᆞᆯ 일우니 태위 상(床)의 올나 웃옷과 ᄯᅴᄅᆞᆯ 그ᄅᆞᄆᆡ 비로소 좌와(坐 10면
臥)ᄅᆞᆯ 아ᄅᆞᆫ 쳬ᄒᆞ여 왈

---

29 금구(衾具): 이부자리.

30 ᄇᆡᆨᄋᆡ(白鵝): 백아. 거위.

31 유유디지(悠悠遲遲): 유유지지. 근심스러운 듯 주저함.

32 금년(金蓮): 금련. 여자의 예쁜 발을 표현하는 말.

"ᄌᆞ는 엇디 괴로이 안ᄌᆞ 쉬오고ᄌᆞ ᄒᆞᄂᆞ뇨? 모로미 편히 쉬게 ᄒᆞ라."

쇼졔 공경문파(恭敬聞罷)의 태우의 취침(就寢)ᄒᆞ믈 기다려 ᄌᆞ긔 침금(寢衾)을 다시 베픈 후 잠(簪)이롤 ᄲᅢ히고 관(冠)을 버ᄉᆞᄆᆡ 침상의 나아가 고요히 ᄌᆞ는 ᄃᆞᆺᄒᆞᄃᆡ 향ᄀᆡᆨ(嚮刻)ᄀᆞᆺ치 잘 ᄌᆞ디 못ᄒᆞ고 신긔(神氣) 블안ᄒᆞᆫ 바의 한열(寒熱)이 왕닋(往來)ᄒᆞ여[33] 아ᄌᆞ의 한튝(寒縮)ᄒᆞ더니 ᄯᅩ 믄득 번열(煩熱)ᄒᆞ여 구ᄉᆞᆯ ᄀᆞᆺᄐᆞᆫ 향한(香汗)이 농농(濃濃)이 ᄡᅥ러져 션빈(蟬鬢)[34] 보험(寶臉)을 윤영(潤映)ᄒᆞ니 부용(芙蓉)이 쳐음으로 픠여 니ᄉᆞᆯ을 ᄯᅴ여 남풍의 숙엇ᄂᆞᆫ ᄃᆞᆺ 일디화왕(一枝花王)이 화풍감우(和風甘雨)[35]롤 마셧ᄂᆞᆫ ᄃᆞᆺ 향긔 애ᄋᆡ(靄靄)[36]ᄒᆞ여 납셜ᄆᆡ신(臘雪梅信)이 셜샹(雪上)의 빗겨시며 연연ᄒᆞ며 검냑(儉約)ᄒᆞᄆᆡ 난쵸(蘭草) 옥계(玉階)의 ᄲᅳᆯ닌 ᄃᆞᆺ 교교(皎皎)ᄒᆞ여 명쥬(明珠) 상광(祥光)을 비왓고[37] 요요ᄒᆞ여 보옥(寶玉)이 셔긔(瑞氣)롤 ᄲᅳᆷᄂᆞᆫ ᄃᆞᆺ 장부(丈夫)의 구구(區區)ᄒᆞᄆᆡ 운금(雲錦)을 헤치기의 니ᄅᆞ고 완ᄉᆞ녀(浣沙女)[38]의 교틔(嬌態)ᄒᆞ믈 딘누(塵累)히 넉이ᄃᆡ 손을 드러 머리 거두기의 이실 거시로ᄃᆡ 태우의 완침뎡위ᄒᆞ

11면 미 부형(父兄)의 슈신대도(修身大道)와 학슝녜고(學崇禮高)ᄒᆞ믈 우러

33 한열(寒熱)이 왕닋(往來)ᄒᆞ여: 병을 앓을 때 한기와 열이 번갈아 일어나는 증상.

34 션빈(蟬鬢): 선빈. 아름다운 여인의 귀밑머리를 일컫는 말로, 《고문진보》 〈유소사(有所思)〉의 "푸른 눈썹에 매미 귀밑머리의 미인과 생이별하니(翠眉蟬鬢生別離)"에서 비롯되었음.

35 화풍감우(和風甘雨): 솔솔 부는 화창한 바람과 알맞은 비.

36 애ᄋᆡ(靄靄): 애애. 안개나 구름, 아지랑이 따위가 짙게 끼어 자욱함.

37 비왓고: 비왓다. 뱉다.

38 완ᄉᆞ녀(浣沙女): 완사녀. 중국에서 미인의 대명사로 알려진 서시(西施)의 별칭. 오왕(吳王) 부차(夫差)의 왕비이자 월(越)나라의 미인.

러 효측(效則)[39]ᄒᆞ여 평ᄉᆡᆼ(平生)의 광탕(狂蕩)ᄒᆞᆫ 잡심(雜心)과 난일(亂逸)ᄒᆞᆫ ᄉᆞ졍이 잇디 아니ᄒᆞ니 젼도(顚倒)ᄒᆞᆫ 거조(擧措)와 구구(區區)ᄒᆞᆫ 빗치 잇디 아니ᄒᆞ여 광풍졔월(光風霽月)[40] ᄀᆞᆺᄐᆞ며 신위(身威) 하일(夏日)이 가외(可畏)ᄒᆞ여 힝실이 두렷ᄒᆞ고 쳐셰의 광명ᄒᆞ여 항항딕고(抗抗直告)ᄒᆞ기ᄅᆞᆯ 쥬(奏)ᄒᆞᄆᆡ 잠간도 셜셜(屑屑)치 아니ᄒᆞ며 호분(毫分)도 즁약디 아녀 엄위(嚴威)ᄒᆞ미 본픔(本稟)이오 쥰졍(峻整)ᄒᆞ미 텬셩(天性)이라. 규리(閨裡)의 침닉(沈溺)ᄒᆞ여 과도히 ᄋᆡ모(愛慕)ᄒᆞ믈 두ᄆᆡ 남ᄋᆞ의 위풍(威風)을 일코 빈계(牝鷄)의 외월(猥越)ᄒᆞ미 댱부의 쳐힝의 간셥ᄒᆞ믈 크게 ᄒᆡ연(駭然)ᄒᆞ여 병되이 ᄇᆡ쳑ᄒᆞ나 본심(本心)이 실가(室家)의 호합(互合)ᄒᆞ여 봉디(奉旨)의 낙ᄒᆞ며 금슬의 놉흐미 무흠(無欠)코ᄌᆞ ᄒᆞ니 담연(淡然)이 슈도(修道)ᄒᆞᄂᆞᆫ 고승(高僧)과 방블ᄒᆞ리오마ᄂᆞᆫ 블힝이 망패(妄悖)ᄒᆞᆫ 취모(娶母)의 ᄒᆡ참(駭慚)ᄒᆞᆫ 난셜(亂說)이 친위예 미ᄎᆞ믈 참분통ᄒᆡ(慙憤痛駭)ᄒᆞ여 한심골경(寒心骨驚)ᄒᆞ니 슈욕(受辱)을 복셜(復雪)코져 ᄒᆞᄆᆡ 아조 부부 뉸의(倫義)ᄅᆞᆯ ᄭᅳᆺ쳐시나 댱시 도라가 ᄌᆞ쳐죄루(自處罪累)ᄒᆞ여 블견텬일(不見天日)ᄒᆞ고 ᄌᆞ쳐옥슈(自處獄囚)로 다ᄅᆞ미 업ᄉᆞ믈 드ᄅᆞᄆᆡ 그 명도(命途)의 험조(險阻)ᄒᆞ믈 12면
츄연(惆然)ᄒᆞ며 그 신상(身上)의 깃친 병이 잇ᄂᆞᆫ 바의 다시 셩슈(星宿)

39 효측(效則): '효칙'의 옛말. 본받아 법으로 삼음.

40 광풍제월(光風霽月): 광풍제월. 비가 갠 뒤의 맑은 바람과 달처럼, 마음결이 명쾌하고 집착이 없으며 시원하고 깨끗한 인품을 형용한 말로, 천성이 맑은 선비의 마음을 비유적으로 표현함. 《송사(宋史)》〈주돈이전(周敦頤傳)〉에서, 북송의 시인이자 서가(書家)인 황정견이 주돈이의 인품을 평한 데서 유래함. "정견이 일컫기를 그의 인품이 심히 고명하며 마음결이 시원하고 깨끗함이 마치 맑은 날의 바람과 비갠 날의 달과 같도다(庭堅稱 基人品甚高 胸懷灑落 如光風霽月)."

롤 솔펴 ᄉᆞ싱(死生)의 우례(憂慮) 업다 아니ᄒᆞ니 그윽이 창도(愴悼)ᄒᆞ고 민ᄋᆡ(憫哀)ᄒᆞ여 그 졀효졍녈(節孝貞烈)을 갑디 못ᄒᆞ믈 탄아(嘆訝)ᄒᆞᄆᆡ 다시 마ᄌᆞ오디 아닌 젼의 타인으로 금슬을 닛디 말고ᄌᆞ ᄒᆞ니 ᄌᆞ긔롤 위ᄒᆞ여 무산(巫山)의 션ᄋᆡ(仙娥) 나리며 계ᄌᆡ(桂子) 월듕(月中)의 ᄯᅥ러진 ᄇᆡ나 ᄆᆞ옴의 기우릴 ᄇᆡ 아니어니와 소시의 아롬다오미 이에 이시니 그 ᄯᅳᆺ이 엇디 댱일의 ᄆᆡ몰(埋沒)ᄒᆞ여 그 블안디졀(不安之節)과 딜통지쳐(疾通之處)롤 단연무심(斷然無心)ᄒᆞ여 알은 양ᄒᆞ미 업ᄉᆞ리오? 머리롤 두로혀 보기롤 오ᄅᆡᄒᆞᄆᆡ 이연이 원비(猿臂)롤 느리혀[41] 쇼져의 먼ᄌᆞ리롤 나호이ᄆᆡ 운금ᄎᆡ셕(雲衾彩席)이 셔로 년ᄒᆞ니 쇼졔 대경대구(大驚大懼)ᄒᆞ여 황망이 니러나 옷깃ᄉᆞᆯ 념의고 돗 아ᄅᆡ 나리고ᄌᆞ ᄒᆞ거ᄂᆞᆯ 태위 거연(居然)이[42] 움ᄌᆞᆨ이디 아니ᄒᆞ며 오딕 손으로ᄡᅧ 쇼져의 경약(輕弱)ᄒᆞᆫ 몸을 니ᄅᆞ혀 그 벼개의 누이고 다시 니ᄅᆞᄃᆡ

13면 "ᄌᆞᄂᆞᆫ 모로미 안심ᄒᆞ여 편히 쉴디어다. 내 비록 미용(迷庸)ᄒᆞ나 일개ᄋᆞ녀(一介兒女)의 닙디(立志)롤 휘오디 못ᄒᆞ여 감히 범치 못ᄒᆞ미 아니라 내 ᄯᅳᆺ이 본ᄃᆡ 의(義)롤 듕히 넉이고 광탕(狂蕩)ᄒᆞ믈 괴이히 넉이ᄂᆞ니 엇디 쳑희(戚姬)[43]와 녀화롤 ᄉᆞ랑ᄒᆞ여 뎡실(正室)을 경(輕)히 ᄒᆞ

41 느리혀: 느리혀다. 끌어당기다, 잡아당기다.

42 거연(居然)이: 조용히 가만히 있는 모양.

43 쳑희(戚姬): 척희. 전한 제음(濟陰) 도정(陶定) 사람. 고조(高祖)의 총희(寵姬)로 조왕(趙王) 여의(如意)를 낳았음. 고조가 태자를 폐하고 조왕을 세워 태자로 삼으려고 했으나 여후(呂后)가 장량(張良)의 계책을 써서 상산사호(商山四皓)를 불러 태자의 빈객으로 삼으니, 결국 태자를 바꾸지 않게 됨. 고조가 죽자 여후가 조왕을 짐살하고 척희를 투옥한 뒤 그녀의 손과 발을 모두 잘랐으며 눈알을 뽑고 귀에 뜨거운 김을 불어넣은 후 벙어리 약을 먹여 측간에 던져두고, 그녀를 인체(人彘)라 불렀다고 함.

여 숑홍(宋弘)의 경계(警戒)의 븟그리믈 두리오? 댱뷔(丈夫) 무심훈 바롤 녀지 의심ᄒᆞ미 맛춤닉 남ᄒᆞ고 합도(合道)ᄒᆞ미 아니라. 남직 담연(淡然) 탄탕(坦蕩)[44]ᄒᆞ미 녜응쳥졍(禮應淸正)홀 ᄯᆞ롬이라 므ᄉᆞᆷ 잡념녀(雜念慮)롤 호란(胡亂)이 ᄒᆞ리오?"

셜파(說罷)의 치메(彩袂)롤 밀고 옥져(玉祗)롤 인(引)ᄒᆞ여 셤슈(纖手)롤 잡아 믹도(脈度)롤 숄피며 다시 그 머리롤 집흐미 잠간 웃는 소릭 이이(怡怡)ᄒᆞ여 왈

"셰간 범빅(凡百)이 필유보복(必有報復)이라. 그딕 향일(向日)의 나의 병을 구호ᄒᆞ미 이시니 내 임의 가복(可復)ᄒᆞ엿ᄂᆞᆫ디라. 그딕 신양(身恙)이 잇ᄂᆞᆫ 바의 고렴(顧念)치 아니ᄒᆞ랴? 믹되(脈度) 평온(平穩)치 아니ᄒᆞ나 나의 젹상(積傷)ᄒᆞᆫ 병근(病根)과 ᄀᆞᆺ디 아니ᄒᆞ니 안한(安閑)치 못ᄒᆞ여 쵹풍실셥(觸風失攝)ᄒᆞ미 듕ᄒᆞᆫ 연괴(緣故)라. 두어 날 됴호(調護)ᄒᆞ미 ᄎᆞ헐(差歇)[45]ᄒᆞ믈 어드리라."

쇼졔 태우의 쳐음 말ᄉᆞᆷ의ᄂᆞᆫ 쳬연이 괴치(愧恥)ᄒᆞ며 황연이 뉵니(忸怩)ᄒᆞ니 비록 항녀탈대(伉儷脫待)ᄒᆞ나 맛춤닉 녀직라 댱부의 ᄆᆞ옴이 잇디 아닌 바의 녀지 의심ᄒᆞ미 남ᄒᆞ고 합도(合道)ᄒᆞ디 아니타 ᄒᆞ믈 드ᄅᆞ미 치신무디(置身無地)ᄒᆞ여 날연(苶然)[46] 면홍(面紅)이러니 나죵 말ᄉᆞᆷ의 미쳐ᄂᆞᆫ 녀ᄌᆞ 심부(心部)의ᄂᆞᆫ 쥬(主)ᄒᆞᆫ 소견이 업ᄂᆞᆫ가 넉 14면

44 탄탕(坦蕩): 마음이 느긋하고 넓은 것을 뜻하는 말. 《논어》 〈술이(述而)〉의 "공자께서 말씀하시기를, 군자는 마음이 넓고 느긋하나 소인은 마음이 좁아 늘 조마조마해한다(子曰 君子坦蕩蕩 小人長戚戚)."라는 말에서 나옴.

45 ᄎᆞ헐(差歇): 차헐. 병이 전보다 조금 나음.

46 날연(苶然): 피곤하여 기운이 없음.

여 ᄀᆞᄇᆡ야이 넉임과 업슈히넉이믈 더옥 한(恨)ᄒᆞᄃᆡ 범범(凡凡) ᄋᆞ녀ᄌᆞ(兒女子)의 녹녹편익(碌碌偏隘)ᄒᆞ미 아니라 ᄒᆞᆫ갈ᄀᆞᆺ치 믁연침뎡(默然沈靜)ᄒᆞ여 말이 업ᄉᆞ나 발연(勃然)이 빗출 곳치며 교앙(驕昂)[47]이 몸을 ᄡᅳ리치디 아니나 져의 뎡실(正室) 위대(爲待)ᄒᆞ믈 보ᄆᆡ ᄌᆞ긔 ᄆᆞ음이 오딕 편ᄒᆞ여 그윽이 원ᄒᆞᄂᆞᆫ ᄇᆡ 원군이 슈히 도라와 남국치ᄅᆞᆯ 니으며 ᄌᆞ긔 비풍시(匪風詩)[48]ᄅᆞᆯ 읇허 쥬람(周南) 정ᄉᆡ 녯날 ᄀᆞᆺ기ᄅᆞᆯ 바라ᄃᆡ 감히 부인의 거취(去就)ᄅᆞᆯ 의논ᄒᆞ여 간셥디 못ᄒᆞᄂᆞᆫ디라. 태위 비록 긴 셜화(說話)로뼈 져의 회포ᄅᆞᆯ 드ᄅᆞ미 업ᄉᆞ나 엇디 그 심폐(心肺)ᄅᆞᆯ ᄉᆞ못디 못ᄒᆞ리오? ᄀᆞ장 션히 넉이고 그 한ᄒᆞᄂᆞᆫ 뜻을 디긔(知機)ᄒᆞ여

15면 그윽이 우으ᄃᆡ ᄉᆞ식(辭色)디 아니ᄒᆞ며 •이윽이 그 머리ᄅᆞᆯ 집고 손을 ᄌᆞᆸ앗다가 날호여 향벽(向壁)ᄒᆞ여 ᄌᆞᆷ드럿더니 효신(曉晨)의 침긔(寢起)ᄒᆞᆯᄉᆡ 눈을 드러 ᄉᆞᆯ피니 쇼졔 발셔 니러 뎡당(正堂)으로 향(向)코ᄌᆞ ᄒᆞᄂᆞᆫ디라. 태위 니러 관소(盥梳)ᄒᆞ고 의ᄃᆡ(衣帶)ᄅᆞᆯ 슈렴ᄒᆞᆫ 후 존당(尊堂)의 문후(問候)ᄒᆞ고 인ᄒᆞ여 시측(侍側)이러니 경죄 태우ᄅᆞᆯ 보며 화연이 함쇼왈(含笑曰)

"ᄌᆡ뵈[49] 작야(昨夜)의 운당[50]의 드러가 언마나 칭과샤죄(稱過謝罪)ᄒᆞ여 후일 다시 그ᄅᆞ미 업ᄉᆞᆯ 바ᄅᆞᆯ 닐너 고두ᄋᆡ걸(叩頭哀乞)ᄒᆞ뇨?"

---

47 교앙(驕昂): 잘난 체하며 겸손함이 없이 건방진 데가 있음.

48 비풍시(匪風詩): 《시경》 〈회풍(檜風)〉의 한 편명인데, 《모시서(毛詩序)》에 "〈비풍(匪風)〉은 주(周)나라의 도(道)를 생각한 시로, 나라가 작고 정사가 혼란하니 재앙과 환난에 미칠까 근심하여 주나라의 도를 생각한 것이다(匪風 思周道也 國小政亂 憂及禍難 而思周道焉)."라고 하였음.

49 ᄌᆡ뵈: 재보. 정인광의 자(字).

50 운당: 희운당. 정인광의 첩 소채강의 처소.

태우ᄂᆞᆫ 부젼(父前)이라 ᄃᆡ치 못ᄒᆞ고 함쇼궤좌(含笑跪坐)어ᄂᆞᆯ 상부인이 쇼왈(笑曰)

"칭과샤죄(稱過謝罪)의 잠간 빌기ᄂᆞᆫ 면치 못ᄒᆞ려니와 소시ᄂᆞᆫ ᄉᆞ리(事理)ᄅᆞᆯ 아ᄂᆞᆫ 녀ᄌᆡ라. 엇디 지아비로 ᄒᆞ여곰 슬피 비러 고두(叩頭)ᄒᆞ기의 밋게 ᄒᆞ리오?"

쇼뷔 답쇼왈(答笑曰)

"비록 ᄉᆞ리ᄅᆞᆯ 안들 은의만복(恩義滿腹)ᄒᆞᆫ 바의 그만 ᄋᆡ걸(哀乞)을 므ᄉᆞᆷ 대ᄉᆞ로이 넉이리잇고?"

쳐ᄉᆡ 잠쇼왈(潛笑曰)

"은ᄇᆡᆨ은 숑졀당 ᄀᆞ온ᄃᆡ셔 구구(區區)ᄒᆞ던 바로ᄲᅧ 사ᄅᆞᆷ마다 그 ᄀᆞᆺ툴가 넉이거니와 그ᄭᅴ와 방금이 오히려 다ᄅᆞ고 ᄀᆞ장 요원(遙遠)ᄒᆞᆫ 녯일 ᄀᆞᆺ거니와 상형이 져져ᄅᆞᆯ 신봉(新捧) 시의 흠션(欽羨)ᄒᆞ미 넘ᄡᅧ 경복(敬服)ᄒᆞ미 과(過)ᄒᆞᄆᆡ 도로혀 숄위[51]ᄒᆞ고 나약ᄒᆞ여 댱부 위의(威儀)ᄅᆞᆯ 일흐니 져졔 비록 온공(溫恭)ᄒᆞ며 겸약(謙約)ᄒᆞ나 교우ᄒᆞᄆᆞᆯ 두디 아냐 계시니 이제 년쇼ᄇᆡ(年少輩)ᄅᆞᆯ 다 상형 ᄀᆞᆺ툴가 넉이시ᄃᆡ 다 각각 당ᄒᆞ엿던 ᄇᆡ 우읍던 줄 오히려 ᄭᆡ닷디 못ᄒᆞ시미로소이다." 16면

일좨(一座) 대쇼ᄒᆞ고 상부인이 역쇼왈(亦笑曰)

"여ᄇᆡᆨ이 ᄋᆞ돌을 편드러 허무ᄒᆞᆫ 녯일을 들추어 분변(分辨)키ᄅᆞᆯ 마디 아니ᄒᆞ거니와 닌광이 거야(去夜)의 소시ᄅᆞᆯ ᄃᆡᄒᆞ여 구구(區區) 솔위ᄒᆞ믄 송졀당 가온ᄃᆡ 은ᄇᆡᆨ의 거조의 더은가 ᄒᆞ노라."

51 숄위: 솔이(率爾). 신중하지 못하고 가벼움.

쳐ᄉᆡ 대쇼왈(大笑曰)

"밋치디 아녓고 병드디 아녓거든 엇디 상형과 은빅의 더으리잇가? 연이나 그만ᄒᆞ여 두쇼셔. 사ᄅᆞᆷ의 부부간 은밀디ᄉᆞ(隱密之事)를 너모 찰찰(察察)이 알녀 ᄒᆞ시니 졔ᄋᆞᄂᆞᆫ 남ᄋᆡ라 슈치(羞恥)ᄒᆞ믈 두디 아니ᄒᆞ거니와 식부(息婦) 등이 아니 어려이 넉이ᄂᆞ니잇가?"

경ᄌᆈ 대쇼왈(大笑曰)

"사ᄅᆞᆷ이 ᄉᆞᆺ지 못ᄒᆞᆯ 거ᄉᆞᆫ 텬셩디ᄌᆞ(天性之資)오 버히지 못ᄒᆞᆯ 거ᄉᆞᆫ 부ᄌᆞ디친(父子之親)이어니와 대져 형댱(兄丈)이 희학담쇼디간(戲謔談笑之間)의도 졔ᄋᆞ를 편드러 타인의 말모흘 무쥬리시고[52] 도로혀 식부를 위ᄒᆞᆫ ᄃᆞ시 ᄡᅳ리쳐 니ᄅᆞ시나 쇼뎨 엇디 형의(兄意)를 앙탁(仰度)디 못ᄒᆞ리잇고? 힝혀 졔딜이 규ᄂᆡ(閨內)[53]를 ᄃᆡ졉ᄒᆞ미 위의(威儀)를 일코 졔뷔 손슌겸졍(遜順謙正)ᄒᆞ미 ᄌᆞᆨ디 못ᄒᆞ여 냥인(良人)[54]을 블경(不敬)ᄒᆞ며 능모(凌侮)ᄒᆞ미 이실가 념녀ᄒᆞ샤 아이의 법을 셰오미 엄쥰(嚴峻)콰ᄌᆞ ᄒᆞ시니 이 곳 ᄋᆞᄃᆞᆯ을 위ᄒᆞᆫ 일편(一偏)된 ᄉᆞ졍이오 며ᄂᆞ리를 위ᄒᆞᆫ 뜻이 아니니이다."

17면

쳐ᄉᆡ 화연(和然)이 쇼왈(笑曰)

"은빅의 권슐(權術)ᄒᆞ며 궤고(詭固)ᄒᆞ여 피연(疲軟)ᄒᆞᆫ 념녀를 두미 딘실노 광ᄋᆞ의 아ᄌᆞ비 되염 ᄌᆞᆨᄒᆞ도다. 나의 졔부ᄂᆞᆫ 외람이 셩인(聖人)의 비겨도 블ᄉᆞ(不辭)치 아니ᄒᆞ니 엇디 슉녀의 덕이 온젼치 못ᄒᆞ여 디아

52 무쥬리시고: 무지르다. 말을 중간에서 끊다.

53 규ᄂᆡ(閨內): 규내. 본래 부녀자가 거처하는 안방을 뜻하는 것이나 이 경우에는 문맥상 정인광의 첩 소채강을 의미하는 것으로 보임.

54 냥인(良人): 양인. 부부가 서로 상대를 이르는 말.

비ᄅᆞᆯ 블경(不敬)ᄒᆞ고 능모(陵侮)ᄒᆞ미 이시리라 ᄒᆞ여 괴이ᄒᆞᆫ 념녀ᄅᆞᆯ 번거이 ᄒᆞ리오? 나ᄂᆞᆫ 일ᄌᆞᆨ이 ᄆᆞ음이 업ᄉᆞ니 아니 현뎨(賢弟) 승졀당 광심(狂心)이 그져 잇셔 ᄌᆞ부(子婦)ᄅᆞᆯ 알오미 이 ᄀᆞᆺᄐᆞ냐? 여ᄎᆞᄌᆞᆨ 우형(愚兄)다려 ᄉᆞ졍이 특심(特甚)ᄒᆞ여 ᄋᆞᄃᆞᆯ을 편든다 ᄒᆞ거니와 의(義) 듕(重)ᄒᆞ미 텬셩의 감치 아니니 ᄋᆞᄃᆞᆯ과 며ᄂᆞ리 ᄉᆞ이 언마 다ᄅᆞ리오? ᄒᆞᆫ번 경계(警戒)ᄅᆞᆯ 두어 ᄡᆞ히 뼈 하날을 거ᄉᆞ리ᄆᆡ 디요(地妖)의 변(變)[55]이오 양(陽)이 음(陰)을 니긔디 못ᄒᆞᄆᆡ 일식(一息)의 ᄌᆡ(子) 이시믈 ᄇᆞᆰ히 닐너 곳치게 ᄒᆞ리니 므ᄉᆞᆷ 일 함호(含糊)ᄒᆞ고 녹녹히 말머리ᄅᆞᆯ 무주리리오?" 18면

경죄 왈

"사ᄅᆞᆷ마다 쇼뎨로ᄡᅧ 관후(寬厚)ᄒᆞᆫ 댱ᄌᆡ라 ᄒᆞ며 듕졍(中正)ᄒᆞᆫ 군ᄌᆡ라 ᄒᆞᄃᆡ 일ᄌᆞᆨ 미치고 병드다 ᄒᆞ믈 듯디 못ᄒᆞ엿더니 형댱이 쇼시로브터 일편도이 쇼뎨의 광망(狂妄)ᄒᆞ믈 우으시며 이제 니ᄅᆞ히 숑졀당 치류(恥留)ᄒᆞ던 바ᄅᆞᆯ ᄒᆞᆫ 말ᄌᆞ로ᄅᆞᆯ 삼으시니 실노 듯기의 싀틋ᄒᆞ여이다.[56] 쇼뎨의 ᄉᆞᄌᆡ(四子) 형댱의 삼ᄌᆞ(三子)ᄅᆞᆯ 밋디 못ᄒᆞ려니와 식부(息婦) 등은 형댱의 셩인 ᄀᆞᆺᄐᆞᆫ 며ᄂᆞ리ᄅᆞᆯ 블워ᄒᆞ지 아닛ᄂᆞ니 므ᄉᆞ 일 남유녀강(男柔女强)ᄒᆞ고 음셩양미(陰盛陽微)ᄒᆞᄂᆞᆫ 괴ᄉᆡ(怪事) 잇ᄉᆞ리잇고?"

쳐ᄉᆡ 쇼왈(笑曰)

"사ᄅᆞᆷ이 ᄌᆞ칭ᄌᆞ예(自稱自譽)ᄒᆞᄂᆞᆫ ᄌᆡ 이신들 은빅ᄀᆞᆺ치 유별ᄒᆞ미 이시리오? 맛춤 존슈(尊嫂) ᄀᆞᆺᄐᆞ신 슉녀ᄅᆞᆯ 우(遇)ᄒᆞ고 상·소 ᄀᆞᆺᄐᆞᆫ 현부(賢婦)ᄅᆞᆯ 어더 만ᄉᆡ(萬事) 여의(如意)ᄒᆞᄆᆡ 쳐ᄒᆡᆼ(妻行)이 쾌활ᄒᆞ여 관

55 디요(地妖)의 변(變): 지상(地上)의 요사(妖邪)한 변재(變災).

56 싀틋ᄒᆞ여이다: '싀틋ᄒᆞ다'는 '시틋하다'의 옛말로, '싫증이 나다'를 뜻함.

19면 후ᄒᆞᆫ 덕과 듕졍ᄒᆞᆫ 가법(家法)을 ᄌᆞ랑ᄒᆞ거니와 블힝ᄒᆞ여 블미(不美)ᄒᆞᆫ 부인과 우용(愚庸)ᄒᆞᆫ ᄌᆞ뷔(子婦)런들 은ᄇᆡᆨ의 가ᄉᆡ 엇디 닐념 ᄌᆞᆨᄒᆞ미 이시리오? 젼혀 슈슈(嫂嫂)의 호대(浩大)ᄒᆞᆫ ᄂᆡ조(內助)와 온슌ᄒᆞᆫ 덕화(德化)ᄅᆞᆯ 힘닙어 팔복(八福)이 완젼ᄒᆞ며 뉵힝(六行)이 무흠(無欠)ᄒᆞ여 숑졀당의 치류ᄒᆞ던 광심(狂心)이 두 번 발(發)치 아니미 그ᄃᆡ 덕으로 비로ᄉᆞ민가 녁이ᄂᆞᆫ다?"

경죄 호호히 우어 왈

"쇼뎨ᄂᆞᆫ 딜통의 셩픔이오 폐합(弊閤)의 텬딜(天質)이 몽완(夢頑)ᄒᆞ오니 엇디 ᄂᆡ됴(內助)ᄒᆞᄂᆞᆫ 덕이 잇ᄉᆞ리잇고? 쇼뎨 범남(氾濫)ᄒᆞ오나 타인 유심(有心)을 여촌탁디(如寸度之)라. ᄂᆡ됴ᄅᆞᆯ 힘닙어 팔복이 구젼(俱全)의 뉵힝(六行)이 찬연(燦然)ᄒᆞ믈 굿ᄐᆞ여 쇼뎨ᄅᆞᆯ 니ᄅᆞ시민 줄 아디 못ᄒᆞ리로소이다."

쳐ᄉᆡ 쇼왈(笑曰)

"타인 유심을 여촌탁디라 ᄒᆞ거니와 나ᄂᆞᆫ 이 말을 모로고 셕ᄉᆞ(昔事)ᄅᆞᆯ ᄉᆡᆼ각ᄒᆞᄆᆡ 현뎨 닌흥을 ᄉᆡᆼᄒᆞᆫ 후 희블ᄌᆞ승(喜不自勝)ᄒᆞ여 옥난각 누샹(樓上)의셔 혼ᄌᆞ 말노 니ᄅᆞᄃᆡ '내 비록 쥬문의 덕(德)이 업ᄉᆞ나 실인(室人)이 임강 샤시의 풍(風)이 이시니 내 거의 쥬션의 듕흥을 ᄯᆞᆯ오고 종샤(宗嗣)의 승승(繩繩)ᄒᆞᆷ과 지녑(枝葉)의 션션(詵詵)ᄒᆞ미 조션
20면 (祖先)의 알오미 되여 형인이 과연 복(福)을 드리오며 집을 챵(昌)ᄒᆞᆯ ᄌᆡ라. 일노 드ᄃᆡ여 복녹(福祿)을 근심치 아니리니 내 다만 뉵힝(六行)[57]

57 뉵힝(六行): 육행. 여섯 가지 덕행. 효도, 형제 우애, 친족 화목, 외척 친목, 친구 간의 믿음, 구휼을 이르는 말.

의 무흠(無欠)ᄒᆞ믈 삼갈 쁜이라' ᄒᆞ거ᄂᆞᆯ 형당과 내 후함의셔 듯고 우음을 니긔디 못ᄒᆞ여 일장(一場)을 긔쇼(譏笑)ᄒᆞ미 잇더니 은빅이 발셔 닛고 임강 샤시로 아던 바로뼈 이졔 도로혀 몽완(夢頑)타 하ᄌᆞ(瑕疵)ᄒᆞ여 ᄆᆞ음을 긔여 말ᄒᆞ미 우읍디 아니랴?"

경죄 쳥필(聽畢)의 디긔대쇼(知機大笑)ᄒᆞ여 왈

"쇼뎨 미치디 아냣고 병드디 아녀시니 므ᄉᆞ 일 말을 그러케 ᄒᆞ여시리잇고마ᄂᆞᆫ 형당의 ᄒᆞ시ᄂᆞᆫ ᄇᆡ 긔쇼의 말늘 삼으려 얽어 잡으시미러니 이졔 다ᄃᆞ라 손ᄌᆞ 보기의 미쳐시ᄃᆡ 녯일을 들추어 닛디 아니시니 오딕 ᄒᆞᆫ바탕 우을 ᄯᆞ롬이오 ᄉᆡ로이 변졍(辨正)ᄒᆞ미 무익(無益)ᄒᆞ도소이다."

쳐ᄉᆡ 미쇼왈(微笑曰)

"사ᄅᆞᆷ이 올흔 말만 ᄒᆞ여도 니로 다 못ᄒᆞᆯ 바의 엇디 부언증익(復言增益)ᄒᆞ미 잇ᄉᆞ리오? 은빅이 아모리 변뎡코ᄌᆞ ᄒᆞ여도 나의 드ᄅᆞ미 희미치 아니니 이졔 엇디 아니라 ᄒᆞ기롤 잘 ᄒᆞ리오? 다만 닌흥이 상아의 나아가 신싱강보(新生襁褓)롤 보고 부풍(父風)을 니을딘ᄃᆡ 졔상의게 일장농건(一場弄件)이 되리로다." 21면

상부인이 쇼왈(笑曰)

"원보ᄂᆞᆫ 승어뷔(勝於父)라. 규리(閨裡)롤 ᄃᆡ졉ᄒᆞ미 ᄆᆡ몰 박졍(薄情)치 아닐디언졍 구구히 쥬을들미 업시 위의(威儀)롤 딕희니 신싱ᄋᆞ(新生兒)롤 보나 기부(其父)의 거동과 다ᄅᆞ미 이시리라."

ᄒᆞ더니 학ᄉᆡ 드러오ᄆᆡ 경조 부뷔 식부(息婦)의 무양(撫養)ᄒᆞ믈 뭇고 모다 우음을 띄여 신싱ᄋᆞ의 작인을 므ᄅᆞᆫᄃᆡ 학ᄉᆡ 신ᄋᆞ(新兒)의 작셩(作性)이 비범탁이(非凡卓異)ᄒᆞ믈 심하(心下)의 환희(歡喜)ᄒᆞ나 스ᄉᆞ로 칭예(稱譽)ᄒᆞ미 가쇼로온 고로 다만 ᄃᆡ왈(對曰)

"일쳑이 ᄎᆞ디 못ᄒᆞ온 톄디(體肢)의 그 이목구비 잇ᄉᆞ온들 아딕 그 엇더ᄒᆞ믈 알니잇고?"

뎡언간(正言間)의 상한님 안국이 니ᄅᆞ러 모부인긔 현ᄇᆡ(見拜)ᄒᆞ고 도라 슉당의 녜알(禮謁)ᄒᆞᆯᄉᆡ 경죄 문왈(問曰)

"닌흥이 신ᄋᆞ(新兒)ᄅᆞᆯ 보고 오나 그 작셩(作性)을 능히 뎡치 못ᄒᆞ니 ᄌᆞ아【상안국 ᄌᆞ회(自號)라】ᄂᆞᆫ 일가디ᄂᆡ(一家之內)의셔 즉시 보디 못ᄒᆞ여시나 쇼문(所聞)은 드러실디라. 그 엇디 삼겻다 ᄒᆞ더뇨?"

상한님이 우으며 하례왈(賀禮曰)

"죵ᄆᆡ(從妹) 향일(向日)의 일쳑신옥(一隻新玉)을 ᄉᆡᆼᄒᆞ오ᄆᆡ 작셩의 긔이ᄒᆞ미 속ᄋᆞ(俗兒)와 ᄂᆡ도ᄒᆞ여 톄형(體形)이 쥰격(峻格)ᄒᆞ고 골격이 비범ᄒᆞ여 원보의 디나다 ᄒᆞ며 샤슉과 듕뫼 환희(歡喜)ᄒᆞ믈 니긔디 못ᄒᆞ시니 슉부의 놉흐신 복(福)을 인ᄒᆞ여 비상ᄒᆞᆫ 종손(宗孫)이 나믈 알니러이다."

경죄 흔연왈(欣然曰)

"우슉(愚叔)이 비록 복이 업ᄉᆞ나 식부(息婦)의 아ᄅᆞᆷ다온 ᄐᆡ교(胎教)ᄅᆞᆯ 인ᄒᆞ야 신손(新孫)이 비범ᄒᆞᆯ딘ᄃᆡ 이 ᄯᅩ 문호(門戶)의 ᄒᆡᆼ(幸)이라. 경환(慶歡)ᄒᆞ미 엇디 등한ᄒᆞ리오? 모다 상한님의 말노조ᄎᆞ 신ᄋᆞ(新兒)의 비상ᄒᆞ미 각각 친손(親孫)의 긔이ᄒᆞᆷ ᄀᆞᆺᄐᆞᆫ디라."

ᄉᆡ로이 칭하ᄒᆞ며 쳐ᄉᆡ ᄯᅩᄒᆞᆫ 우어 왈

"흥ᄋᆞᄂᆞᆫ 기부(其父)의셔 승(勝)ᄒᆞ고 신ᄋᆞ(新兒)ᄂᆞᆫ 닌흥의셔 나을진ᄃᆡ 이 곳 삼ᄃᆡ샹(三代上) 뎨일인믈(第一人物)이 되리니 닌흥이 신ᄉᆡᆼᄋᆞ의 작셩을 아모라타 못ᄒᆞ미 ᄃᆡ져 그 아비의셔 만히 나으ᄆᆡ 말이 안심치 못ᄒᆞ여 도로혀 그러ᄐᆞᆺ 니ᄅᆞ미로다. 원간 옥난각 난함의셔 은ᄇᆡᆨ의

22면

ᄒᆞ던 말이 과연 덕담(德談)이 되여 종샤(宗嗣)의 승승(繩繩)ᄒᆞ미 쥬종의 챵셩(昌盛)ᄒᆞ믈 ᄯᆞ로니 엇디 긔특디 아니리오?"
쇼뷔 말솜을 니어 상한님을 도라보며 쇼왈(笑曰)
"향ᄌᆞ(向者)의 원뵈 신ᄋᆞ(新兒)를 보고 므어시라 ᄒᆞ더뇨? 깃브미 극ᄒᆞᆫ즉 ᄃᆡ롤 니어 혼ᄌᆞ 말ᄒᆞᄂᆞᆫ 픔이니 ᄌᆞ이 드럿ᄂᆞᆫ다?" 23면
상한님이 쇼이ᄃᆡ왈(笑而對曰)
"혼ᄌᆞ말은 ᄒᆞ여도 남 듯게 아니 ᄒᆞ오리니 쇼딜(小姪)이 아디 못ᄒᆞᄋᆞᆸ고 샤슉(舍叔)이 닛그러 드러가 신ᄋᆞ를 보라 ᄒᆞ시니 아딕 사ᄅᆞᆷ을 일우디 못ᄒᆞᆫ 거ᄉᆞᆯ 보미 급디 아니롸 ᄒᆞᄃᆡ 거동이 환희(歡喜)ᄒᆞ믄 뭇디 아녀 알너이다."
쇼뷔 대쇼왈(大笑曰)
"인인(人人)이 ᄌᆞ식을 나흐면 환희ᄒᆞ미 녜ᄉᆡ(例事)라. ᄎᆞᆨ히 우을 ᄇᆡ 아니어니와 혼ᄌᆞ말을 아니 ᄒᆞ고 환희ᄒᆞᆫ 거동을 남을 뵈지 아니ᄒᆞ미 졀졀(節節)이 그 대인(大人)의 디나미로다."
경죄 역쇼왈(亦笑曰)
"슈빅이마ᄌᆞ 날을 침범(侵犯)ᄒᆞᄂᆞ냐? 군ᄌᆡ 그 낙(樂)을 만나면 낙(樂)ᄒᆞ고 우(憂)를 만나면 우(憂)ᄒᆞ미 상도(常道) 인졍이어든 엇디 홀노 날을 웃ᄂᆞ뇨? 연이나 나ᄂᆞᆫ 희ᄉᆞ(喜事)의 경환(慶歡)ᄒᆞ나 우환(憂患)의 상심(傷心)ᄒᆞ믈 슈빅ᄀᆞᆺ치 아니 ᄒᆞᄂᆞ니 셕년(昔年)의 셔쉬 닌명을 탄(誕)ᄒᆞ신 후 슈삼 월의 딜휘(疾候) 위듕(危重)ᄒᆞ시나 슈쉬(嫂嫂) 원복(遠福)과 하슈(遐壽)를 타 계시니 ᄉᆡᆼᄉᆞ(生死) 이ᄍᆞ(二字)의ᄂᆞᆫ 근심치 아닐 거시어ᄂᆞᆯ 일일(一日)의 두 번 혼도(昏倒)ᄒᆞ시믈 인ᄒᆞ여 문윤각 후함의셔 광슈(廣袖)로 ᄂᆞᆺ출 ᄀᆞ리오며 반일(半日)을 누어 우ᄂᆞᆫ 눈 24면

믈이 시ᄂᆡᄅᆞᆯ 일워 바다흘 비길 ᄃᆞᆺᄒᆞ고 ᄀᆞ만ᄒᆞᆫ 탄셩(嘆聲)과 슬픈 말
이 ᄒᆡ음업시 발ᄒᆞ여 왈 '사ᄅᆞᆷ의 명(命)이 긔흔 궁험(窮險)ᄒᆞ미 이 ᄀᆞᆺ
ᄐᆞ냐? 져의 ᄌᆞ인홈과 은혜홈과 합션ᄒᆞ미 긴 슈(壽)와 먼 복(福)을 ᄐᆞ
고 ᄌᆞ경(子慶)이 망연ᄒᆞ여 기리 누렴 ᄌᆞᆨᄒᆞ거ᄂᆞᆯ 임의 슈셰 ᄒᆡ녀(孩女)
의 금ᄉᆡᆼ강보(今生襁褓)ᄅᆞᆯ 두고 인셰(人世)ᄅᆞᆯ 쎨니 하ᄃᆡᆨ(下直)고ᄌᆞ ᄒᆞ
ᄂᆞ뇨? 알괘라 오디젹앙(吾之積殃)이 현필(賢匹)을 마ᄌᆞ 일코 강보ᄌᆞ
녀(襁褓子女)ᄅᆞᆯ 보젼치 못ᄒᆞᆯ ᄇᆡ냐?' ᄒᆞ여 톄읍상도(涕泣傷悼)ᄒᆞ미 시
슈ᄅᆞᆯ ᄃᆡᄒᆞᄆᆡ 더으다가 아등(我等)이 됴당으로조ᄎᆞ 도라오ᄆᆡ 밧비 우
던 눈믈을 거두며 비로소 녜ᄉᆞ로이 말ᄒᆞᄂᆞᆫ ᄃᆞᆺᄒᆞ나 홀홀망망(忽忽茫
茫)ᄒᆞ여 간담(肝膽)이 셩회(成灰)ᄒᆞ고 다시 갈니 되여시니 슈슈(嫂
嫂)의 상변(喪變)이 나디 아냐셔 슈ᄇᆡᆨ의 죽으미 목젼(目前)의 잇ᄂᆞᆫ디
라. 모다 ᄎᆞ악(嗟愕)ᄒᆞ여 슈슈(嫂嫂)의 환후(患候)의 약을 의논ᄒᆞ고
ᄆᆡᆨ도(脈度)ᄅᆞᆯ ᄉᆞᆯ펴 슈ᄇᆡᆨ과 상의(相議)ᄒᆞᆯᄉᆡ 내 므ᄅᆞᄃᆡ '슈ᄇᆡᆨ이 우환
(憂患)의 심녀(心慮)ᄅᆞᆯ 쓰니 안병(眼病)이 낫ᄂᆞ냐? 엇디 냥목(兩目)
이 젹홍(積紅)ᄒᆞ엿ᄂᆞ뇨?' ᄃᆡᄒᆞ여 왈 '괴로온 병을 구호ᄒᆞ므로ᄡᅧ 밤의
25면 ᄌᆞᆷ을 편히 못 ᄒᆞ니 안딜이 낫도소이다.' ᄒᆞ거ᄂᆞᆯ 그 ᄀᆞ온ᄃᆡ도 우엇더니
이졔 후ᄉᆡᆼᄌᆞ딜(後生子姪)이 슈ᄇᆡᆨ의 구구(區區)ᄒᆞ며 죽을 드던 바ᄅᆞᆯ
모로리라 ᄒᆞ여 도로혀 날을 보ᄎᆡ여 웃ᄂᆞ냐?"

쇼뷔 므릅흘 만져 대쇼왈(大笑曰)

"원간 형댱(兄丈)이 허무(虛無)ᄒᆞᆫ 말을 ᄒᆞ시ᄂᆞ이다. 형인의 병이 기시(其時)의 과연 위ᄐᆡᄒᆞ여 살기ᄅᆞᆯ 엇디 못ᄒᆞᆯ ᄃᆞᆺᄒᆞ니 쇼뎨의 ᄇᆡ쳬(配體)의 졍으로ᄡᅧ 츄연ᄎᆞ셕(惆然嗟惜)ᄒᆞ믄 괴이치 아니커니와 오히려 져의 명ᄆᆡᆨ(命脈)이 ᄭᅳᆺ디 아니ᄒᆞᆫ 바의 안졍(眼精)이 젹홍(積紅)ᄒᆞ도록 울고

혼ᄌᆞ말 미치게 ᄲᅮ어려 ᄉᆞᄅᆞᆷ의 긔쇼(譏笑)ᄅᆞᆯ 취ᄒᆞ리잇가? ᄒᆞ믈며 형당이 됴당으로셔 도라오니 니러 맛더라 ᄒᆞ시며 문윤각 후함의셔 쳬통비어(體痛悲語)ᄅᆞᆯ ᄒᆞ여신들 드러 계실 거시라 우은 말ᄉᆞᆷ을 ᄒᆞ시ᄂᆞ뇨?"

쳐ᄉᆡ 함쇼왈(含笑曰)

"슈ᄇᆡᆨ은 닷토디 말나. 기시(其時)의 은ᄇᆡᆨ은 됴당의 드러갓던 ᄇᆡ니 아디 못ᄒᆞ미 괴치 아니ᄒᆞ거니와 우형(愚兄)은 나간 일이 업셧던디라 어이 모로리오? 현뎨(賢弟) ᄲᅲ어리디 아녀시면 혹 발명(發明)ᄒᆞᆯ가 모로거니와 문윤각 후함의 누어 반일(半日)을 쳬읍상도(涕泣傷悼)ᄒᆞ던 바ᄂᆞᆫ 발명(發明)치 못ᄒᆞ리라." 26면

이공(二公)이 대쇼(大笑)ᄒᆞ고 졔쇼년이 ᄯᅩᄒᆞᆫ 쇼ᄉᆡᆨ(笑色)을 ᄯᅴ엿ᄂᆞᆫ디라. 이러ᄐᆞᆺ 환쇼희학(歡笑戲謔)으로 날을 보ᄂᆡ여 태부인 우회(憂懷)ᄅᆞᆯ 쇼견(消遣)ᄒᆞ며 니·상 냥쇼졔(兩小姐) 돌을 년ᄒᆞ여 ᄉᆡᆼ남(生男)ᄒᆞᄆᆡ 부듕(府中)의 웅비디경(熊羆之慶)이 년쳡(連疊)ᄒᆞ여 경환(慶歡)ᄒᆞ미 ᄇᆡᆨ우(百憂)ᄅᆞᆯ 믈니치고 슈울(愁鬱)ᄒᆞ믈 낫타ᄂᆡ디 아니ᄒᆞ나 참정과 톄찰이 집을 ᄯᅥ나미 얼프시 네 졀의 미쳐 텬한(天寒)이 늄녈(凜烈)ᄒᆞ고 븍풍(北風)이 음음(陰陰)ᄒᆞ니 만니위봉(萬里危峯)을 근심ᄒᆞ며 타국슈토(他國水土)ᄅᆞᆯ 녀렴ᄒᆞ여 합문(闔門)의 초박ᄒᆞ미 일일익심(日日益甚)ᄒᆞ더니 시셰 십월디회(十月之晦)의 원슈의 쳡뵈(捷報) 오ᄅᆞ니 대개 구월디간(九月之間)의 남젹(南狄)으로 더브러 다ᄉᆞᆺ 번 ᄡᅡ화 다ᄉᆞᆺ 번 니긔믈 엇고 남토(南土) 요험쳐(要險處)ᄅᆞᆯ 반남아 아ᅀᆞ시ᄃᆡ 남젹이 즐겨 항치 아니ᄒᆞ나 셰(勢) 고단ᄒᆞ여 강항(强抗)을 복고치 못ᄒᆞᆯ 바ᄅᆞᆯ 주(奏)ᄒᆞ여시니 우흐로 텬심(天心)이 대열(大悅)ᄒᆞ시며 아ᄅᆡ로 만되(滿朝) 경환(慶歡)ᄒᆞ여 대신 졔ᄌᆡ 등이 국디대경(國之大慶)을 샹

표(上表) 칭하ᄒᆞ온ᄃᆡ 샹(上)이 종샤늉복(宗嗣隆福)을 답하(答賀)ᄒᆞ시 27면 고 졍부의 태부인과 쳐ᄉᆞ 운계션ᄉᆡᆼ의게 각별 은영(恩榮)을 더으샤 쳥계공과 뎨찰의 놉흔 ᄌᆡ덕(才德)과 광대(廣大)ᄒᆞᆫ 공노(功勞)ᄅᆞᆯ 일ᄏᆞ라시며 쳔금과 필ᄇᆡᆨ으로ᄡᅧ 심규(深閨)의 은영이 밋게 ᄒᆞ시니 일가샹ᄒᆡ(一家上下) 텬은(天恩)을 황감(惶感)ᄒᆞᄂᆞᆫ 가온ᄃᆡ 원슈와 뎨찰의 셔장(書狀)[58]으로 인ᄒᆞ여 만니젼딘(萬里戰陣)의 능히 녕안(寧安)ᄒᆞ믈 어더시믈 긔ᄒᆡᆼᄎᆞ열(奇幸且悅)ᄒᆞ여 미말쇼확(微末少獲)이라도 ᄒᆡᆼ심희환(幸甚喜歡)ᄒᆞ믈 마디 아니ᄒᆞᄃᆡ 홀노 닌듕 역ᄌᆞ(逆子) 부형의 안길(安吉)ᄒᆞᆫ 존문(存問)과 승젼(勝戰)ᄒᆞᆫ 희보(喜報)ᄅᆞᆯ 드ᄅᆞᄆᆡ ᄒᆞᆫ 조각 ᄒᆡᆼ심ᄒᆞ미 업셔 곽·단·화 삼인(三人)을 보ᄂᆡ미 뎨찰을 도모코져 ᄒᆞ미어ᄂᆞᆯ 각별ᄒᆞᆫ 소문이 업고 ᄇᆡᆨ시의 쳥냥ᄒᆞ미 반셕 ᄀᆞᆺᄐᆞ믈 혜아리ᄆᆡ 심원이 분분(忿憤)ᄒᆞ며 흉ᄒᆡ(胸骸) 요요(擾擾)ᄒᆞ여 져의 계교(計巧)ᄒᆞᄂᆞᆫ 바ᄂᆞᆫ 일마다 그ᄅᆞᆺ되고 절졀(節節)이 여의치 못ᄒᆞ믈 통한(痛恨)ᄒᆞᄆᆡ 경ᄀᆡᆨ(頃刻)의 ᄇᆡ종이 알프며 간(肝)이 믜여질 ᄃᆞᆺᄒᆞ나 모든 이목(耳目) 28면 을 두려ᄒᆞ고 듕구(衆口)의 시비(是非)ᄅᆞᆯ 취ᄒᆞᆯ가 져허 만분 작위(作爲)ᄒᆞᄆᆡ 희환(喜歡)ᄒᆞᆫ ᄇᆡᆺ촐 낫토아 뎨찰의 셔댱(書狀)을 보기의 다ᄃᆞ라ᄂᆞᆫ 믄득 엄읍(掩泣)ᄒᆞ믈 면치 못ᄒᆞ니 원모디여(遠慕之餘)의 그 셔댱을 ᄃᆡᄒᆞ여 쳥광(淸光)을 의앙(依仰)ᄒᆞᄂᆞᆫ ᄃᆞᆺ 반기며 깃거 동긔(同氣)의 간절ᄒᆞᆫ 졍이 심곡(心曲)으로조ᄎᆞ 발ᄒᆞ여 스ᄉᆞ로 ᄎᆞᆷ디 못ᄒᆞ미 아니라 ᄆᆞ옴의 ᄡᅧ ᄆᆡᆼ셰(盟誓)ᄒᆞᄃᆡ 이 부부ᄅᆞᆯ 업시ᄒᆞ야 가디와 입흘 무쥬리고

58 셔장(書狀): 서장. 편지.

블희롤 마ᄌᆞ리야 흔젹(痕迹)을 머므ᄅᆞ디 말고ᄌᆞ ᄒᆞ미 젼후(前後)의 심녁(心力)을 허비(虛費)홈과 금은(金銀)을 흣트미 측냥업ᄉᆞᆫ 바의 치ᄋᆞ(稚兒)도 능히 뜻ᄀᆞᆺ치 죽이믈 엇디 못ᄒᆞ여 낭괄(囊括)의 잔인(殘忍)홈과 쇄골표풍(碎骨飄風)의 악착(齷齪)ᄒᆞ믈 ᄀᆞᆺ초 힝ᄒᆞ딕 별믈요죵(別物妖種)이 죽디 아니ᄒᆞ여 모ᄌᆡ(母子) 안여반셕(安如盤石)ᄒᆞ고 곽·단·화 삼인의 ᄌᆡ죄(才操) 신통ᄒᆞ며 비상ᄒᆞ딕 능히 사빅(舍伯)을 범(犯)치 못ᄒᆞ고 ᄒᆡ(害)치 못ᄒᆞ엿ᄂᆞᆫ가? 사빅의 안길(安吉)ᄒᆞ미 젼딘ᄉᆡ외(戰陣塞外)의 님ᄒᆞᆫ 바 ᄀᆞᆺ디 아니ᄒᆞ믈 필젹(筆跡)을 보아 더옥 알니로다. 사ᄅᆞᆷ이 범빅의 심화롤 니ᄅᆞ혀미 비록 작위(作爲)ᄒᆞᄂᆞᆫ 도리 업디 29면 아니ᄒᆞ나 우환(憂患)의 쳐ᄒᆞ고 긔운이 블슌ᄒᆞᆫ즉 필법(筆法)이 이러ᄐᆞᆺ 응연(凝然)ᄒᆞ며 쥰발(峻拔)ᄒᆞ여 운죵뇽(雲從龍)과 풍죵호(風從虎) ᄀᆞᆺ디 못ᄒᆞ고 ᄌᆞ연이 츈하디양(春夏之陽)이 브죡(不足)ᄒᆞ여 츄동니긔(秋冬之氣) 만흘 거시로딕 이ᄂᆞᆫ 그러치 아냐 졈졈 발화ᄒᆞ며 갈ᄉᆞ록 댱웅(壯雄)ᄒᆞ여 쳥고긔려(淸高奇麗)ᄒᆞᆫ 가온딕 길션화상(吉善和爽)이 은은(隱隱)ᄒᆞ니 여ᄎᆞ디인(如此之人)을 엇디 가ᄇᆡ야이 도모홀 길히 이시리오마ᄂᆞᆫ 다만 뜻을 일우디 못ᄒᆞ고 축ᄉᆞ(逐邪)ᄒᆞᆫ 귀신이 되리로다.'

의ᄉᆡ(意思) 이의 미ᄎᆞ미 분ᄒᆞᆫ 눈믈이 ᄀᆞ득이 ᄡᅧ러디며 한ᄒᆞᄂᆞᆫ 소릐 탄읍(嘆泣)ᄒᆞ믈 면치 못ᄒᆞ니 존당(尊堂)·슉당(叔堂)이 쳔연(天然)치 못ᄒᆞ게 넉일디언졍 ᄎᆞ마 악착(齷齪)히 밀워 궁극히 의심키롤 못ᄒᆞ딕 학ᄉᆞ 닌흥이 참디 못ᄒᆞ여 잠간 우어 왈

"슉부와 죵빅시(從伯氏)의 녕안ᄒᆞ심과 닙공승젼(立功勝戰)ᄒᆞ시미 ᄀᆞᆺ초 깃브고 긔힝치 아니미 업거놀 이보ᄂᆞᆫ 엇디 죵빅(從伯)의 글을 밧드러 슬허ᄒᆞ믈 과히 ᄒᆞᄂᆞ뇨?"

닌듕이 믄득 비ᄉᆡᆨ(悲色)을 두로혀 탄(嘆)ᄒᆞ여 왈

30면 "형댱(兄丈)은 평ᄉᆡᆼ(平生)의 무우환낙(無憂歡樂)ᄒᆞ여 셰상 근심과 회포ᄅᆞᆯ 아디 못ᄒᆞ시므로 오날ᄂᆞᆯ 쇼뎨의 쳑상(慽傷)ᄒᆞ믈 괴이히 넉이시미로소이다. 엄위(嚴闈)와 ᄇᆡᆨ시(伯氏)의 평녕(平寧)ᄒᆞ심과 승쳡(勝捷)의 긔힝ᄒᆞ미 가국(家國)의 대경(大慶)이라. 쇼뎨 비록 블초(不肖)ᄒᆞ오나 깃브며 즐거오믈 아디 못ᄒᆞ리잇고마ᄂᆞᆫ 엄안(嚴顔)과 ᄇᆡᆨ시ᄅᆞᆯ 니별ᄒᆞ여 거의 ᄉᆞ졀의 하날이 ᄎᆞ고 바ᄅᆞᆷ이 놉흐니 니ᄅᆞᆫ바 동일(冬日)이 녈녈의 ᄇᆡᆨ회구비(百懷具備)라. 날노ᄲᅧ 원모(遠慕)ᄒᆞ옵ᄂᆞᆫ 회포ᄅᆞᆯ 니긔디 못ᄒᆞ던 ᄎᆞ의 ᄇᆡᆨ시의 셔장을 ᄃᆡᄒᆞᄆᆡ ᄌᆞ연이 감상ᄒᆞ미 더으니 희ᄉᆞ(喜事)의 경환(慶歡)ᄒᆞ믈 닛고 눈믈이 흐ᄅᆞ믈 ᄭᆡ닷디 못ᄒᆞ미로소이다."

학ᄉᆞᄂᆞᆫ 미쇼무언(微笑無言)ᄒᆞᄃᆡ 길ᄉᆞ 닌명이 탄왈(嘆曰)

"원간 깃브미 극ᄒᆞᄆᆡ 슬프미 동ᄒᆞ며 반기미 넘ᄶᅵᄆᆡ 눈믈이 ᄯᅥ러디거니와 죵ᄇᆡᆨ의 회긔(回期)ᄂᆞᆫ 명년(明年)이니 머디 아니ᄒᆞᄃᆡ 슉부의 도라오시기ᄂᆞᆫ 뉴광(流光)이 훌훌ᄒᆞ니 그만 오ᄅᆡ믈 근심ᄒᆞᆯ ᄇᆡ리오마ᄂᆞᆫ ᄒᆞ믈며 이보 등이 졈졈 댱대ᄒᆞ니 ᄉᆞ셰(事勢)ᄅᆞᆯ 보아 죵군(從軍)ᄒᆞ야

31면 ᄌᆞ도(子道)ᄅᆞᆯ 다ᄒᆞᆯ디라. 엇디 무익(無益)ᄒᆞᆫ 슬프믈 ᄎᆞᆷ디 못ᄒᆞᄂᆞ뇨?"

닌듕이 날호여 누슈(淚水)ᄅᆞᆯ 거두고 졔죵으로 담화(談話)ᄒᆞ여 언언이 만니ᄉᆡ외(萬里塞外)의 니졍(離情)ᄒᆞᆫ 심ᄉᆡ(心思) 훌훌망망(欻欻茫茫)ᄒᆞ미 ᄭᆡ로조ᄎᆞ 더으믈 일ᄏᆞ라 쳑호망운(陟岵望雲)[59]ᄒᆞᄂᆞᆫ 졍이 것ᄎᆞ로

59 쳑호망운(陟岵望雲): 척호망운. '척호'는 《시경》 〈위풍(魏風)〉 '척호(陟岵)'에서 비롯한 말로, 효자가 어버이를 잊지 못하는 심정을 그린 노래이며, '망운'은 당나라 때 적인걸이 객지에서 부모가 계신 방향의 구름을 바라보고 어버이를 그리워했다는 데서 유래함. 곧 부모님을 그리워하는 모습을 뜻함.

보ᄆᆡ 닌웅의 나리디 아닌 ᄃᆞᆺᄒᆞ니 졔쇼년이 ᄒᆞᆫ갈ᄀᆞᆺ치 인ᄌᆞ(仁慈)ᄒᆞ고 효우(孝友)ᄒᆞᆫ디라 사ᄅᆞᆷ을 의심ᄒᆞ미 간험ᄒᆞ며 샤곡(邪曲)ᄒᆞᆫ 바의 잇디 아니ᄒᆞ므로 닌듕을 인션ᄒᆡᆼ의(仁善行儀)ᄒᆞ지 못ᄒᆞᆫ가 넉일디언졍 ᄌᆞ뎨디도(子弟之道)의 부형(父兄)을 ᄉᆞ렴(思念)ᄒᆞ여 만니위봉(萬里危峯)을 근심ᄒᆞ미 상니인정(相離人情)이라 ᄒᆞ여 그 작위(作爲)ᄒᆞᄂᆞᆫ 공교로오믈 아디 못ᄒᆞᄃᆡ 태우와 학ᄉᆡ ᄇᆞᆰ히 디긔(知機)ᄒᆞ고 심폐(心肺)ᄅᆞᆯ ᄉᆞ못ᄎᆞ 더옥 통ᄒᆡ(痛駭)ᄒᆞ나 ᄎᆞ마 언두(言頭)의 그러타 니ᄅᆞ기ᄅᆞᆯ 못ᄒᆞ여 믁믁(默默)히 브졍히 넉이ᄂᆞᆫ 빗치 이시니 닌웅이 그윽이 븟그리며 슬허ᄒᆞ여 통도ᄎᆞ한(痛悼且恨)ᄒᆞ미 비ᄒᆞᆯ ᄃᆡ 업ᄉᆞ나 닌듕이 ᄋᆞ오ᄅᆞᆯ 믜워ᄒᆞ미 심상ᄒᆞᆫ 바의 잇디 아니ᄒᆞᆫ디라. 계오 모친의 눈을 ᄀᆞ리와 삼킬 ᄃᆞᆺ ᄒᆡ코ᄌᆞ ᄒᆞ믈 낫타ᄂᆡ디 아니ᄒᆞ나 곤계(昆季) 죵용이 ᄃᆡᄒᆞ믈 원 32면 치 아냐 그윽이 닌웅이 잇ᄂᆞᆫ 바의 피ᄒᆞ기ᄅᆞᆯ 심히 ᄒᆞ니 이ᄂᆞᆫ 그 쥰명뎡딕(峻明正直)ᄒᆞ믈 듯고ᄌᆞ 아니미라. 고로 삼공ᄌᆡ 일ᄌᆞᆨ 듕형을 죵용이 만나디 못ᄒᆞ여 존당(尊堂)의 봉시(奉侍)ᄒᆞᆷ 곳 아니면 군죵형뎨(群從兄弟) ᄒᆞᆫ가지로 잇ᄂᆞᆫ 바의 셔로 ᄃᆡᄒᆞ니 ᄎᆞ마 그 블인과악(不仁過惡)을 빗최디 못ᄒᆞ고 오딕 모형(母兄)의 개션슈덕(改善修德)ᄒᆞ믈 일야초망(日夜焦望)ᄒᆞ나 회셩텬딘(回性天眞)ᄒᆞ여 ᄒᆡᆼ인ᄒᆡᆼ덕(行仁行德)ᄒᆞ미 그 어나 날 어나 셰월이믈 뎡(定)치 못ᄒᆞ니 스ᄉᆞ로 명셰의 닙ᄒᆞ여 텬일(天日)을 ᄃᆡᄒᆞ믈 븟그리고 졈졈ᄒᆞ여 모형의 과악이 창져(彰著)ᄒᆞ여 능히 가리오믈 엇디 못ᄒᆞᆯ 바ᄅᆞᆯ 슬허ᄒᆞ니 침식(寢食)이 날노 블안ᄒᆞᆫ디라. ᄒᆞᆫ갓 니졍(離情) 영모디회(永慕之懷)ᄲᅮᆫ 아니라 가마니 벽을 쳐 골돌ᄒᆞ며 그윽이 ᄆᆞᄋᆞᆷ을 알하 한숨디니 화풍(和風)이 소삭ᄒᆞ고 옥골(玉骨)이 슈ᄇᆡᄒᆞ여 텬양 경운 ᄀᆞᆺᄐᆞᆫ 미위(眉宇) 만히 감ᄒᆞ니 왕모(王

母)와 계뷔(季父) 그 심회(心懷)를 슷쳐 ᄋᆡ련ᄒᆞ며 민디(憫之)ᄒᆞ여 보
33면 호ᄒᆞ믈 영ᄋᆞ ᄀᆞᆺ치 ᄒᆞ고 양모(養母) 대화부인이 ᄋᆞᄌᆞ(兒子)의 슈약(瘦
弱)ᄒᆞ므로뼈 우환(憂患)을 삼아 듁음과 찬미ᄅᆞᆯ ᄀᆞᆺ초아 보익(補益)ᄒᆞᆯ
바ᄅᆞᆯ 먹이며 약을 보원(補元)ᄒᆞᆯ ᄌᆡ료(材料)를 ᄀᆞᆺ초와 먹기ᄅᆞᆯ 권ᄒᆞ니
공ᄌᆡ 슌슌 화열이 웃고 병이 업ᄉᆞ믈 일ᄏᆞ라 믈우셩녀(勿憂聖慮)ᄒᆞ시
믈 청ᄒᆞ나 ᄌᆞ긔의 골돌 초우(焦憂)ᄒᆞᄂᆞᆫ 회포ᄅᆞᆯ 향인(向人)ᄒᆞ여 니ᄅᆞ
디 못ᄒᆞ고 십분강인(十分强忍)ᄒᆞ여 것ᄎᆞ로 양츈(陽春)이 화ᄒᆞ나 쇽
으로 슈셜(愁雪)이 닐기ᄅᆞᆯ 면치 못ᄒᆞ니 비록 언쇠(言笑) ᄌᆞ약(自若)
ᄒᆞ여 승안(承顔)ᄒᆞᄂᆞᆫ 화긔(和氣)와 목죡(睦足)ᄒᆞᄂᆞᆫ 이열(怡悅)이 디
극ᄒᆞ나 고요히 홀노 잇기ᄅᆞᆯ 당ᄒᆞ면 가ᄉᆞᆷ을 어로만디고 누싊(淚水) 광
몌(廣袂)ᄅᆞᆯ 젹셔 스ᄉᆞ로 허믈과 죄ᄅᆞᆯ ᄡᆞ흐ᄆᆡ 더으니 황황(惶惶)ᄒᆞᆯ 바
ᄅᆞᆯ 아디 못ᄒᆞ며 망망ᄒᆞ여 ᄉᆞᆯ오미 업고져 ᄒᆞ니 소부인이 ᄋᆞᄌᆞ의 이 ᄀᆞᆺ
ᄐᆞ믈 위ᄒᆞ여 념녀ᄒᆞ고 딘실노 괴로이 넉이미 병되나 일단 춍민(聰敏)
ᄒᆞ미 사ᄅᆞᆷ의 디난 고로 ᄋᆞᄌᆞ의 위인(爲人)이 셩문의 승당입실(升堂
入室)ᄒᆞ미 브죡디 아니믈 희연 과듕ᄒᆞ여 아딕 흉교(凶狡)ᄅᆞᆯ 포댱(抱
34면 藏)ᄒᆞ며 간험(姦險)을 은복(隱伏)ᄒᆞ여 다시 모딘 슈단(手段)으로 식
부(息婦)의게 더으디 아니ᄒᆞ고 유연안졍(幽然安定)ᄒᆞ여 잡심(雜心)
이 업ᄉᆞᆫ ᄃᆞ시 일월(日月)을 보ᄂᆡ여 ᄋᆞᄌᆞ로 ᄒᆞ여곰 간징(諫爭)ᄒᆞᆯ 곡졀
(曲折)이 업게 ᄒᆞᄃᆡ ᄋᆞᄌᆞ의 눈이 밋디 아니ᄒᆞ며 ᄌᆞ최 니ᄅᆞ디 아닌 바
의 다ᄃᆞ라ᄂᆞᆫ 니쇼져ᄅᆞᆯ 조ᄅᆞ고 보ᄎᆡ미 쳔셔만단(千緖萬端)이라. 쇼져
의 괴로오며 슬픈 경계와 위란(危亂)ᄒᆞ고 망박(忙迫)ᄒᆞᆫ 졍ᄉᆡ 일일층
가(日日層加)ᄒᆞ니 딘실노 무ᄅᆞ며 나오미 두렵고 안ᄌᆞ며 누으미 져허
일동일졍(一動一靜)의 죄ᄅᆞᆯ 긔록ᄒᆞ고 허믈을 ᄉᆞᆷ디 아닛ᄂᆞᆫ ᄇᆡ 업ᄉᆞ니

그 악ᄒᆞ며 이상ᄒᆞ고 험괴(險怪)ᄒᆞ며 간샤ᄒᆞ미 이에 더으미 업ᄉᆞᆫ디라. 니쇼져의 신셰 고단홈과 소부인의 힝악을 ᄎᆞᄎᆞ 슬피라. 소부인의 힝악이 상모(象母)[60]의 은홈과 민모(閔母)[61]의 포(暴)ᄒᆞ민들 엇디 소부인긔 미ᄎᆞ리오마ᄂᆞᆫ 니쇼졔 오덕 디효디셩(至孝至誠)으로 공경ᄒᆞ고 승슌(承順)ᄒᆞ여 어그릇디 아니ᄒᆞ며 원망치 아닐 ᄲᅮᆫ 아니라 화부인이 그 디효롤 감동ᄒᆞ여 고뷔(姑婦) 죵용히 ᄃᆡᄒᆞ나 능히 소부인의 브ᄌᆞ(不慈)ᄒᆞ믈 니ᄅᆞ디 못ᄒᆞ고 삼ᄌᆞ롤 두어 ᄉᆞ부롤 취ᄒᆞ여시나 그 부뷔 ᄒᆞ나토 무화락(無憂和樂)ᄒᆞ믈 보디 못ᄒᆞ니 스ᄉᆞ로 명도(命途)롤 탄(嘆)ᄒᆞ더니 이월디슌(二月之旬)의 니부인 ᄌᆞ염이 잉신(孕身) 십이삭(十二朔)의 무ᄉᆞ히만(無事解娩)ᄒᆞ고 일개 긔린(麒麟)을 ᄉᆡᆼᄒᆞᄆᆡ 비상ᄒᆞ미 부풍모습(父風母習)ᄒᆞ여 딘짓 닌ᄋᆞ봉취(麟兒鳳雛)라. 니부의 경환만희(慶歡滿喜)ᄒᆞ믄 니ᄅᆞ도 말고 쳐ᄉᆞ 부부와 존당 태부인이 두굿기미 셩손(聖孫)과 다ᄅᆞ미 업ᄉᆞ니 ᄉᆡᆼᄋᆞ(生兒)롤 오릐 보디 못ᄒᆞ믈 울울(鬱鬱)ᄒᆞ며 비록 긔이타 ᄒᆞ나 몽농을 밋디 못홀가 ᄒᆞ더니 쳐ᄉᆡ 친히 가보고 도라와 몽농의 나리미 업ᄉᆞ믈 고ᄒᆞ며 희미 늉늉ᄒᆞ여 깃브고 아롬다오믈 니긔디 못ᄒᆞ니 태부인이 더옥 희열(喜悅)ᄒᆞ며 경조와 쇼뷔 ᄒᆞᆫ가디로 깃거 왈

"형댱이 ᄆᆡ양 니빅달노ᄲᅧ 현보의 디나다 ᄒᆞ시니 그 ᄋᆞ돌이 각각 아비롤 달마실딘ᄃᆡ 니ᄋᆡ 몽농의 더은 긔특ᄒᆞ미 이시리로소이다."

35면

---

60 상모(象母): 순(舜)의 계모. 친아들 상(象)을 낳은 후 상을 편애하여 순을 죽이려 했음.

61 민모(閔母): 민자건의 계모. 추운 겨울에 친아들에게는 솜옷을 입히고 의붓아들인 민자건에게는 짚을 넣은 옷을 입히며 심하게 구박했다고 함.

쳐ᄉᆡ 쇼왈(笑曰)

"내 본ᄃᆡ 셕보를 밋디 못ᄒᆞ니 ᄌᆞ손을 엇디 셕보만치 나흐리오마ᄂᆞᆫ 몽
36면 농은 셕보의 외손이오 ᄒᆡᆼ혀 현부(賢婦)의 태훈(胎訓)을 인ᄒᆞ여 졔 표
문(表門)의 아름다오믈 달마시므로뼈 그 아비의게 승(勝)ᄒᆞ미 잇ᄂᆞ니
ᄇᆡᆨ달의 ᄋᆞ돌이 비록 긔특ᄒᆞ나 몽농의 디나다 니ᄅᆞ든 못ᄒᆞ리니 타일(他
日) 댱셩ᄒᆞ기의 미쳐ᄂᆞᆫ 일빵 현명(顯名)이 되기를 ᄉᆞ양치 아니리라."

이공이 쇼왈(笑曰)

"형댱이 본ᄃᆡ 술연ᄒᆞ여 ᄂᆡ외(內外) ᄀᆞ리디 아니믈 올히 넉이시더니 대져 겸샤(謙謝)ᄒᆞ미 심ᄒᆞ시더이다. ᄇᆡᆨ달의 ᄒᆡᆼ의덕딜(行義德質)이 과연 셩문디ᄌᆞ(聖門之子)로 대유(大儒)의 ᄌᆞ최를 니을 ᄇᆡ어니와 현보의 슝학대되(崇學大道) 요순(堯舜)의 딘션(盡善)ᄒᆞ심과 공ᄆᆡᆼ(孔孟)의 온냥(溫良)ᄒᆞ믈 효측(效則)ᄒᆞ여 ᄇᆡᆨᄒᆡᆼ(百行)이 찬연(燦然)의 구덕(九德)이 풍셩ᄒᆞ거ᄂᆞᆯ ᄆᆡ양 ᄇᆡᆨ달을 밋디 못ᄒᆞ리라 ᄒᆞ시니 이 엇디 ᄆᆞ옴과 말ᄉᆞᆷ이 다ᄅᆞ미 아니리잇고?"

쳐ᄉᆡ 답왈(答曰)

"ᄇᆡᆨᄋᆡ ᄌᆞ딜(資質)과 덕(德)을 타미 ᄀᆞᆺᄐᆞ여 니ᄌᆞ의 만히 나리디 아니
ᄒᆞᄃᆡ 오딕 먼 슈(壽)와 긴 복(福)을 타미 ᄇᆡᆨ달만 ᄀᆞᆺ디 못ᄒᆞᆫ디라. 내 쇼
37면 견인ᄌᆞᆨ 아모리 보와도 ᄇᆡᆨᄋᆡ 창현의 하디(下地)ᄅᆞᆯ 면치 못ᄒᆞᆯ너니 ᄌᆞ
식은 창현만 못ᄒᆞ게 나치 아니미 젼혀 현부(賢婦)의 ᄐᆡ교(胎敎)ᄒᆞᆫ 덕
(德)이니라."

이공이 쇼왈(笑曰)

"형댱(兄丈)이 ᄇᆡᆨ달의 남ᄆᆡ를 현보의 디나게 넉이시믄 맛ᄎᆞᆷᄂᆡ 겸ᄉᆡ(謙辭)라 ᄒᆞ려니와 대져 아등(我等)이 사ᄅᆞᆷ의 디난 복(福)이 업ᄉᆞᄃᆡ

주식을 혼인가취(婚姻嫁娶)ᄒᆞ미 타문싱츌(他門生出)이 ᄒᆞᆫ갈ᄀᆞᆺ기 어려오나 다 각각 득비현필(得配賢匹)ᄒᆞ여 며ᄂᆞ리 오히려 ᄋᆞ돌의 디나고 ᄉᆞ회 ᄯᆞᆯ의셔 못ᄒᆞ디 아니ᄒᆞ니 긔 엇디 힝치 아니리잇고?"

쳐ᄉᆡ 졈두왈(點頭曰)

"이 다 조션(祖先)의 젹덕여음(積德餘蔭)이라. 우형(愚兄)이 식부(息婦)와 딜부(姪婦) 등을 볼 젹마다 긔힝ᄒᆞᆫ ᄯᅳᆺ이 잇ᄉᆞ며 됴·댱과 양·니·엄 등 제랑(諸郞)을 ᄃᆡ홀 젹마다 녀ᄋᆞ 등의 영복(榮福)을 쾌열(快悅)ᄒᆞ노라."

경쇠 믄득 시름ᄒᆞ여 왈

"쇼뎨ᄂᆞᆫ 아딕 닌흥을 취실(娶室)치 아냐시니 혼ᄉᆡ(婚事) 밧브든 아니ᄒᆞᄃᆡ 아마도 ᄆᆞ옴의 기우리ᄂᆞᆫ 낭ᄌᆞ(娘子)롤 보디 못ᄒᆞ니 과연 대ᄉᆡ(大事)로소이다."

쇼뷔 함쇼왈(含笑曰)

"쇼뎨ᄂᆞᆫ ᄉᆡ 문견(聞見)이 고루ᄒᆞ여 산님(山林) 한유(寒儒)[62]로 결친(結親)ᄒᆞ여 엄ᄌᆞ롤 ᄉᆞ회 삼앗디 형댱의 퇵셔(擇婿)ᄒᆞ미야 범연ᄒᆞ시리잇가? 반ᄃᆞ시 상문화벌(相門華閥)의 쳔고독보(千古獨步)ᄒᆞᆫ 옥인군ᄌᆞ(玉人君子)롤 닐위여 문난의 광치롤 빗ᄂᆡ시고 동상(東床)의 쾌(快)ᄒᆞ믈 어드시리니 어ᄃᆡ 두고 귀경코ᄌᆞ ᄒᆞᄂᆞ이다." 38면

경쇠 쇼왈(笑曰)

"내 그러타 엄ᄌᆞ만 못ᄒᆞᆫ 동상(東床)을 골힐소냐? 두고 보면 알녀니와

62 한유(寒儒): 가난하고 권력 없는 선비. 한사(寒士).

니뵉달ᄀᆞ치 만ᄉᆡ(萬事) 완젼ᄒᆞᆫ 대현(大賢)을 만나디 못ᄒᆞ여도 됴ᄌᆞ의 풍녁긔질(風力氣質)과 댱창닌의 활낭관대(濶朗寬大)홈과 엄희륜의 아연청활(雅然淸闊)ᄒᆞ믈 ᄀᆞ초 겸ᄒᆞᆫ 일셰 긔군ᄌᆞ(奇君子)ᄅᆞᆯ 구ᄒᆞ여 입막(入幕)의 아ᄅᆞᆷ다온 손[63]을 삼으리니 엇디 셰쇽의 화디 용뉴디풍(庸陋之風)의 쇼쇼(小小) ᄌᆡᄌᆞ미랑(才子美郎)을 향의(向意)ᄒᆞ리오? 친옹(親翁)을 닐너도 당ᄃᆡ(當代) 명상(名相)을 구ᄒᆞ여 부귀복녹(富貴福祿)이 셰연ᄒᆞ믈 보리니 조쥬 애각의 은복한ᄉᆞ(隱伏寒士)ᄅᆞᆯ 블워ᄒᆞ랴?"

쇼뷔 우쇼왈(又笑曰)

"그러도 ᄒᆞ여이다. 오딕 눈을 씻고 형댱의 튁셔(擇壻)ᄒᆞ믈 보ᄉᆞ이다."

경쇠 먼 ᄃᆡᄅᆞᆯ 보며 미염(美髥)을 어로만져 왈

"내 밍셰ᄒᆞ여 범범 쇽미(俗微)ᄒᆞᆫ 바ᄂᆞᆫ 쯧을 두디 아니ᄒᆞ리니 동상(東床)을 뎡ᄒᆞᄂᆞᆫ 날 귀경ᄒᆞ라. 가히 등한(等閑)[64]치 아니리라."

39면 쇼뷔 웃고 날호여 ᄀᆞᆯ오ᄃᆡ

"몬져 말숨은 희언(戲言)이어니와 쇼데 근일(近日) 비상(非常)ᄒᆞᆫ 가랑(佳郎)[65]을 만히 ᄉᆞᆯ펴시ᄃᆡ 셕보의 뎨삼ᄌᆞ 창웅만 ᄒᆞᆫ ᄌᆞᄅᆞᆯ 보디 못ᄒᆞᆯ너이다."

경쇠 졈두왈(點頭曰)

"딘실노 그러ᄒᆞᄃᆡ 졔 발셔 뎡혼(定婚)ᄒᆞ미 이시니 나의 불이 ᄲᆞᄅᆞ디 못ᄒᆞᆯ 연괴라. 이졔 엇디 발구(發口)ᄒᆞ리오?"

---

63 입막(入幕)의 아ᄅᆞᆷ다온 손: 입막지빈(入幕之賓). 잠자는 휘장 안으로까지 들어오는 손님이라는 의미로, 특별히 가까운 손님을 이르는 말.

64 등한(等閑): 관심이 없거나 소홀히 대함.

65 가랑(佳郎): 재주가 있는 훌륭한 신랑감.

쇼뷔 악연왈(愕然曰)

"쇼뎨ᄂᆞᆫ 그 뎡혼ᄒᆞᆷ을 아디 못ᄒᆞ엿더니 원ᄂᆡ 젹승가연(赤繩佳緣)[66]을 뎡ᄒᆞ미 잇다소이다. 그런 줄은 모르고 셕보의 도라오믈 기다려 형댱이 동상(東床)을 뎡ᄒᆞ시면 깃브거니와 블연즉 쇼뎨 뜻을 몬져 통(通)코ᄌᆞ ᄒᆞ엿더니 허ᄉᆡ(虛事) 되거이다."

경죄 왈

"아등(我等)이 범홀(泛忽)[67]ᄒᆞ여 목젼(目前)의 긔군ᄌᆞ롤 남의게 아이미 되니 그 이돌오믈 엇디 니긔리오? 연이나 챵웅의 빅달의 비기면 만히 거하(居下)ᄒᆞ되 대져 그ᄀᆞᆺ치 걸츌(傑出)ᄒᆞ미 ᄎᆞ세(此世)의 다시 잇디 아닐가 ᄒᆞ노라."

쇼뷔 왈

"니가의 빅달은 오문(吾門)의 현보 ᄀᆞᆺ고 창웅은 지보 ᄀᆞᆺ더이다."

경죄 졈두유유(點頭唯唯)ᄒᆞ며 튁셔(擇壻)ᄒᆞᄂᆞᆫ 뜻이 일일(一日)도 방하(放下)치 못ᄒᆞ나 그 가합(可合)ᄒᆞᆫ ᄌᆞ롤 엇디 못ᄒᆞ미 심히 울울블낙(鬱鬱不樂)ᄒᆞᄂᆞᆫ디라. 닌듕이 더옥 믜이 넉여 이에 블미디ᄉᆞ(不美之事)롤 디어 녀원홍의 귀예 도라가게 ᄒᆞ니 이 니룬 ᄉᆞ이로 단녀 젼ᄒᆞᄂᆞᆫ ᄌᆞ(者)ᄂᆞᆫ 다ᄅᆞ니 아니라 녹빙이 변용단(變容丹)을 삼켜 당부 노양낭이 되여 녀부의 왕ᄂᆡ(往來)ᄒᆞ며 밍파롤 ᄃᆡᄒᆞ여 거즛 삼공ᄌᆞ의 외입(外入)ᄒᆞ믈 슬허ᄒᆞᄂᆞᆫ 쳬ᄒᆞ고 ᄀᆞ마니 정경조의 녀ᄋᆞ로 졍을 두어 셔로 40면

---

66 적승가연(赤繩佳緣): 적승가연. 적승(赤繩)은 인연을 맺는 붉은 끈으로 부부의 인연을 뜻하고, 가연(佳緣)도 아름다운 인연을 뜻하는 말로 부부의 관계를 맺은 연분을 일컫는 말.

67 범홀(泛忽): 마음을 쓰지 아니하고 소홀함.

화상(畫像)을 깃쳐 신믈(信物)을 삼는 디경의 미쳐시믈 히연탄아(駭然嘆訝)ᄒᆞ며 다시 당부ᄒᆞᄃᆡ 여ᄎᆞ디ᄉᆞ(如此之事)를 블츌구외(不出口外)ᄒᆞ여 젼(傳)ᄒᆞᆫ ᄌᆡ(者) 죄(罪)를 엇게 말나 ᄒᆞ니 밍패 졈두(點頭)ᄒᆞ고 녀시 드ᄅᆞ면 므슴 거죄(擧措) 이실가 ᄒᆞ여 츄밀과 만시만 잇는 ᄣᅢ를 타 ᄀᆞ마니 고ᄒᆞ니 만시 ᄎᆞ언을 듯고 ᄀᆞ장 분분(忿憤)ᄒᆞ여 왈

"아녜 비록 용식(容色)이 험괴(險怪)ᄒᆞ나 낫타난 죄괘(罪科) 업시 당셰린이 신혼초일(新婚初日)의 박ᄃᆡ태심(薄待太甚)ᄒᆞ여 디우금일(至于今日)ᄒᆞ고 이졔 졍염의 녀ᄌᆞ로 허다 음일난탕(淫佚亂蕩)ᄒᆞ미 인심의 통히홀ᄉᆡ 그 비ᄌᆡ(婢子) 참디 못ᄒᆞ여 밍파의게 젼ᄒᆞ미니 우리 비록 ᄯᆞᆯ을 잘못 나흔 허믈 이시나 여ᄎᆞ분히(如此憤駭)ᄒᆞ믈 함구블츌(緘口不出)ᄒᆞ여 탕음녀ᄌᆞ(蕩淫女子)로 됴히 인연(因緣)을 일우게 ᄒᆞ미 피잔(疲殘)ᄒᆞ며 용녈ᄒᆞᆫ디라. 상공이 맛당이 쇼유(所由)를 텬졍(天廷)의 쥬달(奏達)ᄒᆞ여 졍녀의 음교(淫巧)ᄒᆞ미 탁문군(卓文君)[68]의 더으고 교랑의 화간을 입니니여 죄악이 챵져(彰著)ᄒᆞ니 ᄒᆞ로도 상문교와(相門嬌瓦)로 쳐ᄒᆞ디 못ᄒᆞ리니 풍교(風敎)를 가다듬아 그 죄를 붉히 ᄒᆞ쇼셔."

츄밀이 침음믁믁(沈吟默默)ᄒᆞ여 오ᄅᆡ 말이 업더니 날호여 눈섭을 찡그리고 부인의 분분ᄒᆞ믈 말녀 왈

"부인은 친히 보디 아닌 바로 무신(無信)ᄒᆞᆫ 젼언(傳言)을 고지 듯고 호란(胡亂)이 말ᄒᆞ디 말디어다. 졍염은 당셰명현(當世名賢)으로 위인이 관슉뎡대ᄒᆞ며 닙됴쳐셰(入朝處世)의 표리일쳥(表裏一淸)ᄒᆞ여 겨

41면

68 탁문군(卓文君): 한(漢)나라의 여류문학가로 임공(臨邛)의 부호인 탁왕손의 딸이자 사마상여의 아내.

울의 솔 ᄀᆞᆺ고 ᄉᆞ시(四時)의 봄 ᄀᆞᆺᄐᆞ여 음샤암일(淫邪暗佚)ᄒᆞ믄 원슈 ᄀᆞᆺ치 피ᄒᆞ며 기ᄌᆞ 냥인이 됴괴농방(早魁龍榜)ᄒᆞ여 봉각(鳳閣)[69]의 명필학ᄉᆡ(名筆學士)라. 문댱긔졀(文章奇節)이 부형ᄌᆞ뎨(父兄子弟)어ᄂᆞᆯ 쳥명과 믈망이 됴야(朝野)ᄅᆞᆯ 드레니 일셰 경앙(敬仰)ᄒᆞᄂᆞᆫ ᄇᆡ라. 엇디 의계의 ᄉᆡᆼ훈(生訓)과 닌흥의 누의로 그 녀ᄌᆡ 홀노 음샤블인(淫邪不仁)ᄒᆞ며 교활난탕(狡猾亂蕩)ᄒᆞ리오? ᄒᆞ믈며 녀ᄋᆡ 박용누딜(薄容陋質)노 셩졍(性情)조ᄎᆞ 온슌ᄒᆞ믈 엇디 못ᄒᆞ여시니 구가(舅家)의 머므ᄂᆞᆫ ᄉᆞ이의 과악(過惡)이 낫타날 ᄲᅮᆫ이언졍 샹하인심(上下人心)이 도라디지 아닐 ᄇᆡ어ᄂᆞᆯ 댱부 양낭이 신근(辛勤)[70]이 ᄂᆡ현(來現)ᄒᆞ여 경셩되믈 낫토며 ᄆᆡᆼ파ᄅᆞᆯ ᄃᆡᄒᆞ여 이 말을 니ᄅᆞ고 가ᄂᆞᆫ 거시 굿ᄐᆞ여 녀ᄋᆞᄅᆞᆯ 위ᄒᆞᆫ 뜻인 줄 엇디 알 거시라 상문교ᄋᆞ(相門嬌兒)ᄅᆞᆯ ᄀᆞᄇᆡ야이 ᄒᆡ(害)ᄒᆞ여 ᄌᆞ셔히 아디 못ᄒᆞᄂᆞᆫ 바로ᄲᅧ 텬졍을 어ᄌᆞ러이며 브졀업시 사ᄅᆞᆷ과 결원(結怨)ᄒᆞ여 필경(畢竟) ᄉᆞᆺ감기ᄅᆞᆯ 엇디ᄒᆞ리오? 패악(悖惡)ᄒᆞᆫ ᄋᆞᄒᆡ 이 말을 드ᄅᆞ면 ᄉᆞ체(事體)ᄅᆞᆯ 모로고 거죄 더옥 ᄒᆡ이(駭異)[71]ᄒᆞ리니 부인은 모로미 ᄉᆞᄉᆡᆨ(辭色)디 말나." 42면

만시 발연변ᄉᆡᆨ(勃然變色) 왈

“연ᄌᆞᆨ 탕일난ᄌᆞ(蕩逸亂者)와 교음요녀(狡淫妖女)의 죄과(罪過)ᄂᆞᆫ ᄇᆞᆰ히디 못ᄒᆞ고 녀ᄋᆞ의 젼졍(前程)도 도모치 못ᄒᆞ여 오ᄃᆡᆨ 분ᄒᆞ믈 셔리며 ᄋᆡ돌오믈 먹음어 감히 ᄒᆞᆫ 말도 아ᄅᆞᆫ 양을 못 ᄒᆞ랴?”

69 봉각(鳳閣): 대궐의 문서를 맡아보는 기구.

70 신근(辛勤)이: 신근하다. 힘든 일을 맡아 애쓰며 부지런히 일하다.

71 ᄒᆡ이(駭異): 해이. 놀랍고 이상함.

츄밀밀이 뎡ᄉᆡᆨ왈(正色曰)

"닌들 엇디 녀ᄋᆞ의 젼졍(前程)을 무광(無光)키ᄅᆞᆯ 보고ᄌᆞ ᄒᆞ리오마ᄂᆞᆫ
43면 일이 젼후ᄅᆞᆯ ᄉᆞᆯ피디 못ᄒᆞ고 조급히 셔도라ᄂᆞᆫ 반ᄃᆞ시 몬져 패(敗)ᄒᆞ믈 볼 거시오 후(後)의 뉘웃ᄎᆞ미 무궁ᄒᆞᆫ디라. 내 비록 형셰 잔미(殘微)치 아니ᄒᆞ나 져 강가의 권위(權威) 엇더ᄒᆞ뇨? 친히 본 ᄇᆡ라도 날ᄂᆡ 발셜(發說)ᄒᆞ미 니(利)치 아니커ᄂᆞᆯ 무식(無識)ᄒᆞᆫ 비ᄇᆡ(婢輩)의 상(常)업ᄉᆞᆫ 말을 혹(或)히 듯고 일을 ᄒᆞᆫ번 그ᄅᆞᆺᄒᆞᄆᆡ 그 ᄋᆡ돌오미 ᄇᆡ복을 믈기의 이신들 능히 밋촐소냐? 내 다만 안ᄌᆞ셔 그 친ᄉᆞ(親事)[72]ᄅᆞᆯ 희디어 댱ᄌᆞ의 아녀(我女)ᄅᆞᆯ 박(薄)히 ᄒᆞᄂᆞᆫ 한(恨)을 셜ᄒᆞ리라."

만시 비로소 안ᄉᆡᆨ(顔色)을 뎡ᄒᆞ며 그 작희(作戲)ᄒᆞᆯ ᄭᅬᄅᆞᆯ 므ᄅᆞᆫᄃᆡ 츄밀이 쇼왈(笑曰)

"댱ᄌᆞ와 졍녀의 ᄉᆞ졍을 두미 과연 젼언(傳言)과 ᄀᆞᆺ톨디라도 댱가 부형은 이졔 드ᄅᆞᆫ들 각별ᄒᆞᆫ 죄ᄎᆡᆨ(罪責)이 이시리오마ᄂᆞᆫ 사ᄅᆞᆷ이 이 말노ᄡᅧ 권ᄒᆞ여 기ᄌᆞ의 ᄯᅳᆺ을 조ᄎᆞ 친ᄉᆞ(親事)ᄅᆞᆯ 셩젼(成全)ᄒᆞ미 올타ᄒᆞᆫ즉 져 듕무소쥬(中無所主)[73]ᄒᆞᆫ 인ᄉᆡ 만히 그러히 넉이고 졍가의 위고권듕(位高權重)ᄒᆞ믈 흠모ᄒᆞ여 유공블급(猶恐不及)ᄒᆞ여 혼인을 구ᄒᆞ려니와 졍염은 격상(激上)ᄒᆞᆫ 셩졍(性情)이오 개결(介潔)[74]ᄒᆞᆫ 위인으로 겸ᄒᆞ
44면 여 녜듕광명(禮重光明)ᄒᆞ여 혼우블엄(昏愚不嚴)ᄒᆞᆷ과 ᄂᆡ도ᄒᆞ니 기녀(其女)의 음악(淫惡)ᄒᆞ미 외인(外人)을 화간ᄒᆞᄂᆞᆫ 디경(地境)의 이시

72 친ᄉᆞ(親事): 친사. 혼담(婚談). 혼인을 정하기 위해 오가는 말.

73 듕무소쥬(中無所主): 중무소주. 마음속에 일정한 줏대가 없음.

74 개결(介潔): 성품이 깨끗하고 굳음.

믈 드ᄅᆞᆫᄌᆞᆨ 반ᄃᆞ시 ᄲᆞᆯ니 죽여 문호(門戶)의 욕(辱)을 더으디 아닐 거시오 비록 디원극통(至怨極痛)ᄒᆞᆫ ᄋᆡᄆᆡ(曖昧)ᄒᆞ미 잇셔도 허명(虛名)이 블측(不測)ᄒᆞ고 댱ᄌᆞ의 눈의 걸녀시믈 통ᄒᆡ(痛駭)ᄒᆞ여 순히 친ᄉᆞ(親事)ᄅᆞᆯ 일우디 아니ᄒᆞ며 별단쳐치(別段處置) 잇ᄉᆞ리니 이 마ᄃᆡ의 졍녀의 ᄉᆞ디 못ᄒᆞ미 십분의 팔구나 될디라. 나ᄂᆞᆫ 잠잠(潛潛)ᄒᆞ여 간셥디 아닌 바의 녀ᄋᆞ(女兒)의 젹인(敵人)은 ᄌᆞ연이 소졔(掃除)ᄒᆞ미 되리니 엇디 묘치 아니리오?"

만시청파(晩時聽罷)의 이연희열(怡然喜悅)ᄒᆞ여 맛당ᄒᆞ믈 일ᄏᆞᆺ고 ᄎᆞ언(此言)을 녀ᄋᆞ다려 니ᄅᆞ디 아니ᄒᆞ더니 댱공의 니ᄅᆞᆫ ᄯᆡᄅᆞᆯ 타 시ᄋᆞ(侍兒) 듕의 망측긔괴(罔測奇怪)ᄒᆞᆫ 인믈을 ᄀᆞᆯ희여 개용단으로ᄡᅧ 녀ᄋᆞᄅᆞᆯ 험괴(險怪)ᄒᆞᆫ 흉모(凶謀)ᄅᆞᆯ ᄡᅴ워 몬져 댱공을 보고 여ᄎᆞ여ᄎᆞ 말을 ᄀᆞᄅᆞ쳐 츄밀이 거ᄌᆞᆺ 녀ᄋᆞᄅᆞᆯ ᄉᆞ디져 드려보ᄂᆡᄂᆞᆫ 쳬ᄒᆞ며 인ᄒᆞ여 친ᄉᆞ(親事)ᄅᆞᆯ 권(勸)ᄒᆞ미 반졈교졍(半點交情)이 아닌 ᄃᆞᆺᄒᆞ니 댱공의 블명(不明)ᄒᆞ미 져 간활(姦猾)ᄒᆞᆫ 녀원홍을 엇디 ᄉᆞ못ᄎᆞ리오? 그 공번도이[75] 어 45면
진 ᄯᅳᆺ을 감샤ᄒᆞ고 ᄋᆞᄌᆡ(兒子) 졍경조의 만금일교(萬金一嬌)ᄅᆞᆯ ᄌᆡ취(再娶)ᄒᆞᆯ 바ᄅᆞᆯ 흔흔과망(欣欣過望)ᄒᆞ니 어나 결을의 ᄋᆞᄌᆞ의 탕일(蕩逸)ᄒᆞᆷ과 졍쇼져의 누얼(陋孼)을 ᄉᆡᆼ각ᄒᆞ리오? 다만 텬연(天緣)이 듕ᄒᆞᄆᆡ 남의 녀졍이 몬져 합ᄒᆞ여 ᄀᆞ마니 언약(言約)을 두고 그윽이 신믈(信物)을 깃쳐 셔로 져ᄇᆞ리디 말고ᄌᆞ ᄒᆞᄆᆡᆫ가 넉이니 ᄯᅩ 엇디 한심가ᄒᆡ(寒心可駭)ᄒᆞ믈 알니오? 만심(滿心)이 흔흔쾌열(欣欣快悅)ᄒᆞ여 ᄲᆞᆯ니 술위ᄅᆞᆯ

75 공번도이: 공번되다. 공변되다. 공평하다, 떳떳하다.

구을녀 졍아의 니ᄅᆞ니 이날 쳐ᄉᆞ는 이모(姨母) 범부인을 알현코져 범부로 향ᄒᆞ고 이공이 계취졍의셔 한담(閑談)ᄒᆞ더니 댱공을 이에 쳥ᄒᆞ여 셔로 볼ᄉᆡ 년쇼 등은 존당(尊堂)의 태부인과 각각 ᄌᆞ당(慈堂)을 봉시(奉侍)ᄒᆞ엿고 길ᄉᆞ ᄂᆡᆫ명이 ᄃᆡᆨᄉᆞ ᄂᆡᆫ유와 삼공ᄌᆞ ᄂᆡᆫ경으로 더브러 부슉(父叔)을 뫼셧더니 댱공을 마ᄌᆞ 딘젼 ᄇᆡ알ᄒᆞᆫ 후 다시 말셕(末席)의 뫼셔시니 삼인(三人)이 ᄒᆞᆫ갈ᄀᆞᆺ치 옥(玉)을 관 ᄡᅳ인 얼골이오 금을 단련ᄒᆞᆫ ᄒᆡᆼ실이라. 놉흔 관이 믁믁(默默)ᄒᆞ고 닙은 편편ᄒᆞ여 너ᄅᆞᆫ ᄉᆞᄆᆡ 빈빈(彬
46면 彬)ᄒᆞ니 그 몸이 부용(芙蓉)으로 위상(爲上)ᄒᆞ며 디하의로 위의(威儀)ᄒᆞ여 슉슉(肅肅)ᄒᆞᆫ 녜모(禮貌)와 합도(合道)ᄒᆞᆫ ᄒᆡᆼ실(行實)이 신신(申申)ᄒᆞ고 요요(夭夭)ᄒᆞ여[76] 그 츅쳑(蹴踖)ᄒᆞ미 공경ᄒᆞ믈 니긔디 못ᄒᆞ여 호흡(呼吸)이 나ᄌᆞᆨᄒᆞ며 긔운을 ᄂᆡ혀디 못ᄒᆞ니 어딘 ᄌᆞ딜과 효도로온 셩ᄒᆡᆼ(性行)이 얼프시 공문(孔門)의 디게ᄅᆞᆯ 엿보고 칠십ᄌᆞ(七十子)의 후셕(後席)을 디엇ᄂᆞᆫ디라. 댱공이 녜파(禮罷)의 구혼(求婚)ᄒᆞᄂᆞᆫ 말을 ᄂᆡ고ᄌᆞ ᄒᆞ다가 도라 ᄃᆡᆨᄉᆞ 등의 빈빈녜듕(彬彬禮重)ᄒᆞᆷ과 슉슉단공(肅肅端公)ᄒᆞ믈 보건ᄃᆡ ᄋᆞᄌᆞ의 방일광탕(放逸狂蕩)ᄒᆞᆷ도 븟그러올 ᄲᅮᆫ 아니라 졍쇼져의 음황난탕(淫慌亂蕩)ᄒᆞ믄 ᄋᆞᄌᆞ의 디ᄂᆞ미 이시니 이ᄀᆞᆺ치 법도로온 부형의 ᄌᆞ뎨ᄅᆞᆯ 홀연이 음누비아(淫陋卑訝)ᄒᆞᆫ 일노 ᄎᆞ마 밀위디 못ᄒᆞ여 냥구침ᄉᆞ(良久沈思)의 믄득 어린 긔운이 졍경조의 항항쥰위(抗抗峻威)ᄒᆞ믈 감히 색디ᄅᆞᆯ ᄃᆞᆺᄒᆞ고 져ᄅᆞᆫ 혬의 뼈 ᄉᆡᆼ각ᄒᆞᄃᆡ '오ᄋᆞ(吾

---

76 신신(申申)ᄒᆞ고 요요(夭夭)ᄒᆞ여: "공자가 한가히 거처할 때는 마음이 활짝 풀어진 듯하고 즐거운 듯했다(子之燕居 申申如也 夭夭如也)."라는 구절이 《논어》 〈술이(述而)〉에 보임. 공자의 모습을 묘사한 표현.

兒)의 방탕(放蕩)홈도 군ᄌᆞ의 힝실이라 니ᄅᆞ디 못ᄒᆞ려니와 남ᄋᆞ(男兒)
의 호신풍졍(好新風情)은 족히 누덕(陋德)이 되디 아니ᄒᆞ니 가히 슈치
(羞恥)홀 ᄇᆡ 아니로ᄃᆡ 심규교옥(深閨嬌玉)이 상님의 쳔(賤)ᄒᆞ믈 감심 47면
(甘心)ᄒᆞ여 외간(外間)으로 화간(和姦)ᄒᆞᄆᆡ 월하(月下)의 회약(會約)
ᄒᆞ미 크게 븟그러온디라. 은ᄇᆡᆨ이 날 알오미 일편도이 낫게 ᄒᆞ며 사ᄅᆞᆷ
을 능모(陵侮)ᄒᆞ여 위인(爲人)이 과격거만(過激倨慢)ᄒᆞ고 셩딜이 실노
아돈(雅敦)치 아니ᄒᆞ니 내 이졔 혼인을 쳥ᄒᆞᄂᆞᆫ 바의 말을 구구(區區)히
ᄒᆞ며 ᄯᅳᆺ을 낫초아 간졀이 쳥ᄒᆞᆫ즉 필연 슌히 허(許)치 아니리니 출하리
기녀(其女)의 음교디ᄉᆞ(淫巧之事)ᄅᆞᆯ ᄀᆞᆺ초 닐너 그 ᄯᅳᆺ을 참치(慙恥)케
ᄒᆞᆫ 후 조초 혼ᄉᆞ(婚事)ᄅᆞᆯ 닐너 졔 도로혀 만구응슌(滿口應順)케 ᄒᆞ리
라' 의ᄉᆡ(意思) 이에 미쳐ᄂᆞᆫ 의계공의 엄위듄뎡(嚴威峻正)ᄒᆞ므로도 오
날놀의 다ᄃᆞ라ᄂᆞᆫ ᄌᆞ긔 일언(一言)의 실연이 긔운을 아여 날연(苶然)이
괴치(愧恥)ᄒᆞ믈 먹음고 졔연이 머리ᄅᆞᆯ 굽히며 술연이 친ᄉᆞ(親事)ᄅᆞᆯ 허
홀딘ᄃᆡ 상문일교(相門一嬌)로ᄡᅧ 셰린의 ᄌᆡ취(再娶)ᄅᆞᆯ 빗ᄂᆡ고 ᄌᆞ긔의
연인결가(連姻結嫁)ᄒᆞ미 갈ᄉᆞ록 휘휘황황(輝輝煌煌)ᄒᆞ니 이에셔 더으
미 업다 ᄒᆞ여 일신의 가려 거술 소졔ᄒᆞᄂᆞᆫ ᄃᆞᆺ 두용(頭容)을 기우리며 모
양을 디굿거려 슈용이 어ᄌᆞ럽고 션하픔이 졀노 나며 턱을 놉히 걸고 눈 48면
섭을 찡긔여 말솜을 디어 홀ᄉᆡ 믄득 이공을 향ᄒᆞ여 왈

"형등(兄等)이 ᄌᆞ딜(子姪)을 교훈ᄒᆞᄆᆡ 필연 튱효(忠孝)로ᄡᅧ 경계ᄒᆞ
여 잠간도 비례블범(非禮不犯)ᄒᆞ고 분호(粉毫)도 무힝(無行)ᄒᆞ믈 용
샤(容赦)치 아니리니 고로 녕윤(令胤) 등의 아ᄅᆞᆷ다오미 ᄇᆡᆨ옥(白玉)을
탁마(琢磨)ᄒᆞ며 명쥬(明珠)ᄅᆞᆯ 통쳘(通徹)홈 ᄀᆞᆺᄐᆞ여 개ᄀᆡ히 학문도덕
(學問道德)으로 튱효신의(忠孝信義)ᄒᆞ믈 믓디 아냐 보ᄂᆞᆫ ᄇᆡ라. 슈ᄇᆡᆨ

의 일ᄌᆡ(一子) 타인(他人)의 용상(庸常)ᄒᆞᆫ 십ᄌᆞ(十子)ᄅᆞᆯ 밧고디 아닐 ᄇᆡ오 은ᄇᆡᆨ의 유복(有福)ᄒᆞ믄 순시(荀氏)의 여ᄃᆞᆲ ᄋᆞᄃᆞᆯ[77]을 블워ᄒᆞ디 아닐 ᄇᆡ라. 쇼뎨 흠앙(欽仰)ᄒᆞ고 션탄(羨歎)ᄒᆞ여 존문늉복(尊門隆福)을 블워ᄒᆞ나 일단 의괴난측(疑怪難測)ᄒᆞ여 발셔 소회(所懷)ᄅᆞᆯ 토셜(吐說)코ᄌᆞ ᄒᆞᄃᆡ 맛ᄎᆞᆷᄂᆡ 일이 빗나디 아니ᄒᆞ며 말이 쾌활치 아니므로 유유디지(悠悠遲遲)히 날을 보ᄂᆡ더니 금일(今日)은 형등(兄等)을 죵용
49면 히 ᄃᆡᄒᆞ여 좌위 고요ᄒᆞ니 엇디 ᄒᆞᆫ번 파셜ᄒᆞ믈 기리오? 아디 못게라. 은ᄇᆡᆨ 형의 일교(一嬌) 하마 도요(桃夭)의 시(詩)ᄅᆞᆯ 읇고 또 셩딜이 봄을 ᄉᆞ랑ᄒᆞ여 양음ᄒᆞ미 갓가오냐?"

경조와 쇼뷔 댱공의 거동(擧動)이 슈상ᄒᆞ믈 우이 넉여시나 언에(言語)이에 밋ᄎᆞ믄 쳔쳔만만(千千萬萬) 몽상디외(夢想之外)라. 비록 구정디심(九鼎之心)과 만균디듕(萬鈞之重)이나 경조의 녀아(女兒)ᄅᆞᆯ 별뉸ᄌᆞᄋᆡ(別倫慈愛)ᄒᆞ믄 타인부녀(他人父女)로 다ᄅᆞ미 만흔디라. 금일 홀연이 댱공의 ᄒᆞᄂᆞᆫ 말이 녀ᄋᆞᄅᆞᆯ 욕ᄒᆞ기의 니ᄅᆞ믈 경ᄒᆡ망측(驚駭罔測)ᄒᆞ여 경조ᄂᆞᆫ 즉시 답디 못ᄒᆞ고 쇼뷔 안ᄉᆡᆨ(顔色)을 뎡(正)히 ᄒᆞ여 왈

"형이 오날 취(醉)ᄒᆞ엿ᄂᆞ냐? 엇디 말솜이 블찰(不察)ᄒᆞ뇨? 죵시(從氏)의 일녜 비로소 십세ᄅᆞᆯ 계오 너머시니 아딕 유튱(幼冲)키ᄅᆞᆯ 면치 못ᄒᆞ여시므로 죵시 동상(東床)을 유의홈도 업거ᄂᆞᆯ 제 엇디 봄을 ᄉᆞ랑ᄒᆞᄂᆞᆫ 더러온 ᄯᅳᆺ이 잇ᄉᆞ리오?"

댱공이 믄득 호호히 웃기ᄅᆞᆯ 오ᄅᆡᄒᆞ다가 날호여 좌(座)ᄅᆞᆯ 곳치며 관

77 순시(荀氏)의 여ᄃᆞᆲ ᄋᆞᄃᆞᆯ: 중국 후한(後漢) 시절, 순숙(荀淑)의 재주 있는 여덟 형제를 일컬음.

(冠)을 바로 ᄒᆞ여 왈

"쇼뎨 비록 광망침취(狂妄沈醉)ᄒᆞ여 우암블명(愚暗不明)ᄒᆞ나 엇디 50면
말을 ᄉᆞᆯ피디 아니ᄒᆞ고 상(常)업시 발구(發口)ᄒᆞ미 잇ᄉᆞ리오마ᄂᆞᆫ 여ᄎᆞ
의괴난측디ᄉᆞ(疑怪難測之事)ᄅᆞᆯ ᄒᆞᆫ번 형등(兄等)의게 젼ᄒᆞ여 ᄆᆞᄋᆞᆷ의
경히(驚駭)ᄒᆞ믈 덜고ᄌᆞ ᄒᆞ엿더니 슈빅이 날을 취ᄒᆞ엿다 ᄒᆞ며 은빅의
일교로뼈 유튱(幼沖)타 ᄒᆞ여 강보히녀(襁褓孩女)로 알오미 이시니 말
ᄒᆞ미 무익ᄒᆞ거니와 디ᄌᆞ(知子)ᄂᆞᆫ 막여뷔(莫如父)[78]라. 은빅의 녕녀(令
女)ᄅᆞᆯ 알오미 오히려 슈빅의 디나리니 비록 년유(年幼)ᄒᆞ나 셩딜(性
質)이 호음난탕(好淫亂蕩)ᄒᆞᆫ즉 ᄌᆞ연이 건곤호합(乾坤互合)의 낙디
ᄅᆞᆯ 몬져 ᄊᆡ다라 탁시(卓氏)[79]의 도망ᄒᆞ믈 효측(效則)ᄒᆞ고 가녀의 벽 ᄯᅮ
루믈 ᄇᆡ화 남ᄌᆞᄅᆞᆯ ᄯᆞ라 월하(月下)의 인연(因緣)을 ᄆᆡᆺ고 상님의 옷깃
ᄉᆞᆯ 젹시미 이실디라. 탕심(蕩心)과 음졍(淫情)이란 거시 노유쇼댱(老
幼少壯)의 달니디 아녀시니 엇디 십셰ᄅᆞᆯ 디난 바의 일편도이 츙미(沖
迷)ᄒᆞ믈 니ᄅᆞ리오? 연이나 미돈(迷豚) 셰린이 ᄉᆞ유(士類)의 도(道)와
셩문(聖門)의 학(學)으로 ᄯᅳᆺ을 뎡히 ᄒᆞ며 힝실을 닷가 하혜(下惠)[80] 미

---

78 디ᄌᆞ(知子)ᄂᆞᆫ 막여뷔(莫如父): 자식을 아는 것은 부모만 한 사람이 없다는 뜻.

79 탁시(卓氏): 탁씨. 탁문군(卓文君). 과부였던 그녀는 자기에게 반한 사마상여와 함께 야반도주한 일이 있었음.

80 하혜(下惠): 유하혜. 춘추시대 노(魯)나라 때의 현자(賢者). 성은 전(展), 이름은 획(獲). 자는 금(禽)·계(季). 유하(柳下)에서 살았으므로 이것이 호가 되었으며, 문인들이 혜(惠)라는 시호를 올렸으므로 유하혜라고 불리었음. 직도(直道)를 지켜 임금을 섬긴 것으로 알려져 있으며 춘추시대 대도(大盜)와 악인(惡人)으로 유명한 도척이 그의 동생임. 이에 따라 형제간에 현인과 대악인이 있을 때 이들에 비유했음. 맹자는 유하혜를 성인(聖人) 중의 화(和)한 사람이라고 평했음.

51면 ᄌᆞ(微子)[81]의 아름다오믈 효측ᄒᆞ고 녀관(女官)의 ᄆᆞᄋᆞᆷ을 머므ᄅᆞ디 아
닐딘ᄃᆡ 내 어이 은빅의 일교ᄅᆞᆯ 시비(是非)ᄒᆞ여 졍여브뎡(貞與不貞)과
현여블현(賢與不賢)을 언두(言頭)의 니ᄅᆞ미 잇ᄉᆞ리오마ᄂᆞᆫ 돈ᄋᆡ(豚
兒) 무상ᄒᆞ여 호신풍졍(好新風情)이 디ᄂᆡ볼 곳이 업ᄉᆞᆫ 탓ᄉᆞ로 향규옥
난(香閨玉蘭)을 ᄉᆞ못ᄎᆞ 셔로 화상(畫像)으로ᄡᅧ 신믈(信物)을 깃치고
쳥산녹슈(靑山綠水)로 견밍(堅盟)을 두어 남의녀졍(男意女情)의 상
합(相合)ᄒᆞ미 은근교밀(慇懃巧密)ᄒᆞᄆᆡ 밋ᄎᆞᄃᆡ 냥가부뫼(兩家父母)
막연브디(漠然不知)ᄒᆞ며 동긔친쳑(同氣親戚)이 암연블각(暗然不覺)
ᄒᆞ여 젹승가연(赤繩佳緣)을 말ᄆᆡ암을 길히 업ᄉᆞᆫ 고로 블초ᄋᆡ(不肖兒)
심ᄂᆡ(心內)의 녕녕ᄒᆞ고 침좌(寢座)의 ᄉᆞ상(思相)ᄒᆞ여 쇽졀업시 빈 그
림을 ᄃᆡᄒᆞ여 딘짓 미인(美人)을 만나디 못ᄒᆞ믈 초창단회(怊悵斷懷)ᄒᆞ
ᄆᆡ 병이 고항(膏肓)을 침노ᄒᆞ여 ᄉᆡᆼ되(生道) 망연(茫然)ᄒᆞ더니 쇼뎨 아
디 못ᄒᆞᄂᆞᆫ 바의 졔 모형(母兄)이 쳔만관위(千萬寬慰)ᄒᆞ여 친ᄉᆞ(親事)
ᄅᆞᆯ 셩젼(成全)토록 ᄒᆞ믈 니ᄅᆞ니 비로소 초창ᄉᆞ려(悄愴思慮)ᄒᆞ믈 긋
치고 일야(一夜)의 됴흔 소식(消息)을 영ᄃᆡ(迎待)ᄒᆞ여 쾌히 녜ᄅᆞᆯ 일워
동상(東床)의 깃드리믈 ᄇᆞ란다 ᄒᆞ니 쇼뎨 참분통ᄒᆡ(慙憤痛駭)ᄒᆞ믈 니
52면 긔디 못ᄒᆞᄃᆡ 부ᄌᆞ(父子)의 유연ᄒᆞᆫ ᄌᆞᄋᆡ와 텬뉸(天倫)의 디극(至極)ᄒᆞᆫ
졍으로ᄡᅧ 그 ᄉᆞ병디여(死病之餘)의 오히려 위름(危懍)ᄒᆞᆫ 바ᄅᆞᆯ ᄎᆞ마
장벌(杖罰)노ᄡᅧ 더으디 못ᄒᆞ고 도로혀 ᄉᆞᆯ기ᄅᆞᆯ 도모ᄒᆞ여 친ᄉᆞ(親事)ᄅᆞᆯ

---

81 미ᄌᆞ(微子): 미자. 은(殷)나라 임금 제을(帝乙)의 큰아들. 주왕(紂王)의 서형(庶兄). 이름은 계(啓). 어머니가 천출이었으므로 나라를 물려받지 못했음. 비간, 기자와 함께 은(殷)의 삼인(三仁)이라 일컬음.

셩젼(成全)ᄒᆞᆯ 밧긔 다ᄅᆞᆫ 계괴(計巧) 업ᄂᆞᆫ디라. 은ᄇᆡᆨ은 다만 녕ᄋᆞᄅᆞᆯ 경계ᄒᆞ여 그 음활(淫猾)ᄒᆞ믈 ᄇᆞ리고 뎡열(貞烈)ᄒᆞᄆᆡ 밋게 ᄒᆞᆯ딘ᄃᆡ 젼ᄉᆞ(前事)ᄂᆞᆫ ᄎᆞ유긔왕(此猶既往)이니 남녀의 과단(過端)을 다시 졔긔(提起)ᄒᆞᆯ ᄇᆡ 아니오 부뷔 ᄉᆡ로 ᄒᆡᆼ실을 닷가 어ᄌᆞ러오미 잇디 아니ᄒᆞ면 ᄎᆞ역만ᄒᆡᆼ(此亦萬幸)이니 은ᄇᆡᆨ은 ᄒᆡᆼ혀 괴이(怪異)히 넉이디 말고 혹ᄌᆞ 내 말을 밋디 아니커든 녕ᄋᆞ의 상협디뉴(箱篋之類)ᄅᆞᆯ 뒤여보라. 미돈(迷豚)의 신믈을 깃친 바 화되(畫圖) 업디 아니리라."

언미(言尾)의 경조공이 노긔대발(怒氣大發)ᄒᆞ며 ᄉᆡᆨ위(色宇) 참엄(慘嚴)ᄒᆞ여 길게 춤 밧고 녀셩왈(厲聲曰)

"형(兄)이 우리 션슉부(先叔父)의 교뎨(教弟)로 일ᄌᆞᆨ 셩학과 녜훈을 닉이 밧ᄌᆞ오며 당ᄎᆞ(當此)ᄒᆞ여ᄂᆞᆫ 년긔블혹(年紀不惑)의 위거경상(位居卿相)ᄒᆞ니 거의 ᄉᆞ리(事理) 개명(開明)ᄒᆞ고 의리(義理) 통쳘(通徹)ᄒᆞᆯ ᄇᆡ어ᄂᆞᆯ 금일 엇디 ᄎᆞ마 더러온 말을 낭ᄌᆞ히 발ᄒᆞ믈 됴흔 일ᄀᆞᆺ치 ᄒᆞ 53면
고 ᄉᆞ문규슈(士門閨秀)ᄅᆞᆯ 뭇딜너[82] 팔마와 난창【더러온 간나희 말이라】의 비(比)ᄒᆞ믈 타연이 니ᄅᆞᄂᆞ뇨? 내 본ᄃᆡ 혼암무식(昏暗無識)ᄒᆞ여 ᄌᆞ식을 교양치 못ᄒᆞ므로 졔ᄋᆡ 다 녜의 예학디 못ᄒᆞ나 일단 념우ᄅᆞᆯ 도라보아 사ᄅᆞᆷ의 쳐신이 금슈(禽獸)와 다ᄅᆞ믈 아ᄂᆞᆫ 고로 져마다 음패탕일(淫悖蕩逸)ᄒᆞ믈 피(避)ᄒᆞ니 거의 명교(明教)의 죄ᄅᆞᆯ 범치 아녓ᄂᆞᆫ디라. 이졔 형의 니ᄅᆞᄂᆞᆫ 바ᄂᆞᆫ 쇼뎨 비위ᄅᆞᆯ ᄌᆞᆸ아 듯디 못ᄒᆞᄂᆞ니 하쉬(河水) 멀믈 한ᄒᆞ고 ᄌᆞ우 경혹(驚惑)ᄒᆞ여 기리 괴ᄒᆡ(怪駭)ᄒᆞᄂᆞᆫ 바ᄂᆞᆫ

82 뭇딜너: 뭇지르다. 공격하다, 물리치다.

녕윤(令胤)이 쏘ᄒᆞᆫ 인ᄌᆡ(人子)라. 비록 댱취블셩(長醉不醒)ᄒᆞ여 거디광잡(擧止狂雜)다 ᄒᆞ나 오히려 분광딜쥬(紛狂疾走)의 거죄(擧措) 업ᄂᆞᆫ가 시브니 무근밍낭디셜(無根孟浪之說)노 ᄉᆞ문규슈(士門閨秀)를 함디깅참(陷地坑塹)ᄒᆞ디 아닐디라. 형이 이러ᄒᆞᆫ 더럽고 흉ᄒᆞᆫ 난셜(亂說)을 어ᄃᆡ로조ᄎᆞ 뉘게 드럿ᄂᆞ뇨? 내 비록 군ᄌᆞ디도(君子之道)의 참예치 못ᄒᆞ나 여ᄎᆞ 흉음비례디ᄉᆞ(凶淫非禮之事)ᄂᆞᆫ ᄒᆞᆫ번 듯기를 더러이 넉이ᄂᆞ니 엇디 두 번 듯고ᄌᆞ ᄒᆞ리오마ᄂᆞᆫ 내 집이 피잔(疲殘)ᄒᆞ나 당당ᄒᆞᆫ 상부후문(相府候門)으로 ᄂᆡ외격졀(內外隔絶)ᄒᆞ고 녀식(女息)
54면 이 용녈ᄒᆞ나 녜(禮)를 학습ᄒᆞ여 그윽이 ᄇᆡᆨ희(伯姬)의 ᄒᆡᆼ실을 효측ᄒᆞ며 고요 안뎡ᄒᆞ고 심일 도량ᄒᆞ여 일가졔인(一家諸人)이 그 얼골을 ᄌᆞ로 ᄃᆡ치 못ᄒᆞᄂᆞᆫ 바의 어ᄃᆡ로조ᄎᆞ 화산의 호졉(胡蝶)이 등우ᄒᆞ며 난초의 망ᄉᆡ 얽히리오? 이ᄂᆞᆫ 필연 요인(妖人)이 암특(暗慝)ᄒᆞᆫ 계교로뼈 날을 ᄒᆡ코ᄌᆞ ᄒᆞ미 도로혀 유녀(幼女)를 몬져 이러틋 음참(淫慘)ᄒᆞᆫ 바의 모라 너흐미니 이ᄂᆞᆫ 나의 어디지 못ᄒᆞᆫ 연괴라 슈원슈한(誰怨誰恨)이리오? 연이나 인셰디간(人世之間)의 흉음파측(凶陰叵測)ᄒᆞ미 잇디 아니ᄒᆞ니 만일 녕윤(令胤)이 무심무려(無心無慮)ᄒᆞ여 비패(鄙悖)ᄒᆞ고 탕일(蕩逸)ᄒᆞ믈 바다 누얼(陋孽)을 므릅쓰미 이시면 경염이 위ᄒᆞ여 신ᄇᆡᆨ(伸白)ᄒᆞ기를 힘쓰려니와 블연(不然)ᄒᆞ여 음활패란(淫猾悖亂)ᄒᆞ미 경염을 업슈히 넉이고 ᄉᆞ문규녀(士門閨女)를 경이히 넉여 여ᄎᆞ디ᄉᆡ(如此之事) 두 번 이신즉 골육(骨肉)을 잔ᄒᆡ(殘害)ᄒᆞ미 쳔고(千古)의 대변(大變)이오 부ᄌᆞ디졍(父子之情)이 참연(慘然)ᄒᆞ나 엇디 일개유녀(一介幼女)를 머므러 오문쳥덕(吾門淸德)을 상ᄒᆡ오게 ᄒᆞ리오? 일긔짐쥬(一器鴆酒)로뼈 그 명ᄆᆡᆨ(命脈)을 끗쳐 시신(屍身)을 빗

겨 ᄒᆞᆫ번 울고 층봉(層峯)의 한(恨)을 픔으나 ᄆᆞᄋᆞᆷ의 거림ᄒᆞᆫ 거ᄉᆞᆯ 업시 55면
ᄒᆞ미 맛당ᄒᆞ니 딘실노 일시도 ᄉᆞᆯ오고ᄌᆞ 뜻이 업ᄉᆞᆫ디라. 형은 말을 몽농(朦朧)이 말고 젼후곡딕(前後曲直)을 일일히 셜파(說破)ᄒᆞ라. 다만 녕윤(令胤)이 엇디ᄒᆞ여 쇼녀의 화상(畵像)을 어드며 쇼녀의 침쳐(寢處)의 ᄯᅩ 엇디 녕윤의 화되(畵圖) 이시리라 ᄒᆞᄂᆞ뇨? 오딕 내 형으로 더브러 니웃ᄒᆞ미 블힝ᄒᆞ여시니 다시 므ᄉᆞᆷ 말을 ᄒᆞ리오?”

셜파(說罷)의 분뇌(忿怒) 돌울(突兀)ᄒᆞ니 그 긔상의 엄녈(嚴烈)ᄒᆞ미 사ᄅᆞᆷ으로 ᄒᆞ여곰 쳠망일견(瞻望一見)의 튝황낙담(蹴惶落膽)ᄒᆞ여 향ᄒᆞᆯ 바ᄅᆞᆯ 아디 못ᄒᆞᆯ디라. 비컨ᄃᆡ 남산이 최최(崔崔)ᄒᆞ여 옥셕(玉石)이 암암ᄒᆞᆫ 가온ᄃᆡ 노회(老虎) 풍운(風雲)을 디으니 ᄇᆡᆨ쉬(百獸) 딘공(震恐)ᄒᆞᆯ ᄃᆞᆺ 븍녁 두뎐의 큰 고기 노(怒)ᄅᆞᆯ 니ᄅᆞ혀니 대양(大洋)이 딘탕(震蕩)ᄒᆞ여 어룡(魚龍)이 다 동(動)ᄒᆞᄂᆞᆫ ᄃᆞᆺ 븍풍(北風)이 발블(勃發)ᄒᆞ여 만목(萬目)이 옹울(壅鬱)ᄒᆞ고 삭텬(朔天)이 엄엄(晻晻)ᄒᆞ여 음운(陰雲)이 니러나ᄂᆞᆫ ᄃᆞᆺ 긴 눈은 츄강의 샤일이 잠기며 빗난 눈섭은 가월이 텬창을 ᄯᅥᆯ쳣거ᄂᆞᆯ 셰 가ᄅᆡ 쳥슈 미염(美髥)이 보ᄃᆡ 우희 셔
려 스ᄉᆞ로 움ᄌᆞ여 하날을 ᄀᆞᄅᆞ치ᄆᆡ 노긔ᄅᆞᆯ 니긔디 못ᄒᆞ니 댱공이 녀 56면
원홍의 다ᄅᆡ믈 조ᄎᆞ 집의 도라와 부인과 ᄋᆞᄌᆞ다려 의논치도 아니ᄒᆞ고 바로 이리 와 셔어(齟齬)ᄒᆞᆫ 쇠와 단쳔(短淺)ᄒᆞᆫ 디혜로 경경조ᄅᆞᆯ 욱딜너 ᄌᆞ긔ᄅᆞᆯ 능모(陵侮)ᄒᆞ던 분을 셜ᄒᆞ며 ᄯᆞᆯ 둔 ᄌᆞ의 구구(區區)ᄒᆞ미 훌연이 숨을 드리그어 일언(一言)을 못 ᄒᆞ고 오딕 혼인(婚姻)을 못 밋ᄎᆞᆯ ᄃᆞᆺ 허락ᄒᆞ여 만금일교(萬金一嬌)로뼈 셰린의 ᄌᆡ취ᄅᆞᆯ 감히 염(厭)치 못ᄒᆞᆯ가 혜아리고 ᄋᆞᄃᆞᆯ 둔 ᄌᆞ의 쾌ᄒᆞ미 오날ᄂᆞᆯ 긔운을 비양(飛揚)ᄒᆞ여 말ᄉᆞᆷ을 삼가지 아니코 도로혀 경시의 음쳔(淫賤)ᄒᆞ믈 더러이 넉

이ᄂᆞᆫ ᄃᆞ시 ᄒᆞ여 정공으로 ᄒᆞ여곰 ᄎᆞ후(此後)나 기녀(其女)ᄅᆞᆯ 경계ᄒᆞ
여 슈ᄒᆡᆼᄀᆡ션(修行改善)콰져 ᄒᆞᄂᆞᆫ 뜻을 뵈여 정공의 ᄀᆞᆺ초 참치슈괴(慘
恥羞愧)ᄒᆞ믈 보고ᄌᆞ 뜻이러니 ᄉᆡᆼ각디 아닌 정공의 쥰위ᄒᆞᆫ 긔상이 튱
텬(衝天)ᄒᆞ고 격상(激上)ᄒᆞᆫ 언에(言語) 반졈(半點) 구구ᄒᆞ미 업ᄉᆞᆯ 쁜
아니라 젼후 소유근파(所由根派)ᄅᆞᆯ 일일ᄒᆡ셕(一一解釋)ᄒᆞ라 ᄒᆞ여 ᄉᆞ
긔 만분블호(萬分不好)ᄒᆞ며 젹승가연(赤繩佳緣)을 ᄆᆡᄌᆞᆯ 뜻은 몽니
57면 (夢裏)의도 잇디 아니ᄒᆞ니 향ᄀᆡᆨ(嚮刻)의 양양쾌활(揚揚快活)ᄒᆞ며 환
희흔심(歡喜欣心)ᄒᆞ던 ᄇᆡ 크게 패흥(敗興)ᄒᆞ고 낙막(落寞)ᄒᆞ여 아연
져상(沮喪)ᄒᆞ니 안ᄉᆡᆨ(顏色)이 혹쳥혹홍(或青或紅)ᄒᆞ여 목우인(木偶
人)ᄀᆞᆺ치 경조의 풍의(風儀)ᄅᆞᆯ 우러러 날연츅쳑(苶然蹙蹐)ᄒᆞ며 블안
황민(不安惶憫)ᄒᆞ여 날ᄂᆡ 말을 일우디 못ᄒᆞ니 댱공이 본ᄃᆡ 곡ᄃᆡᆨ(曲
直)을 ᄌᆞ셔히 알오미 업고 다만 녀원홍이 니ᄅᆞᄃᆡ 녕윤(令胤)과 정시
녜 ᄉᆞ졍을 두어 셔로 화상(畫像)을 ᄀᆡᆺ쳐 딘면(眞面)을 ᄃᆡᄒᆞ드시 ᄆᆡᆼ약
(盟約)ᄒᆞᄂᆞᆫ 신믈(信物)을 삼고 피ᄎᆡ 극음극챵(極淫極娼)ᄒᆞ여 밀논(密
論)과 사심이 교칠(膠漆)의 합ᄒᆞᄃᆡ 남녜 다 부모친족(父母親族)이 아
디 못ᄒᆞ므로뼈 감히 방ᄌᆞ치 못ᄒᆞ여 기리 긔휘ᄒᆞ고 억졔ᄒᆞ니 녕윤(令
胤)의 ᄉᆞ질(死疾)을 디ᄂᆡ민ᄌᆞᆨ 정시ᄅᆞᆯ 슈히 우봉(遇逢)치 못ᄒᆞᆯ가 초창
ᄉᆞ렴(憔愴思念)ᄒᆞ미니 ᄒᆞᆫ번 희소ᄒᆞᆷ도 긔ᄒᆡᆼ디ᄉᆡ(奇幸之事)어ᄂᆞᆯ 상ᄉᆞ
일념(想思一念)이 고항(膏肓)을 침노ᄒᆞᄂᆞᆫ 슉병(宿病)이 되여 다시 딘
발(進發)ᄒᆞᄆᆡ 능히 ᄉᆞᆯ기ᄅᆞᆯ 엇디 못ᄒᆞ리니 쾌히 구친(求親)ᄒᆞ여 이 소
유(所由)로뼈 경염의게 고ᄒᆞ여 슈히 뉵녜(六禮)ᄅᆞᆯ 구ᄒᆡᆼ(俱行)ᄒᆞ여 문
58면 승의 초챵단우(悄愴斷憂)ᄒᆞᄂᆞᆫ 상ᄉᆞ(想思) 원념을 덜미 ᄒᆡᆼ심(幸甚)이
오 ᄯᅩᄂᆞᆫ 녕윤(令胤)의 초인발췌(超人拔萃)ᄒᆞ미 ᄋᆞ녀의 박용누딜(薄

容陋質)노ᄂᆞᆫ 텬디(天地) ᄀᆞᆺᄐᆞ니 이졔 절셰묘염(絶世妙艶)을 구ᄒᆞ여
빵을 가ᄌᆞ라니 ᄒᆞ여 녕낭의 풍ᄎᆡ롤 빗ᄂᆡ고 상문교와(相門嬌瓦)로뼈
슬하롤 츙만ᄒᆞ여 셰한(歲限)의 두터오므로뼈 겹겹 인아(姻婭)의 졍을
ᄆᆡᄌᆞ미 구ᄒᆞ여 엇기 어려온 쾌ᄉᆡ(快事)라 ᄒᆞ믈 조ᄎᆞ ᄒᆡᆼ심쾌열(幸甚快
悅)ᄒᆞ며 희환블승(喜歡不勝)ᄒᆞ여 그 디공무ᄉᆞ(至公無私)ᄒᆞ믈 칭양복
복(稱揚僕僕)ᄒᆞ고 쇽디졍부ᄒᆞ여 셔어ᄒᆞᆫ 쇠로 졍경조롤 ᄉᆡᆨ디ᄅᆞ고ᄌᆞ
ᄒᆞ다가 이 ᄀᆞᆺᄐᆞᆫ 곡경(曲境)을 당ᄒᆞ여 소유(所由)롤 ᄇᆞᆰ혀 니롤 거시 업
ᄉᆞ니 녀원홍의게 드론 바롤 옴기고ᄌᆞ ᄒᆞ나 경좌 더옥 노ᄒᆞ고 분분ᄒᆞ
여 ᄌᆞ셔히 아디 못ᄒᆞᄂᆞᆫ 바롤 녀원홍의 일언(一言)으로뼈 상문교와(相
門嬌瓦)롤 함디깅참(陷地坑塹)ᄒᆞᆫ다 ᄒᆞᆯ가 두려 능히 바ᄅᆞᆫᄃᆡ로 못ᄒᆞ고
잡된 의ᄉᆞ와 좀쇠롤 두어 ᄉᆡᆼ각ᄒᆞᄃᆡ 녀츄밀이 무근ᄆᆡᆼ낭디셜(無根孟浪
之說)은 아니 ᄒᆞᆯ 사ᄅᆞᆷ일 ᄲᅳᆫ 아니라 향ᄌᆞ(向者) 셰린의 병이 과연 슈상
ᄒᆞ던 거시니 그 어이 ᄉᆞ상지딜(思相之疾)이 아니리오? 남녜 졍의 합 59면
ᄒᆞ여 셔로 얼골을 그려 신믈을 삼아시ᄃᆡ 냥가부뫼(兩家父母) 비록 아
디 못ᄒᆞ여시나 셰ᄋᆞ와 닌홍 등은 졍의각별(情誼各別)ᄒᆞ니 반ᄃᆞ시 은
밀디ᄉᆡ(隱密之事)라도 셔로 모롤 거시 아니오 졍시의 복시 비ᄌᆡ(婢
子) 더옥 닉이 알니니 이제 ᄃᆡ답을 이리 다혀 은빅이 비록 통울에분
(痛鬱恚憤)ᄒᆞ나 기녀(其女)의 소ᄒᆡᆼ(所行)이 쾌(快)치 못ᄒᆞ니 필경(畢
竟) ᄒᆞᆯ일업셔 인셥기단(引攝其端)ᄒᆞ여 ᄌᆞ괴(自愧)ᄒᆞᄂᆞᆫ 디경이 되게
ᄒᆞ리라 ᄒᆞ고 믄득 앙연(怏然)[83]이 우어 왈

83 앙연(怏然): 야속하거나 원망하는 듯함.

“피ᄎᆞ(彼此) ᄌᆞ녀의 무힝난일(無行亂逸)ᄒᆞ믈 망연브디(茫然不知)ᄒᆞ여 미리 경계(警戒)ᄒᆞ믈 두디 못ᄒᆞᆫ 타ᄉᆞ로 미돈(迷豚)은 월장규벽(越墻窺壁)의 투향디심(偸香之心)을 두며 녕녀(令女)ᄂᆞᆫ 문군(文君)의 고ᄉᆞ(故事)[84]ᄅᆞᆯ 효측(效則)ᄒᆞ여 교랑의 화간이 허믈 되믈 아디 못ᄒᆞ니 냥가부뫼 블힝ᄒᆞ미 일테라. 내 ᄆᆞ음과 은빅의 뜻이 ᄒᆡ연(駭然)ᄒᆞ믈 견즐 곳이 업거ᄂᆞᆯ 엇디 분분ᄒᆞ여 녕녀(令女)의 청결ᄒᆞ미 츄상을 능만
60면 (凌慢)ᄒᆞ고 ᄇᆡᆨ옥(白玉)이 무하(無瑕)ᄒᆞᆫ 바ᄅᆞᆯ 쇼뎨 음샤(淫邪)히 함ᄒᆡ(陷害)코ᄌᆞ ᄒᆞᄂᆞᆫ ᄃᆞ시 말ᄒᆞᄂᆞ뇨? 쇼뎨 비록 혼암블찰(昏暗不察)이나 임의 낭ᄌᆞ(狼藉)ᄒᆞ여 거실의 모로리 업ᄉᆞᆫ 바ᄅᆞᆯ 냥목(兩目)이 병드디 아닌디라 엇디 보고 듯디 못ᄒᆞ리오? 미돈(迷豚)이 녕녀(令女)의 화상(畫像)으로뼈 슈듕(手中)의 긔화ᄅᆞᆯ 삼아시며 녕녜 돈ᄋᆞ(豚兒)의 화도(畫圖)로뼈 죵신(終身)을 의탁(依託)ᄒᆞ니 냥가부뫼(兩家父母) 비록 아득히 모로미 되여시나 그 좌우 시ᄋᆞ(侍兒)와 디긔(知己)의 붕ᄇᆡ(朋輩)ᄂᆞᆫ 반ᄃᆞ시 알오미 이실 거시오 기듕(其中) 인딘(引進)ᄒᆞᄂᆞᆫ ᄌᆡ 이시므로 일이 그러틋 되여시니 원보 등은 가ᄋᆞ(家兒)로 더브러 ᄉᆞ싱디괴(死生之交)라. 비록 은밀디ᄉᆡ(隱密之事)라도 셔로 은휘(隱諱)ᄒᆞ미 업ᄉᆞᆯ디라. 쇼유ᄉᆞᄅᆞᆯ 녕윤(令胤) 등과 녕녀의 좌우ᄅᆞᆯ 탐디(探知)ᄒᆞ면

---

84 문군(文君)의 고ᄉᆞ(故事): 탁문군의 고사. 사마상여는 탁왕손의 집 연회에 초대받아 갔다가 갓 과부가 된 탁문군이 얼굴이 곱고 음률을 좋아한다는 것을 알고, 거문고로 〈봉구황곡(鳳求凰曲)〉을 타니 밤에 탁문군이 사마상여에게로 달려와 부부가 되었다 함. 사마상여가 무릉(武陵)의 딸을 첩으로 맞으려 하자 〈백두음(白頭吟)〉을 지어 단념케 했고, 남편이 죽자 뇌문(誄文)을 지었음. 뇌문이란 ‘죽은 사람의 생전(生前) 공덕을 열거하여 칭송한 글이나 그러한 문체’를 말함.

거의 슈미곡딕(首尾曲直)이 ᄌᆞ셔ᄒᆞ리니 엇디 날다려 셰셰밀ᄉᆞ(細細密事)를 다 베풀나 ᄒᆞᄂᆞ뇨? 쇼뎨 원간 가ᄋᆞ(家兒)를 ᄃᆡᄒᆞ여 젼후연유(前後緣由)를 뭇디 아녀시므로 그 인딘ᄒᆞᆫ 바와 동심(同心)ᄒᆞ여 우익(右翼)이 된 바를 아디 못ᄒᆞᄃᆡ 혜건ᄃᆡ 녕윤(令胤) 등이 망ᄆᆡ(茫昧)치 아닐 ᄃᆞᆺᄒᆞ도다." 61면

경죄 쳥파(聽罷)의 분연대로(憤然大怒)ᄒᆞ여 광미(廣眉)를 거ᄉᆞ리고 소ᄅᆡ를 ᄆᆡ이ᄒᆞ여 닌흥을 브ᄅᆞ라 ᄒᆞ며 노안(怒顔)을 빗겨 닌유를 보니 위풍(威風)이 규규(赳赳)ᄒᆞ여 셜듕(雪中) 슈ᄉᆡᆨ(羞色)의 삭풍(朔風)이 엄녈(嚴烈)ᄒᆞᆫ ᄃᆞᆺ ᄎᆞᆫ 빗치 좌우를 동(動)ᄒᆞ니 딕ᄉᆡ 일호죄과(一毫罪過)를 범(犯)ᄒᆞ미 업시 엄안(嚴顔)을 우러르ᄆᆡ 튝쳑블용(蹴踖不容)ᄒᆞ여 ᄇᆡ한(背汗)이 졈의(沾衣)ᄒᆞ고 황황젼뉼(惶惶戰慄)ᄒᆞ니 오딕 복슈국궁(伏受鞠躬)ᄒᆞ여 감히 낫출 드디 못ᄒᆞ더라.

ᄡᅵ의 학ᄉᆡ 소명(召命)을 니어 니어나오ᄆᆡ 딕ᄉᆞ 등이 니러 마ᄌᆞ며 경죄 학ᄉᆞ를 보ᄆᆡ 노긔층가(怒氣層加)ᄒᆞ여 미쳐 갓가이 오믈 기다리 못ᄒᆞ여 계오 난함(欄檻)의 오ᄅᆞᄆᆡ 녀셩즐디(厲聲叱之) 왈

"블초ᄌᆡ(不肖子) 어버의 교훈(敎訓)을 의디ᄒᆞ여 비록 학도(學道)의 셩취치 못ᄒᆞ나 일분패리(一分悖理)의 삼가미 이시니 반ᄃᆞ시 벗을 ᄉᆞᄆᆡ 현우션인(賢友善人)을 골힐 거시어늘 댱셰린 ᄑᆡᄌᆞ(悖子)를 결교(結交)ᄒᆞ여 관포(管鮑)[85]의 알오믈 두ᄆᆡ 일ᄆᆡ(一妹)를 누셜(陋說)의 뭇 62면

85 관포(管鮑): 관포(管鮑)는 춘추시대 제나라 사람 관중(管仲)과 포숙아(鮑叔牙)를 일컬음. 두 사람이 젊었을 때 같이 장사를 했는데, 곤궁했던 관중은 포숙아를 속여 이익을 많이 취했지만 포숙아는 그의 곤궁함을 알았기 때문에 따지지 않았다고 함. 이렇듯 아주 친한 친구 사이의 사귐이나 자신을 알아주는 친구를 말할 때 흔히 '관포지교(管鮑之交)'라고 함.

딜너 셰간(世間)의 잇디 아닌 흉얼(凶孽)을 깃치니 이 므솜 도리뇨?"

혹ᄉᆡ 쳔만블의(千萬不意)로뼈 가졍의 노즐(怒叱)을 당ᄒᆞ나 슈미곡딕(首尾曲直)을 망연블각(茫然不覺)ᄒᆞ니 경ᄒᆡ(驚駭)ᄒᆞ며 의괴(疑怪)ᄒᆞ여 아모리 ᄒᆞᆯ 바ᄅᆞᆯ 모로ᄂᆞᆫ디라. 경죄 엇디 ᄋᆞᄌᆞ의 아디 못ᄒᆞ미 ᄌᆞ가와 다ᄅᆞ디 아니믈 모로디 아니리오마ᄂᆞᆫ 혹ᄉᆡ 평일(平日)의 댱삼낭의 포원(抱怨)ᄒᆞᆫ 위인(爲人)을 ᄉᆞ랑ᄒᆞ여 교계심후(交契深厚)ᄒᆞ니 긔특ᄒᆞᆫ ᄋᆡ붕(愛朋)을 ᄃᆡ졉ᄒᆞ여 졍의 골육 ᄀᆞᆺᄐᆞ므로 댱공이 믄득 블미음픠디ᄉᆞ(不美淫悖之事)ᄅᆞᆯ 혹ᄉᆞ 등이 인딘ᄒᆞᆫ ᄃᆞ시 ᄒᆞ믈 졀분통ᄒᆡ(切憤痛駭)ᄒᆞ여 튱텬(衝天)ᄒᆞᆫ 노긔(怒氣)ᄅᆞᆯ 플 곳이 업ᄉᆞ니 ᄌᆞ연 죄췩(罪責)이 혹ᄉᆞ 신샹(身上)의 도라디ᄂᆞᆫ디라. 분연(奮然)이 셔안(書案)을 박ᄎᆞ고 녀셩대즐(厲聲大叱) 왈

"욕ᄌᆡ 댱셰린 음패디ᄌᆞ(淫悖之子)로 폐부(肺腑)ᄅᆞᆯ 상됴(相照)ᄒᆞ여 그 난일탕음(亂逸蕩淫)ᄒᆞ믈 동심합녁(同心合力)ᄒᆞ여 어린 누의ᄅᆞᆯ 참누흉얼(慙累凶孽)노뼈 무거운 악명(惡名)과 한업ᄉᆞᆫ 욕되믈 더어 비록 63면 허명(虛名)이나 블측비루(不測鄙陋)ᄒᆞᄆᆡ 니ᄅᆞ니 허다 블힝ᄒᆞᆷ과 층쳡(層疊)ᄒᆞᆫ 난괴(赧愧)ᄒᆞ믈 어ᄃᆡ ᄡᆞ흐리오? 오문(吾門)의 남ᄌᆞ녀인(男子女人)이 일즉 관인(寬仁)ᄒᆞᆫ 아름다오미 업ᄉᆞ나 오딕 션조여풍(先祖餘風)과 문풍셰덕(門風世德)을 니어 남ᄌᆞᄂᆞᆫ 뎡딕힝의(正直行義)ᄒᆞ고 녀ᄌᆞᄂᆞᆫ 졍녈개결(貞烈介潔)ᄒᆞ여 암연(黯然)ᄒᆞᆫ 가림과 누연(陋然)ᄒᆞᆫ 더러오믄 쳔니(千里)의 멀오미 잇더니 너 블초(不肖)의 밋쳐 교우(交友)ᄒᆞ믈 그ᄅᆞᆺᄒᆞᄆᆡ 사ᄅᆞᆷ의 졍시(正視)치 못ᄒᆞᆯ 비얼(卑孼)과 누셜(陋說)이 내 귀의 도라오니 내 일즉 글을 닑으ᄆᆡ 딘풍의 탕음(蕩淫)ᄒᆞᆷ과 규듕(閨中) 뉴마의 난음(亂淫)ᄒᆞ믈 강개(慷慨)치 아닐 젹이 업ᄉᆞ

며 션문의 패륜(悖倫)ᄒᆞᄆᆡ 다ᄃᆞ라ᄂᆞᆫ 눈을 ᄀᆞ리와 보디 아니ᄒᆞ고 소셩듕 왕교랑·가운화의 니ᄅᆞ러ᄂᆞᆫ ᄎᆡᆨ(冊)을 뎝혀 보디 아니ᄒᆞ믈 욕ᄌᆡ 거의 아ᄂᆞᆫ ᄇᆡ어ᄂᆞᆯ 홀연 이륙디셰(二六之歲)ᄅᆞᆯ 당치 못ᄒᆞᆫ 누의로ᄲᅧ 교랑·가녀의 음쳔(淫賤)ᄒᆞ믈 깃치니 내 이졔 텬뉸디ᄋᆡ(天倫之愛)ᄅᆞᆯ ᄭᅳᆺ쳐 탕ᄌᆞ(蕩子) 셰린의 음누(淫陋)ᄒᆞᆫ 망의(妄意)ᄅᆞᆯ ᄭᅳᆺᄎᆞ려니와 너의 댱튝으로 각별 결교(結交)ᄒᆞᆫ 죄ᄅᆞᆯ 엇디 샤(赦)ᄒᆞ리오?" 64면

셜파(說罷)의 위엄(威嚴)이 산악(山嶽) ᄀᆞᆺᄐᆞ며 호령(號令)이 딜풍폭우(疾風暴雨) ᄀᆞᆺᄐᆞ여 좌우ᄅᆞᆯ ᄭᅮ디져 ᄒᆞᆨᄉᆞᄅᆞᆯ ᄌᆞᆸ아 나리오고 창두(蒼頭)ᄅᆞᆯ 명ᄒᆞ여 산장(散杖)[86]을 나오라 ᄒᆞ니 학ᄉᆡ ᄌᆞ긔 몸의 원민(怨憫)ᄒᆞᆫ ᄎᆡᆨ벌(責罰)은 경동(驚動)ᄒᆞ미 업ᄉᆞᄃᆡ ᄆᆡ뎨(妹弟)[87]의 신상(身上)의 ᄎᆞᆷ얼(慘孼)이 미ᄎᆞ믈 비로소 ᄭᆡ다라 대경대ᄒᆡ(大驚大駭)ᄒᆞ며 향ᄌᆞ(向者) 댱삼낭의 병이 분명 상ᄉᆞ디렴(想思之念)으로 비로ᄉᆞ믈 ᄒᆡ연(駭然)이 넉이나 쇼ᄆᆡᄅᆞᆯ ᄉᆞ상ᄒᆞᆫ 줄이야 몽니(夢裏)의나 ᄯᅳᆺᄒᆞ여시리오? 오히려 화도디셜(畫圖之說)과 댱공의 슈다셜홰(數多說話) 다 쇼ᄆᆡ(小妹)의게 누욕(陋辱)이 비경(非輕)ᄒᆞ믈 ᄎᆡ 듯디 못ᄒᆞ여시나 참분통ᄒᆡ(慙憤痛駭)ᄒᆞ미 야야(爺爺)의 ᄯᅳᆺ으로 일반이로ᄃᆡ 엄뇌(嚴怒) 딘쳡ᄒᆞ여 죄ᄎᆡᆨ(罪責)이 ᄌᆞ긔의게 밋ᄂᆞᆫ 바의 잠시ᄅᆞᆯ 평상치 못ᄒᆞ여 년망이 면관ᄒᆡᄃᆡ(免冠解帶)ᄒᆞ고 복디ᄃᆡ명(伏地待命) ᄒᆞᆯᄉᆡ ᄃᆡᆨᄉᆞ와 닌명이 일시의 튝쳑(蹴踖)ᄒᆞ여 각각 죄ᄅᆞᆯ 당ᄒᆞᆫ ᄃᆞᆺ 면ᄉᆡᆨ(面色)이 여회(如灰)

86 산장(散杖): 죄인을 심문할 때 협박하는 뜻으로 형장(刑杖)이나 태장(笞杖)을 죄인의 눈앞에 벌여놓는 일.

87 ᄆᆡ데(妹弟): 매제. 문맥상 누이동생인 정성염을 가리킴.

ᄒᆞᄃᆡ 학ᄉᆡ 오딕 경슌(敬順)ᄒᆞ며 조심ᄒᆞ미 디극홀디언졍 안ᄉᆡᆨ(顔色)
65면 의 온화유열(溫和愉悅)ᄒᆞ미 ᄒᆞᆫ갈ᄀᆞᆺᄐᆞ여 졔뎨의 면무인ᄉᆡᆨ(面無人色)[88] ᄒᆞᆷ과 다ᄅᆞᆫ디라. 이에 댱벌(杖罰)의 나아가기의 미ᄎᆞᄆᆡ 댱샹을 우러러 ᄌᆡᄇᆡ왈(再拜曰)

“블초ᄋᆡ(不肖兒) 무상(無狀)ᄒᆞ와 엄훈(嚴訓)의 명셩(明聖)ᄒᆞ시믈 밧ᄌᆞ오ᄃᆡ 능히 만일을 봉ᄒᆡᆼ(奉行)치 못ᄒᆞ옵고 일족 붕당(朋黨)을 호락(好樂)ᄒᆞ오ᄆᆡ 경을 뽀드며 ᄆᆞᄋᆞᆷ을 기우린 바의 취기 소댱(消長)ᄒᆞ고 기기(其氣) 쇼단(消短)ᄒᆞ여 댱셰린의 슈심견ᄒᆡᆼ(獸心犬行)【즘ᄉᆡᆼ의 ᄆᆞᄋᆞᆷ과 ᄀᆡ ᄒᆡᆼ실이란 말이다】을 막연브디(漠然不知)ᄒᆞ옵고 셔로 결교(結交)ᄒᆞ미 디극ᄒᆞ옵더니 금일 엄교(嚴敎)ᄅᆞᆯ 듯ᄌᆞ오ᄆᆡ 경ᄒᆡᄎᆞ악(驚駭嗟愕)ᄒᆞ믈 니긔디 못ᄒᆞ옵ᄂᆞ니 어두오며 블찰(不察)ᄒᆞ여 디인교우(知人交友)치 못ᄒᆞᆫ 죄ᄅᆞᆯ 엄하(嚴下)의 밧ᄌᆞᆸ고 기간(其間)의 음ᄑᆡᄎᆞᆷ측(淫悖慘測)ᄒᆞ믈 져다려 ᄒᆞᆫ번 뭇ᄉᆞ와 ᄆᆡ뎨의 누셜(陋說)을 신ᄇᆡᆨ(伸白)ᄒᆞ오려니와 이 블ᄒᆡᆼ통완(不幸痛惋)ᄒᆞ믈 엇디 니긔리잇고? 댱존공이 ᄌᆡ좌(在座)시니 셰린이 비록 대병디여(大病之餘) 광탕난일(狂蕩亂逸)ᄒᆞ미 익어구일(益於久日)【녯날보다 더ᄒᆞ단 말이라】이올디라도 그 ᄆᆡᆼ낭무거(孟浪無據)ᄒᆞᆫ 바로ᄡᅧ 부형디젼(父兄之前)의 들니디 아니ᄒᆞ오리니 어ᄃᆡ로조ᄎᆞ 인연(因緣)ᄒᆞ여 상문심합(相門深閤)을 ᄉᆞ못ᄎᆞ음누패란(淫陋悖亂)ᄒᆞ믈 ᄌᆞ당(自當)ᄒᆞ며 허다(許多) 유취악명(遺臭
66면 惡名)으로ᄡᅧ ᄉᆞ류슈ᄒᆡᆼ(士流修行)을 함ᄒᆡ(陷害)ᄒᆞ여 명교(明敎)의 득

88 면무인ᄉᆡᆨ(面無人色): 면무인색. 몹시 놀라거나 겁에 질려 얼굴에 핏기가 없는 상태를 말함.

죄ᄒᆞ고 념연(恬然)이 거리ᄭᅵ디 아니리잇고? 이ᄂᆞᆫ 실셩취광디인(失性醉狂之人)이라도 ᄎᆞ마 못 ᄒᆞᆯ 일이로소이다.”

셜파(說罷)의 안식(顏色)을 블변(不變)ᄒᆞ며 긔운이 나즉ᄒᆞ여 고요히 슈장(受杖)ᄒᆞᆯ시 공의 고찰(考察)ᄒᆞᄂᆞᆫ 호령(號令)이 가디록 녈녈(烈烈)ᄒᆞ여 이에 셜분(雪憤)ᄒᆞ려 ᄒᆞᄂᆞᆫ디라. 창뒤(蒼頭) 십분초황(十分焦遑)ᄒᆞᄃᆡ 뼈곰 인졍을 두디 못ᄒᆞ여 힘을 다ᄒᆞ니 슈십 장의 밋디 못ᄒᆞ여셔 옥뷔(玉膚) 임의 상훼(傷毁)ᄒᆞ여 뉴혈(流血)이 낭ᄌᆞᄒᆞᄃᆡ 혹ᄉᆡ 호흡(呼吸)을 낫초고 일셩(一聲)을 브동(不動)ᄒᆞ야 두리며 조심ᄒᆞ미 가득ᄒᆞ여 죽은 ᄃᆞᆺᄒᆞᆯ ᄲᅳᆫ이오 질통(疾痛)ᄒᆞᄂᆞᆫ 거동과 원민ᄒᆞᆫ 빗치 아니ᄒᆞ야 비록 엄젼의 슈장(受杖)ᄒᆞ나 디ᄌᆞ의 미셩ᄒᆞᆷ과 쳑동(尺童)의 유츙(幼沖)ᄒᆞ므로 ᄂᆡ도ᄒᆞ거놀 ᄯᅳᆺ 아닌 죄칙을 당ᄒᆞ야 살히 ᄒᆡ여디고 피ᄲᅩ다지니 부듕(府中)의 하쳔장확(下賤壯獲)도 ᄌᆞ로 밧디 아닛ᄂᆞᆫ 듕장(重杖)이라. 일단 괴연ᄒᆞ미 업디 아니니 옥면(玉面)을 기리 숙여시나 셜뷔(雪膚) 은연이 홍예(紅霓)ᄒᆞ믈 면치 못ᄒᆞ니 그 거동이 심히 어엿분디라. 쇼뷔 경조의 어위(御威)ᄒᆞᆫ 셩졍(性情)을 알오ᄃᆡ 혹ᄉᆞ의 원민히 슈장(受杖)ᄒᆞ믈 ᄎᆞᆷ디 못ᄒᆞ여 죄 아닌 바의 그만 샤(赦)ᄒᆞ시믈 쳥ᄒᆞ며 ᄃᆞᆨ시 쳬읍고두(涕泣叩頭)ᄒᆞ여 형뎨 ᄒᆞᆫ가지로 슈장ᄒᆞ여 사ᄅᆞᆷ 그ᄅᆞᆺ ᄉᆞ괸 죄롤 다ᄉᆞ리샤믈 ᄋᆡ걸(哀乞)ᄒᆞᄆᆡ 소ᄅᆡ 오열(嗚咽)ᄒᆞ여 황황망조(遑遑罔措)ᄒᆞᄃᆡ 경좌 졔인(諸人)의 분분ᄒᆞᆫ 간언(諫言)을 드른 쳬 아니 ᄒᆞ고 다만 쇼부의 말을 답ᄒᆞ여 왈

“졔ᄋᆡ(諸兒) 댱셰린 탕ᄌᆞ(蕩子)롤 ᄉᆞ괴여 교되(交道) 블범(不凡)ᄒᆞᄃᆡ 기듕ᄌᆞ별(其中自別)ᄒᆞ믄 ᄂᆡ흥이라. 졔 비록 누의롤 흉얼(凶孽)의 뭇디ᄅᆞ고ᄌᆞ ᄒᆞ미 아니나 뉴뉴상종(類類相從)으로 의합슈젹(意合手適) 67면

ᄒᆞ니 욕ᄌᆞ(辱子)의 광망무식(狂妄無識)ᄒᆞ므로 ᄒᆞᆫ 무리 난일탕ᄌᆞ(亂逸蕩子)ᄅᆞᆯ 됴히 넉여 ᄉᆞ괴미 극ᄒᆞᄆᆡ 더러온 욕이 어린 누의게 미ᄎᆞ며 놀나온 말이 내 귀에 니ᄅᆞ니 통한에분(痛恨恚憤)ᄒᆞᆫ 거ᄉᆞᆯ 장ᄎᆞ 엇디 견ᄃᆡ리오? 블초ᄌᆞᄅᆞᆯ 듕치(重治)ᄒᆞᆫ 후 녀ᄋᆞᄅᆞᆯ 죽여 내 ᄆᆞᄋᆞᆷ의 거림

68면 ᄒᆞᆫ 거ᄉᆞᆯ 업시ᄒᆞ고 댱가 탕ᄌᆞ(蕩子)의 음일(淫佚)ᄒᆞᆫ 바라믈 슷쳐 이 분(忿)을 만일(萬一)이나 플니니 나의 심흉(心胸)의 블이 니ᄂᆞᆫ ᄃᆞᆺᄒᆞ거ᄂᆞᆯ 현뎨(賢弟) 엇디 이 ᄆᆞᄋᆞᆷ을 모로고 브졀업시 말니기ᄅᆞᆯ 슈고로이 ᄒᆞᄂᆞ뇨?”

도라 댱공을 향ᄒᆞ여 왈

“향긱(嚮刻) 닌흥다려 ᄒᆞ던 말을 형이 ᄯᅩᄒᆞᆫ 드러실디라. 녕낭(令郎)을 ᄉᆞ괴미 한(恨) 되나 음일난탕디ᄉᆞ(淫佚亂蕩之事)ᄂᆞᆫ 젼혀 아디 못ᄒᆞᄂᆞᆫ ᄃᆞᆺᄒᆞ니 인ᄌᆡ 벗을 위ᄒᆞ여 아비ᄅᆞᆯ ᄂᆡ외(內外)튼 아니리니 형이 ᄯᅩᄒᆞᆫ 녕윤(令胤)을 ᄃᆡᄒᆞ여 뭇기ᄅᆞᆯ 명샹(明詳)이 ᄒᆞ라.”

언필(言畢)의 다함 고찰ᄒᆞ여 긋칠 ᄯᅳᆺ이 업ᄉᆞ니 임의 ᄉᆞ십 장을 다ᄒᆞ여 피육(皮肉)이 후란ᄒᆞ고 뉴혈(流血)이 오ᄉᆞᆯ 좀으니 경죄 원간 ᄌᆞ뎨ᄅᆞᆯ 교훈ᄒᆞᄆᆡ 크게 엄슉(嚴肅)ᄒᆞ여 증셕(曾晳)[89]의 과도ᄒᆞᆫ 셩이 잇ᄂᆞᆫ디라. 졔ᄌᆞ의 우연ᄒᆞᆫ 허믈이라도 유연이 관샤(寬赦)ᄒᆞ미 업ᄉᆞ니 혹ᄉᆞ 등이 ᄌᆞ쇼(自少)로 ᄐᆡ벌(笞罰)의 알프믈 바다 혹 혈육(血肉)이 상(傷)ᄒᆞᆫ 젹이 잇던 ᄇᆡ나 공의 딘노(震怒)ᄒᆞ미 오날ᄂᆞᆯ ᄀᆞᆺᄐᆞ미 업고 장벌

89 증셕(曾晳): 증석. 춘추시대 노(魯)나라의 학자. 아들 증삼과 함께 공자의 제자로 알려진 인물. 증삼의 고사에 따르면, 증삼이 부친의 매를 피하지 않은 일을 두고 공자가 이는 진정한 효가 아님을 들어 책망했던 적이 있음. 증석은 아들 증삼을 충동적인 분노로 자주 때렸다고 함.

(杖罰)의 엄(嚴)ᄒᆞ미 ᄯᅩ 금일 ᄀᆞᆺᄐᆞ미 업ᄉᆞ니 학ᄉᆡ 비록 년과이팔(年過二八)ᄒᆞ여 댱웅쥰격(壯雄峻激)ᄒᆞ미 범뉴(凡類)로 만히 다ᄅᆞ미 이시나 골격인ᄌᆞᆨ 쳥슈쇄려(淸秀灑麗)ᄒᆞ여 응디(凝脂) 셜부(雪膚)[90]의 염염연약(冉冉軟弱)ᄒᆞ미 경셩(傾城)[91]의 미인 ᄀᆞᆺᄐᆞ니 너모 쳥고쇄연(淸高灑然)ᄒᆞᆫ 듕의도 위인의 견고강ᄆᆡᆼ(堅固强猛)ᄒᆞ미 우쥬ᄅᆞᆯ 밧들 긔운과 븍ᄒᆡ(北海)ᄅᆞᆯ 넘쓀 호일(豪逸)ᄒᆞ미 잇ᄂᆞᆫ 고로 능히 듕장(重杖)을 견ᄃᆡ여 몸을 요동(搖動)ᄒᆞᆷ과 소ᄅᆡᄅᆞᆯ 발(發)ᄒᆞ미 업ᄉᆞ나 졈졈 신ᄉᆡᆨ(神色)[92]이 변ᄒᆞ여 ᄎᆞᆫ ᄌᆡ ᄀᆞᆺᄐᆞ니 쇼뷔 착급(着急)ᄒᆞ여 친히 듕계(中階)의 나려 졀ᄒᆞ며 학ᄉᆞ의 무죄(無罪)ᄒᆞ믈 일ᄏᆞᆮ고 샤(赦)ᄒᆞ시믈 빌ᄉᆡ 댱공이 ᄎᆞ경(此境)을 당ᄒᆞ여 무류(無聊)ᄒᆞ미 심ᄒᆞᆯ ᄲᅮᆫ 아니라 의계의 강엄녈슉(强嚴烈肅)ᄒᆞ미 무죄ᄒᆞᆫ ᄋᆞ돌을 이러ᄐᆞᆺ 듕장ᄒᆞ여 ᄉᆞᄉᆡᆼ(死生)을 녀렴(餘念)치 아니믈 보니 ᄀᆞ장 모딜고 ᄉᆡ험ᄒᆞ므로 아라 능히 더브러 말ᄒᆞ기 어려오믈 ᄭᆡ닷고 언언이 기녀(其女)ᄅᆞᆯ 죽여 업시ᄒᆞ믈 니ᄅᆞ니 딘진의 호연(好緣)과 인아(姻婭)의 두터오믄 다시 의논치 말고 일이 쳐음 계교와 ᄀᆞᆺ디 못ᄒᆞ여 도로혀 분난ᄒᆞ며 블호(不好)ᄒᆞ여 우환(憂患)이 되기의 밋ᄎᆞᆯ ᄇᆡ어ᄂᆞᆯ ᄒᆞ믈며 호ᄌᆡ(虎子) 돈견(豚犬)이 되디 아니ᄒᆞᄂᆞᆫ디라. 범의 ᄉᆞᆺ기 돗과 ᄀᆡ 되지 아니미라. 졍닌흥 곤계(昆季) 비록 기부(其父)의 위엄(威嚴)의 튝쳑(蹴踖)ᄒᆞ여 ᄒᆡᆼ블능졍(行不能正)ᄒᆞ고

69면

70면

90 셜부(雪膚): 설부. 눈처럼 흰 살결이란 뜻으로, 본래 아름다운 여인의 살결을 의미하지만 여기에서는 정인흥의 피부가 여인처럼 하얗고 곱다는 것을 강조하기 위해 가져온 표현.

91 경셩(傾城): 경성. '경성지색(傾城之色)'의 준말로, 나라가 기울어져도 모를 정도의 미인(美人)을 뜻함.

92 신ᄉᆡᆨ(神色): 신색. '안색(顔色)'의 높임 표현.

의블승약(義不勝約)ᄒᆞ나 본셩인즉 강항늠녈(强項凜烈)ᄒᆞ니 그 누의ᄅᆞᆯ 위ᄒᆞ여 누셜(陋說)을 벗기고 흉얼(凶孽)을 폭빅(暴白)[93]고ᄌᆞ ᄒᆞᄆᆡ ᄌᆞ긔 부ᄌᆞᄅᆞᆯ 괴이 두지 아니ᄒᆞ며 슌히 잇디 아닐가 즁졍(中情)[94]이 다겁(多怯)ᄒᆞᆫ 고로 블평블안(不平不安)ᄒᆞ믈 니긔디 못ᄒᆞ여 그윽이 초조ᄒᆞᄆᆡ 사ᄅᆞᆷ의 ᄉᆞ오나오미 다 져 ᄀᆞᄐᆞ냐? 이 악종(惡種)이 기부(其父)ᄅᆞᆯ 공경(恭敬)ᄒᆞ고 봉순(奉順)ᄒᆞ미 타인의 디나미 만흐나 다ᄅᆞᆫ 사ᄅᆞᆷ의 다ᄃᆞ라ᄂᆞᆫ 졔 아븨 ᄉᆞ오나온 셩을 니어 괴강악착(怪强齷齪)ᄒᆞ미 말ᄒᆞ디 못ᄒᆞᆯ ᄇᆡ어ᄂᆞᆯ '내 일시 ᄉᆡᆼ각기ᄅᆞᆯ 그ᄅᆞᆺᄒᆞ여 이 별믈악종(別物惡種)으로 공연이 결원(結怨)ᄒᆞ게 되여시니 내 평ᄉᆡᆼ 쳐셰ᄒᆞᄆᆡ 일이 쥬편(主便)ᄒᆞ믈 웃듬ᄒᆞ던 ᄇᆡ 그ᄅᆞᆺ되도다' 이쳐로 혜아리더라.

(책임교주 한정미)

93 폭빅(暴白): 폭백. 분한 사정을 들어 함부로 성을 내어 말로 변백(辨白)함.

94 즁졍(中情): 중정. 가슴속에 맺힌 감정이나 생각.

완월회맹연 玩月會盟宴

권디오십칠 卷之五十七

1면 셜표.[1] 댱공이 혜오ᄃᆡ

'내 ᄉᆡᆼ각기ᄅᆞᆯ 그ᄅᆞᆺᄒᆞ야 이 별믈악종(別物惡種)을 공연(空然)이 결원(結怨)ᄒᆞ게 되여시니 내 평ᄉᆡᆼ 쳐셰(處世)ᄒᆞᄆᆡ 일이 쥬편(主便)ᄒᆞ믈 웃듬ᄒᆞ여 인인(人人)이 날노ᄡᅧ 용녈(庸劣)ᄒᆞ여 혹 츄셰(趨勢)ᄒᆞᆫ다 ᄉᆞ디ᄌᆞ나 일즉 쵹쳐(觸處)의 손슌(遜順)ᄒᆞ여 사ᄅᆞᆷ으로 결원ᄒᆞ기ᄅᆞᆯ 망신(亡身)ᄒᆞᆯ 화근(禍根)으로 아라 삼가고 조심ᄒᆞ믈 디극히 ᄒᆞ던 ᄇᆡ 금일 편직(片刻)[2]의 평ᄉᆡᆼ공뷔(平生工夫) 그린 ᄯᅥᆨ이 되엿ᄂᆞᆫ디라. 이 일을 엇디ᄒᆞ면 ᄉᆞᆺ감기ᄅᆞᆯ 됴히 ᄒᆞᆯ고? ᄎᆞ뉴(此類)로 더브러 졍의(情誼) 젼ᄀᆞᆺ기ᄅᆞᆯ ᄇᆞ라디 못ᄒᆞᆯ ᄇᆡ니 ᄎᆞᆯ하리 녀츄밀의 니ᄅᆞ던 바ᄅᆞᆯ 셜파(說破)ᄒᆞ고 그ᄅᆞᆺᄒᆞ믈 샤죄(謝罪)ᄒᆞ여 볼가? 그리ᄒᆞ여도 은ᄇᆡᆨ의 노분(怒忿)이 ᄒᆞᆫ갈ᄀᆞᆺᄐᆞ면 이ᄅᆞᆯ 다시 엇디ᄒᆞᆯ고?'

ᄒᆞ여 쇽으로 우젼초민(憂煎焦悶)ᄒᆞ며 것ᄎᆞ로 여상여실(如喪如失)ᄒᆞ니 어린 ᄃᆞᆺ 취ᄒᆞᆫ ᄃᆞᆺ 뇌딘(雷震)의 ᄡᅧ러진 누에 아니면 쥬린 범을 만난 ᄀᆡ오 개ᄅᆞᆯ 만난 녀회라. 황황(惶惶)ᄒᆞ여 다라날 ᄃᆞᆺ 망망(忙忙)ᄒᆞ여 숨
2면 을 ᄃᆞᆺ 능히 좌셕(座席)을 ᄯᅥᆯ치고 니러나디 못ᄒᆞ며 난연슈치(赧然羞恥)[3]ᄒᆞ여 딘퇴유곡(進退維谷)이러니 쇼뷔 당의 나려 혹ᄉᆞᄅᆞᆯ 구ᄒᆞ믈 보고 ᄒᆡ음업시 몸을 니러 쇼부ᄅᆞᆯ ᄯᆞ라 듕계(中階)의 나리믈 ᄭᆡ닷디 못ᄒᆞ며 소ᄅᆡᄅᆞᆯ 나ᄌᆞᆨ이 ᄒᆞ여 왈

"쇼뎨 녕윤(令胤)으로ᄡᅧ 블초(不肖) 셰린의 음난패ᄒᆡᆼ(淫亂悖行)을 다

---

1 셜표: 설표. 발어사.

2 편직(片刻): 편각. 짧은 시간. 삽시간.

3 난연슈치(赧然羞恥): 난연수치. 얼굴을 붉히며 부끄러워함.

안다 ᄒᆞ미 아니라 년쇼붕ᄇᆡ(年少朋輩) 간의 혹 ᄆᆞ옴을 빗최여 은밀디
ᄉᆡ(隱密之事)라도 셔로 니ᄅᆞ미 이실가 ᄒᆞ미러니 원보의 막연브디(漠
然不知)ᄒᆞ미 형으로 다ᄅᆞ디 아니ᄒᆞ니 과연 알오미 잇셔도 무죄(無罪)
ᄒᆞᆯ 바의 더옥 아디 못ᄒᆞ미냐? 그 무죄히 슈장(受杖)ᄒᆞ믈 보ᄆᆡ 쇼뎨 낫
치 달호이고 ᄆᆞ옴이 ᄯᅥ러디ᄂᆞᆫ ᄃᆞᆺᄒᆞ니 쳥컨ᄃᆡ 과도(過度)ᄒᆞ믈 긋치고
쇼뎨의 말을 드ᄅᆞ라. ᄎᆞᄉᆡ(此事) 그리 분난(紛亂)ᄒᆞᆯ 거시 아니니 다시
가ᄋᆞ(家兒)의게 뭇고 허실딘가(虛實眞假)ᄅᆞᆯ 핵ᄉᆞ(覈査)ᄒᆞ여 언근(言
根)을 ᄎᆞᄌᆞ 쳐치(處置)ᄒᆞ믈 명ᄇᆡᆨ(明白)히 ᄒᆞ리니 엇디 일시의 급거
(急遽)ᄒᆞ믈 ᄉᆡᆼ각디 아니ᄒᆞᄂᆞ뇨?"

경죄 ᄃᆡᆨᄉᆞ 등의 황황(遑遑)히 ᄋᆡ걸(哀乞)ᄒᆞᆷ과 쇼부의 하졍ᄇᆡ걸(下庭
拜乞)ᄒᆞ믈 인ᄒᆞ여 ᄯᅩᄒᆞᆫ 학ᄉᆞ의 무죄(無罪)ᄒᆞ믈 아ᄂᆞᆫ ᄇᆡ라 튱텬(衝天)
ᄒᆞᆫ 분노ᄅᆞᆯ 실노 플 곳이 업ᄉᆞ므로 혹ᄉᆞ의게 죄(罪)ᄅᆞᆯ 더ᄒᆞ여 오히려 3면
샤(赦)ᄒᆞᆯ ᄠᅳᆺ이 업더니 댱공의 이 ᄀᆞᄐᆞᆫ 거조(擧措)ᄅᆞᆯ 보ᄆᆡ 그 망측ᄒᆞᆫ
비루(鄙陋)ᄂᆞᆫ ᄉᆡ로이 칙망(責望)ᄒᆞᆯ ᄇᆡ 아니어니와 졔 ᄯᅩ 디위슝고(地
位崇高)ᄒᆞ고 년긔(年紀) ᄌᆞ긔의 더으거ᄂᆞᆯ 비록 목젼(目前)의 잇디 아
니ᄒᆞ나 의명【댱창닌의 별호(別號)라】 ᄀᆞᄐᆞᆫ 현ᄌᆞ(賢子)ᄅᆞᆯ 둔 바의 노
예ᄀᆞᆺ치 호령(號令)ᄒᆞ며 하쳔(下賤)ᄀᆞᆺ치 박멸(薄蔑)치 못ᄒᆞᆯ ᄇᆡ라. 이
에 긔신거슈(起身擧手)ᄒᆞ여 공경(恭敬)ᄒᆞ믈 닐위여 댱공의 승당ᄒᆞ믈
쳥ᄒᆞ고 드ᄃᆡ여 학ᄉᆞᄅᆞᆯ 샤(赦)ᄒᆞ니 ᄃᆡᆨᄉᆞ 등이 블승ᄒᆡᆼ열(不勝幸悅)ᄒᆞ
여 ᄇᆡᆨᄇᆡ이샤(百拜而謝)ᄒᆞ고 ᄲᆞᆯ니 나아가 혹ᄉᆞᄅᆞᆯ 보ᄆᆡ 면ᄉᆡᆨ(面色)이
여회(如灰)ᄒᆞ며 호흡이 ᄭᅳᆫ쳐시니 황황ᄎᆞ악(遑遑嗟愕)ᄒᆞ여 급히 ᄆᆡᆫ
거ᄉᆞᆯ 그ᄅᆞ고 환약(丸藥)을 온ᄎᆞ(溫茶)의 화(和)ᄒᆞ여 입의 드리오ᄆᆡ
이윽고 학ᄉᆡ 긔운을 슈습(收拾)ᄒᆞ여 다시 당샹(堂上)을 우러러 고두

ᄇᆡ복(叩頭拜伏)ᄒᆞᆯᄉᆡ 동디안셔(動止安舒)ᄒᆞ며 긔운이 온화(溫和)ᄒᆞ여 ᄒᆞᆫ갈ᄀᆞᆺ치 두리고 조심ᄒᆞ미 디극(至極)ᄒᆞᆫ디라. 경조의 엄위쥰고(嚴威峻高)ᄒᆞ므로도 ᄋᆞᄌᆞ(兒子)의 무죄(無罪)히 슈벌(受罰)ᄒᆞᆷ과 이러ᄐᆞᆺ
4면 완슌유열(婉順愉悅)ᄒᆞ믈 년측(憐惻)ᄒᆞ여 잠간 노긔(怒氣)ᄅᆞᆯ ᄂᆞᆺ초며 안ᄉᆡᆨ(顔色)을 허(許)ᄒᆞ여 믈너가 옷ᄉᆞᆯ ᄀᆞᆺ치라 ᄒᆞ니 ᄒᆞᆨᄉᆡ 더옥 황감블승(惶感不勝)ᄒᆞ여 돈슈(頓首) ᄌᆡᄇᆡ이퇴(再拜而退)어ᄂᆞᆯ 경죄 다시 댱공을 향ᄒᆞ여 왈

"쇼뎨 임의 블초ᄌᆞ(不肖子)의 그ᄅᆞᆺ 교우(交友)ᄒᆞᆫ 죄ᄅᆞᆯ 다ᄉᆞ려시니 비로소 어린 ᄯᆞᆯ을 마ᄌᆞ 업시ᄒᆞ여 ᄆᆞ음의 거림ᄒᆞᆫ 거ᄉᆞᆯ 업게 ᄒᆞ고 녕윤(令胤)의 음잡(淫雜)ᄒᆞᆫ 탕심(蕩心)을 ᄭᅳᆫ케 ᄒᆞ리니 일이 지디(遲遲)ᄒᆞ여 더ᄃᆡᄆᆡ 결단(決斷)이 어려온 고로 ᄎᆞᆯ하리 골육을 잔ᄒᆡ(殘害)ᄒᆞᆫ 극악흉인(極惡凶人)이 될디언졍 ᄌᆞ식으로 ᄒᆞ여곰 평ᄉᆡᆼ의 욕됨과 죵신(終身)의 비루ᄒᆞ믈 감심(甘心)케 못ᄒᆞ리니 텬디지간(天地之間)의 잔인참독(殘忍慘毒)ᄒᆞ믈 ᄒᆡᆼᄒᆞᄂᆞᆫ 회푀(懷抱) 온젼치 못ᄒᆞ여 형으로 더브러 긴 셜화(說話)ᄅᆞᆯ 죵용히 베프디 못ᄒᆞᄂᆞ니 댱쟝셰월(長長歲月)의 셔로 모드미 빈빈(頻頻)ᄒᆞᆯ디라. 후일(後日) 다시 말ᄉᆞᆷᄒᆞ샤이다."

셜파(說罷)의 ᄉᆞᄆᆡᄅᆞᆯ ᄯᅥᆯ쳐 ᄂᆡ루(內樓)로 향ᄒᆞ니 쇼뷔 ᄀᆞ장 경황(驚惶)ᄒᆞ여 역시 댱공을 도라보아 왈

"죵시(從氏)의 긔ᄉᆡᆨ(氣色)이 텬뉸(天倫)을 버혀 골육을 잔ᄒᆡᄒᆞᄂᆞᆫ 변
5면 (變)을 디을 ᄃᆞᆺᄒᆞ니 블ᄒᆡᆼ경참(不幸驚慘)ᄒᆞ고 황황초민(惶惶焦悶)ᄒᆞᆫ디라. 쇼뎨 제딜(諸姪)노 더브러 죽기ᄅᆞᆯ 그음ᄒᆞ여 죵시(從氏)의 과거(過擧)ᄅᆞᆯ ᄒᆡᆼ(行)치 못ᄒᆞ시게 ᄒᆞ리니 형은 아등(我等)의 다 드러가믈 욕치 말고 분난(紛亂)ᄒᆞᆫ 듕이나 슈미곡딕(首尾曲直)을 ᄌᆞ셔히 니ᄅᆞ

라. 형이 이 듕의 말ᄉᆞᆷ이나 명ᄇᆡᆨ히 ᄒᆞ여 일분(一分)이나 녕윤(令胤)의 누셜(陋說)을 벗길딘ᄃᆡ 이 ᄯᅩ ᄒᆡᆼ(幸)치 아니랴?”

당공이 경조의 분연졸급(奮然猝急)히 입ᄂᆡ(入內)ᄒᆞᄂᆞᆫ 거동이 필경 큰 거조(擧措)ᄅᆞᆯ ᄒᆡᆼᄒᆞ여 반졈인졍(半點人情)이 머므디 아니믈 목도(目睹)ᄒᆞᄆᆡ 더옥 경구(驚懼)ᄒᆞ여 기녀(其女)ᄅᆞᆯ 죽이고 원슈ᄅᆞᆯ ᄌᆞ긔 부ᄌᆞ(父子)의게 갑흐려 ᄒᆞᄂᆞᆫ가 블ᄒᆡᆼᄎᆞ악(不幸嗟愕)ᄒᆞ믈 니긔디 못ᄒᆞ더니 쇼부의 말을 드ᄅᆞᄆᆡ ᄀᆞ장 다ᄒᆡᆼ(多幸)ᄒᆞ여 년망(連忙)이 그 ᄉᆞᄆᆡᄅᆞᆯ 븟들고 믄득 혀 ᄎᆞ 골오ᄃᆡ

“이졔 은ᄇᆡᆨ의 노(怒)ᄒᆞᄂᆞᆫ 거동이 하날을 쎄칠 ᄃᆞᆺᄒᆞ여 사ᄅᆞᆷ이 말을 븟치기 어려오니 쇼뎨 초(初)의 이 블미디ᄉᆞ(不美之事)ᄅᆞᆯ 가져 발셜(發說)ᄒᆞ믈 그ᄅᆞᆺᄒᆞ여시니 과연 오디죄(吾之罪)오 후회막급이라. 엇디 드ᄅᆞᆫ 바ᄅᆞᆯ 올흔 ᄃᆡ로 고(告)코ᄌᆞ 아니리오마ᄂᆞᆫ 은ᄇᆡᆨ의 분뇌 급발(急發)ᄒᆞᄆᆡ 사ᄅᆞᆷ을 혜지 아니ᄒᆞ니 두로 화긔(和氣)ᄅᆞᆯ 상(傷)ᄒᆡ오며 동됴(同祖)의 졍(情)을 변(變)ᄒᆞᆯ가 즉시 토셜(吐說)치 못ᄒᆞ미러니 슈ᄇᆡᆨ이 이러ᄐᆞᆺ ᄆᆞᆺᄂᆞᆫ 바의 엇디 니ᄅᆞ디 아니리오? 향ᄌᆞ(向者) 가ᄋᆞ(家兒)의 질셰위독(疾勢危篤)ᄒᆞ여 ᄉᆞᄉᆡᆼ(死生)의 츌몰(出沒)ᄒᆞ나 쇼뎨ᄂᆞᆫ 실노 그 병(病)이 상ᄉᆞ디념(想思之念)으로 빌ᄆᆡᄒᆞ믈[4] 아디 못ᄒᆞ엿더니 금일 녀츄밀이 날을 ᄃᆡᄒᆞ여 여ᄎᆞ여ᄎᆞ 니ᄅᆞ고 혼인을 권ᄒᆞ미 딘졍쇼발(眞情所發)이라. 내 ᄆᆞᄋᆞᆷ의 셕연(釋然)ᄒᆞ여 혜오ᄃᆡ ‘돈ᄋᆡ(豚兒) 상ᄉᆞ 일질(一疾)이 황양(黃壤) 길흘 바야ᄃᆡ[5] 내 아디 못ᄒᆞ믄 등하블명(燈下不

6면

4 빌ᄆᆡᄒᆞ믈: 빌ᄆᆡᄒᆞ다. 빌미하다. 재앙이나 탈 따위가 생기는 원인이 되다.

5 바야ᄃᆡ: 바야다. 보채다, 재촉하다.

明)이라. 일가디ᄂᆡ(一家之內)의셔 이 블미디ᄉᆞ(不美之事)ᄅᆞᆯ 내 귀예 들니고ᄌᆞ 아니 ᄒᆞ믄 내 알ᄆᆡ 형등(兄等)의게 챵셜(唱說)ᄒᆞ미 ᄌᆞ연 될 고로 도로혀 긔휘(忌諱)ᄒᆞ믈 심히 ᄒᆞ여 녀공은 이러ᄐᆞᆺ 셰셰상밀(細細祥密)이 다 아라시ᄃᆡ 내 홀노 모로미 되여시니 가인(家人)을 보아 ᄉᆡ로이 므ᄅᆞᆯ 거시 업다.' ᄒᆞ고 녀부로조ᄎᆞ 바로 이리 왓ᄂᆞᆫ디라. 은ᄇᆡᆨ의 일괴(一嬌) ᄒᆡᆼ실(行實)의 놉흠과 위인(爲人)의 긔특ᄒᆞ미 그 ᄀᆞᆺᄐᆞ믄 아디 못ᄒᆞ며 녀공의 말의 ᄉᆡᆼ각ᄒᆞᆫᄌᆞᆨ 음누(淫陋)ᄒᆞ믈 면(免)치 못ᄒᆞ니

7면 ᄉᆞ디참혜(士之耽兮)[6]ᄂᆞᆫ 유가셜혜(猶可說兮)어니와 녀지참혜(女之耽兮)[7]ᄂᆞᆫ 블가셜혜(不可說兮)라[8]. 허믈 되미 미돈(迷豚)의 더은 ᄃᆞᆺ 쇼뎨 오딕 젹승(赤繩)의 가연(佳緣)을 희망ᄒᆞ고 일분(一分)도 나모라 바릴 뜻이 업ᄉᆞ믄 셰한의 교분(交分)으로뼈 인아(姻婭)의 호의(好誼)ᄅᆞᆯ 겹겹으로 ᄆᆡᄌᆞ미 돈ᄋᆞ(豚兒)의 원(願)을 조ᄎᆞ 상젹(相適)ᄒᆞᆫ ᄇᆡ쳬(配體)ᄅᆞᆯ 구ᄒᆞ여 져의 ᄌᆡ풍(才風)을 져ᄇᆞ리디 말고ᄌᆞ ᄒᆞ미러니 은ᄇᆡᆨ의 ᄂᆡ도ᄒᆞᆫ 뜻이 내 ᄆᆞ옴과 ᄀᆞᆺ디 아니ᄒᆞ며 쇼져의 고결쳥개(高潔淸介)ᄒᆞ미 그 갓ᄐᆞᆯ던ᄃᆡ 녀공이 어ᄃᆡ 가 무근ᄆᆡᆼ낭디셜(無根孟浪之說)을 혹히 듯고 그ᄅᆞᆺ 날을 권ᄒᆞ여 친ᄉᆞ(親事)ᄅᆞᆯ 일우라 ᄒᆞ니 젼혀 쇼뎨의 소리(率爾)ᄒᆞᆫ[9] 타시라. 몬져 귀가(歸家)ᄒᆞ여 돈ᄋᆞ의 소유근파(所由根派)ᄅᆞᆯ 므

---

6 ᄉᆞ디참혜(士之耽兮): 규장각본에는 'ᄉᆞ지ᄎᆞᆷ혜'로 되어 있음.

7 녀지참혜(女之耽兮): 규장각본에는 '녀지ᄎᆞᆷ혀'로 되어 있음.

8 ᄉᆞ디참혜(士之耽兮)ᄂᆞᆫ 유가셜혜(猶可說兮)어니와 녀지참혜(女之耽兮)ᄂᆞᆫ 블가셜혜(不可說兮)라: 《시경》 〈맹(氓)〉의 "남자의 놀아남은 오히려 말할 수 있으나, 여자의 놀아남은 말할 수 없도다(士之耽兮 猶可說也 女之耽兮 不可說也)."라는 구절에서 비롯된 표현인 듯함. 여기서 '탐(耽)'을 장서각본에서는 '참'으로, 규장각본에서는 'ᄎᆞᆷ'으로 표기하고 있음.

9 소리(率爾)ᄒᆞᆫ: 솔이하다. 말이나 행동이 신중하지 못하고 가볍다.

ᄅᆞ며 듕논(衆論)을 조ᄎᆞ 이의 와 발셜ᄒᆞ미 늦디 아닌 거ᄉᆞᆯ 경셜(輕說)ᄒᆞᆫ 타ᄉᆞ로 일이 호란(胡亂)ᄒᆞ기의 밋ᄎᆞ니 엇디 ᄋᆡᄃᆞᆲ디 아니리오? 형은 모로미 ᄲᆞᆯ니 드러가 이 말노ᄡᅧ 은ᄇᆡᆨ의게 고ᄒᆞ고 잠간 노(怒)ᄅᆞᆯ 긋치면 쇼뎨 다시 녀공을 ᄎᆞᄌᆞ 언근(言根)을 므러 졈졈 ᄇᆞᆰ히면 거의 가ᄋᆞ(家兒)와 녕딜녀(令姪女)의 함디ᄀᆡᆼ참(陷地坑塹)ᄒᆞᆫ 요인(要因)을 8면
어더닐가 ᄒᆞᄂᆞ니 죄(罪)ᄂᆞᆫ 젼혀 디은 ᄌᆞ의게 도라가ᄂᆞᆫ디라. 일시 누셜(陋說)이 거림ᄒᆞ나 슈신조ᄒᆡᆼ(修身操行)이 청상(靑霜)과 ᄇᆡᆨ일(白日) ᄀᆞᆺᄐᆞ여 앙블괴텬(仰不愧天)이오 부블괴디(俯不愧地)면 므어시 븟그러오리오?”

쇼뷔 고요히 듯기ᄅᆞᆯ 다 ᄒᆞᄆᆡ 쳐음브터 이상ᄒᆞᆫ 간인(奸人)의 궤사흉음디셜(詭詐凶淫之說)노 딜ᄋᆞ(姪兒)ᄅᆞᆯ 누얼(陋孼)의 밀치믈 디긔(知機)ᄒᆞ엿던 ᄇᆡ나 ᄎᆞ언(此言)이 녀원홍의 입으로조ᄎᆞ 댱공의 귀예 들니믈 더옥 블ᄒᆡ연(不解然)ᄒᆞ여 광미(廣眉)ᄅᆞᆯ 츅합(縮合)ᄒᆞ여 왈

“형이 녀공의 말만 고지듯고 녕윤(令胤)의 소유(所由)도 아디 못ᄒᆞ며 이에 와 발셜ᄒᆞ믄 과연 소리(率爾)히 ᄒᆞ엿거니와 원간 녀공이 어ᄃᆡ로조ᄎᆞ 여ᄎᆞ 흉음난셜(凶淫亂說)을 신디(信之)ᄒᆞ여 형으로ᄡᅧ 구친(求親)ᄒᆞ믈 바야던고 가히 측냥치 못ᄒᆞᆯ 일이로다.”

댱공이 우어 ᄀᆞᆯ오ᄃᆡ

“인인(人人)이 다 녀공을 현명(賢明)ᄒᆞᆫ ᄌᆡ상이 아니라 ᄒᆞ나 쇼뎨ᄂᆞᆫ 그 디공무ᄉᆞ(至公無私)ᄒᆞ믈 아ᄂᆞ니 녀공도 드ᄅᆞᆫ 곳이 이실디라 십분 9면
ᄒᆡ셕(十分解釋)ᄒᆞ미 올토다.”

ᄒᆞ여 일변 니ᄅᆞ며 제졍이 ᄌᆞ긔ᄅᆞᆯ 욕ᄆᆡ(辱罵)ᄒᆞ미 이실가 두리고 일변 무ᄉᆡᆨ(無色)ᄒᆞ여 번연(幡然)이 넓더나[10] 뒤흐로 ᄧᅩᆺᄎᆞ며 앏흐로 ᄭᅳ으ᄂᆞᆫ

ᄃᆞ시 황황망망(遑遑茫茫)이 도라가니 그 ᄯᅩᄒᆞᆫ 가관(可觀)이러라.

ᄎᆞ셜(且說). 경조윤 경공이 홀연 당상셰 니ᄅᆞ러 쳔쳔만만(千千萬萬) 몽상디외(夢想之外)의 ᄌᆞ가의 만금일교(萬金一嬌)로뼈 함항(陷坑)의 뭇딜너 음쳔비아(淫賤卑訝)ᄒᆞᆫ 흉얼(凶孼)이 츄양(秋陽)의 폭(曝)ᄒᆞ고 강한(江漢)의 탁(濯)ᄒᆞ나 희기를 엇디 못ᄒᆞᆯ 쁜 아니라 브졍(不淨)ᄒᆞᆫ 언의(言意)와 궤비(詭秘)ᄒᆞᆫ 졍ᄐᆡ(情態)로 술연이 ᄌᆞ긔를 져히며 다릐여 인호(隣好)의 두터오믈 ᄆᆡ졸 ᄯᅳᆺ이 이시믈 ᄉᆞᆺ치ᄆᆡ 더옥 에분통ᄒᆡ(恚憤痛駭)ᄒᆞ여 스ᄉᆞ로 잔인(殘忍)코 혹독(酷毒)ᄒᆞ여 골육을 살ᄒᆡᄒᆞᄂᆞᆫ 무륜(無倫) 싀험디인(猜險之人)이 될디언졍 녀ᄋᆞ를 ᄎᆞ셰(此世)의 머므러 댱ᄌᆞ 셰린의 우우초망(憂憂焦望)ᄒᆞᄂᆞᆫ 탕심(蕩心)을 길우고 누연(陋然)ᄒᆞᆫ 음비디셜(淫鄙之說)이 ᄌᆞ로 귀를 어ᄌᆞ러여 통한(痛
10면 恨)ᄒᆞᆫ 거동이 안젼(眼前)의 뵈ᄂᆞᆫ 바를 졀연(絶緣)이 막ᄌᆞᄅᆞ고져 ᄒᆞᄆᆡ 일단디셜(一端之說)노 큰 고집을 아오로 발ᄒᆞ니 놉흔 셩이 쳘골(徹骨)ᄒᆞ며 엄ᄒᆞᆫ 뇌(怒) ᄇᆡᆨ장(百丈)이나 놉흔디라. 학ᄉᆞ의 원민(怨憫)ᄒᆞ믈 모로미 아니로ᄃᆡ 분노를 플 곳이 업ᄉᆞᄆᆡ 짐즛 듕장(重杖)ᄒᆞ여 믈니치고 개연(慨然)[11] 몸을 니러 상운각으로 향ᄒᆞᆯᄉᆡ 잠간 대셔헌의 드러가 약궤(藥櫃)를 더듬어 독약일봉(毒藥一封)을 어더 ᄉᆞᄆᆡ의 너코 다시 거름을 두로혀 운각의 다ᄃᆞᄅᆞ니 ᄡᅵ의 셩염쇼졔 시ᄋᆞ(侍兒) 등으로 더브러 ᄌᆞ졍(慈庭)의 한의(閑意)를 다ᄉᆞ리다가 야야(爺爺)의 입ᄂᆡ(入內)ᄒᆞ시믈 듯고 년망(連忙)이 쥬렴(珠簾)을 거드며 화리(華履)를

10 넒더나: 넒더나다. 벌떡 일어나다.

11 개연(慨然): 규장각본에는 '기연'으로 되어 있음.

ᄭᅳ어 당(堂)의 나릴ᄉᆡ 의상(衣裳)이 쳥결(淸潔)ᄒᆞ여 소쇄(瀟灑)ᄒᆞᆫ 긔딜(氣質)이 탈연(脫然)[12]ᄒᆞ믈 픔긔ᄒᆞ니 녕농(玲瓏)ᄒᆞᆫ 광휘(光輝)ᄂᆞᆫ 쳔미슈츌(千美秀出)ᄒᆞ고 뇨라(裊娜)ᄒᆞᆫ ᄐᆡ도(態度)ᄂᆞᆫ 만염(萬艶)이 시싱(始生)ᄒᆞ니 아황(蛾黃) ᄉᆞ월(斜月)이 산쳔슈긔(山川水氣)ᄅᆞᆯ 아오ᄅᆞ며 잉슌명모(櫻脣明眸)의 텬디됴화(天地造化)ᄅᆞᆯ 탈슈(脫秀)ᄒᆞ여시니 기심(其心)이 탁연(卓然)ᄒᆞ여 믈외(物外)의 버셔나고 거디표연(擧止飄然)ᄒᆞ여 우쥬(宇宙)의 독쳥(獨淸)ᄒᆞ니 기의(其意) 쇄쇄빵빵(瑣瑣雙雙)ᄒᆞ여 붉으미 화외(化外)의 츌연ᄒᆞ며 딘누(塵累)의 ᄉᆞ라지니 뎡대고슈(正大固守)ᄒᆞ미 텬딜(天質)이오 녈일강개(烈日慷慨)ᄒᆞ미 본셩(本性)이로ᄃᆡ 화열(和悅)ᄒᆞ믈 겸(兼)ᄒᆞᄆᆡ 슉연온듕(肅然穩重)ᄒᆞ미 모습(母習)이라. 공의 이 ᄯᆞᆯ ᄉᆞ랑이 텬눈(天倫) 밧긔 ᄌᆞ별(自別)ᄒᆞ여 ᄉᆞᄌᆞ(四子)의 더으니 그 초싱강보(初生襁褓)로브터 하로 열 번을 보아도 깃븐 미위(眉宇) 화연(和然)ᄒᆞ고 웃ᄂᆞᆫ 소ᄅᆡ 이랑(怡朗)ᄒᆞ여 스ᄉᆞ로 ᄌᆞ랑ᄒᆞ미 텬샹인간(天上人間)의 궁식(窮索)[13]ᄒᆞ며 고왕금ᄂᆡ(古往今來)의 다시 ᄀᆞᆺᄐᆞ니 업다 ᄒᆞ니 군죵(群從)이 긔롱(譏弄)ᄒᆞ여 녀ᄋᆞ ᄉᆞ랑이 농란(濃爛)이 되기의 미ᄎᆞ믈 우으ᄃᆡ 쇼져의 아ᄅᆞᆷ다오미 쳔고이ᄅᆡ(千古以來)의 희한(稀罕)ᄒᆞ니 텬눈(天倫)의 디ᄌᆞ(至慈)와 부ᄌᆞ모녀(父子母女)의 디졍(至情)을 니ᄅᆞ디 말고 범연ᄒᆞᆫ 타인디심(他人之心)의도 흠연칭긔(歆然稱奇)ᄒᆞ믈 결을치 못ᄒᆞᆯ ᄇᆡ어ᄂᆞᆯ 기부(其父)의 ᄋᆡ녀(愛女)ᄒᆞ미 과(過)ᄒᆞᆫ ᄇᆡ 아니믈 ᄭᆡ닷ᄂᆞᆫ ᄇᆡ니 그 나히 십셰 넘기의 밋 11면

12 탈연(脫然): 속박을 벗어난 듯 자유롭고 경쾌함. 느릿느릿함.

13 궁식(窮索): 궁색. 끝까지 찾음.

져ᄂᆞᆫ 공의 ᄐᆡᆨ셔(擇婿)ᄒᆞᄂᆞᆫ 근심이 ᄌᆞᆷ시ᄅᆞᆯ 방ᄒᆞ(放下)치 못ᄒᆞ여 향난
12면 (香蘭)을 그ᄅᆞᆺ 광뷔(狂夫) ᄏᆡ디 아니코 초마ᄅᆞᆯ 길ᄉᆞ의 ᄎᆡ ᄒᆞᄆᆡ 잇고ᄌᆞ
ᄒᆞ나 쇼져와 상젹(相敵)ᄒᆞᆫ 옥인군ᄌᆞ(玉人君子)ᄅᆞᆯ 보디 못ᄒᆞ여 울울민
민(鬱鬱憫憫)ᄒᆞ미 심샹(心上)의 병이 되여시니 군죵(群從)과 일가지
인(一家之人)이 다 그 ᄋᆡ녀(愛女)ᄒᆞ기와 ᄐᆡᆨ셔(擇壻)ᄒᆞ미 다 심상(尋
常)치 아냐 너모 져ᄀᆞᆺ치 병져오믈 니ᄅᆞᄃᆡ 공의 별뉸ᄌᆞᄋᆡ(別倫慈愛)
이러ᄐᆞᆺ ᄒᆞ고 ᄐᆡᆨ셔디념(擇壻之念)이 능히 한가(閑暇)치 못ᄒᆞ더니 금일
(今日)의 니ᄅᆞ러 문난(門欄)의 광ᄎᆡ(光彩)ᄅᆞᆯ 닐위여 입막(入幕)의 명
유군ᄌᆞ(名儒君子)ᄅᆞᆯ 마ᄌᆞ 슬하(膝下)의 ᄌᆞ미ᄅᆞᆯ 더으며 안경 희ᄉᆞ(喜
事)ᄅᆞᆯ 돕고ᄌᆞ ᄒᆞ던 ᄠᅳᆺ이 헛곳의 도라지니 녀ᄋᆞ의 젼졍(前程)이 다시
의논ᄒᆞᆯ 거시 업ᄉᆞᆫ디라. 댱셰린의 영풍쥰골(英風俊骨)과 개셰디ᄉᆡ(蓋
世之士)라 범뉴(凡類)의 ᄇᆡᆨ승쳔츌(百勝千出)ᄒᆞ믈 어이 모로리오마ᄂᆞᆫ
오딕 녀ᄋᆞ의게 비(比)ᄒᆞᄆᆡ 만히 나릴 ᄲᅳᆫ 아니라 본ᄃᆡ 댱공을 누연비
아(陋然卑訝)히 넉여 ᄉᆞᄉᆞ(事事)의 인니(人理)로 ᄎᆡᆨ망(責望)치 아니
ᄒᆞ여 ᄒᆞᆫ갓 산금야슈(山禽野獸)로 아ᄂᆞᆫ디라. 기ᄌᆡ(其子) 비록 텬디(天
地)의 슈츌(秀出)ᄒᆞᆫ 경화(慶華)와 졀셰(絶世)ᄒᆞᆫ 풍의지질(風儀之質)
노 대유(大儒)의 딘취(進取)ᄒᆞ여 셩문(聖門)의 승당입실(升堂入室)
13면 ᄒᆞ고 취쳐 아닌 공믈노 부모디명(父母之命)과 ᄆᆡ작디어(媒妁之語)ᄅᆞᆯ
잠간 기다려 ᄌᆞ유(自遊)ᄒᆞ미 업다 ᄒᆞᆯ디라도 ᄌᆞ긔ᄂᆞᆫ ᄠᅳᆺ을 기우려 동상
(東床)을 삼을 ᄆᆞᄋᆞᆷ이 업ᄉᆞᆯ ᄇᆡ어ᄂᆞᆯ ᄒᆞ믈며 댱ᄌᆞ의 위인(爲人)이 황금
(黃金)을 다ᄃᆞᆷ디 못ᄒᆞ고 명쥬(明珠)ᄅᆞᆯ 통쳘(洞徹)치 못ᄒᆞ여 그 문한
(文翰)이 졀셰(絶世)ᄒᆞ며 ᄌᆡ죄(才操) 긔긔(奇奇)ᄒᆞ나 오딕 학도(學道)
의 딘치 못ᄒᆞ고 그 셩질(性質)이 상낭(爽朗)ᄒᆞ며 춍명(聰明)이 비상

(非常)ᄒᆞ나 군ᄌᆞ(君子)의 통연광달(洞然曠達)ᄒᆞ믈 밋디 못ᄒᆞ니 그 다쇼흉얼(多少凶孽)이 ᄌᆞ긔 유녀의 신상(身上)의 접ᄒᆞᆫ디라. 이에 일단디셜(一斷之說)노 텬뉸(天倫)을 버히며 ᄌᆞ식을 손으로 맛ᄎᆞ니 나의 잔인혹독(殘忍酷毒)ᄒᆞ미 과연 이러ᄒᆞ냐? 알괘라 나의 젹앙(積殃)이 듕(重)ᄒᆞ여 어린 ᄌᆞ식을 비명원ᄉᆞ(非命冤死)케 ᄒᆞ미로다. 오회(嗚呼)라 내 ᄋᆞ희 하ᄂᆞᆯ긔 밧ᄌᆞ온 ᄇᆡ 극션(極善)ᄒᆞᆫ 셩덕(盛德)과 초미(超美)ᄒᆞᆫ 긔질 ᄯᆞ롬이오 홀노 슈복(壽福)을 엇디 못ᄒᆞ엿더냐? 통의(痛矣)라 사ᄅᆞᆷ이 ᄌᆞ식을 위ᄒᆞ여 디졍(至情)이 업ᄂᆞᆫ ᄌᆡ(者) 업ᄉᆞ니 도쳑(盜跖)과 도ᄅᆞᆯ의 흉포(凶暴)ᄒᆞ미라도 ᄌᆞ식이 병들ᄆᆡ 슈(壽)ᄅᆞᆯ 곽박(郭璞)[14]의게 뭇고 약(藥)을 기ᄇᆡᆨ(岐伯)[15]의게 ᄒᆞ여 양츈(陽春)을 회복기ᄅᆞᆯ 긔약ᄒᆞ거ᄂᆞᆯ 나ᄂᆞᆫ 엇디 몸이 무양(無恙)ᄒᆞ미 ᄑᆡᆼ조(彭祖)[16]의 슈(壽)ᄅᆞᆯ 니은 ᄌᆞ식 14면
을 스ᄉᆞ로 죽이고ᄌᆞ ᄒᆞᄂᆞ뇨? 오회(嗚呼)라 날노 ᄒᆞ여곰 고슈(瞽叟)[17]의 완(頑)ᄒᆞᆷ ᄀᆞᆺ틀디라도 아녜(我女) 대슌(大舜)[18]의 병명ᄒᆞᄂᆞᆫ 셩되(性度) 낫타날딘ᄃᆡ 그 죽어도 내 슬허 아닐 ᄇᆡ어ᄂᆞᆯ ᄋᆞ녜 외람이 요슌디명(堯舜之名)[19]을 우럴고 홀연 누셜(陋說)의 쎠러디니 사ᄅᆞᆷ이 엇디 이 ᄀᆞᆺᄐᆞᆫ 디통(至痛)을 알니오? 오ᄃᆡᆨ 붓그럽디 아닌 바ᄂᆞᆫ 텬여신(天與神)이

14 곽박(郭璞): 진(晉)나라 때 사람으로 풍수지리와 신선 사상으로 이름이 높았음.

15 기빅(岐伯): 기백. 황제(黃帝)의 신하. 황제와 함께 의약을 만들었다고 전해짐.

16 핑조(彭祖): 팽조. 요(堯)임금 때 사람. 팽성(彭城)에 봉해진 뒤 하(夏), 은(殷), 주(周) 삼대(三代)에 걸쳐 팔백 년을 살았다는 전설상의 인물.

17 고슈(瞽叟): 고수. 순임금의 아버지.

18 대슌(大舜): 대순. 순임금.

19 요슌디명(堯舜之名): 요순지명. 요임금과 순임금의 명성.

라. 내 ᄋᆞ희 증ᄉᆞᆷ(曾參)의 살인디명(殺人之名)[20]과 듀공(周公)의 뉴언디참(流言之慘)[21]을 인ᄒᆞ여 죽으미 된들 힝실이 붓그러오미 업ᄉᆞ니 현마 엇디ᄒᆞ리오? 이에 쳔만억졔(千萬抑制)ᄒᆞ여 ᄒᆡ음업시 흐ᄅᆞᄂᆞᆫ 안슈(眼水)ᄅᆞᆯ 거두며 졍신(精神)을 딘뎡(鎭靜)ᄒᆞ여 좌슈(左手)로 쇼져의 등을 어로만디고 우슈(右手)로 약을 드러 주며 왈

"여뷔(汝父) 비록 잔험블인(殘險不仁)ᄒᆞ여 무륜포악(無倫暴惡)ᄒᆞ나 싀호(豺虎)[22] 삿기ᄅᆞᆯ 앗기고 조슈(鳥獸)도 삿기ᄅᆞᆯ ᄉᆞ랑ᄒᆞᄂᆞ니 내 어이 금슈(禽獸)만 못ᄒᆞ여 나의 쳔금농쥬(千金弄珠)ᄅᆞᆯ 살ᄒᆡ코ᄌᆞ ᄒᆞ리오마ᄂᆞᆫ 여명(汝命)이 험조(險阻)ᄒᆞ여 허실간(虛實間) 흉얼(凶孼)이 여ᄎᆞ
15면 ᄒᆞ니 텬디의 ᄌᆞ옥홀ᄉᆡ 여뷔(汝父) 억만디통(億萬至痛)을 픔고 ᄉᆞ약(賜藥)ᄒᆞᄂᆞ니 오ᄋᆞ(吾兒)ᄂᆞᆫ 슌죵(順從)ᄒᆞ여 ᄂᆡ셰(來世)의나 다시 부녜(父女) 되야 금셰(今世)의 원억(冤抑)ᄒᆞᆫ 디통(至痛)을 삐ᄉᆞ리니 오회(嗚呼)라 내 ᄋᆞᄒᆡ야 널노 ᄒᆞ야곰 이에 미쳣ᄂᆞ뇨?"

---

20 증ᄉᆞᆷ(曾參)의 살인디명(殺人之名): 증삼은 춘추시대 노(魯)나라 공문십철(孔門十哲)의 한 사람인 증자(曾子)를 말함. 그는 효행으로 이름났으나 어느 날 그와 같은 이름을 지닌 증삼이란 자가 마을에서 살인을 저지르자 그 범인을 증자로 오인한 사람들이 증자의 어머니에게 가서 아들이 사람을 죽였다는 말을 여러 차례 전했다 함. 처음엔 그 소문을 안 믿던 증자의 어머니도 나중에는 베 짜던 북을 내던지고 도망했다는 고사에서 유래한 구절. 곧 '증삼이 사람을 죽였다는 누명'으로, 헛소문도 여러 번 반복해서 전하면 사실로 받아들이게 된다는 뜻을 비유적으로 이르는 표현.

21 듀공(周公)의 뉴언디참(流言之慘): 주공은 주(周)나라 문왕(文王)의 아들이자 무왕(武王)의 동생. 무왕을 도와 은(殷)나라 주왕(紂王)을 치고, 무왕의 아들 성왕(成王)을 도와 예악과 제도를 정비하여 주나라의 기틀을 세웠음. 무왕 사후에는 어린 성왕을 대신해 섭정했는데, 이를 두고 형제인 관숙과 채숙이 유언비어를 퍼뜨려 그를 모해한 사건에서 비롯된 구절임.

22 싀호(豺虎): 시호. 승냥이와 호랑이. 사납고 악독한 사람을 비유적으로 이르는 말.

언필(言畢)의 악슈뉴톄(握手流涕)ᄒᆞ니 쇼졔(小姐) 쳔만몽외(千萬夢外)의 여ᄎᆞ 심한 골경(骨驚)ᄒᆞᆫ ᄉᆞ단(事端)을 목도(目睹)ᄒᆞ니 경심ᄎᆞ악(驚心嗟愕)ᄒᆞ나 일단 텬픔(天禀)이 상활관홍(爽活寬弘)ᄒᆞ고 셩회(誠孝) 츌텬(出天)ᄒᆞ니 안식(顔色)을 블변(不變)ᄒᆞ며 안셔(安舒)히 니러 ᄌᆡᄇᆡ왈(再拜曰)

"금일(今日) 하교(下教)ᄂᆞᆫ 젼혀 블초(不肖)ᄒᆞ온 죄악이라. 쇼녜 금슈(禽獸)와 다ᄅᆞ올ᄉᆡ 엄명(嚴命)이 여ᄎᆞᄒᆞ시니 쇼녜 엇디 시긱을 디완(遲緩)ᄒᆞ리잇고마ᄂᆞᆫ 쳔고영결(千古永訣)은 이 곳 유명디별(幽明之別)이오니 ᄉᆡᆼᄉᆞ냥디(生死兩地)로 각이(各離)ᄒᆞ오미 ᄎᆞ셰(此世)의 지은(至恩)과 텬뉸(天倫)의 디졍(至情)을 다시 베프디 못ᄒᆞ올 ᄇᆡ니 ᄌᆞ안(慈顔)을 하딕(下直)ᄒᆞ와 미셩(微誠)을 달(達)ᄒᆞ옵고 음약(飮藥)ᄒᆞ미 늣디 아닐가 ᄒᆞ옵ᄂᆞ니 복걸(伏乞) 대인(大人)은 대모(大母)ᄅᆞᆯ 쳥ᄒᆞ여 잠간 뵈옵게 ᄒᆞ시며 블초녀(不肖女) 셩염으로ᄡᅧ 아이의 업던 바로 아ᄅᆞ샤 상심(傷心)ᄒᆞ믈 더ᄅᆞ실딘ᄃᆡ 이 곳 쇼녀의 블초디죄(不肖之罪)ᄅᆞᆯ 샤(赦)ᄒᆞ시미라. ᄋᆞ히 비록 죽ᄉᆞ오나 혼빅(魂魄)이 평안ᄒᆞ오려니와 이러틋 참통(慘痛)ᄒᆞ시고 ᄋᆡ도(哀悼)ᄒᆞ샤 셩휘(聖候)ᄅᆞᆯ 상손(傷損)ᄒᆞ시면 ᄋᆞ히 야ᄃᆡ(夜臺)의 죄ᄅᆞᆯ 디으며 블효(不孝)ᄅᆞᆯ 니긔디 못ᄒᆞ와 브ᄅᆞ디져 슬허ᄒᆞᄂᆞᆫ 귀신이 되리로소이다." 16면

셜파(說罷)의 빵아(雙蛾)[23]의 슬프미 동(動)ᄒᆞ니 초ᄃᆡ(楚臺)[24]의 구롬이

23 빵아(雙蛾): 쌍아. 미인의 양쪽 눈썹.

24 초ᄃᆡ(楚臺): 초대. 초나라 무산(巫山)의 양대(陽臺). 초(楚) 회왕(懷王)이 무산신녀와 운우지정(雲雨之情)을 맺었던 곳.

딘슈(螓首)[25]롤 침노(侵擄)ᄒᆞ며 무산(巫山)의 안개 향합(香盒)의 븕은 긔운을 모화시니 금당의 흰 부용(芙蓉)이 녹슈(綠水)의 닉와다 광풍(狂風)을 시롬ᄒᆞ고 벽공츄월(碧空秋月)이 야쉭(夜色)을 근심ᄒᆞᄂᆞᆫ 돗 옥부(玉膚) 촉영(燭影)의 더옥 빗나미 조곡을 빗겨 농슈ᄉᆞ졔(龍髓麝臍)[26] 갈ᄉᆞ록 셤농(纖濃)ᄒᆞ니 미인(美人)의 슬허ᄒᆞᄂᆞᆫ 빗치 쇼안(素顔)의 더은디라. 공(公)의 심장이 그 쇠 아니오 돌이 아니라 비록 튱텬(衝天)ᄒᆞᆫ 노분(怒忿)과 텰골(徹骨)ᄒᆞᆫ 통한(痛恨)을 니긔디 못ᄒᆞ야 ᄯᆞᆯ을 출하리 죽여 탕ᄌᆞ(蕩子)의 바라믈 긋ᄎᆞ며 ᄌᆞ가의 거림ᄒᆞᆫ ᄆᆞᄋᆞᆷ을 덜기로 단졍(斷定)ᄒᆞ여시나 이 거동과 져 틔도롤 ᄃᆡᄒᆞ여 어엿브고 아룸다오미 좌우로 병츌(併出)ᄒᆞ니 공연이 텬눈(天倫)을 버혀 죽기롤 지쵹
17면 ᄒᆞ미 딘실노 한독(悍毒)ᄒᆞ며 잔인(殘忍)ᄒᆞᆫ디라. 약종을 잠간 믈니고 낫출 다혀 일장(一場)을 통읍참상(慟泣慘狀)ᄒᆞ며 실셩탄한(失聲嘆恨)ᄒᆞ미 능히 말을 일우디 못ᄒᆞ더니 날호여 ᄯᅩ 스ᄉᆞ로 관인(寬忍)ᄒᆞ고 억졔(抑制)ᄒᆞ여 계오 니ᄅᆞᄃᆡ

“내 ᄋᆞᄒᆡ ᄌᆞ모(慈母)의 낫출 보아 쳔고영결(千古永訣)코ᄌᆞ ᄒᆞ나 여모(汝母)의 약(弱)ᄒᆞ므로뼈 어린 ᄌᆞ식을 명(命) 아닌 바의 독약(毒藥)을 가져 ᄎᆞ악(嗟愕)히 죽으믈 ᄎᆞ마 보고ᄌᆞ ᄒᆞ랴? 이ᄂᆞᆫ 네 모친으로 ᄒᆞ여곰 간곡(肝曲)을 몬져 긋코 조초 명(命)을 결(決)ᄒᆞ여 네 뒤흘 ᄯᆞ올 비니 내 ᄎᆞ마 네 모녀(母女)의 셔로 보믈 허(許)치 못ᄒᆞᄂᆞ니 오ᄃᆡ 너롤

25 딘슈(螓首): 진수. 매미의 이마. ‘진수아미(螓首蛾眉)’라고도 함. ‘매미의 이마에 나방의 눈썹’이라는 뜻으로, 미인을 비유적으로 일컫는 표현.

26 농슈ᄉᆞ졔(龍髓麝臍): 용수사제. ‘용수’는 ‘용뇌향’, ‘사제’는 ‘사향’으로, 여인의 아름다운 향을 나타냄.

쎨니 죽여 급급히 궁진(窮塵)의 곰초고 내 힘뻐 공부ᄒᆞ여 닛기를 위쥬(爲主)ᄒᆞ리니 오ᄋᆞ(吾兒)ᄂᆞᆫ 부모로 ᄒᆞ여곰 죽으믈 슬허 망ᄌᆞ(亡者)의 눈이 멀며 역니(逆理)의 간을 씃츨가 념녀 말나. 네 아딕 죽디 아녀시니 내 그 산 낫츨 ᄃᆡᄒᆞ여 ᄎᆞᆷ디 못ᄒᆞᆯ 통회(痛悔) 이실디언졍 죽은 후ᄂᆞᆫ ᄌᆞ연이 니ᄌᆞ미 되고 네 모친을 닐너도 이 거동을 보아ᄂᆞᆫ ᄯᅡ라 진(盡)코ᄌᆞ ᄒᆞ려니와 임의 죽은 후ᄂᆞᆫ 쇽졀업ᄉᆞᆫ 바의 비원(悲冤)이 간졀ᄒᆞᆫ들 져를 어이ᄒᆞ리오? 너ᄂᆞᆫ 모로미 도라가ᄂᆞᆫ 혼빅을 평안이 ᄒᆞ고 브 18면
졀업시 표통함원(表痛含怨)치 말나."

언필(言畢)의 음약(飮藥)ᄒᆞ믈 권ᄒᆞ니 쇼졔 다시 말이 업ᄉᆞ며 약을 마셔 명(命)을 슌슈(順受)코져 ᄒᆞᄆᆡ 그 급ᄒᆞ미 시ᄀᆡᆨ(時刻)의 잇ᄂᆞᆫ디라. 엇디 ᄎᆞ흡(嗟洽)디 아니리오? 공이 친이 약을 드러 먹이려 ᄒᆞ더니 믄득 쳥ᄉᆞ(廳舍)로조ᄎᆞ 급히 디게를 열고 창황(蒼黃)이 입실(入室)ᄒᆞ리 이시니 공이 눈을 들ᄆᆡ ᄌᆡ젼ᄌᆞ(在前者)ᄂᆞᆫ 태우 닌광이오 ᄌᆡ후ᄌᆞ(在後者)ᄂᆞᆫ ᄃᆡᆨᄉᆞ 닌유와 닌흥·닌등 삼ᄌᆞ(三子)와 기후(其後)의ᄂᆞᆫ 닌명·닌경·닌웅 등 졔딜(諸姪)이라 미쳐 말을 못ᄒᆞ여셔 태위 나ᄂᆞᆫ ᄃᆞ시 약죵을 아ᄉᆞ 먼니 ᄯᅡ히 더디ᄆᆡ 옥(玉)이 바아디ᄂᆞᆫ 소ᄅᆡ 징연ᄒᆞ며 약이 ᄯᅡ다져 프른 블쏫치 니러나ᄂᆞᆫ디라. 태위 비로소 안ᄉᆡᆨ(顔色)을 뎡(正)히 ᄒᆞ고 경조공 면젼(面前)의 나아가 ᄌᆡᄇᆡ왈(再拜曰)

"쇼딜(小姪)이 존당(尊堂)으로조ᄎᆞ 창황이 이의 나오ᄆᆡ 소유(所由)와 근파(根派)를 오히려 모로옵거니와 골육을 잔히(殘害)ᄒᆞ믄 쳔고(千古)의 ᄃᆡ변(大變)이오 문호(門戶)의 망증이라. ᄌᆞ식이 셜ᄉᆞ ᄃᆡ역브도
(大逆不道)[27]와 난음찰녀(亂淫刹女)라도 그 죽으미 ᄯᅵ 잇ᄉᆞ므로뼈 고 19면
ᄌᆞ의 현명(賢明)과 쳘벽(鐵壁)이라도 미리 졔어(制御)ᄒᆞ여 몬져 업시

ᄒᆞ믈 졀(節)과 녜(禮) 잇ᄉᆞ믈 보디 못ᄒᆞ엿ᄉᆞᆸᄂᆞ니 왕교랑·가운화의 허믈이 잇셔도 그 부모디심(父母之心)인ᄌᆞᆨ 뎡도(正道)로 경계(警戒)ᄒᆞ며 덕셩(德性)으로 권면ᄒᆞ여 음쳔비아(淫賤卑訝)ᄒᆞ믈 곳칠딘ᄃᆡ 능션회(能善回)ᄒᆞ고 블이과(不貳過)[28]【능히 착ᄒᆞᆫ 일을 두로혀 두 번 허믈을 짓디 아니탄 말이라】ᄂᆞᆫ 아셩(亞聖)[29]【ᄆᆡᆼᄌᆞ(孟子)롤 니ᄅᆞ미라】의 착히 넉이신 ᄇᆡ라. 그롤 법바드면 쳐음 허믈 업ᄉᆞᆫ 바의셔 더 긔특ᄒᆞ오니 뼈곰 텬뉸(天倫)을 온젼ᄒᆞ여 은의(恩義)로 교훈(敎訓)ᄒᆞ실디니 디어죵ᄆᆡ(至於從妹)ᄒᆞ와ᄂᆞᆫ 그 허믈 업ᄉᆞ미 ᄇᆡᆨ옥(白玉)이 무하(無瑕)ᄒᆞ며 쳥상(靑霜)을 능두(能頭)ᄒᆞ오니 그ᄅᆞᆺ 광휘디셜(狂諱之說)이 이변(耳邊)의 님(臨)ᄒᆞ오나 비례믈쳥(非禮勿聽)ᄒᆞ고 비례믈시(非禮勿視)라[30]. 다만 ᄆᆞ옴의 두디 아니ᄒᆞ며 ᄯᅳᆺ의 머므라디 아니ᄒᆞ오면 목젼(目前)의 잇ᄂᆞᆫ ᄇᆡ라도 보디 못ᄒᆞᆷ ᄀᆞᆺ고 듯디 못ᄒᆞᆷ ᄀᆞᆺ치 ᄒᆞ오리니 므ᄉᆞᆷ 대ᄉᆡ(大事)리잇고? 일시 허믈 되믈 통한(痛恨)ᄒᆞ시나 츄호(秋毫) 허믈이 업ᄉᆞᆯ ᄲᅳᆫ 아니라 결개(潔介)ᄒᆞ고 쳥졍(淸淨)ᄒᆞ며 녈일(烈日)ᄒᆞ고 단엄(端嚴)ᄒᆞ미 녈녀쳘부(烈女哲婦)의 상두(上頭)롤 샤양치 아닐 ᄇᆡ

---

27 ᄃᆡ역브도(大逆不道): 대역부도. 대역으로 사람의 도리에 몹시 어그러짐.

28 블이과(不貳過): 불이과. 두 번 다시 잘못을 저지르지 않음. "남에게 분노의 감정을 옮기지 않고, 잘못을 두 번 다시 저지르지 않는다(不遷怒 不貳過)."라는 말이 《논어》〈옹야〉에 나옴.

29 아셩(亞聖): 아성. 버금가는 성인이란 뜻으로, 공자에 대하여 맹자나 안연을 일컫는 말.

30 비례믈쳥(非禮勿聽)ᄒᆞ고 비례믈시(非禮勿視)라: 예가 아니면 듣지 말고, 예가 아니면 보지 말라는 뜻. 이는《논어》〈안연(顔淵)〉에 나오는 "예가 아니면 보지 말고, 예가 아니면 듣지 말고, 예가 아니면 말하지 말고, 예가 아니면 행동하지 말라(非禮勿視 非禮勿聽 非禮勿言 非禮勿動)."라는 공자의 말에서 비롯된 것임.

오니 앙블괴텬(仰不愧天)ᄒᆞ며 브블괴디(俯不愧地)라.[31] ᄒᆡᆼ실(行實)이 신여인(神與人)의 ᄒᆞᆫ가디로 쇽염 ᄌᆞᆨᄒᆞ미 업ᄉᆞᆫ 바의 양회(陽虎) 부ᄌᆞ(夫子)ᄅᆞᆯ 아쳐ᄒᆞ고[32] 댱창(臧倉)이 ᄆᆡᆼᄌᆞ(孟子)ᄅᆞᆯ 훼ᄒᆞ미[33] 션악(善惡)이 현슈(懸殊)ᄒᆞᆫ 바ᄅᆞᆯ 낫타닐 ᄯᆞᄅᆞᆷ이라. 그 가히 근심되미 아니오 ᄯᅩ 셰간(世間)의 잇디 아닌 변(變)이 아니옵거ᄂᆞᆯ 슉뷔(叔父) 쳔고(千古)의 이ᄀᆺ치 괴ᄒᆡ(怪駭)ᄒᆞ미 업ᄉᆞ므로 아ᄅᆞ샤 일시의 과거(過擧)와 참변(慘變)을 ᄉᆡᆼ각디 아니시니 쇼딜이 딘실노 죵ᄆᆡ(從妹)의 누셜(陋說)을 놀나디 아니ᄒᆞ옵고 슉부의 실덕실조(失德失措)ᄅᆞᆯ 경심ᄎᆞ악(驚心嗟愕)ᄒᆞ옵ᄂᆞ니 ᄆᆡ뎨ᄅᆞᆯ 죽이시ᄆᆡ ᄒᆞᆫ갓 골육을 잔ᄒᆡ(殘害)ᄒᆞᄂᆞᆫ 악명(惡名)을 어드실 ᄯᆞᄅᆞᆷ이오 ᄆᆡ뎨의 참누(慙累)ᄂᆞᆫ 허(虛)ᄒᆞᆫ 거ᄉᆞᆯ 실(實)히 ᄒᆞ며 경(輕)ᄒᆞᆫ 바ᄅᆞᆯ 무거이 ᄒᆞ여 포통함원(抱痛含怨)ᄒᆞᆫ ᄋᆡ혼(哀魂)이 황텬디부(黃泉地府)의 유유탄탕(唯唯坦蕩)[34]ᄒᆞᆯ디언졍 ᄎᆞ셰인간(此世人間)의ᄂᆞᆫ 만구일담(萬口一談)이 개왈(皆曰) '사ᄅᆞᆷ이 ᄌᆞ식을 두어 디

31 앙블괴텬(仰不愧天)ᄒᆞ며 브블괴디(俯不愧地)라: 맹자가 말한 군자의 세 가지 즐거움 가운데 두 번째에 해당하는 "우러러 하늘에 부끄러움이 없고 아래로는 사람에게 부끄러움이 없는 것(仰不愧於天 俯不怍於人)"에서 가져온 구절. 본문에서는 사람을 땅으로 바꾸어 표현함.

32 양회(陽虎) 부ᄌᆞ(夫子)ᄅᆞᆯ 아쳐ᄒᆞ고: 양호는 춘추시대 노(魯)나라 사람으로 양화(陽貨)라고도 함. 양호가 공자를 만나러 갔으나 만나주지 않자 일부러 공자와 마주치려고 삶은 돼지를 보냈다고 함. 공자가 진나라로 가기 위해 광(匡)을 지나던 중 당시 그곳에서 횡포를 부리던 양호와 얼굴이 비슷하다 하여 광 사람들이 공자를 공격하고 포위한 일이 있었음.

33 댱창(臧倉)이 ᄆᆡᆼᄌᆞ(孟子)ᄅᆞᆯ 훼ᄒᆞ미: 장창은 전국시대 노(魯)나라 사람으로 노평공(魯平公)의 폐신(嬖臣)이었는데, 평공이 맹자를 만나보려고 하자 중간에서 맹자를 비방하며 만나지 못하게끔 훼방을 놓았던 일이 있음.

34 유유탄탕(唯唯坦蕩): 마음이 느긋하고 넓은 것을 뜻하는 말로, 《논어》 〈술이(述而)〉에서 "공자께서 말씀하시기를, 군자는 마음이 넓고 느긋하나 소인은 마음이 좁아 늘 조마조마해한다(子曰 君子坦蕩蕩 小人長戚戚)."라고 했음.

극ᄒᆞᆫ ᄉᆞ랑이 업ᄂᆞᆫ ᄌᆡ 업ᄉᆞᆫ디라. 비록 잔(殘)ᄒᆞ고 학(虐)ᄒᆞ여 블분동셔(不分東西)ᄒᆞᆯ디라도 기ᄌᆞ(其子)ᄅᆞᆯ 과ᄋᆡ(過愛)ᄒᆞᄂᆞ니 ᄒᆞ믈며 졍의계의 관인후덕(寬忍厚德)ᄒᆞ미냐? 반ᄃᆞ시 지ᄌᆞ디졍(止慈之情)[35]이 범연
21면 치 아닐 거시로ᄃᆡ 기녀(其女)ᄅᆞᆯ 손으로 맛ᄎᆞ니 ᄎᆞ(此)ᄂᆞᆫ 문강(文姜)[36]의 비ᄒᆡᆼ(卑行)과 녀무(呂武)[37]의 흉활(凶猾)이 구비(具備)ᄒᆞ미라. 그러치 아니ᄒᆞ면 위친ᄌᆡ(爲親者) ᄎᆞ마 엇디 살ᄌᆞ(殺子)ᄒᆞ믈 개연이 ᄒᆞ리오? 사ᄅᆞᆷ이 아디 못ᄒᆞ나 문호(門戶)의 근심을 덜고 조션(祖先)의 욕(辱)이 밋디 말과져 ᄒᆞ미라' ᄒᆞ여 혹왈(或曰) '일단쾌결(一斷快決)ᄒᆞ미라' ᄒᆞ며 혹왈(或曰) '그러ᄒᆞ여도 ᄎᆞ마 ᄒᆡᆼ치 못ᄒᆞᆯ ᄇᆡ니라' ᄒᆞ여 ᄆᆡ뎨의 옥결조ᄒᆡᆼ(玉潔操行)으로뼈 시비블측(是非不測)ᄒᆞᄆᆡ 밋ᄉᆞ오리니 위ᄒᆞ여 일시의 신ᄇᆡᆨ(伸白)디 못ᄒᆞ온들 엇디 흉얼(凶孽)노뼈 더으리잇고? 너비 ᄉᆡᆼ각ᄒᆞ시고 기리 혜아리샤 일이 급거(急遽)ᄒᆞ며 망솔(妄率)ᄒᆞᄆᆡ 후(後)의 뉘웃ᄎᆞ미 잇게 마ᄅᆞ실디니이다."

말을 니어 ᄃᆡᆨᄉᆞ 등이 ᄌᆡᄇᆡ읍간(再拜泣諫)ᄒᆞ여 쇼ᄆᆡ(小妹)ᄅᆞᆯ 죽이시ᄆᆡ 참누악언(慘陋惡言)이 크게 더으고 반호(半戶) 쾌ᄒᆞ미 업셔 골육을 잔ᄒᆡ(殘害)ᄒᆞ며 텬뉸(天倫)을 멸망(滅亡)ᄒᆞᄂᆞᆫ 대변(大變)이믈 일ᄏᆞ라 셩노ᄅᆞᆯ 잠간 두로혀샤 세 번 ᄉᆞᆯ피시믈 ᄋᆡ걸(哀乞)ᄒᆞ여 언단(言端)이 ᄒᆞᆫ갓 ᄉᆞ졍(私情)을 ᄎᆞᆷ디 못ᄒᆞ미 아니라 졀졀(節節)이 통니(通

---

35 지ᄌᆞ디졍(止慈之情): 지자지정. 자녀에 대한 사랑.

36 문강(文姜): 춘추시대 제나라 희공의 딸. 양공의 여동생이자 환공의 누이. 당대에는 언니 선강, 여동생 애강과 함께 절세미녀로 유명했으나 훗날 역사에 길이 남을 패륜 자매로 이름을 떨쳤으며 그중 문강은 성적으로 매우 문란했다고 함.

37 녀무(呂武): 여무. 여후(呂后)와 측천무후(則天武后)를 이름.

理)ᄒᆞ고 관슌(寬順)ᄒᆞ여 간곡(懇曲)ᄒᆞ미 셕목(石木)도 요동(搖動)ᄒᆞ며 ᄉᆡᆼ쳘(生鐵)을 녹일디라. 공이 본ᄃᆡ 녀ᄋᆞ를 의심ᄒᆞ고 통완(痛惋)ᄒᆞ 22면
여 브ᄃᆡ 죽여 업시코ᄌᆞ ᄒᆞ미 아니라 엇디 창연(愴然)이 감동ᄒᆞ며 셕연이 ᄒᆡ오미 업ᄉᆞ리오마ᄂᆞᆫ 평ᄉᆡᆼ 고집(固執)이 특심(特甚)ᄒᆞ여 ᄒᆞᆫ번 ᄠᅳᆺ을 뎡ᄒᆞᄆᆡ 일만 쇠 ᄭᅳ어도 두로혀디 아닛ᄂᆞᆫ디라. ᄌᆞ딜의 뎡간(正諫)이 올흐믈 모로디 아니ᄒᆞᄃᆡ 녀ᄋᆞ를 죽이디 아니ᄒᆞᄆᆡ 탕ᄌᆞ(蕩子)의 인연(因緣)을 요망(要望)ᄒᆞᄂᆞᆫ ᄠᅳᆺ과 댱헌의 결친(結親)을 도모(圖謀)ᄒᆞᄂᆞᆫ 누언이 맛ᄎᆞᆷᄂᆡ 긋치디 아닐디라. ᄎᆞ마 엇디 그 통완(痛惋)ᄒᆞ믈 견ᄃᆡ여 보리오? ᄒᆞ여 비록 참참비졀(慘慘悲絕)[38]ᄒᆞ나 이ᄯᆡ의 녀ᄋᆞ를 업시ᄒᆞ여 후일(後日) 분ᄒᆡᄒᆞ믈 다시 보디 아니리라 ᄒᆞ미 쳣 ᄠᅳᆺ을 곳치디 못ᄒᆞ여 안ᄉᆡᆨ(顔色)이 ᄌᆞ연 블평(不平)ᄒᆞ여 왈

“여등(汝等)은 어ᄌᆞ러이 구디 말고 모다 나가라. 내 고로(苦勞)ᄒᆞᆫ 인ᄉᆡᆼ으로 죵션ᄒᆞᆫ ᄌᆞ최 ᄉᆞ지 아님만 ᄀᆞᆺ지 못ᄒᆞ미 오ᄅᆡᄃᆡ 경연이 미망(未亡)ᄒᆞᆫ 바ᄂᆞᆫ 오딕 유톄로ᄡᅧ 공경(恭敬)ᄒᆞ미로ᄃᆡ 하날이 ᄌᆞ못 젹앙(積殃)을 긔록ᄒᆞ시ᄆᆡ 여앙(餘殃)이 어린 ᄯᆞᆯ의게 미쳐 편혹(偏酷)ᄒᆞᆫ 누셜(陋說)이 귀를 놀ᄂᆡ며 젼졍(前程)을 함(陷)ᄒᆞᄆᆡ 내 비록 인(仁)치 못ᄒᆞ고 ᄌᆞ(慈)치 못ᄒᆞ여 잔(殘)ᄒᆞ며 포(暴)ᄒᆞ나 텬뉸(天倫)을 멸(滅)ᄒᆞ 23면
고 골육을 살ᄒᆡᄒᆞ믈 ᄎᆞ마 ᄒᆞ고ᄌᆞ ᄒᆞᄂᆞᆫ ᄇᆡ리오마ᄂᆞᆫ 그 솔와두ᄆᆡ 욕(辱)이 더으며 누셜(陋說)이 긋치디 아니ᄒᆞ리니 여등(汝等)은 ᄡᅧ ᄒᆞᄃᆡ 죽이ᄆᆡ 흉얼(凶孽)이 더ᄒᆞ다 ᄒᆞ거니와 져의 졀조ᄉᆡᆼᄒᆡᆼ(節操性行)

38 참참비졀(慘慘悲絕): 참참비절. 슬프고 참혹하기 그지없음.

이 쳥상(青霜)과 빅일(白日) 굿튼 바의 스라셔 ᄒᆞ날도 븟그럽디 아니ᄒᆞ고 죽으믜 음ᄉᆞ(淫祠)의 죄(罪)로 긔록ᄒᆞ미 업ᄉᆞ니 오딕 ᄌᆞ질(資質)과 덕(德)을 트며 슈복(壽福)을 판단치 못ᄒᆞ여 비명요졀(非命夭折)ᄒᆞᆫ 통분(痛憤)이라. 인셰(人世)의 효효(囂囂)ᄒᆞᆫ 시비(是非)야 현마 어이ᄒᆞ리오? 내 뎡히 잔인ᄒᆞ고 혹독ᄒᆞ믈 슈작(酬酌)기 슬흐니 너의 비ᄉᆞ쳑어(鄙辭斥語)를 다시 듯고ᄌᆞ 아니 ᄒᆞ노라."

언필(言畢)의 쇼부공이 드러오니 졔ᄌᆞ딜(諸子姪)이 일시의 긔영(起迎)ᄒᆞ며 방셕을 바로ᄒᆞ여 좌(坐)ᄒᆞ시믈 쳥ᄒᆞ믜 쇼뷔 날호여 좌(座)의 나아가 므러 ᄀᆞᆯ오ᄃᆡ

"형뎡과 졔딜이 다 이에 모혀 경식(景色)이 엇디 괴이ᄒᆞ뇨?"

경죄 츄연함비(惆然含悲) 왈

24면 "슈빅이 모로디 아닐 바를 엇디 ᄉᆡ로이 뭇ᄂᆞ뇨? 오날놀 녀ᄋᆡ ᄉᆞ디일(死之日)이라. 뉵친(六親)이 함집(咸集)ᄒᆞ여 쳔고(千古)를 영결(永訣)ᄒᆞ미 괴이ᄒᆞ리오?"

쇼뷔 쳥파(聽罷)의 화연(和然)이 우어 왈

"관뇌(管輅)[39]의 영믹(英邁)ᄒᆞᆷ과 곽박(郭璞)의 신긔ᄒᆞ미 그 어ᄃᆡ 잇관ᄃᆡ 딜ᄋᆞ(姪兒)의 ᄉᆞ디일(死之日)이 굿트여 금일(今日)이믈 니ᄅᆞ더니잇가? 마ᄅᆞ쇼셔. 골육을 상잔(相殘)ᄒᆞ미 그 엇더ᄒᆞᆫ 참변(慘變)이니잇고? ᄌᆞ식이 셩문의 패륜(悖倫)ᄒᆞ믜 미쳐는 ᄉᆞ졍(私情)을 아조 긋쳐 일시도 머므ᄅᆞ디 못ᄒᆞ오려니와 교랑·가녀의 허믈인즉 의리로 칙

39 관뇌(管輅): 관로. 중국 후한 말의 점술가. 주역(周易)과 수학에 정통하고 관상술에 능하며 팔구 세 때 이미 천문을 보는 것을 즐겼다고 함.

(責)ᄒᆞ고 죵용이 경계(警戒)ᄒᆞ여 허믈을 ᄇᆞ리며 ᄒᆡᆼ실을 닷가 명도(明道)의 나아가면 ᄒᆡᆼ심(幸甚)ᄒᆞ여 ᄌᆞᄋᆡ(慈愛)ᄅᆞᆯ 온젼ᄒᆞ고 블연(不然)이라도 ᄎᆞ마 죽이디 못ᄒᆞ여 오딕 스ᄉᆞ로 명(命)이 딘ᄒᆞᆯ ᄣᅵᄅᆞᆯ 기다리리니 ᄒᆞ믈며 무죄무과(無罪無過)ᄒᆞᆫ ᄌᆞ식을 의논ᄒᆞ미니잇가? 어질미 경염 ᄀᆞᆺ고 긔특ᄒᆞ미 경염 ᄀᆞᆺ고 놉흐미 경염 졀츌(絶出)ᄒᆞ미 경염 ᄀᆞᆺᄐᆞᆫ ᄌᆞ식이야 그 죄얼(罪孼)과 누셜(陋說)이 아모 곳의 밋ᄂᆞᆫ다 ᄒᆞ여도 역졍(逆情)ᄒᆞ여 죽이며 분ᄒᆞ여 죽이믈 타연이 ᄒᆞᆯ 인졍이 잇디 아니ᄒᆞ고 그 죽이ᄆᆡ 쾌ᄒᆞ며 거리ᄭᅵ미 업ᄉᆞ미 아니라 망측ᄒᆞᆫ 누얼(陋孼)이 더으 25면
고 스ᄉᆞ로 잔포긔험디인(殘暴崎險之人)이 되여 긴 셰월의 ᄉᆡᆼ각이 밋ᄂᆞᆫ 곳마다 심담(心膽)이 회젼ᄒᆞ리니 ᄌᆞ하(子夏)의 상명(喪明)과 셔하(西河)의 함통(含痛)[40]이 미ᄉᆞ디젼(未死之前)의 블멸디한(不滅之恨)을 아오로 겸(兼)ᄒᆞ리니 ᄒᆡᆼ혀 딜ᄋᆞ(姪兒)의 신상을 ᄒᆡᄒᆞᆫ 잔젹(殘敵)을 ᄎᆞᄌᆞ 누셜(陋說)을 폭ᄇᆡᆨ(暴白)ᄒᆞ여 ᄋᆡᄆᆡᄒᆞᆫ ᄌᆡ 신원(伸怨)ᄒᆞᆫ들 ᄉᆞᄌᆞ(死者)ᄂᆞᆫ 블가브ᄉᆡᆼ(不可復生)이라 그ᄣᅵᄅᆞᆯ 당ᄒᆞ여 형댱의 디통(至痛)과 비한(悲恨)을 어ᄃᆡ 비겨 므어ᄉᆞ로 의논ᄒᆞ리잇고? 빌건ᄃᆡ 과급(過急)ᄒᆞ믈 긋치시고 당헌의 딘졍소발(眞情所發)을 드ᄅᆞ쇼셔."

인ᄒᆞ여 댱공이 녀원홍의 녁권(力勸)ᄒᆞ므로ᄡᅧ 구친(求親)ᄒᆞᆯ 의ᄉᆞ(意思)ᄅᆞᆯ 둔 바와 과연 젼ᄉᆞ(前事)ᄂᆞᆫ 아디 못ᄒᆞ엿다가 금일 비로소 녀공의 나ᄅᆞ믈 조ᄎᆞ 알고 가ᄂᆡ제인(家內諸人)다려 뭇디 아니코 바로 이리

---

40 ᄌᆞ하(子夏)의 상명(喪明)과 셔하(西河)의 함통(含痛): 공자의 제자인 자하가 서하(西河)에 머물 때 자식을 잃고 너무 슬프게 운 나머지 두 눈이 멀었다는 데서 유래함. 보통 '상명지통(喪明之痛)'이라 하여 '눈이 멀 정도의 아픔'이라는 뜻으로 자식을 잃은 부모의 슬픔을 말함. '서하지통(西河之痛)'이라고도 함.

와 소리(率爾)히 발(發)ᄒᆞᆫ 바롤 만히 뉘웃쳐 도라가던 바롤 일일히 고ᄒᆞ며 우왈(又曰)

"녀원홍이 간능(奸能)ᄒᆞ고 교활(狡猾)ᄒᆞ나 ᄉᆞ톄(事體)롤 모로ᄂᆞᆫ 인믈이 아닌 바의 공연이 상문규슈(相門閨秀)롤 누셜(陋說)의 잠으디 아니ᄒᆞ리니 대개 이상ᄒᆞᆫ 요인(妖人)이 간교ᄒᆞᆫ 꾀로 딜ᄋᆞ(姪兒)롤 히코ᄌᆞ 블미디ᄉᆞ(不美之事)롤 녀가의 들녀 어ᄌᆞ럽기롤 취ᄒᆞ며 녀원홍은

26면 먼니 형댱(兄丈)의 뜻을 혜아려 댱헌으로 ᄒᆞ여곰 그러틋 구친(求親)ᄒᆞ여 형댱의 분노롤 닐위여 친ᄉᆡ(親事) 셩젼(成全)치 못ᄒᆞ게 작희(作戲)ᄒᆞ미니 형댱이 댱가와 결친(結親)ᄒᆞᆯ 뜻이 아니 계실딘ᄃᆡ 딜ᄋᆞ(姪兒)롤 공규(空閨)의 폐륜(廢倫)ᄒᆞᆯ 법(法)은 잇거니와 녀가의 꾀롤 맛쳐 딜ᄋᆞ(姪兒)롤 죽이시미 ᄒᆞᆫ갓 잔인혹독(殘忍酷毒)ᄒᆞᆯ 쓴 아니라 디혜원하(智慧遠遐)치 못ᄒᆞ시미니이다."

경쥐 쇼부의 낫촐 우러러 그 말을 고요히 드롤 쓴이오 미쳐 ᄃᆡ답을 일우디 못ᄒᆞ더니 믄득 먼니 신 ᄭᅳ으ᄂᆞᆫ 소ᄅᆡ 나거놀 태위 황망이 니러셔며 졔뎨(諸弟)롤 도라보아 왈

"대인(大人)이 범아로조ᄎᆞ 도라와 계시던가 이에 ᄂᆡ림(來臨)ᄒᆞ시미로다."

셜파(說罷)의 졔뎨로 더브러 당(堂)의 나려 쳐ᄉᆞ롤 뫼셔 승함(升檻)ᄒᆞᄆᆡ 이공(二公)이 ᄯᅩᄒᆞᆫ 난함(欄檻)의 나와 마ᄌᆞ 왈

"형댱(兄丈)이 어ᄂᆡ ᄣᅴ의 도라오시니잇고? 쇼뎨 등이 ᄌᆞ딜(子姪)노 더브러 이곳의 왓ᄉᆞ므로 즉시 아디 못ᄒᆞ과이다."

쳐ᄉᆡ 답왈(答曰)

"바야흐로 도라오ᄂᆞᆫ 거롬으로 ᄌᆞ졍(慈庭)의 현알(見謁)ᄒᆞ여 반일(半

日) 존후(尊候)ᄅᆞᆯ 뭇ᄌᆞᆸ디 못ᄒᆞ여셔 ᄌᆞ위(慈闈) ᄌᆡ쵹ᄒᆞ샤 왈 '가듕(家 27면
中)의 큰 변괴(變故) 잇셔 은ᄇᆡᆨ이 방금의 골육을 잔ᄒᆡ(殘害)코ᄌᆞ ᄒᆞ니 노뫼(老母) 친히 가 말니디 못ᄒᆞ미 아니로ᄃᆡ 닌흥이 듕장디여(重杖之餘)의 다시 죽기로뼈 닷토고져 ᄒᆞᄆᆡ 잠간 안유(安諭)ᄒᆞ여 동졍(動靜)을 ᄉᆞᆯ핀 후 가고ᄌᆞ ᄒᆞᄂᆞ니 모로미 네 이졔 ᄲᆞᆯ니 가 은ᄇᆡᆨ의 과거(過擧)ᄅᆞᆯ 말니라' ᄒᆞ시니 듯ᄌᆞ오ᄆᆡ 심골(心骨)이 경상(驚嘗)ᄒᆞ여 미쳐 슈미곡딕(首尾曲直)을 뭇ᄌᆞᆸ디 못ᄒᆞ고 이에 왓거니와 그 어인 변난(變亂)이 반일디간(半日之間)의 이 디경(地境)의 미쳣ᄂᆞ뇨?"

경죄 희허탄식(欷歔嘆息) ᄃᆡ왈(對曰)

"쳔만몽외(千萬夢外)의 긔약(期約)디 아닌 누셜(陋說)이 쇼녀의 음쳔비힝(淫賤卑行)을 일우니 쇼뎨 원간 댱헌 돈견(豚犬)으로 니웃ᄒᆞᆯ 블힝이 ᄒᆞ여시니 그 누ᄅᆞᆯ 탓ᄒᆞ리잇고? 대져 쇼뎨의 젹앙(積殃)이 무궁ᄒᆞ여 어린 ᄯᆞᆯ의 젼졍(前程)을 함항(陷坑)의 뭇디ᄅᆞ니 그 ᄉᆞᆯ와두ᄆᆡ 누연(陋然)ᄒᆞᆫ 욕됨과 음참(淫慘)ᄒᆞᆫ 더러오미 긋치디 아니ᄒᆞ리니 부녀텬뉸(父女天倫)을 단졀(斷切)ᄒᆞ여 그 죽으믈 ᄇᆞ야고 ᄉᆞᆯ믈 깃거 아니ᄒᆞᄂᆞ이다."

쇼뷔 말ᄉᆞᆷ을 니어 댱공의 젼후(前後) ᄒᆞ던 셜화(說話)ᄅᆞᆯ 일일셰셰(一一細細)히 고(告)ᄒᆞ며 왈

"댱헌이 ᄯᅩᄒᆞᆫ 녀가의 말만 듯고 이리 바로 와 기ᄌᆞ(其子)의 이 일을 28면
막연브디(漠然不知)ᄒᆞ미 ᄯᅩ 경염으로 다ᄅᆞ디 아닌 동 엇디 알니잇고?"

쳐ᄉᆡ 슈미(首尾)ᄅᆞᆯ 일쳥(一聽)의 ᄎᆞ악경동(嗟愕驚動)ᄒᆞ여 '셩염의 녈녈조힝(烈烈操行)이 쳥상(靑霜)과 ᄇᆡᆨ일(白日) ᄀᆞᆺᄐᆞᆫ 바의 뉘라셔 여ᄎᆞ

누언(如此陋言)을 디어 녀공의 귀예 듯게 ᄒᆞ뇨? 심슐(心術)이 블상괴이(不祥怪異)ᄒᆞ도다. 연이나 친히 보고 드ᄅᆞᆫ ᄇᆡ라도 일시의 발셜(發說)ᄒᆞ기ᄅᆞᆯ ᄎᆞ마 못 ᄒᆞᆯ ᄇᆡ어ᄂᆞᆯ 이 ᄯᅩ 뉘 쇼술(所述)인고?' ᄒᆞ여 ᄌᆞ못 의심이 도라디며 놀나오미 극ᄒᆞᄆᆡ ᄀᆞ마니 통탄(痛嘆)ᄒᆞ여 그윽ᄒᆞᆫ 우례(憂慮) 가득ᄒᆞ나 안ᄉᆡᆨ(顔色)이 유연(幽然)ᄒᆞ여 낫타ᄂᆡ디 아니ᄒᆞ고 다만 니ᄅᆞᄃᆡ

"은ᄇᆡᆨ으로ᄡᅧ 결증(缺症)과 대단ᄒᆞᆫ 고집(固執)이 업다 ᄒᆞᄂᆞᆫ 거시 아냐 거관(居官)ᄒᆞ여ᄂᆞᆫ ᄎᆞᆼ명관대(聽明寬大)ᄒᆞ여 엄슉(嚴肅)ᄒᆞᆫ 듕도 일호(一毫) ᄋᆡ체(礙滯)ᄒᆞ미 업고 거가(居家)ᄒᆞ여ᄂᆞᆫ 오ᄃᆡᆨ 존슈(尊嫂)의 셩덕(盛德)의 ᄀᆡ복ᄒᆞ여 화열(和悅)ᄒᆞᆯ ᄯᆞᄅᆞᆷ이니 어려셔브터 안항(雁行)을 가ᄌᆞᆨ이 ᄒᆞ여 이졔 늙기의 니ᄅᆞ히 동거(同居)ᄒᆞ여 폐부(肺腑)의 친(親)을 두며 동포곤계(同胞昆季) 아니믈 ᄭᆡ닷디 못ᄒᆞᄂᆞ니 엇디 셩졍(性情)을 아디 못ᄒᆞ리오마ᄂᆞᆫ 이러ᄐᆞᆺ 광망무륜(狂妄無倫)ᄒᆞ여 싀
29면 험잔인(猜險殘忍)ᄒᆞᄆᆡ 나아가고 의리의 회ᄉᆡᆨ(晦塞)ᄒᆞ미 장확(壯獲)의 쳔견(淺見)과 ᄋᆞ녀의 무식(無識)ᄒᆞᄆᆡ 더을 줄은 딘실노 쳔만녀외(千萬慮外)라 ᄒᆡ연경괴(駭然驚怪)ᄒᆞ미 딜ᄋᆞ(姪兒)의 부운 ᄀᆞᄐᆞᆫ 누셜(陋說)의 비기디 못ᄒᆞᄂᆞ니 은ᄇᆡᆨ은 ᄡᅧ 헤오ᄃᆡ 텬디지간의 이 ᄀᆞᄐᆞᆫ 통한(痛恨)ᄒᆞᆷ과 에분(恚憤)ᄒᆞ미 업다 ᄒᆞ여 ᄲᅢᆯ니 ᄯᆞᆯ을 죽여 ᄉᆞ경을 버히고 위엄(威嚴)을 빙ᄌᆞᄒᆞ여 당가 부ᄌᆞ(父子)로ᄡᅧ 황연숑튝(惶然悚蹴)ᄒᆞ며 쳥문ᄌᆞ(聽聞者)로ᄡᅧ ᄀᆡ쾌 슉연(肅然)ᄒᆞᄆᆞᆯ 니ᄅᆞᆯ가 ᄒᆞ미어니와 이 곳 현미(賢美) 협쳔(狹淺)ᄒᆞ여 심어(甚於) 부인디심(婦人之心)이라 엇디 식니군ᄌᆞ(識理君子)의 쳐ᄉᆡ(處事)리오? 완연ᄒᆞᆫ 광ᄀᆡᆨ(狂客)이니 내 실노 위ᄒᆞ여 붓그려 ᄒᆞ노라. 연이나 셩염의 슈츌(秀出)ᄒᆞᆷ과

고결(高潔)ᄒᆞᆫ ᄒᆡᆼ실(行實)은 모다 셩히 니ᄅᆞ디 아니ᄒᆞ나 은ᄇᆡᆨ의 별뉸디ᄌᆞ(別倫之子)로 알오미 ᄇᆞᆰ으리니 금일 누셜(陋說)이 증ᄉᆞᆷ(曾參)의 살인(殺人) ᄀᆞᆺᄐᆞᄃᆡ 현뎨 증모(曾母)의 븍 더디기ᄅᆞᆯ 효측(效則)디 아니ᄒᆞ고 혁연(赫然)이 녀ᄋᆞ의 졀조녈ᄒᆡᆼ(節操烈行)을 알딘ᄃᆡ 오ᄃᆡᆨ 시운(時運)의 블ᄒᆡᆼ(不幸)ᄒᆞ믈 탄(嘆)ᄒᆞ며 일을 어ᄌᆞ럽게 ᄒᆞᆫ 간인(奸人)이 ᄌᆞ연 드러나미 이시리니 그 ᄯᆡᄅᆞᆯ 미쳐 딜ᄋᆞ(姪兒)의 누얼(陋孽)이 30면 쾌(快)히 버ᄉᆞ믈 기다릴 거시어ᄂᆞᆯ 이 므ᄉᆞᆷ 거조(擧措)와 이 므ᄉᆞᆷ 언ᄉᆡ(言辭)뇨? 모로미 놀나온 말을 다시 ᄒᆞ지 말고 녀ᄋᆞ의 쳐소(處所)ᄅᆞᆯ 옴겨 존슈(尊嫂) 협실(夾室)의 두어 그 놀나오믈 위로ᄒᆞ며 동용이 일이 되여가믈 보라. 향ᄌᆞ(向者)의 댱ᄌᆞ의 병이 괴이ᄒᆞ던 거시니 엇디 ᄉᆞ상일념(思相一念)을 빌ᄆᆡᄒᆞᆫ 질(疾)이 아니런 줄 어이 알니오마ᄂᆞᆫ 그 말은 친히 듯디 못ᄒᆞ여시니 디목(指目)디 못ᄒᆞ려니와 화도디셜(畫圖之說)이 괴이ᄒᆞ니 나ᄂᆞᆫ ᄲᅧ 혜건ᄃᆡ 우리 부듕(府中)으로조ᄎᆞ 셩념을 함ᄒᆡ(陷害)코져 ᄒᆞ리 잇셔 규녀(閨女)의 화도ᄅᆞᆯ 일워 댱ᄌᆞ의 취광(醉狂)을 타 보게 ᄒᆞ여 져 댱ᄋᆡ 실상(實相)을 못 보아시나 화상(畫像)을 인ᄒᆞ여 흠모(欽慕)ᄒᆞ고 념념(念念)ᄒᆞ여 인연(因緣)의 길히 아득ᄒᆞ므로 셔어(齟齬)ᄒᆞᆫ 말을 ᄂᆡ디 못ᄒᆞ며 ᄒᆞᆫ갓 병을 시러 위경(危境)의 니ᄅᆞ러시ᄃᆡ 비례디ᄒᆡᆼ(非禮之行)이므로 향인(向人)ᄒᆞ여 ᄎᆞ마 니ᄅᆞ디 못ᄒᆞ미니 이 곳 일단 념우ᄅᆞᆯ 도라보미라. 비록 혹ᄒᆡᆼ군ᄌᆞ(學行君子)의 표리일쳥(表裏一淸)ᄒᆞ여 광명졍ᄇᆡᆨ(光明正白)히 ᄀᆞ리오디 아니ᄒᆞ고 딘션(盡善) 득듕(得中)ᄒᆞᆷ만 ᄀᆞᆺ디 못ᄒᆞ나 월장규벽(越墻窺壁)의 난탕 31면 (亂蕩)ᄒᆞ미 아니오 흉밀(凶密)히 상문교옥(相門嬌玉)으로 인연을 도모코ᄌᆞ 음황(淫慌)ᄒᆞᆫ ᄯᅳᆺ을 픔은 거시 아니니 일편되이 경박탕ᄌᆞ(輕薄

蕩子)로 밀위디 못ᄒᆞᆯ디라. 츈츄(春秋)ᄂᆞᆫ 셰원(世遠)ᄒᆞ고 셩인(聖人)은 긔망(旣亡)ᄒᆞ니 텬ᄒᆡ(天下) 믈구의(勿久矣)라. 거셰(擧世)[41]의 념위(廉隅)[42] 플니며 뉸강(倫綱)[43]이 ᄑᆡ멸(敗滅)ᄒᆞ니 금지셰(今之世)와 금지인(今之人)이 엇디 공ᄆᆡᆼ(孔孟)의 도통(道統)을 닛고 요슌(堯舜)의 딘션(盡善)ᄒᆞ미 이시리오? 굿ᄐᆞ여 위ᄌᆞ(慰藉)ᄒᆞ미 아니라 작인이 댱ᄌᆞ만ᄒᆞ며 문한(文翰)이 댱ᄌᆞ만 ᄒᆞ니도 ᄀᆞ장 드므리 본 ᄇᆡ라. 은ᄇᆡᆨ이 비소원(非所願)인들 져ᄅᆞᆯ 엇디ᄒᆞ리오? 젹은 일도 운슈(運數)ᄅᆞᆯ 도망치 못ᄒᆞᄂᆞ니 ᄒᆞ믈며 인뉸대관(人倫大觀)이냐 낙디지초의 뎡싊(定數) 이시니 현뎨(賢弟) 그 텬의(天意)ᄅᆞᆯ 엇디ᄒᆞ리오? 쳥컨ᄃᆡ 고집(固執)을 두로혀 광망(狂妄)ᄒᆞ믈 굿치라.”

경죄 쳥필(聽畢)의 일이 그러ᄒᆞ믈 모로지 아니ᄒᆞ나 ᄯᅩᄒᆞᆫ 유감(遺憾)ᄒᆞ여 왈

“셰간(世間)의 엇디 이런 괴이ᄒᆞᆫ 변(變)이 흔ᄒᆞ리잇고? 쇼뎨 ᄆᆞ음으
32면 로뻐 혜건ᄃᆡ 만일 형댱(兄丈)과 슈ᄇᆡᆨ의 녀ᄋᆞ 듕의 이 ᄀᆞᆺᄐᆞᆫ 누셜(陋說)을 당ᄒᆞ미 이시면 경심블ᄒᆡᆼ(驚心不幸)ᄒᆞ미 그 엇더ᄒᆞ리잇고마ᄂᆞᆫ 아ᄌᆞ 슈ᄇᆡᆨ의 말이 여ᄎᆞ여ᄎᆞᄒᆞ여 긔ᄉᆡᆨ(氣色)이 타연ᄒᆞ며 형댱이 호분(毫分)도 경동(驚動)치 아니시니 이 곳 디졍(至情)의 간도(懇到)ᄒᆞ미 업ᄉᆞ미라. 쇼뎨 평일(平日)의 ᄇᆞ라던 ᄇᆡ 아니오니 유감(遺憾)ᄒᆞ여이다.”

쳐ᄉᆡ 기리 우어 왈

---

41 거셰(擧世): 거세. 온 세상.

42 념위(廉隅): 염우. 행실이 올바르고 지조와 절개가 굳은 성품. 염치(廉恥).

43 뉸강(倫綱): 윤강. 사람이 지켜야 할 다섯 가지 도리인 오륜(五倫)과 유교의 기본이 되는 세 가지 강령인 삼강(三綱)을 아울러 이르는 말.

"가히 우지(愚者)로다. 지죵(再從)의 녀ᄋᆞ롤 위ᄒᆞ여 디졍(至情)의 간도(懇到)ᄒᆞ미 쉬오랴?"
경죄 왈
"형댱은 지죵의 셔어(齟齬)ᄒᆞ믈 니ᄅᆞ셔도 쇼뎨ᄂᆞᆫ 평싱의 이 ᄆᆞ옴이 업ᄉᆞ오니 우리 집이 본ᄃᆡ 션조(先祖)로브터 싀복(廝僕)[44]이 ᄒᆞᆫ 솟틔 밥을 난호며 그 각거(各居)ᄒᆞ믈 변괴(變怪)로이 아ᄂᆞᆫ 바의 지죵(再從)과 삼죵(三從)을 동긔(同氣)로 다ᄅᆞ미 잇더니잇가? 이러므로 졔딜(弟姪)이 쇼뎨롤 우이 넉이미 잇ᄂᆞᆫ가 모로ᄋᆞᆸ거니와 져의 과단(果斷)을 보면 ᄆᆞ옴의 통히(痛駭)ᄒᆞ여 브ᄃᆡ 곳치고ᄌᆞ 시브미 닌흉 등으로 다ᄅᆞ지 아니ᄒᆞ더이다."
쳐싀 미쇼왈(微笑曰)
"은빅은 그러ᄒᆞ여도 우형(愚兄)과 슈빅은 그 ᄀᆞᆺᄐᆞ미 업ᄉᆞ니 각각 ᄆᆞ옴이 다른 연괴(緣故)라. 유감(遺憾)홀 거시 므어시리오?" 33면
쇼뷔 믄득 안쉭(顔色)을 곳치고 탄식왈(嘆息曰)
"쇼뎨 텬셩(天性)이 미암(迷暗)ᄒᆞ며 블녈(不悅)ᄒᆞ니 일즉 춍명민달(聰明敏達)ᄒᆞ미 업ᄉᆞᆫ 고로 블션디ᄉᆞ(不善之事)롤 션각예디(先覺豫知)ᄒᆞ미 업ᄉᆞᄃᆡ 셩염의 누얼(陋孽)이 셰쇽(世俗)의 위험ᄒᆞ고 간교ᄒᆞ여 흉완블측(凶頑不測)ᄒᆞ미 만흐니 경조 형댱이 탄연(坦然)[45]이 ᄀᆞ리디 아니신 픔되(稟度) 강항딕빅(强項直白)ᄒᆞ샤 ᄌᆞ딜(子姪)의 과단(果斷)을 보시면 춤디 못ᄒᆞ여 곳치고ᄌᆞ ᄒᆞ심도 특별ᄒᆞ시므로 사롬이 도

44 싀복(廝僕): 시복. 하인과 종.
45 탄연(坦然): 마음이 안정되어 아무 걱정 없이 평온함.

로혀 깃거 아니 ᄒᆞ여 그읏ᄒᆞᆫ 듕의 원망이 니러 형댱의 쇼ᄋᆡᄌᆞ(所愛子)를 ᄒᆡ(害)ᄒᆞᆫ가 ᄒᆞᄂᆞ이다.”

경조ᄂᆞᆫ 말이 업ᄉᆞ며 쳐ᄉᆞᄂᆞᆫ 쇼부의 감연(敢然)이 발셜(發說)ᄒᆞ믈 보ᄆᆡ ᄉᆞᄉᆞ(事事)의 인심(人心)이 디평(砥平)ᄒᆞ믈 ᄭᆡ다라 더옥 근심이 깁흐ᄃᆡ ᄉᆞ쇡디 아니ᄒᆞ며 다만 경조의 고집과격(固執過激)ᄒᆞ믈 개유(開諭)ᄒᆞ여 골육을 잔ᄒᆡ(殘害)ᄒᆞᄂᆞᆫ 변(變)을 짓디 말나 ᄒᆞᄆᆡ 말ᄉᆞᆷ이 졀졀(節節)이 슌명(順明)ᄒᆞ고 관달(寬達)ᄒᆞ여 통니합도(通理合道)ᄒᆞ미 격탁양쳥(擊濁揚淸)ᄒᆞ여 활연관대(豁然寬大)ᄒᆞ니 경조의 튱텬(衝天)ᄒᆞᆫ 노긔(怒氣) ᄒᆡ음업시 덜니며 에분(恚憤)ᄒᆞᆫ 심격(心格)이 통연(洞然)이 열니여 일단디결(一斷之決)이 과급(過急)ᄒᆞ믈 ᄭᆡ다라 습습션복(習習羨服)ᄒᆞ미 부ᄌᆞ(夫子)[46]의 말ᄉᆞᆷ과 ᄆᆡᆼᄌᆞ(孟子)의 의논을 듯ᄌᆞᆸᄂᆞᆫ 둣ᄒᆞᄆᆡ 이에 개용치경(改容致敬)ᄒᆞ고 긔신ᄇᆡ샤(起身拜謝) 왈

“대의(大矣)라. 존형(尊兄)이 여텬ᄉᆡᆼ셩인(如天生聖人)이ᄉᆞᆺ다. 쇼뎨 과연 미친 셩(性)이 급발(急發)ᄒᆞ와 ᄉᆞᄉᆞ로 잔인ᄒᆞ며 혹독ᄒᆞ믈 모로미 아니로ᄃᆡ 녀ᄋᆞ롤 인셰디간(人世之間)의 머므ᄅᆞᄂᆞᆫ 날의ᄂᆞᆫ 탕ᄌᆞ(蕩子)의 누연(陋然)ᄒᆞᆫ 바라믈 긋디 못ᄒᆞᆯ 거시므로 이 거조(擧措)를 ᄒᆡᆼᄒᆞ여 골육을 잔ᄒᆡ(殘害)ᄒᆞᆯ디언졍 비루ᄒᆞᆫ 통한(痛恨)을 셜(雪)코져 ᄒᆞ엿더니 형댱의 경계(警戒)ᄒᆞ시미 디극합도(至極合道)ᄒᆞ신디라. 쇼뎨 엇디 개과봉ᄒᆡᆼ(改過奉行)치 아니리잇고? ᄉᆞᄉᆞ로 혼암(昏暗)ᄒᆞ고 미암(迷暗)ᄒᆞᆯ디언졍 쥰격(峻格)ᄒᆞ미 업ᄉᆞ리이다. 다만 쇼뎨 ᄋᆡ녀디

46 부ᄌᆞ(夫子): 부자. 공자(孔子)를 가리킴.

경(愛女之情)이 타인(他人)의 더으던 바로 상젹(相適)ᄒᆞᆫ ᄇᆡ우(配偶)ᄅᆞᆯ 구ᄒᆞ던 ᄯᅳᆺ이 헛곳의 도라디니 녀ᄋᆞ로 ᄒᆞ여검 남악(南嶽)의 슈도(修道)ᄒᆞ여 일ᄉᆡᆼ(一生)을 맛고ᄌᆞ ᄒᆞ나 태룡의 망되(妄道) 유가(儒家)의 일ᄏᆞᄅᆞᆯ ᄇᆡ 아니니 이졔 죽이디 아니ᄒᆞ고 션가(仙家)의 도뎨(道弟) 35면
ᄅᆞᆯ ᄉᆞᆷ디 아니ᄒᆞ나 공규(空閨)의 폐륜(廢倫)ᄒᆞ여 다시 셩친이ᄌᆞ(成親二字)ᄅᆞᆯ 드노치 말고ᄌᆞ ᄒᆞᄂᆞ니 이졔 다ᄃᆞ라ᄂᆞᆫ 형댱과 슈ᄇᆡᆨ이라도 권(勸)치 마ᄅᆞ시미 올흐실가 ᄒᆞᄂᆞ이다."

쳐ᄉᆡ 위ᄌᆞ(慰藉)ᄒᆞ믈 사양(辭讓)ᄒᆞ며 쇼져의 친ᄉᆞ(親事)ᄂᆞᆫ 타일(他日)의 의논ᄒᆞ미 늣디 아니니 폐륜이ᄌᆞ(廢倫二字)ᄂᆞᆫ 가(可)치 아니믈 니ᄅᆞ고 ᄌᆞᆷ간 방듕(房中)의 드러가 쇼져ᄅᆞᆯ 볼ᄉᆡ ᄡᆡ의 경염쇼졔 모든 말ᄉᆞᆷ을 인ᄒᆞ여 ᄌᆞ긔 누셜(陋說)을 대강 드ᄅᆞᆫ디라. 비록 녈녈조ᄒᆡᆼ(烈烈操行)이 비례(非禮)ᄅᆞᆯ 듯디 아니턴 ᄇᆡ나 금일(今日)의 다ᄃᆞ라ᄂᆞᆫ 귀ᄅᆞᆯ ᄀᆞ리오디 못ᄒᆞ여 ᄒᆞᆫ번 드ᄅᆞᄆᆡ 스ᄉᆞ로 평ᄉᆡᆼ을 졈검(點檢)ᄒᆞ여 하날과 귀신의 븟그러오미 업ᄉᆞ나 허명(虛名)의 블측(不測)ᄒᆞ미 교랑·가녀의 ᄒᆞᆫ 무리 되믈 면치 못ᄒᆞᆯ디라. 누연(陋然)ᄒᆞᆫ 더러움과 비아(卑訝)ᄒᆞᆫ 음교(淫巧)ᄒᆞ미 강한(江漢)의 탁(濁)ᄒᆞ고 츄양(秋陽)의 폭(曝)ᄒᆞᆫ들 엇디 뼈 ᄲᅵᄉᆞ리오? 야애(爺爺) 죽으믈 명(命)치 아니시나 딘실노 유ᄉᆞ디심(有死之心)ᄒᆞ고 무ᄉᆡᆼ디긔(無生之氣)ᄒᆞᄃᆡ 사ᄅᆞᆷ의 죽으미 그ᄡᆡ 잇ᄂᆞᆫ
디라. 두 시녀의 피로ᄒᆞᆷ과 황보ᄂᆡ의 굴욕(屈辱)ᄒᆞᄆᆡ 미쳐ᄂᆞᆫ 그 일시반 36면
ᄀᆡᆨ(一時半刻)을 뉴셰ᄌᆡᄉᆡᆼ(留世再生)ᄒᆞ미 크게 가(可)치 아니ᄒᆞ나 ᄌᆞ긔의 당ᄒᆞᆫ 바ᄂᆞᆫ 그러치 아니ᄒᆞ니 오ᄃᆡᆨ 부명(父命)을 좃ᄎᆞ ᄉᆞᄉᆡᆼ(死生)을 ᄌᆞ임(自任)ᄒᆞ미 업고ᄌᆞ ᄒᆞᄃᆡ 일노 드ᄃᆡ여 ᄌᆞ쳐기인(自處棄人)[47]ᄒᆞ여 텬일(天日)을 ᄃᆡ(對)치 말고져 ᄒᆞ니 동긔디친(同氣之親)이라도 낫

ᄎᆞᆯ 드러 보고ᄌᆞ 아니 ᄒᆞᄆᆡ 일시디간(一時之間)의 옥장금심(玉臟金心)이 편편(片片)이 바아디며 촌촌(寸寸)이 녹아디니 ᄒᆞᆫ갓 명도(命途)ᄅᆞᆯ 탄(嘆)ᄒᆞ고 시운(時運)을 슬허ᄒᆞ나 므ᄉᆞᆷ 말이 이시리오? 스ᄉᆞ로 셰샹의 낫던 바ᄅᆞᆯ 한(恨)ᄒᆞ여도 밋디 못ᄒᆞ니 도로혀 어린 ᄃᆞᆺᄒᆞ여 비예(睥睨)와 오명(汚名)이 침신(沈身)ᄒᆞ믈 아디 못ᄒᆞᄂᆞᆫ ᄃᆞᆺ 침잠막연(沈潛漠然)ᄒᆞ여 드ᄅᆞᆷ도 업ᄉᆞ며 말ᄒᆞᆷ도 업셔 옥(玉)으로 ᄆᆡᆫᄃᆞ라 옷 닙힌 ᄐᆡᆼ ᄀᆞᆺᄐᆞ여 셰ᄉᆞ(世事)ᄅᆞᆯ 모르ᄂᆞᆫ ᄃᆞᆺᄒᆞ나 대개 일시디간(一時之間)의 누연(陋然)ᄒᆞᆫ 비얼울(鄙孽鬱)을 므릅ᄡᅳᄆᆡ 그 원혹(怨惑)ᄒᆞᆫ 통(痛)이 텬디의 ᄌᆞ옥ᄒᆞ니 슉당졔죵(叔黨諸從)도 ᄃᆡᄒᆞ믈 븟그려 은연(隱然)ᄒᆞᆫ 슈식(愁色)을 씌여시니 뇨라찬연(裊娜燦然)ᄒᆞᆫ ᄐᆡ되(態度) 구츄(九秋)의 37면 옥노(玉露)ᄅᆞᆯ 므릅ᄡᅳᆫ 계화일디(桂花一枝) 상풍(霜風)을 아쳐ᄒᆞ고 옥계(玉階)의 난최(蘭草) 광풍(狂風)의 ᄭᅥᆨ거질 ᄃᆞᆺ 소쇄(小瑣)ᄒᆞ여 옥남긔 구ᄉᆞᆯ ᄭᅩᆺ치 풍젼(風前)의 ᄠᅳᆯ녓ᄂᆞᆫ ᄃᆞᆺ 진슈아미(螓首蛾眉)[48]ᄂᆞᆫ 초한(楚漢) 십ᄃᆡ의 모연(暮煙)을 시ᄅᆞᆷᄒᆞ며 뉴셩봉안(柳星鳳眼)은 츄파(秋波)의 빗치 담연(淡然)ᄒᆞ니 시쳠(視瞻)이 고요ᄒᆞᆫᄃᆡ 부용(芙蓉) 보조ᄀᆡᄂᆞᆫ 기리 잠기고 딘ᄉᆞ잉슌(辰砂櫻脣)[49]은 침연(沈然)이 닷쳐시니 호치(皓齒)의 ᄂᆡ션(乃宣)ᄒᆞ믈 보디 못ᄒᆞᆯ디라. 그 슉뇨뎡졔(淑窈整齊)ᄒᆞ며 고고결개(高高潔介)ᄒᆞᆫ 셩ᄒᆡᆼ(性行)과 쳔고의 무빵특츌(無雙特出)ᄒᆞᆫ 작

---

47 ᄌᆞ쳐기인(自處棄人): 자처기인. 스스로를 도리에 벗어난 일을 하여 버림받은 사람인 것으로 여김. 즉 자신을 폐인(廢人)으로 자처함.

48 진슈아미(螓首蛾眉): 진수아미. '매미의 이마에 나방의 눈썹'이라는 뜻. 미인을 비유적으로 일컫는 표현.

49 딘ᄉᆞ잉슌(辰砂櫻脣): 진사앵순. 짙은 붉은색을 띤 앵두 같은 입술.

인으로 공연(空然)이 비예(睥睨)와 오명(汚名)을 시러 얼울(臲卼)ᄒᆞᆫ 정젹(情迹)과 비원(悲寃)ᄒᆞᆫ 신셰 되여 장ᄎᆞ 합연(溘然)ᄒᆞ여 셰샹을 모로지 아니ᄒᆞ면 은복(隱伏)ᄒᆞ여 ᄃᆡ인(對人)코ᄌᆞ 아니ᄆᆡ 미ᄎᆞ믈 슉당이 ᄎᆞ도한셕(嗟悼恨惜)ᄒᆞ며 졔형군죵(弟兄群從)이 블승비분(不勝悲憤)ᄒᆞ여 쇼져ᄅᆞᆯ 앗기ᄂᆞᆫ 뜻이 친죵(親從)을 ᄭᆡ닷디 못ᄒᆞ니 경조공의 통골비분(痛骨悲憤)ᄒᆞᆫ 심회(心懷)야 니긔여 비(比)ᄒᆞᆯ 곳이 이시리오? ᄊᆡ의 학ᄉᆞ 닌흥이 슈장(受杖)ᄒᆞ미 대단ᄒᆞ니 능히 긔거(起居)ᄅᆞᆯ 못 ᄒᆞᆯ 거시로ᄃᆡ 그 야야(爺爺)의 셩졍(性情)을 혜아리ᄆᆡ ᄌᆞ긔 쟝쳐(杖處)의 알프믈 결을치 못ᄒᆞ고 심신(心身)이 경황(驚惶)ᄒᆞ여 밧비 옷ᄉᆞᆯ 곳치러 38면
드러갈ᄉᆡ ᄃᆡᄉᆞ로 ᄒᆞ여곰 존당(尊堂)의 드러가 태우ᄅᆞᆯ 쳥ᄒᆞ여 ᄎᆞᄉᆞ(此事)ᄅᆞᆯ 젼(傳)ᄒᆞ게 ᄒᆞᄆᆡ 비로소 가듕(家中)이 이 변난(變亂)을 ᄃᆡ강 알오미 된디라. 학ᄉᆡ 미조ᄎᆞ 드러오ᄆᆡ 태위 졔죵으로 더브러 쇼져ᄅᆞᆯ 구ᄒᆞ니 쇼부공과 쳐ᄉᆡ 니음다라[50] 드러와 경조ᄅᆞᆯ ᄒᆡ유(解諭)ᄒᆞ여 쇼졔 죽기ᄅᆞᆯ 면(免)ᄒᆞ여시나 누얼(陋孼)의 통한(痛恨)ᄒᆞᆷ과 젼졍(前程)의 무광(無光)ᄒᆞ미 절절(節節)이 통셕에분(痛惜恚憤)ᄒᆞ여 비(比)ᄒᆞᆯ 곳이 이시리오마ᄂᆞᆫ 본ᄃᆡ 녜(禮)ᄅᆞᆯ 엄히 잡ᄂᆞᆫ 바로 블미디ᄉᆞ(不美之事)ᄂᆞᆫ 다시 구두(口頭)의 올녀 군ᄌᆞ(君子)의 입의 일ᄏᆞᄅᆞ미 비례디ᄉᆡ(非禮之事)라 ᄒᆞ여 굴심억제(屈心抑制)ᄒᆞ며 함디인지(含之忍之)ᄒᆞ여 목젼(目前)의 신ᄇᆡᆨ(伸白)을 쾌히 못ᄒᆞ고 비분(悲憤)이 길ᄆᆡ ᄋᆞ녀의 셜셜ᄒᆞ믈 면치 못ᄒᆞ여 누쉬(淚水) ᄉᆞ못[51] ᄯᅥ러디니 쳐ᄉᆡ 도로혀 우어 왈

50 니음다라: 잇따라. 연이어.

51 ᄉᆞ못: 사뭇. 심할 정도로 마구.

"너의 부ᄌᆡ 엇디 미셰지ᄉᆞ(微細之事)의 여ᄎᆞ과도(如此過度)ᄒᆞ여 상녜(常禮)롭디 아니ᄒᆞ미 심ᄒᆞ뇨? 누얼(陋孽)이 거림ᄒᆞ미 업다 ᄒᆞ미 아니라 방금이라도 댱ᄌᆞ의 말을 드ᄅᆞ미 딜녀(姪女)의 ᄇᆡᆨ일(白日) ᄀᆞᆺᄐᆞ믄 낫

39면 타날 거시오 화도(畫圖)ᄅᆞᆯ 일워 댱ᄌᆞᄅᆞᆯ 뵈고 이 말이 녀가의 귀예 가게 ᄒᆞᆫ 간인(奸人)의 악ᄉᆡ(惡事) 블구(不久)의 들러날 거시니 여ᄎᆞ(如此)의 ᄇᆡᆨ옥(白玉)이 호호(皓皓)ᄒᆞ며 쳥빙(淸氷)이 교교(皎皎)ᄒᆞᆷ을 뉘 모로리오? 가히 근심되디 아니리니 현뎨와 원보 등은 괴이히 구지 말나."

언필(言畢)의 쇼져ᄅᆞᆯ 향ᄒᆞ여 ᄒᆡ유왈(解諭曰)

"딜녀(姪女)의 금일 누셜(陋說)이 교시의 비기미 현딜(賢姪)이 ᄀᆞ장 욕되고 더러이 넉이려니와 그 원억(冤抑)ᄒᆞ미야 다ᄅᆞ미 이시리오? 연이나 교ᄋᆡ 명을 태산의 븟치ᄂᆞᆫ가 그 죽다 ᄒᆞᆷ을 듯디 못ᄒᆞ니 현딜노뻐 져ᄅᆞᆯ 효측(效則)ᄒᆞ라 ᄒᆞ면 더옥 딘누히 넉일 거시로ᄃᆡ 그 신ᄇᆡᆨ(伸白)ᄒᆞᄂᆞᆫ 날의 미쳐ᄂᆞᆫ 내 말이 그ᄅᆞ디 아니믈 알니니 모로미 과급(過急)ᄒᆞᆫ 셩도ᄅᆞᆯ 조ᄎᆞ 목숨을 홍모(鴻毛)ᄀᆞᆺ치 넉이지 말나. 사ᄅᆞᆷ이 죽으ᄆᆡ 의(義)예 셔며 졀(節)의 당ᄒᆞ고 살ᄆᆡ 누욕(陋辱)과 비얼(鄙孽)이 니ᄅᆞᆯ딘ᄃᆡ 그 살미 죽음만 ᄀᆞᆺ디 못ᄒᆞ거니와 그러치 아니코 비분절ᄉᆞ(悲憤節死)ᄒᆞᄂᆞᆫ 뉴(類)ᄂᆞᆫ 장확(壯獲)의 쳔견(淺見)이오 하ᄇᆡ(下輩)의 무식(無識)ᄒᆞ미라. 현딜(賢姪)이 비록 년미유ᄋᆡ(年微幼兒)나 계츌오문(係出

40면 吾門)ᄒᆞ여 명슈교훈(明受敎訓)ᄒᆞ니 텬셩(天性)의 춍혜(聰慧)ᄒᆞ믈 겸ᄒᆞ여 의리됴달(義理早達)ᄒᆞ며 디식(智識)이 통쳘(洞徹)ᄒᆞᆫ디라. 인ᄌᆞ의 되(道) ᄉᆞᄉᆞ(事事)의 봉슌(奉順)ᄒᆞ여 위역(違逆)ᄒᆞ미 업ᄉᆞ려니와 부모의 과실(過失)의 미쳐ᄂᆞᆫ 셰 번 간(諫)ᄒᆞ여 엇디 못ᄒᆞ면 것ᄎᆞ로 슌죵ᄒᆞ고 안흐로 달니ᄒᆞ여 좃ᄎᆞ미 업시 곳쳐 힝ᄒᆞ며 잠간 긔망(欺罔)ᄒᆞ

여 ᄒᆡ요(解擾)ᄒᆞ미 잇거든 비로소 고ᄒᆞ여 왈 '과연 아모 ᄡᅵ의 일을 여ᄎᆞ여ᄎᆞ ᄒᆞ여시ᄃᆡ 셩히 노(怒)ᄒᆞ실가 긔망ᄒᆞᄂᆞ이다.' ᄒᆞ미 이 딘짓 셩효디되(誠孝之道)라. 시고(是故)로 슌(舜)이 우믈의 ᄋᆡᆨ(厄)을 피(避)ᄒᆞ시미 곳 슌(順)치 아니시미 아니오 블고이취(不告而娶)ᄒᆞ시미 소이위가지(所以謂可知)ᄒᆞ시미니 ᄎᆞᄌᆞᆨ ᄆᆡ명(罵名)이 이실가 의려(疑慮)ᄒᆞ시미오 고ᄒᆞᆫᄌᆞᆨ 긋쳐딜가 과실(過失)이 되믈 의ᄒᆞ시미니 시쇽디인(時俗之人)이 다만 부모긔 슌죵ᄒᆞ여 과실과 ᄆᆡ명이라도 가리오디 못ᄒᆞ고 경권(經卷)을 ᄡᅳ디 못ᄒᆞ미 크게 셩교(聖敎)ᄅᆞᆯ 모로미라. 아ᄌᆞ의 네 부친이 너ᄅᆞᆯ 죽으라 ᄒᆞᄆᆡ 너의 ᄯᅳᆺ이 그 엇더ᄒᆞ던디 아디 못ᄒᆞ거니와 이 딘실노 딜녜(姪女) 널니 ᄉᆡᆼ각ᄒᆞᆫᄌᆞᆨ 아븨 과격(過激)ᄒᆞ믈 간(諫)ᄒᆞ며 기리 목숨을 비러 볼 거시오 듯디 아녀도 쳔방ᄇᆡᆨ계(千方百計)로 도모ᄒᆞ 41면
나 죽으믈 면(免)ᄒᆞ여 부형(父兄)으로 ᄒᆞ여곰 잔포혹독디인(殘暴酷毒之人)이 되게 아니 ᄒᆞ리니 고로 나의 현부(賢婦) 댱시 어린 나ᄒᆡ 긔화참난(奇禍僭亂)을 ᄀᆞᆺ초 당ᄒᆞᄃᆡ 목숨을 태산ᄀᆞᆺ치 ᄒᆞ고 오ᄃᆡᆨ 훼면할이(毁面割耳)ᄒᆞ여 졀조녈ᄒᆡᆼ(節操烈行)을 ᄌᆞᆸ으니 그 필경(畢竟) 믈이 잠기믄 흉젹(凶賊)의 누욕(陋辱)이 급ᄒᆞ므로 셰(勢) 브득이 ᄒᆞ미로ᄃᆡ 본ᄋᆡ(本意)ᄌᆞᆨ 부모의 과단(果斷)과 ᄆᆡ명(罵名)을 더을가 두려 죽기ᄅᆞᆯ ᄀᆞᆺ거 아니미니 딜녀(姪女)의 맛ᄂᆞᆫ 바ᄂᆞᆫ 댱현부의 ᄋᆡᆨ경(厄境)의 비기ᄆᆡ됴족디혈(鳥足之血)이라. 현딜(賢姪)은 맛당이 댱ᄋᆞᄅᆞᆯ 스ᄉᆡᆼᄒᆞ라."

쇼졔(小姐) 브복경쳥(俯伏傾聽)의 오ᄃᆡᆨ 계슈유유(稽首唯唯)[52]ᄒᆞᆯ ᄯᆞᄅᆞᆷ이

52 계수유유(稽首唯唯): 계수유유. 이마가 땅에 닿도록 몸을 굽혀 시키는 대로 순종함.

오 감히 옥셩(玉聲)을 토(吐)ᄒᆞ여 회포ᄅᆞᆯ 고(告)치 못ᄒᆞ니 빵셩(雙星)은 미미(微微)ᄒᆞ고 아황(蛾黃)은 제제(齊齊)ᄒᆞᆫᄃᆡ 셜ᄇᆡ(雪膚) 은연(隱然)이 홍예(紅霓)ᄒᆞ며 보험(寶臉)이 ᄌᆞ약(自若)히 슈괴(羞愧)ᄒᆞ여 일졈잉홍(一點鶯紅)이 찬연(燦然)ᄒᆞ고 단슌(丹脣)을 기리 닷쳐시니 이 니ᄅᆞᆫ 향(香)을 맛트나 얼골 보기 어려오며 옥면(玉面)을 ᄃᆡᄒᆞ나 기셩(其聲)을 드ᄅᆞ미 어려온디라. 쳐ᄉᆞ와 쇼ᄇᆡ 심ᄋᆡ년디(甚愛憐之)ᄒᆞ여 다시
42면 말을 두어 위로ᄒᆞ고 날호여 ᄌᆞ딜노 더브러 존당으로 향ᄒᆞᆯᄉᆡ 경조의 부ᄌᆞᄂᆞᆫ 니러 쳐ᄉᆞᄅᆞᆯ 보ᄂᆡ며 이에 잠간 ᄯᅥ러디더라. 쳐ᄉᆡ 쇼부로 더브러 ᄌᆞ딜을 거ᄂᆞ려 ᄌᆞ뎐(慈前)의 ᄇᆡ시(陪侍)ᄒᆞᄆᆡ 태부인이 급히 므러 왈

"은급이 능히 ᄒᆡ오(解誤)ᄒᆞ여 실조과급(失操過急)ᄒᆞ믈 ᄀᆞᆺ치거냐?"

쳐ᄉᆡ ᄃᆡ왈(對曰)

"비로소 참잔(慘殘)ᄒᆞᆫ 거조(擧措)ᄂᆞᆫ ᄀᆞᆺ쳣ᄉᆞᆸ거니니와 그 블ᄒᆡᆼᄒᆞ미야 엇디 비ᄒᆞᆯ ᄃᆡ 이시리잇가?"

태부인이 탄왈(嘆曰)

"위인부모(爲人父母)ᄒᆞ여 ᄌᆞᄋᆡ의 구구(區區)ᄒᆞ미 ᄀᆞᆺ치기 어려오니 용상범범(庸常凡凡)ᄒᆞᆫ ᄌᆞ식이라도 그 젼졍(前程)을 영화(榮華)코져 ᄒᆞ며 일ᄉᆡᆼ을 안길(安吉)콰져 ᄒᆞ거든 ᄒᆞ믈며 셩염ᄀᆞᆺ치 졀츌긔이(絶出奇異)ᄒᆞᆫ 작셩(作性)으로 은ᄇᆡᆨ ᄀᆞᆺᄐᆞᆫ 별뉸ᄌᆞᄋᆡ(別倫慈愛)냐? 과격(過激)ᄒᆞᆫ 분뇌 급발ᄒᆞ여 골육을 잔ᄒᆡᄒᆞ미 쳔고의 희한ᄒᆞᆫ 대변(大變)이믈 ᄊᆡ닷디 못ᄒᆞ니 ᄒᆡᆼ혀 놀나온 거죄 이실가 친히 가 말니고ᄌᆞ ᄒᆞ엿더니 그만ᄒᆞ여 ᄀᆞᆺ치다 ᄒᆞ미 깃브거니와 허다ᄒᆞᆫ 블ᄒᆡᆼ을 어이 니ᄅᆞᆯ ᄇᆡ리오? ᄋᆞᄒᆡ 빙옥조ᄒᆡᆼ(氷玉操行)의 누셜(陋說)이 한심비분(寒心悲憤)ᄒᆞ
43면 고 이 ᄆᆡᆼ낭(孟浪)ᄒᆞᆫ 말을 디어 ᄒᆡᄒᆞᆫ ᄌᆡ 일가디인(一家之人)의 나디 아

닌ᄌᆞᆨ 셩염의 신ᄇᆡᆨ(伸白)은 근심ᄒᆞᆯ ᄇᆡ 아니어니와 노뫼 다만 닌유의 창황(蒼黃)ᄒᆞᆫ 두어 말의 은ᄇᆡᆨ의 과거(過擧)ᄅᆞᆯ 알고 소유(所由)ᄅᆞᆯ 아디 못ᄒᆞ엿더니 츄후 닌영이 드러와 ᄃᆡ강을 젼ᄒᆞ기로 드ᄅᆞ니 화도디ᄉᆡ(畫圖之事) 극히 괴이ᄒᆞ며 공교로온디라. 다만 은ᄇᆡᆨ을 ᄒᆡ코져 ᄒᆞᄂᆞᆫ ᄌᆡ 몬져 그 소ᄋᆡᄌᆞ(所愛者)ᄅᆞᆯ ᄒᆡᄒᆞ여 젼졍(前程)[53]을 무광(無光)케 ᄒᆞ고 일ᄉᆡᆼ의 신누(身累)ᄅᆞᆯ 면치 못ᄒᆞ게 ᄒᆞ미니 말쇽인심(末俗人心)이 극악(極惡)ᄒᆞ미 가히 무셥디 아니랴?"

쳐ᄉᆡ ᄌᆞ졍(慈庭) 의심ᄒᆞ시미 ᄌᆞ긔 쇼견(所見)과 ᄒᆞᆫ가지로ᄃᆡ 깁흔 근심을 픔으샤 즐기디 아니시믈 민망ᄒᆞ여 유화(柔和)히 ᄃᆡ왈(對曰)

"화도디ᄉᆡ 괴이ᄒᆞᄋᆞᆸ거니와 친히 보디 못ᄒᆞᆫ 바의 그 뉘 쇼슐(所術)이믈 알니잇고? 망탄(妄誕)이 니ᄅᆞᆯ딘ᄃᆡ 귀신의 변홰라 ᄒᆞ올디라. 원간 우리 집 ᄋᆞᄒᆡ들이 남ᄌᆞ녀인(男子女人)이 개ᄀᆡ히 긔질용홰(氣質容華) 사ᄅᆞᆷ의 디나미 잇ᄉᆞ오니 대져 ᄉᆡᆨ뫼(色貌)란 거시 덕(德)의ᄂᆞᆫ ᄒᆡ 되ᄋᆞᆸ거니와 복(福)의ᄂᆞᆫ ᄒᆡ 되미 업ᄉᆞᆸᄂᆞᆫ디라. 이런 일이 아냐도 셩염의 용ᄉᆡᆨ디ᄒᆡ(容色之害)ᄅᆞᆯ 면치 못ᄒᆞ리니 잠간 우환(憂患)의 쳐ᄒᆞ나 져의 졀조 44면
녈ᄒᆡᆼ이 고ᄌᆞ(古者) 녈녀슉완(烈女淑婉)의 비겨 등하ᄒᆞ미 업ᄉᆞ며 텬딜(天質)인ᄌᆞᆨ 화복디인이라. 그 젼졍(前程)이 영화(榮華)오리니 깁흔 근심과 ᄎᆞ악(嗟愕)ᄒᆞᆫ 놀나오미 아니옵거ᄂᆞᆯ 은ᄇᆡᆨ의 결ᄌᆞᆼ(潔症)이 괴이ᄒᆞ와 댱후ᄇᆡᆨ을 평ᄉᆡᆼ의 일편되이 하ᄃᆡ(下待)ᄒᆞ므로 그 ᄋᆞᄃᆞᆯ이 제 ᄯᆞᆯ을 ᄉᆞ상ᄒᆞᆫ다 ᄒᆞ믈 더옥 한심통ᄒᆡ(寒心痛駭)ᄒᆞ여 도로혀 큰 과실의 니ᄅᆞᆯ 번

---

53 젼졍(前程): 전정. 앞날.

ᄒᆞ오니 사ᄅᆞᆷ의 셩졍이 과격ᄒᆞᆫ 거시 엇디 대흠(大欠)이 아니리잇고?"
쇼뷔 믄득 우음을 띄여 고왈(告曰)
"닌영이 엇디 졔 누의 몸의 누얼(陋孼)이 미ᄎᆞᆷ을 ᄌᆞ셔히 아더니잇고?"
태부인이 답왈(答曰)
"닌흥이 쳐음의 잇더니 졔 아비 브ᄅᆞ미 잇셔 다만 나가ᄃᆡ 우연이 브ᄅᆞ므로 알고 각별ᄒᆞᆫ ᄉᆞ괴(事故) 이시믈 뜻ᄒᆞ디 아녓더니 닌의【의계의 셔뎨(庶弟) 졍셤의 ᄋᆞ돌이라】 창황이 썰며 드러와 학ᄉᆞ 상공이 듕장(重杖)을 바다 ᄉᆞᄎᆞ(私次)의셔 옷술 곳친다 ᄒᆞᄆᆡ 일쟤 대경(大驚)ᄒᆞ고 닌경이 닌웅으로 더브러 나아가 닌흥을 보니 닌흥이 댱셰린으로 각별교우(各別交友)ᄒᆞᆫ 죄로 슈장(受杖)ᄒᆞ다 ᄒᆞ고 기간셜화(其間說
45면 話)를 아디 못ᄒᆞ므로 참쳥(參聽)ᄒᆞᆫ 닌유·닌명의게 므러 드ᄅᆞᆯ 젹의 닌영이 ᄒᆞᆫ가지로 드론 후 댱헌을 들먹여 언언(言言)이 참욕(慘辱)이 긋치디 아니ᄒᆞ거놀 노뫼(老母) 그리 말나 ᄒᆞ나 에분통히(恚憤痛駭)ᄒᆞ미 튱텬(衝天)ᄒᆞ여 노긔(怒氣)를 띄여시니 그 아비의 ᄋᆞ돌이라 엇디 강학(强虐)디 아니ᄒᆞ리오?"
쇼뷔 우으며 고왈(告曰)
"딘실노 은빅시와 닌영을 보오ᄆᆡ 유시부유시ᄌᆡ(有是父有是子)[54]러이다."
인ᄒᆞ여 향긱(嚮刻) 댱공을 ᄃᆡᄒᆞ여 일장욕ᄆᆡ(一場辱罵)ᄒᆞ던 바롤 일ᄏᆞᆺ고 쇼왈(笑曰)

54 유시부유시ᄌᆡ(有是父有是子): 이 아버지가 있으므로 이 아들이 있음.

"영이 므슴 뜻으로 당헌의 박부인 취ᄒᆞ던 바를 들추니 후ᄇᆡᆨ이 ᄋᆞ히 우연ᄒᆞᆫ 말과 상(常)업ᄉᆞᆫ 노분을 아디 아냐 ᄀᆞ장 괴로오며 무안ᄒᆞ여 ᄃᆡ홀 바를 아디 못ᄒᆞ여 심히 국툑(跼蹴)ᄒᆞ거ᄂᆞᆯ 영ᄋᆞ를 ᄭᅮ디져 믈니치고 당헌을 위로ᄒᆞ여 도라 보ᄂᆡ엿거니와 사ᄅᆞᆷ이 그ᄅᆞᆫ 일을 힝ᄒᆞᄆᆡ 져쳑동쇼ᄌᆞ(尺童少子)의 말을 심고(甚顧)ᄒᆞ여 구쇽ᄒᆞ미 되니 엇디 우읍디 아니리잇고?"

쳐ᄉᆡ 왈

"사ᄅᆞᆷ이 뉘 허믈이 업ᄉᆞ리오마ᄂᆞᆫ 허믈이 업ᄉᆞ면 이 곳 셩현(聖賢)이니 금디말셰(今之末世)의 셩현이 어이 이시리오? 연이나 ᄌᆡ죄(才調) 덕(德)을 니긔여 능히 그ᄅᆞᆫ 거ᄉᆞᆯ ᄭᅮ미고 욕심이 올흔 거ᄉᆞᆯ 니긔ᄂᆞᆫ ᄌᆞᄂᆞᆫ ᄀᆞ장 흉ᄒᆞ니 더브러 말ᄒᆞ염 즉디 아니ᄒᆞ고 깁히 ᄉᆞ괴염 즉디 아니ᄒᆞᄃᆡ 댱후ᄇᆡᆨ은 유괘(有過)나 사ᄅᆞᆷ이 니ᄅᆞᄆᆡ 구연ᄒᆞ여 한치 아니ᄒᆞ며 ᄯᅩ 스ᄉᆞ로 칭과ᄉᆞ죄(稱過謝罪)ᄒᆞ니 셩딜(性質)의 온냥(溫良)ᄒᆞ미 긔특ᄒᆞᆫ디라. 일편되이 용녈(庸劣)타 니ᄅᆞ디 못ᄒᆞ리니 현뎨 등이 져를 심히 하ᄃᆡ(下待)ᄒᆞ여 평싱의 사ᄅᆞᆷ으로 보디 아니ᄆᆡ 도로혀 허믈 되믈 면치 못ᄒᆞᆯ ᄇᆡ오 닌영이 어론의 말을 드러 역비 능모(凌侮)ᄒᆞ다가 오날ᄂᆞᆯ 그러틋 욕ᄆᆡ(辱罵)ᄒᆞ니 이 곳 은ᄇᆡᆨ의 허믈이오 영ᄋᆞ의 방ᄌᆞ(放恣)ᄒᆞ미라. ᄋᆞ히 그 ᄀᆞᆺᄐᆞ믈 칙계(責戒)치 아니면 졈졈ᄒᆞ여 광망(狂妄)ᄒᆞᄆᆡ 니를 ᄃᆞᆺᄒᆞ고 닌흥의 완슌(婉順)ᄒᆞ며 통달(洞達)ᄒᆞᆷ과 닌유의 겸약손슌(謙約遜順)ᄒᆞ미 다 승어부(勝於父)의 셩염이 더옥 긔이ᄒᆞ니 은ᄇᆡᆨ의 ᄌᆞ식 잘 나흐미 사ᄅᆞᆷ의 밋디 못ᄒᆞᆯ 복(福)이니라." 46면

쇼뷔 쇼이ᄃᆡ왈(笑而對曰)

"은ᄇᆡᆨ시의 ᄌᆞ녀 잘 두믈 니ᄅᆞ시믄 올ᄉᆞᆸ거니와 당헌으로ᄡᅧ 셩딜(性質)

이 온냥(溫良)ᄒᆞ미 긔특다 ᄒᆞ시믄 과히 위ᄌᆞ(慰藉)ᄒᆞ시미로소이다.”

쳐ᄉᆡ 역쇼왈(亦笑曰)

“내 평ᄉᆡᆼ의 사ᄅᆞᆷ을 위ᄌᆞ치 못ᄒᆞᄂᆞ니 엇디 당후빅ᄊᆞ혀 과장ᄒᆞ리오마
47면 ᄂᆞᆫ 그 위인(爲人)이 강개(慷慨)ᄒᆞ여 닙졀디ᄉᆡ(立節之士) 되리라 ᄒᆞᄂᆞᆫ 거시 아니라 튱슌(忠順)ᄒᆞ고 냥션(良善)ᄒᆞ여 말ᄉᆞᆷᄒᆞᄆᆡ 츈풍(春風) ᄀᆞᆺᄐᆞ며 일을 밧들ᄆᆡ 쥬편(主便)ᄒᆞ여 거관찰임(居官察任)의 괴강(魁强)ᄒᆞ고 편ᄋᆡᆨ(偏隘)ᄒᆞᆫ 쳐ᄉᆡ(處事) 잇디 아니ᄒᆞ며 거가(居家)의 블찰(不察)ᄒᆞ미 흡연이 국ᄉᆞ(國事)의 다ᄃᆞ라 춍오영달(聰悟英達)ᄒᆞ고 공졍무ᄉᆞ(公正無私)ᄒᆞ여 명쳘군ᄌᆡ(明哲君子)라도 이에 더으디 못ᄒᆞ리니 이 사ᄅᆞᆷ이 범범하등(凡凡下等)이 아니라 간ᄃᆡ로 용녈(庸劣)ᄒᆞ믈 웃디 말디어다.”

쇼뷔 대쇼왈(大笑曰)

“형당 헌을 칭도(稱道)ᄒᆞ시미 믄득 명쳘군ᄌᆞ(明哲君子)의 비(比)ᄒᆞ시니 고금(古今)의 명텰디ᄉᆡ(明哲之士) 대욕(大辱)을 보거이다. 원간 당헌의 누인(累仁)ᄒᆞ므로뼈 거관(居官)의 큰 허믈이 업ᄉᆞ며 탐남블법디ᄉᆡ(貪婪不法之事) 잇디 아니ᄒᆞ미 실노 괴이(怪異)ᄒᆞᆫ 일이어ᄂᆞᆯ 혹 명상쾌결(明爽快決)ᄒᆞᄂᆞᆫ 바와 관인통달(寬忍通達)ᄒᆞᆫ 공ᄉᆡ(公事) 이시니 긔 어인 일인고 측냥치 못ᄒᆞᆯ ᄇᆡ러이다.”

쳐ᄉᆡ 왈

“그러ᄒᆞ므로 사ᄅᆞᆷ이 상녜(常禮)롭디 아냐 ᄀᆞ장 긔특ᄒᆞ니 가히 낫초보디 못ᄒᆞ리라.”

쇼뷔 우으며 다시 말이 업더라.

션시(先時)의 경조공이 시ᄋᆞ(侍兒)로 ᄒᆞ여곰 부인을 쳥ᄒᆞ여 녀ᄋᆞ의

쳐소(處所)ᄅᆞᆯ 부인 협실(夾室)노 옴기믈 니ᄅᆞ고 졔ᄌᆞ(諸子)ᄅᆞᆯ 도라 48면
보아 왈

"화도디ᄉᆡ(畫圖之事) 별이요인(別異妖人)의 소ᄉᆞᆯ(所術)이라. 아녀의 얼골을 그려 댱ᄌᆞ의게 도라보ᄂᆡᄂᆞᆫ 바의 댱ᄌᆞ의 화되 녀ᄋᆞ의 곳의 아니 ᄀᆞᆷ최여시믈 어이 알니오? 모로미 경ᄃᆡ 상협디뉴(箱篋之類)ᄅᆞᆯ 뒤여보라."

학ᄉᆞ 등이 슈명(受命)ᄒᆞ고 부인의 녀ᄋᆞ의 산 얼골을 ᄃᆡᄒᆞ니 가히 다ᄒᆡᆼᄒᆞᆯ 거시로ᄃᆡ 그 어린 나ᄒᆡ 빙옥조ᄒᆡᆼ(氷玉操行)이 고ᄌᆞ(古者) 녈부슉완(烈婦淑婉)의 더은 바로 홀연 더러온 믈결이 놉흔 언덕을 잠가 공연이 교랑·가녀의 일ᄂᆔ(一類) 되믈 각골비원(刻骨悲冤)ᄒᆞ며 통앙참분(痛怏慙憤)ᄒᆞ여 쇼져의 손을 ᄌᆞᆸ고 귀밋ᄎᆞᆯ 어로만져 팔ᄎᆡ운집(八彩雲集)ᄒᆞ며 화험(華頰)이 젹뇨(寂窈)ᄒᆞ여 유유히 말을 일우디 못ᄒᆞ고 츄파로조ᄎᆞ 옥뉘(玉淚) 녕낙(零落)ᄒᆞ니 영탄함비(永嘆含悲)ᄒᆞ여 왈

"너ᄅᆞᆯ 비록 십삭ᄐᆡ교(十朔胎敎)ᄒᆞ미 업ᄉᆞ나 ᄒᆡᆼ혀 텬딜(天質)이 용쇽(庸俗)ᄒᆞ믈 면(免)ᄒᆞ고 셩ᄒᆡᆼ(性行)이 쳥한졍혜(淸閑正慧)ᄒᆞ니 사ᄅᆞᆷ의 디난 가명(佳名)을 듯디 못ᄒᆞ나 사ᄅᆞᆷ의 밋디 못ᄒᆞᆯ 쇽미(俗微)ᄒᆞ미 업ᄉᆞᆯ가 ᄒᆞ엿더니 몽니(夢裏)의도 긔약디 아닌 누셜(陋說)이 만니젼졍(萬里前程)을 맛ᄂᆞᆫ 근졔(根柢) 되여시니 이 분원(忿怨)ᄒᆞᆷ과 통ᄒᆡ(痛
駭)ᄒᆞ미 비(比)ᄒᆞᆯ 곳이 잇ᄉᆞ리오마ᄂᆞᆫ 슈연이나 ᄋᆞ녀의 고고결개(高高 49면
潔介)ᄒᆞ미 쳥상(靑霜)을 능두(凌頭)ᄒᆞ며 ᄇᆡᆨ옥(白玉)을 유하(有瑕)ᄒᆞ니 우러러 하날의 븟그럽디 아니ᄒᆞ고 다시 귀신의 븟그러오미 업ᄉᆞ니 현마 엇디ᄒᆞ리오?"

쇼졔 능히 ᄃᆡ(對)치 못ᄒᆞ며 머리ᄅᆞᆯ 숙이고 낫ᄎᆞᆯ 드디 아니ᄒᆞ나 옥뫼

(玉貌) 쳑연(慽然)ᄒᆞ여 빵뉘(雙淚) ᄎᆡ금(彩衿)을 젹시니 부인의 앗기ᄂᆞᆫ 심담이 여쇄(如碎)ᄒᆞᄃᆡ 무익히 슬허ᄒᆞ여 녀ᄋᆞ의 통원(痛冤)ᄒᆞ믈 도으미 도로혀 블가ᄒᆞ므로 함인관위(含忍寬慰)ᄒᆞ며 인ᄒᆞ여 더브러 침실노 도라올ᄉᆡ 학ᄉᆞ 등이 일시의 쇼져의 경ᄃᆡ와 상협디뉴(箱篋之類)ᄅᆞᆯ 셰셰히 여러 보ᄃᆡ 화도(畫圖)ᄅᆞᆯ 보디 못ᄒᆞᆯ너니 최후의 유랑의 듁협(竹篋)을 들혀니 일복 화되 잇고 그림 아ᄅᆡ 일슈 시(詩)ᄅᆞᆯ 쁜 거시 잇더라. 이에 밧드러 부젼(父前)의 드리니 경죄 쳥ᄉᆞ의 나와 졔ᄌᆞ(諸子)로 더브러 보ᄆᆡ 슈미긔동(秀眉起動)ᄒᆞ며 모발(毛髮)이 ᄉᆡᆼ화(生化)ᄒᆞᆫᄃᆡ 관옥풍ᄎᆡ(冠玉風采)ᄂᆞᆫ 태우로 방블ᄒᆞ고 츄슈골격(秋水骨格)은 학ᄉᆞ로 흡ᄉᆞᄒᆞᄃᆡ 딘승상(陳丞相)[55]의 부귀디상(富貴之相)과 니쳥년(李青蓮)[56]의 호일(豪逸)ᄒᆞ믈 아오라 빗난 신광(身光)의 쇄락(灑落)ᄒᆞ미 동졍츄월(洞庭秋月)이 쳐음으로 소ᄉᆞ 광풍(狂風)을 씌여시며 텬디우졔(天地雨際)의 만믈(萬物)이 태양의 ᄉᆡ로온 ᄃᆞᆺ 이 곳 당셰린의 풍모신ᄎᆡ(風貌神彩)로 호분(毫粉)도 다ᄅᆞ미 업거ᄂᆞᆯ 그 아ᄅᆡ 화도(畫圖)로뼈 신믈(信物)을 삼ᄂᆞᆫ 뜻으로 시ᄅᆞᆯ 디어 쳥산녹슈(青山綠水)의 견ᄆᆡᆼ(堅盟)으로 시(詩)의 음일(淫佚)ᄒᆞᄆᆡ 도라져 비록 담연쳥활(淡然清活)치 못ᄒᆞ나 ᄌᆡ문(題文)의 발월초츌(發越超出)ᄒᆞ민즉 범

50면

---

55 딘승상(陳丞相): 진승상. 전한(前漢) 개국공신 진평을 말함. 항우를 따르다 후에 유방을 섬겨 전한 통일에 공을 세웠음. 젊은 시절 호유(戶牖)에서 가난하게 살았는데, 호유의 부자 장부(張負)는 그가 범상치 않은 인물임을 알고는 손녀를 그에게 시집보냈다고 함. 유방의 총애를 받자 강후(絳侯) 주발과 관영 등이 그를 참소하면서 '진평이 비록 외모는 잘생겨서 관을 장식한 옥과 같다고 할 수 있지만 속마음까지 꼭 그렇다고 보장할 수는 없다.'라고 했다고 함.

56 니쳥년(李青蓮): 이청련. 당나라 시인 이백을 말함. 자는 태백(太白). 호는 청련거사(青蓮居士).

범(凡凡)ᄒᆞᆫ 문필(文筆)이 아니러라. 경죄 화도ᄅᆞᆯ 보고 필경(畢竟)을 엇디 ᄒᆞᆫ고? 분셕하회(分釋下回)ᄒᆞ라.

화셜(話說). 경조공이 제ᄌᆞ로 더브러 화도ᄅᆞᆯ ᄉᆞᆯ피ᄆᆡ 화법(畫法)의 긔려(奇麗)ᄒᆞᆷ과 필톄(筆體)의 긔이(奇異)ᄒᆞ미 창뇽웅호(蒼龍雄虎) ᄀᆞᆺᄐᆞ여 번연이 댱셰린의 슈젹(手迹)일시 졍녕(丁寧)ᄒᆞ니 귀신의 슬긔라도 딘가(眞假)ᄅᆞᆯ 모ᄅᆞᆯ ᄇᆡ로ᄃᆡ 공의 부ᄌᆞ 쇼져의 녜ᄒᆡᆼ졀조(禮行節操)ᄅᆞᆯ 아ᄂᆞᆫ디라. 셜ᄉᆞ 댱셰린이 만분음탕(萬分淫蕩)ᄒᆞ여 녜(禮) 아닌 바ᄅᆞᆯ 셔로 통(通)코져 ᄒᆞ여도 쇼졔 반ᄃᆞ시 죽어 신샹(身上)의 흉얼(凶孼)을 ᄲᅵᄉᆞᆯ 쁜 아니라 유랑시ᄋᆞ(乳娘侍兒)의 니ᄅᆞ히 십ᄒᆡᆼ 병녜(秉禮)ᄒᆞ여 음쳔비ᄑᆡ지ᄉᆞ(淫賤鄙悖之事)의 피(避)ᄒᆞ기ᄅᆞᆯ 원슈ᄀᆞᆺ치 ᄒᆞ며 악딜(惡質)ᄀᆞᆺ치 넉여 기리 쇼져ᄅᆞᆯ 시위(侍衛)ᄒᆞᄆᆡ 노쥬(奴主)의 명분을 엄히 ᄒᆞ믈 군신(君臣)의 녜(禮)ᄅᆞᆯ 다ᄒᆞ여 말이 업ᄉᆞᆫ ᄀᆞ온ᄃᆡ 슉슉(肅肅)ᄒᆞ고 녈녈(烈烈)ᄒᆞ여 쳥ᄒᆡ담담(青海潭潭)ᄒᆞ며 빙상(氷上)이 엄엄(嚴嚴)ᄒᆞ니 ᄉᆞ모ᄒᆞ고 념념(念念)ᄒᆞᄂᆞᆫ 뜻을 어ᄃᆡ로조ᄎᆞ 뉘게 젼ᄒᆞᆯ ᄉᆡᆼ의(生意)ᄅᆞᆯ ᄒᆞ리오? ᄒᆞ믈며 댱셰린이 발월(發越)[57]ᄒᆞ고 호일(豪逸)ᄒᆞ여 풍뉴화려(風流華麗)ᄒᆞ나 사ᄅᆞᆷ 되오미 음ᄉᆞ간교(淫邪奸巧)ᄒᆞ므로 ᄂᆡ도ᄒᆞ니 스ᄉᆞ로 사ᄅᆞᆷ의 쇽이믈 바들디언졍 요괴(妖怪)로오믈 ᄒᆡᆼᄒᆞ여 그ᄋᆞᆨ이 사ᄅᆞᆷ을 쇽이ᄂᆞᆫ 셩졍(性情)으로 ᄂᆡ도ᄒᆞ니 흠ᄉᆡ(欠事) 학도의 딘취(進取)치 못ᄒᆞ여 셥신슈ᄒᆡᆼ(攝身修行)ᄒᆞ미 낫브나 호활ᄒᆞᆫ 영걸(英傑)이오 츌뉴(出類)ᄒᆞᆫ 위인(偉人)이어ᄂᆞᆯ 상부심규(相府深閨)의

51면

57 발월(發越): 용모가 깨끗하고 훤칠함.

븍극텬문(北極天門) ᄀᆞᆺᄐᆞ믈 ᄉᆞ못ᄎᆞ 골경(骨骾)[58]을 어더 심혈(心血)
을 장적(藏積)ᄒᆞ며 누연(陋然)ᄒᆞᆫ 음비(淫鄙)ᄒᆞ므로뼈 녈녈조ᄒᆡᆼ(烈烈
操行)의 규슈(閨秀)ᄅᆞᆯ 함항(陷坑)의 잠으ᄂᆞᆫ 음ᄉᆞ교특(淫邪狡慝)ᄒᆞ미
이시리오 ᄒᆞ여 의ᄉᆡ 이에 다ᄃᆞ라ᄂᆞᆫ 경조의 격상쥰급(激上峻急)ᄒᆞ미
나 댱ᄉᆡᆼ이 ᄯᅩᄒᆞᆫ 사ᄅᆞᆷ의 쇽이믈 바다 그ᄅᆞᆺ ᄉᆞ상디념을 동ᄒᆞ여 병이 일
워시믈 뭇디 아냐 쾌히 ᄊᆡᄃᆞ라 만심의 블승통ᄒᆡ(不勝痛駭)ᄒᆞ나 블견
52면 디ᄉᆞ(不見之事)ᄅᆞᆯ 억디지 ᄒᆞ여 아모의 소슐(所術)이라 ᄒᆞ기ᄅᆞᆯ 못 ᄒᆞ
고 ᄒᆞᆫ갓 블ᄒᆡᆼᄒᆞ믈 니긔디 못ᄒᆞ며 통완(痛惋)ᄒᆞᆷ만 더을 ᄯᆞᄅᆞᆷ이어ᄂᆞᆯ 이
에 거두어 아ᄉᆞ라 ᄒᆞ고 쇼져의 유랑(乳娘)을 블너 듁협(竹篋)을 방듕
(房中)의 두엇던 연고(緣故)와 어ᄂᆡ ᄊᆡ의 여러 본고 므ᄅᆞᆫᄃᆡ 유랑이 구
월디슌(九月之旬)의 두어 가지 냥의ᄅᆞᆯ 셰탁(洗濯)ᄒᆞ여 협즁(篋中)의
너흔 후ᄂᆞᆫ 다시 보디 아녀심과 방듕의 우연이 둔 후 진시 거두어 앗디
못ᄒᆞ여시므로뼈 고ᄒᆞ니 공이 다시 뭇디 아니ᄒᆞ며 ᄯᅩ 화도디ᄉᆞ(畫圖
之事)로뼈 유랑을 의심치 아냐 이에 믈너시라 ᄒᆞ고 부인이 녀ᄋᆞᄅᆞᆯ 다
려 침실노 도라간 후 태뎐의 드러가 태부인긔 뵈올ᄉᆡ 학ᄉᆞ 등이 야야
(爺爺)ᄅᆞᆯ 밧드러 좌하(座下)의 뫼셔시나 긔거(起居)ᄒᆞ미 평일 ᄀᆞᆺᄐᆞᆫ디
라. 태부인이 경조ᄅᆞᆯ 향ᄒᆞ여 왈

“셩염의 누얼(陋孼)을 드ᄅᆞᄆᆡ 위인부모(爲人父母)ᄒᆞ여 한통비분(恨痛悲憤)ᄒᆞ미 괴이치 아니ᄒᆞ거니와 그러ᄒᆞᆯᄉᆞ록 유화온냥(柔和溫良)ᄒᆞ여 슈미곡딕(首尾曲直)을 ᄌᆞ셰히 므러 그 신ᄇᆡᆨ(伸白)ᄒᆞ기ᄅᆞᆯ 죵용

58 골경(骨骾): 말 듣는 이를 두려워하지 않고 옳은 말을 잘하는 사람을 비유적으로 일컫는 말. 또는 바른말을 잘하는 강직한 신하를 가리키는 '골경지신(骨骾之臣)'의 준말.

이 기ᄃᆞ리고 분난(紛亂)치 아닐 거시어ᄂᆞᆯ 무죄ᄒᆞᆫ ᄋᆞᄃᆞᆯ을 듕장(重杖) 53면
ᄒᆞ여 골육이 상(傷)ᄒᆞᄆᆡ 니ᄅᆞ며 빙옥조ᄒᆡᆼ(氷玉操行)의 ᄯᆞᆯ을 죽이려
ᄒᆞ여 텬뉸디ᄌᆞ(天倫之慈)ᄅᆞᆯ 멸상(滅常)ᄒᆞ고 잔인한독(殘忍悍毒)ᄒᆞ
미 셰간(世間)의 ᄒᆞᆫ 사ᄅᆞᆷ이 되기ᄅᆞᆯ 두리디 아냐 거죄(擧措) 광급(狂
急)ᄒᆞ기의 니ᄅᆞ뇨?"

경죄 ᄌᆡᄇᆡ왈(再拜曰)

"쇼딜이 본ᄃᆡ 광망 조급ᄒᆞᆫ 바로뼈 희한ᄒᆞᆫ 누셜(陋說)이 십여셰 쇼녀
의 미ᄎᆞᆷ을 보오ᄆᆡ 무식블인(無識不仁)을 니웃ᄒᆞᆫ ᄇᆡ 통한분ᄒᆡ(痛恨憤
駭)ᄒᆞ와 잔인포학(殘忍暴虐)ᄒᆞᆷ을 ᄌᆞ당(自當)ᄒᆞᆯ디언졍 셩염을 쾌히
죽여 누연(陋然)ᄒᆞᆫ 비얼(卑孼)이 두 번 니ᄅᆞᆷ을 듯디 말고ᄌᆞ ᄒᆞ엿ᄉᆞᆸ더
니 운계 형의 경계(警戒) 여ᄎᆞ여ᄎᆞᄒᆞᄋᆞᆸ고 슈ᄇᆡᆨ과 모든 ᄌᆞ딜(子姪)의
소견(所見)이 쇼딜의 과격ᄒᆞᆷ과 다ᄅᆞ올ᄉᆡ 바야흐로 쳣 ᄠᅳᆺ을 곳쳐 텬뉸
디ᄌᆞ(天倫之慈)ᄅᆞᆯ 온젼이 ᄒᆞ오나 셩염의 젼졍(前程)은 일노조ᄎᆞ 의
논ᄒᆞᆯ 거시 업ᄉᆞ오니 ᄀᆞᆨ골통한(刻骨痛恨)ᄒᆞᆷ을 엇디 비ᄒᆞᆯ 곳이 이시리
잇고? 졔ᄋᆡ(諸兒) 다 댱셰린으로 교분(交分)이 ᄃᆞᆺ터오미 괴이(怪異)
치 아니ᄒᆞ오ᄃᆡ 디어(至於) 닌흥ᄒᆞ와ᄂᆞᆫ 각별이 ᄋᆡ붕(愛朋)으로 아라
디극ᄒᆞ온 졍이 심간(心肝)을 ᄲᆞ드ᄆᆡ 가업ᄉᆞᆫ 누언을 듯ᄉᆞᆸ고 누의ᄅᆞᆯ 맛 54면
ᄎᆞ오니 그 통분(痛憤)ᄒᆞᆷ을 엇디 다ᄉᆞ리디 아니ᄒᆞ리잇고? 분두(憤頭)
의 장벌(杖罰)ᄒᆞ미 잇ᄉᆞ오나 대단치 아니ᄒᆞ니이다."

태부인이 도로혀 쇼왈(笑曰)

"현딜이 댱헌을 니웃ᄒᆞᆷ을 이러ᄐᆞᆺ 한ᄒᆞ거니와 내 쇼견인ᄌᆞᆨ 댱헌이 여
등으로 격닌(隔鄰)ᄒᆞᆷ을 한ᄒᆞ며 ᄯᅩ 이런 말을 드ᄅᆞᆯ딘ᄃᆡ 쇽어(俗語)의
아가(我家) ᄉᆞ창(紗窓)이라. 내 실노 졍가로 니웃ᄒᆞᆷ을 싀ᄐᆞᆺ시 넉이ᄂᆞ

니 사ᄅᆞᆷ마다 과급 싀험ᄒᆞ미 혹 안ᄒᆡᄅᆞᆯ 죽이려 ᄒᆞᄂᆞᆫ 블인잔학(不仁殘虐)도 잇고 혹 ᄯᆞᆯ을 죽이려 ᄒᆞᄂᆞᆫ 잔험혹독(殘險酷毒)ᄒᆞᆫ ᄌᆞ(者)도 이시니 가히 더브러 니웃ᄒᆞ디 못ᄒᆞ리로다 ᄒᆞ며 집을 ᄋᆞᆯ마 먼니 피ᄒᆞᆯ 동 아니오? 현딜의 금일ᄉᆞᄅᆞᆯ 보고 향ᄌᆞ 닌광의 거조(擧措)ᄅᆞᆯ ᄉᆡᆼ각건ᄃᆡ 가히 슉(叔)의 딜(姪)이오 딜(姪)의 슉(叔)이라 엇디 한심치 아니리오?"

경죄 분분통ᄒᆡ(忿憤痛駭)ᄒᆞᆫ 듕이나 태부인 말ᄉᆞᆷ의 다ᄃᆞ라ᄂᆞᆫ 화연(和然)이 우으며 ᄃᆡ왈(對曰)

"댱헌 블인이 그리 알고 먼니 ᄣᅥ나간들 싀훤ᄒᆞᆯ ᄯᆞᄅᆞᆷ이라 긔 므ᄉᆞᆷ 대
55면 ᄉᆡ(大事)리잇고마ᄂᆞᆫ 그 츄셰쳠녕(趨勢諂佞)[59]ᄒᆞᄂᆞᆫ 거시 즉금은 우리 집이 힝혀 멀가 두리옵ᄂᆞ니 엇디 ᄣᅥ나 피ᄒᆞᆯ ᄉᆡ 이시리잇고? 디어(至於) ᄌᆡ보의 안ᄒᆡᄅᆞᆯ 죽이려 ᄒᆞ오믄 싀험 블인타 ᄒᆞ오려니와 쇼딜의 녀ᄋᆞᄅᆞᆯ 죽이려 ᄒᆞ오믄 일후 누셜(陋說)을 막ᄌᆞᄅᆞ고ᄌᆞ ᄒᆞ오미니 역시 ᄌᆞᄋᆡ의 과ᄒᆞ므로 비로ᄉᆞ미라. 굿ᄐᆞ여 혹독 잔험ᄒᆞᆫ ᄠᅳᆺ이 아니니이다."

태부인이 쇼왈(笑曰)

"이 일을 노모로ᄡᅧ 의논컨ᄃᆡ 살쳐(殺妻)코져 ᄒᆞᄂᆞᆫ 과실이 비록 듕ᄒᆞ나 오히려 년쇼 과급ᄒᆞ미라. 죡히 ᄎᆡᆨᄒᆞᆯ ᄇᆡ 아니어니와 년댱(年將) 블혹(不惑)의 혬이 져ᄅᆞ미 쇼ᄇᆡ의 더 젹은 일의 분(憤)ᄒᆞ믈 ᄎᆞᆷ디 못ᄒᆞ여 단연이 살ᄌᆞ(殺子)ᄒᆞᆯ ᄠᅳᆺ을 두니 그 허믈 되미 살쳐(殺妻)코져 ᄒᆞᄂᆞᆫ 바의 더은가 ᄒᆞ노라."

59 츄셰쳠녕(趨勢諂佞): 추세첨녕. 세력이나 힘 있는 사람을 붙좇아서 따르며 아첨함.

경쇠 쇼이ᄃᆡ왈(笑而對曰)

"슉뫼(叔母) 닌광을 편드샤 분변(奮辯)ᄒᆞ시니 쇼딜(小姪)이 하감언얘(何敢言也)리잇고? 다만 ᄌᆞ과(自過)를 블각(不覺)이라 쇼딜의 살ᄌᆞ(殺子)코ᄌᆞ ᄒᆞ온 ᄇᆡ 닌광의 살쳐(殺妻)코져 ᄒᆞ던 바의 더으믈 아디 못ᄒᆞ리로소이다."

쇼뷔 왈

"형당은 니ᄅᆞ디 마ᄅᆞ쇼셔. ᄌᆡ보의 살쳐코져 ᄒᆞ오믄 비록 블통과급(不 56면
通過急)ᄒᆞ나 ᄯᅩᄒᆞᆫ 쥰격(峻激)ᄒᆞᆯ ᄲᅳᆫ이오 그 셩효(誠孝)로 비로ᄉᆞ미니 가히 허믈이라 니ᄅᆞ디 못ᄒᆞ려니와 형당의 금일(今日) 젹은 분(憤)을 니긔디 못ᄒᆞ샤 단연이 디ᄌᆞ다ᄋᆡ(至慈至愛)를 ᄭᅳᆫ흐며 결연이 부녀 텬눈(天倫)을 버혀 공연(空然)이 ᄌᆞ식을 죽이려 ᄒᆞ시던 바ᄂᆞᆫ 사ᄅᆞᆷ을 들니기 ᄒᆡ연(駭然)ᄒᆞ니 그 곳 광부디ᄒᆡᆼ(狂父之行)이라. 명쳘(明哲)의도 당치 아니ᄒᆞ고 의렬(義烈)의도 밋디 못ᄒᆞ며 강ᄆᆡᆼ디단(强猛之端)의도 너모 과(過)ᄒᆞ여 인졍(人情)의 머ᄅᆞ시니 셩덕(盛德)의 대흠이 이에 디나미 업ᄉᆞᆫ디라. 엇디 ᄌᆡ보의 쥰급(峻急)ᄒᆞᆫ 허믈 ᄯᆞᄅᆞᆷ이리잇가?"

경쇠 쳥파(聽罷)의 기리 우어 왈

"슈빅이 쇼견의 명명혁혁(明明赫赫)ᄒᆞ믈 낫타ᄂᆡ미 업셔 일양(一樣) 안안온침(晏晏穩沈)ᄒᆞᆯ ᄲᅳᆫ이러니 금일 엇디 우형(愚兄)을 칙망(責望)ᄒᆞ믄 이리 과ᄒᆞ뇨? 슈연(雖然)이나 현뎨(賢弟)로 이 일을 당ᄒᆞᆯ딘ᄃᆡ 날만치 쳐변(處變)ᄒᆞᆷ도 어려오리라."

쇼뷔 대쇼왈(大笑曰)

"쇼뎨ᄂᆞᆫ 본ᄃᆡ 혼암(昏暗)ᄒᆞ고 피잔(疲殘)ᄒᆞ오니 스ᄉᆞ로 어두울디언
졍 ᄇᆞᆰ으믈 낫타ᄂᆡ디 아니ᄒᆞ며 용녈(庸劣)ᄒᆞᆯ디언졍 쾌ᄒᆞ기를 취치 아 57면

니ᄒᆞᄂᆞ니 금일디ᄉᆞ(今日之事)ᄅᆞᆯ 당ᄒᆞᆯ딘ᄃᆡ 분연(憤然)ᄒᆞ고 경ᄒᆡ(驚駭)[60]ᄒᆞᆯ디언졍 므ᄉᆞᆷ 각별ᄒᆞ미 이시리잇가? 형당이 원보ᄅᆞᆯ 듕장(重杖)ᄒᆞ시며 셩염을 죽이려 셔도라 계시니 쳐변을 그리 ᄒᆞ시ᄆᆡ 므ᄉᆞᆷ 쾌활ᄒᆞ믈 보시니잇고? 쇼뎨의 우견(愚見)의ᄂᆞᆫ 고요ᄒᆞ여 안뎡(安靜)ᄒᆞᆷ만 ᄀᆞᆺ디 못ᄒᆞ고 심히 분난(紛亂)ᄒᆞ미 블워 뵈디 아니ᄒᆞ더이다."

경죄 우으며 실즉 그러ᄒᆞ믈 ᄊᆡᄃᆞ라 다시 말이 업더니 쳐ᄉᆡ 경조ᄅᆞᆯ 도라보아 학ᄉᆞᄅᆞᆯ ᄉᆞᄎᆞ(私次)[61]의 쉬게 ᄒᆞ라 ᄒᆞᆫᄃᆡ 경죄 ᄋᆞᄌᆞ의 긔거(起居)ᄒᆞ미 어려울 바ᄅᆞᆯ ᄊᆡᄃᆞ라 믈너가 쉬믈 명(命)ᄒᆞ니 학ᄉᆡ 슈명이퇴(受命而退)ᄒᆞᄆᆡ 졔쇼년이 모다 조ᄎᆞ 나가거ᄂᆞᆯ 경죄 쳐ᄉᆞ와 쇼부ᄅᆞᆯ ᄃᆡᄒᆞ여 댱ᄌᆞ의 화되(畫圖) 비ᄌᆞ(婢子)의 협듕(篋中)의 잇던 바ᄅᆞᆯ 젼ᄒᆞ고 그 시ᄉᆞ(詩辭)의 음일(淫佚)ᄒᆞ미 가업ᄉᆞᆫ 듕의도 ᄌᆡ문(題文)의 졀등(絶等)ᄒᆞ미며 필젹(筆跡)의 비상(非常)ᄒᆞ미 댱ᄌᆞ의 손으로 쁜 바 ᄀᆞᆺᄐᆞ믈 일ᄏᆞᄅᆞ며 빈미블예(嚬眉不豫)ᄒᆞ여 침ᄉᆞ냥구(沈思良久)의 기리 탄식왈(嘆息曰)

"쇼뎨 평ᄉᆡᆼ의 심ᄉᆞ(心思)ᄅᆞᆯ ᄀᆞ리와 말노뼈 사ᄅᆞᆷ을 요예(要譽)키ᄅᆞᆯ 못 58면 ᄒᆞ므로 블녕디인(不佞之人)의 ᄒᆡ(害)코져 ᄒᆞ미 괴이(怪異)치 아니ᄒᆞ거니와 쇼녀의 누셜(陋說)의 빌ᄆᆡ도 ᄯᅩᄒᆞᆫ 쇼뎨의 강항딕ᄇᆡᆨ(强項直白)ᄒᆞᆫ 타시라. 일가디ᄂᆡ(一家之內)의 그러ᄐᆞᆺ 작변(作變)ᄒᆞᄂᆞᆫ 간인(奸人)이 이실 바ᄅᆞᆯ 어이 ᄯᅳᆺᄒᆞ여시리오? 군ᄌᆡ(君子) 블견디ᄉᆞ(不見之事)ᄅᆞᆯ 억디(抑止)ᄒᆞ미 업ᄂᆞᆫ 고로 쇼뎨 친히 보고 듯디 못ᄒᆞᆫ 바의 ᄎᆞ마 디

60 경ᄒᆡ(驚駭): 경해. 뜻밖의 일로 인해 몹시 놀람.

61 ᄉᆞᄎᆞ(私次): 사차. 사사로이 머물러 있는 곳.

목(指目)디 못ᄒᆞᆯ 쁜 아니라 내 ᄯᅳᆺ이 과연 져 ᄇᆡᆨ일(白日)이 빗최엿ᄂᆞ니 일가디ᄂᆡ(一家之內)의 쳐ᄒᆞ여 져의 날 보기ᄅᆞᆯ ᄉᆞ슉(舍叔)ᄀᆞᆺ치 ᄒᆞ니 내 ᄯᅩ 친ᄌᆞ(親子)의 만히 나리디 아닌디라. 그 과단(果斷)이 잇ᄂᆞᆫ 바의 브ᄃᆡ 딘션(盡善)콰져 ᄒᆞ며 ᄆᆞᄋᆞᆷ의 니져두어 등한ᄒᆞᆫ 죡딜(族姪)노 아디 못ᄒᆞ더니 녀ᄋᆞ의 누셜(陋說)이 신ᄇᆡᆨ(伸白)ᄒᆞ미 쾌(快)코ᄌᆞ ᄒᆞ야 의심된 바ᄅᆞᆯ 드러ᄂᆡ려 ᄒᆞᄆᆡ ᄎᆞ악(嗟愕)ᄒᆞ미 몬져 나니 무뎌두거니와 죵ᄂᆡ(終乃) 이러치 못ᄒᆞ리니 그윽이 ᄉᆡᆼ각ᄒᆞᄆᆡ 블ᄒᆡᆼᄒᆞ미 문풍셰덕(門風世德)을 츄락(墜落)ᄒᆞ여 션ᄃᆡ(先代)의 디극ᄒᆞ신 인의셩덕(仁義盛德)과 목족화긔(睦族和氣)ᄅᆞᆯ 내 몸의 미쳐 봉ᄒᆡᆼ(奉行)치 못ᄒᆞ고 도로혀 괴란(怪亂)ᄒᆞ미 만흐니 사ᄅᆞᆷ이 비록 ᄭᅮ딧디 아니ᄒᆞ나 스ᄉᆞ로 튝쳑슈치(蹴踖羞恥)ᄒᆞ미 업ᄉᆞ리잇가?”

쳐ᄉᆡ 경조의 말ᄉᆞᆷ이 이 ᄀᆞᆺ디 아닌 젼도 울울블낙(鬱鬱不樂)ᄒᆞ며 ᄎᆞ도탄아(嗟悼嘆訝)ᄒᆞ여 부ᄌᆡ(夫子)【공ᄌᆞ(孔子)ᄅᆞᆯ 니ᄅᆞ미라】 부인의 덕(德)이 업고 문왕(文王)이 관치ᄅᆞᆯ 두시믈 ᄭᆡ다라 샤ᄇᆡᆨ(舍伯)의 인현대도(仁賢大道)로ᄡᅧ 듕ᄋᆞ의 블쵸(不肖)ᄒᆞ미 달믄 곳이 업셔 괴이ᄒᆞᆫ 거시 삼겨시믈 보ᄆᆡ 심심블예(甚深不豫)ᄒᆞ나 ᄌᆞ위(慈闈)예 근심ᄒᆞ시믈 민망(憫惘)ᄒᆞ여 ᄡᅳ리쳐 사색(思索)디 아니ᄒᆞ더니 경조의 울울(鬱鬱)히 근심ᄒᆞ여 깃븐 빗치 업ᄉᆞᆷ도 ᄒᆞᆫ갓 녀ᄋᆞ의 누셜(陋說)을 슬허ᄒᆞᆯ 쁜 아니라 디극히 돈목(敦睦)ᄒᆞᄂᆞᆫ 인의와 타연이 가리디 아닛ᄂᆞᆫ ᄆᆞᄋᆞᆷ으로ᄡᅧ 일가(一家)의 블인간특(不仁奸慝)ᄒᆞᆫ 별믈요악(別物妖惡)이 삼겨시믈 ᄎᆞ탄(嗟嘆)ᄒᆞ여 문셰덕(門世德)을 ᄯᅥ러 바리미 될가 극딘히 념녀ᄒᆞ믈 보ᄆᆡ 감격ᄒᆞᆫ 의ᄉᆡ 잇ᄂᆞᆫ디라. 역시 희허탄식(欷歔嘆息) 왈

“오문(吾門)이 셰ᄃᆡ(世代)로브터 딘가의 목족(睦族)과 댱아의 셰거

59면

(世居)ᄒᆞ믈 니어 싀복(厮僕)이 ᄒᆞᆫ 솟틔 밥을 난호며 일죽 ᄒᆞᆫ ᄌᆞ 깁과 ᄒᆞᆫ 되 ᄡᆞᆯ흘 ᄉᆞᄉᆞ로이 아니 ᄒᆞ고 하쳔장확(下賤壯獲)의 니ᄅᆞ히 셔로 ᄀᆞ리오미 업셔 이ᄌᆞ의 실화(失和)홈도 보디 못ᄒᆞ더니 블초(不肖) 등

60면 의 미쳐ᄂᆞᆫ 가풍셰덕(家風世德)을 츄락(墜落)ᄒᆞ여 곤계(昆季)와 슉딜(叔姪) 간의도 숨기ᄂᆞᆫ ᄆᆞ음과 먹음은 회포ᄅᆞᆯ 두니 이 곳 션훈(先訓)을 블봉(不奉)ᄒᆞᄂᆞᆫ 죄인이라 몸을 벌ᄒᆞ여 죄ᄅᆞᆯ 속고ᄌᆞ ᄒᆞᆫ들 미출소냐? 오날ᄂᆞᆯ 셩염의 누셜(陋說)노ᄡᅧ 모든 말이 다 여ᄎᆞᄒᆞ고 내 ᄯᅳᆺ이 ᄯᅩᄒᆞᆫ 여ᄎᆞᄒᆞ딕 그 아모의 소ᄉᆞᆯ(所術)이믈 아디 못ᄒᆞᄂᆞ니 발각(發覺)ᄒᆞᄂᆞᆫ 날의 셩염의 누얼(陋孽)은 쾌셜(快雪)ᄒᆞ미 힝이나 작변ᄌᆞ(作變者)의 과악(過惡)이 크게 한심(寒心)ᄒᆞ리니 어이 무거온 근심이 쇼쇼(小小)ᄒᆞᆫ 분완(憤惋)ᄒᆞᄆᆡ 비ᄒᆞᆯ ᄇᆡ리오?”

경조와 쇼뷔 그 디당(至當)ᄒᆞ믈 일ᄏᆞ라며 태부인이 빈미함탄(嚬眉含嘆) 왈

“고ᄌᆞ의 쳘뷔(哲婦) 이셔 셩을 딕히니 부인녀ᄌᆞ(夫人女子)도 디식(知識)이 본딕 남ᄌᆞ의 디나미 이 ᄀᆞᆺᄐᆞ니 비록 쳘부의 슬긔ᄅᆞᆯ 밋디 못ᄒᆞ나 져기 혼용(昏庸)ᄒᆞ믈 면ᄒᆞᆯ딘딕 그 집을 어(禦)ᄒᆞ여 ᄌᆞ손을 인도ᄒᆞᄆᆡ 져기 패리(悖理)의 무들게 아닐 ᄇᆡ오 ᄆᆡᆼ모(孟母)의 삼쳔디교(三遷之敎)ᄅᆞᆯ 법밧디 못ᄒᆞ나 튱효(忠孝)로ᄡᅧ ᄀᆞᄅᆞ치ᄆᆡ 큰 허믈의 나아가디 아닐 ᄇᆡ어ᄂᆞᆯ 노모(老母)의 혼모(昏暮) 용녈ᄒᆞ믄 늙으므로ᄡᅧ 나약(懦

61면 弱)ᄒᆞ믈 겸ᄒᆞ야 가듕범ᄇᆡᆨ(家中凡百)을 알고 시븐 일이 업ᄉᆞ니 미망여ᄉᆡᆼ(未亡餘生)이 오딕 ᄌᆞ손을 의탁(依託)ᄒᆞ고 스ᄉᆞ로 힝ᄒᆞ미 업ᄉᆞ딕 죵의 형뎨와 닌셩의 곤계(昆季) 힝혀 학도(學道)의 나아가 비록 안ᄆᆡᆼ(顔孟)의 밋좁디 못ᄒᆞ나 오딕 셩문의 디게ᄅᆞᆯ 엿보ᄂᆞᆫ디라. 나의 블인

(不仁)ᄒᆞ므로뼈 부ᄌᆞ롤 두어 션구고(先舅姑) 덕음(德陰)을 감동ᄒᆞ며 션군(先君)의 제ᄉᆞ롤 밧들미 다ᄒᆡᆼ이 빗치 이시믈 ᄒᆡᆼ희(幸喜)ᄒᆞ고 기여(其餘)롤 념두(念頭)의 머므ᄅᆞ디 아니ᄒᆞ거니와 어린 ᄋᆞᄒᆡ ᄌᆞ라며 ᄌᆞ란 ᄋᆞᄒᆡ 닙신(立身)ᄒᆞᄆᆡ 다 ᄒᆞᆫ갈ᄀᆞᆺ투미 어렵거놀 금일 셩염의 누셜(陋說)이 한심ᄒᆞᄃᆡ 블미디ᄉᆞ(不美之事)롤 도모ᄒᆞ여 공교로온 거ᄉᆞᆯ 획(劃)ᄒᆞ미 일가디인(一家之人)의 나디 아닐던ᄃᆡ 그 블ᄒᆡᆼ홈과 ᄎᆞ악(嗟愕)ᄒᆞ믈 어이 비홀 ᄃᆡ 이시리오마ᄂᆞᆫ 능히 미쳐 ᄉᆞᆯ펴 방어(防禦)ᄒᆞ믈 두디 못ᄒᆞ고 블인을 길우미 어룬의 혼녈(昏劣)ᄒᆞ미오 일편되이 ᄋᆞᄒᆡ 죄(罪)라 니ᄅᆞ디 못ᄒᆞ리니 노모(老母)의 혼암블찰(昏暗不察)ᄒᆞ미 고ᄌᆞ 현부의 교ᄌᆞ(敎子) 대의(大義)ᄒᆞ여 식톄 투쳘ᄒᆞᄆᆡ 죄인이 되디 아니ᄒᆞ랴?”

셜파(說罷)의 울울함희(鬱鬱含噫)ᄒᆞ여 심히 즐기디 아니시니 쳐ᄉᆡ ᄌᆞ의(慈意)롤 앙탁(仰度)ᄒᆞ여 그 근심이 깁흐시믈 민망ᄒᆞ며 금일(今日)은 상부인이 구가(舅家)로 도라가고 이에 잇디 아니므로 희학(戲謔)을 창조ᄒᆞ여 ᄌᆞ부인 우회(憂懷)롤 소견(消遣)ᄒᆞ미 져져롤 미ᄎᆞ리 업ᄉᆞᆯ가 ᄒᆞ여 스ᄉᆞ로 고인의 반의(班衣)로 춤추어 열의(悅意)롤 구ᄒᆞ던 셩효(誠孝)롤 법밧지 못ᄒᆞ믈 탄(嘆)ᄒᆞ여 듕심의 ᄇᆡᆨ우쳔녀(百憂千慮)롤 픔어시나 것ᄎᆞ로 활연(豁然)이 쳑탕(滌蕩)ᄒᆞ여 소ᄅᆡ롤 브드러이 ᄒᆞ며 디목(指目)홀 ᄃᆡ 업ᄉᆞᆫ 바의 셩녀(聖慮)롤 동치 마ᄅᆞ시믈 간(諫)ᄒᆞ고 ᄯᅩ 화연(和然)이 우어 ᄀᆞᆯ오ᄃᆡ 62면

“녯 사ᄅᆞᆷ이 통달ᄒᆞ여 오날 술이 이시ᄆᆡ 취ᄒᆞ고 ᄂᆡ일 일이 잇ᄉᆞᄆᆡ 당ᄒᆞ라 ᄒᆞᄋᆞᆸᄂᆞ니 다닷디 아닌 곳의 근심을 머므ᄅᆞ시미 므ᄉᆞᆷ 유익ᄒᆞ미 잇ᄉᆞ리잇고? 쳥컨ᄃᆡ ᄌᆞ위(慈闈)ᄂᆞᆫ 이런 미셰(微細)ᄒᆞᆫ 곳의 셩녀롤 던

념(軫念)[62]치 마ᄅᆞ쇼셔."

인ᄒᆞ여 이공으로 더브러 화담희어(和談戱語)를 시작ᄒᆞ여 ᄌᆞ당의 ᄒᆞᆫ 번 우으시믈 요구ᄒᆞ며 슈식(愁色)과 우회(憂懷)를 믈니쳐 위열(慰悅)
63면 ᄒᆞ믈 밋디 못ᄒᆞᆯ ᄃᆞᆺᄒᆞ니 이공(二公)이 ᄯᅩᄒᆞᆫ 쳐ᄉᆞ의 셩효(誠孝)를 감탄ᄒᆞ고 일일히 밧드러 어긔오디 아니ᄒᆞ므로 비록 심의(心意)에 블합(不合)ᄒᆞ미 잇셔도 태부인 앏히셔ᄂᆞᆫ 감히 비복(婢僕)의 무리도 가칙(呵責)ᄒᆞ미 업ᄉᆞ니 디극ᄒᆞᆫ 셩효(誠孝)와 아ᄅᆞᆷ다온 ᄒᆡᆼ실이 가법(家法)을 일워 누셰(累世)의 ᄒᆞᆫ갈ᄀᆞᆺᄐᆞᆫ디라. 노유쇼댱(老幼小壯)이 엇디 다ᄅᆞ미 이시리오마ᄂᆞᆫ 닌듕 역ᄌᆡ 홀연 쇼인(小人)의 졍ᄐᆡ(情態)를 가져 졔죵군쳑(諸從群戚)을 긔분텬디(其分天地)ᄒᆞ니 엇디 통분(痛忿) ᄎᆞ홉디 아니리오? 경좌 시야(是夜)의 ᄒᆡ일누의 드러가 부인을 ᄃᆡᄒᆞ니 졔ᄌᆞ(諸子)의 혼뎡(昏定)ᄒᆞ믈 보나 녀ᄋᆞ를 보디 못ᄒᆞᆯ디라 울울ᄎᆞ도(鬱鬱嗟悼)ᄒᆞ여 부인을 향ᄒᆞ여 문왈(問曰)

"녀ᄋᆞ를 다려 이리 오시더니 엇디 보디 못ᄒᆞᆯ소니잇고?"

부인이 츄연(惆然)이 ᄃᆡ왈(對曰)

"졔 비록 말을 아니 ᄒᆞ오나 ᄠᅳᆺ인ᄌᆞᆨ 동긔(同氣)도 ᄃᆡᄒᆞ믈 붓그려 사ᄅᆞᆷ 보기를 원치 아닐ᄉᆡ 협실(夾室)의 두엇거니와 좌우문호(左右門戶)를 봉쇄(封鎖)ᄒᆞ고 병장(屛帳)을 겹겹이 둘너 텬일(天日)이 빗최디 아니믈 취ᄒᆞ여 그 가온ᄃᆡ 몸을 ᄀᆞᆷ초니 이곳 협실이 궁극(窮極)ᄒᆞ며 심벽
64면 (深僻)ᄒᆞ여 그리 아냐도 하날을 보기 어렵거ᄂᆞᆯ 완연(完然)이 계계 유

62 딘념(軫念): 진념. 윗사람이 아랫사람의 사정을 걱정하여 헤아려 줌.

슈로 ᄌᆞ쳐(自處)ᄒᆞ오니 어믜 졍니(情理)의 참통(慘痛)ᄒᆞ믈 금치 못ᄒᆞ리로소이다."

공이 탄식왈(嘆息曰)

"복(僕)이 낭ᄌᆞ(曩者)의 분(憤)을 인ᄒᆞ여 잔인ᄒᆞ믈 힝코ᄌᆞ ᄒᆞ엿더니 운계 형뎡의 개유(開諭)ᄒᆞ시믈 조ᄎᆞ ᄭᅵᄃᆞ라 과격ᄒᆞ믈 긋치지 아녓더면 뎐쳔츄(田千秋)[63]【한무뎨(漢武帝) ᄭᅴ 사ᄅᆞᆷ이라】의 ᄉᆞᆷ을 기다리디 아냐셔 귀릐망ᄉᆞᄃᆡ(歸來望思臺)[64]의 【한무뎨 그릇 녀태ᄌᆞ롤 죽게 ᄒᆞ고 귀릐망ᄉᆞᄃᆡ롤 디으니라】 한이 죵신(終身)의 블멸디한(不滅之恨)이 될디라. 스ᄉᆞ로 쥰급(峻急)ᄒᆞ믈 츄회(追懷)ᄒᆞ거니와 져의 젼졍(前程)이 무광(無光)홈과 당금 ᄌᆞ쳐(自處)ᄒᆞ미 이 ᄀᆞᆺᄐᆞ믈 보ᄆᆡᄂᆞᆫ ᄆᆞ옴의 통골(痛骨)[65]ᄒᆞᆫ 비분(悲憤)은 죽은 ᄌᆞ식을 슬허홈만 ᄀᆞᆺ디 못ᄒᆞ여이다."

부인이 취미(翠眉)롤 낫초아 즐기디 아닐디언졍 다시 말ᄒᆞ미 업ᄉᆞ니 공이 녀ᄋᆞ롤 ᄒᆡ(害)ᄒᆞᆫ 간인(奸人)을 디긔(知機)ᄒᆞ여 의심ᄒᆞ미 이시나 부인을 ᄃᆡᄒᆞ여 의심ᄒᆞᄂᆞᆫ 바롤 일ᄏᆞᆺ디 아니ᄒᆞ니 평싱의 담논(談論)이 호활(豪活)ᄒᆞ여 ᄆᆡᆨᄆᆡᆨ디 아니ᄒᆞ고 ᄌᆞ딜의 과단의 치칙(治責)이 쥰엄(峻嚴)ᄒᆞ여 호발(毫髮)도 숨기며 무더두디 아니ᄒᆞ나 이에 다ᄃᆞ라ᄂᆞᆫ 녀

---

63 뎐쳔츄(田千秋): 전천추. 전한(前漢) 중기의 관료. 고조의 종묘의 낭중(郎中)을 지내던 중 여태자가 반란을 일으켰다는 참소로 인해 죽게 되자 후에 여태자를 변호하는 내용의 상소를 올렸다고 함.

64 귀릐망ᄉᆞᄃᆡ(歸來望思臺): 귀래망사대. 전한(前漢) 무제(武帝)가 누명을 쓰고 죽은 여태자를 위해 지은 대(臺). 무제는 강충의 모함을 믿고 여태자를 자결하게 했다가 후에 전천추가 올린 상소를 본 후 자신의 잘못을 뉘우치고 태자를 위해 사자궁(思子宮)과 귀래망사대를 지었다고 함.

65 통골(痛骨): 원통함이 뼈에 사무침.

65면 ᄋᆞ의 누셜(陋說)을 통원(痛冤)홀디언졍 블인의 소슐(所術)을 쎌니 드러ᄂᆡ여 일편되이 녀ᄋᆞ의 신셜만쾌(伸雪滿快)ᄒᆞ믈 위ᄒᆞ고 목죡(睦族)[66] ᄒᆞ던 화긔(和氣)를 상히와 일가(一家)의 졍의(情誼)를 변치 말고ᄌᆞ ᄒᆞ니 그 슌실(淳實)ᄒᆞ며 관후(寬厚)ᄒᆞ고 돈목(敦睦)ᄒᆞ며 침듕(沈重)ᄒᆞ고 격상(激上)ᄒᆞ며 녈일(烈日)ᄒᆞ고 쥰고(峻高)ᄒᆞᆫ 가온ᄃᆡ도 이 ᄀᆺ더라.

션시(先時)의 댱공이 경경조의 녈일쥰위(烈日峻威)ᄒᆞᆫ 긔상(氣像)의 분뇌(忿怒) 참엄(慘嚴)ᄒᆞ믈 보ᄆᆡ 만심(滿心)이 튝쳑(蹴踖)ᄒᆞᆫ 듕의 닌영공ᄌᆞ의 초쥰녈딕(超峻烈直)ᄒᆞᆫ 언의 긔상이 딘실노 유시부유시ᄌᆡ(有是父有是子)라 구츄(九秋)의 셔리 날니며 동텬(冬天)의 눈이 ᄲᅳ리ᄂᆞᆫ 듯 쳔니(千里)의 닷ᄂᆞᆫ ᄆᆡ야지와 풍운(風雲)을 딧ᄂᆞᆫ 농호(龍虎) ᄀᆺᄐᆞᆫ 위풍(威風)이 댱공의 좀듕(蠶蟲) ᄀᆺᄐᆞ믈 경긱(頃刻)의 즛디ᄅᆞ며 붋을 듯ᄒᆞ여 샹하(上下)를 혜아리미 업ᄉᆞ니 댱공이 숑심실혼(悚心失魂)ᄒᆞ여 쎌니 도라와 부인과 ᄋᆞᄌᆞ를 ᄃᆡᄒᆞᄆᆡ 비록 친ᄉᆞ(親事)를 인ᄒᆞ여 견패(見敗)ᄒᆞ고 봉욕(逢辱)ᄒᆞ믈 즉시 말ᄒᆞ디 아니ᄒᆞ나 안쇡디참(顏色之慘)과 심긔디분(心氣之憤)을 ᄌᆞ연 곰초디 못ᄒᆞ여 거동이 블쾌ᄒᆞ며 모양의 훌훌(欻欻)ᄒᆞ미 낫타나니 연부인이 심하(心下)의 의괴(疑怪)ᄒᆞ나 즉시 뭇디 아니ᄒᆞ더니 박시 ᄂᆡᄃᆞ라 문왈(問曰)

66면 "상공이 어어ᄃᆡ[67] 가 뉘게 핀잔을 보고 오신가 엇디 ᄉᆞ쇡(辭色)이 만분블쾌(萬分不快)ᄒᆞ시뇨?"

댱공이 믄득 증을 ᄂᆡ여 왈

---

66 목죡(睦族): 목족. 친족끼리 서로 화목하게 지냄.

67 어어ᄃᆡ: '어'가 중복 표기됨.

"내 반ᄉᆡᆼ쳐셰(半生處世)의 오날ᄀᆞᆺ치 곤경(困境)을 당ᄒᆞ여 허다 통분울분(痛憤鬱憤)을 본 젹이 업ᄉᆞ니 이 뉘 타시며 므어ᄉᆞᆯ 빌ᄆᆡ ᄒᆞ미뇨? 태임(太妊)의 태교(胎教)와 ᄆᆡᆼ모(孟母)의 삼쳔디교(三遷之教)ᄅᆞᆯ 본밧디 못ᄒᆞ나 그ᄃᆡ 져기 사ᄅᆞᆷ 되오면 셰린으로뼈 그런 블초디ᄉᆡ(不肖之事) 잇게 ᄒᆞ랴?"

박시 셰린으로뼈 셰간당고(世間當古)의 무빵일인(無雙一人)으로 알쁜 아니라 댱공이 ᄌᆞ긔ᄅᆞᆯ 하ᄌᆞ(瑕疵)홈과 ᄋᆞᄌᆞᄅᆞᆯ 블쵸(不肖)라 ᄒᆞ믈 쳐음으로 듯ᄂᆞᆫ디라. ᄀᆞ장 변괴(變怪)로 아라 쏘ᄒᆞᆫ 블연변식(怫然變色)[68]고 소ᄅᆡᄅᆞᆯ ᄆᆡ이 질너 왈

"ᄌᆞ식의 현블쵸(賢不肖) ᄀᆞᆺᄐᆞ여 어미의게 달녓고 아븨게ᄂᆞᆫ 잇디 아니ᄒᆞᆯ가? 텬우신됴(天佑神助)ᄒᆞ여 챵닌으로브터 제ᄋᆡ(諸兒) 다 부습(父習)이 업ᄉᆞᆯᄉᆡ만졍 상공을 달마더면 므어ᄉᆡ 쓰리오? 셰린이 블초(不肖)ᄒᆞ나 일ᄌᆞᆨ 어버의게 욕이 미ᄎᆞᆯ 바ᄅᆞᆯ 힝치 아냣거ᄂᆞᆯ 어ᄃᆡ 가 인ᄉᆞᄅᆞᆯ 모로고 덤벙이다가 곡경(曲境)을 당ᄒᆞ고 도로혀 ᄌᆞ식의 타ᄉᆞᆯ 삼ᄂᆞ뇨?"

셜파(說罷)의 노긔(怒氣) ᄀᆞ장 분분ᄒᆞ니 연부인이 츄파(秋波)ᄅᆞᆯ 드러 67면
슉시냥구(熟視良久)의 ᄎᆡᆨ(責)ᄒᆞ여 왈

"사ᄅᆞᆷ의 셩딜(性質)이 늙으ᄆᆡ 조급ᄒᆞ던 ᄇᆡ 져기 ᄒᆡ완(解緩)ᄒᆞ거ᄂᆞᆯ 어이 말ᄉᆞᆷ을 삼가디 아니ᄒᆞ여 괴이ᄒᆞᆫ 거조(擧措)ᄅᆞᆯ ᄒᆞᄂᆞ뇨?"

언필(言畢)의 댱공을 향ᄒᆞ여 봉욕(逢辱)ᄒᆞᆫ 연유ᄅᆞᆯ 므ᄅᆞᆫᄃᆡ 공이 녀츄밀의 니ᄅᆞ던 바로브터 졍공과 문답디ᄉᆞ(問答之辭)ᄅᆞᆯ 일일히 젼ᄒᆞ며

68 블연변식(怫然變色): 불연변색. 갑자기 성을 왈칵 내며 얼굴빛이 달라짐.

닌영의 ᄂᆡ도라 욕(辱)ᄒᆞ던 바ᄅᆞᆯ 마ᄌᆞ 옴기나 오히려 안ᄉᆡᆨ지참(顏色之慘)을 ᄊᆡ닷디 못ᄒᆞ여 왈

“ᄌᆞ식을 잘못 나하 ᄀᆞᄅᆞ치디 못ᄒᆞᄆᆡ 어버의게 욕(辱)이 비상(非常)ᄒᆞ니 오날놀 정공의게 곡경(曲境)을 당ᄒᆞ믄 셰ᄋᆞ의 타시라. 녀공이라도 셰ᄋᆞ의 ᄉᆞ상디질(思相之疾)이 ᄒᆡ연(駭然)ᄒᆞ믈 모로디 아니ᄒᆞᄃᆡ 오히려 구ᄉᆡᆼ(舅甥)[69]의 정(情)으로ᄡᅧ 그 ᄉᆞᄉᆡᆼ(死生)을 우려(憂慮)ᄒᆞ여 공번된 ᄆᆞ옴으로 구친(求親)ᄒᆞ믈 권(勸)ᄒᆞ니 내 그 ᄯᅳᆺ을 고마워 ᄒᆞ고 정공의 싀험ᄒᆞ미 그 ᄀᆞᆺ톨 바ᄂᆞᆫ 아디 못ᄒᆞ여 피ᄎᆞ(彼此) ᄌᆞ녀의 허믈을 셔로 믈시(勿視)ᄒᆞᆫ 후 됴히 인호(隣好)의 ᄃᆞᆺ터오믈 ᄆᆡᄌᆞ 진딘(秦晋)의
68면 됴흐믈 일울가[70] 녁인 거시 ᄯᅳᆺ ᄀᆞᆺ디 아냐 허다 무류ᄒᆞᆫ 경ᄉᆡᆨ(景色)과 욕(辱)된 거동을 ᄀᆞᆺ초 보아시니 엇디 통한(痛恨)ᄒᆞ믈 니긔리오?”

연부인이 슈미(首尾)ᄅᆞᆯ 일쳥(一聽)의 블ᄒᆡᆼ한심(不幸寒心)ᄒᆞ며 박시ᄂᆞᆫ 더옥 ᄋᆞᄌᆞ의 상ᄉᆞ디심(想思之心)은 몽니(夢裏)의도 ᄊᆡ닷디 못ᄒᆞ던 ᄇᆡ라. 소유(所由)ᄅᆞᆯ ᄎᆡ 듯디 못ᄒᆞ여셔 녀원홍을 거드러 ᄋᆞᄌᆞᄅᆞᆯ 공연이 ᄒᆡ코ᄌᆞ 말을 디어ᄂᆡ여 누얼(陋孼)이 상문교옥(相門嬌玉)의 ᄆᆡᆺ게 ᄒᆞ믈 대언즐ᄆᆡ(大言叱罵)ᄒᆞ니 셰린이 좌하(座下)의 잇셔 ᄒᆞᆫ번 드ᄅᆞᄆᆡ 인연(因緣)의 길흔 만니(萬里)의셔 멀미 이시니 다시 의논치 못ᄒᆞ려니와 스ᄉᆞ로 낫빗치 죽은 ᄌᆡ ᄀᆞᆺᄐᆞ여 면관ᄒᆡᄃᆡ(免冠解帶)ᄒᆞ고 하계쳥죄(下階請罪)ᄒᆞᆯᄉᆡ 머리ᄅᆞᆯ 두다리며 눈믈을 먹음어 왈

---

69 구ᄉᆡᆼ(舅甥): 구생. 장인과 사위.

70 진딘(秦晋)의 됴흐믈 일울가: 춘추시대의 진(秦)나라와 진(晉)나라 왕실이 대대로 인척 관계였던 데서 유래하여, 혼인으로 인해 맺어진 친밀한 관계를 뜻함. 《춘추좌전》 희공(僖公) 23년.

“블초ᄌᆡ 난일무상(亂逸無狀)ᄒᆞ고 음황패리(淫慌悖理)ᄒᆞ와 부모의 교훈을 블봉(不奉)ᄒᆞ며 ᄇᆡᆨ시(伯氏)의 슝학대도(崇學大道)ᄅᆞᆯ 앙망(仰望)치 못ᄒᆞ와 약관디셰(弱冠之歲)ᄅᆞᆯ 밋디 못ᄒᆞ여셔 녀관(女官)의 ᄯᅳᆺ을 기우려 허다 음패(淫悖)ᄒᆞ오미 녜의 학(學)디 못ᄒᆞ여실 ᄲᅳᆫ 아니오라 녀가 흉인(凶人)을 취ᄒᆞ여 심경이 상(傷)ᄒᆞ온 고로 허랑방탕ᄒᆞ미 더어 댱취블셩(長醉不醒)ᄒᆞ오ᄆᆡ 인ᄉᆞ와 졍신이 연무(煙霧) 듕 혼미ᄒᆞ 69면
미 된 고로 그 사ᄅᆞᆷ과 얼골을 ᄭᆡ닷디 못ᄒᆞ와 모월모일의 과연 여ᄎᆞ여ᄎᆞ 화도(畫圖)ᄅᆞᆯ 어더 흠탄(欽歎)ᄒᆞ며 경복(敬服)ᄒᆞ오미 그 딘짓 사ᄅᆞᆷ이 아니믈 ᄭᆡ닷디 못ᄒᆞᄋᆞᆸ고 슈듕디화(手中之畫)ᄅᆞᆯ 삼앗ᄉᆞᆸ다가 경닌듕이 다ᄃᆞ라 보고 놀나며 ᄀᆞ마니 ᄒᆞᄂᆞᆫ 말이 슈상(殊常)ᄒᆞᄋᆞᆸ거ᄂᆞᆯ 필연 화듕(畫中) 사ᄅᆞᆷ이 그 일가디인(一家之人)의 나디 아니믈 짐작ᄒᆞᄋᆞᆸ고 경셤의 ᄋᆞ돌 닌의ᄅᆞᆯ 여ᄎᆞ여ᄎᆞ 쳥ᄒᆞ여 그 화도(畫圖)ᄅᆞᆯ 보게 ᄒᆞ온즉 ᄋᆞ히 교ᄉᆞ(巧邪)치 아니ᄒᆞ며 심히 평담(平談)ᄒᆞ여 과히 ᄉᆞ밀 줄을 모로고 져의 젹죵ᄆᆡ(嫡從妹)와 ᄀᆞᆺᄐᆞ믈 니ᄅᆞᄋᆞᆸ거ᄂᆞᆯ 비로소 신연ᄒᆞ와 흠모ᄒᆞ미 더으ᄃᆡ 인연(因緣)의 길흔 아득ᄒᆞ여 능히 도모ᄒᆞᆯ ᄇᆡ 업ᄉᆞ온 고로 심두(心頭)의 념념(念念)ᄒᆞ며 초챵(怊悵)ᄒᆞ여 회푀(懷抱) 길고 ᄉᆞ폐번난(事弊煩亂)ᄒᆞ오니 침식(寢食)이 ᄌᆞ연 블안(不安)ᄒᆞ여 과연 셩질위름(性質危懍)ᄒᆞ기의 니ᄅᆞ온디라. 이 엇디 ᄉᆞ유(士類)의 ᄒᆡᆼ(行)이며 군ᄌᆞ면젼(君子面前)의 들닐 ᄇᆡ리잇고? 스ᄉᆞ로 음황비패(淫慌鄙悖)ᄒᆞ믈 모로디 아니ᄒᆞ오ᄃᆡ 능히 ᄉᆞ렴(思念)ᄒᆞᄂᆞᆫ ᄯᅳᆺ을 버히디 못ᄒᆞ여 ᄒᆞᆫ갓 허믈을 ᄡᆞ코 죄ᄅᆞᆯ 긔록ᄒᆞ오나 월장투향(越墻偸香)의 70면
방ᄌᆞ(放恣)ᄒᆞ믄 ᄉᆡᆼ의(生意)치 아녀실 ᄲᅳᆫ 아니라 져 경시 덕문녀ᄌᆞ(德門女子)로 셩ᄒᆡᆼ(性行)의 졍뎡녈녈(貞正烈烈)ᄒᆞ오미 가풍(家風)을 니

어실던딕 블의디변(不意之變)을 당ᄒᆞ여 반ᄃᆞ시 술오미 업고ᄌᆞ ᄒᆞ오리니 블최(不肖) 상문교옥(相門嬌玉)을 ᄉᆞ상(思相)홈도 힝실의 디극무상(至極無狀)ᄒᆞ옵거놀 쏘 심규향각(深閨香閣)을 ᄉᆞ못ᄎᆞ 엿디 누연(陋然)ᄒᆞᆫ 빗출 뵈여 사룸을 죽게 ᄒᆞᆫ 죄(罪)롤 므릅쓰리잇고? 빈 그림을 가져 한창 념모(念慕)홀디언졍 경시의 실형(實形)을 몽니(夢裏)의도 귀경(求景)치 못ᄒᆞ여시며 그 유ᄋᆞ·시녀 등도 알오미 업ᄉᆞ오니 남네 정(情)을 통ᄒᆞ여 셔로 화도(畫圖)로뼈 신믈(信物)을 깃치단 말은 심히 무근밍낭(無根孟浪) 블측흉언(不測凶言)이라. 녀원홍 블인(不仁)이 쇼ᄌᆞ의 기녀(其女)롤 박ᄃᆡ(薄待)ᄒᆞᆫ 함혐(含嫌)으로 쇼ᄌᆞ롤 히코ᄌᆞ ᄒᆞ믄 괴이치 아니타 ᄒᆞ오려니와 공연(空然) 상문누슈(相門閨秀)[71]롤 함히(陷害)ᄒᆞ와 흉음누셜(凶淫陋說)노뼈 더으오니 이 어인 흉심이니잇고?"

ᄒᆞ더라.

(책임교주 한정미)

71 상문누슈(相門閨秀): 상문규수. 장서각본과 규장각본 모두 '상문누슈'로 되어 있으나 문맥상 '재상가 집안의 규수'로 보아 한자를 병기했음.

완월회맹연 玩月會盟宴

권디오십팔 卷之五十八

1면 익셜(益說). 댱삼낭 셰린이 ᄀᆞᆯ오ᄃᆡ

“녀원홍 블인(不仁)이 쇼ᄌᆞ(小子)의 기녀(己女)ᄅᆞᆯ 박ᄃᆡ(薄待)ᄒᆞᆫ 함혐(含嫌)으로 쇼ᄌᆞᄅᆞᆯ ᄒᆡ코ᄌᆞ ᄒᆞ믄 괴이치 아니타 ᄒᆞ오려니와 공연이 상문규슈(相門閨秀)ᄅᆞᆯ 함ᄒᆡ(陷害)ᄒᆞ와 흉음누셜(凶音陋說)노뼈 더으오니 ᄎᆞ하흉심(此何凶心)이니잇고? 졍가 부ᄌᆡ 기녀의 원억(怨抑)ᄒᆞᆫ 누셜(陋說)을 참분(慘憤)ᄒᆞ나 쳐치(處置)ᄒᆞ미 그러ᄐᆞᆺ 요란ᄒᆞᆯ ᄇᆡ 아니오 쇼ᄌᆞ의게 ᄒᆞᆫ번 므ᄅᆞ미 족히 신ᄇᆡᆨ(申白)ᄒᆞ미 될 거시어ᄂᆞᆯ 사ᄅᆞᆷ을 강모(强侮)ᄒᆞ며 능경(凌輕)ᄒᆞ여 허다 블냥(不良)ᄒᆞ미 그 디경의 밋ᄉᆞ오니 대인의 욕을 당ᄒᆞ시미 블초ᄌᆞ(不肖子)의 연괴(緣故)라 스ᄉᆞ로 죽어 죄ᄅᆞᆯ 쇽(贖)ᄒᆞ옵고 션실기도(先失其道)의 사ᄅᆞᆷ을 일편도이 한치 못ᄒᆞ오려니와 쇼ᄌᆡ 실노 월장규벽(越墻窺壁)의 음난(淫亂)ᄒᆞᆫ 거죄(擧措) 잇셔도 기네 상응(相應)ᄒᆞ여신즉 쇼ᄌᆞ의 죄ᄅᆞᆯ 삼디 못ᄒᆞ올 ᄇᆡ어ᄂᆞᆯ ᄒᆞ믈며 만만무거(萬萬無據)ᄒᆞ미니잇가? 졍공이 그 ᄋᆞᄃᆞᆯ을 죽이고 그 ᄯᆞᆯ을 약 먹여 죽인다 ᄒᆞ여도 쇼ᄌᆞᄂᆞᆫ ᄀᆞ마니 ᄉᆞ상(思想)ᄒᆞ던 ᄇᆡ 쾌치 못ᄒᆞ여

2면 여 참치(慙恥)ᄒᆞᆯ디언졍 블안디단(不安之端)이 업디 아니ᄒᆞ오니 그 아비 ᄌᆞ녀(子女)ᄅᆞᆯ 아모리 ᄒᆞ여 죽인다 ᄒᆞ여도 놀납디 아니ᄒᆞᆯ ᄇᆡ어ᄂᆞᆯ 닌영 쇼ᄋᆞ(小兒)의 니ᄅᆞ히 어룬을 모욕ᄒᆞ기로 능ᄉᆞ(能事)ᄅᆞᆯ 삼으니 ᄀᆞ장 한심ᄒᆞ온디라. 졔 나의 친(親)을 욕ᄒᆞ오니 내 엇디 졔 아비ᄅᆞᆯ 욕디 못ᄒᆞ리잇고? 엄하(嚴下)의 다ᄉᆞ리샤믈 밧ᄌᆞ온 후 졍공을 보아 년유치몽(年幼稚蒙)을 식여 댱ᄌᆞ(長者)ᄅᆞᆯ 욕ᄒᆞᆫ 심의(心意)ᄅᆞᆯ 뭇ᄉᆞ이다.”

댱공이 경조 부ᄌᆞ의게 봉욕(逢辱)ᄒᆞᆫ 심ᄉᆡ(心事) ᄀᆞ장 울분(鬱憤)ᄒᆞ믈 니긔디 못ᄒᆞ나 ᄋᆞᄌᆞ(兒子)의 젼젼곡딕(轉轉曲直)을 조곰도 은휘(隱諱)치 아냐 일일히 고ᄒᆞ믈 드ᄅᆞᆯᄉᆞ록 졍시 신샹(身上)의ᄂᆞᆫ 조곰도 누얼

(陋孼) 되미 업ᄂᆞᆫ디라. ᄌᆞ긔 녀공의 말만 듯고 소리(率爾)히 발셜ᄒᆞ여 일이 어ᄌᆞ럽기의 니ᄅᆞ니 ᄋᆡ돌오며 뉘웃ᄎᆞ미 ᄇᆡᆨ븍을 믈고져 ᄒᆞ나 능히 밋디 못ᄒᆞ거ᄂᆞᆯ[1] ᄋᆞᄌᆡ 믄득 졍공 부ᄌᆞᄅᆞᆯ 결워 보고ᄌᆞ ᄒᆞ믈 대경대구(大驚大懼)ᄒᆞ여 눈의 ᄇᆡᆨ졍(白精)을 ᄂᆡ여 흘니고 쓰고 손을 져어 ᄀᆞᆯ오ᄃᆡ "망녕(妄靈)되며 망녕되다 긔 어인 말인고? 네 원간 졍시ᄅᆞᆯ ᄉᆞ모(思 3면
慕)ᄒᆞ고 념념(念念)ᄒᆞ미 업ᄉᆞᆯ디라도 내 말을 그ᄅᆞᆺᄒᆞ여 남의 규슈ᄅᆞᆯ 함ᄒᆡ(陷害)ᄒᆞ미 되여시니 부형(父兄)된 ᄌᆡ 엇디 노ᄒᆞ며 한치 아니ᄒᆞ여 그만 말도 아닐 사ᄅᆞᆷ이 ᄯᅩ 어ᄃᆡ 이시리오? 졍공이 날을 셕 뒤집혀 ᄂᆡ치고 닌영이 날을 ᄲᅣᆷ을 치며 능욕ᄒᆞ여도 내 능히 한치 못ᄒᆞ고 네 능히 욕디 못ᄒᆞ리니 엇디 한흡디 아니ᄒᆞ며 노흡디 아닌 바로ᄡᅧ 사ᄅᆞᆷ과 결워 졀졀이 어버의게 욕을 더으고ᄌᆞ ᄒᆞᄂᆞ뇨? 내 뎡히 가ᄉᆡᄅᆞᆯ 디고 졍공의게 샤죄(謝罪)ᄒᆞ여 졍시의 누얼(陋孼)을 신ᄇᆡᆨ(申白)ᄒᆞ며 너의 ᄒᆡᆼᄉᆡ(行事) 죄의 범ᄒᆞ미 업ᄉᆞ믈 벗기고ᄌᆞ ᄒᆞ거ᄂᆞᆯ 괴이ᄒᆞᆫ 말을 다시 니ᄅᆞ디 말나. 녀공으로ᄡᅧ 너ᄂᆞᆫ 져리 블인흉심(不仁凶心)이라 욕ᄒᆞ거니와 금번(今番) 친ᄉᆞ(親事)[2]ᄅᆞᆯ 권ᄒᆞ믄 공번된[3] 어진 ᄯᅳᆺ이러니 일이 이러ᄐᆞᆺ 어ᄌᆞ러오니 이ᄂᆞᆫ 반ᄃᆞ시 졍시와 너ᄅᆞᆯ ᄒᆡᄒᆞᄂᆞᆫ 간인(奸人)의 오젼(誤傳)ᄒᆞ믈 드ᄅᆞ미오 공연이 무거(無據)ᄒᆞ믈 쥬츌(做出)ᄒᆞ미 모로미 한치 말나."

인ᄒᆞ여 의ᄃᆡ(衣帶)ᄅᆞᆯ 갓초와 승당(昇堂)ᄒᆞ믈 명ᄒᆞᄃᆡ 삼낭(三郞)이 부 4면

1 ᄇᆡᆨ븍을 믈고져 ᄒᆞ나 능히 밋디 못ᄒᆞ거ᄂᆞᆯ: 배꼽을 물고자 하나 능히 미치지 못하거늘. 서제막급(噬臍莫及), 즉 잘못을 후회해도 이미 늦었다는 뜻.

2 친ᄉᆞ(親事): 친사. 혼인에 관계된 일 또는 혼인.

3 공번된: 공번되다. 공변되다. 한쪽으로 치우치거나 사사롭지 않고 공정하다.

친의 쳐힝(處行)[4] 닙셰(立世)[5]ᄒᆞ미 사ᄅᆞᆷ의 능모(陵侮)ᄒᆞᆷ과 긔쇼(譏笑)ᄒᆞ믈 바다 광명뎡대(光明正大)치 못ᄒᆞ믈 그윽이 ᄋᆡ닯고 슬허ᄒᆞ던 바로 금번(今番) 졍공 부ᄌᆞ(父子)의게 봉욕(逢辱)ᄒᆞ미 ᄌᆞ긔로 비로ᄉᆞ미라 황황숑튝(遑遑悚縮)ᄒᆞ여 죄ᄅᆞᆯ 바드미 업ᄉᆞᄆᆡ 블효(不孝)ᄅᆞᆯ 탄ᄒᆞ며 스ᄉᆞ로 용납ᄒᆞᆯ 바ᄅᆞᆯ 아지 못ᄒᆞ여 의관(衣冠)을 ᄀᆞᆺ초와 무고(無故)ᄒᆞᆫ 사ᄅᆞᆷ 갓기ᄅᆞᆯ 원치 아니ᄒᆞ고 머리ᄅᆞᆯ 두ᄃᆞ려 엄졍디쳐(嚴正之處)ᄅᆞᆯ 쳥ᄒᆞ니 댱공의 용녈(庸劣)ᄒᆞ며 블엄(不嚴)ᄒᆞ미 본ᄃᆡ ᄌᆞ식을 치칙(致責)ᄒᆞ고 훈계(訓戒)ᄒᆞ미 업ᄂᆞᆫ디라 셰린의 음황탕일(淫荒蕩逸)ᄒᆞ미 아니 미ᄎᆞᆫ 곳이 업다 ᄒᆞ여도 엄부(嚴父)의 위엄(威嚴)으로 치칙ᄒᆞ며 의리(義理)로 경계ᄒᆞ믈 두지 못ᄒᆞᆯ디라. ᄋᆞᄌᆞ(兒子)의 고집(固執)히 쳥죄(請罪)ᄒᆞ믈 보고 눈섭을 찡긔여 왈

"내 본ᄃᆡ 부ᄌᆞ간의 죵용(慫慂)ᄒᆞ믈 됴히 넉이며 비록 죄과(罪過) 이시나 요란이 즐ᄆᆡ(叱罵)ᄒᆞ고 장칙(杖責)ᄒᆞᄂᆞᆫ ᄌᆞᄅᆞᆯ 온합(穩合)디 못ᄒᆞ게 넉이던 바로ᄲᅧ 금일(今日) 졍은빅이 무죄(無罪)ᄒᆞᆫ ᄋᆞᄃᆞᆯ을 각별엄장(各別嚴杖)ᄒᆞ여 쳬뷔(體膚) 상훼(傷毁)ᄒᆞ고 뉴혈(流血)이 돌디(突之)ᄒᆞ믈 보ᄆᆡ 그 모질미 ᄉᆡ호(豺虎)도곤 심ᄒᆞ거ᄂᆞᆯ ᄯᅩ ᄯᆞᆯ을 죽이라 드러가노라 ᄒᆞ믈 드ᄅᆞ니 실노 인졍이 업ᄂᆞᆫ 잔험(殘險) 혹(酷)ᄒᆞᆫ 셩졍(性情)이라 과연 ᄯᆞᆯ와 ᄇᆡ호고ᄌᆞ 시븐 ᄆᆞ음이 업ᄉᆞ니 엇디 너의 젹은 허믈을 과칙(過責)ᄒᆞ리오? 모로미 승당평신(昇堂平身)ᄒᆞ라."

언필(言畢)의 좌우(左右)ᄅᆞᆯ 명ᄒᆞ여 관과 씌ᄅᆞᆯ 주어 오르게 ᄒᆞ라 ᄒᆞ

5면

4 쳐힝(處行): 처행. 출처행장(出處行藏). 나타나고 숨는 것과 나오고 물러나는 것.

5 닙셰(立世): 입세. 입신출세(立身出世). 세상에 나아가 성공함.

니 삼낭이 감히 거역디 못ᄒᆞ여 계슈ᄇᆡ샤(稽首拜謝)ᄒᆞ고 드ᄃᆡ여 의관
(衣冠)을 ᄀᆞᆺ초와 승당ᄇᆡ시(昇堂陪侍)ᄒᆞᆯᄉᆡ 위인ᄌᆞᄌᆡ(爲人子者) 부형
이 인유(仁柔)ᄒᆞ고 강ᄆᆡᆼ(强猛)치 못ᄒᆞ믈 업슈히 넉여 조곰도 조심치
아니ᄒᆞ며 두리지 아니ᄒᆞᄂᆞᆫ ᄌᆞᄂᆞᆫ 블초(不肖)ᄒᆞ고 완한(頑悍)ᄒᆞ여 가
히 인ᄌᆞ디되(人子之道)라 니ᄅᆞ디 못ᄒᆞ리니 ᄒᆞᆫ낫 난ᄌᆞ블인인(亂子不
仁人)이라. 댱ᄉᆡᆼ의 효우츙슌(孝友忠順)ᄒᆞ므로 블초패ᄌᆞ(不肖悖子)의
무ᄒᆡᆼ망측(無行罔測)ᄒᆞᆫ 바로 의논치 못ᄒᆞ려니와 오날ᄂᆞᆯ 댱ᄉᆡᆼ의 참황
대구(慙黃大懼)ᄒᆞ며 텬디지간(天地之間)의 용무지디(容無之地)ᄒᆞ여
아모리 ᄒᆞᆯ 바ᄅᆞᆯ 모로ᄂᆞᆫ 바ᄂᆞᆫ ᄎᆞᆯ하리 엄졍(嚴庭)의 일ᄇᆡᆨ장(一百杖) 치 6면
칙(致責)을 밧ᄌᆞ와 죄ᄅᆞᆯ 쇽(贖)ᄒᆞᆷ만 ᄀᆞᆺ디 못ᄒᆞ니 능히 낫ᄎᆞᆯ 드디 못ᄒᆞ
고 호흡(呼吸)을 통치 못ᄒᆞ여 블효(不孝)ᄅᆞᆯ ᄲᆞ흘 곳이 업ᄉᆞ믈 슬허ᄒᆞ
니 그 조심ᄒᆞ미 ᄀᆞ득ᄒᆞ여 ᄭᆡ닷디 못ᄒᆞ며 두리미 늠늠(懍懍)ᄒᆞ여 심연
(深淵)을 님ᄒᆞᆫ ᄃᆞᆺᄒᆞ니 비록 안ᄆᆡᆼ졍쥬(顔孟程朱)의 셩효(誠孝)ᄅᆞᆯ ᄉᆞ못
디 못ᄒᆞ나 텬딜(天質)이 블범비쇽(不凡非俗)ᄒᆞ므로ᄡᅧ ᄋᆡ친경댱(愛親
敬長)의 디효디셩(至孝至誠)은 ᄇᆡᆨ시ᄅᆞᆯ 우러러 효측(效則)ᄒᆞ여 능히
다 ᄀᆞᆺ디 못ᄒᆞ나 십분(十分)의 이삼분(二三分)을 ᄯᆞᆯ오고ᄌᆞ ᄒᆞᄂᆞᆫ ᄇᆡ어
ᄂᆞᆯ 친위(親位)예 효로ᄡᅧ 깃그시믈 닐위믄 업고 이우(怡憂)로ᄡᅧ 증(增)
ᄒᆞ여 ᄉᆞᄉᆡᆼ(死生)을 우려(憂慮)ᄒᆞᄂᆞᆫ 딜환(疾患)으로ᄡᅧ 창한비우(悵恨
悲憂)ᄒᆞ시믈 더으며 나죵은 졍공 부ᄌᆞ의 능모욕ᄆᆡ(陵侮辱罵)ᄒᆞ믈 바
드미 ᄌᆞ긔의 효도롭디 못ᄒᆞᆫ 죄라 ᄒᆞ여 스ᄉᆞ로 허믈을 긔록ᄒᆞ고 죄ᄅᆞᆯ
혜아려 몸을 고형(苦刑)ᄒᆞ여 죄ᄅᆞᆯ 쇽(贖)고ᄌᆞ ᄒᆞ나 밋디 못ᄒᆞ니 과연
이 ᄃᆡ인(對人)ᄒᆞ믈 븟그리ᄂᆞᆫ디라. 연부인이 ᄋᆞᄌᆞ의 심ᄉᆞᄅᆞᆯ 혜아리ᄆᆡ 7면
그 허믈이 잇ᄉᆞ나 스ᄉᆞ로 그ᄅᆞᆫ 거ᄉᆞᆯ ᄭᆡ다ᄅᆞ며 대인(大人)의 봉욕ᄒᆞ미

ᄌᆞ긔의 빌ᄆᆡ믈 더옥더옥[6] 블효디죄(不孝之罪)ᄅᆞᆯ ᄉᆞᆷ아 용납ᄒᆞᆯ 곳이 업셔ᄒᆞ믈 보ᄆᆡ 그 취광외입(醉狂外入)ᄒᆞᆫ 바로뼈 이러ᄐᆞᆺ ᄉᆡᄃᆞᄅᆞ믈 다힝ᄒᆞ고 그 거동을 어엿비 넉여 위로ᄒᆞ여 왈

"네 녀시ᄅᆞᆯ 마ᄌᆞᆫ 후로 ᄒᆞᆫ낫 취광이 되여 부모ᄅᆞᆯ 아디 못ᄒᆞᆷ ᄀᆞᄐᆞ니 깁히 한심ᄒᆞ시ᄂᆞᆫ ᄇᆡ어ᄂᆞᆯ 오날ᄂᆞᆯ 홀연이 허믈을 ᄌᆞ각(自覺)ᄒᆞ니 엇디 깃브며 아ᄅᆞᆷ답디 아니리오? 너의 대인이 녀공의 말을 드ᄅᆞ시고 바로 졍부로 가 소리(率爾)히 친ᄉᆞ(親事)ᄅᆞᆯ 구ᄒᆞ신 탓ᄉᆞ로 욕을 당ᄒᆞ시니 ᄋᆡ달오며 한ᄒᆞ온들 발셔 업친 믈이니 현마 엇디ᄒᆞ리오? 졍경죄 몽니(夢裏)의도 긔약디 아닌 바 쳔금쇼교(千金小嬌)의 음쳔(淫賤)ᄒᆞᆫ 누셜(陋說)을 드ᄅᆞᄆᆡ 통한에분(痛恨恚憤)ᄒᆞ여 그러ᄐᆞᆺ 노홈도 괴이치 아니ᄒᆞ니 네 져ᄅᆞᆯ 욕(辱)고ᄌᆞ ᄒᆞ미 혜아리미 져ᄅᆞ디 아니랴? 원간 ᄒᆞᆫ 장 그림을 인ᄒᆞ여 상ᄉᆞ일념(想思一念)이 병을 일워 ᄉᆞᄉᆡᆼ(死生)이 가려(可慮)의 니ᄅᆞ믄 ᄒᆡ연망측(駭然罔測)ᄒᆞ니 블가ᄉᆞ문어타인(不可使聞於他人)
8면 이라. 연이나 네 암밀(暗密)이 옥규향각(玉閨香閣)을 엿보와 미인의 형모(形貌)ᄅᆞᆯ 념념ᄒᆞ여 화상(畫像)을 일운 ᄇᆡ 아니오 미란(迷亂)이 취ᄒᆞᆫ ᄀᆞ온ᄃᆡ 사ᄅᆞᆷ이 공교히 니ᄅᆞ며 두ᄂᆞᆫ 바ᄅᆞᆯ 바다 인ᄒᆞ여 던짓 얼골을 ᄉᆞ상(思想)ᄒᆞ기의 니ᄅᆞ니 비록 광명졍대(光明正大)ᄒᆞᄆᆡ 나아가디 못ᄒᆞ나 월장투향(越墻偸香)의 방ᄌᆞ음패(放恣淫悖)ᄒᆞ믄 아닌지라 허믈 되미 젹다 못 ᄒᆞᆯ ᄇᆡ로ᄃᆡ 또ᄒᆞᆫ 멸뉸무도(滅倫無道)ᄒᆞ믄 아니라. 스ᄉᆞ로 삼가고 가다듬아 패려(悖戾)ᄒᆞᄆᆡ 니ᄅᆞ디 말딘ᄃᆡ 가히 힝치 아니랴? 졍공

6 더옥더옥: 규장각본에는 '더옥'으로 되어 있음.

이 비록 분두(憤頭)의 텬눈(天倫)을 끗쳐 ᄯᆞᆯ을 죽이려 ᄯᅳᆺ을 두어시나 그 허믈 업ᄉᆞ미 ᄇᆡᆨ옥(白玉)이 무하(無瑕)ᄒᆞ고 쳥빙(淸氷)이 교교(皎皎) ᄒᆞ므로ᄡᅧ 그 힘힘히 더져두어 죽이게 ᄒᆞ리오? 필연(必然) 골육을 상잔(相殘)ᄒᆞᄂᆞᆫ 대변(大變)을 ᄒᆡᆼ치 아냐시려니와 일노조ᄎᆞ 녀ᄋᆞ(女兒)의 젼졍(前程)을 맛ᄎᆞ랴 ᄒᆞ리니 네 모로미 ᄯᅳᆺ 잡기ᄅᆞᆯ 슌일뎡대(純一正大)히 ᄒᆞ여 ᄒᆞᆫ 번 그ᄅᆞᆯ 범ᄒᆞ나 두 번 어ᄌᆞ러오미 업ᄉᆞ면 쳔연셰월(遷延歲月)ᄒᆞ여 졍공의 노긔(怒氣) ᄌᆞ연 플닐 거시오 기녀ᄅᆞᆯ 폐륜(廢倫)치 아닌 후ᄂᆞᆫ 타문(他門)을 의논치 못ᄒᆞ리니 몸이 남ᄌᆡ 되여 딘츙닙졀(盡 9면
忠立節)과 딘학독ᄒᆡᆼ디도(進學篤行之道)ᄅᆞᆯ 엇디 못ᄒᆞᆯ가 근심ᄒᆞᆯ디언졍 ᄇᆡ필(配匹)을 만나디 못ᄒᆞᆯ가 근심ᄒᆞ고 초려(焦慮)ᄒᆞ여 병 나기의 밋ᄎᆞ랴? 희린으로 더브러 너의 딜독(疾毒)ᄒᆞᆫ ᄀᆞ온ᄃᆡ 쇽인 ᄇᆡ 잇ᄉᆞ니 ᄆᆡᆼ모(孟母)의 알오미 이실딘ᄃᆡ 쇽이믈 ᄎᆞ마 못 ᄒᆞᆯ ᄇᆡ라. 비컨ᄃᆡ 텬지현슈(天地懸殊)치 아니미냐? 일노 드ᄃᆡ여 네 내 말을 밋디 아니려니와 그 으이 혜여보라. 졍경죄 통ᄒᆡ극분(痛駭極憤)ᄒᆞ여 살녀디심(殺女之心)을 두미 엇딘 ᄯᅳᆺ인고? 누셜(陋說)을 일쳔 번 신ᄇᆡᆨ(申白)ᄒᆞᆫ들 네 슈듕(手中)의 그 화되(畫圖) 이시며 ᄉᆞ상디심(思想之心)이 셩질(成疾)ᄒᆞ기의 니ᄅᆞᆫ 바ᄅᆞᆯ ᄡᅳ리쳐 ᄇᆞ리고 달니 ᄐᆡᆨ셔(擇壻)ᄒᆞᄂᆞᆫ ᄒᆡ연(駭然)ᄒᆞᄆᆡ 밋디 아니리니 네 다만 그 ᄢᆡᄅᆞᆯ 기다리고 번요(煩擾)ᄒᆞᆫ 념녀ᄅᆞᆯ 긋치라."

ᄉᆡᆼ이 계슈(稽首)ᄒᆞ여 블초무상(不肖無狀)ᄒᆞ믈 ᄉᆡ로이 일ᄏᆞᄅᆞ며 ᄌᆞ교(慈敎)ᄅᆞᆯ 봉ᄒᆡᆼ(奉行)ᄒᆞᆯ 바ᄅᆞᆯ ᄃᆡᄒᆞ여 황공ᄒᆞ믈 니긔디 못ᄒᆞ고 블효ᄅᆞᆯ 탄아(嘆訝)ᄒᆞᄂᆞᆫ 거동이 현어면ᄉᆡᆨ(現於面色)ᄒᆞ니 이랑이 도로혀 ᄒᆡᆼ심(幸甚)ᄒᆞ여 왈

"대인의 봉욕(逢辱)ᄒᆞ시미 아등(我等)의 블초ᄒᆞᆫ 빌미라. 니긔여 ᄡᆞ흘 10면

곳이 업거니와 네 거동이 젼일(前日) 취광홈과 갓디 아니ᄒᆞ니 이 ᄀᆞ장 긔힝(奇幸)ᄒᆞ미라. 능션회(能善回)ᄒᆞ며 블이과(不貳過)[7]ᄂᆞᆫ 아셩(亞聖)[8]의 착히 넉이시미니 현뎨(賢弟) 만일 이ᄅᆞᆯ 법바드면 쳐음 허믈 업ᄉᆞ니의셔 낫디 아니ᄒᆞ랴?”

삼낭이 블감ᄇᆡ샤(不敢拜謝)ᄒᆞᄃᆡ 만심(滿心)이 황연(慌然)ᄒᆞ여 블초ᄒᆞ믈 탄ᄒᆞ니 댱공은 본ᄃᆡ ᄌᆞ녀ᄅᆞᆯ 공밍(孔孟)의 비ᄒᆞ던 ᄇᆡ라. 금일(今日) 분두(憤頭)의 박시다려 ᄐᆡ교(胎敎) 잘못ᄒᆞ믈 니ᄅᆞ고 셰린을 블초ᄌᆡ(不肖子)라 ᄒᆞ여시나 범ᄇᆡᆨ디ᄉᆞ(凡百之事)의 긔이히 넉여 언블하ᄌᆞ(言不瑕疵)ᄒᆞ며 힝블하ᄌᆞ(行不瑕疵)ᄒᆞ던디라. 오날ᄂᆞᆯ 이 ᄀᆞᆺᄐᆞ믈 녜ᄉᆞ로이 알오ᄃᆡ 연부인과 이랑은 힝심(幸甚)ᄒᆞ고 박시ᄂᆞᆫ 젼후곡딕(前後曲直)을 드러오ᄆᆡ ᄋᆞᄌᆞ(兒子)의 힝ᄉᆡ(行事) 부ᄌᆞ(夫子) 법셕(法席)의 나아가도 미딘(未盡)타 ᄒᆞ실 일이 업ᄉᆞᆯ ᄃᆞᆺ 무식ᄒᆞᆫ 심듕(心中)의 혜오ᄃᆡ ‘남ᄌᆡ 월장규벽(越墻窺壁)의 호일방탕(豪逸放蕩)ᄒᆞ미라도 음힝디죄(淫行之罪)의 잡히디 아니ᄒᆞ고 실졀망측(失節罔測)ᄒᆞ미 아니니
11면 죡히 큰 허믈이 아니어ᄂᆞᆯ ᄒᆞ믈며 그림을 인ᄒᆞ여 딘짓 사ᄅᆞᆷ을 ᄉᆞ상(思想)ᄒᆞ미리오? 문왕(文王)은 셩인(聖人)이샤ᄃᆡ 태샤(太姒) ᄀᆞᆺᄐᆞᆫ ᄇᆡ필을 두시고 삼쳔후비(三千后妃)ᄅᆞᆯ 두어시니 이 반ᄃᆞ시 호ᄉᆡᆨ(好色)ᄒᆞ시미라. 내 아ᄒᆡ 호ᄉᆡᆨᄒᆞᆫ들 하죄(何罪)리오마ᄂᆞᆫ 졍염이 내 ᄋᆞᄒᆡᄅᆞᆯ 사ᄅᆞᆷ으로 아디 아냐 졔 ᄋᆞᄃᆞᆯ이 교계(交契) 후ᄒᆞᆫ 거ᄉᆞᆯ 다 죄ᄅᆞᆯ 삼아 새리

---

7 블이과(不貳過): 불이과. 잘못을 두 번 다시 하지 않음. 《논어》 〈옹야〉에 안연을 가리켜 “불천노(不遷怒) 불이과(不貳過)” 즉 노여움을 남에게 옮기지 않고 잘못을 두 번 다시 하지 않는다고 한 데서 나온 말.

8 아셩(亞聖): 아성. 성인(聖人)인 공자에 버금가는 성인이라는 뜻. 여기서는 안연을 말함.

며 제 ᄯᆞᆯ을 죽여 오ᄋᆞ(吾兒)로 인연(因緣)을 버히고ᄌᆞ ᄒᆞ니 엇디 통한(痛恨)치 아니리오?' ᄒᆞ여 녀츄밀을 참욕(慘辱)ᄒᆞ던 바룰 두로혀 경경조롤 일장대욕(一場大辱)ᄒᆞ고 ᄯᅩ 머리롤 흔드러 왈

"뉘라셔 경가들을 명현여믹(明賢餘脈)으로 인션힝의(仁善行誼)라 ᄒᆞ더뇨? 싀포극악(猜暴極惡)ᄒᆞ믄 경가 ᄀᆞᄐᆞ니 업ᄉᆞ리니 도부싊(刀斧手)[9] 아니엇마ᄂᆞᆫ 사ᄅᆞᆷ 죽이기롤 엇디 그리 쉽게 넉여 닌광 블인(不仁)은 안히롤 죽이랴 셔도랏고 경염 극악(極惡)은 ᄯᆞᆯ을 죽이랴 분분ᄒᆞ니 져런 흉ᄒᆞᆫ 것들이 다시 어ᄃᆡ 이시리오?"

댱공 왈

"인션힝의ᄒᆞ여 활낭관대(闊浪寬大)ᄒᆞ며 신신요요(申申夭夭)[10]ᄒᆞ여 셩ᄌᆞ(聖子)의 틀과 군ᄌᆞ(君子)의 덕이 졔연(齊然)ᄒᆞ믄 우리 인후 쳥계의 형뎨와 목징【닌셩의 별회(別號)라】 ᄯᆞ롬이라. 은빅과 ᄌᆡ보ᄂᆞᆫ 인덕(仁德)이 젹은디라. 잠간 블합(不合)ᄒᆞᆷ 곳 이시면 므ᄉᆞᆷ 일을 닐 드시 싀험(猜險)을 브리니 슈하ᄌᆡ(手下者) 어이 견ᄃᆡ리오? 내 녀ᄋᆞ의 도라오믈 슬허ᄒᆞ다가 오날 은빅의 거동을 보니 ᄌᆡ보의 블슌(不純)ᄒᆞ미 더옥 ᄉᆡᆼ각ᄒᆞ이ᄂᆞᆫ디라. 출하리 츌뷔(黜婦) 되여 쇄문폐호(鎖門廢戶)ᄒᆞ고 블견텬일(不見天日)ᄒᆞᆯ디언졍 그 가상(家上)의 쳐ᄒᆞ여 긴 날의 험피(險詖)ᄒᆞ믈 엇디 보리오? 이졔ᄂᆞᆫ 녀ᄋᆞ롤 져 집의셔 마ᄌᆞ 도라가랴 ᄒᆞ여도 우리 결단ᄒᆞ여 보ᄂᆡ디 말니라." 12면

9 도부싊(刀斧手): 도부수. 큰 칼과 큰 도끼로 무장한 병사.

10 신신요요(申申夭夭): 마음이 활짝 풀어지고 즐거운 상태. 《논어》 〈술이〉에 "子之燕居 申申如也 夭夭如也" 즉 공자가 한가하게 있을 때는 마음이 활짝 풀어진 것 같고 즐거운 것 같다고 한 데서 나온 말.

박시 녀우의 디셩(至誠)으로 고간(固諫)ᄒᆞ믈 인ᄒᆞ여 쳐ᄉᆞ와 화부인 즐욕(叱辱)ᄒᆞ믈 긋쳐시나 태우롤 한ᄒᆞ며 소시롤 믜워ᄒᆞ믄 오히려 감치 아녓ᄂᆞᆫ디라. 금일(今日) 졍경조롤 욕ᄒᆞᄂᆞᆫ 바의 태우와 소시롤 홈긔 들쳐 욕미(辱罵)ᄒᆞ믈 마디 아니ᄒᆞ니 연부인이 블가ᄒᆞ믈 니ᄅᆞ고 이랑이 실덕(失德)을 간ᄒᆞ여 말숨이 젹즁(敵中)ᄒᆞ며 뎡대(正大)ᄒᆞ니 박시 비로소 욕을 긋치나 졍부 졔인(諸人)을 싀로이 한ᄒᆞ믈 마디 아니ᄒᆞ더라. 댱공이 졍쇼져롤 위ᄒᆞ여 신빅ᄒᆞ믈 계교ᄒᆞ믜 스ᄉᆞ로 심ᄂᆡ분

13면 분(心內紛紛)ᄒᆞ고 듕회요요(中懷搖搖)ᄒᆞ여 당ᄒᆞᆫ 바 대ᄉᆡ(大事) 잇ᄂᆞᆫ ᄃᆞᆺᄒᆞᆫ디라. 익일(翌日) 됴회(朝會)롤 파ᄒᆞᆫ 후 도라오ᄂᆞᆫ 길ᄒᆡ 녀부의 니ᄅᆞ러 츄밀과 셔로 볼ᄉᆡ 댱공이 미쳐 발셜(發說)치 못ᄒᆞ여셔 녀공이 작일ᄉᆞ(昨日事)롤 뭇ᄂᆞᆫ디라. 댱공이 호흥(好興)이 젼혀 업셔 눈셥을 찡긔며 낫출 괴로이 집희여 왈

"쇼뎨 ᄉᆡᆼ셰(生世) 이후의 사ᄅᆞᆷ으로 더브러 말ᄒᆞ믜 어졔 날ᄀᆞᆺ치 곤(困)홈과 욕(辱)되믈 ᄀᆞᆺ초 당ᄒᆞᆫ 젹이 어이 이시리오? 인아(姻婭)의 됴흠과 결승(結繩)의 긔약은 만 니 머롬 ᄀᆞᆺ고 쇼뎨 공연이 상문 교옥(嬌玉)을 함디깅참(陷地塹坑)ᄒᆞᄂᆞᆫ 무상블인(無狀不仁)이 되여시니 졍은빅의 한분(恨憤)ᄒᆞ믈 괴이타 ᄒᆞ리오? 쇼뎨 언근(言根)[11]을 다히믜 ᄌᆞ연 인형의게 드론 바롤 닐너시ᄃᆡ 은빅의 모딘 셩이 블 ᄀᆞᄐᆞ여 기녀(己女)롤 죽이려 셔둘며 기ᄌᆞ(己子)롤 여ᄎᆞ여ᄎᆞ 듕장(重杖)ᄒᆞ니 그 무류ᄒᆞ믈 어이 다 니ᄅᆞ리오? 인ᄒᆞ여 참분(慙忿)ᄒᆞᆫ 거롬을 두로혀 집의 도

11 언근(言根): 소문의 근원.

라와 돈ᄋᆞ(豚兒)다려 소유(所由)ᄅᆞᆯ 니ᄅᆞ고 젼ᄉᆞ(前事)ᄅᆞᆯ 므ᄅᆞᆫ즉 돈ᄋᆞ의 ᄃᆡ답이 여ᄎᆞ여ᄎᆞᄒᆞ여 우연이 화도(畫圖)ᄅᆞᆯ 보고 두어실디언졍 실형(實形)을 보미 업ᄉᆞ며 더옥 남녀(男女) 졍을 통ᄒᆞᆫ ᄉᆞᆷ의도 ᄉᆡᆼ의(生意)치 아니롸 ᄒᆞ여 져의 ᄃᆡᆫ졍(眞情)을 베프ᄂᆞᆫ ᄇᆡ 일호(一毫) 가탁(假托)ᄒᆞ미 업ᄉᆞ니 쇼뎨 비록 어두오나 ᄌᆞ식의 인믈을 모로디 아닛ᄂᆞᆫ디라. 만일 형의 니ᄅᆞᄂᆞᆫ 바와 ᄀᆞᆺᄐᆞ미 잇셔도 ᄒᆞ믈며 이 일은 다 쇼뎨 소리히 ᄒᆞᆫ 탓ᄉᆞ로 가ᄋᆞ(家兒)다려 뭇디 아니ᄒᆞ고 구친(求親)ᄒᆞ믈 급히 ᄒᆞᆫ 연괴(緣故)니 남을 탓ᄒᆞᆯ ᄇᆡ 아니어니와 원간 인형(仁兄)이 어ᄃᆡ로 조ᄎᆞ 뉘게 무근밍낭디셜(無根孟浪之說)을 듯고 쇼뎨다려 니ᄅᆞ시뇨? 비록 다ᄉᆞ(多事)ᄒᆞ나 인형과 쇼뎨 그 말 ᄂᆡᆫ ᄌᆞᄅᆞᆯ ᄎᆞᄌᆞ 졍가 규슈의 누셜(陋說)을 신ᄇᆡᆨᄒᆞᄂᆞᆫ 거시 올흐나 사ᄅᆞᆷ과 결원(結怨)ᄒᆞ미 므어시 됴흐리오? 쾌히 밍낭디ᄉᆞ(孟浪之事)ᄅᆞᆯ 쥬츌(做出)ᄒᆞᆫ ᄌᆞᄅᆞᆯ 닐너 졍은ᄇᆡᆨ의 부ᄌᆡ 형과 쇼뎨 흉심(凶心)과 간계(奸計)ᄅᆞᆯ 비져 기녀ᄅᆞᆯ ᄒᆡᄒᆞ미 아니믈 알게 ᄒᆞ미 올흘가 ᄒᆞᄂᆞ이다.” 14면

녀공이 쳥파(聽罷)의 변ᄉᆡᆨ블열(變色不悅)ᄒᆞ여 ᄯᅩᄒᆞᆫ 놀나믈 마디 아니ᄒᆞ니 댱공의 구친(求親)ᄒᆞᆫ 바와 경조공이 참분졀ᄒᆡ(慙忿切駭)ᄒᆞ여 ᄯᆞᆯ을 죽이려 셔둘미라 혜아린 바의 디나디 아니ᄒᆞ나 댱공의 말이 그ᄅᆞᆺ ᄌᆞ가(自家)의셔 난 바ᄅᆞᆯ 닐너 공연이 졍공의 만금교옥(萬金嬌玉)을 흉음누얼(凶音陋孼)의 함ᄒᆡ(陷害)ᄒᆞ미 된 바의 쳐음 말ᄒᆞᆫ ᄌᆞᄅᆞᆯ 가히 아니 다히디[12] 못ᄒᆞᆯ디라. 다히ᄂᆞᆫ 디경은 댱부 노양낭이 밍낭디셜(孟 15면

12 다히디: 다히다. 대다.

浪之說)을 쥬츌ᄒᆞ여실딘ᄃᆡ 졍시의 신셜(伸雪)[13]이 쾌ᄒᆞ고 오딕 죄ᄅᆞᆯ 바들 쎤이니 혼ᄉᆞ(婚事)ᄅᆞᆯ 져희(沮戲)코ᄌᆞ ᄒᆞᆫ 뜻이 필경 됴히 셩친(成親)ᄒᆞᆯ디라. 다만 크게 계교(計巧)ᄒᆞᆫ 일이 여의치 못ᄒᆞ믈 한ᄒᆞ나 발셔 그ᄀᆞᆺ치 닐너시니 달니 쇠ᄅᆞᆯ 그으디[14] 못ᄒᆞᆯ디라. 다만 말을 드ᄅᆞᆫᄃᆡ로 다혀 졍공으로 ᄒᆞ여곰 ᄌᆞ가의 쥬츌ᄒᆞᆫ ᄇᆡ 아니믈 알게 ᄒᆞᆯ 거시므로 이에 텬연(天然)이 답왈(答曰)

"쇼데ᄂᆞᆫ 문승을 위ᄒᆞ여 공경ᄒᆞᆫ ᄆᆞ음으로 ᄎᆞ혼(此婚)을 녁권(力勸)ᄒᆞ여 브ᄃᆡ 셩친(成親)콰져 ᄒᆞ미러니 이ᄀᆞᆺ치 여의치 못ᄒᆞᆯ 줄 어이 알니오? 원간 녕윤(令胤)[15]과 졍시네 ᄉᆞ졍(私情)을 두어 화도로뼈 셔로 신믈(信物)을 삼ᄂᆞᆫ 블미디ᄉᆡ(不美之事) 널니 낫타나 사ᄅᆞᆷ마다 알 쎤 아

16면 니라 귀부(貴府) 비ᄌᆞ(婢子) 년월이 쇼녀의 유ᄋᆞ(幼兒)ᄅᆞᆯ ᄃᆡᄒᆞ여 여ᄎᆞ여ᄎᆞ 졍녕(丁寧)이 니ᄅᆞ니 그 말이 명ᄇᆡᆨ(明白)ᄒᆞ고 젹실(的實)ᄒᆞᆫ디라. 인형은 모로미 도라가 년월을 블너 언근(言根)을 므ᄅᆞᄃᆡ 만일 발명(發明)ᄒᆞ여 말ᄒᆞ미 업ᄉᆞ롸 ᄒᆞ거든 쇼녀의 유모(乳母)ᄅᆞᆯ 일쳐(一處)의 잡혀 ᄃᆡ면질졍(對面質正)케 ᄒᆞ라."

드ᄃᆡ여 ᄆᆡᆼ파ᄅᆞᆯ 블너 댱공의 알ᄑᆡ셔 년월의 ᄒᆞ던 말을 옴기라 ᄒᆞ며 근일(近日)의 년월이 각별(各別) ᄌᆞ로 단니던 바와 ᄆᆡᆼ파ᄅᆞᆯ ᄃᆡᄒᆞ여 댱ᄉᆡᆼ과 졍쇼져의 블미디ᄉᆞᄅᆞᆯ 젼ᄒᆞ던 날과 시(時)ᄅᆞᆯ 다 긔록ᄒᆞ여 올니라 ᄒᆞ여 댱공을 주니 공이 바다 ᄉᆞᄆᆡ의 너코 왈

---

13 신셜(伸雪): 신설. 원한을 풀고 창피한 일을 씻어버림.

14 그으디: 그으다. 끌어내다.

15 녕윤(令胤): 영윤. 남의 아들을 높여서 부르는 말.

"녀월이 만일 언근을 추추 다히거나 졔 밍낭디셜을 쥬츌흔다 ᄒᆞ면 밍파룰 ᄃᆡ딜(對質)홀 일이 업거니와 만일 발명(發明)[16] ᄒᆞ미 이시면 밍파룰 잡으라 보ᄂᆡ리니 즉시 보ᄂᆡ쇼셔."
녀공이 흔연(欣然)이 응낙ᄒᆞ여 거리ᄭᅵ미 업슨 ᄃᆞᆺᄒᆞ며 다시 우어 왈
"인형이 도라가 졍은빅을 다시 보리니 나의 간셥홀 비 아니로ᄃᆡ 셔랑(婿郞)을 위ᄒᆞ여 이런 ᄯᅳᆺ이런 줄 니ᄅᆞ고 비록 쇼져룰 신셜(伸雪)ᄒᆞ나 문승이 임의 화도(畫圖)룰 어더 ᄉᆞ상(思想)ᄒᆞ여 셩딜(成疾)ᄒᆞᄆᆡ 밋쳐 신족 타문(他門)을 맛츰ᄂᆡ 의논치 못홀디라. 고집(固執)디 말고 됴히 친ᄉᆞ(親事)룰 니ᄅᆞ미 맛당ᄒᆞ믈 니ᄅᆞ쇼셔."
댱공이 고개룰 흔들며 손을 져어 왈
"친ᄉᆞ의 이ᄌᆞ(二字)ᄂᆞᆫ 다시 일ᄏᆞᆺ디 마ᄅᆞ쇼셔. 가히 의논을 ᄒᆞ여 말홀 사룸이 ᄯᅩ로 잇ᄂᆞ니 은빅의 괴망(怪妄)ᄒᆞ고 조급(早急)ᄒᆞ믄 그 죡딜(族姪) 닌광의 더으더이다."
녀공이 쇼왈(笑曰)
"졍태우ᄂᆞᆫ 형의 동상(東床)이어늘 엇디 그 츌인긔이(出人奇異)ᄒᆞ믈 하ᄌᆞ(瑕疵)ᄒᆞᄂᆞ뇨?"
댱공이 한ᄒᆞ여 왈
"동상 아냐 ᄋᆞ돌이라 그 초딕강한(峭直强悍)ᄒᆞ미 인졍(人情)의 멀고 모딜기의 갓가오믈 보면 ᄉᆞ랑ᄒᆞ온 ᄯᅳᆺ이 업ᄂᆞ니 졍공이 이졔ᄂᆞᆫ 스ᄉᆞ로 혼인을 쳥ᄒᆞ여 날노 더브러 인친(姻親)이 되고ᄌᆞ ᄒᆞ미 잇셔도 내

17면

16 발명(發明): 죄나 잘못이 없음을 밝힘.

ᄆᆞ옴은 그 강학쥰고(強虐峻高)ᄒᆞ미 싀틋ᄒᆞ니[17] ᄉᆞ회 그러ᄒᆞᆷ도 병이 되
18면 엿거ᄂᆞᆯ 며ᄂᆞ리 그 부형을 달마 초강괴독(峭強怪毒)ᄒᆞᆯ딘ᄃᆡ 그 괴로오
믈 어이 견ᄃᆡ여 보리잇가?"

녀공이 웃고 다시 말이 업ᄉᆞ나 일이 되여가믈 보아 댱셰린이 ᄌᆞ긔 녀ᄋᆞ(女兒)ᄅᆞᆯ 영츌폐거(永黜廢居)ᄒᆞ며 졍가의 동상(東床)이 될진ᄃᆡ 그 읏이 도모(圖謀)ᄒᆞ여 셜분(雪憤)코ᄌᆞ ᄒᆞ더라. 댱공이 춍춍(悤悤)이 본아(本衙)의 도라가 년월을 좁아ᄂᆡ라 호령(號令)이 ᄉᆡᆼ풍(生風)ᄒᆞ니 원간 노양낭 년월은 ᄒᆞᆫ낫 튱근딜슌(忠勤質淳)ᄒᆞᆫ 비ᄌᆡ(婢子)라. 그 쇼임(所任)이 상슈(常羞)[18]와 등갈[19]을 ᄀᆞᆺ고와 ᄌᆡ젹(載積)ᄒᆞ며 양ᄌᆞᆷ(養蠶)ᄒᆞ여 져머셔브터 늙기의 니ᄅᆞ히 게어ᄅᆞ디 아니ᄒᆞ고 간교(奸巧)치 아니ᄒᆞ여 오딕 ᄆᆞ옴을 갈ᄒᆞ며 힘을 다ᄒᆞ여 일ᄌᆞᆨ 한만(閑漫)ᄒᆞ고 오유(傲遊)ᄒᆞ여 사ᄅᆞᆷ으로 더브러 술을 마시며 졍을 토ᄒᆞ여 말ᄒᆞ미 업더니 금일 대쥬군(大主君)의 엄노(嚴怒)ᄅᆞᆯ 만나 창두(蒼頭)의 닛글니여 졍하(庭下)의 굴복(屈伏)ᄒᆞᄆᆡ 공이 녀셩노즐(厲聲怒叱) 왈

"ᄉᆞ오나온 비ᄌᆡ(婢子) 몹쓸 말을 디어 삼공ᄌᆞ와 졍쇼져ᄅᆞᆯ 누얼의 ᄆᆞᆺ
디ᄅᆞ믄 므ᄉᆞᆷ 쥬의(主意)뇨? 내 임의 ᄆᆡᆼ파의 말을 다 드럿ᄂᆞ니 네 감히
19면 은휘(隱諱)치 못ᄒᆞᆯ디라. 원간 화도디ᄉᆞ(畫圖之事)와 삼공ᄌᆡ 졍쇼져로
졍을 셔로 통ᄒᆞ다 ᄒᆞ미 너의 쥬츌ᄒᆞ미냐? 뉘 니ᄅᆞ믈 듯고 ᄆᆡᆼ파의게
젼ᄒᆞ미냐? 형벌을 밧디 아냐셔 알외믈 명ᄇᆡᆨ히 ᄒᆞ라."

---

17 싀틋ᄒᆞ니: 시틋하다. 마음이 내키지 않고 언짢다.

18 상슈(常羞): 상수. 늘 먹는 음식.

19 등갈: 등걸. 등걸은 나무의 줄기를 베어 내고 남은 밑동을 말함. 여기서는 땔감으로 쓸 풀이나 곡식, 나무의 밑동을 말하는 것으로 보임.

년월이 쳔쳔만만(千千萬萬) 블의디스(不意之事)롤 블각두셔(不覺頭緖)ᄒᆞ니 ᄀᆡ 므솜 일이며 이 므솜 말이믈 아디 못ᄒᆞ여 오딕 ᄃᆡ쥬왈(對奏曰)

"밍파ᄂᆞᆫ 녀쇼져 유랑(乳娘)이로ᄃᆡ 쇼제 도라가신 후 다시 얼골을 셔로 ᄃᆡᄒᆞ미 업솔 쁜 아니오라 이곳의 계실 젹도 소임(所任)이 다ᄅᆞ고 셔로 무리디어 말ᄒᆞ미 업ᄉᆞ오니 이졔 밍파롤 ᄃᆡ질(對質)ᄒᆞ오면 쳔비(賤婢)의 무죄ᄒᆞ믈 솔피시리이다."

공이 더옥 노ᄒᆞ여 좌우로 형구(刑具)롤 베플나 ᄒᆞ며 밍파의 ᄀᆡ록ᄒᆞ여 올닌 바롤 니러혀 들닌ᄃᆡ 년월이 일족 녀부 문정(門庭)을 알오미 업고 밍파와 셔로 말ᄒᆞ미 업ᄉᆞ며 일시(日時)롤 본족 다 부인긔 복시(伏侍)ᄒᆞ여 앏히 ᄶᅥ나미 업던 날이라. 원억(冤抑)ᄒᆞ믈 고달(告達)ᄒᆞ여 그 ᄀᆡ록ᄒᆞᆫ 바 일시롤 가져 뎡당 부인긔 뵈시고 ᄆᆞᄅᆞ시믈 ᄋᆡ걸(哀乞)ᄒᆞ며 밍 20면
파와 ᄃᆡ딜ᄒᆞ믈 원ᄒᆞ여 화도디ᄉᆞ와 삼공ᄌᆡ 졍쇼져와 졍을 통ᄒᆞ고 아니믈 망연(茫然)이 모로므로ᄲᅧ ᄃᆡᄒᆞ니 이랑과 삼낭이 다 야야(爺爺)롤 뫼셧더니 년월의 원억히 당형(當刑)ᄒᆞ믈 측연(惻然)ᄒᆞ여 고왈(告曰)

"년월은 본ᄃᆡ 요악(妖惡)ᄒᆞᆫ 인믈(人物)이 아니오 말 만흔 비ᄌᆡ(婢子) 아니라. 졔 녀가 문졍(門庭)을 아디 못ᄒᆞ노라 ᄒᆞ며 밍파롤 만나다 ᄒᆞᆫ 일ᄌᆡ(日字) 다 ᄌᆞ젼(慈前)의 복시(伏侍)ᄒᆞ여 ᄶᅥ나미 업다 ᄒᆞ오니 ᄌᆞ졍(慈庭)긔 그날 년월의 거취(去就)롤 뭇ᄌᆞ와 졔 말이 올흘딘ᄃᆡ 녀가의 왕ᄂᆡ(往來)ᄒᆞ여 밍낭(孟浪)ᄒᆞᆫ 요언(妖言)을 쥬츌ᄒᆞᆫ ᄌᆞᄂᆞᆫ 실노 니믜망냥(魑魅魍魎)이라. 별이(別異)ᄒᆞ온 간인(奸人)이 참누(慙累)로ᄲᅧ 쇼ᄌᆞ의게 도라보ᄂᆡ미라. 셕년(昔年) 져져(姐姐)의 화익(禍厄)을 당ᄒᆞᆫ 바와 ᄇᆡᆨ슈(伯嫂)의 고상을 겻그시미 다 사ᄅᆞᆷ의 얼골을 밧고ᄂᆞᆫ 요약

(妖藥)이 잇고 ᄆᆞ음을 변ᄒᆞᄂᆞᆫ ᄌᆡ료(材料) 잇셔 가란(家亂)이 층츌(層出)ᄒᆞ오며 슈ᄆᆡ(嫂妹)의【ᄇᆡᆨ슈와 져ᄆᆡ(姐妹)를 니ᄅᆞ미라】 화익이 망

21면 극ᄒᆞᄆᆡ 미쳣ᄉᆞᆸ던디라. 년월이 결단(決斷)ᄒᆞ여 쥬인(主人)을 함ᄒᆡ(陷害)ᄒᆞᄂᆞᆫ 역비(逆婢) 아니오 ᄆᆡᆼ파로 닐너도 무근ᄆᆡᆼ낭(無根孟浪)ᄒᆞᆫ 바를 년월의게 밀위여 즉ᄀᆡᆨ(卽刻)의 발각(發覺)ᄒᆞ게 아니ᄒᆞ오리니 기간(其間)의 요악(妖惡)ᄒᆞ고 흉교(凶狡)ᄒᆞᆫ 간인(奸人)이 사ᄅᆞᆷ으로 ᄒᆞ야곰 측냥치 못ᄒᆞᆯ 바의 ᄒᆡᆼ슐(行術)ᄒᆞ미 잇ᄂᆞᆫ가 ᄒᆞᄂᆞ이다."

공이 잠간 노긔(怒氣)를 낫초며 ᄋᆞᄌᆞ(兒子)를 명ᄒᆞ여 뎡당(正堂)의 드러가 년월의 거취(去就)를 아라오라 ᄒᆞᄆᆡ 과연 년월의 말이 그ᄅᆞ디 아닌디라. 이ᄃᆡ로 회고(回告)ᄒᆞ니 공이 이ᄌᆞ(二子)를 도라보아 왈

"장ᄎᆞᆺ 엇디 쳐치ᄒᆞᆯ고?"

냥ᄌᆡ(兩子) ᄒᆞᆷ긔 고왈(告曰)

"비록 미말(微末) 쳔비(賤婢)오나 디극히 원통ᄒᆞᆫ 바의 죄를 더으디 못ᄒᆞ오리니 오딕 치지(置之)ᄒᆞ올 ᄯᆞᄅᆞᆷ이라. 녀가의 ᄆᆡᆼ파를 잡아 ᄃᆡ딜ᄒᆞ오미 ᄯᅩᄒᆞᆫ 무익(無益)ᄒᆞ올 ᄃᆞᆺᄒᆞ오니 뭇디 마ᄅᆞ시고 더져두시면 일을 비져닌 지 필연 간뫼(奸謀) ᄌᆞ연 현착(現著)ᄒᆞ오리니 그ᄣᅵ를 당ᄒᆞ와 졍가 규슈의 신ᄇᆡᆨ(申白)이 쾌ᄒᆞ오며 블쵸(不肖) 비록 탕일(蕩逸)ᄒᆞ오나 심규향각(深閨香閣)을 범ᄒᆞᆫ 일이 잇디 아니믈 사ᄅᆞᆷ이 알니이다."

22면 공이 연기언(然其言)ᄒᆞ여 년월을 샤(赦)ᄒᆞ고 ᄆᆡᆼ파를 잡혀 뭇디 아니ᄒᆞ나 졍쇼져의 녈일조ᄒᆡᆼ(烈日操行)이 옥이 됴흐며 어ᄅᆞᆷ이 ᄆᆞᆰ으믈 비로소 ᄭᆡᄃᆞ라 ᄌᆞ긔 공연이 져를 함디징참(陷地坑塹)ᄒᆞ여 졍공 부ᄌᆞ의 노(怒)를 닐위혀ᄆᆡ 화근(禍根)이 되믈 면치 못ᄒᆞᆯ가 축황젼구(蹴惶戰懼)ᄒᆞ여 뉘웃ᄂᆞᆫ 바의 그ᄅᆞᆺᄒᆞ믈 샤죄(謝罪)코ᄌᆞ ᄒᆞ나 부인과 이ᄌᆡ

심히 막ᄌᆞᆯ나 가지 못ᄒᆞ게 ᄒᆞ니 ᄌᆞ긔 몸이나 임의(任意)치 못ᄒᆞ여 감히 ᄉᆡᆼ의(生意)치 못ᄒᆞ며 ᄯᅩᄒᆞᆫ 두려ᄒᆞᄂᆞᆫ 빗과 됴심(操心)ᄒᆞᄂᆞᆫ 바ᄅᆞᆯ 낫타ᄂᆡ디 아니ᄒᆞ여 그윽이 틈을 타 이ᄌᆡ 다 ᄉᆞᄎᆞ(私次)[20]로 퇴(退)ᄒᆞ기ᄅᆞᆯ 기다리나 이날은 이ᄌᆡ 좌우의 뫼셔 믈너나디 아니커ᄂᆞᆯ 심ᄂᆡ(心內)의 민울(悶鬱)ᄒᆞᆯ 즈음의 빈ᄀᆡᆨ(賓客)이 니ᄅᆞ니 이곳 고관듕작(高官重爵)의 왕후ᄌᆡ렬(王侯宰列)이라. 년쇼셔ᄉᆡᆼ(年少書生)이 됴졍(朝廷) ᄌᆡ상(宰相)을 번거히 ᄃᆡ코져 아니ᄒᆞ여 비로소 믈너가니 공이 빈ᄀᆡᆨ(賓客)을 졉ᄃᆡ(接對)ᄒᆞ여 흔연담화(欣然談話)ᄒᆞᄂᆞᆫ 쳬ᄒᆞ나 ᄆᆞ음은 다 졍부의 갓ᄂᆞᆫ디라. 계오 빈ᄀᆡᆨ을 관ᄃᆡ(款待)ᄒᆞ여 도라보ᄂᆡ고 기여(其餘)ᄂᆞᆫ ᄌᆞ긔 집의 잇디 아니므로ᄡᅧ 니ᄅᆞ라 ᄒᆞ고 ᄲᆞᆯ니 협문(夾門)으로조ᄎᆞ 23면
졍부의 니ᄅᆞ니 쳐ᄉᆞ 운계션ᄉᆡᆼ이 이공으로 더브러 문윤각의 좌ᄅᆞᆯ 졍ᄒᆞ고 ᄌᆞ딜(子姪)과 문인(門人)을 알ᄑᆡ 두어 학도(學徒)ᄅᆞᆯ 강논(講論)ᄒᆞᆯᄉᆡ 져마다 현유(賢儒)와 명ᄉᆞ(名士)의 딘취(進取)ᄒᆞ여 혹 안연(顏淵)[21]·ᄌᆞ긔(子奇)[22] ᄀᆞᆺᄐᆞ니도 이시며 혹 민ᄌᆞ(閔子)[23]·듕궁(仲弓)[24]의 도덕도 잇고 혹 ᄌᆞ유(子由)[25]·ᄌᆞ하(子夏)[26]의 문학도 이시며 혹 ᄌᆞ아(子牙)[27]·

20 ᄉᆞᄎᆞ(私次): 사차. 사사롭게 머무는 공간. 자신의 방.
21 안연(顏淵): 이름은 회(回)로, 공자가 아끼던 제자였으나 요절함.
22 ᄌᆞ긔(子奇): 자기. 춘추시대 제나라의 현인.
23 민ᄌᆞ(閔子): 민자. 공자의 제자인 민자건.
24 듕궁(仲弓): 중궁. 공자의 제자인 염옹. 중궁은 그의 자(字).
25 ᄌᆞ유(子由): 자유. 공자의 제자.
26 ᄌᆞ하(子夏): 자하. 공자의 제자.
27 ᄌᆞ아(子牙): 자아. 주나라의 강태공. 본성은 강(姜)이고 이름은 상(尙)인데 여씨 성을 받아 여상(呂尙)이 되었음. 자아는 그의 자. 주나라 무왕을 도와 은나라를 멸망시킴.

ᄌᆞ공(子貢)[28]의 셜변(說辯)도 잇고 비간(比干)[29]의 간장과 농방(龍逄)[30]의 ᄆᆞᄋᆞᆷ이 아니면 급암(汲黯)[31]의 당당ᄒᆞᆷ과 위징(魏徵)[32]의 딕ᄇᆡᆨ(直白)ᄒᆞᄆᆞᆯ 가져 ᄒᆞᆫ갈ᄀᆞᆺ치 ᄲᆡ혀나며 개ᄀᆡ(箇箇)히 비상ᄒᆞᄃᆡ 혹 단쳐(短處)ᄅᆞᆯ 면치 못ᄒᆞ여 셩딜이 태강격고(太强激高)ᄒᆞᆫ ᄌᆞ도 잇고 뇌락활낭(磊落闊浪)ᄒᆞᆫ ᄌᆞ도 잇셔 혹 두계량(杜季良)의 호협호의(豪俠豪義)ᄒᆞᄆᆞᆯ 효측(效則)ᄒᆞ며 혹 농ᄇᆡᆨ고(龍伯高)[33]의 돈후쥬신(敦厚主信)ᄒᆞᄆᆞᆯ 법측(法則)ᄒᆞᄂᆞ 니도 잇ᄉᆞ니 쳐ᄉᆡ 일일이 교어(敎語)ᄅᆞᆯ 두어 호일발양(豪逸發揚)ᄒᆞᆫ 바로ᄡᅧ 침듕과ᄆᆞᆨ(沈重寡默)ᄒᆞᄆᆞᆯ 경계ᄒᆞ고 인화유약(仁和柔弱)ᄒᆞᆫ 바로ᄡᅧ 강엄녈딕(强嚴烈直)ᄒᆞᄆᆞᆯ 경계ᄒᆞ며 태강과격(太强過激)
24면 ᄒᆞᆫ 바로ᄡᅧ 온냥돈후(溫良敦厚)ᄒᆞᄆᆞᆯ 경계ᄒᆞ여 학도ᄅᆞᆯ 권댱(勸奬)ᄒᆞᄂᆞᆫ 결을의 각각 셩픔(性品)의 질통(疾痛)이 잇ᄂᆞᆫ ᄌᆞᄅᆞᆯ 기리 권면ᄒᆞ여 요슌(堯舜)의 딘션(盡善)ᄒᆞᆷ과 부ᄌᆞ(夫子)의 온냥(溫良)ᄒᆞ므로ᄡᅧ 개도(開導)ᄒᆞ니 제ᄉᆞ(諸士)의 경복(敬服)ᄒᆞᄂᆞᆫ 앙셩(仰聲)이 조곰도 ᄌᆞ딜(子姪)의 다ᄅᆞ미 업ᄂᆞᆫ디라. 너ᄅᆞᆫ 당듕(堂中)의 가득이 버러시ᄃᆡ ᄒᆞᆫ갈ᄀᆞᆺ치 고여관디졔급(高余冠之○芨)ᄒᆞ며 댱여페디눅니(長如佩之陸離)

---

28 ᄌᆞ공(子貢): 자공. 공자의 제자.

29 비간(比干): 은나라 주왕(紂王)의 숙부. 간언을 하다가 죽임을 당함.

30 농방(龍逄): 용방. 하나라 걸왕의 신하. 간언을 하다가 죽임을 당함.

31 급암(汲黯): 한무제의 간관(諫官). 자신의 주장이 무제에게 받아들여지지 않자 회양 태수를 마지막으로 관직에서 물러남.

32 위징(魏徵): 당 태종의 명신. 직간으로 태종을 보필함.

33 농ᄇᆡᆨ고(龍伯高): 용백고. 후한의 선비 용술(龍述). 백고는 그의 자(字). 후덕한 인물로 알려져 있음.

ᄒᆞ여[34] 싁싁ᄒᆞ미 목난(木欄)의 이ᄉᆞᆯ이오 표표(表表)ᄒᆞ미 츄국(秋菊)의 셔리 ᄀᆞᆺᄐᆞ니 져마다 녜(禮)ᄅᆞᆯ 좁으며 도(道)ᄅᆞᆯ 구ᄒᆞ여 쳐ᄉᆞᄅᆞᆯ 복복앙ᄉᆞ(伏伏仰事)ᄒᆞ미 븍신(北辰)이 거기소(居其所)의 듕(衆)이 공지ᄃᆡ(拱之待)ᄒᆞᆷ[35] ᄀᆞᆺᄐᆞ여 부ᄌᆡ(夫子) 법셕(法席)의 한가ᄒᆞ시ᄆᆡ 삼쳔뎨ᄌᆡ(三千弟子) 습복(慴伏)[36]ᄒᆞᆷ ᄀᆞᆺᄐᆞᆫ디라. 이공이 ᄯᅩᄒᆞᆫ 문답을 창논(唱論)ᄒᆞ여 화긔(和氣) 이연(怡然)ᄒᆞᄆᆡ 미쳣더니 동ᄌᆡ 홀연 댱공의 ᄂᆡ림(來臨)ᄒᆞ믈 고ᄒᆞᄂᆞᆫ디라. 쳐ᄉᆡ 니러나 댱공의 승당(昇堂)ᄒᆞ믈 기다릴ᄉᆡ 잠간 눈을 드러 졔쇼년(諸少年)을 보니 학ᄉᆞ 등이 고ᄉᆡᆨ(苦色)【괴로운 빗치라】이 업ᄉᆞ미 아니로ᄃᆡ 오히려 부형의 고위(故友)믈 공경ᄒᆞ여 나려 마ᄌᆞ미 여상(如常)ᄒᆞᄃᆡ 태위 홀노 난함(欄檻)을 당ᄒᆞ여 나릴 ᄃᆞᆺ 25면
말 ᄃᆞᆺᄒᆞ여 고ᄉᆡᆨ(苦色)이 츌어면모(出於面貌)ᄒᆞ니 쳐ᄉᆡ 미호(未好)ᄒᆞ여 봉졍(鳳精)이 미미(微微)ᄒᆞᆫ디라 태위 엄의블예(嚴意不豫)ᄒᆞ시믈 쳠망(瞻望)ᄒᆞᄆᆡ 감히 통한(痛恨)ᄒᆞ믈 ᄉᆞᄉᆡᆨ(辭色)디 못ᄒᆞ고 브득이 영디(迎之)ᄒᆞᄃᆡ 그 얼골을 보미 업ᄉᆞ니 가위시이블견(可謂視而不見)이러라. 댱공이 듕계(中階)의 다ᄃᆞ라 믄득 면관히ᄃᆡ(免冠解帶)ᄒᆞ고 슬힝포복(膝行匍匐)ᄒᆞ니 허다문인(許多門人)과 쇼년졔ᄉᆡᆼ(少年諸生)이 긔괴(奇怪)ᄒᆞ믈 니긔디 못ᄒᆞ거ᄂᆞᆯ 쳐ᄉᆡ 블승경아(不勝驚訝)ᄒᆞ여 문왈

---

34 고여관디졔급(高余冠之○岌)ᄒᆞ며 댱여페디눅니(長如佩之陸離)ᄒᆞ여: 굴원의 〈이소(離騷)〉에 "높은 내 관을 더욱 높이 쓰고 늘어뜨린 내 패옥을 더욱 길게 늘어뜨리네(高余冠之岌岌兮 長余佩之陸離)."라는 구절이 나옴. 고결한 태도를 비유한 말.

35 븍신(北辰)이 거기소(居其所)의 듕(衆)이 공지ᄃᆡ(拱之待)ᄒᆞᆷ: 《논어》〈위정〉의 "북극성이 제 자리에 있으면 뭇별들이 그에게로 향한다(北辰居其所 而衆星拱之)."라는 말로 덕이 있으면 사람들이 저절로 따른다는 뜻. 규장각본에는 즁(衆)이 '듕셩(衆星)'으로 되어 있음.

36 습복(慴伏): 두려워 엎드림. 두려워 어려워한다는 뜻.

(問曰)

"댱형이 이 므ᄉᆞᆷ 거죄뇨? 쳥컨ᄃᆡ ᄒᆡ거(駭擧)ᄅᆞᆯ 긋쳐 승당파셜(昇堂破說)ᄒᆞ라."

댱공이 이의 고왈(告曰)

"ᄌᆞ고(自古)로 븡우(朋友)의 ᄎᆡᆨ션(責善)이 잇ᄂᆞ니 쇼뎨 이졔 허믈이 듕ᄒᆞ며 죄 무거오나 치ᄎᆡᆨ(致責)ᄒᆞᆯ 사ᄅᆞᆷ이 업ᄉᆞ니 원컨ᄃᆡ 인형(仁兄)이 경조형으로 더브러 쇼뎨의 죄과(罪過)ᄅᆞᆯ 다ᄉᆞ리라. 엇디 일ᄌᆞᆨ 육단부형(肉袒負荊)[37]ᄒᆞ여 디문샤죄(至門謝罪)ᄅᆞᆯ 아냐시리오마ᄂᆞᆫ 은ᄇᆡᆨ형의 만금교옥(萬金嬌玉)을 위ᄒᆞ여 신ᄇᆡᆨ(申白)이 쾌코ᄌᆞ ᄒᆞᄆᆡ ᄌᆞ연 대ᄉᆞ(大事)ᄅᆞᆯ 경영(經營)ᄒᆞᆷ ᄀᆞᆺᄐᆞ여 한가치 못ᄒᆞᆫ디라. 녀원홍을 보고 언
26면
근(言根)을 므ᄅᆞᆫ 후 다시 부듕의 도라와 무거ᄆᆡᆼ낭디셜(無據孟浪之說)을 쥬츌ᄒᆞᆫ 간비(奸婢)ᄅᆞᆯ 듕치(重治)코져 ᄒᆞᄆᆡ 날이 ᄌᆞ연 느졋ᄂᆞᆫ디라. 은ᄇᆡᆨ형은 함노(含怒)치 말고 쾌히 쇼뎨ᄅᆞᆯ 다ᄉᆞ리라. 쇼뎨 작일(昨日)의 녀공의 말만 듯고 바로 이에 와 녕ᄋᆞ(令兒) 귀쇼져(貴小姐)의 빙옥디ᄒᆡᆼ(氷玉之行)의 누셜을 깃치믄 딘실노 한심ᄒᆞᆫ디라. 쳔 번 뉘웃ᄎᆞ며 만 번 죄ᄅᆞᆯ 삼은들 미ᄎᆞᆯ 길히 잇ᄉᆞ리오? 오딕 ᄌᆞ디기죄(自知其罪)ᄒᆞ여 삼촌셜(三寸舌)의 날닌 거ᄉᆞᆯ 버히고ᄌᆞ ᄒᆞ나 ᄎᆞ마 못 ᄒᆞ고 ᄯᅩᄒᆞᆫ 아모리 ᄒᆞᆯ 줄을 ᄭᆡ닷디 못ᄒᆞᄂᆞ니 운계와 의계ᄂᆞᆫ 너비 ᄀᆞᄅᆞ칠디어다."

경죄 쳥파(聽罷)의 그 이러ᄐᆞᆺ 비아(非雅)ᄒᆞ믈 더옥 통ᄒᆡ(痛駭)ᄒᆞ나 신샹(身上)의 작위슝고(爵位崇高)ᄒᆞ며 슬하의 의명 ᄀᆞᆺᄐᆞᆫ 현ᄌᆞ(賢子)

37 육단부형(肉袒負荊): 벌을 받기 위해 웃옷을 벗어 몸을 드러내고 매로 쓸 가시나무를 진다는 뜻. 사죄나 항복의 뜻으로 씀.

ᄅᆞᆯ 둔 바의 간ᄃᆡ로 멸ᄃᆡ(蔑待)치 못ᄒᆞᆯ ᄲᅳᆫ 아니라 쳐ᄉᆡ 친히 나려 승당ᄒᆞ믈 권ᄒᆞᄂᆞᆫ 바의 공이 홀노 괄시ᄒᆞ미 블가ᄒᆞᆫ디라. 오딕 쳐ᄉᆞ의 뒤흘 조ᄎᆞ 계의 나려 ᄀᆞᆯ오ᄃᆡ

“경염이 댱형의게 므ᄉᆞᆷ 허믈을 어덧관ᄃᆡ 엇디 작금(昨今) 냥일(兩日)의 년ᄒᆞ여 ᄯᅳᆺᄒᆞ디 아닌 말과 괴이ᄒᆞᆫ 거조ᄅᆞᆯ ᄒᆞ여 경염의 심신을 놀납게 ᄒᆞᄂᆞ뇨? 셔로 허믈이 잇ᄉᆞ며 업ᄉᆞᆷ과 올코 그ᄅᆞ믈 스ᄉᆞ로 상면(相面)ᄒᆞ여 죵용이 말ᄒᆞ여도 상미만(尙未晩)이어ᄂᆞᆯ 이 므ᄉᆞᆷ 거죄뇨? 형이 작위슝고(爵位崇高)ᄒᆞ고 년댱블혹(年將不惑)ᄒᆞ니 실톄(失體)ᄒᆞ믈 이ᄀᆞᆺ치 아념 ᄌᆞᆨᄒᆞ며 아등(我等)으로 더브러 쳥ᄆᆡ(靑梅)의 닷톰과 듁마(竹馬)의 유희(遊戲)[38]ᄒᆞ므로ᄡᅧ 몸이 다시 늙기의 니ᄅᆞ니 폐부(肺腑)의 친(親)을 ᄆᆡᄌᆞ 골육의 다ᄅᆞ미 업ᄉᆞᆯᄉᆞ록 언어의 식ᄉᆞ(飾辭)ᄒᆞ믈 두디 아니미 올커ᄂᆞᆯ 형은 엇디 아등(我等)의 ᄯᅳᆺ을 모로ᄂᆞ뇨? ᄌᆞ고로 붕우칙션(朋友責善)이 잇거니와 군부디젼(君父之前)이 아닌 후ᄂᆞᆫ 탈관ᄒᆡᄃᆡ(脫冠解帶)ᄒᆞ여 고두쳥죄(叩頭請罪)ᄅᆞᆯ 간ᄃᆡ로 못 ᄒᆞ리니 형이 엇디 이런 거조로ᄡᅧ 아등의 블안ᄒᆞ미 치신무디(置身無地)케 ᄒᆞᄂᆞ뇨?”

댱공이 쳐ᄉᆞ의 븟드러 올님과 경조의 말이 이 ᄀᆞᆺ기의 미쳐ᄂᆞᆫ 디리히 고집지 못ᄒᆞ여 드ᄃᆡ여 의관을 ᄀᆞᆺ초와 ᄒᆞᆷ긔 승당ᄒᆞᄆᆡ 경조ᄅᆞᆯ 향ᄒᆞ여 공경ᄌᆡᄇᆡ(恭敬再拜) 왈

“녕ᄋᆞ(令兒) 쇼져로ᄡᅧ 일시디간(一時之間)이라도 누얼의 블측(不測)

27면

38 쳥ᄆᆡ(靑梅)의 닷톰과 듁마(竹馬)의 유희(遊戲): 어린 시절에 천진하게 노는 모습. 이백의 시 〈장간행(長干行)〉의 “우리 낭군 어릴 적에 죽마 타고 집에 와서, 청매 꺾어 손에 들고 상을 빙빙 돌았었지(郎騎竹馬來 遶牀弄靑梅).”라는 구절에서 옴.

ᄒᆞ믈 당케 ᄒᆞ믄 댱헌 블인의 패리망측(悖理罔測)ᄒᆞ미라. 형의 쇼뎨ᄅᆞᆯ
28면 통한(痛恨)ᄒᆞᆷ과 녕윤 등의 날을 분원(忿怨)ᄒᆞ미 그 니ᄅᆞ디 아니ᄒᆞᆫ들 헌이 ᄯᅩ 어젯날 연무(煙霧) 듕의 잇던 ᄇᆡ 오날ᄂᆞᆯ 쳥텬(晴天)을 ᄃᆡᄒᆞᆫ ᄃᆞᆺ 황연이 ᄊᆡᄃᆞᄅᆞ미 잇ᄂᆞ니 뉘웃ᄂᆞᆫ 한이 ᄇᆡ복을 너흘고져[39] ᄒᆞ나 가히 밋ᄎᆞ랴? 작일(昨日)의 녀공을 보와 언근을 ᄎᆞᄌᆞᆫ즉 쇼답(所答)이 여ᄎᆞ여ᄎᆞᄒᆞ여 늙은 비ᄌᆞ의게 밀위거ᄂᆞᆯ 그 비ᄌᆞᄅᆞᆯ 츄문(推問)ᄒᆞᆫᄌᆞᆨ 그 언ᄉᆞ거동(言辭擧動)이 여ᄎᆞ여ᄎᆞᄒᆞ여 극통(極痛)ᄒᆞ믈 호원(呼寃)ᄒᆞ니 돈ᄋᆞ(豚兒) 등이 여ᄎᆞ여ᄎᆞ 일ᄏᆞ라 믈시(勿施)ᄒᆞ믈 됴히 넉이므로 년월을 이심(已甚)히 뭇디 아니코 ᄆᆡᆼ파로 ᄃᆡ딜(對質)ᄒᆞᆷ도 업ᄂᆞ니 형은 ᄲᅧ몽ᄆᆡ(蒙昧)타 ᄒᆞ거든 월을 이에 잡혀 엄문(嚴問)ᄒᆞ라. 가ᄋᆡ(家兒) 녕아의 화도ᄅᆞᆯ 여ᄎᆞ여ᄎᆞ 어드믈 비로소 작일(昨日)의야 드럿ᄂᆞ니 엇디 이상치 아니리오? 화도ᄅᆞᆯ 어드나 그 딘짓 사ᄅᆞᆷ이 아묀 줄 아디 못ᄒᆞ여 번민ᄒᆞᆯ 즈음의 녕딜(令姪) 닌듕이 니ᄅᆞ러 경혹(驚惑)ᄒᆞᄂᆞᆫ 거동과 ᄀᆞ마니 ᄒᆞᄂᆞᆫ 말이 슈상ᄒᆞ므로ᄲᅧ 향ᄒᆞ여 ᄆᆞᄅᆞᆯ 곳이 업셔 닌의ᄅᆞᆯ 블너
29면 화도ᄅᆞᆯ 뵈며 계교로ᄲᅧ ᄆᆞᄅᆞ니 닌의 눈츼ᄅᆞᆯ 모로고 딘졍(眞情)을 ᄃᆡᄒᆞᄆᆡ 비로소 의계의 일괴(一嬌)믈 아나 맛ᄎᆞᆷᄂᆡ 실형(實形)은 몽니(夢裏)의도 귀경치 못ᄒᆞᆯ 바ᄅᆞᆯ 닐너 과연 식ᄉᆞ(飾詐)ᄒᆞ미 업ᄉᆞ니 돈ᄋᆞ의 이 ᄒᆞᆫ 말이 스ᄉᆞ로 져의 허믈 되믈 ᄀᆞᆷ초디 못ᄒᆞᆯ디언졍 녕ᄋᆞ 쇼져의 누셜은 족히 신ᄇᆡᆨᄒᆞ미 될디라. 엇디 도로혀 깃브디 아니리오?”

경죄 ᄯᅩᄒᆞᆫ 결ᄒᆞ며 댱공을 븟드러 과례(過禮)와 괴이ᄒᆞᆫ 거조ᄅᆞᆯ 다시 니

39 너흘고져: 너흘다. 씹다, 물어뜯다.

ᄅᆞ디 말나 ᄒᆞ고 그 말을 고요히 드러오ᄆᆡ 비록 고집이 과격ᄒᆞ나 본ᄃᆡ
명찰관대(明察寬大)ᄒᆞᆫ디라. 임의 의심이 뎡ᄒᆞᆫ 바의 엇디 ᄭᆡ닷디 못ᄒᆞ
리오? ᄎᆞᄉᆞ(此事)의 어ᄌᆞ러오믈[40] 뎡가의 타시 아니오 일가디인(一家之
人)의 나지 아니ᄒᆞ니 이 곳 옥션초와 금션패ᄅᆞᆯ 가져 한군쥬 난소의게
참누(慙累)ᄅᆞᆯ 더으고 기ᄇᆡᆨ의 쳥텬ᄇᆡᆨ일지ᄒᆡᆼ(青天白日之行)을 ᄀᆞ리와
ᄒᆡᄒᆞ던 슈단이믈 디긔(知機)ᄒᆞ여 뎡가ᄅᆞᆯ 한ᄒᆞᆯ 거시 업ᄉᆞ나 블ᄒᆡᆼ분완
(不幸憤惋)ᄒᆞ미 엇디 비ᄒᆞᆯ 곳이 이시리오? 빈미블쾌(顰眉不快)ᄒᆞ여 왈
“경염이 용녈무상(庸劣無狀)ᄒᆞ여 작일(昨日)의 쇼녀ᄅᆞᆯ 즉시 죽여 업 30면
시치 못ᄒᆞᆫ 타ᄉᆞ로 형이 ᄯᅩ 오날의 블미디ᄉᆞ(不美之事)ᄅᆞᆯ 다시 닐너
말ᄉᆞᆷ이 이에 밋ᄎᆞ니 원간 일시(一時) 듯기도 블ᄒᆡᆼᄒᆞᆫ디라. 쳥컨ᄃᆡ 그
만 긋치고 다ᄅᆞᆫ 말 ᄒᆞ샤이다. 쇼뎨 비록 녀ᄋᆞᄅᆞᆯ 죽이디 아냐시나 아
이의 삼기디[41] 아니ᄒᆞ여시므로 아라 ᄆᆞ옴의 거리ᄭᅵ미 업ᄉᆞᆫ 바의 누셜
이 아모 곳의 니ᄅᆞ나 놀날 ᄇᆡ 므어시며 비록 신ᄇᆡᆨᄒᆞ나 깃븐 ᄇᆡ 므어시
리오? 녀가 비ᄌᆞ(婢子)와 귀부(貴府) 시녀(侍女)ᄅᆞᆯ 니ᄅᆞ디 말고 내 집
비복(婢僕)이 허무블측(虛無不測)ᄒᆞ믈 디어ᄂᆡ미 잇셔도 쇼녀의 젼졍
(前程)이 의논ᄒᆞᆯ 거시 업ᄉᆞ므로 힘ᄡᅥ 사ᄅᆞᆷ을 다ᄉᆞ려 결원(結怨)ᄒᆞᆯ ᄯᅳᆺ
이 업ᄂᆞ니 공이 믈시(勿施)ᄒᆞ믈 잘 ᄒᆞ엿ᄂᆞᆫ디라. 일노조ᄎᆞ 쇼뎨 딘졍으
로 듯고ᄌᆞ 아닛ᄂᆞᆫ 바ᄅᆞᆯ 누누히 일ᄏᆞᆺ디 말미 ᄒᆡᆼ심(幸甚)일가 ᄒᆞ노라.”
셜파의 긔위(氣宇) 엄슉ᄒᆞ여 당뎨(唐帝)의 텬일디표(天日之表)[42]와 됴

40 어ᄌᆞ러오믈: 어지러움을. 문맥상 ‘어지러움은’의 뜻으로 보임.

41 삼기디: 삼기다. 생기다, 태어나다.

42 당뎨(唐帝)의 텬일디표(天日之表): 당제의 천일지표. 당 태종의 천자가 될 기풍. 천일지표는 사해(四海)에 군림할 상, 즉 황제가 될 상이라는 뜻.

둔(趙盾)의 하일디위(夏日之威)[43] ᄀᆞᆺᄐᆞ니 다시 말 븟치기 어려온디라. 댱공이 츅연(蹴然)이[44] 듯고져 아닛ᄂᆞᆫ 바의 다시 일ᄏᆞ라 칭죄(稱罪)치
31면 못ᄒᆞ고 ᄒᆞᆫ갓 블안ᄒᆞ미 더을 ᄊᆞᆫ이라. 이에 기리 샤죄ᄒᆞ며 다시 쳐ᄉᆞᄅᆞᆯ 향ᄒᆞ여 졀ᄒᆞ고 말을 펴고ᄌᆞ ᄒᆞ니 쳐ᄉᆡ 밧비 븟드러 답샤왈(答謝曰)

"형이 금일 엇디 이ᄃᆡ도록 괴이ᄒᆞᆫ 거조ᄅᆞᆯ 만히 ᄒᆞ여 뎨등(弟等)으로 뼈 치신무디(置身無地)케 ᄒᆞᄂᆞ뇨?"

댱공이 홀연 안식이 쳑연(戚然)ᄒᆞ며 딘졍이 간도(懇到)[45]ᄒᆞ여 희허탄식(唏噓歎息) 왈

"쇼뎨 텬셩(天性)이 우암(愚暗)ᄒᆞ여 의리의 관달(貫達)치 못ᄒᆞ니 평ᄉᆡᆼ의 향인(向人)ᄒᆞ여 허믈을 ᄡᆞ핫거ᄂᆞᆯ 더옥 인형(仁兄)의 미쳐ᄂᆞᆫ 경이 골육 ᄀᆞᆺ고 친ᄒᆞ미 인아(姻婭)의 이시나 쇼뎨 범ᄇᆡᆨ(凡百)의 죄ᄅᆞᆯ 디으미 듕여구산(重如丘山)이나 형이 텬디(天地)의 홍대(弘大)ᄒᆞᆷ과 셩현의 인덕(仁德)으로 깁히 ᄎᆡᆨ(責)디 아니ᄒᆞ며 과히 허믈치 아닐 ᄊᆞᆫ 아니라 다쇼 누ᄎᆡᆨ(累責)을 활연(豁然)이 셕(釋)ᄒᆞ고 블인박덕(不仁薄德)을 셕연(釋然)이 활(活)ᄒᆞ여 보기ᄅᆞᆯ 동긔(同氣)ᄀᆞᆺ치 ᄒᆞ며 튱슈(充數)ᄒᆞ여 인아(姻婭)의 의ᄅᆞᆯ ᄆᆡᆺ고 치관(置款)ᄒᆞ여 고우(故友)의 졍을 변치 아니ᄒᆞ니 쇼뎨 심상의 감골(感骨)ᄒᆞ여 일즉 은혜ᄅᆞᆯ 외오디 아닐

---

43 됴둔(趙盾)의 하일디위(夏日之威): 조둔의 여름 해와 같은 위엄. 조둔은 조선자(趙宣子). 춘추시대 진(晉)나라 사람으로 부친 조최(趙衰)와 더불어 이름난 재상. 풍서(酆舒)라는 인물이 가계(賈季)에게 조최와 조둔 중 누가 더 어진가를 묻자 조최는 겨울의 해(冬日之日)이고 조둔은 여름날의 해(夏日之日)라고 답한 데서 나온 말.

44 츅연(蹴然)이: 축연이. 삼가거나 조심하는 모양.

45 간도(懇到): 정성을 다함.

젹이 업ᄉᆞᄃᆡ 졔가(齊家)의 블엄(不嚴)ᄒᆞ믈 인ᄒᆞ여 졔합(諸閤)의 망녕(妄靈)되미 말ᄉᆞᆷ을 삼가디 못ᄒᆞᄆᆡ 미쳐ᄂᆞᆫ ᄌᆡ보의 노(怒)ᄅᆞᆯ 니ᄅᆞ혀며 32면
쇼녀의 죄과(罪科)ᄅᆞᆯ 일워 허다 블평ᄒᆞ믄 다시 니ᄅᆞ디 말고 숑하과츄(送夏過秋)【여ᄅᆞᆷ을 보ᄂᆡ고 가을이 디나단 말이라】ᄒᆞ여 듕동(仲冬)의 밋ᄎᆞᄃᆡ 상ᄃᆡ(相對)ᄒᆞ믈 엇디 못ᄒᆞ여 심두(心頭)의 념념ᄒᆞ고 탄상(嘆傷)ᄒᆞ여 울울ᄒᆞᆯ 쁜이러니 금일 다ᄒᆡᆼ이 셔로 보믈 어드니 이 곳 형의 주미라. 쇼뎨 비록 심장이나 반가온 졍과 감격ᄒᆞ온 ᄠᅳᆺ을 니길 것가? 일노조ᄎᆞ 구ᄉᆡᆼ(舅甥)의 ᄉᆞᆺ쳐딘 의ᄅᆞᆯ 다시 니으며 블평ᄒᆞᆫ ᄠᅳᆺ을 다 ᄉᆞᆯ와바려 비록 디디긔[46]로 상합(相合)디 못ᄒᆞ나 면목(面目)을 블상견(不相見)ᄒᆞᄂᆞᆫ 괴려(怪戾)ᄒᆞ미 다시 업고ᄌᆞ ᄒᆞᄆᆡ 몬져 쇼뎨의 죄ᄅᆞᆯ 일ᄏᆞ라 기리 샤ᄒᆞ믈 쳥ᄒᆞᄂᆞ니 형은 뎨의 과단(過端)을 긔록ᄒᆞ미 업거니와 사ᄅᆞᆷ이 다 형의 활대(闊大)ᄒᆞᆷ ᄀᆞᆺᄐᆞᆫ ᄌᆡ 업ᄂᆞ니 쇼뎨 ᄲᅧ곰 비ᄂᆞ니 좌우의 가득ᄒᆞᆫ 현ᄉᆞ(賢士)ᄂᆞᆫ 나의 용녈ᄒᆞ믈 비쇼(誹笑)치 말고 ᄌᆡ보ᄂᆞᆫ 기리 용샤(容赦)ᄒᆞ여 나의 졍니(情理)ᄅᆞᆯ ᄉᆡᆼ각ᄒᆞ라."

셜파의 냥안(兩眼)의 신쳔이 소ᄉᆞ 금포(錦袍)의 ᄲᅥ러지니 이 ᄒᆞᆫ갓 샤휼(詐譎)ᄒᆞ미 ᄠᅳᆺ을 곰초며 말ᄉᆞᆷ을 ᄋᆡ긍(哀矜)이 ᄒᆞ여 사ᄅᆞᆷ으로 ᄒᆞ야곰 감동ᄒᆞ믈 닐위고 쳐ᄉᆞ로 ᄒᆞ여곰 기ᄌᆞ(其子)ᄅᆞᆯ 엄치(嚴治)ᄒᆞ여 포 33면
회(抱懷)ᄒᆞᆫ 노긔(怒氣)ᄅᆞᆯ 두디 못ᄒᆞ고 ᄌᆞ가(自家)로 구ᄉᆡᆼ디의(舅甥之義)ᄅᆞᆯ 온젼코ᄌᆞ ᄒᆞᆯ 쁜 아니라 ᄆᆡ양 태우의 강학쥰고(强虐峻固)ᄒᆞ며 ᄆᆡ몰박ᄋᆡᆨ(埋沒薄隘)ᄒᆞᄆᆡ 미ᄎᆞ믈 한ᄒᆞ다가 금일 그 화풍경운(和風慶

46 디디긔: 지지기. '지기(知己)'로 봄. 규장각본에는 '지 〃 긔'로 되어 있음.

雲[47])을 ᄃᆡᄒᆞ니 니ᄇᆡᆨ(李白)의 승텬(升天)ᄒᆞ미 므어시 귀ᄒᆞ며 ᄌᆞ딘(子晋)의 승난(乘鸞)ᄒᆞ미 므어시 긔특ᄒᆞ리오? 좌샹(座上) 졔ᄉᆡ(諸士[48]) 졔졔(齊齊)히 명문귀ᄌᆞ(名門貴子)오 인믈셩ᄒᆡᆼ(人物性行)이 특츌(特出)ᄒᆞᄃᆡ 기듕(其中) 태우의 경텬위디(經天緯地)ᄒᆞᆫ 긔상이 션의군부인[49]이 아니면 ᄌᆡ보의 현필(賢匹)이 업고 경ᄌᆡ뵈 아니면 션의군의 일ᄉᆡᆼ이 무광(無光)ᄒᆞᆯ ᄇᆡ니 텬뎡디연(天定之緣)이 샹뎨(上帝) 명ᄒᆞ신 냥필(良匹)노 만나믈 긔특이 ᄒᆞ며 빵(雙) 디으믈 비상이 ᄒᆞᆫ ᄇᆡ로ᄃᆡ ᄌᆞ긔 부뷔 공연이 녀ᄋᆞ의 젼졍(前程)을 마희(魔戲)ᄒᆞᄂᆞᆫ 작얼(作孽)이 되여 군ᄌᆞ슉녀의 금슬이 단현(斷絃)ᄒᆞ고 죵괴(鍾鼓[50]) 졀영(絕詠)ᄒᆞ여 녀ᄋᆞᄂᆞᆫ ᄒᆞᆫ낫 폐인(廢人)이 되여 다시 신셰의 바랄 거시 업ᄂᆞᆫ디라. 텬뉸의 디ᄌᆞ(止慈[51])와 부녀의 유연ᄒᆞᆫ 졍ᄋᆡ(情愛)로뼈 각고통골(刻苦痛骨)ᄒᆞ여
34면 뉘웃고 ᄋᆡ돌오미 눈믈이 흐ᄅᆞ며 한숨이 디믈 금치 못ᄒᆞ니 이 곳 딘졍(眞情)이라. 쳐ᄉᆡ 븟드러 위로ᄒᆞ고 샤례ᄒᆞ여 왈

“쇼뎨 미암박덕(迷暗薄德)ᄒᆞ여 형의 무궁ᄒᆞᆫ 치샤(致辭)를 엇디 당ᄒᆞ리오? 감히 밋디 못ᄒᆞ믈 샤ᄉᆞ(謝辭)ᄒᆞᄂᆞ니 형은 급히 니ᄅᆞ디 말고 ᄉᆡ로이 구교디졍(舊交之情)과 인아디후(姻婭之厚)ᄅᆞᆯ 일치 말나. 쇼뎨

---

47 화풍경운(和風慶雲): 온화한 바람과 상서로운 구름. 《근사록》에 “공자는 천지와 같고, 안자는 온화한 바람 상서로운 구름과 같고, 맹자는 태산의 우뚝한 바위 같은 기상이다.”라는 말이 있음.

48 졔ᄉᆡ(諸士): 제사. 선비들. 규장각본에는 ‘졔ᄌᆡ’로 되어 있음.

49 션의군부인: 선의군부인. 장성완.

50 죵괴(鍾鼓): 종고. 종고는 부부의 화락한 모습을 말함. 《시경》 〈관저〉에 “요조숙녀를 종과 북으로 즐겁게 하다(窈窕淑女 鐘鼓樂之).”라는 말이 나옴.

51 디ᄌᆞ(止慈): 지자. 자식을 사랑하는 마음.

비록 무신블의(無信不義)ᄒᆞ나 평ᄉᆡᆼ의 져바리미 잇디 아니리니 엇디 ᄉᆡ로이 칭샤ᄒᆞ리오? 더옥 존합(尊閤) 슈슈의 일시 실언ᄒᆞ시믈 임의 사ᄅᆞᆷ이 ᄉᆡᆼ각디 못ᄒᆞᆯ 바ᄅᆞᆯ 어이 칭과(稱過)ᄒᆞ여 규ᄂᆡ디ᄉᆞ(閨內之事)ᄅᆞᆯ 당뷔(丈夫) 아ᄅᆞᆫ 쳬ᄒᆞ리오? 미돈(迷豚)[52]이 광망편ᄋᆡᆨ(狂妄偏隘)ᄒᆞ여 관인ᄌᆞ량(貫仁自量)ᄒᆞ믈 엇디 못ᄒᆞ니 이 곳 쇼뎨의 ᄀᆞᄅᆞ치지 못ᄒᆞ미라. 형의 말을 드ᄅᆞᄆᆡ ᄯᅩᄒᆞᆫ 참괴(慚愧)ᄒᆞ미 업디 아니ᄒᆞ고 쇼뎨 혼암블찰(昏暗不察)ᄒᆞ여 일ᄌᆞᆨ 형이 ᄂᆡ림(來臨)ᄒᆞᆯ ᄣᆡ의 블너 알현ᄒᆞ믈 명치 못ᄒᆞᆫ 탓ᄉᆞ로 상망지쳑지디(相望咫尺之地)의 누월(累月) 등ᄇᆡ(登拜)ᄅᆞᆯ 폐ᄒᆞ니 인형의 권ᄋᆡ(眷愛)ᄒᆞᄂᆞᆫ 졍의ᄅᆞᆯ 져바렷ᄂᆞᆫ디라. 허믈이 우리 부ᄌᆞ의게 잇고 그ᄅᆞ미 존가(尊家)의 잇디 아니ᄒᆞ거ᄂᆞᆯ 인형이 35면 겸퇴(謙退)ᄒᆞ기로뼈 말ᄉᆞᆷ이 과ᄒᆞ기의 밋ᄎᆞ니 쇼뎨 더옥 블안ᄒᆞᆫ디라. ᄎᆞ후 명심ᄒᆞ여 돈ᄋᆞ로뼈 셩의ᄅᆞᆯ 밧들나 경계ᄒᆞ리니 졔 ᄯᅩ 인졍(人情)이라 권ᄋᆡᄒᆞ시믈 엇디 감은치 아니리오?"

셜파의 태우ᄅᆞᆯ 도라보아 왈

"내 비록 니ᄅᆞ디 아녀시나 이 어렵디 아닌 인ᄉᆡ오 ᄯᅩ 무심히 폐ᄒᆞᆯ ᄇᆡ 아니어ᄂᆞᆯ 디근지쳑지디(至近咫尺之地)의 됴왕모ᄅᆡ(朝往暮來)ᄒᆞ여 그 일ᄐᆡᆨ디상(一宅之上)과 다ᄅᆞ미 업ᄉᆞᆫ 바의 엇디 누월(累月) ᄇᆡ현(拜現)ᄒᆞ믈 폐ᄒᆞ여 ᄒᆡ완(懈緩)ᄒᆞ미 이 ᄀᆞᆺᄐᆞ뇨?"

태위 궤복(跪伏) 문파(聞罷)의 ᄇᆡ이ᄃᆡ왈(拜而對曰)

"이 엇디 명하(命下)ᄒᆞ시믈 기ᄃᆞ리고 어렵디 아닌 바의 누월(累月) 등

52 미돈(迷豚): 자기 아들을 낮추어 부르는 말.

비(登拜)를 폐ᄒᆞ리잇고마는 형이 집의 잇디 아닌 바의 더옥 한만(閑漫)ᄒᆞᆫ 인ᄉᆞ를 결을치 못ᄒᆞ오며 근일은 쳔질(賤疾)을 인ᄒᆞ여 딕ᄉᆞ(職事)도 출히디 못ᄒᆞ오므로 타ᄉᆞ(他事)의 념이 밋디 못ᄒᆞ오미러니 셩괴디ᄎᆞ(至此)ᄒᆞ시니 이 곳 블초의 민치 못ᄒᆞ미로소이다."

안식이 신신(申申)ᄒᆞ고 소릐 유이(柔怡)ᄒᆞ여 됴심(操心)이 ᄀᆞ득ᄒᆞ니 셩효(誠孝)의 동촉(洞屬)홈과 녜모(禮貌)의 슉슉(肅肅)ᄒᆞ미 샤심(私

36면 心)의 에분통히(恚憤痛駭)ᄒᆞ믈 감히 ᄉᆞ식(辭色)디 못ᄒᆞᄂᆞᆫ디라 댱공이 스ᄉᆞ로 졍이 소ᄉᆞ 귀듕ᄒᆞ믈 금억(禁抑)디 못ᄒᆞ미 그ᄅᆞ믈 샤ᄒᆞ고 그윽이 녀ᄋᆞ의 젼졍을 도모코져 ᄒᆞ여 향킥(嚮刻)의 마ᄌᆞ라 보ᄂᆡ여도 아니 보ᄂᆡ렷노라 ᄒᆞ던 ᄯᅳᆺ을 어나 ᄉᆞ이 곳쳐 이에 태우의 알ᄑᆡ 나아가 그 손을 줍아 왈

"내 실노 ᄌᆡ보의게 득죄ᄒᆞ미 만흔디라 도금(到今)ᄒᆞ여 후회디심(後悔之心)이 ᄇᆡ복을 너흘고ᄌᆞ ᄒᆞ나 엇디 미촐소냐? 연이나 셩인도 곳치믈 허ᄒᆞ시고 젼국(戰國) 상젹의도 항ᄌᆞ(降者)를 블살(不殺)ᄒᆞᄂᆞ니 내 임의 젼일 블인을 곳쳐 슬피 비러 용납ᄒᆞ믈 구ᄒᆞᄂᆞ니 ᄌᆡ보는 녕대인(令大人)의 관인대도(寬仁大度)를 ᄯᆞᆯ와 밧즙고 나의 과단(科斷)을 그만ᄒᆞ여 샤ᄒᆞ며 넙이 ᄉᆡᆼ각ᄒᆞ여 졍의(情誼)를 온젼ᄒᆞ믈 ᄇᆞ라ᄂᆞ니 내 감히 댱ᄌᆡ(長者)로라 ᄒᆞ여 ᄌᆡ보를 슈하(手下)로 보디 아닛ᄂᆞ니 오딕 세한(歲寒)의 졍분(情分)[53]을 혜아릴디라. 내 이졔 ᄌᆡ보의 알패 졀ᄒᆞ며 고두(叩頭)ᄒᆞ여 샤죄ᄒᆞ리니 일후 포회(抱懷)ᄒᆞᆫ 노분(怒忿)을 업시ᄒᆞ믈

53 세한(歲寒)의 경분(情分): 세한의 정분. 변치 않는 정. 날씨가 추워진 뒤에야 소나무와 잣나무가 늦게 시드는 것을 알게 된다는 말에서 나옴.

ᄇᆞ라노라."

언필의 졸연(猝然)이 몸을 니러 공슌히 졀ᄒᆞᄂᆞᆫ디라. 시시(是時)의 경 37면
태위 댱공의 구구히 ᄋᆡ걸ᄒᆞ고 졀ᄒᆞ여 샤죄ᄒᆞ믈 당ᄒᆞᄆᆡ 고염(苦厭)ᄒᆞ며 증분(憎憤)ᄒᆞ미 더으ᄃᆡ ᄌᆞ긔 등이 긴 날의 ᄒᆞᆫ갈ᄀᆞᆺ치 피ᄒᆞ여 샹ᄃᆡ치 말믈 잘 엇디 못ᄒᆞ고 금일 블힝이 만나 이 ᄀᆞᆺᄐᆞ믈 보며 그 뜻을 ᄉᆞᆺ치ᄆᆡ[54] 과연 이 딘졍이 초조ᄒᆞ여 허믈을 뉘웃춤도 잇거니와 일분 궤샤(詭詐)ᄒᆞ미 녀ᄋᆞ의 젼졍을 도모코ᄌᆞ ᄒᆞᆷ도 잇ᄂᆞᆫ디라. ᄌᆞ긔 등의 비아(非雅)ᄒᆞᆷ과 그 ᄆᆞ옴의 누연(陋然)ᄒᆞ미 갈ᄉᆞ록 층가(層加)ᄒᆞ믈 블열통한(不悅痛恨)ᄒᆞ나 엄의(嚴意)ᄅᆞᆯ 앙탁(仰度)ᄒᆞᄂᆞᆫ 바로 블호디ᄉᆡᆨ(不好之色)과 능모디셜(凌侮之說)을 두디 못ᄒᆞ여 그 졀ᄒᆞᄂᆞᆫ 바의 공경ᄒᆞ여 ᄌᆡᄇᆡ(再拜)ᄒᆞ고 피셕샤례(避席謝禮) 왈

"합하(閤下)ᄂᆞᆫ 가엄(家嚴)의 고구(故舊)로 부집(父執)의 존ᄒᆞ미 계시며 겸ᄒᆞ여 됴졍 대관(大官)이시니 쇼ᄉᆡᆼ의 무리 우러러 밧들고ᄌᆞ ᄒᆞᆸᄂᆞ니 톄위(體位)ᄅᆞᆯ 존듕ᄒᆞ샤 이ᄀᆞᆺ치 마ᄅᆞ시미 힝심이로소이다."

언필의 빵미(雙眉) 텬창(天窓)을 ᄯᅥᆯ치고 봉안(鳳眼)이 시슬(視膝)[55]ᄒᆞ기ᄅᆞᆯ 마디 아니ᄒᆞ니 비록 가졍을 봉시(奉侍)의 승안(承顔)ᄒᆞ믈 변치 아냐 타인의 친(親)이라도 공경ᄒᆞ기ᄅᆞᆯ ᄌᆞ긔 디친(至親)의 만히 감치 38면
아닌 ᄃᆞᆺᄒᆞ나 그 츄셰(趨勢) 비루ᄒᆞ믈 더브러 말ᄒᆞ고ᄌᆞ 아니 ᄒᆞ니 엄듕ᄒᆞ고 탁이(卓異)ᄒᆞ여 츄양(秋陽) 상풍(霜風)의 상월(霜月)이 금당(金

54 ᄉᆞᆺ치ᄆᆡ: ᄉᆞᆺ치다. 스치다. 생각하다, 상상하다.

55 시슬(視膝): 무릎을 본다는 뜻으로, 어른과 함께 있을 때 시선을 두는 예절을 말함. 《소학》에 "만일 말씀하시지 않거든 서 계실 때는 발을 보고 앉아 계실 때는 무릎을 본다(若不言 立則視足 坐則視膝)."라는 구절이 있음.

堂)의 됴요(照耀)ᄒᆞ미 언언(言言)의 참난(慙赧)[56]ᄒᆞ미 가득ᄒᆞ니 쳐ᄉᆡ 그 무류ᄒᆞ미 더으미 군ᄌᆞ의 덕이 아니라 ᄒᆞ여 이에 화평이 말ᄒᆞ여 왈 "인형의 말ᄉᆞᆷ이 엇디 의외의 계시뇨? 돈이 비록 무신박힝(無信薄行)ᄒᆞ나 형의 여ᄎᆞ 과ᄃᆡ(過待)ᄒᆞ시ᄂᆞᆫ 은의ᄅᆞᆯ 져바리디 아니리니 졔 어이 원ᄃᆡ(怨待)ᄒᆞ미 이시리오? ᄉᆞ회 비록 외인(外人)이라 ᄒᆞ나 ᄯᅩᄒᆞᆫ 반ᄌᆞ디의(半子之義) 잇ᄂᆞ니 친소(親疏)와 경듕(輕重)이 잠간 다ᄅᆞ거니와 그 졍이 엇디 친ᄌᆞ(親子)의 감ᄒᆞ미 잇ᄉᆞ리오? ᄒᆞ믈며 인형은 쇼뎨로 관포(管鮑)의 알오미 이시니 등한(等閑)ᄒᆞᆫ 친위(親友) 아니라. 돈이 구싱(舅甥)의 의(義)ᄂᆞᆫ 니ᄅᆞ도 말고 슉딜의 졍이 이실 ᄲᅳᆫ 아니라 졔 도리의 반ᄃᆞ시 경근(敬謹)ᄒᆞᆯ 거시오 형이 스ᄉᆞ로 엄ᄒᆞᆯ 거시어ᄂᆞᆯ 엇디 실톄(失體)ᄒᆞ믈 ᄉᆡᆼ각디 아냐 댱ᄌᆡ(長者) 경이(輕易)히 쇼ᄌᆞ의게 졀ᄒᆞ며 칭과(稱過)ᄒᆞ여 공연이 샤죄ᄒᆞ미 외ᄃᆡ(外待)ᄒᆞ미 외ᄃᆡᄒᆞᄆᆡ[57] 갓가오뇨? 우리 부ᄌᆡ 이ᄅᆞᆯ 당ᄒᆞᄆᆡ 평일의 ᄇᆞ라던 ᄇᆡ 아니니 쇼뎨의 블안ᄒᆞ미 이 ᄀᆞᆺᄐᆞᆯ 졔ᄂᆞᆫ 돈ᄋᆞ 황튝(惶蹴)ᄒᆞ미야 엇디 비ᄒᆞᆯ 곳이 이시리오? 쳥컨ᄃᆡ 인형은 존듕존듕(尊重尊重)ᄒᆞ라."

39면

드ᄃᆡ여 좌우로 ᄒᆞ여곰 쥬찬(酒饌)을 나와 스ᄉᆞ로 잔을 잡아 댱공을 권ᄒᆞ며 빈쥐(賓主) 셔로 통음(痛飮)ᄒᆞᆯᄉᆡ 경쇠 댱공으로ᄡᅧ ᄒᆞᆫ낫 산금야슈(山禽野獸)ᄀᆞᆺ치 아ᄂᆞᆫ 바의 ᄎᆡᆨ망(責望)이 깁디 아니ᄒᆞ고 쳐ᄉᆡ 만분(萬分) 화평ᄒᆞᆫ 바의 ᄯᅳᆺ을 거ᄉᆞ려 달니ᄒᆞ미 블가ᄒᆞ여 각별 블호디ᄉᆡᆨ

56 참난(慙赧): 참란. 부끄러움 또는 수치스러움.

57 외ᄃᆡ(外待)ᄒᆞ미 외ᄃᆡᄒᆞᄆᆡ: 앞의 '외ᄃᆡᄒᆞ미'는 잘못 들어간 것으로 보임. 규장각본에는 '외ᄃᆡᄒᆞᄆᆡ'로 되어 있음. '외대하다'는 아무렇게나 대접한다는 뜻.

(不好之色)을 낫토디 아니ᄒᆞ며 녜ᄉᆞ로이 ᄇᆡ작(杯酌)을 날녀 분분통완(忿憤痛惋)ᄒᆞ미 잇디 아니ᄒᆞ니 댱공이 쳔만(千萬) 희힝(喜幸)ᄒᆞ여 젼슈송심(戰愁悚心)ᄒᆞ던 바롤 져기 프ᄃᆡ 태우의 ᄆᆞ옴은 길히 플닐 길히 업ᄉᆞ믈 울울챵한(鬱鬱悵恨)ᄒᆞ니 쳐시 긔식을 ᄉᆞᆺ치고 그 ᄆᆞ을 가측(可惻)ᄒᆞ여 각별 일ᄇᆡ(一杯)롤 밧드러 댱공긔 나와 왈

"형이 오날놀 존톄(尊體)롤 굴ᄒᆞ여 우리 부ᄌᆞ의 만만 당치 못홀 바롤 더으니 쇼뎨 민민(悶悶)ᄒᆞᆫ디라. 몬져 일ᄇᆡ(一杯)롤 밧드러 후의롤 샤례ᄒᆞ며 다시 미돈(迷豚)으로ᄡᅧ 작(爵)을 올녀 셩권(盛眷)[58]을 밧들고져 의 미셩(微誠)을 다ᄒᆞ라 ᄒᆞ리라."

댱공이 년망이 잔을 바다 거후ᄅᆞ며 감격ᄒᆞᆫ 눈믈이 ᄒᆡ음업시 흐ᄅᆞ믈 ᄭᆡ닷디 못ᄒᆞ여 피셕칭샤(避席稱謝) 왈 40면

"인형의 댱헌을 ᄃᆡ졉ᄒᆞ믈 ᄒᆞᆫ갈ᄀᆞᆺ치 은덕으로ᄡᅧ 더으니 헌이 비록 무디블식(無知不識)ᄒᆞ나 감골(感骨)ᄒᆞ믈 니ᄀᆡ리오?"

쳐시 흔연 샤왈(謝曰)

"쇼뎨 인형으로 더브러 관포의 졍을 닛고ᄌᆞ ᄒᆞ미어놀 형이 엇디 은혜와 덕을 일ᄏᆞ라 디긔(知己)예 졍분으로ᄡᅧ 소히[59] ᄒᆞ고 쇼뎨의 ᄆᆞ옴을 블안케 ᄒᆞ나뇨? 인형이 박통고ᄉᆞ(博通故事)ᄒᆞ니 감히 미ᄒᆞᆫ 말솜을 더을 ᄇᆡ 아니로ᄃᆡ 탐금취리(貪金取利)의 빈궁ᄒᆞ믈 ᄉᆞ못고 삼젼삼븨(三戰三北)【셰 번 ᄡᅡ홈의 셰 번 다라나단 말이라】 겁이라 아니ᄒᆞ믄 포ᄌᆞ(鮑子)【포슉(鮑叔)을 니ᄅᆞ미니 녈국(列國) 적 사롬이라】의 관

58 셩권(盛眷): 성권. 성대한 사랑.

59 소히: 성기게. 소원하게.

듕(管仲)을【관듕의 ᄌᆞᄂᆞᆫ 이외(夷吾)니 ᄯᅩᄒᆞᆫ 녈국 젹 사ᄅᆞᆷ이오 포슉과 셔로 ᄆᆞ음 아ᄂᆞᆫ 벗이니라】 알오미라. 쇼뎨 미암잔녈(迷暗孱劣)ᄒᆞ나 디긔(知己)ᄅᆞᆯ ᄃᆡ졉ᄒᆞ미 포ᄌᆞ 갓고 형은 오ᄃᆡᆨ 관듕 ᄀᆞᆺᄐᆞᆯ ᄉᆞᄅᆞᆷ이어ᄂᆞᆯ 엇디 감승(堪勝)치 못ᄒᆞᆯ 바ᄅᆞᆯ 니ᄅᆞᄂᆞ뇨?"

언파의 태우ᄅᆞᆯ 명ᄒᆞ여 왈

"댱형이 존테(尊體)ᄅᆞᆯ 굴ᄒᆞ여 너의게 졀ᄒᆞ시미 넘ᄡᅧ 도로혀 실테(失體)라 ᄒᆞ려니와 우리 부ᄌᆡ 과례(過禮)ᄅᆞᆯ 밧고 칭샤ᄒᆞᄂᆞᆫ 도리 업디 못ᄒᆞᆯ 거시므로 내 몬져 일ᄇᆡ(一杯)로ᄡᅧ 후의(厚誼)ᄅᆞᆯ 샤ᄒᆞ여시니 네 ᄯᅩ
41면 작(爵)을 밧드러 셩권(盛眷)을 ᄇᆡ샤(拜謝)ᄒᆞ라."

태위 진실노 괴로오며 등한(憎恨)ᄒᆞ나 엇디 엄명을 위역(違逆)ᄒᆞ리오? 됴흔 ᄃᆞ시 응명(應命)ᄒᆞ고 국궁ᄌᆡᄇᆡ(鞠躬再拜)ᄒᆞ여 ᄉᆡᆨ을 변트시 ᄒᆞ며 말을 셔슴드시[60] ᄒᆞ여 오ᄃᆡᆨ 동촉ᄒᆞᆫ 셩효와 슌공(順恭)ᄒᆞᆫ 녜뫼(禮貌) 빈빈슉슉(彬彬肅肅)ᄒᆞᆯ ᄉᆞᄅᆞᆷ이어ᄂᆞᆯ 문인(門人) 쥬방슈ᄂᆞᆫ 쥬쳐ᄉᆞ 슈량공의 ᄌᆞ(子)오 댱이랑 희린의 쳐남이라 영ᄌᆡ(英姿) 과인(過人)ᄒᆞ고 호긔(豪氣) 츌뉴(出類)ᄒᆞ여 일ᄌᆞᆨ 능변활논(能辯闊論)으로 희ᄒᆡ(戲諧)ᄅᆞᆯ 됴히 넉이ᄃᆡ 운계션ᄉᆡᆼ의 훈회(訓誨)ᄅᆞᆯ 밧드러 학(學)을 널니며 도(道)ᄅᆞᆯ 구ᄒᆞᄆᆡ 셩졍(性情)을 곳쳐 단슉(端肅)ᄒᆞ믈 짓고 온듕(穩重)ᄒᆞ믈 힘ᄡᅧ 공부ᄒᆞᄂᆞᆫ디라. 션ᄉᆡᆼ지젼(先生之前)의 감히 효희로 긔창ᄒᆞ믈 못ᄒᆞ더니 금일 졍태위 엄명을 조ᄎᆞ 댱공의 압ᄒᆡ ᄇᆡ작(杯爵)을 나오게 되믈 보ᄆᆡ 기리 그 증염(憎厭)ᄒᆞᄂᆞᆫ 뜻을 디긔(知機)ᄒᆞ여 그ᄋᆞᆨ이

60 셔슴드시: 서슴다. 말이나 행동을 결정하지 못하고 망설이거나 머뭇거리다.

가쇼로오ᄃᆡ 공경ᄒᆞ므로 감히 쇼용(笑容)을 낫토디 못ᄒᆞ고 다만 옥용(玉容)을 낫초며 긴 킈를 굽셔려 나죽이 옥ᄇᆡ(玉杯)의 향온(香醞)을 밧드러 태우긔 나와 ᄀᆞᆯ오ᄃᆡ

"쇼뎨 셔동ᄇᆡ(書童輩)의 잔 잡ᄂᆞᆫ 소임이 아니로ᄃᆡ 이런 일의 슌공(順恭)치 못ᄒᆞ여 호분(毫分)이나 녜규(禮規)의 어긔미 이신즉 형의 댱ᄌᆞ(長者)롤 공경ᄒᆞᄂᆞᆫ 되 아니라. ᄎᆞ고(此故)로 쇼뎨 집ᄇᆡ(執杯)의 슈고롤 ᄌᆞ당(自當)ᄒᆞᄂᆞ니 술이 ᄀᆞ득ᄒᆞ여 업칠[61] ᄃᆞᆺᄒᆞ고 옥이 연연ᄒᆞ여 두리ᄂᆞ니 이 진짓 봉영집옥(奉盈執玉)[62]이라. 모로미 조심ᄒᆞ여 실녜(失禮)치 말나."

42면

태위 증염(憎厭)ᄒᆞ믈 니긔디 못ᄒᆞᄂᆞᆫ 바의 ᄎᆞ언을 드ᄅᆞᄆᆡ 가쇼로오미 업디 아냐 봉졍(鳳精)을 기리 흘녀 쥬싱을 완시(緩視)ᄒᆞ며 날호여 부젼(父前)의 픔고왈(稟告曰)

"쇼ᄌᆞ 엄위(嚴闈)와 이슉(二叔)긔 몬져 슈ᄇᆡ(首杯)롤 올니고ᄌᆞ ᄒᆞᄂᆞ이다."

쳐ᄉᆡ 블허왈(不許曰)

"내 본ᄃᆡ 과음키롤 못 ᄒᆞ던 바로 낭ᄀᆡᆨ(曩刻)의 슈ᄇᆡ(數杯)롤 먹으ᄆᆡ 취키의 미쳣고 이뎨(二弟) 스ᄉᆞ로 딘음(進飮)ᄒᆞ미 브졀디 아니ᄒᆞ니 다시 네 잔을 바다 므엇 ᄒᆞ리오? 댱형긔 각별이 잔을 밧들나 ᄒᆞ믄 술이 디극이 귀ᄒᆞᆫ 거시 아니라 댱형이 아ᄌᆞ(俄者)의 과례(過禮)로벼 감

61 업칠: 엎치다. 넘어뜨려 안에 든 것이 쏟아지다.

62 봉영집옥(奉盈執玉): 가득 찬 물그릇을 받들고 옥을 조심해서 잡는 것과 같다는 뜻. 지극한 효성을 말함. 《예기》 〈제의(祭義)〉에 나옴.

승치 못ᄒᆞᆯ 바ᄅᆞᆯ 더으시니 우리 부ᄌᆡ ᄯᅩᄒᆞᆫ 칭샤치 아니리오? 고로 일ᄇᆡ로ᄡᅧ 셩권을 밧들나 ᄒᆞ미니라.”

태위 ᄒᆞᆯ일업셔 도라 댱공을 향ᄒᆞ여 기리 졀ᄒᆞ고 쥬ᄉᆡᆼ의 주ᄂᆞᆫ 잔을 비

43면 로소 바다 공경ᄒᆞ여 나아올ᄉᆡ 방금의 댱공이 댱ᄌᆞ의 존(尊)ᄒᆞ므로 부응(副應) 의쳠ᄒᆞ여 셔랑(壻郞)의 반ᄌᆞ디의(半子之義)와 후ᄉᆡᆼ디도(後生之道)ᄅᆞᆯ 보니 인간의 깃브고 쾌ᄒᆞ미 이에 더으미 업ᄉᆞ며 셰샹의 즐거오미 오날ᄂᆞᆯ 디극ᄒᆞᆫ디라. 냥닉(兩翼)이 ᄒᆡ음업시 움ᄌᆞᆨ이고 두 눈섭이 스ᄉᆞ로 춤추이니 방촌(方寸)이 환연(歡然)ᄒᆞ며 쇼용(笑容)이 희희(嬉嬉)ᄒᆞ여 웃ᄂᆞᆫ 입이 크게 열니고 흥 닌 소ᄅᆡ 호란(胡亂)ᄒᆞᆫ디라. 어린 말이 발ᄒᆞ믈 ᄭᆡᄃᆞᆺ디 못ᄒᆞ여 믄득 잔을 딘시[63] 밧디 아냐 왈

“내 므ᄉᆞᆷ 덕과 므ᄉᆞᆷ 의로 ᄌᆡ보의 이러ᄐᆞᆺ 공공(恭敬)ᄒᆞᆷ과 헌ᄇᆡ(獻杯)ᄒᆞ믈 안연(晏然)이[64] 당ᄒᆞ리오? 다만 녕존(令尊)의 ᄒᆞ시ᄂᆞᆫ 말ᄉᆞᆷ을 아ᄌᆞ(俄者)의 ᄌᆡ보도 참문(參聞)ᄒᆞ엿거니와 존옹(尊翁)이 ᄆᆡ양 스ᄉᆞ로 포ᄌᆞ(鮑子)ᄅᆞᆯ 효측ᄒᆞ노라 ᄒᆞ시며 날을 밀위여 관듕(管仲)의 비기시니 만ᄉᆡᆼ(晩生)이 우암블열(愚暗不悅)ᄒᆞ여 이오(夷吾)[65]의 착ᄒᆞ믈 바라디 못ᄒᆞ나 존옹(尊翁)을 감은ᄒᆞ믄 관듕의 포ᄌᆞᄅᆞᆯ 감격ᄒᆞᄆᆡ셔 더은디라. ᄌᆡ보 녕존의 셩덕후의(聖德厚誼)ᄅᆞᆯ 니어 날 보기ᄅᆞᆯ 녕ᄇᆡᆨ(令伯) 믁ᄌᆡ의 니창계[66]ᄅᆞᆯ 봄ᄀᆞᆺ치 ᄒᆞᆫ딘ᄃᆡ 내 ᄯᅩ 슬하디인(膝下之人)으로 아라 이

44면 잔을 바드려니와 본졍(本情)이 ᄂᆡ도ᄒᆞ고 ᄒᆞᆫ갓 녕존(令尊)의 명(命)의

63 딘시: 진시. 종내, 끝끝내, 마침내.

64 안연(晏然)이: 편안히. 규장각본에는 ‘앙연이’로 되어 있음.

65 이오(夷吾): 관중.

66 니창계: 이창계. 이빈. 이자염의 아버지. 정인성의 장인.

슌ᄒᆞ밀딘ᄃᆡ 내 ᄆᆞᄋᆞᆷ 낫ᄎᆞ로 ᄌᆡ보의 빙악(聘岳)이로라 ᄒᆞ여 감히 안ᄌᆞ 당돌이 잔을 바드리오? ᄒᆞᆫ 말의 결단ᄒᆞ여 술을 도로 믈니거나 쾌히 말을 ᄣᅳᆺᄃᆡ로 ᄒᆞ라."

태위 잔을 밧들고 ᄉᆞ러 이 말을 드ᄅᆞᄆᆡ 통분증한(痛忿憎恨)이 경ᄀᆡᆨ(頃刻)의 블 니ᄃᆞᆺ 그 말ᄒᆞᄂᆞᆫ 입을 박ᄎᆞ 더디고 ᄂᆡ닷고ᄌᆞ ᄒᆞ나 엄명을 슌ᄒᆞ여 ᄉᆞ심(私心)의 고염(苦厭)ᄒᆞ믈 낫토디 못ᄒᆞ며 박브득이(迫不得已) 잔을 나온 바의 그 언ᄉᆡ(言辭) 통완(痛惋)ᄒᆞᆫ 거ᄉᆞᆯ ᄯᅩ 드ᄅᆞ니 부형의 ᄯᅳᆺ을 슌치 아닛ᄂᆞᆫ ᄌᆞ뎨 되여 두 번 그ᄅᆞ믈 범ᄒᆞ리오 ᄒᆞᄆᆡ 완연이 봉안(鳳眼)을 낫초고 슐연이 ᄃᆡ왈(對曰)

"가엄(家嚴)이 합하로 더브러 졍의(情誼) 후ᄒᆞ미 디극ᄒᆞ시니 쇼ᄉᆡᆼ비(小生輩)ᄂᆞᆫ 오딕 가졍(家庭)을 밧드러 교령(敎令)을 슌슈ᄒᆞ리니 엇디 별 의견이 이시리잇고?"

셜파의 빵미(雙眉) 슉연ᄒᆞ여 츄상(秋霜)이 어ᄅᆡ엿ᄂᆞᆫ디라. 냥계공 쇼부[67] 태우의 증통(憎痛)ᄒᆞᄂᆞᆫ ᄯᅳᆺ을 ᄉᆞ못ᄎᆞ 이연이 우으며 댱공을 ᄒᆡ유왈(解諭曰)

"형이 딘실노 의심이 만흔 사ᄅᆞᆷ이로다. ᄌᆡ뵈 비록 고집ᄒᆞ나 셩회 특뉸(特倫)ᄒᆞ여 일족 부명(父命)을 위역역명(違逆逆命)ᄒᆞ미 업ᄂᆞ니 죵시 형으로 더브러 관포의 알오미 잇고 굿ᄐᆞ여 졍의예 두터오미 업고ᄌᆞ 홀딘ᄃᆡ ᄌᆡ뵈 ᄯᅩᄒᆞᆫ 범범셔어(泛泛齟齬)ᄒᆞ미 이시려니와 샤죵(舍從)이 후ᄇᆡᆨ으로 더브러 졍동골육(情同骨肉)이니 졔 ᄯᅩ 슉딜 ᄀᆞᆺ틀디라. 그 45면

67 냥계공 쇼부: 양계공 소부. 양계공은 정겸. 소부는 태자소부, 즉 정겸의 벼슬.

말이 ᄉᆞᄉᆞ(私私) 의견을 셰오디 못ᄒᆞ므로뼈 고ᄒᆞ거ᄂᆞᆯ 형이 엇디 밋디 아니ᄒᆞᄂᆞ뇨? 모로미 잔을 바다 딘(進)ᄒᆞ고 브졀업시 알ᄑᆡ 쑬녀 조련(操鍊)치 말나."

댱공이 태우의 ᄒᆞᆫ 말을 듯디 못ᄒᆞ여 심히 울울ᄒᆞ나 쇼부의 말ᄉᆞᆷ이 여ᄎᆞᄒᆞ며 ᄯᅩ 태우의 긔식이 엄졍블호(嚴正不好)ᄒᆞ니 갓가이 ᄃᆡᄒᆞᄆᆡ 귀듕ᄒᆞ미 더으나 두리오미 잇ᄂᆞᆫ디라. 감히 잔을 ᄌᆞᆸ혀 쑬녀 두디 못ᄒᆞ여 비로소 바다 거후ᄅᆞᄆᆡ 밋쳐 말을 못 ᄒᆞ여셔 태위 헌연(軒然)이 니러나 뒷줄노 나아가 졔ᄉᆡᆼ(諸生)으로 좌ᄅᆞᆯ 뎡ᄒᆞ니 댱공이 맛ᄎᆞᆷᄂᆡ 졍을 펼 길히 업ᄉᆞ믈 ᄋᆡ돌와ᄒᆞ나 그 잔을 밧고 그 말을 드ᄅᆞ니 딘실노 깃븜과 즐거오미 망외(望外)라. 다시 운계ᄅᆞᆯ 향ᄒᆞ여 샤례코ᄌᆞ ᄒᆞ거ᄂᆞᆯ 쳐
46면 ᄉᆡ 급히 븟드러 말니며 흔연이 담화ᄒᆞ여 화긔 츈풍 ᄀᆞᆺᄐᆞ니 댱공이 더옥 감은ᄒᆞ여 스ᄉᆞ로 갑흘 바ᄅᆞᆯ 아디 못ᄒᆞᄂᆞᆫ디라. ᄌᆞ연 현어ᄉᆞᄉᆡᆨ(現於辭色)ᄒᆞ고 발어외모(發於外貌)ᄒᆞ니 쳐ᄉᆞᄂᆞᆫ 슌슌겸양ᄒᆞ며 태우ᄂᆞᆫ 가지록 비아ᄒᆞ믈 니긔디 못ᄒᆞ더니 셕양(夕陽)의 댱공이 도라갈ᄉᆡ 졔쇼년(諸少年)이 마디못ᄒᆞ여 하당숑디(下堂送之)ᄒᆞ니 댱공이 태우의 손을 ᄌᆞᆸ고 그 ᄂᆞᆺ촐 우러러 ᄒᆞᆫ낫 어린 사ᄅᆞᆷ이 되여 ᄀᆞᆯ오ᄃᆡ

"댱부일언(丈夫一言)은 쳔년블개(天年不改)라. 향ᄀᆡᆨ(嚮刻)의 ᄌᆡ뵈 날을 ᄃᆡᄒᆞ여 존옹의 셩의ᄅᆞᆯ 니어 그 다ᄅᆞ미 업ᄉᆞ리라 ᄒᆞ니 이 진짓 말인ᄌᆞᆨ 구ᄉᆡᆼ(舅甥)이 졍이 디극ᄒᆞ리니 ᄎᆞ후로 날을 원ᄃᆡ(遠待)치 못ᄒᆞᆯ디라. 내 ᄯᅩ 남의 ᄉᆞ회 극딘ᄒᆞᆫ 거ᄉᆞᆯ 블워 아니 ᄒᆞ리로다."

태위 그 말마다 사ᄅᆞᆷ의 념치(廉恥) 아니믈 통한ᄒᆞ나 ᄉᆡ로이 칙망ᄒᆞ미 당치 아닐 쁜 아니라 야야(爺爺)의 지극히 화평코져 ᄒᆞ시ᄂᆞᆫ 바ᄅᆞᆯ 헛트ᄅᆞ디 못ᄒᆞ여 ᄀᆞ장 경근(敬謹)ᄒᆞᄂᆞᆫ ᄃᆞ시 관을 숙이고 공슌히 드ᄅᆞᆯ

ᄯᆞ롬이오 다시 ᄃᆡ답이 업ᄂᆞᆫ디라. 댱공이 셔운이 손을 노흐며 졍학ᄉᆞ 47면
를 ᄃᆡᄒᆞ여 왈

"아ᄌᆞ의 결을이 업ᄉᆞ믈 인ᄒᆞ여 원보의 작일(昨日) 원통ᄒᆞᆫ 슈장(受杖)과 그 곳 내 소리히 발셜ᄒᆞᆫ 타시믈 인ᄉᆞ치 못ᄒᆞ엿ᄂᆞ니 원보ᄂᆞᆫ 힝혀 허믈치 말나. 블힝 듕 원뵈 그 듕장(重杖)을 견ᄃᆡ여 능히 긔거ᄒᆞ믈 보건ᄃᆡ 참난ᄒᆞ던 ᄯᅳᆺ을 잠간 위로ᄒᆞ리로다."

학ᄉᆡ 심하(心下)의 분완(憤惋)ᄒᆞ나 부슉(父叔)의 화열(和悅)ᄒᆞ시믈 보ᄆᆡ ᄌᆞ긔 굿ᄐᆞ여 괴려(乖戾)히 함노작식(含怒作色)ᄒᆞᆯ ᄇᆡ 아니오 그 셔랑(壻郞)을 ᄃᆡᄒᆞ여 ᄋᆡ걸ᄒᆞᄂᆞᆫ 말과 구구ᄒᆞᆫ 거동이 가히 우엄 즉ᄒᆞᆫ 고로 쇼년디심(少年之心)의 긔괴ᄒᆞ고 우읍기를 니긔디 못ᄒᆞ여 ᄉᆞ식(辭色)을 밧고디 아니ᄒᆞ며 다만 ᄉᆞᄆᆡ로 드러 기리 샤례ᄒᆞᆯ ᄲᅳᆫ이라. 댱공이 두로 쾌활ᄒᆞ미 거리ᄭᅵᆯ 곳이 업셔 흔흔(欣欣)이 도라가니 쳐ᄉᆡ 이공으로 더브러 존당으로 향ᄒᆞ니 ᄃᆡᆨᄉᆞ와 닌경이 뫼셔 드러가고 졔ᄉᆡᆼ이 태우의 ᄡᅵ를 잡아 머므ᄅᆞ며 일시의 쇼셩(笑聲)이 낭ᄌᆞᄒᆞ여 왈

"금일 형이 빙공디젼(聘公之前)의 슈비(首杯)를 드려 각별ᄒᆞᆫ 졍셩을 더
으니 형의 오ᄅᆡ 앙모(仰慕)ᄒᆞ던 ᄯᅳᆺ을 만일(萬一)이나 폇다 ᄒᆞ리로다." 48면

태위 미쇼왈(微笑曰)

"내 부명(賦命)이 긔구ᄒᆞ여 사ᄅᆞᆷ의 참디 못ᄒᆞᆯ 통한(痛恨)을 ᄎᆞᆷ거니와 그러구러 현뎨(賢弟) 등과 졔우(諸友)의 긔관(奇觀)을 더으니 그 셰샹이 헛되디 아닌디라. 사ᄅᆞᆷ이 현우션악(賢愚善惡)의 난호임 곳 아니면 요슌(堯舜)의 셩개(盛開)ᄒᆞᆷ과 하걸(夏傑)의 창궐(猖獗)ᄒᆞ미 엇디 기분쳔디(旣分天地)ᄒᆞ믈 알니오?"

학ᄉᆡ 거거대쇼(遽遽大笑) 왈

“형당이 댱공의 위풍(威風)의는 만히 구쇽(拘束)ᄒᆞ여 계신가? 댱공을 ᄃᆡᄒᆞ신 젹마다 눈이 가ᄂᆞᆯ고 아미(蛾眉) 나ᄌᆞᆨᄒᆞ여 약ᄒᆞᆫ 녀ᄌᆡ 엄ᄒᆞᆫ 댱부(丈夫)ᄅᆞᆯ ᄃᆡ 슈습 ᄋᆡ공(愛恭)ᄒᆞᆷ ᄀᆞᆺᄐᆞ니 이 곳 댱공의 ᄋᆡ희(愛姬) 되여실 제 삼가며 조심ᄒᆞ여 어긔디 아니시던 버ᄅᆞ시라. 오날ᄂᆞᆯ 잔을 밧드러 공경딘헌(恭敬進獻)ᄒᆞ심과 댱공의 ᄀᆡ동ᄒᆞ여 어룬답건 체ᄒᆞᄂᆞᆫ 거동은 포ᄉᆞ(褒姒)의 ᄂᆡᆼ담(冷淡)ᄒᆞ미라도 미쳐 졔후의 오기ᄅᆞᆯ 기다리디 아냐셔 ᄒᆞᆫ번 웃기ᄅᆞᆯ 면치 못ᄒᆞᆯ너이다.”

태위 웃고 미쳐 답디 못ᄒᆞ여셔 졔쇼년이 져마다 ᄀᆡ쇼(譏笑)ᄒᆞ며 입마
49면 다 ᄀᆡ롱(譏弄)ᄒᆞᆯᄉᆡ 쥬방쉬 스ᄉᆞ로 잔을 잡아 태우의 거동을 넙ᄂᆡ[68] ᄂᆡ니 한슈젼이 ᄯᅩ 댱공의 모양을 넙ᄂᆡ ᄂᆡ여 엇게ᄅᆞᆯ 으슭이고 눈섭을 춤추며 턱을 놉히 들고 슌협(脣頰)을 크게 열며 나ᄅᆞᆺᄉᆞᆯ 어로만져 졀졀이 어리고 눈ᄎᆡᄅᆞᆯ 모르ᄂᆞᆫ 말을 긋치지 아니니 댱공 이에 안ᄌᆞᆺᄂᆞᆫ ᄃᆞᆺᄒᆞᆫ디라. 좌우의 가득ᄒᆞᆫ 문인과 학ᄉᆞ 등이 박장대쇼(拍掌大笑)ᄒᆞ며 거거졀도(遽遽絕倒)ᄒᆞ여 허리 알프고 가ᄉᆞᆷ이 막히믈 ᄊᆡ닷디 못ᄒᆞ니 태위 ᄯᅩᄒᆞᆫ 우으며 션ᄌᆞ(扇子)ᄅᆞᆯ 드러 한ᄉᆡᆼ의 엇게ᄅᆞᆯ 쳐 ᄀᆞᆯ오ᄃᆡ

“졸연(猝然)이 풍증(風症)을 들녓ᄂᆞ냐? 어이 엇게ᄅᆞᆯ 가마니 두디 못ᄒᆞ나뇨? 그 거동이 ᄒᆞᆫ 번 보기도 졀통가ᄒᆡ(絶痛可駭)ᄒᆞ거ᄂᆞᆯ 엇디 다시 넙ᄂᆡ ᄂᆡ여 두 번 보고ᄌᆞ 뜻이 잇ᄉᆞ리오? 딘실노 비위 됴타 ᄒᆞ리로다.”

졔ᄉᆡᆼ(諸生)이 웃고 태우ᄅᆞᆯ 보ᄎᆡ여 오히려 댱공의 넙ᄂᆡ 내믈 아쳐로이 넉인다 ᄒᆞ며 희롱ᄒᆞ믈 마디 아니ᄒᆞ니 태위 좌슈우응(左隨右應)의 풍ᄉᆡᆼ

68 넙ᄂᆡ: 입내. 소리나 말로 내는 흉내.

환담(風生歡談)이 ᄀᆞᆺ치디 아니ᄒᆞ다가 날호여 군죵(群從)으로 더브러 존당으로 향ᄒᆞ더라. 이날 댱공이 부듕의 도라와 부인과 이ᄌᆞ(二子)ᄅᆞᆯ ᄃᆡᄒᆞ여 경부의 가 디낸 바 셜화ᄅᆞᆯ 일일히 일ᄏᆞ라 흔흔쾌열(欣欣快悅) ᄒᆞ믈 마디 아니ᄒᆞ니 연부인은 공의 힝ᄉᆡ 갈ᄉᆞ록 ᄒᆡ이ᄒᆞ믈 심하(心下)의 개탄ᄒᆞ고 위ᄒᆞ여 븟그리나 폐부의 얽힌 병을 능히 언어로 곳칠 길히 업셔 믁믁히 말이 업ᄉᆞ며 삼낭(三郎)은 부친의 ᄉᆡ로이 실톄실조(失體失措)[69]ᄒᆞ미 ᄌᆞ가(自家)로 비로ᄉᆞ믈 참황뉵니(慘惶忸怩)[70]ᄒᆞ여 스ᄉᆞ로 블효ᄅᆞᆯ 니긔여 ᄡᆞ흘 곳이 업ᄂᆞ디라. ᄒᆞᆫ갓 머리ᄅᆞᆯ 숙이고 ᄎᆞᆷ식(慙色)이 만면(滿面)ᄒᆞ여 옥 ᄀᆞᆺᄐᆞᆫ 얼골의 연디(臙脂)ᄅᆞᆯ ᄭᆡ치 ᄃᆞᆺ 뉴미셩안(柳眉星眼)[71]의 모연(暮煙)이 몽농ᄒᆞᆫ ᄃᆞᆺ 츄패(秋波) 고요ᄒᆞ여 시쳠(視瞻)이 어ᄌᆞ럽디 아니ᄒᆞᄃᆡ 심ᄉᆡ 츄연뉵니(惆然忸怩)ᄒᆞ며 망연ᄌᆞ실(茫然自失)ᄒᆞ미 뼈곰 용납ᄒᆞᆯ ᄯᆞ히 업ᄉᆞ니 합연(溘然)ᄒᆞ여 모로고ᄌᆞ ᄒᆞ고 삭연(索然)ᄒᆞ여 호흥(好興)이 돈무(頓無)ᄒᆞ니 ᄒᆞᆫ낫 목인(木人)ᄀᆞᆺ치 안ᄌᆞ 입을 움ᄌᆞᆨ이디 못ᄒᆞ더라. 시시(是時)의 댱이낭 희란[72]이 야애(爺爺) 경부의 나아가 사ᄅᆞᆷ의 치쇼(嗤笑)ᄅᆞᆯ 취ᄒᆞ며 실톄과도(失體過度)ᄒᆞ믄 다 그 ᄋᆞ의 타시믈 ᄋᆡᄃᆞᆯ와ᄒᆞᄃᆡ 발셔 업친 믈이오 ᄌᆞ긔 등이 봉시(奉侍)ᄒᆞ믈 태홀(怠忽)이 ᄒᆞ여 존빈귀긱(尊賓貴客)의 번거히 니ᄅᆞ므로 잠간 믈너나 야야의 긔거(起居)ᄅᆞᆯ ᄉᆞᆯ피디 못ᄒᆞ엿다가 ᄀᆞᆺᄐᆞ여 경부의 가 허다 실톄의 무궁ᄒᆞᆫ 취쇼(取笑)ᄅᆞᆯ 면치 못ᄒᆞ니 스ᄉᆞ로 블민블쵸(不敏不肖)ᄒᆞ믈 죄ᄅᆞᆯ 삼

50면

51면

69 실톄실조(失體失措): 실체실조. 체통을 잃고 잘못함.

70 참황뉵니(慘惶忸怩): 참황육니. 참담하고 부끄러움.

71 뉴미셩안(柳眉星眼): 유미성안. 버들잎 같은 눈썹과 별 같은 눈.

72 희란: '희린'의 오기인 것으로 보임.

아 츄연이 됴흔 빗치 업ᄉᆞ니 공이 좌우롤 고면(顧眄)ᄒᆞ여 부인과 이ᄌᆡ다 안ᄉᆡᆨ이 블화(不和)ᄒᆞ믈 보고 믄득 깃거 아냐 돌돌ᄎᆞ탄(咄咄嗟嘆) 왈 "남의 ᄌᆞ식을 보고 내 ᄌᆞ식을 보ᄆᆡ 더옥 그ᄅᆞᆺ 나하시믈 알니로다. 사ᄅᆞᆷ이 다 졍시의 가ᄒᆡᆼ녜도(家行禮度)와 졍ᄌᆞ 등의 디효디셩(至孝至誠)을 본밧기 어려오나 인ᄌᆞ디되(人子之道) 어버이롤 ᄃᆡᄒᆞ여 그 쯧을 편안케 ᄒᆞ미 올커놀 ᄉᆡᆨ난(色難)을 더으며 이셩(怡聲)으로 위로ᄒᆞ미 업ᄉᆞᆫ 듕 공연이 블효디ᄉᆡᆨ(不孝之色)과 함분디ᄐᆡ(含憤之態)[73]로 거동이 블슌괴이(不順怪異)ᄒᆞ니 엇디 ᄒᆡ연(駭然)치 아니리오? 내 일즉 쟝닌과 녀ᄋᆞ의 이 ᄀᆞᆺᄐᆞ믈 보디 못ᄒᆞ엿ᄂᆞ니 아니 너의ᄂᆞᆫ 날을 졔어(制御)ᄒᆞᄂᆞᆫ 엄ᄉᆞ(嚴師)ᄀᆞᆺ치 ᄒᆞ고 스ᄉᆞ로 날노뼈 위부(謂父)ᄒᆞ믈 낫게 넉이미냐?"

52면 냥ᄉᆡᆼ(兩生)이 브복문파(俯伏聞罷)의 블승황구(不勝惶懼)ᄒᆞ여 년망이 면관ᄒᆡᄃᆡ(免冠解帶)ᄒᆞ고 고두쳥죄(叩頭請罪)ᄒᆞᆯᄉᆡ 이랑은 유시(幼時)의 조급ᄒᆞ며 강협(剛狹)ᄒᆞ던 셩졍을 곳친 후로 일즉 언ᄉᆞ의 골돌명ᄇᆡᆨ(鶻突明白)[74]ᄒᆞ믈 구치 아냐 스ᄉᆞ로 몽농ᄒᆡ완(朦朧懈緩)[75]ᄒᆞᆯ디언졍 젼조망셜(轉躁妄說)[76]ᄒᆞ미 업ᄂᆞᆫ디라. 부모롤 밧드러 셤기미 디극히 슌효(順孝)ᄒᆞ여 ᄉᆞ디(死地)라도 블감역명(不敢逆命)일 ᄃᆞᆺᄒᆞ니 오ᄃᆡᆨ 신ᄉᆡᆼ(申生)[77]의 승슌(承順)ᄒᆞ믈 법밧고 대슌(大舜)의 큰 효와 딘졍ᄒᆞ

---

73 함분디ᄐᆡ(含憤之態): 함분지태. 화를 내고 분해하는 모습.

74 골돌명ᄇᆡᆨ(鶻突明白): 골돌명백. 골돌은 모호한 모양이라는 뜻으로, 골돌명백은 모호함과 분명함을 말함.

75 몽농ᄒᆡ완(朦朧懈緩): 몽롱해완. 분명하지 않고 풀어져 느슨함.

76 젼조망셜(轉躁妄說): 전조망설. 조바심을 내거나 이치에 맞지 않는 말을 함.

77 신ᄉᆡᆼ(申生): 춘추시대 진(晉)나라 헌공(獻公)의 태자. 헌공의 총비인 여희가 자신의 아들을 태자로 삼기 위해 신생을 참소하자 따지지 않고 자살함.

신 쳐변(處變)을 능히 효측디 못홀 위인이로디 금일 야야의 실톄실조를 민의졀박(憫意切迫)ᄒᆞ여 몬져 블민블효(不敏不孝)와 시봉(侍奉)의 블초ᄒᆞ믈 쳥죄ᄒᆞ며 인ᄒᆞ여 긴 말솜을 베퍼 졍부의 가 허다 실톄로뻐 무궁훈 취쇼룰 ᄒᆞ시미 다 블초 등의 죄라 ᄒᆞ여 언언이 ᄉᆞ죄(謝罪)를 쳥ᄒᆞᄂᆞᆫ 듕 부친의 쳐ᄉᆡ(處事) 사롬의 우임을 밧ᄂᆞᆫ 바룰 졀졀이 고간(固諫)ᄒᆞᄆᆡ 다ᄃᆞ라ᄂᆞᆫ 말솜이 명빅ᄒᆞ여 졀듕(節中)ᄒᆞ고 졍대(正大)홀 쓴 아니라 ᄎᆞ후나 다시 그 ᄀᆞᆺ툰 실톄룰 마ᄅᆞ시믈 간걸(懇乞)ᄒᆞᄆᆡ 쳬뤼(涕淚) 병뉴(併流)ᄒᆞ믈 마디 아냐 화왕(花王) ᄀᆞᆺ툰 용의(容儀)룰 53면
기리 젹시거놀 삼낭은 슈황딘박(羞惶震迫)ᄒᆞ여 오딕 블초의 무상(無狀)ᄒᆞ므로뻐 대인의 실톄ᄒᆞ심과 사롬의게 취쇼ᄒᆞ시미 무궁ᄒᆞ시믈 일ᄏᆞ라 또훈 눈믈을 흘니며 죽어 뭇칠 ᄯᅡ히 업셔 ᄒᆞ니 공이 비록 우혹(愚惑)ᄒᆞ여 영달치 못ᄒᆞ고 집미(執迷)ᄒᆞ여 ᄭᆡ닷기룰 쾌히 못 ᄒᆞ나 이ᄌᆞ(二子)의 말을 드러오ᄆᆡ 그 간졀훈 셩효룰 감동ᄒᆞ여 홀 쓴 아니라 ᄌᆞ긔 실톄ᄒᆞ미 남의 우음을 취홀 마디 업디 아니믈 비로소 ᄭᆡᄃᆞ라 후회 업디 아니ᄒᆞ나 ᄌᆞ긔 복계쳥죄(伏階請罪)홈 곳 아니면 졍의계의 샤ᄒᆞᄂᆞᆫ 말을 엇디 못홀 듯ᄒᆞ고 운계션ᄉᆡᆼ 부ᄌᆞ긔 졀ᄒᆞ여 샤죄ᄒᆞ미 아니면 태우의 ᄌᆞ긔룰 향ᄒᆞ여 슈작ᄒᆞᄂᆞᆫ 희귀(稀貴)ᄒᆞ미 잇디 아닐디라 잠간 몸을 낫초며 말을 구구히 ᄒᆞ믈 인ᄒᆞ여 큰 깃브믈 어더 깁흔 근심을 플고 졍태우로뻐 작헌빅례(酌獻拜禮)ᄒᆞᄂᆞᆫ 디경의 미쳐 완연훈 슬하디인(膝下之人)으로뻐 만금으로뻐 밧고디 못홀 희ᄉᆡ(喜事)어놀 이지 54면
브졀업시 슬허ᄒᆞ고 ᄋᆡ달나 ᄒᆞ믈 도로혀 민망ᄒᆞ여 쇼왈(笑曰)

"여등(汝等)이 원간 ᄉᆞᄉᆞ디심(私私之心)이 다 과훈디라. 사롬이 셩인이 아니면 허믈이 잇ᄂᆞ니 비록 그ᄅᆞ미 이시나 스ᄉᆞ로 ᄭᆡ다라 향인(向

人)ᄒᆞ여 허믈을 곳치ᄂᆞᆫ 뜻을 뵈미 올커ᄂᆞᆯ 내 압히 디극히 그ᄅᆞ고 일을 잘못ᄒᆞᆫ 바ᄅᆞᆯ ᄉᆞ욕(私慾)과 승긔(勝氣)로뻐 거연(居然)이 올흔 체ᄒᆞ여 도로혀 져 사ᄅᆞᆷ이 내게 빌기ᄅᆞᆯ 죄오고 잇ᄂᆞᆫ ᄌᆞᄂᆞᆫ 흉완(凶頑)ᄒᆞ며 싀험(猜險)ᄒᆞ여 기심(機心)이 블측(不測)ᄒᆞ니 이런 뉴(類)ᄂᆞᆫ ᄯᅩᄒᆞᆫ 길치 아닌디라. 내 본ᄃᆡ 젼방의 말 가온ᄃᆡ 빈쳔ᄌᆞ(貧賤者)ᄂᆞᆫ 오히려 교만ᄒᆞ거니와 부귀ᄌᆡ(富貴者) 앙감교인(仰敢驕人)이리오 ᄒᆞ믈 올히 넉이고 평ᄉᆡᆼ의 쇼심익익(小心翼翼)[78]ᄒᆞ여 사ᄅᆞᆷ으로 더브러 ᄌᆡᆼ단고격(爭端敲擊)ᄒᆞ믈 구치 아니턴 ᄇᆡ어ᄂᆞᆯ 일시 실언으로 졍의계의 노ᄅᆞᆯ 닐위며 남의 규슈ᄅᆞᆯ 함항(陷坑)의 뭇디ᄅᆞ니[79] 져 졍시 졔인(諸人)이 맛ᄎᆞᆷ 활냥관대(闊量寬大)ᄒᆞ여 깁히 원을 ᄆᆡᆺ디 아니ᄒᆞ거니와 나의 실언ᄒᆞᆫ 그ᄅᆞ미 그 어
55면 ᄃᆡ ᄆᆡᆺ쳣ᄂᆞ뇨? ᄒᆞᆫ번 친히 가 작일(昨日) 실언을 샤죄ᄒᆞ고 졍쇼져의 누셜(陋說)을 내 스ᄉᆞ로 신ᄇᆡᆨᄒᆞ믈 아니치 못ᄒᆞᆯ ᄇᆡ오 내 젼일 ᄌᆡ보의게 허믈을 ᄇᆞᆺ하시ᄃᆡ 운계의 가디록 화평ᄒᆞᆷ과 ᄌᆡ보의 친의(親意)ᄅᆞᆯ 승슌(承順)ᄒᆞ믈 인심의 감격ᄒᆞᆯ시 ᄯᅩ ᄒᆞᆫ 번 칭샤ᄒᆞ미 업디 못ᄒᆞᆯ 고로 두 가디 인ᄉᆞᄅᆞᆯ 두ᄆᆡ 은ᄇᆡᆨ의 노긔(怒氣)ᄅᆞᆯ 플며 ᄌᆡ보의 부ᄌᆡ ᄯᅩᄒᆞᆫ 과례(過禮)로뻐 ᄃᆡᄒᆞ니 피일시ᄎᆞ일시(彼一時此一時)의 포회(抱懷)ᄒᆞ믈 두디 아니코 홀연 화연(和然)ᄒᆞ미 구ᄒᆞ여 엇디 못ᄒᆞᆯ ᄇᆡ니 내 잠간 눈을 낫초고 말ᄉᆞᆷ을 온공(溫恭)이 ᄒᆞ미 므어시 실톄실조(失體失措)로 나의 작픔부귀(爵品富貴) ᄯᅥ러디미 되리오? 여등(汝等)이 일노뻐 사ᄅᆞᆷ의게 취쇼(取笑)ᄒᆞ다 ᄒᆞ여 슬허ᄒᆞ며 ᄋᆡ돌와ᄒᆞ나 엇디 편ᄋᆡᆨ(偏戹)디 아니리오?

78 쇼심익익(小心翼翼): 소심익익. 조심하고 공경함.

79 뭇디ᄅᆞ니: 묻지르다. 파묻다.

내 그리 아냐셔ᄂᆞᆫ ᄇᆡᆨ년이 되여도 은ᄇᆡᆨ의 뇌(怒) 플니디 아닐 거시오 ᄌᆡ보와 말ᄒᆞ믈 엇디 못ᄒᆞ리니 내 금일 경가의 아니 가다 디위(地位) 더 존엄(尊嚴)ᄒᆞ며 잠간 가 단녀오다 일시의 비쳔(卑賤)ᄒᆞ랴? 모로미 고담져이 말고 쏘 브졀업시 쳥죄치 마라. 내 여등의 ᄉᆞ식이 화치 못ᄒᆞ믈 56면
인ᄒᆞ여 어버이 셤기ᄂᆞᆫ 도리 그러치 아니믈 닐너신들 굿ᄐᆞ여 셩죄(成罪)ᄒᆞ여 과칙(過責)ᄒᆞ미 아니니 여등이 쏘ᄒᆞᆫ 녜ᄉᆞ로이 홀 거시어ᄂᆞᆯ 어이 ᄉᆞ죄ᄅᆞᆯ 일ᄏᆞᄅᆞ며 스ᄉᆞ로 블초ᄒᆞ미라 ᄒᆞ여 내 ᄯᅳᆺ이 블평케 ᄒᆞᄂᆞ뇨?”
인ᄒᆞ여 냥ᄌᆞ(兩子)ᄅᆞᆯ 나오라 ᄒᆞ고 좌우로 경부인을 브ᄅᆞ니 삼낭이 딘실노 ᄇᆡᆨ슈(伯嫂)ᄅᆞᆯ ᄃᆡᄒᆞ미 참괴(慙愧)ᄒᆞ나 쏘 피ᄒᆞ믄 괴이ᄒᆞᆫ 고로 듕형(仲兄)으로 더브러 의ᄃᆡ(衣帶)ᄅᆞᆯ ᄀᆞᆺ초와 브득이 ᄇᆡ샤승당(拜謝昇堂)홀ᄉᆡ 경부인이 쇼명(召命)을 니어 당젼(堂前)의 다ᄃᆞᄅᆞ니 냥ᄉᆡᆼ(兩生)이 니러 공경ᄒᆞ여 마ᄌᆞ며 경시 존구면전(尊舅面前)의 나아가 ᄇᆡ슈응명(拜受應命)ᄒᆞ니 공이 명좌(命坐)ᄒᆞ고 왈
“현뷔(賢婦) 가듕의 쇼쇼ᄉᆞ고(小小事故)와 우환질고(憂患疾苦)로 인ᄒᆞ여 오ᄅᆡ 본부의 왕알(往謁)ᄒᆞ미 업ᄉᆞ니 그 심니(心裏)의 창울(悵鬱)ᄒᆞ믄 니ᄅᆞ디 말고 ᄇᆡᆨ모 태부인의 결연(缺然)ᄒᆞ시미 깁흐실 ᄃᆞᆺᄒᆞ며 목ᄌᆡ의 웅비디경(熊羆之慶)[80]을 하례치 못ᄒᆞ여시니 비록 존옹(尊翁)과 목ᄌᆡ 가듕의 잇디 아니시나 현부의 ᄯᅳᆺ이 창결(悵缺)ᄒᆞ미 더을디라. 금일은 특별이 도라가 ᄉᆞ오일 머므러 도라오라.” 57면
인ᄒᆞ여 작금냥일(昨今兩日)의 경조공과 슈작ᄒᆞᆫ 바ᄅᆞᆯ 젼ᄒᆞ며 왈

80 웅비디경(熊羆之慶): 웅비지경. 아들을 낳은 경사. 웅비는 곰과 큰 곰, 즉 아들을 말함. 《시경》 〈사간〉의 “곰과 큰 곰은 아들을 낳을 상서로움이로다(維熊維羆 男子之祥).”에서 옴.

"은빅의 셩졍이 편엄(偏嚴)ᄒᆞ고 고집이 ᄐᆡ심(太甚)ᄒᆞ나 나의 뉘웃ᄂᆞᆫ ᄯᅳᆺ과 샤죄ᄒᆞᆫ 말이 딘심소발(眞心所發)이믈 아랏ᄂᆞ니 현뷔 그ᄋᆞᆨ이 은빅의 말을 드러보라. 비록 소원이 아니나 쇼져를 공연이 폐륜(廢倫)튼 못ᄒᆞ리니 필연 ᄎᆞ혼(此婚)이 셩젼(成全)홀가 ᄒᆞᆫ갈ᄀᆞᆺ치 고집ᄒᆞ여 쳔금일교(千金一嬌)로ᄡᅧ 공규(空閨)의 유발승(有髮僧)을 민돌고ᄌᆞ ᄒᆞᄂᆞᆫ가 아라 오라."

경부인이 듯자오믜 미쳐 ᄃᆡ치 못ᄒᆞ여셔 연부인이 아미(蛾眉)를 튝합(縮合)ᄒᆞ여 왈

"현뷔 누삭(屢朔)을 본부의 왕ᄂᆡ(往來)를 긋쳐시니 결울(結鬱)ᄒᆞᆫ 경을 블문가디(不問可知)어니와 금일 도라가나 블미디ᄉᆞ(不美之事)를 현뷔 도로혀 경조공긔 뵈오미 무안홀[81] ᄇᆡ오 삼공ᄌᆡ 아딕 취실(娶室)치 못ᄒᆞᆫ 바로 쇼져의 ᄎᆞ례 뎨ᄉᆞ(第四)의 거ᄒᆞ다 ᄒᆞ니 블ᄒᆡᆼ통완(不幸痛惋)ᄒᆞᆫ 바의 밧브디 아닌 친ᄉᆞ(親事)를 의논ᄒᆞ여 경조공의 분노를 더
58면 으디 못홀디라. 내 니ᄅᆞ디 아니ᄒᆞ나 현뷔 브졀업ᄉᆞᆫ 말을 아니 ᄒᆞ려니와 상공이 경조공의 ᄯᅳᆺ을 아라보라 ᄒᆞ실ᄉᆡ 그 가치 아니믈 니ᄅᆞᄂᆞ니 현뷔 므솜 말노 그 ᄯᅳᆺ을 아라보리오? 오딕 ᄌᆞᆷ잠ᄒᆞ여 일이 되여가믈 보고 경조공의 노긔 플니기를 기ᄃᆞ리미 됴흘가 ᄒᆞ노라."

경부인이 구고(舅姑)의 말ᄉᆞᆷ을 가져 가부[82](可否)를 뎡치 못ᄒᆞ여 오딕 ᄇᆡ샤유유(拜謝唯唯)홀 ᄯᆞᄅᆞᆷ이니 공이 다시 현윤을 어로만져 왈

"ᄋᆞ히 말은 잠간 상(常)업셔도 댱ᄌᆡ(長者) 허믈치 아닛ᄂᆞ니 네 모로미

---

81 뵈오미 무안홀: 규장각본에는 '뵈오니 문안홀'로 되어 있음.

82 가부: 규장각본에는 '가부부'로 되어 있음.

어미를 조추가 경조[83]를 보아던 네 아주비를 나모라 수회 못 숌을 바롤 말ᄒᆞ여 보라."

현윤이 복이디왈(伏而對曰)

"쇼손(小孫)이 구상유취(口尙乳臭)로 대ᄉᆞ의 참논(參論)ᄒᆞ와 간셥ᄒᆞ미 블가ᄒᆞᆯ 쁜 아니오라 ᄌᆞ연 친ᄉᆡ(親事) 셩젼(成全)ᄒᆞ오리니 이ᄡᅵ의 경조 쳑조(戚祖)ᄂᆞᆫ 만금일교(萬金一嬌)로ᄡᅧ 폐륜ᄒᆞ믈 뎡ᄒᆞ시거놀 셔어ᄒᆞᆫ 말숨이 증분(憎憤)을 더을 ᄯᆞ롬이오니 굿은 뜻을 일시의 두로혀디 못ᄒᆞ시나 삼슉뷔(三叔父) 경조공의 동상(東床)이 되라 ᄒᆞ여실딘디 쳑죄 희음업시 고집을 파ᄒᆞ시며 ᄆᆞ옴을 두로혀샤 삼슉으로ᄡᅧ 입막(入幕)의 교킥(嬌客)[84]을 삼으시리니 원컨디 왕부(王父)ᄂᆞᆫ 믈녀(勿慮)ᄒᆞ시고 ᄌᆞ모의 거간(居間)ᄒᆞ여 권치 못ᄒᆞᆯ 바롤 ᄯᅩᄒᆞᆫ ᄉᆡᆼ각ᄒᆞ쇼셔." 59면

댱공이 그 슌믁(淳默)ᄒᆞ며 졍대(正大)ᄒᆞ미 날노 션유(先儒)의 풍(風)과 현ᄉᆞ(賢士)의 틀이 니러시믈 두굿겨 그 손을 잡고 귀밋ᄎᆞᆯ 어로만져 흔연이 부인을 도라보며 쇼왈(笑曰)

"창닌의 아롬다오미 인듕걸ᄉᆡ(人中傑士)오 작듕봉황(雀中鳳凰)이나 오히려 ᄎᆞᄋᆞ(此兒)를 밋디 못ᄒᆞ리니 현부의 틱훈(胎訓)의 착ᄒᆞ미 아니면 엇디 이러틋 신신요요(申申夭夭)ᄒᆞ여 셩현의 풍이오 유ᄌᆞ(儒子)의 틀이 ᄀᆞ족ᄒᆞ리오?"

부인이 ᄯᅩᄒᆞᆫ 희연이 두굿기ᄂᆞᆫ 빗출 여러 뉵셰치ᄌᆞ(六歲稚子)로ᄡᅧ

83 경조: 규장각본에는 '정경조'로 되어 있음.

84 입막(入幕)의 교긱(嬌客): 입막의 교객. 입막은 장막 안에 들어온다는 뜻으로 가까운 사람을 뜻하며, 여기서는 사위를 일컫는 말로 쓰임. 입막지빈(入幕之賓)이라고도 함. 교객도 사위를 뜻함.

ᄆᆞ옴의 밋고 듕히 넉이미 댱셩(長城)과 교악(嶠嶽)의 비ᄒᆞ니 윤ᄋᆞ의 위인을 뭇디 아냐 가히 알니러라. 졍부인이 인ᄒᆞ여 구고긔 빅샤ᄒᆞ여

60면 ᄉᆞ오일 머므러 도라올 바룰 고ᄒᆞᆫ 후 응셜각의 니ᄅᆞ러 쇼고(小姑) 댱쇼져룰 보아 본부의 잠간 도라가ᄂᆞᆫ 바룰 니룰시 ᄯᅵ의 댱쇼졔 빅병(百病)이 교침(交侵)의 침식(寢食)이 날노 감ᄒᆞ여 엄엄위름(奄奄危懍)ᄒᆞ미 시(時)로 더으ᄃᆡ 친위(親闈)예 졀우(切憂)룰 두려 강질(强疾)[85]ᄒᆞ미 부뫼 니ᄅᆞ러 보ᄂᆞᆫ ᄯᅵᄂᆞᆫ 능히 니러 마ᄌᆞ며 돗 아릐 나려 말ᄉᆞᆷᄒᆞ믈 여상(如常)이 ᄒᆞᄃᆡ 대인과 냥ᄌᆞ위(兩慈闈) 드러가신 후ᄂᆞᆫ 츤 ᄌᆞ리의 몸을 더지고 빗 업ᄂᆞᆫ 금금(衾衿)을 치그어 혼혼(昏昏)이 인ᄉᆞ(人事)룰 ᄇᆞ려시니 ᄒᆞ로 일종 미음도 능히 슌강(順降)ᄒᆞ믈 엇디 못ᄒᆞ여 피룰 셧거 회구(廻嘔)ᄒᆞ믈 마지 아니ᄒᆞ니 병의 깁흠과 거동의 위틔ᄒᆞ미 시일이 급ᄒᆞᄃᆡ 댱공과 박시의 어두오미 그 위듕ᄒᆞ믈 아디 못ᄒᆞ고 오딕 셰린의 딜환(疾患)의 초조ᄒᆞ다가 그 가복(可復)ᄒᆞ믈 힝심(幸甚)ᄒᆞᆯ ᄲᅳᆫ이라. 쇼졔 병셰 디ᄎᆞ(至此)ᄒᆞ여 셰ᄉᆞ(世事)룰 유의(留意)ᄒᆞ미 업ᄉᆞᆫ 듯ᄒᆞ며 말소릐룰 귀예 담아 듯디 아닛ᄂᆞᆫ 듯ᄒᆞ므로 가듕이 일즉 범간인ᄉᆞ(凡干人事)룰 쇼져긔 젼ᄒᆞ미 업더니 ᄎᆞ일 댱공이 경조공의 화평ᄒᆞᆷ

61면 과 태우의 잔을 밧고 도라와 깃븐 말을 부인과 이ᄌᆞ(二子)룰 ᄃᆡᄒᆞ여 니ᄅᆞ미 박시 대강을 드ᄅᆞ니 그 역시 환희쾌열(歡喜快悅)ᄒᆞ미 젼디도디(顚地倒地)ᄒᆞ여 응셜각의 니ᄅᆞ러 녀ᄋᆞ룰 ᄃᆡᄒᆞ야 ᄎᆞᄉᆞ(此事)룰 ᄀᆞᆺ초 젼ᄒᆞᆫᄃᆡ 쇼졔 병을 강인(强忍)ᄒᆞ여 모친을 마ᄌᆞ 슈미(首尾)룰 일쳥

---

85 강질(强疾): 병을 무릅씀.

(一聽)의 히음업시 일셩댱탄(一聲長嘆)ᄒᆞ미 옥면(玉面)의 ᄌᆞ운(紫雲)이 몽몽(濛濛)[86]ᄒᆞ고 쌍셩(雙星)의 징패(澄波) 니러나 구름이 무셩ᄒᆞᆫ 귀밋ᄐᆡ 츈위(春雨) 기리 져ᄌᆞ믈 ᄭᆡ닷디 못ᄒᆞ니 박시 놀나 왈

"우리 ᄆᆡ양 셔랑(婿郞)의 ᄆᆡ몰(埋沒)ᄒᆞ믈 한ᄒᆞ며 슬허ᄒᆞ던 바로 어졔날 상공이 녀가 블인(不仁)의 그ᄅᆞᆺ 쇠오믈 듯고 졍부의 가 소리히 친ᄉᆞ(親事)를 구ᄒᆞᆫ 탓ᄉᆞ로 졍경조의 범 ᄀᆞᆺᄐᆞᆫ 셩을 닐위니 공연이 우환을 만난 ᄌᆞ시어놀 이졔 다ᄒᆡᆼ이 상공이 샤죄칭과(謝罪稱過)ᄒᆞ믈 ᄒᆞᆫ번 쾌히 ᄒᆞ미 졍공의 모딘 셩이 프러디고 셔랑이 포회(抱懷)ᄒᆞᆫ 노분(怒忿)을 프러 ᄉᆞᄉᆡ(事事) 크게 바란 밧기니 깃브며 즐거오미 이에 더으미 업ᄂᆞᆫ디라. 오딕 원ᄒᆞᄂᆞᆫ 밧ᄌᆞᄂᆞᆫ 졍경죄 고집을 두로혀 셰ᄋᆞ롤 슈히 동상(東床)의 맛고 셔랑이 요괴로온 쇼녀의 졍ᄐᆡ(情態)를 ᄭᆡ쳐 영기폐츌(永期廢黜)ᄒᆞ며 너롤 다시 마ᄌᆞ 도라가면 나의 근심이 ᄒᆞ나토 업ᄉᆞᆯ ᄇᆡ어놀 녀아ᄂᆞᆫ 엇디 우환의 슬허 아니 ᄒᆞ던 바로 하ᄉᆞ(何事)의 상심ᄒᆞ미 어이 이 ᄀᆞᆺᄐᆞ뇨?"

쇼제 모친의 디의(志意)와 쇼견(所見)이 여ᄎᆞᄒᆞ믈 더옥 민민(憫憫)ᄒᆞ고 그 졍이 궁극(窮極)ᄒᆞ믈 늣겨 ᄌᆞ긔 남ᄆᆡ의 블효롤 슬허ᄒᆞ미 셰린의 위인을 깁히 ᄋᆡ달와ᄒᆞᄃᆡ ᄯᅩᄒᆞᆫ 업친 믈이라 한ᄒᆞ여 밋출 길히 업ᄉᆞ나 야야의 범ᄇᆡᆨ쳐ᄉᆡ(凡百處事) 졀졀이 우음을 취ᄒᆞ며 태우의 능멸강모(凌蔑强侮)ᄒᆞᄂᆞᆫ 뜻과 증분고염(憎憤苦厭)ᄒᆞᄂᆞᆫ ᄆᆞ음은 잔을 밧드러 나올ᄉᆞ록 익익층가(益益層加)ᄒᆞ거놀 야야와 모친은 아득히 ᄭᆡ닷 62면

86 몽몽(濛濛): 비나 안개가 자욱함. 여기서는 얼굴에 근심이 어리는 것을 비유한 것.

디 못ᄒᆞ고 일노뼈 인간디락(人間之樂)과 셰상ᄌᆞ미(世上滋味)ᄅᆞᆯ 삼아 극ᄒᆞᆫ희ᄉᆞ(極限喜事)로 젼ᄒᆞ시믈 보ᄆᆡ 이 쏘ᄒᆞᆫ 디ᄌᆞ디졍(止慈之情)을 비로셔[87] ᄌᆞ가의 젼졍(前程)이 망단(妄斷)치 아니ᄒᆞᆯ가 환심영ᄒᆡᆼ(歡心榮幸)ᄒᆞ며 셰린이 쏘 명문슉완(名門淑婉)으로 ᄇᆡ필ᄒᆞ미 이실가 호

63면 호현망(浩浩懸望)ᄒᆞ믈 창연감오(愴然感悟)ᄒᆞ여 ᄉᆞᄆᆡᄅᆞᆯ 드러 빵쳬(雙涕)ᄅᆞᆯ 거두고 나ᄌᆞᆨ이 고왈(告曰)

"블초 등이 무상(無狀)ᄒᆞ와 ᄒᆞᆫ 일도 친위(親位)에 효도ᄅᆞᆯ 닐위디 못ᄒᆞ며 도로혀 이우(貽憂)ᄅᆞᆯ 증(增)ᄒᆞ와 엄위의 실톄ᄅᆞᆯ 돕ᅀᆞᆸ고 인인(人人)의 긔쇼(譏笑)ᄒᆞ믈 더으오니 블효의 무거오미 몸을 고형(苦刑)ᄒᆞ와도 죄ᄅᆞᆯ 다 쇽기 어렵ᄉᆞ온디라. 인ᄌᆞ디심(人子之心)의 엇디 ᄋᆡ달오며 슬프미 업ᄉᆞ리잇고? 대인의 작일 녀공의 말ᄉᆞᆷ을 드ᄅᆞ시고 경조공을 ᄃᆡᄒᆞ샤 ᄀᆞ바야이 구친(求親)ᄒᆞ신 바의 졍쇼져의 졀조열ᄒᆡᆼ(節操烈行)을 믄득 음쳔(淫賤)ᄒᆞᆫ 곳의 미쳐시니 경부 합문(闔門)이 통앙분개(痛怏憤慨)ᄒᆞ미 엇디 괴이ᄒᆞ리잇가? 임의 그ᄅᆞᆺ 발셜ᄒᆞ신 ᄇᆡ니 오딕 츄회(追悔)ᄒᆞᆷ만 뵈시고 년월 ᄆᆡᆼ파의 말ᄉᆞᆷ만 젼ᄒᆞ샤 졍쇼져 누셜만 벗기셔도 족ᄒᆞ옵거ᄂᆞᆯ 존톄(尊體)ᄅᆞᆯ 굴강(屈降)ᄒᆞ샤 실조(失措)ᄒᆞ믈 ᄉᆡᆼ각디 아니시며 쏘 년쇼(年少)의 니ᄅᆞ히 믄득 졀ᄒᆞ여 칭과샤죄(稱過謝

64면 罪)ᄒᆞ시미 엇디 대단ᄒᆞᆫ 실톄(失體) 아니리잇고? 경조공이 격상쥰위ᄒᆞ시나 본셩이 관대ᄒᆞ시니 임의 과도ᄒᆞ믈 ᄀᆞᆺ치샤 쇼져ᄅᆞᆯ 죽이지 아니시고 삼뎨(三弟)의 ᄉᆞ상(思想)ᄒᆞᄂᆞᆫ 허믈이 듕ᄒᆞ나 월장투향(越墻偸

---

87 디ᄌᆞ디졍(止慈之情)을 비로셔: 규장각본에는 '지ᄌᆞ지졍으로셔'로 되어 있음.

香)의 방ᄌᆞ(放恣)ᄒᆞ미 아닌 줄 아ᄅᆞ신 후ᄂᆞᆫ ᄒᆞᆫ갓 통히(痛駭)ᄒᆞ며 분히ᄒᆞ실디언졍 굿ᄐᆞ여 대인으로 더브러 결원(結怨)홈 ᄀᆞᆺ디 아니시리니 야얘 그러ᄐᆞᆺ 샤죄치 아니셔도 협익(狹隘)ᄒᆞᆫ ᄋᆞ녀(兒女)의 함노(含怒)ᄒᆞ믈 두디 아니시므로뼈 ᄌᆞ연 화평이 ᄃᆡ홀 거시오 졍군의 다ᄃᆞ라ᄂᆞᆫ 쳔 번 ᄋᆡ걸ᄒᆞ고 만 번 츄회(追悔)ᄒᆞ믈 뵈나 ᄯᅩᄒᆞᆫ 감동ᄒᆞᆯ 위인이 아니라 졔 엄명(嚴命)을 슌슈(順受)ᄒᆞ여 강면(强勉)이 두어 말ᄉᆞᆷ을 ᄃᆡᄒᆞ미 이시며 그 ᄒᆞᆫ 잔 술을 바드시미 므ᄉᆞᆷ 영화로오미 잇ᄉᆞ리잇고? 져의 ᄯᅳᆺ이 야야ᄅᆞᆯ 뵈와 졉화(接話)코ᄌᆞ 아니 ᄒᆞᄂᆞ니 대인이 ᄯᅩᄒᆞᆫ 더브러 말ᄉᆞᆷ코ᄌᆞ 아니실 거시어ᄂᆞᆯ 톄위(體位)ᄅᆞᆯ 손상ᄒᆞ시고 구ᄎᆞ히 비러 졉화(接話)ᄒᆞ믈 엇고ᄌᆞ ᄒᆞ시미 이 ᄯᅩ 블초녀ᄅᆞᆯ 통ᄋᆡ(寵愛)ᄒᆞ시므로뼈 비로ᄉᆞ ᄉᆞ샤(事事) 욕되믈 피치 아니시니 이 마ᄃᆡ의 다ᄃᆞ라ᄂᆞᆫ 65면
블쵸 더옥 골돌ᄒᆞ여 블효ᄅᆞᆯ 슬허ᄒᆞ오며 부모의 실톄실언(失體失言)ᄒᆞ시믈 ᄋᆡ달와ᄒᆞᄂᆞ이다. ᄌᆞ위 디금의 소ᄆᆡᄅᆞᆯ 한ᄒᆞ믈 긋치 아니시고 소대인의 산고히활디덕(山高海闊之德)을 원슈로뼈 갑고ᄌᆞ ᄒᆞ시거니와 쇼녀의 딘졍(眞情)이 몸 우희 블효블명(不孝不明)ᄒᆞ온 대죄(大罪)ᄅᆞᆯ 당ᄒᆞ미 아니라도 삼죵(三從)[88]이 구경(俱慶)[89]ᄒᆞ와 남ᄀᆞᆺ치 영길안향(永吉安享)ᄒᆞ믈 ᄇᆞ라디 아니ᄒᆞ옵ᄂᆞ니 ᄌᆞ위(慈闈)ᄂᆞᆫ 엇디 쇼녀로뼈 아이의 업더니로 아ᄅᆞ샤 념두(念頭)의 거리ᄭᅵ디 마ᄅᆞ시믈 쾌히 못 ᄒᆞ시며 ᄆᆡ양 실톄실덕(失體失德)인ᄌᆞᆨ 쇼녀로뼈 빌ᄆᆡᄒᆞ오미니 텬디지간

---

88 삼죵(三從): 삼종. 삼종지도. 옛날에 여자가 어려서는 아버지를, 결혼해서는 남편을, 남편이 죽으면 아들을 따른다는 말. 여기서는 아버지, 남편, 아들을 뜻함.

89 구경(俱慶): 부모가 모두 생존한 경사.

(天地之間)의 블초블효(不肖不孝)ᄒᆞ미 쇼녀 ᄀᆞᄐᆞᆫ ᄌᆡ ᄯᅩ 어ᄃᆡ 잇ᄉᆞ리
잇고? 존구대인(尊舅大人)의 덕음(德音)은 니ᄅᆞᆫ바 텬인디셩(天人之
誠)이시니 야야의 실톄ᄒᆞ시믈 위ᄒᆞ여 ᄋᆡ돌와ᄒᆞ실디언졍 웃디 아니시
고 시비치 아니시려니와 졍ᄌᆞ의 우이 넉임과 졔쇼년의 긔쇼(譏笑)ᄒᆞ
미야 엇디 측냥ᄒᆞ리잇가? 가듕(家中)의 ᄇᆡᆨ형(伯兄)이 나가므로브터
66면 부모의 실덕과ᄃᆡ(失德過大)ᄒᆞ시믈 간(諫)ᄒᆞ리 업ᄉᆞ며 ᄀᆞ리오리 업ᄉᆞᆯ
ᄲᅳᆫ 아니오라 삼뎨(三弟)와 쇼녀 ᄀᆞᄐᆞᆫ ᄌᆞᄂᆞᆫ 실덕(失德)과 가단(家短)
을 돕ᄉᆞᆸ고 이뎨(二弟) ᄀᆞᄐᆞᆫ ᄌᆞᄂᆞᆫ ᄒᆞᆫ갓 슬허ᄒᆞ여 탄희(嘆噫)ᄒᆞᆯ디언졍
딘션(盡善)ᄒᆞᆫ 도리로ᄡᅧ 간치 못ᄒᆞᄋᆞᆸᄂᆞ니 블초 등은 딘실노 유블여뮈
(有不如無)니이다.”

박시 쳥필(聽畢)의 오히려 밋디 아냐 왈

“졍ᄌᆡ 우이 넉일딘ᄃᆡ 집작ᄇᆡ현(執酌拜獻)ᄒᆞᆯ 니 업ᄉᆞᆯ 거시오 졍경죄
복계쳥죄(伏階請罪)ᄒᆞ믈 경동(警動)ᄒᆞ미 아닐딘ᄃᆡ 작일(昨日) 그 ᄀᆞ
ᄐᆞᆫ 노분(怒憤)을 금일 슈히 프디 아니리니 상공의 젼일 거조(擧措)ᄂᆞᆫ
혹 사ᄅᆞᆷ의 긔쇼(譏笑)ᄅᆞᆯ 취ᄒᆞᆫ가 모로거니와 금일디ᄉᆞ(今日之事)ᄂᆞᆫ
과연 잘ᄒᆞ엿ᄂᆞ니 녀ᄋᆞ(女兒)ᄂᆞᆫ 나모라디 말나.”

쇼졔 모친의 ᄭᆡ닷디 못ᄒᆞ믈 ᄋᆡ돏고 딘실노 긴 말ᄉᆞᆷ을 베플 긔운이 업
ᄉᆞᄃᆡ 모녀의 텬셩(天性)으로ᄡᅧ ᄆᆞ옴을 디휘(指揮)ᄒᆞ며 아디 못ᄒᆞᄂᆞᆫ
바ᄅᆞᆯ 그만ᄒᆞ여 고치 아니ᄒᆞ고 좀잠이 잇셔 슌슌(順順) 과단(過短)을
더으믈 ᄎᆞ마 못 ᄒᆞ여 이에 만흔 셜화(說話)로ᄡᅧ 모친의 어득ᄒᆞᆫ 심폐
(心肺)ᄅᆞᆯ ᄇᆞᆰ히며 부망(浮妄)ᄒᆞᆫ 잡의ᄉᆞ(雜意思)ᄅᆞᆯ ᄆᆞᆯ니칠ᄉᆡ 온온슌공
67면 (溫溫順恭)ᄒᆞ고 간간화열(侃侃和悅)ᄒᆞ여 완슌(婉順)ᄒᆞᆫ 낫빗과 인효
(仁孝)ᄒᆞᆫ 말ᄉᆞᆷ이 박시의 금슈(禽獸)ᄀᆞᆺ치 무식ᄒᆞᄆᆡ도 ᄌᆞ연이 감동ᄒᆞ

며 긔이ᄒᆞ믈 결을치 못ᄒᆞ거ᄂᆞᆯ ᄉᆞ긔평슌(辭氣平順)ᄒᆞ고 곡졀(曲折)이 명ᄇᆡᆨᄒᆞ여 활연(豁然)이 ᄀᆞ리디 아니ᄒᆞ며 통연(洞然)이 특달(特達)ᄒᆞ여 하걸(夏桀)·은쥬(殷紂)의 무도(無道)ᄒᆞᆷ과 도쳑(盜跖)·도륜의 흉악ᄒᆞ미라도 셕연(釋然)이 감오(感悟)ᄒᆞ여 타루(墮淚)ᄒᆞ믈 마디 아닐 ᄃᆞᆺᄒᆞᄃᆡ 조곰도 넘나디 아니ᄒᆞ고 부잡(浮雜)디 아니ᄒᆞᆫ 듕 만흔 사ᄅᆞᆷ의 여러 ᄆᆞᄋᆞᆷ을 보ᄂᆞᆫ ᄃᆞ시 일ᄏᆞᄅᆞ며 ᄯᅩ 태우ᄅᆞᆯ 원(怨)치 아니ᄒᆞ고 블경(不敬)ᄒᆞᆫ 말노뼈 더으미 업ᄉᆞ나 기리 한노(恨怒)ᄒᆞ믄 업디 아니ᄒᆞ니 부뫼 져의 ᄠᅳᆺ을 엇고ᄌᆞ ᄒᆞᄆᆡ 져의 얼골을 ᄃᆡ코ᄌᆞ ᄒᆞ미[90] 실노 구ᄎᆞ막심(苟且莫甚)ᄒᆞ믈 ᄃᆡ강[91] 고ᄒᆞ여 졔 임의 ᄒᆡᆼ노(行路)ᄀᆞᆺ치 아ᄂᆞᆫ 바의 ᄯᅩᄒᆞᆫ[92] 구구히 ᄉᆡᆼ각디 마ᄅᆞ시믈 쳥ᄒᆞ며 소시의 아ᄅᆞᆷ다온 위인과 어딘 ᄒᆡᆼ실을 ᄀᆞᆺ초 일ᄏᆞ라 그 잇ᄉᆞ미[93] 과연 유익무ᄒᆡ(有益無害)ᄒᆞ믈 고ᄌᆡᆼ(告爭)ᄒᆞ여 긋치지 아니ᄒᆞ니 박시 다ᄅᆞᆫ 말은 비로소[94] 올흐믈 ᄭᆡ다ᄅᆞᄃᆡ 다만 소시의 다ᄃᆞ라ᄂᆞᆫ 녀ᄋᆞ의 말이 맛당ᄒᆞ믄 아디 못ᄒᆞ나 졈졈 참 68면
측(慘惻)히 욕ᄆᆡ(辱罵)ᄒᆞ기ᄅᆞᆯ 덜ᄒᆞ더라.

(책임교주 김경미)

---

90 ᄃᆡ코ᄌᆞ ᄒᆞ미: 규장각본에는 ‘ᄃᆡᄒᆞ미’로 되어 있음.

91 ᄃᆡ강: 규장각본에는 없음.

92 ᄯᅩᄒᆞᆫ: 규장각본에는 없음.

93 잇ᄉᆞ미: 규장각본에는 ‘잇ᄉᆞ믈’로 되어 있음.

94 비로소: 규장각본에는 없음.

완월회맹연 玩月會盟宴

권디오십구 卷之五十九

1면 ᄎᆞ시(此時)의 댱쇼졔 모부인 박시ᄅᆞᆯ ᄃᆡᄒᆞ여 긴 말ᄉᆞᆷ을 베플ᄆᆡ 병셰의 더옥 유ᄒᆡ무익(有害無益)ᄒᆞᆫ디라. 모친이 도라간 후 즉시 머리ᄅᆞᆯ ᄒᆞᆫ번 벼개의 더지ᄆᆡ 호흡이 쳔츅(喘縮)ᄒᆞ고 신졍(神精)이 현난(眩亂)ᄒᆞ니 고요히 딘뎡(鎭靜)코ᄌᆞ ᄒᆞᄃᆡ 엇디 못ᄒᆞ여 믄득 토혈(吐血)ᄒᆞ기ᄅᆞᆯ 시작ᄒᆞᄆᆡ 경ᄀᆡᆨ(傾刻)의 슈승(數升)이라. 형ᄉᆡᆨ(形色)이 더옥 엄엄(奄奄)ᄒᆞ며 슈족(手足)이 졈졈 어롬 ᄀᆺᄐᆞ니 유랑과 시ᄋᆞ 등이 황황(惶惶)ᄒᆞᄃᆡ 이러ᄒᆞ미 드므디 아니ᄒᆞ니 쇼졔 일졀 부모긔 고치 못ᄒᆞ게 ᄒᆞᆯ ᄲᅮᆫ 아니라 댱ᄉᆡᆼ의게도 들니디 아냐 그 유익(有益)디 아닌 의치(醫治)로ᄡᅧ 어ᄌᆞ러오믈 더으디 말고ᄌᆞ ᄒᆞ니 유랑 시ᄋᆡ 오딕 뫼셔 구호(救護)ᄒᆞᆯ ᄲᅮᆫ이오 졍부인이 구고(舅姑) 시측(侍側) 여가(餘暇)의 니ᄅᆞ러 본 젹마다 근심ᄒᆞ고 우려ᄒᆞ믈 니긔디 못ᄒᆞ더니 ᄎᆞ일(此日)도 다ᄃᆞ라 ᄎᆞ경
2면 (此景)을 당ᄒᆞᄆᆡ 드ᄃᆡ여 본아의 귀근(歸覲)ᄒᆞᄂᆞᆫ ᄯᅳᆺ을 닐너 비록 ᄉᆞ오일디간(四五日之間)이나 병셰 더으디 말믈 당부ᄒᆞ니 쇼졔 챵연(悵然)이 즐겨 아녀 왈

"져졔(姐姐) 오릐 왕알(往謁)치 못ᄒᆞ신 바로 그 ᄉᆞ이 니져의 ᄉᆡᆼ남디경(生男之慶)과 ᄇᆡᆨ구대인(伯舅大人)과 슉슉의 만니흉봉(萬里凶鋒)의 승젼쳡음(勝戰捷音)이 ᄀᆺ초 긔ᄒᆡᆼ(奇幸)ᄒᆞ고 즐겁디 아니미 업것마ᄂᆞᆫ 삼뎨(三弟)의 광탕난일(狂蕩亂逸)ᄒᆞ미 공연ᄒᆞᆫ 일을 비져 친위(親闈)예 실톄(失體)ᄅᆞᆯ 더으니 스ᄉᆞ로 방ᄌᆞ음패(放恣淫悖)ᄒᆞ믈 범ᄒᆞ여 긔탄(忌彈)이 업ᄉᆞ믄 아니로ᄃᆡ 아롬답디 아닌 병을 닐위며 괴이ᄒᆞᆫ 사심(私心)을 긋치디 못ᄒᆞ니 허믈이 엇디 가ᄇᆡ얍다 ᄒᆞ리잇가? 이졔 경조 슉부긔 뵈오ᄆᆡ 무안ᄒᆞ미 되시리니 쇼뎨 ᄯᅩᄒᆞᆫ 평안치 아니토소이다."

부인이 흔연왈(欣然曰)

"괴이ᄒᆞᆫ 화도(畵圖)ᄅᆞᆯ 어든 연고로 삼슉(三叔)이 ᄉᆞ상일념(思想一念)을 동ᄒᆞ신 ᄇᆡ니 실형(實形)을 엿보아 명교(明敎)의 붓그러운 허믈을 디으미 아니니 경조 슉뷔 쾌히 넉이실 바ᄂᆞᆫ 아니어니와 아등(我等)이 대단ᄒᆞᆫ 블평무안(不平無顔)ᄒᆞ미야 어이 잇ᄉᆞ리오? 다만 현ᄆᆡ(賢妹)의 딜환(疾患)이 오란 바로뼈 토혈(吐血)이 무상(無常)ᄒᆞ고 긔운이 3면
엄엄(奄奄)ᄒᆞ여 날노 위름(危懍)ᄒᆞ니 ᄒᆞᆫ갓 쳡의 뜻이 우우(憂虞)히 블낙(不樂)ᄒᆞᆯ ᄲᅳᆫ 아니라 계부뫼 슉야(夙夜)의 닛디 못ᄒᆞ시ᄂᆞᆫ 바로 이러ᄐᆞᆺ ᄒᆞ믈 드ᄅᆞ시ᄆᆡ 엇디 우렴ᄎᆞ악(憂念嗟愕)[1]디 아니ᄒᆞ시리오? ᄒᆞ믈며 현ᄆᆡ(賢妹)의 유신(有娠)ᄒᆞᆫ 바로 증셰(症勢) 다 잉부(孕婦)의게 ᄒᆡ로온디라 쳡이 그윽이 민녀(憫慮)ᄒᆞ며 초우(焦憂)ᄒᆞᄂᆞ니 쳥컨ᄃᆡ 식음(食飮)을 나오고 각별(各別) 됴호(調護)ᄒᆞ여 위증(危症)이나 더으미 업게 ᄒᆞ쇼셔."

쇼졔 졍부인의 셩신특달(性神特達)ᄒᆞ므로 ᄌᆞ긔ᄅᆞᆯ 됴셕(朝夕)의 ᄃᆡᄒᆞ여 그윽이 ᄆᆡᆨ도(脈度)ᄅᆞᆯ ᄉᆞᆯ피며 병셰ᄅᆞᆯ 보ᄂᆞᆫ 바로 ᄌᆞ긔 잉신(孕娠)ᄒᆞ믈 모로리라 ᄒᆞᆯ 거ᄉᆞᆫ 아니로ᄃᆡ 굿ᄐᆞ여 알은 양ᄒᆞ고 언두(言頭)의 일킷디 아니ᄒᆞ니 그 침듕(沈重)ᄒᆞ믈 미더 맛ᄎᆞᆷᄂᆡ 창셜(唱說)치 아닐가 ᄒᆞ엿다가 금일 졸연(猝然)이 니ᄅᆞ믈 드ᄅᆞᄆᆡ ᄒᆞᆫ갓 슈괴참치(羞愧慙恥)ᄒᆞᆯ ᄲᅳᆫ 아니라 그 대인의 알오미 된ᄌᆞᆨ 참난(慙赧)ᄒᆞ미 업디 아닐가 ᄒᆞ여 ᄌᆞ연 명모(明眸)ᄅᆞᆯ 숙이며 븕은 빗치 옥면(玉面)을 침노(侵擄)ᄒᆞ니 낙일(落日)이 셔령(西嶺)의 디ᄆᆡ 명월이 계슈(桂樹)의 ᄇᆞᆺ혓ᄂᆞᆫ 4면

1 우렴ᄎᆞ악(憂念嗟愕): 우렴차악. 매우 걱정하고 놀람.

ᄃᆞᆺ 녕농절출(玲瓏絶出)ᄒᆞ미 더은디라. 부인이 흠션(欽羨)ᄒᆞ고 경복(敬服)ᄒᆞ여 아안(雅顔)의 미(微)ᄒᆞᆫ 우음을 ᄯᅴ여 왈

“쳡은 일즉 현ᄆᆡ(賢妹)ᄅᆞᆯ ᄃᆡᄒᆞ여 심혈(心血)을 거후로ᄃᆡ 현ᄆᆡᄂᆞᆫ ᄆᆡ양 외ᄃᆡ(外待)ᄒᆞ미 업디 아니ᄒᆞ니 이ᄂᆞᆫ 맛ᄎᆞᆷᄂᆡ 동포골육(同袍骨肉)과 다ᄅᆞᆯ 쁜 아니라 쳡의 위인이 더브러 말ᄒᆞ염 ᄌᆞᆨ디 아니ᄒᆞ며 폐부(肺腑)ᄅᆞᆯ 빗최염 ᄌᆞᆨ디 아닌 연괴(緣故)라. 쳡이 감히 현ᄆᆡ(賢妹)의 외ᄃᆡᄒᆞ믈 한치 못ᄒᆞ거니와 내 엇디 현ᄆᆡ의 참난(慙赧)ᄒᆞᄂᆞᆫ 바ᄅᆞᆯ 호란(胡亂)이 창셜(唱說)ᄒᆞ리오? 다만 계부모의 셩명특달(聖明特達)ᄒᆞ시미 쳔니(千里)ᄅᆞᆯ 좌탁(坐度)ᄒᆞ시니 현ᄆᆡ의 유신(有娠)ᄒᆞ믈 내 고치 아니ᄒᆞ나 몬져 디긔(知機)ᄒᆞ실디라. 계모(季母)와 왕모(王母)의 아ᄅᆞ시미야 므슴 참난ᄒᆞ미 잇ᄉᆞ리오?”

쇼뎨 샤왈(謝曰)

“쳡이 비록 혼용(昏庸)ᄒᆞ오나 엇디 져져(姐姐)의 관우(寬優)ᄒᆞ신 셩의ᄅᆞᆯ 감격디 아니ᄒᆞ고 ᄯᅩ 엇디 회포ᄅᆞᆯ ᄂᆡ외ᄒᆞ여 동포골육이 아니므로ᄲᅧ 달니 알오미 잇ᄉᆞ리잇고마ᄂᆞᆫ 쇼ᄆᆡ(小妹)의 블초디죄(不肖之罪)
5면 ᄅᆞᆯ 거의 혜아리실디라. 사ᄅᆞᆷ으로 더브러 말ᄉᆞᆷᄒᆞ고ᄌᆞ ᄒᆞ오ᄆᆡ 츄연(惆然)ᄒᆞ여 머리 숙으며 입이 잠기이믈 ᄭᆡ닷디 못ᄒᆞᄂᆞ니 쳡은 다만 ᄌᆞ당(慈堂)을 그ᄅᆞ게 ᄒᆞ고 구고(舅姑)ᄅᆞᆯ 슈욕(受辱)ᄒᆞᆫ 블효죄인(不孝罪人)이라 됴셕(朝夕)의 부월(斧鉞)의 업ᄃᆡ여 일일도 부ᄌᆞ디간(父子之間)의 용식(容息)디 못ᄒᆞᆯ ᄇᆡ로ᄃᆡ 오히려 안연ᄒᆞ여 우환(憂患)이 업ᄉᆞᆫ ᄃᆞᆺᄒᆞ니 이 더옥 무디(無知)ᄒᆞ오미라. 엇디 인뉴(人類)의 용납ᄒᆞ리잇고? 고로 인간ᄉᆡ 부운(浮雲)의 잇ᄂᆞ니 져져ᄂᆞᆫ 닉이 ᄉᆡᆼ각ᄒᆞ여 보실디니이다.”

졍부인이 그 소회(所懷)ᄅᆞᆯ 그윽이 슬허ᄒᆞ나 ᄉᆞᄉᆡᆨ(辭色)디 아니ᄒᆞ며 흔연이 위로ᄒᆞ여 심ᄂᆡ(心內)의 거리ᄭᅵ디 말기ᄅᆞᆯ 당부ᄒᆞ고 손을 난화 본부의 니ᄅᆞ니 존당(尊堂) 숙당(叔堂)의 반기ᄂᆞᆫ 졍은 블가형언(不可形言)이라. 부인이 ᄯᅩᄒᆞᆫ 금년(金蓮)[2]을 ᄀᆞᄇᆡ야이 옴겨 승당젼셕(升堂前席)의 왕모(王母)와 ᄌᆞ졍(慈庭)의 ᄇᆡ알(拜謁)ᄒᆞ며 도라 숙당의 졀ᄒᆞ기ᄅᆞᆯ 맛ᄎᆞᄆᆡ 다시 졔뎨군죵(諸弟群從)을 ᄃᆡᄒᆞ여 상녜ᄇᆡ필(相禮拜畢)의 왕모의 알ᄑᆡ 안셔(安舒)히 시좌(侍坐)ᄒᆞ여 존후(存候)ᄅᆞᆯ 뭇ᄌᆞᆸ고 쇼쇼(小小) ᄉᆞ고(事故)와 우환의 년쳡(連疊)ᄒᆞ므로ᄡᅧ 오ᄅᆡ 슬하의 뫼시믈 엇디 못ᄒᆞ여 하졍(下情)의 창연(愴然)ᄒᆞ며 억울ᄒᆞ던 바와 왕 [6면] 부 긔ᄉᆞ(忌祠)ᄅᆞᆯ 참ᄇᆡ(參拜)치 못ᄒᆞ고 기리 비졀(悲絶)ᄒᆞ던 바ᄅᆞᆯ 쥬(奏)ᄒᆞ며 야야(爺爺)의 승쳡(勝捷)ᄒᆞ심과 니시의 ᄉᆡᆼ남(生男)이 갓초 긔ᄒᆡᆼ(奇幸)ᄒᆞ믈 일ᄏᆞ라 비희교츌(悲喜交出)ᄒᆞ믈 ᄭᆡ닷디 못ᄒᆞ니 텬연(天然)ᄒᆞᆫ 녜복(禮服)이 가히 법도(法度)로조ᄎᆞ 졍졔(整齊)ᄒᆞᆫ ᄃᆞᆺ 옥결(玉玦)[3]이 낭낭ᄒᆞ고 셤셤셰요(纖纖細腰)의 보ᄃᆡ(寶帶) 휘휘(輝輝)ᄒᆞᆫᄃᆡ 비봉(飛鳳) 빵조관(雙鳥冠)은 월ᄋᆡᆼ(月額)[4]의 단뎡(端正)ᄒᆞ며 구ᄉᆞᆯ 면뉴(冕旒)ᄂᆞᆫ 보압을 침노(侵擄)ᄒᆞ거ᄂᆞᆯ 보ᄇᆡ로온 ᄎᆞ옥(釵玉)은 빵빈(雙鬢)의 빗겨시니 아연이 태도ᄅᆞᆯ 도와 잇고 ᄎᆞᆼ농(蔥蘢)[5]ᄒᆞᆫ 셔애(瑞靄)ᄂᆞᆫ 쇄연(灑然)ᄒᆞᆫ 교딜(嬌質)을 보ᄐᆡᄂᆞᆫ디라. 츈광(春光)이 뎡셩(正盛)ᄒᆞ며 안ᄉᆡᆨ(顔色)이 슈려(秀麗)ᄒᆞ여 심안이 더옥 긔화(奇華)ᄒᆞᄆᆡ

2 금년(金蓮): 금련. 여자의 발을 비유하는 말.

3 옥결(玉玦): 허리에 차는 옥으로 만든 고리.

4 월ᄋᆡᆼ(月額): 월액. 규장각본에는 '월익'으로 되어 있음.

5 ᄎᆞᆼ농(蔥蘢): 총롱. 성대하게 우거진 모양.

의홰(儀華) ᄉᆡ로이 광윤(光潤)ᄒᆞ여 남풍훈향(南風薰香)의 부용(芙蓉)이 방타(放朶)ᄒᆞ고 동군혜풍(東君惠風)의 만홰(萬化) ᄌᆡᆼ발(爭發)ᄒᆞᄂᆞᆫ ᄃᆞᆺ 츄공상텬(秋空霜天)의 금외(金烏)[6] ᄇᆡ회(徘徊)ᄒᆞ여 팔황(八荒)의 빗ᄎᆞᆯ 흘니며 셜봉한텬(雪峯寒天)의 옥퇴(玉兎)[7] 광ᄎᆡᄅᆞᆯ 토ᄒᆞ니 야ᄉᆡᆨ(夜色)이 창망ᄒᆞᆫ ᄃᆞᆺ 슈단(脩短)이 합도(合度)ᄒᆞ고[8] 농셤(濃纖)이 득

7면 듕(得中)[9]ᄒᆞ여 ᄇᆡᆨ톄(百體) 유슉(有肅)ᄒᆞ며 절죄(節操) 신믁(愼默)ᄒᆞ니 왕모와 슉당이 본 젹마다 두굿기고 ᄉᆡ로이 흡연(洽然)ᄒᆞ며 일가군쳑(一家群戚)이 복복(僕僕) 칭긔(稱奇)ᄒᆞ여 경앙션탄(敬仰羨嘆)ᄒᆞᄆᆡ ᄆᆡ양 보는 사ᄅᆞᆷ인 줄 ᄭᆡ닷디 못ᄒᆞᄂᆞᆫ 듕 현윤의 탁초긔이(卓超奇異)ᄒᆞ믈 보ᄆᆡ 미위(眉宇) 활연(闊然)ᄒᆞ여 칠십ᄌᆞ(七十子)의 후셕(後席)을 니어시니 셩현(聖賢)의 풍ᄎᆡᄅᆞᆯ 깃치고 유ᄌᆞ(儒子)의 학이 흡흡(洽洽)ᄒᆞ여 완연이 표문여습(表門餘襲)[10]이라 얼프시 쳥계공 유시(幼時)로 ᄀᆞᆺᄐᆞ미 이시니 듕인(衆人)이 쇄연역ᄉᆡᆨ(灑然易色)[11]ᄒᆞ며 댱가의 늉복(隆福)을 ᄉᆡ로이 일ᄏᆞ라 도로혀 측냥치 못ᄒᆞ고 태부인이 그 손을 ᄌᆞᆸ으며 등을 어로만져 칭찬ᄒᆞ여 왈

“댱낭의 탁월(卓越)ᄒᆞᆷ과 월ᄋᆞ의 현숙(賢淑)ᄒᆞ므로 ᄌᆞ식을 두ᄆᆡ 엇디 범범ᄒᆞ리오마ᄂᆞᆫ 이ᄀᆞᆺ치 비상ᄒᆞ믄 ᄯᅩᄒᆞᆫ 달믄 곳이 잇ᄂᆞᆫ디라. 이 아ᄒᆡ

---

6 금외(金烏): 금오. 태양.

7 옥퇴(玉兎): 옥토. 달에 산다는 전설상의 토끼. 달을 가리킴.

8 슈단(脩短)이 합도(合度)ᄒᆞ고: 수단은 길고 짧음, 즉 장단(長短)과 같은 말로 길거나 짧음이 없이 알맞다는 말.

9 득듕(得中): 득중. 더하거나 덜함이 없이 꼭 알맞음.

10 표문여습(表門餘襲): 외가의 남은 기풍을 이어받음. 표문은 외가.

11 쇄연역ᄉᆡᆨ(灑然易色): 쇄연역색. 씻은 듯 얼굴빛이 바뀜.

쥬션동용(周旋動容)의 녜의법ᄀᆔ(禮儀法規) 합션(合善)ᄒᆞ미 젼혀 져
의 외조(外祖)의 쇼시젹 모양이라 엇디 ᄀᆡ이치 아니리오?"

쳐ᄉᆡ 맛당ᄒᆞ시믈 일ᄏᆞ라며 댱부인을 도라보아 흔연왈(欣然曰)

"녀ᄋᆡ(女兒) 이에 아니 오미 거의 오뉵삭(五六朔)이라. 기간 쇼쇼(小
小) ᄉᆞ고(事故)와 우환(憂患)을 인ᄒᆞ여 왕ᄂᆡ치 못ᄒᆞ미어니와 존당의 8면
ᄉᆞ렴(思念)ᄒᆞ시ᄂᆞᆫ 셩의ᄅᆞᆯ ᄉᆡᆼ각ᄒᆞᆯ딘ᄃᆡ 엇디 ᄒᆞᆫ번 틈을 ᄐᆞ디 못ᄒᆞ여 졉
옥년장(接屋連墻)의 귀근(歸覲)ᄒᆞ기 도로혀 애각만니(涯角萬里)의
요원(遼遠)ᄒᆞᆷ ᄀᆞᆺᄐᆞ니 이 곳 상ᄋᆡ(上愛)ᄂᆞᆫ 잇ᄉᆞ나 하ᄋᆡ(下愛)ᄂᆞᆫ 업ᄉᆞ
미라. 우슉(愚叔)이 너ᄅᆞᆯ 가장 미딘(未盡)ᄒᆞ여 ᄒᆞ더니 금일은 어인 연
고로 니ᄅᆞ거뇨?"

댱부인이 미쳐 ᄃᆡ치 못ᄒᆞ여셔 경좌 화연이 쇼왈(笑曰)

"형댱(兄丈)은 엇디 념두(念頭)의 업ᄉᆞᆫ 말ᄉᆞᆷ으로ᄡᅧ 칙망(責望)ᄒᆞ시ᄂᆞ
뇨? 댱낭이 ᄉᆡ외(塞外)의 원별(遠別)을 디어 얼프시 츈하(春夏)ᄅᆞᆯ 보
ᄂᆡ며 츄동(秋冬)을 마ᄌᆞᄆᆡ 댱딜이 별슈(別愁)의 한이 만ᄉᆡ(萬事) 여
몽(如夢)ᄒᆞ고 스ᄉᆞ로 창ᄒᆡ(滄海)의 ᄃᆞᆯ이 되디 못ᄒᆞ며 녕두(嶺頭)의
구롬이 되디 못ᄒᆞ믈 슬허 그윽이 호박(琥珀) 벼개의 피ᄅᆞᆯ 젹시ᄂᆞᆫ 한
이 ᄌᆞ라 니블의 눈믈이 어롱디ᄂᆞ니 어ᄂᆞ 결을의 슉모의 ᄉᆞ렴(思念)ᄒᆞ
시믈 ᄉᆡᆼ각ᄒᆞ리잇가? 쇼뎨ᄂᆞᆫ 오ᄅᆡ 오디 못ᄒᆞ던 바ᄅᆞᆯ 괴이히 넉이디 아
니ᄒᆞ엿더니이다."

댱부인이 쳥미(聽未)의 아험이 괴연(魁然)ᄒᆞ여 찬연(燦然)ᄒᆞᆫ 쥬슌(朱
脣)의 교연(皎然)ᄒᆞᆫ 호치(皓齒) 한가히 우음을 먹음어 나ᄌᆞᆨ이 피셕샤 9면
죄(避席謝罪)ᄒᆞ고 도라 태우ᄅᆞᆯ 향ᄒᆞ여 왈

"우제(愚弟) 이에 와 왕모(王母)와 ᄌᆞ경을 봉시(奉侍)치 못ᄒᆞ미 거취

(去就)ᄅᆞᆯ 스ᄉᆞ로 못 ᄒᆞ미어니와 계부의 니ᄅᆞ신 바 나리ᄉᆞ랑은 잇고 치ᄉᆞ랑은 업ᄉᆞ미니 우져(愚姐)의 셩회(誠孝) 쳔박(淺薄)ᄒᆞᆫ 연괴(緣故)라. 현뎨(賢弟)의 박ᄋᆡᆨ(廹阨)[12]ᄒᆞ믈 홀노 니ᄅᆞ디 못ᄒᆞ려니와 나의 오ᄅᆡ 오디 못ᄒᆞ믄 우환으로 빌ᄆᆡᄒᆞ미라. 기간(其間) 원보의 곤계(昆季)와 운보·셩보 등은 혹 셔ᄌᆡ(書齋)의 니ᄅᆞ러시믈 일ᄏᆞ라 셔로 보믈 쳥ᄒᆞᆷ도 이시며 혹 분요(紛擾)ᄒᆞ여 니ᄅᆞ고 갈 ᄯᆡ도 잇셔 디친(至親)의 졍의(情誼)ᄅᆞᆯ 다ᄒᆞᄃᆡ 현뎨ᄂᆞᆫ ᄒᆞᆫ갈ᄀᆞᆺ치 날을 ᄎᆞᄌᆞ미 업ᄉᆞᆯ ᄲᆞᆫ 아니라 삼슉(三叔)의 병셰 위악(危惡)ᄒᆞ여도 ᄒᆞᆫ번 문병ᄒᆞ미 업다 ᄒᆞ니 붕우디되(朋友之道) 오륜(五倫)의 당ᄒᆞ며 졍이 동포와 ᄀᆞᄐᆞᆫ 바의 엇디 그러ᄐᆞᆺ 무신박졀(無信迫切)ᄒᆞ여 인졍이 멀오미 가ᄒᆞ리오?"

태위 념슬공슈(斂膝拱手)ᄒᆞ여 드ᄅᆞᆯ ᄯᅡᄅᆞᆷ이오 즉시 ᄃᆡᄒᆞ미 업더니 날호여 ᄀᆞᆯ오ᄃᆡ

"져져의 니ᄅᆞ신 바 딜환(疾患)은 뉘 병을 니ᄅᆞ시미니잇가?"

댱부인이 미급답(未及答)의 쇼뷔 쇼왈(笑曰)

10면 "그 우환이 뉘 병이리오? 댱문승의 질독(疾毒)ᄒᆞ던 바ᄅᆞᆯ 니ᄅᆞ미어ᄂᆞᆯ ᄉᆡ로이 므ᄅᆞ믄 엇디미오?"

태위 믄득 댱부인을 향ᄒᆞ여 미쇼왈(微笑曰)

"일가디ᄂᆡ(一家之內)의 우환이 잇ᄉᆞᄆᆡ 동긔디심(同氣之心)의 엇디 근심치 아니ᄒᆞ리잇고마ᄂᆞᆫ 쇼뎨 문식(文識)이 고루ᄒᆞ오나 쉬(嫂) 닉

12 박ᄋᆡᆨ(廹阨): 박액. 인정이 없고 매몰참.

(溺)이어든 슉(叔)이 원디(援之)라[13] ᄒᆞ믄 드럿거니와 슉이 유딜(有疾)
커든 쉬(嫂) 쥬야ᄃᆡ휴(晝夜待候)ᄒᆞ여 ᄌᆞᆷ시 일ᄀᆡᆨ(一刻)도 타ᄉᆞ(他事)
의 결을치 못ᄒᆞ믄 져져긔 쳐음으로 듯ᄌᆞᆸᄂᆞᆫ ᄇᆡ니 아디 못게이다. 이 어
ᄃᆡ셔 난 녜문(禮文)이니잇가? 쇼뎨 비록 셩현을 우러 ᄇᆞ라디 못ᄒᆞ며
군ᄌᆞ대도(君子大道)ᄅᆞᆯ 능히 엇디 못ᄒᆞ오나 오딕 비례(非禮)의 동(動)
치 아니ᄒᆞ고 비례의 보디 아니ᄒᆞᄂᆞ니 져져의 슉이란 댱가 탕ᄌᆞ(蕩子)
아ᄅᆞᆷ답디 아니ᄒᆞᆫ 병을 닐위여 ᄉᆞᄉᆡᆼ(死生)의 츌몰(出沒)ᄒᆞ니 쇼뎨 몸
소 그 비례의 병을 모로리잇가? 이 무리ᄂᆞᆫ 쇼뎨로 더브러 관포(管鮑)
의 알오미 업고 종유(鍾有)의 디음(知音)이 아니오니 쇼뎨 그 병을 뭇
디 아니ᄒᆞ나 무신박ᄋᆡᆨ(無信迫阨)ᄒᆞᆫ 허믈이 되디 아니리이다. 다만 쇼
뎨 져져ᄅᆞᆯ 일졀 ᄇᆡ견(拜見)치 못ᄒᆞ믄 니부의 계실 젹과 ᄀᆞᆺ디 아니미
라. 비록 쇼뎨의 가디 못ᄒᆞᆫ 바ᄅᆞᆯ 노(怒)치 아니시나 거의 ᄉᆡᆼ각ᄒᆞ올 ᄇᆡ 11면
어ᄂᆞᆯ ᄉᆡ로이 죄ᄅᆞᆯ 삼으시니 입향슌속(入鄕循俗)이라 져져의 셩졍이
ᄯᅩᄒᆞᆫ 평상(平常)의 념치업ᄉᆞᆫ 문견(聞見)의 ᄂᆡᆨ으신디라 초귤(楚橘)이
화ᄒᆞ여 졔감(濟柑)이 되믈[14] 알니로소이다."

댱부인이 태우ᄅᆞᆯ 오ᄅᆡ 보아 왈

"셰원인망(世遠人亡)ᄒᆞ여 텬ᄒᆡ(天下) 무도구의(無道久矣)라 거셰(擧

---

13 쉬(嫂) ᄂᆡᆨ(溺)이어든 슉(叔)이 원디(援之)라: 제수가 물에 빠졌을 때 시숙이 손으로 잡아준다. 《맹자》 〈이루상〉에 "제수가 물에 빠졌을 때는 손으로 잡아준다(嫂溺援之以手 權也)."라는 말이 나옴. 남녀는 직접 주고받지 않는 것이 예의지만 급할 때는 임시방편으로 손을 잡아준다는 뜻.

14 초귤(楚橘)이 화ᄒᆞ여 졔감(濟柑)이 되믈: 초나라 귤이 제나라에 가면 밀감이 된다는 말로, 환경에 따라 사람이나 사물의 성질이 변함을 이르는 말.

世) 념위(廉義) 쁠니고 뉸강(倫綱)이 패멸(敗滅)ᄒᆞ여 입으로 셩현을 외오며 몸으로 녜ᄒᆡᆼ(禮行)을 본밧ᄂᆞᆫ 팔쳑댱부(八尺丈夫)도 뉸의(倫義)예 가ᄌᆞᆨᄒᆞ믈 ᄉᆡᆼ각디 못ᄒᆞ고 부부의 별(別)ᄒᆞᆷ과 븡우(朋友)의 신(信)ᄒᆞ믈 ᄉᆡᆼ각디 못ᄒᆞ거ᄂᆞᆯ 심규(深閨)의 삼쳑쇼녀ᄌᆡ(三尺少女子) 녀공(女工)의 상녜(常例)도 능히 못 ᄒᆞᄂᆞᆫ 바로 므ᄉᆞᆷ 디식(知識)이 이셔 의리조달(義理早達)ᄒᆞ리오? 다만 인졍의 갓갑디 아닌 바와 이상(異常)이 험피(險詖)코 궤집(詭執)ᄒᆞ믈 보면 ᄆᆞ음의 가연ᄒᆞ여 그 녜ᄉᆞ롭디 못ᄒᆞ믈 괴이히 넉이ᄂᆞ니 이제 현뎨ᄂᆞᆫ 벼ᄒᆞᄃᆡ 슉이 유질(有疾)ᄒᆞᆫ 바의 쉬 일야ᄃᆡ후(日夜待候)ᄒᆞ여 죰시 일ᄀᆡᆨ(一刻)도 타ᄉᆞ(他事)ᄅᆞᆯ 결을치 못ᄒᆞᆯ 녜되(禮度) 어이 잇ᄉᆞ리오 ᄒᆞ거니와 경듕ᄉᆞ톄(輕重事體)
12면 의 당당ᄒᆞᆫ 녜의ᄂᆞᆫ 아디 못ᄒᆞ나 일가디ᄂᆡ(一家之內)의 거ᄒᆞ여 동긔디의(同氣之義)로 병독위름(病毒危懍)ᄒᆞ미 됴셕(朝夕)의 ᄃᆡ변(大變)ᄒᆞᄂᆞᆫ 디경의 밋ᄎᆞ니 존당구고(尊堂舅姑)와 합문졔족(闔門諸族)이 황황망망(遑遑茫茫)ᄒᆞ미 토목(土木)의 무디(無知)ᄒᆞᆷ과 금셕(金石)의 견졍(堅貞)ᄒᆞ미라도 요동ᄒᆞ믈 ᄭᆡ닷디 못ᄒᆞᆯ ᄇᆡ니 인심을 가딘 ᄌᆡ 엇디 ᄒᆞᆯ노 안연[15] 무ᄉᆞ(無事)ᄒᆞ리오? ᄒᆞ믈며 쇼고(小姑)의 병셰 졈졈 위〃(委委)ᄒᆞ여 ᄉᆞᄉᆡᆼ(死生)이 가려(可慮)로ᄃᆡ 그 위인이 범쇽(凡俗)ᄒᆞᆷ과 갓디 아닌 고로 일양강딜(一樣强疾)ᄒᆞ여 위ᄐᆡᄒᆞᆫ 바ᄅᆞᆯ 친위예 뵈디 아니ᄒᆞ나 필경 ᄉᆡᆼ되(生道) 어려올 바ᄅᆞᆯ 디ᄌᆞ(智者)ᄅᆞᆯ 기ᄃᆞ리디 아냐 알 거시어ᄂᆞᆯ 당ᄎᆞ설한(當此雪寒)의 ᄒᆞᆫ 벌 뵈옷시 녀ᄅᆞᆷ 의상을 곳치디 아녓

15 안연: 규장각본에는 '안연이'로 되어 있음.

고 ᄎᆞ우ᄎᆞ쳐(且憂且凄)ᄒᆞ미 옥슈(獄囚)ᄒᆞᆫ 죄인이라. 우져(愚姐)ᄂᆞᆫ 형뎨의 친복과 동항(同行)의 졍으로 참연통돌(慘然痛咄)ᄒᆞ미 몸소 당ᄒᆞᆷ과 ᄀᆞᆺᄐᆞ니 ᄌᆡ보ᄂᆞᆫ 필연 ᄉᆞ쳬(事體) 모로믈 우이 넉이려니와 우져ᄂᆞᆫ 슉야(夙夜)의 평상(平常)ᄒᆞ믈 엇디 못ᄒᆞ여 침식의 경경(耿耿)ᄒᆞ믈 니긔디 못ᄒᆞᄂᆞ니 이 굿ᄐᆞ여 동포ᄌᆞᄆᆡ(同胞姊妹)의 더은 졍이 이시미 아니라 위인을 앗기며 명도(命道)ᄅᆞᆯ 위ᄒᆞ여 탄상(嘆傷)ᄒᆞ믈 ᄎᆞᆷ디 못ᄒᆞ 13면
ᄂᆞ니 쇼고의 병이 여ᄎᆞᄒᆞᆫ즉 우환(憂患)이 가ᄇᆡ얍다 못ᄒᆞ리로다."

셜파(說罷)의 슈긔은영(愁氣隱映)ᄒᆞ고 빵셩(雙星)의 징패(澄波) 동ᄒᆞ여 옥빈(玉鬢)의 홍광(紅光)이 츼디(聚之)ᄒᆞ니 이 곳 쇼고의 위질(危疾)을 슬허ᄒᆞ미라. 그 침믁단듕(沈默端重)ᄒᆞ미 댱쇼져의 병셰 우연ᄒᆞ면 이러ᄐᆞᆺ 쳑비(慽悲)ᄒᆞ믈 낫타ᄂᆡ디 아닐 ᄇᆡ라. 쳐ᄉᆞᄂᆞᆫ 모로ᄂᆞᆫ ᄇᆡ 아니나 ᄉᆡ로이 우려ᄒᆞ믈 마디 아니ᄒᆞ며 태부인이 블승ᄎᆞ악(不勝嗟愕)ᄒᆞ여 왈

"댱ᄋᆡ 도라간 디 칠삭(七朔)의 병셰 ᄒᆞᆫ갈ᄀᆞᆺ다 ᄒᆞ믈 드ᄅᆞ니 임의 비경(非輕)ᄒᆞ믈 혜아렷거니와 필경의 ᄉᆡᆼ되(生道) 망연(茫然)ᄒᆞᆯ 바ᄂᆞᆫ ᄯᅳᆺᄒᆞ지 아녓더니 그 어인 병셰 졈졈 위침(危沈)ᄒᆞ기의 니ᄅᆞᄂᆞ뇨? 초(初)의 닌광이 블근인졍(不近人情)의 거조로 ᄌᆞ살(自殺)ᄒᆞ믈 ᄌᆡ촉ᄒᆞ여 언ᄉᆡ(言辭) 만히 광망(狂妄)ᄒᆞ나 도라보ᄂᆡ기ᄅᆞᆯ 님ᄒᆞ여ᄂᆞᆫ 귀령(歸寧) 일체(一體)오 각별 블호(不好)ᄒᆞ미 업거ᄂᆞᆯ ᄋᆞ부(我婦)의 ᄌᆞ쳐(自處)ᄒᆞ미 엇디 그러ᄐᆞᆺ 과도ᄒᆞᆯ 거시 이시며 월ᄋᆡ 됴셕(朝夕)의 보ᄂᆞᆫ 바로 그 옷ᄉᆞᆯ 곳치믈 권치 못ᄒᆞᄂᆞ냐?"

댱부인이 ᄇᆡ슈왈(拜受曰)

"쳐음의 ᄌᆞ쳐죄루(自處罪累)ᄒᆞᆷ과 일긔(日氣) 졈졈 한엄(寒嚴)ᄒᆞᄃᆡ 녀

14면 롬 옷술 곳치디 아니믈 구괴(舅姑) 극년(極憐)ᄒᆞ여 권ᄒᆞ시고 쇼네 미(微)ᄒᆞᆫ 말솜으로 과도ᄒᆞ믈 일ᄏᆞ라ᄃᆡ 일호(一毫) 동ᄒᆞ미 업더니 난쥐 등이 우황(憂惶)ᄒᆞ여 계부모긔 고코ᄌᆞ ᄒᆞᄆᆡ 미쳐ᄂᆞᆫ 쇼고 니ᄅᆞᄃᆡ '님군이 뼈 신하롤 죄ᄒᆞᄆᆡ 감히 역(逆)디 못ᄒᆞᄂᆞ니 내 임의 쇼텬(所天)의 득죄ᄒᆞ엿ᄂᆞᆫ디라. 엇디 당일의 피죄(被罪)ᄒᆞᆫ ᄌᆞ의(赭衣)[16]롤 버ᄉᆞ리오? 십년의 니ᄅᆞ나 그 명이 업순족 옷술 곳치지 못ᄒᆞ리니 모로미 구고긔 달ᄒᆞ여 셩녀(聖慮)로뼈 더어 나의 죄롤 깁게 말나.' ᄒᆞ오ᄆᆡ 그 뜻이 구드믈 인ᄒᆞ여 여러 말노 브졀업시 니ᄅᆞ디 못ᄒᆞ과이다."

좌위(左右) 드ᄅᆞᄆᆡ 격졀감음(擊節感吟)ᄒᆞ며 슈연변식(愁然變色)ᄒᆞ여 블승감연(不勝感然)ᄒᆞ고 이공이 복복칭탄(僕僕稱歎)ᄒᆞ여 왈

"미ᄌᆡ(美哉)라 현ᄌᆡ(賢哉)여. ᄌᆞ고(自古) 튱신녈ᄉᆞ(忠臣烈士)의 슈힝졔례(修行諸禮)ᄒᆞ미 이신들 엇디 이러틋 ᄒᆞᆫ ᄌᆡ 이시리오? 이 말노뼈 듯건ᄃᆡ 빅모와 형댱의 명ᄒᆞ시미 ᄌᆡ보의 ᄒᆞᆫ 말노 샤흠과 도리 블가ᄒᆞ믈 개유(開諭)홈만 갓디 못홀가 ᄒᆞᄂᆞ이다."

태부인이 쳐ᄉᆞ롤 도라보아 왈

15면 "오ᄋᆞ(吾兒)ᄂᆞᆫ ᄌᆞ부의 일을 모로디 아니홀 거시어ᄂᆞᆯ 엇디 발셔 광ᄋᆞ의게 명ᄒᆞ미 업더뇨?"

쳐ᄉᆡ 하셕ᄌᆡᄇᆡ(下席再拜) 왈

"쇼ᄌᆡ 우흘 밧들미 블초블민(不肖不敏)ᄒᆞ오며 아ᄅᆡ롤 거ᄂᆞ리미 브ᄌᆞ블찰(不慈不察)ᄒᆞ온 고로 ᄌᆞ졍(慈庭)의 광ᄋᆞ롤 년ᄋᆡ(憐愛)ᄒᆞ시ᄂᆞᆫ 셩

---

16 ᄌᆞ의(赭衣): 자의. 죄수가 입던 붉은 옷.

의롤 밧드디 못ᄒᆞ옵고 어린 며ᄂᆞ리 무고(無故)히 누인(累人)으로 ᄌᆞ쳐(自處)ᄒᆞ오믈 ᄭᆡ닷디 못홀 쁜 아니오라 텬셩이 몽완(蒙頑)[17]ᄒᆞ오며 말숨이 게어ᄅᆞ와 디우금(至于今) 광ᄋᆞ다려 니ᄅᆞ디 못ᄒᆞ여습더니 오날놀 비로소 졔 뜻이 엇더혼고 므러 알고ᄌᆞ ᄒᆞᄂᆞ이다."

셜파(說罷)의 몸을 두로혀 녯 좌(坐)의 나아가 태우롤 블너 갓가이 좌롤 쥬고 므러 왈

"오ᄋᆡ(吾兒) 젼ᄌᆞ(前者)의 경계혼 바롤 긔록ᄒᆞ미 잇ᄂᆞ냐?"

태위 년망이 ᄇᆡ슈왈(拜手曰)

"긔감망애(豈敢忘也)리잇고?"

쳐ᄉᆡ 우왈(又曰)

"연즉(然則) 네 안히롤 죄예 두믄 어인 뜻이뇨?"

태위 다시 ᄉᆞ러 ᄃᆡ왈(對曰)

"굿ᄐᆞ여 그 죄예 쳐(處)콰져 ᄒᆞ미 아니오ᄃᆡ 오딕 쳐변(處變)이 젼도(轉倒)ᄒᆞ와 블너 도라오디 못ᄒᆞ온 고로 져의 ᄌᆞ쳐(自處)ᄒᆞ오미 쇼ᄌᆞ의 명ᄒᆞ여 다ᄉᆞ리미 아니로소이다."

쳐ᄉᆡ 우왈

"알괘라. 필경은 권귀(勸歸)ᄒᆞ여 바릴 뜻이 업ᄉᆞ민가?"

태위 국궁샤왈(鞠躬謝曰)

"과연애(果然也)로소이다."

쳐ᄉᆡ 우문왈(又問曰)

17 몽완(蒙頑): 어리석고 완고함.

16면 "임의 눈의(倫義)를 완젼ᄒᆞ면 기ᄌᆞ(其子)를 쳐ᄒᆞ고 기모(其母)를 위슈(爲囚)ᄒᆞ미 어인 일고?"

태위 옥면(玉面)의 조심ᄒᆞ며 국츅(跼縮)[18]ᄒᆞᆫ 빗치 잇셔 ᄃᆡ왈(對曰)

"대의(大義)로 츄이(推移)ᄒᆞ온족 엇디 타연ᄒᆞ리잇고? 이 곳 쇼ᄌᆞ의 ᄌᆞ젼(自專)ᄒᆞᆯ ᄇᆡ 아니오라 존명을 슌슈(順受)ᄒᆞ옵고 ᄇᆡ톄(配妻) 역죵(亦從)ᄒᆞ믈 ᄉᆡᆼ각ᄒᆞ와 거절치 못ᄒᆞ온 후ᄂᆞᆫ 졔 뼈 죵부대의(從夫大義)와 ᄇᆡ필텬뉸(配匹天倫)을 어긔디 못ᄒᆞ올 ᄇᆡ오 만일 ᄉᆡᆼᄌᆞ(生子)ᄒᆞ와ᄂᆞᆫ 곳 외가(外家)로 바리디 못ᄒᆞ와 쳐이무ᄉᆞᄒᆞ며 ᄌᆞ이유상인족 쇼ᄌᆡ 뼈 위극(圍棘)[19]디 못ᄒᆞ오리니 졔 죽으ᄆᆡ 니ᄅᆞ러ᄂᆞᆫ 반ᄌᆞ(半子)[20]의 의(義)를 결치 못ᄒᆞᆫ 바의 ᄯᅩᄒᆞᆫ 타인으로 다ᄅᆞ디 아니ᄒᆞ리로소이다."

좌위 그 의논을 고요히 드러오ᄆᆡ 소의(疏議) 맛당ᄒᆞ믈 탄복ᄒᆞᄃᆡ 일변으로 이왕(已往)을 ᄉᆡᆼ각ᄒᆞ고 져마다 우음을 면치 못ᄒᆞ니 쳐ᄉᆞ와 이공이 ᄯᅩᄒᆞᆫ 미미(微微)히 함쇼(含笑)ᄒᆞᄃᆡ 태위 머리를 숙여 좌ᄒᆞ여시므로 야야(爺爺)의 긔ᄉᆡᆨ(氣色)을 모로고 심히 두리오믈 ᄯᅴ여시니 쳐ᄉᆡ 다시 문왈(問曰)

"오ᄋᆞ의 말을 드ᄅᆞᄆᆡ 여뷔(汝父) 의혹(疑惑)ᄒᆞ여 아디 못ᄒᆞ리로다.

17면 ᄉᆞ라셔ᄂᆞᆫ 가히 취모로 아니 ᄒᆞ고 죽은 후ᄂᆞᆫ 구ᄉᆡᆼ(舅甥)으로 ᄃᆡᄒᆞ미 ᄉᆡᆼᄉᆞ(生死)의 다ᄅᆞ미 엇디 괴이치 아니ᄒᆞ리오?"

태위 ᄃᆡ왈(對曰)

---

18 국츅(跼縮): 국축. 국척(跼蹐). 황송하여 몸을 굽히는 것. 규장각본에는 '국쳑'으로 되어 있음.

19 위극(圍棘): 죄인이 거처하는 집 둘레에 가시울타리를 치는 것.

20 반ᄌᆞ(半子): 반자. 반자식. 사위.

"그 대개 안ᄒᆡ로 ᄒᆞᆷ과 구ᄉᆡᆼ으로 ᄃᆡᄒᆞ미 박브득이 쳐ᄒᆞ온 ᄇᆡ오나 ᄀᆞᆺᄐᆞ여 당연ᄒᆞ미 아니오니 오딕 졀치 아니므로뼈 복졔(服制)ᄅᆞᆯ 의논ᄒᆞ온 ᄇᆡ나 ᄎᆞ마 빈빈(頻頻)이 녜알(禮謁)ᄒᆞ며 흔연이 상ᄃᆡᄒᆞ와 경셩을 닐위여 은혜로뼈 원슈ᄅᆞᆯ 화ᄒᆞ오믄 쇼ᄌᆞ의 ᄎᆞ마 ᄒᆡᆼ치 못ᄒᆞᆯ ᄇᆡ로소이다."

쳐ᄉᆡ 쇼왈(笑曰)

"빈빈이 녜알ᄒᆞ여 경셩을 다ᄒᆞᆯ 거시 아니라 댱공은 여부(汝父)의 고귀(故舊)오 댱ᄌᆞ 등은 너의 친위(親友)니 ᄒᆞᆫ번 그 집의 가 셰린의 병을 뭇디 못ᄒᆞ리오?"

태위 ᄇᆡ샤왈(拜謝曰)

"엇디 ᄒᆞᆫ번 무러 인ᄉᆞ치 아념 족ᄒᆞ리잇고마ᄂᆞᆫ 광한(狂悍)ᄒᆞᆫ 부인의 망패디셜(妄悖之說)을 ᄉᆡᆼ각ᄒᆞ오면 담이 ᄎᆞ고 심신이 경ᄒᆡ(驚駭)ᄒᆞ와 ᄎᆞ마 그 집을 님치 못ᄒᆞᆸᄂᆞ니 그 모ᄌᆞ의게 경셩을 닐월 뜻이 업ᄉᆞ온 ᄌᆞᆨ 빈빈이 문병ᄒᆞ와 은근위곡(慇懃委曲)ᄒᆞ오미 쇼ᄌᆞ의 ᄆᆞ음이 아니로소이다."

쳐ᄉᆡ 침음냥구(沈吟良久)의 왈

"댱삼낭의 질셰가복(疾勢可復)ᄒᆞ여시니 젼일 문병치 못ᄒᆞᆫ 바ᄂᆞᆫ 이왕 18면
(已往)이라. ᄉᆡ로이 니ᄅᆞ미 무익ᄒᆞ거니와 댱공은 여부(汝父)의 졀븡(切朋)이 아니라도 ᄇᆡᆨ승[21]이 너의 벗이오 딜녀(姪女)ᄂᆞᆫ 네 누의어ᄂᆞᆯ 현부(賢婦)ᄂᆞᆫ 네 안ᄒᆡ라. 누의의 구가(舅家)와 안ᄒᆡ의 친부(親父)ᄅᆞᆯ ᄇᆞ리디 못ᄒᆞᆯ 거시오 벗을 공연이 ᄭᅳᆫ치 못ᄒᆞ리니 네 어이 댱가ᄅᆞᆯ 왕ᄂᆡ(往

---

21 ᄇᆡᆨ승: 백승. 장창린.

來)치 아니미 되리오? 모로미 고집디 말디어다. 아ᄌᆞ(俄者)의 딜녀의 말을 네 ᄯᅩ 드럿거니와 현뷔 여ᄎᆞ한졀(如此寒節)의 포의(布衣)를 곳치디 아니ᄒᆞ여 ᄌᆞ쳐죄루(自處罪累)ᄒᆞ미 더으다 ᄒᆞ니 이러ᄒᆞ고 약딜(弱質)이 엇디 견ᄃᆡ리오? 네 이졔 샤ᄒᆞᄂᆞᆫ 말이 업ᄉᆞᆫ즉 그 죽으믈 ᄇᆞ야미니 네 말이 죽과져 ᄒᆞ미 아니나 그 죽으ᄆᆡ 칼과 약이 다ᄅᆞ디 아니ᄒᆞ믈 네 모로ᄂᆞ냐?"

태위 ᄃᆡ왈(對曰)

"초(初)의 왕모와 대인이 명복(命服)[22]으로 도라보ᄂᆡ시고 엄괴(嚴敎) ᄯᅩ ᄌᆞ쳐죄루ᄒᆞ미 업다 ᄒᆞ시며 쇼ᄌᆡ ᄯᅩ 슈졸(守拙)[23]ᄒᆞ라 명치 아니ᄒᆞ엿ᄉᆞ오니 엇디 굿ᄐᆞ여 그ᄃᆡ도록 ᄒᆞ오며 거죄(擧措) ᄯᅩᄒᆞᆫ 괴이ᄒᆞ오리잇가?"

쳐ᄉᆡ 탄왈(嘆曰)

19면 "오회라. 네 엇디 그 말을 드러시ᄃᆡ 이ᄃᆡ도록 ᄭᆡ닷디 못ᄒᆞᄂᆞ뇨? 님군이 신하를 죄ᄒᆞ시ᄆᆡ 비록 국인(國人)이 위로ᄒᆞ며 민(憫)ᄒᆞ나 군(君)이 ᄲᅧ 밋디 아니신즉 곳 죄인이오 ᄇᆡᆨ셩이 개왈(皆曰) 그 죄 아니라 ᄒᆞ나 군이 ᄲᅧ 유죄(有罪)타 ᄒᆞ신즉 ᄇᆡᆨ셰(百歲)라도 죄루의 벗디 못ᄒᆞᄂᆞ니 녀ᄌᆞ의 ᄉᆞ부(事夫)ᄒᆞᄂᆞᆫ 도리 신디ᄉᆞ군(臣之事君)과 일톄(一體)라. 여쳐(汝妻) 비록 존당이 무죄라 ᄒᆞ시고 여뷔 ᄯᅩᄒᆞᆫ 비기죄(非其罪)라 ᄒᆞ나 네 임의 발분망식(發奮忘食)ᄒᆞ여 죽기를 바야다가 다시 어버의

22 명복(命服): 의식이 있을 때 입었던 사대부의 정식 복장.

23 슈졸(守拙): 수졸. 졸렬함 또는 질박함을 지킨다는 뜻. 여기서는 베옷을 입고 지내는 것을 말하는 것으로 보임.

말뉴ᄒᆞ믈 조ᄎᆞ 곳치나 그 도라갈 ᄯᅵ의 비기죄야(非其罪也)니 믈기ᄃᆡ 죄(勿其待罪)ᄒᆞ란 말이 업ᄉᆞ니 이 곳 죄ᄉᆞ디인(罪徙之人)[24]이라. 고로 셕고호읍(席藁號泣)ᄒᆞ고 조모(朝暮)의 죄롤 혜니 시졀이 가며 셰월이 져믄들 단졀을 미ᄒᆡ(未解)ᄒᆞᆫ 죄신(罪身)이라. 엇디 ᄌᆞ의(赭衣)롤 스ᄉᆞ로 곳치리오?"

태위 셕연감복(釋然感服)ᄒᆞ여 냥슈(兩手)로 ᄯᅡ흘 집고 부용안화(芙蓉顏華)롤 숙여 ᄃᆡ왈(對曰)

"쇼ᄌᆡ 과연 블민미각(不敏未覺)이옵더니 셩교(聖敎)로조ᄎᆞ 셕연(釋然)ᄒᆞ와이다."

쳐ᄉᆡ 우왈(又曰)

"명일(明日)의 맛당이 셔ᄉᆞ(書辭)로ᄡᅧ ᄒᆞᆫ 벌 옷ᄉᆞᆯ 권ᄒᆞ미 엇더ᄒᆞ뇨?"

태위 ᄃᆡ왈

"명ᄃᆡ로 ᄒᆞ리이다."

쳐ᄉᆡ 희왈(喜曰)

"연즉(然則) 명일의 보ᄂᆡ려니와 이에 몬져 셔ᄉᆞ(書辭)롤 닥그라." 20면

태위 슈명(受命)ᄒᆞ고 즉시 필연(筆硯)을 나오며 일봉셔찰(一封書札)을 닷가 부젼(父前)의 드리니 쳐ᄉᆡ 바다 슉시의 도로 주어 왈

"그러ᄒᆞ여도 심ᄉᆡ(心思) 죵시(終始)의 편치 못ᄒᆞ도다."

ᄒᆞ니 일좌(一座) 웃고 글을 돌녀 셔로 볼ᄉᆡ ᄉᆞ의(辭意) 뎡슉(靜肅)ᄒᆞ며 문필(文筆)이 광명(光明)ᄒᆞ니 ᄃᆡᆫ짓 고담쥰논(高談峻論)이라. 대개

24 죄ᄉᆞ디인(罪徙之人): 죄사지인. 죄를 짓고 귀양 가는 사람.

ᄀᆞᆯ와시ᄃᆡ

"ᄂᆡᄌᆞ(內子)의 존명이 일족 유죄(有罪)의 두디 아니ᄒᆞ시니 복(僕)이 비록 ᄒᆡᆼ실의 ᄒᆡᆼ실의[25] 학디 못ᄒᆞ나 엄위디하(嚴位之下)의 ᄌᆞ젼(自專)ᄒᆞ미 어이 잇ᄉᆞ리오? 왕뫼 ᄡᅧ 비여디죄애(非汝之罪也)니 ᄌᆞ의ᄅᆞᆯ 닙을 ᄇᆡ 아니라 ᄒᆞ시고 대인이 ᄡᅧ 무괘(無過)라 ᄒᆞ시니 복이 블감역명(不敢逆命)ᄒᆞ믄 부인의 향일 ᄇᆞᆰ히 아ᄂᆞᆫ ᄇᆡ라 엇디 굿ᄐᆞ여 ᄌᆞ쳐누인(自處累人)이로라 ᄒᆞᆯ ᄇᆡ리오? ᄌᆞ(子)의 명달식견(明達識見)으로ᄡᅧ 복(僕)의 엄명을 봉ᄒᆡᆼᄒᆞ며 다ᄅᆞᆫ 거죄 업ᄉᆞᆯ 바ᄅᆞᆯ 거의 알디니 그 이 ᄀᆞᆺᄐᆞ미 업ᄉᆞ리라 ᄒᆞ엿던 바의 그윽이 드ᄅᆞ니 디우금일(至于今日)의 블면ᄌᆞ의(不免赭衣)라 ᄒᆞ고 일편되이 고집다 ᄒᆞ니 장ᄎᆞᆺ 소무(蘇武)의
21면 졀(節)[26]이 업ᄉᆞᄃᆡ ᄇᆞᆨᄒᆡ(北海)의 어러 죽으믈 긔약ᄒᆞ시ᄂᆞᆫ가? 경의(驚意)ᄒᆞ여 블안디단(不安之端)이 업디 아니ᄒᆞ믄 복이 블명몽농(不明朦朧)ᄒᆞ여 부인으로 ᄒᆞ여곰 깁히 의심을 픔게 ᄒᆞ미니이다. 이제 병보(病報)ᄅᆞᆯ 드ᄅᆞ시ᄆᆡ 존당친위(尊堂親闈) ᄒᆞᆫ갈ᄀᆞᆺ치 우려ᄒᆞ샤 좌블안셕(坐不安席)ᄒᆞ시고 침블안침(寢不安寢)ᄒᆞ샤 셩녀(聖慮)ᄅᆞᆯ 더으시니 희(噫)라 훤당(萱堂)의 이우(怡憂)ᄅᆞᆯ 증(增)ᄒᆞ믄 복(僕)의 허믈이라 후회ᄒᆞ나 밋ᄎᆞᆯ 것가? 금일의 명ᄇᆡᆨᄒᆞ믈 교회(教誨)ᄒᆞ실ᄉᆡ 글을 깃쳐 ᄇᆞᆰ히 고ᄒᆞᄂᆞ니 ᄎᆞ후나 여ᄎᆞ거죄(如此擧措) 업ᄉᆞ미 ᄒᆡᆼ심(幸甚)일가 ᄒᆞᄂᆞ이다."

25 ᄒᆡᆼ실의 ᄒᆡᆼ실의: 'ᄒᆡᆼ실의'가 한 번 더 들어간 것으로 보임. 규장각본에는 'ᄒᆡᆼ실의'로 되어 있음.

26 소무(蘇武)의 졀(節): 소무는 한나라의 사신으로 흉노에 갔다가 자신의 노복이 되라는 선우의 말에 굴하지 않고 19년간 억류되었으나 한나라의 부절을 지니고 절개를 바꾸지 않은 인물.

ᄒᆞ엿더라. 일좌(一座) 간필(看畢)의 쇼부공 부인 셔시 낭쇼왈(朗笑曰)

“이ᄀᆞᆺ치 둣겁고 말ᄉᆞᆷ이 쌔드니 젼ᄌᆞ(前者)도 이러ᄒᆞ던가 우리ᄂᆞᆫ 모로ᄃᆡ 당딜은 알녓마ᄂᆞᆫ 이 ᄃᆡ답을 므어시라 ᄒᆞᄂᆞᆫ고 착급히 보고시브ᄃᆡ ᄒᆞ로밤 격ᄒᆞᆫ 거시 삼츄(三秋) ᄀᆞᆺ도다.”

경조 부인이 쇼왈(笑曰)

“당딜이 쳐음브터 온온공공(溫溫恭恭)ᄒᆞ여 허믈과 죄 업시 일됴(一朝)의셔 죄ᄉᆞ디인(罪徙之人)이 되여시니 이제 샤명(赦命)이 이시ᄆᆡ 다만 덕ᄐᆡᆨ으로뼈 일ᄏᆞᄅᆞ며 은혜로뼈 샤ᄒᆞᆯ 쁜이니 원앙(怨怏)ᄒᆞᆷ과 한노(恨怒)ᄒᆞᄆᆡ 밋ᄎᆞᆯ ᄇᆡ 아니니이다.” 22면

셔부인이 칭가(稱可)ᄒᆞ고 태부인이 모다 보기ᄅᆞᆯ 기다려 글을 다시 거두어 침협(枕篋)의 너허 명일(明日) 보ᄂᆡ려 ᄒᆞᆯᄉᆡ 쳐ᄉᆡ 소시ᄅᆞᆯ 명ᄒᆞ여 당시의 일습(一襲) 한의(寒衣)[27]ᄅᆞᆯ ᄀᆞᆺ초라 ᄒᆞ니 소시 듕심(中心)의 환열(歡悅)ᄒᆞᄆᆞᆯ 니긔디 못ᄒᆞ여 ᄇᆡ이슈명(拜而受命)ᄒᆞ고 당부인이 태우의 긔식(氣色)을 보ᄃᆡ 담연ᄒᆞ여 아모 뜻도 업ᄉᆞᆫ ᄃᆞᆺᄒᆞ니 ᄀᆞᆺᄐᆞ여 여러 말노 그 심경을 엿보고ᄌᆞ 아니 ᄒᆞᄆᆡ ᄯᅩᄒᆞᆫ 쇼고의 말을 다시 일ᄏᆞᆺ디 아니ᄒᆞ며 몽농을 다려오라 ᄒᆞ여 왕모 면젼(面前)의셔 밧비 볼ᄉᆡ 이 딘실노 덕문(德門)의 경홰(慶華)오 국가의 정상(禎祥)이라. 희환(喜歡)ᄒᆞ미 이에 더으미 업ᄉᆞ나 구원(九原)[28] 션모(先母)의 알오미 업ᄉᆞᄆᆞᆯ 슬허ᄒᆞ여 ᄌᆞ연이 통회(痛悔)ᄅᆞᆯ 니긔디 못ᄒᆞ니 깃븐 말을 다 ᄀᆞᆺ초디 못ᄒᆞ여셔 아미(蛾眉) 쳑쳑(慽慽)ᄒᆞ고 옥안(玉顔)이 슈ᄉᆡᆨ(愁色)ᄒᆞ여 빵

27 한의(寒衣): 겨울옷.

28 구원(九原): 사람이 죽은 뒤 영혼이 산다는 곳.

뉘(雙淚) ᄎᆡ메(彩袂)ᄅᆞᆯ 젹시니 좌우 츄연동ᄉᆡᆨ(惆然動色)ᄒᆞ며 태부인 이 희허영탄(噫嘘永嘆)ᄒᆞ여 심히 즐기디 아니ᄒᆞ니 쳐ᄉᆡ ᄌᆞ위(慈闈)
23면 예 상비(傷悲)ᄒᆞ시믈 민망ᄒᆞ여 댱부인을 도라보아 경계왈(警戒曰)

“ᄌᆞᄒᆡ(子夏) 효ᄅᆞᆯ 뭇ᄌᆞ오ᄆᆡ 공ᄌᆡ(孔子) ᄀᆞᆯᄋᆞ샤ᄃᆡ ᄉᆡᆨ(色)을 다ᄒᆞ라 ᄒᆞ시니 ᄌᆞ하의 효되 디극ᄒᆞᄃᆡ 다뭇 ᄉᆡᆨ낙(色樂)을 엇디 못ᄒᆞ므로 공ᄌᆡ 이 ᄀᆞᆺ치 니ᄅᆞ신 ᄇᆡ라. 현딜(賢姪)이 ᄌᆞ로 통텰의리(洞徹義理)ᄒᆞ여 상시(常時)의 비상우용(悲傷憂容)으로ᄡᅧ ᄌᆞ위긔 뵈옵디 아니ᄒᆞ더니 엇디 오날ᄂᆞᆯ ᄎᆞᆷ디 못ᄒᆞᄂᆞ뇨? 여등이 비록 뉵아(蓼莪)의 슬프믈[29] 픔으나 형댱과 존쉬 계시고 상봉왕존지하(上奉王尊之下)의 열의(悅意)ᄅᆞᆯ 닐위며 무ᄎᆡ(舞綵)로ᄡᅧ 즐기미 맛당ᄒᆞ리니 어이 무익ᄒᆞᆫ 통회ᄅᆞᆯ 동ᄒᆞᄂᆞ뇨?”

댱부인이 공경문파(恭敬聞罷)의 피셕ᄇᆡ샤(避席拜謝)ᄒᆞ여 셩교(聖教)ᄅᆞᆯ 밧들므로ᄡᅧ ᄃᆡᄒᆞ고 드ᄃᆡ여 쳑안(慽顔)을 곳쳐 아연이 양츈(陽春)을 여러 승안화긔(承顔和氣) ᄉᆡ로오니 슉당이 더옥 흠션칭탄(欽羨稱歎)ᄒᆞ며 현윤의 깃거ᄒᆞ미 ᄯᅩᄒᆞᆫ 비ᄒᆞᆯ ᄃᆡ 업더라. 댱부인이 다시 몽농을 안아 ᄒᆡᆼ환(幸歡) 칭긔(稱奇)ᄒᆞᄂᆞᆫ 결을의 경조 부부ᄅᆞᆯ 향ᄒᆞ여 학ᄉᆞ의
24면 ᄉᆡᆼ남(生男)ᄒᆞ믈 하례ᄒᆞ며 복덕(福德)의 놉흐시믈 일ᄏᆞᄅᆞ니 경쇠 흔연왈(欣然曰)

“셰간(世間)의 급ᄒᆞᆫ ᄌᆞ미ᄂᆞᆫ 모년(暮年)의 농손디경(弄孫之慶) 밧긔 나디 아니ᄒᆞ니 닌흥의 ᄉᆡᆼᄌᆞ(生子)ᄒᆞ미 어이 효되(孝道) 아니며 우리의 복이 아니리오? 운계 형댱의 겸공(謙恭)ᄒᆞ시므로도 현보의 ᄉᆡᆼ남디

29 뉵아(蓼莪)의 슬프믈: 육아의 슬픔을. 육아지통(蓼莪之痛). 부모를 제대로 모시지 못한 슬픔. 《시경》 〈육아〉에 나옴.

경(生男之慶)의 다ᄃᆞ라ᄂᆞᆫ 친쳑 향당(鄕黨)의 하어(賀語)ᄅᆞᆯ 사양치 아니시거ᄂᆞᆯ 부인은 엇디 미양 사ᄅᆞᆷ의 복되다 ᄒᆞ믈 놀나이 넉이시ᄂᆞ뇨? 범ᄇᆡᆨ디인(凡百之人)이 극낙(極樂)을 두나 극낙을 아디 못ᄒᆞ고 일니(一利)ᄅᆞᆯ 두ᄆᆡ 일니ᄅᆞᆯ 알오믄 내 실노 인욕(人慾)을 무한이 넉이ᄂᆞ니 엇디 댱부의 쳐ᄉᆡ 그ᄀᆞᆺ치 셜셜ᄒᆞ리오?"

쇼뷔[30] 우어 왈

"다ᄅᆞᆫ 일은 관인(寬仁)ᄒᆞ시며 활달ᄒᆞ미 계시다 ᄒᆞ려니와 작일ᄉᆞ(昨日事) ᄀᆞᆺᄐᆞᆫ 과거(過去)의 다ᄃᆞ라ᄂᆞᆫ 쇼뎨 말ᄉᆞᆷ이 블경(不敬) 셜만(褻慢)ᄒᆞ오나 ᄌᆞ못 광뷔(狂夫)라. 엇디 관인(寬仁) 댱ᄌᆞ(長者)의 쳐ᄉᆡ리 잇고?"

경죄 홀연 됴흔 빗치 업셔 볼연(勃然)이 분개(憤慨)ᄒᆞ믈 ᄯᅴ이고 손을 져어 왈

"슈ᄇᆡᆨ[31]은 빗나디 아닌 말을 다시 니ᄅᆞ디 말나. ᄉᆡᆼ각ᄒᆞ미 에분통히(恚憤痛駭)ᄒᆞ미 익익층가(益益層加)ᄒᆞᆫ디라. 향킥(嚮刻) 그 샤죄ᄒᆞᆷ과 뉘웃ᄂᆞᆫ ᄯᅳᆺ을 보ᄃᆡ 맛ᄎᆞᆷᄂᆡ 나의 일교(一嬌)ᄅᆞᆯ 누얼(陋孼)의 뭇디ᄅᆞᆫ 원쉬라. 엇디 흔연 졉화(接話)ᄒᆞ여 구교(舊交)의 됴흐믈 온젼코져 ᄒᆞ리오마ᄂᆞᆫ 져ᄅᆞᆯ 칙망ᄒᆞᆯ ᄇᆡ 아니오 ᄯᅩ 그ᄋᆞᆺ이 아녀(我女)ᄅᆞᆯ ᄒᆡ코져 요모(妖謨) 간계(奸計)ᄅᆞᆯ 디은 ᄇᆡ 아니라 ᄉᆞᄉᆞ로 녀ᄋᆞ의 명도(命途)ᄅᆞᆯ 탄ᄒᆞ며 일편도이 져ᄅᆞᆯ 탓ᄒᆞ디 아니ᄒᆞ나 텬뉸의 무궁ᄒᆞᆫ 졍과 부ᄌᆞ의 유연ᄒᆞᆫ ᄌᆞᄋᆡ로 일녀식(一女息)의 만니젼졍(萬里前程)을 쇽졀업시 맛ᄎᆞ미 25면

30 쇼뷔: 소부. 태자소부 정겸.

31 슈ᄇᆡᆨ: 수백. 정겸의 자(字).

되여 텬일(天日)을 딕코즈 아니ᄒᆞ니 통울(痛鬱)ᄒᆞᆫ 분한(憤恨)과 미만(彌滿)ᄒᆞᆫ 셜우미 출하리 죽여 거리ᄭᅵ디 아님만 ᄀᆞᆺ디 못ᄒᆞ딕 골육을 상잔(相殘)ᄒᆞ미 셰간(世間)의 희한ᄒᆞᆫ 변괴(變故)라 운계 형댱의 경계를 조ᄎᆞ 나의 쳐ᄉᆡ 과도ᄒᆞ믈 츄회(追悔)ᄒᆞ나 댱가 탕ᄌᆞ(蕩子)를 통완(痛惋)ᄒᆞ미야 엇디 ᄉᆡᆼ젼(生前)의 플니리오? 낭간(曩間)의 아녀를 ᄒᆡ코ᄌᆞ ᄒᆞᄂᆞᆫ 블인이 잇셔 간모(奸謀)를 디으미 되여실디라도 댱ᄌᆡ 져기

26면 ᄉᆞ유(士類)의 ᄒᆡᆼ실일진딕 엇디 일장 화도(畵圖)의 ᄆᆞᄋᆞᆷ을 기우려 음패난일(淫悖亂逸)ᄒᆞᆫ 병을 일위기의 밋ᄎᆞ리오? 그 즘ᄉᆡᆼ이 ᄌᆞ식을 두미 ᄯᅩᄒᆞᆫ 돈견(豚犬)이라. 의명과 ᄌᆡ보의 부인은 고슈디ᄌᆡ(瞽叟之子) 슌(舜)이오 곤디ᄌᆞ(鯤之子) 위(禹)라. ᄌᆞ쳔고이릐(自千古以來)로 무ᄲᅡᆼ특툐(無雙特超)ᄒᆞ미니 범범(泛泛)ᄒᆞ므로ᄡᅧ[32] 의논홀 ᄇᆡ 아니어니와 셰린은 쇽ᄌᆡ(俗子)라 그 부모를 담지 아니ᄒᆞ고 그 누를 달므리오?”

셜파의 분연통ᄒᆡ(憤然痛駭)ᄒᆞ믈 니긔디 못ᄒᆞ니 그 ᄯᅳᆺ이 댱삼낭을 ᄇᆡ쳑ᄒᆞ미 병누ᄌᆞ(病陋者)와 유걸(流乞)ᄒᆞᄂᆞᆫ 쳔한(賤漢)의 더은디라. 엇디 ᄉᆡᆼ관(甥館)[33]의 아름다오믈 비러 입막(入幕)의 ᄉᆞ랑ᄒᆞᄂᆞᆫ 손을 삼을 ᄆᆞᄋᆞᆷ이 잇ᄉᆞ리오? 댱부인이 ᄲᅡᆼ아(雙蛾)[34]를 낫초아 고요히 드러오ᄆᆡ 경조의 격고쥰녈(激高峻烈)ᄒᆞ믈 아딕 이 ᄀᆞᆺᄐᆞ미 괴이치 아니ᄒᆞ믈 모로디 아니ᄒᆞ딕 ᄯᅩᄒᆞᆫ 안ᄉᆡᆨ(顏色)을 슈렴(收斂)ᄒᆞ여 왈

“블가ᄒᆞ여이다. 슉뷔 엇디 사ᄅᆞᆷ 욕ᄒᆞ시믈 남은 ᄶᅡ히 업시 ᄒᆞ시며 강상

---

32 범범(泛泛)ᄒᆞ므로ᄡᅧ: 범범함으로써. 꼼꼼하지 않고 조심성이 없다는 말.

33 ᄉᆡᆼ관(甥館): 생관. 사위.

34 ᄲᅡᆼ아(雙蛾): 쌍아. 미인의 눈썹.

(綱常)이 디엄(至嚴)커놀 딕인ᄌ부(對人子婦)ᄒ샤 그 구고를 훼욕(毁辱)ᄒ시믈 일분 거리셰미 업숨 ᄀᆺᄐ시니잇가? 댱낭이 딘실노 음패난 27면 일ᄒ여 난뉸패상(亂倫悖常)ᄒ미 잇셔도 위인부모(爲人父母)ᄒ여 ᄌ식으로 ᄒ야곰 그러콰ᄌ ᄒ미 아니오니 구고의 허믈이 아니옵거놀 ᄒ믈며 댱낭의 픔딜이 미슈(美秀)ᄒ고 본셩이 탁월ᄒ니 므어시 딘치 못ᄒ리잇고? 문댱(文章) 긔딜(氣質)이 초츌긔이(超出奇異)ᄒᆫ 듕 초태우의 관옥디용(冠玉之容) 딘학ᄉ의 츄슈골격(秋水骨格)의 진승상의 부귀디상(富貴之相)과 숑홍(宋弘)의 덕되미 겸ᄒᆫ ᄇᆡ라 슉뷔 텬하의 광구(廣求)ᄒ시나 그런 낭ᄌ(郎子)를 엇디 못ᄒ시리니 무익ᄒᆫ 분노를 더ᄒ실디니이다.”

셜파의 아혐의 향긔 니러나고 취산(翠山)의 상운(祥雲)이 어릐여 희미히 함쇼(含笑)ᄒ니 픔딜이 탈연(脫然)ᄒ며 ᄉ리(事理) 단슉(端肅)ᄒ니 유한(幽閑)ᄒ고 뎡대(正大)ᄒ미 구ᄎ치 아니ᄒ며 간샤치 아니ᄒ여 닉외(內外) ᄒᆫ갈ᄀᆺ치 붉으미 일호(一毫) ᄋ톄(礙滯)ᄒ미 업ᄉ니 사름으로 ᄒ야곰 ᄒᆫ번 드러오ᄆᆡ 흉금(胸襟)이 쇄연(灑然)ᄒ여 일만(一萬) 블평(不平)ᄒᆫ 곳이 경ᄀᆡᆨ(頃刻)의 스러디ᄂᆞᆫ디라. 경죄 녀ᄋ의 28면 일싱을 폐륜(廢倫)키로 뎡ᄒᆫ 쯧이 ᄀᆺ초 아름답디 못ᄒ여 딘실노 노분(怒憤)을 니긔디 못ᄒ나 셩졍(性情)이 관대ᄒ고 본ᄃᆡ ᄉ랑ᄒᄂᆞᆫ 바의 블호(不好)ᄒᆫ 긔식을 두디 못ᄒᄂᆞᆫ 픔딜이라. 눈으로 댱부인을 보며 귀로뼈 그 말을 드러 흔연이 우음을 먹음어 왈

“댱개 일편도이 하날긔 복을 밧ᄌ와 빅승 ᄀᆺᄐᆫ ᄋ돌과 현딜(賢姪) ᄀᆺᄐᆫ 며ᄂ리를 두ᄆᆡ 슬하(膝下)의 극경(極慶)과 셰간(世間)의 환낙(歡樂)이 이에 더으미 업술 쁜 아니라 문호(門戶) 만ᄃᆡ(萬代)의 빗나리니 아

디 못게라 그 조션(祖先)이 므솜 젹덕(積德)과 유공(有功)이 잇던가? 내 실노 측냥치 못ᄒᆞ리로다. 연이나 댱튝이 스ᄉᆞ로 외람(猥濫)홈과 과분(過分)ᄒᆞ믈 엇디 니긔ᄂᆞ뇨? 이졔 현달의 말노 츄이컨ᄃᆡ 나ᄂᆞᆫ 잔인ᄒᆞᆫ 허믈이 듕ᄒᆞ고 댱츅의 부ᄌᆞᄂᆞᆫ 과실(過失)이 대단치 아닌 작시냐?”

언미파(言未罷)의 댱공ᄌᆞ 현윤이 늠연뎡ᄉᆡᆨ(凜然正色)ᄒᆞ며 ᄉᆞ러 고왈(告曰)

“대뷔(大父) ᄌᆞ모(慈母)로 더브러 희학(戲謔)을 창ᄒᆞ시니 ᄌᆞ뫼 학낭(謔浪)으로 ᄃᆡᄒᆞ고 쇼손(小孫)이 오ᄃᆡᆨ 돗가의 뫼셔 듯ᄌᆞ올 ᄲᅳᆫ이로ᄃᆡ 말ᄉᆞᆷ이 뉸니(倫理)의 쳔ᄒᆞ오며 녜도(禮度)의 패ᄒᆞ여 대인ᄌᆞ손(對人子孫)ᄒᆞ샤 그 조부(祖父)ᄅᆞᆯ 욕ᄒᆞ시미 타연이 거리ᄭᅵ디 아니시니 이 곳 쇼손의 튱미(冲微)ᄒᆞ고 소잔(少孱)ᄒᆞ믈 인ᄒᆞ여 유무(有無)ᄅᆞᆯ ᄉᆞᆯ피디 아니ᄒᆞ시미어니와 강상(綱常)이 이신 후ᄂᆞᆫ 미말쳔예(微末賤隸)라도 그 ᄌᆞ손을 ᄃᆡᄒᆞ여 그 부모의 과단(過短)을 일ᄏᆞᆺ디 못ᄒᆞᄋᆞᆸᄂᆞ니 ᄒᆞ믈며 욕ᄆᆡ디셜(辱罵之說)이니잇가? 대뷔 사ᄅᆞᆷ 욕ᄒᆞ시믈 즐겨ᄒᆞ시나 쇼손이 엇디 안연이 듯ᄌᆞ올 ᄇᆡ리잇고? 오날ᄂᆞᆯ 이에 뫼셔시믈 뉘웃ᄂᆞ이다.”

말노조ᄎᆞ 슉연(肅然) 념슬(斂膝)ᄒᆞ여 국궁궤좌(鞠躬跪坐)ᄒᆞ니 화풍(和風)이 시(時)로 니러나ᄆᆡ 감위(甘雨) 셔셔 나리ᄂᆞᆫ ᄃᆞᆺ 고원(高遠)ᄒᆞᆫ 긔상은 츄텬(秋天)이 믁믁(默默)ᄒᆞ고 왕양(汪洋)ᄒᆞᆫ 거동은 창ᄒᆡ(滄海) 호활(浩闊)ᄒᆞ니 댱의명[35]이 좌샹의 안ᄌᆞ시며 니창계[36] 미염(美髥)을 어로만져 완완이 말ᄉᆞᆷ을 발ᄒᆞᄂᆞᆫ ᄃᆞᆺᄒᆞ니 좌듕이 낫빗ᄎᆞᆯ 곳치고 홀홀

29면

35 댱의명: 장의명. 장창린.

36 니창계: 이창계. 이빈.

경찬(驚讚)ᄒᆞ며 경죄 그 손을 ᄌᆞᆸ고 등을 어로만져 ᄎᆡᆨᄎᆡᆨ(嘖嘖) 칭션왈(稱善曰)

"ᄀᆡᄌᆡ(奇哉)며 대ᄌᆡ(大哉)라. 공시디문(孔氏之門)의 ᄌᆞᄉᆞᄌᆡ(子思者) 30면
잇ᄉᆞ며 증셕(曾析)의 아ᄅᆡ 증삼(曾參)이 이시니 딘실노 셕보[37]의 손이오 ᄇᆡᆨ승의 ᄌᆡ(子)로다. 다만 이ᄀᆞᆺ치 측냥치 못ᄒᆞᄂᆞᆫ 바ᄂᆞᆫ ᄇᆡᆨ승이 셕보로 명위부ᄌᆡ(名謂父子)나 기실(其實)은 일흠이 이실 쁜이라 그 달므며 ᄀᆞᆺ톨 ᄇᆡ 아니로ᄃᆡ 소ᄉᆡᆼ디친(所生之親)으로 ᄂᆡ도ᄒᆞ고 도로혀 셕보로 방블(彷彿)ᄒᆞ여 믄득 친ᄌᆞ(親子) ᄀᆞᆺᄐᆞ미 ᄀᆡ이ᄒᆞ며 비상ᄒᆞᆫ 일이어ᄂᆞᆯ 이 ᄋᆞᄒᆡ 졔 양조(養祖)ᄅᆞᆯ 픔습(稟襲)ᄒᆞ고 ᄉᆡᆼ조(生祖)ᄅᆞᆯ 달므미 업ᄉᆞ니 과연 니가의 ᄋᆞᄒᆡ오 댱가의 손ᄌᆡ 아니로ᄃᆡ 댱후ᄇᆡᆨ을 위디왕부(謂之王父)[38]ᄒᆞ여 디극ᄒᆞᆫ 앙셩(仰誠)이 이시니 ᄎᆞᄋᆡ(此兒) 좌간(座間)의 잇ᄂᆞᆫ 바의 감히 댱후ᄇᆡᆨ[39]을 시비치 못ᄒᆞᆯ ᄇᆡ어ᄂᆞᆯ 내 무심히 그 과단(過短)을 들먹이니 블찰(不察)ᄒᆞᆫ 허믈이 나의게 잇거니와 그 한아비ᄅᆞᆯ 네 부친과 슉모의 어디ᄆᆡ 더으다 ᄒᆞ믄 도쳑(盜跖)을 ᄀᆞᄅᆞ쳐 공ᄌᆞ의 디나다 홈 ᄀᆞᆺᄐᆞ니 이ᄂᆞᆫ 아비와 아ᄌᆞ미ᄅᆞᆯ 욕ᄒᆞ미라. 엇디 ᄉᆡᆼ각디 못ᄒᆞᄂᆞ뇨?"

현윤이 경조의 낫출 우러러 ᄃᆡ왈(對曰)

"요디ᄌᆡ(堯之子) 블초(不肖)ᄒᆞ고 슌디ᄌᆡ(舜之子) 역블초(逆不肖)ᄒᆞ 31면
니 만셰의 뉴젼디탄(流傳之嘆)이로ᄃᆡ 가엄(家嚴)과 슉뫼 약ᄉᆞ요슌

---

37 셕보: 석보. 이빈. 장창린이 어릴 때 이빈의 집에서 양자로 자랐기 때문에 이빈의 손자라고 한 것임.

38 위디왕부(謂之王父): 위지왕부. 규장각본에는 '위왕부'로 되어 있음.

39 댱후ᄇᆡᆨ: 규장각본에는 '댱부ᄇᆡᆨ'으로 되어 있음.

(若似堯舜)이신즉 왕부의 징ᄌᆞ디현(懲子之賢)을 가지(可知)라 반ᄃᆞ시 요슌도곤 더은 어디시미 계실디라. 대뷔 엇디 년쇼미튱(年少微衷)을 셩이위ᄌᆞ(省而慰藉)ᄒᆞ시고 언언(言言)이 왕부를 욕ᄒᆞ시믈 긋치디 아니ᄒᆞ시ᄂᆞ니잇가? 딘실노 항복되디 아니ᄒᆞ며 감격디 아니ᄒᆞ여이다. 군ᄌᆡ 반ᄃᆞ시 슐슈(術數)를 두디 아니ᄒᆞᄂᆞ니 대뷔 엇디 딘실ᄒᆞ고 슌믁(純默)ᄒᆞ믈 숭상치 아니시며 도로혀 긔운으로뼈 사ᄅᆞᆷ을 강모(强侮)ᄒᆞ샤 그 듯디 못ᄒᆞ고 보디 못ᄒᆞᄂᆞᆫ 바의 욕ᄒᆞ믈 심히 ᄒᆞ시ᄂᆞ니잇가? 마ᄅᆞ쇼셔. 가히 당치 아니ᄒᆞ여이다."

경ᄌᆡ 그 말마다 이 ᄀᆞᆺᄐᆞ믈 어엿브며 신긔로와 과듕(過重)ᄒᆞ고 경ᄋᆡ(敬愛)ᄒᆞ미 딘짓 외손(外孫) ᄀᆞᆺᄐᆞ니 집슈(執手) 무ᄇᆡ(撫背)ᄒᆞ믈 마디 아니ᄒᆞ니 쳐ᄉᆡ ᄌᆞᆷ쇼왈(潛笑曰)

"은ᄇᆡᆨ이 평ᄉᆡᆼ의 강위를 ᄌᆞ부ᄒᆞ며 호담(豪談)과 능변(能辯)으로 사ᄅᆞᆷ을 침노ᄒᆞ여 쇼시로브터 긔운을 댱츅(藏蓄)디 못ᄒᆞ더니 오날ᄂᆞᆯ 져 뉵
32면 셰(六歲) 치몽(稚蒙)의게 말의 길히 막히고 의논이 압히 샤양ᄒᆞ니 도로혀 긔운이 국툑(跼蹴)ᄒᆞ여 능히 결우디 못ᄒᆞᄂᆞᆫ디라. 대ᄌᆡ라 현ᄋᆡ(賢兒)여. 댱문의 유경(有慶)이오 쳔니의 농귀(龍駒)라. 후ᄇᆡᆨ이 ᄆᆞᄉᆞᆷ 복으로 ᄇᆡᆨ숭 ᄀᆞᆺᄐᆞᆫ ᄋᆞᄃᆞᆯ과 이 ᄀᆞᆺᄐᆞᆫ 긔손(奇孫)을 두엇ᄂᆞ뇨?"

쇼뷔 니어 ᄀᆞᆯ오ᄃᆡ

"댱후ᄇᆡᆨ의 용용범범디취(庸庸凡凡之趣)와 누누비린디ᄒᆡᆼ(陋陋鄙吝之行)으로뼈 의명 ᄀᆞᆺᄐᆞᆫ ᄋᆞᄃᆞᆯ을 나흠도 ᄉᆡᆼ각디 못ᄒᆞᆯ 복이어ᄂᆞᆯ 다시 죵딜(從姪) ᄀᆞᆺᄐᆞᆫ 현부를 엇고 현윤 ᄀᆞᆺᄐᆞᆫ 긔손(奇孫)을 두니 가셩(家聲)을 빗ᄂᆡ며 문호를 챵대(昌大)ᄒᆞᆯ ᄲᅮᆫ 아니라 공문(孔門)의 먼 긔약과 샤딕(社稷)의 간셩(干城)이 이에 더으미 업ᄉᆞ니 명실(明室)의 ᄒᆡᆼ(幸)이

오 증민(烝民)의 복(福)이라. ᄒᆞᆫ갓 댱가의 ᄉᆞᄉᆞ로온 경화(慶華)ᄲᅮᆫ 아니로ᄃᆡ 댱후ᄇᆡᆨ의 큰 복을 누리ᄂᆞᆫ 밧ᄌᆞ와 문호를 놉히ᄂᆞᆫ 밧ᄌᆡ 다 사ᄅᆞᆷ의 의혹ᄒᆞ여 ᄭᆡ닷디 못ᄒᆞᆯ ᄇᆡ로ᄃᆡ 필연 댱시 션셰(先世)의 덕을 ᄣᅡ하 먼니 흐ᄅᆞ미 잇ᄂᆞᆫ가 ᄒᆞᄂᆞ니 굴(屈)ᄒᆞ니 신(伸)ᄒᆞ며 왕(往)ᄒᆞ니 복(復)ᄒᆞ미 하날이라 보시(普施)ᄒᆞᄂᆞᆫ ᄃᆡ 비록 그 몸의 잇디 아니ᄒᆞ나 그 ᄀᆞ온ᄃᆡ 숨은 덕이 잇셔 의명과 현윤이 난디라. ᄌᆞᆼ시 의명과 현윤으로ᄡᅧ 셕보로 방블ᄒᆞᆷ을 이상히 넉이시나 그 알기 쉬오미 잇ᄂᆞ니 창계와 ᄇᆡᆨ승이 비록 ᄉᆡᆼ부(生父) 친ᄌᆡ(親子) 아니나 셩명 군ᄌᆞ로 듕니(仲尼)【공ᄌᆞ의 ᄌᆞ(字)희시라】 디조와 증ᄆᆡᆼ(曾孟)의 효ᄅᆞᆯ 니어 밧드러 ᄒᆡᆼᄒᆞ고 삼가 어그릇디 아니ᄒᆞ니 셕보ᄂᆞᆫ 쥬공(周公)[40] 듕니(仲尼) ᄀᆞᆺᄐᆞ며 의명은 뎡ᄌᆞ산(鄭子産)【녈국(列國) 시졀의 현명 군ᄌᆡ라】 ᄀᆞᆺᄐᆞ여 그 어질미 일되으 놉흐미 셔로 ᄇᆡ(配)ᄒᆞ미라. 고로 의명이 ᄉᆡᆼ부(生父)ᄅᆞᆯ ᄎᆞᄌᆞ 도라오나 셩시(姓氏)ᄂᆞᆫ 밧골디언졍 ᄒᆡᆼ실(行實)은 변ᄒᆞ미 업ᄉᆞ니 ᄒᆞᆫ갈ᄀᆞᆺ치 셕보의 훈회(訓誨)ᄅᆞᆯ 밧든 ᄋᆞᄒᆡ오 댱가의 무교(無教)히 ᄋᆡᄒᆞᆫ ᄌᆞ식이 아니라 ᄇᆡᆨ집ᄉᆞ(百執事)ᄅᆞᆯ 셕보의 계훈(戒訓) 밧긔 나디 아니ᄒᆞ고 ᄯᅩ 감히 어긔오디 못ᄒᆞ니 아ᄅᆞᆷ다오며 긔이ᄒᆞ미 ᄇᆡᆨ달 등으로 더브러 녀슈(麗水)의 통쳘ᄒᆞᆫ 명쥬(明珠)오 곤산(崑山)[41]의 병ᄉᆡᆼ(併生)ᄒᆞᆫ 옥이라. 일이디십(一而知十)ᄒᆞ고 십이디ᄇᆡᆨ(十而知百)ᄒᆞ여 화여긔상(化如氣像)ᄒᆞ며 습여셩졍(習如性情)ᄒᆞ니 여ᄎᆞ연후(如此然後)의 그 달므 33면

40 쥬공(周公): 주공. 문왕의 아들로 형인 무왕을 도와 은나라를 멸하고 주나라의 기초를 닦음. 《주례》를 지었으며 성인으로 일컬어짐.

41 곤산(崑山): 여수와 더불어 옥이 나는 곳으로 유명한 곳.

미 엇디 괴이ᄒᆞ리오? 현윤이 ᄯᅩᄒᆞᆫ 셩ᄌᆞ의 여ᄆᆡᆨ(餘脈)으로 기부(其父)
34면 의 더은디라 이 곳 현딜의 태훈(胎訓)이 태임(太姙)의 겸연(慊然)ᄒᆞ미
업ᄉᆞ믈 알디니이다."
경죄 호호히 우으며 현윤을 칭ᄋᆡ(稱愛)ᄒᆞ고 당시의 늉복(隆福)을 ᄌᆡ
삼 니ᄅᆞ더니 날호여 왈
"ᄇᆡᆨ승의 착ᄒᆞ미 창계의 교훈이 아니면 그ᄀᆞᆺ치 빗나며 그ᄀᆞᆺ치 아ᄅᆞᆷ답
디 못ᄒᆞᆯ ᄇᆡ오. 현윤의 특이ᄒᆞ미나 그 부모의 픔긔ᄅᆞᆯ 쥬디 아녀시면 이
러틋 신긔치 못ᄒᆞ리니 ᄉᆡᆼ각ᄒᆞᄆᆡ 그 아ᄅᆞᆷ다오미 다 괴이치 아니ᄒᆞᄃᆡ
ᄌᆡ보의 부인의 니ᄅᆞ러ᄂᆞᆫ ᄉᆡᆼ이디지(生而知之)ᄒᆞᄂᆞᆫ 셩이 아니면 블학
이딘취(不學而進取)ᄒᆞ고 무교(無教)히 셩디(成志)치 못ᄒᆞ리니 ᄉᆡᆼ셩
디셩(生成之性)은 아마도 ᄌᆡ보의 부인이 웃듬이 되리로다."
쳐ᄉᆡ 잠쇼왈(潛笑曰)
"나의 현부ᄂᆞᆫ 과연 쳔고의 시초ᄉᆡᆼ(始初生)이라. 현뎨의 ᄉᆡᆼ셩디셩이라
ᄒᆞ믈 비록 외람ᄒᆞ나 가히 샤양치 아닐 만ᄒᆞ것마ᄂᆞᆫ 사ᄅᆞᆷ의 조셩특이
(早成特異)ᄒᆞ미 이에 극ᄒᆞ여 도로혀 초년(初年)의 명이 ᄒᆡ로오미 이
시니 나ᄂᆞᆫ 이러므로 사ᄅᆞᆷ을 취ᄒᆞᄆᆡ 믈논남녀(勿論男女)ᄒᆞ고 블인(不
仁)과 과악(過惡)이 아닐디언졍 평상(平常)ᄒᆞ며 그 각별이 쒸여남도
35면 업고 디극히 용누(庸陋)ᄒᆞ믈 됴히 넉이ᄃᆡ 일ᄌᆞᆨ 평상(平常)ᄒᆞᆷ도 보디
못ᄒᆞ며 혹 바라ᄆᆡ 넘고 듕듕(衆中)의 초츌ᄒᆞ여 범인(凡人)의 다ᄅᆞ믈
깃거 아니 ᄒᆞ노라."
경죄 쇼왈(笑曰)
"형당의 ᄌᆞ부ᄂᆞᆫ 이의 디나 부ᄌᆞ(夫子)의 남은 덕과 안ᄆᆡᆼ(顏孟)의 니
은 후의 풍모(風貌) 안홰(眼華) 쳔디(天地)의 비ᄒᆞᆯ ᄃᆡ 업고 만고(萬

古)의 빵(雙) 디으리 업ᄉᆞ니 형댱의 ᄉᆞ랑ᄒᆞ시ᄂᆞᆫ ᄆᆞ옴이 과듕(過重)ᄒᆞ시므로뼈 그 너모 조화(調和)의 버ᄉᆞ미 텬니(天理)의 싀극(猜克)ᄒᆞ믈 두리시나 임의 대복(大福)과 영귀(榮貴)롤 타난 ᄌᆡ라 초년 ᄌᆡ익(災厄)이 므어시 거리ᄭᅵ미 잇ᄉᆞ리잇고?"

쳐ᄉᆡ 완이(莞爾)히 쇼왈

"은빅이 그 아디 못ᄒᆞᄂᆞᆫ도다. 내 어이 군ᄌᆞ현녀(君子賢女)로뼈 평상(平常)ᄒᆞ므로 밀위ᄂᆞᆫ 무식ᄒᆞ미 이시리오마ᄂᆞᆫ 다만 평상ᄒᆞ믈 구ᄒᆞᄂᆞᆫ 바ᄂᆞᆫ 셰쇽의 간샤ᄒᆞ며 쳠녕(諂佞)ᄒᆞ여 악착ᄒᆞ미 업ᄉᆞ믈 니ᄅᆞ미오 나의 ᄌᆞ부로뼈 셩현의 더으신 용의(容儀) 신ᄎᆡ(神彩)라 ᄒᆞ여 텬니의 싀극ᄒᆞ미 먼니 근심홈도 아니니 내 ᄯᅳᆺ이 남ᄌᆞᄂᆞᆫ 돈후침듕(敦厚沈重)ᄒᆞ여 념딕개결(廉直介潔)ᄒᆞ고 녀ᄌᆞᄂᆞᆫ 온슌비약(溫順卑弱)ᄒᆞ여 유한뎡일(幽閒靜一)ᄒᆞ믈 귀히 넉이ᄂᆞ니 하빈[42]의 미용(美容)과 경셩(傾城)의 ᄉᆡᆨ(色)[43]을 심히 블관(不關)이 넉이거ᄂᆞᆯ 졔ᄌᆞ딜(諸子姪)과 현부 등이 다 안화용뫼(顏華容貌) 너모 슈츌긔이(秀出奇異)ᄒᆞ니 딘실노 깃브든 아니ᄒᆞ나 져희 ᄒᆡᆼ회(行孝) 슌비(純備)홈과 탁월초미(卓越超美)ᄒᆞ미 외모의 더으니 젹은 ᄌᆡ앙을 엇디 족히 개렴(介念)ᄒᆞ리오마ᄂᆞᆫ 귀신이 싀긔ᄒᆞ며 조믈(造物)이 ᄭᅦ리ᄂᆞᆫ ᄌᆞᄂᆞᆫ 심히 빗나고 극히 귀ᄒᆞ미라. 됴시(趙氏) 년셩벽(連城璧)[44]이 텬하의 난을 닐위며 벽ᄒᆡ(碧海)의 됴승디 36면

42 하빈: 하안(何晏)을 말하는 것으로 보임. 삼국시대 위나라 사람. 용모가 몹시 아름다웠으며 꾸미기를 좋아해 분을 바르고 다녔다고 함.

43 경셩(傾城)의 ᄉᆡᆨ(色): 경성의 색. 성을 기울일 정도로 아름다운 얼굴. 미인을 말함.

44 됴시(趙氏) 년셩벽(連城璧): 조씨 연성벽. 조씨는 조나라 왕. 연성벽은 조나라 왕이 가지고 있었던 화씨벽으로 진나라 소왕이 자기 나라의 15성과 바꿀 정도로 귀한 보물.

쥐(照乘之珠)[45] 위국(魏國)의 ᄌᆡ앙(災殃)이 되고 ᄃᆡᆨ문(稷門)[46]의 놉흐미 냥공의 다ᄅᆞ미 되며 향초(香草)의 쏫다오미 악초(惡草)의 무셩ᄒᆞ믈 밋디 못ᄒᆞ니 사ᄅᆞᆷ이 만믈(萬物)노 다ᄅᆞ디 아닌디라. 뫼히 놉흐ᄆᆡ 바ᄅᆞᆷ이 긋치디 아니ᄒᆞ고 믈이 깁흐ᄆᆡ 노래 요란ᄒᆞᄂᆞ니 군ᄌᆞ의 초열(超烈)ᄒᆞ믄 쇼인의 죄오ᄂᆞᆫ ᄇᆡ오 일홈이 놉흐ᄆᆡ 셰상이 ᄭᅥ리미 되ᄂᆞ니 ᄎᆞᆯ하리 범상(凡常)ᄒᆞ여 누리기ᄅᆞᆯ 그 댱구(長久)ᄒᆞ믈 취ᄒᆞ노라."

경조와 쇼뷔 우으며 ᄒᆞᆷ긔 ᄃᆡ왈(對曰)

37면 "우리 ᄌᆞ딜(子姪) 녀뷔(女婦) 다 용모 풍ᄎᆡ 딘실노 사ᄅᆞᆷ의게 디나거니와 연이나 왕발(王勃)의 요(夭)ᄒᆞᆷ과 낙빈(駱賓)의 블길(不吉)ᄒᆞ미 업고 됴비연(趙飛燕) 양태진(楊太眞)의 ᄒᆡ거(駭擧)로 욕디 못ᄒᆞ리니 하날이 길인(吉人)을 도와 복녹(福祿)이 ᄌᆞ연 호셩(浩盛)ᄒᆞᄂᆞ니 엇디 댱구(長久)치 못ᄒᆞᆯ가 념녀ᄒᆞ리잇고?"

쳐ᄉᆡ 함쇼무언(含笑無言)이어ᄂᆞᆯ 태부인이 상부인이 이에 잇디 아니ᄒᆞ믈 홀연ᄒᆞ여 왈

"월ᄋᆡ 오륙 삭만의 비로소 도라오니 ᄉᆞ렴(思念)ᄒᆞ던 졍을 족히 위로ᄒᆞᆯ ᄇᆡ로ᄃᆡ 녀ᄋᆡ 도라간 지 날이 오ᄅᆡ니 ᄯᅩ 념념(念念)ᄒᆞᄂᆞᆫ 회포(懷抱)ᄅᆞᆯ 돕ᄂᆞᆫ디라. 과연 인졍(人情)이 무한ᄒᆞ도다. 타일(他日) ᄇᆡᆨᄋᆞ의 부ᄌᆡ 도라오기의 미쳐ᄂᆞᆫ 그 상념(想念)ᄒᆞᆯ 곳이 업ᄉᆞ리니 ᄒᆞᆫ갓 셕ᄉᆞ(昔事)ᄅᆞᆯ 감상ᄒᆞ며 노모의 완이(莞爾)ᄒᆞ여 셕구(惜舊)ᄒᆞ믈 통돌(痛咄)ᄒᆞ

45 됴승디쥐(照乘之珠): 조승지주. 수레를 비출 만큼 밝은 구슬. 위(魏)나라 혜왕(惠王)의 구슬이 수레 12대를 비출 정도로 환했다고 함. 귀한 보물을 가리킴.

46 ᄃᆡᆨ문(稷門): 직문. 전국시대 제나라의 도성인 임치의 서문(西門). 제나라 선왕이 뛰어난 학자들을 좋아해서 직문 근처 직하(稷下)에 학문이 뛰어난 학자들을 불러 모았다고 함.

리로ᄃᆡ 당금(當今)ᄒᆞ여ᄂᆞᆫ 혹ᄌᆞ 노뫼 쇼쇼(小小)ᄒᆞᆫ 질고(疾苦)나 잇셔 만니젼딘(萬里戰陣)의 위봉(危鋒)을 당ᄒᆞᆫ ᄋᆞᄒᆡ로 ᄒᆞ야곰 알프로 나아오디 못ᄒᆞ고 뒤흐로 므ᄅᆞ디 못ᄒᆞ여 듕도(中途)의 초황(焦遑)ᄒᆞ믈 더을가 스ᄉᆞ로 두리며 조심ᄒᆞ노라."

쳐ᄉᆡ ᄇᆡ슈왈(拜手曰)

"ᄌᆞ위의 활냥관대(闊量寬大)ᄒᆞ시미 아니면 형댱이 비록 졔텬샹(擠天 38면
上)ᄒᆞ고 달텬하(達天下)ᄒᆞᄂᆞᆫ 뎡튱대절(精忠大節)을 가져신들 엇디 션인(先人)의 후(後)ᄅᆞᆯ 니어 신ᄌᆞ(臣子)의 ᄃᆡᆨ분(職分)을 다ᄒᆞ리잇고마ᄂᆞᆫ ᄌᆞ졍(慈庭)이 ᄒᆞᆫ갈ᄀᆞᆺ치 ᄉᆞ졍(私情)을 억졔ᄒᆞ샤 ᄇᆡᆨ시로 ᄒᆞ여곰 관일디튱(貫日之忠)과 왕좌디ᄌᆡ(王佐之才)ᄅᆞᆯ 펴게 ᄒᆞ시니 엇디 셩덕(盛德)의 호호(浩浩)ᄒᆞ시미 아니리잇고? 이졔 쳡뵈(捷報) 년ᄒᆞ여 오로오니 다시 남방 근심이 업ᄉᆞᆸ거ᄂᆞᆯ 셩ᄋᆞ의 도라오믄 블과 오륙삭디ᄂᆡ(五六朔之內)의 잇ᄉᆞ오리니 날을 혜아릴 ᄇᆡ오 형댱의 환귀(還歸)ᄒᆞᆷ도 엇마 즈음이리잇고? 니별의 회합(會合)이 다 과극(過隙)[47] 순식(瞬息)이라. 기리 안심믈녀(安心勿慮)ᄒᆞ샤 형으로 ᄒᆞ야곰 훤졍(萱情)의 졀ᄒᆞᄂᆞᆫ 날의 학발(鶴髮)이 블쇠(不衰)ᄒᆞ시믈 환텬열디(歡天悅地)케 ᄒᆞ시미 ᄌᆞᄋᆡᄒᆞ시ᄂᆞᆫ 은혜니이다. 져져ᄂᆞᆫ 귀가ᄒᆞᆫ 디 날이 오ᄅᆡ오나 니부인 미령디후(靡寧之候)로 이에 도라오믈 결을치 못ᄒᆞ오리니 가히 쳥치 못ᄒᆞᆯ ᄇᆡ오나 쇼ᄌᆡ 작일(昨日) 범부의 단녀 도라올 ᄊᆡ의 길ᄒᆡ셔

47 과극(過隙): 틈을 지나간다는 뜻으로 세월이 빠름을 비유하는 말. 《장자》〈지북유(知北游)〉에 "사람이 천지 사이에 사는 것은 흰 망아지가 틈을 지나가는 것과 같다(人生天地之間 若白駒之過郤)."라고 한 데서 옴.

39면 광국【뎡국공 상공의 뎨삼ᄌᆡ(第三子)라】을 만나 태부인 병후(病候)ᄅᆞᆯ 뭇ᄌᆞ온즉 가경(佳境)의 계시다 ᄒᆞᄋᆞᆸ던디라 맛당이 글노뼈 상형긔 고ᄒᆞ여 명일(明日) 져져의 귀령(歸寧)을 청ᄒᆞ샤이다.”

태부인이 졈두(點頭)ᄒᆞ고 인ᄒᆞ여 쵹(燭)을 니어 야심(夜深)ᄒᆞᄃᆡ 침상(寢牀)의 오ᄅᆞᆯ 뜻이 업ᄉᆞ니 쳐ᄉᆡ 침슈(寢睡)ᄅᆞᆯ 씌의 아니시미 셩톄(聖體)의 블안ᄒᆞ실 ᄇᆡ믈 일ᄏᆞ라 안침(安寢)ᄒᆞ시믈 청ᄒᆞ여 비로소 부인이 상의 오ᄅᆞ시믈 보온 후 이공은 ᄌᆞ딜을 거ᄂᆞ려 셔ᄌᆡ(書齋)로 나아가고 졔부인이 ᄯᅩᄒᆞᆫ 믈너가ᄃᆡ 오딕 쳐ᄉᆡ 졔ᄌᆞ로 더브러 침싊(寢睡) 안온(安穩)ᄒᆞ시믈 보고 믈너가려 이에 이시며 화부인이 니쇼져와[48] 의명의 부인으로 더브러 시침(侍寢)ᄒᆞ려 뫼셔 잇더라. 이윽고 쳐ᄉᆡ 니러 밧그로 향ᄒᆞ니 화부인이 상하(牀下)의 시침ᄒᆞᆯᄉᆡ 댱부인을 도라보아 왈

“ᄋᆞ뷔(我婦)【댱시ᄅᆞᆯ 니ᄅᆞ미라】 셰외(細腰) 뉴다ᄅᆞ고 긔위(氣宇) 뎡슉ᄒᆞ니 그 낫타닐 사ᄅᆞᆷ이 아니어니와 현딜은 됴셕(朝夕)의 보ᄂᆞᆫ ᄇᆡ오 임의 칠 삭의 미쳐시니 ᄌᆞ연 잉부(孕婦)의 모양이 다ᄅᆞᆯ디라. 현딜은 모로디 아니ᄒᆞ리니 그 병이 태후(胎候)의 ᄒᆡ 되미 업ᄉᆞ랴?”

40면 댱부인이 빵셩(雙星)을 드러 화부인 낫촐 우러러 함쇼왈(含笑曰)

“계모의 말숨이 엇디 의외의 계시니잇고? 쇼딜이 우몽(愚蒙)ᄒᆞ여 ᄭᆡ닷디 못ᄒᆞᄋᆞᆸᄂᆞ니 그 뉘 잉신(孕身) 칠 삭이 되다 ᄒᆞ더니잇가?”

화부인이 ᄯᅩᄒᆞᆫ 미쇼왈(微笑曰)

“사ᄅᆞᆷ의 춍혜(聰慧)ᄒᆞ미 비록 현딜(賢姪)만 ᄀᆞᆺ디 못ᄒᆞ나 그 싀어미

48 니쇼져와: 규장각본에는 ‘소져와’로 되어 있음.

되여 ᄌᆞ부(子婦)의 유신(有娠)ᄒᆞ믈 알오미 괴이ᄒᆞᆫ 일이 아니어ᄂᆞᆯ 현딜이 뜻ᄒᆞ디 아닌 말노 아나뇨? 우리 현부ᄂᆞᆫ 반ᄃᆞ시 날을 긔이라 아니ᄒᆞ여시리니 현딜이 긔휘(忌諱)ᄒᆞ믄 므ᄉᆞᆫ 뜻이뇨?”

댱부인이 비로소 쾌히 웃고 다시 ᄎᆞ탄(嗟嘆)ᄒᆞ여 왈

“쇼딜(小姪)이 엇디 계모(季母)의 므ᄅᆞ시믈 당ᄒᆞ여 은휘(隱諱)ᄒᆞ리잇고? 댱ᄆᆡ ᄒᆞᆫ갈ᄀᆞᆺ치 침잠뎡숙(沈潛靜肅)ᄒᆞ니 과연 그 잉신(孕身)ᄒᆞ믈 가듕(家中)이 알 니 업ᄉᆞᄃᆡ 존괴(尊姑) 홀노 디긔(知機)ᄒᆞ시며 쇼딜이 잠간 ᄉᆞᆺ쳐 알오ᄃᆡ 그 뜻이 스ᄉᆞ로 몸을 고형(苦刑)ᄒᆞ여 죽디 못ᄒᆞ고 ᄎᆞ마 역니(逆理)로 친위(親闈)에 더어 셔하디통(西河之痛)[49]을 깃치디 못ᄒᆞ나 본심(本心)인ᄌᆞᆨ 합연(溘然)ᄒᆞ여 업고ᄌᆞ ᄒᆞ연 디 오ᄅᆡ며 그러치 아니ᄒᆞ오면 아조 인눈(人倫)을 하딕(下直)ᄒᆞ여 셰ᄉᆞ(世事)ᄅᆞᆯ 졀연이 모로고ᄌᆞ ᄒᆞ거ᄂᆞᆯ 그 원치 아닛ᄂᆞᆫ 복경(福慶)이 이시니 그 말을 쾌히 듯디 못ᄒᆞ엿ᄉᆞ오나 일노뼈 블열초창(不悅怊悵)ᄒᆞ미 만흔가 ᄒᆞᄋᆞᆸᄂᆞ니 금일 쇼딜이 비로소 여ᄎᆞ여ᄎᆞ 말ᄒᆞ오ᄆᆡ 그 ᄃᆡ답이 여ᄎᆞ여ᄎᆞᄒᆞ온디라. 그 심ᄉᆡ 유시(幼時)로브터 무우쾌락(無憂快樂)ᄒᆞ믈 엇디 못ᄒᆞ미 심히 잔인(殘仍)ᄒᆞ온 듕 그 병셰의 위름(危懍)ᄒᆞ오미 아마도 무ᄉᆞ히 분만(分娩)ᄒᆞ기ᄅᆞᆯ 긔필(期必)치 못ᄒᆞ오리니[50] 엇디 초민(焦悶)ᄒᆞᆫ 근심이 아니리잇가?”

인ᄒᆞ여 댱시의 병셰ᄅᆞᆯ 일일이 고ᄒᆞ니 화부인이 모로던 ᄇᆡ 아니나 더옥 위ᄐᆡᄒᆞ고 민연(憫然)ᄒᆞ여 왈

41면

49 셔하디통(西河之痛): 서하지통. 자식을 잃은 슬픔.

50 못ᄒᆞ오리니: 규장각본에는 ‘못ᄒᆞ오니’로 되어 있음.

“사ᄅᆞᆷ의 ᄉᆞᄉᆡᆼ(死生)이 유뎡(有定)ᄒᆞ고 화복(禍福)이 ᄌᆡ텬(在天)ᄒᆞ니 그 도모ᄒᆞ여 면ᄒᆞᆯ ᄇᆡ 아니어니와 현부 등의 셩덕긔딜(性德氣質)이 족히 반화필복(反禍必福)ᄒᆞ여 ᄇᆡᆨᄌᆡ(百災)ᄅᆞᆯ 소셕(消釋)ᄒᆞ며 만영(萬榮)을 누릴디니 엇디 먼니 근심ᄒᆞ고 ᄯᅩᄒᆞᆫ 인녁으로 버셔나고ᄌᆞ ᄒᆞ리오? ᄌᆞ연ᄒᆞᆫ 슈복(壽福)을 누릴 ᄃᆞᆺᄒᆞᄃᆡ 다만 ᄌᆡ앙이 듕ᄒᆞᆫ ᄌᆞᄂᆞᆫ 묘복(眇福)과 박덕(薄德)으로ᄡᅧ 닌셩 등 남ᄆᆡ ᄉᆞ인(四人)을 두ᄆᆡ 세 ᄋᆞᄃᆞᆯ이 취부(娶婦)ᄒᆞ여 ᄒᆞ나토 죵요로이 화락ᄒᆞ며 작소(雀巢)의 깃드리믈 보디 42면 못ᄒᆞ고 무거온 근심과 졀박ᄒᆞᆫ 념네 향인(向人)ᄒᆞ여 니ᄅᆞ디 못ᄒᆞᆯ ᄇᆡ 만흐니 나의 화얼(禍孽)이 아니리오? ᄋᆞ뷔(我婦) 병듕(病中)의 심녀(心慮)ᄅᆞᆯ 안한(安閑)이 못ᄒᆞ고 스ᄉᆞ로 셰샹의 낫던 바ᄅᆞᆯ 쥬쥬야야(晝晝夜夜)의 골돌ᄒᆞ니 그러ᄒᆞ고 엇디 가복(可復)ᄒᆞᆯ 날이 잇ᄉᆞ리오? 그 딘실노 셩효로 비로ᄉᆞ미라 심녀(心慮)ᄅᆞᆯ 허비ᄒᆞ미 유익(有益)디 못ᄒᆞᆫ 바의 활연(豁然)이 셰상 ᄇᆡᆨ우(百憂)ᄅᆞᆯ 쳑탕(滌蕩)ᄒᆞ미 웃듬이어니와 그러치 아니믈 내 깁히 근심ᄒᆞᄂᆞᆫ ᄇᆡ오 듕ᄋᆞ(仲兒)의 위인이 ᄇᆡᆨᄋᆞ(伯兒)의 홍대(弘大)ᄒᆞ며 활냥ᄒᆞᄆᆡ 밋디 못ᄒᆞ여 셩(性)이 초급(峭急)ᄒᆞ고 언ᄉᆡ(言辭) 강학(强虐)ᄒᆞ여 온후(溫厚)ᄒᆞ며 인ᄌᆞ(仁慈)ᄒᆞ믈 엇디 못ᄒᆞ니 심히 부모의 바란 밧기오 근일(近日)은 잠간 곳쳐 젼ᄌᆞ(前者)로 다ᄅᆞ미 잇ᄉᆞ니 현뷔 ᄯᅩᄒᆞᆫ 각졀통도[51]ᄒᆞ여 ᄉᆞᆯ오미 업고ᄌᆞ ᄒᆞᄂᆞᆫ 뜻을 곳치미 ᄒᆡ롭디 아니ᄒᆞᄃᆡ 내 ᄉᆡᆼ각건ᄃᆡ 광ᄋᆞ의 취모ᄅᆞᆯ 통증(痛憎)ᄒᆞᆷ과 현부의 광ᄋᆞᄅᆞᆯ 한ᄒᆞ여 그 ᄯᅳᆺ출 플미 셰월이 머럿ᄂᆞᆫ가 ᄒᆞ노라.”

51 각절통도: 각절통도. 각별통도(各別痛悼), 즉 몹시 마음이 아프고 슬프다는 뜻으로 봄.

댱부인이 계모의 말솜을 드러오ᄆᆡ 그 근심ᄒᆞ시ᄂᆞᆫ 뜻이 ᄒᆞᆫ갓 댱시의 우환(憂患) ᄯᆞ롬이 아니라 엇디 모ᄅᆞ리오? ᄯᅩᄒᆞᆫ 기리 한숨디어 슬픈 43면 회픠 잇ᄉᆞ나 그 간섭ᄒᆞᆫ ᄇᆡ ᄌᆞ모의 브덕(不德)인 고로 감히 말ᄒᆞ디 못ᄒᆞ고 오딕 계모의 말단(末端)의 니ᄅᆞᆫ 바ᄅᆞᆯ ᄃᆡᄒᆞ여 쇼왈(笑曰)

"녀ᄌᆞ 되오미 구ᄎᆞᄒᆞ며 통한ᄒᆞ미 만흐므로뼈 쇼고(小姑)의 당ᄒᆞᆫ 바와 디난 바ᄂᆞᆫ 더옥 한골통심(恨骨痛心)ᄒᆞ더이다ᄏᆞ니와 본ᄃᆡ 녜(禮)ᄅᆞᆯ 엄히 ᄌᆞᆸ고 대의(大義)ᄅᆞᆯ 아ᄂᆞᆫ디라 비록 심니(心裏)의 참분각골(慙忿刻骨)ᄒᆞ나 쇼텬(所天)을 포원(抱怨)치 못ᄒᆞ리니 엇디 ᄌᆡ보의 빙가(聘家)ᄅᆞᆯ ᄇᆡ쳑(排斥)ᄒᆞ며 증한(憎恨)ᄒᆞᄂᆞᆫ 뜻과 ᄀᆞᆺᄐᆞ리잇고? 쇼고ᄂᆞᆫ 맛ᄎᆞᆷᄂᆡ 손슌비약(遜順卑弱)ᄒᆞ여 ᄌᆡ보의 강항격고(强項激高)ᄒᆞ므로ᄂᆞᆫ ᄂᆡ도ᄒᆞ니 ᄉᆞ심(私心)의 한분(恨憤)ᄒᆞ믈 외모(外貌)의 낫ᄐᆞᆯ ᄌᆡ 아니니이다."

부인이 쇼왈

"그러ᄒᆞ나 현뷔 엇디 ᄂᆡ심(內心)의 잇ᄂᆞᆫ 바ᄅᆞᆯ 외모의 낫토리오마ᄂᆞᆫ 광ᄋᆞᄂᆞᆫ 대단ᄒᆞ여 슈욕(受辱)을 복셜(復雪)ᄒᆞ엿고 현부ᄂᆞᆫ 호발(毫髮)의 갑흐미 업ᄉᆞ니 인ᄌᆞ(人子)의 졍니(情理)ᄂᆞᆫ ᄒᆞᆫ가지라 그윽이 한돌(恨咄)ᄒᆞ미 업디 아니ᄒᆞᆫᄌᆞᆨ 듕심(中心)의 ᄒᆞᆫ 회픠 된 고로 젹취(積聚)ᄒᆞᆫ 병이 졈졈 깁흔가 ᄒᆞ노라." 44면

댱부인이 샤이칭가(謝而稱可)ᄒᆞ고 니부인[52]으로 더브러 시침ᄒᆞᆯᄉᆡ 화부인의 두굿기ᄂᆞᆫ 졍이 디극ᄒᆞ므로뼈 니·댱 냥인을 겻ᄐᆡ 두ᄆᆡ 각별흔ᄋᆡ(各別欣愛)ᄒᆞ며 니쇼졔 ᄯᅩᄒᆞᆫ 친ᄉᆡᆼᄌᆞ모(親生慈母)로 다ᄅᆞ미 업셔

52 니부인: 이부인. 정인성의 부인 이자염.

태산븍두(泰山北斗)의 앙망(仰望)ᄒᆞ미 잇ᄂᆞᆫ 바로뼈 심부(心府)ᄅᆞᆯ 상됴(相照)ᄒᆞ니 감히 디긔(知己)라 니ᄅᆞ디 못ᄒᆞ나 엇디 호발(毫髮)의 ᄀᆞ리오미 잇ᄉᆞ리오마ᄂᆞᆫ 그 ᄌᆞ식을 ᄃᆡᄒᆞ여 그 어믜 브덕(不德)을 니ᄅᆞ디 못ᄒᆞ고 그 시비(是非)ᄅᆞᆯ 과도히 못 ᄒᆞ여 맛ᄎᆞᆷᄂᆡ 니시의 위란(危亂)ᄒᆞᆫ 졍셰ᄅᆞᆯ 일ᄏᆞᆺ디 못ᄒᆞ니 ᄒᆞᆫ갓 쇽으로 근심을 픔을 ᄲᅳᆫ이오 니쇼졔 ᄯᅩᄒᆞᆫ 졍부인으로 더브러 힐항(頡頏)[53]의 의로뼈 ᄌᆞᄆᆡ의 졍을 겸ᄒᆞ미 그 셰월이 오ᄅᆡ며 졍이 닉으니 엇디 동포골육의 다ᄅᆞ미 이시리오? 셔로 ᄉᆞ랑ᄒᆞ고 친근ᄒᆞ미 디극ᄒᆞ며 간졀ᄒᆞᄃᆡ 쇼졔 졍문의 우귀(于歸)[54]ᄒᆞ므로브터 소부인이 그 존당이 칭ᄋᆡ(稱愛)ᄒᆞ시믈 심히 ᄭᅥ리고 원간 졔ᄉᆞ동항(娣姒同行)으로 졍의상후(情誼相厚)ᄒᆞ며 디긔화동(志氣和同)ᄒᆞ믈 크
45면 게 깃거 아니 ᄒᆞ므로 쇼졔 감히 존고의 블열(不悅)ᄒᆞ시믈 더으디 못ᄒᆞ고 쥬야(晝夜)의 존고ᄅᆞᆯ 밧드러 동동쵹쵹(洞洞屬屬)ᄒᆞᆫ 셩회 일분(一分) 희ᄒᆡ(嬉戲)ᄅᆞᆯ 구ᄒᆞ미 업ᄉᆞ므로 댱부인이 만나미 드므디 아니ᄒᆞ나 존젼(尊前)과 듕회(衆會)의 셔로 볼 ᄯᆞᄅᆞᆷ이오 ᄉᆞᄎᆞ(私次)의 죵용이 ᄃᆡᄒᆞ믄 업ᄉᆞ니 댱부인이 그 신셰의 위란ᄒᆞ믈 슬허ᄒᆞ며 위ᄒᆞ여 졀우(竊憂)ᄅᆞᆯ 두나 능히 모ᄌᆞ고부(母子姑婦)와 형뎨남ᄆᆡ(兄弟男妹) 화평돈목(和平敦睦)ᄒᆞ여 무우열낙(無憂悅樂)ᄒᆞᄂᆞᆫ 긔힝(奇幸)을 엇기 어려온 ᄀᆞ온ᄃᆡ 비만(悲懣)ᄒᆞᆫ 슈회(愁懷)ᄅᆞᆯ 듕니(中裏)의 셔려 침좌간(寢坐間)의 유유블낙(唯唯不樂)ᄒᆞ미 되엿고 니쇼져ᄂᆞᆫ 젼후의 여일안상(如

53 힐항(頡頏): 서로 어깨를 나란히 함. 또는 서로 버티며 겨룸.

54 우귀(于歸): 혼례를 마치고 사흘 후 신부가 처음 시집으로 가는 것. 보통 여자가 시집가는 것을 말함.

一安常)ᄒᆞ여 ᄉᆞ긔졍슉(辭氣整肅)ᄒᆞ며 화긔욱욱(和氣郁郁)ᄒᆞ여 오딕 공경ᄒᆞᄂᆞᆫ 녜를 잡고 조심ᄒᆞ미 무궁ᄒᆞᆯ디언졍 우슈쳑쳑(憂愁慽慽)ᄒᆞ여 힝혀도 근심과 괴로오믈 낫타ᄂᆡ미 업ᄉᆞ니 사ᄅᆞᆷ으로 ᄒᆞ야곰 ᄇᆞ라ᄆᆡ 태양이 아젹 운하(雲下)의 니ᄅᆞ며 호월(皓月)이 구츄상노(九秋霜露)의 ᄇᆰ아시니 유한(幽閒) 톄원(體元)[55]ᄒᆞ여 젹뇨(寂寥)히 태공(太空)이 호호(浩浩)ᄒᆞᆫᄃᆡ ᄉᆞ시힝언(四時行焉)ᄒᆞ여 만믈(萬物)이 ᄉᆡᆼ화(生化)ᄒᆞᄂᆞᆫ[56] 거동이라. 댱부인이 심하(心下)의 복복칭탄(僕僕稱歎)ᄒᆞ여 왈 46면

'대지(大哉)라 오뎨(吾弟) 니시여. 텬ᄉᆡᆼ셩인(天生聖人)이라. 대슌(大舜)을 법(法)ᄒᆞ고 민ᄌᆞ(閔子)를 니어 존당의 셩의를 두로혀미 이시리라 ᄒᆞ야 먼니 ᄇᆞ람과 깁히 미드므로뻐 스ᄉᆞ로 위회(慰懷)ᄒᆞᄂᆞᆫ ᄇᆡ 이시ᄃᆡ 소부인의 심상치 아닌 거동이 ᄯᅩ 반ᄃᆞ시 ᄉᆞᆺ츨 누ᄅᆞ디 못ᄒᆞ여 그 삭시 업ᄉᆞᆯ디라. 연즉 가란(家亂)이 젹은 곳의 잇디 아니믈 알 ᄇᆡ오. 뎨찰 부뷔 셩효를 다ᄒᆞ나 뉸변(倫變)의 망극ᄒᆞ믈 면치 못ᄒᆞᆯ디라.'

ᄉᆡᆼ각이 이에 미ᄎᆞᄆᆡ 통돌비만(痛咄悲懣)ᄒᆞ미 목젼(目前)의 당ᄒᆞᆫ ᄇᆡ 아니믈 ᄭᆡ닷디 못ᄒᆞ여 혜오ᄃᆡ

'모ᄌᆞᄂᆞᆫ 텬셩(天性)이라. 비록 ᄉᆡᆼ치 아녀시나 어미와 ᄌᆞ식 ᄉᆞ이의 엇디 나치 아냐시므로뻐 소(疎)ᄒᆞ믈 두며 혐의로뻐 패도(悖道)와 실덕(失德)의 입을 봉ᄒᆞ고 눈을 곰아 타인의 시비ᄒᆞ믈 보ᄃᆡ 홀노 간치 아니ᄒᆞ면 이ᄂᆞᆫ 인뉸이 상(傷)ᄒᆞ미오 은ᄋᆡ(恩愛) 소(疏)ᄒᆞ미니 ᄂᆡ 맛당

55 톄원(體元): 체원. 원기를 본받음.

56 ᄉᆞ시힝언(四時行焉)ᄒᆞ여 만믈(萬物)이 ᄉᆡᆼ화(生化)ᄒᆞᄂᆞᆫ: 사계절이 운행하고 만물이 생겨나서 자란다는 뜻. 《논어》 〈양화〉의 "하늘이 무슨 말을 하는가? 그럼에도 사계절이 운행하고 만물이 생겨나지 않는가?(天何言哉 四時行焉 百物生焉)"에서 온 말.

47면 이 ᄌᆞ젼(慈前)의 읍혈고간(泣血固諫)ᄒᆞ여 그 ᄭᆡ닷디 못ᄒᆞ시ᄂᆞᆫ 바ᄅᆞᆯ ᄀᆺ초 알외여 비록 회셩슈덕(回性修德)ᄒᆞ시미 일시디간(一時之間)의 쉽디 못ᄒᆞ나 밧그로 덕셩(德性)이 일양(一樣) 년ᄒᆞ여 졈졈 패도(悖道)의 밋ᄎᆞ시미나 업게 ᄒᆞ리라.'

ᄒᆞ다가 곳쳐 ᄉᆡᆼ각고 ᄀᆞ마니 탄왈(嘆曰)

'ᄌᆞ위예 션심(善心)과 덕화(德化)로 사ᄅᆞᆷ이 의심ᄒᆞ여 딘졍(眞情)이 아닌가 넉일디언졍 낫타난 실덕(失德)을 일ᄌᆞᆨ 듯ᄌᆞᆸ디 못ᄒᆞ니 엇디 ᄌᆞ식이 되여 어미ᄅᆞᆯ 협륵(脅勒)[57]ᄒᆞ여 어디지 아니타 ᄒᆞ며 ᄯᅩ 괴이ᄒᆞᆫ 의심을 픔어 셰간의 졔 필연 우리ᄅᆞᆯ 죽이고 긋치리라 ᄒᆞ여 근심ᄒᆞ고 슬허ᄒᆞ믄 실노 텬인(天人)이 두리오며 귀신이 져흔디라.[58] ᄉᆞ뎨(舍弟)와 니ᄆᆡ 디셩대효(至誠大孝)로 앙소텬도(仰訴天道)ᄒᆞ고 하달디로[59]ᄒᆞ여 신기(神祇)의 감응ᄒᆞ미 잇ᄉᆞ리니 ᄌᆞ위예 신명특달(神明特達)ᄒᆞ시므로 죵시의 엇디 화연쾌셕(和然快釋)ᄒᆞ시믈 두디 아니시리오? 젹은 일도 명운(命運)의 ᄆᆡ인 바로 가히 도망치 못ᄒᆞᄂᆞ니 나 블최(不肖) 망녕도이 말ᄒᆞᆯ ᄇᆡ 아니오 ᄉᆞᄉᆞ(私私)로이 근심ᄒᆞ여 밋ᄎᆞᆯ ᄇᆡ 아니라.'

48면 ᄒᆞ여 초우비려(焦憂悲慮)ᄒᆞ믈 낫토디 아니코 일ᄌᆞᆨ 고간(固諫)ᄒᆞᄂᆞᆫ 말을 두디 아니ᄒᆞ더니 금야의 니시로 더브러 태부인과 화부인을 시침ᄒᆞᄆᆡ 좌우의 다ᄅᆞᆫ 사ᄅᆞᆷ이 업고 방듕(房中)이 고요ᄒᆞ니 ᄯᅩᄒᆞᆫ 눈을 ᄀᆞᆷ으며 말을 아니 ᄒᆞ여 셔로 ᄌᆞᄂᆞᆫ ᄃᆞᆺᄒᆞ나 만니원ᄉᆡ(萬里遠塞)의 니졍

57 협륵(脅勒): 협륵. 협박하여 우김.

58 져흔디라: 저허ᄒᆞ다. 저어하다, 두려워하다.

59 하달디로: 하달지도(下達地道). 앞의 하늘의 도(天道)를 우러러 하소연한다는 뜻을 고려하여 아래로 땅의 도(地道)에 이른다는 뜻으로 봄.

(離情)ᄒᆞᆫ 회푀 ᄀᆞᆺ초 비상(非常)ᄒᆞ니 쳑호(陟岵)[60]의 눈믈이 마ᄅᆞ디 아니커ᄂᆞᆯ 댱부인은 더옥 침상(枕上)의 젼뎐(輾轉)ᄒᆞ여 잠을 일우디 못ᄒᆞ니 니쇼제 홀연 고ᄀᆡᄅᆞᆯ 두로혀 댱부인을 희미히 쳠관(瞻觀)ᄒᆞᄆᆡ 아험의 텬향(天香)이 니러나며 취산(翠山)의 봄이 도라와 호치(皓齒)의 한가ᄒᆞ믈 아릿다이 빗최여 잠간 우음을 먹음으니 그 만상긔화(萬象奇花)와 아라쳔교(娥羅天嬌)ᄅᆞᆯ ᄌᆞ딘(子晋)으로ᄡᅧ 부(賦)ᄒᆞ고 동파(東坡)로ᄡᅧ 형용ᄒᆞ여도 그 신이찬난(神異燦爛)ᄒᆞ믈 능히 다 못 ᄒᆞᆯ디라. 오ᄃᆡᆨ 의표(儀表)의 ᄎᆞᆯ인(出人)ᄒᆞᆷ과 동디(動止)의 현셩(賢聖)ᄒᆞ미 기인(其人)이 여텬(如天)ᄒᆞ신 요텬ᄌᆞ(堯天子)의 비ᄒᆞ며 단긔이공닙(單騎而功立)ᄒᆞ신 슌황뎨(舜皇帝)로 방블ᄒᆞ니 댱부인이 쇼져로 더브러 형뎨의 친(親)과 힐항(頡頏)의 졍을 ᄆᆡᄌᆞ미 거의 팔구ᄌᆡ(八九載)의 금일의 쳐음으로 그 스ᄉᆞ로 웃ᄂᆞᆫ 빗ᄎᆞᆯ 보ᄆᆡ 희귀(稀貴)ᄒᆞ믈 니긔디 못ᄒᆞ여 믄득 벼개ᄅᆞᆯ 밀치고 니러나 ᄀᆞᆯ오ᄃᆡ 49면

"쳡이 현ᄆᆡ(賢妹)로 더브러 동긔(同氣)의 친의(親誼)ᄅᆞᆯ 두미 셰ᄌᆡ구년(歲在九年)이로ᄃᆡ 졔슉(諸叔)과 군죵(群從)이 혹 희학(戲謔)으로ᄡᅧ 더어 존당(尊堂)의 열의(悅意)ᄅᆞᆯ 구ᄒᆞ오ᄆᆡ 현ᄆᆡ ᄯᅩᄒᆞᆫ 이셩낙ᄉᆡᆨ(怡聲樂色)으로 즐기시믈 돕ᄉᆞ오나 일즉 그 스ᄉᆞ로 우ᄉᆞ믈 보디 못ᄒᆞ엿더니 금일의 쳡을 향ᄒᆞ여 그윽이 웃ᄂᆞᆫ 빗치 이시니 그 므ᄉᆞᆷ 뜻이뇨?"

쇼제 ᄯᅩᄒᆞᆫ 웃ᄉᆞᆯ 념의고 니러나 냥대 존당의 침슈(寢睡)ᄅᆞᆯ ᄉᆞᆯ피온 후 날호여 다시 함쇼왈(含笑曰)

60 쳑호(陟岵): 척호. 부모·형제를 그리워하는 마음. 《시경》 〈위풍(魏風)〉 '척호(陟岵)'의 "저 민둥산에 올라 아버지 계신 곳 바라보네(陟彼岵兮 瞻望父兮)."에서 옴.

"ᄆᆞᄅᆞ실ᄉᆡ ᄃᆡᄒᆞᄂᆞ니 셕년(昔年) 왕매(王妹)의 져제 쳡봉화란(疊逢禍亂)ᄒᆞ샤 우환(憂患)과 슈통(愁痛)을 시러 날을 보ᄂᆡ시ᄃᆡ 션풍이딜(仙風異質)이 셰간풍상(世間風霜)의 변치 아니ᄒᆞ시니 일가슉당(一家叔堂)이 졀졀탄상(切切嘆賞)ᄒᆞ샤 명쥬(明珠) 구학(丘壑)의 ᄌᆞᆷ기고 옥이
50면 니토(泥土)의 더디이나 상광(祥光) 보ᄎᆡ(寶彩)ᄅᆞᆯ 일치 아닛ᄂᆞᆫ다 ᄒᆞ시니 거게(哥哥) 믄득 ᄃᆡᄒᆞ시ᄃᆡ 굿ᄐᆞ여 긔딜용홰(氣質容華) 비상ᄒᆞ미 아니오라 셩졍(性情)의 완이(緩弛)ᄒᆞ미 하날이 문허져도 그 굼기 잇ᄉᆞ며 ᄯᅡ히 ᄶᅢ져도 스ᄉᆞ로 피ᄒᆞ미 잇ᄉᆞ리라 ᄒᆞ여 사ᄅᆞᆷ이 위로ᄒᆞ미 업시 심녜(心慮) 타연ᄒᆞ여 먹고 ᄌᆞ기ᄅᆞᆯ 편히 ᄒᆞ므로 슈븨(愁悲)치 아니ᄒᆞ며 초췌치 아니리라 ᄒᆞ시니 듕모(仲母)와 계뫼(季母) 대쇼ᄒᆞ시고 거거다려 허무ᄒᆞᆫ 말을 말나 ᄒᆞ시ᄃᆡ 거게 ᄌᆡ삼 침식이 평온ᄒᆞ므로 니ᄅᆞ시더니 이제 보오ᄆᆡ 침상의 젼뎐(輾轉)ᄒᆞ샤 ᄉᆞ례(思慮) 유심(愈甚)ᄒᆞ시니 거거의 평일 말ᄉᆞᆷ이 헛되디 아니실딘ᄃᆡ 기간 셩졍이 달나 계신디라. 낭ᄌᆞ의 경조 슉부의 명교(明敎)ᄅᆞᆯ 발명(發明)치 못ᄒᆞ실가 우으미로소이다."

당부인이 쳥파(聽罷)의 화연쇼왈(和然笑曰)

"나의 용우(庸愚)ᄒᆞ고 블민(不敏)ᄒᆞ믈 인ᄒᆞ여 쇼고(小姑) 등이 일죽 날을 외ᄃᆡ(外待)ᄒᆞᆯ디언졍 침노(侵擄)ᄒᆞ믈 보디 못ᄒᆞ엿더니 금일 현ᄆᆡ(賢妹) 경조 슉부의 말ᄉᆞᆷ을 니어 날을 보ᄎᆡ미 조건을 어더시니 비로
51면 소 쇼괴 어려온 줄 알니로다. 슈연(雖然)이나 당ᄎᆞ(當此)ᄒᆞ여ᄂᆞᆫ 우형(愚兄)이 현ᄆᆡ의 쇼괴라 공경ᄒᆞ미 뉘게 더 잇셤 즉ᄒᆞ뇨? 나의 ᄌᆞᆷᄌᆞ디 못ᄒᆞ믄 녕형(令兄)을 ᄯᅥ나 그 힝거(行車)ᄅᆞᆯ 근심ᄒᆞ미 아니라 냥대인【쳥계공과 창계공을 니ᄅᆞ미니라】을 앙모(仰慕)ᄒᆞᆸᄂᆞᆫ 하졍(下情) 밧

긔 샤뎨(舍弟)ᄅᆞᆯ ᄉᆞ렴(思念)ᄒᆞ미러니 현ᄆᆡ 긔 소(昭)히 니ᄅᆞ니 타인유심(他人有心)을 여촌탁디(余忖度之)로다.[61]"

쇼졔 우음을 먹음어 샤왈(謝曰)

"쇼뎨 블경블민(不敬不敏)ᄒᆞ여 져져ᄅᆞᆯ 침노ᄒᆞ와 무례ᄒᆞ믈 샤ᄒᆞᄂᆞ이다. 연이나 쇼뎨 져져의 과공(過恭)ᄒᆞ시므로 존경ᄒᆞ시믈 바다 그 셰월이 오란디라. 이졔 도로혀 쇼고의 존ᄒᆞ시믈 니ᄅᆞ시나 쇼뎨 ᄆᆞ옴의 ᄆᆡ양 우리 거거의 부인으로 보고 쇼고의 셔어(鉏鋙)[62]ᄒᆞ므로 보디 아닛ᄂᆞ니 엇디ᄒᆞ여 외ᄃᆡᄒᆞ다 ᄒᆞ시ᄂᆞ뇨?"

당부인이 기리 우으며 희ᄒᆡ(戲詼)로뼈 더어 슈황(愁惶)ᄒᆞᆫ ᄉᆞ식(辭色)을 거두ᄂᆞᆫ ᄀᆞ온ᄃᆡ 쇼져의 뜻을 ᄉᆞᆺ치ᄆᆡ 더옥 항복(降伏)되고 감격ᄒᆞᆫ디라. ᄌᆞ긔 쳑호(陟岵) 망운(望雲)ᄒᆞᄂᆞᆫ ᄀᆞ온ᄃᆡ 쇼졀 하위ᄒᆞ여 슬허ᄒᆞ며 근심ᄒᆞ여 능히 좀을 일우디 못ᄒᆞᄆᆡ 쇼졔 믄득 평ᄉᆡᆼ 쳐음으로 희언(戲 52면
言)을 두어 당부인으로 ᄒᆞ야곰 근심ᄒᆞ여 밋디 못ᄒᆞᆯ 바의 ᄎᆞᆯ하리 소유쳑탕(消憂滌蕩)ᄒᆞ여 무익ᄒᆞᆫ 시ᄅᆞᆷ을 먹음디 말과져 ᄒᆞ니 당부인의 ᄎᆞᆼ혜(聰慧)ᄒᆞᆷ과 명텰(明哲)ᄒᆞ미 엇디 그 ᄆᆞ옴을 ᄉᆞ못디 못ᄒᆞ리오? 졀졀이 션탄(羨歎)ᄒᆞ고 ᄉᆞᄉᆞ(事事)의 경복(敬服)ᄒᆞ여 또 혜오ᄃᆡ

'텬ᄉᆡᆼ오뎨(天生吾弟)ᄒᆞ시니 필유ᄉᆞ문(必有斯文)이오. 니ᄆᆡ ᄀᆞᆺ튼 디셩(至誠)으로 근셩의탄ᄒᆞ여 오뎨(吾弟)로 ᄇᆡ필ᄒᆞ니 필창졍시(必昌程氏)라. 텬강ᄉᆞ문(天降斯文)ᄒᆞ시고 긔망졍신(旣亡程氏)ᄌᆞᆨ 가히 ᄒᆡ올

61 타인유심(他人有心)을 여촌탁디(余忖度之)로다: 《시경》〈소아〉'교언(巧言)'에 나오는 구절로, 다른 사람의 마음을 자신이 헤아려 안다는 뜻.

62 셔어(鉏鋙): 서어. 뜻이 맞지 않아 서먹함. 또는 뜻이 어긋남. '齟齬(서어)'로도 씀.

ᄇᆡ 업거니와 미망ᄉᆞ문(未亡斯文)이오 이창졍신(以昌程氏)ᄌᆞᆨ 환퇴(桓魋)[63] 공ᄌᆞ(孔子)긔 그 엇디ᄒᆞ리오? 다만 벌발기쉬(伐拔其樹)[64]라. 오뎨(吾弟)와 니ᄆᆡ(李妹)의 셩명의 ᄒᆡ되디 아니ᄒᆞᆫᄌᆞᆨ 그만 우환이야 현마 엇디ᄒᆞ리오? 이 부뷔 ᄌᆞ연 딘뎡ᄒᆞ리라.'

이러틋 ᄉᆡᆼ각ᄒᆞ여 스ᄉᆞ로 위로ᄒᆞ나 가란(家亂)을 근심ᄒᆞ고 범ᄉᆡ 괴이ᄒᆞ여 셩염쇼져의 화도(畫圖)ᄅᆞᆯ 일워 당낭으로 황홀경혹(恍惚驚惑)게 ᄒᆞᆫ ᄌᆞᄅᆞᆯ ᄉᆡᆼ각ᄒᆞᄆᆡ 의심이 ᄌᆞ못 니ᄅᆞ기 어려온 바의 잇ᄉᆞ니 ᄯᅩᄒᆞᆫ 심

53면 한돌ᄎᆞ(甚恨咄嗟)ᄒᆞ야 맛ᄎᆞᆷᄂᆡ 회푀 번난(煩亂)ᄒᆞ믈 ᄊᆡ닷디 못ᄒᆞ더니 이윽고 오덕(五德)[65]이 ᄉᆡ비ᄅᆞᆯ 보ᄒᆞ며 옥누(玉漏)[66]의 죵괴(鍾鼓) ᄌᆞᄌᆞ디ᄂᆞᆫ디라. 이에 쇼져로 더브러 화부인의 의군(衣裙)을 셤기고 ᄲᆞᆯ니 취일누의 신셩(晨省)ᄒᆞ니 소부인이 져 고부슉딜(姑婦叔姪)이 일당(一堂)의 침쳐(寢處)ᄒᆞ여 갈ᄉᆞ록 ᄌᆞᄋᆡ조합(慈愛調合)ᄒᆞ며 셩회 동쵹ᄒᆞ믈 블승통한(不勝痛恨)ᄒᆞ나 거야(去夜)ᄂᆞᆫ 원간 니시 태부인을 시침ᄒᆞᆯ 날이라 브득이 태뎐의셔 밤을 디ᄂᆡ게 ᄒᆞ여시나 만심(滿心)의 싀오(猜惡)홈과 회곡브뎡(回曲不淨)ᄒᆞᆫ 의ᄉᆡ(意思) ᄇᆡ츌(倍出)ᄒᆞᄃᆡ 뼈곰 ᄉᆞ식ᄒᆞ미 업ᄂᆞᆫ디라. 안연이 화평ᄒᆞ믈 디어 의군을 밧들고 침금을 거두어 셩효와 도리의 온당ᄒᆞ믈 유연이 보아 굿ᄐᆞ여 말ᄒᆞ디 아니ᄒᆞ

63 환퇴(桓魋): 사마환퇴(司馬桓魋). 춘추시대 송나라의 대부로 공자를 해치려 한 인물.

64 벌발기쉬(伐拔其樹): 벌발기수. 그 나무를 벰. 공자가 나무 밑에서 제자들과 예를 익히고 있을 때 환퇴가 나무를 베어 공자를 해치려 한 것을 말함.

65 오덕(五德): 닭의 다섯 가지 덕목. 여기서는 닭을 말함. 오덕이란 닭의 모습, 닭이 새벽에 우는 것 등 닭의 특징을 문(文), 무(武), 용(勇), 인(仁), 신(信)에 빗대어 말한 것임.

66 옥누(玉漏): 옥루. 옥으로 만든 물시계. 물시계의 신호에 따라 종루에서 종을 쳐서 시간을 알렸음.

나 ᄌᆞ모의 경과 존고의 덕이 ᄆᆡ몰ᄒᆞ미 업ᄉᆞ며 현윤과 몽농을 나호여 쓰다ᄃᆞᆷ아 년무(憐撫)ᄒᆞ미 양부인이 ᄌᆡ셰(在世)ᄒᆞ여 디졍(至情)과 ᄌᆞᄋᆡ(慈愛)ᄅᆞᆯ 다ᄒᆞ미라도 이에 더으든 못ᄒᆞᆯ ᄇᆡ오 ᄯᅩ 안과 밧기 현슈(懸殊)ᄒᆞ믈 일안(一眼)의 엿볼 ᄇᆡ 아니라. 위의슉슉(威儀肅肅)ᄒᆞ고 긔상이 녈녈(烈烈)ᄒᆞ여 온화ᄒᆞ며 비약(卑弱)ᄒᆞ나 슈하(手下)의 다ᄃᆞ라ᄂᆞᆫ 한엄(寒嚴)ᄒᆞ고 ᄆᆡᆼ녈(猛烈)ᄒᆞ니 뫼신 ᄌᆡ 죄 업시 늠연튝쳑(凜然踧踖) 54면
ᄒᆞ며 나아오ᄂᆞᆫ ᄌᆡ 국궁젼뉼(鞠躬戰慄)ᄒᆞ니 블감앙시(不敢仰視)어ᄂᆞᆯ 고은 얼골과 약ᄒᆞᆫ 긔딜의 엄듕ᄒᆞᆫ 위읜(威儀)ᄌᆞᆨ 홀연이 십쳑댱부(十尺丈夫)ᄅᆞᆯ 압두(壓頭)ᄒᆞᆯ ᄇᆡ니 그 작인(作人)의 션ᄒᆞᆷ과 긔딜의 이상ᄒᆞ미 빵이 업ᄉᆞ므로뼈 범ᄇᆡᆨ(凡百) 쳐ᄉᆡ(處事) 다 쇽인의 우럴디 못ᄒᆞᆯ ᄇᆡ니 므ᄉᆞᆷ 말로뼈 덕셩이 브죡다 ᄒᆞ며 므ᄉᆞᆷ 일노뼈 인(仁)치 못ᄒᆞ다 ᄒᆞ여 고ᄌᆡᆼ(固爭)ᄒᆞ리오? 시고(是故)로 됴부인이 함구(緘口)ᄒᆞ여 말이 업ᄉᆞ니 댱부인은 픔되(品道) 됴부인으로 잠간 다ᄅᆞᆫ디라. 비록 블견디ᄉᆞ(不見之事)ᄅᆞᆯ 억디ᄒᆞ여 간치 못ᄒᆞ고 모친의 참덕(慙德)[67]을 젹발(摘發)ᄒᆞ여 됴양(照揚)치 못ᄒᆞ나 닌듕의 간험(姦險)ᄒᆞ며 블인ᄒᆞᆫ 거동이 완연이 쇼인의 졍ᄐᆡ(情態)ᄅᆞᆯ 일워 알ᄑᆡ셔 당ᄒᆞ고 믈너가 훼ᄒᆞ며 것ᄎᆞ로 ᄌᆞ인(慈仁)ᄒᆞ고 쇽으로 잔포(殘暴)ᄒᆞ여 입의 ᄭᅮᆯ을 드리워시나 ᄇᆡ의 칼흘 ᄀᆞᆷ최여시믈 디긔(知機)ᄒᆞᄆᆡ 경ᄒᆡ(驚駭)ᄒᆞ며 통골(痛骨)ᄒᆞ여 조션(祖先)과 부형(父兄)을 쳠욕(添辱)ᄒᆞ미 이에 디나미 업ᄉᆞᆯ 바ᄅᆞᆯ ᄎᆞ악ᄒᆞ여 이날 신셩(晨省)을 당ᄒᆞ여 닌듕을 이에셔 보ᄆᆡ 드ᄃᆡ여 모젼 55면

67 참덕(慙德): 임금이 저지른 잘못. 여기서는 어머니의 잘못을 말함.

(母前)의셔 그 거동이 외입ᄒᆞ여시믈 경계ᄒᆞ고 교회(教誨)ᄒᆞ여 긴 말
ᄉᆞᆷ으로 효뎨튱신(孝悌忠信)을 당부ᄒᆞ며 식ᄉᆞ(飾詐)ᄒᆞ믈 ᄇᆡ쳑(排斥)
ᄒᆞ여 그 간악(奸惡)ᄒᆞ고 잔험(殘險)ᄒᆞ믈 ᄇᆞ리디 아녀시믈 ᄇᆞᆰ혀 아라
듯게 니ᄅᆞ미 모친의 간셥ᄒᆞᆫ 거ᄉᆞᆯ ᄀᆞᆺᄐᆞ여 명ᄇᆡᆨ디 아니ᄒᆞᄃᆡ 간간이 녯
일을 인증(引證)ᄒᆞ여 금셰(今世)ᄅᆞᆯ 의논ᄒᆞ며 뎡대(正大)ᄒᆞ믈 좁고 궤
비(詭秘)ᄒᆞ믈 믈니쳐 말ᄉᆞᆷ이 기ᄃᆡ 분난(紛亂)치 아니ᄒᆞ여 십분(十分)
ᄒᆡ비(賅備)ᄒᆞ며 명달(明達)ᄒᆞ여 졍셩된 ᄯᅳᆺ과 우ᄋᆡ(友愛)의 ᄆᆞ음으로
그 외입ᄒᆞ믈 슬허ᄒᆞ고 슈ᄒᆡᆼ개션(修行改善)ᄒᆞ믈 디극히 원ᄒᆞ니 비컨
ᄃᆡ 하혜(下惠) 도쳑(盜跖)을 화(化)치 못ᄒᆞ믈 통돌(痛咄)홈 ᄀᆞᆺᄐᆞ니 단
슌(丹脣)이 ᄉᆞ개(乍開)의 호치ᄂᆡ현(皓齒乃現)ᄒᆞ여 셰셰히 말ᄉᆞᆷ을 토
ᄒᆞ미 ᄒᆡᆼ운(行雲)이 디나며 명월(明月)이 흐ᄅᆞᄂᆞᆫ ᄃᆞᆺ ᄇᆡᆨᄒᆡᆼ(百行)의 안
졍홈과 녜모(禮貌)의 합도(合度)ᄒᆞ므로 외뫼(外貌) 명쾌ᄒᆞ고 ᄉᆞ리광
달(事理曠達)ᄒᆞ믄 듕니(仲尼)의 말ᄉᆞᆷ과 ᄌᆞᄉᆞ(子思)의 의논이라도 이
56면 에 더으디 못ᄒᆞᆯ디라. 딘실노 간샤ᄒᆞᆫ ᄆᆞ음이 구름ᄀᆞᆺ치 흣터디며 잔포
ᄒᆞᆫ ᄯᅳᆺ이 안개ᄀᆞᆺ치 허여딜 ᄃᆞᆺ 돈연(頓然)이 인도(仁道)의 도라져 공
연이 참뉵(慙恧)ᄒᆞ고 결연이 브졍(不淨)ᄒᆞ믈 긋칠 ᄃᆞᆺᄒᆞᄃᆡ 닌듕 블인
이 궁흉극악(窮凶極惡)ᄒᆞ미 흉금의 얽혀 시일(時日)노 층가(層加)ᄒᆞ
니 셩언현어(聖言賢語)ᄂᆞᆫ 여풍과이(如風過矣)라 심심원원(深深遠遠)
ᄒᆞ고 곡계흉모(曲計凶謀)와 요언패셜(妖言悖說)은 흔흔열열(欣欣悅
悅)ᄒᆞ여 드ᄅᆞ믈 더딜가 조심ᄒᆞ니 져져의 디셩(至誠)으로 경계홈과 혈
심(血心)으로 개션코져 ᄒᆞ믈 엇디 호분(毫分)이나 감동ᄒᆞ미 이시리
오? 도로혀 한을 픔으며 원을 먹음어 형과 슈(嫂)ᄅᆞᆯ 도모ᄒᆞ고 아을 업
시ᄒᆞᆫ 후 여력(餘力)이 이실딘ᄃᆡ 져져로ᄡᅧ 평안이 누리믈 엇디 못ᄒᆞ게

ᄒᆞ여 졔 ᄆᆞ옴의 긔탄홀 ᄇᆡ 업고ᄌᆞ ᄒᆞᄃᆡ 아딕은 죄를 일우디 못ᄒᆞ엿고 젹은 분을 ᄎᆞᆷ디 못ᄒᆞ미 디ᄌᆞ(知者)와 영웅의 냥(量)이 아니라 ᄒᆞ므로 이에 죄를 일ᄏᆞ라 ᄎᆞ휘(此後)나 그ᄅᆞ미 업셔 져져의 교(教)를 밧들니이다 ᄒᆞ여 말솜이 흐ᄅᆞᄂᆞᆫ ᄃᆞᆺᄒᆞ니 댱부인의 셩명ᄒᆞ미 그 일시의 개과(改過)치 못홀 바를 알오ᄃᆡ 그 흉교잔험(凶巧殘險)ᄒᆞ미 형과 슈와 ᄆᆡ를 다 삼킬 ᄆᆞ옴이 급ᄒᆞ믄 ᄎᆞ마 싱각디 못ᄒᆞᄂᆞᆫ디라. 소부인이 ᄌᆞ못 닌듕을 계훈(誡訓)ᄒᆞ미 의리롭고 법도로와 가히 밍모(孟母)의 삼쳔디교(三遷之教)ᄒᆞᄂᆞᆫ 뜻을 니을 ᄃᆞᆺᄒᆞ니 이 어미 기ᄌᆞ(其子)의 블인을 비록 즐겨ᄒᆞ미 아니나 능히 말니디 못ᄒᆞ여 죄를 그으며[68] 흉ᄉᆞ(凶事)를 동모(同謀)ᄒᆞ미 되여시믈 엇디 알니오? 오딕 이 듕의 셩염쇼져를 히코ᄌᆞ 댱낭을 공교로이 쇽인 바ᄂᆞᆫ 소부인이 아디 못ᄒᆞᄂᆞᆫ ᄇᆡ 되여시나 그 춍민ᄒᆞ미 남다ᄅᆞ므로 ᄋᆞᄌᆞ(兒子)를 경계ᄒᆞᄂᆞᆫ 말이 비록 셩염을 히ᄒᆞ다 아니 ᄒᆞ나 빗최여 의심ᄒᆞ믈 아라드를 말이라. 그윽이 의혹ᄒᆞᄃᆡ 쏘ᄒᆞᆫ ᄡᅳ리쳐 모ᄅᆞᄂᆞᆫ ᄃᆞᆺᄒᆞ여 죵용이 듕ᄋᆞ(仲兒)를 ᄃᆡᄒᆞ여 므ᄅᆞ려 ᄒᆞ더라. ᄎᆞ일의 쳐ᄉᆡ 뎡당(正堂) 신셩(晨省)을 파ᄒᆞᆫ 후 글을 닥고 거장(車帳)을 출혀 태우로 ᄒᆞ야곰 상부의 나아가 져져를 뫼셔 오라 ᄒᆞ며 소시로 ᄒᆞ야곰 댱시의 의ᄃᆡ(衣帶)를 출혀 오라 ᄒᆞ여 시ᄋᆞ(侍兒)로 ᄒᆞ여곰 밧드러 댱ᄋᆞ로 보ᄂᆡ라 ᄒᆞ니라.

션셜(先說). 댱쇼졔 친당(親堂)의 도라완 디 이위칠삭(已爲七朔)이라. 구고슉당(舅姑叔堂)의 권고은튁(眷顧恩澤)이 브죡ᄒᆞᆫ ᄇᆡ 아니오 군ᄌᆡ

57면

58면

68 그으며: 그으다. 파견하다, 보내다.

명ᄇᆡᆨ히 츌거(黜去)의 ᄒᆡᆼ을 니ᄅᆞ미 아니로ᄃᆡ 쇼져의 텬ᄉᆡᆼ녀딜(天生麗質)은 고고결결(高高潔潔)ᄒᆞ여 쳥상(青霜)을 능두(凌頭)ᄒᆞ고 ᄇᆡᆨ옥(白玉)을 유하(有瑕)ᄒᆞ니 우러러 하날의 붓그럽디 아닐 ᄇᆡ오 ᄉᆡᆼ딜(性質)의 단슉(端肅)ᄒᆞᆷ과 ᄒᆡᆼ실(行實)의 졍뎡(貞靜)ᄒᆞ믄 하ᄌᆞ(瑕疵)ᄒᆞᆯ ᄇᆡ 업거ᄂᆞᆯ 븍당의 득죄ᄒᆞ며 군ᄌᆞ의게 견과(見過)ᄒᆞ미 심상(尋常)ᄒᆞᆫ ᄇᆡ 아니라. 쳐지의 블ᄒᆡᆼᄒᆞᆷ과 ᄒᆡᆼᄉᆡᆨ의 난쳐ᄒᆞ미 죽어 모로미 원이오 셰간의 ᄉᆞᆯ오미 블ᄒᆡᆼᄒᆞᆫ디라. 죄루(罪累)의 ᄌᆞ쳐(自處)ᄒᆞ고 셕고(席藁)의 ᄃᆡ죄(待罪)ᄒᆞ니 일거월져(日居月諸)의 옥장(玉腸)이 ᄉᆞ라디며 난심(蘭心)이 초췌ᄒᆞ니 오딕 젹상(積傷) 구딜(久疾)이 일일층심(日日層深)ᄒᆞ여 됴셕의 위황(危惶)ᄒᆞ니 형상의 참담ᄒᆞᆷ과 병셰의 위ᄐᆡᄒᆞ믈 볼딘ᄃᆡ 헌원(軒轅)[69]의 신긔(神技)와 텬단의 녕효(靈效)와 화편(華扁)【화ᄐᆡ(華陀)와 편쟉(扁鵲)을 니ᄅᆞ미라】이 ᄌᆡ셰(在世)ᄒᆞ나 엇디 ᄉᆡᆼ도(生道)ᄅᆞᆯ 희망ᄒᆞ미 이시리오?

ᄎᆞ셜. 댱공의 계실(繼室) 박시의 혼암무상(昏暗無狀)ᄒᆞ미 텬ᄉᆡᆼ일ᄃᆡ(天生一代)라. 평ᄉᆡᆼ의 쇼교ᄅᆞᆯ 침듕과ᄋᆡ(沈重過愛)ᄒᆞ여 그 젼졍(前程)
59면 의 너모 됴키ᄅᆞᆯ 녕위(營爲)ᄒᆞᄆᆡ 무단이 풍파ᄅᆞᆯ 니ᄅᆞ혀 효ᄌᆞ의 부모ᄅᆞᆯ 참욕(慘辱)ᄒᆞ여 농검(龍劍)[70]이 난호이며 화경(花鏡)[71]이 ᄯᆞ려딜 ᄲᅳᆫ 아

69 헌원(軒轅): 황제(黃帝). 복희, 신농과 함께 중국 고대 삼황(三皇)으로 일컬어짐.

70 농검(龍劍): 용검. 귀한 칼(보검)의 이름. 오나라 때 뇌환이라는 사람이 보검의 기운을 보고 보검을 발견했는데 용천검(龍泉劍), 태아검(太阿劍) 두 자루가 있었다고 함. 두 자루였기 때문에 뒤에 나뉜다는 말이 나오는 것으로 보임.

71 화경(花鏡): 능화경(菱花鏡). 마름꽃 무늬를 새긴 거울. 부부의 만남을 가리킴. 진(陳)나라 사람 서덕언이 아내인 낙창공주와 헤어지면서 능화경을 둘로 쪼개 징표로 나누어 가졌다는 데서 유래함.

니라 셔랑(壻郞)의 엄ᄒᆞᆫ 노와 놉흔 셩이 ᄒᆞᆫ 조각 인졍을 머믈미 업셔 슈욕(受辱)을 복셜(復雪)ᄒᆞᆷ과 년좌(緣坐)로 다ᄉᆞ리미 녀ᄋᆞ의 일신의 다 믈니여 츰디 못ᄒᆞᆯ 통원(痛冤)과 비치 못ᄒᆞᆯ 화얼(禍孼)을 더어 임의 츌부기인(黜婦棄人)으로 도라오ᄆᆡ ᄌᆞ쳐죄루(自處罪累)ᄒᆞ여 부월(斧鉞)의 업ᄃᆡ기ᄅᆞᆯ 일야(一夜)의 영ᄃᆡᄒᆞ니 약장(弱腸)이 녹아디고 난심(蘭心)이 석거디ᄆᆡ 구딜(久疾)이 쳠가ᄒᆞ여 ᄇᆡᆨ병(百病)이 침극(寢劇)[72] ᄒᆞᄂᆞᆫ디라. 댱공과 박시 ᄌᆞᄋᆡ의 박졀ᄒᆞ미 아니로ᄃᆡ 셕일(昔日)의 ᄇᆡᆨ가지로 모ᄒᆡ(謀害)ᄒᆞ여 몬져ᄂᆞᆫ 참누와 흉얼노ᄡᅧ 더으며 공연이 함항(陷坑)의 뭇딜너 ᄉᆞ디(死地)의 밀친 바ᄅᆞᆯ 당ᄎᆞ(當此)의 츄회(追懷)ᄒᆞ여 심장의 깃친 한과 골졀의 박힌 통을 스ᄉᆞ로 결과(結果)ᄒᆞ여 녀ᄋᆞ의게 샤죄코ᄌᆞ ᄒᆞ던 바로 병상의 위위ᄒᆞ미 죽으미 젹실(適實)ᄒᆞ고 ᄉᆞᆯ오미 밍낭(孟浪)ᄒᆞᆫ 듕 ᄌᆞ의(赭衣) 초침(草枕)[73]으로 플ᄌᆞ리의 ᄇᆡᆨ옥을 ᄇᆞ려시니 부모된 ᄌᆞ의 통심각골(痛心刻骨)ᄒᆞ미 창합(閶闔)[74]을 두다려 60면
원소(怨訴)ᄒᆞ디 못ᄒᆞ믈 한ᄒᆞᄂᆞᆫ디라. 식음(食飮)의 맛ᄉᆞᆯ 모로고 ᄡᅵ로 브ᄅᆞ디져 슬허ᄒᆞᆯ ᄯᆞ롬이러니 쳔만 ᄉᆡᆼ각디 아닌 ᄇᆡᆨ년셔랑(百年壻郞)의 셔댱(書狀)이 니ᄅᆞ러 부인을 위로ᄒᆞ며 의결을 보ᄂᆡ여시니 이 ᄒᆞᆫ갓 친의(親意)ᄅᆞᆯ 봉승(奉承)ᄒᆞ미오 ᄌᆞᄒᆡᆼ(自行)ᄒᆞᆫ ᄇᆡ 아니니 비록 노한(怒恨)을 쾌샤(快謝)ᄒᆞ미 아니믈 짐작ᄒᆞ나 향일(向日)의 슈건과 패도(佩刀)ᄅᆞᆯ 주어 살명(殺命)을 독촉ᄒᆞ던 시졀과 현슈(懸殊)ᄒᆞᆫ디라. 친옹

---

72 침극(寢劇): 병세가 심해짐.

73 초침(草枕): 풀로 만든 베개.

74 창합(閶闔): 전설상의 천궁(天宮)의 문. 대궐의 문.

(親翁)의 은덕이 ᄇᆡᆨ골(白骨)의 부육(傅肉)이니 금일노브터 만금쇼교(萬金小嬌)의 ᄌᆞ의롤 벗기고 쳐신이 평상(平常)ᄒᆞᆯ디라. 냥익(兩翼)이 고상(翺翔)ᄒᆞ여 비등쳥텬(飛騰靑天)ᄒᆞᆯ ᄃᆞᆺ 손을 ᄆᆞᆺ거 튝슈왈(祝手曰)

"어디다 친옹이여. 고마울샤 친옹이여. 이 은덕을 엇디 보답ᄒᆞᆯ고?"

ᄒᆞᄆᆡ 합샤(闔舍)의 환셩(歡聲)이 ᄌᆞ약(自若)ᄒᆞ여 밧비 응셜각의 니ᄅᆞ러 녀ᄋᆞ롤 볼ᄉᆡ 박시 난함을 치다라 손쌕을 두다리며 친옹의 은덕과 셔랑의 츄회(追悔)ᄒᆞ믈 흔흔이 일ᄏᆞ라 녀ᄋᆞ의게 ᄌᆞ랑ᄒᆞ고 시녀로 ᄒᆞ야곰 셔함(書函)과 의결을 밧드러 노흐라 ᄒᆞ며 ᄲᆞᆯ니 봉ᄒᆞᆫ 거ᄉᆞᆯ 여러

61면 보ᄆᆡ 일조 빵봉 구화관을 비록 칠보로 얽디 아녀시나 상운(祥雲)과 셔ᄎᆡ(瑞彩) 녕농ᄒᆞ고 옥ᄃᆡ(玉帶)와 장복(章服)의 셔긔(瑞氣) 총총(叢叢)ᄒᆞ며 오운교초상(五雲鮫綃裳)[75]은 ᄌᆞᄒᆡ(紫霞)【븕은 안개】 몽몽(濛濛)ᄒᆞ니 면뉴(冕旒) 옥결(玉玦)과 금ᄌᆞᆷ(金簪) 옥ᄃᆡ(玉帶) 광ᄎᆡ(光彩) 휘휘(輝輝)ᄒᆞ고 요요(耀耀)ᄒᆞ며 그 듕의 명외 오륙 건(件)이 이시나 경ᄒᆞ고 ᄆᆞᆰ아 호ᄉᆞ(豪奢)ᄒᆞ며 치려(侈麗)ᄒᆞ미 일호(一毫) 머므디 아녀시니 이ᄂᆞᆫ 소쇼져의 ᄌᆞ츌(自出)ᄒᆞᆫ ᄇᆡ라. 댱쇼져의 우환심우(憂患深憂)롤 ᄇᆞᆰ히 디긔(知機)ᄒᆞ므로 화미(華美)ᄒᆞᆫ 거ᄉᆞᆯ 더으디 아니ᄒᆞ미러라. 시시(是時)의 댱쇼제 모친의 급거(急遽)ᄒᆞᆫ 소ᄅᆡ로조ᄎᆞ 경아(驚訝)ᄒᆞ여 잠간 눈을 드러 ᄉᆞᆯ피니 졍부 시녀 미협을 압세워 풍우ᄀᆞᆺ치 휘모라 달녀들녀 날치고 셔드ᄂᆞᆫ 거동이 십분 괴아(怪訝)ᄒᆞᆫ디라. ᄉᆞ심(私心)의 민우(憫憂)ᄒᆞ믈 니긔디 못ᄒᆞᄂᆞᆫ 듕 태우의 셔장을 ᄲᅢ혀 일ᄎᆞ롤 고셩대

75 오운교초상(五雲鮫綃裳): 오색구름이 어린 듯한 비단치마. 교초(鮫綃)는 인어가 짠 비단으로 물에 들어가도 젖지 않는다는 전설상의 비단. 얇고 가벼운 비단실로 짠 비단을 말함.

독(高聲大讀)ᄒᆞ여 평싱의 쳐음 보드시 필획(筆劃)의 긔특홈과 문댱의 ᄲᅥ혀나믈 갈구(渴口) 칭찬ᄒᆞ며 글을 휘마라 쇼져의 손의 쥐이여 왈 “너의 가군(家君)이 셔ᄉᆞ(書辭)로ᄡᅧ 오날놀 내 ᄯᅩᆯ의게 존문(存問)[76]ᄒᆞ니 이 영화(榮華)롤 엇디 니긔여 ᄡᅡ흐리오? 어셔 보고 답간(答簡)을 슈히 ᄒᆞ여 은혜롤 치샤(致謝)ᄒᆞ며 즉시 빗난 옷술 ᄀᆞ라닙어 군ᄌᆞ의 후의(厚意)롤 져ᄇᆞ리디 말나.” 62면

드ᄃᆡ여 일변(一邊)으로 호급(呼急)히 독쵹ᄒᆞ고 일변으로 관잠(冠簪)과 픔복(品服)을 어로만져 일일히 졈검ᄒᆞ며 등픔(等品)을 고하(高下)ᄒᆞ여 하날노셔 나린 ᄃᆞ시 즐기고 영힝(榮幸)ᄒᆞ니 좌우로 헤디ᄅᆞ며 ᄒᆞᆫ 번 웃고 ᄒᆞᆫ 번 우러 감뉘(感淚) 옥빈(玉鬢)의 가로 흐ᄅᆞ니 기졍즉쳐의(其情則悽矣)로ᄃᆡ 기형(其形)인즉 가히 보암 즉ᄒᆞ더라. 쇼제 모친의 거동을 망연이 ᄇᆞ라보아 아미(蛾眉)의 슈운(愁雲)이 쳐긔ᄒᆞ며 옥빈(玉鬢)의 홍광(紅光)이 취디(聚之)ᄒᆞᄃᆡ 당시의ᄂᆞᆫ 그 모친의 귀의 방인(傍人)의 어음(語音)이 들 길히 업ᄉᆞᆫ디라. 간치 못ᄒᆞ고 말솜ᄒᆞ디 못ᄒᆞ여 ᄌᆞ연ᄒᆞᆫ 안ᄉᆡᆨ디참(顔色之慙)을 면치 못ᄒᆞ더니 연부인이 비로소 이에 니ᄅᆞᄆᆡ 톄위존듕(體位尊重)ᄒᆞ며 거디한아(擧止閑雅)ᄒᆞ니 츈츄(春秋) 정셩(正盛)ᄒᆞᆫ 바의 심안이 긔화ᄒᆞᄆᆡ 위의(威儀) 더옥 디듕(至重)ᄒᆞᆫ지라. 이에 좌뎡(坐定)ᄒᆞᆫ 후 눈을 드러 박시의 향인(向人)ᄒᆞ여 븟그러온 거동을 보아 완연이 깃거 아니 ᄒᆞ여 침음냥구(沈吟良久)의 졍태우의 셔장을 보고 비로소 미위(眉宇) 화연(和然)ᄒᆞ여 쇼져롤 도 63면

---

76 존문(存問): 찾아가 안부를 물음.

라보아 왈

“이 과연 셩덕(盛德)이오 오가(吾家)의 경홰(慶華)로다. 부모의 구구ᄒᆞᆫ ᄉᆞ졍으로 녀ᄋᆞ의 병상이 죄루(罪累)의 ᄌᆞ쳐ᄒᆞ여 됴모(朝暮)의 보젼치 못ᄒᆞᆯ디라. 쇽졀업시 쇄옥(碎玉) 낙화(落花)ᄒᆞ믈 당ᄒᆞ여 엇디 층봉(層逢)의 유한(遺恨)[77]ᄯᆞ롬이리오? 심간(心肝)니 여젼여삭(如剪如削)ᄒᆞ믈 면치 못ᄒᆞ리러니 ᄌᆞ금이후(自今以後)로 널노뼈 활명(活命)ᄒᆞ믈 어드리니 이 은덕은 삼ᄉᆡᆼ(三生)의 결초명보(結草命報)ᄒᆞ믈 긔약ᄒᆞ리로다.”

인ᄒᆞ여 글월노뼈 쇼져ᄅᆞᆯ 주어 보게 ᄒᆞ니 쇼졔 밧ᄌᆞ와 이연(怡然)이 열남(閱覽)ᄒᆞᄆᆡ 즉시 필연(筆硯)을 나와 답간(答簡)을 일워 시녀 셜난으로 ᄒᆞ여곰 미협으로 더브러 도라보닐ᄉᆡ 연부인이 이에 쇼져ᄅᆞᆯ 도라보며 화연이 우어 왈

“이 옷ᄉᆞᆯ 은혜로이 주신 뜻을 봉승(奉承)ᄒᆞ미 올흐니 즉시 의ᄃᆡ(衣帶)ᄅᆞᆯ 밧고와 부모의 심ᄉᆞᄅᆞᆯ 위로ᄒᆞ미 오ᄋᆞ(吾兒)의 효되(孝道)니라.”

ᄊᆡ의 쇼졔 태우의 글을 보ᄆᆡ 가졍(家庭)을 봉승(奉承)ᄒᆞ미오 ᄌᆞ긔 뜻

64면 을 ᄒᆡ혹(解惑)ᄒᆞ여 글을 보ᄂᆡ미 아니라 졀칙(切責)ᄒᆞ고 슈죄(數罪)ᄒᆞ여 ᄉᆞ의(辭意) 십분 엄졀(嚴切)ᄒᆞ니 가지록 참안(慙顔)ᄒᆞ미 욕ᄉᆞ무디(欲死無地)라. 딘실노 합연(溘然)ᄒᆞ여 모로미 ᄒᆡᆼ이오 일일도 셰간의 언식(偃息)ᄒᆞ미 비소원(非所願)이어니 모친【박시】의 이러틋 실톄(失體)ᄒᆞ믈 더옥 참연블ᄒᆡᆼ(慘然不幸)ᄒᆞ며 ᄉᆞᄉᆞ(事事)의 블효ᄅᆞᆯ 슬

77 층봉(層逢)의 유한(遺恨): 부모가 자식을 잃은 한. 한유가 조주 자사로 쫓겨나 임지로 가던 도중 딸이 죽어 층봉역에 임시로 묻은 일을 말함.

허 ᄌᆞ긔의 명도(命道)ᄅᆞᆯ ᄎᆞ상(嗟傷)ᄒᆞᄆᆡ 쳐연이 함비(含悲)ᄒᆞ여 옥빈(玉鬢)의 쥬뤼(珠淚) ᄌᆞ로 구으ᄂᆞᆫ디라. 연부인이 그 심ᄉᆞᄅᆞᆯ 혜아려 블승ᄋᆡ련(不勝哀憐)ᄒᆞ고 ᄌᆞ연 쳐상(悽傷)ᄒᆞ여 운환을 어로만져 위로ᄒᆞ며 다시곰 권면(勸勉)하여 ᄉᆞ랑ᄒᆞ고 ᄋᆡ듕(愛重)ᄒᆞ미 간격디 아니ᄒᆞ니 쇼제 감상ᄒᆞ여 이에 옷ᄉᆞᆯ 밧ᄀᆞᆯᄉᆡ 연부인이 두ᄀᆞᆺ기며 다힝ᄒᆞ여 희뉘(喜淚) ᄌᆞ연(滋然)ᄒᆞ고 댱공과 박시의 긔힝ᄎᆞ열(奇幸且悅)ᄒᆞ믄 비ᄒᆞᆯ 곳이 업ᄉᆞ니 가듕상하(家中上下)의 환셩이 요요열열(耀耀悅悅)ᄒᆞ더라. 어시(於是)의 정태위 상아의 나아가 대인의 글월을 젼ᄒᆞᆫ 후 왕모의 ᄉᆞ렴ᄒᆞ시ᄂᆞᆫ 바ᄅᆞᆯ 고ᄒᆞ여 귀령(歸寧)ᄒᆞ시믈 쳥ᄒᆞᄂᆞᆫ디라. 상부인이 ᄌᆞ위(慈闈)예 ᄉᆞ렴ᄒᆞ시ᄂᆞᆫ 바ᄅᆞᆯ ᄉᆡᆼ각ᄒᆞᄆᆡ 귀심(歸心)이 살 ᄀᆞᆺᄐᆞᆫ디라. 이에 드ᄃᆡ여 친당(親堂)의 귀령ᄒᆞᆯᄉᆡ 냥ᄌᆡ(兩子) 태우ᄅᆞᆯ 조ᄎᆞ 혁(革)[78]을 ᄀᆞᆯ와 거교(車轎)ᄅᆞᆯ 옹위(擁衛)ᄒᆞ여 도라오ᄆᆡ 부문(府門)의 미쳐ᄂᆞᆫ 제딜군죵(諸姪群從)이 마ᄌᆞ 듕문(中門)의 다ᄃᆞᄅᆞ니 ᄯᆡ의 오션(午饍)을 당ᄒᆞ여 남녜(男女) 다 태뎐의 함취(咸聚)ᄒᆞ엿더니 일시의 니러 상부인 거교(車轎)ᄅᆞᆯ 마ᄌᆞ 피ᄎᆞ(彼此) 반기ᄂᆞᆫ 안면(顔面)이 깃븐 졍을 아오라 옥슈(玉手)ᄅᆞᆯ 셔로 년ᄒᆞ여 당의 오ᄅᆞᄆᆡ 태부인이 크게 반기며 ᄲᆞᆯ니 나아오믈 명ᄒᆞ니 상부인이 ᄌᆞ젼(慈前)의 ᄇᆡ례(拜禮)ᄒᆞ고 군죵형뎨(群從兄弟)와 졔부인(諸夫人) 쇼져 등으로 상녜필(相禮畢)의 ᄌᆞ젼의 나아가 기간존후(其間存候)ᄅᆞᆯ 뭇ᄌᆞ오며 오ᄅᆡ 도라오디 못ᄒᆞ여 간도(懇到)ᄒᆞᆫ 앙셩(仰誠)을 알외여 간간절절(懇懇切切)ᄒᆞ니 태부인이

65면

78 혁(革): 말안장 양쪽에 장식으로 늘어뜨린 고삐.

희우롤 여러 손을 잡고 졍을 니ᄅᆞ며 상싱 등을 어로만져 쳬쳬ᄒᆞᆫ ᄉᆞ랑이 태우 등으로 일반이러라. ᄊᆡ의 댱부의 셔함을 밧드러 갓던 시녀 미협이 셜난으로 더브러 도라오ᄆᆡ 댱쇼졔 친당의 도라간 디 이위칠삭(已爲七朔)이라 금일의 비로소 셜난이 당하(堂下)의 니ᄅᆞᄆᆡ 그 죵을 보아 항거ᄉᆞᆯ[79] 본 ᄃᆞᆺ ᄒᆞ니 합가샹하(闔家上下)의 반기ᄂᆞᆫ 뜻이 무궁ᄒᆞᆫ

66면 디라. 쳐ᄉᆡ 태우롤 명ᄒᆞᄒᆞ여[80] 봉함(封緘)을 개탁(開坼)ᄒᆞ라 ᄒᆞ니 태위 슈명(受命)ᄒᆞ고 글을 ᄉᆞᆯ펴보ᄆᆡ 필쳬(筆體)의 녕농(玲瓏)ᄒᆞᆷ과 ᄉᆞ의(辭意)예 뎡슉(貞淑)ᄒᆞ미 디상(紙上)의 버러시니 뎡뎡방방(正正方方)ᄒᆞᆫ 긔상을 ᄃᆡᄒᆞᆫ ᄃᆞᆺ 홀연이 반가오며 의희(依稀)ᄒᆞ여 ᄌᆞ연이 무빈(霧鬢)의 홍운(紅雲)이 어ᄅᆡ믈 ᄊᆡ닷디 못ᄒᆞᄂᆞᆫ디라. 보기롤 맛ᄎᆞᄆᆡ 태부인이 그 글월을 가져오라 ᄒᆞ여 댱부인으로 ᄒᆞ여곰 열남ᄒᆞ니 대개 ᄒᆞ여시ᄃᆡ

“죄쳡(罪妾) 댱시ᄂᆞᆫ ᄌᆡ비ᄒᆞ고 삼가 글월을 졍군 좌하(座下)의 올니ᄂᆞ이다. 쳡이 죄대악극(罪大惡極)ᄒᆞ여 스ᄉᆞ로 죄악을 모로디 아니ᄒᆞ오ᄆᆡ 딘실노 부ᄌᆡ디간(覆載之間)[81]의 용식(容息)ᄒᆞ미 원(願)이 아니오 죽으미 ᄒᆡᆼ(幸)이니 부월(斧鉞)의 나아가믈 ᄇᆞ라올 쁜이라. 뜻ᄒᆞ디 아니ᄒᆞ온 글을 나리오샤 픔복(品服) 의결을 주시니 황감블승ᄒᆞ여 브디쇼운(不知所云)이로소이다. 쳡의 죄과로 존당의 블회 막대ᄒᆞ오니 이 더옥 황황망극ᄒᆞ와 브디소향(不知所向)이라. 다만 ᄉᆞ실(私室)의 업ᄃᆡ

79 항거ᄉᆞᆯ: 항것을. 항것은 하인들이 모시는 주인이나 상전.

80 명ᄒᆞᄒᆞ여: ‘ᄒᆞ’의 중복 오기로 보임.

81 부ᄌᆡ디간(覆載之間): 부재지간. 하늘이 만물을 덮고 땅이 만물을 싣는다는 뜻. 부재는 천지를 뜻하며, 부재지간은 천지 사이를 말함.

여 화봉인(華封人)의 셩슈(聖壽)[82]를 튝(祝)홀 ᄯᆞ름이로소이다."

ᄒᆞ엿더라.

태부인이 쳥필(聽畢)의 그 ᄉᆞ렴ᄒᆞᄂᆞᆫ 안면(顔面)을 보ᄂᆞᆫ ᄃᆞᆺ 반기며 슬 67면
픈디라. ᄒᆡ음업시 냥안(兩眼)의 믈결이 동ᄒᆞ여 왈

"죄 업고 어엿븐 며ᄂᆞ리 이 아니 블샹ᄒᆞ냐? 노인이 심약(心弱)ᄒᆞ여 ᄌᆞ손을 먼니 ᄯᅥ나 ᄉᆞ렴이 괴롭거ᄂᆞᆯ 당시부로 인ᄒᆞ여 심ᄉᆡ 편치 아니ᄒᆞᆫ 듕 져의 옷ᄉᆞᆯ 즉시 곳치더라 ᄒᆞ니 쳐신의 온냥단일(溫良端一)ᄒᆞ고 아름다온 ᄌᆞ픔덕셩(資品德性)으로 잔잉ᄒᆞ며[83] 이련ᄒᆞ니 내 ᄆᆞ음이 어이 니즐 ᄯᅵ 이시리오?"

언필(言畢)의 나려 쇼져의 병셰를 므ᄅᆞ니 난이 ᄉᆞ러 쇼져의 누삭(屢朔) 침고디여(沈痼之餘)의 구딜(久疾)[84]이 쳠극(添極)ᄒᆞ여 당시의 더옥 위독ᄒᆞ와 샹요의 몸을 더져 위위ᄒᆞ오믈 고ᄒᆞᄆᆡ 합개(闔家) 경의(驚疑)ᄒᆞ고 념녀ᄒᆞ여 도로혀 화긔(和氣)를 감ᄒᆞ더라. 쳐ᄉᆡ 당소져를 블너 도라와 태부인 심우(深憂)를 더ᄅᆞ시게 ᄒᆞ고ᄌᆞ ᄒᆞ나 그 병셰 위름(危懍)ᄒᆞ여 도라올 길히 업ᄉᆞ니 권귀(勸歸)치 못ᄒᆞ고 ᄌᆞ우의 여ᄎᆞᄉᆞ렴(如此思念)ᄒᆞ시믈 민우(悶憂)ᄒᆞ여 이셩화긔(怡聲和氣)로 태부인긔 고왈(告曰)

"당시뷔 병 듕ᄒᆞ올 ᄲᅮᆫ 아니라 ᄎᆞ시 엄한(嚴寒)의 경이(輕易)히 츌입ᄒᆞ오면 필연 쳠가ᄒᆞ미 쉽ᄉᆞ오리니 져기 낫기를 기다려 블너 도라오오 68면

82 화봉인(華封人)의 셩슈(聖壽): 요임금이 화 땅을 지날 때 화 땅의 변경을 지키던 관리가 요임금을 축수한 것.

83 잔잉ᄒᆞ며: 잔잉하다. 자닝하다. 애처롭고 불쌍해서 차마 보기 어렵다.

84 구딜(久疾): 구질. 오래돼서 고치기 어려운 병.

리니[85] 셩녀(聖慮)ᄅᆞᆯ 번뇌치 마ᄅᆞ쇼셔."

태부인이 일이 그러ᄒᆞ믈 알오ᄃᆡ 맛ᄎᆞᆷᄂᆡ ᄋᆡ련(哀憐)ᄒᆞᆫ ᄆᆞᄋᆞᆷ을 노치 못ᄒᆞ더라. 쳐ᄉᆡ ᄌᆞ위긔 ᄌᆡ삼(再三) 관회(寬懷)ᄒᆞ시믈 쳥ᄒᆞᆫ 후 믈너 외당으로 나가ᄆᆡ 부인ᄂᆡ 태부인의 즐기디 아니시믈 민우ᄒᆞ여 모다 담쇼ᄒᆞ여 좌ᄅᆞᆯ 파치 아니ᄒᆞ엿더니 이에 미협을 블너 댱부의 가 본 바ᄅᆞᆯ 므러 졔부인(諸婦人)이 박시의 거동을 보ᄂᆞᆫ ᄃᆞᆺ 우으며 졔쇼년(諸少年)이 쏘ᄒᆞᆫ 졀도(絶倒)[86]ᄒᆞᄃᆡ 소쇼졔 댱소져의 딜환(疾患)을 용녀(用慮)ᄒᆞᆯ디언졍 박시의 거동을 못 드ᄅᆞᆫ ᄃᆞᆺᄒᆞ더라. 시시(是時)의 댱부인이 쇼고(小姑)의 셔ᄉᆞ(書辭)ᄅᆞᆯ 관찰ᄒᆞ여 그 심폐(心肺)ᄅᆞᆯ 상됴(相照)ᄒᆞ니 심ᄉᆡ 쳐열(悽裂)ᄒᆞ믈 금억(禁抑)디 못ᄒᆞᄂᆞᆫ디라. ᄌᆞ연(自然)ᄒᆞᆫ 안쉬(眼水)[87] 무빈(霧鬢)[88]의 흐ᄅᆞ믈 ᄭᆡ닷디 못ᄒᆞ여 왈

"쇼고의 덕셩(德性) ᄒᆡᆼ의(行誼)로 므어시 브족ᄒᆞ미 잇ᄉᆞ리오마ᄂᆞᆫ ᄯᆡᄅᆞᆯ 만나디 못ᄒᆞ여 조흔 궁ᄋᆡᆨ(窮厄)이 태심(太甚)ᄒᆞ므로 목금(目今)의
69면 여ᄎᆞᄒᆞ니 옥이 연ᄒᆞ고 난최 브드러온 긔딜 작셩으로 언마ᄒᆞ여 앗ᄎᆞᆷ이ᄉᆞᆯ이 합연ᄒᆞ리오? 그 병상(病狀)이 목젼의 보젼ᄒᆞ기ᄅᆞᆯ 바라디 못ᄒᆞᆯ디라. 동긔(同氣)의 디졍(至情)을 겸ᄒᆞᆫ 바의 블ᄒᆡᆼ이 극ᄒᆞ므로 ᄌᆞ연 심셰(心緖)[89] 편치 아니ᄒᆞ니 셰간(世間)의 녀ᄌᆞ 되오미 욕되고 통한ᄒᆞ더이다."

---

85 도라오오리니: '오'의 중복 오기로 보임.

86 졀도(絶倒): 절도. 포복절도. 배를 안고 넘어질 정도로 몹시 웃음.

87 안쉬(眼水): 안수. 눈물. 궁중에서 쓰던 말.

88 무빈(霧鬢): 무는 안개, 빈은 귀밑머리로 '가는 귀밑머리'를 가리키는 것으로 보임.

89 심셰(心緖): 심서. 마음속에 품은 생각.

상부인이 쇼왈(笑曰)

"딜ᄋᆡ(姪兒)야. 네 쇼고롤 녁드러 오라비롤 원망ᄒᆞᄂᆞᆫ다? 네 오라비 인덕이 군ᄌᆞ의 넉넉ᄒᆞ며 힝검(行檢)이 일호(一毫)의 브죡ᄒᆞᆫ ᄇᆡ 업ᄉᆞ니 져의 부뷔 시운(時運)이 횡조(橫阻)ᄒᆞ여 목금(目今)의 경ᄉᆡᆨ(景色)이 블호(不好)ᄒᆞ나 타일의 영귀ᄒᆞᆫ 복녹이 졔미(齊美)ᄒᆞ여 곽분양(郭汾陽)의 디나리니 만일 닌광이 아니면 여ᄎᆞ영복(如此榮福)이 엇디ᄒᆞ여 닐위리오? 쇼고롤 위ᄒᆞ여 슬허ᄒᆞ도록 ᄒᆞ랴? 네 셩졍이 온냥관혜(溫良寬慧)ᄒᆞ여 우슉(愚叔)의 밋ᄎᆞᆯ ᄇᆡ 아니라 ᄒᆞ엿더니 오날놀의 편ᄋᆡᆨ(偏隘)ᄒᆞ미 여ᄎᆞᄒᆞ니 부가(夫家) 문듕(門中)의 슉습(宿習)ᄒᆞ미 되엿도다."

댱부인이 낭쇼(朗笑)ᄒᆞ고 태부인이 니어 탄식왈(嘆息曰)

"댱쇼부의 잔인ᄒᆞᆫ[90] 거동과 병상을 닛디 못ᄒᆞ여 노모의 ᄉᆞ렴이 극ᄒᆞᆫ디 70면

라. 어ᄂᆡ 날 댱쇼뷔 도라와 노모의 회포롤 위로ᄒᆞᆯ고? 념두(念頭)의 니ᄌᆞᆯ 젹이 업도다."

졔부인과 쇼져 등이 태부인의 이러ᄐᆞᆺ 즐기디 아니시믈 민망ᄒᆞ여 죵일 시봉(侍奉)의 학낭쇼어(謔浪笑語)로 그 깃그시믈 도을ᄉᆡ 투호(投壺)와 바둑을 버려 승부롤 결워 날이 져믈기의 밋ᄎᆞᄆᆡ 인ᄒᆞ여 혼졍(昏定)을 파ᄒᆞ고 각각 쳐소로 도라가ᄃᆡ 상부인과 댱부인은 태부인을 시슉(侍宿)ᄒᆞᄆᆡ 슉딜이 졍화(情話)롤 여러 다쇼 셜화로 밤을 보ᄂᆡ니 기졍(其情)이 모녀의 간격디 아니터라. ᄎᆞ시 졍태우 닌광이 부친 쳐ᄉᆞ공을 뫼와 태뎐의 혼뎡지녜(昏定之禮)롤 파ᄒᆞ고 믈너 부친의 안침(安

---

90 잔인ᄒᆞᆫ: '잔잉ᄒᆞᆫ'의 뜻으로 쓰임.

寢)ᄒᆞ시믈 뵈온 후 비로소 셔직(書齋)로 도라오니 시당늉동(時當隆冬)이라 계졍(階庭)의 셜홰(雪花)[91] 분분ᄒᆞ여 나모마다 ᄆᆡ홰(梅花) 셩개(盛開)ᄒᆞᆫ ᄃᆞᆺᄒᆞ더라.

(책임교주 김경미)

91 셜홰(雪花): 설화. 꽃송이처럼 내리는 눈. 규장각본에는 '셜셔'로 되어 있음.

완월회맹연 玩月會盟宴

권디뉵십 卷之六十

1면 화셜(話說). ᄎᆞ시(此時)ᄂᆞᆫ 졀당늉동(節當隆冬)[1]이라. 계졍(階庭)의 셜홰(雪花) 분분(紛紛)ᄒᆞ야 경긱(頃刻)의 나모마다 ᄆᆡ홰(梅花) 셩ᄀᆡ(盛開)ᄒᆞᆫ ᄃᆞᆺ ᄑᆞ른 계슈(桂樹)와 취송녹듁(翠松綠竹)은 흰 거ᄉᆞᆯ ᄆᆞ롭벼 ᄆᆡ신(梅信)[2]을 맛ᄂᆞᆫ디라. 셜경(雪景)을 완상(玩賞)ᄒᆞ며 두어 귀 시(詩)ᄅᆞᆯ 음영(吟詠)ᄒᆞᄆᆡ ᄇᆡᆨ시(伯氏)ᄅᆞᆯ 앙모(仰慕)ᄒᆞ여 온실(溫室)의 나아갈 ᄯᅳᆺ이 게어ᄅᆞ니 쳥샤(廳事)의 횡ᄆᆡ(橫寐)ᄒᆞ야 원텬(遠天)을 창망(悵望)ᄒᆞ더니 ᄆᆞᆫ득 졍신이 혼상(昏翔)ᄒᆞ여 ᄌᆞ연이 몸을 동(動)ᄒᆞᄂᆞᆫ 바의 ᄒᆞᆫ 곳의 다ᄃᆞᄅᆞ니 이ᄂᆞᆫ 다른 ᄃᆡ 아니라 댱부 ᄂᆡ실(內室)이오 당샤(堂舍)ᄂᆞᆫ 곳 응셜각이라. 어심(於心)의 ᄉᆡᆼ각ᄒᆞᄃᆡ '내 ᄀᆞᆺᄐᆞ여 이 집의 니ᄅᆞ러 ᄂᆡ실의 드러오미 무의(無意)토다.' ᄒᆞ고 장ᄎᆞ 나오려 ᄒᆞ더니 ᄆᆞᆫ득 눈을 드러 보니 몸이 임의 방듕(房中)의 드러셧ᄂᆞᆫ디라. 부인 댱쇼졔 상요의 몸을 ᄇᆞ려 임의 쇽광(屬纊)[3]ᄒᆞ엿거ᄂᆞᆯ【속광은 죽단 말이라】블승참도ᄋᆡ졀(不勝慘悼哀絶)ᄒᆞ여 나아가 보니 구름 ᄀᆞᄐᆞᆫ 운

2면 환(雲鬟)은 오ᄅᆡ 소하(梳下)치 아니ᄒᆞ엿ᄂᆞᆫᄃᆡ ᄑᆞ른 구름이 무산(巫山)의 셔려시며 셜부화안(雪膚花顔)[4]의 소홰(昭華) ᄉᆞ라지고 셩모아험(星眸雅頰)의 츈광(春光)[5]이 초췌(憔悴)ᄒᆞ니 의심컨ᄃᆡ 오동츄ᄉᆡᆨ(梧桐秋色)의 모염(毛髥)이 ᄯᅥ러디ᄆᆡ 오작홍교(烏鵲虹橋)ᄅᆞᆯ 칠셕(七夕)의

1 졀당늉동(節當隆冬): 절당융동. 몹시 추운 겨울 계절이 됨.

2 ᄆᆡ신(梅信): 매신. 매화꽃이 피었다는 소식. 곧 '봄소식'을 뜻함.

3 쇽광(屬纊): 속광. 목숨이 끊어짐을 일컫는 말. 고운 솜을 코나 입에 대어 숨이 끊어졌는지 확인하는 절차에서 비롯된 말.

4 셜부화안(雪膚花顔): 설부화안. 눈같이 하얀 피부와 꽃 같은 얼굴.

5 츈광(春光): 춘광. 젊은 사람의 나이를 비유적으로 일컫는 말.

보ᄂᆡ여시니 프ᄅᆞᆫ 근심은 계슈삼쳔(桂樹三千)의 구ᄅᆞᆷ이 명명(冥冥)ᄒᆞ고 븕은 눈믈은 은하일ᄃᆡ(銀河一帶)의 믈결이 유유(悠悠)ᄒᆞ여 옥경(玉京)의 됴현(朝見)ᄒᆞᄂᆞᆫ 길흘 말ᄆᆡ암아시니 쇽졀업시 도라가ᄂᆞᆫ 넉ᄉᆞᆯ 머므ᄅᆞ디 못ᄒᆞᆯ디라. 혼ᄉᆞ의 망극ᄒᆞᆫ 곡셩(哭聲)은 방인(傍人)을 경동(驚動)ᄒᆞ니 태위 홀연 심ᄉᆡ(心思) 슬프며 부인의 옥안(玉顔)이 고요ᄒᆞ여 ᄎᆞᆫ ᄌᆡᄀᆞᆺ치 ᄉᆞ라디고 혼ᄇᆡᆨ(魂魄)이 옥경(玉京)의 도라가 명ᄆᆡᆨ(命脈)이 아조 ᄭᅳᆺᄎᆞᆫ 거ᄉᆞᆯ 목하(目下)의 상ᄃᆡ(相對)ᄒᆞ여 그 ᄉᆞ라실 ᄯᆡ의 ᄌᆞ개(自家) 박졀(迫切)이 ᄭᅳᆺᄎᆞ며 원원(源源)이[6] 믈니쳐 나건(羅巾)과 패도(佩刀)ᄅᆞᆯ 주어 그 죽기ᄅᆞᆯ 독쵹(督促)ᄒᆞ고 인ᄒᆞ여 도라보ᄂᆡ엿던 바ᄅᆞᆯ ᄉᆡᆼ각ᄒᆞᄆᆡ 쳑연(慽然)ᄒᆞ며 블안ᄒᆞᆫ ᄃᆞᆼ 부인의 명되(命途) 궁ᄋᆡᆨ(窮厄)ᄒᆞ여 조흔험곤(遭釁險因)ᄒᆞ니 ᄌᆞ가ᄅᆞᆯ 위ᄒᆞ여 ᄇᆡᆨ번 죽어 고결(高潔)ᄒᆞᆫ 졀개(節槪)와 청상(淸爽)ᄒᆞᆫ 녜도(禮道)로ᄡᅧ 텬뎡연업(天定緣業)을 어긔디 아니ᄒᆞ여 긔구(崎嶇)ᄒᆞᆫ 인연(因緣)을 계오 일워 금슬 3면
(琴瑟)을 화명(和鳴)치 못ᄒᆞ고 긔괴(奇怪)ᄒᆞᆫ 거조(擧措)로 말ᄆᆡ암아 츌거(黜去)의 밋ᄎᆞᆫ 후로 병상(病狀)의 괴이(怪異)ᄒᆞᄆᆡ 죽기의 당ᄒᆞ니 이ᄂᆞᆫ ᄇᆡᆨ인(伯仁)이 유아이ᄉᆡ(由我而死)[7]라 오긔(傲氣)의 박ᄒᆡᆼ(薄行)이 도로혀 심상ᄒᆞᆫ디라. 스ᄉᆞ로 앗기며 슬프믈 ᄭᆡ닷디 못ᄒᆞ니 시상(屍床) 앏ᄒᆡ 나아가 ᄒᆡ음업시 일셩댱통(一聲長痛)ᄒᆞ니 쳔만슈한(千萬愁恨)과 만단비원(萬端悲怨)이라 요ᄒᆡᆼ(僥倖)으로 혼ᄉᆡᆨ(魂塞)ᄒᆞ엿

6 원원(源源)이: 끊임없이.

7 ᄇᆡᆨ인(伯仁)이 유아이ᄉᆡ(由我而死): '백인이 나로 말미암아 죽다.'라는 뜻. 백인을 직접 죽이지는 않았지만 죽은 사람에 대해 자신의 책임이 커서 죄책감을 느낀다는 말임. 남의 잘못 때문이 아니라 내 탓임을 일컫는 말.

ᄂᆞᆫ가 슈시(收屍)[8]ᄒᆞᆫ 옥슈(玉手)ᄅᆞᆯ 잠간 잡아 간ᄆᆡᆨ(看脈)ᄒᆞᄆᆡ 뉵ᄆᆡᆨ(六脈)이 흔젹(痕迹)디 아니ᄒᆞ여 고요ᄒᆞ여 마ᄅᆞᆫ 나모 ᄀᆞᆺ고 ᄂᆡᆼ담ᄒᆞ미 ᄎᆞᆫ지 ᄀᆞᆺᄐᆞ여 쇽졀업시 귀ᄅᆡ망ᄉᆞᄃᆡ(歸來望思臺)[9]ᄅᆞᆯ 디으나 이 유한(遺恨)은 민멸(泯滅)키 어려울디라. 딘실노 셰간(世間)의 ᄉᆡᆼ취 업ᄉᆞ니 다시 인뉸(人倫)을 ᄀᆞᆺ촐 ᄯᅳᆺ이 업셔 옥인(玉人)의 방혼(芳魂)을 위로ᄒᆞ며 ᄂᆡ셰(來世)의 부뷔 되여 ᄇᆡᆨ셰ᄒᆡ로(百歲偕老)의 유ᄌᆞᄉᆡᆼ녀(有子生女)ᄒᆞ여 환낙평ᄉᆡᆼ(歡樂平生)을 긔약(期約)ᄒᆞ나 목금(目今)의 참도(慘悼)ᄒᆞᆫ 디통(至痛)은 견ᄃᆡ여 ᄎᆞᆷ을 ᄇᆡ 아니라. ᄌᆞ연이 비만통도(悲滿痛悼)ᄒᆞ여 댱부의 웅장(雄壯)이 쳐졀ᄒᆞ믈 면치 못ᄒᆞ더니 믄득 박시 ᄋᆡ
4면 호통만(哀呼痛滿)ᄒᆞ여 녀ᄋᆞ의 시신(屍身)을 븟들고 인셰(人世)ᄅᆞᆯ 합연(溘然)ᄒᆞ려 셔랑(壻郞)을 원망ᄒᆞ며 ᄯᆞᆯ의 죽으미 셔랑의 연괴(緣故)라 ᄒᆞ니 태위 심니(心裏)의 증분(憎忿)ᄒᆞ나 다시 ᄉᆡᆼ각ᄒᆞᆫ즉 '일노 드ᄃᆡ여 부인으로 더브러 금현(琴絃)이 단졀(斷切)ᄒᆞ고 옥인(玉人)이 무죄(無罪)히 원억(冤抑)ᄒᆞ믈 먹음어 도라가니 옥인이 날을 져ᄇᆞ리미 업거ᄂᆞᆯ 나ᄂᆞᆫ 옥인을 졀졀(節節)이 져바려 맛ᄎᆞᆷᄂᆡ ᄎᆞᄉᆡᆼ(此生)의 다시 니을 ᄇᆡ 업ᄉᆞ니 유령이 머디 아닐디라. 져 박부인 ᄌᆞᄅᆞᆯ 통한(痛恨)ᄒᆞ던 내 ᄆᆞ옴을 곳쳐 죡과치 마라 뼈 유령을 샤례ᄒᆞ리라.' ᄒᆞ며 드ᄃᆡ여 몸을 두로혀 시상(屍床)의 다시 곡ᄇᆡ(哭拜)ᄒᆞ고 장ᄎᆞ 디게ᄅᆞᆯ 나오더니

8 슈시(收屍): 수시. 시신을 거두어 머리와 팔다리를 바로잡음.

9 귀ᄅᆡ망ᄉᆞᄃᆡ(歸來望思臺): 귀래망사대. 한(漢)나라 무제의 총신(寵臣) 중 강충이란 자는 평소 태자와 사이가 좋지 않았는데, 무제가 노쇠해지자 두려워진 강충은 태자가 황제를 저주하며 굿을 했다며 무고하여 태자를 죽게 만듦. 무제는 말년에 저지른 자신의 경솔함을 후회하며 '귀래망사대'라는 전각을 지어 이 일을 슬퍼했다고 함.

믄득 눈을 드러 슬피니 일위(一位) 부인이 운관무의(雲冠霧衣)로 셩안(星眼)이 나즉ᄒᆞ며 월픾뎡돈(月佩整頓)ᄒᆞ니 텬디(天地)의 상낭ᄒᆞᆫ ᄀᆡ운과 강산(江山)의 녕이(靈異)ᄒᆞᆫ 거술 ᄯᅴ여시ᄃᆡ 취미(翠眉)의 ᄇᆡᆨ운시룸을 ᄯᅴ엿ᄂᆞᆫ디라. 태우ᄅᆞᆯ 보고 쥬져(躊躇)ᄒᆞ며 슈습(收拾)ᄒᆞ여 화안(花顔)을 숙이고 아미(蛾眉)ᄅᆞᆯ ᄧᅵᆼ긔여 ᄌᆡ삼난연(再三赧然)ᄒᆞ여 ᄒᆞ다가 이에 녜슈(禮手)ᄅᆞᆯ 힝ᄒᆞ거ᄂᆞᆯ 태위 답녜(答禮)ᄒᆞ며 ᄌᆞ셔히 보건ᄃᆡ 이 목금(目今)의 부인이 댱셔(長逝)[10]ᄒᆞ여 금현(琴絃)이 단졀(斷絶)ᄒᆞ니 비상통도(悲傷痛悼)ᄒᆞᄂᆞᆫ 댱쇼져와 다ᄅᆞ미 업ᄂᆞᆫ디라. 반갑고 슬프ᄆᆡ ᄌᆞ연이 그 운몌(雲袂)ᄅᆞᆯ 잡으며 탄왈(嘆曰) 5면

"복(僕)이 무상(無狀)ᄒᆞ여 부인을 져ᄇᆞ리미 ᄐᆡ심(太甚)ᄒᆞ도다. 그ᄃᆡ 임의 옥경(玉京)의 명에ᄒᆞ여 기리 도라가니 복의 비만(悲滿)ᄒᆞ믄 텬디의 궁(窮)치 아니리로다."

언필(言畢)의 다시 눈을 드러 슬피니 오운(五雲)이 ᄉᆞ긔(四起)ᄒᆞ고 텬향(天香)이 만실(滿室)ᄒᆞᆫᄃᆡ 일위션관(一位仙官)이 구룸관과 안개옷ᄉᆡ 손의 ᄇᆡᆨ옥규(白玉圭)ᄅᆞᆯ 좁아시니 창안학발(蒼顔鶴髮)이오 션풍도골(仙風道骨)이라. 이에 태우ᄅᆞᆯ 향ᄒᆞ여 ᄉᆞᄆᆡᄅᆞᆯ 드러 왈

"군ᄌᆞ(君子)와 슉녀(淑女)의 시운(時運)이 블니(不利)ᄒᆞ여 슉녀의 명싊(命數) 금일의 다ᄒᆞ여시니 학가난참(鶴駕鸞驂)[11]으로 옥경(玉京)의 됴회(朝會)ᄒᆞᆯ디라. ᄉᆞᆺ촌 바 젹승(赤繩)[12]을 다시 닛기 어렵더니 그

10 댱셔(長逝): 장서. 영영 가고 돌아오지 않음. 죽음. 영면(永眠).

11 학가난참(鶴駕鸞驂): 학과 난새가 끄는 신선들이 타고 다니는 수레.

12 젹승(赤繩): 적승. 인연을 맺는 끈. 부부의 인연.

ᄃᆡ 당당ᄒᆞᆫ 셩명군ᄌᆞ(聖明君子)로 현심(賢心)이 ᄌᆞ긔(自起)ᄒᆞ여 비만(悲滿)ᄒᆞ미 극(極)ᄒᆞᄆᆡ 창합(閶闔)의 ᄉᆞ못ᄎᆞ 텬의(天意) 감동ᄒᆞ시며 샹뎨(上帝) 명ᄒᆞ샤 슉녀ᄅᆞᆯ 다시 딘셰(塵世)의 머므러 군ᄌᆞ의 ᄌᆞ승(紫繩)을 도로 니으라 ᄒᆞ실ᄉᆡ 내 이에 니ᄅᆞ러 그ᄃᆡᄅᆞᆯ 위로ᄒᆞ고 옥녀(玉女)ᄅᆞᆯ 권면ᄒᆞ여 6면 진염(塵念)의 도라보ᄂᆡᄂᆞ니 ᄎᆞ후의 냥의(兩儀)[13]ᄅᆞᆯ 결ᄒᆡ(結解)ᄒᆞ여 ᄇᆡᆨ년화락(百年和樂)을 됴히 ᄒᆞᆯ디어다.”

드ᄃᆡ여 ᄎᆡ슈(彩袖)로조ᄎᆞ ᄒᆞᆫ 가지 텬화(天花)ᄅᆞᆯ ᄂᆡ여 ᄒᆞᆫ번 붓치ᄆᆡ 빵빵ᄒᆞᆫ 군ᄌᆞ와 슉녜 좌우의 나렬ᄒᆞ여 ᄌᆞ로 오ᄉᆞ(烏紗)의 상간(象干)을 밧든 ᄌᆞ(者)와 월패(月佩) 셩관(盛冠)의 픔복(品服)을 ᄀᆞᆺ촌 부인ᄂᆡ ᄎᆞ례로 나아오니 옥패(玉佩) 장장(鏘鏘)ᄒᆞ고 명월(明月)이 교교(皎皎)ᄒᆞ니 심목(心目)이 황홀(恍惚)ᄒᆞ믈 ᄭᆡᄃᆞᆺ디 못ᄒᆞ여 경ᄉᆡᆨ(景色)이 아ᄌᆞ와 ᄂᆡ도ᄒᆞ니 당시의 ᄌᆞ긔 부인은 년미졍셩(年未鼎盛)[14]ᄒᆞᄃᆡ 슈환(愁患)이 초뷔(憔憒)ᄒᆞ여 병상고딜(病床苦疾)이 감기이ᄆᆡ 옥(玉)이 여외며 난최(蘭草) 말낫더니 금(今)애 다시 보ᄆᆡ 츈ᄉᆡᆨ(春色)이 방셩(芳盛)ᄒᆞ여 화연(和然)ᄒᆞᆫ 안모(顔貌)와 톄위(體位)의 존듕ᄒᆞ미 완연ᄒᆞᆫ 듕년 부인이라. ᄌᆞ녀옥ᄇᆡᆨ(子女玉帛)[15]이 좌우의 포다(布多)ᄒᆞ여 효ᄉᆞ효봉(孝事孝奉)이 여집봉영(如執奉迎)인ᄃᆡ ᄌᆞ긔 당당ᄒᆞᆫ 공후ᄌᆡ상(公侯宰相)의 관면(冠冕)이오 부인은 졍녕ᄒᆞᆫ 명부(命婦)[16]의 복ᄉᆡᆨ(服

---

13 냥의(兩儀): 양의. 양(陽)과 음(陰). 또는 하늘과 땅.

14 졍셩(鼎盛): 정성. 한창 나이라서 매우 혈기가 왕성함.

15 ᄌᆞ녀옥ᄇᆡᆨ(子女玉帛): 자녀옥백. '자녀'는 남녀 노예를 가리키고, '옥백'은 신분이 귀한 사람을 가리킴. 《춘추좌씨전》 '희공 23년 조'에 나옴.

16 명부(命婦): 봉작을 받은 부인.

色)으로 ᄌᆞ셔녀부(子婿女婦)ᄂᆞᆫ 만당좌우(滿堂左右)ᄒᆞ여 시봉(侍奉)의 쵹쵹ᄒᆞ며 위의(威儀)예 황황(惶惶)ᄒᆞ믄 비길 ᄃᆡ 업ᄂᆞᆫ디라. 황홀난측(恍惚難測)ᄒᆞ여 다시 뭇고ᄌᆞ ᄒᆞ더니 아이(俄而)[17]오 종괴(鍾鼓) 늉 7면
늉(融融)ᄒᆞ므로조ᄎᆞ 흠신경각(欠伸驚覺)ᄒᆞ니 침변일몽(枕邊一夢)이라. 장침(長枕)이 닝낙(冷落)ᄒᆞ고 광금(廣衾)이 무료(無聊)ᄒᆞ여 ᄌᆞ긔 홀홀ᄒᆞᆫ 일신(一身)이 궤안(机案)의 비겨 손의 ᄎᆡᆨ을 드러실 ᄯᆞᄅᆞᆷ이오 침셕(寢席)을 ᄎᆞᆺ디 아녀시며 잔등(殘燈)은 명멸(明滅)ᄒᆞᆫᄃᆡ 시동(侍童) 운ᄌᆡ 업ᄃᆡ여 조을 ᄯᆞᄅᆞᆷ이어ᄂᆞᆯ 몽ᄉᆡ(夢事) 녁녁(歷歷)ᄒᆞ니 아ᄌᆞ(俄者)[18] 부인의 죽은 형용이 안져(眼底)의 보ᄂᆞᆫ ᄃᆞᆺ 그 병상(病狀)의 위극(危極)ᄒᆞ믈 아ᄂᆞᆫ 바로 ᄌᆞ연이 심ᄉᆡ(心思) 블평ᄒᆞ고 몽듕(夢中) 박시의 언ᄉᆞ형용(言辭形容)이 ᄉᆡ로이 통완(痛惋)ᄒᆞ며 ᄯᅩᄒᆞᆫ 난쳐ᄒᆞ니 ᄀᆞᆺᄐᆞ여 부인을 ᄉᆞ렴(思念)ᄒᆞ미 아니로ᄃᆡ 몽ᄉᆞ(夢事)ᄅᆞᆯ 인ᄒᆞ여 심듕(心中)의 결연이 닛디 못ᄒᆞᄂᆞᆫ 듕 ᄌᆞ긔 부부로 인ᄒᆞ여 존당의 셩우(聖憂)와 블회(不孝) 극ᄒᆞᆫ디라. 이ᄯᆡ의 만일 부인의 보명(保命)ᄒᆞ믈 엇디 못ᄒᆞ면 존당(尊堂)의 블효ᄅᆞᆯ 니ᄅᆞᆯ ᄇᆡ 업ᄉᆞ믈 우려ᄒᆞ니 ᄌᆞ연이 남의 퇴침ᄒᆞ고 졀연이 니러나 슈호(繡戶)ᄅᆞᆯ 통개(洞開)ᄒᆞᆫ 후 건샹(乾象)을 앙관(仰觀)ᄒᆞ여 셩슈(星宿)ᄅᆞᆯ ᄉᆞᆯ필ᄉᆡ 부인이 쥬셩(主星)이 혼혼(昏昏)ᄒᆞ며 침침ᄒᆞ여 명화ᄒᆞᆫ 광ᄎᆡᄅᆞᆯ ᄀᆞᆷ초와 보디 못ᄒᆞᆯ디라. 심듕(心 8면
中)의 경동(驚動)ᄒᆞ믈 마디 아냐 즉시 관소(盥梳)ᄒᆞ고 쵹(燭)을 다시 ᄇᆞᆰ히며 금노(金爐)의 명향(名香)을 더으고 정심치ᄌᆡ(淨心致齋)ᄒᆞ여

---

17 아이(俄而): 조금 있다가. 이윽고.

18 아ᄌᆞ(俄者): 아자. 이전. 지난번.

《쥬역(周易)》을 츄렴ᄒᆞ니 이 과연 부인의 명운(命運)이 금ᄌᆞ(今者)의 다ᄒᆞ여시니 ᄉᆡᆼ도(生道)ᄅᆞᆯ 엇기 어려온디라. 경의ᄎᆞ악(驚意嗟愕)ᄒᆞ믈 니긔디 못ᄒᆞ여 건슈(乾數)ᄅᆞᆯ 다시 ᄉᆞᆯ피건ᄃᆡ 사ᄅᆞᆷ이 양셰(陽世)의 이시ᄆᆡ 그 쥬셩(主星)이 이러치 아닐디라. 의괴(疑怪)ᄒᆞ믈 마디 아냐 다시 역과(易卦)ᄅᆞᆯ 밀찰(密察)ᄒᆞᄆᆡ 만일 당시의 회양(回陽)ᄒᆞᄂᆞᆫ 경ᄉᆞ(慶事)ᄅᆞᆯ 어들던ᄃᆡ ᄂᆡ두(來頭)의 팔복(八福)이 유챵(流暢)ᄒᆞ여 ᄉᆞ례 업ᄉᆞᆯ ᄇᆡ로ᄃᆡ 금(今)애 딜셰(疾勢) 위독(危篤)ᄒᆞ니 ᄉᆡᆼ도(生道)ᄅᆞᆯ ᄇᆞ라디 못ᄒᆞᆯ디라. 시봉(侍奉)을 퇴후ᄒᆞᄆᆡᄂᆞᆫ ᄌᆞ연 우구(憂懼)와 ᄉᆞ려(思慮)ᄅᆞᆯ 노치 못ᄒᆞ미 되엿더라.

셜표(說表)[19]. 어시(於是)의 셔텬 결도ᄉᆞ 왕쵹이 본ᄃᆡ 탐남블법(貪婪不法)ᄒᆞ여 ᄋᆡ민고휼(愛民顧恤)ᄒᆞ믄 젼혀 아디 못ᄒᆞ고 민간의 미녀옥ᄇᆡᆨ(美女玉帛)을 겁칙ᄒᆞ며 비리(非理)의 ᄌᆡ믈(財物)을 취탈(取奪)ᄒᆞ고 혹 ᄇᆡᆨ셩이 죄ᄅᆞᆯ 범ᄒᆞᄂᆞᆫ ᄌᆡ(者) 이시면 ᄉᆞᆯ흘 ᄊᆞᆨ그며 ᄲᅧᄅᆞᆯ 긁고 기ᄅᆞᆷ
9면 을 ᄡᆞ며 가쪽을 벗겨 고략(拷掠)이 비ᄒᆞᆯ ᄃᆡ 업ᄉᆞ니 년년(年年)의 긔황(饑荒)이 극ᄒᆞ고 녀역(癘疫)이 셩ᄒᆡᆼ(盛行)ᄒᆞ여 ᄇᆡᆨ곡(百穀)이 한ᄌᆡ(旱災)의 말나 결실(結實)치 못ᄒᆞ고 계오 남은 거시 이시나 열ᄆᆡ ᄂᆡᆨ을 ᄊᆡ ᄆᆡᆺ쳐ᄂᆞᆫ 임위(霖雨)[20] 디리(支離)ᄒᆞ여 ᄒᆞᆫ낫 곡식이 업셔디며 ᄯᅩ 튱ᄌᆡ(蟲災) 극셩(極盛)ᄒᆞ여 들ᄒᆡ 덥혀시니 사ᄅᆞᆷ이 길흘 ᄎᆞᄌᆞ 단니디 못ᄒᆞ고 니ᄆᆡ망냥(魑魅魍魎)[21]이며 젼갈디쇽(全蠍之屬)이 만산편야(滿山偏野)

---

19 셜표(說表): 설표. 발어사. 중국 희곡 용어로, '설백(說白)'과 '표백(表白)'을 함께 일컫는 말.

20 임위(霖雨): 임우. 장마.

21 니ᄆᆡ망냥(魑魅魍魎): 이매망량. 산천, 목석의 정령(精靈)에서 생겨난다는 온갖 도깨비를 일컫는 말.

ᄒᆞ여 ᄇᆡᆨ셩이 일시 브디홀 길히 업ᄉᆞ니 여ᄎᆞ디시(如此之時)의 어버이 ᄌᆞ식을 밧고와 먹고【그 듕의도 졔 ᄌᆞ식을 ᄎᆞ마 먹디 못ᄒᆞ고 남의 ᄌᆞ식과 밧고와 먹단 말이니라】 형뎨 셔로 구(救)치 못ᄒᆞ며 ᄌᆞ식이 어버이ᄅᆞᆯ 효양(孝養)치 못ᄒᆞᄂᆞᆫ 디경이로ᄃᆡ 소위 관댱(官長)이 하리(下吏)ᄅᆞᆯ ᄎᆞ뎡(差定)ᄒᆞ여 기듕(其中)의 혹 부민(富民)이 이시면 관녕(官令)으로 져히고 됴흔 말노 달ᄂᆡ여 ᄌᆡ곡(財穀)을 아ᄉᆞ 드리며 혹 위역(違逆)ᄒᆞᄂᆞᆫ ᄌᆡ(者) 잇ᄉᆞ면 위력으로 ᄌᆞᆸ아다가 뇌옥(牢獄)의 엄슈(嚴囚)ᄒᆞ고 큰 ᄆᆡ(枚)로 고형(苦刑)ᄒᆞ여 일 업시 ᄉᆡᆼ증【ᄉᆡᆼ증은 ᄉᆡᆼ을 믈니단 말이라】ᄒᆞ며 ᄇᆡᆨ셩을 온가디로 보ᄎᆡ여 쥬야(晝夜)의 원억(冤抑)ᄒᆞᆫ 곡셩(哭聲)이 텬디ᄅᆞᆯ 흔드ᄂᆡ 졀도ᄉᆡ(節度使) 일호(一毫) 요동(搖動)ᄒᆞ미 업고 녀역(癘疫)이 졈졈 셩(盛)ᄒᆞ여 사ᄅᆞᆷ마다 ᄒᆞᆫ번 병(病)을 어드 10면
ᄆᆡ 일인(一人)도 능히 ᄉᆞᆯ기ᄅᆞᆯ ᄇᆞ라디 못ᄒᆞ니 반년디ᄂᆡ(半年之內)의 셔쳔 십만여 호 ᄇᆡᆨ셩이 거의 다 망(亡)케 되니 ᄎᆞᆷ독(慘毒)ᄒᆞᆫ 화얼(禍孼)이 니ᄅᆞᆯ ᄇᆡ 업더라.

ᄯᆡ의 조쥬 계ᄒᆡᆼ산 하의 ᄒᆞᆫ 요젹(妖賊)이 잇셔 산ᄎᆡ(山砦)ᄅᆞᆯ 일워시니 호(號) 왈 '항산도ᄉᆡ'라 ᄒᆞ며 혹(或) '태쳥도인'이라 ᄒᆞ니 그 셩명(姓名)은 댱손확이오 ᄌᆞ(字)ᄂᆞᆫ 왈능이니【조쥬 계ᄒᆡᆼ산 요도(妖道) 댱손환의 딜ᄌᆞ(姪子)】 슈하(手下)의 슈십만 뎨ᄌᆞ(弟子)ᄅᆞᆯ 취합(聚合)ᄒᆞ여 대ᄎᆡ(大砦)ᄅᆞᆯ 웅거(雄據)ᄒᆞᄆᆡ 요변환술(妖變幻術)이 밋디 아닌 곳이 업ᄉᆞ니 능히 풍우(風雨)ᄅᆞᆯ 딧고 귀신을 브리며 뫼흘 ᄲᅢ히고 바다흘 뒤치며 남글 ᄀᆞᄅᆞ쳐 힝ᄒᆞ고 돌흘 쑤디져 다ᄅᆞᆷ질 ᄒᆞ며 모ᄅᆡᄅᆞᆯ ᄲᅵ언져 딘언(眞言)을 념ᄒᆞᄆᆡ 억만 군병을 ᄆᆡᆫᄃᆞ라 브리고 ᄇᆡᆨ쥬(白晝)ᄅᆞᆯ 흑야(黑夜)ᄀᆞᆺ치 침침ᄒᆞ게 ᄒᆞ며 칠야(漆夜)ᄅᆞᆯ 변ᄒᆞ여 ᄇᆡᆨ쥬(白晝)ᄀᆞᆺ치 명

명(明明)ᄒᆞ게 ᄒᆞ고 사ᄅᆞᆷ의 간담(肝膽)을 모로게 ᄲᅢ혀 죽이며 ᄯᅩ 사ᄅᆞᆷ을 ᄀᆞᄅᆞ쳐 즘싱을 ᄆᆡᆫ돌고 즘싱을 ᄀᆞᄅᆞ쳐 사ᄅᆞᆷ의 형상이 되게 ᄒᆞ여 환ᄉᆞᆯ요변(幻術妖變)이 블측ᄒᆞᆫ디라. 젹괴(賊魁) 군ᄆᆞ(軍馬)ᄅᆞᆯ 취모(聚

11면 募)ᄒᆞᄆᆡ 블궤디심(不軌之心)이 졸연이 급ᄒᆞ니 ᄃᆞ듸여 닌읍쥬현(隣邑州縣)을 쳐 항복(降服) 바들 ᄉᆡ 젹괴(賊魁) 댱손학의 요ᄉᆞᆯ이 블측(不測)ᄒᆞ므로 ᄃᆡ젹ᄒᆞ리 업ᄉᆞᆯ ᄲᅮᆫ 아니라 신통(神通)이 무량(無量)ᄒᆞ다 ᄒᆞ여 셔쳔 근읍쥬현(近邑州縣)이 망풍귀항(望風歸降)ᄒᆞ니 쵹디(蜀地) 잔도 검각을 날을 긔약(期約)ᄒᆞ여 넘을디라. 졀도ᄉᆞ 왕쵹이 능히 요젹을 졔어ᄒᆞᆯ 길히 업셔 이에 황셩의 표(表)ᄅᆞᆯ 올녀 도젹의 형셰(形勢)ᄅᆞᆯ 셰셰(細細)히 딘달(進達)ᄒᆞ니라.

어시(於是)의 쵹도 표문(表文)이 텬폐(天陛)의 오ᄅᆞᄆᆡ 텬ᄌᆡ(天子) 셜됴(設朝)ᄒᆞ샤 왕쵹의 표문을 나리와 졔신(諸臣)이 보게 ᄒᆞ시고 모칙(謀策)을 므ᄅᆞ신ᄃᆡ 시위졔신(侍衛諸臣)이 져마다 말이 업ᄉᆞ며 언관(言官)이 좀좀ᄒᆞ여 모칙을 알외 리 업ᄉᆞ니 됴얘(朝野) 황황(遑遑)ᄒᆞ고 샹이 블승딘녀(不勝軫慮)[22]ᄒᆞ샤 ᄌᆡ뫼(才貌) 족히 요졍(妖精)을 탕멸(蕩滅)ᄒᆞᆯ ᄌᆞᄅᆞᆯ 골희실ᄉᆡ 샹태우 졍닌광이 족히 요젹을 소졔(掃除)ᄒᆞᆯ ᄌᆡ죄(才調) 잇다 ᄒᆞ샤 특디(特旨)로 졍닌광으로 셔쳔 졀도(節度) 슌뉴ᄉᆞ(巡諭使)ᄅᆞᆯ ᄒᆞ이샤 갓가이 브ᄅᆞ샤 면유(面諭)[23]ᄒᆞ시니 듁쳥【닌광의 별회라】이 감히 샤양치 못ᄒᆞᆯ ᄇᆡ나 만분경악(萬分驚愕)ᄒᆞ여 이

22 블승딘녀(不勝軫慮): 불승진려. 진려(軫慮)는 몹시 마음을 태우며 걱정함을 뜻함. 즉 매우 마음을 쓰며 걱정하는 것을 말함.

23 면유(面諭): 마주 대하여 말로 잘 타이르는 것을 뜻함.

에 츌반쥬왈(出班奏曰)

"신ᄌᆡ(臣者) 되와 국가 위란디시(危亂之時)의 엇디 ᄉᆞ졍(私情)을 ᄉᆡᆼ 12면
각ᄒᆞ리잇고? 죽엄이 ᄆᆞᆯ 가ᄌᆞᆨ의 ᄡᆞ히믈 원ᄒᆞ오ᄃᆡ 신(臣)이 ᄌᆡ죄(才操) 노하(駑下)[24]ᄒᆞ고 년긔최쇼(年紀最少)ᄒᆞ와 셰ᄉᆞ(世事)ᄅᆞᆯ 경녁(經歷)디 못ᄒᆞ온 바의 국가 듕임(重任)을 밧ᄌᆞ와 능히 신ᄌᆞ의 ᄃᆡᆨ분(職分)을 다 요젹을 탕멸(蕩滅)ᄒᆞ오며 ᄇᆡᆨ셩의 도현(倒懸)[25]을 위안ᄒᆞ와 셩디(聖旨)ᄅᆞᆯ 헛곳의 도라보ᄂᆡ디 아니ᄒᆞ오면 이 당당이 신의 ᄃᆡᆨ분이오ᄃᆡ ᄌᆡ죄(才操) 밋디 못ᄒᆞ오니 됴졍(朝廷)의 노셩(老成)ᄒᆞᆫ ᄌᆡᄉᆡᆼ(齋生)을 다시 ᄐᆡᆨ(擇)ᄒᆞ샤 촉디ᄅᆞᆯ 딘뎡(鎭定)케 ᄒᆞ시면 이ᄂᆞᆫ 신(臣)의 업ᄃᆡ여 바라ᄂᆞᆫ ᄇᆡ로소이다."

샹(上)이 슌뉴(巡諭)의 쥬ᄉᆞ(奏辭)ᄅᆞᆯ 드ᄅᆞ시고 위유(慰諭)ᄒᆞ샤 왈

"디신(知臣)은 막여쥐(莫如主)[26]라. 경(卿)의 ᄌᆡ조와 인덕(仁德)을 딤(朕)이 혜아려 여ᄎᆞ듕임(如此重任)을 븟치ᄂᆞ니 국가 위구(危懼)ᄅᆞᆯ 근심ᄒᆞ며 님군을 닛디 아니ᄒᆞ미 신ᄌᆞ(臣子)의 ᄃᆡᆨ분이니 셔쵹 ᄇᆡᆨ셩을 위무ᄒᆞ여 왕화(王化)ᄅᆞᆯ ᄇᆞᆰ히미 딤의 ᄇᆞ라ᄂᆞᆫ ᄇᆡ로다."

ᄒᆞ시니 듁쳥이 ᄒᆞᆯ일업셔 샤은(謝恩)ᄒᆞ고 믈너 부듕(府中)의 도라와
연듕(筵中) 셜화ᄅᆞᆯ 존당(尊堂)의 딘달(進達)ᄒᆞᆫᄃᆡ 존당과 슉당(叔黨) 13면
이 크게 놀나며 악연(愕然)ᄒᆞ여 위구(危懼)ᄒᆞ미 비ᄒᆞᆯ ᄃᆡ 업ᄂᆞᆫ디라. 원

24 노하(駑下): 일반적으로 재주가 없고 미련한 사람을 비유적으로 이르는 말이나 여기서는 자기를 겸손하게 칭하는 의미로 쓰임.

25 도현(倒懸): 보통은 손발을 묶어 거꾸로 매닮을 뜻하나 여기서는 그처럼 심한 곤경이나 위험이 닥친 상황을 비유적으로 이르는 말로 쓰인 듯함.

26 디신(知臣)은 막여쥐(莫如主): 신하를 제대로 아는 사람은 임금만 한 이가 없음을 뜻하는 말.

슈와 톄찰이 반샤(班師)치 못ᄒᆞ여셔 뉵쳥이 ᄯᅩ 쵹도 험디(險地)ᄅᆞᆯ 힝ᄒᆞ니 태부인이 근심ᄒᆞ고 결연ᄒᆞ미 니ᄅᆞᆯ ᄇᆡ 업ᄉᆞ며 쳐ᄉᆞᄂᆞᆫ ᄋᆞᄌᆡ 여ᄎᆞ듕임(如此重任)을 당ᄒᆞ여시니 국가대란(國家大亂)을 극녀(極慮)ᄒᆞ나 그 ᄌᆡ덕(才德)이 죡히 요젹을 소졔(掃除)ᄒᆞ고 셔쳔 ᄇᆡᆨ셩을 고무(鼓舞)ᄒᆞ여 도현(倒懸)ᄒᆞᄆᆞᆯ 구ᄒᆞᆯ 바ᄅᆞᆯ 거의 긔필(期必)ᄒᆞᄆᆡ 간ᄃᆡ로 근심치 아니ᄒᆞᄃᆡ 셰되(世道) 긔험(崎險)ᄒᆞ며 가듕(家中)의 변괴(變故) 층츌(層出)ᄒᆞ니 남뎡(南征)의 위구(危懼)ᄅᆞᆯ 밋쳐 노치 못ᄒᆞ여 ᄯᅩ 셔쵹의 용녀(用慮)ᄅᆞᆯ 겸ᄒᆞᄆᆡ 존당의 우려ᄅᆞᆯ 블승민박(不勝悶迫)ᄒᆞ더라.

어시(於是)의 댱부의셔 쇼져의 딜셰(疾勢) 더옥 위극(危極)ᄒᆞ니 혼샤(婚事)의 망조(罔措)ᄒᆞᄆᆞᆫ 일필난긔(一筆難記)라. 댱공이 ᄋᆞ부(兒婦)ᄅᆞᆯ【졍부인을 니ᄅᆞ미라】 친당(親堂)의 귀령(歸寧)ᄒᆞ여 날이 오ᄅᆡᄆᆡ 환귀(還歸)ᄒᆞᄆᆞᆯ 명(命)ᄒᆞ고 셔랑(壻郎)의 쵹힝을 위려(危慮)ᄒᆞᄂᆞᆫ 듕 혹ᄌᆞ 원힝(遠行)을 님ᄒᆞ여 빙가(聘家)의 하ᄃᆡᆨᄒᆞ며 녀ᄋᆞ(女兒)ᄅᆞᆯ 위문
14면 ᄒᆞᆯ가 요망ᄒᆞ고 믄득 거여온 의ᄉᆡ ᄆᆡᆼ츌(盲出)ᄒᆞ니 심여언왈(心與言曰) ‘셔랑(壻郎)이 교항(驕亢)[27]ᄒᆞ여 노ᄌᆞ(老者)ᄅᆞᆯ 블경(不敬)ᄒᆞ거ᄂᆞᆯ 내 ᄆᆡ양 실톄(失體)ᄒᆞ여 져의게 몬져 굴강(屈降)ᄒᆞ니 과연 통한(痛恨)ᄒᆞᄃᆡ 그 긔특ᄒᆞᆫ 용화(容華)와 비상ᄒᆞᆫ 풍도(風度)ᄅᆞᆯ 만나ᄆᆡ ᄌᆞ연 내 ᄆᆞ음이 취(醉)ᄒᆞ이며 졍신이 어로녹아 쇼댱(少長)이 현슈(懸殊)ᄒᆞᄆᆞᆯ ᄉᆡᆼ각디 못ᄒᆞ여 슌슌이 져의게 견패(見敗)ᄒᆞ니 엇디 ᄋᆡᄃᆞᆲ디 아니리오? 금번 힝도(行途)의ᄂᆞᆫ 내 몬져 가보디 말고 눈ᄎᆡᄅᆞᆯ 보리라.’

27 교항(驕亢): 교만하고 자존심이 강함.

쥬의ᄅᆞᆯ 뎡ᄒᆞᄆᆡ 고구친쳑(故舊親戚)이며 명공거경(名公巨卿)이 함취(咸聚) 운산ᄒᆞ여 보ᄂᆡᄂᆞᆫ 졍(情)이 결ᄒᆞᆯ(缺欻)ᄒᆞ고 ᄯᅥ나ᄂᆞᆫ ᄆᆞᄋᆞᆷ이 셔어(齟齬)ᄒᆞ여 위디(危地)의 나아가미 누란(累卵)의 위ᄐᆡᄒᆞᆷ과 흉봉(凶鋒)의 두리오미 경심ᄎᆞ악(驚心嗟愕)ᄒᆞ니 상위(相遇) 권고(眷顧)ᄒᆞ여 위면(慰勉)치 아니리 업ᄉᆞᄃᆡ 홀연 친옹(親翁) 댱공의 톄위(體位) 존듕ᄒᆞ여 디쳑상망(咫尺相望)의 졉옥년장(接屋連墻)이나 일ᄎᆞ 고문(顧問)ᄒᆞ여 위면(慰勉)치 아니ᄒᆞ더라. 졍부인이 부당(夫黨)[28]의 도라와 존당구고(尊堂舅姑)긔 ᄇᆡ현(拜見)ᄒᆞ며 믈너 쇼고(小姑)ᄅᆞᆯ 보건ᄃᆡ 그 ᄉᆞ이 병셰(病勢) 더옥 위듕(危重)ᄒᆞ여 상셕(床席)의 침면(沈眠)ᄒᆞ여시 15면
니 옥(玉)이 여외고 난최(蘭草) 고손(枯損)ᄒᆞ여 ᄉᆞ오일 ᄉᆞ이 여ᄎᆞ 쳠극(添極)ᄒᆞ믈 더옥 놀나며 ᄎᆞᆷ도(慘悼)ᄒᆞ믈 니긔디 못ᄒᆞ더라.

ᄎᆞ시(此時) 댱쇼졔 졍부인을 향ᄒᆞ여 훤당(萱堂)[29]의 긔거(起居)ᄅᆞᆯ 뭇ᄌᆞᆸ고 태부인 ᄋᆡ모ᄉᆞ렴(愛慕思念)ᄒᆞ시믈 듯ᄌᆞ오ᄆᆡ 블효(不孝)ᄅᆞᆯ ᄌᆞ탄(自歎)ᄒᆞ여 ᄋᆡ영태식(哀詠太息)ᄒᆞ며 앙모(仰慕)ᄒᆞ믈 금치 못ᄒᆞ더라. 졍부인이 태우의 ᄎᆞᆨ힝을 젼(傳)ᄒᆞ니 쇼졔(小姐) ᄎᆞᆨ디 요젹의 흉교(凶狡)ᄒᆞ믈 듯건ᄃᆡ 군ᄌᆞ(君子)의 일월(日月)이 교연(皎然)ᄒᆞᆫ 힝의덕딜(行義德質)노 족히 근심ᄒᆞᆯ ᄇᆡ 아니로ᄃᆡ 녀역(癘疫)[30]이 치셩(熾盛)ᄒᆞᆫ 듕 만니힝도(萬里行途)ᄅᆞᆯ 우려(憂慮)ᄒᆞ믈 마디 아니ᄒᆞ더라. 익일(翌日)의 댱공이 입ᄂᆡ(入內)ᄒᆞ여 녀ᄋᆞ(女兒)의 병상(病狀)을 보아 심니

28 부당(夫黨): 남편과 동성동본인 겨레붙이. 여기서는 정월염의 시댁인 장씨 부중으로 봄.

29 훤당(萱堂): 남의 어머니를 높여 부르는 말. 자당(慈堂).

30 녀역(癘疫): 여역. 돌림으로 앓는 열병을 통틀어 일컫는 말.

(心裏)의 잔인[31] 참도(慘悼)ᄒᆞ니 기리 탄식(嘆息)ᄒᆞ여 왈

"셔랑의 인졍 업ᄉᆞ미 ᄒᆞᆫ갈ᄀᆞᆺ다 ᄒᆞ니 만니 쵹힝의 긔약(期約)이 묘연(渺然)커ᄂᆞᆯ ᄒᆞ믈며 ᄇᆡ톄(配體)의 듕(重)ᄒᆞ미냐 병쳐(病妻)ᄅᆞᆯ ᄒᆞᆫ 번도 고별(告別)치 아니ᄒᆞ니 내 비록 블ᄉᆞᄒᆞ나 져의게 부집존항(父執尊行)[32]

16면 의 쇼댱(少長)이 ᄂᆡ도ᄒᆞ고 친옹의 ᄌᆞ별(自別)ᄒᆞ믈 겸(兼)ᄒᆞ여 옥왜(屋瓦) 샹년(相連)ᄒᆞᆫ 바로 됴모(朝暮)의 샹ᄃᆡ(相對)ᄒᆞ며 셔로 두호(斗護)[33]ᄒᆞ미 올커ᄂᆞᆯ 이 손이 너모 고항(高亢)[34]ᄒᆞ고 방ᄌᆞ(放恣)ᄒᆞ여 ᄉᆞ톄(事體)ᄅᆞᆯ 바히[35] ᄉᆡᆼ각디 아니ᄒᆞ니 날 ᄀᆞᆺᄐᆞᆫ 어룬이야 ᄎᆞᄌᆞ보믈 어이 ᄇᆞ라리오? 금번 쵹힝이 박두(迫頭)ᄒᆞ여시나 내 결단코 몬져 ᄎᆞᆺ디 아니ᄒᆞ리라."

연부인이 참좌문파(參坐聞罷)의 ᄀᆞᆯ오ᄃᆡ

"블연(不然)ᄒᆞ여이다. 졍낭이 빙가(聘家)의 ᄌᆞ최ᄅᆞᆯ 씃쳐시나 이ᄂᆞᆫ 우리 집이 션실기도(先失其道)ᄒᆞ엿ᄂᆞᆫ디라. 여ᄎᆞ(如此)의 우리 ᄌᆞ참(自慙)ᄒᆞ여 허믈을 뉘웃고 죄ᄅᆞᆯ 샤례ᄒᆞ미 올커ᄂᆞᆯ 이제 댱유유셔(長幼有序)ᄅᆞᆯ 등분(等分)ᄒᆞ여 존항(尊行) 친옹(親翁)의 존ᄒᆞ믈 긍과(矜誇)ᄒᆞ여 져 사ᄅᆞᆷ을 ᄎᆡᆨ망(責望)ᄒᆞᆯ ᄇᆡ 아니니이다. 이제 졍낭이 만니 쵹도의 위봉(危鋒)을 므릅뻐 원힝(遠行)이 격(隔)ᄒᆞ여시니 범연ᄒᆞᆫ ᄌᆡ(者)라도 고면(顧眄)ᄒᆞ여 위로(慰勞)ᄒᆞ미 올커ᄂᆞᆯ 상공은 ᄒᆞᆫ갓 댱ᄌᆞ의 톄

---

31 잔인: 장서각본과 규장각본 모두 '잔인'으로 표기했으나 문맥상 '불쌍하고 애처롭다'는 뜻의 '잔잉'으로 봄.

32 부집존항(父執尊行): 아버지의 친구로 아버지와 항렬이 비슷한 어른을 높여 이르는 말.

33 두호(斗護): 남을 두둔하여 보호함.

34 고항(高亢): 교만하여 남에게 굽실거리지 않고 뻐기는 태도가 있음.

35 바히: 바이. 아주, 전혀.

면(體面)을 싱각ᄒᆞ시고 옹셔(翁婿)의 친친디의(親親之義)만 혜아리샤 쇼ᄌᆞ의게 견모(見侮)ᄒᆞ미 무궁(無窮)타가 홀연 금일의 이곳치 언건(偃蹇) 유식 건양ᄒᆞ시미 ᄉᆞᄉᆞ(事事)의 온당(穩當)치 아니ᄒᆞ며 톄면(體面)의 손상(損傷)ᄒᆞ미니 친옹(親翁)이 젼별(餞別)치 아니ᄒᆞ므로 정낭이 스ᄉᆞ로 나아와 뵐 니ᄂᆞᆫ 만무ᄒᆞ고 친옹이 젼별치 아니ᄒᆞ믈 남이 드ᄅᆞ미 괴이히 넉이며 시비(是非)ᄒᆞ여 그ᄅᆞᆫ 거시 나의게 잇고 히로오미 녀ᄋᆞ의게 도라가리니 이ᄂᆞᆫ 다시 취틱(醜態)ᄅᆞᆯ 드러ᄂᆡ미라. 맛당이 친히 나아가샤 졍ᄌᆞᄅᆞᆯ 보아 원힝(遠行)을 젼별ᄒᆞ고 친옹을 권위ᄒᆞ미 올흘가 ᄒᆞᄂᆞ이다." 17면

공(公)이 문파(聞罷)의 부인의 유법(有法)ᄒᆞᆫ 언ᄉᆡ(言辭) 졀졀(節節)이 올흔디라 두 눈을 금젹이며 코흘 디긋거려 일언(一言)을 ᄃᆡ치 못ᄒᆞ더니 냥구(良久)의 길게 한숨디며 왈

"도시 나의 죄과(罪過)어니 쇼ᄌᆞᄅᆞᆯ 어이 칙망ᄒᆞ리오? 옹셔디간(翁婿之間)의 이러틋 상힐(相詰)ᄒᆞ여 어나 시졀의 됴화 보며 녀ᄋᆞ의 병이나 ᄉᆞ라나면 어이 홀고마ᄂᆞᆫ ᄯᆞᆯ이 죽게 될딘ᄃᆡ 옹셔(翁婿)의 졍분(情分)을 가져 부운(浮雲)의 븟치리니 이 마ᄃᆡᄅᆞᆯ 싱각ᄒᆞ면 나의 ᄉᆞ라시미 죽음만 곳디 못ᄒᆞ도다." 18면

언필(言畢)의 상심ᄎᆞ아(傷心嗟訝)ᄒᆞ믈 마디 아니ᄒᆞ더라.

시시(是時)의 졍부 일문(一門)이 모다 니ᄅᆞ러 슌뉴ᄅᆞᆯ 숑별(送別)ᄒᆞᆯᄉᆡ 태부인이 십분 관인(寬忍)ᄒᆞ여 슌뉴의 가ᄂᆞᆫ 심회ᄅᆞᆯ 위로ᄒᆞ며 인신(人臣)이 국ᄉᆞ(國事)ᄅᆞᆯ 당ᄒᆞᄆᆡ ᄌᆞ연 샤가(捨家)ᄒᆞ여 왕ᄉᆞ(王事)의 딘심(盡心)ᄒᆞ미 덧덧ᄒᆞ믈 일ᄏᆞ라 위험디지(危險之地)의 몸을 보듕(保重)ᄒᆞ여 셔쳔을 평뎡(平定)ᄒᆞ고 닙공반샤(立功反師)ᄒᆞ믈 쵹부(囑付)ᄒᆞ

ᄃᆡ ᄌᆞ연이 상니디회(相離之懷)ᄅᆞᆯ 금치 못ᄒᆞ니 슌위 왕모슬젼(王母膝前)의 ᄉᆞ러 교어(敎語)ᄅᆞᆯ 듯ᄌᆞ오ᄆᆡ 상비(傷悲)ᄒᆞ시ᄂᆞᆫ 용의ᄅᆞᆯ 우러러 ᄆᆞᄋᆞᆷ이 더옥 버히ᄂᆞᆫ ᄃᆞᆺᄒᆞ나 쳑안비ᄉᆡᆨ(慽顔悲色)으로ᄡᅧ 존당부모(尊堂父母)의 회포ᄅᆞᆯ 더으미 블가ᄒᆞ여 일양(一樣) 승안화긔(承顔和氣)와 이열(怡悅)ᄒᆞᆫ 셩음(聲音)으로ᄡᅧ 블초ᄅᆞᆯ 셩녀(聖慮)의 거리ᄭᅵ디 마ᄅᆞ시고 관심안강(寬心安康)ᄒᆞ시믈 간졀이 비러 부ᄌᆞ조손(父子祖孫)의 ᄆᆞᄋᆞᆷ이 인인ᄒᆞ며 쳬쳬ᄒᆞ니 ᄎᆞ마 슈히 하딕(下直)을 고치 못ᄒᆞ더니 동방이 댱ᄎᆞ ᄇᆞᆰ기의 밋쳐ᄂᆞᆫ 단봉(丹鳳)[36]의 샤됴(辭朝)[37]ᄒᆞ오미 느ᄌᆞᆯ
19면 디라. 춍망이 니러나 왕모(王母)와 친위(親闈) 슉당 ᄇᆡ례하딕(拜禮下直)ᄒᆞ고 슈슈(嫂嫂)와 졔ᄆᆡ(弟妹)로 더브러 니졍(離情)을 베퍼 셔로 녜ᄒᆞᆯᄉᆡ 소쇼졔 먼니셔 쳔연이 녜ᄒᆞᄆᆡ 슌위 ᄯᅩᄒᆞᆫ ᄉᆞ미ᄅᆞᆯ 드러 답녜(答禮)ᄒᆞᆯ디언졍 구ᄐᆞ여 일언(一言)을 쵹부(囑付)ᄒᆞ미 업ᄉᆞ니 됴부인이 슌유ᄅᆞᆯ 머므러 왈

"ᄌᆡ뵈 금일 왕ᄉᆞ(王事)ᄅᆞᆯ 밧ᄌᆞ와 먼니 가기ᄅᆞᆯ 님ᄒᆞᄆᆡ 셜셜이 규리별회(閨裡別懷)ᄅᆞᆯ 베플믄 업ᄉᆞ나 ᄯᅩᄒᆞᆫ 일언(一言) 브쵹이 업디 아닐 ᄃᆞᆺᄒᆞ거ᄂᆞᆯ 엇디 ᄆᆡ몰ᄒᆞ미 이 ᄀᆞᆺᄐᆞ뇨?"

슌위 공슈ᄃᆡ왈(拱手對曰)

"이 ᄀᆞᆺᄐᆞ여 붓칠 말이 업ᄉᆞ온 바의 존젼(尊前)의셔 ᄉᆞᄉᆞ(私私)로이 니별을 니ᄅᆞ리잇고마ᄂᆞᆫ 존싀(尊嫂) ᄇᆡᆨ모(伯母)ᄅᆞᆯ 봉시(奉侍)ᄒᆞ시ᄆᆡ ᄯᅵᄅᆞᆯ 결을치 못ᄒᆞ실디라. 소시 다ᄅᆞᆫ 소임이 업ᄉᆞ오며 ᄯᅩᄒᆞᆫ 몸의 깃친

36 단봉(丹鳳): '궁궐'을 달리 일컫는 말.

37 샤됴(辭朝): 사조. 관직에 새로 임명된 관원이 부임하기에 앞서 임금에게 하직함을 이르는 말.

병이 잇디 아니ᄒᆞ오니 디아비 먼니 나간 ᄊᆡᄅᆞᆯ 타 ᄌᆞ위(慈闈)ᄅᆞᆯ 밧드러 딘효부(陳孝婦)[38]의 고ᄉᆞ(故事)ᄅᆞᆯ 효측(效則)ᄒᆞ올딘ᄃᆡ 쇼뎨의 ᄉᆞ심(私心)[39]의 다힝치 아니ᄒᆞ리잇가?”

셜파(說罷)의 다시 존당슬젼(尊堂膝前)의 나아가 만슈무강(萬壽無疆)을 츅(祝)ᄒᆞ오ᄆᆡ 젹ᄌᆡ(赤子) ᄌᆞ모(慈母)ᄅᆞᆯ ᄯᅧ남 ᄀᆞᆺᄐᆞ니 쳐ᄉᆡ 경계(警戒)ᄒᆞ여 ᄉᆞ심(私心)을 금억(禁抑)디 못ᄒᆞ여ᄂᆞᆫ 왕ᄉᆞ(王事)의 ᄐᆡ만(怠慢)ᄒᆞ믈 닐너 샤표(謝表)ᄒᆞᆯ ᄊᆡᄅᆞᆯ 어긔오디 말나 ᄒᆞ니 슌위 계슈ᄇᆡ샤(稽首拜謝)ᄒᆞ고 비로소 거ᄅᆞᆷ을 두로혀 밧그로 향ᄒᆞᆯᄉᆡ 길ᄉᆞ 닌명과 닌경·닌웅 등은 시측(侍側)을 ᄇᆡ오디 못ᄒᆞ여 이에셔 분슈(分手)ᄒᆞᄆᆡ 회푀(懷抱) 암암ᄒᆞ며 쳬뤼(涕淚) 산산ᄒᆞ여 보ᄂᆡᄂᆞᆫ ᄆᆞ음과 가ᄂᆞᆫ ᄯᅳᆺ이 다 ᄒᆞᆫ가디로 결울ᄒᆞ니 셜셜이 ᄋᆞ녀의 ᄆᆞ음을 옴겨 공ᄌᆞ 등은 슌유의 ᄉᆞᄆᆡᄅᆞᆯ ᄌᆞᆸ고 낫ᄎᆞᆯ 우러 존뎨ᄅᆞᆯ 보듕ᄒᆞ며 왕ᄉᆞ(王事)의 딘심(盡心)ᄒᆞ샤 요젹을 탕멸(蕩滅)ᄒᆞ고 닙공반샤(立功反師)[40]ᄒᆞ믈 원ᄒᆞ며 슌유ᄂᆞᆫ 졔뎨(諸弟)의 손을 ᄌᆞᆸ고 친위(親闈)[41]ᄅᆞᆯ 봉시(奉侍)ᄒᆞ며 왕모와 슉당을 뫼와 기리 안길(安吉)ᄒᆞ고 반ᄎᆡ(斑彩)의 노ᄅᆞᆷ과 딜츄(跌墜)의

20면

---

38 딘효부(陳孝婦): 진효부. 중국 한(漢)나라 때 사람으로 16세에 시집간 지 얼마 되지 않아 남편이 수자리를 당하여 국경을 지키던 중 죽게 되자 시어머니를 끝까지 책임지고 봉양한 것으로 유명함. 친정 식구들이 그녀에게 개가를 권하자 죽음을 불사하며 반대하고는 끝까지 지극정성으로 시어머니를 모셨다고 함. 《행실도십곡병풍(行實圖十曲屛風)》〈진씨양고(陳氏養姑)〉에 나옴.

39 ᄉᆞ심(私心): 사심. ‘자기의 마음’을 낮추어 일컫는 말.

40 닙공반샤(立功反師): 입공반사. 공을 세운 후 군대를 이끌고 돌아옴.

41 친위(親闈): 부모님이 거처하는 방.

효도[42]를 다ᄒᆞ여 열의(悅意)를 닐위라 ᄌᆡ삼(再三) 당부ᄒᆞ며 무궁ᄒᆞᆫ 뜻을 억졔ᄒᆞ여 일장 분슈의 ᄯᅥᆯ니 달녀 궐하(闕下)의 하딕ᄒᆞᆯᄉᆡ 임의 각부 하리 셩디(聖旨)를 밧드러 ᄒᆡᆼ구(行具)를 쥰비ᄒᆞ엿더라. 샹(上)이 슌유를 인견(引見)ᄒᆞ샤 상방인검(尙方引劍)[43]을 친히 ᄎᆡ오시고 요젹을 탕멸(蕩滅)ᄒᆞ여 셔쳔을 회복ᄒᆞ믈 브쵹(咐囑)[44]ᄒᆞ시미 대원슈(大元帥)의 다ᄅᆞ미 업ᄉᆞ며 졀도ᄉᆞ(節度使) 이하로 위령ᄌᆞ(違令者)를 션참후계(先斬後啓)ᄒᆞ라 ᄒᆞ시고 옥ᄇᆡ향온(玉杯香醞)으로ᄡᅧ 군신(君臣)의 니졍(離情)을 표(表)ᄒᆞ시며 늉늉(隆隆)ᄒᆞᆫ 은우(恩遇)와 당당(堂堂)ᄒᆞᆫ 권툥(權寵)이 ᄒᆞᆫ갓 일신(一身)의 협흡(協洽)ᄒᆞᆯ ᄲᅮᆫ 아니라 당고(當古)[45]의 이 ᄀᆞᆺᄐᆞ미 희한ᄒᆞ니 슌유 블승외람(不勝猥濫)ᄒᆞ여 고샤블감당(固辭不堪當)이러라. 샹이 다시곰 위유(慰諭)ᄒᆞ시고 셔뎡디ᄉᆞ(庶政之事)를 잠간 논문(論問)ᄒᆞ신ᄃᆡ 슌유 계슈(稽首)ᄒᆞ며 일일히 ᄃᆡ쥬(對奏)ᄒᆞᆯᄉᆡ 상활(爽活)ᄒᆞᆫ 담논(談論)은 창ᄒᆡ(滄海) 도도(滔滔)ᄒᆞ며 광달(曠達)ᄒᆞᆫ 금회(襟懷)[46]ᄂᆞᆫ 만니댱텬(萬里長天)을 닷근 ᄃᆞᆺᄒᆞ니 그 말ᄉᆞᆷ을 드러오ᄆᆡ 흉금(胸襟)이 개활(開豁)ᄒᆞ고 심졍이 샹쾌ᄒᆞᆫ디라. 좌우졔신(左右諸臣)이 막블션탄(莫不羨嘆)ᄒᆞ여 귀를 기우리며 안ᄉᆡᆨ(顏

21면

42 반ᄎᆡ(斑彩)의 노롬과 딜츄(跌墜)의 효도: 춘추시대 초(楚)나라 사람인 노래자와 관련된 고사. 효성으로 어버이를 섬겨 70세의 나이에도 항상 색동옷을 입고, 어린아이처럼 걷다가 일부러 넘어져 우는 놀이를 하여 부모를 기쁘게 했다는 데서 비롯함.

43 상방인검(尙方引劍): 임금이 병마를 통솔하는 장수에게 주던 검으로, 이것을 갖고 있으면 명령을 어긴 자를 상부에 보고하지 않고도 그 즉시 죽일 수 있는 권한을 부여받았음.

44 브쵹(咐囑): 부촉. 부탁하여 맡김.

45 당고(當古): 예전과 지금.

46 금회(襟懷): 마음속 깊이 품은 회포.

色)을 곳치디 아니리 업ᄉᆞ니 샹이 대열(大悅)ᄒᆞ샤 대신 졔ᄌᆡ롤 도라보아 ᄀᆞᆯ오샤ᄃᆡ

"딘실노 왕좌디ᄌᆡ(王佐之材[47])로다."

ᄒᆞ시고 다시 젼교왈(傳敎曰)

"졍쳐ᄉᆞ 운계의 만고일졀(萬古一節)을 딤(朕)이 슉야ᄉᆞ모(夙夜思慕)ᄒᆞᄃᆡ 능히 긔산고의(箕山高義[48])롤 두로혀디 못ᄒᆞ믈 신셕(晨夕)의 챵한(悵恨)ᄒᆞ더니 이졔 쳬찰과 슌유 ᄀᆞᆺ튼 ᄋᆞ돌노뼈 딤의 부덕(不德)을 도으니 명실(明室)의 힝(幸)과 싱민(生民)의 복(福)을 엇디 다 니ᄅᆞ리오? 딤이 능히 션싱을【운계롤 놉히 일ᄏᆞᄅᆞ시미니라】 닐위여 믁ᄌᆡ와 뉵쳥의 동냥디ᄌᆡ(棟梁之材[49])롤 일ᄏᆞ라 니ᄅᆞ디 못ᄒᆞᄂᆞ니 이졔 향온(香醞)과 찬션(饌饍)을 보ᄂᆡ여 가국(家國)의 대경(大慶)과 공ᄉᆞ(公私)의 긔힝(奇幸)이 이에 더으미 업ᄉᆞ므로 칭하ᄒᆞ리라." 22면

ᄒᆞ시니 졔신(諸臣)이 셩의디당(聖意至當)ᄒᆞ시믈 쥬(奏)ᄒᆞ며 슌위 더옥 황감블승(惶感不勝)이라가 일식(日色)이 느즈므로 옥폐(玉幣)롤 ᄇᆞ라 산호만셰(山呼萬歲[50])ᄒᆞ여 ᄇᆡ샤이퇴(拜謝而退)홀ᄉᆡ 호통(號筒[51]) 삼

---

47 왕좌디ᄌᆡ(王佐之材): 왕좌지재. 임금을 도울 재목. 왕을 보필할 만한 인재.

48 긔산고의(箕山高義): 기산고의. 요임금이 허유에게 왕위를 물려주려 하자 귀가 더럽혀졌다고 영천에서 귀를 씻은 후 기산으로 들어가서 은거했다는 데서 유래함.

49 동냥디ᄌᆡ(棟梁之材): 동량지재. '마룻대와 들보로 쓸 만한 재목(材木)'이라는 뜻으로, 국가의 중대한 임무를 맡길 만한 훌륭한 인재를 일컫는 말.

50 산호만셰(山呼萬歲): 산호만세. 나라의 큰 의식에 황제나 임금의 축수를 표하기 위해 신하들이 두 손을 치켜들고 '만세' 또는 '천세'를 일제히 외치던 일을 말함.

51 호통(號筒): 군중(軍中)에서 불어 호령을 전달하는 데 쓰는 악기.

ᄎᆞ(三次)의 휘동졀월(麾動節鉞)[52]ᄒᆞ여 셔로(西路)로 나아가니 샹이 만됴문무(滿朝文武)ᄅᆞᆯ 명ᄒᆞ샤 교외(郊外)에 젼별케 ᄒᆞ시니 만마쳔승(萬馬千乘)이 십니의 ᄇᆡ봉(拜奉)ᄒᆞ여 금병을 ᄎᆞ고 옥ᄇᆡ(玉杯)ᄅᆞᆯ 젼ᄒᆞ여 셔로 강촌의 구ᄅᆞᆷ 장막은 뫼흘 두로며 안개 ᄎᆞ일(遮日)[53]은 하날을 덥허시니 예ᄉᆞ 안무 슌뉴의 힝게(行車) 아니라 상방인검을 밧ᄌᆞ와 총독·병마ᄉᆞᄅᆞᆯ 겸ᄒᆞ여 뎡토(征土) 대원슈(大元帥)의 위의(威儀) 잇ᄂᆞᆫ디라. ᄒᆞ
23면 믈며 그 사ᄅᆞᆷ되오미 ᄒᆞᆫ갓 두랑(杜郞)[54]의 풍ᄎᆡ(風采) ᄲᆞ혀나 옥ᄀᆞᆺ치 곱고 ᄭᅩᆺᄀᆞᆺ치 빗나ᄆᆡ 잇디 아니ᄒᆞ여 상뫼(相貌) 비상(非常)ᄒᆞ며 신ᄎᆡ(身彩) 긔이ᄒᆞ니 딘짓 댱상디ᄌᆡ(將相之材)라 ᄒᆞᆫ번 ᄧᅵᆼ긔ᄆᆡ 만방(萬邦)을 화(和)ᄒᆞᆯ 긔상이 이시니 엇디 당종(唐宗)[55]의 텬일디표(天日之表)[56]와 하

52 휘동졀월(麾動節鉞): 휘동절월. 지휘하여 절월을 움직임. 여기서 절월은 옥절(玉節)과 부월(斧鉞). 옥절은 높은 벼슬아치에게 증표로 주던 깃발이며, 부월은 의장용(儀仗用) 도끼로 생살권을 상징함.

53 ᄎᆞ일(遮日): 차일. 햇볕을 가리기 위해 치는 포장.

54 두랑(杜郞): 당나라 때 이름난 신하인 두목(杜牧)을 말함. 자(字)는 목지(牧之). 호(號)는 번천(樊川). 시부(詩賦)에 능하고 풍류와 아량이 있었음. 두목이 양주에 부임했을 때 기생들 사이에 이름이 높았는데 그가 술에 취해 양주 거리를 지나가면 그를 좋아하는 기생들이 그에게 귤을 던져 그가 탄 수레에 금세 가득 찼다고 함.

55 당종(唐宗): 당나라 제2대 황제인 당 태종을 말함. 이름은 이세민. 수(隋)나라 말에 아버지인 당 고조 이연을 도와 당나라를 세우고 중국을 통일함. 제위에 오른 다음 연호를 정관(貞觀)으로 고쳤으며 과거제를 실시하여 인재를 양성했고, 균전제를 비롯해 조용조, 부병제와 같은 세제, 병제를 실시하여 율령격식을 완성함. 또한 양제의 실패를 거울삼아 당시 간언을 잘했던 위징 등의 의견을 받아들여 공정한 정치에 힘씀. 이러한 그의 치세는 '정관지치(貞觀之治)'라 칭송받으며 후대 제왕의 모범이 되었음.

56 텬일디표(天日之表): 천일지표. 하늘의 해와 같은 모습으로 곧 제왕(帝王)의 얼굴을 뜻함. 《당서(唐書)》 〈태종본기〉의 "용과 봉황 같은 자태와 해와 같은 모습(龍鳳之姿 天日之表)"에서 나옴.

우(夏虞)[57]의 구쳑신(九尺身)을 우러디 못ᄒᆞ리오? 만됴문무(滿朝文武)의 풍ᄎᆡ쳑탕(風采滌蕩)ᄒᆞ며 용뫼 미려(美麗)ᄒᆞᆫ ᄌᆡ ᄒᆞ나둘히 아니로ᄃᆡ 졍듁쳥이 좌샹(座上)의 님ᄒᆞᄆᆡ 뎡히 태양이 승됴(昇朝)ᄒᆞᆷ ᄀᆞᆺᄐᆞ니 ᄉᆞᄒᆡ팔황(四海八荒)이 광화(光華)ᄒᆞ고 명월(明月)이 승텬(昇天)ᄒᆞᆷ ᄀᆞᆺᄐᆞ니 일빵이 쇠잔(衰殘)ᄒᆞᆫ ᄃᆞᆺ 오작(烏鵲)의 봉황이 셧기며 구체(狗彘)의 교룡이 셧디은 ᄃᆞᆺ 듕인(衆人)이 ~~용용쇽~~미(庸庸俗微) 아니로ᄃᆡ 능히 그 셰간의 쑷쳐디고 텬디(天地)의 비ᄒᆞᆯ 긔딜(氣質)을 밋디 못ᄒᆞᆯ ᄇᆡ로ᄃᆡ 오딕 그 디친형뎨(至親兄弟) 방블상ᄉᆞ(髣髴相似)ᄒᆞ며 그 디긔디우(知己之友) ᄉᆞ오인이 의회ᄒᆞ여 밋촐 ᄃᆞᆺᄒᆞ더라.

ᄶᅵ의 셩암션ᄉᆡᆼ 소위공이 임의 됴졍(朝庭)을 하딕ᄒᆞᆫ ᄃᆡ 오란 바로 셰ᄉᆞ(世事)의 번거ᄒᆞ믈 피ᄒᆞ던 ᄇᆡ로ᄃᆡ 오날ᄂᆞᆯ 이에 니ᄅᆞ러 슌유ᄅᆞᆯ 젼별 24면
(餞別)ᄒᆞᆯᄉᆡ 잔을 잡고 시(詩)ᄅᆞᆯ 읇허 권권츅츅ᄒᆞ니 ᄒᆞᆫ귀 글의 오딕 문인ᄌᆡᄉᆞ(文人才士)의 음풍영월(吟風詠月)ᄒᆞ미 아니오 댱시의 위질(危疾)을 초려(焦慮)ᄒᆞ여 침식(寢食)을 폐(廢)ᄒᆞ기의 밋ᄎᆞᄃᆡ 금일(今日) 슌유의 ᄒᆡᆼ되(行途) 국ᄉᆡ(國事)믈 인ᄒᆞ여 ᄉᆞᄉᆞ우고(私私憂苦)ᄅᆞᆯ 빗최여 일ᄏᆞᆺ디 아니ᄒᆞ니 슌위 하셕ᄇᆡ슈(下席拜受)ᄒᆞ며 공경(恭敬)ᄒᆞ여 잔을 밧ᄌᆞᆸ고 글을 드ᄅᆞᄆᆡ 인ᄒᆞ여 ᄎᆞ운(次韻)ᄒᆞ니 강하의 너ᄅᆞᆫ 문댱과 우쥬의 ᄇᆞᆰ은 튱의(忠義) 더옥 빈빈슉슉(彬彬肅肅)ᄒᆞᆫ디라. 듕인(衆人)이 복복경앙(僕僕敬仰)ᄒᆞ며 이슉과 소위공이 ᄒᆞᆫ가디로 아ᄅᆞᆷ다오

---

57 하우(夏虞): 하(夏)나라의 시조인 우(禹)임금을 말함. 오제(五帝) 중 한 명인 전욱의 손자이며 치수에 실패하여 순(舜)에게 우산(羽山)으로 추방당한 곤(鯀)의 아들임. 요임금 때 대홍수가 발생하자 당시 섭정하고 있던 순(舜)의 명령으로 황하의 치수를 맡았다고 함. 순임금이 죽은 후에 그 뒤를 계승하여 나라 이름을 하(夏)로 개명했다 함.

믈 니긔디 못ᄒᆞ더니 일ᄉᆡᆨ(日色)이 셔령(西嶺)의 디ᄆᆡ 만됴딘신(滿朝縉紳)이 거의 다 드러가고 이공과 소위공이 ᄯᅩᄒᆞᆫ 술위ᄅᆞᆯ 두로혈ᄉᆡ 슉딜구ᄉᆡᆼ(叔姪舅甥)의 원니디졍(遠離之情)이 의의창창(依依愴愴)ᄒᆞ여 슌유ᄂᆞᆫ 이공의 술위 앏히 졀ᄒᆞ기ᄅᆞᆯ 당ᄒᆞ여 동용변ᄉᆡᆨ(動容變色)ᄒᆞ며 계오 함톄(含涕)ᄒᆞ믈 면(免)ᄒᆞᄃᆡ 이공은 츄연동ᄉᆡᆨ(惆然動色)ᄒᆞ여 별뉘(別淚) ᄠᅥ러디믈 면(免)치 못ᄒᆞ니 다만 원노위디(遠路危地)의 무ᄉᆞ
25면 득달(無事得達)ᄒᆞ여 국ᄉᆞ(國事)ᄅᆞᆯ 션치(善治)ᄒᆞ고 슈히 도라오믈 당부ᄒᆞ며 슌유ᄂᆞᆫ 기리 안슌만강(安順萬康)ᄒᆞ시믈 쳥ᄒᆞ여 냥졍이 근근쳬쳬ᄒᆞᄃᆡ 시러곰[58] 머므디 못ᄒᆞ여 길흘 난호ᄆᆡ 디우(知友) ᄉᆞ오인과 학ᄉᆞ 등 삼곤계(三昆季) 졍긔ᄅᆞᆯ ᄯᆞ라 강촌(江村)을 디나 셔관의 슉쳐(宿處)ᄒᆞᆯᄉᆡ 의의ᄒᆞᆫ 심ᄉᆞ와 울울ᄒᆞᆫ 회푀 능히 ᄌᆞᆷ들기ᄅᆞᆯ 엇디 못ᄒᆞ여 ᄒᆞᆫ갓 벼개ᄅᆞᆯ 년ᄒᆞ여 초창(怊悵)ᄒᆞ믈 마디 아니ᄒᆞ더니 이윽고 관듕의 효괴(曉鼓) 동ᄒᆞ고 촌가(村家)의 ᄃᆞᆰ이 ᄉᆡ비ᄅᆞᆯ 보(報)ᄒᆞᄆᆡ 부하 쇼쇽이 발셔 ᄒᆡᆼ거(行車)ᄅᆞᆯ ᄃᆡ후(待候)ᄒᆞ엿ᄂᆞᆫ디라. 이에셔 분슈(分手)ᄒᆞᄂᆞᆫ 졍이 ᄎᆞ아(嗟訝)ᄒᆞ여 ᄎᆞᆯ하리 작일(昨日) 강촌의셔 니별ᄒᆞᆷ만 ᄀᆞᆺ디 못ᄒᆞ거ᄂᆞᆯ 울울함쳑(鬱鬱含慽)의 ᄎᆞ마 분슈치 못ᄒᆞ여 디지(遲遲)ᄒᆞᄃᆡ ᄯᅩᄒᆞᆫ 마디 못ᄒᆞᆯ디라. 휘루(揮淚) 슈항(數行)의 ᄒᆞᆯ연(歘然)이 욕곡(欲哭)이 블가(不可)오 욕읍(欲泣)이 근어부인(近於夫人)이믈 셔로 닐너 심ᄉᆞᄅᆞᆯ 관인(寬忍)ᄒᆞ여 슌유ᄂᆞᆫ 졀월(節鉞)을 두로혀 셔(西)흐로 향ᄒᆞ며 학ᄉᆞ 등은 안마(鞍馬)ᄅᆞᆯ ᄌᆡ쵹ᄒᆞ여 앏흘 나아가ᄃᆡ 셔로 회두고면(回頭

58 시러곰: 능히.

顧眄)ᄒᆞ여 십니의 긋치디 아니ᄒᆞ더라. 이ᄢᅴ 학ᄉᆞ 졍닌흥 등 삼곤계 슌 26면
유 ᄇᆡ별(拜別)ᄒᆞᆫ 후 인ᄒᆞ여 부듕(府中)의 도라오ᄆᆡ 태부인이 블승상비(不勝傷悲)ᄒᆞ여 쳑연하루(慽然下淚) 왈

"여등(汝等) 삼인(三人)이 광ᄋᆞ로 더브러 딘퇴(進退)의 다ᄅᆞ미 업셔 앗촘이 되면 옥누(玉樓)의 됴참(朝參)ᄒᆞ고 져녁의 도라오ᄆᆡ 기러기 날개ᄅᆞᆯ 년ᄒᆞ여 군죵형뎨(群從兄弟) ᄒᆞᆫ가지로 노모(老母)ᄅᆞᆯ 보니 ᄆᆞ옴이 흡연(洽然)ᄒᆞ여 즐거오믈 당ᄒᆞᆫ ᄃᆞᆺ ᄇᆡᄋᆞ의 부ᄌᆞᄅᆞᆯ 도로혀 니ᄅᆞ미 되엿더니 이졔 광ᄋᆡ 먼니 가기ᄅᆞᆯ 당ᄒᆞ여 신슈구환이 아오로니 창연비울(愴然悲鬱)ᄒᆞ믈 억졔치 못ᄒᆞ리로다."

이공과 삼공ᄌᆡ 됴흔 말숨으로 간위(懇慰)ᄒᆞ여 일시 니졍이 ᄎᆞ아ᄒᆞ나 도라오ᄂᆞᆫ 날의 빗나며 효도(孝道)로오믄 니별이 업던 바의 비치 못ᄒᆞᆯ 바ᄅᆞᆯ 일ᄏᆞᆺ고 쳐ᄉᆡ 셩은(聖恩)의 늉흡(隆洽)ᄒᆞ시므로 치위(致慰)ᄒᆞ시ᄂᆞᆫ 젼교(傳敎)ᄅᆞᆯ 밧ᄌᆞ오ᄆᆡ 더옥 블안황툭(不安惶蹴)ᄒᆞ여 딘실노 영광(榮光)을 블원(不願)ᄒᆞᄂᆞᆫ 바와 부귀ᄅᆞᆯ 부운ᄀᆞᆺ치 넉이ᄂᆞᆫ 바의 듕ᄉᆡ
(中使) 문(門)의 님ᄒᆞ며 셩괴(聖教) ᄌᆞ긔의게 밋ᄎᆞ믈 만만블열(萬萬 27면
不悅)ᄒᆞ고 뉼뉼(慄慄)이 두리오나 ᄌᆞ졍(慈庭)의 우상(憂傷)ᄒᆞ시믈 민황초박(憫惶焦迫)ᄒᆞ여 도로혀 호상쾌활(豪爽快活)ᄒᆞ미 그 셰샹의 거리ᄭᅵᄂᆞᆫ 거시 업ᄉᆞ며 다ᄃᆞᆺ디 아닌 일을 근심ᄒᆞ미 업ᄂᆞᆫ ᄃᆞᆺ 화(和)ᄒᆞᆫ 낫빗과 브드러온 셩음(聲音)으로ᄡᅧ ᄌᆞ졍(慈庭)의 깃그시믈 요구ᄒᆞ여 ᄇᆡᆨ가디 근심을 쳑탕(滌蕩)ᄒᆞ고 어샤(御賜)ᄒᆞ신 찬션(饌膳)과 향온(香醞)을 가져 일개(一家) ᄒᆞᆫ 당의 모다 망궐샤은(望闕賜恩)하며 셔로 맛보아 흔희쾌열(欣喜快悅)ᄒᆞ미 셩권(聖眷)과 은툥(恩寵)을 즐겨 흠 ᄀᆞᆺᄐᆞ여 힝혀도 ᄌᆞ젼의 우젼의 우식(憂色)을 낫토디 아니ᄒᆞ니 ᄋᆞᄌᆞᄅᆞᆯ 위

ᄒᆞ여 ᄎᆞ아ᄒᆞᆫ 회포를 도로혀 모로ᄂᆞᆫ ᄃᆞᆺᄒᆞᆫ더라. 일노조ᄎᆞ 합문제인(闔門諸人)이 슌유의 ᄒᆡᆼ역디고(行役之苦)와 위봉디강(危逢之强)을 태부인 면젼의셔 일ᄏᆞᆺ디 아니ᄒᆞ고 태뎐의 봉시(奉侍)ᄒᆞᆫ족 군죵형뎨(群從兄弟) 셔로 희희(戱諧)를 방셜(放說)ᄒᆞ여 능변활논(能辯活論)과 긔이아담(奇異雅談)이 ᄀᆞᆺ치디 아니ᄒᆞ니 사ᄅᆞᆷ이 ᄒᆞᆫ번 드ᄅᆞᄆᆡ ᄇᆡᆨ우(百憂)를 소셕(消釋)ᄒᆞ고 만녀(萬慮)를 쳑탕(滌蕩)ᄒᆞᆯ ᄇᆡ로ᄃᆡ 태부인이 졔쇼

28면 년의 취회(聚會)ᄒᆞᄆᆞᆯ 보면 더옥 뎨찰과 슌유를 ᄉᆞ렴(思念)ᄒᆞ미 일일심졀(日日深切)ᄒᆞ여 상심비도(傷心悲悼)ᄒᆞᄆᆞᆯ 니긔디 못ᄒᆞ나 쳐ᄉᆞ의 우민(憂悶)ᄒᆞᄆᆞᆯ 도라보아 스ᄉᆞ로 관인활히(寬忍濶解)ᄒᆞᄃᆡ ᄯᅩᄒᆞᆫ 당시의 병을 우려ᄒᆞ여 슈미(愁眉)를 펴디 못ᄒᆞ니 쳐ᄉᆡ ᄒᆞᆫ갈ᄀᆞᆺ치 이졍낙ᄉᆡᆨ(怡情樂色)으로 간위(懇慰)ᄒᆞ고 위열(爲悅)ᄒᆞ며 당시의 병이 비록 위듕ᄒᆞ나 오히려 삼츈이 져므디 아냐 소향 쇄옥디탄이 잇디 아닐 바를 일ᄏᆞᆺ고 ᄌᆞ긔ᄂᆞᆫ 오딕 ᄋᆞ부(我婦)의 딜환(疾患)이 오ᄅᆡᄆᆞᆯ 근심ᄒᆞᆯᄃᆡ 언졍 ᄉᆞᄉᆡᆼ(死生)을 가져 우려ᄒᆞᄂᆞᆫ ᄯᅳᆺ이 업ᄉᆞᆷ과 그 잉신(孕娠) 칠팔 삭(朔)이ᄆᆞᆯ 알외여 우으며 ᄀᆞᆯ오ᄃᆡ

"져져와 은ᄇᆡᆨ 등이 ᄆᆡ양 광ᄋᆞ를 보ᄎᆡ여 궁상으로 밀위고 ᄉᆡᆼ산(生産)의 길히 아득다 ᄒᆞ여 졔 ᄯᅳᆺ을 엿보더니 이졔 식뷔(息婦) 슈삭(數朔)이 디나면 ᄒᆡ만(解娩)ᄒᆞ미 잇ᄉᆞ리니 광ᄋᆞ의 ᄌᆞ경이 ᄀᆞᆺᄐᆞ여 완만(緩慢)치 아니ᄒᆞ도소이다."

태부인이 경희ᄎᆞ열(慶喜且悅)ᄒᆞ여 왈

"향ᄌᆞ(向者)의 오ᄋᆡ【쳐ᄉᆞ를 니ᄅᆞ미라】 니시부【뎨찰 부인】ᄂᆞᆫ 잉틔(孕胎) 늑칠 삭이니 반ᄃᆞ시 계츄(季秋)의 분ᄒᆞᆯ 거시오 광ᄋᆞᄂᆞᆫ 명츈간(明春

29면 間) ᄌᆞ녀를 보리라 ᄒᆞ거ᄂᆞᆯ 내 니시의 잉신(孕身)ᄒᆞᄆᆞᆯ 긔ᄒᆡᆼ(奇幸)ᄒᆞ여

시나 광ᄋᆞ의 ᄌᆞ녀ᄅᆞᆯ 슈히 두믄 신연(信然)치 아니ᄒᆞ엿더니 범ᄉᆡ(凡事) 오ᄋᆞ의 혬 밧긔 나디 아니ᄒᆞ도다. 연이나 엇디 광ᄋᆡ 가기 젼의 이런 말을 닐너 알게 아니 ᄒᆞ뇨? 원간 ᄉᆞᄉᆞ로 디긔(知機)ᄒᆞ미 잇던가 ᄒᆞ노라."

쳐ᄉᆡ ᄃᆡ왈(對曰)

"엇디 광ᄋᆞ다려 이 말을 닐너 알게 ᄒᆞ디 아니ᄒᆞ리잇고마ᄂᆞᆫ 셔쳔 소위 공이 댱시의 ᄋᆡᆨ회(厄會) 비상(非常)ᄒᆞ다 ᄒᆞ여 ᄎᆞ시(此時)의 그 부뷔 아득히 원니(遠離)ᄒᆞ여 ᄉᆞᄉᆡᆼ(死生)을 녀렴(慮念)ᄒᆞ므로뼈 ᄋᆡᆨ경(厄境)을 소멸ᄒᆞ미 올타 ᄒᆞ와 식부(息婦)의 유신(有娠)ᄒᆞ믈 광ᄋᆡ 알게 말나 ᄒᆞ오니 쇼ᄌᆡ 그런 일을 블관(不關)이 넉이오나 이 곳 댱ᄌᆞ의 명(命)이오 소공이 또 범범ᄒᆞᆫ 술ᄉᆞ(術士)의 작법(作法)ᄒᆞᄂᆞᆫ 망탄ᄒᆞᆫ ᄌᆡ(者) 아니오라 학문도덕(學問道德)이 딘슉(振肅)ᄒᆞ여 우흐로 텬문(天文)으로 통(通)ᄒᆞ며 아ᄅᆡ로 디리(地理)ᄅᆞᆯ 달(達)ᄒᆞ고 ᄀᆞ온ᄃᆡ로 만믈디니(萬物之理)ᄅᆞᆯ ᄉᆞ못ᄎᆞ ᄇᆞᆰ으미 당금(當今)의 ᄧᆞᆨᄒᆞ리 업ᄉᆞ오ᄃᆡ 국초(國初)의 뉴셩의【셩의ᄇᆡᆨ 뉴긔라】 비록 춍명민달(聰明敏達)ᄒᆞ나 맛ᄎᆞᆷ
ᄂᆡ 셩문의 대도(大道)ᄅᆞᆯ 엇디 못ᄒᆞ며 녕특ᄒᆞᆫ ᄌᆡ조(才調)로뼈 •도로혀 30면
술ᄉᆞ(術士)의 갓가오믈 소공이 개연위탄(慨然慰嘆)ᄒᆞ여 상히 니ᄅᆞᄃᆡ 소강졀【명은 옹이니 강졀은 별호라】 션ᄉᆡᆼ이 텬디도슈(天地度數)ᄅᆞᆯ 통ᄒᆞ여 화조 ᄉᆡ소ᄅᆡ의 듕원(中原)이 이젹(夷狄)의 더러이믈 짐작ᄒᆞᆯ디언졍 능히 휘흠(徽欽)【송(宋)나라 텬ᄌᆞ(天子) 휘종(徽宗)·흠종(欽宗)】의 굴욕(屈辱)ᄒᆞ믈 방어(防禦)치 못ᄒᆞ다 ᄒᆞ여 ᄌᆞ긔의 아ᄂᆞᆫ 바ᄅᆞᆯ 낫타ᄂᆡ믈 아쳐ᄒᆞᄂᆞᆫ ᄇᆡ로ᄃᆡ 식부(息婦)의 병을 보미ᄂᆞᆫ ᄇᆡᆨ분우려(百分憂慮)ᄒᆞ고 그 ᄋᆡᆨ슈(厄數)ᄅᆞᆯ 졔방(除防)치 아니치 못ᄒᆞ리라 ᄒᆞ여 몬져 쥬셩(主星)의 졍휘(精輝)ᄅᆞᆯ 덜며 잉신(孕娠)ᄒᆞᆯ 길긔(吉期)ᄅᆞᆯ 업시

ᄒᆞ여 광ᄋᆞ와 댱시의 쥬셩이 다 웅비(熊羆)의 샹셔(祥瑞)롤 씌인 거술 즈로 눌너 금초미 오리다 ᄒᆞ옵거놀 쇼지 과연 셩슈(星數)롤 솔피온즉 ᄀᆞ장 미묘(微妙)ᄒᆞ여 져희 쥬셩을 알 길히 업ᄉᆞᄃᆡ 오딕 니(理)롤 궁구(窮究)ᄒᆞ와 다ᄒᆞᆺ디 아니ᄒᆞᆫ 바의 잠간 혜아리미 잇솝ᄂᆞᆫ 고로 냥부(兩婦)의【니시·댱시】 유신(有娠)ᄒᆞ믈 몬져 디긔(知機)ᄒᆞ미 잇솝거니와 광ᄋᆞᄂᆞᆫ 건슈(乾數)롤 통(通)ᄒᆞ고 슈학(修學)의 브죡디 아니ᄒᆞ오나 그 쥬셩을 본즉 반ᄃᆞ시 위틱ᄒᆞᆯ가 넉이리이다."

31면 태부인이 희이졈두(喜而點頭)ᄒᆞ며 경힝ᄎᆞ열(慶幸且悅)ᄒᆞ미 오히려 니시의 틱신디경(胎娠之慶)을 듯던 바의 더은 ᄃᆞᆺᄒᆞ니 이ᄂᆞᆫ 태우의 금슬을 념녀(念慮)ᄒᆞ고 장시의 병셰롤 아쳐ᄒᆞ미러라. 경조와 쇼뷔 비로소 댱시의 복경(福慶)을 드러 흔심만열(欣心滿悅)ᄒᆞ미 친ᄌᆞ부(親子婦)의 감(減)치 아닌디라. ᄌᆡ삼(再三) 긔힝(奇幸)ᄒᆞ믈 칭하(稱賀)ᄒᆞ며 우어 왈

"원간 형댱이 방술잡법(方術雜法)을 피ᄒᆞ시더니 댱시의 병의 다ᄃᆞ라ᄂᆞᆫ 소위공의 ᄒᆞᄂᆞᆫ ᄃᆡ로 바려두시고 ᄌᆡ보다려도 안히 유신(有娠)ᄒᆞ믈 니ᄅᆞ디 아니시니 대져 그 부치 일을 그ᄃᆡ도록 ᄒᆡ로이 아든 아니ᄒᆞ다소이다."

쳐시 역쇼왈(亦笑曰)

"소위공의 말숨을 듯건ᄃᆡ 음양(陰陽)의 디이 ᄌᆡ화(災禍)와 흉운패살(凶運悖殺)을 능히 소삭ᄒᆞ리라 ᄒᆞ시니 이 부치 일이 비록 묘ᄆᆡ(杳昧)ᄒᆞ여 군ᄌᆞ(君子)의 취신(取信)ᄒᆞᆯ ᄇᆡ 아니나 또 ᄌᆞ고(自古) 셩현(聖賢)도 혹 힝ᄒᆞ신 ᄇᆡ라 굿ᄐᆞ여 나의 본쁫이 아니로ᄃᆡ 일편도이 ᄇᆞ릴 ᄇᆡ 아니오 희경(喜慶)을 츄슈(追隨)ᄒᆞ니 또ᄒᆞᆫ 응(應)ᄒᆞ미 이러ᄐᆞᆺ ᄒᆞ고 존

당ᄌᆞ의 말솜을 슌(順)ᄒᆞ여 고집(固執)을 두디 아니ᄒᆞ미로다."
이공이 역연칭가(亦然稱可)ᄒᆞ며 상부인이 댱시의 복경(福慶)을 신긔 32면
롭고 두굿겨 환힝ᄒᆞ미 무궁ᄒᆞᆫ디라. 이에 화부인을 도라보니 오딕 승
안 화긔 짜롬이오 각별이 흔희열열(欣喜悅悅)ᄒᆞ미 업거놀 우음을 띄
여 문왈(問曰)
"현뎨(賢弟)ᄂᆞᆫ 댱시의 유신(有娠)ᄒᆞ믈 몬져 디긔(知機)ᄒᆞ미 잇던가?
어이 신연이 희환(喜歡)ᄒᆞ미 업ᄂᆞ뇨?"
부인이 ᄃᆡ왈(對曰)
"쳡이 셩이 우소(迂疏)[59]ᄒᆞ며 몽완ᄒᆞ여 관쳥(觀聽)의 요동(搖動)ᄒᆞ미
업ᄉᆞ니 미리 알오미 아니로소이다."
상부인이 쇼왈(笑曰)
"겸양(謙讓)으로뼈 허언을 ᄒᆞ디 말나. 샤뎨와 현ᄆᆡᄂᆞᆫ 발셔 디긔(知機)
ᄒᆞᄂᆞᆫ 거동이라. 딜녜 쏘ᄒᆞᆫ 모로디 아닐 거시로ᄃᆡ 향일(向日) 이에 와
날을 ᄃᆡᄒᆞ여도 일졀 ᄉᆞ식(辭色)디 아니ᄒᆞ니 대져 닌광으로 ᄒᆞ여곰 아
디 못ᄒᆞ게 ᄒᆞ미어니와 날을 마ᄌᆞ 긔(欺)이믄 므ᄉᆞᆫ 쯧이런고?"
쳐시 함쇼왈(含笑曰)
"져져(姐姐)ᄂᆞᆫ 남의 ᄌᆞ뷔(子婦) 미려(美麗)홈만 보셔도 복통(腹痛)ᄒᆞ
시니 ᄒᆞ믈며 웅비롤 쑴ᄭᅮ어 쥬종의 창셩(昌盛)ᄒᆞ믈 드ᄅᆞ시면 더옥 블
열(不悅)ᄒᆞ시리니 엇디 긔휘(忌諱)ᄒᆞ염 즉디 아니ᄒᆞ리잇가?"
상부인이 대쇼왈(大笑曰) 33면

59 우소(迂疏): 세상의 형편이나 인심에 어두워서 하는 일이 재빠르지 못하고 더딤.

“원앙(怨怏)ᄒᆞᆫ 말 ᄒᆞ디 말나. 내 어이 졔딜의 부부ᄅᆞᆯ 친ᄌᆞ부(親子婦)와 달니 알오미 이셔 그 미려(美麗)ᄒᆞ믈 복통(腹痛)ᄒᆞ리오? 현뎨(賢弟)야 딘짓 나의 ᄂᆡ외손(內外孫)의 번셩(繁盛)ᄒᆞ믈 복통ᄒᆞ더라.”

ᄒᆞ니 쳐ᄉᆡ 미급ᄃᆡ(未及對)의 경조공이 미염(美髥)을 어로만디며 쇼왈(笑曰)

“졔ᄉᆡᆼ십ᄌᆞ(諸生十子)의 동부동(動不同)이오 호ᄉᆡᆼ일ᄌᆞ(豪生一子)의 당국쥰(當國俊)이라. 져져의 ᄂᆡ외졔손(內外諸孫)이 비록 층층번셩(層層繁盛)ᄒᆞ나 굿ᄐᆞ여 보암 즉디 아니ᄒᆞ니 므어시 ᄇᆞ러워 복통ᄒᆞ도록 ᄒᆞ리잇가? 쇼뎨ᄂᆞᆫ 뼈 ᄒᆞᄃᆡ 나의 신손강뵈(神孫襁褓) 져져의 만흔 손ᄋᆞ(孫兒)ᄅᆞᆯ 압두(壓頭)ᄒᆞᆯ가 ᄒᆞᄂᆞ니 ᄒᆞ믈며 현보 등의 긔특홈과 몽농의 비상ᄒᆞ미니잇가? 져져의 복통이 어ᄃᆡ 가고 업ᄉᆞ며 쵸귤이 화(化)ᄒᆞ여 졔감이 되미 아니면 져져의 ᄐᆡ교(胎敎)ᄒᆞ신 바의 ᄌᆞ손이 엇디 용용 범ᄒᆞ리잇고마ᄂᆞᆫ 맛춤ᄂᆡ 나흔 아비ᄅᆞᆯ 담고 기른 어미ᄅᆞᆯ 담디 아니ᄒᆞ므로 상가 딜ᄋᆞ(姪兒) 등이 우리 졍문 졔ᄋᆞ(諸兒)ᄅᆞᆯ 쳔블급(千不及) 만블ᄉᆞ(萬不似)ᄒᆞ니이다.”

상부인이 크게 우으며 닷토아 ᄀᆞᆯ오ᄃᆡ

34면 “오날이 므슴 날이완ᄃᆡ 에분통ᄒᆡ(恚憤痛駭)ᄒᆞᆫ 말을 이러틋 ᄀᆞᆺ초 ᄃᆞᆺᄂᆞᆫ고? 가ᄋᆞ 등과 손ᄋᆞ(孫兒) 등이 비록 사ᄅᆞᆷ의 디난 긔딜(氣質)이 업ᄉᆞ나 은빅의 ᄌᆞ(子)와 손(孫)을 밋디 못ᄒᆞᆯ ᄇᆡ 아니어ᄂᆞᆯ 돈견(豚犬)이라 욕ᄒᆞ거니와 그 웅호(雄虎) 긔린(麒麟) ᄀᆞᄐᆞᆫ ᄌᆞ뎨(子弟)ᄅᆞᆯ ᄯᅩᄒᆞᆫ 구톄(狗彘)와 ᄀᆞᆺ치 녁이며 그 ᄌᆞ뎨(子弟)의 부형(父兄) 알기ᄅᆞᆯ 인듕(人中)의 말픔(末稟)인가 ᄒᆞ노라.”

경죄 대쇼(大笑)ᄒᆞ고 셔로 ᄋᆞ돌을 ᄌᆞ랑ᄒᆞ며 녀손을 긍과(矜誇)ᄒᆞ여

희학(戱謔)이 방디러니 원ᄂᆡ 경조공의 훈ᄌᆞ(訓子)ᄒᆞ미 각별 엄(嚴)
ᄒᆞ여 ᄒᆞᆫ번 낫빗촐 허(許)ᄒᆞ미 업고 증셕(曾晳)[60]의 과도(過度)ᄒᆞ미 잇
셔 찰찰(察察)이 ᄎᆡᆨ훈(責訓)ᄒᆞᄆᆡ 미과(微過)ᄅᆞᆯ 용샤(容赦)ᄒᆞ미 업ᄉᆞ
니 학ᄉᆞ 등이 삼가며 조심ᄒᆞ미 슉야(夙夜)의 집옥(執玉) 심님(深臨)
ᄒᆞᆫ ᄃᆞᆺ 일언반ᄉᆞ(一言半辭)ᄅᆞᆯ ᄌᆞ유(自由)ᄒᆞ미 업ᄉᆞ나 경죄 ᄀᆞᆺᄐᆞ여 효
슌(孝順)타 아니 ᄒᆞ고 일향(一向)[61] 엄쥰(嚴峻)키ᄅᆞᆯ 위쥬(爲主)ᄒᆞ더니
오날ᄂᆞᆯ 상부인을 ᄃᆡᄒᆞ여ᄂᆞᆫ 졔ᄌᆞ(諸子)ᄅᆞᆯ 긍과(矜誇)ᄒᆞᄆᆡ ᄂᆡ흥으로ᄡᅧ
ᄉᆞ믈박창(事物博昌)ᄒᆞ며 통식굉원(通式宏遠)ᄒᆞ여 진짓 현냥디덕(賢
良之德)과 대인디상(大人之像)이라 ᄒᆞ고 ᄂᆡ유로ᄡᅧ 옥모션풍(玉貌仙
風)과 문댱ᄌᆡ홰(文章才華) ᄯᅩᄒᆞᆫ 봉각(鳳閣)의 아ᄅᆞᆷ다온 학ᄉᆡ(學士)오
옥당(玉堂)의 됴흔 명ᄉᆡ(名士)라 ᄒᆞ며 ᄂᆡ흥으로ᄡᅧ 효우ᄌᆞ인(孝友慈 35면
仁)으로 개셰군ᄌᆡ(蓋世君子)라 ᄒᆞ고 ᄂᆡ영으로ᄡᅧ 호긔츌뉴(豪氣出類)
ᄒᆞ며 ᄌᆡ긔발영(才氣拔英)ᄒᆞ여 쳔고영걸(千古英傑)이오 셰ᄃᆡ녈ᄉᆡ(世
代烈士)라. 유시부유시ᄌᆡ(有是父有是子)니 ᄌᆞ긔 아니면 ᄉᆞ개(四個)
긔린(麒麟)이 이 ᄀᆞᆺ디 못ᄒᆞ리라 ᄒᆞ여 ᄌᆞ긍(自矜)ᄒᆞ믈 긋치디 아니ᄒᆞ
니 상부인이 일일히 ᄃᆡᄒᆞ여 ᄂᆡ흥 등을 하ᄌᆞ(瑕疵)ᄒᆞ고 안국 등을 칭
과(稱誇)ᄒᆞ여 우음과 닷토미 죵일 승부(勝負)ᄅᆞᆯ 결치 못ᄒᆞ니 쳐ᄉᆞ와

---

60 증셕(曾晳): 증석. 춘추시대 노(魯)나라의 학자로 이름은 점(點), 자는 자석(子晳). 공자의 수제자인 공문72현(孔門七十二賢) 중 한 사람이자 증삼의 부친. 자로, 염유, 공서화와 함께 공자를 모시고 있을 때, 하고 싶은 일이 무엇인지를 묻는 공자의 물음에 '봄에 친구들과 기수(沂水)에서 목욕하고 무우(舞雩)에서 바람 쐬고 시를 읊으며 돌아오겠다.'라고 대답하자 공자가 감탄하며 '나도 증석과 같은 마음이다.'라고 동의한 내용이 《논어》 〈선진(先進)〉에 나옴.

61 일향(一向): 한결같이. 꾸준히.

쇼부ᄂᆞᆫ 이이히 우울 ᄯᆞ름이오 졔쇼년은 그윽이 함쇼(含笑)ᄒᆞ믈 마디 아니ᄒᆞ니 이러틋 희쇼열낙(喜笑悅樂)으로 날을 보ᄂᆡ미 뉴광(流光)이 살 가ᄃᆞᆺ ᄒᆞ여 얼픗 ᄉᆞ이의 명년신졍(明年新正)을 당ᄒᆞᆫ디라. 셰하(歲賀)ᄒᆞᄂᆞᆫ 빈ᄀᆡᆨ(賓客)이 작벌운집(作閥雲集)ᄒᆞ여 신년(新年)을 하례(賀禮)ᄒᆞ며 ᄇᆡᆨ셰(百歲)ᄅᆞᆯ 튝(祝)ᄒᆞ니 놉흔 술위와 귀ᄒᆞᆫ ᄀᆡᆨ(客)이 죵일 브졀(不絶)ᄒᆞ여 빗ᄂᆡ 하어(賀語)ᄅᆞᆯ 닐위나 태부인이 셕ᄉᆞ(昔事)ᄅᆞᆯ 츄렴(追念)ᄒᆞ여 늣김과 먼니 간 ᄌᆞ손을 ᄉᆞ려(思慮)ᄒᆞ여 상비(傷悲)ᄒᆞ믄 ᄎᆞ시(此時)의 더옥 ᄉᆡ롭고 쳐ᄉᆞ 남ᄆᆡ의 구원션인(九原先人)을 영

36면 모(永慕)ᄒᆞᄂᆞᆫ 비회(悲懷)와 인간의 별쉬 ᄎᆞᆷ디 못ᄒᆞᆯ ᄇᆡ 환셰변졀(換歲變節)의 익익층가(益益層加)ᄒᆞᄃᆡ 태부인 쳑희(慽唏)ᄅᆞᆯ 더으디 못ᄒᆞ여 우상(憂傷)ᄒᆞ믈 낫토디 아니ᄒᆞ며 톄찰의 도라오미 삼ᄉᆞ삭(三四朔)을 긔약(期約)ᄒᆞᆯ ᄇᆡ므로 굴디계일(屈指計日)[62]ᄒᆞ여 삼츈(三春)이 슈히 가고 쳥ᄒᆡ(淸夏) 다닷기ᄅᆞᆯ 합문(闔門)이 원ᄒᆞᆯᄉᆡ 태부인이 몽농으로뼈 문호(門戶)의 늉경(隆慶)을 삼아 가국(家國)을 동냥(棟梁)을 긔약(期約)ᄒᆞᄆᆡ 슈듕(手中)의 긔화(奇花)ᄅᆞᆯ 삼아 안져(眼底)의 잠시ᄅᆞᆯ 써나미 업더니 츈(春) 졍월망간(正月望間)으로 니창계와 양창명이 다 환됴(還朝)ᄒᆞᄂᆞᆫ 션셩(先聲)이 니ᄅᆞᄆᆡ 쳐ᄉᆡ ᄌᆞ졍(慈庭)의 ᄒᆞᆯ연(欻然)ᄒᆞ실 바ᄅᆞᆯ 모로미 아니로ᄃᆡ 니시의 졍니와 인ᄉᆞ의 마디못ᄒᆞ여 슌일(旬日) 귀령(歸寧)을 허(許)ᄒᆞ실ᄉᆡ 몽농을 ᄒᆞᆫ가디로 가게 ᄒᆞ니 니쇼제 인ᄒᆞ여 친당(親堂)의 도라가 태부인긔 뵈오며 일문족친(一門族親)이 셔

62 굴디계일(屈指計日): 굴지계일. 손을 꼽아가며 그날을 기다림.

로 ᄃᆡᄒᆞ여 ᄉᆞ렴(思念)ᄒᆞ던 졍(情)과 영모(永慕)ᄒᆞ던 회포ᄅᆞᆯ 니ᄅᆞ더라. 션시(先時)의 양부인 긔염이 거년디월(去年之月)의 운산의 도라왓다가 일개(一個) 신옥(新玉)을 ᄉᆡᆼᄒᆞ고 인ᄒᆞ여 머므러 닌웅으로 더브러 편당(偏堂)을 밧드러 디통(至痛)을 위로ᄒᆞ며 일월(日月)을 보ᄂᆡ더니 37면
양각노의 환경(還京)ᄒᆞ믈 인ᄒᆞ여 강보(襁褓)ᄅᆞᆯ 다리고 구가(舅家)로 도라가니 대화부인의 심ᄉᆞ는 니ᄅᆞ도 말고 일문(一門)이 훌연ᄒᆞ믈 니긔디 못ᄒᆞ여 태부인이 양쇼져의 하딕ᄒᆞ믈 당ᄒᆞᄆᆡ 니시는 더옥 일슌지별(一旬之別)이나 창창ᄒᆞ미 긴 니별을 ᄃᆞᆺ는 ᄃᆞᆺ 훌훌(欻欻)히 듕보(重寶)ᄅᆞᆯ 일흔 ᄃᆞᆺ 쳐ᄉᆞᄅᆞᆯ 도라보아 왈

"니식부는 슈히 도라올 ᄇᆡ로ᄃᆡ 창결(悵缺)ᄒᆞ믈 니긔디 못ᄒᆞ거놀 ᄒᆞ믈며 댱쇼부의 도라가미 오ᄅᆡ미냐? 셩·광 냥ᄋᆡ(兩兒) 비록 집의 잇디 아니ᄒᆞ나 그 쳐ᄌᆡ(妻子) 무고(無故)ᄒᆞ여 됴히 이시면 ᄒᆡᆼ(幸)이련마는 댱ᄋᆞ의 병이 깁고 디금 도라오디 못ᄒᆞ니 엇디 울울치 아니ᄒᆞ리오? 일분(一分) 가경의 잇거든 이에 다려와 ᄒᆡ만(解娩)케 ᄒᆞ미 엇더ᄒᆞ뇨?"

쳐ᄉᆡ ᄃᆡ왈(對曰)

"댱시 오ᄅᆡ 슬하ᄅᆞᆯ 봉시(奉侍)치 못ᄒᆞ여시므로 이러ᄐᆞᆺ 결연ᄒᆞ시니 금일이라도 다려오고ᄌᆞ 아니리잇고마는 일한(日寒)이 극심ᄒᆞᆫ 바의 병긔(病氣) 요동ᄒᆞ오미 어렵ᄉᆞ오며 댱시의 ᄠᅳᆺ이 광ᄋᆞ의 분명이 마ᄌᆞ 도라오고ᄌᆞ ᄒᆞ믈 아디 못ᄒᆞ고 이에 쎨니 오믈 난연(赧然)ᄒᆞ오리니 ᄎᆞᆯ 38면
하리 일월(日月)을 쳔연(遷延)[63]ᄒᆞ오나 ᄒᆡ만(解娩)ᄒᆞ믈 기다려 월ᄋᆞ로

63 쳔연(遷延): 천연. 시일을 미루어 감. 지체함.

ᄒᆞ여곰 다시 광ᄋᆞ의 말을 젼ᄒᆞᆫ 후 쇼ᄌᆡ 블너 도라오고ᄌᆞ ᄒᆞᄂᆞ이다."

태부인이 졈두(點頭)ᄒᆞ며 다시 댱시ᄅᆞᆯ 다려오고ᄌᆞ ᄒᆞ믈 긋치나 그 병을 우려ᄒᆞ믄 일일(日日) 더으더라.

션셜(先說). 댱부의셔 댱공과 박시 됴셕(朝夕)으로 녀ᄋᆞ의 병소(病所)의 니ᄅᆞ러 보ᄃᆡ 그 병이 위ᄐᆡᄒᆞᆷ과 잉신(孕娠) 누삭(累朔)이믄 망연브디(茫然不知)ᄒᆞ나 다만 셔랑(婿郞)의 샤명(赦命)이 이시므로브터 녀ᄋᆡ 그 음식을 평상(平常)이 ᄒᆞ므로 쳔만환희(千萬歡喜)ᄒᆞ나 쇼졔 오히려 응셜각 듕의 잇셔 듕회(衆會)의 나디 아니ᄒᆞ고 츌부기인(黜婦棄人)의 ᄌᆞ쳐(自處)ᄒᆞᄂᆞᆫ 바ᄅᆞᆯ 곳치디 아니ᄒᆞ나 의복(衣服) 픔결(稟決)노뼈 부모ᄅᆞᆯ 뵈니 엇디 젼ᄌᆞ(前者)의 하복(夏服)을 유일(唯一) 초셕(草席) ᄆᆡᆼ침으로 가디 아니ᄒᆞ던 극죄누인(極罪累人)으로 비ᄒᆞ리오? 댱공이 일노좃ᄎᆞ ᄇᆞ라믈 과히 ᄒᆞ며 ᄯᅳᆺ을 놉히 ᄒᆞ여 셔랑(壻郞)이 반ᄃᆞ시 한노(恨怒)ᄅᆞᆯ 플고 화열(和悅)ᄒᆞ믈 닐위여 블구(不久)의 녀ᄋᆞᄅᆞᆯ
39면 환영ᄒᆞ며 ᄌᆞ긔ᄅᆞᆯ 빙공(聘公)으로 ᄃᆡ졉ᄒᆞ여 반ᄌᆞ(半子)[64]의 도(道)ᄅᆞᆯ 다ᄒᆞᆯ가 흔심쾌열(欣心快悅)ᄒᆞᆯ ᄲᅳᆫ 아니라 경조공의 고집격녈(固執激烈)ᄒᆞ미 관순유일(寬順柔佚)ᄒᆞ믈 밧고와 ᄌᆞ긔로 더브러 인호(隣好)의 됴흐믈 ᄆᆡᆺ고 셰린을 허ᄒᆞ여 동상(東床)의 마ᄌᆞ미 이실가 깃븐 ᄉᆡᆼ각과 어ᄌᆞ러온 혜아리미 무궁ᄒᆞ더니 현윤이 몬져 도라와 표문졔인의 문답셜화(問答說話)ᄅᆞᆯ ᄃᆡ강 옴겨 고ᄒᆞᄆᆡ 경조의 ᄯᅳᆺ이 여ᄎᆞ여ᄎᆞ 굿음과 태위 ᄯᅩ 여ᄎᆞ여ᄎᆞ 존명(尊命)을 슌ᄒᆞ여 슉모긔 글을 깃친 바ᄅᆞᆯ 젼ᄒᆞ니

64 반ᄌᆞ(半子): 반자. 반자지명(半子之名). 아들이나 다름없이 여긴다는 뜻으로, '사위'를 이르는 말.

댱공이 희망ᄒᆞ던 예긔 가장 낙심(落心)ᄒᆞ나 셔랑(壻郞)이 임의 가졍을 슌ᄒᆞ여 츄호(秋毫)도 ᄌᆞ유ᄒᆞ미 업ᄉᆞ니 ᄌᆞ긔롤 비록 됴히 아니 넉이나 운계의 뜻이 ᄌᆞ긔 부녀의게 은혜로이 ᄃᆡ졉ᄒᆞ믈 ᄒᆞᆫ갈ᄀᆞᆺ톨딘ᄃᆡ 녀ᄋᆞ의 젼졍(前程)이 거의 회복ᄒᆞ믈 혜아리나 셰린의 젹승가연(赤繩佳緣)은 그 어ᄂᆡ 셰월이믈 뎡(定)치 못ᄒᆞ니 울울한창(鬱鬱恨愴)ᄒᆞ여 즐기디 아니ᄒᆞᄂᆞᆫ디라. 삼낭이 정경조의 뜻이 일녀(一女)롤 공규(空閨)의 폐륜(廢倫)키로 결단ᄒᆞ미 고집격상(固執激上)ᄒᆞ믈 겸ᄒᆞ여 슈히 두로혀디 아닐 줄을 모로디 아니ᄒᆞ나 그 폐륜(廢倫)ᄒᆞ미라도 ᄌᆞ가(自家)로 말ᄆᆡ암아 비로ᄉᆞ미니 비록 ᄌᆞ가롤 위ᄒᆞ미 아니라 ᄒᆞ나 졍시의 젼졍(前程)인즉 ᄌᆞ긔의게 잇셔 죵ᄂᆡ(從來)의 ᄇᆡᆨ년가긔(百年佳期)롤 셩젼(成全)ᄒᆞᆯ 바롤 혜아리ᄆᆡ 일분 믿ᄂᆞᆫ 뜻이 이셔 급히 초조ᄒᆞ미 업ᄉᆞᆯ 쁜 아니라 야야(爺爺)의 실죄(失措) ᄌᆞ가로뼈 더으니 블효의 무거옴과 힝실의 븟그러오미 스ᄉᆞ로 범규(犯規)ᄒᆞᆫ 허믈이 잇고 ᄌᆞ긔 일신(一身)이 업셔져 친위(親闈)로 ᄒᆞ여곰 ᄌᆞ하(子夏)의 상명(喪明)[65]을 닛ᄂᆞᆫ 블효롤 깃치미라도 이에 디나디 못ᄒᆞᆯ디라. 부형(父兄)이 오딕 ᄌᆞᄋᆡ(慈愛)만 두어 ᄆᆡᆼ녈(猛烈)ᄒᆞᆫ 엄위(嚴威)롤 두미 업ᄉᆞ므로 ᄒᆞᆫ 장 화도(畫圖)롤 말ᄆᆡ암아 동심상셩(動心喪性)ᄒᆞᄆᆡ 위딜(危疾)을 닐위여 ᄉᆞᄉᆡᆼ(死生)이 츌몰(出沒)ᄒᆞᆫ 바롤 치죄칙훈(治罪責訓)ᄒᆞ미 업ᄉᆞ나 텬셩의 춍명특달(聰明特達)ᄒᆞ미 과인(過人)ᄒᆞᆫ디라. 엇디 허믈 되믈 ᄭᆡ닷 40면

65 ᄌᆞ하(子夏)의 상명(喪明): 자하의 상명. 공자의 제자인 자하가 서하(西河)에 머물 때 자식을 잃고 너무 슬프게 운 나머지 두 눈이 멀었다는 데서 유래함. 보통 '상명지통(喪明之痛)'이라 하여 '눈이 멀 정도의 아픔'이라는 뜻으로, 자식을 잃은 부모의 슬픔을 말함.

디 못ᄒᆞ리오? 구연 참니(慘怩)ᄒᆞ미 ᄃᆡ인(對人)ᄒᆞᆯ 안면(顏面)이 업ᄂᆞᆫ 바의 야야(爺爺)의 ᄒᆡ거실언(駭擧失言)이 졔졍의 우음을 취ᄒᆞ여 경 41면 조 부ᄌᆞ의 능멸(凌蔑)ᄒᆞ믈 바드니 이ᄂᆞᆫ 다 ᄌᆞ긔의 블초ᄒᆞᆫ 죄라 ᄒᆞ여 고형ᄌᆞ벌(苦刑自罰)ᄒᆞ여 죄ᄅᆞᆯ 쇽고ᄌᆞ ᄒᆞ나 무거온 죄과(罪過)의 다시 악졍ᄌᆞ츈(樂正子春)[66]의 죄인이 될가 두려 몸을 임의로 형벌치 못ᄒᆞᄃᆡ ᄌᆞᄎᆡᆨ(自責)ᄒᆞ미 과ᄒᆞ여 도로혀 져져의 두문블츌(杜門不出)ᄒᆞ믈 효측(效則)ᄒᆞᄆᆡ 그윽ᄒᆞᆫ 당샤ᄅᆞᆯ ᄀᆞᆯᄒᆡ여 쥬야(晝夜) 독쳐(獨處)ᄒᆞᆫ 후 오딕 친위(親闈)예 신혼셩뎡(晨昏省定)을 폐(廢)치 아닐디언졍 사ᄅᆞᆷ을 널니 보디 아니ᄒᆞ며 쥬ᄇᆡ(酒杯)ᄅᆞᆯ 졀연이 거후로디 아니ᄒᆞ여 본셩(本性)이 풍뉴호활(風流豪活)ᄒᆞ미 믄득 단목기의 밋ᄎᆞᆯ 쓴 아니라 부친이 졍공의 고집(固執)을 한(恨)ᄒᆞ고 슉녀ᄅᆞᆯ 마ᄌᆞᆯ 디쇽(遲速)이 묘연ᄒᆞ믈 탄(嘆)ᄒᆞᆫ즉 슌슌이 ᄌᆞ긔 허믈과 죄ᄅᆞᆯ 일ᄏᆞᄅᆞ며 이런 일의 셩녀(聖慮)ᄅᆞᆯ 번뇌치 마ᄅᆞ시믈 간졀이 비러 ᄌᆞ긔ᄂᆞᆫ ᄇᆡ야흐로 그ᄅᆞ믈 ᄭᆡ다ᄅᆞ며 젼일 ᄉᆞ딜(死疾)을 닐위여 위위ᄒᆞ던 바ᄅᆞᆯ 한심괴ᄒᆡ(寒心怪駭)ᄒᆞ고 다

---

66 악졍ᄌᆞ츈(樂正子春): 악정자춘. 춘추시대 노(魯)나라 사람으로 증자(曾子)의 제자. 악정(樂正)은 주대(周代)의 관직명에서 유래한 성(姓)이며 이름은 자춘(子春). 공자의 효 사상을 계승했으며 《효경》을 편찬하는 데 참여한 인물. "악정자춘이 당에서 내려올 때 발에 상처를 입었는데, 몇 달이 지나도 밖에 나가지 않고 언제나 근심스러운 얼굴빛을 띠었다. 이에 제자들이 '선생님의 발은 이미 나았는데도 여러 달 동안 나가지 아니하고 언제나 근심스러운 얼굴빛을 하시는 까닭이 무엇인지요?' 하니 악정자춘이 말하기를 '군자는 반걸음을 걷는데도 감히 효를 잊어서는 안 된다고 들었는데, 지금 내가 효의 길을 잊었고 그런 까닭에 근심스러운 얼굴빛을 한 것이다.'(樂正子春下堂而傷其足 數月不出 猶有憂色 弟子問曰 夫子之足瘳 矣 數月不出 猶有憂色 何也 樂正子春曰 君子頃步而不敢忘孝也 今予忘孝之道 予是以有憂色也)"라고 한 일화가 있음. 여기서는 문맥상 장세린이 스스로에게 벌을 주고자 해도 악정자춘처럼 효를 잊게 되는 불효를 범할까 봐 걱정하는 것이라 볼 수 있음.

시 개렴치 아니ᄒᆞ믈 일ᄏᆞ라 말ᄉᆞᆷ과 안ᄉᆡᆨ(顔色)이 완슌효졍(婉順孝貞)
ᄒᆞ며 튝쳑젼뉼(蹴蹐戰慄)ᄒᆞ여 블효ᄅᆞᆯ ᄉᆞᄉᆞ로 니긔디 못ᄒᆞ니 연부인 42면
이 ᄋᆞᄌᆞ의 이 ᄀᆞᆺᄐᆞ믈 만만긔힝ᄒᆞ고 ᄃᆡ실노 두굿겨 흔연이 우어 왈
"ᄋᆞᄒᆡᄅᆞᆯ 칙계(責戒)ᄒᆞ미 업시 ᄉᆞᄉᆞ로 ᄭᆡᄃᆞ라 개과슈힝(改過修行)ᄒᆞ
니 엇디 쳐음 아ᄅᆞᆷ답던 바의셔 더 긔특디 아니리오? 내 근일(近日)의
ᄉᆞᆯ피니 네 슈션당의 깁히 쳐ᄒᆞ여 사ᄅᆞᆷ을 일졀 상졉(相接)디 아니ᄒᆞ며
ᄌᆞ쳐죄루(自處罪累)ᄒᆞ니 쥬의(主意) 어ᄃᆡ 잇셔 그러ᄒᆞ뇨? 남의 귀문
상부(貴門相府)의 만금일교(萬金一嬌)ᄅᆞᆯ 젼졍(前程)을 흐리오ᄆᆡ 월
장규벽(越墻窺壁)의 음패난일(淫悖亂逸)ᄒᆞ미 아니로ᄃᆡ ᄌᆞ연이 허믈
되미 내 몸의 이시믈 ᄭᆡᄃᆞ라 츄회(追懷)ᄒᆞ고 부형이 널노 인ᄒᆞ여 사
ᄅᆞᆷ의 능멸디쇼(凌蔑之笑)ᄒᆞ믈 당ᄒᆞ니 블효ᄅᆞᆯ ᄌᆞ탄(自嘆)ᄒᆞ여 고요히
쳐ᄒᆞ여 그 허믈을 쇽고ᄌᆞ ᄒᆞ미냐?"
ᄉᆡᆼ이 공경문교(恭敬問教)의 하셕ᄌᆡᄇᆡ(下席再拜)ᄒᆞ며 쳑연(惕然)이
안ᄉᆡᆨ을 곳쳐 ᄃᆡ왈(對曰)
"블최 우암무식(愚暗無識)ᄒᆞ옵고 허무취광(虛無醉狂)ᄒᆞ와 ᄒᆞᆫ 장 그
림의 ᄆᆞ음을 동(動)ᄒᆞ오며 디어위딜(至於危疾)을 닐위여 ᄉᆞᄉᆡᆼ(死生) 43면
의 츌몰ᄒᆞ고 ᄒᆡᆼ실의 비박(卑薄)홈과 셩질의 음황(淫荒)ᄒᆞ믄 다시 니
ᄅᆞ디 아니ᄒᆞ올 ᄇᆡ어니와 범규(犯規)ᄒᆞᆫ 죄ᄂᆞᆫ ᄃᆡ으미 업ᄉᆞ오니 그 ᄉᆞ
상ᄒᆞ던 ᄆᆞ음이 하날과 귀신이 붓그럽거니와 굿ᄐᆞ여 졍시디문의 늠늠
(凜凜)ᄒᆞᆫ 작얼(作孼)이 업ᄉᆞ온디라. 엇디 일노ᄡᅧ ᄌᆞ쳐죄루(自處罪累)
ᄒᆞ와 ᄃᆡ인샤졉(對人私接)을 붓그릴 ᄇᆡ리잇고마ᄂᆞᆫ 쇼ᄌᆞ의 블초ᄒᆞ므로
ᄡᅧ 대인(大人)이 실톄(失體)ᄒᆞ기의 밋ᄎᆞ시니 쇼ᄌᆡ 비록 블초ᄒᆞ오나
이에 다ᄃᆞ라 엇디 ᄆᆞ음이 안연(安然)ᄒᆞ여 거디(擧止) ᄌᆞ약(自若)ᄒᆞ리

잇고? 져 경염 부ᄌᆞ의게 허다 봉욕(逢辱)ᄒᆞ시믈 ᄉᆡᆼ각ᄒᆞ오ᄆᆡ ᄆᆞ음이 ᄎᆞ고 담이 놀나오ᄃᆡ 뼈곰 셜한(雪恨)ᄒᆞ믈 두디 못ᄒᆞ오며 근본이 블초로 비로ᄉᆞ미라. 엄위(嚴威)와 ᄌᆞ위(慈闈) 치ᄎᆡᆨ(治責)ᄒᆞ시믈 두실딘ᄃᆡ 쇼ᄌᆡ 장하(杖下)의 나아가와 죄롤 만의 일이나 쇽ᄒᆞ올 ᄇᆡ오나 도로혀 ᄌᆞᄋᆡᄒᆞ미 깁흐시고 치죄(治罪)ᄒᆞ미 잇디 아니시니 블최 스ᄉᆞ로 고형

44면 (苦刑) 일신(一身)ᄒᆞ와 쇽죄(贖罪)코ᄌᆞ ᄒᆞ오ᄃᆡ 부모의 주신 바 유톄(遺體)롤 ᄎᆞ마 ᄌᆞ훼ᄌᆞ벌(自毁自罰)치 못ᄒᆞ와 슈션당의 고요히 쳐ᄒᆞ와 ᄌᆞᄎᆡᆨ개과(自責改過)ᄒᆞ믈 공부ᄒᆞ오나 엇디 인도의 나아가믈 긔필(期必)ᄒᆞ리잇고?”

셜파(說罷)의 만심비황(滿心悲惶)ᄒᆞ니 부인이 어로만져 위회(慰懷)ᄒᆞ여 왈

“능션회(能善回)ᄒᆞ고 블이과(不二過)ᄂᆞᆫ 아셩(亞聖)의 착히 넉이시미라. ᄋᆞ히 이졔 법측(法則)고ᄌᆞ ᄒᆞ니 쳐음 허믈이 업던 바의셔 나은디라. 어이 긔ᄒᆡᆼ(奇幸)치 아니리오?”

ᄉᆡᆼ이 ᄇᆡ샤블감(拜謝不敢)ᄒᆞ며 이랑의 깃거ᄒᆞ믄 더옥 극ᄒᆞᄃᆡ 댱공과 박시ᄂᆞᆫ 각별 두굿김도 업고 깃거홈도 업셔 궁상져이 슈션당 심쳐(深處)의 문을 닷치며 머리롤 움쳐 죄디은 사ᄅᆞᆷᄀᆞᆺ치 쳐(處)ᄒᆞ믈 도로혀 복 업시 넉여 무고(無故)히 ᄉᆞ외로온[67] 거조(擧措)롤 말나 ᄒᆞ더라. 댱공이 졍부인을 향ᄒᆞ여 경조의 뜻을 다시 므러 죵ᄂᆡ의 셰린의 인연(因緣)이 가망이 이실가 바라니 졍부인이 오ᄃᆡ 죵뎨(從弟) 년유(年幼)ᄒᆞ

67 ᄉᆞ외로온: ᄉᆞ외롭다. 꺼림칙하다.

므로뻐 죵슉이 더옥 친ᄉᆞ(親事)롤 밧비 넉이디 아니므로 고ᄒᆞ며 아딕 45면
은 노분(怒憤)이 영심ᄒᆞ여 페륜(廢倫)키롤 니ᄅᆞ나 임의 타문(他門)을 의논치 못홀 바의 ᄌᆞ연 친시(親事) 셩젼(成全)ᄒᆞ믈 근심치 아닐 바롤 디ᄒᆞ니 댱공이 희연칭디(喜然稱之) 왈

"여ᄎᆞ즉 ᄀᆞ장 긔힝(奇幸)ᄒᆞ니 엇디 쇽쇽히 셩친(成親)ᄒᆞ믈 바야리오?"

ᄒᆞ더라. ᄯᅴ예 댱싱 곤계(昆季) 져져의 위질(危疾)을 초려(焦慮)ᄒᆞᄂᆞᆫ 밧긔 부모의 과도우상(過度憂傷)ᄒᆞ미 져져의 죽기 젼의 몬져 일이 나게 되믈 황황망극(遑遑罔極)ᄒᆞ여 아모리 홀 바롤 모로고 역시 ᄌᆞ디 못ᄒᆞ며 먹디 못ᄒᆞ여 부모롤 밧드러 이러ᄒᆞ시미 져져의 셩효(誠孝)의 유히(有害)ᄒᆞ고 구병(救病)의 무익ᄒᆞ믈 간(諫)ᄒᆞ여 져져의 비상ᄒᆞᆫ 긔딜(器質)과 디극ᄒᆞᆫ 셩덕(盛德)이 이에 몰몰치 아닐 바롤 일ᄏᆞ라 디극히 간권(懇勸)ᄒᆞ되 댱공과 박시 듯디 아니ᄒᆞ며 통도각졀(痛悼刻切)ᄒᆞ여 심간(心肝)을 낫낫치 솔오니 죽으미 쏘ᄒᆞᆫ 됴셕(朝夕)의 이실디라. 합문(闔門) 경식(景色)의 참담ᄒᆞ믈 어이 비길 곳이 이시리오? 연부인은 댱공과 박시의 과도홈과 ᄀᆞᆺ디 아니ᄒᆞ여 십분졀억(十分節抑) 46면
ᄒᆞ며 쳘업ᄉᆞᆫ 통곡(慟哭)과 ᄉᆞ외로온 거동을 ᄒᆞ디 아니ᄒᆞ나 녀ᄋᆞ롤 ᄌᆞ이(慈愛)ᄒᆞᄂᆞᆫ 뜻으로뻐 그 익화(厄禍)롤 슬허ᄒᆞ고 당금 위딜(危疾)의 증셰(症勢)롤 보아ᄂᆞᆫ 일분 가망이 업ᄉᆞ믈 우젼초려(憂煎焦慮)ᄒᆞ미 댱공과 박시로 다ᄅᆞ리오? 쥬야(晝夜) 응셜각의 니ᄅᆞ러 녀ᄋᆞ롤 븟들고 흉금(胸襟)을 통돌(痛咄)ᄒᆞ여 비만(悲滿)ᄒᆞ며 ᄋᆡ상(哀傷)ᄒᆞ미 시신(屍身)을 디ᄒᆞ미 감치 아니 ᄒᆞ니 졍부인이 쥬·양 이인(二人)으로 더브러 쇼고(小姑)의 딜환(疾患)이 황양(黃壤) 일니롤 격(隔)ᄒᆞ여 만분난득(萬分難得)ᄒᆞ고 엄구(嚴舅)와 냥존고(兩尊姑)의 젼우착급(煎

憂着急)ᄒᆞ여 우상초려(憂傷焦慮)ᄒᆞ미 ᄎᆞᆯ하리 인ᄉᆞᄅᆞᆯ ᄇᆞ려 ᄉᆡᄆᆡᆨ이 실낫ᄀᆞᆺᄐᆞᆫ 쇼져만도 ᄀᆞᆺ디 못ᄒᆞ여 황황망망(遑遑茫茫)ᄒᆞ미 ᄋᆡ호통졀(哀號痛絕)ᄒᆞ기로 날을 보ᄂᆡ여 위위ᄒᆞᆫ 신관의 초븨(憔憊)ᄒᆞᆫ 긔력(氣力)이 우러ᄆᆡ 경악ᄒᆞ믈 우황딘박(憂惶震迫)ᄒᆞ여 ᄯᅩᄒᆞᆫ 댱야의 년ᄒᆞ여 일시(一時)ᄅᆞᆯ 쉬디 못ᄒᆞ고 여러 날의 시식을 젼폐(全廢)ᄒᆞ여 디셩(至誠)으로 구호ᄒᆞᆯᄉᆡ 연부인을 우러러 텬니인ᄉᆞ(天理人事)의 그러치 아닐

47면 바ᄅᆞᆯ 주(奏)ᄒᆞ며 쇼고(小姑)의 유신(有娠)ᄒᆞ믈 박부인긔 고ᄒᆞ여 ᄋᆡ상(哀傷)ᄒᆞ시믈 잠간 위로코ᄌᆞ ᄒᆞᆫᄃᆡ 연부인이 영이태식(永而太息) 왈 "현부(賢婦)의 말이 비록 유리(有理)ᄒᆞ나 금텬이 망ᄆᆡᄒᆞ여 복션(福善)의 명응(冥應)이 도상(倒常)ᄒᆞ연 디 오란디라. 가히 밋디 못ᄒᆞᆯ ᄇᆡ어ᄂᆞᆯ 병이 이에 밋ᄎᆞ니 엇디 슈히 가복(可復)기ᄅᆞᆯ ᄇᆞ라리오? 그 딘ᄒᆞᄂᆞᆫ 형용을 ᄃᆡᄒᆞ여 부모된 ᄌᆞ(者)의 ᄆᆞ음이 오확(五鑊)의 ᄆᆡᆼ(猛)과 만균(萬鈞)의 듕(重)이라도 간장(肝腸)이 홍노(紅爐)의 졈셜(點雪) ᄀᆞᆺ고 양츈(陽春)의 박빙(薄氷) ᄀᆞᆺᄐᆞ니 박ᄆᆡ의 완듕(完重)치 못ᄒᆞ므로 ᄲᆞ라 죽고ᄌᆞ ᄒᆞ미 어이 괴이ᄒᆞ리오마ᄂᆞᆫ 오히려 그 아조 죽음과 ᄀᆞᆺ디 못ᄒᆞ거ᄂᆞᆯ 박ᄆᆡ 젼심초려(煎心焦慮)ᄒᆞ여 ᄒᆞ나 과히 위ᄐᆡ히 되 업ᄉᆞᆫ디라. 여러 날 침식(寢食)을 젼폐(全廢)ᄒᆞ고 ᄢᅵᆺᄂᆞᆫ ᄃᆞᆺᄒᆞᆫ 근심과 ᄐᆞᄂᆞᆫ ᄃᆞᆺᄒᆞᆫ 슬프믈 ᄲᅡ하 이러틋 ᄋᆡ도 딘졀ᄒᆞ기로 시일(時日)을 보ᄂᆡ니 어이 보젼ᄒᆞᆯ ᄇᆡ리오마ᄂᆞᆫ 녀ᄋᆞ의 ᄐᆡ신디경(胎娠之慶)을 디금 ᄉᆞᄉᆡᆨ(辭色)디 아니ᄒᆞ믄 져의 ᄯᅳᆺ이 굿ᄐᆞ여 창셜(彰泄)[68]코ᄌᆞ 아니믈 위ᄒᆞ미러니 이제 박

---

68 창셜(彰泄): 창설. 남이 모르는 사실을 널리 알려서 드러나게 함.

시의 죽으미 녀ᄋ의 엷히 이시니 이 말을 닐너 져기 위로ᄒ미 될딘ᄃ 48면
쏘훈 힝(幸)치 아니ᄒ랴?"

경부인이 ᄌ삼(再三) 위로ᄒ여 셩녀(聖慮)를 위하(慰賀)ᄒ시믈 쳥ᄒ여 왈

"이제 쇼고(小姑)의 잉신누삭(孕身屢朔)이믈 취란졍【박시의 쳐쇠라】 존고(尊姑)긔 고ᄒ온즉 반ᄃ시 셩의 열예(悅豫)ᄒ샤 우젼(憂煎)ᄒ시는 ᄀ온ᄃ 긔힝ᄒ실 ᄇ나 졀박초망(切迫焦望)ᄒ시믈 인ᄒ여 쇼고의 무ᄉ히 ᄒ만(解娩)ᄒ믈 산쳔(山川)의 긔도ᄒ고 ᄉ찰(寺刹)의 튝원(祝願)ᄒ실 듯ᄒ오니 여ᄎ즉 쳡 등이 ᄒ 일도 셩덕(盛德)을 보유(保有)치 못ᄒ오며 실톄(失體)ᄒ시믈 닐위여 과히 창셜(彰泄)ᄒ실가 민민(憫憫)ᄒ오나 목금이도(目今哀悼)ᄒ시믈 당ᄒ여는 밋쳐 쇼쇼(小小) 난연디ᄉ(赧然之事)를 혜디 못ᄒ리로소이다."

연부인이 졈두왈(點頭曰)

"뎡합오의(正合吾意)라. 내 과연 이ᄀ치 싱각ᄒ디 박미의 긔력이 능히 슈습ᄒ고 졍신을 모화 긔도의 의시 잇ᄉ미 쏘훈 다힝ᄒ디라. 당금 위틱ᄒ미 녀ᄋ의 다ᄅ미 업슨 바의 엇디 위로ᄒ여 관심홀 도리를 알고 져근 념녀를 거리쟈 괄시ᄒ리오? 박미의 텬픔(賤品)이 신ᄉ(神祠) 49면
와 블도(佛道)를 됴히 넉이는 ᄇ로ᄃ 녀ᄋ의 병의 다ᄃ라는 실노 홀일업슨 줄노 아라 임의 졀ᄒ여 다만 초ᄉᄒ미 녀ᄋ의 죽기 젼의 셰샹을 닛고ᄌ ᄒ니 우환(憂患)의 층쳡(層疊)홈과 경싁(景色)의 ᄎ악(嗟愕)ᄒ미 이에서 디나미 어ᄃ 이시리오?"

언필(言畢)의 시ᄋ(侍兒)를 명ᄒ여 박시를 쳥ᄒᄃ ᄎ일의 쇼졔 혼혼이 인ᄉ(人事)를 ᄇ려 ᄒ낫 죽엄이 되여시므로 댱공과 박시 ᄎ마 ᄃ치

못ᄒᆞ여 부뷔 뎡당의셔 슌슌이 불을 구ᄅᆞ며 가ᄉᆞᆷ을 두다려 호창(昊蒼)
【하날이란 말이라】을 극원(極怨)ᄒᆞᄆᆡ 반셩 광인(狂人)이라. 이공ᄌᆡ
(二公子) 부모ᄅᆞᆯ 좌우로 븟드러 과도ᄒᆞ믈 간ᄒᆞ고 ᄯᅩᄒᆞᆫ 초삭(焦爍)ᄒᆞ
며 황황(遑遑)ᄒᆞ여 브디소향(不知所向)이러니 연부인이 박시ᄅᆞᆯ 쳥ᄒᆞ
므로조ᄎᆞ 박시 더옥 창황경의(蒼黃驚疑)ᄒᆞ여 급히 넓더나 ᄀᆞᆯ오ᄃᆡ

"녀ᄋᆡ 반ᄃᆞ시 명(命)이 ᄉᆞᆺᄎᆞ미로다."

ᄒᆞ고 ᄒᆞᆫ 번 거ᄅᆞᄆᆡ 열 번 업더디믈 면치 못ᄒᆞᆯ ᄲᅳᆫ 아니라 완연ᄒᆞᆫ 촉뇌
되여 딘실노 됴셕(朝夕)의 위ᄐᆡᄒᆞᆫ디라. 이ᄌᆞ(二子)와 졔뷔(諸婦) 블
50면 승졀민(不勝切憫)ᄒᆞ여 좌우로 븟드러 응셜각의 니ᄅᆞᄆᆡ 연부인이 쇼
져의 금금(衾衿)을 헤쳐 그 아ᄃᆡᆨ 죽디 아닌 거동을 뵈여 망망통곡(茫
茫痛哭)ᄒᆞ믈 딘뎡(鎭靜)케 ᄒᆞ며 인ᄒᆞ여 녀ᄋᆞ의 잉신(孕身) 팔 삭(朔)
이믈 명ᄇᆡᆨ히 니ᄅᆞ고 병셰 비록 위듕ᄒᆞ나 간ᄃᆡ로 위ᄐᆡᄒᆞᆯ ᄇᆡ 아님과 허
다 듕증(重症) 가온ᄃᆡ도 힝혀 복듕(腹中)이 안유ᄒᆞ여 ᄐᆡ(胎)의 블평ᄒᆞ
미 업ᄉᆞ믈 니ᄅᆞ며 그 손을 닛그러 쇼져 복부(腹部)ᄅᆞᆯ ᄒᆞᆫ가디로 어로만
져 그 경의난측(驚疑難測)ᄒᆞᆫ ᄯᅳᆺ을 신연(信然)케 ᄒᆞ니 박시 쳐음은 함
통비비(含痛悲悲)ᄒᆞ여 오ᄃᆡᆨ 녀ᄋᆞ의 죽으믈 보디 말고 몬져 죽기ᄅᆞᆯ ᄇᆞ
야ᄆᆡ 셰샹 소ᄅᆡᄅᆞᆯ 블뉴쳥이(不留聽耳)ᄒᆞ여 냥ᄌᆞ(兩子)와 졔부(諸婦)
의 초우민황(焦憂憫惶)ᄒᆞ믈 블고ᄒᆞ며 다만 착급(着急)히 셔도라 ᄌᆞ
딘(自盡)코ᄌᆞ ᄒᆞ더니 연부인 말ᄉᆞᆷ을 드러오ᄆᆡ 환희경열(歡喜敬悅)ᄒᆞ
믈 니긔디 못ᄒᆞ여 통도(痛悼)ᄒᆞ믈 날회고 그 복부ᄅᆞᆯ 달화보ᄆᆡ 과연 잉
신(孕身)ᄒᆞᆯ시 졍녕ᄒᆞᆫ디라. 박시 평ᄉᆡᆼ의 디릉춍혜(至能聰慧) 셰간범ᄇᆡᆨ
(世間凡百)의 모ᄅᆞᆯ 일이 업ᄉᆞ라 ᄌᆞ허ᄌᆞ칭(自許自稱)ᄒᆞᄃᆡ 부망(浮妄)
51면 ᄒᆞᆫ ᄯᅳᆫ 긔운과 경조ᄒᆞᆫ 미친 셩(性)이 형용 업기의 밋ᄎᆞᆯ ᄲᅳᆫ이오 그 실노

아ᄂᆞᆫ 거시 업ᄉᆞᄃᆡ 다만 잉부(孕婦)의 복부ᄅᆞᆯ 달화본ᄌᆞᆨ 거의 남녀ᄅᆞᆯ 분간ᄒᆞ며 ᄯᅩ 쌍ᄐᆡ(雙胎)와 일ᄐᆡ(一胎)ᄅᆞᆯ ᄭᆡ닷ᄂᆞᆫ디라. 녀ᄋᆞ의 복듕 ᄐᆡ 반ᄃᆞ시 ᄒᆞ나히 아니오 좌우로 ᄀᆞ로 동ᄒᆞᄃᆡ 안안ᄒᆞ여 블평치 아니ᄒᆞ믈 보ᄆᆡ 의아블측(疑訝不測)ᄒᆞ여 어린 ᄃᆞ시 말이 업더니 날호여 ᄀᆞᆯ오ᄃᆡ

"셰간범ᄇᆡᆨ(世間凡百)이 그 니(理) 밧긔 일이 업거ᄂᆞᆯ 죽은 사ᄅᆞᆷ의 복듕 ᄐᆡ(胎) 안유ᄒᆞ여 좌우로 남녀ᄅᆞᆯ ᄀᆞᆯ와시믄 실노 이상ᄒᆞ니 부인은 엇더타 ᄒᆞ시ᄂᆞ뇨?"

연부인이 답왈(答曰)

"ᄆᆡᄆᆡ의 말이 과도ᄒᆞ도다. 녀ᄋᆡ 병이 위듕ᄒᆞ거니와 죽기ᄅᆞᆯ 판단ᄒᆞ믄 아니어ᄂᆞᆯ 엇디 죽다 니ᄅᆞᄂᆞ뇨? 녯적의 계집의 무덤으로조ᄎᆞ 사ᄅᆞᆷ이 나시니 당금(當今)의 그런 일이 이실 ᄇᆡ 아니오 녀ᄋᆞ의 무ᄉᆞ히만(無事解娩)ᄒᆞ믈 일월(日月)을 혜여 거의 긔필(期必)ᄒᆞ리니 복듕 ᄐᆡ 유안ᄒᆞ미 엇디 괴이ᄒᆞ리오? ᄒᆞ믈며 녀ᄋᆡ 먼니 슈복(壽福)을 유향ᄒᆞᆯ 바로 ᄌᆞ경(子慶)이 만연ᄒᆞ리오? ᄆᆡᄆᆡᄂᆞᆫ 착급ᄒᆞ여 몬져 죽기ᄅᆞᆯ 구치 말고 녀 52면
ᄋᆞ의 ᄉᆞ싱(死生)을 보아 결(決)ᄒᆞ미 늣디 아닐가 ᄒᆞᄂᆞ니 ᄌᆞ하(子夏)의 상명(喪明)과 한ᄌᆞ(韓子)[69]의 층봉디통(層逢之痛)이 그 엇디 ᄉᆞ라보고ᄌᆞ ᄒᆞ미리오마ᄂᆞᆫ ᄉᆞ싱이 유명ᄒᆞ고 화복(禍福)이 ᄌᆡ텬(在天)ᄒᆞ니 능히 인녁(人力)으로 못ᄒᆞ미라. ᄌᆞ식이 병들ᄆᆡ 어버이 초창민녀(怊悵憫慮)

---

69 한ᄌᆞ(韓子): 한자. 당나라 정치가이자 문장가인 한유(韓愈). 자(字)는 퇴지(退之)이며 시호는 문공(文公). 당송팔대가의 한 사람. 유교 중심주의를 주장하여 헌종이 부처의 사리를 궐 안에 들이자 〈논불골표(論佛骨表)〉를 올려 이의 부당함을 극간하다가 조주 자사로 좌천되기도 했음. 또한 대구를 중심으로 짓는 변려체에 반대하고 자유로운 형의 고문(古文)을 주장하여 산문의 문체 개혁을 이끌었음.

ᄒᆞ미야 엇디 괴이ᄒᆞ리오마ᄂᆞᆫ 몬져 죽기ᄅᆞᆯ 구ᄒᆞ믄 ᄆᆡᄆᆡ와 상공긔 쳐음 보ᄂᆞᆫ ᄇᆡ니 도로혀 녀ᄋᆞ의 셩효(誠孝)ᄅᆞᆯ 상ᄒᆡ오믈 이ᄃᆞᆯ와ᄒᆞ노라.”

박시 머리ᄅᆞᆯ 두로혀 쇼져의 운발(雲髮)을 쓰다ᄃᆞᆷ으며 손을 어로만져 심히 깃브고 ᄀᆞ장 밋븐디라. ᄆᆞ음을 구디 잡으며 인녁(人力)으로 갈(竭)ᄒᆞ여 녀ᄋᆞ의 다ᄒᆞᆫ 명(命)과 도라가ᄂᆞᆫ 혼ᄇᆡᆨ(魂魄)을 멈추고ᄌᆞ ᄒᆞᄆᆡ 진황(秦皇)·한무(漢武)[70]의 위엄이 업시 블ᄉᆞ약을 구ᄒᆞᆯ 뜻이 급ᄒᆞᆫ디라. 스ᄉᆞ로 혜오ᄃᆡ

‘연부인과 경·양·쥬 등이 쥬야(晝夜)로 완호(完護)ᄒᆞ여 디극ᄒᆞᆫ 뜻이 내 친히 구호ᄒᆞ미라도 이에 더으디 못ᄒᆞ고 도로혀 밋디 못ᄒᆞ미 만흐 53면 리니 져희ᄅᆞᆯ 맛져둔 후 나ᄂᆞᆫ 만금억ᄌᆡ(萬金億財)ᄅᆞᆯ 기우려 신긔ᄒᆞᆫ 이ᄉᆞ(異師)ᄅᆞᆯ 구ᄒᆞ여 텬디신명(天地神明)과 졔블셩신(諸佛星辰)의 튝원(祝願)ᄒᆞ여 녀ᄋᆞ의 슈복(壽福)을 빌니라. 졍셩이 디극ᄒᆞ면 하ᄂᆞᆯ이 감동ᄒᆞ며 금ᄇᆡᆨ을 흣트ᄆᆡ 귀신도 ᄉᆞ괴리니 녀ᄋᆡ 임의 구가(舅家)의 샤명(赦命)을 어덧고 뜻 아닌 복경(福慶)이 팔 삭의 밋쳐시니 이제 위질(危疾)의 회소(回蘇)ᄒᆞ미 이신즉 완복영귀(完復榮貴)ᄅᆞᆯ 근심치 아닐디라. 원간 귀신이 잇ᄂᆞᆫ 고로 명부(冥府)와 음ᄉᆡ(陰司)[71] 이셔 망ᄆᆡᄒᆞᆫ ᄀᆞ온ᄃᆡ 인셰블인(人世不仁)을 징악(懲惡)ᄒᆞ미 잇ᄂᆞ니 ᄋᆞ녀의 놉흔 졀(節)과 ᄇᆞᆰ은 ᄒᆡᆼ실이 신여인(神與人)이 ᄒᆞᆫ가지로 감동ᄒᆞᆯ 바의 이병의 ᄉᆞ디 못ᄒᆞᆫ즉 딘실노 텬되(天道) 업거니와 소녀의 요괴로온 ᄉᆡᆨ모(色貌)와 교특(巧慝)ᄒᆞᆫ 셩ᄒᆡᆼ(性行)으로ᄡᅧ 원군(元君)의 출화(黜禍)ᄅᆞᆯ

70 진황(秦皇)·한무(漢武): 진시황(秦始皇)과 한무제(漢武帝).

71 음ᄉᆡ(陰司): 음사. 현실에서 악한 일을 한 사람이 죽어서 간다고 하는 세계. 지옥.

흔흔암열(欣欣暗悅)ᄒᆞ여 언연(偃然)이 졍ᄌᆞ의 실듕(室中)을 웅거(雄據)ᄒᆞ여 영길안향(永吉安享)ᄒᆞ믈 바라미 엇디 촌참무셕(寸慘無惜)의 죄괘(罪科) 아니리오? ᄒᆞᆫ갓 인셰(人世)의셔 관형(官刑)으로 다ᄉᆞ렴 죽홀 ᄲᅮᆫ 아니라 죄ᄅᆞᆯ 명ᄉᆞ(名史)의 긔록ᄒᆞ미 이실디라. 내 당당이 녀ᄋᆞ의 위질(危疾)노ᄡᅧ 소녀의게 도라보ᄂᆡ고 소녀의 안길무양(安吉無恙)ᄒᆞᆫ 바로ᄡᅧ 녀ᄋᆞ의게 도라오게 ᄒᆞ리니 이 일을 도모ᄒᆞ미 귀신의 조홰(造化) 아니면 명명치 못ᄒᆞᆯ디라. 내 오딕 이인(異人)을 널니 구ᄒᆞ여 우흐로 창합(閶闔)을 두다리며 아리로 후토(后土)ᄅᆞᆯ 흔드러 원을 할ᄒᆞ고 졍ᄉᆞᄅᆞᆯ 구ᄒᆞ여 쳥쳥ᄒᆞᆫ 호텬(昊天)과 침침ᄒᆞᆫ 명ᄉᆞ후퇴(冥社后土) ᄒᆞᆫ가지로 챵연(愴然)이 감동ᄒᆞ믈 두어 ᄋᆞ녀의 슈(壽)ᄅᆞᆯ 더으며 복(福)을 두터이 ᄒᆞ여 다시 구가(舅家)로 도라가미 평ᄉᆡᆼ 눈 앏ᄒᆡ 것칠 거시 업게 ᄒᆞ고 소녀로ᄡᅧ 풍도디옥(酆都地獄)의 너허 쳔만겁(千萬劫)이 디나도록 다시 인도ᄅᆞᆯ 엇디 못ᄒᆞ게 ᄒᆞ리라.'

의ᄉᆡ(意思) 이에 밋ᄎᆞ미 힝혀 초망ᄒᆞᆫ 간격과 슈상(愁傷)ᄒᆞᆫ 긔력(氣力)이 밋디 못ᄒᆞ여 대ᄉᆞ(大事)ᄅᆞᆯ 그릇ᄒᆞᆯ가 념녀무궁(念慮無窮)ᄒᆞ니 경각 ᄉᆞ이의 죽을 ᄆᆞ음이 원원이 만니 ᄀᆞᆺᄐᆞ며 살 ᄯᅳᆺ이 요요히 녈화(熱火) ᄀᆞᆺᄐᆞ니 사ᄅᆞᆷ이 권치 아녀도 보긔(補氣)ᄒᆞᆯ 딘미(珍味)와 쳥상(淸爽)ᄒᆞᆫ 과실(果實)을 ᄉᆡᆼ각ᄒᆞ거ᄂᆞᆯ ᄒᆞ믈며 졍부인이 딘슈미찬(珍羞美饌)을 가져 나죽이 딘ᄒᆞ시믈 쳥ᄒᆞ고 이셩낙ᄉᆡᆨ(怡聲樂色)으로 쇼고(小姑)의 병이 맛ᄎᆞᆷᄂᆡ 가복(可復)ᄒᆞᄂᆞᆫ 긔경을 어들 ᄇᆡ오? 냥가친위(兩家親闈)예 역니(逆理)로ᄡᅧ 더으ᄂᆞᆫ 블효ᄂᆞᆫ 잇디 아니 ᄒᆞᆯ 바ᄅᆞᆯ 일ᄏᆞᄅᆞ미 말ᄉᆞᆷ이 관듕ᄒᆞ여 박시의 초울(超鬱)ᄒᆞᆫ 듕회개활(中懷開豁)ᄒᆞ며 안홰(眼花) 슈연ᄒᆞ여 박시의 실화ᄒᆞᆫ 냥목(兩目)이 화연(和然)이 ᄇᆞᆰ은

54면
55면

디라. ᄀᆞᆺᄐᆞ여 아ᄌᆞ로셔 더 깃븐 일이 아니오 이졔로셔 더 ᄉᆡ로온 말이 아니로ᄃᆡ 형상 업ᄉᆞᆫ 심졍이 일즉 쥬ᄒᆞᆫ 거시 업ᄉᆞ므로 용ᄉᆡᆨ비울(容色悲鬱)ᄒᆞᆫ 회포ᄅᆞᆯ 두로혀ᄆᆡ 경경요요(耿耿擾擾)[72]ᄒᆞ여 극ᄒᆞᆫ 대ᄉᆞ(大事)ᄅᆞᆯ 쇠ᄒᆞ고 비상ᄒᆞᆫ 계교ᄅᆞᆯ 그은 ᄃᆞᆺ 일변흔흔(一邊欣欣)ᄒᆞ며 일변초망(一邊焦望)ᄒᆞ여 일을 밋쳐 힝치 아니ᄒᆞ여셔 신긔로온 응되 잇기ᄅᆞᆯ 죄오며 ᄇᆞ라ᄂᆞᆫ 바의 졍부인 언ᄉᆡ(言辭) 슌니합도(順理合道)ᄒᆞ니 신연경쳥(信然傾聽)ᄒᆞ여 ᄇᆡᆨ슈(百愁)ᄅᆞᆯ 쳥탕(滌蕩)ᄒᆞ고 식상(食床)을 나와 하져(下箸)ᄒᆞᆯᄉᆡ ᄉᆞ오긔(四五器) 버린 거시 번ᄌᆞᆸ디 아니ᄒᆞᄃᆡ 평ᄉᆡᆼ의 편기(偏嗜)ᄒᆞ던 바로 젹구(適口)[73]ᄒᆞᆫ 찬션(饌膳)이 여러 날 폐식(廢
56면 食)ᄒᆞ여 초갈(焦渴)ᄒᆞᆫ 인후(咽喉)와 긔아(饑餓)ᄒᆞᆫ 장위(腸胃)ᄅᆞᆯ 윤ᄉᆡᆨ(潤色)ᄒᆞ여 경ᄀᆡᆨ(頃刻)의 안모(顏貌)의 훈화(薰和)ᄒᆞᆫ 빗치 이시니 이실노 마ᄅᆞᆫ 남긔 우뢰 져ᄌᆞ미라. 임의 온향(醞香)을 거후ᄅᆞ며[74] 찬션(饌膳)을 딘ᄒᆞᄆᆡ 날호여 상을 믈니고 몸을 니러 왈

"부인의 명달(明達)ᄒᆞ심과 현부(賢婦)의 셩신(誠信)ᄒᆞ미 내 ᄋᆞ히 ᄉᆞᄉᆡᆼ(死生)을 짐작(斟酌)ᄒᆞ여 그ᄅᆞᆺ 니ᄅᆞᆯ ᄇᆡ 아니라. 내 비록 셩완을 나하시나 양(養)ᄒᆞ믄 부인긔 잇ᄉᆞ며 교(敎)ᄒᆞ미 부인긔 잇셔 의(義) 듕(重)ᄒᆞ미 텬셩(天性)의 더은디라. 내 져ᄅᆞᆯ 위ᄒᆞ여 죽을디언졍 일즉 ᄉᆞᄅᆞᆷ의 병을 당ᄒᆞ여 완호(完護)ᄒᆞ믈 버ᄅᆞᆺ디 아녀시니 능히 모녀의 졍으로 구호치 못ᄒᆞᆯ ᄊᆞᆫ 아니라 그 병상(病床)을 ᄃᆡᄒᆞ여 흉금(胸襟)이 젼ᄉᆡᆨ

---

72 경경요요(耿耿擾擾): 마음에 잊히지 않고 걱정이 됨.

73 젹구(適口): 적구. 음식 맛이 입에 맞음.

74 거후ᄅᆞ며: 거후르다. 기울이다, 따르다.

(塡塞)ᄒᆞ믈 ᄉᆡᄃᆞᆺ디 못ᄒᆞᄂᆞ니 ᄎᆞᆯ하리 각소(各所)의셔 아니 봄만 ᄀᆞᆺ디 못ᄒᆞᆫ디라. 현부 등이 부인을 뫼셔 이에 잇셔 구호ᄒᆞ며 난취·셜난 등이 튱근(忠勤)ᄒᆞ니 구병(救病)의 밋쳐ᄂᆞᆫ 내 근심되디 아닌디라. 오ᄃᆡᆨ 져 창텬(蒼天)이 됴명목우(助命默祐)ᄒᆞ샤 ᄋᆞᄒᆡ 위질(危疾)을 거두시믈 튝원(祝願)ᄒᆞᆯ ᄲᅳᆫ이로다."

셜파(說罷)의 침실노 도라가니 ᄒᆡᆼ보(行步)의 ᄉᆡᄅᆞ미 향ᄀᆡᆨ(嚮刻) 젼패
(顚沛)[75]ᄅᆞᆯ 면(免)치 못ᄒᆞ던 바로 ᄂᆡ도ᄒᆞᆫ디라. 졍부인이 밧드러 침소의 57면
보ᄂᆡᆫ 후 잠간 ᄌᆞ긔 침각(寢閣)의 도라와 쥬반(酒飯)을 다ᄉᆞ리고 현윤을 블너 왈

"존귀(尊舅) ᄉᆞ오일 침식을 구궐(久闕)ᄒᆞ시니 쇼고(小姑)의 환우(患憂) 밧긔 민황졀박(憫惶切迫)ᄒᆞ미 이에 더은 ᄇᆡ 업ᄂᆞᆫ디라. 네 맛당이 표문(表門)의 나아가 당조 대인을 뵈온 후 슉모의 우환(憂患)이 됴셕대변(朝夕大變)ᄒᆞ기의 밋ᄎᆞᆷ과 왕부모의 과도초려(過度焦慮)ᄒᆞ시믈 고ᄒᆞ라. 당조 대인(大人)이 친님ᄒᆞ샤 네 슉모의 병을 보실 ᄲᅳᆫ 아니라 존구(尊舅)의 초려(焦慮)ᄅᆞᆯ ᄒᆡ위(解圍)ᄒᆞ샤 과도ᄒᆞ믈 더ᄅᆞ시게 ᄒᆞ리라."

공ᄌᆡ 슈명(受命)ᄒᆞ고 졍부의 나아가 쳐ᄉᆞ긔 알현ᄒᆞᆫ 후 슉모의 소환(所患)과 왕부모(王父母)의 상비(傷悲) 과려(過慮)ᄒᆞ시믈 고ᄒᆞᆫᄃᆡ 쳐ᄉᆡ 당시의 면복을 더은 후로 즉시 나아가 보려 ᄒᆞᆫ 거시 그 실노 낫인즉 ᄌᆞ졍(慈庭)을 봉시(奉侍)ᄒᆞ여 일시ᄅᆞᆯ ᄯᅥ나디 못ᄒᆞ미오 근일(近日)은 원슈의 만니젼딘(萬里戰陣)의 졍녕(丁寧)ᄒᆞᆫ 셔함(書函)이 니ᄅᆞᄆᆡ 합문(闔

75 젼패(顚沛): 전패. 제대로 걷지 못하고 엎어지고 자빠짐.

門)이 경환블승(慶歡不勝)ᄒᆞ며 하ᄀᆡᆨ(賀客)이 함취운집(咸聚雲集)ᄒᆞ므
58면 로 틈을 ᄐᆞ디 못ᄒᆞ여 오ᄅᆡ 댱아의 가디 못ᄒᆞ여시나 그 ᄆᆞ음의 니ᄌᆞᆫ ᄇᆡ
아니라 ᄌᆞ부(子婦)의 병이 근위(根位)[76] 깁고 증셰(症勢) 위ᄐᆡ(危殆)ᄒᆞ
믈 그윽이 우려ᄒᆞᄃᆡ 태부인 심녀(心慮)ᄅᆞᆯ 동(動)ᄒᆞᆯ가 두려 비록 무양
(無恙)타 못ᄒᆞ나 ᄯᅩᄒᆞᆫ 위름(危懍)타 아니ᄒᆞ더니 현윤의 말을 드ᄅᆞᄆᆡ 더
옥 경참(驚慘)ᄒᆞ여 즉시 태뎐의 드러가 댱아의 단녀오믈 고ᄒᆞᆫ 후 믈너
댱부로 나아갈ᄉᆡ 닌경공ᄌᆡ 현윤으로 더브러 ᄇᆡ시(拜侍)ᄒᆞ여 협문으로
조ᄎᆞ 댱공의 잇ᄂᆞᆫ 바 문희당의 니ᄅᆞ니 댱이랑이 그 부친을 뫼셧다가 쳐
ᄉᆞ의 니ᄅᆞ믈 보고 ᄲᆞᆯ니 하당ᄇᆡ영(下堂拜迎)ᄒᆞ며 댱공이 ᄯᅩᄒᆞᆫ 니러 마
ᄌᆞᄃᆡ 신관이 환탈(換脫)ᄒᆞ며 슈쳑초뷔(瘦瘠憔憊)ᄒᆞ믄 니ᄅᆞ도 말고 황
황(惶惶)ᄒᆞᆫ 거동과 참통(慘痛)ᄒᆞᆫ 형용으로 누안(淚眼)이 미미(微微)히
부어시니 엇디 ᄯᆞᆯ을 위ᄒᆞ여 울기ᄅᆞᆯ 젹게 ᄒᆞᆫ ᄌᆡ(者)리오? 쳐ᄉᆡ 임의 드
ᄅᆞᆫ ᄇᆡ나 댱공의 거동을 보아ᄂᆞᆫ ᄋᆞ부(我婦)의 딜환(疾患)을 블문가디(不
問可知)라. 그 위듕(危重)ᄒᆞ미 금번(今番)ᄲᅮᆫ 아니로ᄃᆡ 슌슌이 위려(危
慮)ᄅᆞᆯ 니긔디 못ᄒᆞ여 바야흐로 댱공을 향ᄒᆞ여 말ᄉᆞᆷ을 베퍼 뭇고ᄌᆞ ᄒᆞ
59면 더니 댱공이 믄득 ᄉᆞ미ᄅᆞᆯ 드러 낫ᄎᆞᆯ ᄀᆞ리오고 실셩뉴쳬(失聲流涕) 왈
“쇼뎨 무상브ᄌᆞ(無狀不慈)ᄒᆞ며 블명블인(不明不仁)ᄒᆞ여 녀식(女息)의
나히 밋쳐 십셰ᄅᆞᆯ 넘디 못ᄒᆞ여셔 긔화(奇禍)ᄅᆞᆯ 모도 안겨 ᄉᆞ디(死地)의
밀치고 함항(陷坑)의 뭇딜너시니 기시(其時)의 죽디 아니미 텬우신됴
(天佑神助)ᄒᆞ미로ᄃᆡ 맛ᄎᆞᆷᄂᆡ 젹상(積傷)ᄒᆞᆫ 병이 져의 명(命)을 ᄭᅳᆺᄎᆞᆯ디

76 근위(根位): 뿌리의 위치.

라. 이제 인ᄉᆞ(人事)ᄅᆞᆯ ᄇᆞ련 디 ᄉᆞ오일의 쇽슈ᄃᆡ명(束手待命)ᄒᆞ여 그 고항지딜(膏肓之疾)을 긋칠 길히 업ᄉᆞ니 이 젼혀 쇼뎨 손으로 ᄌᆞ식을 죽이미라. 엇디 골육을 잔ᄒᆡ(殘害)ᄒᆞᄂᆞᆫ 한독(悍毒)ᄒᆞ므로 다ᄅᆞ리오?”

헌이 본ᄃᆡ 인졍(人情)이 멀고 텬셩ᄌᆞᄋᆡ(天性慈愛)ᄅᆞᆯ ᄭᆡ닷디 못ᄒᆞ나 이에 다ᄃᆞ라ᄂᆞᆫ ᄇᆡᆨ통(百痛)이 구비(具備)ᄒᆞ며 한감(恨感)이 무궁ᄒᆞ니 엇디 타인의 셔하디쳑(西河之慽)[77]으로 비ᄒᆞ리오? 그 명(命)이 맛기ᄅᆞᆯ 기다려 헌이 조ᄎᆞ 죽어 어린 ᄌᆞ식을 ᄒᆡ(害)ᄒᆞᆫ 블인을 야ᄃᆡ(夜臺)의 샤례ᄒᆞ고 늣거온[78] 텬뉸(天倫)을 구원의 부합ᄒᆞ여 인ᄉᆡᆼ참통(人生慘痛)을 모로고ᄌᆞ ᄒᆞ거니와 그 죽디 아녀셔 목젼(目前)의 통운(痛憤)ᄒᆞ며 ᄋᆡ박(愛縛)ᄒᆞ믈 엇디 ᄎᆞᆷ으리오? 말노조ᄎᆞ 긔운이 막힐 ᄃᆞᆺᄒᆞ니 이랑과 60면 현윤이 좌우로 븟드러 블승민황(不勝憫惶)ᄒᆞ여 아모리 ᄒᆞᆯ 바ᄅᆞᆯ 아디 못ᄒᆞᄂᆞᆫ디라. 쳐ᄉᆡ 디극ᄒᆞᆫ 셩심(誠心)과 무궁(無窮)ᄒᆞᆫ ᄌᆞᄋᆡ(慈愛)로뼈 ᄋᆞ부(我婦)ᄅᆞᆯ 년무(憐撫)ᄒᆞ며 통ᄋᆡ(寵愛)ᄒᆞ미 엇디 댱공의 ᄯᆞᆯ ᄉᆞ랑ᄒᆞᆷ만 ᄀᆞᆺ디 못ᄒᆞ고 그 위딜(危疾)의 졀우초려(切憂焦慮)ᄒᆞ미 ᄯᅩ 엇디 댱공의 우젼(憂煎)ᄒᆞᄂᆞᆫ ᄠᅳᆺ으로 다ᄅᆞ미 이시리오마ᄂᆞᆫ 오ᄃᆡᆨ 경듕ᄉᆞ체(輕重事體)ᄅᆞᆯ 아ᄂᆞᆫ 바로뼈 무익히 구구쳑상(區區慽傷)ᄒᆞ믈 아쳐ᄒᆞ며 ᄯᅩ ᄋᆞ부의 명운(命運)이 블니(不利)ᄒᆞ나 오히려 그 텬명(天命)이 다ᄒᆞ디 아녀시믈 아ᄂᆞᆫ디라. 댱공의 말ᄉᆞᆷ을 그윽이 슬피 넉이고 ᄋᆞ부의 딜환(疾患)을 우려ᄒᆞ나 댱공의 과상(過傷)ᄒᆞ믈 돕디 못ᄒᆞ여 안ᄉᆡᆨ의 쳑상

---

77 셔하디쳑(西河之慽): 서하지척. 자식을 잃은 슬픔. 공자의 제자인 자하가 서하에 있을 때 자식을 잃고 너무 슬피 운 나머지 눈이 멀게 된 것에서 비롯된 말.

78 늣거온: 늣겁다. 느껍다. 마음이 벅차다.

(慽傷)ᄒᆞ믈 두디 아니ᄒᆞ며 소ᄅᆡᄅᆞᆯ 화히 ᄒᆞ여 위로왈(慰勞曰)

“쇼데 편위(偏闈)예 시측(侍側)을 뵈오디 못ᄒᆞ고 쇼쇼ᄉᆞ괴(小小事故) 년쳡(連疊)ᄒᆞ여 이에 오ᄅᆡ 오디 못ᄒᆞ여시니 ᄒᆞᆫ갓 형(兄)의 쳥광을 ᄉᆞ모ᄒᆞᆯ ᄲᅳᆫ 아니라 식부(息婦)의 병을 친히 보디 못ᄒᆞᄆᆡ 뎡히 울울ᄒᆞᆫ 근
61면 심을 니긔디 못ᄒᆞ더니 윤ᄋᆞ의 젼ᄒᆞ믈 조ᄎᆞ ᄋᆞ부의 질셰(疾勢) 근일(近日)은 더옥 위듕(危重)ᄒᆞ여 인ᄉᆞᄅᆞᆯ 바려시믈 드ᄅᆞᄆᆡ ᄎᆞ악(嗟愕)ᄒᆞᆫ 졀우(切憂)ᄅᆞᆯ 엇디 비ᄒᆞᆯ ᄃᆡ 이시리오마ᄂᆞᆫ 쇼데 비록 알오미 ᄇᆞᆰ디 못ᄒᆞ나 오히려 달슈귀격(達壽貴格)과 요믈쳔상(夭沒天常)은 거의 ᄭᆡ닷ᄂᆞ니 ᄋᆞ부의 ᄀᆡ셩덕딜(氣性德質)이 이ᄊᆡ의 ᄉᆞᄉᆡᆼ(死生)을 녀렴(慮念)ᄒᆞᆯ ᄇᆡ 아니라. ᄌᆞ연 믈약의 가경을 ᄀᆡ필(期必)ᄒᆞ거니와 형의 과도히 상심(傷心)ᄒᆞᆷ과 초우(焦憂)ᄒᆞ미 엇디 이에 밋쳣ᄂᆞ뇨? 셕년(昔年) ᄋᆡᆨ경(厄境)이 일시 참극(慘劇)ᄒᆞ나 임의 ᄉᆞᆯ오믈 어더신ᄌᆞᆨ 그 젹상(積傷)ᄒᆞ므로ᄡᅧ 닙신의 밋디 못ᄒᆞᆯ ᄇᆡ 아니라 져의 부명(賦命)이 조흔(遭釁)ᄒᆞ므로ᄡᅧ 여ᄋᆡᆨ(餘厄)이 미딘(未盡)ᄒᆞ여 이졔 위딜(危疾)노ᄡᅧ ᄉᆞᄉᆡᆼ(死生)의 츌몰(出沒)ᄒᆞ나 맛ᄎᆞᆷᄂᆡ 이 병의 드ᄃᆡ여 프ᄅᆞᆫ 귀밋치 가ᄉᆡ디 아니ᄒᆞ며 가일(佳日)의 상(狀)이 투ᄉᆡᆨ(渝色)디 아냐셔 몰몰히 긋치디 아니ᄒᆞ리니 형은 쇼데의 말을 헛도이 넉이디 말고 무익ᄒᆞᆫ 심녀(心慮)ᄅᆞᆯ 더러 일ᄌᆞᄂᆞᆫ 계승의 민황(憫惶)ᄒᆞ믈 도라보며 이ᄌᆞᄂᆞᆫ ᄋᆞ부(我婦)의 셩효(誠孝)ᄅᆞᆯ 헛곳의 도라디게 말디니 엇디 존톄쳔금(尊體千金)으로 일쇼
62면 녀의 ᄉᆞᄉᆡᆼ(死生)의 븟쳐 그 죽으ᄆᆡ ᄉᆞ디 아니렷노라 ᄒᆞ여 계ᄎᆞ(笄釵)[79]

79 계ᄎᆞ(笄釵): 계차. 비녀.

ᄒᆞᆫ ᄋᆞ녀(兒女)와 결군(結裙)ᄒᆞᆫ 부인이라도 경이(輕易)히 발(發)치 아닛ᄂᆞᆫ 말ᄉᆞᆷ을 형이 졸연이 일ᄏᆞ라 방인(傍人)의 셜셜(屑屑)[80] 과도히 넉이믈 취ᄒᆞᄂᆞ뇨?"

인ᄒᆞ여 댱이랑을 도라보아 왈

"녕엄(令嚴)의 슈패(瘦敗)ᄒᆞ시미 능히 힝보(行步)ᄅᆞᆯ 임의치 못ᄒᆞ실 ᄃᆞᆺᄒᆞ니 쥬반(酒盤)을 이에 나와 딘ᄒᆞ시게 ᄒᆞ라."

이랑이 공경문파(恭敬聞罷)의 ᄇᆡ슈댱궤(拜手長跪) 왈

"쇼ᄌᆞ 등이 신명(神明)의 블우(不佑)ᄒᆞ시믈 닙ᄉᆞ와 져ᄆᆡ(姐妹)의 위딜(危疾)이 ᄉᆞ경의 망박(妄迫)ᄒᆞ온 밧긔 친위(親闈)예 초려(焦慮)ᄒᆞ시미 침식(寢食)을 구궐(久闕)ᄒᆞᄆᆡ 밋ᄎᆞ시ᄃᆡ 쇼ᄌᆞ 등이 능히 간위ᄒᆞ와 우려ᄒᆞ시믈 더디 못ᄒᆞ옵고 긔력(氣力)의 치패(致敗)ᄒᆞ시미 일일익심(日日益甚)ᄒᆞ시니 촌심(寸心)이 황민(惶悶)ᄒᆞ오믈 엇디 다 앙달(仰達)ᄒᆞ리잇고? 금일디힝(今日之行)으로 대인존개(大人尊家) 누쳐(陋處)의 욕님(辱臨)ᄒᆞ샤 가엄(家嚴)의 쇠패(衰敗)ᄒᆞ시믈 녀렴(慮念)ᄒᆞ시며 병져(病底)의 위증(危症)을 보고ᄌᆞ ᄒᆞ시니 딘실노 죽ᄂᆞᆫ 날이 ᄉᆞᄂᆞᆫ ᄒᆡ ᄀᆞᆺᄉᆞ온디라. ᄒᆞᆫ갓 병져의 은협골슈(恩浹骨髓)ᄒᆞ여 함숑졍덕(咸頌正德)ᄒᆞ믄 니ᄅᆞ도 마옵고 쇼ᄌᆞ의 힝심감골(幸甚感骨)ᄒᆞ믈 또 엇디 비홀 곳이 잇ᄉᆞ리잇고?" 63면

셜파(說罷)의 감은ᄎᆞ힝(感恩且幸)ᄒᆞᄂᆞᆫ 뜻이 면져의 넘벼 즉시 ᄂᆡ루의 드러가 쥬반(酒盤)을 ᄌᆡ촉ᄒᆞᆫᄃᆡ 졍부인이 임의 ᄃᆡ후(待候)ᄒᆞᆫ ᄇᆡ라

80 셜셜(屑屑): 설설. 번거롭고 침착하지 못한 모양.

쏄니 밧드러 닋여보닋니 이랑은 부친의 상을 밧들며 현윤은 쳐ᄉᆞ의 상을 밧드러 알패 나올ᄉᆡ 댱공이 손을 져어 상을 아ᄉᆞ라 ᄒᆞ고 항뉘(行淚) 비비(霏霏)[81]ᄒᆞ여 왈

"형이 쇼뎨롤 념녀(念慮)ᄒᆞ여 침식을 폐(廢)치 말과져 ᄒᆞ미 비록 감격ᄒᆞ나 오히려 뎨의 ᄆᆞ옴을 빗최디 못ᄒᆞ므로 쥬반을 권ᄒᆞ미라. 내 음식고ᄌᆞ ᄒᆞᄆᆡ 칼흘 솜킨 ᄃᆞᆺᄒᆞ며 좀 ᄌᆞ고ᄌᆞ ᄒᆞᄆᆡ 침상(寢牀)의 안즌 ᄃᆞᆺ ᄒᆞ니 뼈곰 먹디 못ᄒᆞ고 ᄌᆞ디 못ᄒᆞ미 셜셜 과도ᄒᆞ믈 어이 스ᄉᆞ로 아지 못ᄒᆞ리오마ᄂᆞᆫ 어딘 ᄌᆞ식을 ᄇᆡᆨ가디로 ᄒᆡ(害)ᄒᆞ여 심혈을 솔오며 간위(肝胃)롤 숫ᄎᆞ미 남은 짜히 업ᄉᆞ니 비록 핑조(彭祖)의 슈격(壽格)을
64면 ᄐᆞ고 금셕(金石)의 견고(堅固)ᄒᆞ미 잇신들 엇디 쵹슈감년(促壽減年)ᄒᆞ미 업ᄉᆞ리오? 이 ᄌᆞ식의 젹상(積傷)홈과 요몰(夭沒)ᄒᆞ미 다 쇼뎨의 타시라. 디ᄌᆞ의 졍(情)과 인뉸(人倫)의 듕(重)ᄒᆞ믈 니ᄅᆞ디 말고 인명(人命)이 디듕ᄎᆞ대(至重且大)ᄒᆞᆫ 바의 쇼뎨 슌연이 손으로 져ᄌᆞᄅᆞ며 ᄆᆞ옴으로 비져 사롬을 죽이니 쏘 엇디 념연ᄌᆞ약(恬然自若)ᄒᆞ여 슉식(宿食)이 평안ᄒᆞ리오? 녀ᄋᆞ롤 위ᄒᆞ여 나의 잔험블인(殘險不仁)과 브ᄌᆞ흉독(不慈凶毒)ᄒᆞ믈 다ᄉᆞ리리 잇디 아니ᄒᆞ나 내 스ᄉᆞ로 츄회(追悔)ᄒᆞᄂᆞᆫ 쯧과 통돌(痛咄)ᄒᆞᄂᆞᆫ 한(恨)을 니긔여 살기 어려온디라. 형은 인정을 췌탁(揣度)ᄒᆞ여 힝혀 괴이히 넉이디 마ᄅᆞ쇼셔."

쳐ᄉᆡ 심하(心下)의 츄연(惆然)ᄒᆞ나 안ᄉᆡᆨ(顏色)을 화히 ᄒᆞ고 도로혀 쇼왈(笑曰)

81 비비(霏霏): 부슬부슬 내리는 비나 가는 눈발이 계속하여 끊이지 않는 모양. 여기서는 눈물이 흐르는 모양을 표현한 말.

“셰간(世間)의 효도(孝道)의 ᄌᆞ식과 디ᄌᆞ의 어버이 친의 환(患)과 ᄌᆞ의 병(病)을 당ᄒᆞ여 초황(焦遑)ᄒᆞ미 엇디 괴이ᄒᆞ리오마ᄂᆞᆫ 몬져 죽ᄂᆞᆫ ᄌᆡ(者) 잇ᄉᆞ믈 듯디 못ᄒᆞ엿ᄂᆞ니 ᄋᆞ부의 젹상ᄒᆞᆫ 증셰(症勢)로뼈 형은 스ᄉᆞ로 ᄌᆞ식을 ᄒᆡᄒᆞ여 죽기의 니ᄅᆞ다 ᄒᆞ거니와 임의 화란(禍亂)의 보명(保命)ᄒᆞ여 ᄉᆞ디(死地)의 ᄉᆡᆼ득(生得)ᄒᆞ미 이신족 이제 므ᄉᆞ 일 헛 65면
도이 셰샹을 ᄇᆞ리리오? 쇼뎨 비록 어디지 못ᄒᆞ며 ᄌᆞᄋᆡ디졍(慈愛之情)이 ᄃᆞᆺ텁디 못ᄒᆞ나 사ᄅᆞᆷ의 어버이 되여 ᄌᆞ식을 위ᄒᆞᆫ 졍이 긍디년디(矜之憐之)ᄒᆞᄆᆡ 그 나흐며 나치 아닌 바로 ᄋᆞᄃᆞᆯ과 며ᄂᆞ리 ᄉᆞ이 현현(顯顯)[82]이 다ᄅᆞᆯ ᄇᆡ 아니니 ᄋᆞ뷔 이 병의 ᄉᆞ디 못ᄒᆞᆯ딘ᄃᆡ 쇼뎨 참통(慘痛)ᄒᆞ미 비록 ᄯᆞ라 죽디 못ᄒᆞ나 엇디 이러ᄐᆞᆺ 타연ᄒᆞ여 일호(一毫) 동(動)ᄒᆞ미 업ᄉᆞ리오? 쇼뎨 일죽 사ᄅᆞᆷ으로 더브러 말ᄉᆞᆷᄒᆞᄆᆡ ᄆᆞᄋᆞᆷ을 ᄀᆞ리와 브결업시 쇽일 의ᄉᆞ(意思)ᄅᆞᆯ 두디 아니ᄒᆞᄂᆞ니 형이 엇디 밋디 아니ᄒᆞ믈 이ᄀᆞᆺ치 ᄒᆞᄂᆞ뇨? 형의 ᄌᆞᄋᆡ 과도ᄒᆞ고 젼ᄉᆞ(前事)ᄅᆞᆯ 츄회(追悔)ᄒᆞ미 극ᄒᆞ여 일시의 미ᄒᆞᆫ 말노뼈 그 ᄯᅳᆺ을 두로혀믈 엇디 못ᄒᆞ나 과연 ᄋᆞ뷔의 죽거든 형이 조ᄎᆞ 죽을디라도 아직은 식뷔(息婦) 죽디 아냐시니 형이 ᄯᅩᄒᆞᆫ ᄉᆞᆯ고 필경(畢竟)을 볼디라. 초젼(焦煎)ᄒᆞ여 몬져 죽으ᄆᆡ ᄋᆞ뷔 요힝(僥倖) ᄉᆞ라나미 이신족 쳔만고(千萬古)의 잇디 아닌 블효ᄅᆞᆯ 몸 우ᄒᆡ 시러 졔 병들믈 인ᄒᆞ여 부형(父兄)이 초젼이ᄉᆞ(焦煎而死)케 ᄒᆞ며 66면
비록 녀진들 엇디 죄ᄅᆞᆯ 니긔여 ᄉᆞᆯ기ᄅᆞᆯ 구ᄒᆞ리오? 이ᄂᆞᆫ 도로혀 ᄋᆞ부ᄅᆞᆯ ᄉᆞ랑ᄒᆞ미 그 블효ᄅᆞᆯ 더으미니 쇼뎨 위ᄒᆞ여 취치 아니ᄒᆞ노라.”

82 현현(顯顯)이: 환하고 명백하게.

셜파(說罷)의 그ᄅᆞᄉᆞᆯ 열고 져ᄅᆞᆯ 드러 댱공의 손의 쥐이며 먹기ᄅᆞᆯ 권ᄒᆞ니 댱공이 비록 무디(無知)ᄒᆞ고 블통(不通)ᄒᆞ나 미혹ᄒᆞᆫ 고집이 발ᄒᆞᆫ ᄯᆡ라도 운계ᄅᆞᆯ 알오믄 ᄯᅩᄒᆞᆫ 경이(輕易)히 못ᄒᆞᆯ ᄲᅮᆫ 아니라 그 말ᄉᆞᆷ을 심히 밋ᄂᆞᆫ디라. 이러ᄐᆞᆺ 졍셩으로 권ᄒᆞ믈 감샤ᄒᆞ며 녀ᄋᆡ 혹ᄌᆞ 죽디 아닐가 다힝ᄒᆞ여 브득이 상을 나와 강식(强食)ᄒᆞ고 쳐ᄉᆡ 스ᄉᆞ로 잔을 ᄌᆞᆸ아 댱공을 권ᄒᆞ여 폐식(廢食)ᄒᆞ미 괴이ᄒᆞ믈 니ᄅᆞ며 그 부ᄌᆞ조손(父子祖孫)이 딘식ᄒᆞ기ᄅᆞᆯ 기다려 ᄒᆞᆫ가디로 드러가 쇼져의 병을 보려ᄒᆞᆯᄉᆡ 현윤을 도라보아 왈

"네 몬져 드러가 여모(汝母)다려 나의 와시믈 니ᄅᆞ고 ᄋᆞ부의 병소(病所)의셔 보게 ᄒᆞ라."

67면 ᄒᆞᆫᄃᆡ 공ᄌᆡ 즉시 ᄂᆡ루(內樓)로 향ᄒᆞ거ᄂᆞᆯ 댱공 부ᄌᆡ 뒤흘 니어 쳐ᄉᆞᄅᆞᆯ 인도ᄒᆞ여 응셜각의 다ᄃᆞ라ᄆᆡ 연부인이 침뎐(寢殿)으로 향ᄒᆞ고 졍부인이 발셔 니ᄅᆞ러 병소(病所)ᄅᆞᆯ 셔ᄅᆞᄌᆞ며 쇼져의 머리ᄅᆞᆯ 남으로 두어 쳐ᄉᆞ와 존구(尊舅)ᄅᆞᆯ 마ᄌᆞᆯᄉᆡ 딜녀(姪女)의 ᄇᆡ알(拜謁)ᄒᆞ믈 당ᄒᆞ여 흔연이 반기ᄂᆞᆫ ᄯᅳᆺ이 이시나 식부(息婦)ᄂᆞᆫ 디각(知覺)이 몽연(蒙然)[83]ᄒᆞ여 아조 인ᄉᆞ(人事)ᄅᆞᆯ ᄇᆞ리고 엄연이 시신(屍身)이 되여시니 그윽이 ᄎᆞ악통도(嗟愕痛悼)ᄒᆞ여 ᄲᆞᆯ니 나아 안ᄌᆞ 관형찰ᄉᆡᆨ(觀形察色)ᄒᆞᄆᆡ 이 과연 죽은 사ᄅᆞᆷ의 거동이오 산 사ᄅᆞᆷ의 모양이 아니라. 고요ᄒᆞ미 ᄎᆞᆫ ᄌᆡ ᄀᆞᆺᄐᆞ며 삭연(索然)ᄒᆞ미 마ᄅᆞᆫ 나모 ᄀᆞᆺᄐᆞᆫ디라. 오딕 빙셜(氷雪) ᄀᆞᆺᄐᆞᆫ ᄂᆞᆺ우ᄒᆡ 딘양(疹恙)이 딘ᄒᆞ여 반졈이 혈ᄉᆡᆨ이 업ᄉᆞ니 딘실로 어ᄅᆞᆷ을 ᄭᅡᆨ가

83 몽연(蒙然): 환하지 못하고 어두움.

ᄆᆡᆫᄃᆞᆫ 사ᄅᆞᆷ이오 눈으로 디은 형상이라. 그 혈육디인(血肉之人)인 줄 ᄭᆡ닷디 못ᄒᆞ니 다만 삽ᄉᆞᆸ(澁澁)[84]ᄒᆞᆫ 프른 머리 십쳑이 오운(五雲)이 므ᄅᆞ녹아 소하(梳下)치 아니ᄒᆞ연 디 팔 삭이로ᄃᆡ 난초(蘭草) 기ᄅᆞᆷ을 갓 바ᄅᆞᆫ ᄃᆞᆺᄒᆞᆫ 터럭을 거ᄉᆞᄅᆞ미 업ᄉᆞ니 느러져 옥(玉) 귀밋과 슈졍(水晶) 니마ᄅᆞᆯ 덥허시니 상셔로온 광휘(光輝) 애ᄋᆡ(皚皚)[85]ᄒᆞ여 운발(雲髮) 68면 ᄉᆞ이의 비최여시ᄆᆡ 비로소 젼일 만고졀셰(萬古絶世)ᄒᆞᆫ 풍광(風光)을 일분(一分)이나 형용(形容)ᄒᆞ여 엇디 댱쇼졘 줄 알니오? 블승참셕(不勝參席)ᄒᆞ여 밧비 냥슈(兩手)ᄅᆞᆯ 간ᄆᆡᆨ(看脈)ᄒᆞ니 힝혀 실낫ᄀᆞᆺᄐᆞᆫ ᄆᆡᆨ되(脈度) ᄒᆡ롭디 아니ᄒᆞᄃᆡ 형용(形容)을 보아ᄂᆞᆫ 기ᄇᆡᆨ(岐伯)이 다시 살고 편작(扁鵲)이 도라오나 능히 ᄉᆡᆼ도(生道)ᄅᆞᆯ 일월 길히 업ᄂᆞᆫ디라. 댱공의 허박(虛薄)ᄒᆞ므로ᄡᅧ 죽어 ᄃᆡ치 말고ᄌᆞ ᄒᆞ미 엇디 괴이ᄒᆞ리오? 어린 ᄃᆞ시 그 손을 쥐고 신ᄉᆡᆨ(神色)이 참연ᄒᆞ여 슈히 말을 일우디 못ᄒᆞ니 댱공이 착급ᄒᆞ여 문왈(問曰)

"형이 쇼녀ᄅᆞᆯ 이 병의 죽디 아니리라 ᄒᆞ더니 이졔 당ᄒᆞ여 보ᄆᆡ 그 일분디망(一分之望)이 잇다 ᄒᆞ랴? 뎡히 ᄯᆡᄅᆞᆯ 기다리ᄂᆞᆫ 형상이니 아마도 죽으미 됴셕(朝夕)의 잇도다."

쳐ᄉᆡ 날호여 ᄉᆡᆨ위(色憂)ᄅᆞᆯ 화히 ᄒᆞ며 댱공의 손을 닛그러 쇼져의 ᄆᆡᆨ도(脈度)ᄅᆞᆯ ᄀᆞᄅᆞ쳐 딘ᄆᆡᆨ(診脈)ᄒᆞ여 왈

"형이 의리(醫理)의 통니(通理)치 못ᄒᆞ나 죽은 사ᄅᆞᆷ인ᄌᆞᆨ ᄆᆡᆨ되(脈度) 이러치 못ᄒᆞ리니 엇디 초조ᄒᆞ믈 이러ᄐᆞᆺ ᄒᆞᄂᆞ뇨?"

---

84 삽ᄉᆞᆸ(澁澁): 삽삽. 매끄럽지 아니함.

85 애ᄋᆡ(皚皚): 애애. 서리나 눈 따위가 내려서 희디흼.

당공 왈

69면 “이 실낫ᄀᆞᆺᄐᆞᆫ ᄆᆡᆨ되(脈度) 장ᄎᆞ ᄭᅳᆺ치고ᄌᆞ ᄒᆞ니 ᄒᆞᆫ번 딘(盡)ᄒᆞ미 경ᄀᆡᆨ(頃刻)의 잇ᄂᆞᆫ디라. 므어시 깃브다 ᄒᆞ시ᄂᆞ뇨?”

쳐ᄉᆡ 왈

“비록 위ᄐᆡ롭고 근심되나 그 가온ᄃᆡ 딘원(眞元)[86]이 ᄌᆞ연 ᄆᆡᆺ븐 거시 이시니 쇼뎨 ᄌᆞ허(自許)ᄒᆞ미 우읍거니와 의리(醫理)의 다ᄃᆞᄅᆞᄂᆞᆫ 일분(一分) ᄉᆡᄃᆞᄅᆞ미 업디 아닌디라. 모로미 헛도이 넉이디 말나.”

뎡언간(正言間)의 시ᄌᆡ(侍者) 소위공의 ᄂᆡ림(來臨)ᄒᆞ시믈 고ᄒᆞᄂᆞᆫ디라. 쳐ᄉᆞ와 당공이 급히 니러 청ᄉᆞ(廳事)의 나와 마ᄌᆞ 입ᄂᆡ(入內)ᄒᆞᆯ시 소공이 쳐ᄉᆞᄅᆞᆯ 향ᄒᆞ여 문왈(問曰)

“현계 당ᄋᆞ의 병을 보니 그 증셰 엇더ᄒᆞ더뇨?”

쳐ᄉᆡ ᄃᆡ왈(對曰)

“인ᄉᆞ(人事)로 보아ᄂᆞᆫ ᄉᆡᆼ되(生道) 망연(茫然)ᄒᆞ오ᄃᆡ ᄆᆡᆨ도(脈度)의 ᄆᆡᆺ븐 거시 잇더이다.”

공이 우왈(又曰)

“ᄆᆡᆨ되(脈度) 아조 ᄭᅳᆺ쳐져도 이 ᄋᆞᄒᆡ 이ᄣᆡ 망ᄒᆞᆯ ᄇᆡ 아니라. 후ᄇᆡᆨ은 과상(過傷)치 말고 여ᄇᆡᆨ은 ᄯᅩᄒᆞᆫ 념녀(念慮)치 말나. 다만 져의 금명년(今明年)이 참극(慘劇)ᄒᆞᆫ ᄋᆡᆨ운(厄運)이 잇던 바로 져의 위질(危疾)노뼈 소삭(消削)ᄒᆞᄆᆡ ᄉᆞᄉᆡᆼ(死生)의 츌몰(出沒)ᄒᆞ미 괴이ᄒᆞ리오?”

셜파(說罷)의 개호입실(開戶入室)ᄒᆞ니 정부인이 향젼ᄇᆡ례(向前拜禮)

86 딘원(眞元): 진원. 사람 몸의 원기(元氣).

ᄒᆞᆫᄃᆡ 소공이 본ᄃᆡ 친딜부(親姪婦)ᄀᆞᆺ치 ᄉᆞ랑ᄒᆞᄂᆞᆫ디라. 읍손답샤(揖遜答辭)ᄒᆞ며 다시 우환(憂患)을 인ᄉᆞᄒᆞ고 존옹(尊翁)의 승젼대쳡(勝戰大捷)ᄒᆞᆷ을 치하ᄒᆞ니 졍부인이 공경문파(恭敬聞罷)의 피셕샤ᄃᆡ(避席事大)ᄒᆞ여 언에(言語) 합션(合宣)ᄒᆞ며 도리(道理) 온당ᄒᆞ더라. 소공이 드ᄃᆡ여 쇼져 누은 앏히 나아 안ᄌᆞ 솔피ᄆᆡ 비록 익슈(厄數)와 시명(時命)을 아나 ᄌᆞ연 참통(慘痛)ᄒᆞ여 희허태식(噫嘘太息) 왈 70면

"사ᄅᆞᆷ의 쇼시(少時) 험익(險厄)이 엇디 이 ᄀᆞᆺᄐᆞᆫ 쟈(者) 이시리오? 그 죽디 아니ᄒᆞ미 실노 이상ᄒᆞ니 당금(當今) 젹상(積傷)ᄒᆞᆫ 병이 발ᄒᆞ여 위듕(危重)ᄒᆞ미야 엇디 괴이ᄒᆞ리오?"

도라 쳐ᄉᆞ다려 왈

"노뷔 하간(夏間)의 우연이 건샹(乾象)을 쳠망(瞻望)ᄒᆞ다가 댱ᄋᆞ와 녕윤(令胤)의 쥬셩(主星)을 솔피니 비웅의 길긔[87] 당광ᄒᆞᄃᆡ 댱ᄋᆞᄂᆞᆫ 병상(病狀)이 크게 동ᄒᆞ여 익쉬(厄數) 비경(非輕)ᄒᆞᆫ디라. 내 잠간 작법(作法)ᄒᆞ여 방술(方術)노ᄡᅧ 비웅의 길긔를 ᄂᆞ리왓노라."

ᄒᆞ더라.

(책임교주 한정미)

87 길긔: 규장각본에는 '길기'로 되어 있음.

교주 완월회맹연 6

1판 1쇄 발행일 2023년 2월 27일

완월회맹연 번역연구모임

발행인 김학원
발행처 (주)휴머니스트출판그룹
출판등록 제313-2007-000007호(2007년 1월 5일)
주소 (03991) 서울시 마포구 동교로23길 76(연남동)
전화 02-335-4422 **팩스** 02-334-3427
저자·독자 서비스 humanist@humanistbooks.com
홈페이지 www.humanistbooks.com
유튜브 youtube.com/user/humanistma **포스트** post.naver.com/hmcv
페이스북 facebook.com/hmcv2001 **인스타그램** @humanist_insta

편집책임 문성환 **편집** 윤무재 **디자인** 박진영
용지 화인페이퍼 **인쇄·제본** 정민문화사

ISBN 979-11-6080-972-5 94810
979-11-6080-792-9 (세트)